COLETTE

Claudine

COLETTE

Claudine

Roman

Bechtermünz Verlag

Berechtigte Übersetzung von Lida Winiewicz

Claudine erwacht: *Claudine à l'École*
Claudine in Paris: *Claudine à Paris*
Claudine in der Ehe: *Claudine en Menage*
Claudine geht ...: *Claudine s'en va*

Lizenzausgabe mit Genehmigung des
Paul Zsolnay Verlages Wien für
Weltbild Verlag GmbH, Augsburg 1998

Umschlaggestaltung: Studio Höpfner-Thoma, München
Umschlagmotiv: Tony Stone Bilderwelten, München
Gesamtherstellung: Bercker Graphischer Betrieb GmbH, Kevelaer
Printed in Germany
ISBN 3-8289-0103-4

Claudine erwacht

Ich heiße Claudine. Ich lebe in Montigny. Hier wurde ich 1884 geboren, hier werde ich aller Voraussicht nach nicht sterben. In meinem Heimatkundebuch, »Die französischen Provinzen«, heißt es: »Montigny-en-Fresnois, ein liebliches, 1950 Einwohner zählendes Städtchen, von den Ufern der Thaize im Halbrund terrassenförmig ansteigend; bemerkenswert ein wohlerhaltener Turm sarazenischen Ursprungs . . .«

Auf solche Beschreibungen kann ich verzichten! Wer hat zum Beispiel je die Thaize gesehen? Niemand, und das mit gutem Grund: sie ist nicht vorhanden. Ich weiß, ich weiß, bei der Bahnübersetzung sollte sie von Rechts wegen ein paar Wiesen durchfließen, aber in Wirklichkeit reicht es dort nicht einmal für ein Spatzenfußbad, weder im Sommer noch im Winter. Auch das »terrassenförmig ansteigende Halbrund« sehe ich ganz anders. Wenn Sie mich fragen, so ist das ein Holterdiepolter von Häusern, ein Gestolper und Gepurzel hügelabwärts, vom großen weißen Schloß – es wurde unter Ludwig XV. umgebaut und ist heute schon in traurigerem Zustand als der niedrige efeuumsponnene »Turm sarazenischen Ursprungs«, der von Tag zu Tag sachte an Höhe verliert – bis hinunter ins Tal, über grünes, stufenförmig abfallendes Land.

Außerdem ist Montigny gar kein Städtchen, sondern nur ein Dorf, dessen Straßen noch niemals einen Pflasterstein gesehen haben (Gott sei Dank!), sich nach jedem Regen in kleine Wildbäche verwandeln und binnen zweier Stunden wieder staubtrocken sind. Ja, Montigny ist ein Dorf, ein ziemlich reizloses obendrein, aber dennoch liebe ich es aus ganzer Seele.

Dichte, unaufhaltsam vorrückende Wälder geben unserer hügeligen Gegend (manche der Täler sind richtige Schluchten!) ihren unvergleichlichen Reiz. Sie überziehen Berg und Tal, so weit das Auge reicht, grün und wellig, nur ab und zu von hellen Rasenflecken und kleinen wohlbestellten Feldern unterbrochen.

Aber die zählen kaum. Die unersättlichen Wälder verschlingen alles.

Darum ist dieser schöne Erdenwinkel mit seinen spärlichen, in alle Winde verstreuten Bauernhöfen auch so arm: nicht mehr rote Dächer als nötig, um mit dem grünen Samt der Bäume auf das hübscheste zu kontrastieren.

Die herrlichen Wälder! Ich kenne und liebe sie alle, ich habe sie unzählige Male durchstreift. Da ist das Unterholz, hinterlistiges Gestrüpp mit krallengleichen Zweigen, sonnendurchflutete Heimstätte der Erdbeeren, Maiglöckchen und – Schlangen. Wie oft, wenn ich zu meinen Füßen eins dieser eklen, glattkalten Tiere vorübergleiten sah, bin ich zusammengezuckt, von namenlosem Schrecken gepackt. Wie oft erstarrt, mit angehaltenem Atem, wenn meine Hand beim Blumenpflücken eine harmlose Blindschleiche berührte, die mich, spiralenförmig zusammengerollt, aus goldenen Augen unverwandt anblickte. Abenteuer über Abenteuer, ebenso furchtbar wie ungefährlich, nein, ihr werdet mich nicht vertreiben! Ich komme stets zurück, allein oder mit meinen Mitschülerinnen.

Meistens allein. Diese Backfische gehen mir auf die Nerven: Oh, ich bin so müde! Au, die spitzen Dornen! Pfui, die haarigen Raupen, die garstigen, häßlichen Spinnen! (Dabei sind die Waldspinnen so hübsch anzusehen, rosig und rund wie schimmernde Perlen!). Diese Entsetzensschreie! Mit einem Wort, es ist nicht auszuhalten.

Die alten mächtigen Forste sind mir besonders teuer. Es trifft mich ins Herz, einen der Riesen fallen zu sehen, die dort ihre Äste ausbreiten. Da gibt's kein Gestrüpp, kein Unterholz. Säulengleich steht Baum an Baum. Die engen Pfade machen den Tag zur Nacht und lassen Schritt und Stimme schaurig widerhallen. Oh, wie liebe ich diese Wälder! Hier kann ich träumen, den Blick in die grüne, geheimnisvolle Ferne verloren, hier genieße ich Ruhe, kostbare Einsamkeit und jene unnennbare Angst, die mir aus Stille und fließendem Dunkel erwächst. In diesen Wäldern finden sich keine Insekten, keine hohen schwankenden Gräser. Hier ist der Boden bald fest und klingend, bald federnd-weich, vom Wasser unzähliger Quellen gelockert. Weißbefrackte Hasen spazieren herum. Scheue Rehe huschen vorüber, so geschwind, daß man meinen möchte, es gäbe sie gar nicht! Rotgoldene Fasane, dick und fett, Wildschweine (ich bin noch keinem einzigen begegnet!), Wölfe – ja, eines Spätherbsttags, als ich Bucheckern sammelte (die guten, öligen Bucheckern, die im

Hals kratzen und zum Husten reizen), hörte ich einen Wolf, wirklich und wahrhaftig!
Mitunter wird man in tiefem Wald von einem Gewitterregen überrascht. Dann wählt man die mächtigste Eiche in der Runde, duckt sich, wagt kaum zu atmen und lauscht im wohlig-warmen Nest dem Prasseln des Regens, der auf das Blätterdach herniederrauscht, um zögernd wieder aus dem Dunkel zu tauchen, geblendet und verloren im hellen Tageslicht.
Und die Tannenwälder! Sie sind weder dicht noch über die Maßen geheimnisvoll, doch ich liebe sie um ihres Duftes willen, ich liebe ihr Lied im Wind und das zarte, würzige Heidekraut, das in ihrem Schatten erblüht, rosa und violett. Der Weg zu ihnen führt durch einen Jungwald. Plötzlich – welch herrliche Überraschung! – steht man vor einem Weiher, glattem, tiefen Spiegel, von Wäldern umrahmt, weltfern und einsam. In der Mitte, auf einem Inselchen, drängen sich die Tannen aneinander und ein entwurzelter Stamm ist des Mutigen einzige Brücke. Drüben angelangt, macht man Feuer, ob Sommer oder Winter (warum? Weil es verboten ist!), brät Äpfel, Birnen, eine gestohlene Kartoffel, was auch immer. Im Notfall tut's ein Stück Schwarzbrot. Dann riecht es bittersüß nach Harz und Rauch, unappetitlich, wundervoll.
In diesen Wäldern habe ich zehn Jahre ziellosen Umherstreifens verlebt, zehn herrliche Jahre der Entdeckungen, Siege und Eroberungen. Eines Tages werde ich scheiden müssen, und diesen Abschied fürchte ich schon heute.

Vor zwei Monaten wurde ich fünfzehn. Es war ein bemerkenswerter Tag, in mehr als einer Hinsicht: erstens machte ich alle meine Röcke länger (jetzt reichen sie mir bis zu den Knöcheln!), zweitens begann man die Schule niederzureißen und drittens wurde unsere Lehrerin versetzt.
Die Verlängerung meiner Röcke war ein Gebot der Schicklichkeit: meine Waden erregten bereits die unziemliche Aufmerksamkeit des starken Geschlechts und ließen Rückschlüsse auf mein Alter ziehen, die durchaus nicht der Wahrheit entsprachen.
Die Schule war baufällig, und was die Lehrerin betrifft, die Arme (eine herzensgute, unwissende Vierzigerin, häßlich und sanft, deren Aufregung bei Ankunft des Schulinspektors keine Grenzen kannte), so benötigte Doktor Dutertre, unser Distriktskandidat, ihre Stelle, um eines seiner Protektionskinder unterzubringen. Was Dutertre recht ist, ist dem Minister billig.

Arme alte Schule, halbverfallen, gesundheitsschädlich, aber so erheiternd! Die schönen Gebäude, die man eben errichtet, werden dich nie aus unserem Herzen verdrängen!*
Die Lehrerzimmer, eng und unfreundlich, befanden sich im ersten Stock, während das Erdgeschoß unseren beiden Klassen vorbehalten war, zwei unglaublich häßlichen, schmutzstarrenden Räumen. Nirgends habe ich je wieder solche Schulbänke gesehen! Sie waren durch langjährige Verwendung zur Hälfte abgebraucht – wenn es mit rechten Dingen zugegangen wäre, hätten wir nach einem halben Jahr samt und sonders bucklig sein müssen – und der Gestank, der nach sechs Unterrichtsstunden (je drei vormittags und nachmittags) in diesen Räumen herrschte, warf einen förmlich um.
An Schulkameradinnen meinesgleichen hat es mir immer gefehlt. Die wenigen gutbürgerlichen Familien von Montigny geben ihre Kinder in die Kreisstadt ins Internat, das gehört zum guten Ton. Deshalb bleibt unsere Schule den ziemlich ungewaschenen Töchtern der ortsansässigen Krämer, Gendarmen, Arbeiter und Bauern vorbehalten.
Warum ich mich in dieser seltsamen Gesellschaft befinde? Weil ich nicht im Traum daran denke, Montigny zu verlassen. Wenn ich eine Mama hätte, würde sie mich keinen Tag länger in dieser Schule lassen, das weiß ich genau. Aber Papa sieht nichts, hört nichts und kümmert sich nicht um mich, so sehr nimmt ihn seine Arbeit in Anspruch. Daß ich in irgendeinem Kloster oder Gymnasium auf passendere Weise erzogen werden könnte, kommt ihm nicht in den Sinn. Und ich hüte mich wohl, ihm die Augen zu öffnen!
An Kameradinnen hatte, nein, habe ich daher vor allem Claire, die sanfte Gefährtin meiner ersten Kommunion, ein stilles Mädchen mit schönen verträumten Augen und romantischer Seele. Claire (den Familiennamen verschweige ich absichtlich) hat ihre ganze Schulzeit damit verbracht, sich allwöchentlich in einen anderen jungen Mann zu verlieben (oh, ganz platonisch!), und hegt auch jetzt keinen sehnlicheren Wunsch, als ihr Herz an den ersten besten Dummkopf – Lehrer oder Verwaltungsbeamten – zu verlieren, sofern er nur das geringste Talent zu »poetischen« Liebeserklärungen besitzt.

* Der neue »Schulkomplex« wächst seit sieben oder acht Monaten unverdrossen in die Höhe, in einem nahen, eigens zu diesem Zweck erworbenen Garten. Aber wir interessieren uns kaum (bis jetzt wenigstens!) für die großen weißen Würfel. Ungeachtet der für unser Faulenzerparadies seltenen Eile, mit der die Arbeiten vorangetrieben werden, glaube ich kaum, daß vor Schulschluß mit der Fertigstellung der neuen Gebäude zu rechnen ist. Und bis dahin habe ich längst meine Abschlußprüfung und die Schule verlassen – leider, leider!

Dann die lange Anaïs, kalt, schlecht und so gefühllos, daß sie niemals errötet, die Glückliche! Sie hat ein erstaunliches Gedächtnis (es täuscht über ihren Mangel an tatsächlicher Intelligenz hinweg und wird sie dazu befähigen, die Aufnahmeprüfung in Fontenay-aux-Roses zu bestehen) sowie ein zu wahrer Meisterschaft ausgebildetes komisches Talent, dem ich Augenblicke grenzenloser Heiterkeit verdanke. Weitere Kennzeichen: lang wie eine Hopfenstange, Haare von undefinierbarer Farbe, weder blond noch braun, gelbe Haut, blasse Wangen, winzige schwarze Augen. Sie lügt, betrügt, klatscht und kriecht, wenn es nötig ist, kurzum, sie läßt sich nicht unterkriegen, die lange Anaïs, und ist durchaus keine Dutzenderscheinung. Mit dreizehn schrieb sie bereits einem gleichaltrigen Einfaltspinsel Liebesbriefe und gab ihm heimliche Stelldicheins. Die Sache flog auf, und der Skandal, der die ganze Schule in Aufregung versetzte, ließ sie als einzige ungerührt.

Dann die beiden Jaubert, Schwestern – was sage ich! Zwillinge! Gute Schülerinnen – nein, Streberinnen. Ich würde sie mit Freuden erwürgen, so widerwärtig sind mir ihre guten Manieren, ihr ewiges Bravsein, ihre schöne, saubere Handschrift, ihre alberne Ähnlichkeit! (Matte, unbedeutende Gesichter, weinerlich-sanfte Schafsaugen.) Sie hamstern die guten Noten, sind unermüdlich an der Arbeit, wohlerzogen und duckmäuserisch. Selbst ihr Atem stinkt nach Kleister, pfui Teufel!

Und Marie Belhomme – dumm, aber lustig! Mit fünfzehn nicht vernünftiger als ein achtjähriges, kaum frühreifes Kind. Ihre Spezialität sind Bemerkungen von gigantischer, entwaffnender Naivität, die unseren Mutwillen im Keim ersticken. Wie oft habe ich in ihrer Gegenwart die abscheulichsten Dinge gesagt, nur des Spaßes halber, ihre ehrliche Entrüstung zu sehen, die eine Minute später in herzliches Gelächter umschlägt. Dann streckt Marie (matter, dunkler Teint, feuchte Mandelaugen und ein harmloses Näschen, das sie einem verschreckten Hasen ähneln läßt) in komischer Verzweiflung ihre »Hebammenhände« zum Himmel. Sie sind lang und schmal und die Bezeichnung stammt von Anaïs. Wir fünf bereiten uns auf die Abschlußprüfung vor und bilden heuer das vielbeneidete Gestirn, das über den »Großen« schwebt. Die übrigen zählen nicht. Sie sind die Hefe, das Pack, das gemeine Volk, und ich werde im weiteren Verlauf dieses Tagebuchs (denn ein solches sind diese Aufzeichnungen zumindest in gewissem Sinne) nur mehr wenige andere Kolleginnen vorstellen.

Als die arme Madame X von ihrer Versetzung erfuhr, weinte sie geschlagene zwölf Stunden, und wir mit ihr, was genügte, um mir einen gesunden Widerwillen gegen ihre Nachfolgerin einzuflößen. Diese, eine gewisse Mademoiselle Sergent, erschien gleichzeitig mit dem Demolierungstrupp in unserem Schulhof, von ihrer Mutter, einer einfachen korpulenten Frau (sie trägt eine große Haube und dürfte eine geriebene, im Grund jedoch gutmütige Bäuerin sein), begleitet, bewundert und bedient. Sie selbst hingegen scheint alles andere als menschenfreundlich, und ich verspreche mir nichts Gutes von diesem ebenso wohlproportionierten wie unschönen Geschöpf mit der schlanken Taille, den runden Hüften, dem aufgedunsenen Gesicht, dem feuerroten Haar, der plattgedrückten Nase und den kleinen, tiefliegenden Augen, die schwarz und argwöhnisch in die Gegend blicken.
Mademoiselle Sergent bewohnt ein Zimmer in der alten Schule, das vorerst noch nicht demoliert wird; desgleichen ihre Hilfslehrerin, die hübsche Aimée Lanthenay. Meine Sympathie für letztere ist ebenso stark ausgeprägt wie meine Abneigung gegen ihre Vorgesetzte. Mademoiselle Sergent, dieser Eindringling, hat mit mir kein leichtes Leben. Ich stelle alle Stacheln auf, zeige mich bockig, halsstarrig und aufrührerisch und weise ihre Versuche, mich kirre zu machen, auf eine Art zurück, die hart an Unverschämtheit grenzt. Doch schon nach den ersten Scharmützeln kann ich nicht umhin, sie als Pädagogin von wahrhaft überragenden Fähigkeiten anzuerkennen, die mitunter allzu scharf, jedoch stets mit größter Bestimmtheit ihren Willen durchzusetzen sucht. Dieser wäre klar und folgerichtig genug, würde er nicht häufig von Jähzorn getrübt. Eine Spur mehr Selbstbeherrschung, und diese Frau wäre bewundernswert. So aber sprühen ihre Augen Feuer, sobald sie auf den geringsten Widerstand stößt, das rote Haar fällt in die Stirne, wirr und schweißgetränkt, und sie muß die Klasse verlassen – so wie vorgestern –, um mir nicht das Tintenfaß an den Kopf zu werfen.
Das naßkalte Wetter (der Herbst ist heuer ganz abscheulich!) verlockt mich nicht zum Herumtollen. Viel lieber verplaudere ich die Pausen mit Mademoiselle Aimée. Unsere Freundschaft macht schnelle Fortschritte. Blonde kleine Aimée! Schmeichlerische Katzennatur, weich und anschmiegsam, beispiellos wärme- und zärtlichkeitsbedürftig! Wie gern betrachte ich dein rosiges Gesicht und die goldbraunen Augen mit den keck aufgebogenen Wimpern, denen das Lachen so gut ansteht! Sie ziehen die Blicke der Männer an wie zwei kleine Sonnen. Alles dreht

sich nach dir um. Oft, wenn wir auf der Schwelle der zweiten Klasse miteinander plaudern, während die kleinen Mädchen die Fleißigen spielen, geht Mademoiselle Sergent an uns vorüber, wortlos und eifersüchtig, heftet einen forschenden Blick auf uns, und ihr Schweigen schreit uns förmlich entgegen, wie hart es sie trifft, daß wir einander so gut verstehen.
Diese neunzehnjährige Aimée – sie ist einen Kopf kleiner als ich – zwitschert vor sich hin, als sei sie noch immer Zögling der Lehrerinnenbildungsanstalt, die sie erst vor drei Monaten verlassen hat. Ihre Zutraulichkeit, ihre weichen, runden Gesten – es sind die Bewegungen eines verspielten Kätzchens – rühren mich seltsam. Wenn Mademoiselle Sergent vorübergeht, so erstarrt sie unwillkürlich, so sehr scheint sie sich vor ihr zu fürchten, und vergräbt die eiskalten Händchen unter ihrem Plüschkragen. Die Ärmste hat keinen Groschen, wie Tausende ihrer Leidensgefährtinnen.
Um sie nicht zu verschrecken, ziehe ich meine sanftesten Saiten auf, was mir ohne besondere Mühe gelingt, und überschütte sie mit allen möglichen Fragen. Dabei wäre ich es schon zufrieden, sie nur ansehen zu dürfen! Sie spricht ohne Unterlaß. Trotz ihrer unregelmäßigen Züge (oder gerade deshalb!) wirkt sie hübsch. Zwar treten die Backenknochen ein wenig zu stark hervor, zwar ist die Nase zu kurz, zwar krümmen sich die vollen Lippen beim Lachen im linken Mundwinkel auf ganz eigenartige Weise, aber dafür hat sie herrliche goldbraune Augen und einen Teint, dessen zarte Pfirsichfarben auch der strengsten Kälte gewachsen sind. Sie redet ohne Unterlaß, schildert ihren Vater, den Steinmetz, ihre prügelfreudige Mutter, ihre Schwester und ihre drei Brüder, die spartanische Lehrerinnenbildungsanstalt in der Kreisstadt, wo das Wasser in den Krügen gefror und sie vor Übermüdung kaum aufrecht stehen konnte, weil es um fünf Uhr früh aus den Federn springen hieß (Gott sei Dank war wenigstens die Englischprofessorin nett zu ihr!), die Ferien im Familienkreis, wo man sie zur gröbsten Arbeit anhielt, mit der Begründung, daß es ihr besser anstünde, daheim Suppe zu kochen, als die feine Dame zu spielen ... Das alles zieht in ihrem unermüdlichen Geplauder vorbei, diese ganze trostlose Jugend, die sie voll Ungeduld ertrug, deren sie sich mit Schaudern erinnert.
Kleine Aimée Lanthenay, dein biegsamer, ahnungsvoller Körper verlangt nach einem unbekannten Glück! Wärst du nicht Hilfslehrerin in Montigny, sähe ich dich fast als – nein, das behalte ich lieber bei mir! Aber wie gerne betrachte ich dich, wie gerne

lausche ich deinem Gezwitscher, du meine jüngere Schwester, die du vier Jahre älter bist als ich!
Eines Tages kommt meine neue Freundin auf ihre guten Englischkenntnisse zu sprechen. Das bringt mich auf eine wahrhaft göttliche Idee: ich gehe zu Papa (da er nun einmal Mutterstelle an mir vertritt!) und flöße ihm den Gedanken ein, mir durch Mademoiselle Aimée Lanthenay Englischunterricht erteilen zu lassen. Papa findet diesen Einfall genial, wie übrigens den Großteil meiner Ideen, und begleitet mich zu Mademoiselle Sergent, »um die Sache unter Dach und Fach zu bringen«. Die Frau Direktor empfängt uns mit undurchdringlicher Höflichkeit und Papa setzt sie von »seinem« Plan in Kenntnis. Sie scheint ihn gutzuheißen, aber dennoch kann ich mich einer gewissen Unruhe nicht erwehren: es ist mir unmöglich, ihre Augen zu sehen. Oh, ich habe sehr bald erkannt, daß sie die Wahrheit nicht zu verbergen vermögen. Diesmal hält sie den Blick hartnäckig gesenkt. Das verheißt nichts Gutes.
Mademoiselle Lanthenay wird heruntergerufen. Sie erscheint, dienstfertig und errötend, wiederholt ein über das andere Mal »Ja, Monsieur!« und »Gewiß, Monsieur!« und scheint nicht genau zu wissen, was sie eigentlich sagt. Ich freue mich meiner List und betrachte Aimée entzückt, im Vorgenuß des Glücks, sie von nun an öfter und ungestörter um mich zu haben als auf der Türschwelle der zweiten Klasse. Das Honorar wird festgesetzt: fünfzehn Francs pro Monat, bei zwei Wochenstunden, ein unverhoffter Goldregen für diese arme kleine Hilfslehrerin, die von ihren fünfundsiebzig Francs monatlich ihr Kostgeld bezahlen muß. Außerdem glaube ich, daß es auch ihr Freude macht, öfter mit mir zusammenzutreffen. Während der ganzen Unterredung sprechen wir kaum mehr als zwei oder drei Sätze miteinander.
Erste Lektion! Nach dem Unterricht warte ich, bis Mademoiselle Aimée ihre Englischbücher zusammengesucht hat. Dann auf, nach Hause! In Papas Bibliothek erwartet uns eine gemütliche Ecke: ein großer Tisch, Hefte und Federn, eine Lampe, die nur den Tisch beleuchtet, den übrigen Raum jedoch in warmem Dunkel beläßt. Mademoiselle Lanthenay ist verlegen (warum nur?), hüstelt, errötet und sagt:
»Nun, Claudine, das englische Alphabet werden Sie wohl kennen, nicht wahr?«
»Natürlich, Mademoiselle. Ich kann auch etwas Grammatik. Diese kleine Übersetzung zum Beispiel könnte ich ohne weiteres machen . . . es ist doch nett hier, nicht?«

»Ja, sehr nett.«
Um den Ton unserer Zwiegespräche wiederzufinden, dämpfe ich ein wenig die Stimme:
»Hat Mademoiselle Sergent unsere Privatstunden noch einmal erwähnt?«
»Oh, kaum! Sie sagte bloß, daß es eine günstige Gelegenheit für mich sei, und daß ich mit Ihnen keine Mühe haben würde. Angeblich sind Sie eine begabte Schülerin, die spielend lernt, wenn sie sich erst einmal dazu bequemt.«
»Das ist alles? Sicher hat sie damit gerechnet, daß Sie es mir wiederholen würden!«
»Vorwärts, Claudine! Wir sind nicht hier, um zu plaudern! Wie Sie wissen, gibt es im Englischen nur einen Artikel ... usw. usw.« Zehn Minuten lang lernen wir allen Ernstes Englisch. Dann nehme ich mein Verhör wieder auf:
»Haben Sie ihre unzufriedene Miene nicht bemerkt? Ich meine damals, als Papa bei ihr war?«
»Nein ... oder doch ... ja, vielleicht. Aber an jenem Abend haben wir kaum zwei Worte miteinander gewechselt.«
»Ziehen Sie doch die Jacke aus! In Papas Zimmer ist immer eine Affenhitze! Oh! Wie schlank Sie sind! Zum Abbrechen! Und was für schöne Augen Sie haben! Bei Lampenlicht strahlen sie ganz besonders hell!«
Ich sage, was mir durch den Kopf geht. Es macht mir Freude, meiner Lehrerin angenehme Dinge zu sagen, weit größere, als selbst Komplimente zu bekommen. Ich frage weiter:
»Schlafen Sie noch immer in einem Zimmer mit Mademoiselle Sergent?«
Diese Gemeinschaft dünkt mich hassenswert, aber was soll man machen! Alle übrigen Zimmer sind schon ausgeräumt. Man beginnt bereits das Dach abzutragen.
»Was bleibt mir anderes übrig«, seufzt die arme Kleine. »Es ist mir sehr unangenehm. Abends gehe ich um neun zu Bett, schnell schnell, bevor sie hereinkommt. Mademoiselle Sergent legt sich erst später nieder. Aber trotzdem ist es sehr peinlich, besonders, wenn man einander so fremd gegenübersteht wie wir!«
»Scheußlich! Ich kann Ihnen das so gut nachfühlen! Es muß doch gräßlich für Sie sein, in ihrer Gegenwart Toilette zu machen! Mir wäre es furchtbar unangenehm, vor Leuten, die ich nicht leiden kann, im Hemd dazustehen!«
Mademoiselle Lanthenay zieht ihre Uhr hervor und schrickt zusammen:

»Claudine! Wir arbeiten ja nichts! Vorwärts, weiter!«
»Ja, ja . . . Wissen Sie übrigens schon, daß neue Hilfslehrer kommen sollen?«
»Ja, zwei! Sie sind für morgen angesagt.«
»Wieder zwei neue Verehrer! Da werden wir was zu lachen haben!«
»Ach, hören Sie doch auf! Ich habe mich noch nie für einen Hilfslehrer begeistern können! Die, denen ich bis jetzt begegnet bin, waren samt und sonders strohdumm. Im übrigen weiß ich auch schon, wie die beiden Herren heißen: Antonin Rabastens und Armand Duplessis! Zwei lächerlichere Namen kann man sich kaum vorstellen.«
»Ich wette, diese beiden Schwerenöter werden zwanzigmal pro Tag durch unseren Hof gehen, mit der fadenscheinigen Begründung, daß der Eingang zur Knabenschule verstellt ist . . . Sie wissen ja, die leidigen Demolierungsarbeiten . . .«
»Claudine, es ist eine Schande! Wir haben überhaupt nichts gearbeitet!«
»Oh, am ersten Tag ist das immer so! Dafür wird es nächsten Freitag um so besser gehen! Schließlich braucht man eine gewisse Zeit, um in Schwung zu kommen!«
Trotz dieser bemerkenswerten Feststellung läßt Mademoiselle Lanthenay, von ihrer eigenen Faulheit eingeschüchtert, bis Schluß der Lektion nicht mehr mit sich spaßen. Nachher begleite ich sie zur nächsten Ecke. Die Nacht ist schwarz und kalt, und es tut mir in der Seele weh, die zarte Kleine in diese frostige Finsternis hinauseilen zu sehen, zurück zu dem rothaarigen Weib mit den eifersuchtsprühenden Augen.

Diese Woche waren uns, den Großen, Stunden ungetrübten Glücks beschert: man beauftragte uns mit der Entrümpelung des Dachbodens. Wir schleppten haufenweise Bücher, Hefte und altes Zeug hinunter und liefen sinnlos treppauf und treppab. (Da die Maurer darauf warteten, den ersten Stock niederreißen zu können, war höchste Eile geboten.) Die lange Anaïs und ich wagten uns bis zu der Stiege vor, die Schule und Lehrerzimmer miteinander verbindet, der Tatsache wohl bewußt, mit diesem kühnen Unterfangen eine tüchtige Strafe zu riskieren. Aber wir hätten gar zu gern wenigstens einen der beiden bis dato unsichtbar gebliebenen Hilfslehrer erspäht.
Wir kommen an einem halboffenen Zimmer vorbei. Anaïs gibt mir einen Rippenstoß, ich stolpere und stoße mit dem Kopf ge-

gen die Türe. Sie fliegt auf. Wir platzen vor Lachen und weichen keinen Fußbreit von der Schwelle. Hier haust einer der Hilfslehrer. Zum Glück ist er nicht da! In aller Eile inspizieren wir den Raum. Kamin und Wände zieren zwei große, phantasielos gerahmte Farbdrucke: eine Italienerin mit schwarzer Mähne, blendendweißen Zähnen und einem Mündchen, das dreimal kleiner ist als die Augen. Als Gegenstück dazu eine affektierte Blondine, die einen Spaniel an den blaubebänderten Busen drückt. Antonin Rabastens (er hat seine Visitenkarte mit vier Reißnägeln an der Türe befestigt) schläft in einem Bett, zu dessen Häupten russische und französische Wimpel einander überkreuzen. Was noch? Ein Waschtisch, zwei Sessel, eine Schmetterlingssammlung (die Schmetterlinge sind auf Korkstöpsel aufgespießt), Notenblätter, über den Kaminsims verstreut. Das ist alles. Wortlos lassen wir den Blick umherschweifen, um uns im nächsten Augenblick eilends in Richtung Dachboden zurückzuziehen, von der panischen Angst gepackt, daß besagter Antonin (wie kann man nur Antonin heißen!) plötzlich heraufkommen könnte! Und wir trampeln so laut über diese verbotenen Pfade, daß sich im Erdgeschoß eine Türe öffnet, ein stattlicher, dunkler Junge mit wohlgenährten Wangen auf den Gang tritt – wir können gerade noch einen Blick von ihm erhaschen – und mit saftigem Marseiller Akzent heraufruft: »Was ist da los, zum Teufel? Hier ist eine Schule, kein Pferdestall!«
»Wenn der wüßte, daß wir aus seinem Zimmer kommen!« keucht meine Helfershelferin, in der schützenden Bodenkammer angelangt.
»Wahrscheinlich wäre er untröstlich, uns verfehlt zu haben!«
»Verfehlt?« wiederholt Anaïs mit eisiger Miene, »der sieht mir nicht danach aus, als ob er einen verfehlen würde!«
»Ach, du mit deiner dreckigen Phantasie!«
Wir entrümpeln weiter. Welch ein Hochgenuß, Mademoiselle Sergents Bücher und Zeitschriften zu durchwühlen, ehe wir geruhen, sie hinunterzubefördern! Da finden sich unter anderem die *Aphrodite* von Pierre Louys sowie zahlreiche Nummern des *Journal Amusant.*
»Kulissengespräch«, eine Zeichnung von Gerbault, betrachten wir mit herrlicher, prickelnder Erregung: schwarzbefrackte Herren kitzeln nette kleine Ballettratten in Trikot und Tüllröckchen, die ausgelassen herumspringen, vor Vergnügen sichtlich kreischend. Auf dem Dachboden ist es dämmerig. Wir haben ein paar Zeichnungen von Guillaume gefunden und können uns

nicht losreißen. Sie sind aber auch zu komisch! Und so gewagt! Plötzlich fahren wir herum: die Türe fliegt auf, und eine Stimme (dieser Akzent! Er riecht förmlich nach Knoblauch!) fragt ärgerlich:
»Wer macht hier diesen Höllenspektakel, zum Donnerwetter?«
Wir erheben uns ernsten Gesichts, mit Büchern beladen, erwidern gemessen: »Guten Tag, Monsieur!« und haben alle Mühe, den Lachkrampf zu bemeistern, der uns an allen Gliedern schüttelt.
Es ist der wohlgenährte Hilfslehrer von vorhin. Da wir aber junge Damen sind, die gern und gut wie sechzehn aussehen, entschuldigt er sich höflich und tritt mit den Worten »Ich bitte vielmals um Verzeihung, meine Damen!« den Rückzug an. Kaum ist er draußen, führen wir auch schon einen verrückten Tanz auf, in aller Stille, und schneiden teuflische Grimassen. Natürlich kommen wir zu spät hinunter und werden gescholten. »Was haben Sie so lange getrieben?« fragt Mademoiselle Sergent.
»Mademoiselle, wir mußten die Bücher erst schichten.«
Und ich stelle ihr einen Stoß unter die Nase, obenauf die gewagte *Aphrodite* sowie ein paar Nummern des *Journal Amusant*, mit den Bildern nach außen. Sie merkt sofort, was gespielt wird, ihre roten Wangen färben sich noch röter, doch sie hat sich sofort in der Hand und erklärt: »Ach ja, die Bücher des Lehrers! Ich werde sie ihm zurückgeben. Auf diesem Dachboden herrscht ein solches Durcheinander . . .«
Das ist alles. Kein Tadel, keine Strafarbeit.
Beim Hinausgehen gebe ich Anaïs einen Rippenstoß. Ihre kleinen Augen verschwinden fast unter unzähligen Lachfältchen.
»Na, was sagst du zum Lehrer, Alte? Der hält was aus!« Anaïs zuckt die Achseln.
»Ausgerechnet der! Dieses Unschuldslamm! Wenn der nicht noch an den Storch glaubt, freß ich einen Besen!«
Besagter Lehrer ist ein farbloser, trauriger Witwer, der sich nach Schluß des Unterrichts unweigerlich in seinem Zimmer vergräbt. Man weiß kaum, ob es ihn wirklich gibt.

Zweite Lektion bei Mademoiselle Aimée, am darauffolgenden Freitag.
»Nun? Was ist mit den Hilfslehrern? Machen sie Ihnen schon den Hof?«
»Oh, Claudine«, lachte Aimée, »gestern sind sie bei uns erschienen, um uns ›ihre Aufwartung zu machen‹. Antonin Rabastens,

übrigens ein ziemlich harmloser Knabe, hat sich von allen Seiten bewundern lassen.«
»Rabastens, genannt ›die Perle von Cannebière‹! Und wie ist der andere?«
»Armand Duplessis? Groß, hager, interessante Züge.«
»Es scheint mir geboten, ihn ›Richelieu‹ zu taufen.«
»Diesen Spitznamen wird er so bald nicht wieder los, böse Claudine! Aber was für ein Sonderling! Kaum, daß er einmal den Mund aufmacht! Und wenn, so sagt er höchstens, ›ja‹ oder, ›nein‹!«
Heute, beim wohligen Licht der kleinen Lampe, finde ich meine Englischprofessorin ganz besonders reizend. Ihre Katzenaugen glitzern golden, schelmisch und verspielt, und ich verliere mich in ihren Anblick, hingerissen und bewundernd, ohne zu übersehen, daß sie weder Güte noch Treue, noch Aufrichtigkeit widerspiegeln. Doch sie strahlen so hell aus dem frischen Gesicht, und Aimée paßt so gut in dieses warme, gemütliche Zimmer, daß ich fühle, wie alles in mir danach drängt, sie zu lieben, mit der ganzen Kraft meines jungen, ungebärdigen Herzens, dessen Torheit ich wohl kenne, jedoch nicht meistern kann.
»Und *sie*? Die rothaarige Frau Direktor? Keine neuen Sticheleien?«
»Im Gegenteil! Sie ist sogar äußerst liebenswürdig! Ich glaube, unsere Freundschaft stört sie weit weniger, als Sie meinen!«
»Daß ich nicht lache! Dann haben Sie ihre Augen nicht gesehen! Sie sind lange nicht so schön wie die Ihren, aber viel, viel hintergründiger . . . Mademoiselle Aimée, Sie sind die süßeste kleine Englischlehrerin auf der ganzen Welt!«
Ihre Wangen färben sich dunkelrot, und sie sagt ohne jede Überzeugung: »Claudine, Sie sind wohl nicht ganz bei Trost! Man hat es mir oft genug gesagt, aber jetzt fange ich langsam an, daran zu glauben!«
»Pah! Ich weiß genau, wie man über mich spricht! Was hat das schon zu bedeuten? Es genügt mir vollkommen, mit Ihnen beisammen zu sein! Kommen Sie, erzählen Sie mir von Ihren Verehrern!«
»Aber Sie wissen doch, daß ich keine habe! Dafür können wir uns wohl auf die häufigen Besuche der beiden Hilfslehrer gefaßt machen. Rabastens scheint den Salonlöwen spielen zu wollen und schleppt seinen Kollegen Duplessis überallhin mit! Habe ich Ihnen übrigens schon erzählt, daß ich meine kleine Schwester hier ins Internat geben werde?«

»Ihre Schwester interessiert mich nicht im geringsten! Wie alt ist sie denn?«
»So alt wie Sie, das heißt, ein paar Monate jünger. Dieser Tage wird sie fünfzehn.«
»Ist sie hübsch?«
Sie schüttelt den Kopf.
»Nicht sehr. Sie ist scheu und wild. Sie werden ja sehen.«
»Zum Teufel mit Ihrer Schwester! Wissen Sie schon das Neueste? Ich habe Rabastens kennengelernt, den schmucken Antonin! Er ist eigens zu diesem Zweck auf den Dachboden geklettert, was sagen Sie jetzt? Sein Akzent hat sich gewaschen!«
»Ja, aber sonst ist er gar nicht übel! Vorwärts, Claudine, schämen Sie sich nicht? Übersetzen Sie diesen Absatz!«
Ihre Aufregung ist fruchtlos. Wir bringen überhaupt nichts zustande, und beim Abschied gebe ich ihr einen Kuß.
Am nächsten Tag während der großen Pause – um mein geistiges Niveau zu heben, führt Anaïs eben mit undurchdringlicher Miene einen Veitstanz auf – erscheinen Duplessis und Rabastens unversehens in unserem Schulhof.
Die beiden Herren grüßen, und Marie Belhomme, die lange Anaïs und ich erwidern den Gruß mit steifer Höflichkeit. Dann betreten sie das Klassenzimmer, wo die beiden Damen gerade mit der Korrektur der Hefte beschäftigt sind. Wir sehen die vier miteinander lachen und plaudern. Plötzlich ergreift mich das ebenso jähe wie unbezähmbare Verlangen nach meinem Mantel, den ich auf der Bank liegengelassen habe. Ich stürze in die Klasse, stoße die Tür auf, als hätte ich niemals erwartet, die beiden Herren anzutreffen, erstarre auf der Schwelle und spiele die Verwirrte. Mademoiselle Sergent schleudert mir ein »Nicht so stürmisch, Claudine!« an den Kopf, mit dem man eine Glasplatte entzweischneiden könnte, und ich ziehe mich auf den Zehenspitzen zurück, nicht ohne festgestellt zu haben, daß Mademoiselle Aimée mit Duplessis plaudert, lacht und kokettiert. Wart nur, du schöner Sonderling, über kurz oder lang werden ein paar billige Witze über dich im Umlauf sein, ein Liedchen oder einige neue Spitznamen. Ich werde dich lehren, Mademoiselle Aimée zu verführen! Wie? Was hör ich? Man ruft mich zurück? Welch unverhofftes Glück! Ich lasse mich nicht lange bitten, setze meine gelehrigste Miene auf und kehre um.
»Claudine«, läßt sich Mademoiselle Sergent vernehmen, »singen Sie das da vom Blatt. Monsieur Rabastens ist zwar musikverständig, jedoch lange nicht so sehr wie Sie!«

Welch ein Umschwung! Wie unglaublich liebenswürdig! »Das da« ist eine Arie aus dem *Chalet*, zum Weinen langweilig. Leider friert mir regelmäßig die Stimme ein, wenn ich vor fremden Leuten singen muß. Darum treffe ich wohl die Noten, muß aber gegen ein lächerliches Tremolo ankämpfen, das sich gegen Ende des Stückes Gott sei Dank etwas verliert.
»Bravo, Mademoiselle!« schwärmt Marseille. »Darf ich Sie zu Ihrem Talent beglückwünschen?«
Ich wehre bescheiden ab, zeige ihm in Gedanken die Zunge (die »Zunnnge«, würde er sagen) und trolle mich zu den »annndern«. Sie empfangen mich mit süßsaurer Miene.
»Meine Liebe!« knirscht die lange Anaïs, »du scheinst ja in allerhöchster Gunst zu stehen! Sicher hast du auf die Herren einen unauslöschlichen Eindruck gemacht, und wir werden sie jetzt täglich zu Gesicht bekommen!«
Die beiden Jaubert, gelb vor Eifersucht, grinsen hämisch in sich hinein.
»Laßt mich in Ruhe! Es steht wirklich nicht dafür, soviel Aufhebens zu machen, bloß, weil ich ein paar Noten getroffen habe! Rabastens stammt aus dem Süden, aus dem Süden zum Quadrat, und diese Leute kann ich nicht ausstehen! Und was Richelieu betrifft, so könnt ihr Gift darauf nehmen, daß er nicht mich besuchen wird!«
»Wen denn?«
»Mademoiselle Aimée, natürlich! Er verschlingt sie ja mit den Augen!«
»Sag einmal«, flüstert Anaïs, »wenn du auf ihn nicht eifersüchtig bist, dann also auf sie . . .«
Verfluchte Anaïs! Nichts bleibt ihr verborgen, und was sie nicht sieht, erfindet sie!
Die beiden Herren kommen heraus. Antonin Rabastens grüßt nach allen Seiten, die personifizierte Herzlichkeit. Der andere verkriecht sich in sich selbst, abweisend und scheu. Höchste Zeit, daß sie wieder gehen. Die Pause ist bald zu Ende, und ihre Zöglinge im Nachbarhof machen einen solchen Lärm, daß man meinen möchte, man hätte sie samt und sonders in einen Kessel siedenden Wassers gesteckt. Auch unsere Glocke schrillt, und ich sage zu Anaïs: »Der Distriktskandidat ist wieder einmal fällig, findest du nicht? Wenn er sich im Laufe dieser Woche nicht blicken läßt, steht die Welt nicht mehr lange!«
»Er ist seit gestern hier. Sicher wird er bald herumschnüffeln kommen.«

Dutertre ist nicht nur Distriktskandidat, sondern auch Arzt des Waisenhauses, dem der Großteil unserer Schulkinder entstammt. Diese doppelte Eigenschaft gibt ihm das Recht, uns Besuche abzustatten, und Gott weiß, daß er es zu nützen versteht! Manche Leute behaupten, Mademoiselle Sergent sei seine Geliebte. Ob das stimmt, weiß ich nicht. Hingegen würde ich meine Hand dafür ins Feuer legen, daß er ihr Geld schuldet. Wahlkampagnen sind ein teurer Spaß, und Dutertre, dieser Habenichts, bemüht sich seit Jahren ebenso hartnäckig wie erfolglos, den alten, stummen, aber millionenschweren Esel, der im Parlament die Wählerschaft des Fresnois vertritt, von seinem Abgeordnetenstuhl zu verdrängen. Ebenso fest bin ich davon überzeugt, daß dieser rote Vulkan in ihn verliebt ist. Die Frau Direktor zittert ja vor Wut und Eifersucht, wenn sie mit ansehen muß, wie beharrlich er sich in unserer Nähe herumtreibt.
Wie schon erwähnt, beehrt er uns häufig mit seinen Besuchen, setzt sich auf die Tische, lässig und ungezwungen, tändelt mit den Ältesten, besonders mit mir, blättert in unseren Heften, streichelt unsere Wangen, kitzelt uns mit seinem Schnurrbart (ganz unabsichtlich, versteht sich!), duzt uns samt und sonders (schließlich hat er uns schon gekannt, als wir noch sooo klein waren!) und läßt sein Raubtiergebiß und seine schwarzen Augen begehrlich glitzern. Wir finden ihn charmant. Aber ich kenne ihn als solchen Schurken, daß es ihm stets aufs neue mißlingt, mich einzuschüchtern – zur großen Entrüstung meiner Kameradinnen.
Handarbeitsstunde. Wir nähen träge und schwätzen mit fast unhörbarer Stimme. Ah, es beginnt zu schneien! Herrlich! Schneeballschlachten, Rutschpartien und wildes Herumgetolle in Sicht! Mademoiselle Sergent betrachtet uns blicklos. Offenbar sind ihre Gedanken mit anderen Dingen beschäftigt.
Plötzlich klopft es an die Scheiben. Durch die tanzenden weißen Daunen sehen wir Dutertre, in Pelzmütze und -mantel, verführerischer Kern in warmer Schale. Ist das ein Augen- und Zähnegefunkel!
Die erste Bank (Marie Belhomme, die lange Anaïs und ich) gerät in Aufruhr. Ich ordne meine Locken, Anaïs beißt sich in die Lippen (ein Mittel, sie röter erscheinen zu lassen), Marie schnallt ihren Gürtel enger. Die Zwillinge falten die Hände, als schickten sie sich an, für das Bild »Erinnerung an die Hl. Kommunion« (Ich bin der Tempel des Heiligen Geistes) Modell zu sitzen.
Mademoiselle Sergent springt auf wie von der Tarantel gestochen

und läuft zur Türe. So großer Diensteifer erregt meine Heiterkeit: ich winde mich vor Lachen. Anaïs benützt die allgemeine Verwirrung, um mich zu zwicken, diabolische Grimassen zu schneiden und sich den Mund mit Zeichenkohle und Radiergummi vollzustopfen. (Unzählige Male hat man ihr diese exzentrischen Nahrungsmittel bereits verboten, aber es ist aussichtslos: den ganzen lieben Tag hat sie Mund und Taschen mit Bleistiftstummeln, schwarzem, unappetitlichem Radiergummi, Zeichenkohle und rosa Löschpapier vollgepfropft. Kreide und Graphitminen füllen ihren Magen auf bizarre Weise und sind höchstwahrscheinlich die Ursache ihres unschönen, gipsgrauen Teints. Ich zum Beispiel esse höchstens Zigarettenpapier, und auch da nur eine ganz bestimmte Marke. Aber die lange Anaïs wird noch die Gemeinde ruinieren: jede Woche verlangt sie neue »Materialien«, und der Lehrmittelverbrauch steigt ins Ungemessene. Kein Wunder, daß der Gemeinderat bereits eine Beschwerde eingebracht hat.)
Dutertre schüttelt sein bezuckertes Fell – man könnte meinen, er sei damit auf die Welt gekommen. Mademoiselle Sergent strahlt vor Glück. Ihr Entzücken ist so grenzenlos, daß sie darüber nachzusehen vergißt, ob ich sie überwache. Der Distriktskandidat scherzt mit ihr, und seine kraft- und klangvolle Stimme (die rasche Redeweise verrät den Gebirgler) füllt und wärmt den ganzen Raum. Ich werfe einen Blick auf meine Nägel und ordne mein Haar, denn der Besucher sieht vorzugsweise zu uns herüber. Kein Wunder! Schließlich sind wir junge Damen von fünfzehn Jahren, und wenn ich auch noch ein Kindergesicht habe, so ist meine Figur gern und gut ihre achtzehn Jahre alt! Und was mein Haar betrifft, diese wehende Mähne, die je nach dem Licht schwarzbraun bis dunkelgolden schimmert, was mit meinen kaffeebraunen Augen gar nicht so übel kontrastiert, so kann ich es mir durchaus leisten, es zur Schau zu tragen: es reicht mir fast bis zur Taille, geringelt und gelockt, und hat sich niemals zu Zöpfen oder Knoten hergegeben. Vom Knoten bekomme ich Kopfweh. Und was die Zöpfe betrifft, so geben sie meinem schmalen Gesicht zu wenig Hintergrund. Wenn wir Fangen spielen, raffe ich mein Haar zusammen (nein, so leicht sollt ihr mich nicht kriegen!) und binde es zu einem Pferdeschweif. Schließlich und endlich – ist es nicht viel hübscher so?
Mademoiselle Sergent unterbricht ihr beseligtes Zwiegespräch mit dem Distriktskandidaten und schnappt:
»Meine Damen, Ihr Benehmen spottet jeder Beschreibung!« Um

sie in dieser Meinung zu bestärken, gebärdet sich Anaïs, als könne sie nur mit größter Mühe das Lachen verbeißen, macht »hpp! hpp!« mit unbewegter Miene, und Mademoiselle Sergents wütender, unheilverkündender Blick bleibt an mir hängen. Endlich läßt sich Monsieur Dutertre vernehmen: »Alles in Ordnung? Fortschritte?«

»Alles in Ordnung, was die Gesundheit betrifft«, sagt Mademoiselle Sergent. »Aber gearbeitet wird viel zuwenig! Diese Großen sind von einer Faulheit . . .«

Kaum merken wir, daß sich der schöne Doktor unserer Bank zuwendet, als wir uns bereits über unsere Hefte neigen, in eifrigstes Studium vertieft. Dutertre scheint für uns nicht vorhanden.

»So, so«, sagt der Distriktskandidat und steuert auf unsere Bank zu, »man arbeitet also nicht genug? Woran denkt man denn, wenn ich fragen darf? Sollte Mademoiselle Claudine vielleicht nicht mehr die besten Aufsätze schreiben?«

Zum Teufel mit den Aufsätzen! Sie sind mir ein Greuel! Diese dummen, abscheulichen Themen! »Beschreibung der Gedanken und Handlungen einer Blinden« (warum nicht gleich einer Taubstummen?), oder: »Beschreiben Sie Ihre physische und psychische Persönlichkeit, in Form eines Briefes an einen Bruder, den Sie seit zehn Jahren nicht gesehen haben.« (Ich bin ein einziges Kind!) Gott, wieviel Mühe kostet es mich jedesmal, diese Aufsätze nicht mit faulen Witzen und revolutionären Parolen zu spicken! Aber was soll man machen. Meine Kolleginnen – Anaïs ausgenommen – bringen allesamt so wenig zusammen, daß ich ganz ohne mein Zutun in den Ruf geraten bin, »bemerkenswerte Aufsätze« zu schreiben!

Jetzt ist Dutertre im richtigen Fahrwasser. Ich blicke auf. »Claudine?« erwidert Mademoiselle Sergent, »oh, doch! Aber das ist beileibe nicht ihr Verdienst! Sie ist begabt und gibt sich nicht die geringste Mühe!«

Dutertre sitzt nachlässig auf der Bank, ein Bein von sich gestreckt, und duzt mich, um nicht außer Übung zu geraten: »Du bist also faul?«

»Und ob! Das ist mein einziger Trost auf dieser Erde!«

»Kannst du nicht eine Minute ernst sein? Du liest wahrscheinlich lieber, wie? Was liest du denn? Alles, was dir unterkommt? Die ganze Bibliothek deines Vaters?«

»Nein, Monsieur. Bücher, die mich langweilen, lese ich grundsätzlich nicht.«

»Ich kann mir lebhaft vorstellen, was du liest! Feine Bildung, die

du dir da zusammensuchst, das muß ich schon sagen! Zeig mir dein Heft!«
Um bequemer lesen zu können, stützt er die Hand auf meine Schulter und wickelt eine meiner Locken um den Zeigefinger. Die lange Anaïs ist schon gelb vor Neid. Aber, aber! Diese Bevorzugung werde ich teuer bezahlen müssen! Anaïs wird sich mit spitzen Bemerkungen, feigen Zuträgereien und hundert anderen kleinen Gemeinheiten rächen und Mademoiselle Lanthenay und mich keine Sekunde aus den Augen lassen. Die hübsche Aimée! Sie steht im Türrahmen – die Kleinen sind in der Nebenklasse untergebracht –, und das zärtliche Lächeln, das aus ihren Goldaugen zu mir herüberstrahlt, tröstet mich beinahe darüber hinweg, sie weder gestern noch heute ohne Zeugen gesprochen zu haben.
Dutertre läßt mein Heft sinken und streichelt mit abwesender Miene meine Schulter. Selbstverständlich weiß er gar nicht, was er tut, selbst-ver-ständ-lich . . .
»Wie alt bist du?«
»Fünfzehn.«
»Satansmädel! Wenn du nicht so verrückt wärst, könnte man dich für achtzehn halten! Du trittst im Oktober zur Reifeprüfung an?«
»Ja, Monsieur. Papa zuliebe.«
»Deinem Vater? Was kann ihm das schon ausmachen? Du selbst scheinst dich dabei nicht sonderlich aufzuregen?«
»Oh, doch! Ich freue mich schon auf die Herren, die uns prüfen werden! Außerdem gibt's zu dieser Zeit gute Konzerte in der Kreisstadt. Das ist auch etwas wert.«
»Und dann? Lehrerinnenbildungsanstalt?«
Ich fahre auf. »Nicht um die Welt!«
»Warum dieses Ungestüm, du temperamentvolles Geschöpf?«
»Weil ich nicht will! Ich bin ja auch nicht ins Internat gegangen! Ich kann es nicht vertragen, eingesperrt zu sein!«
»Hört, hört! So großen Wert legst du auf deine Freiheit? Dein Zukünftiger wird nichts zu lachen haben! Laß mich dein Gesicht anschauen! Alles in Ordnung? Ein wenig Anämie, vielleicht?«
Der gute Doktor dreht mich zum Licht, einen Arm um meine Taille geschlungen, und taucht seinen Wolfsblick tief in meine Augen. Sie sind ihm klar und unschuldsvoll zugewandt – oh, wenn ich will, kann ich dreinschauen, als könnte ich nicht bis drei zählen! –, dunkel umschattet, wie immer. Dutertre möchte wissen, ob ich an Atemnot oder Herzklopfen leide.

»Nicht daß ich wüßte.«
Ich senke die Lider. Daß ich auch so blöd erröten muß! Aber dieser Blick ist kaum zu ertragen. Ich spüre förmlich, wie Mademoiselle Sergent sich hinter uns verkrampft.
»Schläfst du auch ordentlich? Die ganze Nacht?«
»Jawohl, Monsieur. Die ganze Nacht.«
Ich könnte mir die Haare ausreißen. Meine Wangen werden röter und röter.
Er läßt es genug sein, gibt mich frei und richtet sich wieder auf.
»Pah! Im Grund bist du kerngesund!«
Noch ein Klaps auf die Wange, dann kommt Anaïs an die Reihe, die auf ihrem Platz mittlerweile halb vertrocknet ist.
»Zeig mir dein Heft!«
Er durchblättert es ziemlich hastig. Inzwischen hält Mademoiselle Sergent der ersten Gruppe (zwölf- bis vierzehnjährigen Mädelchen, die bereits die ersten Knoten und Korsetts tragen und die obrigkeitliche Unaufmerksamkeit zur Entfesselung eines Höllenspektakels benützt haben) eine ebenso leise wie vernichtende Strafpredigt. Man hört das Lineal auf vorwitzige Hände niedersausen und das Quieken kleiner geknuffter Mädchen. Die werden sicher alle nachsitzen müssen!
Anaïs erstickt fast vor Beseligung, ihr Heft in so hehren Händen zu erblicken, aber Dutertre findet sie wahrscheinlich nicht nach seinem Geschmack und geht weiter, nach ein paar nichtssagenden Komplimenten und einem Nasenstüber. Bei Marie Belhomme, deren glatte, frische Bräune ihm durchaus nicht mißfällt, säumt er ein paar Minuten. Aber Marie, völlig verstört vor Angst und Schüchternheit, senkt den Kopf wie ein Widder, antwortet »ja« statt »nein« und nennt Dutertre »Mademoiselle«. Die beiden Jaubert werden ob ihrer schönen Schrift belobigt. Das war vorauszusehen!
Endlich macht er sich aus dem Staub. Höchste Zeit!

Noch zehn Minuten! Um sie nutzbringend zu verwerten, bitte ich, hinausgehen zu dürfen, sammle heimlich eine Handvoll Schnee, rolle ihn zu einer Kugel und beiße hinein. Wie kalt und gut! Zwar schmeckt dieser erste Schnee noch ein wenig nach Staub, aber das tut nichts zur Sache. Ich stecke den Ball in die Tasche, kehre in die Klasse zurück, wo man mir von allen Seiten zuwinkt, gebe ihn weiter und sehe zu, wie eine jede, mit Ausnahme der untadeligen Zwillinge, begeistert hineinbeißt. Ach,

du Schreck! Marie Belhomme, diese Gurke, läßt das letzte Stück fallen und Mademoiselle Sergent wird aufmerksam.
»Claudine! Sie haben schon wieder Schnee hereingebracht! Das schlägt dem Faß den Boden aus!«
Der Blick, den sie mir zuschießt, ist so wütend, daß ich mich eines Besseren besinne, die Antwort: »Das ist heuer wirklich das erste Mal!« hinunterschlucke und wortlos meine »Geschichte Frankreichs« aufschlage. Nein, Mademoiselle Lanthenay soll meine Frechheiten nicht büßen müssen. Außerdem wird mich unsere heutige Englischstunde für mein Schweigen entschädigen. Vier Uhr! Mademoiselle Aimée kommt herunter, und wir machen uns davon, fröhlich und guter Dinge.
Wie schön ist es in der warmen Bibliothek! Ich rücke meinen Sessel nahe an den ihren und lege den Kopf auf ihre Schulter. Sie schlingt den Arm um mich. Ich umfange ihre geschmeidige, nachgiebige Taille.
»Oh, Mademoiselle Aimée, liebste kleine Freundin! Ich habe Sie eine Ewigkeit nicht gesehen!«
»Aber ... es sind doch erst drei Tage her ...«
»Das macht nichts ... seien Sie still und küssen Sie mich! Sie sind garstig zu mir, und die Zeit vergeht Ihnen rasch von Dienstag bis Freitag! Sie kommen wohl sehr ungern her, nicht wahr?«
»Oh, Claudine! Sie wissen sehr gut, daß Sie mein einziger Umgang sind und daß ich mich nur hier wohl fühle!«
Sie küßt mich und ich schnurre wie ein zufriedenes Kätzchen. Plötzlich reiße ich sie so heftig an mich, daß sie einen leisen Schrei ausstößt.
»Claudine! Wir müssen arbeiten!«
Zum Teufel mit der englischen Grammatik! Viel süßer ruht es sich an ihrem Busen. Sie streichelt mir Haare und Hals, und ihr flatterndes Herz pocht nahe an meinem Ohr, rascher und rascher. Dennoch muß ich den Federstiel zur Hand nehmen und tun, als lernten wir. Muß ich? Muß ich wirklich? Warum denn? Wer kann schon hereinkommen? Papa? Daß ich nicht lache! Das unbehaglichste Zimmer im ganzen Haus (ein Eiskasten im Winter, ein Backofen im Sommer) hat Papa zu seinem Hauptquartier ernannt. Dort sperrt er sich ein, verbissen und verbohrt, blind und taub für alles, was um ihn vorgeht, um ... ja, da liegt der Hund begraben! Sie werden es nie erraten, haben Sie doch sein großes Werk über die »Malakologie des Fresnois« nicht gelesen. Und warum nicht? Weil es weder fertig ist, noch jemals vollendet sein wird. Nie werden Sie erfahren, daß Papa verzwickten Expe-

rimenten und nervenaufreibenden Nächten, während derer er über unzählige, in Glasglocken und Metallkörbchen eingeschlossene Schnecken gebeugt stand, folgende erhebende Gewißheit verdankt: ein *Limax flavus* nimmt pro Tag 0,24 g Nahrung zu sich, wohingegen die *Helix ventricosa* in der gleichen Zeit nur 0,19 g konsumiert! Wie wollen Sie, daß der weltweite, durch derart umwälzende Entdeckungen erschlossene Horizont einem leidenschaftlichen Malakologen von sieben Uhr früh bis neun Uhr abends genügend Muße übrigließe, väterliche Gefühle zu heben? Zwischen zwei Schneckenfütterungen ist Papa der beste, zärtlichste Mensch, den man sich vorstellen kann, verfolgt mein Tun und Treiben mit Interesse (und Bewunderung!), staunt darüber, mich wie ein »natürliches Wesen« existieren zu sehen, lacht zuweilen aus kleinen, halbversteckten Augen in seinen wallenden rot-grau-weißen Bart (habe ich nicht oft glitzernde Schnekkenspuren daran bemerkt?), und fast scheint es, als lache selbst seine imposante Bourbonennase. (Wo in aller Welt hat er bloß diese königliche Nase her?)
Mit gut gespielter Gleichgültigkeit frage ich Aimée, ob sie den beiden Unzertrennlichen wieder begegnet sei. Zu meinem Erstaunen röten sich ihre Wangen und sie erwidert, etwas zu prompt für meinen Geschmack:
»Ach ja, fast hätte ich vergessen! Sie wissen doch, daß wir jetzt im Kindergarten untergebracht sind. Alles andere wird niedergerissen. Nun, gestern abend, so gegen zehn, als ich die Fensterläden schloß – ich wollte mich gerade niederlegen –, bemerkte ich eine hohe Gestalt, die unter meinem Fenster auf und ab promenierte, trotz der eisigen Kälte! Raten Sie, wer es war!«
»Einer der beiden Hilfslehrer, versteht sich!«
»Ja, aber welcher! Es war Armand! Hätten Sie das für möglich gehalten? Dieser Menschenfeind!«
Ich sage »Nein«, aber es wundert mich durchaus nicht. Dieser düstere Geselle mit den ernsten dunklen Augen scheint mir weit weniger unbedeutend als der muntere Sproß Marseilles, und es stimmt mich ein wenig traurig, mit ansehen zu müssen, wie gierig sich die törichte kleine Aimée auf dieses magere Abenteuer stürzt. Ich frage tadelnd:
»Wie? Sie messen diesem pathetischen Raben bereits so große Bedeutung bei?«
»Natürlich nicht! Er amüsiert mich, das ist alles.«
Aber der Zauber ist gebrochen und die Stunde vergeht ohne weitere Zärtlichkeiten. Erst beim Hinausgehen, auf dem dunklen

Korridor, küsse ich sie von ganzem Herzen auf ihren zarten weichen Hals und vergrabe den Mund in ihrem duftenden Seidenhaar. Es tut so wohl, sie zu küssen! Sie ist warm und weich wie ein kleines possierliches Tier und erwidert meinen Kuß auf das zärtlichste. Ach, am liebsten ließe ich sie nie wieder fort!
Morgen ist Sonntag. Keine Schule, Teufel, Teufel! Wo soll ich mich unterhalten?
Ich beschließe, den Sonntagnachmittag mit Claire zu verbringen, der sanften, herzensguten Gefährtin meiner ersten Kommunion. Schon seit mehr als einem Jahr kommt sie nicht mehr zur Schule. Wir spazieren den Weg entlang, der die Landstraße säumt und dessen dichtes Blätterdach das Licht im Sommer nur sparsam durchläßt. Jetzt sind die Bäume entlaubt, aber auch ihr knorriges Geäst benimmt die Sicht auf die Straße, so daß man die Leute, die am Straßenrand auf den Bänken sitzen, bequem belauschen kann, ohne gesehen zu werden. Wir gehen auf knirschendem Schnee. Die kleinen gefrorenen Pfützen klirren unter der Sonne: kein Geräusch ist dem glasklaren Klingen springenden Eises vergleichbar! Claire berichtet flüsternd von ihren schattenhaften Liebschaften mit den Besuchern des Sonntagsballs bei Trouillard, durchwegs groben, ungehobelten Burschen. Ich höre zu, stumm und quecksilbrig vor Neugier.
»Montassuy war nämlich auch da, Claudine! Bei der Polka hat er mich ganz eng an sich gedrückt! Plötzlich läßt mein Bruder Eugène seine Tänzerin fahren – es war Adèle Tricotot –, springt in die Luft und stößt mit dem Kopf gegen eine der Lampen, so daß die Glasglocke wackelt und das Licht verlöscht. Während die Leute noch stehen und schauen, hast du's nicht gesehen, dreht der dicke Féfed auch das zweite Licht aus und es ist stockfinster, bis auf eine armselige Kerze im hintersten Winkel der kleinen Schenke! Während die alte Trouillard ihre Zündhölzer holen ging, war die Hölle los! Nichts als Küsse, Gelächter und Geschrei! Mein Bruder hielt Adèle fest, dicht neben mir, und ich hörte sie in einem fort seufzen und sagen: ›Laß mich los, Eugène!‹ Ihre Stimme kam wie von sehr weit her, als hätte er ihr die Röcke über den Kopf gestülpt! Und der dicke Féfed ist umgefallen, mitsamt seiner ›Dame‹, und da lagen sie und lachten dermaßen, daß sie nicht mehr aufstehen konnten!«
»Und ihr?«
Claire errötet mit verspäteter Mädchenwürde:
»Das ist es eben! Montassuy war im ersten Augenblick so überrumpelt, daß er bloß meine Hand in der seinen behielt. Aber

dann faßte er mich um die Mitte und flüsterte: ›Haben Sie keine Angst!‹ Ich sagte kein Wort. Dann neigte er sich zu mir und küßte mich auf beide Wangen, ganz zart. Es war so finster, daß man die Hand nicht vor Augen sehen konnte, und da küßte er mich aus Versehen (kleine Houchlerin!) auch auf den Mund! Das hat mir solche Freude gemacht, so wohlgetan und derartiges Herzklopfen verursacht, daß ich beinahe umgefallen wäre! Zum Glück hielt er mich fest und drückte mich noch enger an sich. Oh, er ist bezaubernd und ich liebe ihn!«

»Und was geschah dann, du lockeres Frauenzimmer?«

»Dann hat die alte Trouillard die Kerzen wieder angezündet. Sie war wütend und schwor, daß sie sich beschweren würde, wenn so etwas noch einmal vorkäme! Und dann hätten wir zum letztenmal bei ihr getanzt!«

»Es war ja auch wirklich ein starkes Stück! Psst! Ich höre Schritte!«

Die Straße führt in unserer unmittelbaren Nähe vorbei. Die Böschung ist keine zwei Meter hoch und die Stelle günstig, denn gerade hier steht eine Bank. Wir kauern hinter der dichten Brombeerhecke, in einem unbezahlbaren Versteck.

»Die Hilfslehrer!!«

Tatsächlich! Rabastens und Duplessis, der trübe Einsilbige, kommen langsam näher. Welch unverhofftes Glück! Der joviale Antonin rät zu einer kleinen Rast auf der Bank, wahrscheinlich locken ihn die bläßlichen Sonnenstrahlen, die kraftlos darauf herniederscheinen. Von unserem Horcherposten hoch über ihren Köpfen werden wir der Unterhaltung folgen können, Wort für Wort. Wir zappeln schon vor Ungeduld.

»Uff«, seufzt der Südländer befriedigt, »hier ist es wenigstens warmmm, finden Sie nicht auch?«

Armand antwortet mit undefinierbarem Knurren.

»Sehen Sie«, fährt der edle Sproß Marseilles fort (im Notfall führt er sicher Selbstgespräche), »eigentlich fühle ich mich hier recht wohl! Die Damen – ich meine die beiden Lehrerinnen – sind sehr zuvorkommend, obgleich ich noch nie einer häßlicheren Frau begegnet bin als Mademoiselle Sergent, aber dafür ist die andere in Ordnung, die kleine Mademoiselle Aimée! Es macht richtig stolz, wenn sie einen ansieht!«

Der falsche Richelieu gerät in Bewegung. Auf einmal hat er die Sprache gefunden:

»Ja, sie ist reizend, und so hübsch! Immer munter und gesprächig wie ein Vögelchen!«

Aber schon scheint ihn dieser Gefühlsausbruch zu reuen, denn er hält jäh inne und setzt in verändertem Ton hinzu: »Mademoiselle Lanthenay ist eine feine junge Dame, der Sie gewiß bald den Kopf verdrehen werden, Sie Don Juan!«
Um ein Haar wäre ich herausgeplatzt. Rabastens als Don Juan! Der Federhut auf seinem drallen Gesicht nimmt sich aber auch zu komisch aus ... Meine Freundin und ich tauschen einen Blick grenzenloser Heiterkeit, rühren uns nicht vom Fleck und spitzen die Ohren.
»Mir scheint fast«, läßt sich der Hauptschulcasanova wieder vernehmen, »als gingen Sie mit geschlossenen Augen durch die Gegend! Mademoiselle Aimée ist durchaus nicht die einzige Schönheit hier! Es gibt noch andere hübsche Mädchen! Neulich kam zum Beispiel Mademoiselle Claudine in die Klasse und sang eine Arie vom Blatt, wirklich ganz entzückend! (Und ich darf wohl sagen, daß ich mich auskenne!) Sie ist wirklich nicht zu übersehen, mit ihren schelmischen braunen Augen und ihrem prachtvollen langen Haar, das lose auf die Schultern herabfällt! Mein Lieber, ich glaube, diese Kleine versteht mehr von Dingen, die sie noch nichts angehen, als von Geographie!«
Ich habe mich rasch gefaßt, aber beinahe hätten wir uns verraten: Claire hat losgeprustet. Ein Wunder, daß man sie nicht gehört hat. Rabastens wetzt auf der Bank herum und flüstert dem geistesabwesenden Duplessis etwas ins Ohr, mit anzüglichem Lächeln. Armand verzieht den Mund. Die beiden stehen auf und gehen, während Claire und ich einen Freudentanz aufführen, einerseits, um uns zu erwärmen, andererseits, um dieses köstliche Abenteuer gebührend zu feiern.
Auf dem Heimweg überlege ich, mit welchen Koketterien der schmucke überentzündliche Antonin am wirksamsten zu entflammen wäre: der richtige Zeitvertreib für eine verregnete Pause. Zu denken, daß ich mir einbildete, er interessiere sich für Mademoiselle Lanthenay! Gott sei Dank, daß er sich nicht um sie bemüht! Diese kleine Aimée scheint mir so liebeshungrig, daß vielleicht sogar ein Rabastens bei ihr Erfolg hätte, wer weiß? Allerdings ist Richelieu noch stärker in sie vernarrt, als ich angenommen hatte.
Am nächsten Morgen bin ich schon um sieben in der Schule. Man hat mich zum Feuermachen eingeteilt. Das bedeutet Holzspalten im eiskalten Schuppen, Scheite schleppen, daß die Hände aufspringen, und ins Feuer blasen, bis einem der beißende Rauch die Tränen in die Augen treibt! Schau, schau, das erste neue Gebäude

ist schon ziemlich hoch aufgeschossen und das Dach der Knabenschule geht bereits seiner Vollendung entgegen! Unsere alte Schule, arm und nur mehr halb vorhanden, nimmt sich neben diesen blendendweißen Würfeln unscheinbar und winzig aus.
Die lange Anaïs gesellt sich zu mir, und wir gehen miteinander Holz spalten.
»Weißt du schon das Neueste, Claudine? Heute kommt eine zweite Hilfslehrerin. Außerdem werden wir zur Abwechslung wieder einmal übersiedeln: in den Kindergarten!«
»Eine Glanzidee! Ich sehe uns schon mit Läusen und Flöhen! Der Kindergarten starrt doch vor Schmutz!«
»Das schon! Aber dafür ist die Knabenschule gleich um die Ecke!«
Was für ein schamloses Weib, diese Anaïs! Aber hat sie nicht recht?
»Stimmt auffallend. Also was ist, du elendes Feuer? Wirst du brennen oder nicht? Mir hängt schon die Lunge heraus! Weiß Gott, Monsieur Rabastens ist leichter zu entflammen!«
Das Feuer entschließt sich, die Schülerinnen treffen ein. Mademoiselle Sergent bleibt unsichtbar. Warum wohl? Sie ist noch nie zu spät gekommen.
Endlich erscheint sie, erwidert unseren Gruß mit einem geistesabwesenden »Guten Morgen!«, setzt sich nieder, kommandiert »Auf die Plätze!«, ohne uns anzusehen, und es ist, als sei sie sich unserer Gegenwart überhaupt nicht bewußt.
Rechenstunde. Während ich die Angabe abschreibe, frage ich mich, welche Gedanken wohl unter diesem roten Schopf herumspuken mögen. Dabei bemerke ich mit Unruhe und Überraschung, daß sie mir von Zeit zu Zeit wütende Blicke zuschießt, die einer gewissen Befriedigung nicht entbehren. Was hat das zu bedeuten, um Gottes willen? Ich bin aufs höchste beunruhigt und suche mir die Ereignisse der letzten Tage in Erinnerung zu rufen. Nicht der geringste Anhaltspunkt! Wohl hat sie uns neulich mit unverhohlenem, fast schmerzlichem Zorn nachgeblickt, als wir zu unserer Englischstunde gingen . . . Teufel, Teufel, kann man uns denn nicht in Frieden lassen, meine kleine Aimée und mich? Unsere letzte Lektion war so süß . . . Wir haben weder die Grammatik aufgeschlagen noch das Heft noch die »Auswahl der gebräuchlichsten Redewendungen« . . .
Ich zermartere mein Hirn, fresse meine Wut in mich hinein und schmiere die Angabe aufs Papier, mit nahezu unleserlicher Schrift. Anaïs beobachtet mich verstohlen. Sie merkt genau, daß

etwas nicht stimmt. Ich lasse meinen Federstiel fallen, mit einer Ungeschicklichkeit, die von langjähriger Übung zeugt, und bücke mich, ihn aufzuheben. Dabei hefte ich einen forschenden Blick auf die rothaarige Megäre mit den neidischen Augen. Aber, aber – sie hat ja geweint! Warum dann diese zornigen, jedoch durchaus nicht unzufriedenen Blicke? Meine Unruhe wächst ins Ungemessene. Noch heute muß ich Aimée sprechen, koste es, was es wolle. Die Angabe hat bereits jeden Sinn für mich verloren:

»... Ein Arbeiter rammt Pflöcke in die Erde, und zwar in solchen Intervallen, daß der Teerkübel, dessen er sich bedient, um die Pflöcke bis zu einer Höhe von 30 cm einzutauchen, binnen dreier Stunden leer ist. An jedem Pflock bleiben 10 cm Teer haften. Der Kübel, zu $^3/_4$ angefüllt, hat die Form eines Zylinders von 0,15 m unterem und 0,75 m oberem Durchmesser. Der Arbeiter taucht pro Stunde 40 Pflöcke ein, bei einer Rastzeit von acht Minuten. Wie groß ist die Anzahl der verwendeten Pflöcke und wie groß die Oberfläche des quadratischen Grundstücks? Ferner ist auszurechnen, wie viele Pflöcke zur Verwendung kämen, wenn der Abstand zwischen denselben um je 10 cm vergrößert würde, sowie die Kosten in beiden Fällen, wenn 100 Pflöcke 3 Francs kosten und der Stundenlohn des Arbeiters 0,50 Francs beträgt.«

Sonst nichts? Ob der Arbeiter glücklich verheiratet ist, will man nicht wissen? Oh, welch krankem Hirn, welch verrotteter Phantasie sind die Aufgaben entsprungen, mit denen man uns peinigt! Ich verabscheue sie! Diese Arbeiter, die sich verschwören, um den Arbeitsvorgang zu erschweren, die sich in zwei Trupps teilen, wovon der eine um ein Drittel mehr leistet als der andere, der dafür zwei Stunden länger schuftet! Diese Nadeln, die eine Näherin in fünfundzwanzig Jahren verbraucht, wenn sie elf Jahre nur solche zu 0,50 Francs, die ganze übrige Zeit jedoch solche zu 0,75 Francs kauft, wobei die Nadeln zu 0,75 Francs ... usw. usw. Diese Lokomotiven, die ihre Geschwindigkeit, ihre Abfahrtszeiten und den Gesundheitszustand ihrer Heizer den teuflischsten Veränderungen aussetzen! Abwegige Annahmen, unwahrscheinliche Hypothesen – ihr habt mir die Arithmetik auf Lebenszeit verleidet!
»Anaïs, zur Tafel!«
Die lange Latte erhebt sich wie eine Katze, die man beim Mit-

tagsschlaf stört, nicht ohne mir vorher durch eine Grimasse angedeutet zu haben, wie ungern sie dem Befehl Folge leistet. Niemand reißt sich darum, unter dem schwarzen, wachsamen Blick Mademoiselle Sergents, »zur Tafel« gerufen zu werden.
»Lösen Sie die Aufgabe.«
Anaïs »löst« und erläutert das Problem, während ich die Lehrerin mit Muße betrachte. Ihre Augen funkeln, flammendrot leuchtet das Haar. Wenn es mir wenigstens vergönnt gewesen wäre, vor Beginn des Unterrichts einen Blick auf Aimée zu werfen!
Da! Die Aufgabe ist gelöst. Man hat keine Ruhe. Mit einem Seufzer der Erleichterung kommt Anaïs zurück.
»Claudine, zur Tafel. Schreiben Sie folgende Brüche auf:

$$\frac{3525}{5712}\qquad\frac{806}{925}\qquad\frac{14}{56}\qquad\frac{302}{1052\text{.«}}$$

(O Gott! Bewahre mich vor allen Brüchen, die durch sieben oder elf, durch fünf, neun oder vier, durch sechs oder durch eintausendeinhundertsiebenundzwanzig teilbar sind!)
»Suchen Sie das größte gemeinsame Maß!«
Das habe ich gefürchtet! Widerstrebend mache ich mich ans Werk, unaufmerksam und zerfahren, weshalb mir prompt ein paar Schnitzer unterlaufen. Mademoiselle Sergent quittiert sie mit knapper, ungeduldiger Handbewegung oder bösem Stirnrunzeln. Endlich habe ich es überstanden und begebe mich auf meinen Platz zurück, von einem scharfen »Keine Geistesblitze, wenn ich bitten darf!« begleitet. (Auf ihre Rüge: »Noch immer zu viele Nullen!« habe ich nämlich erwidert: »Ja, ja, die sterben nie aus!«)
Ich werde von Marie Belhomme abgelöst. Ihrer Gewohnheit getreu, reiht sie einen haarsträubenden Unsinn an den andern, gesprächig und selbstsicher auf falscher Fährte, krebsrot und unentschlossen, sobald sie ausnahmsweise etwas kann.
Plötzlich öffnet sich die Türe. Mademoiselle Lanthenay erscheint. Angstvoll durchforsche ich ihr Gesicht. Oh, die armen, lieben Goldaugen, verschwollen und verweint! Sie werfen mir einen verstörten Blick zu, um sich sogleich wieder abzuwenden. Mein Gott, was ist geschehen? Was hat diese Schlange ihr angetan? Der Zorn treibt mir das Blut in die Wangen. Die lange Anaïs merkt es und grinst schadenfroh. Aimée, blaß und leidend, bittet Mademoiselle Sergent um ein Buch. Man überreicht es ihr mit übertriebener Dienstfertigkeit, während sich die Purpurwangen

ihrer Vorgesetzten noch röter färben. Was hat das zu bedeuten, um Himmels willen? Zu denken, daß unsere nächste Lektion erst morgen abend stattfindet! Meine Beklemmung wird unerträglich. Doch was kann ich tun? Nichts, gar nichts! Machtlos muß ich zusehen, wie Mademoiselle Lanthenay die Klasse wieder verläßt.

»Packen Sie Ihre Sachen zusammen!« befiehlt die Furie. »Wir übersiedeln in den Kindergarten!«
Sofort ist die Hölle los. Die Mädchen knuffen, puffen und zwikken einander, Bücher fallen hinunter und müssen mühsam wieder aufgelesen werden. Ein Glück, daß wir alle große Arbeitsschürzen tragen! Die lange Anaïs wartet geduldig, bis ich die meine angefüllt habe – sie selbst hat ihre Bücher unter den Arm geklemmt –, um dann mit geübtem Griff meine Schürzenbänder zu lösen. Alles poltert zu Boden. Während ich ob meiner Ungeschicklichkeit gescholten werde, ist Anaïs in den Anblick dreier arbeitender Maurer versunken, regungslos und hoheitsvoll. Zwei Minuten später spielt dieses gemeine Biest der armen Marie Belhomme denselben Streich. Marie kommt weniger glimpflich davon: ihr Protestgeheul trägt ihr eine Strafe ein und sie wird sich dazu bequemen müssen, fünf Seiten aus dem Geschichtsbuch abzuschreiben.
Endlich erreicht die schreiende, trampelnde Meute den Kindergarten. Muffiger Geruch schlägt uns entgegen. Ich rümpfe die Nase. Es stinkt nach ungewaschenen Kindern. Man sieht, daß die Räume in aller Eile saubergemacht wurden. Hoffentlich dauert dieses »Provisorium« nicht allzu lange!
Anaïs legt ihre Bücher nieder und vergewissert sich unverzüglich, daß die Fenster tatsächlich auf den Garten der Knabenschule hinausgehen. Ich habe keine Zeit für solche Scherze und fühle mich nicht im mindesten dazu aufgelegt, den Hilfslehrern nachzuspionieren. Das Gewitter, das sich über mir zusammenbraut, raubt mir alle Ruhe.
Wir poltern in die Klasse zurück – eine Herde entlaufener Ochsen könnte kaum weniger Lärm machen –, um die Schulbänke zu holen, packen die schweren, häßlichen Tische und stoßen damit überall an, in der Hoffnung, wenigstens einen von ihnen in wurmstichige Trümmer zerfallen zu sehen. Vergebliche Mühe! Sie bleiben heil und ganz, was wahrhaftig nicht unsere Schuld ist.

Ein Gutes hat dieser Vormittag: wir lernen so gut wie nichts. Vor dem Heimgehen mache ich mich im Schulhof zu schaffen. Keine Spur von Mademoiselle Lanthenay. Die rote Schlange wird sie doch nicht eingesperrt haben?
Ich gehe mittagessen, siedend vor zurückgestauter Wut. Sogar Papa merkt, daß etwas nicht stimmt, und fragt, ob ich am Ende Fieber habe . . .
Um viertel eins bin ich wieder zur Stelle. Es ist zum Wahnsinnigwerden! Außer ein paar Bauerntöchtern, die ihr mitgebrachtes Essen hinunterwürgen (harte Eier, Speck, Schwarzbrot, Sirup und Früchte), ist niemand zu sehen. Ich warte vergebens, von Ungeduld verzehrt.
Rabastens tritt ein und begrüßt mich mit dem edlen Anstand eines Tanzbären. Auch gut! Wenigstens etwas Zerstreuung!
»Ich bitte tausendmal um Vergebung, Mademoiselle! Die beiden Damen sind noch oben?«
»Ja, Monsieur«, erwidere ich mit sanftem Ernst, »aber ich erwarte sie jeden Augenblick! Mögen sie bald herabkommen, darf man doch die Abwesenheit zu Recht als das größte aller Übel bezeichnen!« (Diesen Aphorismus frei nach Lafontaine habe ich bereits siebenmal kommentiert, in französischen Aufsätzen, die nicht unbeachtet blieben!)
Der schmucke Antonin lauscht ein wenig fassungslos. (Wieder einer, der mich für verrückt halten wird!) Auf seinem harmlosen Mondgesicht spiegelt sich Unruhe, und er wechselt schleunigst das Gesprächsthema.
»Sie stehen in dem Rufe, sehr belesen zu sein, Mademoiselle! Ihr Herr Vater besitzt zweifelsohne eine umfangreiche Bibliothek?«
»Jawohl, Monsieur. 2307 Bände! Keinen weniger, keinen mehr!«
»Da wissen Sie bestimmt über vieles Bescheid! Ich habe sofort bemerkt – neulich, als Sie so reizend vom Blatt sangen –, daß Sie Ihrem Alter weit voraus sind!«
(Gott, was für ein Einfaltspinsel! Wie lange wird er mich noch anöden? Ach ja, er hat eine kleine Schwäche für mich. Das hätte ich beinahe vergessen. Seien wir also etwas netter!)
»Ihr Bariton, Monsieur, ist auch nicht zu verachten! Manchmal, wenn die Maurer keinen allzu großen Lärm machen, hören wir Sie in Ihrem Zimmer singen!«
Er windet sich bescheiden, purpurrot vor Freude, und protestiert mit schlechtverhehltem Entzücken: »Oh, Mademoiselle!

... Im übrigen werden Sie sich bald ein richtiges Urteil bilden können: Mademoiselle Sergent hat mich gebeten, den Prüfungskandidatinnen zusätzlichen Musikunterricht zu erteilen, jeden Sonn- und Donnerstag. Wir beginnen nächste Woche.«
Herrlich! Wenn ich keine anderen Sorgen hätte, würde ich davonstürzen, um den anderen diese gute Nachricht zu überbringen. Ich kann mir schon lebhaft vorstellen, wie Anaïs nächsten Donnerstag daherkommen wird: eine wandelnde Parfümwolke, mit wundgebissenen Lippen, in ihren engsten Ledergürtel gezwängt! Und ihr schmachtendes Gegirre höre ich schon jetzt!
»Tatsächlich? Das war mir unbekannt! Mademoiselle Sergent hat uns davon noch nicht in Kenntnis gesetzt.«
»Oh! Vielleicht hätte ich es Ihnen nicht sagen sollen! Dürfte ich Sie bitten, Stillschweigen zu bewahren und so zu tun, als wüßten Sie von nichts?«
Er unterstreicht diese Bitte mit wirkungsvollen Drehungen des Oberkörpers, während ich ein paar Locken (die mich überhaupt nicht stören!) aus der Stirn schüttle. Dieses magere Geheimnis behagt ihm sichtlich und wird ihm einen Grund liefern, mich mit verständnisinnigen Blicken zu beehren. Leider werden sie bei mir weder auf Verständnis noch auf Innigkeit stoßen.
Endlich trollt er sich, hocherhobenen Hauptes. Der Abschied fällt schon viel vertraulicher aus: »Adieu, Mademoiselle Claudine!«
»Adieu, Monsieur!«
Halb eins. Die Klasse füllt sich. Aimée bleibt unsichtbar. Ich schütze Kopfweh vor, um nicht fangenspielen zu müssen, und wärme mich beim Ofen.
Wie? Darf ich meinen Augen trauen? Mademoiselle Lanthenay Arm in Arm mit ihrer despotischen Vorgesetzten? Das war noch nie da! Die beiden sind die Treppe heruntergekommen und durchqueren langsam den Hof. Mademoiselle Sergent spricht auf ihre Untergebene ein, leise und sehr, sehr sanft, und der Blick, mit dem die kaum noch verstörte Kleine zu ihrer Begleiterin emporsieht – Mademoiselle Sergent überragt sie um Haupteslänge –, ist schon wieder furchtlos und klar. Angesichts dieser Idylle verwandelt sich meine Unruhe in Schmerz, und noch ehe die beiden die Türe erreicht haben, stürze ich mich ins ärgste Gewühl des zügellosen Spiels, brülle »Ich spiele mit!«, als wolle ich in Wirklichkeit »Feuer!« schreien, und hetze bis zum Glockenzeichen keuchend herum, bald Jäger und bald Wild, krampfhaft bemüht, so wenig wie möglich zu denken.

Während ich herumtolle, bemerke ich das Marseiller Vollmondgesicht: Rabastens späht über die Mauer. Es macht ihm sichtlich Spaß, dem Spiel der halbwüchsigen Mädchen zuzusehen, die teils unbewußt wie Marie Belhomme, teils kühl und berechnend wie die lange Anaïs ihre hübschen beziehungsweise lächerlichen Waden herzeigen. Der huldvolle Antonin beehrt mich mit einem überaus gnädigen Lächeln, das ich in Anbetracht der Anwesenheit meiner Kameradinnen besser unerwidert lasse. Dafür richte ich mich kerzengerade auf und schüttle meine Locken. Schließlich muß man etwas tun für diesen armen Jungen, der dazu geboren scheint, im unrechten Augenblick das unrechte Wort zu sagen. Auch Anaïs hat ihn bemerkt. Sie rafft ihre Röcke zusammen, stellt ihre Beine zur Schau, die allerdings jeglichen Reizes entbehren, lacht auffällig und stößt spitze Schreie aus. Sie würde auch vor einem Ackerochsen die Kokette spielen.
Atemlos gehen wir in die Klasse und schlagen unsere Hefte auf. Doch schon eine Viertelstunde später erscheint Madame Sergent und setzt ihre Tochter in wildem Dialekt von der Ankunft zweier neuer Interner in Kenntnis. Die Klasse siedet. Zwei Neue! Was werden sie nicht auszustehen haben! Mademoiselle geht hinaus, nicht ohne vorher Mademoiselle Lanthenay gebeten zu haben – mit sanftester Stimme –, einstweilen für Ruhe und Ordnung zu sorgen. Aimée erscheint. Ich suche ihren Blick und lege meine ganze angstvolle Zärtlichkeit in das Lächeln, das ich ihr sende. Doch ihre Augen fliehen die meinen. Ich spüre, wie mein Herz vor Kummer überfließt, und neige mich über meine Strickerei. Nie habe ich so viele Maschen fallenlassen! Ihre Anzahl ist so beträchtlich, daß mir nichts anderes übrigbleibt, als Mademoiselle Aimée um ihren Beistand zu bitten. Während sie meine Fehler gutzumachen sucht, flüstere ich ihr zu:
»Guten Morgen, schönste aller Lehrerinnen! Was ist denn passiert, um Himmels willen? Ich bin ganz krank vor Sehnsucht, mit Ihnen zu sprechen!«
Sie blickt gehetzt um sich und erwidert sehr leise:
»Ich kann Ihnen jetzt nichts sagen. Morgen, bei der Lektion!«
»Morgen? So lange halte ich es nicht aus. Ich könnte zum Beispiel behaupten, daß Papa morgen die Bibliothek braucht. Würden Sie mir meine Stunde dann heute abend geben?«
»Nein . . . oder ja, doch, bitten Sie darum. Und jetzt rasch auf Ihren Platz! Die Großen beobachten uns.«
Mit einem lauten »Dankeschön« gehe ich auf meinen Platz zurück. Sie hat recht. Die lange Anaïs läßt uns nicht aus den Augen.

Sicher sucht sie zu enträtseln, was seit einigen Tagen zwischen uns vorgeht.
Endlich kommt Mademoiselle Sergent zurück, von zwei farblosen Mädchen begleitet, deren Ankunft erregtes Gesumme hervorruft. Die Neuen erhalten ihre Plätze zugewiesen. Die Zeit scheint stillzustehen. Trotzdem wird es schließlich vier Uhr. Ich gehe geradewegs zu Mademoiselle Sergent und frage ohne Umschweife:
»Mademoiselle, würden Sie, bitte, Mademoiselle Lanthenay gestatten, mir meine Englischstunde heute zu erteilen, da Papa die Bibliothek morgen für eine geschäftliche Besprechung benötigt?«
Uff! Ich habe den Satz in einem Atemzug hervorgesprudelt. Mademoiselle Sergent runzelt die Brauen, betrachtet mich eingehend und entscheidet: »Gut. Verständigen Sie Mademoiselle Lanthenay.«
Das lasse ich mir nicht zweimal sagen. Aimée wirft den Mantel über und setzt ihr Hütchen auf. Ich entführe sie, bebend vor ungeduldigem Verlangen, die Wahrheit zu hören.
»Endlich habe ich Sie für mich! Also: was ist Fürchterliches geschehen?«
Sie zögert und sucht Ausflüchte: »Nicht hier, so warten Sie doch! Solche Dinge kann man nicht auf der Straße besprechen! In zwei Minuten sind wir bei Ihnen!«
Mittlerweile drücke ich ihren Arm an mich, aber das liebe, vertraute Lächeln ist von ihren Lippen verschwunden. Kaum hat sich die Bibliothekstüre hinter uns geschlossen, werfe ich meine Arme um sie und bedecke ihr Gesicht mit Küssen. Mir ist, als hätte man die arme Kleine einen Monat fern von mir gefangengehalten. Wie blaß ihre Wangen sind, wie dunkel umschattet die Augen! Sollte der Kummer wirklich so groß sein? Ich vermag nicht recht daran zu glauben. Ihre Züge verraten eher Unrast und Verlegenheit. Wer traurig ist, blickt anders.
Meine Küsse erwidert sie flüchtig und mit halbem Herzen. Nein, das gefällt mir nicht. Ich lege keinen Wert darauf, zwischen Tür und Angel geküßt zu werden!
»Los, erzählen Sie mir alles, von A bis Z!«
»Gott, da gibt's nicht viel zu sagen! Im Grund ist überhaupt nichts passiert . . . nur, daß Mademoiselle Sergent meint . . . ich meine, sie würde es gern sehen . . . das heißt, sie findet, daß mich die Lektionen daran hintern, die Hefte zu verbessern, so daß ich zu spät ins Bett komme . . .«

»Hören Sie doch auf mit dem Herumgerede und seien Sie ehrlich: sie will, daß Sie die Englischstunden einstellen?«
Ich bebe ihrer Antwort entgegen und presse die Knie wie einen Schraubstock gegen meine Hände, um ihr Zittern zu verbergen. Aimée mißhandelt die englische Grammatik – der Deckel bleibt in ihrer Hand – und blickt ratlos zu mir empor. Alle Selbstsicherheit ist von ihr gewichen, und ihre Augen sind wieder so verstört wie heute morgen.
»Ja, das ist es ... aber sie hat sich ganz anders ausgedrückt ... Claudine ... so hören Sie doch!«
Ich höre gar nichts. Der Schmerz betäubt mich fast. Ohne von meinem Schemel aufzustehen, schlinge ich den Arm um ihre schlanke Taille und flehe sie an:
»Liebste, gehen Sie nicht fort! Ich wäre zu unglücklich! Suchen Sie einen Vorwand, erfinden Sie Gründe, aber lassen Sie mich nicht im Stich! Wenn Sie wüßten, wie selig es mich macht, in Ihrer Nähe zu sein! Ist es Ihnen denn gleichgültig? Gelte ich Ihnen wirklich nicht mehr als eine Anaïs oder eine Marie Belhomme? Oh, meine Allerliebste, kommen Sie zurück, ich bitte Sie so sehr darum! Geben Sie mir weiter Englischstunden! Ich liebe Sie so sehr! Ich habe es Ihnen nie gesagt, aber jetzt merken Sie es ja! Gehen Sie nicht fort! Was kann sie Ihnen denn tun, diese rote Hexe! Sie wird Sie doch schließlich nicht prügeln!«
Das Fieber verzehrt mich, doch Aimée schwingt nicht mit. Diese Erkenntnis verzehnfacht meine Erregung. Mademoiselle Lanthenay streichelt mein Haupt, das auf ihren Knien ruht, und beschränkt sich darauf, mit zitternder Stimme, »Oh, meine kleine Claudine!« zu sagen. Endlich füllen sich ihre Augen mit Tränen, und sie sagt weinend:
»Ich will Ihnen alles erzählen, es ist zu traurig! Sie brechen mir noch das Herz! Also hören Sie zu: vorigen Samstag merkte ich wohl, daß ›sie‹ weit freundlicher zu mir war als sonst. Ich dachte, daß sie sich langsam an mich gewöhnt hätte, hoffte, daß sie uns beide fortan in Frieden lassen würde, und war fröhlich und guter Dinge. Am gleichen Abend sitzen wir beisammen und verbessern Hefte. Als ich einmal zufällig aufblickte, merke ich, daß sie mich anstarrt, mit unbeschreiblichem Gesichtsausdruck und weit aufgerissenen Augen, während ihr die Tränen über die Wangen laufen. Ich geriet völlig außer Fassung. Sie erhob sich unverzüglich und ging zu Bett. Am nächsten Tag war sie wieder äußerst zuvorkommend. Erst am Abend, als wir miteinander allein waren und ich mich anschickte, zu Bett zu gehen, sagte sie

ganz unvermittelt: ›Claudine ist Ihnen wohl sehr ans Herz gewachsen, nicht wahr? Und sie revanchiert sich wohl?‹ Und ehe ich Zeit habe, irgend etwas zu erwidern, sinkt sie schluchzend neben mir auf einen Stuhl. Und dann hat sie meine Hände genommen und mir alle möglichen Dinge gesagt ... ich wurde ganz wirr im Kopf ...«

»Was für Dinge?«

»Zum Beispiel: ›Meine liebe kleine Aimée, sehen Sie denn nicht, daß Sie mir das Herz brechen mit Ihrer Gleichgültigkeit? Ist es denn möglich, daß Sie nicht merken, wie sehr ich Sie liebe? Mein süßer Liebling, es macht mich rasend, mitansehen zu müssen, wieviel Zärtlichkeit Sie an diese Claudine verschwenden, dieses närrische Ding, das sicher nicht ganz richtig im Kopf ist! Wenn Sie mich nur ein ganz klein wenig liebhaben wollen, oh, wenn Sie mich nur um sich dulden wollen, so will ich Ihnen eine zärtlichere Freundin sein, als Sie es sich erträumen können ...‹«

»Und Sie? Sie haben gar nichts gesagt?«

»Sie ließ mich doch nicht zu Worte kommen! ›Glauben Sie im Ernst, daß Claudine von diesen Englischstunden etwas profitiert?‹ fuhr sie fort. ›Oder daß es mir gegenüber sehr freundlich gehandelt ist, ihr diesen ›Unterricht‹ zu erteilen? Oh, ich weiß nur zu gut, daß diese Lektionen mit Englisch nicht das geringste zu tun haben, und es zerreißt mir das Herz, Sie Arm in Arm mit dieser Närrin fortgehen zu sehen! Hören Sie auf mich! Hören Sie auf! Glauben Sie mir, in einer Woche hat Claudine alles vergessen, und bei mir werden Sie mehr Liebe finden, als dieses Mädchen je zu empfinden vermag!‹ – Claudine, ich wußte nicht, wie mir geschah! Sie hat mich geradezu hypnotisiert mit ihren Irrsinnsaugen! Plötzlich dreht sich das ganze Zimmer, es saust mir in den Ohren, einen Herzschlag lang wird alles schwarz, und ich höre sie über und über wiederholen, mit entsetzter Stimme: ›Oh, mein Gott, die arme Kleine! Ich erschrecke sie ja, sie ist ganz blaß, meine kleine Aimée, mein süßer Liebling!‹ Und schon hilft sie mir beim Ausziehen, liebevoll und zärtlich, bringt mich zu Bett, und ich sinke in bleiernen Schlaf, als hätte ich zwanzig Kilometer zurückgelegt. Sagen Sie selbst, ob ich etwas dafür kann!«

Ich bin sprachlos. Dieser rote Vulkan scheint sich ja schnell zu erwärmen! Im Grunde wundert es mich nicht über die Maßen. Dieses Ende war vorauszusehen. Aber dennoch stehe ich niedergeschmettert vor Aimée, diesem armen Vögelchen, das im Netz der teuflischen Hexe zappelt, und weiß nicht, was ich sagen soll.

Sie wischt sich die Augen. Ist es nicht, als versiege mit ihren Tränen auch ihr Schmerz? Schließlich frage ich:
»Und Sie? Sie lieben sie überhaupt nicht?«
Sie erwidert mit abgewandtem Blick:
»Natürlich nicht! Aber sie scheint mich wirklich sehr gern zu haben, und darauf war ich nicht gefaßt.«
Bei dieser Antwort stockt mein Blut. Schließlich bin ich noch nicht ganz verblödet und verstehe den Wink mit dem Zaunpfahl. Ich gebe ihre Hände frei und stehe auf. Etwas ist zerbrochen. Wenn sie nicht zugeben will, daß sie mich verraten hat, daß sie nicht länger an meiner Seite gegen die andere kämpft, wenn sie ihre wahren Gedanken verheimlicht, dann ist wohl alles aus. Meine Hände sind eiskalt, meine Wangen glühen. Nach einer unguten Stille nehme ich das Gespräch wieder auf:
»Meine liebe, goldäugige Aimée, ich flehe Sie an, kommen Sie noch ein letztes Mal zu mir! Wir haben diesen Monat noch eine Lektion! Glauben Sie, daß ›sie‹ es zugeben wird?«
»Oh! Gewiß! Ich werde sie darum bitten!«
Die Antwort kommt schnell und unüberlegt. So sicher ist sie bereits, ihre Wünsche nur äußern zu müssen, um sie erfüllt zu sehen? Feige kleine Lanthenay! Wie rasch hast du dich mir entfremdet! Wie schnell hat die verhaßte Feindin triumphiert! Du sehnst dich nach Behaglichkeit wie eine frierende Katze und hast erkannt, daß die Freundschaft deiner Vorgesetzten kostbarer ist als die meine! Aber ich werde mich wohl hüten, dir das zu sagen, sonst kommst du am Ende nicht zur letzten Stunde. Meine Hoffnung ist noch immer nicht erstorben . . .
Sechs Uhr! Ich begleite Aimée zum Ausgang. Auf dem Korridor reiße ich sie an mich und küsse sie rasch und verzweifelt. Nachher wundere ich mich ein wenig: mein Schmerz ist geringer, als ich erwartet hätte. Ich war auf eine ungeheure tragikomische Explosion gefaßt gewesen. Statt dessen fühle ich mich nur durchfroren . . .
Bei Tisch dränge ich mich rücksichtslos in Papas Träumereien:
»Du weißt doch, Papa, meine Englischstunden?«
»Ja, ja natürlich! Lern nur weiter, du hast ganz recht!«
»So laß mich doch ausreden! Ich mag nicht mehr.«
»Ah! Zu anstrengend?«
»Ja. Es macht mich nervös.«
»Du hast ganz recht.«
Und sein Geist wendet sich wieder den Schnecken zu. Hatte er sie jemals verlassen?

Scheußliche, alptraumvergällte Nacht: Mademoiselle Sergent als Furie mit flammendrotem Schlangenhaupt sucht Mademoiselle Lanthenay zu küssen, die schreiend davonläuft. Ich will ihr zu Hilfe eilen, doch Antonin Rabastens, in blaßrosa Gewändern, hält mich zurück, flötet: »So lauschen Sie doch dieser entzükkenden Romanze!« und trällert mit sonorem Bariton:

»Wenn ich einst sterbe, teure Freunde,
pflanzt eine *Tonne* auf mein Grab . . .«

zur Melodie des erhebenden Liedes: »Wer möchte nicht Franzose sein, wenn er die stolze Säul' betrachtet . . .« Verrückte Nacht, durchaus nicht nervenstärkend!
Ich komme zu spät in die Schule. Beim Anblick Mademoiselle Sergents kann ich mich eines Gefühls der Überraschung nicht erwehren. Zu denken, daß dieses Teufelsweib den Sieg davongetragen hat! Sie wirft mir maliziöse, fast höhnische Blicke zu, die ich unerwidert lasse. Müde und niedergeschlagen, fehlt es mir am nötigen Kampfgeist.
Nach Schluß des Unterrichts erspähe ich Mademoiselle Aimée. Sie läßt gerade die kleinen Mädchen antreten. Mir ist, als hätte ich den gestrigen Abend geträumt. Auch sie scheint erschöpft. Mademoiselle Sergent ist nicht in Sicht. Ich bleibe stehen und frage:
»Nun, wie geht's? Alles in Ordnung heute?«
»Sicher, danke. Sie haben Ringe unter den Augen, Claudine?«
»Möglich. Was gibt's Neues? Keine weiteren Szenen? Die Höflichkeit hält unvermindert an?«
Aimée errötet und gerät in Verwirrung.
»Ja, natürlich . . . nein, es gibt nichts Neues. Sie ist sehr liebenswürdig. Ich . . . ich glaube, daß Sie sie falsch einschätzen, sie ist gar nicht so, wie Sie denken, sie . . .«
Ich lasse sie herumstottern, leicht angewidert, warte, bis sie sich hoffnungslos verrannt hat, und schneide ihr dann das Wort ab:
»Vielleicht haben Sie recht. Sie kommen also Mittwoch zum letztenmal?«
»Ja, gewiß! Ich habe darum gebeten. Es ist eine abgemachte Sache!«
Wie sich doch die Dinge rasch ändern! Seit der gestrigen Szene begegnen wir einander schon auf neue Art. Heute würde ich es nicht mehr wagen, den lauten Schmerz zu zeigen, den ich gestern abend nicht zu verbergen vermochte.
Vorwärts, unterhalten wir sie ein wenig:

»Und Ihre Herzensangelegenheiten? Der schöne Richelieu? Immer munter und wohlauf?«
»Wen meinen Sie? Armand Duplessis? Natürlich ist er wohlauf! Manchmal steht er geschlagene zwei Stunden vor meinem Fenster, im Dunkel, ohne sich zu rühren. Gestern abend jedoch habe ich ihm zu verstehen gegeben, daß ich es merkte, und da hat er sich eilends aus dem Staub gemacht, so rasch ihn seine langen O-Beine trugen! Und vorgestern, als Monsieur Rabastens auf Besuch kam, hat er sich geweigert, mitzukommen!«
»Armand ist ernstlich in Sie verliebt, Mademoiselle, glauben Sie mir! Neulich auf der Landstraße habe ich die beiden Hilfslehrer miteinander sprechen gehört, ganz zufällig – mehr brauche ich Ihnen nicht zu sagen! Den Richelieu hat's erwischt! Aber erschrecken Sie ihn nicht! Er ist ein scheuer Vogel, der erst gezähmt werden muß!«
Aimée, rosig und erregt, brennt auf Einzelheiten. Aber ich laufe davon.

Versuchen wir doch, an etwas anderes zu denken! An die Gesangstunden des unwiderstehlichen Antonin, zum Beispiel, die nächsten Donnerstag beginnen sollen! Ich werde meinen blauen Rock anziehen, die weiße Plisseebluse (sie unterstreicht meine schlanke Taille) und die kleine hellblaue Schürze, die ich sonst nur sonntags daheim trage. Sollte mir einfallen, die große schwarze Schulschürze umzubinden! (Dabei steht sie mir nicht einmal so schlecht!) Schluß, Punktum. Ich werde mich für diesen Herrn nicht in Unkosten stürzen. Meine lieben kleinen Freundinnen könnten sonst aufmerksam werden.

Aimée, Aimée! Hübscher Zugvogel, warum bist du so rasch entflogen! Du hättest mich über all die stumpfen Zugtiere hinweggetröstet, die mit mir die Schulbank drücken! Jetzt spüre ich genau, daß die letzte Stunde zwecklos sein wird! Eine Krämerseele wie du, furchtsam und egoistisch, die Vorteil und Vergnügen so kalt gegeneinander abzuwägen versteht, wird niemals gegen den Stärkeren zu Felde ziehen. Mademoiselle Sergent hat gesiegt. Ich hoffe nur, daß ich an dieser Enttäuschung nicht allzulang zu leiden haben werde.
Große Pause. Heute spiele ich mit Hingabe, teils, um mich zu erwärmen, teils, um auf andere Gedanken zu kommen. Anaïs und ich packen Marie Belhomme an beiden »Hebammenhänden«, rennen los und schleifen die Unglückliche zwischen uns

einher, bis sie nicht mehr weiterkann und atemlos um Gnade fleht. Ich verdamme sie dazu, mit lauter, deutlich vernehmbarer Stimme die Rede des Theramenes zu deklamieren, bei Strafe, im Klosett eingesperrt zu werden. Sie deklamiert ihre Alexandriner mit Duldermiene, wirft die Arme in die Luft und läuft davon, so schnell sie kann. Die Zwillinge scheinen bestürzt. Schon recht! Wenn ihnen die klassische Literatur nicht behagt, wird man sie eben mit moderner traktieren, und zwar bei der ersten besten Gelegenheit!

Die Gelegenheit läßt nicht lange auf sich warten. Kaum sind wir in die Klasse zurückgekehrt, als man uns auch schon zu Schönschreibübungen verurteilt, im Hinblick auf die bevorstehende Prüfung. (Mit unserer Handschrift ist es nämlich schlecht bestellt!)

»Claudine, diktieren Sie ein paar Texte! Ich muß mich um die zweite Klasse kümmern.«

Mit diesen Worten verläßt Mademoiselle Sergent den Raum, um die Kleinen, die eben delogiert wurden, unter Dach und Fach zu bringen. Ah! Eine ruhige halbe Stunde in Sicht! Ich beginne:

»Liebe Kinder, heute diktiere ich euch etwas besonders Lustiges« – (»Ah!« tönt es im Chor), »und zwar ein paar fröhliche Liedchen aus dem Buch ›Nomadenschlösser‹.«

»Ein hübscher Titel«, sagte Marie Belhomme mit Überzeugung.

»Da hast du ganz recht! Seid ihr soweit? Also los:

> Auf derselben sachten Kurve,
> unerbittlich sacht und langsam,
> zittert, scheitert und berauscht sich
> der Komplex der sachten Kurven.«

Kurze Atempause. Die lange Anaïs lacht nicht, weil sie den Sinn nicht versteht. (Ich übrigens ebensowenig.) Und Marie Belhomme, arglos und gutgläubig wie immer, protestiert: »Geometrie haben wir doch heute schon gehabt! Außerdem ist das viel zu schwer! Ich habe nicht einmal die halbe Angabe mitgeschrieben!«

Die Zwillinge schauen mich scheel an, aus vier mißtrauischen Augen. Ich fahre unbeirrt fort:

> »Die Kurven lassen sich dem Herbst vergleichen,
> dein Kummer herbstlich-trüben Abendstunden.

Die sachten Kurven aller Dinge
verstimmen deine kurzen Zuckungen.«

Die Klasse folgt mühsam, unter völligem Verzicht auf Verständnis, und Marie Belhommes Klagen. (»Wart doch, wart doch, du diktierst zu schnell! Die sachten Kurven aller was?«) erfüllen mein Herz mit süßer Befriedigung.
»Die sachten Kurven aller Dinge verstimmen deine kurzen Zuckungen«, wiederhole ich geduldig und füge hinzu: »So. Das schreibt ihr mir jetzt einmal in Rond- und einmal in Mittelschrift!«
Die Schönschreibstunden sind für mich eine Quelle reinster, ewig neuer Freude! Ich diktiere die verrücktesten Dinge, und der Eifer, mit welchen diese Krämers-, Schusters- und Gendarmentöchter Parodien der romanistischen Schule oder Wiegenlieder, von Monsieur Francis Jammes in seinen Bart gemurmelt, abschreiben und rezitieren, bereitet mir unbändiges Vergnügen! All diese Machwerke stammen aus den Büchern und Zeitschriften, die Papa zugesandt erhält (Gott weiß, daß es nicht wenige sind!), und werden von mir mit zärtlicher Sorgfalt ausgewählt, zu Nutz und Frommen meiner lieben kleinen Freundinnen. Von der *Revue des Deux Mondes* bis zum *Mercure de France* türmen sich bei uns daheim sämtliche Wochen- und Monatsschriften. Sie aufzuschneiden, ist meine Pflicht, sie zu lesen, Ehrensache. Schließlich können sie doch nicht ungelesen bleiben! Da sich der *Mercure de France* nur selten mit Malakologie befaßt, widmet Papa ihm höchstens einen flüchtigen, zerstreuten Blick. Ich hingegen lese ihn von A bis Z, im Interesse meiner Allgemeinbildung, obwohl ich nicht immer verstehe, wovon die Rede ist, und verständige Papa, wenn das Abonnement abzulaufen droht.
»Zahl ein, Papa, zahl ein – sonst sinken wir in der Achtung des Briefträgers!«
Die lange Anaïs, nicht sonderlich belesen (was nicht ihre Schuld ist), murmelt skeptisch:
»Ich wette, du hast dieses Zeug eigens für uns erfunden!«
»Wie du meinst! Aber der Schein trügt! Diese Verse sind dem Zar Nikolaus gewidmet, unserem Verbündeten. Was sagst du jetzt?« Sie kann mich nicht Lügen strafen, schaut aber weiterhin ungläubig drein.
Mademoiselle Sergent kommt zurück, wirft einen Blick auf unsere Hefte und schimpft: »Schämen Sie sich nicht, Claudine, Ihren Kameradinnen solch haarsträubenden Unsinn zu diktieren?

Ihr würdet samt und sonders besser daran tun, arithmetische Formeln auswendig zu lernen! Das wäre für alle Beteiligten das Beste!« Aber sie schilt ohne Überzeugung, denn im Grunde mißfallen ihr diese kleinen Scherze durchaus nicht. Trotzdem höre ich mit unbewegter Miene zu. Der Anblick dieser Frau, die sich so gewaltsam der Zärtlichkeit meiner kleinen wankelmütigen Aimée bemächtigt hat, erweckt meinen Zorn aufs neue, mit unverminderter Heftigkeit. Mein Gott! Schon halb vier! In einer halben Stunde kommt sie zum letztenmal!
Mademoiselle Sergent steht auf und sagt:
»Schluß für heute! Die Prüfungskandidatinnen bleiben noch. Ich habe mit ihnen zu sprechen.«
Die gewöhnlichen Sterblichen packen langsam ihre Sachen zusammen, ziehen bedächtig Mäntel und Handschuhe an. Offensichtlich trifft es sie hart, nicht bleiben zu dürfen, um die weltbewegende Ansprache zu hören, die man uns halten wird!
Die rothaarige Frau Direktor ergreift das Wort, und wie immer muß ich die überlegene Klarheit und Präzision ihrer Rede bewundern, ob ich will oder nicht.
»Ich darf wohl annehmen, daß Sie sich über Ihre musikalische Unfähigkeit keinerlei Illusionen machen, mit Ausnahme von Mademoiselle Claudine, die ausgezeichnet Klavier spielt und fließend vom Blatt singt. Natürlich wäre es das einfachste, Ihnen durch sie Musikunterricht erteilen zu lassen, doch sind Sie leider viel zu undiszipliniert, um einer Ihrer Kameradinnen zu gehorchen. Da weder ich noch Mademoiselle Lanthenay in der Lage sind, Sie in diesem Gegenstand zu unterrichten, haben Sie ab sofort jeden Sonn- und Donnerstag um neun Uhr hier zu erscheinen, um sich unter der Leitung von Monsieur Rabastens im Notenlesen zu üben. Mademoiselle Claudine wird Monsieur Rabastens unterstützen. Trachten Sie, sich halbwegs ordentlich aufzuführen, und seien Sie morgen um Punkt neun zur Stelle.«
»Abtreten!« füge ich mit leiser Stimme hinzu. Die Schreckliche hat es gehört, runzelt die Brauen und lächelt wider Willen. Sie hat ihre kleine Rede in so scharfem Ton gehalten, daß mir ein militärischer Abschluß geboten schien – eine Ansicht, die sie offensichtlich teilt. Kaum zu glauben! Es gelingt mir nicht mehr, sie zu ärgern. Das ist sehr entmutigend! Wie sicher muß sie ihrer Sache sein, um sich so liebenswürdig zu zeigen!
Kaum fällt die Türe hinter ihr ins Schloß, erhebt sich allgemeines Geschrei. Marie Belhomme ist fassungslos:
»Nein, so was! Uns von einem Mann unterrichten zu lassen, das

ist ein starkes Stück! Aber es wird trotzdem lustig werden, glaubst du nicht auch, Claudine?«
»Sicher! Etwas Zerstreuung kann nie schaden.«
»Wird dich das nicht einschüchtern, den Hilfslehrer zu ›unterstützen‹?«
»Und wie! Mir war schon lange nichts so gleichgültig!«
Ich höre kaum zu, denn ich warte auf Mademoiselle Lanthenay – sie säumt über Gebühr – und zittere innerlich vor Ungeduld. Anaïs grinst, stützt die Arme in die Hüften, als wüßte sie sich vor Lachen nicht zu halten, und quält die jammernde Marie, die gegen die lange Latte stets den kürzeren zieht. »Marie, Marie, du wirst den schönen Antonin erobern, das sehe ich schon jetzt! Deiner Wespentaille, deinen sprechenden Augen und deinen Hebammenhänden kann er sicher nicht lange widerstehen! Was sagst du, meine Liebe! Endlich eine Geschichte, die mit einer Hochzeit enden wird!«
Sie redet sich immer mehr in Feuer und springt wie besessen vor Marie herum, die, in eine Ecke abgedrängt, zum Himmel schreit und ihre Unglückshände auf dem Rücken verbirgt.
Noch immer keine Aimée! Ich halte es nicht länger aus und schleiche zu der Stiege, die in den ersten Stock führt, zu den – nach wie vor – provisorischen Zimmern der Lehrerinnen. Ah! Wie gut, daß ich gekommen bin! Oben steht Mademoiselle Lanthenay, fix und fertig angezogen. Mademoiselle Sergent hält sie um die Taille gefaßt, spricht bittend auf sie ein, leise und zärtlich, und gibt der kleinen verschleierten Aimée zum Abschluß einen langen Kuß. Meine Englischprofessorin läßt sich widerspruchslos küssen, säumt noch ein wenig und dreht sich sogar um, während sie die Treppe hinabsteigt. Ich mache mich aus dem Staub, ehe sie mich bemerken, habe aber wiederum das Gefühl, als müsse mein Herz zerspringen. Böse, böse Kleine mit den goldenen Augen, wie rasch hast du mich verlassen, um deine Liebe jener Frau zu schenken, die unsere Feindin war! Ich weiß kaum mehr, was ich denken soll . . .
»Gehen wir, Claudine?«
Ich fahre aus bitterem Grübeln.
»Ja, Mademoiselle.«
Wir verlassen das Klassenzimmer.
Auf der Straße wage ich nicht mehr, sie auszufragen. Was kann sie mir schon erwidern. Lieber warte ich, bis wir zu Hause sind. Ich spreche vom Wetter, prophezeie neuerlichen Schnee und gebe der Vermutung Ausdruck, daß die Gesangstunden bei

Monsieur Rabastens ein großer Spaß sein werden. Aber meinen Worten fehlt es an Überzeugungskraft, und sie spürt ebenso wie ich, daß dieses Geschwätz nichts zu bedeuten hat.
In der Bibliothek angelangt, schlage ich mein Heft auf und betrachte Aimée beim warmen Licht der kleinen Lampe. Sie ist noch hübscher als sonst, wenn auch ein wenig blässer, und ihre Augen sind dunkel umschattet. Das läßt sie übergroß erscheinen.
»Sie sehen müde aus, oder täusche ich mich?«
Ich kann sagen, was ich will, alles bringt sie in Verlegenheit! Warum nur? Sie errötet schon wieder und blickt unruhig um sich. Wetten, daß sie sich mir gegenüber ein wenig schuldbewußt fühlt, wenngleich sie bestimmt nicht zu sagen wüßte, weshalb. Ich lasse nicht locker:
»Wie geht's der roten Furie? Hält ihre Liebe unvermindert an? Ist sie neuerlich in Raserei verfallen? Haben sich die Zärtlichkeitsausbrüche wiederholt?«
»Aber nein . . . sie ist sehr gut zu mir . . . Sie können mir glauben, daß sie sich meiner auf das freundlichste annimmt . . .«
»Sie hat Sie also nicht mehr ›hypnotisiert‹?«
»Nein, nein, davon kann keine Rede sein! Ich glaube, ich habe neulich ein wenig übertrieben . . . ich war so nervös . . .«
Sieh einer an! Gleich wird sie die Beherrschung verlieren! Desto schlimmer für sie, ich muß die Wahrheit wissen.
Ich rücke näher und fasse ihre Puppenhände.
»Liebste, erzählen Sie mir doch alles! Wollen Sie Ihre arme Claudine wirklich ganz im ungewissen lassen? Ich habe vorgestern solchen Kummer gehabt!«
Umsonst. Es ist, als hätte sie sich plötzlich zusammengerissen, entschlossen, sich nicht zu verraten. Nach und nach nimmt ihr Gesicht einen krampfhaft-natürlichen Ausdruck an. Die goldenen Katzenaugen sind auf mich gerichtet, falsch und klar, und sie sagt mit gekünstelter Ruhe: »Seien Sie doch vernünftig, Claudine! Ich versichere Ihnen, daß sie mich ganz und gar in Frieden läßt, ja, daß sie sogar sehr liebenswürdig ist! Wir haben ihr unrecht getan, sie ist nicht so, wie wir dachten!«
Ihre Stimme ist kühl, ihr Blick verschlossen, obgleich die Augen weit offen stehen. Das sind doch Ihre Schulmanieren, hochgeschätzte Frau Lehrerin, die können Sie behalten!
Ich würge meine Tränen hinunter. Nein, lächerlich machen werde ich mich nicht! Ich überlege fieberhaft. Aber ist nicht alles zwecklos, alles aus? Werden wir nicht als Feinde scheiden, wenn

ich weiter in sie dringe? Ich nehme die englische Grammatik zur Hand, das einzige, was ich tun kann. Sie beeilt sich, mein Heft aufzuschlagen.
Zum ersten- und letztenmal nehme ich bei Mademoiselle Aimée Lanthenay eine richtige Englischstunde und übersetze mit übervollem Herzen, gewärtig, jeden Augenblick in Tränen zu zerfließen:

»Ihr hattet Federn, aber er hatte kein Pferd. Wenn Ihr Vetter viele Taschenmesser hätte, hätten wir viele Äpfel. Haben Sie Tinte in Ihrem Tintenfaß? Nein, aber ich habe einen Tisch in meinem Schlafzimmer, usw. usw.«

Diese Aimée ist wirklich ihr Geld wert! Gegen Ende der Lektion fragt sie ganz unvermittelt:
»Sie sind mir doch nicht böse, Claudine?«
Ich erwidere fast wahrheitsgetreu:
»Nein, böse bin ich Ihnen nicht.«
Tatsächlich empfinde ich weder Ärger noch Zorn. Nur Kummer und Erschöpfung. Beim Hinausgehen gebe ich ihr einen Kuß. Sie präsentiert mir ihre Wange, dreht aber dabei den Kopf so stark zur Seite, daß meine Lippen fast ihr Ohr berühren. Herzlose Kleine! Ich sehe zu, wie sie sich langsam entfernt, beim trüben Licht der Straßenlaterne, und fühle mich versucht, ihr nachzulaufen. Aber was wäre damit getan?

Ich habe eine unruhige Nacht hinter mir. Die tiefen Schatten unter meinen Augen beweisen es zur Genüge. Gott sei Dank stehen sie mir nicht übel, was ich mit Befriedigung feststelle, während ich vor dem Spiegel stehe und aus Leibeskräften meine Locken bürste. (Heute schimmern sie ganz golden!)
Erste Gesangstunde bei Monsieur Rabastens. Ich komme eine halbe Stunde zu früh und kann mich des Lachens nicht erwehren: die Hälfte meiner Mitschülerinnen ist bereits zur Stelle! Wir mustern uns gegenseitig, und Anaïs quittiert meinen blauen Rock und mein neckisches Schürzchen mit anerkennendem Pfiff. Auch sie hat ihre Sonntagsschürze hervorgeholt, ein rotes, weißgesticktes Unding, das sie noch gelber erscheinen läßt. Ihr Haar ist hochgesteckt – zu dieser Frisur hat sie mindestens zwei Stunden gebraucht – und der kunstvoll konstruierte Schopf sitzt beinahe auf der Stirne. Ein funkelnagelneuer Gürtel benimmt ihr fast den Atem.

Von zartem Mitgefühl bewegt, bemerkt sie mit lauter Stimme, daß ich schlecht aussehe. Ich gebe zur Antwort, daß interessante Blässe meinem Äußeren nur zum Vorteil gereiche. Marie Belhomme kommt angekeucht, schlampig und zerfahren wie immer. Sogar sie hat sich in Unkosten gestürzt, hätte es aber besser bleiben lassen: mit ihrer gezogenen Halskrause sieht sie aus wie ein Harlekin in Trauer. Zum Glück genügen ihre mandelförmigen Augen (sie haben einen ganz besonderen Schmelz) und ihre kopflose, naive Art, um sie sämtlicher Sympathien zu versichern. Doppelauftritt der Zwillinge. Nun, an Koketterie sind wir ihnen weit voraus. Dafür werden sie sich tadellos aufführen, mit beharrlich gesenktem Blick, und nach der Stunde über jede einzelne von uns herziehen.
Wir scharen uns um den wärmenden Ofen und lachen im voraus über den schönen Antonin. Achtung, er kommt ... Man hört bereits seine klangvolle Stimme und sein melodisches Lachen. Die Türe geht auf. Mademoiselle Sergent tritt ein, vom unwiderstehlichen Hilfslehrer gefolgt.
Alle Achtung! Dieser Rabastens ist ja eine Augenweide! Er begrüßt uns mit einer tiefen Reverenz – »Meine Damen!« – und nimmt seine Pelzmütze ab. Unter dem Überzieher kommt ein dunkelblauer Anzug zum Vorschein, auf dessen Rockaufschlag eine rostrote Chrysantheme prangt. Sie stellt seinem Geschmack das beste Zeugnis aus. Auch seine Krawatte ist nicht zu verachten: graugrüne Seide mit weißen, einander überschneidenden Ringen. Wie lange er wohl vor dem Spiegel stand, um dieses Wunderwerk zu knüpfen?
Wir nehmen unsere Plätze ein, würdig und gesittet, während vorsichtige Hände an widerspenstigen Blusen zupfen, um auch das allerkleinste unvorteilhafte Fältchen zu glätten. Marie Belhomme unterhält sich bereits so gut, daß sie in lautes Gelächter ausbricht und wie vom Donner gerührt innehält, von ihrer eigenen Kühnheit verstört. Mademoiselle Sergent furcht die schreckliche Stirn und gerät sichtlich in Wut. Beim Eintreten hat sie mir einen forschenden Blick zugeworfen. Wetten, daß das Herzblatt ihr schon alles erzählt hat! Ich wiederhole mir beharrlich, daß Aimée so viel Kummer gar nicht wert ist, leider nur mit mäßigem Erfolg.
»Würde eine der Damen vielleicht die Güte haben, mir ihr Gesangbuch zur Verfügung zu stellen?« fragt Rabastens mit strahlendem Lächeln und rollendem R.
Die lange Anaïs beeilt sich, dem jovialen Hilfslehrer ihren Mar-

montel unter die Nase zu halten, und erntet ein überschwengliches »Danke sehr!« Dieser ölige Rabastens wäre imstande, sich an seinem Toilettentisch freundlich zuzulächeln, vorausgesetzt natürlich, daß er einen hätte.
»Mademoiselle Claudine«, diese Anrede ist von einem hinreißenden Blick begleitet (hinreißend für ihn, versteht sich!), »es ist mir eine ehrenvolle Freude, von nun ab Ihr Kollege sein zu dürfen! Wenn ich nicht irre, haben bis jetzt Sie diesen Damen Musikunterricht erteilt?«
»Ja«, unterbricht Mademoiselle Sergent ungeduldig – dieses Geschwätz ist durchaus nicht nach ihrem Geschmack –, »aber als Mitschülerin kann sie sich nicht genügend Respekt verschaffen. Darum wird sie mit Ihrer Hilfe, Monsieur, entweder bessere Resultate erzielen, oder aber die Mädchen werden bei der Prüfung durchfallen, denn ihre musikalischen Kenntnisse sind durch die Bank jämmerlich!«
Bravo! Geschieht ihm ganz recht! Das wird dem Herrn die Schwatzhaftigkeit schon austreiben!
Meine Kameradinnen lauschen mit atemlosen Staunen. Noch nie hat man so viel Galanterie an sie verschwendet! Den größten Eindruck jedoch erwecken die Komplimente, die der verschwenderische Antonin auf mein Haupt herniederregnen läßt.
Mademoiselle Sergent bemächtigt sich des Marmontel und zeigt Rabastens die Hürde, die sich seine neuen Schülerinnen beharrlich zu nehmen weigern, teils aus Unaufmerksamkeit, teils aus Mangel an Talent. Lediglich das Gedächtniswunder Anaïs ist imstande, sämtliche Übungen auswendig herunterzuleiern, ohne deren Rhythmus oder harmonischen Zusammenhang auch nur im geringsten zu verstehen. Mademoiselle Sergent hat recht. Mit den musikalischen Kenntnissen dieser Gänschen ist es schlecht bestellt, und da sie ihren Stolz dareinsetzen, mir den Gehorsam zu verweigern, werden sie bei der bevorstehenden Prüfung die schlechtesten Noten einheimsen. Eine Aussicht, die Mademoiselle Sergent rasend macht. Sie selbst ist durch und durch unmusikalisch – ein ernstes Hindernis, um Gesangstunden zu erteilen –, und Mademoiselle Aimée hat ihre Stimme vor Jahren bei einer komplizierten Halsentzündung eingebüßt.
»Nehmen Sie die Mädchen zuerst einmal einzeln vor«, rate ich dem Südländer, der sich als Hahn im Korb äußerst wohlzufühlen scheint, »sie singen alle falsch, aber auf die verschiedensten Arten, und ich habe es ihnen bis jetzt noch nicht austreiben können . . .«

»Also, Mademoiselle . . .?«
»Marie Belhomme.«
»Nun, Mademoiselle Marie Belhomme, singen Sie mir bitte diese Übung vor.«
An besagter Übung, einer kleinen Polka in G-Dur von lächerlicher Harmlosigkeit, ist die arme unmusikalische Marie bis jetzt noch jedesmal gescheitert. Unter diesem Frontalangriff bricht sie vollends zusammen, irren Blicks und purpurrot.
»Ich gebe einen Auftakt. Sie beginnen auf eins: dhhag fis fis – ganz leicht, nicht wahr?«
»Jawohl, Monsieur«, erwidert Marie, tollkühn vor Angst.
»Achtung, ich beginne: eins, zwei, eins –«
»Dhhag fis fis«, piepst Marie mit heiserem Vogelstimmchen. Natürlich hat sie sich die Gelegenheit nicht entgehen lassen, auf zwei anzufangen. Ich unterbreche:
»Nein, hör zu: eins, zwei, dhh . . . verstehst du? Monsieur gibt einen Auftakt! Fang noch einmal an!«
»Dhh«, beginnt Marie mit edlem Feuer, ebenso falsch wie zuvor. Zu denken, daß sie ihre Polka jetzt seit drei Monaten in Synkopen singt! Rabastens schaltet sich ein, vornehm und geduldig.
»Mit Ihrer Erlaubnis, Mademoiselle Belhomme! Taktieren Sie mit mir!«
Er hat ihr Handgelenk ergriffen und führt ihre Hand. »So werden Sie es sofort verstehen! Eins, zwei, eins, zwei – was ist denn? So singen Sie doch!«
Diesmal hat sie überhaupt nicht angefangen! Krebsrot und stumm, hat die arme Marie bei dieser unerwarteten Geste den letzten Rest von Fassung verloren. Ich unterhalte mich blendend. Der verführerische Bariton, dem die Verwirrung des Gänschens aufs höchste schmeichelt, läßt es genug sein. Die lange Anaïs hat schon ganz aufgeblasene Wangen. (Das ist ihre Art, das Lachen zu verbeißen.)
»Mademoiselle Anaïs, singen Sie, bitte, Mademoiselle Belhomme diese Übung vor!«
Die lange Latte läßt sich das nicht zweimal sagen, gurrt ihre Nummer herunter, ebenso seelenvoll wie unrhythmisch, mit schmachtenden Portamenti bei den hohen Noten. Kunststück! Sie kann die Polka auswendig, und ihre lächerliche Gewohnheit, die Stimmübung so zu singen, als trage sie eine Romanze vor, gefällt dem Sohn des Südens. Er bedenkt sie mit blumigen Komplimenten. Sie sucht zu erröten, kann nicht und muß sich darauf

beschränken, mit züchtig niedergeschlagenem Blick den Kopf zur Seite zu neigen und sich in die Lippen zu beißen.
Ich wende mich an Rabastens: »Wie wäre es mit ein paar zweistimmigen Übungen, Monsieur? Die gehen überhaupt nicht, sosehr ich mich auch bemüht habe!«
Mein Ton ist streng dienstlich. Man kann mir beim besten Willen nicht nachsagen, daß ich es etwa am nötigen Ernst fehlen ließe. Erstens ist mir nicht zum Lachen zumute und zweitens würde Mademoiselle Sergent die Gesangstunden sofort einstellen, wenn ich mir allzu große Freiheiten erlaubte. Außerdem denke ich an Aimée. Kommt sie denn heute überhaupt nicht herunter? Noch vor einer Woche hätte sie nicht gewagt, so lange zu faulenzen! Ich verteile die Noten: der langen Anaïs, von Marie Belhomme behindert, fällt die erste Stimme zu, den übrigen, von Rabastens gestützt, die zweite. Was mich betrifft, so werde ich dort mitsingen, wo man mich am nötigsten braucht.
Wir singen. Ich stehe neben dem schönen Antonin, der sich näher und näher zu mir neigt, während er seinen lyrischen Bariton in allen Gangarten vorführt. Wir müssen ein überaus spaßiges Schauspiel bieten!
Dieser unverbesserliche Südländer ist so ausschließlich mit seiner Rolle als Salonlöwe beschäftigt, daß er Schnitzer über Schnitzer macht, was, nebenbei bemerkt, niemandem auffällt. Die elegante Chrysantheme schwebt zu Boden. Kaum ist das Stück verklungen, hebt er sie auf, wirft sie auf den Tisch und sagt mit der selbstgefälligen, komplimentheischenden Miene des erfolgreichen Mimen:
»Nun? Das war doch gar nicht so übel?«
Mademoiselle Sergents Antwort ist eine kalte Dusche:
»Ja, aber lassen Sie die Mädchen allein singen, ohne Sie, ohne Claudine, und Sie werden sehen, was passiert!«
Wie bestürzt er dreinschaut! Wetten, daß er den eigentlichen Grund seines Hierseins völlig vergessen hat? Was für eine Nummer, dieser Rabastens! Seine pädagogischen Fähigkeiten scheinen ja beachtlich zu sein. Desto besser! Sobald Mademoiselle Sergent den Gesangstunden nicht mehr beiwohnen wird, kann ich mir alles erlauben.
»Da mögen Sie recht haben, Mademoiselle. Aber wenn sich die Damen nur ein ganz klein wenig Mühe geben, können sie darauf zählen, die Prüfung zu bestehen. Sie wissen doch, wie wenig man heutzutage in Musik verlangt!«
Sieh da, er trägt den Krieg ins feindliche Lager? Besser hätte man

es der Furie gar nicht versetzen können, daß sie selbst nicht einmal imstande ist, eine Tonleiter zu singen! Sie versteht den Wink mit dem Zaunpfahl, und ihre schwarzen Augen blicken jäh in eine andere Richtung. Antonin steigt ein wenig in meiner Achtung, hat sich aber den Unwillen Mademoiselle Sergents zugezogen, die nun in scharfem Ton sagt: »Lassen Sie die Mädchen weiterarbeiten. Sie sollen einzeln singen, um an Treffsicherheit zu gewinnen.«
Jetzt sind die Zwillinge an der Reihe. Sie haben farblose, zitternde Stimmchen und keinerlei rhythmisches Empfinden, werden sich aber niemals blamieren, diese elenden Streberinnen! Oh, ich hasse diese braven, wohlerzogenen Jaubert und getraue mich zu wetten, daß sie daheim jede Übung sechzigmal durchsingen, ehe sie zur Gesangstunde gehen, artig, ehrbar und durchtrieben. Zum Abschluß »erweise ich Rabastens das Vergnügen«, ihm etwas vorzusingen. Die Stücke, die er mir unter die Nase hält – unselige Romanzen und verstaubte Arien, in deren plätschernden Koloraturen er das Non-plus-ultra der Kunst erblickt –, strotzen vor Schwierigkeiten. Doch zum hellen Entzücken des wakkeren Antonin, mir selbst zuliebe und der roten Schlange zum Trotz (auch Anaïs soll sich ruhig ärgern!), singe ich ausgezeichnet, und der leicht entzündliche Südländer betritt in heilloser Verblendung ein wahres Labyrinth verschlungener Komplimente und auswegloser, hinterhältiger Sätze, in dem ich ihn mit wahrer Wonne umherirren sehe. Ich werde mich wohl hüten, ihm herauszuhelfen! Viel lieber höre ich zu, ganz Ohr, mit hingebungsvollem Blick, und wäre Mademoiselle Sergent nicht plötzlich nähergekommen, glaube ich kaum, daß er aus dem letzten, besonders bedeutungsträchtigen Satz jemals wieder herausgefunden hätte.
»Haben Sie eine Hausübung gegeben?«
Hat er? Keine Spur! Der gute Antonin kann sich offenbar nicht damit abfinden, daß seine Aufgabe nicht darin besteht, mit mir zweistimmige Romanzen zu singen!
Wo steckt nur die kleine Aimée? Ich muß es in Erfahrung bringen. Zu diesem löblichen Zweck werfe ich geschickt das Tintenfaß um, bade meine Hände in der blauen Lache, stoße ein entsetztes »Oooh!« aus und spreize alle zehn Finger in der Luft. Mademoiselle Sergent schickt mich zur Pumpe, nicht ohne bemerkt zu haben, daß derlei für mich leider »typisch« sei.
Glücklich draußen angelangt, wische ich meine Hände in den großen Schwamm. Das genügt fürs erste. Dann mache ich die

Runde, schnüffle herum, spähe in alle Ecken. Nein, im Haus ist sie nicht. Also noch einmal in den Garten hinaus. Ich wage mich bis zu der niedrigen Mauer vor, die unseren Hof von dem Gärtchen der Knabenschule trennt. Höre ich recht? Man plaudert nebenan? Ich beuge mich über das Mäuerchen, um in den Nachbargarten hinabzuschauen. Er liegt etwa zwei Meter tiefer als der unsere. Wer sitzt unter dem entlaubten Nußbaum, in der bläßlichen, kaum spürbaren Wintersonne? Der finstere Richelieu und Mademoiselle Aimée Lanthenay! Noch vor wenigen Tagen hätte mich dieser Anblick in fassungsloses Staunen versetzt, jetzt hingegen vermag ich die beiden fast mit Ruhe zu betrachten! Die große Enttäuschung dieser Woche hat mich ein wenig abgehärtet.

Dieser menschenscheue Duplessis! Wo ist seine Schweigsamkeit geblieben? Auch die Augen hält er nicht mehr gesenkt! Sollte er den Rubikon bereits überschritten haben?

»Sie haben es geahnt, Mademoiselle, nicht wahr? Oh, sagen Sie ›ja‹!«

Die kleine Lügnerin schüttelt den Kopf, mit reizendem Lächeln, als käme ihr alles ganz unerwartet. Die Freude hat ihre Wangen rosig gefärbt und funkelt aus den goldbraunen Augen, die heller strahlen denn je und wachsam in die Runde spähen, während Armand eifrig weiterspricht:

»Oh, Sie mußten es ahnen, ich habe doch ganze Abende unter Ihrem Fenster verbracht! Aber glauben Sie mir, ich liebe Sie von ganzem Herzen, und nichts liegt mir ferner, als ein Jahr mit Ihnen zu flirten und dann bei Schulschluß auf und davon zu gehen! Wollen Sie mich anhören? So ernst, wie ich jetzt zu Ihnen spreche?«

»So ernst ist es also?«

»Ja, so ernst! Gestatten Sie mir, heute abend mit Ihnen zu reden, in Gegenwart Mademoiselle Sergents?«

Der Teufel soll's holen! Ausgerechnet jetzt muß die Klassentüre aufgehen! Mit zwei Sätzen bin ich bei der Pumpe, allerdings nicht nahe genug. Ich werfe mich zu Boden. Als Mademoiselle Sergent mit Rabastens vorübergeht, findet sie mich emsig damit beschäftigt, meine Finger mit Sand sauberzureiben, »weil die Tinte anders nicht heruntergeht«. Die Kriegslist glückt.

»Lassen Sie nur«, sagt Mademoiselle Sergent. »Sie können sich daheim die Hände mit Bimsstein waschen.«

»Auf Wiedersehen!« flötet der schöne Antonin. Es klingt ebenso munter wie schwermütig. Ich erhebe mich und danke mit mei-

nem dekorativsten Nicken, lockenumspielten Gesichts. Hinter seinem Rücken lache ich mich krumm. Du dummer, siegessicherer Hanswurst! Dann hole ich meinen Mantel, gehe bedächtig heimwärts und denke an Aimée und Armand Duplessis.
Zu schade, daß mir das Ende ihres romantischen Zwiegesprächs entgehen mußte! Sicher hat Aimée die Zusammenkunft bereitwilligst gewährt, und Richelieu, entflammbar, aber ehrlich, wird um ihre Hand anhalten. Er ist es ohne weiteres imstande.
Was ist denn nur an dieser Kleinen, daß alle Männer in sie vernarrt sind? Dabei kann man sie nicht einmal schön nennen! Wohl hat sie einen Pfirsichteint und herrliche Augen, aber die strahlen auch aus hübscheren Gesichtern! Aimée hingegen braucht nur vorüberzugehen, und die Maurer lassen ihr Handwerkszeug sinken, schnalzen mit der Zunge und blicken einander vielsagend an (gestern habe ich gehört, wie einer zum andern sagte: »Als Floh in ihrem Bett! Das wär' ein Leben, was?«), die Burschen werfen sich in die Brust, und die alten Stammgäste des »Café de la Perle« schwärmen beim abendlichen Wermut von einer »kleinen Schullehrerin, bei der es einen überrieselt, als beiße man in ein ungezuckertes Obsttörtchen!« Maurer, Pensionisten, Lehrerin und Lehrer – alle, alle, alle? Ist denn niemand vor ihr sicher?
Mich interessiert sie schon weit weniger, seitdem ich sie so falsch gefunden habe. Doch ich fühle mich wie ausgebrannt und vermag jetzt weder Schmerz noch Liebe zu empfinden.

Arme alte Schule, deine Tage sind gezählt! Man reißt bereits das Erdgeschoß ein. Neugierig sehen wir zu, wie doppelte Mauern zum Vorschein kommen, Mauern, deren trügerische Dicke in Wirklichkeit hohl war wie ein Faß, mit engen schwarzen Gängen, die außer Staub und ekelerregend abgestandenem Gestank nichts zu bieten haben. Zu meiner Erheiterung versetze ich Marie Belhomme mit der Behauptung in Angst und Schrecken, daß diese Verstecke in der Absicht angelegt worden seien, ungetreue Ehefrauen (deren weißes Gebein ich auf dem Misthaufen gesehen hätte) lebendig einzumauern. Sie reißt entsetzt die Augen auf, fragt »Wirklich?«, läuft davon, »um die Knochen anzuschauen«, und kommt eilends wieder zurück.
»Ich habe nichts gesehen, du Lügnerin! Du hast mich schon wieder zum Narren gehalten!«
»Möge mir sogleich die Stimme versagen, wenn diese Geheimgänge nicht in verbrecherischer Absicht angelegt worden sind! Und überhaupt – du hast's nötig, mich Lügnerin zu nennen, wo

du eine Blume in deinem Marmontel trocknest, und zwar die Chrysantheme, die Monsieur Rabastens im Knopfloch trug!«
Den letzten Satz schreie ich heraus, so laut ich kann, bemerke ich doch, daß Mademoiselle Sergent den Hof betritt, gefolgt vom unermüdlichen Dutertre. Oh, er kommt oft her, das muß man ihm lassen! Der Pflichteifer dieses Doktors, der seine Patienten im Stich läßt, um sich von den Fortschritten unserer Schule zu überzeugen, ist wahrhaft erhebend!
Derzeit kennt die Unordnung keine Grenzen. Die alte Schule fällt in Trümmer, die Großen lernen im Kindergarten, die Kleinen im Bürgermeisteramt. Kein Wunder, daß der ehrenwerte Herr Distriktskandidat für unsere Bildung fürchtet!
Die beiden haben meine Worte gehört – Kunststück, ich habe ja absichtlich so geschrien –, und Dutertre läßt sich die Gelegenheit, uns näher in Augenschein zu nehmen, beileibe nicht entgehen. Die arme Marie! Sie schlägt stöhnend die Hände vors Gesicht und würde am liebsten in die Erde versinken. Dutertre steuert auf sie zu, leutselig und lachend, klopft ihr auf die Schulter – natürlich fährt sie entsetzt zusammen – und sagt: »Was behauptet diese teuflische Claudine, Kleine? Du hebst die Blumen auf, die der schöne Hilfslehrer im Knopfloch trägt? Finden Sie nicht, Mademoiselle Sergent, daß Ihre Schülerinnen recht aufgeweckte Dinger sind? Marie, soll ich diese Geschichte vielleicht deiner Mutter erzählen, damit sie sieht, daß ihre Tochter es faustdick hinter den Ohren hat?«
Arme Marie Belhomme! Sprachlos vor Schreck, richtet sie ihre verstörten Rehaugen bald auf Dutertre, bald auf mich, bald auf Mademoiselle Sergent, die den Distriktskandidaten mit einer Mischung aus Eifersucht und Bewunderung betrachtet, von seiner neuerlichen Eskapade alles andere als entzückt. Sie wagt nicht, ihn zum Gehen zu drängen, denn sie weiß so gut wie ich, daß er durchaus imstande ist, sich zu weigern. Mittlerweile habe ich meine helle Freude an der Verwirrung Maries, der giftigen Ungeduld Mademoiselle Sergents und dem offensichtlichen Vergnügen, das der gute Doktor unserer Gesellschaft abgewinnt. Anscheinend funkelt mir die böse Lust aus den Augen, denn Dutertre lacht mit blitzendem Raubtiergebiß:
»Claudine, du prickelst ja förmlich vor Bosheit! Hab' ich recht?«
Ich antworte mit einem Kopfnicken, das meine Locken auf das anmutigste durcheinanderbringt, eine Ungezogenheit, die Mademoiselle Sergent nicht entgeht: sie runzelt drohend die

buschigen Brauen. Runzle nur, runzle! Das ist mir ganz egal! Nein, du rote Schlange, alles kann man nicht haben! Die Hilfslehrerin und den Distriktskandidaten? Das wär' ja noch schöner! Dutertre kommt auf mich zu, hemmungsloser denn je, und legt den Arm um meine Schulter. Die lange Anaïs beobachtet uns lauernd. Ihre Augen sind ganz schmal.
»Fühlst du dich wohl?«
»Ja, Herr Doktor. Dank der Nachfrage!«
»Schluß mit dem Unsinn! Ich will eine ernstzunehmende Antwort!« (Schon recht! Genauso ernstzunehmend wie du selber!)
»Warum hast du immer schwarzumschattete Augen?«
»Weil der liebe Gott sie so erschaffen hat.«
»Du solltest weniger lesen! Du liest natürlich im Bett, wie?«
»Ja, aber nie sehr lange. Soll man das denn nicht?«
»Hm . . . Gott, ja, natürlich kannst du lesen . . . Was liest du denn? Laß einmal hören!«
Er kommt in Schwung und zieht mich mit brüsker Bewegung enger an sich. Doch ich bin klüger als neulich und erröte nicht, noch nicht, zumindest. Der Frau Direktor bleibt nichts anderes übrig, als die Kleinen ausschimpfen zu gehen, die bei der Pumpe spielen und sich von oben bis unten anspritzen. Sicher kocht sie vor Wut. Juchhe!
»Gestern habe ich ›Aphrodite‹ ausgelesen. Heute werde ich wohl ›Die Frau und der Hampelmann‹ beginnen.«
»So? Feine Lektüre, das muß ich schon sagen! Pierre Louys! Da soll doch . . . Wundert mich nicht, daß du . . . ich möchte nur wissen, wieviel davon du überhaupt verstehst! Alles?«
(Ich bin bestimmt kein Hasenfuß, aber wenn ich mir vorstelle, daß ich dieses Zwiegespräch unter vier Augen fortsetzen müßte, etwa an einem Waldrand oder auf einem Kanapee, so wird mir nicht ganz wohl in meiner Haut! Seine Augen funkeln aber auch dermaßen! Bildet er sich etwa ein, daß ich ihm jetzt schmutzige Zweideutigkeiten ins Ohr flüstern werde?
»Nein, ich verstehe durchaus nicht alles – schade, nicht wahr? –, aber immerhin, eine ganze Menge! Vorige Woche habe ich *Suzanne* gelesen, von Léon Daudet, und jetzt bin ich am Ende eines herrlichen Buches von Paul Adam angelangt: *L' Année de Clarisse.*«
»Und das alles vor dem Einschlafen? Wenn du so weitermachst, wirst du dich noch ruinieren! Leg dich gefälligst weniger scharf ins Zeug, es wäre schade um dich! Verstanden?«
Was glaubt er denn eigentlich? Sein Gesicht ist so nahe dem mei-

nen, und die Lust, mich zu küssen, spricht so deutlich aus seinen Augen, daß brennende Röte in meine Wangen steigt und ich drauf und dran bin, meine Sicherheit zu verlieren. Das hat mir gerade noch gefehlt! Anscheinend bangt auch er um seine Fassung, denn er gibt mich frei, mit einem tiefen Atemzug, nicht ohne vorher mit der Hand über meine Locken zu fahren, von der Kopfhaut bis zur äußersten Haarspitze, so wie man Katzen streichelt. Mademoiselle Sergent kommt zurück. Ihre Hände beben vor Eifersucht. Die beiden gehen weiter, und soviel ich sehen kann, entspinnt sich ein heftiger Dialog, der ihrerseits angstvoll-beschwörend, seinerseits lachend und achselzuckend geführt wird. Sie begegnen Mademoiselle Aimée. Dutertre bleibt stehen – er ist kein Kostverächter und ihre schelmischen Augen leuchten auch gar zu hell – und beginnt mit ihr zu scherzen. Flüchtige Röte überzieht ihre Wangen, sie scheint verlegen, jedoch erfreut, und Mademoiselle Sergent zeigt diesmal keine Eifersucht, ganz im Gegenteil . . .

Immer, wenn ich die Kleine sehe, pocht mein Herz ein wenig schneller . . . Ach, wie anders hätte alles kommen können!

Meine Gedanken führen mich so weit fort, daß ich beinahe den Veitstanz übersehe, den die lange Anaïs schon seit einer geraumen Weile rund um mich aufführt:

»Laß mich in Ruh, du Ekel! Ich bin heute nicht zum Spielen aufgelegt!«

»Dir spukt wohl der Distriktskandidat im Kopf herum, wie? Du weißt nicht, wem du den Vorzug geben sollst, Rabastens, Dutertre, wem nicht noch alles! Hast du dich schon entschieden? Und Mademoiselle Lanthenay?«

Sie läßt ihre Röcke fliegen, mit unbewegter Miene, aber ihre Augen funkeln böse. Im Grund ist sie wütend, das weiß ich genau. Um sie mir vom Hals zu schaffen, stürze ich mich auf sie und lasse die Fäuste auf ihre Arme niedersausen. Feig, wie sie ist, rennt sie davon, laut schreiend, ich hinterdrein, dränge sie neben der Pumpe an die Wand und schütte ihr Wasser über den Kopf – oh, ganz wenig! –, den Bodensatz des Gemeinschaftsbechers. Jetzt kennt ihre Entrüstung keine Grenzen.

»Das ist idiotisch, hörst du! So was tut man nicht! Überhaupt, wo ich verkühlt bin und huste!«

»So huste doch, huste! Laß dich ja nicht stören! Der gute Onkel Doktor gibt dir sicher eine Gratismedizin und noch was anderes obendrein!«

Der plötzliche Auftritt des balzenden Duplessis beendet unseren

Streit. Seit zwei Tagen ist Armand wie verwandelt und seine strahlenden Augen künden aller Welt, daß Aimée ihm Hand, Herz und Treue verpfändet hat, alles in einem Aufwaschen. Er sieht seine Verlobte zwischen Dutertre und Direktorin stehen, lachend und plaudernd, von dem einen geneckt, von der anderen ermutigt, und sein Blick verdüstert sich. Huh, was für ein Othello! Zweifellos würde er spornstreichs wieder umkehren, wenn ihn die rote Schlange nicht höchstpersönlich zurückriefe. Er beeilt sich, diesem Rufe Folge zu leisten, und verbeugt sich respektvoll vor Dutertre, der ihm jovial die Hand schüttelt und allem Anschein nach die tiefstgefühlten Glückwünsche ausspricht. Der bleiche Armand errötet vor Freude und betrachtet seine kleine Braut mit zärtlichem Stolz. Armer Richelieu, du dauerst mich! Ich weiß zwar nicht genau, warum, aber ich getraue mich zu wetten, daß dich diese verlobungsfreudige Aimée, die so gern die Ahnungslose spielt, nicht sehr glücklich machen wird. Die lange Anaïs verschlingt die kleine Gruppe mit den Augen. Vor Staunen bleiben ihr sämtliche Schimpfwörter im Hals stecken und sie fragt flüsternd:

»Was soll das heißen? Was ist los?«

Ich platze heraus:

»Was los ist? Der düstere Duplessis, auch Richelieu oder O-Bein genannt, hat um die Hand Mademoiselle Lanthenays angehalten und sie prompt bekommen! Jetzt sind sie verlobt, und Dutertre ist gerade dabei, die beiden zu beglückwünschen. Das ist los!«

Anaïs ringt nach Worten.

»Wie meinst du das, ›um ihre Hand angehalten‹? Um sie zu heiraten?«

Ich kann mich des Lachens nicht erwehren. Wie natürlich sie dieses Wort herausgebracht hat! So viel Unschuld bin ich an ihr gar nicht gewöhnt! Doch ich überlasse sie nicht lange ihrem Staunen:

»Vorwärts, schnell, geh irgend etwas holen und schnapp auf, was du kannst! Vor mir würden sie sich zu sehr in acht nehmen!«

Anaïs stürmt davon. Bei den Herrschaften angelangt, verliert sie geschickt ihren Holzschuh (wir alle tragen im Winter Holzschuhe) und spitzt die Ohren, während sie ihn umständlich wieder anzieht. Dann verschwindet sie in der Klasse, kommt mit ihren Fäustlingen wieder heraus und streift sie auffällig über.

»Also? Was hast du gehört?«

»Dutertre sagte gerade zu Duplessis: ›Die Glückwünsche erspare ich mir, Monsieur! Wenn man ein solches Mädchen heira-

tet, sind sie wahrlich überflüssig!‹ Und Mademoiselle Lanthenay schlug züchtig die Augen nieder! Nein, das hätte ich nie für möglich gehalten! Und schon so fix abgemacht!«
Auch ich bin erstaunt, wenngleich aus anderen Gründen. Wie! Aimée heiratet, und Mademoiselle Sergent sieht gleichmütig zu? Wozu dann die Mühe, sie zu erobern, wozu die Eifersuchtsszenen und Tränenströme, wenn sie ihre kleine Aimée jetzt kaltblütig diesem Duplessis überläßt, den sie kaum kennt? Sicher steckt da noch etwas anderes dahinter!
Der Teufel soll die Leute holen! Können sie meine Phantasie nicht eine Sekunde unbeschäftigt lassen? Wieviel Kopfzerbrechen wird es mich wieder kosten, die wahren Hintergründe dieser dunklen Angelegenheit ans Licht zu zerren! Doch vielleicht ist des Rätsels Lösung viel einfacher: vielleicht beschränkt sich Mademoiselle Sergents Eifersucht auf Frauen!
Um mich etwas aufzuheitern, organisiere ich mit meinen Kameradinnen und den Mädchen der zweiten Abteilung (mit der Zeit erachten wir sie für würdig, an unseren Spielen teilzunehmen) eine Partie »Katz und Maus«, zeichne zwei Linien in den Sand, in einem Abstand von drei Metern, stelle mich als »Katz« in die Mitte, und das Spiel beginnt, unter schrillem Geschrei und vielen Stürzen, an denen ich nicht ganz unschuldig bin.
Es läutet. Auf, zur sterbenslangweiligen Handarbeitsstunde! Mit tiefem Widerwillen nehme ich meine Gobelinstickerei zur Hand. Zehn Minuten später verläßt Mademoiselle Sergent die Klasse, unter dem Vorwand, den »Kleinen«, die man nach neuerlicher Umsiedlung jetzt ebenfalls in den Kindergarten gesteckt hat (provisorisch, versteht sich), Lehrmittel austeilen zu müssen. Diese Lehrmittel kann ich mir lebhaft vorstellen. Wahrscheinlich sehnt sich die rote Schlange nach ihrer kleinen Aimée.
Plötzlich, nach etwa zwanzig Stichen, erleide ich einen Anfall akuter geistiger Umnachtung, die es mir gänzlich unmöglich macht, zu entscheiden, ob ich das Grün, mit dem ich eben ein Eschenblatt vollendet habe, guten Gewissens auch zum Ausfüllen eines Eichenblattes verwenden kann. Den Stickrahmen in der Hand, mache ich mich auf die Suche nach der allwissenden Frau Direktor. Ich schaue zu den Kleinen: die fünfzig Rangen quieken, lachen, tanzen, reißen einander an den Haaren und zeichnen Mondgesichter an die Tafel. Keine Mademoiselle Sergent, keine Mademoiselle Lanthenay. Höchst seltsam! Zurück ins Stiegenhaus. Auch hier ist alles still. Wenn ich hinaufginge? Schön und gut, aber was sage ich, wenn man mich erwischt? Ach was, ich

behaupte ganz einfach, ich käme, um Mademoiselle Sergent zu holen, da ihre rustikale Mutter sie schon mehrmals gerufen hätte. Psst! Auf leisen Sohlen steige ich die Treppe hinauf. Die Holzschuhe habe ich vorsichtshalber unten stehen lassen. Auch im ersten Stock ist kein Laut zu hören. Aber steht nicht die Türe zu Mademoiselle Sergents Zimmer offen? Die Neugier überwiegt alle Bedenken: ich schleiche näher und spähe hinein. Mademoiselle Sergent sitzt in ihrem großen Fauteuil – seine Rückenlehne ist mir zugewandt (Gott sei Dank!) –, hält die Hilfslehrerin wie ein Baby auf dem Schoß und drückt sie zärtlich an sich. Und die kleine Aimée? Sie küßt ihre Vorgesetzte aus ganzem Herzen und unterbricht diese hingebungsvolle Tätigkeit nur, um leise Seufzer des Behagens auszustoßen. Bei Gott! Dieser Schulleiterin kann man wahrhaftig nicht nachsagen, daß sie ihre Untergebenen hart anfaßt!

Die hohe Sessellehne verdeckt die Gesichter fast zur Gänze. Aber ich habe genug gesehen. Das Blut braust in meinen Ohren, und mit zwei Sätzen eile ich die Treppe hinunter.

Drei Sekunden später sitze ich wieder auf meinem Platz neben der langen Anaïs, die sich an Text und Bildern einer leicht anrüchigen Zeitschrift ergötzt. Um meine Erregung zu verbergen, mime ich Interesse (als ob ich für dieses Zeug etwas übrig hätte!) und lese eine nette Geschichte von Catulle Mendès, die mir gefiele, wenn ich mich von dem Bild befreien könnte, das mich hartnäckig verfolgt. Diese Zärtlichkeit übertrifft meine kühnsten Annahmen! Weiß Gott, ich hätte mich mit weniger zufriedengegeben ...

Anaïs deutet auf eine Zeichnung von Gil Baër – sie zeigt einen bartlosen schmächtigen Stutzer, der aussieht wie eine verkappte Frau – und gesteht mit erstaunlichen Anzeichen von Verwirrung, wohl von der Lektüre des *Carnet de Lyonnette* zu Vertraulichkeiten angeregt: »Mein Vetter schaut ganz ähnlich aus! Er heißt Raoul und geht ins Gymnasium. Wir sehen uns in den Ferien!«

Diese Enthüllung erklärt mir die verhältnismäßig weise Beschränkung, die sie sich seit neuestem auferlegt: sie korrespondiert mit den Jungen der Nachbarschaft derzeit nur auf das spärlichste. Die Zwillinge tun, als seien sie von der schlüpfrigen Zeitung angeekelt, Marie Belhomme wirft auf dem Weg zu unserer Bank ein Tintenfaß um. Kaum hat sie ein paar Zeilen gelesen und die Bilder angesehen, als sie entsetzt wieder davonläuft, die langen Hände ringt und ausruft:

»Das ist ja ganz abscheulich! Den Rest lese ich bestimmt erst nach der Pause!«

Wenig später – Marie ist noch fieberhaft damit beschäftigt, die verschüttete Tinte aufzutrocknen – erscheint Mademoiselle Sergent mit undurchdringlicher Miene, doch aus ihren leuchtenden Augen schimmert noch ein Abglanz der letzten zehn Minuten. Ich betrachte sie fast zweifelnd. Ist diese gestrenge Lehrerin wirklich das kußfreudige Weib von vorhin!

»Marie, Sie sitzen heute eine Stunde nach und werden diese Zeit dazu verwenden, einen Aufsatz über die Ungeschicklichkeit zu verfassen!« Dann fährt sie fort: »Morgen kommt eine neue Hilfslehrerin, Mademoiselle Griset. Sie wird sich ausschließlich mit den Kleinen beschäftigen.«

– Mademoiselle Aimée verläßt uns wohl? Diese Frage schwebt mir auf der Zunge. Doch die Erklärung läßt nicht auf sich warten: »Mademoiselle Lanthenay ist in der zweiten Klasse nicht am Platz. Sie braucht ein anspruchsvolleres Tätigkeitsfeld und wird Sie von nun an in Geschichte, Zeichnen und Handarbeiten unterrichten, unter meiner Oberleitung.«

Ich betrachte Mademoiselle Sergent mit unverschämtem Lächeln und werfe den Kopf zurück, als wolle ich sie zu diesem wirklich gelungenen Arrangement beglückwünschen. Sie gerät prompt in Wut, runzelt die Brauen und sagt mit schneidender Stimme:

»Claudine, zeigen Sie mir Ihre Arbeit! Mehr haben Sie nicht gemacht? Ihr Fleiß ist ja bemerkenswert!«

Ich setze meine dümmste Miene auf:

»Bitte, Mademoiselle, ich bin vorhin in die zweite Klasse gegangen, um Sie zu fragen, ob ich das Eichenblatt mit Grün Nr. 2 stikken solle, konnte Sie aber nicht finden. Darauf suchte ich Sie im Stiegenhaus, aber auch da waren Sie nicht.«

Ich spreche langsam, laut und mit Genuß. Ein Dutzend Nasen hebt sich von halbfertigen Socken und Gobelins. Man lauscht atemlos – schon recht! –, und die Größeren fragen sich, was die Schulleiterin wohl dazu bewogen haben mochte, ihre Schülerinnen im Stich zu lassen. Mademoiselle Sergent wird dunkelrot und erwidert wie aus der Pistole geschossen:

»Ich habe mich um die Unterkunft der neuen Hilfslehrerin gekümmert! Das Schulgebäude ist fast fertig, und man entzündet bereits große Feuer, um die Wände rascher zu trocknen. Wir werden zweifellos bald übersiedeln können!«

Ich beschränke mich auf eine Geste untertäniger Abwehr, als wolle ich andeuten, daß es mir nicht anstehe, Rechenschaft über ihre Handlungen zu fordern, könne es sich doch bei ihrer Abwesenheit nur um einen Akt der Pflichterfüllung gehandelt haben. Doch im stillen schreie ich ihr entgegen: »Nein, du Muster von einer Schulleiterin, du hast dich bei Gott nicht um die neue Hilfslehrerin gekümmert, sondern um die alte, um die süße kleine Aimée, in deinen vier Wänden, mit langen, zärtlichen Küssen!«

Der Gedanke, daß ich ihr diese Antwort ins Gesicht schleudern könnte, verschafft mir eine Befriedigung, die beinahe an Raserei grenzt.

Mittlerweile hat die rote Hexe ihre Beherrschung wiedergewonnen und befiehlt mit klarer Stimme:

»Nehmen Sie die Aufsatzhefte zur Hand! Titel: ›Die Zeit mißachtet, was man ohne sie vollbringt.‹ Sie haben anderthalb Stunden, um diesen Gedanken zu erläutern und zu kommentieren.«

O Jammer! O Bekümmernis! O schrecklicher Triumph des Stumpfsinns! Wie viele einfältige Behauptungen werde ich mir wieder abringen müssen! Nein, die Gefühlsregungen der Zeit interessieren mich ganz und gar nicht, soll sie mißachten, »was man ohne sie vollbringt«. Muß sie denn überall dabei sein? Das ist wieder einmal ein Aufsatzthema, das sich gewaschen hat! Kaum glaublich, daß es noch dümmere gibt, jewohl noch dümmere: Neujahr steht vor der Türe, und das Damoklesschwert der unvermeidlichen kleinen Stilübung über die Neujahrsgeschenke, diesen ehrwürdigen alten Brauch, schwebt bereits drohend über unseren Häuptern: frohe Kinder, liebreiche Eltern, Spielsachen, Bücher und Bonbons unter blütenweißen Kopfpolstern (ohne Umlaut wie Bogen, Kasten, Kragen, Magen und Wagen), von der herzbewegenden Erwähnung all der kleinen Armen, die leer ausgehen und an diesem Festtag daher unseres besonderen Mitgefühls bedürfen, ganz zu schweigen!

Während ich meine Wut in mich hineinfresse, »konzipieren« die anderen bereits, mit Ausnahme der langen Anaïs, die auf meine Einleitung wartet, um sich dann in Ruhe daran zu inspirieren. Die musterhaften Zwillinge denken scharf nach, und Marie Belhomme hat schon eine ganze Seite mit Albernheiten, widerspruchsvollen Behauptungen und einigen wenigen zutreffenden Beobachtungen vollgeschrieben, die dafür mit dem Thema nicht das geringste zu schaffen haben. Nach einer Viertelstunde herzhaften Gähnens gebe ich mir einen Ruck, nehme das Heft »Französische Aufsätze« zur Hand und schreibe mein Werk in einem Zug nieder, ohne Konzept, was die andern stets neu empört.

Um vier Uhr stellt sich heraus, daß Anaïs und ich an der Reihe sind, die Klasse auszukehren. Für gewöhnlich hasse ich diese Arbeit, aber heute ist mir alles recht. Ich gehe die Gießkanne holen. Dabei treffe ich Mademoiselle Aimée. Ihre Wangen sind gerötet, ihre Augen glänzen.
»Guten Tag, Mademoiselle! Nun, wann wird geheiratet?«
»Wie! . . . Diese Mädchen wissen aber auch alles! Es ist doch noch nichts festgesetzt . . . das Datum, meine ich . . . Sicher während der Ferien . . . Sie finden ihn doch nicht häßlich, Monsieur Duplessis, oder?«
»Häßlich? Richelieu? Ganz im Gegenteil! Er sieht zehnmal besser aus als Rabastens! Sie lieben ihn also?«
»Was für eine Frage! Ich habe ihm doch mein Jawort gegeben!«
»Na, und? Halten Sie mich für Marie Belhomme? Ich will Ihnen etwas sagen, Mademoiselle Aimée:
Sie lieben ihn überhaupt nicht! Sie finden ihn recht nett, das ist alles. Sie wollen sich verheiraten, um zu sehen, wie das ist, um Ihre Eitelkeit zu befriedigen und um Ihre Schulkolleginnen zu ärgern, die allesamt alte Jungfern bleiben werden! Machen Sie ihm das Leben nicht allzu sauer, das ist das mindeste, was ich ihm wünschen kann, denn er würde eine liebevollere Frau verdienen als Sie!«
Das sitzt! Ich drehe mich um, laufe davon und hole Wasser. Sie rührt sich nicht vom Fleck, stumm und fassungslos. Endlich verschwindet sie im Schulhaus. Will sie die Säuberung der zweiten Klasse überwachen? Oder geht sie, um ihrer Busenfreundin meine Worte brühwarm zu wiederholen? Soll sie nur! Ich habe genug von diesen beiden Närrinnen, deren eine genau weiß, was sie will! Und ich gieße, gieße, rastlos und rabiat, begieße den Boden, Anaïs, die Bänke und die Landkarten, um nachher aus Leibeskräften auszukehren, bis die Ermüdung meine Müdigkeit vertreibt.
Gesangstunde! Rabastens tritt auf, mit himmelblauer Krawatte. Auch Mademoiselle Aimée stellt sich ein, von einem Mädchen gefolgt, das noch kleiner ist als sie und aussieht, als sei es höchstens dreizehn. Weitere Kennzeichen: flaches Gesicht, grüne Augen, frischer Teint, dunkles, seidiges Haar, weicher, wiegender Gang. Das Mädelchen ist auf der Schwelle stehengeblieben wie ein Pferd, das plötzlich scheut, und Mademoiselle Aimée wendet sich um und sagt lachend: »So komm doch, hab keine Angst! Luce, hörst du nicht?«
Alle Wetter, das ist ja ihre Schwester! Dieses Detail hatte ich völ-

lig vergessen! Damals, als sie mir von ihr erzählte, war zwischen uns noch alles in Ordnung . . .
Daß sie das Schwesterchen ausgerechnet hierher bringt, erfüllt mich mit grenzenloser Heiterkeit, und ich zwicke Anaïs, kitzle Marie und führe hinter Mademoiselle Sergents Rücken ein kleines Freudentänzchen auf: Anaïs gackert, Marie miaut und Rabastens findet diese Freiheiten entzückend. Die kleine Schwester besieht mich aus verhängten Augen, Mademoiselle Aimée bricht in Gelächter aus (seit neuesten lacht sie über alles, sie ist ja so glücklich!) und sagt:
»Um alles in der Welt, Claudine, verdrehen Sie dem Kind nicht vollends den Kopf! Es ist ohnehin schon verschreckt genug!«
»Mademoiselle, ich werde über die junge Dame wachen wie über meine persönliche Tugend! Wie alt ist das Schwesterchen?«
»Fünfzehn, seit vorigem Monat.«
»Fünfzehn! Man lernt nie aus! Ich hätte sie für höchstens dreizehn gehalten!«
Die Kleine ist in den Anblick ihrer eigenen – übrigens recht zierlichen – Füße versunken, hochrot und verlegen, drängt sich nahe an die Schwester und umklammert deren Arm, als könne er ihr Mut und Kraft verleihen. Wart nur, ich werde dich Courage lehren!
»Komm nur, Kleine, komm zu mir! Hab keine Angst! Ich werde dich mit deiner Umgebung vertraut machen! Dieser Herr, der uns zu Ehren so berauschende Krawatten trägt, ist unser wackerer Musikprofessor. Leider bekommst du ihn nur an Sonn- und Donnerstagen zu Gesicht! Diese jungen Damen hier sind deine Mitschülerinnen. Du wirst sie noch früh genug kennenlernen. Was mich betrifft, so bin ich die Musterschülerin, das Paradestück, das nie gescholten wird (nicht wahr, Mamselle?), und stets so brav ist wie heute. Ich werde dir eine zweite Mutter sein!«
Mademoiselle Sergent lacht, ohne es zeigen zu wollen, Rabastens bewundert mich sichtlich, und aus den Augen des Neuankömmlings spricht aufrichtige Sorge um meinen Geisteszustand. Aber ich lasse es genug sein, das Spiel mit dieser kleinen Luce hat schon zu lange gedauert. Mein Interesse ist erloschen. Während sie sich hilfesuchend an ihre Schwester wendet, frage ich ungeniert:
»Wo soll dieses Kind schlafen? Hier ist doch noch alles im Urzustand!«
»Bei mir!« erwidert Aimée.
Ich presse die Lippen zusammen, blicke der Frau Direktor voll ins Gesicht und sage laut und deutlich:

»Nein, wie lästig!«
Rabastens grinst verstohlen – sollte ihm etwas aufgefallen sein? – und gibt der Meinung Ausdruck, daß man unter Umständen vielleicht mit der Gesangstunde beginnen könnte. O gewiß, man könnte! Und man singt sogar! Die Neue ist allerdings nicht dazu zu bewegen, den Mund aufzumachen, und verharrt in hartnäckigem Schweigen.
»Können Sie am Ende keine Noten lesen, Mademoiselle Lanthenay *junior*?« fragt der bezaubernde Antonin mit einem Lächeln, das er einem Weinvertreter abgeguckt zu haben scheint.
»Doch, Monsieur, ein bißchen«, erwidert die kleine Luce mit kaum hörbarer, aber wohllautender Stimme. Sicher klingt sie sehr angenehm, wenn die Angst sie nicht gerade abwürgt.
»Nun, also?«
Nichts, also! Laß doch dieses Kind in Ruhe, du Cannebière-Casanova!
Der gute Antonin neigt sich zu mir und flüstert: »Wenn die jungen Damen immer so müde sind wie heute, halte ich den Unterricht für zwecklos!«
Welche Kühnheit, so vertraulich mit mir zu sprechen! Eilig blicke ich in die Runde. Aber Rabastens hat recht. Meine Kolleginnen beschäftigen sich mit der Neuen, sprechen ihr zu und verwöhnen sie nach allen Regeln der Kunst. Von so viel Entgegenkommen ermutigt, taut die Kleine sichtlich auf und steht zutraulich Rede und Antwort. Was hingegen die Schmeichelkatze Lanthenay und ihre vielgeliebte Herrin betrifft, so haben sie es sich in einer Fensternische bequem gemacht und ihre Umgebung anscheinend völlig vergessen. Mademoiselle Sergent schlingt den Arm um Aimées Taille. Die beiden Damen plaudern unhörbar oder auch gar nicht. Schließlich kommt es auf eins heraus. Antonin folgt meinem Blick und lacht:
»Ist das eine Freundschaft!«
»Das kann man wohl sagen. Rührend, nicht wahr, Monsieur?«
»Rührend?« wiederholt der dralle Einfaltspinsel, unfähig, seine Gefühle zu verbergen, »sagen Sie lieber peinlich! Vor allem für die Umwelt! Sonntag abend, als ich die Noten zurückbrachte, habe ich die beiden Damen in der dunklen Klasse überrascht! Ich trete ein – schließlich ist die Klasse ein öffentlicher Aufenthaltsort, oder nicht? –, und was sehe ich, im schwachen Licht der Abenddämmerung? Mademoiselle Sergent und Mademoiselle Aimée, eng aneinandergeschmiegt, die sich küssen, was das Zeug hält! Glauben Sie, die beiden hätten sich etwa stören lassen?

Ganz und gar nicht! Mademoiselle Sergent hat sich bloß umgedreht und gefragt: ›Wer ist da?‹ mit schmelzender Stimme! Ich halte mich im allgemeinen nicht für schüchtern, müssen Sie wissen, aber da war ich wie auf den Mund gefallen!«
(Sprich nur weiter, unschuldsvoller Hilfslehrer! Du erzählst mir nichts Neues! Aber fast hätte ich das Wichtigste vergessen:)
»Und wie geht es Ihrem Kollegen, Monsieur? Ist er seit seiner Verlobung mit Mademoiselle Lanthenay nicht überaus glücklich?«
»Das schon, aber der arme Teufel hat wirklich keinen Grund dazu!«
»Oh! Warum denn?«
»Mademoiselle Aimée ist doch weiches Wachs in den Händen ihrer Vorgesetzten! Sie macht mit ihr, was sie will! Ist das vielleicht ein angenehmer Zustand für den zukünftigen Gatten? Ich würde es mir verbitten, daß meine Frau auf solche Weise außer mir noch jemand anderem gehorcht!«
Ich kann ihm nur beistimmen. Aber das Interesse an der Neuen erlahmt, und wir tun wohl besser daran, unsere Unterhaltung abzubrechen. Wohlan, frisch gesungen! Doch nein: neuerliche Galgenfrist: Armand tritt ein – o beispiellose Kühnheit! –, stört die beiden Turteltauben und betrachtet hingerissen seine Verlobte, die ihn kokett anlächelt und mit den anmutig geschwungenen Wimpern klappert. Mademoiselle Sergent hüllt ihn in den zufrieden-zärtlichen Blick der Schwiegermutter, die ihre Tochter unter die Haube gebracht hat, und die Klasse befleißigt sich neuerlicher Konversation. Rabastens hat recht. Diese Gesangstunden sind wirklich »kommisch«!
Am nächsten Morgen treffe ich beim Schultor eine blasse, unscheinbare Person mit mattem Haar, grauen Augen und schlechtem Teint, die ihr Wolltuch fröstelnd um die schmalen, eckigen Schultern zieht und den jammervollen Eindruck einer verängstigten, frierenden Katze erweckt. Anaïs deutet mit dem Kinn auf sie und schneidet eine unzufriedene Grimasse. Ich schüttle den Kopf und sage mitleidig: »Die wird was auszustehen haben! Die beiden andern sind ein Herz und eine Seele und werden sie quälen, was das Zeug hält!«
Schau, schau! Wie schnell doch die beiden Schulgebäude in die Höhe wachsen! Angeblich hat Dutertre dem Bauunternehmer eine Prämie versprochen, für den Fall, daß zu einem bestimmten Datum alles fix und fertig sei. Ich möchte nicht wissen, wie viele schmutzige Machenschaften da wieder dahinterstecken!

Zeichenstunde, unter der Leitung von Mademoiselle Aimée Lanthenay. »Wiedergabe eines Gebrauchsgegenstands.« Diesmal ist es eine geschliffene Karaffe, die auf dem Pult Mademoiselles steht.
Wir kennen und lieben diese Stunden, verschaffen sie uns doch tausend Vorwände, um aufzustehen, »unüberwindliche Hindernisse« zu entdecken und alle möglichen und unmöglichen Stellen mit Tusche zu bekleckern. Auch heute lassen die Einsprüche nicht auf sich warten. Ich eröffne das Feuer:
»Mademoiselle Aimée, von meinem Platz *kann* ich die Karaffe nicht sehen! Das Ofenrohr ist davor!«
Mademoiselle Aimée, emsig damit beschäftigt, den roten Nakken der briefschreibenden Frau Direktor zu kitzeln, wendet sich mir zu und erwidert unwillig: »Beugen Sie sich vor, und die Karaffe wird Ihnen kaum entgehen!«
Anaïs fährt fort:
»Mademoiselle, ich kann das Modell *wirklich* nicht sehen! Claudines Kopf ist davor!«
»Gott, seid ihr lästig! Stellt euren Tisch anders! Dann seht ihr alle beide!«
Jetzt ist Marie Belhomme an der Reihe. Sie stöhnt: »Mademoiselle, ich habe keine Zeichenkohle mehr! Und das Blatt, das Sie mir gegeben haben, hat einen Fehler in der Mitte! So kann ich die Karaffe wirklich nicht zeichnen!«
Jetzt explodiert Mademoiselle Sergent: »Schluß mit dem Gejammer! Wenn ich noch einen Laut höre, zeichnet ihr mir ein ganzes Tafelservice, verstanden?«

Lähmende Stille. Man könnte eine Fliege atmen hören – ganze fünf Minuten lang, dann setzt leises Summen ein, jemand läßt einen Holzschuh fallen, Marie Belhomme hustet. Ich gehe mit ausgestrecktem Arm Höhe und Breite der Karaffe abmessen. Die lange Anaïs folgt meinem Beispiel und nützt die gute Gelegenheit – man muß ein Auge zukneifen –, um diabolische Grimassen zu schneiden, die Marie Belhommes Heiterkeit erregen. Ich habe die Karaffe bereits skizziert und stehe auf, um die Tusche aus dem Wandschrank zu holen, der sich hinter dem Katheder befindet. Die beiden Lehrerinnen scheinen uns völlig vergessen zu haben, plaudern mit leiser Stimme, lachen vergnügt, und zuweilen weicht Mademoiselle Aimée in reizend gespieltem Entsetzen ein wenig zurück, mit einer kleinen Schmollmiene, die ihrem

Mündchen bestens ansteht. Die beiden tun sich so wenig Zwang an, daß ich nicht einsehe, warum etwa wir uns genieren sollten! Wartet nur, meine Süßen!

Mit einem vorsichtigen »Psst!« versichere ich mich der Aufmerksamkeit meiner Kameradinnen, deute auf das Liebespaar Sergent-Lanthenay und halte von rückwärts meine segnenden Hände über beide Häupter. Marie Belhomme weiß sich nicht zu fassen, die Zwillinge schlagen tadelnd die Augen nieder, ich wende mich wieder dem Wandschrank zu, entnehme ihm die Tuscheflasche und begebe mich auf meinen Platz zurück.

Im Vorübergehen werfe ich einen Blick auf die Zeichnung der langen Anaïs. Sie sieht ihr zum Verwechseln ähnlich! Ihre Flasche ist zu lang, der Hals zu dünn geraten. Ich mache sie darauf aufmerksam. Doch sie ist so sehr darein vertieft, auf ihren Knien eine Portion Jamjam zuzubereiten, zu Nutz und Frommen der kleinen Luce, daß sie nicht einmal den Kopf hebt. (Unter »Jamjam« versteht man ein nahezu hartes Gemisch aus geriebener Zeichenkohle und schwarzer Tusche, das in Federschächtelchen aufgewartet wird und Finger, Kleider und Hefte auf das abscheulichste bekleckert.) Die arme Luce wird ihre Hände beschmieren, ihre Zeichnung besudeln und ausgescholten werden. Um sie zu rächen, bemächtige ich mich mit raschem Griff der Zeichnung, verziere die Flasche mit einem Gürtel samt Schnalle und schreibe darunter »Porträt der langen Anaïs«, mit Tinte, wohlgemerkt! Kaum habe ich den letzten Buchstaben geschrieben, schiebt Anaïs der Kleinen das Jamjam hinüber, mit einladendem Lächeln. Luce errötet vor Freude und dankt. Anaïs nimmt ihre Zeichnung wieder zur Hand und fährt in die Höhe. Ihr ebenso lautes wie entrüstetes »Ooooh!« ruft unsere Turteltauben in die rauhe Wirklichkeit zurück.

»Sie sind wohl übergeschnappt, Anaïs?«

»Mademoiselle!! Sehen Sie nur, was Claudine mit meiner Zeichnung gemacht hat!«

Zorngeschwellt trägt sie das Blatt zum Katheder. Mademoiselle Sergent wirft einen strengen Blick darauf, um sogleich in Gelächter auszubrechen, zur wütenden Verzweiflung der langen Anaïs, die vor Gift und Galle am liebsten weinen würde! Wenn ihr doch die Tränen nur etwas lockerer säßen! Doch schon ist die direktoriale Heiterkeit versiegt und Mademoiselle Sergent sagt mit tadelnder Stimme:

»Wenn Sie glauben, Claudine, daß derlei Scherze Ihre Aussichten auf ein zufriedenstellendes Prüfungsresultat verbessern, so täuschen Sie sich gewaltig! Aber abgesehen davon war Ihre Kritik an Anaïs Zeichnung, die in der Tat zu lang und zu schmal geraten ist, nicht ganz unberechtigt.«

Die lange Latte kommt zurück, geknickt und aufs tiefste verwundet. Ich bereite ihr einen würdigen Empfang:

»Das wird dich lehren, diesem armen Ding, das dir überhaupt nichts getan hat, eine Schachtel Jamjam zu schicken!«

»Hört, hört! Du willst dich wohl bei der Kleinen für deine Abfuhr bei der Großen entschädigen, daß du sie mit so heiligem Eifer verteidigst, wie?«

Peng!

Eine ungeheure Ohrfeige brennt auf ihrer Wange. Ich habe sie ihr mit aller Kraft versetzt, von einem zusätzlichen »Scher dich gefälligst um deine eigenen Angelegenheiten!« begleitet. Die Klasse summt wie ein Bienenstock. Mademoiselle Sergent hält es für geboten, vom Podium herabzusteigen. Meine letzte Tätlichkeit liegt mehr als ein Jahr zurück, und man war bereits zu der Überzeugung gelangt, daß ich mich gebessert hätte. (Früher hatte ich die üble Gewohnheit, meine Händel allein auszutragen, mit Püffen und Faustschlägen, ohne es – wie meine Mitschülerinnen – für nötig zu erachten, die Obrigkeit von unseren Meinungsverschiedenheiten in Kenntnis zu setzen.)

Anaïs heult.

»Mademoiselle Claudine«, sagt die Frau Direktor in scharfem Ton, »ich befehle Ihnen, sich zu mäßigen! Sollten Sie wieder damit anfangen, Ihre Kameradinnen zu prügeln, würde ich mich gezwungen sehen, Sie aus der Schule zu entfernen!«

Sie hat Pech. Ich bin entfesselt, und mein Lächeln ist so unverschämt, daß sie sofort in Wut gerät.

»Claudine, senken Sie den Blick!«

Ja, das würde dir so passen! Ich senke überhaupt nichts.

»Claudine, verlassen Sie das Klassenzimmer!«

»Mit Vergnügen, Mademoiselle!«

Ich rausche hinaus, merke, daß ich barhäuptig bin, und kehre sofort zurück, meinen Hut zu holen. In der Klasse herrscht Grabesstille. Aimée ist zu Mademoiselle Sergent geeilt und spricht auf sie ein, leise und schnell. Ehe ich die Schwelle erreicht habe, werde ich zurückgerufen:

»Claudine, kommen Sie her. Setzen Sie sich. Ich will davon absehen, Sie auszuschließen, da Sie nach der Reifeprüfung ohnedies austreten werden. Außerdem sind Sie alles andere als eine schlechte, wenn auch sehr oft eine schwierige Schülerin, und als

Prüfungskandidatin möchte ich mich Ihrer nur im äußersten Notfall berauben. Hängen Sie Ihren Hut wieder auf.«
Wieviel sie das wohl gekostet haben mag! Noch jetzt ist sie außer sich, und das fast unmerkliche Beben der Blätter in ihren Händen verrät das rasche, ungestüme Pochen ihres Herzens.
»Danke, Mademoiselle«, sage ich mit ausdrucksloser Stimme, ein Muster an Wohlerzogenheit, und nehme meinen Platz neben der langen Anaïs wieder ein. Der Schreck über den Sturm, den sie heraufbeschworen hat, sitzt ihr noch in allen Gliedern.
Ich frage mich betroffen, welche Gründe die unversöhnliche rote Schlange wohl dazu bewogen haben mögen, mich zurückzurufen. Hat sie Angst vor dem etwaigen Echo meines Hinauswurfs in der Kreisstadt? Oder fürchtet sie, daß ich »aus der Schule« plaudern könnte? Zu schildern wäre freilich genug: die häufigen Vorsprachen des Distriktskandidaten bei unseren Lehrerinnen, sein handgreifliches Interesse für die halbwüchsigen Mädchen, das oftmalige Fernbleiben der beiden Damen und ihr stark ausgeprägtes Zärtlichkeitsbedürfnis, das sie daran hindert, ihren Schülerinnen das nötige Interesse zuzuwenden, die mehr als lokkere Lektüre Mademoiselle Sergents (*Journal Amusant*, leicht anrüchige Zolas und Schlimmeres), der galante, sangesfreudige Hilfslehrer, der mit den Prüfungskandidatinnen flirtet, kurzum, die ganzen Mißstände dieser Schule, die den Eltern ewig verborgen bleiben werden, weil sich die Großen, die ihren Spaß daran haben, hüten, ihnen die Augen zu öffnen, während die Kleinen noch nicht klar sehen. Ja, das wird es wohl sein! Sie fürchtet einen Skandal. Tatsächlich könnte er sowohl ihren Ruf als auch die Zukunft der schönen neuen Schule, die mit solchem Kostenaufwand gebaut wird, auf das empfindlichste schädigen. Doch sie sei unbesorgt: ich schmiede keine Ränke, ganz im Gegenteil! Meine Erregung ist abgeflaut, ebenso wie die ihrige, und ich weiß, daß ich die Schule jedem anderen Aufenthaltsort vorziehe. Wo fände ich jemals so viel zu lachen? Ungerührt betrachte ich die marmorierte Wange der langen Anaïs und murmle gutgelaunt: »Na, Alte, das hält warm, wie?«
Mein drohender Hinauswurf hat sie so verschreckt (hätte ich sie nicht beschuldigen können, die Ursache gewesen zu sein?), daß sie mir nichts nachträgt und lachend erwidert:
»Das glaub ich! Handschuhnummer 45, wie? Du bist wohl nicht ganz bei Trost, dich wegen einer Kleinigkeit so aufzuregen?«
»Reden wir nicht mehr davon, ja? Schwamm drüber! Wahrscheinlich hatte ich im rechten Arm nervöse Zuckungen?«

Schlecht und recht entkleidet die lange Anaïs die Karaffe ihres unheilvollen Gürtels. Auch meine Zeichnung ist beendet, und Mademoiselle Aimée, fiebrig und zerfahren, verbessert unsere Werke.

Was ist los? Der Schulhof liegt öde und verlassen, doch das Treppenhaus des Kindergartens widerhallt von Gelächter und Geschrei, und man hört Ausrufe wie: »Paß doch auf!« oder »Teufel, ist das schwer!«
Mit zwei Sätzen bin ich an Ort und Stelle.
»Was gibt's?«
»Das siehst du ja!« erklärt die lange Anaïs. »Wir helfen den Damen beim Übersiedeln.«
»Schnell, gib mir was zu tragen!«
»Geh nur hinauf, oben ist genug!«
Eilends begebe ich mich in das Zimmer Mademoiselle Sergents, dasselbe, durch dessen Türspalt ich vor einigen Wochen ... ach was, denken wir nicht mehr daran! Die rustikale Mutter – in der Hitze des Gefechts hat sie ihre Haube verkehrt aufgesetzt – vertraut mir und Marie Belhomme einen großen länglichen Korb an, der die Toilettenartikel ihrer Tochter enthält. Was es da nicht alles gibt! Kristallflakons aller Größen, Manikürzeug, Parfümzerstäuber, Bürsten, Pinzetten und Puderquasten, riesige Waschbecken und »kleines Pferd«, nein, so stellt man sich die Toilettenartikel einer Landschullehrerin wahrhaftig nicht vor! Zum Vergleich braucht man nur das Waschzeug Mademoiselle Aimées oder Mademoiselle Grisets zu betrachten, das wir anschließend hinunterbefördern: Zahnbürste, Seife, Waschbecken, ein mittelgroßer Wasserkrug und ein kleiner runder Spiegel. Dennoch hält Aimée sehr viel auf ihr Äußeres und ist parfümiert und gepudert, besonders seit ein paar Wochen. Wie macht sie das bloß? Fünf Minuten später bemerke ich auf dem Grund ihres Wasserkrugs eine dicke Staubschicht. Aha.
Das neue Schulgebäude ist noch zu feucht, um mich zu begeistern, und riecht unangenehm nach Gips. Dafür nimmt der Mitteltrakt des Haupthauses langsam Gestalt an. Er wird das Bürgermeisteramt sowie einige Privatwohnungen beherbergen und die beiden vollendeten Flügel miteinander verbinden.
Plötzlich kommt mir der geniale Einfall, das Gerüst zu erklettern. Die Maurer sind noch beim Mittagessen. Gedacht, getan. Schon steige ich von der höchsten Leitersprosse auf ein schwankendes Brett, wo ich nach Herzenslust herumspazieren kann. O

Schreck! Die Arbeiter kommen zurück. Ich flüchte hinter einen Mauervorsprung. Sie sind schon auf der Leiter, der schwarze und der rote Houette, ich kenne die beiden vom Sehen. Ach was, sie werden mich schon nicht verraten!
Sie zünden ihre Pfeifen an und setzen ihre Unterhaltung fort:
»Klar, die wird mir nicht den Kopf verdrehen!«
»Welche?«
»Na, die Neue, die gestern angekommen ist!«
»Das arme Ding! Die schaut so traurig aus! Lange nicht so fröhlich wie die beiden andern!«
»Laß mich mit denen in Ruh! Die hab' ich schon gefressen! Das reinste Liebespaar! Jeden Tag dieselbe Geschichte, ich seh' es ja von hier! Das schleckt sich ab, macht das Fenster zu, und bumms, nichts mehr zu sehen! Pfui Teufel! Dabei ist die Kleine gar nicht übel, aber mir graust direkt vor ihr! Und dabei will sie der Hilfslehrer heiraten, dieser arme Teufel! Der muß wohl verklebte Augen haben!«
Ich unterhalte mich großartig, muß aber blutenden Herzens wieder hinunter, in aller Eile (glücklicherweise herrscht kein Mangel an Leitern!), um gerade noch beim letzten Glockenton in der Klasse anzulangen, staubig und gipsbeschneit. Mademoiselle Sergent empfängt mich mit einem schneidenden: »Wo kommen Sie her? Wenn Sie sich noch einmal so beschmutzen, wird man auf Ihre Hilfe beim Übersiedeln verzichten!« (Eigentlich war ich auf Schlimmeres gefaßt gewesen.) Meine Freude über das gesunde Urteil der beiden Maurer kennt keine Grenzen.
Leseübung. Mit lauter Stimme werden »Ausgewählte Stücke« vorgetragen. Um nicht einzuschlafen, entfalte ich auf meinen Knien das *Echo de Paris*, das ich für solche Fälle stets bei mir führe, und vertiefe mich in die genußreiche Lektüre einer Geschichte von Lucien Muhlfeld: »Verderbliche Begierde.«
»Claudine, weiter!« ruft Mademoiselle Sergent. Ich habe keine Ahnung, wo wir sind, und fahre jäh in die Höhe, zum Äußersten entschlossen, um eine Beschlagnahme meiner Zeitung zu verhindern. Während ich noch schwanke, ob ich das Tintenfaß umwerfen, mein Buch zerreißen oder »Es lebe die Anarchie!« schreien soll, klopft es an die Türe. Mademoiselle Lanthenay steht auf, öffnet und drückt sich diskret an die Wand: Dutertre ex machina! Dieser Doktor kommt wohl geradewegs vom Begräbnis seiner letzten Patienten? Wie anders wäre dieses Übermaß an Freizeit zu erklären?

Mademoiselle Sergent läuft ihm entgegen. Er schüttelt ihr die Hand, wendet jedoch den Blick nicht von Aimée, die verlegen lächelt. Ihre Wangen färben sich dunkelrot. Warum nur? Sie ist doch sonst nicht so schüchtern? Gott, wie mich diese Leute ermüden! Ununterbrochen zwingen sie einen dazu, ihren Absichten und Taten nachzuspüren . . .
Dutertre hat mich nicht übersehen, um so weniger, als ich ihn stehend betrachte. Aber diesmal beschränkt er sich auf ein flüchtiges Lächeln, ohne sein halblautes Geplauder mit den beiden Damen zu unterbrechen. Ich setze mich brav wieder nieder und höre, wie Mademoiselle Sergent, die ihren schönen Distriktskandidaten ohne Unterlaß verliebt betrachtet, plötzlich mit erhobener Stimme sagt:
»Sie können sich selbst davon überzeugen, Monsieur! Mademoiselle Lanthenay wird Sie führen. Der Riß, von dem ich sprach, durchzieht die ganze Mauer, links vom Bett, und des Nachts schließe ich kein Auge! Sie müssen zugeben, daß es durchaus nicht beruhigend ist, wenn in einem funkelnagelneuen Haus die Wände bersten!«
Mademoiselle Aimée scheint widersprechen zu wollen, besinnt sich aber eines Besseren und verläßt wortlos die Klasse. Dutertre folgt ihr auf dem Fuß, nicht ohne vorher der Frau Direktor kräftig die Hand zu schütteln. Es sieht aus, als wolle er sich bedanken.
Nein, ich bedauere wahrhaftig nicht, im Schoß der Schule verblieben zu sein. Aber so vertraut mir das seltsame Gehaben dieser Leute auch ist, so wenig mich ihre wunderlichen Sitten in Erstaunen zu setzen vermögen, diesmal bin ich aufs äußerste betroffen! Was erhofft sie sich davon, das Mädchen in Gesellschaft dieses stadtbekannten Schürzenjägers in ihr Schlafzimmer zu schicken, zur Feststellung eines Mauerrisses, der sicher nur in ihrer Phantasie existiert!
»Eine gerissene Geschichte, findest du nicht?« Diese Worte flüstere ich der langen Anaïs zu, die ihrer Begeisterung über dieses zweifelhafte Abenteuer durch die Vertilgung ganzer Radiergummiberge Ausdruck verleiht. Von ihrem Beispiel angesteckt, ziehe ich ein Heftchen Zigarettenpapier aus der Tasche (ich esse nur Nil) und beginne mit Hingabe zu kauen.
»Das Beste kennst du ja noch nicht«, sagt Anaïs. »Ich habe etwas Phantastisches gefunden!«
»Was denn? Alte Zeitungen?«
»Nein! Zweifarbige Bleistiftminen! Das blaue Ende ist etwas

besser als das rote. Ich habe mir schon fünf aus dem Kasten geholt. Schmeckt großartig!«
»Laß kosten . . . nein, ich kann mich beherrschen! Ich bleibe bei Nil.«
»Du weißt eben nicht, was gut ist!«
Während wir leise schwätzen, liest die kleine Luce weiter. Doch Mademoiselle Sergent, sichtlich mit anderen Dingen beschäftigt, hört kaum zu. Was könnte ich wohl erfinden, um zu erreichen, daß man dieses Mädelchen neben mich setzt? Ich würde sie über ihre Schwester aushorchen, höchstwahrscheinlich mit Erfolg. Es kann nicht allzu schwer sein, die kleine Luce zum Sprechen zu bringen, um so mehr, als sie mir mit schüchternem Lächeln und großen staunenden Augen nachblickt, sooft ich die Klasse durchquere. Sie sind mit langen, tiefschwarzen Wimpern besetzt und smaragdfarben, von jenem seltsam schimmernden Grün, das sich bei Dämmerlicht in dunkles Gold verwandelt.
Wie lange werden die beiden noch ausbleiben? Sollte dieses Muster an guten Sitten am Ende unsere Geographiestunde vergessen haben?
»Was sagst du, Anaïs? Schon zwei Uhr?«
»Na, und? Je später, desto besser! Vielleicht fällt die Geographie ins Wasser, das wär' fein! Ist deine Karte Frankreichs schon fertig, Alte?«
»Bis auf die Kanäle. Denk dir nur, wenn heute der Inspektor käme! Bei diesem Sauhaufen! Mademoiselle Sergent schwebt in höheren Regionen! Schau nur, wie sie zum Fenster hinausstarrt!«
Die lange Anaïs windet sich vor Lachen:
»Was sie wohl so lange treiben? Wahrscheinlich ist Dutertre dabei, die Breite des Spalts zu vermessen!«
»Glaubst du, daß es ein breiter Spalt ist?« fragt die unschuldsvolle Marie, während sie ihren Gebirgszügen mit Hilfe eines sinnreich zugespitzten Bleistifts den letzten Schliff verleiht. So viel Einfalt erregt meine Heiterkeit, und ich platze heraus. Habe ich nicht zu laut gelacht? Nein, nein, die lange Anaïs beruhigt mich sofort:
»Kein Grund zur Besorgnis! Mademoiselle weilt nicht auf dieser Erde! Wir könnten tanzen, ohne daß sie was merkte!«
»Tanzen? Wetten, daß ich es tue?«
Ich stehe vorsichtig auf.
»Ich setze zwei Glaskugeln, daß du nicht tanzen wirst, ohne ein Pensum abzukriegen!«

Ich entledige mich sachte meiner Holzschuhe und nehme in der Mitte der Klasse Aufstellung, zwischen den Bankreihen. Alles blickt auf. Das angekündigte Husarenstück stößt offenbar auf lebhaftes Interesse. Vorwärts, los! Ich werfe den Kopf zurück – das lange Haar ist aber auch zu hinderlich! –, raffe meinen Rock und tanze eine zwar stumme, darum aber nicht minder beifällig aufgenommene »Polka schnell«. Die Begeisterung kennt keine Grenzen, und Marie Belhomme ist außerstande, ein Kreischen der Heiterkeit zurückzuhalten, Gott segne sie! Mademoiselle Sergent erwacht und dreht sich um, doch ich habe die rettende Bank erreicht und sitze bereits auf meinem Platz, stolz und atemlos, während die Frau Direktor mit seltsam unbeteiligter Stimme verfügt: »Belhomme, Sie werden mir das Zeitwort ›lachen‹ konjugieren, und zwar schriftlich, in mittlerer Rondschrift. Es ist wirklich bedauerlich, daß man sogenannte junge Damen von fünfzehn Jahren keine Sekunde aus den Augen lassen kann, ohne daß sie sich schlecht aufführen!«
Die arme Marie! Sie ist den Tränen nahe. Wie kann man aber auch so dumm sein! Ich wende mich an die lange Anaïs und reklamiere meine zwei Glaskugeln. Sie überreicht sie mir mit offensichtlichem Unwillen.

Was die beiden Spaltpilze wohl so lange treiben? Mademoiselle Sergent starrt noch immer zum Fenster hinaus. Nein, so kann das nicht weitergehen, es ist schon halb drei! Wir müssen ihr wenigstens zu verstehen geben, daß die regelwidrige Abwesenheit ihres Herzblatts durchaus nicht unbemerkt geblieben ist. Ich huste. Umsonst. Ich huste neuerlich und frage mit unterwürfiger Stimme à la Jaubert:
»Mademoiselle, wir haben Mademoiselle Lanthenay Landkarten zur Korrektur vorzulegen. Sollte die Geographiestunde am Ende ausfallen?«
Die rote Schlange fährt herum, wirft einen Blick auf die Pendeluhr, runzelt ungeduldig die Brauen und erwidert ärgerlich:
»Mademoiselle Aimée wird jeden Augenblick zurückkommen. Sie wissen doch, daß ich sie ins neue Schulhaus geschickt habe. Wiederholen Sie einstweilen Ihre Lektion. Sie werden sie nie zu gut können!«
Bravo! Es sieht ganz danach aus, als bliebe uns die Geographie für heute erspart. Freudentaumel. Er wird geschickt in fieberhafte Tätigkeit umgefälscht. Die Komödie des »Wiederholens« beginnt. Je eine Schülerin ergreift das Buch, während ihre Nach-

barin das ihre schließt, die Aufgabe hersagt oder die Fragen beantwortet, die ihre Kameradin an sie richtet. Außer den Zwillingen wiederholt kein Mensch. Man stellt einander alle möglichen und unmöglichen Fragen, mit leiser Stimme und ernster Miene, und bewegt die Lippen, als sage man Lektionen her. Die lange Anaïs hat den Atlas aufgeschlagen und fragt mich: »Was ist eine Schleuse?«
Ich erwidere mit leiernder Stimme:
»Zum Teufel mit den Kanälen! Schau lieber Mademoiselle an, das ist viel interessanter!«
»Was halten Sie vom Benehmen Mademoiselle Lanthenays?«
»Nicht sonderlich viel! Ich vermute, daß sie zweifelhaften Freuden huldigt, in Gesellschaft Monsieur Dutertres, seines Zeichens Distriktskandidat und behördlich konzessionierter Spaltvermesser.«
»Was versteht man unter einem Spalt?«
»Einen Riß, der sich von Rechts wegen in einer Mauer befinden sollte, gelegentlich jedoch auch an anderen Stellen anzutreffen ist, mitunter sogar an solchen, die der Sonnenbestrahlung am wenigsten ausgesetzt sind.«
»Was versteht man unter einer ›Verlobten‹?«
»Ein ebenso scheinheiliges wie lockeres Frauenzimmer, das einem verliebten Hilfslehrer voreheliche Hörner aufsetzt.«
»Was täten Sie anstelle besagten Hilfslehrers?«
»Ich würde die Hinterseite des Distriktskandidaten mit Fußtritten, die junge Dame hingegen, die ihn zur Feststellung besagter Spalten ermutigt, mit Ohrfeigen traktieren.«
»Was wäre die Folge einer derartigen Maßnahme?«
»Die teilweise Erneuerung des Lehrkörpers.«
Von Zeit zu Zeit hebt die lange Anaïs den Atlas vors Gesicht, um in Ruhe lachen zu können. Doch ich halte es nicht länger aus. Ich muß die beiden zurückkommen sehen. Bedienen wir uns zur Abwechslung einmal des gewöhnlichsten Mittels.
»Mamselle?«
Schweigen.
»Mamselle, bitte darf ich hinaus?«
»Ja, aber bleiben Sie nicht zu lange.«
Die Antwort kommt völlig ausdruckslos. Offensichtlich ist sie mit allen Sinnen und Gedanken drüben, in ihrem Schlafzimmer, wo die rissige Mauer einzustürzen droht!
Eilig verlasse ich das Klassenzimmer und laufe zu dem – natürlich! – provisorischen Klosett, um sofort in dem ekelerregenden

Verschlag verschwinden zu können, falls jemand unvermutet auftauchen sollte. Nichts regt sich. Die Frist verstreicht.
Tief enttäuscht wende ich mich zum Gehen, da – ha! – tritt Dutertre aus dem Tore des neuen Schulgebäudes (allein!), streift mit befriedigter Miene die Handschuhe über und geht direkt in die Stadt, ohne sich umzusehen, ohne zurückzukommen. Aimée ist nicht bei ihm, aber das ist mir ganz gleich, ich habe genug gesehen! Schon will ich in die Klasse zurück, als ich wie angewurzelt stehenbleibe: oberhalb der neuen, etwa anderthalb Meter hohen Mauer – sie gehört zu der »Bedürfnisanstalt« der Knaben, die der unseren an Prunk und Provisorium nicht nachsteht – erscheint der Kopf Armands. Armer Duplessis! Er ist bleich und verstört, und der halbirre Blick, den er auf die neue Schule heftet, verheißt nichts Gutes. Ich sehe ihn etwa fünf Sekunden. Dann dreht er sich um und stürzt davon, den Wäldern zu. Ich lache nicht mehr. Wie wird das enden?
Schnell in die Klasse zurück!
Dort hat sich inzwischen nichts geändert. Es geht drunter und drüber. Marie Belhomme hat drei Vierecke auf das Pult gezeichnet und weiht die kleine Lanthenay in die Geheimnisse des herrlichen Mühlenspiels ein. Arme Luce! Sicher findet sie diese Schule herrlich! Mademoiselle Sergent schaut noch immer zum Fenster hinaus.
Die lange Anaïs, eifrig damit beschäftigt, die Porträts der widerwärtigsten »großen Männer Frankreichs« zu kolorieren, empfängt mich mit einem neugierigen:
»Na??«
»Alte, jetzt wird's ernst! Duplessis hat sie belauert! Er war hinter der Klomauer versteckt! Dutertre ist in die Stadt gegangen und Richelieu in den Wald, in einem Irrsinnstempo!«
»Das kannst du deiner Großmutter erzählen!«
»Nein, glaub mir, ich bin wirklich nicht zum Lachen aufgelegt! Es ist die reine Wahrheit, Ehrenwort!«
Drama in Aussicht! Diese Hoffnung verschlägt uns die Rede. Dann fragt Anaïs:
»Wirst du's den anderen erzählen?«
»Woher! Diese Kühe würden es überall herumschreien! Nur Marie!«
Ich setze Marie vom Stand der Dinge in Kenntnis. Ihre Kugelaugen werden noch runder, und sie prophezeit mit düsterer Stimme: »Das wird ein schlechtes Ende nehmen!«
Die Tür geht auf, Mademoiselle Aimée erscheint, rosigen Ge-

sichts und außer Atem. Mademoiselle Sergent läuft ihr entgegen und unterläßt es gerade noch im letzten Moment, sie in die Arme zu ziehen. Die Frau Direktor lebt sichtlich auf, zerrt die kleine Buhlerin in eine Fensternische und überschüttet sie mit Fragen. Und unsere Geographiestunde, bitte sehr? Die verlorene Tochter, deren Gleichmut mir bemerkenswert erscheint, antwortet mit kleinen Floskeln, die der Wißbegierde ihrer würdigen Vorgesetzten offensichtlich nicht zu genügen vermögen. Eine drängendere Frage beantwortet sie mit reizendem »Nein«, kopfschüttelnd und schelmisch seufzend. Die rote Schlange stößt einen Seufzer der Erleichterung aus. Von unserem Beobachtungsposten in der ersten Bank verfolgen Marie, Anaïs und ich die Szene mit atemloser Spannung.
Ich zittere ein wenig um die skrupellose Kleine und fühle mich beinahe versucht, sie vor Armand zu warnen. Aber würde ihre tyrannische Freundin nicht sofort behaupten, daß ich selbst sie an Richelieu verraten hätte, womöglich mittels anonymer Briefe? Ich entscheide mich für völlige Neutralität.
Wie lange soll dieses Getuschel noch dauern? Es geht mir auf die Nerven, und ich beschließe, den Vertraulichkeiten ein jähes Ende zu bereiten. Mit einem halblauten »Psst!« versichere ich mich der Aufmerksamkeit meiner Kameradinnen und wir beginnen den »Brummbaß«: zunächst nur ein leises Bienengesumme, gewinnt er stetig an Lautstärke, um schließlich als dröhnendes Getöse an die Ohren unserer verrückten Lehrerinnen zu branden. Sie tauschen einen unruhigen Blick, doch Mademoiselle Sergent läßt sich nicht einschüchtern und geht beherzt zum Angriff über:
»Ruhe! Wenn ich weiterbrummen höre, sitzt die ganze Klasse nach, bis sechs Uhr, verstanden? Bildet ihr euch vielleicht ein, daß wir den Unterricht auf normale Weise führen können, solange die neuen Gebäude nicht fertig sind? Ihr seid alt genug, um zu wissen, daß ihr allein zu arbeiten habt, sobald eine von uns anderweitig beschäftigt ist! Einen Atlas! Die Schülerin, die ihre Lektion nicht fehlerfrei beherrscht, wird mir eine Woche lang Strafarbeiten schreiben!«
Sie ist nicht ohne, diese häßliche Frau, bei aller Leidenschaft und Eifersucht, das muß man ihr lassen! Alles verstummt, sobald sie die Stimme erhebt, und wir lernen, daß die Fetzen fliegen! Niemand will unangenehm auffallen, denn der scharfe Wind der plötzlich um unsere Ohren pfeift, schmeckt nach Strafarbeit und Karzer. Ich überlege fieberhaft, wie ich es wohl anstellen könnte,

um der nächsten Zusammenkunft Aimées und Armands beizuwohnen. Lieber lasse ich mich hinauswerfen (was mich das schon kostet!), bevor ich dieses Schauspiel versäume!
Vier Uhr fünf Minuten. Das tägliche »Schluß für heute, antreten!« kommt mir viel zu früh. Ich verlasse das Schulhaus nur widerwillig, tröste mich aber mit dem Gedanken, daß zwischen Schürzung des dramatischen Knotens und Höhepunkt der Tragödie gemeiniglich eine gewisse Zeit verstreicht. Sicher ist das unverhoffte Drama erst für morgen zu erwarten. Ich beschließe, recht zeitig zu kommen, um mir ja nichts entgehen zu lassen.

Am nächsten Morgen erscheine ich viel zu früh und beginne zum Zeitvertreib ein Gespräch mit Mademoiselle Griset, die sich, bleich und furchtsam wie eh und je, durchaus nicht wohlzufühlen scheint.
»Gefällt es Ihnen hier, Mademoiselle?«
Sie wirft einen ängstlichen Blick in die Runde.
»Oh, nicht sehr! Ich habe gar keine Ansprache!«
»Aber Ihre Kollegin? Und Mademoiselle Sergent? Sind sie nicht nett zu Ihnen?«
»Ich . . . ich weiß nicht. Sie kümmern sich überhaupt nicht um mich!«
»Was Sie nicht sagen!«
»Ja . . . bei Tisch sprechen sie wohl ein wenig mit mir, aber kaum sind die Hefte korrigiert, gehen sie fort und ich bleibe mit Madame Sergent allein, die sich in ihre Küche einsperrt, sobald sie den Tisch abgeräumt hat.«
»Wo gehen die beiden Damen denn hin?«
»Auf ihr Zimmer natürlich!«
Meint sie »ihr Zimmer« oder »ihre Zimmer«? Bedauernswertes Geschöpf! Nein, deine fünfundsiebzig Francs im Monat hast du wirklich nicht gestohlen!
»Soll ich Ihnen vielleicht Bücher leihen, Mademoiselle?«
Die Ärmste! Vor Freude werden ihre Wangen beinahe rosig!
»Oh, wenn Sie wirklich die Güte hätten . . . Sie sind sehr liebenswürdig . . . aber meinen Sie nicht, daß es die Frau Direktor am Ende verstimmen könnte?«
»Mademoiselle Sergent? Wenn Sie glauben, daß sie es je erfahren wird, machen Sie sich noch Illusionen! So viel Bedeutung mißt Ihnen diese rothaarige Megäre bestimmt nicht bei!«
Sie lächelt fast vertrauensvoll und fragt, ob ich ihr am Ende den »Roman eines armen jungen Mannes« leihen könnte, sie würde

ihn gar zu gerne lesen. Aber gewiß, mit Vergnügen! Schon morgen soll sie ihren romantischen Schmöker bekommen. Ich würde sie ja gern zur Verbündeten erheben, aber auf dieses farblose Wesen, das bei jedem Geräusch zusammenschrickt, ist bestimmt kein Verlaß.
Unhörbaren Schritts nähert sich Luce Lanthenay, die Schwester der Favoritin. Sicher will sie mit mir plaudern. Sie begegnet mir mit scheuer Bewunderung und sucht meine Gegenwart, obgleich ich ihr sichtlich Angst einflöße.
»Guten Morgen, Äffchen! Antworte: ›Guten Morgen, Hoheit‹, auf der Stelle! Hast du gut geschlafen?«
Ich streiche ihr über das Haar, eine rüde Zärtlichkeitsbezeigung, die ihr durchaus nicht zu mißfallen scheint, und ihre grünen Augen lachen mich an. Gleichen sie nicht denen Fanchettes, meiner schönen Katze?
»Ja, Hoheit, ich habe gut geschlafen.«
»Wo schläfst du?«
»Oben.«
»Bei deiner Schwester Aimée, natürlich?«
»Nein, sie hat ein Bett im Zimmer Mademoiselle Sergents.«
»Ein Bett? Wirklich? Hast du's gesehen?«
»Nein . . . das heißt, ja . . . es ist ein Diwan. Aber er hat ein Bett eingebaut, man braucht ihn nur auseinanderzunehmen. Sie hat es mir gesagt.«
»So? Sie hat es dir gesagt? Gurke! Blöde Gans! Versuchsstück des Menschengeschlechts! Auf dem Misthaufen aufgelesenes Stück Abfall!«
Sie flüchtet entsetzt, denn ich skandiere meine Schmähungen mit Hieben – oh, ganz leichten! –, und während sie im Stiegenhaus verschwindet, werfe ich ihr noch eine letzte fürchterliche Beleidigung nach:
»Mach's nur wie deine Schwester, du halbe Portion! Die ist das richtige Vorbild für dich!«
Ein eingebautes Bett! Daß ich nicht lache! Eher könnte man diese Wand »auseinandernehmen!« Wie man nur so verblödet sein kann. Dabei schaut die Kleine durchaus nicht tugendhaft aus, mit ihren schräg gestellten Mandelaugen!
Anaïs trifft ein und fragt sofort, was los ist.
»Gar nichts. Ich habe bloß die kleine Luce geprügelt, um sie etwas aufzumuntern.«
»Sonst nichts?«
»Nein. Noch niemand in Sicht. Spielen wir eine Partie?«

»Ich habe keine neun Kugeln mehr.«
»Aber ich! Die zwei von neulich, du weißt ja! Komm, spielen wir!«
Wir geraten in Feuer. Die Kugeln prallen aneinander, daß die Funken sprühen. Während ich mich zugekniffenen Auges auf einen ganz besonders schwierigen Stoß konzentrierte, flüstert die lange Anaïs: »Achtung! Besuch!«
Rabastens hat den Hof betreten. So früh des Morgens? Wir haben allen Grund zu staunen. Der schönste aller Antonins glänzt bereits vor Sauberkeit und öliger Pomade. Bei meinem Anblick erhellen sich seine Züge, und er steuert geradewegs auf mich zu:
»Wie doch die Erregung des Spiels Ihre Wangen mit zarten Pastelltönen färbt, Mademoiselle Claudine!«
O heilige Einfalt! Lächerlicher kann man sich kaum machen. Dennoch richte ich mich hoch auf, betrachte ihn wohlgefällig und klappere mit den Wimpern. Die lange Anaïs soll zerspringen!
»Was führt Sie zu so morgendlicher Stunde zu uns, Monsieur? Die beiden Damen sind noch auf ihren Zimmern.«
»Ja . . . gewiß . . . ich weiß auch nicht recht, was ich sagen soll, außer, daß der Verlobte Mademoiselle Aimées dem gestrigen Abendessen ferngeblieben ist . . . angeblich hat man ihn gesehen, mit leidender Miene . . . ich fürchte, daß es ihm nicht gut geht, und möchte Mademoiselle Aimée vom krankhaften Zustand ihres Verlobten in Kenntnis setzen . . .«
Der krankhafte Zustand ihres Ver-lob-ten . . . Wie zierlich er sich ausdrückt, dieser Adonis aus Marseille! Er sollte sich als Hiobsbote etablieren. Ich könnte mir für die schonende Ankündigung von »Todes- und anderen Unglücksfällen« niemand Besseren vorstellen! Viktoria, die Krise nähert sich!
Im Gegensatz zu meiner gestrigen Erwägung, ob es nicht angezeigt sei, die verbrecherische Aimée vor ihrem eifersüchtigen Verlobten zu warnen, bin ich heute entschlossen, sie kaltblütig ihrem Schicksal zu überlassen. Nein, Rabastens soll nicht mit ihr sprechen! Vor ihr die Sintflut! Sensationsgier und Gemeinheit beherrschen mich ganz und gar, und ich lasse es mir angelegen sein, den schönen Antonin zurückzuhalten. Kinderleichtes Unterfangen! Unschuldsvoller Blick und träumerisch geneigtes Köpfchen, daß mein Haar längs des Gesichts herniederwallt, mehr braucht es nicht. Er beißt sofort an.
»Ist es wahr, Monsieur, daß Sie reizende Verse machen? In der Stadt spricht man davon . . .«

Eine faustdicke Lüge! Aber was würde ich nicht alles erfinden, um Rabastens daran zu hindern, zu den Lehrerinnen hinaufzugehen! Er stottert, krebsrot und fassungslos vor freudigem Staunen:

»Woher können Sie wohl ... nein, nein, sicher verdiene ich nicht, daß man ... seltsam, ich glaube nicht, mit irgend jemandem darüber gesprochen zu haben ...«

»Sie sehen, der Ruhm verrät Ihre Bescheidenheit!« (Noch fünf Minuten, und ich rede genauso geschraubt wie er!) – »Wäre es unbescheiden, Sie zu bitten ...«

»Oh, Mademoiselle ... ich bin aufs höchste verwirrt ... ich könnte Ihnen nichts Nennenswertes zeigen ... bloß ein paar Liebesgedichte, armselig, aber rein ...« (er verstrickt sich immer tiefer), »... natürlich hätte ich niemals gewagt, mir zu erlauben ...«

»Monsieur, höre ich nicht Ihre Glocke schrillen?«

Geh doch, geh! Gleich kommt Aimée herunter, du wirst mit ihr sprechen, sie wird auf der Hut sein, und dann ade, Drama!

»Ja ... aber es ist noch nicht halb acht ... diese nichtsnutzigen Bengel spielen mit der Glocke, hängen sich an die Kette ... man kann sie nicht eine Sekunde allein lassen ... und mein Kollege ist noch immer nicht da ... Ah, es ist wirklich nicht leicht, alles allein überwachen zu müssen!«

Deine Naivität möchte ich haben! Diese Überwachungstätigkeit, die offenbar darin besteht, mit den halbwüchsigen Mädchen zu flirten, scheint nicht über die Maßen ermüdend zu sein!

»Sie sehen, Mademoiselle, die Pflicht ruft! Ich muß drakonische Maßnahmen ergreifen! Aber Mademoiselle Lanthenay ...«

»Oh, um elf können Sie immer noch mit ihr sprechen, falls Ihr Kollege bis dahin noch nicht aufgetaucht sein sollte ... aber das würde mich sehr wundern! Sicher wird er jeden Augenblick eintreffen ...«

Geh doch, geh, lächerlicher Drakon, Nimrod unzähliger Böcke! Genug gelächelt, genug gegrüßt, vorwärts, weiter! Endlich!

Die lange Anaïs, von der beharrlichen Unaufmerksamkeit des Hilfslehrers ein wenig verstimmt, enthüllt mir mißgünstig, daß Rabastens in mich verliebt sei. Ich zucke die Achseln.

»Spielen wir weiter! Das ist gescheiter, als Blödsinn zu sagen!«

Wir spielen unsere Partie zu Ende. Die Klasse füllt sich, und die Lehrerinnen erscheinen im letzten Moment. Sie scheinen sich voneinander kaum losreißen zu können, und Aimée, dieses kleine Biest, spielt bereits das verzogene Kind.

Unterrichtsbeginn. Mademoiselle Sergent überläßt uns der Favoritin, die unsere Hausaufgaben überprüft.
»Anaïs, zur Tafel!«
Das Problem ist ziemlich verzwickt, aber der langen Anaïs, die sich zwischen Zügen, Uhrzeigern und proportionellen Aufteilungen wie zu Hause fühlt, bereitet die Arithmetik keinerlei Schwierigkeiten. O weh, jetzt bin ich an der Reihe!
»Claudine, zur Tafel! Ziehen Sie die Quadratwurzel aus zwei Millionen dreiundsiebzigtausendsechshundertzwanzig.«
Mein Widerwille gegen alles, was klein und ausziehbar ist, kennt keine Grenzen. Außerdem ist Mademoiselle Sergent nicht da. Ich gehorche der Eingebung, meiner Ex-Freundin einen Streich zu spielen. Du hast's gewollt, Abtrünnige! Hissen wir die Fahne der Revolte.
Ich stehe vor der Tafel, schüttle den Kopf und sage mit sanfter Stimme:
»Nein.«
»Was soll das heißen, ›nein‹?«
»Daß ich heute keine Wurzeln ziehen will. Ich fühle mich nicht dazu aufgelegt.«
»Claudine! Sie sind wohl verrückt geworden!«
»Ich weiß nicht, Mademoiselle. Aber ich fühle, daß ich sofort krank würde, wenn ich diese Wurzel zöge, oder irgendeine andere.«
»Wollen Sie eine Strafe, Claudine?«
»Oh, ich will alles, was Sie wollen, nur keine Wurzeln! Wirklich nicht aus Ungehorsam, glauben Sie mir! Aber weil ich keine Wurzeln ziehen kann. Es tut mir furchtbar leid. Wirklich!«
Die Klasse trampelt vor Freude. Mademoiselle Aimée ist bleich vor Zorn:
»Wollen Sie gehorchen, ja oder nein? Ich werde Mademoiselle Sergent von Ihrem empörenden Betragen in Kenntnis setzen! Dann werden wir ja sehen!«
»Ich wiederhole Ihnen, daß ich aufs tiefste bedauere, Ihrem Wunsche nicht entsprechen zu können!«
Aber innerlich schrei ich ihr entgegen:
›Nein, du gemeines kleines Biest, ich habe nicht die geringste Ursache, Rücksicht auf dich zu nehmen, ganz im Gegenteil! Es ist mir eine wahre Wonne, dir das Leben sauer zu machen!‹
Sie steigt vom Katheder herunter – er steht zwei Stufen erhöht

– und steuert auf mich zu, in der unbestimmten Hoffnung, mich einzuschüchtern. Ich habe alle Mühe, das Lachen zu verbeißen, krampfhaft darauf bedacht, meinen ehrerbietig-bedauernden Gesichtsausdruck zu wahren. Dieser Dreikäsehoch! Die Kleine reicht mir bis zum Kinn, es ist kaum zu glauben!
Die Klasse wiehert vor Vergnügen. Anaïs verschlingt vor Freude einen ganzen Bleistift, Holz und Mine.
»Mademoiselle Claudine, ich frage Sie zum letztenmal: wollen Sie gehorchen, ja oder nein?«
Mit übertriebener Sanftmut beginne ich meine Litanei von vorne. Aimée steht dicht vor mir, und ich sage mit gedämpfter Stimme:
»Noch einmal, Mademoiselle: Sie können mir antun, was Sie wollen, aufgeben, was Ihnen einfällt, ich will gern alles machen, was Sie mir befehlen, Dreiecke konstruieren, Brüche auf gemeinsamen Nenner bringen, Mauerrisse feststellen, alles, alles, nur keine Quadratwurzeln!«
Meinen Mitschülerinnen – Anaïs ausgenommen – ist nichts aufgefallen, denn ich habe den Pfeil abgeschnellt, ohne die Worte besonders hervorzuheben. Mademoiselle Lanthenay jedoch scheint er ins Herz getroffen zu haben. Fassungslos vor Zorn, schreit sie, hochroten Gesichts:
»So eine . . . Frechheit, so eine bodenlose Frechheit. Das sage ich Mademoiselle Sergent!«
Sie stürzt zur Türe hinaus, ich ihr nach. Auf dem Gang hole ich sie ein und halte sie am Arm zurück, während sich meine Mitschülerinnen vor Lachen winden, auf die Bänke klettern und ihrer Begeisterung durch ohrenbetäubendes Gebrüll Ausdruck verleihen. Aimée sucht sich loszumachen, wortlos, ohne mich anzusehen, mit der ganzen Kraft ihrer schwachen Arme und fest zusammengebissenen Zähne.
»So hören Sie mich doch an! Die Zeit der geselligen Gespräche ist für uns schließlich vorbei, oder nicht? Wir sind allein und können offen sprechen: wenn Sie mich bei Mademoiselle Sergent verklagen, erzähle ich Ihrem Verlobten die Geschichte vom Mauerriß, das schwöre ich Ihnen! Nun? Sind Sie noch immer entschlossen, zur Frau Direktor zu laufen?«
Aimée ist stehengeblieben, wie versteinert, spricht kein Wort und hält den Blick hartnäckig gesenkt. Ihre Lippen sind ein schmaler Strich.
»So reden Sie doch! Gehen Sie in die Klasse zurück! Wenn nicht, tue ich es ebensowenig, begebe mich spornstreichs zu Richelieu

und erzähle ihm ein paar Neuigkeiten, die ihn brennend interessieren werden! Vorwärts, entscheiden Sie sich!«
Endlich macht sie den Mund auf und murmelt, ohne mich anzusehen:
»Lassen Sie mich los! Ich werde schweigen!«
»Bestimmt? Ist das Ihr Ernst? Sie wissen ganz genau, daß die rote Furie außerstande ist, sich zu verstellen! Wenn Sie plaudern, merke ich es binnen fünf Minuten! Also? Sie werden wirklich nichts sagen? Sie . . . versprechen es mir?«
»Ich werde schweigen. Lassen Sie mich los. Ich gehe sofort wieder hinein!«
Ich gebe ihren Arm frei und wir kehren gemeinsam in die Klasse zurück. Im Bienenstock wird's unvermittelt still. Mein Opfer erklimmt das Podium und befiehlt uns kurz angebunden, die Rechenaufgaben ins reine zu schreiben. Anaïs fragt flüsternd:
»Na? Ist sie hinaufgegangen?«
»Nein. Ich habe mich entschuldigt. Ohne mir dabei etwas zu vergeben, klarerweise! Aber du verstehst, ich wollte die Sache nicht auf die Spitze treiben!«
Mademoiselle Sergent bleibt unsichtbar, und Mademoiselle Aimée leitet den Unterricht mit undurchdringlicher Miene und hartem, unversöhnlichem Blick. Um halb elf beginnen wir herumzuwetzen. Nur mehr eine halbe Stunde! Ich hole glühende Kohlen aus dem Ofen und stecke sie in meine Holzschuhe, eine ebenso unfehlbare wie streng verbotene Methode, sie zu wärmen. Mademoiselle Lanthenay merkt nichts. Sie hat, bei Gott, andere Sorgen als unsere Holzschuhe! Stumm und verbissen nährt sie ihren Zorn und ihre goldenen Augen gleichen zwei kalten Topasen. Auch gut! Nein, großartig!
Halt, was ist das? Wir spitzen die Ohren. Man hört Geschrei, eine wütende Männerstimme, eine zweite, die sie zu übertönen sucht. Raufende Maurer? Ich glaube kaum. Mir schwant etwas anderes. Aimée ist aufgesprungen, weiß wie ein Laken. Auch sie scheint böse Vorahnungen zu haben. Plötzlich stürzt Mademoiselle Sergent herein. Alle Röte ist aus ihren Wangen gewichen.
»Gehen Sie sofort nach Hause! Ich weiß, ich weiß, es ist noch nicht elf, aber das macht nichts . . . nein, nicht antreten, gehen Sie, gehen Sie! Hören Sie denn nicht? So gehen Sie doch schon endlich!«
Alle Teufel! Die Zeit der zarten Rücksichtnahme ist offensichtlich vorbei! Lieber ließe ich mich vierteilen, als daß ich in einem

solchen Augenblick die Schule verließe! Ich geselle mich zu meinen Mitschülerinnen, die verdutzt dem Ausgang zustolpern. Draußen hört man die belfernde Stimme ganz deutlich. Mein Gott, das ist ja Armand, bleich wie ein Toter, mit bläulich umschatteten Augen, Tannennadeln im Haar, Grashalme am Anzug! Er hat im Wald geschlafen, das sieht man sofort, und die einsame Nacht im Freien scheint seinen Schmerz zur Raserei gesteigert zu haben. Schreiend will er sich in unsere Klasse stürzen, irren Blicks, mit geballten Fäusten. Rabastens stemmt sich ihm entgegen und rollt entsetzt die Augen. Welch tolle, unglaubliche Szene!

Marie Belhomme läuft davon, so rasch sie ihre zitternden Beine tragen, die zweite Abteilung hinterdrein. Luce verschwindet, nicht ohne mir Zeit zu lassen, ihr boshaftes Lächeln zu bemerken. Die Zwillinge enteilen fluchtartig und drehen sich nicht einmal um. Anaïs ist nirgends zu sehen, doch ich möchte wetten, daß sie in einem Winkel kauert und dieses erhebende Schauspiel bis ins letzte auskostet.

»Huren!« Das ist das erste deutlich vernehmbare Wort. Armand hat seinen erschöpften Kollegen in die Klasse mitgeschleift, wo sich die Lehrerinnen zitternd aneinanderdrängen, und brüllt: »Huren! Huren seid ihr, daß ihr's nur wißt! Ich gehe nicht, ohne es euch wenigstens ins Gesicht gesagt zu haben! Und wenn ich darüber meine Stelle verliere! Was, du elendes kleines Luder, du schmust für Geld mit diesem Schwein von einem Distriktskandidaten, wie? Du bist ärger als eine Straßendirne! Und diese verfluchte Rote ist noch gemeiner als du, denn sie zieht dich in ihren Dreck hinunter! Zwei Huren seid ihr, zwei ganz gemeine Huren, sonst gar nichts, und dieses Haus ist . . .«

Was es ist, höre ich nicht mehr. Dem wackeren Rabastens (anscheinend verfügt er über doppelte Muskeln wie Tartarin) ist es endlich gelungen, den Unglücklichen hinauszuzerren. Armand erstickt fast an den unflätigsten Beleidigungen. Mademoiselle Griset, völlig verstört, drängt ein paar fürwitzige Mädelchen in die zweite Klasse zurück. Ich mache mich davon, durchaus nicht unbeeindruckt. Ein Glück, daß der Zornesausbruch des betrogenen Armand so prompt erfolgt ist! Jetzt kann mich Aimée wenigstens nicht beschuldigen, ihrem Exbräutigam die Augen geöffnet zu haben.

Am Nachmittag besteht der Lehrkörper lediglich aus Mademoiselle Griset. Sie empfängt jeden Neuankömmling mit dem gleichen Satz:

»Mademoiselle Sergent ist krank, Mademoiselle Lanthenay fährt nach Hause. Die Schule bleibt eine Woche geschlossen.« Schon recht, wir gehen wieder. Aber Hand aufs Herz: ist diese Schule nicht ihr Geld wert?

In dieser vom Himmel gefallenen Ferienwoche erkrankte ich an Masern, was mich zu drei Wochen Bettruhe, vierzehn Tagen Rekonvaleszenz und weiteren zwei Wochen Quarantäne verurteilte (im Interesse der »schulischen Sicherheit«). Fanchette und meine Bücher waren mein einziger Trost, obzwar diese Feststellung Papas Verdienste nur ungebührend würdigt: er hätte die seltenste Schnecke kaum hingebungsvoller pflegen können! Der festen Überzeugung, daß man die Wünsche einer kleinen Kranken widerspruchslos erfüllen müsse, brachte er mir sogar Kastanieneis. Wahrscheinlich versprach er sich davon eine fiebersenkende Wirkung. Fanchette hauste eine Woche lang auf meinem Bett, leckte sich von Kopf bis Schweif, spielte durch die Decke hindurch mit meinen Zehen und bezog, sobald das Fieber gewichen war, unverzüglich wieder ihren Stammplatz auf meinem Schlüsselbein.
Endlich kehre ich in die Schule zurück, blässer, schmäler und sehr begierig, die letzten Ruhmestaten unseres bemerkenswerten Lehrkörpers zu vernehmen. Während meiner Krankheit lebte ich von der Außenwelt völlig abgeschnitten. Niemand kam mich besuchen, weder Anaïs noch Marie Belhomme: Die Ansteckungsgefahr war zu groß.
Punkt halb acht betrete ich den Schulhof, an einem lauen, sonnigen Morgen. Dieser Februar schmeckt schon ganz nach Vorfrühling. Ich werde stürmisch begrüßt (die Zwillinge erkundigen sich vorsichtshalber, ob ich auch ganz gesund sei, ehe sie sich näher heranwagen) und benütze die erste Ruhepause, von all dem Lärm noch ein wenig benommen, um die lange Anaïs mit Fragen zu überschütten.
»Armand Duplessis ist fort.«
»Armer Richelieu! Versetzt oder entlassen?«
»Versetzt. Dutertre hat ihm eine neue Stellung verschafft.«
»Dutertre?«
»Klar! Hätte Richelieu geplaudert, dann ade, Abgeordnetenstuhl! Dutertre hat überall herumerzählt, daß der unglückliche junge Mann einen heftigen Fieberanfall erlitten hätte – ein höchst gefährliches Fieber, versteht sich –, und daß er, der Schularzt, gerade noch im letzten Moment verständigt worden sei.«

»So, so! Man hat ihn also rechtzeitig verständigt! Da hat die Vorsehung wirklich den Bock zum Gärtner gemacht! Und Mademoiselle Aimée? Etwa auch versetzt?«
»Wo denkst du hin! Nach acht Tagen war ihr nichts mehr anzumerken, und sie lachte mit Mademoiselle, Sergent, als sei nichts passiert!«
Seltsames Geschöpf! Kein Herz, kein Hirn, kein Gedächtnis! Sicher wird sie ohne die geringsten Skrupel einem neuen Hilfslehrer den Kopf verdrehen, mit dem Distriktskandidaten weiterschäkern, bis die zweite Bombe platzt, und gleichzeitig glücklich und zufrieden mit diesem heißblütigen, eifersüchtigen Weib zusammenleben, das jedes Abenteuer mit einem Stück Gesundheit bezahlt. Fast überhöre ich die Mitteilung der langen Anaïs, daß Rabastens für die Fortschritte meiner Genesung lebhaftes Interesse bekundet habe. Richtig, der arme Antonin! Den hatte ich ganz vergessen!
Es läutet. Diesmal ruft uns die Glocke ins neue Schulhaus. Bald wird der Mitteltrakt vollendet sein, der die beiden Flügel miteinander verbinden soll.
Mademoiselle Sergent bezieht einen funkelnagelneuen Katheder. Adieu, alte, altersschwache Tische, wackelig, beschmiert und unbequem! Die Pulte, an denen wir uns niederlassen, sind hochmodern, schräggestellt, mit aufklappbaren Fächern, die Bänke mit Rückenlehnen versehen. Außerdem sind sie nur mehr für je zwei Schülerinnen bestimmt.
Wen finde ich neben mir, anstelle der langen Anaïs? Luce Lanthenay. Glücklicherweise stehen die Pulte so eng nebeneinander, daß ich mit Anaïs, die am Nachbartisch sitzt, ebenso bequem schwätzen kann wie eh und je. Man hat Marie Belhomme neben sie gesetzt, da Mademoiselle Sergent je einer Schlafmütze (Luce und Marie) absichtlich je eine »Aufgeweckte« beigibt (Anaïs und mich), damit wir sie ein wenig wachrütteln. Keine Sorge, das machen wir schon! Meine Krankheit hat Energien in mir aufgespeichert, die dringend eines Auspuffs bedürfen, ich spüre es förmlich in mir brodeln. Während ich meine neue Umgebung in Augenschein nehme, ordne ich Bücher und Hefte. Luce nimmt Platz und betrachtet mich verstohlen, aus schmalen, furchtsamen Augen. Aber noch geruhe ich nicht, das Wort an sie zu richten, sondern unterhalte mich mit Anaïs über die neue Schule. Die lange Latte kaut mit Hingabe an etwas Undefinierbarem. Sind es nicht grüne Triebe?
»Was frißt du da? Mistäpfel?«

Anaïs schüttelt den Kopf.
»Lindenknospen, meine Liebe! Das Allerbeste! Jetzt ist gerade die richtige Jahreszeit. Anfang März sind sie am schmackhaftesten!«
»Gib her. Gar nicht übel, fast so klebrig wie Obstbaumharz! Ich werde mich bei den Linden im Schulhof bedienen. Was steht noch auf deinem Speisezettel?«
»Ach, nichts Besonderes! Man kann nicht einmal mehr Buntstifte essen! Die heurigen sind sandig, ganz miserabel: Schund, mit einem Wort! Dafür schmeckt das Löschpapier ausgezeichnet. Recht gut zum Kauen – schlucken darf man sie freilich nicht – sind auch die Leinenmuster, die wir von den Pariser Geschäften bekommen.«
»Pfui Teufel! Dankend abgelehnt ... Paß auf, kleine Luce: du wirst dich neben mir ordentlich aufführen, verstanden? Sonst setzt es Püffe und Prügel.«
»Jawohl, Mademoiselle«, erwidert die Kleine mit gesenkten Lidern. Sie weiß nicht, soll sie lachen oder weinen.
»Ich gestatte dir, mich zu duzen. Schau mir in die Augen: gut. Hat man dir nicht gesagt, daß ich verrückt bin? Na also. Richte dich gefälligst danach! Wenn man mich ärgert, gerate ich in Wut und fange an, zu beißen und zu kratzen. Gib mir deine Hand, ich zeig dir, wie.«
Ich grabe meine Nägel in ihr Fleisch. Sie preßt die Lippen zusammen, gibt aber keinen Laut von sich. »Du hast nicht geschrien. Gut. In der Pause werde ich dich prüfen.«

Die Türe zur zweiten Klasse steht offen: Mademoiselle Aimée wird sichtbar, rosig, kokett und sorgfältig frisiert, die unveränderte putzige Schmeichelkatze. Nur die Samtaugen strahlen noch heller, noch goldener aus dem frischen Gesicht. Kleines Biest! Sie sendet ihrer Vorgesetzten ein hinreißendes Lächeln, und die Frau Direktor verliert sich in den Anblick ihrer Untergebenen. Aber nicht für lange. Schon reißt sie sich aus ihrer Verzückung und befiehlt:
»Geschichtsübung: ›1871‹. Nehmen Sie die Hefte zur Hand.«
Dann fügt sie mit sanfterer Stimme hinzu: »Claudine, Sie haben zwei Monate gefehlt. Fühlen Sie sich trotzdem imstande, diesen Aufsatz mitzumachen?«
»Ich will es versuchen, Mademoiselle. Er wird etwas kürzer ausfallen. Das ist alles.«
Tatsächlich verfasse ich eine Abhandlung, deren beschränkter

Umfang fast an Frechheit grenzt, und verweile über Gebühr bei den letzten zehn Zeilen, um in Ruhe meine Beobachtungen anstellen zu können. Die Frau Direktor hat sich um kein Jota verändert. Noch immer dieselbe zurückgestaute Leidenschaft, die alte Eifersucht, der gleiche Wagemut. Ihre kleine Aimée diktiert in der Nachbarklasse Rechenaufgaben, spaziert dabei lässig herum und nähert sich zuweilen, wie von ungefähr, ohne das Diktat zu unterbrechen. Nein, diese kokette Sicherheit der verwöhnten Katze ist mir an ihr völlig neu! Kein Zweifel, sie steht auf dem Gipfel ihrer Macht, als angebetetes Schoßtier, verzogen und verzärtelt, und scheint auf dem besten Weg, sich zur kleinen Haustyrannin zu entwickeln. Ich fange Blicke auf, flehende Blicke Mademoiselle Sergents, die das Mädchen beschwören, näherzukommen, unter irgendeinem Vorwand. Und wie reagiert die bedenkenlose Aimée? Mit kapriziösem Kopfschütteln und belustigten, vor Freude blitzenden Augen, die klar und deutlich »nein« sagen. Die rote Despotin, offensichtlich zur Sklavin herabgesunken, hält nicht länger an sich, geht zu Aimée und fragt mit lauter Stimme:

»Mademoiselle Lanthenay, haben Sie vielleicht das Klassenbuch?«

Viktoria, sie hat's erreicht. Schon schwatzen die beiden mit leiser Stimme. Ich benütze die willkommene Ruhepause, um die kleine Luce einem rüden Verhör zu unterziehen.

»Leg dein Heft weg und antworte: gibt es im ersten Stock einen Schlafsaal?«

»Natürlich! Dort schlafen wir ja, die Internen und ich.«

»Du bist eine Gans.«

»Warum?«

»Das geht dich nichts an. Was ist mit den Gesangsstunden?«

Luce zuckt die Achseln.

»Wir haben's versucht, aber ohne Sie . . . ohne dich, meine ich, war nichts zu machen. Monsieur Rabastens wußte sich nicht zu helfen.«

»Aha. Hat sich der Knutscher blicken lassen?«

»Wer?«

»Der Knutscher. Dutertre.«

»Ich weiß nicht mehr . . . doch, ja, einmal, aber nur auf ein paar Minuten. Er ist gar nicht heraufgekommen, sondern hat im Hof mit Mademoiselle und meiner Schwester gesprochen.«

»Ist die rote Hexe nett zu dir?«

Ihre schräggestellten Augen verdüstern sich.

»Nein . . . sie sagt, daß ich dumm bin, dumm und faul, daß meine Schwester nicht nur die ganze Schönheit, sondern auch die ganze Intelligenz abbekommen hat . . . aber daran bin ich gewöhnt. Es ist immer dasselbe, soweit ich zurückdenken kann. Alles dreht sich um Aimée, und von mir will keiner was wissen.«
Luce ist den Tränen nahe, wütend auf diese feinere Schwester, von der sie anscheinend stets verdunkelt wurde. Im übrigen ist sie höchstwahrscheinlich um keinen Deut besser als Aimée, lediglich scheuer und wilder, weil von Kindesbeinen daran gewöhnt, sich selbst überlassen zu bleiben.
»Armes Ding! Hast du Freundinnen? In deiner früheren Schule, meine ich?«
»Nein. Dazu waren die Mädchen viel zu brutal. Außerdem haben sie mich immer verlacht.«
»Zu brutal? Dann stört es dich also, wenn ich grob zu dir bin!«
Sie lacht, ohne den Blick zu heben.
»Bei Ihnen – bei dir, meine ich – ist das etwas anderes – ich merke ja, daß du's nicht aus Gemeinheit tust. Irgendwie braucht man's nicht ernstzunehmen, auch wenn du mich ›dumme Gans‹ nennst. Ich weiß genau, daß du's nicht so meinst. Im Gegenteil, wenn ich weiß, daß keine Gefahr dabei ist, hab ich sogar gern ein wenig Angst.«
Dummes Zeug! Im Grunde ähneln diese Lanthenays einander wie ein Ei dem andern: pervers, egoistisch, jedes moralischen Empfindens bar. Ihre Gewissenlosigkeit ist beinahe erheiternd. Jedenfalls haßt Luce ihre Schwester, und ich glaube, daß ich ihr im Tausch gegen Prügel und Bonbons eine Menge interessanter Enthüllungen über Aimée herauslocken werde.
»Bist du mit deinem Aufsatz fertig?«
»Ja, aber ich krieg' sicher eine schlechte Note. Ich kenn' mich überhaupt nicht aus.«
»Zeig her.«
Ich überfliege ihre Arbeit – sie ist alles andere als bemerkenswert –, diktiere meiner Nachbarin ein paar vergessene Einzelheiten und gebe ihren Sätzen ein wenig Schliff. Sie weiß sich vor freudiger Überraschung nicht zu fassen und betrachtet mich verstohlen, mit entzückt-erstauntem Blick.
»Siehst du, jetzt schaut die Sache gleich anders aus! Sag einmal – wie ist das eigentlich mit den Jungen? Die haben ihren Schlafsaal dem euren gegenüber?«
Ein neues schillerndes Licht blitzt aus ihren Augen, als sie erwidert: »Ja, stell dir vor, am Abend gehen sie zur selben Zeit schla-

fen wie wir, absichtlich, weißt du, und dabei haben wir keine Jalousien vor den Fenstern! Sie versuchen, uns im Nachthemd zu sehen, und wir wiederum heben einen Vorhangzipfel auf, um hinüberzuschauen. Solange das Licht brennt, paßt Mademoiselle Griset auf, aber trotzdem gelingt es uns fast jeden Abend, mit einem Ruck einen der Vorhänge wegzuziehen, ganz plötzlich, weißt du, so daß die Jungen immer auf der Lauer liegen!«

»Ihr scheint euch ja beim Ausziehen recht gut zu unterhalten!«

»Und ob!«

Ihre Scheu verliert sich zusehends, sie wird zutraulich und beredt. Unsere Lehrerinnen plaudern noch immer in der Nebenklasse. Aimée zeigt der Frau Direktor gerade einen Brief, und die beiden lachen aus voller Kehle, allerdings fast unhörbar.

»Weißt du, wo sich Aimées Ex-Armand seinem Gram hingibt?«

»Nein. Meine Schwester spricht niemals mit mir über ihre Privatangelegenheiten.«

»Das dachte ich mir. Ihr Zimmer liegt ebenfalls im ersten Stock?«

»Ja. Sie hat das allerhübscheste. Es ist viel schöner und viel leichter zu heizen als das Kabinett Mademoiselle Grisets. Mademoiselle Sergent hat es mit rosageblümten Vorhängen und einem kleinen Teppich ausgestattet, Linoleum legen und das Bett weiß lackieren lassen. Aimée wollte mir einreden, daß sie diese ganzen Herrlichkeiten von ihren Ersparnissen gekauft hätte, aber ich habe geantwortet: ›Ich werde Mama fragen, ob das stimmt.‹ Darauf sagte sie: ›Wenn du Mama ein Wort davon erzählst, sage ich, daß du nicht ordentlich lernst, und lasse dich aus der Schule hinauswerfen.‹ Natürlich ist mir nichts anderes übriggeblieben, als den Mund zu halten.«

»Pst! Mademoiselle!«

Tatsächlich erscheint die Frau Direktor wieder in unserer Mitte, vertauscht die zärtliche Freudenmiene mit ihrem strengsten Schulgesicht und sagt:

»Schluß. Nehmen Sie die Rechenhefte zur Hand.«

Schmerzliches Protestgeheul. Man fleht um eine Galgenfrist von fünf Minuten. Mademoiselle Sergent bleibt unbeugsam – derlei Bitten hört sie dreimal täglich – und beginnt seelenruhig, die Angabe zu diktieren. Der Teufel hole alle gleichseitigen Dreiecke!

Zwecks völliger Verführung der kleinen Luce komme ich fortan nie ohne Bonbons zur Schule. Sie nimmt sie gierig in Empfang, mit aufgehaltenen Händchen, dankt kaum, versteckt die kostbare Gabe in einem alten Perlmutter-Ei, ehemaliger Behausung eines Rosenkranzes (um ein Päckchen Pfefferminzdragees würde sie ihre Schwester verkaufen, und ein Brüderchen obendrein), reißt den Mund auf, atmet tief ein, um die Kühle der Minze auszukosten, und jammert mit entzückter Miene: »Meine Zunge friert, meine Zunge friert!«

Anaïs bettelt mich schamlos um Pastillen an, verschlingt so viele auf einmal, daß es aussieht, als hätte sie plötzlich Mumps bekommen, und fordert unverzüglich Nachschub, mit einer unwiderstehlichen Grimasse gespielten Widerwillens:

»Schnell, schnell, noch ein paar, daß ich den Geschmack loswerde! Die waren ranzig!«

Erstaunlicher Zufall! Wir spielen gerade Drittabschlagen, als Rabastens unseren Schulhof betritt, Hefte in der Hand, die seinen Besuch nur ungenügend motivieren. Bei meinem Anblick mimt er freudige Überraschung und nützt eilends die Gelegenheit, mir eine Romanze vorzulegen, deren sentimentalen Text er mit schmachtender Stimme deklamiert. Armer Einfaltspinsel, du warst mir ja nie sehr nützlich, aber jetzt ist auch der letzte Funke meines Interesses für dich erloschen! Höchstens wirst du mir noch einige Zeit dazu dienen, meine Heiterkeit und die Eifersucht meiner Kameradinnen zu erregen, besonders letzteres! Wie wär's, wenn du wieder gingest?

»Monsieur, die Damen sind bereits in der Klasse. Wenigstens habe ich sie auf der Stiege bemerkt, nicht wahr, Anaïs?«

Er bildet sich ein, daß ich ihn meiner Mitschülerinnen wegen fortschicke – sie lassen uns nicht aus den Augen, anzüglich grinsend –, wirft mir einen sprechenden Blick zu und macht sich aus dem Staub. Marie und Anaïs räuspern sich vielsagend. Ich quittiere ihren Kommentar mit einem Achselzucken, und wir spielen weiter. Luce, dieser Neuling, macht Fehler über Fehler, aber wir lassen Nachsicht walten. Diese Kinder verstehen's eben nicht besser!

Handarbeitsstunde, Prüfungsarbeit. Es gilt, binnen einer Stunde Nähmuster auszuführen, die bei der Reifeprüfung verlangt werden. Mademoiselle Sergent verteilt Leinenfleckchen und malt mit ihrer klaren, gleichmäßigen Schrift, deren Ober- und Unterlängen mich stets an kleine Keulen erinnern, folgende Angabe an die Tafel:

Knopfloch; 10 cm überwendliche Naht; Initiale »G« in Schlingstich; 10 cm englischer Saum.

Diese Angabe entlockt mir ein widerwilliges Knurren. Knopfloch und Naht, das geht noch. Was jedoch Initiale und englischen Saum anlangt, so bin ich leider außerstande, sie richtig zu »perlen«, wie Mademoiselle Aimée bereits mehr als einmal bedauernd festgestellt hat. Ich nehme daher zu dem ebenso einfachen wie sinnreichen Mittel Zuflucht, mir von der kleinen Luce, die göttlich näht, ein traumhaftes »G« verfertigen zu lassen, gegen das entsprechende Quantum Pfefferminzbonbons. »Helfet einander!« Haben wir dieses erbauliche Gebot der Nächstenliebe nicht gestern erst kommentiert?

Marie Belhommes »G« sieht einem hockenden Affen ähnlich, worüber sich diese einfache Seele nicht beruhigen kann. Sie lacht noch immer. Die Internen pressen die Ellbogen an die Hüften, senken die Köpfe, nähen, was das Zeug hält, schwätzen mit fast unhörbarer Stimme und tauschen von Zeit zu Zeit wissende Blicke mit der kleinen Luce, die sich allem Anschein nach auf die Jungen der Nachbarschule beziehen. Ich möchte nicht wissen, welch unterhaltsame Szenen diese unschuldsvollen Kleinen von ihrem friedlichen Schlafsaal aus allabendlich erspähen!

Mademoiselle Lanthenay und Mademoiselle Sergent haben die Rollen getauscht. Aimée überwacht die Handarbeitsstunde, während die Frau Direktor in der Nebenklasse eine Leseübung leitet. Die Favoritin ist mit der Beschriftung des Klassenbuchs beschäftigt (ihre Rondschrift ist ein Gedicht!). Plötzlich ruft ihre Busenfreundin:

»Mademoiselle Lanthenay!«

»Was willst du?« schreit die unbesonnene Aimée.

Entgeisterte Stille. Wir starren einander an. Die lange Anaïs hält sich die Hüften, die Zwillinge beugen sich noch tiefer über ihre Handarbeit. Die Internen geben einander heimliche Rippenstöße. Marie Belhomme platzt heraus, besinnt sich jedoch eines Besseren, und ihr Gelächter klingt wie ersticktes Niesen. Ich hefte einen unerschrockenen Blick auf das bestürzte Gesicht Aimées und sage laut und deutlich:

»Ein guter Witz!«

Die kleine Luce lacht kaum – derlei Entgleisungen sind sicher nichts Neues für sie – und besieht ihre Schwester aus hämischen Augen.

Mademoiselle Aimée fährt auf mich los:

»Irren ist menschlich, Mademoiselle Claudine! Ich bitte Mademoiselle Sergent, meine Unaufmerksamkeit entschuldigen zu wollen!«

Die Frau Direktor hat sich bereits vom ärgsten Schreck erholt, fühlt genau, daß wir diese Erklärung nicht schlucken, und zuckt die Achseln, als strecke sie die Waffen vor diesem nicht wiedergutzumachenden Schnitzer. Die öde Handarbeitsstunde endet unter allgemeiner Heiterkeit. Was für ein närrischer Zwischenfall. Er kam mir gerade recht!

Um vier habe ich die gute Idee, ein Heft zu vergessen, weiß ich doch, daß die Internen nach Schluß des Unterrichts Wasser schleppen müssen. Da ich ihren Schlafsaal noch nicht kenne, fest entschlossen bin, ihn einer gründlichen Inspektion zu unterziehen, und außerdem von der kleinen Luce erfahren habe, daß sie heute »wassern« muß, schleiche ich auf leisen Sohlen in den ersten Stock, einen vollen Krug in den Händen, um für den Fall etwaiger Begegnungen gewappnet zu sein. Der Schlafsaal erstrahlt in makellosem Weiß: weiße Wände, weißer Plafond, acht weiße Betten. Luce zeigt mir das ihre. Als ob ich darauf neugierig wäre! Statt dessen gehe ich sofort zum Fenster. Tatsächlich, man sieht in den Schlafsaal der Jungen. Ein paar vierzehn- bis fünfzehnjährige Bengel schauen herüber und zeigen auf ihre Betten. Nichtsnutzige Lauser! Wenn sie wenigstens verführerisch wären! Luce ist entsetzt oder tut wenigstens so und schließt das Fenster mit übertriebener Eile. Sicher verflüchtigt sich ihre Prüderie gegen Abend. Das neunte Bett steht am äußersten Ende des Schlafsaals und verschwindet fast hinter großen weißen Vorhängen, die an einer Art Baldachin angebracht sind.

»Hier schläft die Aufsichtsperson«, erklärt Luce. »Die Hilfslehrerinnen haben abwechselnd Dienst.«

»Aha. Das heißt, eine Woche Mademoiselle Griset, eine Woche deine Schwester?«

»Hm – ja – so sollte es eigentlich sein . . . aber bis jetzt hat immer nur Mademoiselle Griset hier geschlafen – ich weiß nicht, warum . . .«

»Ah, du weißt nicht, warum? Wart nur, du kleiner Tartuffe!«

Ich gebe ihr einen Rippenstoß, sie jammert ohne Überzeugung. Arme Mademoiselle Griset!

Luce versorgt mich mit weiteren Informationen:

»Du kannst dir nicht vorstellen, Claudine, wie es am Abend hier zugeht! Wir kommen aus dem Lachen nicht heraus! Wir laufen im Nachthemd herum und machen die tollsten Polsterschlachten. Manche verstecken sich hinter den Vorhängen, weil sie sich nicht vor den andern ausziehen wollen, und die älteste, Rose Raquenot, wäscht sich so selten, daß ihre Wäsche schon nach drei Tagen ganz grau ist! Gestern haben sie mir mein Nachthemd

versteckt, und ich hätte um ein Haar die ganze Nacht im Waschraum sitzen müssen, splitternackt! Zum Glück ist Mademoiselle Griset gekommen. Und dann ist da noch eine, denk dir nur, die ist so fett, daß sie sich überall einpudern muß! Und Flunder – fast hätte ich das vergessen – trägt eine Nachtmütze, mit der sie ausschaut wie ein altes Weib, und zieht sich erst aus, wenn der Waschraum leer ist! Ah, wir führen kein trauriges Leben, das kannst du mir glauben!«
Der Waschraum ist sauber, aber auf das spärlichste ausgestattet: ein blechbeschlagener Tisch, acht Waschschüsseln, acht Seifen, acht Schwämme und sechzehn Handtücher, mit Wäschetinte gemerkt.
»Badet ihr auch hin und wieder?«
Luce nickt lachend.
»Und ob! Ist das erst eine Sache! In der neuen Waschküche kommt ein Riesenbottich aufs Feuer – er ist so groß wie die Weinlesezuber, weißt du –, und wenn das Wasser richtig warm ist, steigen wir alle hinein.«
»Nackt?«
»Wie denn? Sonst könnten wir uns doch nicht einseifen! Rose Raquenot wollte zuerst nicht, weil sie so mager ist. Du solltest sie sehen!« fügt Luce mit gesenkter Stimme hinzu, »nichts als Haut und Knochen und eine Brust wie ein Junge, ganz flach! Jousse dagegen hat zwei so große wie eine Amme! Und die mit der Nachtmütze – wir nennen sie Flunder – ist voller Haare, überall, wie ein Bär! Außerdem hat sie blaue Schenkel.«
»Blaue Schenkel? Wieso?«
»Ich weiß nicht, aber blau sind sie, das kannst du mir glauben! Richtig blau, so wie wenn es draußen friert und die Haut vor Kälte anläuft!«
»Das muß ja einladend aussehen!«
Luce schüttelt sich vor Abscheu.
»Wenn ich ein Junge wäre, würde ich mich nicht darum reißen, mit ihr zu baden!«
»Aber ihr wäre es vielleicht nicht alles eins, wie?«
Wir prusten vor Lachen, doch meine Heiterkeit erfährt ein jähes Ende: Mademoiselle Sergent geht über den Gang, Schritt und Stimme sind unverkennbar. Mit einem Satz springe ich auf das Himmelbett der armen einschichtigen Griset, ziehe die Vorhänge vor, warte, bis die Luft wieder rein ist, und stürze davon, mit einem leisen »Auf Wiedersehen!«
Die Sonne strahlt heute besonders hell. Wie schön ist doch dieser

warme, vorwitzige Frühling, wie reizend kleidet er mein geliebtes Montigny! Vorigen Sonntag bin ich bereits in den herrlichen, veilchendurchdufteten Wäldern umhergestreift, mit der sanften Claire, meiner Kommunionsgefährtin, die mir ihre neuesten Liebesabenteuer erzählte. Seitdem es so warm ist, trifft sie ihren Verehrer des Abends, am Saum des Tannenwalds, und wer weiß, wie das noch enden wird! Doch nein, man kann ganz unbesorgt sein: Claire ist gefeit! Gewählte Worte (die sie nicht immer versteht), Küsse, Kniefälle – mehr braucht sie nicht. Vorausgesetzt, alles ist so, »wie's in den Büchern steht«.

Aber, aber, was soll denn das? In der einsamen Klasse finde ich die kleine Luce. Sie hat den Kopf auf den Arm gelegt und schluchzt zum Steinerweichen. Ich richte sie gewaltsam auf. Ihre Augen sind verschwollen und groß wie Spiegeleier.

»Bist du aber schön! Was ist los, Kleine? Warum heulst du?«

»Sie . . . sie . . . hat mich . . . geprügelt!«

»Deine saubere Schwester?«

»J-ja.«

»Warum?«

Sie wischt sich die Augen und berichtet:

»Ich habe die Rechenaufgabe nicht verstanden, also habe ich sie nicht gemacht. Daraufhin wird sie wütend, schreit, daß ich eine dumme Gans bin, daß es nicht dafürsteht, daß die Eltern das Internat für mich bezahlen, daß ich ihr auf die Nerven gehe, und so weiter . . . Ich habe geantwortet:

›Laß mich in Ruhe!‹ Da ist sie noch wütender geworden und hat mich geohrfeigt, mitten ins Gesicht, sie ist gemein, gemein, gemein, und ich hasse sie!«

Neuerliche Sintflut.

»Meine arme Luce, du bist wirklich eine Gans! Warum hast du dich prügeln lassen? Hättest du ihr lieber ihren Ex-Armand unter die Nase gerieben!«

Ihre Augen weiten sich vor Entsetzen. Ich fahre herum: Mademoiselle Sergent steht auf der Schwelle. Tableau! Was wird sie sagen?

»Alle Achtung, Mademoiselle Claudine! Sie geben diesem Kind gute Ratschläge!«

»Und Sie ein gutes Beispiel!«

Meine Antwort versetzt die kleine Luce in sprachloses Entsetzen. Mich jedoch kann die Frau Direktor nicht erschüttern, und wenn sie mich zehnmal mit ihren Blicken durchbohrt, bebend vor Zorn und Erregung. Ihre Augen funkeln wie glühende Koh-

len. Doch diesmal, zu klug, um sich fortreißen zu lassen, bleibt sie Herrin der Lage, schüttelt lediglich den Kopf und sagt:
»Gut, daß der Monat Juli näherrückt, Mademoiselle Claudine! Sie werden mir wohl beipflichten, daß es für mich täglich schwieriger wird, Sie hierzubehalten?«
»Zweifellos! Aber meiner Meinung nach beruht das auf einem grundlegenden Mißverständnis. Unsere Beziehungen haben unter einem schlechten Stern begonnen.«
»Gehen Sie in den Hof, Luce!« sagt die Frau Direktor statt jeglicher Antwort.
Die Kleine läßt sich das nicht zweimal sagen, schneuzt sich geräuschvoll und läuft hinaus. Mademoiselle Sergent fährt fort:
»Das ist wahrhaftig nicht meine Schuld! Sie haben sich von allem Anfang an widerspenstig und störrisch gezeigt und mein Entgegenkommen, wenn es auch wirklich nicht an mir war, um Ihre Zuneigung zu werben! Doch Sie schienen mir sowohl klug als auch hübsch genug, um mich, die ich weder Kind noch Schwester habe, zu interessieren.«
Der Teufel soll mich holen, wenn ich jemals vermutet hätte, daß . . . Deutlicher kann sie mir wohl kaum zu verstehen geben, daß es nur an mir gelegen hätte, ihre kleine Aimée zu werden! Nein, danke schön! Selbst im nachhinein erscheint mir der Gedanke nicht verlockend. Zu denken, daß Aimée jetzt auf mich eifersüchtig wäre . . . was für eine Komödie!
»Mag sein, Mademoiselle. Aber leider wäre es trotzdem schiefgegangen, und zwar wegen Mademoiselle Aimée. Sie haben sich allzu leidenschaftlich bemüht, ihre . . . Freundschaft zu erwerben und die Zuneigung zu zerstören, die sie für mich empfinden mochte!«
Sie wendet sich ab:
»Ich habe nicht versucht, die Zuneigung zu zerstören . . . wie Sie behaupten . . . Mademoiselle Aimée hätte Ihnen weiterhin Englischstunden geben können, ich hätte sie nicht daran gehindert . . .«
»Sagen Sie das doch nicht! Ich bin noch nicht völlig verblödet, und wir sind allein! Ich war lange genug wütend, verzweifelt sogar, denn ich bin fast ebenso eifersüchtig wie Sie! Warum haben Sie sie mir genommen! Ich war so unglücklich, ja, freuen Sie sich, ich war unglücklich! Aber ich habe auch erkannt, daß sie im Grund nicht viel wert ist, und das hat mir genügt! Außerdem werde ich in meinem Leben noch genug Dummheiten machen. Auf die, über Sie triumphieren zu wollen, kann ich verzichten!

Das wär's! Jetzt habe ich nur einen einzigen Wunsch: Mademoiselle Lanthenay soll hier nicht zur allmächtigen Favoritin werden! Ferner möge sie ihre kleine Schwester in Ruhe lassen! Luce ist weder schlechter noch besser als Aimée, das können Sie mir glauben! Daheim spreche ich nie über das, was hier vorgeht. Nach den Ferien komme ich nicht mehr her, und auf die Prüfung bereite ich mich vor, weil Papa sich einbildet, Wert darauf zu legen. Außerdem gönne ich Anaïs nicht den Triumph, mich durchfallen zu sehen. Können Sie mich bis dahin nicht in Ruhe lassen? Ich tue Ihnen doch nichts mehr . . .«
Ich könnte noch lange weitersprechen. Ihr Interesse ist erloschen. Ich verzichte auf ihren Liebling, mehr hat sie nicht gehört. Sie steht in Gedanken versunken, fährt plötzlich in die Höhe, jeder Zoll eine Respektsperson, und beendet unser Zwiegespräch von Frau zu Frau:
»Gehen Sie hinunter, Claudine. Es ist acht Uhr vorbei, und Sie müssen antreten.«
»Was hast du so lange mit Mademoiselle zu reden gehabt?« fragt die lange Anaïs. »Ihr versteht euch seit neuestem wohl glänzend?«
»Ganz recht, meine Liebe! Die wahre Seelenfreundschaft!«
Der Unterricht beginnt. Die kleine Luce drängt sich an mich, wirft mir zärtliche Blicke zu und streichelt meine Hände. Ihre Liebe geht mir auf die Nerven. Das einzige, was mir Spaß macht, ist, sie zu plagen, zu prügeln und in Schutz zu nehmen, wenn sie von den anderen schikaniert wird.

Plötzlich fliegt die Tür auf, Mademoiselle Aimée stürzt herein, flüstert: »Der Schulinspektor!« und ist schon wieder draußen. Die Klasse gerät in Aufruhr. Jede Gelegenheit, Wirbel zu machen, ist hochwillkommen. Unter dem Vorwand, unsere Bücher zu ordnen, öffnen wir die Pulte, wühlen in den Fächern und führen hastige Gespräche hinter senkrecht offenstehenden Deckeln. Anaïs fegt sämtliche Hefte Maries zu Boden – arme Marie Belhomme, so verwirrt und wehrlos! –, entnimmt den schützenden Seiten ihrer »Geschichte Frankreichs« einen *Gil Blas Illustré* und läßt das schlüpfrige Heftchen in ihrer Schürzentasche verschwinden. Ich bringe ein paar herrliche Tiergeschichten von Rudyard Kipling (endlich einmal jemand, der die Tiere versteht!) in Sicherheit, obgleich man diese Lektüre bei schlechtestem Willen nicht als gewagt bezeichnen kann. Man schwätzt, steht auf,

nimmt wieder Platz, sammelt herumliegende Papiere, trägt sie zum Papierkorb und rettet die Bonbons, die in den Pulten schlummern, denn Papa Blanchot schielt zwar, merkt aber alles. Die Verbindungstüre zur Nachbarklasse steht offen. Mademoiselle Lanthenay stößt die Mädelchen herum, säubert den Katheder, schreit und ist die verkörperte Geschäftigkeit. Plötzlich erscheint die arme Griset, beistand- und schutzheischend. »Verzeihung, Mademoiselle, wird der Herr Inspektor die Hefte der Kleinen verlangen? Sie sind so schmutzig! Die Allerkleinsten machen doch erst Striche . . .« Die gemeine Aimée lacht ihr ins Gesicht, Mademoiselle Sergent zuckt die Achseln: »Sie werden ihm zeigen, was er zu sehen wünscht. Aber wenn Sie allen Ernstes meinen, daß er sich für die Hefte Ihrer Kleinen interessiert . . .«
Die traurige Vogelscheuche geht in ihre Klasse zurück. Der Höllenspektakel wird bei ihrem Eintritt kaum schwächer. Kein Wunder: ihre Autorität ist gleich Null.
Unsere Vorbereitungen sind nahezu beendet. Mademoiselle Sergent befiehlt hastig: »Die Lesebücher zur Hand, und etwas plötzlich, wenn ich bitten darf! Anaïs, spucken Sie auf der Stelle den Bleistift aus, den Sie im Mund haben! Wenn ich Sie noch ein einziges Mal bei der Vertilgung derartiger Delikatessen erwische, werfe ich Sie hinaus, vor Monsieur Blanchot! Claudine, würden Sie vielleicht einen Augenblick damit aufhören, Luce Lanthenay zu zwicken! Belhomme, legen Sie unverzüglich Ihre drei Halstücher ab, und Ihren einfältigen Gesichtsausdruck nicht minder! Bei Gott, ihr seid samt und sonders dümmer als die Allerkleinsten, und den Strick nicht wert, euch aufzuhängen!«
Schon gut, sie muß sich abreagieren, dafür habe ich Verständnis. Ich weiß, daß Mademoiselle Sergent den Besuchen des Inspektors mit größter Unruhe entgegensieht: Blanchot ist ein Freund des Abgeordneten, der Dutertre, den eventuellen Usurpator, mit tödlichem Haß verfolgt. Dutertre wiederum protegiert Mademoiselle Sergent. (Gott, ist das Leben kompliziert!) Endlich herrscht eine Abart von Ordnung. Anaïs, beunruhigend lang, erhebt sich und beginnt, mit bleistiftgeschwärztem Mund »Das Gewand« vorzutragen, ein Gedicht des weinerlichen Manuel.

In enger Bodenkammer, armselig, fahl und grau,
beschimpft die Frau den Gatten, schilt der Gemahl die Frau . . .

Höchste Zeit! Ein hoher Schatten gleitet über das Gangfenster, heiliger Schauer durchrieselt die Klasse, und in dem Augenblick,

da Papa Blanchot die Türe aufstößt, springen wir auf. (Vor Respekt, versteht sich!)
Des Inspektors wallender graumelierter Backenbart umrahmt ein Gesicht von beängstigender Feierlichkeit. Er predigt gern – sein Franche-Comté-Akzent ist hörenswert –, kaut seine Worte ebenso begeistert wie Anaïs den Radiergummi und trägt stets steife, altmodische Anzüge. Der Teufel soll ihn holen, diesen alten Esel! Vor einer Stunde werden wir ihn bestimmt nicht los! Er wird uns nicht nur mit den einfältigsten Fragen quälen, sondern auch davon zu überzeugen suchen, daß wir samt und sonders den Lehrberuf ergreifen könnten, wenn wir uns nur »eifriger dem Studium hingäben«. Immer noch besser, als sich ihm hinzugeben.
»Guten Tag, meine Damen! Setzt euch, liebe Kinder!«
Die »lieben Kinder« setzen sich, wahre Muster an Bescheidenheit und guten Sitten. Ich liefe am liebsten auf und davon. Mademoiselle Sergent eilt dem Inspektor entgegen, feindselig, aber respektvoll. Die tugendhafte Aimée verschwindet in ihre Klasse.
Monsieur Blanchot lehnt seinen silberbeschlagenen Krückstock in eine Ecke. Seine erste Amtshandlung besteht darin, die Frau Direktor zum Fenster zu führen und in ein langes Gespräch über Prüfungsfragen, Studienerfolge, Ausdauer und Fleiß zu verwikkeln, das die rote Schlange unter Aufbietung ihrer ganzen Beherrschung über sich ergehen läßt. Allerdings beschränkt sie sich darauf, hin und wieder »Ja, Herr Inspektor!« zu sagen, während ihre Augen ganz schmal werden und immer tiefer zurückzuweichen scheinen. Sicher würde sie den Alten am liebsten verprügeln.
Sieh da, er hat sie lange genug angeödet. Jetzt kommen wir an die Reihe.
»Was las dieses junge Mädchen, als ich eintrat?«
Das junge Mädchen spuckt unauffällig einen Klumpen rosa Löschpapier aus und unterbricht eine offensichtlich mehr als zweideutige, von Marie Belhomme mit hochroten Wangen, schockierter, aber gespannter Miene und entsetzt aufgerissenen Vogelaugen verfolgte Erzählung. Schmierige Anaïs! Wovon wohl die Rede war?
»Nun, mein Kind? Was lasen Sie?«
»›Das Gewand‹, Herr Inspektor.«
»Fahren Sie fort!«
Anaïs mimt schüchterne Verwirrung und beginnt von vorne.

Blanchot mustert uns aus schmutzig-grünen Augen. Koketterie ist ihm ein Greuel, und wenn er an einem zarten Hals ein Stückchen schwarzen Samt oder an Stirn und Schläfen kleine Löckchen entdeckt, furcht er zürnend die Stirn. Auf mich hat er es besonders scharf, denn meine losen Locken und die großen weißen Plisseekragen, die ich zu dunklen Stoffen zu tragen pflege – ich liebe den strengen Stil! –, sind ihm ein Dorn im Auge. Man findet kaum einfachere Kleider als die meinen. Aber dennoch wirken sie hübsch genug, um ihm in höchstem Maße verdächtig zu erscheinen. Die lange Anaïs hat das »Gewand« vollendet und wird damit beauftragt, ein paar Verse logisch (oder was beißt mich!) zu analysieren. Dann fragt er:
»Mein Kind, weshalb umgaben Sie (sic!) Ihren Hals mit diesem Stück schwarzen Sammets?«
Anaïs, durchaus nicht schlagfertig, kommt mit der einfältigen Antwort: »Weil mir kalt ist, Herr Inspektor!«
»Weil Ihnen kalt ist? Glauben Sie nicht, daß zum Zwecke der Erwärmung ein Halstuch weit besser am Platze wäre?«
Ein Halstuch! Warum nicht gleich eine Strickjacke, du alter Einfaltspinsel! Ich kann mich des Lachens nicht erwehren, was unfehlbar seine Aufmerksamkeit erregt.
»Und Sie, mein Kind? Warum lassen Sie Ihr Haar so unordentlich herabhängen, anstatt es zu einem Knoten zu frisieren oder mittels einiger Haarnadeln aufzustecken?«
»Weil ich sonst Kopfweh bekomme, Herr Inspektor.«
»Aber Sie können es doch zu Zöpfen flechten, sollte man meinen!«
»Gewiß könnte ich das, aber Papa ist dagegen.«
Er hat es auf mich abgesehen, ich wußte es ja! Noch ein letztes mißbilligendes Zungenschnalzen, dann nimmt er Platz und macht sich ans grause Werk: Marie wird mit dem amerikanischen Unabhängigkeitskrieg geplagt, ein Zwilling mit den Küsten Spaniens, der andere mit rechtwinkeligen Dreiecken. Dann ruft er mich zur Tafel und befiehlt mir, einen Kreis zu zeichnen. Ich erzeuge ein Gebilde, das man mit einigem guten Willen tatsächlich einen Kreis nennen kann.
»Teilen Sie diesen Kreis in eine fünfblättrige Rosette, nehmen Sie an, daß sie von links beleuchtet werde, und schraffieren Sie die beschatteten Blätter.«
Mit Vergnügen! Hätte er mir eine Rechenaufgabe gestellt, wäre ich höchstwahrscheinlich auf der Strecke geblieben. Jedoch mit Schatten und Rosetten weiß ich umzugehen und mache daher

meine Sache ziemlich gut, zur großen Enttäuschung der heimtückischen Zwillinge.
»Das ist . . . recht ordentlich, ja, recht ordentlich. Sie treten heuer zur Reifeprüfung an?«
»Jawohl, Herr Inspektor. Im Juli.«
»Und Sie haben tatsächlich nicht die Absicht, die Lehrerinnenbildungsanstalt zu besuchen?«
»Nein, Herr Inspektor. Ich habe die Absicht, mich meiner Familie zu widmen.«
»Ah? Hm! Allerdings glaube ich kaum, daß Sie zum Lehramt berufen sind.«
In eben demselben Tonfall hätte er sagen können: »Allerdings halte ich Sie für eine Kindesmörderin.« Armer Mann! Lassen wir ihm seine Illusionen! Aber ich würde viel darum geben, hätte er zum Beispiel dem Zornesausbruch des guten Armand beigewohnt, oder könnte er sehen, wie oft wir uns selbst überlassen bleiben, stundenlang, während unsere Lehrerinnen im ersten Stock weilen, mit dem Austausch von Zärtlichkeiten beschäftigt.
»Würden Sie mir nun Ihre zweite Klasse zeigen, Mademoiselle?«
Die Frau Direktor willfahrt unverzüglich diesem Wunsch des Herrn Inspektors und heftet sich an seine Sohlen, um ihren Liebling vor etwaiger Unbill zu behüten. Mittlerweile ziere ich die Tafel mit einer Karikatur des alten Blanchot, samt Backenbart und allem Drum und Dran, die das helle Entzücken meiner Mitschülerinnen auslöst. Rasch schmücke ich das Porträt noch mit zwei Eselsohren, lösche es wieder aus und kehre gelassen auf meinen Platz zurück. Die kleine Luce, zutraulich und anschmiegsam, schiebt ihren Arm unter den meinen und versucht mir einen Kuß zu geben. Ich stoße sie zurück, gebe ihr ein Kopfstück und werde als »sehr garstig« bezeichnet.
»›Sehr garstig?‹ Ich werde dich lehren, dir derartige Freiheiten herauszunehmen! Halte deine Gefühle gefälligst im Zaum und erzähl mir lieber, ob Mademoiselle Griset noch immer die einzige Hilfslehrerin ist, die in eurem Schlafsaal übernachtet.«
»Nein. Zweimal hintereinander hat Aimée bei uns geschlafen, zwei Nächte hindurch!«
»Viermal also? Du bist eine Gans! Was heißt, eine! Du bist ein ganzer Gänsestall! Verhalten sich deine Zimmergenossinnen ruhiger, wenn deine keusche Schwester unter dem Baldachin ruht?«

»Kaum. Einmal ist einem Mädel schlecht geworden, mitten in der Nacht. Wir sind aufgestanden, haben das Fenster aufgerissen, und ich habe meine Schwester gerufen, weil wir Zündhölzer gebraucht hätten. Aber sie hat sich nicht gerührt. Muß die einen festen Schlaf haben!«
»Festen Schlaf! Festen Schlaf! Was für eine Kuh! Mein Gott, warum läßt du zu, daß sich auf dieser Erde Wesen herumtreiben, denen es am primitivsten Hausverstand gebricht! Ich könnte blutige Tränen weinen!«
»Was hab' ich denn schon wieder angestellt?«
»Nichts, nichts! Aber da hast du auf jeden Fall ein paar Hiebe, zur Geist- und Nervenstärkung!«
Luce wirft sich in komischer Verzweiflung auf die Bank und läßt sich mit Hochgenuß prügeln. Offenbar bereitet es ihr wahres Entzücken, hart angefaßt zu werden.
Halt, fast hätte ich vergessen:
»Anaïs, was hast du da vorhin Marie erzählt? Sie war ja röter als die Damen der Bastille!«
»Welcher Bastille?«
»Das tut nichts zur Sache! Schieß los!«
»Komm näher her!«
Ihr lasterhaftes Gesicht prickelt vor Erregung. Sicher handelt sich's um sehr häßliche Dinge. »Am letzten Weihnachtsabend hat der Bürgermeister seine Geliebte bei sich gehabt, die schöne Julotte. Außerdem ist der Gemeindesekretär gekommen, mit einer Pariserin. Beim Dessert haben sie die beiden Damen dazu überredet, sich auszuziehen. Dann haben sie sich ebenfalls ausgezogen, und dann haben alle vier gemeinsam eine Quadrille getanzt, splitternackt! Was sagst du jetzt, Alte?«
»Nicht übel! Wer hat dir das gesagt?«
»Niemand. Papa hat es Mama erzählt, als ich schon im Bett lag. Ich behaupte nämlich, daß ich mich in der Nacht fürchte. Darum lassen sie die Türe einen Spalt offen, und ich höre alles.«
»Du scheinst dich ja nicht gerade zu langweilen, in deinem Bett! Erzählt dein Vater öfters solche Geschichten?«
»Nein. Zumindest keine so guten. Aber manchmal wälze ich mich vor Lachen.«
Und sie erfreut mich mit weiteren mehr oder weniger schmutzigen Kapiteln der lokalen Skandalchronik. Ihr Vater, Angestellter des Bürgermeisteramts, sitzt an der Quelle. Ich höre zu, und die Zeit vergeht.

Mademoiselle Sergent tritt ein, ganz unvermittelt. Wir können gerade noch die Bücher aufschlagen, irgendwo, auf gut Glück. Doch sie achtet nicht auf unser Tun und Treiben, sondern kommt geradewegs auf mich zu und sagt:
»Claudine, können Sie Ihre Kameradinnen etwas singen lassen? Sie haben während Ihrer Abwesenheit einen reizenden zweistimmigen Chor gelernt: ›In diesem sanften Haine‹. Es wäre gut, wenn der Inspektor ihn hören könnte.«
»An mir soll's nicht scheitern! Aber leider betrachtet Monsieur Blanchot meine Frisur mit solchem Mißvergnügen, daß ihm darüber die Lust an der Musik vergehen mag!«
»Stellen Sie die Mädchen auf und reden Sie keinen Unsinn, dazu ist jetzt wirklich nicht der Augenblick! Monsieur Blanchot scheint mit der zweiten Klasse ziemlich unzufrieden, und ich zähle darauf, daß ihn der Gesang ein wenig aufheitern wird.«
Nicht möglich! Monsieur Blanchot ist unzufrieden! Das Gegenteil hätte mich erstaunt. Mademoiselle Lanthenay nimmt sich ihrer Klasse nur an, wenn sie gerade nichts Besseres zu tun hat. Und selbst dann beschränkt sie sich darauf, ihren Schülerinnen endlose schriftliche Arbeiten aufzubürden, um mit der geliebten Frau Direktor in Ruhe schäkern zu können, während die Kinder Berge von Papier beschmieren. Was mich betrifft, so bin ich gern bereit, den Chor zu dirigieren. Was mich das schon kostet!
Mademoiselle Sergent holt den verhaßten Blanchot. Ich stelle meine Mitschülerinnen im Halbkreis auf, verstärke ihre Reihen mit der ersten Abteilung der zweiten Klasse, vertraue der langen Anaïs die erste, Marie Belhomme die zweite Stimme an (unselige zweite!) und werde selbst dort mitsingen, wo das Gebäude am bedrohlichsten ins Wanken gerät. Achtung, Auftakt, eins, zwei, drei:

»In diesem sanften Haine,
auf dieser grünen Flur
erblühet uns das reine
Entzücken der Natur!
Herbei, herbei ihr Nymphen . . .«

Welch unverhofftes Glück! Der alte Dickhäuter taktiert die Musik Rameaus kopfnickend mit (allerdings im falschen Zeitmaß) und scheint entzückt zu sein. O ewiger Orpheus! Hast du nicht schon vor urdenklichen Zeiten die wilden Tiere gebändigt?
»Hübsch, hübsch! Und gut gesungen! Von wem ist dieser Chor? Von Gounod, nicht wahr?«

(Warum sagt er »Gounode«?)
»Ja, Monsieur.« (Erhalten wir ihn bei guter Laune!)
»Dacht' ich's mir doch! Ein nettes altes Stück!« (Nettes altes Stück du selber!)
Mademoiselle Sergent beißt sich in die Lippen. Die Großzügigkeit des Herrn Inspektors, der dem Komponisten des Faust kaltblütig eine Komposition Rameaus in die Schuhe schiebt, erregt anscheinend ihre Heiterkeit.
Blanchot ist versöhnt, seine Stirne hat sich entwölkt. Noch einige Artigkeiten, dann trollt er sich – endlich, endlich! –, nicht ohne vorher den Partherpfeil eines Aufsatzthemas abgeschnellt zu haben:
»Der Müßiggang gleicht dem Rost.« Dieser Ausspruch Franklins ist zu erläutern und zu kommentieren.
Vorwärts! Hie der blanke Schlüssel, glänzend und glatt von täglichem Gebrauch, hie der häßliche Sperrhaken, krumm und rostzerfressen ... Hie der wackere Arbeiter, früh aus dem Bett, fröhlich am Werk, kraftstrotzend und munter, hie der Tagedieb auf orientalischem Diwan, lässig hingegossen, auf dessen verschwenderisch gedeckter Tafel ... usw. usw. ... die erlesensten Gerichte ... usw. usw. ... den abgestumpften Gaumen ... usw. usw. ... nicht mehr zu reizen vermögen! Oh! Schluß, Punktum. Ich hab's geschafft!
Als ob ein weicher Fauteuil vielleicht zu verachten wäre! Als ob die Arbeiter, die ihr ganzes Leben lang schuften, etwa nicht an Erschöpfung stürben! Doch, Verzeihung, das gehört nicht hierher. Im Lehrplan ist kein Platz für die Wirklichkeit.
Der kleinen Luce fällt nichts ein, sie winselt um Ideen, und ich gebe ihr großzügig mein Werk zu lesen. Was sie mir schon stehlen kann!
Endlich ist es vier Uhr. Die Internen fallen über ihre Jause her (sie wird von der rustikalen Mutter zubereitet), ich werfe einen prüfenden Blick auf die Fensterscheiben, um festzustellen, ob mein Hütchen auch richtig sitzt, und dann mache ich mich auf den Heimweg, begleitet von Marie und der langen Anaïs.
Ein Glück, daß der alte Blanchot uns nicht hören kann! Wir lassen kein gutes Haar an ihm. Lästiger Alter! Wenn es nach ihm ginge, müßten wir alle in Sack und Asche gehen, mit steif nach rückwärts gebürstetem Haar!
»Ich glaube, daß er mit der zweiten Klasse trotzdem recht unzufrieden war«, meint Marie Belhomme, »obwohl du ihn mit der Musik besänftigt hast!«

»Kein Wunder!« sagt die lange Anaïs. »Die zweite ist ja auch kein Prunkstück! Schließch widmet sich Mademoiselle Lanthenay ihren Schutzbefohlenen ein wenig . . . oberflächlich.«
»Du hast leicht reden! Sie kann doch nicht alles machen! Der Dienst bei Mademoiselle Sergent nimmt sie voll und ganz in Anspruch. Sie wäscht sie sogar in der Früh!«
»Das ist nicht wahr!« rufen Marie und Anaïs aus einem Mund.
»Doch! Wenn ihr mir nicht glaubt, braucht ihr nur durch den Schlafsaal in die Zimmer der Hilfslehrerinnen zu gehen – es ist gar nichts dabei, man muß nur Wasser hinauftragen – und die Hand in Mademoiselle Aimées Waschschüssel tauchen. Keine Gefahr, ihr werdet nicht naß! Sie ist ganz verstaubt!«
»Das ist zu stark!« sagt Marie Belhomme im Brustton der Überzeugung.
Die lange Anaïs geht schweigend fort, in Gedanken versunken. Sicher wird sie nicht verfehlen, den hochaufgeschossenen Bengel, mit dem sie diese Woche flirtet, von diesen reizenden Einzelheiten in Kenntnis zu setzen. Über ihre Seitensprünge ist mir nur sehr wenig bekannt. Versuche ich, sie auszuhorchen, so blickt sie mich spöttisch an, und es ist, als stieße ich auf eine undurchdringliche Wand.
Seit neuestem langweile ich mich in der Schule, nie dagewesenes, beunruhigendes Symptom! Dabei bin ich in niemanden verliebt. (Vielleicht deshalb?) Aus purem Überdruß mache ich meine Aufgaben nahezu gewissenhaft und sehe ruhigen Bluts mit an, wie unsere Lehrerinnen miteinander kosen, schnäbeln und – zanken, um die Liebe nachher nur um so süßer auszukosten. Sie verschmähen nunmehr jegliche Zurückhaltung und benehmen sich so ungezwungen, daß selbst der unerschütterliche Rabastens bei ihrem Anblick außer Fassung gerät und verlegen herumzustottern beginnt. Dann funkelt boshafte Freude aus Aimées Katzenaugen, und Mademoiselle Sergent lacht vor Entzücken, ihren Liebling so fröhlich zu sehen. Bei Gott, sie sind erstaunlich, diese beiden! Und wie anspruchsvoll die Kleine geworden ist! Man möchte es nicht für möglich halten. Ein Zeichen genügt, ein unmerkliches Runzeln der samtenen Brauen, und schon ist Mademoiselle Sergent zur Stelle, mit völlig verändertem Gesichtsausdruck, des kleinsten Winks gewärtig.
Und Luce? Sie beobachtet dieses zärtliche Einverständnis, hält Augen und Ohren offen und lernt. Sie lernt sogar sehr schnell. Schon benützt sie jedes zufällige Tête-à-tête, um mir unmißverständliche Avancen zu machen, drängt sich an mich, verspielt

und schmeichelnd, mit halboffenem, frischem Mündchen, und senkt die langen, seidigen Wimpern über ihre meergrünen Augen. Nein, sie reizt mich nicht. Warum versucht sie's nicht bei der langen Anaïs? Auch sie interessiert sich seit neuestem für die zärtlichen Spiele unserer Turteltauben, die uns, sofern sie nichts Besseres zu tun haben, auch den im Lehrplan vorgesehenen Unterricht erteilen, und weiß sich vor Verwunderung nicht zu fassen. Ja, ab und zu zeigt sie erstaunliche Bildungslücken!

Heute früh habe ich die kleine Luce tüchtig durchgewalkt. Sie hatte den unglücklichen Einfall, mich küssen zu wollen – in dem Geräteschuppen, wo wir die Gießkannen abstellen –, ließ die Prügel stillschweigend über sich ergehen, fing nur ganz zum Schluß zu weinen an und schluchzte so lange, bis ich ihr begütigend übers Haar strich und sagte:

»Kleiner Dummkopf, gedulde dich doch eine Weile! In der Lehrerinnenbildungsanstalt hast du mehr als genug Gelegenheit, deinen Zärtlichkeitsüberschuß abzureagieren!«

»Ja, aber ohne dich!«

»Das will ich meinen! Aber sei unbesorgt! Du wirst noch keine zwei Tage dort sein, werden sich schon zwei ›Große‹ deinetwegen zerstritten haben, du garstiges kleines Tier!«

Sie läßt sich mit Wonne beleidigen und wirft mir dankbare Blicke zu.

Warum langweile ich mich nur so sehr? Habe ich Heimweh nach der alten Schule? Nach den staubigen Winkeln, wo man sich hinter Bergen von Schmutz und Gerümpel verstecken konnte, nach den verworrenen Gängen dieses alten Kaninchenbaus, mit den kaum feststellbaren Grenzen zwischen Schultrakt und Lehrerwohnungen, wo man so selbstverständlich im Zimmer des Hilfslehrers landen konnte, daß man sich nachher kaum zu entschuldigen brauchte?

Oder werde ich langsam alt? Mein sechzehnter Geburtstag rückt in beängstigende Nähe. Sollte mich schon die Last der Jahre drücken? Wie dumm von mir!

Vielleicht ist der Frühling an allem schuld. Er ist aber auch zu schön heuer, man weiß sich kaum zu helfen. Jeden Sonn- und Donnerstag laufe ich auf und davon und besuche meine kleine Claire, die augenblicklich bis über beide Ohren in ein ebenso dummes wie aussichtsloses Abenteuer mit dem Gemeindesekretär verstrickt ist. Er will sie nicht heiraten. Kunststück! Das Gegenteil wäre schwer durchführbar. Angeblich litt er bereits in seiner Schulzeit an einer jener Krankheiten, deren »Sitz« ein

ewiges Geheimnis bleibt, und man sagt, daß er nicht imstande sei, seine Gelüste »zu befriedigen«.
Ich weiß zwar nicht genau, was das heißen soll, ich verstehe es sogar nur sehr annähernd, tue aber, was ich kann, um meiner lieben Claire diese spärlichen Informationen einzuhämmern. Dann blickt sie zum Himmel, ebenso unschuldsvoll wie verständnislos, schüttelt den Kopf und sagt mit verzückter Miene: »Was hat das schon zu bedeuten? Er ist so schön, er hat einen seidigen Schnurrbart, seine Worte machen mich glücklich, er küßt mich auf den Hals und spricht von Poesie und Sonnenuntergang ... was brauche ich mehr?«
Ich kann ihr nur beipflichten. Wenn sie sich damit zufriedengibt ...
Bin ich ihrer Schwärmereien müde, so gebe ich vor, heimgehen zu müssen (Du weißt ja, Papa wartet ...), bleibe aber im Wald, freue mich meiner Einsamkeit, suche mir einen Platz von besonderem Zauber und werfe mich ins weiche Moss. Unzählige Tierchen laufen an meiner Nase vorbei – zuweilen benehmen sie sich sehr schlecht, aber schließlich sind sie so winzig! –, würzige Gerüche erfüllen die Luft, es duftet nach Erde und frischen Kräutern, die der Sonne entgegenreifen – oh, meine geliebten Wälder!

Ich komme zu spät in die Schule. (Kaum verlösche ich das Licht, tanzen die Gedanken in tollem Wirbel um mich her, und der Schlaf läßt lange auf sich warten.) Mademoiselle Sergent thront am Katheder, mißbilligend und würdevoll, Direktorin von Kopf bis Fuß. Die Mädchen haben penetrant brave Mienen aufgesetzt und verharren in feierlichem Schweigen. Was ist los? Aha! Die lange Anaïs, auf ihrem Pult zusammengesunken wie ein Haufen Elend, schluchzt mit solchem Kraftaufwand, daß ihre Ohren vor Anstrengung bereits ganz blau sind. Fröhlicher Morgen in Sicht! Behutsam nehme ich meinen Platz neben der kleinen Luce ein, die mir ins Ohr flüstert: »Denk dir nur, ein ganzer Pack Liebesbriefe im Pult eines Jungen! Anaïs hat sie geschrieben, und soeben hat sie der Lehrer der Frau Direktor zum Lesen gebracht!«
Tatsächlich, Mademoiselle Sergent liest sie, aber in aller Stille! Schrecklich, schrecklich! Drei Lebensjahre des guten Antonin gäbe ich ohne zu zögern für das Recht, diese Korrespondenz durchackern zu dürfen. Wird denn niemand die rote Schlange

auf die Idee bringen, uns einige Gustostücke vorzulesen? Weh, weh, dreimal weh! Mademoiselle Sergent hat ihre Lektüre beendet.

Ohne ein Wort an die lange Anaïs zu verlieren – sie ist noch immer über ihr Pult hingegossen –, steht sie feierlich auf, geht gemessenen Schrittes zum Ofen (er befindet sich in meiner allernächsten Nähe), öffnet ihn, faltet die schmachvollen Papiere zusammen, läßt sie in dessen Bauch verschwinden, steckt sie umständlich in Brand und schließt das Türchen. Dann richtet sie sich auf und sagt zu der Verbrecherin:

»Mein Kompliment, Anaïs! Sie kennen sich besser aus als so mancher Erwachsene! Da Sie zur Reifeprüfung angemeldet sind, will ich Gnade vor Recht ergehen lassen und Sie bis dahin hierbehalten. Ich werde jedoch Ihren Eltern mitteilen, daß ich mich jeder Verantwortung für Ihre Person entledige! Schreiben Sie Ihre Arbeiten ab, Mesdemoiselles, und verschwenden Sie Ihre Aufmerksamkeit nicht an diese Unwürdige!«

Während dieses rhetorischen Kabinettstücks nehme ich mein flaches Zeichenlineal zur Hand, schiebe es – sachte, sachte – unter der Bank bis zum Ofen und stoße den kleinen Riegel vor, der die Luftzufuhr drosselt. Nein, ich kann nicht tatenlos zusehen, wie die literarischen Werke der langen Anaïs verbrennen! Lieber schreibe ich eine Strafarbeit. Doch niemand merkt etwas. Ob es mir wohl gelungen ist, die Flamme zu ersticken? Wie dem auch sei, bis Ende des Unterrichts muß ich mich gedulden. Wird es denn niemals elf Uhr werden? Ich spitze die Ohren. Das Singen des Ofens verstummt bereits nach wenigen Sekunden. Was kümmern mich die zwei Stück Stoff, die beim Waschen $^{1}/_{19}$ ihrer Länge und $^{1}/_{22}$ ihrer Breite einbüßen! Meinetwegen können sie bis zur Unkenntlichkeit zusammenschrumpfen, das ist mir egal.

Mademoiselle Sergent geht zur kleinen Aimée hinüber, höchstwahrscheinlich, um den guten Spaß mit ihr zu belachen. Kaum ist sie verschwunden, hebt Anaïs den Kopf, Zielscheibe sämtlicher Blicke. Sie hat fleckige Wangen und geschwollene Augen – was hat sie sie auch so fest gerieben! – und vertieft sich unverzüglich in die Betrachtung ihres Rechenhefts. Marie Belhomme neigt sich zu ihr und sagt mit lärmender Anteilnahme: »Na, Alte, jetzt setzt's was daheim, wie? Waren die Briefe sehr arg?«

Anaïs erwidert mit überlauter Stimme, ohne sich zu rühren:

»Pah! Was soll mir das schon ausmachen? Sie sind nicht von mir!«

Entrüstung. Die Mädchen werfen einander empörte Blicke zu: »Wau! Hat man schon so was gehört! Diese Lügnerin!«
Endlich läutet es. Ich hatte schon gedacht, der Unterricht würde nie ein Ende nehmen. Umständlich räume ich mein Pult zusammen und verlasse als letzte den Raum. »Wart auf mich, Anaïs, ja? Ich bin gleich wieder da.«
Ich laufe in die leere Klasse zurück, auf leisen Sohlen. Vorsichtig den Ofen aufgemacht: Viktoria! Es gelingt mir, ihm eine Handvoll halbverkohlter Papiere zu entnehmen, mit wahrhaft mütterlicher Sorgfalt. Ober- und Unterseite des Paketes sind dahin, aber die Mitte ist ziemlich unversehrt. Mühelos erkenne ich die Schrift der langen Anaïs, berge die wertvollen Papiere in meiner Schultasche, um sie daheim in aller Ruhe auszukosten, und geselle mich wieder zu der Autorin, die einstweilen friedlich auf und ab gegangen ist. Wir setzen uns in Bewegung. Anaïs betrachtet mich verstohlen. Plötzlich bleibt sie wie angewurzelt stehen und seufzt tief auf, angstvoll und beklommen. Ihr entsetzter Blick ist auf meine Hände gerichtet: sie sind rußgeschwärzt. Soll ich sie anlügen? Kommt gar nicht in Frage. Ich schreite unverzüglich zum Angriff:
»Paßt dir vielleicht etwas nicht?«
»Du hast im Ofen gewühlt, was?«
»Klar! Du glaubst doch nicht im Ernst, daß ich mir die einmalige Gelegenheit entgehen lassen werde, deine Briefe zu lesen?«
»Sind sie verbrannt?«
»Gott sei Dank nicht. Schau her!«
Ich zeige ihr die Briefe, halte sie aber fest. Sie durchbohrt mich mit mörderischen Blicken, wagt aber nicht, auf meine Schultasche loszufahren. Durch Schaden wird man klug: sie weiß genau, daß ich sie windelweich prügeln würde. Mein Gott, sie tut mir fast leid. Trösten wir sie ein wenig!
»Paß auf: ich lese, was noch übrig ist. Dieser Versuchung kann ich beim besten Willen nicht widerstehen. Aber dann geb' ich dir deine Briefe wieder zurück. Ist das nicht ein anständiges Angebot?«
Sie traut mir nicht.
»Ehrenwort! Heute nachmittag, vor dem Unterricht!«
Was bleibt ihr übrig? Sie geht, machtlos, länger und gelber denn je.
Daheim angelangt, stürze ich mich über die Briefe. Tiefe Enttäuschung! Dieses Gemisch aus Backfischsentimentalität und praktischen Anweisungen entspricht durchaus nicht meinen Erwar-

tungen: »Bei Mondenschein denke ich immer an dich . . . vergiß nicht, nächsten Donnerstag den Strohsack mitzubringen, den du das letzte Mal mitgebracht hast . . . mehr brauche ich nicht, als daß Mama die Grasflecken auf meinem Kleid bemerkt!« Es folgen unklare Anspielungen, die den jungen Herrn wahrscheinlich an schmutzige Abenteuerchen erinnern sollen. Ja, ich bin schwer enttäuscht und werde ihr die Episteln mit Vergnügen zurückerstatten. Sie sind bei weitem nicht so unterhaltend wie Anaïs selbst in ihrer bizarren, kalten Unberechenbarkeit.

Als ich sie ihr überreichte, glaubte die lange Latte ihren Augen nicht zu trauen. Ihre Freude war so groß, daß sie mir sogar verzieh, die Briefe gelesen zu haben, die sie nach Rückerhalt eilends ins Klo stopfte. Nun zeigt ihr Gesicht wieder die alte Undurchdringlichkeit. Von Demütigung keine Spur. Beneidenswertes Wesen!

Ich habe mir einen Schnupfen geholt und kuriere ihn in Papas Bibliothek, bei der Lektüre von Michelets närrischer, in Alexandrinern geschriebenen »Geschichte Frankreichs«. (Vielleicht übertreibe ich ein wenig?) Nein, ich langweile mich ganz und gar nicht in meinem Lehnstuhl, von Büchern umgeben, während meine schöne Fanchette, diese klügste aller Katzen, mir Gesellschaft leistet. Sie liebt mich mit Selbstverleugnung, ungeachtet aller Miseren, die sie mit mir auszustehen hat, ungeachtet der Spuren meiner Zähne in ihren rosigen Ohren und der anstrengenden Dressur, der ich sie zu unterwerfen pflege.

Sie hat mich so gern, daß sie versteht, was ich sage, beim Klang meiner Stimme hervorkommt und meine Lippen mit kleinen Liebkosungen streift. Und sie schätzt die Bücher, diese Fanchette, wie ein alter Gelehrter! Allabendlich plagt sie mich so lange, bis ich einige dicke Bände vom Regal nehme (Papas Konversationslexikon). Dadurch entsteht ein viereckiges Zimmerchen, in dem sie sich häuslich niederläßt, leckt und putzt. Ich schiebe die Glasscheibe vor und ihr gefangenes Schnurren tönt wie gedämpfter Trommelschlag. Ab und zu blicke ich sie an. Dann zieht sie die Augenbrauen in die Höhe, seltsam menschengleich.

Schöne Fanchette, wie fesselnd bist du, wie verständnisvoll! (Weit mehr als Luce Lanthenay, diese Katze minderer Art!) Seitdem du auf der Welt bist, erfreue ich mich an dir! Du vermochtest kaum noch ein Auge offenzuhalten, da versuchtest du schon, in deinem Körbchen umherzustolzieren, kriegerischen Schritts. Dabei konntest du kaum aufrecht stehen, und deine vier Zahnstocher drohten jeden Augenblick einzuknicken! Seither lebst du in den Tag hinein, fröhlich und unbekümmert, und dein Tun und Treiben ist mir eine Quelle ständiger Heiterkeit und Freude: deine Bauchtänze zu Ehren der Maikäfer und Schmetterlinge, der ungeschickte Lockruf, mit dem du die Vögel zu täuschen suchst, die knappen, kurzen Pfotenhiebe auf meine Hände, mit denen du dein Mißfallen auszudrücken pflegst. Du führst das unwürdigste Leben, das man sich vorstellen kann! Zwei- bis dreimal jährlich bemerke ich dich auf der Gartenmauer, lächerlich, verrückt, von einem Kometenschweif liebestoller Kater gefolgt. Ich kenne auch deinen Liebling, entartete Fanchette, ein schmutziggraues, ausgemergeltes Vieh mit Hasenohren, das zusehends die Haare verliert! Wie kannst du dich nur an diesen Plebejer wegwerfen, noch dazu so oft? Doch selbst in dieser Zeit der Tollheit brauche ich nur vorüberzugehen, und du nimmst für einen Augenblick dein normales Aussehen wieder an und läßt ein freundschaftliches Miauen hören, das wohl heißen soll: »Sieh, so weit ist es mit mir gekommen! Verachte mich nicht allzusehr! Die Natur stellt gewisse Forderungen, aber bald komme ich wieder nach Hause, und dann werd' ich mich lange, lange lecken, um mich von der Erinnerung an diese zügellose Zeit zu reinigen!« O schöne weiße Fanchette! Wie gut steht es dir an, dich schlecht zu benehmen!

Mein Schnupfen ist geheilt. Ich kehre in die Schule zurück und finde die Klasse in heller Aufregung: die Prüfung ist in beängstigende Nähe gerückt. Wir haben bereits Ende Mai und sollen am 5. Juli antreten: fast tut es mir leid, diesem Ereignis so gleichmütig entgegenzusehen, aber dafür machen die anderen meinen Mangel an Erregung durchaus wett, besonders die kleine Luce Lanthenay, die bei Erhalt einer schlechten Note unweigerlich in Tränen ausbricht. Was Mademoiselle Sergent anlangt, so ist sie unermüdlich tätig, kümmert sich um alles und mehr als das, hat sie doch zusätzlich noch die Launen ihrer kleinen goldäugigen Tyrannin zu befriedigen. Sie ist aufgeblüht, diese Aimée mit dem Pfirsichteint und den strahlenden Augen, es ist kaum zu glauben! Kein Vergleich zum vorigen Jahr. Heuer ist sie noch zehnmal hübscher, und sie weiß es wohl, selbstsicher und triumphierend. Wer spricht da noch von »zu flachem Gesicht«, wer merkt, daß sich der linke Mundwinkel beim Lachen auf unschöne Weise krümmt? Und wenn schon! Sie hat so hübsche Zähnchen! Ihre liebestrunkene Freundin braucht sie nur anzusehen, um fast in Ohnmacht zu sinken, und gibt sich bedenkenlos dem unwiderstehlichen Drang hin, ihr Herzblatt alle drei Minuten abzuküssen ...

Trotz des heißen Nachmittags summt die Klasse vor Geschäftigkeit: alles murmelt das »ausgewählte Stück«, das wir bis drei Uhr auswendig können sollen. Ich döse vor mich hin. Plötzlich muß ich mich rekeln und dehnen, habe das Bedürfnis, jemanden zu packen, zu beißen und zu kratzen ... Dieser Jemand ist zufällig die kleine Luce. Ich grabe meine Nägel in ihren Nacken. Sie tut nichts dergleichen, und ich versinke von neuem in gereizte Erschlaffung ...

Die Türe fliegt auf, und Dutertre erscheint auf der Schwelle, mit heller Krawatte, windzerzaustem Haar, jünger und angriffslustiger denn je. Hält er es nicht einmal mehr für nötig, anzuklopfen? Mademoiselle Sergent, gut abgerichtet, grüßt kaum, kann nicht verhindern, daß ihre Stickerei zu Boden fällt, und beschränkt sich darauf, Dutertre mit leidenschaftlichen Blicken zu verzehren. (Wen liebt sie mehr? Aimée oder ihn? Seltsame Frau!)

Die Mädchen sind aufgestanden. Ich bleibe sitzen, aus purem Mutwillen. Natürlich bemerkt mich der Herr Distriktskandidat auf den ersten Blick.

»Guten Tag, Mademoiselle! Guten Tag, Kinder! Was ist mit dir los?«

»Ich bin hin. Ich spüre meine Beine nicht mehr.«

»Bist du krank?«

»Nein, ich glaube nicht. Das Wetter. Frühjahrsmüdigkeit.«

»Komm her, laß dich anschauen!«

Wieder die alte Walze? Wieder die endlosen Untersuchungen, unter dem fadenscheinigen Vorwand medizinischen Interesses?

Die Frau Direktor wirft mir flammende Blicke zu. Offenbar empören sie meine schlechten Manieren und die Art, wie ich ihrem geliebten Distriktskandidaten begegne. Nein, genieren werde ich mich! Außerdem ist er von solchen Ungezogenheiten entzückt. Ich schleppe mich zum Fenster, mit aufreizender Faulheit.

»Hier ist es zu dunkel! Die Bäume nehmen das ganze Licht weg. Komm auf den Gang hinaus, dort ist es sonnig. Du siehst sehr schlecht aus, mein Kleines!«

Lüge über Lüge! Ich sehe sehr gut aus, er kann mir nichts vormachen! Und wenn er die Ringe unter meinen Augen für Krankheitssymptome hält, ist er auf dem Holzweg! Je dunkler sie umschattet sind, desto besser fühle ich mich. Glücklicherweise ist es drei Uhr nachmittags. Sonst würde ich mich sogar davor hü-

ten, mit diesem Kerl, dem ich mißtraue wie der Pest, in einen glasverschlagenen Schulkorridor zu gehen!
Die Türe fällt hinter uns ins Schloß. Ich wende mich um und sage:
»Ich bin weder krank, noch sehe ich schlecht aus. Warum behaupten Sie das Gegenteil?«
»Und diese schwarzen Ringe unter deinen Augen? Fast bis zum Mund? Die bilde ich mir wohl ein, wie?«
»Das ist mein Teint, sonst nichts.«
Er setzt sich auf die Bank – ich stehe vor ihm – und drückt mich gegen seine Knie.
»Sei still, du redest Unsinn. Warum bist du immer so garstig zu mir?«
». . .?«
»Doch, doch, du verstehtst sehr gut! Du hast ein Gesicht, weißt du, das man nicht so bald vergißt!«
Ich lache dämlich. O himmlischer Vater, gib mir Geist, gute Einfälle, witzige Antworten! Ich fühle mich wie ausgedörrt.
»Stimmt's, daß du immer allein im Wald spazierengehst?«
»Ja. Warum?«
»Warum, warum? Um deinen Geliebten zu treffen, du durchtriebenes Geschöpf, wie? Wahrscheinlich paßt man daheim zu scharf auf dich auf?«
Ich zucke die Achseln.
»Sie kennen doch die hiesigen Burschen! Können Sie sich einen einzigen davon als meinen Liebhaber vorstellen?«
»Nein . . . da hast du recht. Aber du wärst verderbt genug . . .«
Er hält meine Arme umklammert, läßt Augen und Zähne blitzen. Gott, was für eine Hitze! Ließe er mich doch wieder in die Klasse zurück . . .
»Warum kommst du nicht in meine Ordination, wenn du krank bist?«
»Fällt mir gar nicht ein!« erwidere ich viel zu rasch und suche meine Arme loszumachen. Aber er hält mich fest und blickt aus bösen, glühenden Augen zu mir auf – aber schön sind sie doch, das muß man ihnen lassen.
»O Kleine, süße Kleine, warum fürchtest du dich? Du hast so unrecht, Angst vor mir zu haben! Hältst du mich für einen Lümmel? Du kannst unbesorgt sein, wirklich! Oh, kleine Claudine, du gefällst mir so gut mit deinen wilden Locken und deinen warmen braunen Augen! Sicher siehst du aus wie eine bezaubernde kleine Statue . . .«

Er richtet sich auf, zieht mich jäh in die Arme und küßt mich, ehe ich noch eine Bewegung machen kann. Er ist zu stark und zu entschlossen, und meine Gedanken tanzen einen wilden Reigen . . . Das hat mir gerade noch gefehlt! Ich weiß nicht mehr, was ich sage, in meinem Kopf geht es drunter und drüber . . . Nein, so kann ich nicht in die Klasse zurück, krebsrot und außer Atem, und dabei spüre ich seine Gegenwart dicht hinter mir . . . gleich wird er mich wieder küssen . . . ich reiße die Tür auf, die in den Schulhof führt, nehme je zwei Stufen auf einmal, flüchte zur Pumpe und stürze einen ganzen Becher Wasser hinunter. Uff! Aber ich muß wieder hinauf. Und wenn er mir im Korridor auflauert? Ach was! Dann schreie ich eben . . . Dabei hat er mich auf den Mundwinkel geküßt, dieser Schuft, mehr ist ihm nicht geglückt . . .

Gott sei Dank, er ist fort! Ich betrete das Klassenzimmer: Dutertre steht neben dem Katheder und plaudert mit Mademoiselle Sergent, als wäre nichts geschehen. Ich setze mich nieder. Er mißt mich von oben bis unten und sagt: »Du hast doch nicht zuviel getrunken? Diese Kinder stürzen das kalte Wasser becherweise hinunter! Dabei ist das in höchstem Maße gesundheitsschädlich!«

Vor so zahlreichem Publikum finde ich meine Sprache wieder und antworte mit fester Stimme:

»Nein, ein Schluck genügt vollkommen! Sie können sicher sein, daß es auch mein letzter war!«

Er lacht zufrieden:

»Du bist gescheiter, als du aussiehst!«

Mademoiselle Sergent versteht nicht, worum es geht, doch ihre unruhevoll gefurchte Stirne glättet sich nach und nach, und die Entrüstung über das unqualifizierbare Benehmen, das ich ihrem Idol gegenüber an den Tag lege, verwandelt sich zusehends in abgrundtiefe Verachtung.

Mir ist noch immer heiß. So ein Idiot! Die lange Anaïs ahnt etwas und kann sich die Frage: »Er hat dich wohl sehr ausführlich abgeklopft, daß du noch immer so aufgeregt bist?« nicht verkneifen. Nein, meine Liebe, du wirst mich nicht zum Reden bringen!

»Sei doch nicht so blöd! Ich sag' dir doch, daß ich von der Pumpe komme!«

Jetzt ist die kleine Luce an der Reihe. Sie reibt sich an meiner Schulter wie eine erregte Katze und gestattet sich die Bemerkung:

»Was fällt ihm denn ein, meine Claudine so mir nichts dir nichts zu entführen!«
»Erstens bin ich nicht ›deine‹ Claudine. Und zweitens geht's dich überhaupt nichts an, kleine Gans! Er wollte meine Ansicht über eine eventuelle Erhöhung der Pensionistenbezüge hören. Jawohl, das wollte er.«
»Du sagst mir nie etwas, und ich erzähl' dir alles!«
»Alles? Was, alles? Was mir das schon ausmacht, zu wissen, daß deine Schwester weder ihr noch dein Kostgeld bezahlt, daß Mademoiselle Olympe sie mit Geschenken überhäuft, daß sie seidene Unterröcke trägt . . .«
»Pst! Sei doch still, um Gottes willen! Wenn man wüßte, daß ich dir alles erzählt habe . . .«
»Also! Dann halt gefälligst den Mund. Wenn du brav bist, schenke ich dir mein schönes Ebenholzlineal, du weißt ja, das mit der kupfernen Unterlage!«
»Oh, das ist lieb von dir! Ich würde dir ja gern einen Kuß geben, aber das magst du nicht . . .«
»Ruhe! Morgen kriegst du's . . . wenn ich will!«
Wieder ein schlechtes Zeichen: meine Leidenschaft für »Büroartikel« ist im Abflauen begriffen. Alle meine Mitschülerinnen – ich war genauso – berauschen sich an Papierwaren, ruinieren sich für den Ankauf linierter, in schillerndes »Metallpapier« gebundener Hefte, erstehen um schweres Geld Rosenholzbleistifte, lackierte Federschachteln, so glänzend, daß man sich darin spiegeln kann, Federstiele aus Ölbaumholz, Lineale aus Mahagoni oder Ebenholz, wie das meine, das von Kupferleisten durchzogen ist und stets aufs neue den blassen Neid der weniger begüterten Internen erweckt. Mit unseren großen Schultaschen, mehr oder weniger aus Leder, würde jeder Diplomat mehr oder weniger Ehre einlegen, und wenn wir davon absehen, uns zu Weihnachten Farbdeckel für unsere Schulbücher zu wünschen, so ist der einzige Grund der, daß sie nicht uns gehören. Sie sind und bleiben Eigentum der Gemeinde, die sie uns für die Dauer unseres Schulstudiums großzügigerweise zur Verfügung stellt. Und da die Bücher nun einmal der Schule verbleiben, die wir auf Nimmerwiedersehen verlassen werden, hassen wir sie von ganzem Herzen, betrachten sie als Fremdkörper und spielen ihnen fürchterliche Streiche: im Winter fallen sie zufälligerweise in den Ofen und verbrennen. Im Sommer sind sie die reinsten Blitzableiter. Andere wiederum – seltsam, seltsam! – besitzen eine verhängnisvolle Anziehungskraft für epileptische Tintenfässer,

kurzum, sie sind den eigentümlichsten, unvorhergesehensten Mißgeschicken ausgesetzt. Man kann nur den Kopf schütteln. Mademoiselle Sergent und Mademoiselle Lanthenay hingegen quittieren die bedauerlichen Abenteuer der armen »Gemeindebücher« je nach Temperament mit lautem Jammern oder fürchterlichen Strafpredigten.

Gott, sind die Frauen dumm! (Mädchen oder Frau, es kommt alles auf eins heraus!) Sollte man es für möglich halten, daß ich seit dem »unehrenhaften Überfall« dieses rasenden Dutertre so etwas wie Stolz empfinde? Welch demütigende Feststellung! Aber ich kenne den Grund. Sage ich mir nicht: dieser Mann, der unzählige Weibergeschichten gehabt hat, in Paris und überall, findet dich anziehend. Das heißt also, daß du nicht allzu häßlich sein kannst. Das ist alles. Pure Eitelkeit! Ich dachte wohl, nicht gerade abstoßend zu sein. Aber es tut gut, Gewißheit zu haben! Außerdem freut es mich, ein Geheimnis zu besitzen, das weder Marie Belhomme noch Luce Lanthenay noch die lange Anaïs zu vermuten wagen.

Die Schülerinnen sind jetzt schon gut abgerichtet, das muß man sagen! Sämtliche Kinder, die Allerkleinsten inbegriffen, wissen bereits, daß man während der Pause niemals eine Klasse betreten darf, in der sich die Lehrerinnen aufhalten. Natürlich war diese Erziehung nicht von heute auf morgen möglich, und wohl mehr als fünfzigmal mußte das zärtliche Paar in seiner Liebeslaube überrascht werden, eng aneinandergeschmiegt oder in leises Gezwitscher versunken, ehe auch der letzte Groschen fiel. Selbst die Dümmsten begannen sich langsam Gedanken zu machen, wenn sie Mademoiselle Aimée auf dem Schoß ihrer hingebungsvollen Vorgesetzten ertappten, die den Eindringling mit einem drohenden Runzeln der buschigen Brauen und einem unwilligen: »Was haben Sie hier noch zu suchen?« schleunigst in die Flucht schlug.

Auch ich habe das trauliche Beisammensein des öfteren gestört, manchmal sogar unabsichtlich. Anfangs fuhren die beiden schnell auseinander, oder die eine tat, als stecke sie den aufgelösten Knoten der anderen zurecht, später jedoch verzichteten sie selbst darauf, und jetzt tun sie sich in meiner Gegenwart keinerlei Zwang an. Darum unterhält es mich nicht mehr, sie zu stören.

Auch Rabastens hält sich fern. Er hat des öfteren erklärt, »für diese Art der Zuneigung Abneigung zu empfinden«, und scheint diese Art, sein Mißfallen auszudrücken, als reizendes Wortspiel

zu betrachten. Was die beiden Damen betrifft, so ignorieren sie ihre Umwelt völlig, sind unzertrennlich, gehen ineinander auf, ein Herz, eine Seele, fast möchte man meinen, ein Schatten. Kurzum, sie lieben einander so rückhaltlos, daß ich schon vor geraumer Zeit darauf verzichtet habe, sie zu plagen, und mich beinahe versucht fühle, sie um die köstliche Abgeschiedenheit ihres elfenbeinernen Turms zu beneiden.
O Schreck! Da haben wir die Bescherung: Brief der kleinen Luce. Ich finde ihn zu Hause, in einem Seitenfach meiner Schultasche.

»Meine geliebte Claudine!
Ich habe Dich furchtbar gern, und Du tust immer so, als wüßtest Du von nichts! Du kannst Dir nicht vorstellen, wie sehr mich das kränkt. Du bist gut und garstig zu mir, willst mich niemals ernst nehmen und behandelst mich wie einen kleinen Hund. Ich kann Dir gar nicht sagen, wie weh mir das tut! Dabei könnten wir miteinander so glücklich sein! Du brauchst nur meine Schwester und Mademoiselle anzuschauen! Sie sind so glücklich, daß sie alles rund um sich vergessen. Wenn Du mir wegen dieses Briefs nicht böse bist, so sag mir bitte, morgen früh kein Wort, ich wäre im Augenblick zu verlegen. Aber ich werde gleich merken, an der Art, wie Du dann später mit mir sprechen wirst, ob Du meine große Freundin sein willst oder nicht. Ich küsse Dich von ganzem Herzen, meine allerliebste Claudine, und zähle darauf, daß Du diesen Brief verbrennen wirst, denn ich weiß, daß Du ihn nicht herumzeigen wirst, um mir zu schaden, das ist nicht Deine Art. Ich küsse Dich noch einmal zärtlichst und warte mit solcher Ungeduld auf morgen!

Deine kleine LUCE«

Nein, zum Teufel, ich habe nicht die geringste Lust! Wenn, so müßte der andere stärker und klüger sein als ich, mich ein wenig hart anfassen und zum Gehorchen zwingen. Aber dieses winselnde kleine Schoßtier, lasterhaft und krallenbewehrt, das vielleicht eines gewissen Reizes nicht entbehrt, außer Liebkosungen jedoch nichts zu bieten hat . . . nein, das genügt mir nicht! Der Brief ist lieb und ohne Falsch, aber ich zerreiße ihn auf der Stelle und stecke die Schnitzel in ein Kuvert, um sie meiner Verehrerin bei der ersten Gelegenheit zurückzugeben.
Als ich mich am nächsten Morgen der Klasse nähere, klebt sich ein sorgenvolles Gesichtchen an die Fensterscheiben. Arme

kleine Luce, ihre Smaragdaugen sind hell vor Seelenangst! Nur nicht weich werden! Ich kann doch schließlich nicht, nur um ihr Kummer zu ersparen . . .

Ich betrete die Klasse. Zum Glück sind wir allein.

»Da, kleine Luce. Da sind die Überreste deines Briefs. Wie du siehst, habe ich ihn nicht lange behalten.«

Sie nimmt automatisch das Kuvert und schweigt.

»Kindskopf! Was hast du denn am Balkan – will sagen, am Balkon – zu suchen gehabt, hinter den Schlüssellöchern von Mademoiselle Sergents Zimmer? Da siehst du, wohin das führt! Aber ich kann nichts für dich tun.«

»Oh!« stößt sie hervor, keines Wortes fähig.

»Nein, mein armes Kleines! Nicht etwa aus Tugend, das kannst du dir wohl denken, meine Tugend muß erst aufgepäppelt werden, sie ist noch zu schwach, aber weil mich eine große Leidenschaft versengt hat, in zartester Jugend! Ich habe geliebt! Zum Wahnsinn! Und der Mann, dem meine Leidenschaft galt, ließ mich auf seinem Totenbett schwören, niemals . . .«

Sie unterbricht mich stöhnend. »Jetzt machst du dich noch lustig über mich! Oh, ich wollte dir nicht schreiben, du hast kein Herz! Oh, ich bin so unglücklich! Oh, du bist abscheulich!«

»Jetzt reißt mir aber langsam die Geduld! Schluß mit dem Geheule! Soll ich dich vielleicht durchprügeln und an den Haaren auf den Pfad der Tugend schleifen?«

»Was mir das schon ausmacht! Als ob mir zum Lachen zumute wäre!«

»Da hast du, halbe Portion! Gib mir eine Bestätigung!«

Ich versetze ihr eine Ohrfeige, die sofortiges Verstummen zur Folge hat. Luce blickt mich verstohlen an, mit sanften Augen, und reibt sich sichtlich getröstet die tränennasse Wange. Nein, wie gern sie sich prügeln läßt, es ist kaum zu glauben!

»Achtung, die lange Anaïs! Und ein paar andere dazu! Mach ein halbwegs normales Gesicht, ja? Der Unterricht wird sofort beginnen, die Turteltauben sind schon im Anzug.«

Noch zwei Wochen bis zur Reifeprüfung! Der Juni lastet schwer auf uns. Wir schwitzen in den Klassenzimmern, mit schweren Lidern, und schweigen aus lauter Überdruß, zu müde, um zu schwätzen. Nur mit größter Anstrengung führe ich mein Tagebuch weiter. Und dabei verlangt man von uns, in die Geheimnisse der Politik Ludwigs XV. einzudringen, bei dieser Backstubentemperatur, die Funktion des Magensaftes zu erläutern, Akanthusblätter zu skizzieren und den Gehörapparat in äußeres, mittleres und inneres Ohr einzuteilen. Gerechtigkeit, du bist ein Wahn! Ludwig XV. tat, was ihm gerade einfiel, und niemand hat ihm dreingeredet. Was habe ich mit seiner Politik zu schaffen? Nichts, gar nichts, weniger als irgend jemand!

Die Hitze beraubt uns aller Koketterie oder verändert vielmehr deren Erscheinungsformen. Wir stellen unsere Haut zur Schau! Ich kreiere viereckig ausgeschnittene Gewänder mittelalterlichen Stils, deren Ärmel nur bis zum Ellbogen reichen. Meine Arme sind zwar noch etwas mager, aber durchaus nicht unschön, und was das Dekolleté betrifft, so kann ich's mit einer jeden aufnehmen! Die anderen eifern mir nach. Anaïs trägt zwar keine kurzärmeligen Kleider, krempelt aber dafür ihre langen Ärmel bis zur Schulter auf. Marie Belhomme überrascht uns mit zwei runden Armen – sie stehen zu ihren langen schmalen Händen in seltsamem Gegensatz – und zeigt ihren frischen Hals, der heute schon ahnen läßt, wie fett er in zehn Jahren sein wird. Ah! Was würde man nicht alles herzeigen bei dieser Affenhitze! In aller Heimlichkeit vertausche ich meine Strümpfe mit Söckchen. Binnen drei Tagen weiß es die ganze Klasse, die ungeheure Neuigkeit geht von Ohr zu Ohr, und ich werde im Flüsterton gebeten, meinen Rock aufzuheben.

»Laß deine Socken anschauen! Ist es wahr, daß du Socken trägst? Laß sehen!«

»Bitte.«

»Glückspilz! Aber trotzdem ... ich würde mich nicht trauen ...«

»Warum? Wegen der guten Sitten?«

»Klar ...«

»Laß nur, ich weiß schon, warum! Weil du Haare auf den Beinen hast ...«

»Das ist nicht wahr! Du bist eine Lügnerin! Ich habe keine Haare auf den Beinen! Jedenfalls nicht mehr als du! Aber ich würde mich schämen, unter meinem Rock meine nackten Beine zu spüren!«

Die kleine Luce entblößt furchtsam ihre Haut, deren wunderbar zarte Weiße die lange Anaïs mit solchem Neid erfüllt, daß sie während der Handarbeitsstunde »versehentlich« hineinsticht.

Ade, ruhiges Leben! Damit ist's jetzt endgültig vorbei! Die nahende Reifeprüfung nebst der bei dieser Gelegenheit von uns einzulegenden Ehre, deren Abglanz natürlich auf die schöne neue Schule zurückstrahlen soll, hat unsere beiden Lehrerinnen

endlich aus ihrer süßen Zweisamkeit gerissen. Wir, die sechs unglücklichen Kandidatinnen, werden eingesperrt, mit Prüfungen gequält, zum Aufpassen, Merken, ja, sogar zum Verstehen gezwungen, eine Stunde früher in die Schule zitiert, eine Stunde später entlassen! Wir erbleichen, ermüden und verdummen. So manche bringen Arbeit und Angst um Schlaf und Appetit. Was mich betrifft, so kann ich nicht klagen. Da ich mich einerseits nicht übermäßig aufrege, andererseits mit matter Haut begabt bin, sehe ich noch ziemlich frisch aus, ebenso wie die kleine Luce Lanthenay, deren zarter Pfirsichteint sämtlichen Beanspruchungen standhält. Das dürfte in der Familie liegen . . .
Mademoiselle Sergent wird uns in die Kreisstadt begleiten, soviel wissen wir bereits, mit uns im Hotel wohnen, sämtliche Ausgaben bestreiten und nach der Rückkehr mit unseren Familien abrechnen. Ohne die verdammte Prüfung wäre diese kleine Lustfahrt ganz reizend.

Die letzten Tage sind jammervoll. Lehrerinnen und Schüler, am Ende ihrer Kraft, explodieren beim geringsten Anlaß, Aimée flüchtet in ihr Zimmer, nachdem sie einer Internen bei der dritten Wiederholung desselben Rechenfehlers das Heft ins Gesicht geworfen hat, und ohrfeigt die kleine Luce, die in meinen Armen Tröstung sucht. Ich prügle Anaïs, die mich zur Unzeit ärgert, ein Zwilling bekommt einen Weinkrampf, um unverzüglich darauf von einer nicht minder fürchterlichen Nervenkrise heimgesucht zu werden, weil sie »niemals durchkommen wird«! (Ausgewundene Handtücher, Riechsalz, ermutigender Zuspruch.) Auch Mademoiselle Sergent ist nahe am Zusammenbruch und entlädt ihre Nervosität auf die arme Marie Belhomme, die regelmäßig vergißt, was sie am Vortag gelernt hat, und sich vor der Tafel dreht wie ein Kreisel.
Der einzige Ort, an dem ich Ruhe finde, ist ein knorriger, vom Wind sacht hin und her geschaukelter Ast in der Krone unseres mächtigen Nußbaums, die einzige Zeit: der Abend. Nacht, Wind, Blätterrauschen . . . zuweilen stattet mir Fanchette einen Besuch ab. Schon lange vorher vernehme ich das Kratzen ihrer fest zupackenden Krallen. Wie sicher sie heraufklettert! Da gibt es keinen Fehltritt . . . Bei mir angelangt, läßt sie ein staunendes Miauen hören, etwa: – Was treibst denn du auf diesem Baum? Ich kann es mir erlauben, hier zu sein, ich bin dafür geschaffen! Aber du? Nein, das ist nicht in Ordnung! – Dann spaziert sie in den Seitengassen herum, auf kleinen Ästen und dünnen Zweigen,

ein weißer, geschmeidiger Schatten, und spricht voll heiliger Einfalt zu den schlafenden Vögeln, in der Hoffnung, daß sie die Güte haben werden, geradewegs in ihren Magen zu spazieren. Aber, Fanchette! Wie kann man nur so kindisch sein?
Morgen ist es soweit! Unsere Koffer stehen bereits in der Schule. (Ein Kleid und etwas Wäsche, wir bleiben nur zwei Tage fort.) Dafür ist heute schulfrei. Um halb zehn soll's losgehen, in Papa Racalins stinkendem Gefährt. Es wird uns zur Bahn bringen.

So, da wären wir wieder. Wir sind gestern aus der Kreisstadt zurückgekommen, lorbeerbekränzt, mit Ausnahme der armen Marie Belhomme. (Wie zu erwarten, ist sie durchgefallen.) Mademoiselle Sergent trägt nach diesem Riesenerfolg die Nase noch höher als sonst. Aber ich will von Anfang an erzählen:
Am Morgen der Abfahrt verlädt man uns in den Wagen des alten Racalin. Wie sich's schon so trifft, ist der gute Mann stockbesoffen, lenkt sein Fuhrwerk wie ein Irrer von einem Straßengraben zum anderen, fragt, ob man uns alle zur Hochzeit führe, und beglückwünscht sich zu der Meisterlichkeit, mit der er uns durcheinanderrüttelt. »Ja, fahren muß man können, wie?« Marie stößt spitze Schreie aus, grün vor Angst. Am Bahnhof angelangt, pfropft man uns in den Wartesaal, während Mademoiselle Sergent die Fahrkarten löst und sich von ihrer kleinen Aimée, die uns bis hierher begleitet hat, auf das zärtlichste verabschiedet. Das Herzblatt, frischer und hübscher als eine Heckenrose, in hellem Rohleinenkleid und einfachem breitkrempigem Hut, erregt die Bewunderung dreier Handelsvertreter, die dicke Zigarren schmauchen. Die Abreise dieses Mädchenpensionats erfüllt sie mit sichtlicher Erheiterung, sie kommen in den Wartesaal, um sowohl Ringe als auch ihren Geist funkeln zu lassen, und halten es für angebracht, gepfefferte Anzüglichkeiten von sich zu geben. Ich versetze Marie Belhomme einen Rippenstoß, um sie auf das Gespräch aufmerksam zu machen. Sie spitzt die Ohren, versteht aber nicht, worum es sich handelt. Dafür läßt sich die lange Anaïs kein Wort entgehen und verrenkt sich fast bei ihren krampfhaften Bemühungen, eine anmutige Pose einzunehmen, von dem erfolglosen Kraftaufwand, zu erröten, ganz zu schweigen.
Der Zug raucht und pfaucht, ein Pfiff ertönt. Wir ergreifen unsere Koffer. Ein Waggon zweiter Klasse verschluckt uns mit Haut und Haar. Er ist stickig und überheizt. Glücklicherweise dauert die Reise nur drei Stunden. Um etwas Luft zu haben,

wähle ich einen Eckplatz. Während der ganzen Fahrt werden keine drei Worte gesprochen. Viel lustiger ist's, die Landschaft vorbeiflitzen zu sehen. Die kleine Luce – natürlich hat sie sich an meiner Seite installiert – schiebt zärtlich den Arm unter den meinen, doch ich mache mich los: »Laß mich, es ist zu heiß!« Dabei trage ich ein viereckig ausgeschnittenes, mit handbreitem Gürtel zusammengehaltenes Sommerkleid aus leichter Seide, nach Art der Babykleidchen gezogen. Anaïs steckt in einem roten Leinenkleid und sieht vorteilhafter aus denn je. Auch Marie Belhomme, in Halbtrauer – malvenfarbenes Leinen mit schwarzem Muster –, wirkt recht nett. Luce hat ihre schwarze Pensionstracht anbehalten, samt schwarzem, rotbebändertem Hut. Die beiden Jaubert sind schattenhaft wie immer und ziehen eine Liste Prüfungsfragen aus der Tasche, um im Zug weiterzulernen. Von solchem Übereifer angewidert, befiehlt ihnen Mademoiselle Sergent, die Heftchen wieder einzustecken. Staunend sperren die Zwillinge ihre vier Augen auf.

Fabrikschlote, weiße Häuser. Sie werden immer zahlreicher und drängen sich näher und näher aneinander. Da ist der Bahnhof! Wir steigen aus. Mademoiselle Sergent verfrachtet uns in einen Omnibus, und wir holpern über schmerzhaftes Katzenkopfpflaster bis zum »Hotel Post«. In den beflaggten Straßen stehen die Burschen herum und halten Maulaffen feil (morgen wird der Namenstag des heiligen Sowieso gefeiert, das Ereignis des Jahres, und am Abend gibt's ein Platzkonzert).
Die Leiterin des Hotels, eine dicke betuliche Dame namens Cherbay (sie ist eine Bekannte Mademoiselle Sergents), macht sich mit aufdringlicher Freundlichkeit um uns zu schaffen. Endlose Stiegen, Gänge und – drei Zimmer für sechs Mädchen! Damit hatte ich nicht gerechnet! Mit wem man mich wohl zusammenspannen wird? Zu dumm! Ich hasse es, mein Bett mit jemandem zu teilen!
Endlich läßt uns Madame Cherbay in Frieden und geht. Gefrage, Geschrei. Alles spricht durcheinander. Koffer werden aufgerissen. Marie hat ihren Kofferschlüssel verloren und jammert. Ich falle auf einen Stuhl, schon erschöpft. Mademoiselle überlegt. »Vor allem müßt ihr einmal untergebracht werden . . .« Sie hält inne, offenbar in das Problem vertieft, wie wir am besten zusammenpassen . . . Die kleine Luce gleitet an meine Seite und drückt meine Hand. Sie hofft wohl, daß man uns miteinander in ein Bett stecken wird. »Jaubert, ihr schlaft natürlich zusammen!« ver-

kündet die Frau schließlich. »Sie, Claudine, mit ... (sie blickt mich durchdringend an, aber ich zucke mit keiner Wimper) Marie Belhomme, Anaïs mit Luce Lanthenay. So ist's am besten, glaube ich.« Die kleine Luce ist anderer Meinung. Mürrisch belädt sie sich mit ihrem Bündel und schleicht davon, im Kielwasser der langen Anaïs. Das Zimmer der beiden liegt dem meinen gegenüber. Marie und ich richten uns häuslich ein. Ich reiße mir die Kleider vom Leib, um den Reisestaub abzuwaschen, und hinter geschlossenen Fensterläden – auch hier brennt die Sonne erbarmungslos vom Himmel – gehen wir mit wahrer Wonne im Hemd spazieren, diesem vernünftigsten aller Kleidungsstücke.

Aus dem Hofe tönt Gesang. Ich werfe einen Blick hinunter: die dicke Hoteldame sitzt in schattigem Winkel, von Burschen und Mädchen umgeben, offenbar dem Personal. Man blökt schmachtende Romanzen: »Manon, die Sonne strahlt aufs neu!«, mit der Verfertigung von Papierrosen und Efeugirlanden beschäftigt, die wohl beim morgigen Fest die Hotelfassade zieren sollen. Der Boden ist mit Tannenzweigen bestreut, der blaugestrichene Eisentisch mit Gläsern und Bierflaschen angeräumt. Kurzum, das Paradies auf Erden!

Man klopft. Mademoiselle Sergent möchte hereinkommen. Soll sie nur, ich habe nichts dagegen. Ich empfange die Frau Direktor im Hemd, während Marie Belhomme in aller Eile einen Unterrock überwirft, aus purer Ehrerbietung. Mademoiselle Sergent scheint ihn nicht einmal zu bemerken und treibt uns zur Eile an: das Mittagessen ist aufgetragen. Wir gehen in den Speisesaal hinunter. Luce klagt in bewegten Tönen. Ihr Zimmer hat nur ein Deckenfenster. Man kann nicht einmal hinausschauen.

Schlechte Gasthausküche.

Da die schriftliche Prüfung morgen stattfindet, verbannt uns Mademoiselle Sergent auf unsere Zimmer, mit dem strikten Auftrag, das, was wir am schlechtesten können, ein letztesmal zu wiederholen. Nein, dazu sind wir wirklich nicht hergekommen! Viel lieber ginge ich die Familie X besuchen, reizende Freunde Papas und hervorragende Musiker. Die Frau Direktor setzt hinzu:

»Wenn ihr euch ordentlich aufführt, dürft ihr nachher mit mir in den Hof, und wir machen Rosen mit Madame Cherbay und ihren Töchtern.« Freudiges Gemurmel. Meine Mitschülerinnen sind ausnahmslos begeistert. Ich nicht. Die Vorstellung, in Gesellschaft dieser schwabbligen Person in einem Lichthof zu sit-

zen und Papierrosen zu erzeugen, vermag bei mir keinen Freudentaumel auszulösen. Wahrscheinlich ist mir der Mangel an Begeisterung deutlich anzumerken, denn die rote Schlange sagt sofort, sichtlich aufgebracht:
»Natürlich zwinge ich niemanden! Wenn Mademoiselle Claudine es vorzieht, sich auszuschließen –«
»Ganz recht, Mademoiselle. Ich bleibe lieber auf meinem Zimmer. Ich fürchte, gar zu unnütz zu sein . . .«
»Bleiben Sie ruhig oben, wir werden auf Sie zu verzichten wissen! Nur sehe ich mich in diesem Fall gezwungen, Ihren Zimmerschlüssel an mich zu nehmen. Schließlich bin ich für Sie verantwortlich.«
Teufel! Damit hatte ich nicht gerechnet. Es verschlägt mir die Rede.
Wir ziehen uns auf unsere Zimmer zurück und vergähnen den ganzen Nachmittag, über unsere Bücher geneigt. Die bevorstehende Prüfung zerrt an unseren Nerven. Weit besser wäre es, spazierenzugehen, denn wir bringen nichts fertig, weniger als nichts . . .
Zu denken, daß sie mich abends einsperren wird! Einsperren! Alles, was nur im entferntesten einer Freiheitsberaubung gleicht, macht mich verrückt. Ich gerate außer mir, sobald man mich einsperren will. Schon als kleines Mädelchen vermochte man mich aus diesem Grund in kein Internat zu geben. Bei dem Gedanken, daß es mir verboten war, die Schwelle zu überschreiten, packten mich wahre Wutkrämpfe. Zweimal versuchte man es, als ich neun Jahre zählte, und zweimal mußte man mir die Freiheit wiedergeben. Schon am ersten Abend stürzte ich zum Fenster wie ein unvernünftiger Vogel, schrie, biß und kratzte, bis ich halb bewußtlos zu Boden fiel. Die einzige Schule, in der ich es aushielt, war eben die unwahrscheinliche Bude von Montigny, wo ich mir nicht gefangen vorkam und außerdem allabendlich im eigenen Bett schlafen konnte.
Oh, ich bin ganz krank vor Demütigung und Zorn, wenn es die anderen auch nicht ahnen. Aber ich werde nicht um Verzeihung bitten, nein, diese Freude mache ich dir nicht, du rote Schlange! Wenn sie wenigstens den Schlüssel auf der Innenseite stecken ließe. Aber nicht einmal darum werde ich bitten, nein, nein, nein! Möge die Nacht rasch vorübergehen . . .
Vor dem Abendessen werden wir von Mademoiselle Sergent längs des Flusses spazierengeführt. Die kleine Luce zerfließt fast vor Mitleid und sucht mich zu trösten:

»Du brauchst sie doch nur ordentlich darum zu bitten! Sie würde dich bestimmt hinunterlassen ...«
»Du bist wohl übergeschnappt! Lieber laß ich mich acht Monate, acht Tage, acht Stunden und acht Minuten einsperren!«
»Du bist unvernünftig, so zu trotzen! Wir werden Rosen machen und singen, wir –«
»Lauter reine Freuden! Paßt nur auf, daß ich euch kein Wasser auf die Köpfe schütte!«
»Sei still! Du hast mir den ganzen Tag verdorben! Ohne dich werde ich mich nicht freuen können!«
»Werd mir ja nicht rührselig, hörst du? Im übrigen muß ich für den morgigen ›großen Tag‹ Kräfte sammeln und lege mich schlafen.«
Neuerliches Garküchennachtmahl in Gesellschaft von Pferdehändlern und drittklassigen Geschäftsreisenden. Die lange Anaïs, vom wilden Wunsch besessen, sich bemerkbar zu machen, posiert auf das anmutigste, sitzt keine Minute still und stößt ihr Weinglas um, daß sich das rötliche Wasser über das weiße Tischtuch ergießt. Um neun ziehen wir uns zurück. Meine Kameradinnen wappnen sich mit Schals, um gegen die Abendkühle gefeit zu sein, und ich ... ich bleibe auf meinem Zimmer. Oh, ich bewahre Haltung, aber ich vernehme ohne Wohlwollen, wie sich der Schlüssel im Schloß dreht, um unmittelbar darauf in Mademoiselle Sergents Tasche zu verschwinden ... Ich bin allein. Wenig später treffen meine Mitschülerinnen im Hof ein, ich erkenne die Stimmen ganz deutlich und könnte die Mädchen vom Fenster ohne weiteres sehen. Doch ehe ich mein Bedauern durch Neugier bekunde, sterbe ich lieber. Also? Worauf warte ich denn noch? Marsch ins Bett.
Ich hake meinen Gürtel auf, in den Anblick der Kommode verloren, die gleichzeitig als Waschtisch dient, und erstarre. Steht sie nicht vor einer Verbindungstür? Führt diese Verbindungstüre nicht in ein Nebenzimmer (der Riegel ist auf meiner Seite!), das Nebenzimmer auf den Gang? O Vorsehung, ich erkenne deinen Fingerzeig! Nein, die rote Schlange soll sich nicht rühmen, mich eingesperrt zu haben! Diesen Triumph gönne ich ihr nicht, komme, was da mag.
Her mit dem Gürtel, den Hut aufgesetzt. Oh, ich begebe mich nicht in den Hof, so dumm bin ich nicht! Ich gehe zu Papas Freunden, liebenswürdigen, gastfreundlichen Leuten, die mich gut aufnehmen werden. Daß eine Kommode aber auch so schwer sein kann! Mir wird ganz heiß. Auch der Riegel läßt sich nicht

leicht zurückschieben, man merkt, es ist das erste Mal seit langer, langer Zeit, und die Türe knirscht in den Angeln, aber sie geht auf! Mit erhobener Kerze wage ich mich in den Nachbarraum. Er ist leer, das Bett ungemacht. Ich laufe zum Ausgang. Oh, die gesegnete Türe! Sie ist nicht versperrt und öffnet sich – sachte, sachte – auf den köstlichsten aller Gänge! Wie leicht atmet sich's doch, wenn man nicht eingesperrt ist ... Nur jetzt nicht erwischt werden! Die Treppe liegt verlassen da, im kleinen Büro ist niemand zu sehen, alles macht Rosen. Macht Rosen, liebe Leute, macht Rosen, laßt euch nicht stören, macht Rosen, aber ohne mich!

Draußen, in der lauen Nacht, lache ich still in mich hinein. Aber vorwärts, ich muß zu den X ... Das Schlimme ist, daß ich den Weg nicht weiß, am allerwenigsten des Nachts. Ach was, ich frage eben. Beherzt folge ich dem Flußlauf, um mich beim Licht einer Straßenlaterne plötzlich zu entschließen: »Verzeihen Sie, bitte, wie komme ich zum Theaterplatz?« Der Herr, dem meine Frage gilt, bleibt stehen, neigt sich zu mir, betrachtet mich eingehend und sagt:

»Gestatten Sie mir, Sie hinzuführen, schönes Kind! Allein werden Sie nie ...«

Der Teufel soll ihn holen! Ich wende mich brüsk ab, verschwinde eilends im Dunkel, erkundige mich bei einem Greißlergehilfen, der eben unter Getöse den Geschäftsrolladen herunterläßt, nach dem Weg und frage mich schließlich von Straße zu Straße bis zum Theaterplatz durch, verfolgt von Gelächter und so manchem vertraulichen Zuruf. Ich schelle am vertrauten Haus und platze mitten in ein Trio für Klavier, Geige und Cello, von zwei Blondinen und deren Vater ausgezeichnet gespielt. Sie springen auf, überrascht und erfreut. »Sie? Wieso? Warum? Und ganz allein?« Ich erzähle von meinem Zimmerarrest, meiner Flucht und der morgigen Reifeprüfung. Die Schwestern lachen sich krumm.

»Nein, wie spaßig! So etwas kann auch nur Ihnen einfallen!« Der Vater lächelt nachsichtig: »Keine Angst, das bringen wir schon wieder in Ordnung! Wir werden Sie zurückbegleiten und Ihre Begnadigung erwirken.« Wie schon gesagt – es sind nette Leute. Wir musizieren ohne die leisesten Gewissensbisse. Um zehn verabschiede ich mich und setze durch, nur von einer alten Bediensteten heimbegleitet zu werden. Wir gehen durch verödete Gassen. Der Mond steht hoch am Himmel. Wie sie mich wohl empfangen wird, die jähzornige Rote?

Die Alte folgt mir ins Hotel. Meine Kameradinnen trinken Bier und Limonade und sind noch mit der Verfertigung von Papierrosen beschäftigt. Ich könnte unbemerkt in mein Zimmer zurückkehren, habe aber nicht das Herz, auf meine kleine Sensation zu verzichten. Bescheiden trete ich vor Mademoiselle Sergent. Sie springt auf: »Wo kommen Sie her?« Ich deute mit dem Kinn auf das Hausfaktotum, das näher kommt und gelehrig sein Sprüchlein hersagt: »Mademoiselle hat den Abend bei Monsieur X und dessen Töchtern verbracht.« Dann murmelt sie noch einen undeutlichen Gruß, verschwindet und läßt mich allein – eins, zwei, drei – mit . . . einer Furie! Ihre Augen sprühen Feuer, die buschigen Brauen stoßen zusammen, meine entgeisterten Kameradinnen stehen wie die Salzsäulen, halbfertige Rosen in den Händen. Die blitzenden Augen der kleinen Luce, die hochroten Wangen Maries und das fiebrige Aussehen der langen Anaïs lassen mich vermuten, daß die Guten ein wenig über den Durst getrunken haben. Wenn schon! Da ist schließlich nichts dabei. Noch immer spricht Mademoiselle Sergent kein Wort. Wahrscheinlich weiß sie nicht, was sie sagen soll. Oder sie tut sich Zwang an, um nicht zu explodieren. Endlich macht sie den Mund auf, wendet sich aber an die anderen: »Vorwärts, Schlafenszeit.«
Der Zornesausbruch wird also vertagt? Oder soll's erst in meinem Zimmer losgehen? Bitte sehr, ganz nach Belieben! Während wir die Stiege hinaufsteigen, beäugen mich die Kleinen wie eine Aussätzige. Luce wirft mir fragend-flehende Blicke zu.
Oben angelangt, läßt die Schreckliche erst einige Sekunden feierlichen Schweigens verstreichen, ehe sie mit fürchterlichem Nachdruck fragt:
»Wo waren Sie?«
»Sie haben es ja gehört. Bei den X, Freunden meines Vaters.«
»Wie konnten Sie es wagen, sich zu entfernen?«
»Ich habe die Kommode weggeschoben, die vor der Verbindungstüre steht.«
»Ihre Unverschämtheit spottet jeder Beschreibung! Ich werde Ihren Herrn Vater von Ihrem empörenden Betragen in Kenntnis setzen! Er wird zweifellos seine helle Freude daran haben!«
»Papa? Oh, er wird sagen: ›Gott, ja, dieses Kind ist äußerst freiheitsliebend‹ und voll Ungeduld das Ende Ihres Rapports abwarten, um sich von neuem in die ›Malakologie des Fresnois‹ vertiefen zu können!«
Sie merkt, daß die anderen zuhören, und fährt herum: »Marsch

ins Bett, alle miteinander! Wenn in einer Viertelstunde die Kerzen nicht verlöscht sind, könnt ihr was erleben! Und was Mademoiselle Claudine betrifft, so entledige ich mich hiermit jeder weiteren Verantwortung für ihre Person und stelle ihr frei, sich heute nacht entführen zu lassen, wenn's ihr Spaß macht!«
Oh! Shocking! Mademoiselle! Die Mädchen stieben auseinander wie aufgescheuchte Mäuse. Ich bleibe mit Marie Belhomme allein, die bewundernd sagt:
»Man kann dich wirklich nicht einsperren! Ich wäre niemals auf die Idee gekommen, die Kommode wegzuschieben!«
»Ja, ich habe einen netten Abend verbracht. Aber mach weiter, sonst kommt sie am Ende noch die Kerze ausblasen!«

Man schläft schlecht im fremden Bett. Außerdem habe ich mich die ganze Nacht an die Wand gedrückt, um nicht an Maries Beine anzustreifen.
Um halb sechs werden wir geweckt. Wir stehen auf, müde und schlaftrunken, und ich überschütte mich mit kaltem Wasser, um halbwegs munter zu werden. Während ich herumplansche, kommen Luce und Anaïs herein, wollen meine parfümierte Seife, einen Korkzieher, dieses und jenes, und Marie bittet mich, ihr beim Frisieren zu helfen. (Sie trägt einen komplizierten Knoten.) All diese schläfrigen, spärlich bekleideten Kleinen – was für ein possierliches Schauspiel!
Meinungsaustausch über die gewitzigsten, gegen die Tücke der Herren Professoren zu ergreifenden Vorsichtsmaßnahmen: Anaïs hat sämtliche Jahreszahlen, deren sie nicht sicher ist, auf den äußersten Zipfel ihres Taschentuchs geschrieben (ich würde ein Tischtuch brauchen!), Marie Belhomme einen winzigen Atlas verfertigt, der in der hohlen Hand Platz findet. Luce ist ein wandelndes Lexikon: ihre weißen Manschetten sind mit Daten, Regierungszeiten und arithmetischen Formeln geziert. Selbst die beiden Jauberts haben eine Fülle von Informationen auf hauchdünne Papierstreifen gemalt und in ihren Federstielen versteckt. Aber unsere größte Besorgnis gilt den Prüfungen selbst, und ich höre, wie Luce gerade sagt:
»In Mathematik prüft Lerouge, in Physik und Chemie Roubaud, angeblich ein ganz gemeiner Kerl, in Literatur Papa Sallé –«
Ich falle ihr ins Wort:
»Welcher Sallé? Doch nicht der ehemalige Gymnasialdirektor?«
»Doch.«

»Großartig!«
Der Gedanke, von diesem gütigen alten Herrn, einem langjährigen Bekannten Papas, der auch mir wohlgesinnt ist, examiniert zu werden, stimmt mich äußerst fröhlich. Er wird mir nicht weh tun.
Mademoiselle Sergent erscheint, angesichts der nahenden Schlacht wortkarg und gefaßt. »Habt ihr alle eure Sachen? Vorwärts, gehen wir!«
Unser kleines Bataillon überquert die Brücke und kämpft sich durch Straßen und Gäßchen bis an ein halbverfallenes Portal heran, auf dessen Türe ein verblichenes Schild prangt: *Institut Rivoire*. Ist das nicht das Mädchenpensionat, das vor ein paar Jahren wegen Überalterung aufgelassen wurde? (Warum steckt man uns ausgerechnet hier herein?) Im Hof, dessen Pflastersteine zum größten Teil durch Abwesenheit glänzen, schnattern bereits an die sechzig Halbwüchsige, in scharf abgezirkelten Gruppen. Die Schulen fraternisieren nicht. Da gibt es Mädchen aus Villeneuve, aus Beaulieu, aus einem guten Dutzend kleinerer Kreisstädte des Departements. Sie scharen sich um ihre Lehrerinnen, und ihren unermüdlichen Bemerkungen über die Angehörigen der anderen Schulen mangelt es in betrüblichstem Maße an Wohlwollen.
Kaum treten wir ein, werden wir erbarmungslos gemustert. Die Blicke reißen uns förmlich die Kleider vom Leib. Besonders mein weißes Blaugestreiftes und der große Spitzenumhang, die sich von den schwarzen Anstaltstrachten so hell und fröhlich abheben, erregen allgemeines Ärgernis. Da ich jedoch die giftigen Blicke meiner Konkurrentinnen mit unverschämtem Lächeln erwidere, wenden sie sich verachtungsvoll wieder ab. Luce und Marie erröten angesichts so vieler unnachsichtiger Augenpaare und verkriechen sich in sich selbst. Anaïs läßt sich mit Genuß anstarren.
Die Herren Professoren sind noch nicht erschienen. Man ist ungeduldig. Ich langweile mich. Plötzlich bemerke ich eine kleine, halb offenstehende Türe, die auf einen dunklen Gang führt. Sein Ende ist in Licht gebadet. Während Mademoiselle Sergent mit ihren Kolleginnen kühle Höflichkeiten austauscht, gehe ich auf Entdeckungsreisen. Vorsichtig dringe ich bis zu der geheimnisvollen Lichtquelle vor, finde eine Glastüre, vielmehr deren Reste, schiebe den verrosteten Riegel zurück und stehe unversehens inmitten eines viereckigen Gärtchens. Hier duftet der Jasmin, gelb und verschwenderisch, hier wächst wilder Wein, hier wie-

gen sich würzige Kräuter im Wind, hier steht sogar ein kleiner Pflaumenbaum. Stilles, grünendes Ende der Welt! Aber noch eine herrliche Entdeckung wartet meiner: reife, duftende Erdbeeren.

Schnell, die anderen geholt! Unbemerkt kehre ich in den Hof zurück und setze meine Mitschülerinnen vom Vorhandensein dieses verzauberten Obstgartens in Kenntnis. Nach einigen furchtsamen Blicken auf Mademoiselle Sergent (sie konversiert mit einer mittelalterlichen Lehrerin) sowie auf die Türe, die hartnäckig geschlossen bleibt (den Herren Professoren geht der Schlaf wohl über alles!), entschließen sich Marie, Luce und die lange Anaïs, mir zu folgen. Die Zwillinge lehnen dankend ab. Wir fallen über die Reben her, tun uns an Erdbeeren gütlich und schütteln den Pflaumenbaum, bis uns ein plötzliches Anschwellen und ebenso jähes Verstummen des fernen Stimmengewirrs auf die Ankunft unserer Peiniger schließen läßt.

Eilends durchqueren wir den Korridor und kommen gerade zurecht, um einen Rattenschwanz schwarzgekleideter Herren das baufällige Gebäude betreten zu sehen, feierlich und stumm. Nein, schön sind sie nicht, das kann man bei bestem Willen nicht behaupten. Wir heften uns an ihre Fersen und trampeln die Stiege hinauf – wir sind mehr als sechzig –, werden aber an der Schwelle eines ausgedienten Studiensaals abgefangen: die Herren müssen sich erst häuslich einrichten. Wir sehen zu, wie sie an einem langen Tisch Platz nehmen, ihre Stirnen trocknen und allem Anschein nach beraten. Worüber wohl? Ob es angezeigt sei, uns eintreten zu lassen? Kaum! Eher tauschen sie ihre Eindrücke über das Wetter aus und erzählen einander die neuesten Familiennachrichten. Inzwischen hat man alle Mühe, uns auf dem Stiegenabsatz zusammenzupferchen, und der Strom der Prüflinge ergießt sich über die Treppen.

Ich stehe in der ersten Reihe und kann daher die Leuchten der Wissenschaft aus nächster Nähe betrachten: Sallé, groß, mit angegrautem Haar, knorrig und gichtig. Seine Hände gleichen wilden Ranken und er sieht aus wie ein harmloser Großpapa. Neben ihm ein kurzer Dickwanst, in eine pastellgetönte Krawatte gezwängt, die aus Rabastens' Garderobekasten zu stammen scheint: Roubaud, der Schreckliche. Er wird uns morgen in Physik und Chemie prüfen.

Einer der Herren, eine lange Liste in der Hand, weist uns die Plätze zu, ängstlich darauf bedacht, Angehörige derselben Schule, ja sogar Bewohner desselben Distrikts so weit wie mög-

lich voneinander zu entfernen, um jegliche Verständigungsmöglichkeit zu unterbinden. Weiß er denn nicht, daß man sich immer verständigen kann?
Ich lande auf einem Eckplatz neben einem schwarzgekleideten Mädchen mit großen ernsten Augen. Wo sind meine Kameradinnen? Dort drüben bemerke ich Luce, verstörten Blicks. Sie macht mir verzweifelte Zeichen. Dicht vor ihr wetzt Marie Belhomme herum ... Sie können einander helfen, die beiden Nieten! Roubaud wandert umher und verteilt Siegeloblaten sowie große weiße Blätter, die in der linken oberen Ecke einen blauen Stempel aufweisen. Wir wissen, was das zu bedeuten hat: in die Ecke haben wir unseren Namen zu schreiben sowie den Namen der Schule, an der wir unsere Studien absolviert haben. Dann wird sie umgebogen und versiegelt. (Niemand soll glauben, daß bei der Beurteilung unserer Arbeiten etwa Voreingenommenheit geherrscht habe!)
Die Formalität ist erfüllt. Wir warten. Wann wird man endlich geruhen, uns etwas zu diktieren? Ich lasse den Blick durch die Klasse schweifen. Lauter unbekannte Gesichter. Manche erregen mein Mitleid, so viel Angst spricht aus den angespannten Zügen. Man fährt in die Höhe. Roubaud hat das Wort ergriffen:
»Orthographieexamen! Schreiben Sie, bitte. Ich wiederhole nur ein einziges Mal.«
Er beginnt zu diktieren, während er lässig in der Klasse herumspaziert. Heilige Stille. Kunststück! Für die meisten dieser Kleinen steht die ganze Zukunft auf dem Spiel. Zu denken, daß sich das alles »dem Lehrberuf hingeben«, von sieben Uhr früh bis fünf Uhr abends schuften und vor einer – höchstwahrscheinlich unausstehlichen – Schulleiterin zittern wird, um pro Monat fünfundsiebzig Francs zu verdienen! Zwei Drittel dieser sechzig Mädchen stammen aus Arbeiter- oder Bauernfamilien. Lieber als Pflug oder Nadel zu führen, nehmen sie vergilbten Teint, hohles Kreuz und die langsame, aber sichere Deformierung ihrer rechten Schulter in Kauf und schrecken nicht davor zurück, drei Jahre in ihrer Lehrbildungsanstalt zu verbringen (Tagesbeginn: fünf Uhr früh, Zapfenstreich: halb neun, zwei Stunden Freizeit täglich) und sich auf Lebenszeit den Magen zu ruinieren, der nur in den seltensten Fällen der Gemeinschaftskost gewachsen ist. Aber dafür werden sie weder anderer Leute Kleider nähen noch Kübel zum Brunnen schleppen, kein Vieh hüten, einen Hut tragen und ihre Eltern verachten. Mehr verlangen sie nicht. Und ich, Claudine? Warum bin ich hier? Weil ich nichts Besseres zu

tun habe, weil Papa, während ich die Fragen dieser Herren über mich ergehen lasse, in Ruhe mit seinen Schnecken hantieren kann und weil es, wenn eine mehr bei der Reifeprüfung durchkommt, der Schule zur Ehre gereicht, dieser schönsten, herrlichsten, unwahrscheinlichsten aller Schulen ...

Das Diktat strotzt von Partizipien, hinterhältigen Pluralformen und grammatikalischen Fußangeln. Die Sätze, verbildet und verbogen, haben bereits jeglichen Sinn eingebüßt. Wie albern!

»Schluß. Ich lese vor.«

Ich glaube der Fehlerlosigkeit meines Diktats zwar sicher sein zu können, lese es aber dennoch aufmerksam durch, um die Akzente zu überprüfen. Für solche nämlich, die nicht haargenau über dem Buchstaben schweben, zu dem sie gehören, werden einem halbe oder Viertelfehler angerechnet! Plötzlich fällt ein mit unnachahmlicher Geschicklichkeit geschleudertes Papierkügelchen auf mein Pult. Ich entrolle es in der hohlen Hand. Es stammt von der langen Anaïs und enthält die Frage: »*Trouvé* im zweiten Satz: mit s?«

Sie ist ja von kindlicher Vertrauensseligkeit, diese Anaïs! Soll ich sie hineinlegen? Nein, ich verachte die Mittel, deren sie sich gemeiniglich bedient, hebe den Kopf, nicke fast unmerklich, und sie korrigiert mit unerschütterlicher Miene.

»Sie haben fünf Minuten, um zu verbessern!« verkündet Roubaud. »Dann folgt die Kalligraphieprüfung.«

Zweite Papierkugel, rundlicher als die erste. Ich wende mich um. Sie stammt von Luce. Ihr Blick sucht angstvoll den meinen. Aber, aber! Gleich vier Wörter, das ist ja fürchterlich! Wenn ich die Kugel zurückwerfe, wird man sie abfangen. Für derlei Dinge habe ich einen sechsten Sinn. Doch plötzlich kommt mir eine Erleuchtung: ich nehme meine schwarze Ledertasche (die Prüflinge müssen alles aus eigenen Mitteln beistellen), verwende ein Stückchen Mauerwerk als Kreide, male die vier Sorgenkinder auf die improvisierte Tafel und hebe die Tasche unvermittelt in die Höhe, die leere Seite den Herren Professoren zugewendet, die sich, nebenbei bemerkt, kaum um uns kümmern. Die Züge der kleinen Luce erhellen sich, und sie verbessert eilends. Die Trauerweide neben mir hat die kleine Szene verfolgt und spricht mich an: »Sie sind nicht ängstlich, das muß man sagen!«

»Nicht allzusehr, wie Sie sehen. Schließlich muß man einander helfen, oder nicht?«

»Hm ... ja, sicher. Aber ich würde es nicht wagen. Sie heißen Claudine, nicht wahr?«

»Ja. Woher wissen Sie das?«
»Oh, man ›spricht‹ schon seit langem von Ihnen. Ich gehe in Villeneuve zur Schule. Unsere Lehrerinnen sagten: ›Diese Claudine ist blitzgescheit, aber frech wie ein Junge. Weder ihre Frisur noch ihr Lausbubenbenehmen ist nachahmenswert. Sollte sie sich aber Mühe geben, ist sie eine der gefährlichsten Konkurrentinnen.‹ Auch in Bellevue sind Sie nicht unbekannt. Man bezeichnet Sie dort als leicht verrückt und ziemlich exzentrisch . . .«
»Ihre Lehrerinnen sind ja reizend, das muß man ihnen lassen! Aber ihr Interesse an mir übertrifft bei weitem das meine an ihnen! Sie können ihnen einen schönen Gruß von mir ausrichten. Sie sind nichts als ein paar giftige alte Jungfern, das lass' ich ihnen sagen!«
Meine Nachbarin hüllt sich in entrüstetes Schweigen. Außerdem zwängt bereits Roubaud sein Bäuchlein durch die Bankreihen, sammelt die Blätter ein und übergibt sie seinen Helfershelfern. Dann versorgt er uns mit Papier für die Kalligraphieprüfung, geht zur Tafel und malt mit »Schönschrift« folgende Verse an die Tafel:

Entsinne dich, Cinna, des Glücks und Waffenruhms . . .

»Diese Zeilen sind in starker, mittelstarker und feiner Kurrent-, starker, mittelstarker und feiner Rond- sowie starker, mittelstarker und feiner Steilschrift auszuführen. Sie haben eine Stunde Zeit.«
Eine wahre Erholung. Wir brauchen uns nicht sonderlich anzustrengen: die Kalligraphen sind, gottlob, nicht anspruchsvoll. Rond- und Steilschrift bereiten mir keine Schwierigkeiten, kann man sie doch beinahe zeichnen. Meine Kurrentbuchstaben hingegen spotten jeder Beschreibung, gelingt es mir doch nur höchst selten, meinen Lettern »Körper« und »Schatten« zu geben. Naja! Die Stunde ist um. Wir stehen auf, müde und ausgehungert, und verlassen fluchtartig das moderne Klassenzimmer. Im Hof werden wir von unseren Lehrerinnen erwartet. Sie stehen aufgeregt in kleinen Gruppen beisammen, im Schatten, der sich von der Sonne kaum unterscheidet, und empfangen uns mit einer Flut von Worten.
»Wie war das Diktat? Erinnert ihr euch an schwierige Sätze?«
»– ich habe *indication* mit s geschrieben – ich ohne – das Partizip war unveränderlich, nicht wahr, Mademoiselle – ich wollte es

noch ausbessern – dann hab' ich es gelassen – so ein schweres Diktat –«

Gejammer, Gefrage, Geschrei.

Es hat längst zwölf geschlagen, und das Hotel ist so weit ...

Ich gähne vor Erschöpfung. Mademoiselle Sergent führt uns in ein nahes Restaurant. Sie hat ganz recht. Bei dieser brütenden Hitze wäre der weite Weg zu unserem Hotel viel zu anstrengend.

Marie Belhomme weint in ihren Teller und bringt keinen Bissen hinunter. Sie hat drei Fehler verbrochen, deren jeglicher die Note um zwei Punkte vermindert. Die Frau Direktor scheint meine gestrige Eskapade vergessen zu haben. Ich erzähle ihr von unseren Verständigungsmethoden. Sie lacht zufrieden und empfiehlt uns lediglich, nicht allzu unvorsichtig zu sein. Bei Prüfungen ermutigt sie uns zu den ärgsten Schwindeleien. Alles für die Ehre der Schule!

In Erwartung des französischen Aufsatzes schlafen wir fast ein, sitzend, von Hitze übermannt. Mademoiselle wirft einen Blick auf die Uhr, läßt ihre illustrierte Zeitschrift sinken und erhebt sich:

»Vorwärts, Kinder, wir müssen gehen ... Trachtet nach Möglichkeit, euch nicht allzu dumm anzustellen! Und was Sie betrifft, Claudine, so werfe ich Sie in den Fluß, wenn Sie mir mit weniger daherkommen als achtzehn!«

»Dort wäre mir wenigstens nicht so heiß!«

Was für Idioten, diese Professoren! Der dümmste Tropf hätte bedacht, daß wir des Morgens bessere Aufsätze liefern würden als bei dieser sengenden Mittagshitze. Nicht so die Herren Examinatoren. Was können wir jetzt schon zusammenbringen?

Im Schulhof herrscht dasselbe Gedränge wie vormittags, jedoch weit größere Ruhe. Die Herren lassen wiederum auf sich warten, es ist kaum zu glauben! Ich gehe in mein Gärtchen, setze mich ins Gras, in den Schatten des wilden Weins, und schließe die Augen, trunken vor Müdigkeit und Schlaf.

»Claudine! Claudine!« Ich fahre in die Höhe, mein Kopf brummt – ich habe tief und fest geschlafen –, und blicke in die verstörten Augen der kleinen Luce, die mich am Arm rüttelt und mit sich fortzieht. »Du bist wohl nicht bei Trost? Weißt du nicht, was los ist? Seit einer Viertelstunde sind wir oben, das Aufsatzthema steht schon an der Tafel! Schließlich hab' ich mir ein Herz gefaßt und gemeldet, daß du nicht da bist ... Marie Belhomme auch ... wir haben dich gesucht, Mademoiselle Sergent ist auf

die Straße gegangen . . . und ich habe gedacht, daß du vielleicht hier spazierengehst . . . du wirst was erleben!«
Ich stürze die Stiege hinauf, Luce mir nach. Bei meinem Eintritt erhebt sich Gemurmel, und die Herren, deren rote Gesichter von einem reichhaltigen Mittagsmahl zeugen, wenden sich mir zu:
»Sie sind wohl vergeßlich, Mademoiselle? Wo waren Sie?«
Der Frager ist Roubaud, sein Ton ein Gemisch aus Schärfe und Liebenswürdigkeit.
»Im Garten. Ich schlief.«
Ein Fensterflügel zeigt mir mein Bild, dunkel und verschwommen, doch ich bemerke malvenfarbene Blüten in meinen Locken, Blätter an meinem Kleid, eine kleine grüne Raupe und ein Marienkäferchen, die sich auf meiner Schulter verspätet haben. Mein Haar ist wirrer denn je und der Gesamteindruck im großen und ganzen durchaus nicht übel, zumindest scheinen die Herren dieser Ansicht zu sein, denn sie betrachten mich länger als unbedingt nötig, und Roubaud fragt unvermittelt:
»Kennen Sie zufällig Botticellis ›Primavera‹?«
Wart nur, du sollst mich kennenlernen!
»Gewiß, Monsieur! Das hat man mir schon einmal gesagt.«
Ich habe ihm den Boden unter den Füßen weggezogen, und er erstickt fast an seinem Kompliment, ärgerlich und erbost. Das wird er mir heimzahlen. Roubaud beißt sich in die Lippen. Die schwarzen Männer lachen verstohlen. Der wackere Sallé, der mich nicht einmal erkennt – er ist kurzsichtig wie ein Maulwurf –, brummt mir beruhigend zu: »Es ist noch nicht zu spät. Schreiben Sie das Thema von der Tafel ab, Ihre Kameradinnen haben noch nicht begonnen.« Schon gut, hab keine Angst, ich werde dich nicht schelten!
Thema: Kommentieren Sie folgenden Ausspruch Chrysales:
»Was tut's, wenn sie die Worte Vaugelas' mißachtet . . .«
Nicht möglich! Das Thema ist weder dumm noch undankbar. Rund um mich her wird getuschelt, angstvoll und verzweifelt. Die wenigsten dieser Kleinen haben jemals von Chrysale oder den »Klugen Frauen« gehört, und ich muß schon jetzt lachen, wenn ich an den Wirrwarr denke, der da herauskommen wird! Ich schreite an die Verfertigung eines nicht ganz uninteressanten Machwerks, garniere es mit einigen ausgewählten Zitaten (warum soll man schließlich nicht zeigen, daß man seinen Molière im kleinen Finger hat!) und vertiefe mich zuletzt so sehr in meine Arbeit – sie schreitet recht gut voran –, daß ich meine Umgebung völlig vergesse. Als ich den Kopf hebe, auf der Jagd

nach einem widerspenstigen Wort, merke ich, daß Roubaud mein Porträt in sein Notizbuch kritzelt. Soll er! Wie von ungefähr nehme ich die alte Pose wieder ein.

Bums! Ein Papierkügelchen. Es kommt von Luce: »Kannst du mir ein paar Gedanken aufschreiben? Ich bin verzweifelt. Ich küsse dich von weitem.« Ich schaue sie an: ihr armes Gesichtchen ist angstentstellt, die Wangen hochrot, die Augen verschwollen. Sie erwidert meinen Blick mit einer verzweifelten Kopfbewegung. Ich kritzle alles, was mir gerade einfällt, auf ein Stück Pauspapier und sende das Kügelchen zurück, nicht auf dem Luftweg, das wäre zu gefährlich, sondern werfe es auf den Boden, zwischen die beiden Bankreihen, und Luce stellt behende ihren kleinen Fuß darauf.

Dem Schluß wende ich mein besonderes Augenmerk zu, feile und verfeinere ihn nach allen Regeln der Kunst und entwickle Ideen, die mir mißfallen, jedoch großen Anklang finden werden. Ah! Fertig, Punktum! Schauen wir, was die anderen treiben!

Die gemeine Anaïs arbeitet gesenkten Haupts, um ihre Nachbarin am Abschreiben zu hindern. Roubaud hat seine Skizze beendet. Die Zeit verrinnt, obgleich die Sonne kaum tiefer zu stehen scheint als zuvor. Ich bin am Ende meiner Kräfte. Heute abend werde ich brav zu Bett gehen, gleichzeitig mit meinen Kameradinnen, ohne Eskapaden, ohne Musik. Ich lasse den Blick weiter umherschweifen: ein ganzes Bataillon von Pulten steht in Viererreihen nebeneinander, bis nach rückwärts, von kleinen schwarzgekleideten Mädchen besetzt. Man sieht nichts als glatte Knoten oder hängende Köpfe, die Seilen ähneln, so fest sind sie gedreht. Außer den Schülerinnen der Landschulen trägt niemand helle Kleider. Die grünen Bänder am Halsausschnitt der Internen von Villeneuve stechen hervor. Es herrscht Grabesstille, nur vom leisen Rascheln der Blätter oder Seufzern der Erschöpfung unterbrochen. Endlich faltet Roubaud den *Moniteur du Fresnois* zusammen, bei dessen Lektüre er um ein Haar eingenickt wäre, zieht seine Uhr und sagt: »Schluß. Ich sammle ab.« Stöhnen. Die Kleinen, die noch nicht fertig sind, flehen um eine Gnadenfrist von fünf Minuten, die ihnen großzügigerweise gewährt wird. Dann nehmen die Herren unsere Aufsätze an sich und lassen uns ziehen. Wir stehen auf, gähnen, rekeln und dehnen uns und stürzen die Stiege hinunter, um uns unverzüglich wieder in kleinen Gruppen zusammenzufinden. Anaïs stürzt auf mich zu:

»Was hast du geschrieben? Wie hast du angefangen?«

»Du ödest mich an! Glaubst du im Ernst, daß ich meinen Aufsatz auswendig kann?«
»Aber das Konzept!«
»Ich hab' keins gemacht. Bloß ein paar Sätze, die ich vor der endgültigen Niederschrift ein wenig frisieren mußte.«
»Du bist wohl nicht bei Trost! Mademoiselle wird dich ganz gehörig ausschelten, meine Liebe! Ich habe mein Konzept mitgenommen, um es ihr zu zeigen.«
Auch Marie Belhomme hat ihr Konzept mitgebracht, und Luce, und all die anderen. Das ist so Sitte.
Wir betreten den Hof. Obwohl die Sonne schon am Horizont verschwunden ist, strahlt er noch sommerliche Wärme aus. Mademoiselle Sergent sitzt auf einem Mäuerchen, in einen Roman vertieft, den sie bei unserem Anblick unverzüglich sinken läßt. »Ah, da seid ihr ja endlich! Her mit den Konzepten! Hoffentlich habt ihr euch nicht allzu viele Dummheiten geleistet!« Sie liest, prüft, gibt ihr Urteil ab. Die Arbeit der langen Anaïs ist, scheint's, »nicht ganz unbeachtlich«. Luce »hat gute Ideen« (Kunststück, die meinen!), die jedoch nicht genügend entwickelt sind, Maries Aufsatz ist »das übliche Gewäsch«, die Werke der beiden Jaubert sind »sehr ordentlich«.
»Ihr Konzept, Claudine?«
»Ich habe keins gemacht.«
»Keins gemacht? Sie sind wohl verrückt, mein Kind! Kein Konzept bei der Reifeprüfung! Ich verzichte langsam darauf, von Ihnen irgend etwas Vernünftiges zu erwarten! Heraus mit der Sprache! Ist der Aufsatz schlecht?«
»Aber nein, Mademoiselle, ich halte ihn durchaus nicht für schlecht . . .«
»Wieviel erhoffen Sie? Siebzehn?«
»Siebzehn? Oh, Mademoiselle, die Bescheidenheit verbietet mir . . . Siebzehn ist eine sehr gute Note . . . Gott, ich glaube, daß er seine guten achtzehn wert ist . . .«
Meine Kameradinnen beäugen mich mit neidisch-mißgünstiger Miene. Hat diese Claudine ein Glück, ihre Note vorhersagen zu können! Als ob es ihr Verdienst wäre! Begabt ist sie, das ist alles, schreibt französische Aufsätze wie nichts, und so weiter, und so weiter . . .
Rund um uns schnattern die Prüflinge, zeigen den Lehrerinnen ihre Konzepte, schreien durcheinander und stoßen laute »Ah!« des Bedauerns aus, sooft ihnen eine verspätete Idee einfällt . . . Der Hof gleicht einem Vogelbauer.

An diesem Abend flüchte ich nicht in die Stadt, sondern gehe zeitig zu Bett. Seite an Seite plaudern Marie und ich über den großen Tag. Sie erzählt:
»Meine Nachbarin kommt aus einer Klosterschule. Denk dir nur, Claudine, vor dem Diktat, während Roubaud die Blätter austeilt, zieht sie plötzlich einen Rosenkranz aus der Tasche, so wahr ich Marie heiße, weißt du, einen Rosenkranz mit ganz dikken runden Perlen, er hat fast so ausgesehen wie diese Kinderrechenmaschinen, und beginnt, ihn halblaut herunterzubeten. Das sollte ihr Glück bringen.«
»Na, und? Nützt's nichts, so schadet's nichts. Halt, was ist denn da los?«
Mir scheint, als kämen verdächtige Geräusche aus dem gegenüberliegenden Zimmer. Schon fliegt die Türe auf und Luce stürzt herein, in kurzem Hemdchen und höchster Erregung:
»Claudine, hilf mir! Anaïs ist so gemein!«
»Was hat sie dir denn angetan?«
»Sie hat Wasser in meine Stiefelchen gegossen! Und im Bett gibt sie mir dauernd Fußtritte, zwickt mich in die Schenkel und sagt, daß ich auf dem Bettvorleger schlafen kann, wenn's mir nicht paßt!«
»Warum gehst du nicht zu Mademoiselle Sergent?«
»Mademoiselle! Mademoiselle! Du bist gut! Ich war vor ihrem Zimmer, aber sie ist nicht da. Und das Stubenmädchen hat gesagt, daß sie mit Madame Cherbay ausgegangen ist. Was soll ich bloß tun?«
Sie weint. Armes Ding, so winzig im weißen Hemdchen! Es läßt ihre wohlgeformten Arme und hübschen Beine sehen. Nackt und verschleierten Gesichts wäre sie zweifellos verführerischer. (Etwa noch zwei Löcher für die Augen?) Doch jetzt ist nicht der geeignete Moment, derlei Überlegungen anzustellen. Mit zwei Sätzen bin ich im Zimmer gegenüber. Anaïs okkupiert die Mitte des Bettes, die Decke bis zum Kinn gezogen, und hat ihre allergemeinste Miene aufgesetzt.
»Du bist wohl übergeschnappt? Auf einmal soll Luce nicht mit dir schlafen dürfen?«
»Das hab ich nicht gesagt. Aber sie will den ganzen Platz für sich, und da habe ich sie gestoßen.«
»Das kannst du deiner Großmutter erzählen! Du zwickst sie und hast Wasser in ihre Schuhe gegossen.«
»Nimm sie doch zu dir ins Bett! Ich kann auf sie verzichten!«

»Tu nur nicht so angeekelt! Ihre Haut ist viel frischer als die deine! Aber das ist freilich keine Kunst.«
»Schon recht, schon recht! Man weiß ja, daß dir die kleine Schwester ebensogut gefällt wie die große!«
»Wart nur, meine Teure, ich werde dich gleich auf andere Gedanken bringen!«
Ich werfe mich auf ihr Bett – im Nachthemd, wie ich bin –, reiße die Decke herunter, packe Anaïs bei den Füßen und zerre sie auf dem Rücken zu Boden, ungeachtet der scharfen Nägel, die sie stumm und verbissen in meine Schultern krallt. Ohne ihre Pfoten loszulassen, rufe ich Luce und Marie herbei.
Eine kleine Prozession weißer Hemdchen nähert sich aufgeregt, auf bloßen Füßen. Man schreit durcheinander: »Halt, halt, trennt sie, holt Mademoiselle!«
Anaïs preßt die Lippen zusammen, gibt keinen Laut von sich, durchbohrt mich mit mörderischen Blicken und strampelt mit den Beinen, krampfhaft zu verbergen bemüht, was ich aller Welt zur Schau stelle: zwei gelbe Schenkel, einen birnenförmigen Hintern. Ich fürchte schon, sie loszulassen, so sehr schüttelt mich das Lachen, und erläutere:
»Dieses reizende Fräulein Anaïs, dessen Füße ich hier festhalte, hat die kleine Luce gezwickt, aus dem Bett gestoßen und ihre Schuhe mit Wasser angefüllt, lauter Dinge, die sie in Zukunft besser bleiben lassen wird.«
Kühles Schweigen. Die Zwillinge sind zu vorsichtig, um Partei zu ergreifen. Nach einer Weile löse ich meine Hände von den Knöcheln der langen Anaïs. Sie springt auf und zieht mit hastiger Bewegung das Nachthemd herunter.
»Du wirst jetzt schlafen gehen und dieses Kind gefälligst in Frieden lassen! Sonst verspreche ich dir eine Tracht Prügel, die sich gewaschen hat.«
In stummer Wut läuft sie zu ihrem Bett, springt hinein und kehrt das Gesicht zur Wand. Sie fürchtet nichts so sehr wie Schläge, und ihre Feigheit überwiegt ihren Zorn bei weitem. Die weißen Gespenster verschwinden in ihren Zimmern. Luce legt sich furchtsam neben ihre Peinigerin, die nicht lebendiger zu sein scheint als ein Stück Holz. (Am nächsten Morgen berichtet mein Schützling, daß Anaïs sich in der ganzen Nacht nur ein einziges Mal bewegt habe: um vor Wut ihren Polster zu Boden zu schleudern.)
Niemand setzt Mademoiselle Sergent von dem nächtlichen Zwischenfall in Kenntnis. Wir haben bei Anbruch dieses aufregen-

den Tages wahrlich andere Dinge im Kopf. Das Programm ist aber auch besonders reichhaltig: vormittags Mathematikexamen, nachmittags Zeichnen, abends Aushang der Namen der zur »mündlichen« zugelassenen Auserwählten.

Wir stürzen unsere Schokolade hinunter und eilen davon. Um sieben Uhr früh herrscht bereits drückende Hitze. Heute kennen wir uns schon besser aus, gehen selbst auf unsere Plätze und verplaudern die Zeit bis zur Ankunft der geehrten Herren mit sittsamer Mäßigung. Man fühlt sich schon heimischer, schlängelt sich zwischen Pulten und Bänken hindurch, ohne blaue Flecken abzubekommen, und reiht Bleistifte, Federstiele, harte und weiche Radiergummi vor sich auf, als hätte man zeit seines Lebens nichts anderes getan. Das macht sich sehr gut. Es fehlt wenig, und wir bekämen Schrullen.
Einzug der Allmächtigen. Sie haben schon einen guten Teil ihres Ansehens eingebüßt und werden von den Kühnsten bereits ruhigen Bluts betrachtet. Roubaud – er trägt einen Pseudopanama, unter dem er sich äußerst elegant vorkommt – zappelt vor Ungeduld: »Vorwärts, vorwärts! Wir haben uns verspätet und die versäumte Zeit muß eingebracht werden.«
Das hab' ich gern! Noch ein paar Minuten, und dann sind wir daran schuld, daß die Herren nicht zeitgerecht aus dem Bett gekrochen sind! Eins, zwei, drei, schon sind die Pulte blätterbeschneit, schon haben wir die Ecke versiegelt (meinen Namen sollt ihr nie erfahren! . . .), schon erbricht der beschleunigte Roubaud das Siegel des großen gelben, mit dem Stempel des Landesschulrats gezierten Kuverts und entnimmt ihm folgende fürchterliche Angabe:
1) Ein Privater kauft $3^{1}/_{2}$%ige Wertpapiere zum Kurs von Francs 94,60 usw. usw.
Der Hagel durchbohre seinen Pseudopanama! Börsenspekulationen sind mir ein Greuel. Da wimmelt es von Maklergebühren, $^{1}/_{800}$% und anderen Feinheiten, die ich nur mit allergrößter Mühe im Gedächtnis behalten kann.
2) Die Teilbarkeit durch 9.
»Sie haben eine Stunde Zeit.«
Das ist wahrlich nicht zuviel! Was die Teilbarkeit durch 9 betrifft, so habe ich sie, gottlob, so lange gebüffelt, daß ich sie mir sogar gemerkt habe. Aber damit ist es nicht getan, zuerst heißt es, die »nötigen Vorbedingungen« zu schaffen. Was für ein Krampf!

Die anderen Prüflinge sind schon fest an der Arbeit, die Köpfe über das Papier geneigt, konzentriert und aufmerksam. Man hört leise geflüsterte Ziffern, halblaut ausgeführte Nebenrechnungen.
... Uff! Das erste Problem ist »gelöst«. Nachdem ich jede Rechnung sicherheitshalber zweimal gemacht habe (ich irre mich so leicht!), erzielt mein »Privater« einen Profit von 22 850 Francs. Nicht übel! Dieses beruhigende Sümmchen flößt mir zwar Vertrauen ein, aber dennoch halte ich es für angezeigt, mich bei Luce zu vergewissern, die mit den Ziffern auf das meisterlichste zu hantieren versteht. Der Großteil der Prüflinge ist fertig, und ich bemerke fast ausschließlich zufriedene Gesichter. Im übrigen zeichnen sich die meisten dieser Töchter rafferischer Bauern und flinker Näherinnen durch eine mathematische Begabung aus, deren Ausgeprägtheit ich schon des öfteren mit Betroffenheit festgestellt habe. Ich könnte mich auch an meine düstere Nachbarin wenden – sie ist ebenfalls fertig –, aber auf diese finsteren, verschlossenen Augen ist kein Verlaß. Lieber verfertige ich eine Papierkugel – sie enthält die Ziffer 22 850 –, die wohlgezielt vor Luce niederfällt. Die Kleine antwortet mit strahlendem Nicken. Alles in Ordnung! Befriedigt wende ich mich an meine Nachbarin: »Was bringen Sie heraus?« Sie zögert und murmelt zurückhaltend:
»Mehr als 20 000 Francs.«
»Ich auch, aber wieviel mehr?«
»Gott ... mehr als 20 000.«
»Herrje, ich will sie mir ja nicht ausborgen! Behalten Sie Ihre blöden 22 850 Francs, Sie sind nicht die einzige mit dem richtigen Resultat, Sie schwarze Ameise Sie!«
In unserer näheren Umgebung wird gelacht. Der Gegenstand meines Spotts dagegen scheint meine Worte nicht gehört zu haben, kreuzt die Arme und senkt schweigend den Blick.
»Fertig?« lärmt Roubaud. »Sie sind entlassen. Die Zeichenprüfung beginnt um zwei Uhr. Seien Sie pünktlich zur Stelle.«

Fünf Minuten vor zwei betreten wir das Institut Rivoire. Der Anblick dieses halbverfallenen Zwingers erweckt in mir stets aufs neue stärksten Widerwillen sowie den übermächtigen Wunsch, davonzulaufen.
Im hellsten Winkel der Klasse hat Roubaud zwei Sesselreihen im Halbkreis um je einen Schemel gruppiert. Was man wohl darauf-

stellen wird? Wir sind ganz Auge. Professor Faktotum verschwindet und kehrt wenig später zurück, als Träger zweier gläserner Henkelkrüge. Ehe er noch Zeit hat, sie auf die Schemel zu placieren, erhebt sich bereits allgemeines Geflüster: »Meine Liebe, wie schwierig! Bedenken Sie, die Transparenz!«
Roubaud ergreift das Wort: »Die Platzwahl bleibt Ihnen überlassen. Sie haben diese beiden Töpfe« (selbst Topf, ah, Tropf, wollte ich sagen) »mit Kohle zu skizzieren, sodann die Skizze mit Tusche und Farbstift auszuführen, bei strengstem Verbot, Lineale oder lineaähnliche Gegenstände zu verwenden. Ihre Zeichenkartons haben Ihnen als Unterlage zu dienen.«
Die kleine Ansprache ist noch nicht beendet, als ich bereits dem Sessel zustürze, mit dem ich schon die ganze Zeit kokettiert habe: ein ausgezeichneter Platz, der mir gestattet, den Krug im Profil zu zeichnen, mit dem Henkel an der Seite. Mehrere folgen meinem Beispiel, und ich sehe mich zwischen Luce und Marie Belhomme. »Strengstes Verbot, Lineale zu verwenden?« Pah! Man weiß, was das zu bedeuten hat! Wir alle sind im Besitz zehn Zentimeter langer Streifen steifen Papiers (mit Zentimeterunterteilung, wohlgemerkt!), die im Handumdrehen versteckt werden können. Obwohl wir miteinander sprechen dürfen, machen wir von diesem Recht nur sparsam Gebrauch. Viel lieber schneiden wir Grimassen, mit fachmännisch zugekniffenem Auge und ausgestrecktem Arm, während wir ein Stück Zeichenkohle zum Maßnehmen verwenden. Mit ein wenig Geschicklichkeit ist nichts leichter, als den Krug mit dem Lineal zu konstruieren, mittels zweier kreuzförmiger Linien und eines Rechtecks für die bauchige Wölbung.
Tumult im anderen Sesselkreis, erstickte Ausrufe und die schneidende Stimme des gestrengen Roubaud: »Mehr brauchen Sie nicht, Mademoiselle, um von der Prüfung ausgeschlossen zu werden!« Diese Worte gelten einer schwindsüchtigen Kleinen, in deren Händen er eben ein Metermaß erspäht hat. Sie schluchzt in ihr Taschentuch. Roubauds Argwohn ist erwacht, er beäugt uns aus nächster Nähe. Aber wie durch Zauberschlag sind sämtliche Papierstreifen verschwunden. Im übrigen brauchen wir sie nicht mehr.
Mein Krug nimmt zusehends Gestalt an, formschön und bauchig, ein wahres Meisterwerk! Ich betrachte ihn mit Wohlgefallen, während uns unser Kerkermeister, vom schüchternen Eintritt der Lehrerinnen abgelenkt, die nachfragen kommen, »ob die Aufsätze im großen und ganzen gut ausgefallen sind«, eine kurze

Atempause gönnt. Luce zupft mich am Ärmel. »Bitte, schau doch meine Zeichnung an! Ich glaube, etwas stimmt nicht!« Ich erkläre nach gewissenhafter Überprüfung:
»Kunststück, der Henkel sitzt viel zu tief! Deshalb sieht deine Vase aus wie ein geprügelter Hund, der den Schwanz hängen läßt.«
»Und meine?« fragt Marie Belhomme von der anderen Seite.
»Deine hat rechts einen Buckel. Zieh ihr ein orthopädisches Korsett an!«
»Was?«
»Ich sage, du sollst sie links ausstopfen! Ihre Kurven sind sonst zu einseitig! Frag doch Anaïs, vielleicht borgt sie dir einen ihrer falschen Busen!« (Die lange Anaïs läßt sich nicht davon abbringen, zwei Taschentücher in ihr Korsett zu stopfen. Alle unsere hämischen Bemerkungen haben sie noch nicht dazu zu bewegen vermocht, auf diesen kindischen Kunstgriff zu verzichten.)
Mein Rat erregt die maßlose Heiterkeit meiner Nachbarinnen. Luce wirft sich zurück, reißt ihr Katzenmäulchen auf und lacht, daß die weißen Zähne funkeln. Marie bläst ihre Wangen auf wie einen Dudelsack. Plötzlich versteinern beide, und die Heiterkeit findet ein jähes Ende: das fürchterliche Augenpaar Mademoiselle Sergents ist medusengleich auf Luce und Marie gerichtet, schrecklich funkelnd. Die Stunde verrinnt unter heiligem Schweigen.

Wir enteilen dem Institut Rivoire, lärmend und fiebrig bei dem Gedanken, daß die Namen der erfolgreichen Kandidatinnen heute abend auf langer Liste an dieser Türe prangen werden. Mademoiselle Sergent vermag uns kaum zu bändigen. Unser Geschnatter ist unerträglich.
»Gehst du die Namen lesen, Marie?«
»Nein, sollte mir einfallen! Wenn ich nicht dabei bin, machen sich die andern über mich lustig.«
»Ich gehe!« verkündet die lange Anaïs. »Ich will sehen, was die Durchgefallenen für Gesichter machen!«
»Und wenn du selber durchgefallen bist?«
»Pah! Schließlich steht mir mein Name nicht im Gesicht geschrieben! Ich werde eben zufrieden dreinschauen, dann merkt kein Mensch was, und niemand . . .«
»Ruhe!« unterbricht Mademoiselle Sergent. »Ihr macht mich noch verrückt! Paßt nur auf, daß ich die Namen nicht allein lesen gehe! Vor allem gehen wir jetzt nicht ins Hotel zurück, sondern

essen im Restaurant. Ich habe keine Lust, bei dieser Hitze zweimal hin und her zu laufen!«
Sie verlangt ein Extrazimmer. Man weist uns einen winzigen würfelförmigen Raum zu, eine Art Badekabine, von einem Dekkenfenster trüb erhellt. Unsere Erregung fällt um einige Grade, und wir stürzen uns wortlos über das Essen. Sechs kleine Wölfe könnten kaum weniger vertilgen.
Nun ist der erste Hunger gestillt, und wir fragen alle zehn Minuten:
»Wie spät ist es?«
Mademoiselle Sergent versucht erfolglos, unsere Nervosität in vernünftige Bahnen zu lenken, indem sie uns zu bedenken gibt, daß die Herren Professoren die stattliche Anzahl von sechzig Aufsätzen vor neun Uhr abends kaum gelesen haben können. Ihre Bemühungen sind fruchtlos. Wir zappeln vor Ungeduld. Der Aufenthalt in dieser Schachtel wird immer unerträglicher. Mademoiselle Sergent will uns nicht auf die Straße lassen. Kein Wunder! Um diese Zeit haben die Garnisonssoldaten Ausgang, und die rotbehosten Lümmel tun sich keinerlei Zwang an. Schon auf dem Weg ins Restaurant konnte unser kleines Bataillon Lächeln, Zungenschnalzen und Kußhände ernten, Sympathiekundgebungen, die unweigerlich den rasenden Zorn der Frau Direktor hervorrufen. Dann durchbohrt sie die kühnen Krieger mit messerscharfem Blick, aber so leicht lassen sich die nicht abschrecken.
Das Licht schwindet, die Unruhe wächst, und wir zeigen uns von unserer schlechtesten Seite. Anaïs und Marie stehen einander gegenüber wie kämpfende Hühner, mit gesträubten Federn, nach giftigem Wortwechsel. Die Zwillinge sinnen anscheinend über die Zerstörung Karthagos nach, und ich weise spitzen Ellbogens die kleine Luce in die Schranken, die sich wieder einmal durch allzu großes Zärtlichkeitsbedürfnis auszeichnet. Mademoiselle Sergent, kaum weniger nervös als wir, läutet, ruft nach Licht und verlangt zwei Pakete Spielkarten. Gute Idee!
Beim Schein der Gaslampen bessert sich unsere Laune, und der Anblick der Spielkarten entlockt uns sogar ein Lächeln.
»Schnapsen wir, ja?«
Da haben wir's! Die Zwillinge können nicht schnapsen! Auch gut. Mögen sie fortfahren, über die Fragwürdigkeit des menschlichen Geschicks zu meditieren, wir spielen Karten, während Mademoiselle Sergent Zeitschriften durchblättert.
Wir lachen viel und spielen schlecht. Anaïs schwindelt. Ab und

zu halten wir inne, stützen die Ellbogen auf den Tisch und fragen mit gespannter Miene: »Wie spät?«

Marie überrascht uns mit der Vermutung, daß es zu dunkel sein würde, um die Namen zu entziffern.

»Kindskopf! Und die Straßenlaternen?«

»Ja, sicher . . . wenn es aber gerade dort keine gibt?«

»Dann stehle ich eben eine Kerze aus dem Leuchter«, erwidere ich leise, »und du nimmst Zündhölzer mit! Los, spielen wir weiter! Herz ist Atout!«

Mademoiselle Sergent zieht die Uhr hervor. Wir lassen sie nicht aus den Augen. Sie steht auf. Wir folgen ihrem Beispiel, so jäh, daß einige Sessel umfallen. Neuerlicher Aufruhr. Wir schwirren herum, holen unsere Hüte, und während ich vor dem Spiegel stehe, um den meinen aufzusetzen, stibitze ich eine Kerze.

Mademoiselle Sergent bemüht sich nach Kräften, uns am Laufen zu hindern, und die Vorübergehenden lachen über dieses Rudel, das verzweifelt versucht, nicht zu galoppieren. Wir lachen zurück. Endlich blinkt uns die Türe entgegen. Wenn ich sage »blinkt«, gestatte ich mir eine dichterische Freiheit. Man möchte es nicht für möglich halten, aber es gibt wirklich keine Laterne! Vor dem geschlossenen Portal geistern kleine Schatten herum, schreien, klagen oder hüpfen vor Freude: unsere Konkurrentinnen. Im jäh aufflammenden, rasch verlöschenden Licht der Zündhölzer, beim zitternden Schein spärlicher Kerzen bemerken wir einen großen Bogen weißen Papiers, mit vier Reißnägeln an die Türe genagelt. Jetzt kann uns nichts mehr halten. Wir stürzen darauf los, unter rücksichtslosem Gebrauch der Ellbogen, doch die tanzenden Silhouetten scheinen uns nicht einmal zu bemerken.

Ich halte die gestohlene Kerze so gerade wie möglich, lese, errate und entziffere in alphabetischer Reihenfolge, von den Anfangsbuchstaben geleitet: »Anaïs, Belhomme, Claudine, Jaubert, Lanthenay!« Alle, alle! Juchhe! So. Jetzt nehmen wir einmal die Punkte in Augenschein: Das Minimum beträgt 45. Sie sind neben den Namen vermerkt, die einzelnen Noten in Klammern. Entzückt notiert Mademoiselle Sergent die Ergebnisse: »Anaïs 65, Claudine 68, wieviel haben die Jauberts? 63 und 64, Luce 49. Marie Belhomme $44^1/_2$. Was soll das heißen, $44^1/_2$? Dann sind Sie also durchgefallen? Was ist das wieder für eine Geschichte?«

»Nein, Mademoiselle«, sagt Luce, von neuerlichem Kontrollgang zurückkommend, »sie hat $44^3/_4$ und ist mit einem Minus-Viertelpunkt gnadenhalber durchgelassen worden.«

Arme Marie! Der Schreck sitzt ihr noch in allen Gliedern, und sie stößt einen tiefen Seufzer der Erleichterung aus. Die Herren haben gut daran getan, ihr den Viertelpunkt zu schenken, aber ich fürchte, daß sie bei der mündlichen Prüfung versagen wird.
Anaïs hat sich von der ersten Freude erholt und gibt ein seltenes Beispiel der Nächstenliebe: sie leuchtet den Neuankömmlingen, allerdings nicht ohne sie mit heißem Wachs zu beträufeln, das böse Mädchen!
Wir sind außer Rand und Band. Mademoiselle Sergent versucht es mit einer kalten Dusche:
»Ihr seid noch lange nicht durchgekommen! Wartet nur bis morgen abend, was ihr da für Gesichter machen werdet!«
Doch selbst diese düsteren Prophezeiungen bleiben erfolglos, und sie hat alle Mühe, uns ins Hotel zurückzubringen: wir singen und tanzen im Mondlicht.
Kaum ist die Frau Direktor im Bett, kaum sind wir sicher, daß sie in festem Schlaf liegt, stehen Anaïs, Luce, Marie und ich behutsam wieder auf (ohne die Jauberts natürlich!) und tanzen mit fliegendem Haar und zierlich gerafftem Nachthemd das ausgelassenste aller Menuette. Pst, regt sich da nicht etwas? Ist die schreckliche Schläferin am Ende erwacht? Kaum. Doch der heimliche Ball bricht unvermittelt ab, die Tänzerinnen stieben auseinander, bloße Füße tappen davon, und Gelächter perlt auf, um eilig zu verstummen.

Am nächsten Morgen erwache ich viel zu früh und mache mich unverzüglich daran, das Paar Anaïs-Luce (die beiden schlafen unter Einsatz ihrer ganzen Persönlichkeit, tief und gewissenhaft) in Angst und Schrecken zu versetzen. Ich kitzle die Nase der kleinen Luce mit meinen Locken. Sie niest, schlägt die Augen auf und strampelt herum, wodurch Anaïs munter wird, die sich maulend aufsetzt und mich zum Teufel schickt. Ich sage mit ernster Miene: »Du lebst wohl auf dem Mond, meine Liebe! Es ist sieben vorbei! In einer Stunde fängt die ›mündliche‹ an!« Dann warte ich geruhsam, bis die beiden aus dem Bett gesprungen, in die Kleider gefahren sind und ihre Schnürstiefelchen zugeknöpft haben, ehe ich ihnen mitteile, daß es erst sechs Uhr ist und ich mich leider geirrt hätte. Große Enttäuschung. Ihr Ärger entspricht bei weitem nicht meinen Erwartungen.
Um dreiviertel sieben erscheint Mademoiselle Sergent, treibt uns zur Eile an, zwingt uns dazu, Schokolade zu trinken und mit vollem Mund einen letzten Blick auf unsere Geschichtstabellen

zu werfen, und hetzt uns auf die sonnendurchflutete Straße hinaus, noch ganz verwirrt und schlaftrunken. Luce hat sich mit ihren beschriebenen Manschetten bewaffnet, Anaïs mit ihrem Miniaturatlas, Marie mit einem hohlen Federstiel, der die wichtigsten Daten enthält. Die Mädchen klammern sich mit aller Kraft an diese winzigen Rettungsanker, verzweiflungsvoller als gestern, gilt es doch heute, zu reden und diesen Herren, die man kaum kennt, Rede und Antwort zu stehen, angesichts dreißig kleiner Mädchen, die sechzig mißgünstige Ohren aufsperren. Die einzige Anaïs macht gute Miene zu bösem Spiel: sie kennt Schüchternheit nur vom Hörensagen.

Im Hof der Schulruine tummeln sich lange nicht mehr so viele Prüflinge wie gestern. Die »schriftliche« hat fürchterliche Opfer gefordert. Um so besser. Je mehr bei der »schriftlichen« durchfallen, desto weniger müssen bei der »mündlichen« daran glauben.

Die meisten der Mädchen zappeln herum, bleich und aufgeregt, gähnen vor Nervosität und klagen über »Druck in der Magengegend« wie Marie Belhomme. Oh, dieses leidige Lampenfieber! Die schwarzen Männer halten ihren Einzug. Schweigend folgen wir ihnen in den ersten Stock: der große Studiensaal hat über Nacht sämtliche Sessel eingebüßt, bis auf einen Stuhl in jeder Ecke, auf dem je ein Professor Platz nimmt, an einem Tisch, der in besseren Zeiten wohl gleichfalls schwarz war. Die Herren Examinatoren machen ernste, ja todernste Gesichter, es ist zum Fürchten! Verschreckt stauen wir uns auf der Schwelle, eingeschüchtert von der großen Entfernung, und bestaunen das schauerlich-schöne Arrangement. Mademoiselle Sergent bugsiert uns über die Schwelle:

»Vorwärts! So geht doch weiter! Wollt ihr vielleicht hier Wurzeln schlagen?«

Wir fassen uns ein Herz und rücken ein, im Gänsemarsch. Papa Sallé, knorrig, gebeugt und unwahrscheinlich kurzsichtig, betrachtet uns, ohne uns zu sehen. Roubaud spielt mit seiner Uhrkette, zerstreuten Blicks; der alte Lerouge wartet geduldig, in die Lektüre der Namensliste vertieft, und eine der Fensternischen wird fast zur Gänze von einer dicken, harmlosen Frau ausgefüllt, die Notenblätter vor sich liegen hat. (Im übrigen ist sie ein Fräulein und heißt Michelot.)

Fast hätte ich den grimmen Lacroix vergessen: er knurrt in sich hinein, zuckt wütend die Achseln, während er in seinen Büchern wühlt, und scheint mit sich selbst zu streiten. Sein Anblick ent-

setzt die Kleinen, die ihn für »schrecklich streng« halten. Lacroix entschließt sich als erster dazu, einen Namen hervorzustoßen: »Mademoiselle Aubert!«
Besagte Aubert, ein langes, schlaksiges, schlecht gewachsenes Geschöpf, scheut wie ein Pferd, schielt, verstummt auf der Stelle, stürzt nach vorne, in heißem Bemühen, ihre Sache gut zu machen, und trompetet mit unmißverständlichem bäuerlichem Akzent:
»Das bin ich, Monsieur, das bin ich!«
Wir brechen in Gelächter aus, und dieses unverhoffte herzliche Lachen, das uns entfährt, ehe wir uns dessen versehen, gibt uns neuen Mut.
Lacroix, diese Bulldogge, nimmt den Ausruf des unglücklichen Wesens mit wildem Stirnrunzeln zur Kenntnis und schnappt: »Hat vielleicht jemand das Gegenteil behauptet?«, was zur Folge hat, daß die arme Aubert völlig außer sich gerät.
»Mademoiselle Vigoureux!« ruft Roubaud, der das Alphabet von rückwärts beginnt. Ein dickes Mädchen rollt herbei. Es trägt den weißen margeritengeschmückten Hut der Schülerinnen von Villeneuve.
»Mademoiselle Mariblom!« bellt Papa Sallé, in der irrigen Annahme, die Mitte des Alphabets erwischt zu haben. Marie Belhomme läßt sich ihm gegenüber nieder, krebsrot und aufgeregt. Er wirft ihr einen durchdringenden Blick zu und fragt sie nach der Ilias. Hinter mir seufzt Luce:
»Marie hat wenigstens angefangen! Der Anfang ist das Schwerste!«
Die unbeschäftigten Kandidatinnen, zu denen auch ich zähle, zerstreuen sich in der Klasse, furchtsam und befangen. Manche hören ihren Leidensgefährtinnen zu, die auf dem Armesünderstuhl sitzen. Des Spaßes halber beschließe ich, dem Examen der jungen Aubert beizuwohnen. Der alte Lacroix fragt gerade:
»Sie wissen also wirklich nicht, mit wem sich Philipp der Schöne vermählte?«
Arme Aubert! Ihre Augen treten aus den Höhlen, ihr knallrotes Gesicht glänzt vor Schweiß, aus ihren Halbhandschuhen ragen zehn Wurstfinger. »Er vermählte sich . . . nein, er vermählte sich nicht . . .« Sie stockt, um plötzlich verstört auszurufen: »Mossieur, Mossieur, ich habe alles vergessen! Alles!«
Sie zittert. Dicke Tränen rollen über ihre Wangen. Lacroix betrachtet sie ungerührt und sagt mitleidslos: »So? Sie haben alles vergessen? Das gibt eine glatte Null!«

»Ja, ja«, stottert sie, »das macht nichts, das ist mir gleich, ich fahre sofort nach Hause zurück, heute noch . . .«
Sie wird hinausgeführt, von Schluchzen geschüttelt. Durchs Fenster kann man hören, wie sie ihrer niedergeschmetterten Lehrerin folgende Rede hält: »Ja, ja, lieber hüte ich das Vieh daheim! Und ich komme nie wieder zurück, nein, nein, und ich fahre mit dem Zweiuhrzug nach Hause, ja, das mach' ich . . .«
Inzwischen sprechen ihre Kameradinnen mit ernster, tadelnder Miene vom »bedauerlichen Zwischenfall«. »Wie kann man nur so dumm sein, meine Liebe! Eine so kinderleichte Frage! Ich hätte Gott gedankt, wenn ich eine so einfache Frage bekommen hätte!«
»Mademoiselle Claudine!«
O weh, die Mathematik! Der alte Lerouge verlangt nach mir. Zum Glück sieht er aus wie ein harmloser Großpapa. Nein, er wird mich nicht beißen.
»Nun, mein Kind, Sie wissen wohl etwas von rechtwinkeligen Dreiecken?«
»Ja, Monsieur, obzwar sie von mir nichts wissen wollen.«
»Nun, nun, Sie machen sie schwärzer, als sie sind! Kommen Sie her, zeichnen Sie mir ein liebes kleines rechtwinkeliges Dreieck an die Tafel, geben Sie ihm Dimensionen und erzählen Sie mir eine nette kleine Geschichte über das Quadrat der Hypothenuse . . .«
Um bei einem solchen Menschen durchzufallen, müßte man sich förmlich anstrengen! Folglich bin ich sanfter als ein Lämmchen mit rosa Halsband und sage alles, was ich weiß. Das ist im übrigen bald getan.
»Das geht ja ausgezeichnet! Wenn Sie mir jetzt noch sagen, woran man erkennt, ob eine Zahl durch 9 teilbar ist, lasse ich Sie laufen.«
Ich lasse das Werkchen abschnurren: »Ziffernsumme – Vorbedingungen – usw. usw.«
»Danke, mein Kind. Das genügt.«
Ich erhebe mich mit einem Seufzer der Erleichterung und bemerke Luce, die der Prüfung beigewohnt hat. Sie sagt froh: »Du hast Glück gehabt, das freut mich!«
Die Worte kommen ihr aus dem Herzen, und zum erstenmal streichle ich ihren Hals ohne böse Hintergedanken.
»Mademoiselle Claudine!«
Was? Schon wieder ich? Man hat wirklich keine Sekunde Ruhe! O weh, diesmal ist es Lacroix, das Stachelschwein! Jetzt wird's

aufregend. Ich nehme Platz. Er mustert mich über den Rand seines Monokels hinweg und sagt wie aus der Pistole geschossen:
»Ha! Was wissen Sie über den Rosenkrieg?«
Das fängt ja gut an! Ich bin auf den ersten Streich erledigt. Über den Rosenkrieg weiß ich keine zehn Worte. Ich nenne die Namen der Anführer und verstumme.
»Und dann? Und dann? Und dann?«
Es geht mir auf die Nerven! Ich breche los:
»Und dann haben sie gerauft wie die Bierkutscher. Jahrelang. Aber das hab ich mir nicht gemerkt.«
Er starrt mich an, perplex. Jetzt wird's was setzen!
»So lernen Sie Geschichte, ha?«
»Reinster Chauvinismus, Monsieur! Ich interessiere mich nur für die Geschichte Frankreichs!«
Unverhofftes Glück: er lacht!
»Unverschämte Prüflinge sind mir immer noch lieber als dumme! Sprechen Sie über das Jahr 1742 in der Regierungszeit Ludwigs XV.«
»Mit Vergnügen. Es ist dies die Epoche, da Madame de la Tournelle auf den Monarchen ihren bedauerlichen Einfluß ausübte . . .«
»Donnerwetter! Das habe ich Sie nicht gefragt!«
»Verzeihung, Monsieur, es ist die reine Wahrheit! Die besten Geschichtsforscher . . .«
»Was? Die besten Geschichtsforscher?«
»Ja, Monsieur, ich habe es bei Michelet gelesen, mit allen Einzelheiten.«
»Michelet? Das ist ja heller Wahnsinn! Michelet, hören Sie, hat einen historischen Roman in zwanzig Bänden verfaßt und die Kühnheit besessen, dieses Machwerk ›Geschichte Frankreichs‹ zu titulieren! Und Sie haben die Frechheit, mir mit Michelet zu kommen?«
Wutentbrannt schlägt er mit der Faust auf den Tisch. Ich bleibe ihm nichts schuldig. Die anderen Kandidatinnen umstehen uns wie die Salzsäulen und wagen ihren Ohren kaum zu trauen. Mademoiselle Sergent stürzt herbei, außer sich, bereit, einzuschreiten. Als sie hört, wie ich erkläre: »Michelet ist jedenfalls bei weitem nicht so langweilig wie Duruy!« wirft sie sich gegen den Tisch und beschwört den schäumenden Lacroix:
»Monsieur, ich bitte Sie, zu verzeihen . . . das Kind hat den Kopf verloren . . . sie wird sich augenblicklich zurückziehen . . .«
Er schneidet ihr das Wort ab, trocknet sich die Stirne und keucht:

»Lassen Sie nur, Mademoiselle, das hat nichts zu bedeuten. Ich stehe zu meiner Meinung, aber ich liebe es, wenn auch die anderen zu der ihren stehen. Diese junge Dame vertritt irrige Ansichten und liest schlechte Bücher, aber es mangelt ihr durchaus nicht an Persönlichkeit! Gänse gibt es mehr als genug! Aber um wieder auf unser Examen zurückzukommen. Sie Michelet-Kennerin, sagen Sie mir unverzüglich, wie Sie per Schiff von Amiens nach Marseille fahren, oder ich gebe Ihnen eine Zwei, die Sie so bald nicht vergessen werden!!«

»Ich schiffe mich in Amiens ein, fahre die Somme flußaufwärts usw. usw. . . . Kanäle usw. usw. . . . und treffe nach kürzestens sechs Monaten in Marseille ein. Allerdings kann es unter Umständen auch zwei Jahre dauern.«

»Das ist nicht gefragt. Orographie Rußlands, und etwas plötzlich!«

Das orographische System Rußlands gehört zwar nicht zu meinen Stärken, doch ich ziehe mich schlecht und recht aus der Affäre, unter Offenlassung einiger Lücken, was mein Peiniger bedauerlich findet.

»Und die Balkanstaaten? Die übergehen Sie wohl?«

»Aber ganz und gar nicht, Monsieur! Ich habe sie nur bis zuletzt aufgehoben, als guten Bissen.«

»Danke, das genügt.«

Das Publikum weicht auseinander, leicht indigniert. Die lieben Kleinen!

Kurze Atempause. Ich vernehme mit Grauen, wie Marie Belhomme dem schrecklichen Roubaud erklärt, daß man, um Schwefelsäure zu gewinnen, »Wasser auf Kalk schütten muß, daß es zischt. Dann kann man das Gas in einem Ballon auffangen«.

Ach, ich kenne ihr Gesicht: heute ist der Tag der gigantischen Schnitzer. Da ist nichts zu machen. Einmal in diesem verhängnisvollen Fahrwasser, findet die arme Marie nie wieder heraus, verzapft mit erstaunlicher Zungenfertigkeit die größten Ungeheuerlichkeiten, reiht Dummheit an Dummheit, Stumpfsinn an Stumpfsinn. Man könnte ihr ins Ohr schreien, sie würde nichts hören. Auch Anaïs lauscht und amüsiert sich königlich, die Gute. Ich frage:

»Was hast du schon hinter dir?«

»Musik, Geschichte, Geographie . . .«

»Wie war der alte Lacroix? Gemein?«

»Und wie! Zum Glück hat er mich leichte Sachen geprüft, den

Dreißigjährigen Krieg, den Westfälischen Frieden usw. Was sagst du zu Maries Entgleisung?«
»›Entgleisung‹ scheint mir ein schwacher Ausdruck zu sein!«
Die kleine Luce gesellt sich zu uns, zufrieden und zerrauft:
»Geschichte, Geographie, alles überstanden! Und ich hab' was gekonnt! Oh, das tut gut!«
»Da bist du ja, kleine Ziege! Ich geh' zur Pumpe, sonst sterb' ich noch vor Durst! Wer kommt mit?«
Niemand. Erstens sind sie nicht durstig, zweitens fürchten sie, einen Aufruf zu versäumen. Unten, in einer Art Vestibül, stoße ich auf die Schülerin Aubert. Ihre geröteten Wangen und verschwollenen Augen zeugen noch von der Verzweiflung der letzten halben Stunde. Sie sitzt an einem Tischchen und schreibt ihren Eltern, getröstet bei dem Gedanken, auf den väterlichen Bauernhof zurückzukehren. Ich sage:
»Vorhin stellten Sie sich doch dümmer, als Sie sind, nicht wahr?«
Sie blickt auf, aus großen, arglosen Kalbsaugen.
»Ich werd' ganz verrückt bei sowas! Meine Mutter hat mich ins Internat gesteckt, mein Vater hat nicht wollen. Ich sollte die Wirtschaft führen wie meine Schwestern, hat er gesagt, mein Vater nämlich. Wäsche waschen und den Garten umstechen, aber sie hat nicht wollen, meine Mutter, und auf sie hat man gehört! Ganz krank gemacht haben sie mich mit der Lernerei! Sie sehen ja, was dabei herausgekommen ist! Aber ich hab' es immer gesagt, jawohl, das hab' ich! Jetzt werden sie mir wenigstens glauben!«
Und mit Seelenruhe schreibt sie ihren Brief weiter.
In der Klasse herrscht drückende Hitze. Fast alle Mädchen haben rote, schweißglänzende Gesichter (gottlob neige ich nicht dazu, rot anzulaufen) und sind auf dem besten Weg, die Nerven zu verlieren. In fieberhafter Spannung warten sie darauf, aufgerufen zu werden, von der Zwangsvorstellung gepeinigt, dumme Antworten zu geben. Wird es denn niemals Mittag werden?
Anaïs kommt zurück. Sie hat Physik und Chemie überstanden, gelb und kühl wie immer. Ich glaube, man könnte sie in einen Kessel kochendes Wasser stecken, ohne daß sich ihre Gesichtsfarbe merklich verändern würde.
»Na, wie ist es gegangen?«
»Gut, Gott sei Dank! Ich bin fertig! Hast du gewußt, daß Roubaud obendrein noch Englisch prüft? Er hat mich lesen und übersetzen lassen und sich, während ich gelesen habe, vor La-

chen gebogen! Möcht' wissen, warum! Wahrscheinlich, weil er blöd ist.«
Oh, ich kann mir schon denken, warum! Wegen der Aussprache! Teufel, Mademoiselle Aimée Lanthenay, unsere Englischlehrerin, spricht die Sprache Shakespeares sicher nicht mit übertriebener Meisterschaft. Ich habe es immer geahnt. Das heißt also, daß sich dieser Esel von einem Professor auch über mich lustig machen wird, denn meine Aussprache ist um keinen Deut besser als die der anderen! Das sind ja nette Aussichten! Der Gedanke, von diesem Idioten verlacht zu werden, macht mich rasend!
Zwölf Uhr! Die Herren erheben sich, wir tun desgleichen. Lacroix – sein Haar steht wirr zu Berg und die Augen treten aus ihren Höhlen – verkündet, daß die Volksbelustigung um halb drei weitergehen wird. Mademoiselle Sergent hat alle Mühe, ihre Schäflein aus dem schnatternden Haufen herauszufangen, und führt uns ins nahe Restaurant. Sie ist wegen des »empörenden Benehmens«, das ich dem alten Lacroix gegenüber an den Tag gelegt habe, auf mich noch immer sehr schlecht zu sprechen, aber das läßt mich völlig ungerührt. Ich bin müde und heiser und die Hitze ist erdrückend.

Oh, wie fern sind meine Wälder, die geliebten Wälder von Montigny! Um diese Tageszeit sind sie von einem einzigen Summen erfüllt, ich weiß es genau, Bienen und Wespen pumpen den Honig aus den Linden- und Holunderblüten, daß die Wälder orgelgleich erdröhnen. Die Vögel schweigen. Wenn die Sonne am höchsten steht, sitzen sie aufrecht auf schattigen Zweigen, glätten ihr Gefieder und durchforschen das dichte Unterholz mit glänzenden, beweglichen Äuglein. Ich läge am Waldesrand, dort an dem köstlichen Wiesensaum, von dem man die ganze Stadt überblicken kann, zugedeckt von warmem Wind, halbtot vor Faulheit und Behagen . . .
Luce merkt, daß ich weit, weit weg bin, und zupft mich am Ärmel, mit ihrem einladendsten Lächeln. Mademoiselle Sergent liest Zeitung, meine Kameradinnen führen stockende, schlaftrunkene Gespräche. Ich greine. Luce protestiert mit sanfter Stimme:
»Du redest überhaupt nicht mehr mit mir! Den ganzen Tag werden wir geprüft, am Abend gehen wir ins Bett, und bei Tisch bist du so unfreundlich und schlecht gelaunt, daß ich gar nicht mehr weiß, wann ich mit dir sprechen kann!«
»Ganz einfach! Laß mich eben in Ruh!«

»Oh, du bist häßlich zu mir! Du merkst nicht einmal, wie geduldig ich auf dich warte, obwohl du mich dauernd zurückstößt ...«
Die lange Anaïs lacht wie eine schlecht geölte Türe, und die Kleine hält jäh inne, sehr verschüchtert. Dabei hat sie recht: ihre Geduld ist wirklich eisern! Zu denken, daß ihr die ganze Beharrlichkeit nichts nützen wird, aber auch schon gar nichts! Traurig, traurig!
Anaïs hat einen gemeinen Plan: die einfältigen Antworten Maries sind noch frisch in ihrem Gedächtnis, und sie fragt die Ärmste, die verstört und regungslos dasitzt, mit freundlicher Miene:
»Was hat man dich in Physik geprüft?«
»Das ist ganz egal!« knurrt Mademoiselle Sergent. »Geantwortet hat sie auf jeden Fall einen Unsinn.«
»Ich weiß nicht mehr«, sagt Marie, den Tränen nahe. »Die Schwefelsäure, glaube ich ...«
»Und was haben Sie verzapft?«
»Oh, zum Glück hab' ich mich ausgekannt, Mademoiselle! Ich habe gesagt, daß man Wasser auf Kalk gießen muß und daß das Gas, das dabei entsteht, Schwefelsäure ist ...«
»Was haben Sie gesagt?« fragt Mademoiselle Sergent fassungslos, und es ist, als wolle sie die arme Marie mit Haut und Haaren auffressen.
Anaïs zerbeißt vor Freude ihre eigenen Fingernägel, Marie, völlig niedergeschmettert, verharrt in düsterem Schweigen, und die Frau Direktor, rüde und rot, führt uns im Sturmschritt zur Schicksalspforte. Wir folgen wie sechs Hündchen. Ein Wunder, daß wir bei dieser sengenden Sonne nicht die Zunge heraushängen lassen.
Wir haben jegliches Interesse an den auswärtigen Konkurrentinnen verloren. Auch sie scheinen sich nicht mehr um uns zu kümmern. Hitze und Nervosität benehmen uns jegliche Koketterie, jegliche Feindseligkeit. Nur die Schülerinnen des Gymnasiums von Villeneuve, die »Apfelgrünen«, wie sie des grünen Bandes wegen heißen, das ihren Halsausschnitt ziert (das Geheimnis dieser grellen, abscheulichen Farbe scheint den Mädchenpensionaten vorbehalten zu sein), setzen noch prüde oder verachtungsvolle Mienen auf, wenn sie an uns vorübergehen (warum wohl? Wir werden es nie erfahren!), aber selbst das gibt sich mit der Zeit. Man beruhigt sich zusehends, denkt bereits an die morgige Abreise und berauscht sich an der Vorfreude, den durchgefallenen Kameradinnen sowie denjenigen, die auf Grund »schlechten

Fortgangs« nicht antreten konnten, lange Nasen zu schneiden. Wie wird sich Anaïs in die Brust werfen, auf und ab stolzieren wie ein Pfau und von der Lehrerinnenbildungsanstalt sprechen, als hätte sie sie gepachtet. Pfui! Meine Verachtung kennt keine Grenzen.
Seh' ich recht? Die Herren haben sich schon dazu entschlossen, ihren Einzug zu halten? Tatsächlich, da sind sie, schnaufend, schweißglänzend und häßlich. Sie trocknen ihre Stirnen mit großen Taschentüchern. Gott, ich möchte bei diesem Wetter nicht verheiratet sein . . . Zu denken, daß ich mit einem Herrn schlafen müßte, der so schwitzt wie die . . . (Im übrigen werde ich im Sommer zwei Betten haben . . .) Und der Gestank, der in dieser stickigen Klasse herrscht! Er ist kaum auszuhalten! Wahrscheinlich tragen nur die allerwenigsten dieser Kleinen saubere Wäsche. Am liebsten ginge ich fort!
Auf einem Sessel zusammengesunken, höre ich zerstreut den anderen zu, mehr liegend als sitzend, während ich darauf warte, vorgeladen zu werden. Ich sehe die Glückliche, die als erste fertig ist. Sie hat's hinter sich! Mit einem Seufzer der Erleichterung verläßt sie die Klasse, begleitet von Komplimenten, neidischen Blicken und halblauten Zurufen. »Hast du aber ein Glück!« Bald folgt ihr eine zweite, die Auserwählten gehen in den Hof hinunter, setzen sich, plaudern, tauschen ihre Eindrücke aus und pflegen der Ruhe.
Auch Papa Sallé hat eine Atempause eingeschaltet und läßt seine gichtigen Glieder von der Sonne bescheinen. Es bleibt ihm auch nichts anderes übrig. Der Prüfling, den er erwartet, ist anderweitig beschäftigt. Wie wär's mit einem kleinen Anschlag auf seine Tugend?
Behutsam nähere ich mich und nehme auf dem Sesselchen Platz, das seinem Thron gegenübersteht.
»Guten Tag, Monsieur Sallé!«
Er schaut mich an, fingert an seiner Brille, blinzelt und erkennt mich nicht.
»Claudine, Sie wissen ja!«
»Ah! Ist's möglich! Guten Tag, mein liebes Kind! Ihr Herr Vater ist wohlauf?«
»Danke, ja!«
»Und Sie? Alles in Ordnung? Die Prüfung bald überstanden?«
»Schön wär's, Monsieur Sallé! Aber mir blühen noch Chemie und Physik, Englisch, Musik sowie die durch Sie repräsentierte Literatur . . . Madame Sallé befindet sich wohl?«

»Das glaub' ich! Sie geht auf dem Land spazieren! Sie täte zwar besser, sich um mich zu kümmern, aber ...«
»Hören Sie, Monsieur Sallé, da Sie mich nun einmal in Ihrer Gewalt haben – befreien Sie mich von der Literatur!«
»Aber ich bin noch lange nicht bei Ihrem Namen, weit davon entfernt! Sie kommen erst in einer Weile dran ...«
»Monsieur Sallé, was macht das schon aus!«
»Das macht, das macht, daß ich mich eben eines Augenblicks wohlverdienter Ruhe erfreute! Außerdem hieße das alle Regeln brechen! Die alphabetische Reihenfolge muß eingehalten werden!«
»Monsieur Sallé, lassen Sie sich erweichen! Sie brauchen mich ja nichts zu fragen! Sie wissen doch, daß ich in Literatur mehr weiß, als der Lehrplan vorschreibt! Schließlich bin ich Bücherwurm in Papas Bibliothek!«
Papa Sallé räuspert sich.
»Tja ... das ist richtig! Nun, eigentlich kann ich Ihnen diesen Gefallen schon tun. Ich hatte die Absicht, Sie über die Minnesänger auszufragen ...«
»Seien Sie unbesorgt, Monsieur Sallé! Mit den Minnesängern bin ich auf du und du! Ich stelle sie mir vor wie den Minstrel Florentin, etwa so.«
Ich stehe auf, werfe mich in Positur, stütze das rechte Bein auf die Sesselleiste und verwende Papa Sallés grünen Sonnenschirm als Laute. Gottlob schaut uns niemand zu! Nur Luce betrachtet mich von ferne mit überraschtem, entgeistertem Blick. Der arme gichtige Alte lacht. Er hat ja so wenig Zerstreuung!
»... Sie tragen eine Samtmütze, lockiges Haar, zuweilen ein zweifarbiges Gewand (blau-gelb zum Beispiel macht sich sehr gut!), eine Laute an seidenem Band, und singen etwa: ›Herzlibste mîn, der Maie! Der Maie zieht ins Land!‹ So stelle ich mir die Minnesänger vor, Monsieur Sallé. Und dann gibt es noch den napoleonischen Troubadour.«
»Sie sind zwar ein wenig närrisch, liebes Kind, aber unterhaltend! Was verstehen Sie nur unter einem ›napoleonischen Troubadour‹, um Christi willen? Sprechen Sie leise, meine kleine Claudine, wenn die Herren uns sähen ...«
Ich flüstere: »Den napoleonischen Troubadour kenne ich aus den Liedern Papas. Hören Sie gut zu!« Ich trällere leise:

»Von Kampfesgeist und heißer Liebe trunken,
beherzt, behelmt, bei süßem Leierspiel,

ruft seiner Liebsten, die ihm nachgewunken,
der Minnesänger zu, am Weg ins Schlachtgewühl:
Nur dir meine Liebe,
dem Feind meine Hiebe!
Zufrieden sterben für Liebe und Ruhm,
das ist das wahre Minnesängertum!«

Papa Sallé lacht aus vollem Hals. »Gott, waren diese Leute lächerlich! Ich weiß zwar genau, daß wir es in zwanzig Jahren nicht minder sein werden, aber die Vorstellung von einem Troubadour mit Helm und Leier . . .! Schnell, mein Kind, laufen Sie! Sie bekommen eine gute Note! Richten Sie Ihrem Vater meine besten Grüße aus, versichern Sie ihn meiner Wertschätzung und sagen Sie ihm, daß ich finde, er bringt seiner Tochter bemerkenswerte Lieder bei!«

»Danke, Monsieur Sallé, adieu, danke, daß Sie mich nicht geprüft haben, ich werde Sie nicht verraten, seien Sie unbesorgt!«

Was für ein wackerer Mann! Sofort steigt mein Lebensmut um einige Grade, und ich schaue so fröhlich drein, daß Luce auf mich zugestürzt kommt und fragt:

»Du hast sicher alles gekonnt! Was hat er dich gefragt? Wozu hast du seinen Sonnenschirm gebraucht?«

»Ah! Das ist es eben! Er hat mich sehr schwierige Dinge gefragt, über die Minnesänger und die Form ihrer Instrumente . . . Zum Glück wußte ich alle diese Einzelheiten!«

»Die Form der Instrumente? Mich trifft der Schlag! Wenn ich denke, daß er mich das gefragt hätte . . . die Form der . . . aber das steht doch nicht im Lehrplan! Ich werde es Mademoiselle sagen!«

»Ganz recht, wir werden reklamieren! Bist du fertig?«

»Ja, Gott sei Dank! Mir ist ein Stein vom Herzen! Ich glaube, außer Marie waren alle dran.«

»Mademoiselle Claudine!«

Achtung, das ist Roubaud. Ich nehme ihm gegenüber Platz, wohlerzogen und zurückhaltend. Er zeigt sich von seiner liebenswürdigsten Seite und spielt den Salonlöwen, aber ich merke genau, daß dieser nachträgerische Kerl mir noch nicht verziehen hat, sein botticelleskes Madrigal so brüsk zurückgewiesen zu haben.

»Nun, Mademoiselle«, sagt er mit schnarrender Stimme, »heute sind Sie nicht sanft entschlummert auf den grünen Matten?«

»Habe ich dies als Prüfungsfrage zu betrachten, Monsieur?«

Er hüstelt. Ich habe einen groben Fehler begangen! Ach was!
»Vielleicht haben Sie die Güte, mir mitzuteilen, auf welche Weise Sie sich Tinte beschaffen würden.«
»Gott, Monsieur, es gibt verschiedene Möglichkeiten. Die einfachste bestünde natürlich darin, in die nächste Papierhandlung zu gehen . . .«
»Das Witzchen ist zwar nett, dürfte Ihnen aber kaum zu einer erstklassigen Note verhelfen . . . Vielleicht entschließen Sie sich dazu, mir zu sagen, mit welchen Ingredienzien Sie Tinte herstellen würden?«
»Galläpfel . . . Eisenoxyd . . . Gerbsäure . . . Gummi . . .«
»Die Proportionen sind Ihnen nicht bekannt?«
»Nein.«
»Das ist bedauerlich! Was wissen Sie über den Glimmer?«
»Nichts, als daß man daraus die Fensterchen der Petroleumöfen herstellt.«
»In der Tat? Noch bedauerlicher. Woraus werden Bleistiftminen hergestellt.«
»Aus Graphit, einem weichen Stein. Man sägt ihn zu Stäbchen, die in Holzzylinder eingeschlossen werden.«
»Ist das die einzige Verwendung des Graphits?«
»Eine andere ist mir nicht bekannt.«
»Äußerst bedauerlich! Man verwendet Graphit also lediglich zur Bleistiftfabrikation?«
»Ja, aber man fabriziert ungeheure Mengen! Soviel ich weiß, gibt es in Rußland Graphitminen. Man sollte es kaum für möglich halten, wie groß der Bedarf an Bleistiften ist. Man verwendet sie in der ganzen Welt! Insbesondere Professoren, die ihre Schülerinnen abkonterfeien, brauchen stets frischgespitzte Bleistifte . . .«
Roubaud wird rot, wetzt herum und schlägt ein Büchlein auf. (Novellen von Miß Edgeworth.)
»Ich gehe zum Englischen über. Bitte übersetzen Sie.«
»Übersetzen, gern. Aber lesen – das ist eine andere Sache.«
»Warum?«
»Weil unsere Englischprofessorin eine lächerliche Aussprache hat. Daher ist die meine nicht besser.«
»Was hat das schon zu bedeuten!«
»Sehr viel. Ich mache mich nicht gern lächerlich!«
»Lesen Sie ein paar Zeilen. Ich werde Sie sofort unterbrechen.«
Ich lese mit kaum hörbarer Stimme, deute die Silben nur an und übersetze, noch ehe ich beim letzten Wort angelangt bin. Rou-

baud erstickt fast vor Lachen. Mein leidenschaftliches Bestreben, die Unzulänglichkeit meiner Englischkenntnisse zu verbergen, erheitert ihn maßlos. Als ob das meine Schuld wäre! Mich juckt's in allen Fingern.

»Danke. Nennen Sie mir einige unregelmäßige Verben, mit Imperfekt und Mittelwort der Vergangenheit.«

»*. . . To see, I saw, seen. To be, I was, been. To drink, I drank, drunk. To . . .*«

»Danke, das genügt. Viel Glück, Mademoiselle!«

»Zu gütig, Monsieur.«

Am nächsten Tag habe ich erfahren, daß es dieser elegante Tartüffe nicht verschmähte, sich mit einer erbärmlichen Klassifikation – drei Punkte unterhalb des Durchschnitts – an mir zu rächen. Hätten die Noten der schriftlichen Prüfung, besonders die des französischen Aufsatzes, nicht für mich gesprochen, wäre ich glatt durchgefallen. Nein, diesen aalglatten Kavalieren ist nicht zu trauen, mag ihre Krawatte noch so schön geknüpft, ihr Schnurrbart noch so glänzend gebürstet, ihr Blick noch so schmachtend sein, mag ihr Interesse selbst so weit gehen, daß sie Porträts in ihre Notizbücher malen . . . wohl hatte ich ihn verstimmt, aber das gehört auf ein anderes Blatt. Die knurrenden, bärbeißigen Köter à la Lacroix sind mir tausendmal lieber!

Chemie, Physik und Englisch sind glücklich überstanden. Ich setze mich nieder und versuche, die Wirrnis meiner Haare in kunstvolles Chaos zu verwandeln. Luce kommt zu mir, immer die gleiche zärtlichkeitsbedürftige Schmeichelkatze, und wickelt spielerisch eine meiner Locken um den Finger. Das nenn' ich Unternehmungsgeist, bei dieser Hitze!

»Wo sind die andern, Kleine?«

»Alle fertig! Sie warten unten im Hof, mit Mademoiselle Sergent. Die von den anderen Schulen sitzen auch unten.«

Tatsächlich leert sich die Klasse zusehends.

Endlich werde ich aufgerufen: Mademoiselle Michelot, die Straßenwalze, wünscht mich zu sehen, so müde und heißgelaufen, daß selbst Anaïs bei ihrem Anblick Mitleid empfinden müßte. Ich nehme Platz. Sie betrachtet mich wortlos, aus großen, verdatterten Kuhaugen.

»Sie sind . . . musikalisch gebildet, sagte mir Mademoiselle Sergent?«

»Ja, Mademoiselle. Ich spiele Klavier.«

Sie wirft die Arme zum Himmel und ruft aus:

»Dann können Sie ja viel mehr als ich!«
Diese Worte kommen ihr aus dem Herzen. Ich kann mich des Lachens nicht erwehren.
»Wissen Sie was? Ich lasse Sie etwas vom Blatt singen, etwas Schwieriges, und Schluß. Sie werden es schon zusammenbringen.«
Das »schwierige« Stück ist nichts anderes als eine einfache Übung in Ces-Dur, deren sieben b Mademoiselle Michelot schwarz und fürchterlich erscheinen. Ich singe das Preislied *allegro vivace*, umgeben von einem bewundernden Kreis kleiner Mädchen, die vor Neid ächzen. Mademoiselle Michelot wirft den Kopf zurück, verzichtet auf weitere Beweise meiner Kunst und verkündet: »Zwanzig.« Dem Auditorium vergeht Hören und Sehen.
Mit einem Stoßseufzer der Erleichterung stürme ich die Treppe hinunter. Aus, Schluß! Bald werden wir die liebe Schule wiedersehen und von neuem den Erlustigungen unserer Lehrerinnen beiwohnen können! (Arme kleine Aimée! Sicher verzehrt sie sich vor Sehnsucht, so ganz allein!) Ich bin die letzte. Mademoiselle Sergent springt auf: »Fertig?«
»Ja, Gott sei Dank! Ich habe zwanzig in Musik.«
»Zwanzig in Musik!« tönt es im Chor. Meine Kameradinnen sind außer sich. Mademoiselle Sergent sagt nachlässig:
»Das hätte gerade noch gefehlt, daß Sie in Musik weniger bekämen als zwanzig!«
Aber im Grund ist sie geschmeichelt.
»Trotzdem«, erklärt die neidische Anaïs mit unverhohlenem Ärger, »zwanzig in Musik, neunzehn für den französischen Aufsatz . . . wenn alle deine Noten so aussehen . . .«
»Beruhige dich, süßes Kind! Der elegante Roubaud gleicht alles wieder aus!«
»Wieso?« fragt Mademoiselle Sergent, sogleich beunruhigt.
»Weil ich ihm nicht sonderlich viel zu sagen hatte. Er wollte wissen, aus welchem Holz man die Flöten, nein, die Bleistifte macht, oder so was Ähnliches . . . und dann unterhielten wir uns über Tinte . . . und über Botticelli . . . kurz und gut, Antipathie auf den ersten Blick.«
Die fröhliche Laune der Frau Direktor ist verflogen. Sie sagt ärgerlich: »Es wäre ja das reinste Wunder gewesen, wenn Sie nicht irgendeinen Unsinn angerichtet hätten! Sollten Sie durchfallen, so brauchen Sie sich nur selbst bei der Nase zu nehmen!«
»Wer weiß! Vielleicht trifft alle Schuld Monsieur Antonin Raba-

stens! Die heftige Leidenschaft, die ich für ihn empfinde, hat meine Studien auf das bedauerlichste beeinträchtigt . . .«
Marie Belhomme faltet die Hebammenhände und erklärt, daß sie es nicht so schamlos an die große Glocke hängen würde, wenn sie verliebt wäre. Anaïs wirft mir scheele Blicke zu. Sie weiß nicht, ob sie meinen Worten trauen soll. Mademoiselle Sergent zuckt die Achseln und treibt uns zum Hotel. Sie hat ihre liebe Not mit uns. Alle zehn Schritte bleiben wir stehen, halten Maulaffen feil, gehen verloren, müssen mühsam wieder eingefangen werden, und an jeder Straßenecke heißt es, mindestens eine Nachzüglerin zu erwarten. Das Abendessen verläuft unter Gähnen. Doch um neun packt uns das alte Fieber und wir wollen davonstürzen, um vom Tor dieses häßlichsten aller Paradiese die Namen der Seligen herunterzulesen. Plötzlich erklärt Mademoiselle Sergent: »Ich gehe allein. Ihr bleibt hier und wartet.« Herzzerreißendes Gestöhne. Sie läßt sich erweichen und nimmt uns mit.
Wiederum versehen wir uns mit Kerzen, aber diesmal ist die Vorsichtsmaßregel überflüssig: eine mitleidige Hand hat oberhalb des großen weißen Blattes, das unsere Namen trägt, eine Laterne befestigt. Was sage ich da? Unsere Namen? Und wenn der meine nicht dabei wäre? Anaïs würde vor Freude in Ohnmacht fallen. Beim Tor herrscht der übliche Wirbel. Geschrei, Gedränge, Händeklatschen. Fieberhaft lese ich die Namen und meine Aufregung verwandelt sich in Entzücken: Anaïs, Claudine . . . alle, alle! Doch nein, nur keine vorschnelle Freude: Marie ist nicht dabei. »Marie fehlt!« murmelt Luce. »Marie ist durchgefallen!« flüstert Anaïs, kaum imstande, ihre Schadenfreude zu verbergen.
Die arme Marie Belhomme steht vor dem gemeinen Blatt Papier, bleich und regungslos, wie vom Donner gerührt. Ihre glänzenden Vogelaugen werden runder und runder. Plötzlich zuckt es um ihre Mundwinkel und sie bricht in lärmendes Weinen aus, zum großen Ärger Mademoiselle Sergents, die das heulende Häufchen Elend mit sich fortzieht. Wir folgen, ohne die Passanten zu beachten, die sich belustigt umdrehen.
»Mein liebes Kind«, begütigt Mademoiselle Sergent, »so nehmen Sie doch Vernunft an! Aufgeschoben ist nicht aufgehoben! Sie treten eben im Oktober noch einmal an! Mein Gott, zwei Monate Arbeit, was ist da schon dabei . . . Sie werden dann um so glücklicher sein . . .«
»Buhuhu!« plärrt Marie, untröstlich.

»Sie kommen durch, sage ich Ihnen! Ehrenwort! Sind Sie jetzt zufrieden?«
Tatsächlich übt diese Versicherung eine vorteilhafte Wirkung aus. Maries Schmerzbezeigungen verwandeln sich mehr und mehr in das Geknurre eines einmonatigen Hündchens, das man am Saugen hindert, um schließlich ganz und gar zu verstummen. Jetzt betupft sie nur noch gelegentlich die Augen.
Während wie die Brücke überqueren, windet sie ungeniert ihr tränennasses Taschentuch aus, und Anaïs, das gemeine Biest, sagt mit halblauter Stimme: »Die Zeitungen melden eine beachtliche Hebung des Wasserstands der Lisse . . .« Marie verfällt in hemmungsloses Weingelächter, wir stimmen ein, und schon zeigt das Köpfchen dieses Wetterhuhns wieder in Richtung Sonnenschein. Sie denkt daran, daß sie im Herbst durchkommen wird, ihre Züge heitern sich auf, und wir alle (jawohl alle, selbst die Zwillinge!) finden an diesem Abend nichts Besseres zu tun, als auf dem Hauptplatz Schnur zu springen, bis zehn Uhr, bei drückender Hitze und Mondenschein.
Am nächsten Morgen reißt uns Mademoiselle Sergent bereits um sechs aus den Federn. Dabei geht der Zug erst um zehn Uhr!
»Vorwärts, vorwärts, ihr Faultiere! Ihr müßt noch Koffer packen und frühstücken! Die Zeit wird euch schon nicht zu lang werden!«
Die Frau Direktor ist wie ausgewechselt! Sie bebt vor freudiger Erregung, versetzt Luce einen Rippenstoß, daß die Kleine schlaftrunken taumelt, und traktiert Marie Belhomme, die sich die Augen reibt, mit freundschaftlich-rüden Püffen. Ihre scharfen Augen funkeln wie ein kleines Feuerwerk. Marie, im Nachthemd, sucht vergebens nach ihren Pantoffeln und scheint sich in der rauhen Wirklichkeit nicht zurechtfinden zu können. Wir sind halbtot vor Müdigkeit. Dennoch betrachten wir verwundert die seltsame Wandlung der Frau Direktor: sie hat mit der gestrengen Gardedame der letzten drei Tage nicht das geringste mehr gemein. Das Glück verklärt sie geradezu. Sie wird ihre geliebte kleine Aimée wiedersehen! Während der ganzen Autobusfahrt zum Bahnhof umspielt ein seliges Lächeln ihre Lippen. Dafür scheint Marie bedrückt zu sein, aber ich glaube fast, daß sie es für ihre Pflicht und Schuldigkeit hält, eine zerknirschte Miene aufzusetzen. Wir schnattern durcheinander, ohne die mindeste Zurückhaltung, und eine jede schildert fünf anderen, die nicht zuhören, die Reifeprüfung in allen Einzelheiten.
»Ich sag dir, Alte«, ruft Anaïs, »kaum höre ich, daß er . . .«

Mademoiselle unterbricht den Redestrom:
»Ich habe die Anrede ›Alte‹ schon hundertmal verboten!«
Anaïs setzt flüsternd fort:
»Alte, ich habe gerade noch Zeit gehabt, mein Notizbuch aufzuschlagen und nachzusehen! Und das Tollste ist, daß er es bemerkt hat, Ehrenwort! Aber er hat kein Wort gesagt, stell dir das nur vor!«
»Schämst du dich nicht, solche Märchen zu erzählen!« ereifert sich die ehrliche Marie Belhomme, während ihr vor Entrüstung die Augen aus den Höhlen treten, »nichts hat er gesehen, überhaupt nichts! Sonst hätte er dir dein Notizbuch schleunigst weggenommen! Schließlich hat man dem einen Mädel aus Villeneuve auch das Lineal konfisziert!«
»Du hast's nötig, dich aufzuregen! Geh doch zu Roubaud und erzähl ihm, daß die Hundsgrotte mit Schwefelsäure angefüllt ist!«
Marie wird blutrot, senkt das Haupt und beginnt zu weinen, ihrer Unbill schmerzlich eingedenk. Ich tue, als wolle ich einen Regenschirm aufspannen, und Mademoiselle erwacht aus süßen Träumereien.
»Anaïs, Sie sind unausstehlich! Wenn Sie Ihre Kameradinnen nicht in Frieden lassen, werden Sie in einem anderen Waggon reisen.«
»Und zwar im Raucherabteil«, füge ich hinzu.
»Sie hat niemand um Ihre Meinung gefragt! Rasch, nehmen Sie Koffer und Mäntel, vorwärts, los, seien Sie doch nicht so bleiern!«
Im Zug würdigt sie uns keines Wortes. Es ist, als seien wir nicht mehr vorhanden. Luce legt den Kopf auf meine Schultern und nickt ein. Die Zwillinge sind in den Anblick des bläßlichen Schäfchenhimmels und der vorüberflitzenden Landschaft versunken, Anaïs beißt Nägel und Marie schläft in Gesellschaft ihres Grams.
Bresles, letzte Station vor Montigny. Wir geraten in Aufruhr. Noch zehn Minuten, dann sind wir daheim. Mademoiselle zieht einen kleinen Spiegel hervor und wirft einen prüfenden Blick auf ihren Hut, das rote Drahtverhau ihres Haars, die grausamen Purpurlippen. Die Umwelt ist für sie versunken. Sie zittert ihrer Aimée entgegen, nahezu irren Blicks. Anaïs kneift sich in die Wangen, von der tollkühnen Hoffnung beseelt, einen rosigen Schimmer darauf hervorzuzaubern. Ich stülpe meinen riesigen Hut auf den Kopf. Für wen strengen wir uns so an? Doch nicht

für Mademoiselle Aimée. Um die Wahrheit zu sagen: für niemanden, für alle: für die Bahnhofsangestellten, für den alten Racalin, diesen sechzigjährigen Trunkenbold – er wird uns von der Bahn abholen –, für den einfältigen Zeitungsverkäufer, für die Hunde, die uns auf der Straße nachlaufen werden.

Da ist schon der Jungwald, und der große Forst von Bel Air, und die Gemeindewiese, und der Güterbahnhof . . . Die Bremsen kreischen, endlich, endlich! Wir springen auf den Bahnsteig, aufgeregtes Gefolge Mademoiselle Sergents, die ihrer kleinen Aimée entgegeneilt. Munter und quecksilbrig erwartet das Herzblatt die Freundin. Mademoiselle Sergent zieht sie so leidenschaftlich in die Arme, daß die zartbesaitete Hilfslehrerin jäh errötet und sichtlich in Verlegenheit gerät. Wir laufen auf sie zu und begrüßen sie, wie es braven Schülerinnen geziemt.

». . . Tag, Mmmmselle! Wie geht's, Mmmmselle?«

Es ist schön und wir haben keine Eile. Darum laden wir unser Gepäck in den Autobus und schlendern in die Stadt, langsam und genießerisch, zwischen hohen blühenden Hecken hindurch. Da duftet der wilde Wein, da leuchtet das »Ave Maria«, dessen weiße Blüten kleinen Kreuzen gleichen. Wie herrlich, frei zu sein, keine Geschichte Frankreichs wiederholen, keine Landkarten kolorieren zu müssen! Wir können keinen Augenblick gesittet gehen, sondern tanzen um die beiden Damen herum, die Arm in Arm dahinschreiten und leise plaudern. Aimée gibt ihrer Schwester einen flüchtigen Kuß und einen Klaps auf die Wange, sagt leichthin: »Siehst du, Spatz, daß nichts so heiß gegessen wird wie gekocht?« und gerät sogleich wieder in den Bann ihrer Herzensfreundin, ganz Auge, ganz Ohr.

Neuerliche Enttäuschung der armen Luce. Sie folgt mir wie mein Schatten, weiß nicht, ob sie lachen oder weinen soll, und stößt halblaute Verwünschungen aus. »Das hat man davon, daß man sich fast das Hirn herausschwitzt! So ein Lob entschädigt einen wirklich für alles! Die zwei können sich sehen lassen! Meine Schwester hängt ja an ihr wie ein Henkelkorb! Was sich die Leute wohl denken!« Die Leute? Daß ich nicht lache! Sie sind den beiden völlig egal.

Triumphale Heimkehr! Die ganze Stadt weiß, woher wir kommen, kennt das Prüfungsresultat. Mademoiselle Sergent hat es telegraphisch mitgeteilt. Die Leute stehen auf den Schwellen ihrer Häuser und winken uns zu. Marie verfällt neuerlich in Trübsinn und macht sich so unsichtbar wie möglich.

Und erst die Schule! Wie hat sie sich während unserer Abwesen-

heit herausgeputzt! Fix und fertig, weiß und glänzend, geschniegelt und gestriegelt steht sie da, und der Herrlichkeiten ist kein Ende: da gibt es das funkelnagelneue Bürgermeisteramt, flankiert von der Knaben- und der Mädchenschule, den großen Hof, dessen Zedern gottlob unangetastet blieben, die kleinen gestutzten Hecken *à la française*, die neuen Eisentore – zu schwer und zu furchteinflößend –, die hinter uns ins Schloß fallen werden, die großartigen WC.s zu sechs Kabinen, drei für die Großen, drei für die Kleinen (rührende Regung der Schamhaftigkeit: die Kabinen der Großen sind mit ganzen, die der Kleinen mit halben Türen ausgestattet!), die Schlafsäle im ersten Stock, deren helle Scheiben und weiße Vorhänge man von außen bewundern kann. Unglückliche Steuerzahler! Diese Pracht wird euch teuer zu stehen kommen! Die reinste Kaserne, so schön ist alles!
Die Schuljugend bereitet uns einen lärmenden Empfang, hat doch die gute Aimée beide Klassen kurzerhand der schwindsüchtigen Griset anvertraut, um in Ruhe zum Bahnhof spazieren zu können. Die Klassenzimmer sind papierübersät, mit Holzschuhen bespickt (der fliegende Holzschuh – das beste Wurfgeschoß!) und mit abgenagten Äpfeln aufgeputzt. Doch Mademoiselle Sergent braucht nur die roten, die schrecklichen Brauen zu runzeln, und Ruhe und Ordnung kehren reumütig zurück, verstohlene Hände sammeln die Apfelstrünke ein und magere Kinderbeine werden länger und länger, um schließlich im rettenden Holzschuh zu landen.
Mein Magen rebelliert. Ich eile nach Hause, entzückt beim Gedanken an das bevorstehende Wiedersehen mit Fanchette, dem Garten und Papa. Fanchette nimmt gerade ihr Schönheits-Sonnenbad – das ist gut für die Linie – und begrüßt mich mit kurzem, erstauntem »Miau«, der Garten liegt grün und verwildert da, seine Gräser strecken sich der Sonne entgegen, auf der Suche nach dem Licht, das ihnen die alten Bäume vorenthalten, und Papa empfängt mich mit einem zärtlichen Nasenstüber und der interessierten Frage: »Wo steckst du denn die ganze Zeit? Ich sehe dich überhaupt nicht mehr!«
»Aber Papa! Ich habe meine Prüfung gemacht!«
»Was für eine Prüfung?«
Ich sagte Ihnen ja, es gibt nicht seinesgleichen! Willfährig schildere ich die Ereignisse der letzten Tage. Er zupft an seinem wallenden rotgrauen Bart und scheint zufrieden und guter Dinge. Wahrscheinlich hat er bei seiner letzten Schneckenkreuzung unverhoffte Resultate erzielt.

Ich gönne mir ein paar Tage Ferien, gehe Claire besuchen und finde mein Kommunionsschwesterchen in Tränen aufgelöst: ihr Herzallerliebster hat sich aus dem Staub gemacht, ohne es für nötig zu erachten, sie von seiner Abreise in Kenntnis zu setzen. Aber keine Sorge! In acht Tagen tritt sicher ein neuer Held auf den Plan, der sie binnen dreier Monate neuerlich verlassen wird. Claire ist nicht gerieben genug, um die Männer zurückzuhalten, und zu unpraktisch, um sie zur Ehe zu zwingen. Außerdem versteift sie sich darauf, tugendhaft zu bleiben . . . nein, es ist kein Ende abzusehen!

Mittlerweile hütet sie ihre fünfundzwanzig Schafe. Mit ihrem breitkrempigen Strohhut (ja, ja, meine Liebe! die Sonne bleicht das Haar und schadet dem Teint!), ihrem blauen, weißgestickten Schürzchen und dem weißen, rotbetitelten Roman, den sie in ihrem Weidenkörbchen verbirgt, würde diese kleine Schäferin in jede komische Oper passen. (Zu denken, daß ich ihr dieses Buch geliehen habe, »Feststimmung« von Auguste Germain, um sie in die Geheimnisse der eleganten Welt einzuweihen! Am Ende bin ich jetzt für alle Dummheiten verantwortlich, die sie noch machen wird.) Sicher weidet sie sich an ihrem eigenen poetischen Unglück, diese arme verlassene Braut, gefällt sich in wehmütigen Posen, wirft die Arme in die Luft »wie stumpfe Waffen« und neigt das von wallenden Locken verhängte Köpfchen traurig zur Seite. Während sie mir die mageren Neuigkeiten der letzten vier Tage erzählt und ihre Unbill schildert, kümmere ich mich um die Schafe, hetze die Schäferhündin herum – »Hol sie, Lisette! Bring sie her!« und schreie »Brrrr!«, um die Tiere vom Hafer fortzuscheuchen. Ja, ich kenne mich aus!

»Als ich erfuhr, mit welchem Zug er fahren würde«, seufzt Claire, »habe ich die Schafe Lisette überlassen und bin zur Bahnübersetzung gegangen. Beim Schranken habe ich dann auf den Zug gewartet, du weißt ja, da fährt er ganz langsam, weil es bergauf geht. Ich habe ihn gesehen! Ich habe ihm mit dem Taschentuch nachgewunken und Küsse zugeworfen! Ich glaube, er hat mich bemerkt . . . weißt du, ich bin nicht ganz sicher, aber ich glaube, daß seine Augen rot waren . . . vielleicht haben ihn seine Eltern gezwungen, zurückzukommen . . . vielleicht wird er mir schreiben . . .«

Schon recht, du romantische Seele! Hoffnung kostet nichts. Außerdem würdest du mir nicht glauben, wenn ich versuchen wollte, sie dir auszutreiben!

Fünf Tage lang durchstreife ich nach Herzenslust die Wälder,

zerkratze Arme und Beine an Dornen, pflücke Kornblumen und Margeriten, bringe Riesensträuße wilder Nelken heim und tue mich an Vogelkirschen und bitteren Weichseln gütlich. Dann packen mich Neugier und Schulweh. Ich eile zurück. Die Großen sitzen im Hof, auf schattigen Bänken, lässig damit beschäftigt, an den »Ausstellungsstücken« zu arbeiten. Die Kleinen planschen bei der Pumpe. Mademoiselle sitzt in einem Korbsessel, ihr zu Füßen Aimée, auf einer umgestürzten Blumenkiste. Die beiden flüstern, als sei dies ihre einzige Beschäftigung auf Erden. Bei meinem Anblick gerät Mademoiselle Sergent in Bewegung und fährt herum mitsamt ihrem Stuhl:
»Ah! Da sind Sie ja! Beeilt haben Sie sich ja nicht gerade! Mademoiselle Claudine durchstreift die Wälder, ohne auch nur im entferntesten daran zu denken, daß die Preisverteilung vor der Türe steht und daß die Schülerinnen noch keinen Ton der Hymne können, die bei dieser Gelegenheit gesungen werden soll!«
»Aber ... ich dachte, Mademoiselle Aimée erteile jetzt Musikunterricht? Und Monsieur Rabastens (Antonin)?«
»Reden Sie keinen Unsinn! Sie wissen recht gut, daß die zarte Stimme Mademoiselle Lanthenays den Anforderungen des Gesangunterrichtes nicht gewachsen ist! Und was Monsieur Rabastens betrifft, so haben seine Besuche und Lektionen in der Stadt anscheinend übertriebenes Interesse erregt. Oh, über die schmutzige Phantasie der Leute! Was hier geklatscht wird! Es ist nicht auszuhalten! Kurzum, er kommt nicht mehr. Sie sind daher für den Unterricht unentbehrlich, ein Umstand, den Sie sich sichtlich auf ungebührende Weise zunutze machen! Heute um vier werden wir die Stimmen verteilen, und Sie werden die einzelnen Strophen von der Tafel abschreiben lassen.«
»An mir soll's nicht liegen! Was wird denn heuer einstudiert?«
»Die ›Hymne an die Natur‹. Marie, holen Sie die Noten. Sie liegen auf meinem Pult. Claudine wird unverzüglich mit der Lektion beginnen.«
Oh, ich kenne diesen dreistimmigen Chor! Er scheint eigens für ein Mädchenpensionat geschrieben worden zu sein! Die Soprane piepsen mit Überzeugung:

»Dort in der Ferne
verblassen die Sterne,
die Hymne des Morgens ertö ...«,

während die Altstimmen eine Begleitung beisteuern, die aus einem Mittelding zwischen Echo und Glockenimitation besteht (ding, dong, ding, dong!). Das wird sicher großen Beifall finden. Welch ein Götterleben steht mir wieder bevor! Ich werde mich ausschreien dürfen, dreihundertmal dieselbe Melodie singen, vom rhythmischen Antitalent meiner Schülerinnen zur Verzweiflung getrieben werden und stockheiser nach Hause gehen. Wenn ich dafür wenigstens etwas bekäme!

Anaïs, Luce und einige andere haben ein gutes Gedächtnis – wenigstens etwas! – und singen beim drittenmal bereits mit. Dann wird Schluß gemacht, auf Befehl Mademoiselles. Es wäre auch allzu grausam, uns bei dieser afrikanischen Temperatur noch länger schreien zu lassen.

»Daß ihr mir die ›Hymne an die Natur‹ ja nicht außerhalb der Gesangstunden trällert!« befiehlt Mademoiselle. »Sonst verlernt ihr alles und seid nicht imstande, bei der Preisverteilung richtig zu singen. Und jetzt marsch an die Arbeit, und daß ich kein lautes Wort höre!«

Wir, die Großen, dürfen im Freien bleiben, um in Ruhe und Bequemlichkeit die berückenden Arbeiten ausführen zu können, die für die »Handarbeitsausstellung« bestimmt sind. (Handarbeiten! Was denn? Ich habe noch nie von »Fußarbeiten« gehört!) Kaum ist die Preisverteilung überstanden, erscheint nämlich die ganze Stadt, um unsere Werke zu bewundern, die auf den Pulten zweier Klassenzimmer ausgebreitet liegen: Spitzen, Gobelins, Stickereien und bänderbesetzte Wäsche, während die Wände mit ajourierten Vorhängen, gehäkelten Bettdecken, bestickten Kamindeckchen aus Plüsch und geknüpften Bettvorlegern bespannt sind, aus deren grünem Wollmoos rosarote Blümchen (ebenfalls aus Wolle) hervorgucken.

Doch was ist der Stolz dieser großen Kleinen? Die prunkvolle Unterwäsche, die herrlich verzierten Hemdchen aus geblümtem Batist, die spitzenbesetzten Höschen, die säuberlich gearbeiteten Strumpfbänder, die kunstvoll bestickten Leibchen. All das prangt auf blauem, rosa und malvenfarbenem Seidenpapier und ist mit Kärtchen versehen, auf denen man die Namen der Erzeugerinnen lesen kann, in schöner Rondschrift. Längs der Wand sind Kreuzsticharbeiten ausgestellt, auf unzähligen Schemeln. Hier ruhen greuliche Katzen – die Augen bestehen aus fünf Stichen, vier grüne und ein schwarzer in der Mitte – und nicht minder abscheuliche, rotbäuchige, violettpfotige Hunde, aus deren aufgesperrtem Rachen eine übermanganfarbene Zunge heraushängt.

Diese Wäscheausstellung hat's unseren Burschen angetan. Sie strömen scharenweise herbei, verweilen bei den geblümten Hemdchen und bebänderten Höschen, geben einander Rippenstöße, lachen und machen hinter vorgehaltener Hand gepfefferte Bemerkungen.

Gerechtigkeitshalber sei vermerkt, daß sich die Knabenschule gleichfalls einer Ausstellung rühmen darf, die mit der unseren aufs schärfste konkurriert. Unsere Rivalen haben zwar keine Reizwäsche zu bieten, trumpfen aber dafür mit anderen Sehenswürdigkeiten auf: da gibt es kunstvoll gedrechselte Tischbeine, gewundene Säulchen (meine Liebe! Das ist das allerschwerste!), kleistertriefende Schachteln und Tongebilde, armselig, plump und pappig, die sich nicht entblöden, den Parthenon-Fries oder ähnliche Reliefs darstellen zu wollen, zum hellen Entzücken des Lehrers, der in seiner Bescheidenheit nicht ansteht, diesen Saal »Skulptur-Abteilung« zu taufen.

In der »Gemäldegalerie« geht es kaum tröstlicher zu. Die Abruzzen-Räuber schielen, der König von Rom hat Mumps, Nero schneidet eine fürchterliche Grimasse und Präsident Loubet, in rot-weiß-blauem Rahmen (kombinierte Papp- und Tischlerarbeit!), scheint knapp am Erbrechen.

»Er denkt an sein Ministerium!« erläutert Dutertre, wütend, noch immer kein Abgeordneter zu sein. An den Wänden hängen verwaschene Aquarelle, Grundrisse und eine Schwarte folgenden schönen Titels: »Voraus-Sicht der großen Weltausstellung 1900«, ein Bild, das meiner Ansicht nach zweifellos den Ehrenpreis verdienen würde.

Wir lassen alle Bücher beiseite, arbeiten lässig im Schatten der Gartenmauer, springen alle fünf Minuten auf, um unsere Hände waschen zu gehen – welch herrlicher Vorwand zum Herumflanieren! –, damit die weißen Stoffe und hellen Garne nicht fleckig werden! Ich stelle heuer nicht viel aus: drei rosa Batisthemdchen, Schnitt »Baby«, mit passenden Höschen. Letztere sind mit einem Bündchen geschlossen, was meine Kameradinnen einstimmig skandalös finden, Ehrenwort!

Ich mache es mir zwischen Luce und Anaïs bequem. Neben mir sitzt Marie Belhomme. Aus alter Gewohnheit stecken wir noch immer beisammen. Arme Marie! Sie muß für die Oktoberprüfung lernen, langweilt sich in der Klasse zum Sterben und darf daher gnadenhalber bei uns sitzen, in einen Atlas oder die »Geschichte Frankreichs« vertieft. Wenn ich sage, vertieft . . . Das Buch liegt auf ihren Knien. Sie neigt sich darüber, wirft uns verstohlene Blicke zu und spitzt die Ohren. Das Prüfungsergebnis kann ich mir schon jetzt lebhaft vorstellen!

»Ich verdurste!« stöhnt Anaïs. »Hast du eine Flasche?«

»Nein! Vergessen! Aber Marie hat bestimmt eine.«

Diese Flaschen! Lächerliche, unwandelbare Tradition. Kaum beginnen die Hundstage, gerät das Pumpenwasser in den Ruf gefährlichster Untrinkbarkeit (was, nebenbei bemerkt, völlig den Tatsachen entspricht – allerdings ohne Rücksicht auf die Jahreszeit!), weshalb eine jede von uns ihre Flasche mitbringt, auf dem Grund eines Körbchens, in Schultasche oder Leinensack. Sie enthält ein erfrischendes Getränk, für dessen absonderliche, verrückte Zusammensetzung alljährlich ein neuer Wettstreit ausgefochten wird. Keine Kokosmilch! Die ist für die Kleinen! Wir trinken Essigwasser, so sauer, daß alles Blut aus den Lippen weicht und der Magen sich zusammenkrampft, Zitronaden, die fast kein Stäubchen Zucker enthalten, Pfefferminzsäfte, aus frischen Blättern eigenhändig gepreßt, Branntwein, daheim stibitzt und mit Zucker verkleistert, grünen Johannisbeersaft, bei dem es einen »zusammenzieht«. Noch heute hat die lange Anaïs den Austritt der Apothekerstochter nicht verwunden, belieferte sie uns doch mit ganzen Flaschen Franzbranntweins und gezuckerten Botot-Wassers. Ich, eine einfache Seele, begnüge mich mit einer Mischung aus Weißwein, Sodawasser, Zucker und ein paar Tropfen Zitronensaft. Anaïs ist dem Essig verfallen, Marie einem Gebräu aus Lakritzen, so konzentriert, daß seine Farbe ins Schwarze spielt. Die Verwendung der Flaschen ist strengstens verboten. Darum bringt, wie bereits erwähnt, eine jede die ihrige mit.

Der Verschluß ist ein äußerst sinnreicher: durch einen Korkstöpsel treibt man einen ausgehöhlten Federstiel. Das gestattet uns, einen herzhaften Schluck zu tun, ohne die Flasche aus ihrem schützenden Körbchen zu nehmen, während es so aussieht, als bückten wir uns nach einer zu Boden gefallenen Garnspule. Während der kleinen viertelstündigen Pausen (um neun und um drei Uhr) stürzt alles zur Pumpe, um die Flaschen einzukühlen. Vor drei Jahren stolperte eine der Kleinen mitsamt ihrer Flasche und stach sich ein Auge aus – jetzt ist es ganz weiß –, worauf sämtliche Behälter konfisziert wurden. Die flaschenlose Zeit währte eine ganze Woche. Dann tauchte die erste Flasche wieder auf, andere folgten ihrem Beispiel, und einen Monat später ging alles seinen gewohnten Gang. Sollte dieser Vorfall der Frau Direktor unbekannt sein? Möglich. Er ereignete sich vor ihrem Regierungsantritt. Aber vielleicht spielt sie die Unwissende, um ihre Ruhe zu haben.

Einförmig schleppen sich die Tage dahin, ohne die geringste Abwechslung. Die Hitze raubt uns jeglichen Unternehmungsgeist: selbst Luce verschont mich fast zur Gänze mit ihren lästigen Zärtlichkeitsbezeigungen. Kaum angedeutete Streitereien flakkern auf, um sofort wieder zu verglimmen. Wir sind zu faul, um zu zanken. Windstille, Apathie. Zuweilen bricht ein Juligewitter los, läßt taubeneigroße Hagelkörner vom Himmel prasseln und jagt uns unter das schützende Dach. Eine Stunde später strahlt der Himmel wieder in wolkenloser Bläue.

Wir haben Marie Belhomme einen gemeinen Streich gespielt: sie brüstete sich, daß sie ohne Hose zur Schule kommen würde. (Von wegen der Hitze!)
Eines Nachmittags saßen wir zu viert auf einer Bank, in nachstehender Reihenfolge: Marie – Anaïs – Luce – Claudine.
Leise instruiere ich meine Nachbarinnen. Sie stehen auf und gehen zur Pumpe, um sich die Hände zu waschen. Die Mitte der Bank bleibt leer. Marie sitzt an einem Ende, ich am anderen. Sie schläft fast über ihrem Rechenbuch. Ich springe auf, die Bank gibt nach, Marie erwacht, fällt zu Boden, die Beine in die Luft gestreckt, schreit wie ein abgemurkstes Huhn (das Geheimnis dieser Jammerlaute hat ihr noch niemand abgeschaut) und zeigt uns . . . daß sie tatsächlich keine Hose trägt. Gelächter und Geschrei, der Lärm kennt keine Grenzen. Die Frau Direktor will ein Donnerwort sprechen. Es bleibt ihr in der Kehle stecken und sie windet sich vor Lachen. Aimée Lanthenay macht sich aus dem Staub. Anscheinend zieht sie es vor, sich im geheimen auszuschütten, um nicht ihren Schülerinnen das Schauspiel einer hysterisch zuckenden Katze zu bieten.
Dutertre hat sich schon lange nicht blicken lassen. Angeblich ist er am Meer, faulenzt und flirtet. (Wo er nur das Geld hernimmt?) Ich kann ihn mir lebhaft vorstellen, mit weißen Flanellhosen, weichen Hemden, zu breiten Gürteln und zu gelben Schuhen. Er liebt diese saloppe Tracht, Hochstapler, der er ist, zu grell gekleidet, zu braun gebrannt, mit funkelnden Augen, spitzen Zähnen und rötlich schwarzem, wie versengtem Schnurrbart. Sein jäher Überfall im Schulkorridor ist mir fast aus dem Gedächtnis entschwunden. Der Eindruck war zwar stark, aber von kurzer Dauer. Gott, bei ihm weiß man so genau, woran man sich zu hal-

ten hat! Ich bin vielleicht das dreihundertste kleine Mädchen, das er in seine Ordination zu locken versucht. Der Zwischenfall zählt weder für ihn noch für mich. Gewichtig wäre die Sache erst geworden, wenn sie geklappt hätte.

Unsere Gedanken kreisen um die Toiletten, die wir bei der Preisverteilung tragen werden. Mademoiselle Sergent läßt sich von ihrer tüchtigen Mutter ein schwarzes, mit Federnstickerei geziertes Seidenkleid schneidern: große Bukette in allen Schattierungen von Lila bis Violett, Zweige, die sich am Busen emporranken, zarte Girlanden längs des Saums, sehr vornehm, sehr gediegen, ein wenig ältlich, aber von untadeligem Schnitt. Die Frau Direktor kleidet sich stets dunkel und einfach, und sämtliche Damen der guten Gesellschaft von Montigny – Frau Notar, Frau Steuereinnehmer, Ladeninhaberinnen und »Private« – verblassen neben ihrer eleganten Erscheinung. (Süße Rache einer häßlichen, gutgewachsenen Frau!)

Sie betrachtet es auch als ihre Pflicht, Aimée für den großen Tag auf das reizendste auszustaffieren, bestellt bei den bedeutendsten Pariser Kaufhäusern Stoffmuster und Modelle, und die beiden Freundinnen treffen bedächtig ihre Wahl, ohne sich um ihre Schülerinnen zu kümmern, die einstweilen im Schatten sitzen, stickend, häkelnd und strickend. Dieses Kleid dürfte Mademoiselle Aimée kaum teuer zu stehen kommen. Aber hat sie nicht recht? Von ihren fünfundsiebzig Francs monatlich, abzüglich dreißig Francs Kostgelt (die sie einspart), dreißig Francs für Luces Pension (die sie nicht bezahlt) und zwanzig Francs, die sie ihren Eltern schickt – das hat Luce mir erzählt –, von diesen fünfundsiebzig Francs, wiederhole ich, könnte sie sich niemals das reizende weiße Mohairkleid leisten, dessen Abbildung ich gesehen habe.

In Schülerkreisen macht es sich gut, bezüglich der Preisverteilungstoilette völlige Gleichgültigkeit zu mimen. Dabei denken die Mädchen seit einem Monat an nichts anderes mehr, quälen ihre Mütter, um die Anschaffung neuer Spitzen und Bänder, zumindest jedoch die Modernisierung des alten Kleides durchzusetzen. Kaum, daß man wie von ungefähr die Frage stellt: »Was ziehst du heuer an?« in beiläufigem, uninteressiertem Ton, als gehorche man lediglich dem Gebot primitivster Höflichkeit. Die Antwort erfolgt in der gleichen nachlässig-herablassenden Weise, und man tut, als hätte man sie überhört.

Die lange Anaïs, der Gepflogenheit getreu, erkundigt sich nach meiner Toilette, mit zerstreuter Miene, den Blick in die Ferne verloren. Ich erwidere geistesabwesend, mit gleichgültiger Stimme:

»Ach, nichts Besonderes! Weißer Musselin ... spitzer Ausschnitt... gekreuztes Oberteil, Ärmel à la Ludwig XV., bis zum Ellbogen, mit gezogenen Musselinmanschetten.«

Bei der Preisverteilung erscheinen wir alle in Weiß. Da unsere Kleider aber mit pastellfarbenen Bändern, Maschen, Buketts und Gürteln geschmückt sind, deren kunstreiche Schattierung uns viel Kopfzerbrechen verursacht, bestehen wir darauf, sie alljährlich zu ändern.

»Was für Bänder?« fragt Anaïs mit spitzen Lippen. (Die Frage war vorauszusehen.)

»Weiße.«

»Aber, meine Liebe! Das reinste Brautgewand! Ich kenne so manche, die in so viel Weiß schwärzer aussehen würde als ein Floh auf einem Leintuch.«

»Ja, ja. Glücklicherweise steht mir Weiß sehr gut.«

(Zerspring, süßes Kind! Deine gelbe Haut ist stadtbekannt, und man weiß, daß du deinem Kleid mit roten oder orangefarbenen Bändern nachhelfen mußt, um nicht wie eine Zitrone auszusehen.)

»Und deine Bänder? Orange?«

»Was fällt dir ein! Die hatte ich doch voriges Jahr! Changierende, à la Ludwig XV., aus Rips und Seide, elfenbein- und mohnblumenfarben! Das Kleid ist aus leichtem Wollstoff, nicht weiß, sondern creme.«

»Ich«, verkündet Marie Belhomme ebenso laut wie unaufgefordert, »ich trage heuer ein weißes Musselinkleid mit vergißmeinnichtfarbenen Bändern! Es wird sehr hübsch!«

»Und ich«, läßt sich Luce aus meiner nächsten Nähe vernehmen – stets nistet sie in meinen Röcken oder kauert in meinem Schatten –, »habe zwar das Kleid, weiß aber nicht, was für Bänder ich annähen soll! Aimée will, daß ich blaue nehme ...«

»Blaue? Deine Schwester ist eine Gans, bei aller schuldigen Ehrfurcht! Wer Augen hat wie du, nimmt doch keine blauen Bänder! Beim bloßen Gedanken daran wird mir übel! Die Modistin am Hauptplatz hat sehr hübsche Satinbänder, grün und weiß ... dein Kleid ist weiß?«

»Ja, aus Musselin.«

»Aha. Dann mußt du deine Schwester eben so lange plagen, bis sie dir grüne Bänder kauft.«

»Nicht nötig. Ich kaufe sie selbst.«

»Um so besser! Du wirst sehr hübsch sein, glaub mir! Außer dir kann sich's kaum jemand erlauben, grüne Bänder zu tragen. Es ist zu riskant!«

Die arme Kleine! Ich brauche ihr nur die geringste Liebenswürdigkeit zu sagen, noch dazu ganz unabsichtlich, und schon verklären sich ihre Züge . . .

Die nahende Ausstellung erfüllt Mademoiselle Sergent mit Unruhe. Sie läßt uns keine Minute in Frieden, treibt uns unerbittlich zur Arbeit an, mahnt zur Eile und läßt Strafen vom Himmel regnen, die darin bestehen, nach Schluß des Unterrichts zwanzig Reihen zu stricken, einen Meter Saum zu nähen oder zwei Handbreit Spitzen zu klöppeln. Sie selbst ist auch nicht untätig, sondern stickt – höchst kunstvoll, das muß man ihr lassen! – an zwei prachtvollen Musselinvorhängen, sofern ihre kleine Aimée ihr die nötige Muße läßt. Dieser kleine Faulpelz von einer Hilfslehrerin, verspielt wie das Kätzchen, das sie ist, stöhnt nach zwanzig Stichen Gobelinstickerei und rekelt sich seufzend angesichts der ganzen Klasse, um von Mademoiselle Sergent, die sie nicht zurechtzuweisen wagt, ein mildes »Was für ein bedauerliches Beispiel für die Schülerinnen!« zu ernten. Darauf wirft die Ungehorsame die Stickerei zu Boden, heftet zwei blitzende Augen auf die Freundin, stürzt sich auf sie und bedeckt ihre Hände mit Küssen und kleinen Bissen. Die Großen lächeln verständnisinnig und geben einander Rippenstöße. Die Kleinen zucken mit keiner Wimper.

Mit der Ruhe des heutigen Morgens – ausnahmsweise weht ein kühles Lüftchen – ist's aus und vorbei. Mademoiselle Sergent hat einen großen Brief im Postkasten gefunden. Er trägt den Stempel des Magistrats und des Bürgermeisteramts. Die Frau Direktor entfaltet das Blatt, liest, liest noch einmal und sagt kein Wort. Ihre verrückte kleine Freundin, längerer Ungewißheit müde, bemächtigt sich des Briefes mit zuckenden, fordernden Pfoten, läßt den Blick über die Zeilen fliegen und stößt dabei so laute »Nein, so etwas!« und »Das wird was werden!« hervor, daß unsere Neugier überdimensionale Formen annimmt. Mademoiselle Sergent wendet sich an Aimée und sagt: »Ich wußte es zwar, wartete aber auf die offizielle Mitteilung. Er ist ein Freund Doktor Dutertres . . .«

»Ja, ja, aber wir müssen es den Kindern sagen! Wo es sich doch darum dreht, zu beflaggen, zu illuminieren, das Bankett vorzubereiten! Sehen Sie nur, sie sieden ja förmlich vor Ungeduld!«

Und ob wir sieden!

»Sie haben recht. Also, aufgepaßt: Monsieur Jean Dupuy, der neue Landwirtschaftsminister, wird auf dem Weg in die Kreisstadt, wohin er sich anläßlich der Landwirtschaftstagung begibt, unsere neue Schule einweihen. Wir werden die Stadt beflaggen, illuminieren, den Minister am Bahnhof empfangen ... aber wozu erzähle ich das alles! Der Stadttrommler wird es ohnedies ausschreien, und dann erfahren Sie es früh genug. Und jetzt vorwärts, an die Arbeit, und daß etwas weitergeht! Die Sachen müssen zur Ausstellung fertig sein!«
Andächtige Stille. Dann geht der Wirbel los, Rufe werden laut, andere suchen sie zu übertönen, der Hexenkessel läuft über und ein spitzes Stimmchen schwebt eine Sekunde frei im Raum:
»Wird uns der Minister prüfen?«
Ein Pfeifkonzert antwortet Marie Belhomme, der Gurke, die diese Frage gestellt hat.
Es fehlt zwar noch eine gute Weile bis Schluß des Unterrichts, aber Mademoiselle Sergent schenkt ihrer schreienden, lachenden Meute die Freiheit, um in Ruhe sämtliche Entschlüsse fassen zu können, die in Anbetracht dieses unerhörten Ereignisses angezeigt erscheinen.
»Alte, was sagst du jetzt?« fragt Anaïs auf der Straße.
»Daß die Ferien acht Tage früher anfangen werden, und das ist nicht zum Lachen! Mich ärgert's, wenn ich nicht in die Schule gehen kann.«
»Aber denk doch! Feste, Bälle, Musik auf den Plätzen ...«
»Ja, ja, und viele Leute, vor denen du paradieren kannst, ich verstehe schon! Im übrigen werden wir im Brennpunkt der öffentlichen Aufmerksamkeit stehen, dafür wird schon Dutertre sorgen, der Busenfreund des Herrn Ministers!« (Sicher wagt sich diese frischgebackene Exzellenz nur seinetwegen in ein Loch wie Montigny ...)
»Ist das dein Ernst?«
»Klar! Das Ganze ist doch nur Theater, um endlich den Abgeordneten auszustechen!«

Der Stadttrommler hat's verkündet. Man verheißt uns Freuden ohne Ende. Ankunft des Sonderzugs um neun Uhr. Obrigkeit, Schüler beider Schulen und Spitzen der Bevölkerung werden den Minister am Bahnhof erwarten und durch die festlich geschmückten Straßen im Triumph zu den Schulgebäuden führen. Dort wird Seine Exzellenz ein Podium besteigen und eine Rede vom Stapel lassen, sodann in zahlreicher Gesellschaft tafeln, im großen Saal des Gemeindeamts. Nachher ist eine Preisverteilung für Erwachsene vorgesehen: Monsieur Jean Dupuy (Meisterstück des Distriktskandidaten!) wird mit diversen grünen und violetten Ordensbändchen erscheinen, die für die Gläubiger seines Freundes Dutertre bestimmt sind. Abends Ball im Bankettsaal, unter liebenswürdiger Mitwirkung des Kreisstadtorchesters (es bleibt uns nichts erspart!). Der Bürgermeister ersucht die Bewohner, ihre Häuser zu beflaggen und mit Blumen und Tannenreisig zu dekorieren. Welch hohe, unverhoffte Ehre!

Am nächsten Morgen besteht Mademoiselle Sergents erste Amtshandlung darin, uns den Besuch ihres teuren Dutertre anzukündigen, ernst und feierlich. Man merkt sogleich, daß sich große Dinge vorbereiten. Sicher wird er uns in gewohnter Liebenswürdigkeit mit Einzelheiten über den Ablauf der Zeremonie versorgen.

Sollte man meinen. Aber er läßt sich nicht blicken. Erst gegen vier Uhr – wir verstauen gerade Spitzen, Strickerei und Gobelins in unseren Handarbeitskörbchen – fliegt die Türe auf und Dutertre schneit herein, ohne anzuklopfen, versteht sich. Es ist unser erstes Wiedersehen seit seinem »Attentat«, und er hat sich um kein Jota verändert: dieselbe Unbekümmertheit, dieselbe gesuchte Nachlässigkeit der Kleidung: hellgrauer, fast weißer Anzug, farbiges Hemd, helle, breite Krawatte. Sie steckt in einem Gürtel, der ihm gleichzeitig als Weste dient. Mademoiselle Sergent, Anaïs, Aimée – alle finden, daß er sich mit unnachahmlicher Eleganz zu kleiden versteht.

Während er mit den Damen plaudert, schweifen seine Blicke zu mir. Er hat mandelförmige Augen. Sie laufen schläfenwärts in schmale Striche aus und scheinen einem wilden Tier zu gehören, doch er versteht es mitunter, sanft zu blicken. Nein, ein zweites Mal gehe ich nicht mit dir auf den Gang, die Zeiten sind vorüber!

»Na, Kinder?« ruft er jovial, »freut ihr euch auf den Minister?«

Wir antworten mit ehrerbietigem Gemurmel.

»Ihr werdet ihm am Bahnhof einen fürstlichen Empfang bereiten, das will ich mir ausgebeten haben! Alle in Weiß! Aber damit ist es beileibe nicht getan! Er muß auch Blumen kriegen, und zwar von drei Großen. Ferner hat eine von Ihnen ein kleines Kompliment aufzusagen!«

Wir spielen die Schüchternen und tauschen Blicke geheuchelten Entsetzens.

»Tut nur nicht, als ob ihr nicht bis drei zählen könntet! Ich brauche eine ganz in Weiß, eine in Weiß mit blauen und eine mit roten Bändern, um eine Trikolore zu bilden! Wird gar nicht so übel sein, diese kleine Trikolore! Du bist natürlich dabei« (das bin ich!), »denn du siehst dekorativ aus, und außerdem will ich, daß man dich sieht. Was hast du heuer für Bänder?«
»Weiße.«
»Sehr wohl, du unbefleckte Jungfrau, du spielst das Mittelstück der Fahne und wirst meinen Ministerfreund begrüßen. Er wird dich gar nicht so ungern betrachten, das kannst du mir glauben!«
Ist er verrückt geworden? Er kann doch nicht so ungezwungen mit mir sprechen! Mademoiselle Sergent bringt mich um!
»Wer hat rote Bänder?«
»Ich!« schreit Anaïs, zitternd vor ungeduldiger Erwartung.
»Meinetwegen.«
Genau genommen, flunkert diese rasende Hopfenstange: ihre Bänder sind changierend.
»Wer hat blaue Bänder?«
»Ich – Mon-sieur«, stammelt Marie Belhomme mit angsterstickter Stimme.
»Gut. Ihr werdet recht gute Figuren machen, alle drei! Und was die Bänder betrifft, so tut euch keinerlei Zwang an, putzt euch fröhlich drauflos! Ihr braucht keine Unkosten zu scheuen, ich bezahle! (Hm, hm!) Daß wir uns recht verstehen: schöne Gürtel, große Maschen, alles, was das Herz begehrt! Außerdem bestelle ich euch passende Bukette.«
»Jetzt schon?« bemerke ich. »Bis dahin sind sie ja längst verwelkt!«
»Sei still, du Frechdachs! Deine Umgangsformen werden sich wohl auch nie bessern, im Gegensatz zu deinen übrigen Formen, die gar nicht so übel sind, nein, gar nicht übel . . .«
Die Klasse lacht bereitwillig, Mademoiselle Sergent macht gute Miene zu bösem Spiel. Was Dutertre betrifft, so würde ich schwören, daß er besoffen ist.
Wir sind entlassen. Dutertre bleibt noch. Kaum fällt die Türe hinter uns ins Schloß, bricht eine Flut von Bemerkungen über mich herein: »Hast du ein Glück, meine Liebe! Alle Rosinen sind für dich, wie? Eine andere wäre nicht drangekommen, keine Gefahr!« Ich erwidere kein Wort und gehe die kleine Luce trösten. Sie ist todtraurig, daß Dutertre sie seiner Trikolore anscheinend für unwürdig erachtet hat. »Aber, aber! Du wirst sehen, wie

hübsch du sein wirst mit deinen grünen Bändern! Außerdem bist du selbst daran schuld! Warum hast du dich nicht vorgedrängt wie die lange Anaïs?«
»Ach«, seufzt die Kleine, »es ist ohnehin besser so. Vor vielen Leuten werde ich immer ganz verwirrt. Sicher hätte ich einen Unsinn angestellt. Aber ich freue mich, daß du das Gedicht aufsagst, und nicht sie!«

Ich setze Papa von der glorreichen Rolle in Kenntnis, die ich bei der Schuleinweihung spielen werde. Er rümpft die Bourbonennase und fragt: »Alle Teufel! Muß ich mich am Ende dort zeigen?«
»Keine Spur, Papa! Du bleibst unsichtbar!«
Er atmet auf.
»Ich brauche mich also nicht um dich zu kümmern?«
»Aber nein, Papa! Bestimmt nicht! Du brauchst deine Gepflogenheiten nicht zu ändern!«

In Stadt und Schule geht's drunter und drüber. Wenn das nicht bald anders wird, komme ich nicht einmal mehr dazu, mein Tagebuch zu schreiben! Des Morgens erscheinen wir um sieben in der Klasse, und nicht zum Spaß! Die Frau Direktor hat aus der Kreisstadt riesige Ballen Seidenpapier kommen lassen, hellblau, rot, gelb und weiß. Wir packen es im größten Klassenzimmer aus – die Größten sind zu besseren Abteilungsleiterinnen avanciert –, zählen die federleichten Blätter, falten sie der Länge nach in sechs Teile, schneiden sie auseinander und befördern das vorgeschnittene Papier zum Schreibtisch Mademoiselles. Sie bearbeitet es mit einer kleinen Stanzmaschine – es entstehen kleine Rundbogen – und verteilt dieses kostbare Rohmaterial an die ganze erste und zweite Klasse. Die dritte geht leer aus. Diese tolpatschigen Kleinen würden das Papier verderben, das zarte, seidige Papier, das zu zahllosen Rosen erblühen soll, die farbenfroh und ein wenig zerknittert von dünnen Messingdrahtstengeln nicken werden.
Das Leben ist schön! Bücher und Hefte schlummern im festverschlossenen Pult, und eine jede setzt ihre Ehre darein, als erste in der Schule anzulangen, dieser herrlichsten aller Schulen, die sich nun vorübergehend in einen riesigen Putzmacherladen verwandelt hat.
Wo sind die Zeiten, da ich mich von einer Seite auf die andere wälzte, ohne mich zum Aufstehen entschließen zu können? Jetzt

haste ich so eilig zur Schule, daß ich meinen Gürtel meistens erst auf offener Straße zuhake. Manchmal sind die Klassen schon vollbesetzt, ehe die beiden Damen herabkommen. Man kann nicht behaupten, daß sie sich unsertwegen etwa Zwang auferlegen! Mademoiselle Sergent läßt sich in rotem Batistschlafrock bewundern (ohne Korsett, stolz wie ein Pfau!), während die Schmeichelkatze von einer Hilfslehrerin ihr auf dem Fuße folgt, in weichen Pantöffelchen, mit zärtlichen, schlafverklebten Augen. Man lebt *en famille*. Vorgestern erschien Mademoiselle Aimée mit nassen, zerrauften Löckchen – offenbar hatte sie sich knapp vorher den Kopf gewaschen –, und ihr kurzes Haar, dessen Spitzen sich sanft einwärts drehen, glich weichen, seidigen Goldfäden. Sie sah aus wie ein übermütiger kleiner Page, und ihre Frau Direktor (ihre gute Frau Direktor!) vermochte den Blick nicht von ihr zu wenden.

Der Hof liegt verödet. Wir arbeiten hinter vorgezogenen Serge-Vorhängen, in blauem, märchenhaftem Licht und machen es uns so bequem wie möglich. Anaïs legt ihre Schürze ab und krempelt die Ärmel auf wie eine Bäckersfrau. Die kleine Luce, stets an meiner Seite, rafft ihr Kleid wie ein Wäschermädel, ausgezeichneter Vorwand, ihre runden Waden und feinen Knöchel zur Schau zu stellen. Marie Belhomme – Mademoiselle, von Mitleid bewegt, hat ihr gestattet, die Bücher einstweilen beiseitezulegen – teilt unsere hektische Betriebsamkeit, schneidet das Papier schief, irrt sich fortwährend, bleibt mit den Füßen im Messingdraht hängen, erklimmt innerhalb einer Minute die höchsten Höhen menschlichen Glücks, um gleich darauf in einen Abgrund der Verzweiflung zu stürzen, so lieb, so arm und so harmlos in ihrer schwarzweißgestreiften Arbeitsschürze, daß wir sie nicht einmal mehr zum besten halten.

Mademoiselle Sergent steht auf, begibt sich zu einem der Fenster, die auf den Hof der Knabenschule hinausgehen, und zieht mit jäher Bewegung den Vorhang zur Seite. Aus dem Nachbargebäude tönt rüdes Gebrüll: sechzig Mutanten sind lärmend bemüht, unter Monsieur Rabastens' Leitung eine republikanische Hymne einzuüben. Mademoiselle Sergent zögert einen Augenblick, dann hebt sie die Hand. Die Stimmen verstummen, und der gefällige Antonin eilt herbei, ohne Hut, eine rote Rose im Knopfloch.

»Würden Sie die Güte haben, zwei Ihrer Schüler in die Werkstatt zu schicken? Der Messingdraht muß zu 25 cm langen Stücken zurechtgeschnitten werden!«

»Auf der Stelle, Mademoiselle!« (Oh, dieser schöne Marseiller Akzent!) »Sie arbeiten noch immer an Ihren Blumen?«
Mademoiselle Sergent nickt. »Es ist kein Ende abzusehen! Allein für die Schule brauchen wir fünftausend Rosen! Und dabei sollen wir noch den Bankettsaal dekorieren!«
Rabastens saust davon, barhäuptig unter der sengenden Sonne. Eine Viertelstunde später klopft es an die Türe: zwei vierzehnbis fünfzehnjährige Lümmel, hochrot und ungeschlacht, erscheinen mit dem geschnittenen Messingdraht, wissen offensichtlich nicht, was sie mit sich anfangen sollen, und stehen hilflos und erregt inmitten dieser fünfzig bloßarmigen, großzügig dekolletierten Mädchen, die sich über die beiden Burschen mitleidlos lustig machen. Anaïs streift sie im Vorbeigehen, ich befestige heimlich Papierschlangen an ihren Taschen, und sie geben Fersengeld, unglücklich und zufrieden, während Mademoiselle Sergent Ermahnungen an uns richtet.
Anaïs und ich falten und schneiden, Luce trägt die fertigen Pakete zur Frau Direktor, Marie schichtet zu Stößen. Um elf Uhr lassen wir alles liegen und stehen, stellen uns auf und proben die »Hymne an die Natur«. Gegen fünf macht man Toilette: Taschenspiegel werden hervorgezaubert, gefällige Mädelchen halten ihre Schürzen hinter offene Fensterflügel, und wir setzen vor dieser dunklen Scheibe unsere Hütchen auf, ich zerraufe meine Locken, Anaïs rückt ihren verrutschten Knoten zurecht, und wir gehen nach Hause.
Langsam beginnt die Stadt mit der Schule zu wetteifern. Bedenken Sie: nur sechs Tage trennen uns noch von der Ankunft Jean Dupuys! Frühmorgens rollen die Karren aus der Stadt. Die Burschen, die sie bemannen, singen und peitschen ihre Klepper, beides aus Leibeskräften, und fahren in den Gemeindewald (wirklich nur in den Gemeindewald?), die zu fällenden Bäume zu bezeichnen. Hunderten von Tannen, Ulmen und Espen – ihre samtenen Blätter liebe ich ganz besonders – wird der Besuch dieses frischgebackenen Ministers das Leben kosten. (Ehre, wem Ehre gebührt!) Des Abends sitzen die Mädchen im Freien, auf Stufen und Gehsteigen, zupfen Papierrosen zurecht und singen dabei, um die Burschen zur Mithilfe anzuregen. Müssen die wohl die Arbeit beschleunigen! Mit beiden Händen stürzen sie sich darüber . . .
Während im großen Saal des Gemeindeamts Tischler die hölzernen Zwischenwände abmontieren, schießt im Hof eine große Estrade aus dem Boden. Dutertre, Arzt, Gönner und Distrikts-

kandidat, beehrt uns mit ebenso kurzen wie häufigen Besuchen, lobt alles, was da gebaut wird, klopft den Männern auf die Schulter, kneift die Frauen in die Wange, zahlt den Arbeitern Getränke und verschwindet, um im Handumdrehen wieder aufzutauchen. Glückliche Gegend! Mittlerweile verwüstet man die Wälder, wildert Tag und Nacht, rauft in den Schenken, und eine Magd in Chêne-Fendu hat ihr Neugeborenes den Schweinen vorgeworfen. (Nach einigen Tagen wurde das Verfahren eingestellt, da es Dutertre gelang, die Unzurechnungsfähigkeit des Mädchens zu beweisen . . . jetzt ist bereits Gras darüber gewachsen und niemand denkt mehr an die Affäre. Dank diesem System vergiftet er das Land, hat aber an die zweihundert Strauchdiebe um sich gesammelt, die für ihn durchs Feuer gehen würden. Der Abgeordnetenstuhl ist ihm sicher. Was kümmert ihn der Rest?)
Und wir? Mein Gott, wir binden Rosen, sechstausend Rosen! Das ist keine Kleinigkeit! Selbst die Jüngsten sind in den großen Arbeitsprozeß eingegliedert worden: sie verfertigen Girlanden aus zartgetöntem, gefälteltem Papier, die dazu bestimmt sind, an allen möglichen und unmöglichen Stellen im Sommerwind zu schaukeln. Mademoiselle Sergent hat den Oberbefehl inne, fürchtet, daß die Vorbereitungen nicht zeitgerecht beendet sein werden, und gibt uns allabendlich Messingdraht und Seidenpapier nach Hause mit, damit wir daheim weiterarbeiten können. Und wir binden Rosen, vor dem Essen, nach dem Essen, unermüdlich, ohne Unterlaß. In sämtlichen Häusern türmen sich die weißen, blauen, roten, rosa und gelben Rosen auf den Tischen, steif, taufrisch und knisternd am Ende ihrer schwankenden Stengel. Sie nehmen so viel Platz ein, daß wir nicht mehr wissen, wohin damit, quellen über, blühen in großen, vielfarbigen Haufen, und des Morgens tragen wir sie in Zubern zur Schule, als gingen wir unseren Verwandten zum Geburtstag gratulieren.
Die Frau Direktor, ideenreich wie noch nie, trägt sich mit dem kühnen Gedanken, beim Eingang der Schule einen Triumphbogen errichten zu lassen. Die Pfeiler sollen mit Tannenreisig umwunden, mit Laub besteckt und mit unzähligen Rosen geschmückt werden, während die Vorderseite die Inschrift WILLKOMMEN! tragen soll, in Rosenbuchstaben auf grünem Moosgrund.
Lieb, nicht wahr?
Auch ich steuere eine Idee bei: man möge die Trikolore (uns!) mit Blumen bekränzen.

»Ja! Ja!« rufen Anaïs und Marie Belhomme.
»Also gut.« (Was es uns schon kostet!) »Anaïs, du krönst dich mit Mohnblumen. Du, Marie, mit Kornblumen, und ich, Reinheit, Keuschheit, Unschuld, ich werde . . .«
»Vielleicht ein Myrthenkränzchen aufsetzen?«
»Ich könnte es mir noch erlauben! Wahrscheinlich mit größerer Berechtigung als Sie, Mademoiselle!«
»Vermögen Lilien deinen keuschen Ansprüchen zu genügen?«
»Du ödest mich an! Ich nehme Margeriten. Weißt du nicht, daß der Landesfarbenstrauß aus Mohnblumen, Kornblumen und Margeriten besteht? Vorwärts! Gehen wir zur Modistin!«
Mit blasierter, leicht angewiderter Miene treffen wir unsere Wahl. Die Modistin mißt unsere Köpfe und verspricht uns »das Beste«.
Am nächsten Morgen nehmen wir drei abscheuliche Kränze in Empfang: sie sind in der Mitte aufgequollen und sehen aus wie die Kronen unserer Bauernbräute. Marie und Anaïs setzen die Machwerke begeistert auf, von einem Kreis bewundernder Kinder umgeben. Ich enthalte mich jeglichen Kommentars, trage das Unding nach Hause und demoliere es in aller Ruhe. Dann baue ich auf demselben Drahtgestell einen zarten, zerbrechlichen Reif: wie zufällig erblühen die Margeritensterne, scheinen jederzeit abbrechen zu wollen, nicken lose vom Ohr herab, verlieren sich rückwärts ins Haar. Ich probiere das Meisterwerk: es übertrifft meine kühnsten Erwartungen. Sollte mir einfallen, die beiden anderen davon in Kenntnis zu setzen!

Eine fürchterliche Mehrarbeit bricht über uns herein: die Papilloten! Natürlich wissen Sie nicht, was das ist, können es nicht wissen. Darum sei Ihnen gesagt, daß kein Mädchen von Montigny einer Preisverteilung oder anderen Festlichkeiten beiwohnen würde, ohne nach allen Regeln der Kunst gelockt und onduliert zu sein, an und für sich keine verwunderliche Gepflogenheit, obgleich matratzenartige Wellen und bocksteife Korkzieherlocken die Köpfe zornigen Besen ähneln lassen. Nun haben aber die Mütter all dieser lieben Kleinen – Näherinnen, Landarbeiterinnen, Handwerksfrauen und Verkäuferinnen – weder Zeit noch Lust, noch das nötige Geschick, diese Haarmassen gefällig zu kräuseln. Wem fällt daher diese mitunter wenig appetitanregende Aufgabe zu? Dreimal dürfen Sie raten: den Schülerinnen der ersten Klasse!
Verrückt! Aber was soll man tun? Es ist nun einmal der Brauch,

und dieses Wort entschuldigt alles. Bereits eine Woche vor der Preisverteilung plagen uns die Kleinen und tragen sich in unsere Listen ein. Jede von uns hat mit etwa einem halben Dutzend Kundinnen zu rechnen. Dabei ist gepflegtes, sauberes Haar eine Seltenheit. Wie viele verfilzte – wenn nicht gar bewohnte! – Mähnen wird's da wieder zu behandeln geben!
Heute gehen wir daran, die Häupter der acht- bis elfjährigen mit Papilloten zu spicken. Die Mädchen kauern auf dem Boden und überantworten uns vertrauensvoll ihre Köpfe. Als Lockenwickler verwenden wir Blätter aus alten Schulheften.
Heuer habe ich nur vier Opfer angenommen, noch dazu ausgesucht saubere! Meine Mitschülerinnen hingegen frisieren je sechs Kleine, eine ermüdende Tätigkeit, um so mehr, als sich diese Bauerntöchter im allgemeinen durch üppige Haarfluten auszeichnen. Punkt zwölf wird die gehorsame Herde hereingerufen. Ich beginne mit einer Blondine, deren leichtes Haar sich ganz von selbst in weiche Locken legt.
»Was hast du hier zu suchen? Du willst doch nicht im Ernst, daß ich dir die Haare eindrehe? Das ist ja Wahnsinn?«
»Natürlich will ich sie eingedreht haben! Was denn sonst! Ohne Locken bei der Preisverteilung? Wo ein Minister kommt?«
»Du wirst häßlicher sein als die vierzehn Todsünden! Haare wie die Borsten, ein Wolfskopf . . .«
»Das ist mir egal. Aber wenigstens bin ich frisiert.«
Was kann man machen? Wenn sie darauf besteht . . . Zu denken, daß die anderen der gleichen Ansicht sind! Ich möchte wetten, daß selbst Marie Belhomme . . .
»Und du, Marie? Du bleibst sicher, wie du bist, mit deinen Naturwellen, oder?«
Sie stößt einen Entrüstungsschrei aus.
»Wie ich bin? Du bist wohl nicht bei Trost! Glaubst du, ich will mit plattgedrückten Haaren zur Preisverteilung kommen?«
»Ich weiß nur eines: *meine* Haare drehe ich nicht ein.«
»Deine Haare, meine Liebe, locken sich von Natur sehr gut und sind überhaupt sehr dankbar! Außerdem bist du dafür bekannt, grundsätzlich das Gegenteil von dem zu machen, was die anderen tun!«
Während sie spricht, ist sie lebhaft – allzu lebhaft! – damit beschäftigt, die langen Flechten eines Mädelchens, das in seinem Haarwald fast zur Gänze verschwindet, um den Finger zu wikkeln, dichtes, unwegsames Gestrüpp von der Farbe reifen Weizens, aus dem zuweilen verzweifeltes Gewimmer tönt.

Anaïs malträtiert ihre Patientin, nicht ohne böse Absicht. Die Kleine heult.
»Es ist aber auch nicht durchzukommen«, sagt die lange Latte als fadenscheinige Entschuldigung. »Kaum glaubt man, daß man fertig ist, steckt man erst in der Hälfte! Hab' ich vielleicht darum gebeten, dich zu frisieren? Na also! Jetzt hast du deinen Willen! Halt gefälligst den Mund!«
Wir wickeln, wir wickeln, zerreißen unzählige Papierstreifen über den Häuptern unserer Opfer, daß es im Glasgang widerhallt. Eine Kleine nach der anderen erhebt sich seufzend und stellt einen Kopf zur Schau, der jedem Igel zur Ehre gereichen würde und auf dessen Papierpapilloten man noch lesen kann: »Problem . . . Moral . . . Kardinal Richelieu . . .« Vier Tage lang werden sie in diesem Aufzug spazierengehen, in der Schule, auf der Straße, schamlos, ohne das geringste Unbehagen! Wenn ich Ihnen sage, daß es so Brauch ist!
Wir leben in einem tollen Wirbel, immer unterwegs, immer in Eile, befördern Rosen hin und her und betteln wildfremde Leute (Anaïs, Marie, Luce und mir hat Mademoiselle die Aufgabe zugewiesen, die zur Ausschmückung des Bankettsaals nötigen Schnittblumen aufzutreiben. Wahrscheinlich baut sie zwecks Erweichung der Hartherzigen auf unsere frischen Gesichter) um frische Blumen an. Wir gehen kühn zu Paradis, dem Steuereinnehmer, hat ihn doch ein böswilliges Gerücht als glücklichen Besitzer wundervoller Zwergrosenstöcke bezeichnet, überrennen sein trautes Heim und sagen unerschrocken: »Guten Tag, Monsieur, wir haben von Ihren schönen Rosen gehört und hätten gern ein paar für den Bankettsaal, Sie wissen ja, und einen schönen Gruß von . . .« Der arme Mann stottert etwas in seinen wallenden Bart und führt uns in den Garten, mit einer Baumschere bewaffnet. Frohlockend ziehen wir wieder ab, die Arme mit Blumentöpfen beladen, lachen, plaudern und werfen den Burschen, die an jeder Straßenkreuzung mit der Errichtung von Triumphbogen beschäftigt und äußerst redselig sind, freche Antworten zu. »He, ihr Hübschen! Braucht ihr keine Hilfe? Hoppla! Gleich liegt der Topf am Boden! Achtung, ihr verliert was! So klaubt's doch auf!«
Seit gestern fahren die Burschen bei Tagesanbruch fort, um erst mit sinkender Nacht zurückzukehren, in Karren, die unter Wagenladungen von feuchtem grünem Moos – es riecht nach Wald und Sumpf – und unzähligen Tannen-, Föhren- und Buchsbaumzweigen verschwinden. Noch nie habe ich unsere Bevölke-

rung in solcher Aufregung gesehen! Für gewöhnlich ist diesen Banditen alles egal, selbst die Politik, und auf einmal, hast du's nicht gesehen, kommen sie aus Wäldern und Hütten hervor, tauchen aus dem Gestrüpp auf, wo sie ihre Zeit hauptsächlich damit verbringen, den Kuhdirnen aufzulauern, und warum, wenn ich fragen darf? Um Herrn Jean Dupuy zu feiern! Da soll sich einer auskennen! Die Bande Louchards, sieben notorische Wild- und Tagediebe, zieht singend vorbei, nahezu unsichtbar unter endlosen Efeugirlanden, die mit dem sachten Geknister schwerer Seide hinter ihnen herschleifen.
Zwischen den einzelnen Straßen ist ein wilder Wettstreit entbrannt: da die Hauptstraße die Errichtung zweier Triumphbogen plant, einen am Anfang, einen am Ende, baut die Rue du Cloître deren drei. Worauf sich die Hauptstraße genötigt sieht, aus kunstvoll zurechtgestutzten Tannenzweigen ein wahres Wunderwerk von mittelalterlichem Schloß aufzuführen, mit zinnenbewehrten Türmchen. Die Rue des Fours-Banaux, durch ihre Schulnähe dem gartenkünstlerischen Einfluß Mademoiselle Sergents ausgesetzt, schmückt ihre Häuser mit buschigen, wahllos verteilten Zweigen, in ebenso vornehmer wie weiser Beschränkung, legt schmale Bretter von Haus zu Haus und läßt von diesem improvisierten Dach kunstreich verworrenes Efeu herabhängen. Das Ergebnis ist ein köstlicher, dämmrig-grüner Hain, wo auch die lautesten Stimmen wie durch Zauber gedämpft klingen. Man glaubt sich in einem teppichbelegten Raum mit dicken Polstertüren, und die Leute gehen aus purem Vergnügen dort spazieren. Was wunder, daß die Rue du Cloître vollends außer sich gerät und ihre drei Triumphbogen mit stattlichen, blumenbesteckten Moosgirlanden verbindet, um hinter diesem Wäldchen nicht zurückzustehen. Aber der Triumph ist von kurzer Dauer: kaltblütig geht die Hauptstraße daran, den Gehsteig zu entpflastern und einen richtigen kleinen Wald zu pflanzen, zu beiden Seiten der Straße. (Nichts einfacher als das: man entwurzelt eben junge Bäume und setzt sie an anderer Stelle wieder ein.) Noch vierzehn Tage, und der edle Wettstreit artet in Mord und Totschlag aus!
Jedoch der Bau der Bauten, das strahlende, unvergleichliche Juwel, das ist die Schule, unsere Schule! Ist der große Tag erst einmal da, wird man vor lauter Fahnen, Blättern und Blumen keinen Quadratzentimeter Mauerwerk entdecken können. Mademoiselle hat eine ganze Armee mobilisiert: Hilfslehrer, Schüler, große sechzehnjährige Bengel, alles gehorcht auf den leisesten

Wink, ohne Widerrede. Auch der Triumphbogen ist erstanden, und die beiden Damen, unterstützt von Anaïs, Luce, Marie und mir, haben auf schwankenden Leitern drei Stunden damit verbracht, in rosa Rosenschrift WILLKOMMEN! zu malen, zur großen Freude der männlichen Dorfjugend, die inzwischen alle Muße hatte, unsere Waden zu begutachten.

Von oben können wir die ganze Schule überblicken. An allen Dächern, Fenstern und Mauervorsprüngen grünt und blüht es ohne Ende: Zweige, Girlanden, hängende Rosen, rot-weißblaue Fahnen, meterlange Schlingpflanzen. Es ist, als zittre das Gebäude im leichten Wind, als schaukle es sachte vom Keller bis zum Giebel. Will man es betreten, gilt es, einen raschelnden, blütenbesteckten Efeuvorhang hochzuheben, und der Zauberspuk geht weiter: Rosenketten spannen sich von Wand zu Wand, hängen aus den Fenstern, zeichnen schwankend die Winkel nach. Es ist entzückend.

Der heutige Tag beginnt im Zeichen allgemeiner Niedergeschlagenheit: trotz unserer fieberhaften Tätigkeit, ungeachtet unserer kühnen Raubzüge zu den Gartenbesitzern, fehlt es immer noch an Blumen. Aufgeregte Kinder stecken flüsternd die papillotengespickten Köpfe zusammen. Mademoiselle Sergent überlegt mit gerunzelten Brauen. Schließlich ruft sie aus:

»Blumen müssen her, koste es, was es wolle! Die ganze linke Wand ist leer! Topfpflanzen, das wäre das richtige! Wo ist die fliegende Brigade?«

»Zu Befehl, Mademoiselle!«

Wir springen auf, alle vier (Anaïs, Marie, Luce, Claudine), tauchen aus dem summenden Wirbel, bereit, beim leisesten Wink davonzustürmen.

»Aufgepaßt: ihr geht jetzt zum alten Caillavaut –«

»Oh!!!«

Warum wir sie nicht ausreden lassen? Das werden Sie sofort verstehen: Papa Caillavaut ist ein alter, verrückter Geizhals, bösartig wie ein Raubtier, unmäßig reich, Besitzer einer von prachtvollen Gärten umgebenen Villa, die außer ihm und seinem Gärtner noch keine Menschenseele betreten hat. Als Wüterich gefürchtet, als Geizkragen verhaßt, genießt er – ein lebendes Geheimnis – gleichzeitig eine Art mythischer Verehrung. Und Mademoiselle Sergent will, daß wir ihn um Blumen bitten! Kommt gar nicht in Frage!

»Nur keine Faxen! Ihr tut ja, als wollte ich euch zur Schlachtbank schicken! Dabei sollt ihr nur mit seinem Gärtner verhandeln. Ihr werdet sein Herz erweichen und den alten Caillavaut nicht einmal zu Gesicht bekommen! Und wenn – was kann euch schon passieren? Schließlich seid ihr nicht gelähmt und könnt davonrennen, wenn's brenzlich wird! Hinaus!«

Begierig, bei dem alten Irren einzudringen, wenn auch nicht frei von unbestimmter Furcht, schleppe ich meine widerstrebenden Kameradinnen davon und versuche ihnen Mut einzuflößen.

»Vorwärts, Luce, vorwärts, Anaïs! Wir werden Dinge erleben, daß die andern vor Neid zerplatzen! Wer kann sich schon rühmen, beim alten Caillavaut gewesen zu sein?«

Vor dem großen grünen Tor bleiben wir stehen. Der Garten scheint uns entgegenzukommen. Blühende Akazien tasten über die Mauer. Ihr Duft ist betäubend. Keine wagt, die Glocke zu ziehen. Schließlich hänge ich mich an die Kette und läute Sturm. Marie bereitet den Rückzug vor. Luce, zitternd, aber tapfer, versteckt sich hinter mir. Tiefe Stille. Das Tor bleibt geschlossen. Sachte schiebe ich den gut geölten Riegel zurück, und wir zwängen uns durch den Türspalt, eine nach der andern, furchtsam und leise, ohne das Tor zu schließen. Ein kiesbestreuter Hof bietet sich unseren Blicken, groß und wohlgepflegt, ein schönes weißes Haus mit geschlossenen Fensterläden, ein Garten, grün und geheimnisvoll mit seinen dichten, dunklen Baumgruppen. Wir stehen wie die Salzsäulen. Noch immer ist niemand zu sehen, kein Laut zu hören. Rechts von der Villa reiht sich Glashaus an Glashaus. Sicher bergen sie die herrlichsten Pflanzen . . .

Eine Steintreppe führt in sachtem Bogen in den Hof hinab. Auf jeder Stufe stehen Blumentöpfe: flammendrote Geranien, Schwertlilien mit gesprenkelten Bäuchlein, Zwergrosen, deren Überfülle an Blüten künstlich herbeigeführt erscheint.

Die offensichtliche Abwesenheit jeglichen Besitzers gibt mir neuen Mut:

»Was soll das heißen? Niemand hier? Sollen wir vielleicht Wurzeln schlagen in Zornröschens Garten?«

»Psst!« macht Marie entsetzt.

»Psst? Im Gegenteil, man muß sich bemerkbar machen!« Und ich rufe, so laut ich kann:

»He, Leute! Monsieur! Gärtner!«

Tiefe Stille. Ich gehe zu einem der Glashäuser, drücke das Gesicht an die Scheiben und suche zu erraten, wie es drinnen wohl aussehen mag: dunkles, smaragdfarbenes Dschungel, von flammenden Farbflecken belebt. Das sind wohl exotische Blumen . . . Die Türe ist versperrt.

»Gehen wir!« flüstert Luce, die sich nicht sonderlich wohlfühlt.
»Gehen wir!« wiederholt Marie, noch ängstlicher. »Vielleicht steckt der Alte hinter einem Baum!«
Dieser Gedanke scheucht meine Gefährtinnen zum Tor zurück. Ich schreie sie an:
»Seid doch nicht so blöd! Ihr seht doch, daß niemand hier ist! Paßt auf: wir suchen uns jetzt die schönsten Töpfe aus – je zwei bis drei von denen, die auf der Stiege stehen – und nehmen sie einfach mit. Das wird ein Riesenerfolg!«
Meine Kameradinnen rühren sich nicht. Der Gedanke gefällt ihnen zwar sichtlich, aber ihre Angst ist allzu groß. Mit einer raschen Bewegung bemächtige ich mich zweier Töpfe Frauenschuh – die Blumen sind gesprenkelt wie Vogeleier – und gebe durch Zeichen zu verstehen, daß ich erwarte, dieses gute Beispiel befolgt zu sehen. Anaïs faßt sich ein Herz und greift nach zwei doppelten Geranien, Marie tut es ihr nach, Luce desgleichen, und wir treten den Rückzug an, leise und vorsichtig. Nahe dem Tor befällt uns jähe, unsinnige Furcht, wir zwängen uns wie verstörte Schafe durch den engen Spalt und laufen in einem Atem bis zur Schule. Mademoiselle empfängt uns mit Freudengeschrei. Vierstimmig berichten wir unser Abenteuer. Der Frau Direktor verschlägt's die Rede, sie bleibt eine Weile stumm und sagt schließlich unbekümmert: »Ach was, wir werden schon sehen, was passiert! Im Grund betrachten wir die Blumen als geliehen – wenn auch ein wenig gezwungenermaßen.«
Wir haben nie wieder von der Sache gehört, nie wieder! Dafür hat der alte Caillavaut seine Gartenmauer mit Glasscherben und Lanzenspitzen gespickt. Außerdem sind wir durch diesen Diebstahl in der öffentlichen Achtung gestiegen, was nicht wenig heißen will, da sich die Leute von Montigny in Diebereien bestens auskennen. Unsere Blumen prangten in der ersten Reihe. Und was geschah dann? Mein Gott, im Trubel des Ministerbesuchs vergaß man, sie zurückzugeben. Heute zieren sie den Garten Mademoiselles.
Dieser Garten ist übrigens seit geraumer Zeit die einzige Streitfrage zwischen Mademoiselle und ihrer rustikalen Mutter. Letztere, Bäuerin durch und durch, harkt, düngt, jätet und hetzt die Schnecken aus ihren letzten Schlupfwinkeln, vom heißen Wunsch beseelt, den Garten in zahllose Quadratmeter Kraut, Kohl und Erdäpfel zu verwandeln. Sie will die Internen mit einem Mindestaufwand an Kosten verpflegen. Die Tochter hingegen, kultiviert und schönheitsliebend, träumt von Geißblattlau-

ben, blühenden Sträuchern, zwanglos verteilten Baumgruppen, kurzum, sie sehnt sich nach unnützen Pflanzen. Dieser erbitterte Kampf erfüllt uns mit grenzenloser Heiterkeit. Bald läßt die alte Sergent ihre Wut an lockigen Birken und japanischen Ziersträuchern aus, mit kurzen, verächtlichen Schaufelhieben, bald klappern Mademoiselles Stöckel über Schnittlauch- und Sauerampferbeete, wütend und rücksichtslos. Gerechtigkeitshalber sei vermerkt, daß Madame Sergent ihre Tätigkeit strikte auf Küche und Gemüsegarten beschränkt, niemals in Erscheinung tritt, sich bei Meinungsverschiedenheiten der Stimme enthält und unbeirrbar ihre gestreifte Haube trägt.

Wie schön, wie reizvoll ist es doch, in diesen letzten Stunden, die uns noch von der Ankunft Seiner Exzellenz trennen, zur Schule und wieder heimzugehen, durch die unkenntlichen, in Wald- und Parkwege verwandelten Straßen. Das Tannenreisig verströmt seinen starken, würzigen Geruch, und es ist, als hätte sich Montignys Waldgürtel enger um das Städtchen geschlossen, als seien die Bäume gekommen, es unter ihrer duftenden Grüne zu begraben. Man hätte für diese kleine Stadt keinen passenderen, keinen anmutigeren Schmuck erträumen können. Daß er »adäquat« sei, will ich nicht sagen. Das Wort ist mir verhaßt.

Zu denken, daß unzählige Fahnen, Lampions und farbige Lampen diese grünen Wege morgen entstellen und veralltäglichen werden! Schade!

Uns, den Schülerinnen, begegnet man äußerst ungezwungen, und oft rufen uns Mädchen und Burschen herbei, wenn wir vorübergehen:

»He, ihr Hübschen, helft uns beim Rosenbinden, damit ihr nicht aus der Übung kommt!«

Wir folgen gern dieser Aufforderung, helfen, klettern auf die Leitern und meine Kameradinnen lassen sich die Taille, in seltenen Fällen sogar die Waden kitzeln. Mein Gott, was tut man nicht alles für einen Minister! Der Ordnung halber muß ich sagen, daß sich mit der Tochter des »Schneckenmanns« noch niemand derartige Freiheiten gestattet hat, obwohl diese Scherze bei den hiesigen Burschen völlig harmlos, im nächsten Augenblick vergessen und nicht einmal beleidigend sind! Kein Wunder, daß die Mädchen auf diesen Ton verständnisvoll eingehen. Anaïs gestattet sämtliche Freiheiten einschließlich derer, die niemand beansprucht, und läßt sich von Féfed die Leiter hinuntertragen. Touchart, genannt »die Null«, steckt kratzendes Tannenreisig unter ihre Röcke und Anaïs quiekt wie eine gefangene Maus, mit

halbgeschlossenen Augen, weder willens noch fähig, die Widerstrebende zu spielen.
Um unsere morgige Frische nicht unnütz aufs Spiel zu setzen, gönnt uns Mademoiselle eine kurze Ruhepause. Im übrigen weiß ich bei bestem Willen nicht, was wir noch tun könnten. Alles ist fix und fertig, die ganze Stadt prangt in Blumenschmuck, und im Keller harren unzählige Schnittblumen des großen Augenblicks, um in letzter Minute gestreut zu werden, über-, überall. Auch unsere Bukette sind heute früh eingetroffen, in einer großen Sperrgutkiste. Wir durften sie nicht einmal auspacken. Mademoiselle Sergent hat lediglich ein Brett aufstemmen lassen, die Seidenpapierhülle der patriotischen Sträuße ein wenig zur Seite gezupft, die Watte gelockert, aus der uns frischer, feuchter Moosgeruch entgegenschlug, und schon wurde die ganze Herrlichkeit von der rustikalen Mutter. in den Keller befördert. Die Kiste enthält ein grobkörniges, mir unbekanntes Salz, das die Blüten am Welken hindert.
Voll zarter Fürsorge für ihre wichtigen Untertanen befiehlt uns die Frau Direktor – Anaïs, Marie, Luce und mir – in den Garten zu gehen, um unter den Haselsträuchern zu ruhen. Wir sinken auf die schattige Bank, untätig, gedankenlos. Der Garten dröhnt vom Gesumme unzähliger Insekten. Plötzlich fährt Marie Belhomme in die Höhe und beginnt eine der dicken Papilloten aufzuwickeln, die seit drei Tagen von ihrem Kopf baumeln.
»Was machst du?«
»Blöde Frage! Nachschauen, ob's wird, klarerweise!«
»Und wenn's nicht wird?«
»Gott, dann dreh' ich sie eben heute abend noch einmal ein, vor dem Schlafengehen. Aber siehst du, es lockt sich! Besser könnte es gar nicht sein!«
Luce folgt ihrem Beispiel, stößt einen kleinen Schrei der Enttäuschung aus und sagt ärgerlich:
»Als ob ich nichts getan hätte! Die Spitzen ringeln sich zwar, aber oben sind die Haare ganz glatt! Ich hätte sie gar nicht eindrehen müssen!«
Tatsächlich sind ihre Haare so seidig und weich, daß sie sich jedem Zugriff entziehen, alle Bänder abgleiten lassen und sich ordnen, wie es ihnen gerade einfällt.
»Geschieht dir ganz recht«, sage ich, »durch Schaden wird man klug! Du würdest wohl lieber wie eine Klobürste aussehen, wie?«
Aber Luce ist untröstlich, und da mich das Geschwätz ermüdet,

verliere ich mich tiefer in den Garten, gehe bis zu den großen Kastanienbäumen und strecke mich in ihrem Schatten aus, auf der harten, sandigen Erde. Diese Hitze, diese Müdigkeit . . . in meinem Kopf verwirren sich die Gedanken.
Mein weißes Kleid liegt bereit. Es steht mir gut. Ich werde hübsch sein morgen früh, hübscher als Marie. Ich weiß wohl, daß da nicht viel dazugehört, aber es freut mich trotzdem . . . Adieu, liebe alte Schule, ich werde dich bald verlassen . . . Papa schickt mich nach Paris, zu einer reichen kinderlosen Tante, ich werde die »gute Gesellschaft« kennenlernen und tausendfach vor den Kopf stoßen . . . Wie werde ich ohne meine Wälder leben können, mit diesem unstillbaren Durst nach grünen Wiesen und reiner Luft? Der Gedanke, daß ich nie mehr hierher zurückkommen soll, erscheint mir unsinnig. Wie! Keine Frau Direktor mehr, keine goldäugige Aimée, keine einfältige Marie, keine gemeine Anaïs, keine Luce, versessen auf Prügel und Zärtlichkeit? Wie schmerzlich werde ich euch alle vermissen! Und da ich nun einmal an all das denke, kann ich mir gleich noch etwas eingestehen: Luce mißfällt mir durchaus nicht, ganz im Gegenteil, sie gefällt mir sogar besser, als ich zugeben will. Was hilft's, daß ich mir ihren Mangel an wahrer Schönheit vor Augen führe, ihr instinktives, katzenhaftes Liebesbedürfnis, die Falschheit ihres Blicks – ich kann nicht leugnen, daß sich kindliche Schwäche, Naivität und eine noch unbewußte Lasterhaftigkeit in ihr zu einem Zauber von starkem, eigenartigem Reiz vereinen. Dazu die zarte weiße Haut, die feinen Hände, die runden, wohlgeformten Arme, die winzigen Füße . . . Aber nie, nie wird sie es erfahren. Arme kleine Luce! Sie muß die Suppe auslöffeln, die ihre Schwester mir eingebrockt hat. Warum mußte Mademoiselle Sergent mir auch Aimée entreißen, mit brutaler Gewalt. Nein, ehe ich etwas sage, beiße ich mir die Zunge ab.

Im Schatten der Haselsträucher ist die Unterhaltung in vollem Gang. Ich trete näher, bereit, bei der ersten besten Gelegenheit Gift und Galle zu verspritzen, und höre, wie die lange Anaïs der kleinen Luce ihr morgiges Prunkgewand beschreibt:
»Es ist aus cremefarbenem Wollstoff, mit lachsrosa Bändern und Schinkenärmeln . . .«
»Der Schinken, heißt es allgemein, ist vornehmlich dürren, mageren Leuten zu empfehlen, nicht wahr, Anaïs? Eine ausgezeichnete Mastkur, ich kann dir nur beipflichten! Creme, Lachs

und Schinken – das ist kein Kleid, sondern eine Speisekammer!«
»Mademoiselle Claudine, wenn Sie lediglich hergekommen sind, um Ihren Geist leuchten zu lassen, können Sie zu Ihrem Sandhaufen getrost zurückgehen! Wir werden auf Sie zu verzichten wissen!«
»Nicht so hitzig! Erzähl uns lieber, wie der Rock aussehen wird! Mit welchen Gemüsen gedenkst du ihn zu putzen? Petersilfransen rundherum?«
Luce lacht aus voller Kehle, Anaïs geht, in würdevolles Schweigen gehüllt. Die Sonne sinkt. Auch wir erheben uns. Plötzlich – wir schließen gerade das Gartentor – ertönt perlendes Lachen, kommt näher, und Mademoiselle Aimée läuft vorüber, so rasch sie ihre Beine tragen, kichernd und erhitzt, vom erstaunlichen Rabastens verfolgt, der sie mit Bignonienblüten bombardiert. Schau, schau! In freudiger Erwartung des Herrn Ministers wird also nicht nur die Straße, sondern auch die Schule zum Schauplatz der anmutigsten Freiheiten! Aber schon ist Mademoiselle Sergent zur Stelle, erbleicht vor Eifersucht, runzelt drohend die Brauen und ruft: »Mademoiselle Lanthenay, ich habe Sie bereits zweimal gefragt, ob Sie Ihre Schülerinnen für morgen halb acht Uhr früh herbestellt haben!«
Die Kleine, entzückt, mit einem Mann zu schäkern und ihre Freundin zu reizen, tut, als hätte sie nicht gehört, läuft lachend weiter, und die roten Blumen verfangen sich in ihrem Haar und gleiten in ihren Halsausschnitt. Sicher gibt es heute abend Krach!
Um fünf Uhr – wir sind in alle Winkel verstreut – haben die Lehrerinnen die größte Mühe, uns zusammenzufangen. Schließlich hält es die Frau Direktor für das klügste, die Glocke zu läuten, die sonst die Internen zum Essen ruft. Ein wilder Galopp, von Anaïs, Marie, Luce und mir im blumengeschmückten Bankettsaal getanzt – selbst vom Plafond baumeln Rosen! –, findet ein jähes Ende.
»Mesdemoiselles«, beginnt die Frau Direktor mit ihrer feierlichsten Stimme, »Sie begeben sich unverzüglich nach Hause und gehen früh zu Bett. Morgen haben Sie pünktlich um halb acht Uhr hier zu erscheinen, frisiert und angezogen, kurzum fix und fertig. Claudine, Anaïs und Marie, daß ihr mir die Bukette nicht vergeßt! Das übrige . . . werdet ihr morgen erfahren. Und jetzt fort mit euch! Und Achtung auf die Blumen, wenn ihr durch die Türen geht! Bis morgen früh will ich von euch nichts hören!«
Dann fügt sie hinzu:

»Mademoiselle Claudine, können Sie die Begrüßungsansprache?«
»Im Schlaf, Mademoiselle! Anaïs hat mich heute dreimal abgehört!«
Ein zaghaftes Stimmchen wird laut:
»Aber ... die Preisverteilung?«
»Was Preisverteilung!« erwidert Mademoiselle Sergent ärgerlich. »Die machen wir dann, wann wir dazukommen. Wahrscheinlich werde ich euch die Bücher überhaupt hier geben, ohne öffentliche Verteilung, mit Rücksicht auf die Schuleinweihung.«
»Aber ... die Chöre? Die ›Hymne an die Natur‹?«
»Die werdet ihr morgen dem Minister vorsingen. Und jetzt verschwindet!«
Diese Ansprache hat nicht wenige kleine Mädchen, die der Preisverteilung wie einem einzigartigen Fest entgegenfieberten, schmerzlich ernüchtert. Unzufrieden und verärgert entfernen sie sich durch die bekränzten Laubengänge.
Für morgen früh ist noch eine letzte Verschönerung vorgesehen: im ersten Morgenlicht werden die Burschen den Weg der hohen Herren mit Gras, Laub, Blumen und Rosenblättern bestreuen. Wenn das dem Herrn Minister nicht genügt, dann ist ihm nicht zu helfen, dann soll er sich nach Hause scheren.
Am nächsten Morgen stürze ich nach dem Erwachen zum Spiegel: wenn ich über Nacht einen Ausschlag bekommen hätte? Aber nein, die Sorge erweist sich als überflüssig. Beruhigt schreite ich an meine Toilette. Erst sechs Uhr! Ich habe alle Muße, an mir herumzuarbeiten. Die Trockenheit der Luft bekommt meinen Haaren gut: sie gehorchen jedem Bürstenstrich und legen sich, wie ich will. Der Spiegel zeigt mir ein schmales, zu bleiches, zu spitzes Gesicht. Aber Mund und Augen sind nicht übel, das müssen Sie mir glauben! Das Kleid raschelt leise. Der Rock, aus ungestärktem Musselin, schwankt beim Gehen sachte hin und her und streicht liebkosend über die spitzen Schuhe. Jetzt die Blütenkrone. Ah! Wie gut sie mir steht! Guten Morgen, kleine Ophelia, woher hast du die seltsamen, schwarz umränderten Augen? Früher, als ich noch klein war, sagte man mir, daß ich »erwachsene Augen« hätte. Später bezeichnete man sie kurzerhand als »unanständig«. Nein, man kann nicht alle Welt zufriedenstellen und sich selbst obendrein! Da denke ich schon lieber in erster Linie an mich ...
Zu dumm, daß ich mich mit diesem dicken, geschmacklosen Bu-

kett beladen muß. Es wird mich entstellen. Ach was! Schließlich darf ich es Seiner Exzellenz anhängen . . .
Weiß in Weiß wandle ich zur Schule, durch grüne, duftende Straßen, und die blütenstreuenden Burschen schreien der »kleinen Braut« grobe, greuliche Komplimente nach. Sie huscht vorüber, wild und scheu.
Ich komme zu früh. Dennoch finde ich bereits ein gutes Dutzend kleiner Mädchen versammelt, Bauernkinder, die gewohnt sind, um vier Uhr aus den Federn zu kriechen. Rührend und lächerlich mit ihren riesenhaften Köpfen – die bocksteifen Korkenzieherlocken zeigen stachelgleich nach allen Richtungen –, bleiben sie aufrecht stehen, linkisch und ungelenk, um ihre allzu fest gestärkten Musselinkleidchen nicht zu verdrücken, die sich in harten Falten um sie bauschen, von himbeer- und indigofarbenen Gürteln zusammengehalten. Die gebräunten Gesichter wirken fast schwarz in all dieser grellen Weiße. Meine Ankunft entlockt den Kleinen ein bewunderndes »Oh!«, aber schon verfallen sie wieder in Schweigen, eingeschüchtert von ihrer eigenen Festtagstracht und feierlichen Frisur, und ihre in weiße Zwirnhandschuhe gezwängten Hände zupfen nervös an dem schönen Taschentuch, das die fürsorgliche Mutter mit »Riechwasser« beträufelt hat.
Die beiden Damen lassen auf sich warten, aber im ersten Stock trappeln kleine Füße.
Weiße Wolken segeln herein, rosa-, grün-, rot- und blaubebändert. Die Mädchen halten ihren Einzug, zum Großteil schweigend, da hinlänglich damit beschäftigt, einander zu messen, zu vergleichen und verächtlich die Lippen zu schürzen. Man glaubt sich in die Zeit der Barbaren zurückversetzt. All dieses wehende weizengelbe Haar, gelockt, gewellt, in Zöpfen und Flechten – sehen die Mädchen nicht aus wie kleine Gallierinnen?
Getrampel auf der Treppe: die Internen kommen herunter – feindselige, selbstgenügsame Herde –, in ihren Erstkommunikantenkleidern, von Luce gefolgt. Leicht wie eine Angorakatze steigt sie die Treppe herab, reizend mit ihren weichen gefügigen Locken und dem zarten Rosenteint. Bedarf auch sie, wie ihre Schwester, nur einer glücklichen Liebe, um vollends zu erblühen?
»Wie schön du bist, Claudine! Und deine Krone ist ganz, ganz anders! Bist du nicht glücklich, so hübsch zu sein?«
»Du sprichst ja, als ob du selber eine Vogelscheuche wärst! Dabei muß ich dir sagen, Kätzchen, daß du entzückend aussiehst mit

deinen grünen Bändern, lustig und begehrenswert! Du bist ein seltsames kleines Geschöpf! Wo steckt deine Schwester samt ihrer Mademoiselle?«

»Sie ist noch nicht fertig. Aimées Kleid schließt unter dem Ärmel, und Mademoiselle hakt es ihr zu.«

»Ja, das kann allerdings eine Weile dauern.«

Von oben tönt die Stimme der älteren Schwester:

»Luce, komm die Transparente holen!«

Im Schulhof wimmelt es jetzt von großen und kleinen Mädchen, und in dem hellen Sonnenlicht ist es beinahe schmerzhaft, das viele Weiß zu sehen. (Noch dazu ist es ein Weiß in zahlreichen Schattierungen, die einander gegenseitig erschlagen.)

Da ist Liline, mit meergrünen Augen, goldblonder Haarflut und unergründlichem Gioconda-Lächeln, da ist »Maltide«, eine hochaufgeschossene Kleine, deren ährengelbe Flechten bis zu den Hüften reichen, da sind die Vignale-Kinder, fünf Orgelpfeifen von acht bis vierzehn Jahren, mit wehenden Mähnen, die aussehen, als seien sie hennagefärbt – Jeannette, ein kleines, schalkäugiges Ding, tritt fast auf ihre dunkelblonden, goldschweren Zöpfe – und viele, viele andere, und all diese blonden Köpfe flimmern im grellen Sonnenlicht.

Marie Belhomme trifft ein. In ihrem weißen blaubebänderten Kleid sieht sie appetitlich aus, und die Kornblumenkrone steht ihrem Gesichtchen gut an. Aber diese Hände! Unter den weißen Manschetten scheinen sie doppelt so groß wie gewöhnlich!

Auch Anaïs erscheint, endlich! Mit einem Seufzer des Behagens nehme ich ihre unvorteilhafte Frisur zur Kenntnis. Der purpurrote Mohnblumenkranz (er sitzt viel zu tief in der Stirne) gibt ihr das Aussehen einer Toten. Mit rührendem Einverständnis laufen Luce und ich auf sie zu und stimmen ein Duett der zärtlichsten Komplimente an:

»Meine Liebe, nein, wie reizend! Wirklich, meine Liebe, Rot steht dir ganz bezaubernd, du siehst entzückend aus!«

Anaïs, anfangs mißtrauisch, bläht sich vor Freude, und die wandelnde Trikolore schreitet in die Klasse, wo ihr von den nunmehr vollzählig versammelten Kindern ein triumphaler Empfang bereitet wird.

Andächtige Stille: die beiden Damen kommen die Treppe herab, langsam und vorsichtig, Stufe um Stufe, von einigen Internen gefolgt, die leichte, an goldenen Lanzen befestigte Fähnchen tragen. Aimée, das muß ich wohl oder übel zugeben, würde man am liebsten mit Haut und Haaren verschlingen, so reizend kleiden sie ihr glänzendes weißes Mohairkleid (man denke nur, ein Rock ohne Naht!) und das Reisstrohhütchen mit dem weißen Schleier. Kleines Biest – nichts für ungut!

Mademoiselle, in das besagte schwarze, mit malvenfarbenen Blüten bestickte Kleid gehüllt, vermag den zärtlichen Blick nicht von ihrer Untergebenen zu wenden. Schönheit ist ihr versagt, der roten Hexe. Aber das Kleid sitzt wie ein Handschuh und unter dem brennroten, mit einem äußerst geschmackvollen schwarzen Hut bedeckten Haar blitzen die dunklen Augen hervor, groß und zwingend.

»Wo ist die Fahne?«

Die Fahne nähert sich, brav, bescheiden und stolzgebläht.

»Nicht schlecht! Gar nicht schlecht – sehr gut sogar! Kommen Sie näher, Claudine! Ich wußte ja, daß Sie es verstehen würden, sich herzurichten! Und jetzt verführen Sie mir diesen Minister, verstanden?«

Sie inspiziert ihr weißes Bataillon, streicht hier eine Locke aus der Stirn, knüpft da ein Band fester, knöpft das Kleid der kleinen Luce zu – die kopflose Kleine hatte es halb offen gelassen, drängt eine fürwitzige Haarnadel in Aimées kunstvollen Knoten zurück und ergreift mit einem letzten, prüfenden Blick ihres schrecklichen Auges den Pack Transparente, etwa zwanzig Tafeln, die mit den verschiedensten Inschriften geziert sind: »Für Freiheit und Vaterland!«, »Es lebe die Republik!«, »Ein Hoch dem Minister!« usw. usw. Mademoiselle Sergent verteilt die Schilder an Luce, die beiden Jaubert und andere Auserwählte, die den Holzschaft hochhalten wie eine Kerze, während sich ihre Wangen vor freudigem Stolz rot färben und die gewöhnlichen, transparentlosen Sterblichen vor Wut platzen.

Unsere Bukette werden mit rot-blau-weißen Bändern umwunden, dann zieht man sie aus ihrem Wattebett, vorsichtig, als handle es sich um kostbaren Schmuck. Dutertre hat seinen Geheimfonds nicht geschont, ich erhalte einen Strauß weißer, Anaïs einen Bund roter Kamelien. Die großen samtigen Kornblumensterne – unverzeihlicherweise hat es die Natur verabsäumt, in Voraussicht hoher Besuche blaue Kamelien hervorzubringen – werden Marie anvertraut. Die Kleinen drängen näher heran, um besser sehen zu können, und das erste Gezänk wird laut.

»Ruhe!« befiehlt Mademoiselle. »Glaubt ihr vielleicht, daß ich Zeit habe, den Gendarmen zu spielen? Wo ist die Fahne? Hierher! Marie links, Anaïs rechts, Claudine in der Mitte. Und jetzt vorwärts, marsch, und etwas plötzlich, wenn ich bitten darf! Das

fehlte noch, daß wir vielleicht den Zug versäumen! Die Bannerträgerinnen in Viererreihen, die größten zuerst . . .«
Ihre Worte verlieren sich. Wir steigen bereits die Treppe hinunter, von Luce und den Größten dicht gefolgt. Ihre Fähnchen knattern fröhlich im Wind über unseren Köpfen. Schon durchschreiten wir den Triumphbogen, die stampfende Schafherde hinter uns drein. WILLKOMMEN!
Vor dem Schultor harrt eine vielköpfige Menge, aufgeregt, festestrunken, im besten Sonntagsstaat, bereit, bei der ersten besten Gelegenheit »Hoch, was auch immer!« zu schreien. Unser Erscheinen löst ein begeistertes »Ah!« aus, wahrhaftig, man glaubt sich bei einem Feuerwerk! Stolz wie die Pfaue ziehen wir unseres Wegs, über die frischbestreuten Straßen, deren grüner Festtagsteppich auch nicht das kleinste Staubwölkchen aufkommen läßt, mit züchtig gesenktem Blick, die Blumensträuße in den Händen. Wir schwimmen in Seligkeit und haben Mühe, vor Eitelkeit nicht zu platzen. Erst nach einer guten Weile tauschen wir die ersten Seitenblicke, das erste verzückte Lächeln.
»Ah, das tut gut!« seufzt Marie, in die Betrachtung der grünen Hecken versunken. Genießerisch schreiten wir zwischen einem Spalier bewundernder Zuschauer dahin. Die spärlichen Sonnenstrahlen, die durch das Blätterdach dringen, verwandeln das Tageslicht in lauschiges Helldunkel.
»Das glaub' ich! Als ob das Fest nur für uns wäre!«
Anaïs spricht kein Wort. Ihre Würde nimmt sie voll und ganz in Anspruch. Außerdem ist sie aufmerksam damit beschäftigt, aus der Menge, die vor uns auseinanderweicht, die Burschen herauszufinden, die sie kennt und zu blenden beabsichtigt. Zwar ist sie nicht gerade schön in ihrem weißen Kleid – nein, schön ist sie wirklich nicht! –, aber ihre schmalen Augen funkeln dennoch vor Selbstbewußtsein!
»Halt!« heißt es auf dem Marktplatz. Wir müssen die Ankunft der Knabenschule abwarten, eine düstere Herde zügelloser Jungen, die kaum zu bändigen sind, Fahnen in den großen tolpatschigen Händen halten und uns heute ganz besonders verachtungswürdig vorkommen. In ihrem Sonntagsstaat wirken diese dunkelhäutigen Jungen aber auch allzu linkisch.
Während der kurzen Ruhepause drehen wir uns um, alle drei, unserer Wichtigkeit uneingedenk. Luce und ihre Waffenschwestern stützen sich kriegerisch auf die Schäfte ihrer Fähnchen. Aimées Schwester leuchtet förmlich vor Eitelkeit und steht kerzengerade. Hält sich Fanchette nicht ebenso, wenn sie einem Kater

gefallen will? Vor Freude lacht die Kleine unaufhörlich, ganz leise, es ist kaum zu glauben! Und so weit das Auge reicht, unter grünen Girlanden und knatternden Fahnen, wartet das Heer der Gallierinnen, mit bauschigen Kleidern und wehendem Haar.
»Vorwärts!«
Wir gehen weiter, leichtfüßig wie die Vögelchen, biegen in die Rue du Cloître ein und durchschreiten das grüne Tor der kunstvoll zurechtgestutzten mittelalterlichen Eibenburg. Die Sonne brennt unbarmherzig hernieder. Darum gebietet man uns Einhalt in einem kleinen Akazienwäldchen nahe der Stadt, wo wir die ministerielle Wagenkolonne erwarten sollen. Kurze Erholungspause.
»Sitzt mein Kranz gut?« fragt Anaïs.
»Ja . . . überzeug dich selbst.«
Ich habe die gute Idee gehabt, ein Spiegelchen einzustecken, ziehe es aus der Tasche, und wir überprüfen unseren Kopfputz. Die Menge ist uns bis hierher gefolgt, hat den allzu engen, hekkengesäumten Weg brutal erweitert und trampelt die Felder nieder, ohne ans Grummet zu denken. Meine lieben Landsleute, ihrer Sinne kaum mehr mächtig, schwenken Blumen, Fahnen und Flaschen. (So wahr mir Gott helfe! Eben sehe ich, wie einer stehenbleibt, den Kopf zurückwirft und einen guten Liter hinabstürzt!)
Die Damen der Gesellschaft sind am Stadtrand zurückgeblieben, im Gras oder auf Faltstühlen, mit aufgespanntem Sonnenschirm. Das ist feiner. Es schickt sich nicht, allzu heftige Neugier zu bekunden.
Die Menge läuft zum Bahnhof, von dessen rotem Dach die Trikolore weht, und der Lärm verebbt. Die schwarze Mademoiselle Sergent und ihre weiße Aimée sind schon erschöpft: es ist keine Kleinigkeit, ständig neben uns einherzulaufen und uns in Reih und Glied zu halten! Sie ziehen die Röcke empor (nur keine Grasflecken!) und setzen sich vorsichtig auf die Böschung. Wir warten stehend und schweigen, und ich wiederhole im stillen zum xtenmal die kurze, einfältige Ansprache (aus der Feder Antonins), die ich in wenigen Minuten deklamieren soll:

»Euer Exzellenz!
Die Kinder der Schulen von Montigny, geziert mit den Blumen ihrer Heimaterde . . .« (Als ob man hier jemals Kamelienfelder gesehen hätte!) ». . . nähern sich dankerfüllt, um . . .«

Bumm! Ein Böllerschuß läßt unsere Lehrerinnen aufspringen. Wir vernehmen das Geschrei der Menge, erst gedämpft, dann lauter und lauter, von übermütigen Rufen, lärmenden Schritten und Pferdegetrappel untermischt . . . In höchster Spannung beobachten wir die Straßenbiegung . . . Viktoria, die Vorhut erscheint: brüllende Bengel, staubbedeckt und Zweige schwenkend, von einem Menschenstrom gefolgt. Dann kommen zwei geschlossene, im Sonnenlicht blinkende Wagen, dann drei Landauer, aus denen hütebewehrte Arme herauswinken . . . Wir sind ganz Auge. Plötzlich verlangsamt die Kavalkade das Tempo, und ehe wir Zeit haben, recht zu begreifen, was eigentlich vorgeht, kommt sie zum Stillstand, und keine zehn Schritte von uns entfernt öffnet sich der Schlag des ersten Wagens.

Ein junger Mann in schwarzem Anzug steigt aus und bietet dem Herrn Landwirtschaftsminister seinen Arm. Keine zwei Kreuzer an Würde, die Exzellenz, sosehr sie sich auch bemüht, uns zu beeindrucken! Ja, ich finde ihn sogar ein wenig lächerlich, diesen durchtrieben aussehenden Herrn mit dem wohlgenährten Bäuchlein, der seine Durchschnittsstirn, seine harten Augen und seinen kurzen rötlichen Bart mit einem großen Taschentuch trocknet, denn er schwitzt in Strömen, der Arme! Aber es wundert mich nicht. Schließlich ist er nicht in weißen Musselin gekleidet, und das schwarze Tuch bei dieser Hitze . . .

Befremdende Stille. Aber schon nach wenigen Augenblicken rufen die Kühnsten:

»Hoch der Minister! Hoch die Landwirtschaft! Hoch die Republik!« Monsieur Jean Dupuy dankt mit knapper, jedoch durchaus genügender Geste. Ein dicker, silberbestickter Herr mit einem Zweispitz, die Hand am Perlmuttergriff eines kleinen Degens, tritt an des Herrlichen linke, ein alter, weißbärtiger General, gebeugt, aber groß, an dessen rechte Seite. Das imposante Trio setzt sich in Bewegung, gefolgt von einem Schwanz schwarzer, mit roten Bändchen, Schnüren und Rosetten gezierter Fräcke. Zwischen Schultern und Köpfen erscheint einen Augenblick das triumphierende Kanaillengesicht Dutertres, von der Menge bejubelt. Ist er nicht der Freund des Ministers, der zukünftige Abgeordnete?

Ich suche den Blick Mademoiselles, frage mit Kinn und Brauen: »Ist jetzt der Augenblick, den kleinen Speech vom Stapel zu lassen?« Sie deutet »ja«, ich zerre meine Helfershelferinnen voran, dem Minister entgegen. Plötzlich wird es seltsam still. Du meine Güte! Wie werde ich es fertigbringen, vor so vielen Menschen

zu sprechen! Wenn mir das gemeine Lampenfieber nur nicht die Stimme abwürgt!
Zuallererst versinken wir zu dritt in einen tiefen, wohlstudierten Knicks, daß unsere Kleider leise pfeifen. Dann beginne ich zu sprechen, mit derartigem Ohrensausen, daß ich meine eigene Stimme nicht höre.
»Euer Exzellenz!
Die Kinder der Schulen von Montigny, geziert mit den Blumen ihrer Heimaterde, nähern sich dankerfüllt, um . . .«
Gott sei Dank, meine Stimme festigt sich, und ich rezitiere Rabastens' Prosa ebenso ungerührt, als deklamierte ich in der Literaturstunde »Das Gewand« von Eugene Manuel. Eben garantiert Rabastens in unserem Namen für unser »unerschütterliches Festhalten an den republikanischen Institutionen«, aber das offizielle Trio ist nicht bei der Sache. Der Minister stirbt vor Durst, und die beiden anderen hohen Herren tauschen flüsternd ihre fachmännischen Meinungen aus:
»Woher kommt dieses kleine Bild, Herr Präfekt?«
»Weiß nicht, Herr General. Sie ist zum Anbeißen!«
»Wenn das Mädel von hier ist, laß ich mich . . .«
». . . diesen Strauß heimischer Blüten!« beende ich meine Rede und halte Seiner Exzellenz das Bukett unter die Nase.
Anaïs, verkrampft wie stets, wenn sie vornehm sein möchte, reicht das ihre dem Präfekten, und Marie Belhomme, krebsrot vor Aufregung, gibt ihre Kornblumen dem General.
Der Minister murmelt eine Erwiderung, aus der ich die Worte »Republik«, »heilige Pflicht der Regierung« und »Vertrauen in die Kindesliebe« herauszuhören vermag. (Er geht mir auf die Nerven!) Dann bleibt er unbeweglich stehen, ich desgleichen, und alles harrt der Dinge, die da kommen sollen. Plötzlich neigt sich Dutertre zu ihm und flüstert ins ministerielle Ohr: »Sie müssen ihr einen Kuß geben!«
Was bleibt dem Minister übrig? Er küßt mich, aber äußerst ungeschickt, sein stacheliger Bart kratzt meine Wange, das Blasorchester der Kreisstadt entfesselt die Marseillaise, unsere Mitschülerinnen weichen auseinander, und unter ohrenbetäubendem Krawall marschieren wir in die Stadt zurück, von den Bannerträgerinnen gefolgt. Als Vorhut des majestätischen Zuges durchschreiten wir von neuem die mittelalterliche Burg, betreten die grünen, laubüberdachten Straßen, scheinbar taub für das begeisterte Gebrüll der Menge. Kerzengerade und blumenbekränzt ziehen wir unseres Wegs, nicht minder bejubelt als der Minister.

Oh, wenn ich nur die geringste Phantasie hätte! Dann wären wir jetzt drei Königstöchter, die mit ihrem Vater ihren Einzug hielten in eine ihrer zahlreichen »festen Städte«. Die weißgekleideten Mädchen wären unsere Ehrendamen und wir schritten zum Turnierplatz, wo die kühnsten Ritter . . . Hoffentlich haben die Unglücksraben nicht zuviel Öl in die Lampen gegossen! Wo man hinschaut, sitzen kleine Jungen auf den Masten, brüllend und schaukelnd. Mehr brauchen wir nicht, in unseren weißen Kleidern, als daß uns das Öl auf die Köpfe tropft! Wir sprechen kein Wort. Erstens haben wir einander nichts zu sagen, und zweitens sind wir hinlänglich damit beschäftigt, uns gerade zu halten, den Bauch einzuziehen und die Brust herauszustrecken, zwecks gebührender Beeindruckung der Herren aus Paris, und den Kopf in die Windrichtung zu neigen, des anmutigen Haargeflatters wegen . . .

Im Schulhof angelangt, stauen sich die Massen. Die Leute kommen von allen Seiten, branden gegen die Mauern und klettern kurzerhand hinauf. Mit den Fingerspitzen schieben wir unsere Mitschülerinnen fort, die nur zu gern bereit sind, uns einzukesseln und der allgemeinen Aufmerksamkeit zu entziehen. Spitze Bemerkungen werden ausgetauscht. »So paß doch auf!« – »Tu dir nichts an, du Zuckerpüppchen! Du hast dich heute wohl noch nicht genügend bemerkbar gemacht, wie?« Die lange Anaïs beantwortet die Sticheleien mit hoheitsvollem Schweigen. Marie Belhomme ist den Tränen nahe, und ich halte mich nur mit äußerster Mühe zurück, meinen Schuh auszuziehen, um damit die gemeinere der beiden Jaubert – sie hat mich hinterrücks angerempelt – einer wirksamen Gesichtsbehandlung zu unterziehen.

Der Minister samt General, Präfekt und einem ganzen Schwanz von Räten, Sekretären oder was auch immer (ich bin in diesen Kreisen nicht heimisch) hat die Estrade erklommen und läßt sich in dem aufdringlich vergoldeten Sessel nieder, den der Bürgermeister eigens zu diesem Anlaß aus seinem Salon herbeigeschleppt hat. Welch magerer Trost für den armen gichtigen Mann! Man denke: an diesem unvergeßlichen Tag ist er ans Bett gefesselt! Monsieur Jean Dupuy schwitzt und trocknet seine Stirn. Wie gern hätte er alles überstanden! Aber wozu ist man schließlich Minister? Hinter ihm lassen sich die Stadträte nieder, ferner die Gemeinderatsmitglieder von Montigny, in zierlichen Halbkreisen . . . Diese vielen schwitzenden Leute! Ich möchte wissen, wie's dort oben riecht . . . Und wir? Was soll das heißen?

Dahin, unser Ruhm? Man läßt uns hier unten versauern, ohne daß es jemandem einfiele, uns wenigstens einen Sessel anzubieten? Nein, das ist zu stark!

»Vorwärts, kommt, wir gehen uns niedersetzen!«

Mit unsäglicher Mühe bahnen wir uns den Weg bis zur Estrade, wir, die Trikolore, und alle Bannerträgerinnen. Dort rufe ich erhobenen Haupts halblaut Dutertre, der sich gerade mit dem Herrn Präfekten unterhält, am äußersten Ende des Podiums, lässig an den Stuhl gelehnt, auf dem der hohe Herr thront. »Monsieur! Hallo! Monsieur! Monsieur Dutertre! He, Doktor!« Der letzte Anruf findet Gehör. Er dreht sich um, beugt sich lächelnd zu mir – die Wolfszähne blinken – und sagt: »Servus! Was willst du? Mein Herz? Bitte sehr!«

Dacht' ich's doch: er ist besoffen!

»Nein, Monsieur! Sessel für mich und meine Kameradinnen wären mir weitaus lieber. Ich finde es empörend, daß man uns hier stehen läßt, mitten unter dem gemeinen Volk.«

»Du hast recht, das schreit nach Sühne! Kommt alle herauf und setzt euch auf die Stufen! Wenn sich die Leute schon unsere Reden anhören müssen, sollen sie wenigstens was zu schauen haben! Kommt nur, es ist Platz genug für alle!«

Das lassen wir uns nicht zweimal sagen. Anaïs, Marie und ich erklettern das Podium als erste, dann kommen Luce, die Jauberts und die übrigen Bannerträgerinnen, deren Lanzen sich als äußerst hinderlich erweisen, überall hängenbleiben und sich hoffnungslos verheddern. Die Angst, sich lächerlich zu machen, verwandelt die Mädchen in kleine Furien, und sie reißen wütend an den Stäben, mit fest zusammengebissenen Zähnen und niedergeschlagenen Augen. Endlich nimmt sich ein Mann mitleidig ihrer an –, sammelt freundlich die Fähnchen ein und trägt sie fort. Es ist der Mesner. Kein Wunder: die vielen weißen Kleider, die Blumen, die Banner, all das hat den wackeren Mann in die irre Annahme versetzt, einem etwas weltlicheren Fronleichnamsfest beizuwohnen, so daß er uns nach Schluß der Zeremonie, langer Gewohnheit getreu, unsere Kerzen, will sagen Fahnen, abnimmt. Von hohem Thron betrachten wir nun die Menge zu unseren Füßen, und die Schulen, denen der Blumenschmuck so reizend ansteht. Alles Kasernenmäßige ist unter Blüten und Laub verschwunden, und der bunte fröhliche Putz zittert im warmen Sommerwind. Unten drängt sich das niedrige Volk: unsere Mitschülerinnen müssen stehen. Sie verschlingen uns mit neidischen Blicken, tuscheln, geben einander Rippenstöße und trachten,

möglichst gute Miene zum bösen Spiel zu machen. Wir verachten sie.
Sesselrücken und Gehuste auf der Estrade. Wer ist der Redner? Wir wenden den Kopf und sehen Dutertre, stehend inmitten der Honoratioren, geschmeidig und sprungbereit. Gleich wird er zu sprechen beginnen, ohne Konzept, mit leeren Händen. Es wird still. Plötzlich, wie in der Kirche, möchte ein kleines Kind heimgehen und beginnt zu plärren, und wie in der Kirche lacht die Gemeinde.

»Euer Exzellenz!«

Dutertre spricht keine drei Minuten. Seine ebenso brutale wie geschickte Rede strotzt von grobschlächtigen Komplimenten und verschleierten Gemeinheiten (von denen ich wahrscheinlich nur ein Viertel begriffen habe), ist ein Giftpfeil gegen den Abgeordneten und versichert die übrige Menschheit seiner unverbrüchlichen Liebe und Teilnahme. Ehre, wem Ehre gebührt. Seinem glorreichen Minister und teuren Freund (wahrscheinlich sind sie zusammen in schmutzige Geschichten verwickelt), seinen lieben Mitbürgern, der Schulleiterin, »deren hervorragende Fähigkeiten von den Erfolgen ihrer Schülerinnen so überzeugend bewiesen werden konnten – ich verweise nur auf die Anzahl der heuer abgelegten Reifeprüfungen, meine Herren! –, daß mir jedes Lobeswort überflüssig erscheint« (Mademoiselle Sergent, die unten Platz genommen hat, senkt unter ihrem Schleier bescheiden das Haupt), ja, sogar uns, diesen »blumengeschmückten Blumen, dieser fraulichen Fahne, patriotisch und reizvoll . . .«
Dieser unerwartete Schlag raubt Marie die Besinnung und sie führt die Hand an die Augen. Anaïs erneuert ihre ebenso anstrengenden wie vergeblichen Versuche, zu erröten, und ich kann mich nicht daran hindern, mit dem ganzen Oberkörper eine anmutige Wellenbewegung auszuführen. Die Menge lächelt zu uns herauf und Luce zwinkert mir zu . . .

». . . für Frankreich und die Republik!«
Begeisterter, anhaltender Beifall. Das Klatschen und Geschrei dauert seine guten fünf Minuten, so laut, daß meine Ohren dröhnen. Während sich die Leute langsam beruhigen, fragt die lange Anaïs:

»Hast du Monmond bemerkt, meine Liebe?«
»Wo denn? Ach ja, dort drüben. Na, und?«
»Er schaut die ganze Zeit zur Joublin hinüber.«
»Und davon bekommst du Hühneraugen?«
»Keine Spur! Ich wundere mich nur über seinen Geschmack! Schau nur! Jetzt hilft er ihr die Bank hinauf und stützt sie noch dazu! Wetten, daß er jetzt sicher nachfühlt, ob sie feste Waden hat?«
»Wahrscheinlich! Diese arme Jeannette, sie wird ja immer verwirrter! Ob wohl der Minister an dieser Aufregung schuld ist? Schau nur, sie ist knallrot im Gesicht und jetzt erschauert sie sogar ...«
»Alte, hast du schon gesehen, wem Rabastens den Hof macht?«
»Nein.«
»Schau hin, du wirst's gleich merken!«
Tatsächlich, der schöne Hilfslehrer blickt starr in ein und dieselbe Richtung, und der Gegenstand dieser hartnäckigen Aufmerksamkeit ist ... Claire, meine unverbesserliche Claire, in hellblauem Chiffonkleid. Ihre schönen, ein wenig melancholischen Augen sind milde auf den unwiderstehlichen Antonin gerichtet. Schöne Bescherung! Meine Kommunionsschwester hat's wieder einmal erwischt! Bald werde ich der Schilderung romantischer Zusammenkünfte, himmelstürmender Freuden und abgrundtiefer Verzweiflung lauschen dürfen ... Gott, bin ich hungrig!
»Hast du noch keinen Hunger, Marie?«
»Doch! Ein bißchen.«
»Ich bin tot! Wie gefällt dir das neue Kleid der Modistin?«
»Überhaupt nicht! Ich finde es geschmacklos und schreiend. Sie bildet sich wahrscheinlich ein, je besser man's sieht, desto eleganter ist es! Die Bürgermeisterin hat ihres aus Paris kommen lassen, was sagst du!«
»Eine unglückliche Idee! Sie schaut aus wie ein angezogener Schoßhund! Und die Uhrmacherin hat schon wieder dieselbe Bluse an wie vor zwei Jahren!«
»Na, und? Recht hat sie! Sie spart für die Aussteuer ihrer Tochter.«
Der kleine Jean Dupuy stellt sich in Positur und hält die Gegenrede, mit harter, trockener Stimme. Wie ernst er sich nimmt! Es ist erheiternd. Zum Glück zeichnet sich seine Ansprache durch Kürze aus. Die Leute applaudieren, wir auch, aus Leibeskräften. Lustig sind die vielen schwankenden Köpfe zu unseren Füßen,

die vielen klatschenden Hände, die schwarzen, weit aufgerissenen Münder . . . und diese goldene, festliche Sonne. Wenn's nur nicht gar so heiß wäre!
Neuerliches Sesselrücken auf der Estrade. Die Herren erheben sich. Man bedeutet uns, aufzustehen. Der Minister wird zum Bankett geführt. Gehen wir mittagessen!
Wir haben Mühe, den Schulhof zu verlassen. Die Menge drängt in die verschiedensten Richtungen, und erst auf dem Platz draußen lichtet sich das Getümmel. Die kleinen weißen Mädchen gehen nach Hause, von stolzgeschwellten Müttern begleitet. Auch wir drei trennen uns.
»Hast du dich gut unterhalten?« frage ich Anaïs.
»Klar! Alles hat geklappt, wirklich prima, findest du nicht auch?«
»Ich weiß nicht . . . ich finde . . . mit einem Wort, ich dachte, es würde lustiger sein . . . im Grund war es eine lahme Angelegenheit!«
»Das sieht dir wieder ähnlich! Ich weiß schon, was dir gefehlt hat! Du hättest wohl gern eine Arie gesungen, wie, ganz allein auf der Estrade! Dann wäre dir das Fest gleich doppelt so lustig vorgekommen!«
»Sprich nur weiter! Man weiß ja, wieviel deine Komplimente wert sind!«
»Ich«, gesteht Marie, »habe mich noch nie so gut unterhalten wie heute! Oh! Wenn ich daran denke, was er über uns gesagt hat . . . ich habe nicht mehr gewußt, wo ich hinschauen soll! Um wieviel Uhr müssen wir zurück sein?«
»Punkt zwei. Das heißt, halb drei. Früher ist das Bankett bestimmt nicht aus. Auf Wiedersehen, bis nachher!«
Zu Hause empfängt mich Papa mit der interessierten Frage: »Na? Hat Méline gut gesprochen?«
»Méline? Aber, Papa! Warum nicht gleich Sully? Der jetzige Minister heißt Jean Dupuy!«
»Ja, ja.«
Aber er findet seine Tochter hübsch und betrachtet sie mit Vergnügen.
Nach dem Mittagessen richte ich mich wieder auf Hochglanz her, stelle die geknickten Margeriten meiner Krone auf, schüttle den Staub aus meinem Musselinrock, bezwinge ein übermächtiges Schlafbedürfnis und warte geduldig zwei Stunden lang. Gott, wird es heiß sein in der Schule! Nein, Fanchette, meinen Rock darfst du nicht anrühren, der ist aus Musselin! Und Fliegen fang'

ich dir heute auch keine! Siehst du denn nicht, daß ich den Minister empfange?
Wieder hinaus! Auf den Straßen herrscht bereits reges Leben. Alles strömt zur Schule. Viele Blicke bleiben an mir hängen, was mir durchaus nicht mißfällt.
Meine Kameradinnen sind fast vollzählig versammelt. Rote Gesichter, verdrückte, plattgesessene Musselinröcke. Die Morgenfrische ist dahin. Luce rekelt sich und gähnt. Sie hat ihr Essen hinuntergeschlungen, leidet unter der Hitze, ist schläfrig und spürt, »wie ihr an den Fingern Krallen wachsen«. Nur Anaïs ist unverändert, bleich, kalt, unbewegt.
Endlich kommen die beiden Damen herunter. Mademoiselle Sergent, purpurroten Gesichts, schilt Aimée, die ihren Rocksaum mit Himbeersaft bekleckert hat. Das Herzblatt schmollt, dreht sich um, zuckt die Achseln und ignoriert den zärtlich bittenden Blick ihrer Freundin. Luce beobachtet die Szene, wütend und mokant.
Wie immer, entlädt Mademoiselle Sergent das Gewitter ihres Privatärgers über unsere unschuldigen Häupter und schnaubt:
»Wie lange soll ich noch warten, bis ihr angetreten seid? Es fehlen noch ein paar? Tut mir leid. Wir gehen. Ich habe nicht die geringste Lust, eine Stunde hier herumzustehen wie ein . . . – vorwärts, los, macht weiter!«
Schon recht! Auf der riesigen Estrade angelangt, verbringen wir die nächste halbe Stunde damit, von einem Fuß auf den anderen zu treten. Anscheinend ist der Minister mit seinem Mokka noch nicht fertig. Zu unseren Füßen drängt sich die Menge. Unzählige schweißglänzende Gesichter – die Leute haben offenbar ein reichliches Festmahl hinter sich – sind uns lachend zugewandt. Die Damen der guten Gesellschaft haben Faltsessel mitgebracht. Der Wirt aus der Rue du Cloître stellt Bänke auf und vermietet sie zu zwei Sous pro Sitzplatz. Burschen und Mädel sind dankbare Kunden, setzen sich nieder, drängen und stoßen einander. All diese gut gelaunten, wenig feinen und leicht angesäuselten Leute warten mit Engelsgeduld auf den Minister und erzählen über zehn Meter Entfernung die gepfeffertsten Witze, unter dröhnendem Gelächter. Ab und zu kämpft sich ein kleines weißes Mädchen bis zur Estrade durch, klettert hinauf und wird von Mademoiselle Sergent, der dieses dauernde Zuspätkommen auf die Nerven fällt, ungnädigst in die letzte Reihe verbannt. Die Frau Direktor schäumt vor Wut – nein, das kokette Schleierchen vermag diese Tatsache nicht zu verbergen – um so mehr, da sie

mitansehen muß, wie ihre kleine Aimée zu Nutz und Frommen einiger junger Männer, die per Rad aus Villeneuve gekommen sind, sämtliche Verführungskünste spielen läßt, einschließlich Wimperngeklappers und schmachtender Blicke aus ihren schönen Goldaugen.

Mit einem lauten! »Ah!« wendet sich die Menge dem Bankettsaal zu. Die Türflügel schwingen auseinander, und der Minister erscheint, noch röter, noch schweißglänzender als heute früh, von den schwarzen Fräcken gefolgt. Die Leute weichen zwar auseinander, doch die erste Scheu ist verflogen und man lächelt ihm bereits zu wie einem alten Bekannten. Bliebe er noch drei Tage hier, würde ihn der Feldhüter auf den Bauch schlagen und um einen Tabakladen für seine Schwiegertochter bitten, die arme Haut, die drei Kinder hat und keinen Mann.

Mademoiselle Sergent drängt uns auf der rechten Estradenhälfte zusammen, denn Minister und Konsorten werden auf der linken Seite Platz nehmen, um unserem Gesang bequemer lauschen zu können. Dutertre, dunkel wie Juchtenleder, lacht und spricht viel zu lärmend, besoffen – wer hätte ihm das zugetraut! –, und Mademoiselle Sergent stellt uns für den Fall falschen Singens die fürchterlichsten Strafen in Aussicht. Also los, preisen wir die Natur:

»Schon rötet sich der Himmel wieder
auf des Allmächtigen Geheiß!
Auf, auf! Bewegt die schlaffen Glieder!
Die Arbeit fordert uns'ren Schweiß!«

Wirklich anspruchsvoll, die Arbeit! Ich hätte gedacht, daß ihr der Schweiß des Ministers nachgerade genügen müßte.

Die Stimmchen zerflattern im Freien. Ich habe meine liebe Not, »zweite« und »dritte« gleichzeitig zu überwachen. Monsieur Jean Dupuy, schlaftrunken und vollgegessen, hört mit halbem Ohr zu, läßt seinen Kopf mehr oder weniger rhythmisch mitwackeln und denkt wahrscheinlich an die Abbildungen des *Petit Parisien.*

Herzlicher Beifall läßt ihn auffahren. Er erhebt sich, kommt näher und beglückwünscht Mademoiselle Sergent linkisch zu der Leistung ihres Schulchors. Die Frau Direktor stellt sofort alle Stacheln auf, schaut beharrlich zu Boden und wird völlig unzugänglich. Seltsames Geschöpf!

Die Zöglinge der Knabenschule kommen heraufgetrampelt, usurpieren die Estrade und blöken den einfältigen Gesang:

»Sursum Corda! Sursum Corda!
Hoch das Herz! Diese Devise
sei des Kühnen Feldgeschrei!
Jeder Zwerg, er wird ein Riese,
wenn die Zeit des Zwists vorbei!
Eintracht, Eintracht heißt die Losung,
kalte Selbstsucht sei verbannt!
Des besiegten Feinds Erbosung
meistert uns're starke Hand . . . usw. usw.

Nicht genug damit, produziert sich noch »Harmonia«, das Blasorchester der Kreisstadt. O Gott, o Gott! Wenn ich einen stillen Winkel finden könnte . . . Aber werden wir überhaupt beachtet? Nein. Also mache ich mich stillschweigend davon, gehe nach Hause, ziehe mich aus, lege mich nieder und stehe erst zum Nachtmahl wieder auf. Desto frischer bin ich dann beim Ball! Gegen neun Uhr stehe ich vor dem Haustor und atme in vollen Zügen die frische Atemkühle, die sich endlich herniedersenkt. Dort oben beim Triumphbogen reifen die Lampions wie große bunte Früchte. Ich warte auf Marie und Anaïs, fix und fertig angezogen, einen weißen Umhang über dem Arm, den Fächer in der behandschuhten Hand. Leichte Schritte, vertraute Stimmen – da sind sie schon. Ich protestiere:
»Ihr seid wohl verrückt geworden! Um halb zehn auf einen Ball zu gehen! Wir werden gerade zum Lampenanzünden zurechtkommen! Wollt ihr euch lächerlich machen?«
»Meine Liebe, Mademoiselle hat gesagt: ›Der Ball beginnt um halb acht! In dieser Gegend sind die Leute nun einmal so. Kaum haben sie sich den Mund abgewischt, stürzen sie auch schon zum Tanz. Man kann sie nicht warten lassen.‹ Das sind ihre eigenen Worte.«
»Ein Grund mehr, die Hiesigen nicht nachzuahmen! Falls die schwarzen Fräcke überhaupt tanzen, kommen sie erst um elf wie in Paris, und dann sind wir schon müde und abgekämpft! Kommt mit mir in den Garten, das ist viel gescheiter!«
Widerwillig folgen sie mir auf die dunklen Wege, wo meine Katze Fanchette, weißgekleidet wie wir, den Nachtschmetterlingen nachspringt, mit brüsken, spaßigen Sätzen, behende und toll. Sie mißtraut den fremden Stimmen, erklimmt eine hohe Tanne und läßt ihre Augen wie zwei kleine grüne Laternen auf uns herniederleuchten. Ich weiß, Fanchette, du verachtest mich ein wenig: erst die Reifeprüfung, dann die Eröffnung der Schulen

– ich bin fast nie daheim, versorge dich nicht mehr mit Fliegen, diesen fetten schwarzen Leckerbissen, die ich so oft für dich fing, (ich spieße sie auf eine Hutnadel; Fanchette knabbert sie zierlich ab und hustet hie und da, wenn ihr ein hinderliches Flügelchen im Hals steckenbleibt), füttere dich kaum noch mit Bitterschokolade oder Schmetterlingskörpern, deiner Lieblingsspeise. Und manchmal, ich weiß, vergesse ich sogar dir dein Zimmerchen zwischen zwei Lexikonbänden herzurichten ... Geduld, Fanchette, Geduld! Bald werde ich Zeit haben, dich nach Herzenslust zu streicheln, zu quälen und durch den großen Reifen springen zu lassen, denn bald – ich wage kaum, es auszusprechen – wird meine Schulzeit zu Ende sein.
Anaïs und Marie halten es kaum mehr aus und lassen höchstens ein zerstreutes »Ja« oder »Nein« hören. Sie sitzen auf glühenden Kohlen. Also bitte, gehen wir, da es sie so sehr danach gelüstet!
»Aber ihr werdet sehen: die beiden Damen sind sicher noch oben!«
»Oh, die brauchen nur über die kleine Wendeltreppe zu gehen und sind schon mitten im Ballsaal! Sicher werfen sie von Zeit zu Zeit einen Blick hinunter und warten den richtigen Augenblick ab, um ihren Einzug zu halten!«
»Das sag' ich ja! Wir werden uns schön lächerlich machen, wenn wir schon jetzt anrücken! Ich kann mir lebhaft vorstellen, wer alles dort sein wird: drei Katzen und ein Kalb!«
»Gott, bist du lästig, Claudine! Aber weißt du was? Falls wirklich noch niemand da sein sollte, gehen wir einfach die kleine Stiege hinauf und holen die Internen ab. Dann brauchen wir erst wieder herunterzukommen, wenn die Tänzer eingetroffen sind.«
»Das ist was anderes!«

Zu denken, daß ich fürchtete, der Ball würde noch allzu spärlich besucht sein! Dabei ist der große Saal bereits mehr als zur Hälfte gefüllt! Die Paare walzen zu den Klängen eines in aller Eile zusammengestoppelten Orchesters, das auf blumenbekränzter Estrade thront, am äußersten Ende des Saales. Ich bemerke Trouillard und andere Geigenkratzer, hiesige Hörner und Posaunen, dazwischen die betreßten Mitglieder des wackeren Vereins »Harmonia«, deren Geblase, Geschere und Getrommle sich zwar nicht durch Ensemblewirkung, dafür aber durch um so größeren Schwung auszeichnet.
Mühsam arbeiten wir uns durch die Menge, die gaffend die weit-

geöffnete Eingangstüre verstellt. (An Organen, die etwa mit der Aufrechterhaltung der Ordnung betraut wären, hat in Montigny immer schon betrüblicher Mangel geherrscht.) Hier ist der strategische Punkt für den Austausch abfälliger Bemerkungen über die Toilette der jungen Mädchen sowie für mißgünstiges Gezischel, deren häufiges Davonrauschen mit dem nämlichen Partner betreffend.
»Was sagst du, meine Liebe! Wie man seine Haut so zur Schau stellen kann! So eine schamlose Person!«
»Ja, und wenn sie wenigstens noch Haut zeigen würde! Aber das sind ja Knochen, nichts als Knochen!«
»Zum viertenmal tanzt sie jetzt mit Monmond, zum viertenmal! Wenn ich ihre Mutter wäre, ich würd's ihr schon zeigen, dieser jungen Dame! Marsch ins Bett mit dir, ja, das würd' ich ihr sagen!«
»Die Herren Pariser tanzen aber auch ganz anders als wir!«
»Meiner Seel! Sie rühren sich kaum vom Fleck! Die haben wohl Angst, sich was zu brechen! Da lob' ich mir unsere Burschen, die scheuen keine Mühe!«
Ich kann ihr nur beipflichten. Dabei unterläßt es Monmond, dieser Tanzbodenkönig, heute in Anbetracht der Herren aus Paris, enorme Fußtriller zu schlagen. Monmond, Notarsgehilfe mit schwarzlockigem Mädchenantlitz, ist der schönste, begehrteste Tänzer weit und breit. Wer kann ihm widerstehen?
Unser Einzug fällt ein wenig furchtsam aus. Wir durchqueren gemessen den Saal, steuern auf ein Bänkchen zu und nehmen Platz, drei brave, sittsame Mädchen.
Ich dacht' es wohl, ich wußt' es ja, daß mir mein Kleid gut steht, daß Kranz und offenes Haar mich ganz und gar nicht entstellen: aber jetzt habe ich den Beweis: man tauscht verstohlene Blicke, und die Gesichter der jungen Mädchen, die sich zwischen zwei Tänzen Kühlung zufächeln, werden plötzlich zu Eis. Nun fühle ich mich erst richtig wohl und mustere meine Umgebung, furchtlos und selbstzufrieden.
Die Anzahl der schwarzen Fräcke ist auf beängstigende Weise zusammengeschmolzen, haben sich doch die hohen Herren mit dem Sechs-Uhr-Zug empfohlen, Adieu, Minister, General und Präfekt, adieu, dienstfertiges Gefolge! Außer einer Handvoll junger Männer, unbedeutender Sekretäre wahrscheinlich, ist niemand übriggeblieben. Sie sind übrigens nicht unsympathisch, stehen in einem Winkel beisammen und scheinen sich über diesen Ball, dessengleichen sie wahrscheinlich noch nie erlebten,

königlich zu unterhalten. Und die übrigen Tänzer? Burschen aus Montigny und Umgebung, zwei oder drei in schlecht geschnittenem Frack, die anderen im gewöhnlichen Anzug. Welch armseliges Aufgebot für diesen »offiziellen Galaabend«!
Als Tänzerinnen nur junge Mädchen. In unserer primitiven Gegend ist der Ehefrau das Tanzen verwehrt. Sie haben sich in Unkosten gestürzt, diese jungen Damen, und die hellblauen Tüll- und rosa Musselinkleider lassen die wetterharten Gesichter dieser kleinen Bäuerinnen nahezu schwarz erscheinen. Wohin man schaut, straffes, unvorteilhaft frisiertes Haar, weiße Zwirnhandschuhe und allzu zaghafte Dekolletés, im Gegensatz zu den Behauptungen der Türsteherinnen. Kaum nähert sich der Ausschnitt festen, runden Gegenden, hält er auch schon erschreckt inne.
Das Orchester bedeutet den Paaren, die Tanzfläche zu betreten. Der Saal gerät in Bewegung, Kleider streifen unsere Knie, und zwischen zwei fliegenden Röcken sehe ich meine Kommunionsschwester Claire vorübergleiten, schmachtenden Blicks und auffallend hübsch, im Arm des schönen Hilfslehrers Antonin Rabastens, der ekstatisch walzt, eine weiße Nelke im Knopfloch.
Die beiden Damen lassen auf sich warten. (Ich überwache aufmerksam die unauffällige Tapetentür der kleinen Stiege, die zu ihren Gemächern hinaufführt.) Plötzlich verneigt sich ein Herr vor mir, einer der »schwarzen Fräcke«. Ich folge ihm willig. Er ist zwei Köpfe größer als ich, nicht unsympathisch, gut gebaut, tanzt gut, ohne mich an sich zu drücken, und blickt belustigt auf mich nieder . . .
Oh, ich bin dumm und unvernünftig! Kann ich mich nicht dem Tanz hingeben, ausschließlich und rückhaltslos, kann ich mich nicht mit der Seelenfreude begnügen, früher als Anaïs, die meinen Tänzer neidisch mustert, zum Tanz aufgefordert worden zu sein? Statt dessen empfinde ich nur Kummer, eine vielleicht dumme, aber so schneidende Traurigkeit, daß ich nur mit größter Mühe die Tränen zurückhalten kann . . . Warum? Weil . . . nein, ich kann nicht die Wahrheit sagen, nicht die ganze, zumindest . . . ich kann sie nur andeuten . . . Mich schmerzt die Seele, weil ich, die ich nicht gern tanze, so gern mit jemandem tanzen würde, dem meine ganze Liebe gälte, weil ich diesen Jemand an meiner Seite haben möchte, um ihm endlich, endlich all das sagen zu können, was ich nur Fanchette oder meinem Polster anvertraue (und nicht einmal meinem Tagebuch), weil dieser Jemand mir entsetzlich fehlt, weil dieser Gedanke mich quält und demü-

tigt, weil ich mich nur Jemand überantworten will, den ich kennen und lieben werde – Träume, mit einem Wort, leere, unerfüllbare Träume.
Mein langer Partner stellt die klassische Frage:
»Tanzen Sie gern, Mademoiselle?«
»Nein, Monsieur.«
»Hm – warum tanzen Sie dann?«
»Weil ich noch lieber das tue als gar nichts.«
Kurze Stille. Dann sagt er:
»Darf man konstatieren, daß Ihnen Ihre beiden Kameradinnen als ausgezeichnete Folien dienen?«
»Gewiß, man darf. Obzwar Marie recht herzig ist.«
»Wie sagten Sie?«
»Ich sage, daß das Mädchen in Blau nicht häßlich ist.«
»Ich ... ich bin kein Bewunderer dieser Schönheitsgenres ... Gestatten Sie mir, Sie bereits jetzt für den nächsten Walzer aufzufordern?«
»Bitte.«
»Sie haben keine Ballkarte?«
»Nein, aber das macht nichts. Ich kenne alle Leute hier und werde bestimmt nicht vergessen.«
Er führt mich an meinen Platz zurück. Kaum dreht er den Rükken, als mich Anaïs beglückwünscht, mit einem ihrer allergiftigsten: »Meine Liebe!«
»Ja, er ist wirklich nett, nicht wahr? Und wenn du erst hören würdest, wie reizend er plaudert!«
»Oh, man weiß ja, daß dir das Glück heute nachläuft! Mich hat für den nächsten Tanz Féfed aufgefordert.«
»Und mich«, strahlt Marie, »Monmond!« Dann fügt sie aufgeregt hinzu: »Schaut nur, da kommt Mademoiselle!«
Tatsächlich, da kommen Mesdemoiselles! Hintereinander treten sie aus der Tapetentüre. Die kleine Aimée, in einer weißen duftigen Abendbluse, die ihre zarten Schultern und die feinen, wohlgeformten Arme freigibt, hat weiße und gelbe Rosen ins Haar gesteckt. Sie erhöhen noch den Glanz der Goldaugen, die dieses Hilfsmittels wahrlich nicht bedurften! Aber auch Mademoiselle Sergent kann sich sehen lassen: sie trägt ein schwarzes, paillettenglitzerndes Kleid, dessen knapper Ausschnitt einen Blick auf das feste bernsteinfarbene Fleisch gestattet. Ihr Haar, locker aufgekämmt, wirft seinen Feuerschein über das stiefmütterlich begabte Gesicht und spiegelt sich in den sprühenden Augen. Den Lehrerinnen folgt der Gänsemarsch der Internen, in weißen,

hochgeschlossenen Kleidern. Luce läuft auf mich zu und berichtet stolz, daß sie sich dekolletiert hat (»ich habe einfach den Kragen umgebogen«), ungeachtet des Protests ihrer Schwester. Bravo! Fast im gleichen Augenblick erscheint Dutertre in der Eingangstüre, erhitzt und aufgeregt. Er spricht schon wieder zu laut.

Der gleichzeitige Auftritt von Schulleiterin und zukünftigem Deputiertem ist nicht unbemerkt geblieben. Die Leute klatschen schon seit langem über Dutertre und sein Protektionskind. Auch jetzt haben sie sich nicht umsonst gefreut: der Distriktskandidat steuert geradewegs auf Mademoiselle Sergent zu, begrüßt sie und zieht sie kühn in den Strudel einer eben beginnenden Polka. Sie spricht kein Wort und tanzt anmutig – ja, tatsächlich! – mit hochroten Wangen und halbgeschlossenen Augen. Die Aufmerksamkeit wendet sich nun wieder anderen Dingen zu.

Kaum hat Dutertre die Frau Direktor auf ihren Platz zurückgeführt, kommt er zu mir, höchst schmeichelhafte Aufmerksamkeit, die gebührend zur Kenntnis genommen wird. Er zerrt mich durch eine heftige Mazurka, dreht sich zu oft, drückt mich zu eng an sich und spricht zu nahe an meinem Gesicht.

»Du siehst aus wie ein kleiner Engel!«

»Vor allem, Doktor – warum duzen Sie mich? Dazu bin ich mit der Zeit wirklich schon zu groß!«

»Nein, genieren werde ich mich! Sieh einer die große Dame an! Oh, diese Locken und dieser Kranz! Ich würde ihn dir so gerne abnehmen!«

»Ich schwöre Ihnen, Doktor, daß dazu ein anderer kommen muß!«

»Sei still, oder ich küsse dich vor allen Leuten.«

»Das würde niemanden wundern. Sie haben schon so viel auf dem Kerbholz . . .«

»Das stimmt. Aber warum kommst du nie zu mir? Aus Furcht? Das kannst du mir nicht weismachen! Dazu sind deine Augen viel zu lasterhaft! Aber wart nur, ich krieg' dich schon noch einmal . . . Lach nicht, oder ich werde noch ernstlich böse!«

Ich zucke die Achseln. »Spielen Sie nicht den wilden Mann, Doktor! Ich glaube kein Wort von dem, was Sie sagen!«

Er fletscht die Zähne, und ich denke im stillen: »Schon recht, sprich nur ruhig weiter! Im Winter bin ich in Paris, und dort wirst du mir kaum begegnen!«

Nach mir kommt die kleine Aimée an die Reihe, während ich von Monmond, in elegantem Alpakajackett, zum Tanz aufgefordert

werde. Ich lasse mich nicht bitten. Sofern sie Handschuhe tragen, tanze ich sehr gern mit den hiesigen Burschen, vorausgesetzt, daß ich sie kenne. Auf ihre Art sind sie sehr nett zu mir. Dann tanze ich wieder mit meinem langen schwarzen Frack und benütze die nächste Quadrille, um etwas auszuruhen. Erstens will ich nicht krebsrot werden und zweitens habe ich für diesen lächerlichen Tanz nichts übrig. Claire gesellt sich zu mir, sanft und sehnsüchtig, von einer süßen Schwermut befallen, die ich an ihr gar nicht kenne. Sie steht ihr reizend.
»Na? Der schöne Hilfslehrer macht dir wohl eifrig den Hof! Alle Leute sprechen schon davon!«
»Oh? Glaubst du wirklich? Was können sie denn schon sagen? Es ist doch gar nichts . . .«
»Aber geh! Du wirst doch vor mir keine Heimlichkeiten haben?«
»Gott, nein! Aber es ist die reine Wahrheit! Es ist wirklich nichts! Wir sind einander zweimal begegnet. Heute ist es das dritte Mal. Er spricht sehr . . . interessant. Und jetzt hat er mich gefragt, ob ich hin und wieder am Waldrand spazierengehe.«
»Man weiß, was das zu bedeuten hat! Was hast du geantwortet?«
Sie lächelt schweigend, zögernd und naschhaft. Kein Zweifel, sie wird »am Waldrand spazierengehen«. Seltsame Geschöpfe, diese kleinen Mädchen! Claire zum Beispiel, hübsch und sanft, sentimental und gehorsam, wird nun seit ihrem vierzehnten Lebensjahr von ihren Verehrern andauernd sitzengelassen. Sie versteht's eben nicht besser. (Dabei weiß ich genau, daß ich es auch nicht besser verstünde, trotz meiner neunmalklugen Überlegungen . . .)
Das viele Drehen und vor allem die Betrachtung der walzenden Paare verursachen mir ein leichtes Schwindelgefühl. Fast alle schwarzen Fräcke sind verschwunden. Dutertre fegt wie ein Wirbelwind durch den Saal, tanzt mit allem, was da hübsch oder auch nur jung ist, reißt seine Tänzerinnen mit sich fort, wälkt, knetet und beklopft sie und läßt sie fassungslos, aber überaus geschmeichelt zurück. Ab Mitternacht wird das Fest von Minute zu Minute zwangloser. Die Fremden sind fort und die Dorfjugend, gewöhnt, einander beim Sonntagstanz in der Trouillardschen Kneipe zu begegnen, ist unter sich, fröhlich und ausgelassen. Um wieviel besser tanzt sich's doch in dem großen, blumengeschmückten Saal, um wieviel heller strahlt der Luster als die drei armseligen Petroleumlampen bei Trouillard! Die

Burschen sind von der Anwesenheit des Herrn Dr. Dutertre nicht eingeschüchtert, ganz im Gegenteil. Schon gibt Monmond seinen Füßen die langentbehrte Freiheit wieder: sie gleiten nicht mehr gesittet über das Parkett, sondern wirbeln plötzlich durch die Luft, beschreiben die verrücktesten Sprünge und machen den »großen Spagat«. Unglaublich, dieser Monmond! Die Mädchen bewundern ihn und kichern in ihre zierlichen, mit billigem Kölnischwasser getränkten Taschentücher. »Meine Liebe! Ist er nicht einmalig. Es gibt keinen, der's mit ihm aufnehmen kann!«
Plötzlich rast dieser Irre durch den Saal, brutal wie ein Orkan, seine Partnerin im Arm, als sei sie ein Paket. Er hat um einen »Kübel Weißwein« gewettet, zahlbar an der Schank im Hof, daß er in sechs Galoppsprüngen von einem Ende des Saals zum anderen gelangen würde, der Länge nach, bitte sehr! Er hat gewonnen, wird umdrängt und beglückwünscht. Seine Tänzerin jedoch, Fifine Baille, ein kleiner Schmierfink, der auf Bestellung Milch zur Stadt bringt, sowie alles, was man nur will, verläßt ihn wutentbrannt und überschüttet ihn mit einer Flut von Schimpfworten:
»Gemeiner Kerl! Ein Wunder, daß mein Kleid nicht draufgegangen ist! Lad mich noch einmal ein, dann kannst du was erleben!«
Das Publikum biegt sich vor Lachen, und die Burschen benützen die Volksversammlung, um alles, was sie in Reichweite finden, zu kitzeln, zu zwicken oder zu streicheln. Die lange Anaïs hat endlich einen verspäteten schwarzen Frack erobert, promeniert mit ihm auf und ab, fächelt sich Kühlung zu und lacht gurrend, entzückt über die wachsende Erregung der Burschen und die zusehends lockerer werdenden Sitten. Wenigstens einer, der sie auf den Hals küssen wird – oder sonstwohin!
Wo ist Dutertre hingekommen? Mademoiselle Sergent hat ihre kleine Aimée in eine Ecke gedrängt und macht ihr eine Eifersuchtsszene. Diese Frau ist erstaunlich! Der schöne Distriktskandidat braucht ihr nur den Rücken zu kehren, und schon wird sie wieder zur zärtlichen Despotin. Aimée trotzt, zuckt die Achseln und schaut durch die Frau Direktor hindurch. Luce tanzt mit Hingabe (»Ich versäum' keinen einzigen!«). Die Burschen finden sie zwar nicht hübsch, kommen aber immer wieder, so zart, leicht und gefügig ruht sie in ihrem Arm. Es ist, als tanzten sie mit einer Schneeflocke.
Mademoiselle Sergent ist verschwunden. Vielleicht kann sie nicht länger mit ansehen, wie ihre Herzallerliebste, aller Rügen

und Beschwörungen uneingedenk, mit einem langen blonden Lümmel vorüberwalzt und mit keiner Wimper zuckt, wenn er ihre Wangen öfter als einmal mit Schnurrbart und Lippen streift. Es ist ein Uhr. Ich unterhalte mich kaum mehr und beschließe, nach Hause zu gehen. Das Volk »promeniert«. (Bei uns tanzt man die Polka nicht in einem, sondern schaltet eine Pause ein, während derer die Paare Arm in Arm durch den Saal promenieren, hübsch der Reihe nach.) Ich halte Luce auf, die gerade an mir vorbeistolzieren will, und überrede sie, einen Augenblick Platz zu nehmen.
»Hast du noch nicht genug?«
»Genug? Ich könnte noch eine Woche weitertanzen! Es ist, als ob ich keine Beine hätte!«
»Du unterhältst dich also gut?«
Sie zuckt die Achseln.
»Ich weiß nicht. Ich denke an gar nichts, ich habe einen schweren Kopf, und alles ist wunderbar! Weißt du, wenn sie mich ganz fest an sich drücken, und wir tanzen dann einen Walzer, ganz schnell, dann könnt' ich schreien vor Glück!«
Was ist das? Getrampel, klatschende Hiebe – sie klingen wie Ohrfeigen –, eine wimmernde Frauenstimme, wüste Beschimpfungen . . . was soll das heißen? Prügeln sich die Leute? Alle Wetter, nein, der Lärm kommt von oben! Plötzlich wird das Geschrei so durchdringend und schrill, daß die promenierenden Paare jäh stehenbleiben, aufs höchste beunruhigt. Eine hilfreiche Seele, der wackere, einfältige Antonin, eilt zur Tapetentür und reißt sie auf. Der Krawall schwillt an. Ist das nicht die rustikale Mutter? Verblüfft erkenne ich die keifende Stimme dieser alten Bäuerin. Sie plärrt die entsetzlichsten Dinge. Die Leute lauschen atemlos, zu Salzsäulen erstarrt, die Augen auf die kleine Türe geheftet, diesen Ausgangspunkt so großen, gräßlichen Lärms:
»Ah, du Schlampe! Geschieht dir ganz recht! Was, da schaust du! Das hättest du nicht gedacht, wie? Aber ich hab' ihn verdroschen, dieses Schwein von einem Arzt! Meinen Besen hab' ich auf seinem Hintern zerbrochen! Ja, ich hab' schon seit langem Lunte gerochen! Nein, nein, meine Süße, ich werd' nicht still sein, die Ballgäste sind mir schnapsegal! Sollen sie zuhören, sollen sie nur! Da hören sie wenigstens was Sauberes! Morgen früh, nein, heute, jetzt sofort pack' ich meine Siebensachen! In so einem Haus schlaf' ich keine Nacht länger! Was, du Schlampe, erst wartest du, bis er besoffen und außerstande ist *(sic!)*, um ihn in dein Bett zu zerren, diesen Weiberhelden! Dazu hab' ich dich

studieren lassen, du brünftige Hündin! Wenn du die Kühe gemolken hättest wie ich, wäre es nicht so weit mit dir gekommen! Mir kann er gar nichts tun, dein sauberer Distriktskandidat, und wenn er auch den Minister duzt, soll er, das ist mir ganz gleich! Den Hintern hab' ich ihm ausgehaut! Und wie er davongerannt ist! Der kommt so bald nicht wieder! Er fürchtet sich ja vor mir! Hier muß er seine Sauereien machen, ausgerechnet hier, in dem Zimmer, wo ich jeden Morgen das Bett mache, und sperrt sich nicht einmal ein! Rennt davon, barfuß und im Hemd, daß seine dreckigen Schuhe noch daliegen! Da, da sind sie, seine Schuhe, daß man sie auch sieht!!«

Man hört, wie die Schuhe über die Stiege kollern. Einer fällt bis auf die Schwelle, ein feiner Lackschuh, glänzend und elegant . . . Niemand wagt es, ihn anzurühren. Die belfernde Stimme entfernt sich, wird schwächer, erlischt im Geknall zugeworfener Türen. Man starrt einander an, glaubt seinen Ohren nicht zu trauen. Die Paare, immer noch Arm in Arm, neigen sich lauschend vor . . . schließlich verziehen sich hämische Münder zu schadenfrohem Lächeln, die Heiterkeit wird allgemein und greift auch auf die Musikanten über, die sich den Bauch halten, nicht minder entzückt als die Ballgäste.

Ich suche Aimée: sie ist weiß wie ihre Bluse, reißt entsetzt die Augen auf und starrt auf den Lackschuh, diese Zielscheibe sämtlicher Blicke. Ein junger Mann tritt mitleidig auf sie zu und schlägt ihr vor, sie hinauszubegleiten, daß sie sich ein wenig erhole . . . Sie blickt verstört um sich, bricht in Tränen aus und stürzt ins Freie. (Weine, weine, meine Tochter! Nach diesen schmerzlichen Augenblicken werden dich die Stunden der Freude doppelt süß dünken!) Jetzt ist die letzte Schranke gefallen. Man gibt einander Rippenstöße und sagt lachend: »Na, so was! Hast du das gehört! Allerhand, allerhand!«

Plötzlich höre ich in meiner nächsten Nähe Gelächter, halbirres, schrilles Gelächter, krampfhaft und laut, trotz merkbar vorgehaltenem Taschentuch. Es ist Luce. Sie windet sich auf ihrem Sitz, kraftlos vor Lachen, weinend vor Freude, mit solch selig verklärtem Gesichtsausdruck, daß ich mitlachen muß, ob ich will oder nicht.

»Du bist wohl übergeschnappt, Luce, so zu lachen?«

»Ah! Ah! Oh! Laß mich . . . das ist zu schön! Ah! Das hätte ich nie zu hoffen gewagt! Ah! Ah! Jetzt kann ich fortgehen, jetzt bin ich zufrieden! Oh, das tut gut! Oh, das tut gut!«

Um sie ein wenig zu beruhigen, führe ich sie in eine stille Ecke.

Im Saal herrscht aufgeregtes Stimmengewirr. Niemand denkt daran, zu tanzen.

Plötzlich stimmt eine kühne Geige ein paar Töne an, Flügelhörner und Posaunen fallen ein, ein Paar beginnt zögernd zu tanzen, andere folgen seinem Beispiel, und schließlich ist die Polka wieder in vollem Schwung. Jemand schließt die Tapetentür, der ominöse Lackschuh entschwindet den Blicken, und der Ball geht weiter, nach diesem tollen, unverhofften Intermezzo fröhlicher, zügelloser denn je. Ich gehe schlafen, zufrieden und dankbar, restlos glücklich über diesen würdigen Abschluß meiner Schulzeit.

Adieu, Schule, adieu, Mademoiselle samt Herzensfreundin, adieu, Luce, kleine Katze, adieu, böse Anaïs! Die große Welt erwartet mich. Wahrscheinlich werde ich mich dort nicht halb so gut unterhalten wie in der Schule.

Claudine in Paris

Zum erstenmal seit vielen Wochen nehme ich mein Tagebuch wieder zur Hand. Warum ich es so lange vernachlässigt habe? Weil ich krank war, sehr krank. Mit der Zeit beginne ich selbst daran zu glauben.

Ich bin zwar noch ein wenig schwach auf den Beinen, aber Fieber und Verzweiflung gehören, scheint's, der Vergangenheit an. Das soll nicht heißen, daß mir die Handlungsweise der Leute, die aus freien Stücken hier leben, verständlicher geworden wäre. Ganz im Gegenteil: es übersteigt nach wie vor mein Fassungsvermögen, daß es Menschen gibt, die zu ihrem Vergnügen in Paris wohnen. Eines jedoch wird mir langsam klar: es mag lohnend sein, ihr Leben und Treiben zu beobachten. Was sich in den sechsstöckigen Kasten abspielt, die sich hier Häuser schimpfen, ist der Beachtung wert!

Der Vollständigkeit halber werde ich erzählen müssen, wie es kam, daß ich mich in Paris befinde, daß Papa seine Schnecken, ich meine Schule verließ, diese tollste, schönste aller Schulen, wo Mademoiselle Sergent, der öffentlichen Meinung spottend, weiterhin ihre kleine Aimée liebkost, während die lieben Kinder machen, was sie wollen . . .

Ich sehe schon, es wird schwierig sein, der Reihe nach zu berichten, und sehr, sehr anstrengend. Überhaupt ermüde ich leicht, bin dünner als voriges Jahr, kaum größer und sehe aus wie knappe sechzehn, obwohl ich vorgestern meinen siebzehnten Geburtstag gefeiert habe. Rasch – einen Blick in den Spiegel. Nein, ich habe nicht übertrieben!

Spitzes Kinn, du bist niedlich, aber um alles in der Welt, werde mir nicht allzu spitz! Nußbraune Augen, ihr seid und bleibt nußbraun, das sei euch unbenommen! Doch warum weicht ihr mit solch übertriebener Bescheidenheit in eure Höhlen zurück? Mund, du bist noch immer der alte, aber so bleich, daß ich der Versuchung nicht widerstehen kann, der roten Geranie einige

Blütenblätter auszuzupfen, um sie auf meinen farblosen Lippen zu zerreiben. (Das gibt ihnen übrigens einen Stich ins Schmutzig-Violette, den ich unverzüglich herunteresse.) Und ihr, meine armen Ohren, klein, weiß und blutleer, ich betrachte euch nur verstohlen, kneife euch, auf daß ihr ein wenig Farbe bekommt, und verbanne euch sogleich wieder unter meine Locken . . . oh, meine Locken! Kaum berühre ich sie, schnürt es mir das Herz zusammen und ich möchte am liebsten weinen . . . Man hat sie mir abgeschnitten, knapp unterhalb der Ohren, meine schönen rotbraunen Haare, mein schimmerndes, seidiges Vlies! Die zehn Zentimeter, die mir verblieben sind, tun ihr möglichstes, legen sich zu lockeren Wellen, umrahmen mein Haupt mit weichem Schimmer, wachsen, so schnell sie können – aber deshalb macht es mich nicht unglücklich, wenn ich allmorgendlich, ehe ich meinen Hals einseife, in alter Gewohnheit die Hand hebe, um meine Mähne aufzustecken . . .

Und du, Papa, Gelehrter mit wallendem Bart, dir bin ich fast ebenso böse wie mir. Hat man je einen solchen Vater gesehen? Urteilen Sie selbst:

Als das große Werk über die »Malakologie des Fresnois« seiner Vollendung entgegenging, sandte Papa drei Viertel des Manuskripts dem Pariser Verleger Masson und wurde von Stund an die Beute verzehrender Ungeduld. Wie! Des Morgens hatte er die korrigierten Seiten zur Post getragen, und abends waren sie noch nicht zurück? (Acht Stunden Bahnfahrt!) Was mußte der Briefträger Doussine nicht alles über sich ergehen lassen! »Noch immer keine Druckfahnen? Elender Bonapartist! Unfähiger Kerl! Seine Frau betrügt ihn, und sie weiß, warum!« Und die Tölpel von Druckern! Der Schmähungen war kein Ende. Den ganzen Tag wetterte Papa über diese Urheber empörender Druckfehler, stellte ihnen baldige Skalpierung in Aussicht und warf mit Beleidigungen um sich, zu deren mildesten die Bezeichnung »sodomitischer Zwerg« zählte. Fanchette, meine schöne Katze, die auf Lebensart hält, runzelte mißbilligend die Brauen.

Der November war kalt und regnerisch. Die Schnecken, sich selbst überlassen, starben wie die Fliegen. Und Papa? Eines Abends versenkte er die Rechte in seinen dreifarbigen Bart und erklärte kurz und bündig: »Mit meinem Buch geht nichts weiter. Diese Drucker halten mich zum Narren! Das vernünftigste *(sic)* ist, wir übersiedeln nach Paris!«

Ich war sprachlos. So viel Einfachheit, gepaart mit so viel Wahnwitz, erregte meine Bewunderung. Ich erbat acht Tage Bedenkzeit.

»Aber beeil dich!« mahnte Papa. »Ich habe einen Mieter für das Haus.«

Oh, über das Doppelspiel der treuherzigsten Väter! Der meine hatte bereits alles vorbereitet, in aller Stille, und mich ahnungsloses Wesen traf der Gedanke an die drohende Abreise wie ein Blitz aus heiterem Himmel!

Zwei Tage später zeigte sich die lange Anaïs noch lästiger als gewöhnlich – in der unbestimmten Absicht, Mademoiselles Rat zu befolgen und mich auf die Matura vorzubereiten, kam ich weiterhin zur Schule – und plagte mich so lange, bis ich mich nicht enthalten konnte, achselzuckend zu sagen: »Laß nur, Alte, du wirst mich nicht mehr lange ärgern! Nächsten Monat übersiedle ich nach Paris!«

Der Schlag kam so unerwartet, daß sie keine Zeit mehr hatte, ein Erstaunen zu verbergen, dessen Grenzenlosigkeit mir in der Seele wohltat.

»Luce! Luce! Du wirst deine Herzensfreundin verlieren! Claudine fährt nach Paris! Du wirst blutige Tränen weinen, meine Liebe! Schnell, schneid dir eine Locke ab, tauscht eure letzten Liebesschwüre, ihr habt nicht mehr viel Zeit!«

Luce, ein Bild des Jammers, spreizte alle zehn Finger in der Luft, riß verstört die trägen grünen Augen auf und begann lärmend zu weinen, ohne jegliches Schamgefühl. Das gäb mir den Rest.

»Und ob ich fahre! Dann bin ich euch wenigstens los!«

Mein Entschluß war gefaßt. Daheim angelangt, gab ich Papa mein feierliches Jawort. Er strich sich befriedigt den Bart und verkündete: »Pradeyron ist schon auf Wohnungssuche. Wo, weiß ich nicht. Hauptsache, ich habe Platz für meine Schmöker. Das Viertel ist mir scheißegal. Und was sagst du?«

»Mir ist es auch sch- gleichgültig.«

In Wirklichkeit hatte ich keine Ahnung. Wie wollen Sie, daß eine Claudine, deren Weltkenntnis sich auf das große Haus und den geliebten Garten von Montigny beschränkte, plötzlich wissen solle, in welchem Pariser Bezirk es sich am besten wohnt? Fanchette wußte es ebensowenig. Doch mich packte jene Unrast, die sich in allen großen Augenblicken meines Lebens einzustellen pflegt, und ich begann ziellos umherzuwandern, während Papa, in einem plötzlichen Anfall von Umsicht – nein, von Tätigkeitsdrang, nur keine Übertreibungen! –, die Verpackungsarbeiten leitete, unter großem Getöse.

Es litt mich nicht mehr daheim. Ich flüchtete in die Wälder, nicht zuletzt, um Mélies wütenden Klagen zu entrinnen.

Mélie ist blond, faul und verblüht. Einst war sie sehr hübsch. Sie kocht, bringt mir Wasser und lenkt das Obst aus unserem Garten in die Taschen nebelhafter »Bekannter«. Papa versichert, daß sie mich vor langer Zeit gesäugt hätte, mit »prima« Milch, und mir auch heute noch recht zugetan sei. Sie singt gern und viel und verfügt über ein reichhaltiges Repertoire leichtfertiger bis obszöner Liedchen, deren Großteil ich auswendig kann. (Und dabei behaupten die Leute, ich hätte für Unterhaltungsmusik nichts übrig!) Eines finde ich besonders hübsch:

> Zehn Gläser trank er täglich aus,
> so war er es gewohnt,
> ging erst beim Hahnenschrei nach Haus
> und hat sich nicht geschont.
> Tralalala tralalala . . .

Mélie verfolgt zärtlich die Entwicklung meiner Tugenden und Fehler, stellt begeistert fest, daß ich »fein« sei und einen »schönen Körper« habe, und endet ihre Lobeshymnen unweigerlich mit dem bedauernden Ausruf: »Schad', daß du keinen Liebhaber nicht hast!« Ihren ebenso selbstlosen wie unbekümmerten Drang, den Wunsch nach Liebe zu wecken und zu befriedigen, dehnt sie auf die gesamte Schöpfung aus. Wenn Fanchette im Frühling gurrt, miaut und auf dem Rücken über die Kieswege schleift, lockt die gefällige Mélie die Kater herbei, mittels großer Teller voll rohen Fleisches, die sie zwanglos im Gebüsch verteilt, steht unbeweglich daneben, in fettiger, schmieriger Schürze, harrt geduldig, bis Kalbskopf oder Wildhaschee verzehrt sind, betrachtet genau die Idyllen, die meist nicht auf sich warten lassen, und wägt dabei ihre korsettlosen Brüste in den Händen, eine Gewohnheit, der es in seltenem Maße gegeben ist, mich aufzubringen. Ich kann nichts dafür, aber der Gedanke, daran gesogen zu haben, ist mir widerwärtig.
Wäre ich nur eine kleine Gans und keine besonnene junge Dame, hätte mich die zuvorkommende Mélie schon längst zu Fall gebracht. So aber verlache ich sie, sooft sie mir einen neuen Galan vorschlägt, schneide ihr das Wort ab und sage: »Geh damit zu Anaïs! Dort hast du mehr Erfolg!«
Mélie hat geschworen (beim Haupte meiner Mutter!), daß keine

zehn Rösser sie nach Paris bringen würden. Ich erwiderte: »Bleib ruhig da! Mir ist es egal!« Ergebnis: sie packte ihre Koffer, unter Vorhersage der fürchterlichsten Katastrophen.

Inzwischen durchstreifte ich auf kotigen Pfaden den rostroten, nach Pilzen und feuchtem Moos duftenden Wald, sammelte gelbe Pfifferlinge, diese Freunde sämiger Saucen und gedünsteten Kalbfleischs, erkannte das Übersiedlungsprojekt allmählich in seinem ganzen Wahnwitz und überlegte fieberhaft. Wenn ich Papa anflehte, nein, anschrie, vielleicht ließe sich noch etwas machen?! Aber was würde Anaïs sagen? Und Luce? Könnten sie nicht am Ende glauben, ich bliebe ihretwegen? Nein, nein, tausendmal nein! Wenn ich es gar nicht aushalte, kann ich mir »dort« noch immer den Kopf zerbrechen!
Eines Tages stand ich am Waldsaum und besah das Land zu meinen Füßen: die Äcker, die Stoppelfelder, das frisch aufgeworfene, rötlich schimmernde Erdreich, den sacht dahinschwindenden Sarazenenturm, die Wälder, denen meine ganze Liebe gilt. Da kam mir die unselige Verblendung, fortzuziehen, so klar zu Bewußtsein, daß ich um ein Haar nach Hause gestürzt wäre und gefleht, nein, befohlen hätte, die Bücherkisten wieder aufzustemmen und die Möbel aus ihrer kunstvollen Umhüllung zu schälen.
Warum habe ich es nicht getan? Warum blieb ich wie angewurzelt stehen, jeder Empfindung bar, die kalten Hände unter dem roten Umhang vergraben, während zackige Kastanien auf mich niederfielen? Sie verfingen sich in meinem Haar und stachen ein wenig, wie Wollknäuel, in denen man die Stopfnadeln vergessen hat ...
Doch ich will mich kurz fassen. Auszug aus der Schule. Kühler Abschied von Mademoiselle Sergent (sie ist wirklich ihr Geld wert, diese Frau Direktor! Ihre kleine Aimée dicht auf den Fersen, sagt sie mir »Auf Wiedersehen!«, als ob ich noch am selben Abend zurückkommen sollte!), hämischer Kratzfuß der langen Anaïs (»Ich wünsche dir kein Glück, meine Liebe, es läuft dir ohnedies nach! Wahrscheinlich wirst du erst geruhen, mir zu schreiben, um deine Hochzeit anzukündigen!«), schluchzendes, herzzerreißendes Adieu der kleinen Luce. Sie hat mir aus schwarz-gelber Seide eine Börse gehäkelt, ein Schulbeispiel schlechten Geschmacks, und überreicht mir außerdem ein Federschächtelchen aus Rosenholz, das eine ihrer Locken birgt. Um einem Verlust dieser Abschiedsgeschenke vorzubeugen, hat

sie Schächtelchen und Börse nach allen Regeln der Kunst beschworen.
(Der Hexerei Unkundige mögen aufmerken: man legt den zu beschwörenden Gegenstand auf den Boden, schließt ihn in zwei Klammern ein, deren Enden einander überkreuzen, und schreibt in die linke obere Ecke ein kleines X. Das genügt. Sie können ganz beruhigt sein, der Zauber ist unfehlbar! Manche spucken auch auf den zu behexenden Gegenstand, das ist jedoch nicht unerläßlich.)
Die arme Luce sagte: »Du glaubst nicht, daß ich unglücklich sein werde? Du wirst dich wundern! Du weißt nicht, wozu ich imstande bin! Ich hab' genug von meiner Schwester und ihrer Mademoiselle! Du warst meine einzige Freude! Du wirst schon sehen, was passiert!«
Ich habe die Trostlose geküßt, oft und lange, auf ihre weichen Wangen, ihre nassen Wimpern, ihren kühlen weißen Nacken, ich habe ihre Stupsnase geküßt und ihre Grübchen, und die Verzweiflung der armen Kleinen – ihr Lebtag hatte sie von mir nicht so viel Liebe erfahren – wuchs ins Ungemessene. Ich hätte sie ein Jahr lang vielleicht sehr glücklich machen können (es wäre dir nicht allzu schwer gefallen, Claudine, mir kannst du nichts erzählen!), aber ich bereue nicht, es unterlassen zu haben. Stück für Stück verpackte man meine Möbel, meine Bücher und meine kleinen Liebhabereien, während ich danebenstand, von Widerwillen geschüttelt, erfroren und schlechter gelaunt als eine Katze im Regen. Zusehen zu müssen, wie man meinen zierlichen, tintenbekleckten Mahagonischreibtisch davonschleppte, mein Himmelbett aus Nußholz und die alte normannische Anrichte, die mir als Wäscheschrank dient, kostete mich beinahe einen Nervenzusammenbruch. Papa hingegen, munterer denn je, spazierte vergnügt mitten durch den Weltuntergang und sang aus voller Kehle: »Die frechen Söhne Albions zogen vor Lorient. Doch die Bretonen . . .« (Der Rest ist leider unaussprechlich.)
Nie habe ich meinen Vater so wild gehaßt wie an jenem Tag.
Im letzten Moment glaubte ich Fanchette zu verlieren: nicht minder verstört als ich, floh sie Hals über Kopf in den Garten und verkroch sich im Kohlenschuppen. Ich lockte sie mit unsäglicher Mühe hervor und sperrte sie in einen Reisekorb, kohlschwarz, spuckend und fluchend. (Von Fanchettes stark ausgeprägtem Widerwillen gegen Körbe ist nur der Fleischkorb ausgenommen.)

Reise, Ankunft und erste Pariser Tage verlieren sich in einem Nebel dumpfer Verzweiflung. Die Düsterkeit der traurigen, zwischen zwei Lichthöfen gelegenen Wohnung in der armseligen Rue Jacob machte meinen betäubten Lebensgeistern das Erwachen vollends unmöglich. Regungslos sah ich zu, wie erst die Bücherkisten, dann die Möbel in der Verbannung eintrafen, wie Papa, beschwingten Schritts und unermüdlich, Regale montierte, seinen Schreibtisch von einer Ecke in die andere schob und lärmend frohlockte: »Zwei Schritte von der Sorbonne! Die Geographiegesellschaft vor der Tür, die Bibliothek Sainte Geneviève keine hundert Meter entfernt!«
Mélie greinte. Ihre Küche liegt jenseits des Korridors und zählt zu den schönsten Räumen des Appartements. Dennoch klagte sie dauernd über Platzmangel und setzte uns unter dem Vorwand, in einer halbfertigen ungesunden Küche hantieren zu müssen, halbfertige ungesunde Kost vor. Ich duldete es, denn meine Gedanken kreisten Tag und Nacht um die eine Frage: Was tue ich hier? Wie konnte ich diesen Wahnsinn zulassen? Ich lehnte ab, auszugehen, weigerte mich hartnäckig, irgend etwas Nützliches anzufangen, irrte von Zimmer zu Zimmer, appetitlos, mit zugeschnürter Kehle. Nach zehn Tagen sah ich so seltsam aus, daß selbst Papa die Veränderung bemerkte und sofort außer sich geriet, denn was er tut, tut er maßlos und zur Gänze. Er setzte mich auf sein Knie, bettete mein Haupt an seinen wallenden dreifarbigen Bart und streichelte mich mit seinen knorrigen, nach Fichtenholz duftenden Händen (er hatte den ganzen Tag Bücherregale festgeschraubt). Ich sagte kein Wort und biß die Zähne zusammen. Ich hatte ihm noch nicht verziehen, oh, ganz im Gegenteil! Endlich versagten meine angespannten Nerven, die Krise kam, und eines Abends brachte Mélie mich zu Bett, glühend von Kopf bis Fuß.

Wochenlang lag ich krank, an einer Art Nervenfieber mit typhoidem Einschlag, in tiefer, jämmerlicher Nacht. Ich hatte das Gefühl, nur aus Kopf zu bestehen, aus einem riesigen, schmerzenden Kopf. Daß ich viel phantasiert habe, glaube ich kaum. Aber ich erinnere mich, ganze Stunden hindurch, auf der linken Seite liegend, mit der Fingerspitze einen jener phantastischen Äpfel nachgezeichnet zu haben, die auf meinen Bettvorhängen abgebildet sind und Kugeln mit Augen gleichen. Auch jetzt brauche ich diese Frucht nur anzuschauen, um sogleich wieder

in eine Welt der Alpträume versetzt zu werden, wo Mademoiselle Sergent, Aimée, Luce und die böse Anaïs in rasendem Wirbel an mir vorübertanzen, eine Mauer mich zu erschlagen droht und Fanchette auf meiner Brust sitzt, groß wie ein Esel.
Ich weiß auch noch, daß Papa sich über mich neigte. Bart und Gesicht dünkten mich riesenhaft und ich stieß ihn zurück, mit der ganzen Kraft meiner schwachen Arme, um die Hände sogleich wieder sinken zu lassen. Noch nie war mir der Stoff seines Anzugs so derb und rauh erschienen. Dann entsinne ich mich eines blonden Arztes. Er war klein und sanft, hatte eine Fistelstimme und eiskalte Hände, und sooft er mich berührte, erschauerte ich am ganzen Körper.
Zwei Monate vermochte man mich nicht zu kämmen, und das verfilzte Haar schmerzte bei jeder Bewegung. Darum griff Mélie eines Tages kurz entschlossen zur Schere und stutzte mich, so gut es ging, in Stufen und Etagen. Ein Glück, daß Anaïs weit fort ist! Sie, die mir meine kastanienbraunen Locken so sehr neidete, daß sie es sich während der Pause nie verkneifen konnte, wie unabsichtlich daran zu reißen, würde bei meinem jetzigen Anblick frohlocken: ich sehe aus wie ein Junge.
Langsam befreundete ich mich wieder mit dem Leben. Eines Tages zum Beispiel, da es gelang, mich aufzurichten, und die Morgensonne in mein Zimmer schien, stellte ich fest, daß die rotgemusterte Tapete den weißen Wänden eine freundliche Note gab. Gleichzeitig mußte ich an pommes frites denken.
»Mélie, ich hab' Hunger! Mélie, was riecht so gut in deiner Küche? Mélie, mein Spiegelchen! Mélie, Kölnischwasser! Ich will mir die Ohren waschen. Mélie, was ist draußen los? Ich stehe auf!«
»Bist du aber lästig, kleine Maus! Aber es ist schon recht, jetzt geht's wieder bergauf mit uns! Von Aufstehen ist keine Rede. Erstens hat's der Herr Doktor verboten und zweitens kannst du nicht einmal auf allen vieren kriechen!«
»Sooo? Wart nur, du wirst schon sehen!«
Hopp! Ungeachtet der verzweifelten Beschwörungen Mélies (»Du wirst umfallen, mein Herz! Mein süßes Täubchen, ich werde es dem Doktor sagen!«) ziehe ich mit größter Anstrengung die Beine unter der Decke hervor. Guter Gott! Wo sind meine Waden hingekommen? Und meine Knie? Wie häßlich und stark sie geworden sind! Grimmig krieche ich ins Bett zurück, am Ende meiner Kräfte.

Seltsam: in Paris schmecken die »frischen Eier« nach Zeitungspapier. Dennoch esse ich sie widerspruchslos und führe mich im großen und ganzen überhaupt recht ordentlich auf. Mein Zimmer ist gemütlich. Im Kamin knistert das Holz, die rotgemusterte Tapete gefällt mir (das habe ich schon einmal gesagt), die doppeltürige normannische Anrichte, die meine kleine Aussteuer birgt, nicht minder. Ein Tischchen, alt und abgenützt – wie oft bin ich ihm mit Tinte und Federmesser zu Leibe gerückt! –, nimmt die Längswand des rechteckigen Raumes ein, neben dem Bett. Mein schönes, ehrwürdiges Himmelbett! Es ist mit Kretonnevorhängen geziert (ja, wir halten auf Tradition!), auf deren weißem Grund rot-gelbe Früchte und Blumen prangen. Mein altmodischer Mahagonischreibtisch steht gegenüber. Kein Teppich. Als Bettvorleger dient ein weißes Pudelfell. Weitere Möbelstücke: ein tiefer Gobelinfauteuil mit abgeschabten Armlehnen, ein niedriger wurmstichiger Sessel mit rot-gelbem Strohgeflecht, ein zweiter von gleicher Höhe, aber weißlackiert, ein viereckiges Rohrtischchen, das sich einst naturfarbener Politur rühmen durfte. Es erübrigt sich wohl, zu sagen, daß ich diesen Salat seit jeher als reizende Zusammenstellung betrachte. Eine Schmalseite meines Zimmers wird von der Alkoventüre eingenommen, hinter der sich mein düsterer Waschraum verbirgt. Als Waschtisch dient mir unsinnigerweise eine wertvolle Konsole Louis XV mit rosa Marmorplatte, die im Salon weit eher am Platze wäre. (Verschwenderischer Luxus, ich weiß, ich weiß! Aber wozu ist man schließlich Papas Liebling?) Ferner gibt es ein ganz gewöhnliches Becken, ein kleines Schaff und – keine Zinkwanne, nein, nein! Anstelle dieses lächerlichen Behälters mit seinen Theaterdonner-ähnlichen Geräuschen, in dem mir regelmäßig die Füße einfrieren, habe ich einen Bottich mitgebracht, einen riesigen, richtigen Buchenzuber aus Montigny. Was sagen Sie jetzt? Den fülle ich mit heißem Wasser, setze mich im Türkensitz auf das wohlig-rauhe Holz und lasse meinen Allerwertesten schaben: das ist sehr angenehm.

Wie bereits erwähnt, esse ich Eier, widerspruchslos, lese nur wenig – erstens hat man es mir strengstens untersagt und zweitens schwindelt mir nach wenigen Zeilen – und kann mir nicht erklären, wieso sich die Freude, die ich beim Erwachen empfinde, im Laufe des Tages sachte verliert, um sich gegen Abend unweigerlich in Trübsinn und wildes Einsamkeitsbedürfnis zu verwandeln, ungeachtet aller Possen Fanchettes.

Fanchette, dieser Glücklichen, vermochte der Hausarrest nichts anzuhaben. Sie ist fröhlich wie eh und je, hat sich den neuen Lebensumständen bestens angepaßt und sogar willig dazu bereit gefunden, ihre kleinen Greuel auf ein mit Sägespänen bestreutes Brett zu deponieren, das sich diskret unter meinem Bett verbirgt. Manchmal unterhalte ich mich damit, der Zeremonie beizuwohnen und zu beobachten, wie sich die heilige Handlung Phase für Phase auf ihrer dreieckigen Katzenphysiognomie widerspiegelt: Fanchette leckt ihre Hinterpfoten, die verkörperte Sorgfalt. Auch zwischen den Krallen wird saubergemacht. Braves, ausdrucksloses Gesicht. Plötzlich hält sie inne. Ernste Miene. Ein Schatten von Besorgnis. Jähe Änderung der Pose: sie setzt sich auf ihr Hinterteil, kalten, strengen Blicks, steht auf, macht drei Schritte, setzt sich wieder nieder. Jetzt faßt sie einen unwiderruflichen Entschluß, springt vom Bett, läuft zu ihrer Tasse, kratzt – und das ist alles. Nichts geschieht. Man schaut wieder gelangweilt drein. Aber nur kurze Zeit. Schon scharrt sie fieberhaft die Sägespäne auf, schon streben die Brauen angstvoll zueinander, schon sucht sie den richtigen, den einzig möglichen Platz, um nach anfänglichem Zappeln drei Minuten lang scharf nachzudenken, mit starrem Blick und geistesabwesender Miene. Ja, man ist gern ein wenig verstopft. Endlich, endlich erhebt sie sich, verscharrt den Leichnam mit dem erschütterten Gebaren, das bei solch traurigem Anlaß angebracht erscheint, treibt die Gewissenhaftigkeit so weit, rund um das Tablett den Parkettboden aufzukratzen, und schlägt ohne jeden Übergang die wildesten, ausgelassensten Kapriolen, die nichts anderes sind als das Vorspiel des weitaus längeren, aber nicht minder fröhlichen Befreiungstänzchens. Dann lache ich und rufe: »Mélie! Komm schnell! Fanchette braucht neue Sägespäne!«

Seit einiger Zeit interessiere ich mich für die Geräusche, die aus dem Hof heraufdringen. Er wird an einer Seite von der Rückwand eines großen schwarzen Hauses begrenzt und schließt eine Unzahl kleiner, ziegelgedeckter Schuppen ein. Ziegel . . . gibt es die nicht auch in Montigny? Eine niedrige, finstere Türe führt angeblich in die Rue Visconti. Abgesehen von Männern in blauem Arbeitskittel und farblosen Frauen mit struppigem Haar und dem müden, schleppenden Gang abgerackerter Kreaturen, habe ich in diesem Hof nie jemanden zu Gesicht bekommen. Ach ja, ein Kind ist auch noch da. Es spielt stundenlang, lautlos und einsam, und gehört allem Anschein nach der Hausmeisterin

des düsteren Gebäudes. Im ersten Stock unseres Hauses – sofern ich diesen viereckigen Kasten voll unsympathischer Unbekannter »unser Haus« zu nennen wage – pflegt eine gemeine, mit bretonischer Haube gezierte Dienstmagd allmorgendlich einen armen Hund zu prügeln, der sich wahrscheinlich in der Küche nachts allerhand zuschulden kommen läßt. Täglich höre ich sein Gewinsel und Geheule. Na warte, du Tierfreundin! Bin ich erst einmal gesund, ist dir der Tod von meiner Hand gewiß! Jeden Donnerstag von zehn bis elf dreht ein Leierkastenmann die abscheulichsten Romanzen in die Gegend, und jeden Freitag erscheint ein Armer (hier sagt man ein »Armer«, und nicht ein »Unglücklicher«, wie bei uns in Montigny), ein klassischer Armer mit wallendem, weißem Bart, der uns auf das feierlichste anbettelt: »Gedenk' eines armen – blinden – Unglücklichen – der sich Ihrer Güte empfiehlt! Messieurs! Mesdames! (eins, zwei, drei) B-i-i-i-tte!« Das Ganze auf eine kleine Melodie in Moll, die in Dur endet. Diesem ehrwürdigen Greis lasse ich durch Mélie vier Sous hinunterwerfen, die meinem Befehl schimpfend nachkommt und behauptet, ich verdürbe die Zunft.
Papa strahlt, mich auf dem Wege der Besserung zu sehen, und bleibt mit kaum wiedererlangter Gemütsruhe stundenlang fort, um knapp vor den Mahlzeiten hereinzuschneien. Oh, über die Archive und Bibliotheken, die dieser bärtige Bourbone stolz und staubbedeckt durchmißt!
Armer Papa. Geriet nicht mit dem Veilchenstrauß, den du mir eines Februarmorgens brachtest, alles wieder ins Wanken? Der Duft der lebendigen Blumen, ihre feuchte Frische unter meinen Händen zerrissen jäh den Nebel des Vergessens, den das Fieber über mein fernes Montigny gebreitet hatte. Mit einem Schlag sah ich die entlaubten Wälder, durchsichtig und kahl im zarten Vorfrühlingslicht, die Straßen mit ihrem falben Saum verwelkten Schlehdorns und frostzerbissener Hagebutten, das stufenförmig abfallende Dorf, den efeuumsponnenen Turm, der sein dunkelgrünes Kleid als einziger zu wahren versteht, und das helle, langgestreckte Schulgebäude, von kraftloser Sonne beschienen. Ich vermeinte den süßlich-faulen Duft welker Blätter zu atmen, ich glaubte den Klassendunst zu spüren, diesen eigenartigen, aus den vereinigten Gerüchen von Tinte, Papier und nassen Holzschuhen bestehenden Gestank. Papa griff sich verzweifelt an die sonnenkönigliche Nase, Mélie fingerte angstvoll an ihren Brüsten. Beide sahen mich schon wieder schwerkrank und schickten auf der Stelle nach dem sanften Doktor, der eilends in den dritten

Stock geklettert kam und erklärte, es sei nicht der geringste Anlaß zur Besorgnis vorhanden.
Ich hasse dieses blonde bebrillte Männchen, obgleich ich zugeben muß, daß es mich aufs beste behandelt hat. Kaum werde ich seiner ansichtig, vergrabe ich die Hände unter der Decke, rolle mich korkzieherartig zusammen und verkrampfe sogar die Zehen, so wie Fanchette es zu tun pflegt, wenn ich ihre Krallen inspizieren will. Womit hat der Arme solch wilde Abneigung verdient? Ich weiß es nicht, versuche aber ebensowenig, meinen ungerechtfertigten Widerwillen zu überwinden. Ich kann es nun einmal nicht leiden, von einem unbekannten Mann berührt und abgetastet zu werden und dulden zu müssen, wie er den Kopf an meine Brust legt, um zu horchen, ob ich auch ordentlich atme. Wenn es ihm wenigstens einfiele, sich vorher die Hände zu wärmen!

Aber er behielt recht. Mein Zustand war tatsächlich nicht besorgniserregend: bald durfte ich wieder aufstehen. Seither kreisen meine Gedanken um ein anderes Thema:
»Mélie, wer wird jetzt meine Kleider nähen?«
»Ich weiß nicht, mein Herzblatt. Warum gehst du nicht zu Maaame Coeur und läßt dir jemanden empfehlen?«
Welch ein kluges Wesen ist doch diese Mélie! Sie hat recht, und daß ich nicht von selbst auf die Idee gekommen bin, mich an »Maaame Coeur« zu wenden, ist ein starkes Stück, kann man doch diese Schwester Papas bei bestem Willen nicht als entfernte Verwandte bezeichnen. Andererseits jedoch übersieht mein bewundernswerter Vater sämtliche Familienpflichten seit jeher mit solch vollendeter Meisterschaft, daß ich glaube, meiner Tante Coeur vor zehn Jahren zum ersten- und letztenmal begegnet zu sein. Damals glich sie der Kaiserin Eugenie, wahrscheinlich, um ihrem Bruder eins auszuwischen, der dem Sonnenkönig ähnelt. Feudale Familie! Die freundliche Dame ist Witwe und, meines Wissens, kinderlos!

Allmorgendlich schlüpfe ich in meinen blaßlila Samtschlafrock – er ist an den Schultern gezogen und meinem armen, abgemagerten Körper viel zu weit – und begebe mich auf einen Erkundungsgang, der sich mit der Zeit über die gesamte Wohnung erstreckt. Dabei muß ich feststellen, daß Papa den düsteren Salon mit Möbeln vollgepfropft hat, die zum Teil aus seinem alten Arbeitszimmer stammen. Die Mesalliance einiger Fauteuils

Louis XVI. – sie sind niedrig, tief und altersschwach – mit zwei orientalischen Tischchen, einem intarsiengezierten Holzstuhl maurischen Ursprungs und einem Betteinsatz, der sich unter einem Perserteppich verbirgt, tut meiner Seele weh. Claudine, das werden wir ändern müssen . . .
Ich rücke die Nippsachen zurecht, schiebe einen der marokkanischen Lederhocker zur Seite, stelle die heilige Kuh (ein kleines altehrwürdiges Stück japanischer Herkunft, dank Mélie bereits zweimal gekittet) auf ihren Platz auf dem Kaminsims und lasse mich erschöpft auf den Diwan gleiten, dem Spiegel gegenüber, um beim Anblick meiner eingesunkenen Wangen und übergroßen Augen, vor allem aber angesichts meines armen, ausgebissenen Haars in dumpfe Verzweiflung zu verfallen. Schön schaust du aus, Alte! Wie wär's, wenn du jetzt auf den großen Nußbaum klettern müßtest? Ich wage kaum daran zu denken. Wo ist meine Geschmeidigkeit geblieben, wo die behende Kraft meiner Arme und Beine, die mich im Nu den Wipfel erreichen ließ, mit raschem, unfehlbarem Katzentritt? Noch höre ich das scharfe »Knack« meiner sicheren Griffe . . . Das spitze Gesichtchen, das mir entgegenschimmert, scheint das einer vierzehnjährigen Märtyrerin . . .

Wir sitzen beim Nachtmahl. Zwischen zwei heimlichen Bissen streng verbotenen Brots frage ich den Verfasser der »Fresnischen Malakologie«: »Wieso haben wir eigentlich die Tante noch nicht gesehen? Warst du noch nicht bei ihr?«
»Welche Tante, mein Herz?« erwidert Papa mit freundlicher Miene, sanfter Stimme und der milden Herablassung, die man Narren zu bezeigen pflegt.
Mit dieser Art freundlicher Träumerei nicht unvertraut, erläutere ich meinem Vater voll Nachsicht, daß es sich um seine Schwester handle.
»Tausend Ferkel!« ruft er bewundernd. »Du denkst wirklich an alles! Die Alte wird sich freuen, wenn sie erfährt, daß wir in Paris sind – und nicht mehr anzubringen sind!« fügt er hinzu.
Nach und nach beziehe ich auch die Bibliothek in meine Spaziergänge ein, einen Raum, dessen Schmalseite von einem großen Fenster eingenommen wird. (Die Küche ist der einzige helle Ort der ganzen Wohnung, obgleich Mélie die pittoreske Meinung vertritt, daß man dort weder mit den Augen, noch mit anderen Körperteilen, auf deren Nennung ich besser verzichte, zu sehen vermöge.) Die übrigen drei Wände hat Papa mit Bücherregalen

geschmückt, seinen kupferbeschlagenen Schreibtisch in die Mitte geschoben. Das imposante Möbelstück aus Thujaholz ist mit Rollen versehen und kann daher mühelos in der Gegend herumfahren, keuchend gefolgt von einem alten Ohrenstuhl aus rotem Leder mit verblichenen Ecken und aufgeschlitzten Armlehnen. Ferner gibt es noch ein tischähnliches Brett auf zwei Böcken und eine kleine Leiter, um zu den höchsten Lexika zu gelangen. Das ist alles.

Ich erstarke von Tag zu Tag, wärme mich am Anblick bekannter Buchtitel, durchblättere hin und wieder den von Bertall verunstalteten Balzac oder Voltaires Philosophisches Wörterbuch. Was vermittelt mir dieses Nachschlagewerk? Langeweile und die Kenntnis anstößiger, zumeist schockierender Dinge. (Nicht alles, was anstößig ist, schockiert. Das allerwenigste sogar!) Da ich aber in Papas Bibliothek aufgewachsen bin, vermag mich kaum etwas zu erschüttern. Allerdings gelingt es mir fast ebenso selten, in fassungslose Begeisterung zu geraten.

Besichtigung der Höhle Papas. Dieser Papa! Er hat seine Bude mit einer geblümten Tapete ausgestattet, die jedem Jungmädchenzimmer zur Ehre gereichen würde, sowie mit einem Bett mit schwindelerregend schräggestellter Matratze. (Papa schläft nur sitzend.) Ich erlasse Ihnen die Aufzählung der Empiremöbel, der großen, mit wissenschaftlichen Broschüren und Zeitschriften gepolsterten Korbsessel, der Vierfarbendrucke, die an allen möglichen und unmöglichen Stellen angebracht sind und dem entzückten Beschauer eine reichhaltige Auswahl von Schnecken, Tausendfüßlern und anderen reizenden Tierchen bieten, der Fossilien auf dem Kaminsims, die vor geraumer Zeit Mollusken gewesen sein dürften, sowie der beiden Ammonshörner, die dicht neben dem Bett auf dem Boden liegen, groß wie Wagenräder. Ein Hoch der Malakologie, dieser schönen, ehrbaren Wissenschaft. Die Zuflucht in unserem Heim sei ihr gegönnt.

Das Speisezimmer ist uninteressant. Wären nicht die burgundische Kredenz und die schweren, stattlichen Stühle – gleichfalls burgundischer Herkunft –, fände ich es beinahe geschmacklos. Der allzu ländlichen Anrichte fehlt die braune Täfelung des Eßzimmers von Montigny. Zu allem Überfluß hat Mélie aus Platzmangel den großen Wäscheschrank hereingestellt, der an sich sehr schön wäre (Stil Louis XV., die Füllung mit Musikinstrumenten bemalt), in dieser Umgebung jedoch fehl am Platz wirkt und traurig, wie übrigens der Großteil unserer Einrichtung. Er träumt von Montigny, genau wie ich.

Bescheiden triumphierend teilt mir der widerwärtige Doktor mit, daß ich ausgehen dürfe.
»Niemals!« rufe ich mit edler Entrüstung. Vor so viel Überschwang steht er ganz dumm da, jawohl, das Wort ist durchaus angebracht.
»Warum nicht?«
»Weil ich keine Haare habe! Bevor sie nicht nachgewachsen sind, gehe ich nicht auf die Gasse!«
»Dann werden Sie eben aufs neue erkranken, mein Kind! Sie brauchen unbedingt Sauerstoff!«
»Sie sind gut! Ich brauche Haare, sonst nichts!«
Er geht, sanft und milde. Warum ärgert er sich nicht? Dann könnte ich ihm wenigstens Grobheiten an den Kopf werfen, um mich abzureagieren . . .
Giftig wandere ich von Spiegel zu Spiegel und stelle fest, daß mein Gesicht seine fatale Ähnlichkeit mit einer bekümmerten Katze hauptsächlich dem Schnitt meines Haars verdankt, nicht seiner Kürze. Her mit der Papierschere. Aha. Zu groß, obendrein stumpf. Meine Handarbeitsschere? Zu kurz. Mélies Küchenschere? Pfui Teufel! Damit schneidet sie die Hühnermagen auf. »Mélie, morgen früh besorgst du mir zuallererst eine Schneiderschere!«
Endloses, mühevolles Werk! Ein Friseur würde es besser verrichten, vor allem doppelt so schnell. (Mein Widerwille gegen alles Pariserische ist zu tief eingewurzelt, als daß ich mich einem hiesigen Haarschneider anvertrauen würde!) Oh, meine armen gestutzten Locken! Die vorderen, fröhlich geringelt, sehen nicht einmal so übel aus. Aber wenn ich mit Hilfe zweier Spiegel meinen weißen abgezehrten Nacken betrachte, auf dem sich kurze bocksteife Härchen nur langsam und widerwillig zu locken versuchen, so packen mich Wut und Verzweiflung und ich muß an die Schoten des Springkrauts denken, die, nachdem sie ihren Samen verstreut haben, schneckenförmig zusammenschrumpfen und verdorren.
Knapp vor meinem ersten feierlichen Ausgang überrennt die Spezies »Mensch« meine stille Behausung: die Hausmeisterin stellt sich ein, fünf Minuten, nachdem ich der bretonischen Dienstmagd den halben Inhalt meines Wasserkrugs auf die gestärkte Haube gegossen habe. Ich war es müde, der ebenso regelmäßigen wie ungerechtfertigten Verprügelung des armen Pinschers lauschen zu müssen. Die Portiersfrau, eine verblühte Schönheit, schwatzhaft und schmutzig, betrachtet das blasse,

hochmütige Ding, das in Papas Abwesenheit öffnet, mit unverhohlenem Staunen:
»Mademoiselle, die Bretonin sagt, daß man einen Kübel ...«
»Stimmt. Weiter?«
»Sie sagt, sie geht zur Polizei –«
»Sie geht mir vor allem auf die Nerven. Überhaupt können Sie ihr ausrichten, daß sie noch ganz andere Sachen auf den Kopf kriegen wird, wenn sie sich noch einmal untersteht, den Hund zu prügeln! Erzähle ich vielleicht ihrer Herrschaft, daß sie sich in die Servietten schneuzt und in die Frühstückstassen spuckt? Na also! Wenn ihr das lieber ist, braucht sie es nur zu sagen.«
O Wunder! Seither läßt sie den armen Hund in Frieden. Unter uns gesagt, habe ich die Bretonin weder in die Tassen spucken sehen, noch bemerkt, daß sie sich jemals in Servietten geschneuzt hätte. Aber sie schaut aus, als ob sie es sehr wohl imstande wäre. Außerdem ist sie mir unsympathisch, weshalb ich geneigt bin, meine Behauptung als typisches Beispiel einer Notlüge zu betrachten.

Als mich Papa zum erstenmal spazierenführt, bei scharfem Wind und spitzigem Sonnenschein, war es März. Wir bestiegen einen Fiaker mit Gummirädern. Mit meinem roten Umhang aus Montigny und der Schaffellmütze sehe ich aus wie ein armer kleiner Junge in Weiberröcken. Meine Schuhe sind mir viel zu groß. Während wir durch den Luxembourg schlendern, erfreut mich mein wackerer Vater mit einer Schilderung der Vorzüge, welche die Staatsbücherei von der Bibliothek Sainte-Geneviève unterscheiden. Ein wenig schwindlig von Sonne und Wind, betrachte ich die breiten Alleen. Sie gefallen mir. Dafür kann ich mich weder mit dem Überfluß an Kindern noch mit dem Fehlen jeglichen Unkrauts abfinden. Beides erscheint mir gleich störend.
»Beim Durcharbeiten meiner großen Abhandlung«, teilt mir Papa eben mit, »habe ich erst bemerkt, wieviel daran noch fehlt! Ich kann über die Flüchtigkeit einzelner Stellen nur staunen! Findest du es nicht eigenartig, daß ich, der ich sonst alles so scharf zu präzisieren pflege, einige wichtige, ja lebenswichtige Probleme, die Zwerggattungen betreffend, nur ganz oberflächlich streifte? Aber das ist nichts für kleine Mädchen.«
Kleine Mädchen! Kleine Mädchen! Man geruht also nicht zur Kenntnis zu nehmen, daß ich langsam erwachsen werde? Daß mein siebzehnter Geburtstag bereits der Vergangenheit angehört? Und was die Zwerggattungen betrifft, so können sie mir

gestohlen werden. (Die größeren übrigens nicht minder.) Junges Volk, wohin man schaut. Werde ich eines Tages auch so viele Kinder haben? Und welcher Herr wird den Wunsch in mir erwecken, selbige mit ihm zu fabrizieren? Pfui, pfui! Ich stelle fest, daß sowohl meine Nerven als auch meine Phantasie seit meiner Erkrankung bemerkenswert keusch geworden sind. Wie wär's mit einer großen Abhandlung – warum nur Papa? – »über den läuternden Einfluß der Gehirnentzündung auf halbwüchsige Mädchen« . . .? O Luce, meine arme Kleine! Wie sich die Bäume hier beeilen! Schon wagen sich zartgrüne Fliederblätter hervor. Bei uns – ach, bei uns daheim gibt's jetzt erst braune glänzende Knospen, höchstens Schneerosen – wenn überhaupt!

Vom Spaziergang heimgekehrt, muß ich feststellen, daß kein Frühlingswetter das schmutzige Grau der Rue Jacob aufzuhellen vermag. Unempfindlich für die Lobeshymnen meiner getreuen Mélie, die behauptet, daß die frische Luft die Wangen ihres Goldkinds gerötet hätte (sie lügt wie gedruckt, die Gute!), und betrübt über diesen Pariser Lenz, der mich allzu schmerzlich an den andern, richtigen erinnert, sinke ich müde auf mein Bett, stehe aber sogleich wieder auf, um einen Brief an Luce zu verfassen. Während ich ihn zuklebe, fällt mir ein, daß die arme Kleine kein Wort verstehen wird. Was bedeutet es ihr schon, daß Herr X., der jetzige Bewohner unseres Hauses, die Zweige des großen Nußbaums abgeschnitten hat, weil sie den Boden streiften, oder daß den Wald bei Fredonnes – man kann ihn von der Schule aus sehen – schon der grüne Nebel junger Triebe deckt. Ebensowenig wird sie mir mitteilen können, ob sich das Getreide ordentlich anläßt, oder ob die Veilchen, die am Westhang des Hohlwegs wachsen, der nach Vrimes führt, ihren Blättern auch heuer wieder zuvorgekommen sind. Mein Brief zeichnet sich nicht gerade durch Zärtlichkeit aus. Das wird sie bemerken, nur das, und nicht begreifen können, daß ich ihr keinerlei Einzelheiten über mein hiesiges Leben gebe und daß sich die Nachrichten über mein Befinden auf folgenden Satz beschränken: »Ich war zwei Monate krank, aber jetzt geht's mir besser.«

Claire hätte ich schreiben müssen, Claire, meiner kleinen Kommuniongefährtin! Sicher hütet sie heute ihre Schafe, auf dem weiten Feld bei Vrimes, oder nahe dem Wald von Matignon, eine Pelerine über die Schultern geworfen, das runde, sanftäugige Gesicht mit kokett zurechtgestecktem Tüchlein vor der bräunenden Sonne geschützt. Die Schafe zerstreuen sich in alle Winde, und Lisette, die kluge Hündin, hat Mühe, sie wieder ein-

zufangen, während Claire sich tiefer und tiefer in einen der gelbgebundenen Romane versenkt, die sie von mir geerbt hat.
Gedacht, getan. Schon schreibe ich an einem faden, liebevollen Brief. (Französischer Aufsatz: »Brief eines jungen Mädchens an seine Freundin. Schilderung der Ankunft in Paris.«) Oh, Mademoiselle! Rothaarige, rachsüchtige Frau Direktor, noch höre ich – ein wenig fiebrig – Ihre scharfe, schneidende Stimme, die jeden Aufruhr im Keim zu ersticken verstand! Was tun Sie mit Ihrer kleinen Aimée, zu dieser Stunde? Ich kann es mir denken, sehr gut sogar, und es mir vorstellen, steigert meine »Temperatur« zur Siedehitze.

Seitdem ich Papa an Tante Coeur erinnert habe, zeigt er Anwandlungen, sie besuchen zu gehen. Um ihm Angst einzujagen, rufe ich händeringend:
»Was? Ich soll mit dir zur Tante? Ohne Haare? Ohne Kleider? Bleich wie eine Wasserleiche? Willst du meine Zukunft aufs Spiel setzen, Papa? Meine Heiratsaussichten untergraben?«
(Ich hätte mich gar nicht so scharf ins Zeug legen müssen. Das Bourbonenantlitz hellt sich auf.)
»Sechsunddreißig Ferkel! Ich bin heilfroh über deine kurzen Haare! Das heißt, ich meine – ich will sagen – ich stecke mitten in einem schwierigen Kapitel! Vor nächster Woche bin ich nicht zu sprechen.«
(Ausgezeichnet.)
»Los, Mélie, vorwärts, du langsamer Mehlsack, rühr dich, schau dich um! Ich brauche eine Schneiderin!«
Tatsächlich stöbern wir eine Näherin auf, eine ältliche Dame voller Ängste und Skrupel, die in unserem Haus wohnt, Poullanx heißt und mir eine Visite abstattet, um »meine Bestellung entgegenzunehmen«. Ihre Abneigung gegen enge Röcke ist ebenso stark ausgeprägt wie die altmodische Redlichkeit, deren sie sich auf die aufdringlichste Weise befleißigt: sie überbringt mir nicht nur die fertige Arbeit, ein einfaches, hochgeschlossenes Kleid aus dunkelblauem Tuch (sollte mir einfallen, meinen Hals herzuzeigen, solange ich so ausgemergelt bin!), sondern auch sämtliche Stoffreste, Streifen und Schnitzel von drei Zentimeter Breite. Schreckliche Person! Von ihrer jansenistischen Entrüstung über die »schamlosen Kleider«, die man gegenwärtig zu tragen beliebt, ganz zu schweigen.
Nichts verlockt so sehr zum Ausgehen wie ein neues Kleid –

doch ich kann meine Haare bürsten, so fest ich will, sie werden kaum länger.
Dafür kehrt meine alte Tatkraft sachte wieder zurück. Außerdem trägt der Überfluß an Bananen dazu bei, mein Leben leidlicher zu gestalten. Ich kaufe die reifsten Früchte, lasse sie ein wenig faulen, und dann – nein, es gibt nichts Besseres. Fanchette findet allerdings, daß sie stinken.

Mittlerweile hat Luce meinen Brief beantwortet (vor zwei Wochen), und ich muß gestehen, daß mich beim Überfliegen ihres Bleistiftgekritzels das nackte Grausen ankam:

»Meine liebste Claudine, Du erinnerst Dich sehr spät an mich. Schade, daß Du mir nicht früher geschrieben hast, das hätte mir geholfen, meinen Jammer zu ertragen. Bei der Aufnahmeprüfung in die Lehrerinnenbildungsanstalt bin ich durchgefallen, und seither ist meine Schwester noch abscheulicher zu mir. Beim geringsten Anlaß, und auch ohne Anlaß, ohrfeigt sie mich, daß es mir vor den Augen flimmert, und Schuhe will sie mir auch keine kaufen. Zu meiner Mutter kann ich nicht zurück, sie würde mich prügeln, und von Mademoiselle Sergent habe ich nichts zu erhoffen: sie ist noch immer vernarrt in meine Schwester, und Aimée macht mit ihr, was sie will. Ich schreibe Dir heimlich, damit sie den Brief nicht erwischt. Solange Du hier warst, haben sie sich vor Dir gefürchtet, aber jetzt ist alles aus. Mit Dir ist meine letzte Freude davongegangen, und wenn ich nicht solche Angst davor hätte, würde ich mich umbringen. Was ich tun werde, weiß ich noch nicht. Ich weiß nur, daß es so nicht weitergehen kann. Ich werde davonrennen, irgendwohin. Lach mich nicht aus, meine Claudine! Ach, wenn Du hier wärst, bloß, um mich zu hauen, wäre ich schon zufrieden! Anaïs und die Jauberts werden Lehrerinnen, Marie Belhomme arbeitet als Verkäuferin, vier neue Interne sind da, die immer zusammenstecken und mit niemandem reden, und ob die Veilchen blühen, weiß ich nicht. Ich bin seit langem nicht mehr spazierengegangen. Leb wohl, meine Claudine. Solltest Du Mittel und Wege finden, mich weniger unglücklich zu machen oder mich besuchen zu kommen, so tu's, aus Barmherzigkeit. Ich küsse Deine schönen Haare und Deine lieben Augen, die mich selten so lieb angeschaut haben, Dein Gesicht und Deinen weißen Hals. Lach nicht über mich, mein Unglück ist wirklich nicht zum Lachen. Deine Luce.«

Was tun sie ihr an, die beiden Bösen? Arme, haltlose Luce, zu schlecht, um gut zu sein, zu feig, um schlecht zu werden – ich konnte dich doch nicht mitnehmen! Außerdem hatte ich nicht die geringste Lust dazu. Aber jetzt hast du keine Schokolade mehr, keine Pfefferminzdragées und keine Claudine. Die neue Schule, die Eröffnungsfeierlichkeiten, der Minister, der Distriktskandidat – wie fern liegt mir das alles! Sie sind bis jetzt der einzige, der es wagte, mich zu küssen, Doktor Dutertre – wenn auch nur auf den Mundwinkel. Sie haben mich in Glut gebracht und sehr erschreckt. Ist es das, nur das, was ich von dem Mann zu erwarten habe, der mich einst bekommen wird, rückhaltlos und fürs ganze Leben? Als praktische Erfahrungen auf dem Gebiet der Liebe etwas dürftig. Gott sei Dank ist es mit der Theorie weit besser bestellt, wenn ich mir auch gewisser Bildungslücken bewußt bin. Selbst Papas Bibliothek vermag einen nicht alles zu lehren.

So. Das wären meine ersten Monate in Paris, zumindest in großen Zügen. Mein »Reinschriftheft«, wie wir in der Schule sagten, ist à jour, ein Zustand, in dem es unschwer zu erhalten sein wird. Zu tun habe ich so gut wie gar nichts. Ich nähe duftige Hemden und spitzenbesetzte Höschen (mit Bund!) für meine nach wie vor unzulängliche Aussteuer, bürste mein Haar – wie schnell das jetzt geht! –, kämme Fanchette, die Weiße, die im Laufe ihrer Parisianisierung fast sämtliche Flöhe eingebüßt hat, und mache es ihr auf dem Fensterbrett bequem, damit sie Luft schöpfen kann. Gestern hat sie den großen . . . wie nenne ich ihn nur . . . ramponierten Kater der Hausmeisterin erspäht und auf sein struppiges Haupt von ihrem luftigen Sitz im dritten Stock die unflätigsten Beleidigungen niederregnen lassen, mit bäurisch-heiserer Stimme, diesem letzten Andenken an zahllose im Freien verbrachte Nächte. Mélie pflegt Fanchette mit aufopfernder Geduld und bekämpft ihre Verstopfung mit Katzenkraut-Spezialsud, den sich die arme Schöne gierig einverleibt. Denkt sie des Gartens und des großen Nußbaums, dieser Zeugen unserer gemeinsamen nächtlichen Ausflüge? Ich glaube schon. Aber sie liebt mich so sehr, daß sie mit mir auch in einer Rumpelkammer hausen würde.

Von Mélie eskortiert, bin ich dem Zauber der großen Warenhäuser erlegen. Wir haben Aufmerksamkeit erregt. Meine Schmalheit, meine Blässe, mein kurzes flaumiges Haar, Mélies fresnische Haube, all das scheint in Paris zu den Seltenheiten zu gehören. Werde ich nun endlich Gelegenheit haben, die Begehr-

lichkeit jener gefeierten »älteren Herren« kennenzulernen, über deren zähen Verfolgungstrieb ich so viel gelesen habe? Kommt Zeit, kommt Rat. Augenblicklich bin ich mit anderen Dingen beschäftigt.
Vor allem habe ich Geruchsstudien angestellt, sowohl im »Louvre« als auch im »Bon Marché«. Die Leinenabteilung ist berauschend. Anaïs, du, die du Taschen- und Leintuchmuster aßest – deine Bleibe ist hier! Dieser süßliche Geruch der Blaudruckstoffe – verursacht er mir Brechreiz oder Wonne? Ich glaube, beides. Flanell und Wolldecken hingegen – pfui Teufel! Die und faule Eier, das kommt auf eins heraus. Schuhe können sich riechen lassen, auch Portemonnaies. Doch ihr Aroma reicht bei weitem nicht an den Himmelsduft des fetten Blaupapiers heran, das man zum Vorzeichnen von Stickmustern verwendet und dessen göttliche Ausdünstung allein über den Gestank der Seifen- und Parfumabteilung hinwegzutrösten vermag . . .

Auch Claire hat meinen Brief beantwortet. Zur Abwechslung schwimmt sie wieder einmal in Seligkeit. Die große Liebe, die einzige, die wahre – diesmal ist sie da! Die Vermählung steht vor der Türe. Mit siebzehn! Allerhand. Ich fühle einen Stich niedrigsten Neids und zucke die Achseln. (Pfui, meine Liebe! Wie unfein!) »Er ist so schön«, schreibt Claire, »daß ich nicht müde werde, ihn anzusehen. Sein Bart ist weich, seine Augen funkeln wie zwei Sterne! Und wenn du wüßtest, wie stark er ist! In seinen Armen wiege ich nicht schwerer als eine Feder! Wann wir heiraten, weiß ich noch nicht. Mama findet, daß ich noch sehr jung bin. Aber ich flehe sie an, es mir recht, recht bald zu erlauben. Wie selig werde ich sein, bin ich erst einmal seine Frau!« Eine kleine Photographie des Auserwählten ergänzt das Gestammel: ich sehe einen breitschultrigen jungen Mann mit friedlichem, biederem Gesicht, buschigem Bart und kleinen freundlichen Augen. Er wirkt wie fünfunddreißig.
In ihrer Ekstase hat sie natürlich vergessen, mir zu sagen, ob die Veilchen am Westhang des Hohlwegs . . .

Wir müssen zu Tante Coeur, da hilft uns kein Herrgott. Wenn sie erfährt, daß wir schon so lange in Paris sind . . . ich hasse Familienstreitigkeiten! Papa macht sich durch den Genieblitz bemerkbar, Tante Coeur von unserem Besuch vorher in Kenntnis zu setzen, eine Absicht, die ich ihm unter Aufbietung meiner ganzen Überzeugungskraft wieder ausrede.

»Wir dürfen ihr nicht die Freude der Überraschung nehmen, verstehst du? Jetzt sind wir drei Monate hier, ohne sie verständigt zu haben, folglich heißt es konsequent sein bis zum Schluß! Unangemeldet oder gar nicht!«
(Auf diese Weise gewinnen wir Zeit, falls die liebe Tante ausgegangen sein sollte, haben wir dennoch unsere Pflicht erfüllt!)
Um vier machen wir uns auf den Weg. Papa, in Gehrock und Zylinder, mit dreifarbigem Bart und gebieterischer Nase, sieht prächtig aus, fast wie ein Reserveoffizier, der noch immer mit der Rückkehr seines Kaisers rechnet. Sein kindlich-verklärter Gesichtsausdruck gefällt den Gassenbuben: sie jubeln ihm begeistert zu.
Auf so große Beliebtheit war ich nicht gefaßt, habe daher nur mein einfaches blaues Tuchkleid angezogen, mein Haar – vielmehr dessen spärliche Reste – mit einem runden federgeschmückten Filzhütchen bedeckt und nicht verabsäumt, die Locken bis zu den Augenwinkeln vorzustreichen. Der drohende Besuch erfüllt mich mit Unbehagen und ich sehe schlecht aus. Wie leicht bin ich doch um meine gute Farbe zu bringen!
Tante Coeur wohnt Avenue de Wagram, in einem neuen, ebenso prunkvollen wie geschmacklosen Gebäude. Der pfeilschnelle Aufzug stört Papa, mich das blendende Weiß der Stiegen und Mauern. Und Madame Coeur – ist zugegen! So ein Pech! Der Salon, in dem man uns eine Minute warten läßt, setzt die Grelle des Stiegenhauses auf das entsetzlichste fort. Weißer Kamin, weiße Wände, weiße, zierliche Möbel, weiße, zartgeblümte Polster! Nicht eine dunkle Ecke! Zu denken, daß ich dämmrige Zimmer, schwarzbraune Täfelungen, schwere tiefe Lehnstühle brauche, um mich geborgen und wohl zu fühlen. Das Knattern der Gardinen geht mir durch Mark und Bein . . .
Auftritt Tante Coeurs. Sie ist fassungslos, aber nett. Und welch sichtliche Genugtuung sie ihrer majestätischen Ähnlichkeit abgewinnt: die vornehme Nase, das leicht müde Lächeln, das glatte, angegraute, in der Mitte gescheitelte Haar – all das hat sie der Kaiserin Eugenie abgeguckt. Wahrscheinlich würde sie um nichts in der Welt auf ihren tief im Nacken sitzenden (falschen) Knoten verzichten, auf ihr bauschiges Seidenkleid oder auf die zarte Spitzenstola, die kokett zwei Schultern umspielt, deren müdes Gefälle an das Lächeln ihrer Eigentümerin erinnert. O liebe Tante! Wie schlecht paßt dieser moderne Schlagoberssalon zu Eurer längstentthronten Majestät!
Aber sie ist reizend, wer hätte das gedacht, spricht ein Franzö-

sisch von einschüchternder Gewähltheit, weiß sich über unsere plötzliche Übersiedlung – ja, plötzlich war sie, das kann man wohl sagen! – nicht zu fassen, betrachtet mich eingehend, nennt meinen Vater beim Vornamen (befremdendes Erlebnis!), sagt ihm aber »Sie«:

»Aber Claude! Dieses Kind – übrigens reizend, und so apart! – ist doch noch Rekonvaleszent! Wahrscheinlich haben Sie die Ärmste auf Ihre Weise gepflegt! Warum verständigten Sie mich nicht? Das ist mir ein Rätsel! Immer derselbe!«

Papa, sonst die Unerschütterlichkeit in Person, nimmt die Vorwürfe seiner Schwester gereizt zur Kenntnis. Die beiden dürften selten einer Meinung sein und geraten auch prompt in Streit. Ich spitze die Ohren.

»Ich habe meine Tochter gepflegt, wie es meine Pflicht war, Wilhelmine! Außerdem hatte ich andere Sorgen und kann nicht an alles denken.«

»Und diese Grille, Rue Jacob zu wohnen! Die modernen Viertel, mein Lieber, sind gesünder, luftiger und solider gebaut, ohne deshalb kostspieliger zu sein, ich verstehe wirklich nicht . . . Da fällt mir übrigens ein, daß zehn Schritte von hier, auf 145 b, ein reizendes Appartement zu vermieten ist! Was halten Sie davon? Wir könnten dauernd beisammen sein, Claudine hätte ein wenig Zerstreuung, Sie auch . . .«

(Papa reißt's.)

»Meine Teure, Sie sind die bestrickendste aller Frauen, aber um eine Kanonenkugel würde ich nicht mit Ihnen zusammen wohnen!«

(Bravo! Ich lache herzlich. Tante Coeur scheint entgeistert, daß ich die geschwisterlichen Meinungsverschiedenheiten so gutgelaunt zur Kenntnis nehme.)

»Kleines Mädchen, würden Sie nicht eine lichte, hübsche Wohnung wie diese hier dem schwarzen, übelbeleumundeten Quartier Latin vorziehen?«

»Nein, Tante. Ich glaube, ich bleibe lieber in der Rue Jacob. Helle Räume stimmen mich traurig.«

Sie zieht die spanisch geschwungenen, von zahllosen feinen Fältchen umgebenen Brauen in die Höhe, scheint die verrückte Antwort meiner erschütterten Gesundheit zuzuschreiben und wendet sich an Papa, um ihm die neuesten Familienereignisse zu berichten.

»Mein Enkel Marcel wohnt bei mir, Sie wissen ja, der Sohn der armen Ida. (??) Er ist so alt wie Claudine und studiert Philosophie.« Sie fügt strahlend hinzu: »Mehr verrate ich nicht, Sie werden ihn in Kürze selbst sehen. Er ist ein Schatz, die Freude meiner alten Tage! Um fünf kommt er nach Hause. Ich lege den größten Wert darauf, ihn Ihnen vorzuführen!«

Papa nickt zustimmend, mit grämlicher Miene. Ich sehe es ihm an, er hat keine Ahnung, wer Ida ist oder Marcel, und ärgert sich schon heftig, seine Verwandten besucht zu haben. Herrlich, herrlich! Mein Vergnügen ist ein rein innerliches, und man kann nicht behaupten, daß ich etwa durch geistreiche Konversation brilliere. Papa stirbt vor Verlangen, nach Hause zu gehen, und widersteht diesem Drang nur, indem er sein großes Malakologiewerk zur Sprache bringt. Endlich hört man eine Türe ins Schloß fallen, einen leichten Schritt im Vorzimmer, und der vielgepriesene Marcel tritt ein. Gott, ist er hübsch!

Ich reiche ihm wortlos die Hand, hinlänglich damit beschäftigt, ihn zu bewundern. Mein Lebtag hab ich nichts so Niedliches gesehen! Das ist ja ein Mädchen, ein Mädchen in Hosen! Blonde, etwas zu lange Haare, rechtsgescheitelt, helle blaue Augen, etwa so viel Schnurrbart wie ich, ein Teint, der mich an Luces Pfirsichwangen erinnert. Er ist rosig und sanft und spricht mit leiser Stimme, das Köpfchen ein wenig zur Seite genigt, den Blick auf den Boden geheftet. Zum Fressen!

Papa scheint für dieses Übermaß unmännlichen Charmes völlig unempfindlich. Nicht so Tante Coeur. Sie verschlingt ihren Enkel mit den Augen.

»Spät kommst du, mein Herz! Ist dir etwas zugestoßen?« »Nein, Großmutter«, flötet das kleine Weltwunder mit unschuldsvollem Augenaufschlag.

Papa, meilenweit entfernt, fragt Marcel nach seinen Studien, ich bin in den Anblick des reizenden Zuckercousins versunken, der mich keines Blickes würdigt. Wäre meine Bewunderung nicht rein ästhetischer Natur, würde mich dieser offensichtliche Mangel an Interesse demütigen. Tante Coeur ist vom Erfolg ihres Cherubs entzückt und sucht uns einander näherzubringen.

»Claudine ist so alt wie du, Marcel! Ihr werdet gute Freunde werden, nicht wahr? Die Osterferien stehen vor der Türe.«

Meine Zustimmung verrät sich in einer ungestümen Gebärde. So viel Temperament überrascht den Kleinen. Er heftet seinen klaren Blick auf mich und erwidert, mit mäßiger Begeisterung:

»Gern, Großmutter, wenn Madem ... wenn Claudine es wünscht.«

Die unversiegliche Tante lobt die Klugheit des Goldkinds, seine

Wohlerzogenheit, seine Sanftmut. »Noch nie mußte ich ihn schelten!« Sie stellt uns Schulter an Schulter. Was? Um so viel ist Marcel größer? (»So viel« – das sind drei Zentimeter! Daß ich nicht lache! Als ob es dafürstände, davon solch ein Aufhebens zu machen!) Der kleine Schatz belebt sich ein wenig, geruht sogar zu lachen und zupft vor dem Spiegel seine Krawatte zurecht. Er sieht aus, wie aus einem Modejournal herausgestiegen. Und wie er geht! Wiegend und weich, und wenn er sich umdreht, knickt er dabei in der Hüfte ein! Nein, er ist zu schön! Eine Frage Tante Coeurs reißt mich aus meinen Betrachtungen:
»Ihr eßt natürlich hier, Claude, nicht wahr?«
»Nein, nein, nein!« explodiert Papa, halbtot vor Ärger und Langeweile. »Ich habe eine Verabredung mit . . . mit Dingsda, der mir Unterlagen bringen soll, wichtige Unterlagen für mein Buch. Vorwärts, Kleine, laufen wir!«
»Oh, wie bedauerlich . . . morgen abend esse ich auswärts . . . ich bin in dieser Saison stark engagiert, habe mich da und dort einladen lassen . . . aber wie wär's mit Donnerstag? Im engsten Familienkreis, natürlich. Hören Sie mir überhaupt zu, Claude?«
»Ich hänge an Ihren Lippen, meine Teure! Aber ich bin in riesiger Eile. Dann also bis Donnerstag, Wilhelmine! Adieu, kleiner Paul – nein Jacques . . .«
Auch ich verabschiede mich, ohne unziemliche Hast. Marcel begleitet uns zur Türe und küßt meinen Handschuh, ein Muster an guter Erziehung.
Stummer Heimweg durch die erleuchteten Straßen. Ich bin es nicht gewöhnt, zu dieser Stunde außer Haus zu sein. Der Lärm, die Lichter, die schwarzen Passanten – all das macht mir ein wenig Angst. Ich habe Eile, heimzukommen. Papa hingegen, vom Alptraum des Besuchs befreit, trällert fröhliche Liedchen aus der Kaiserzeit (der ersten, versteht sich): »Neun Monde später war es da, das süße Liebespfand . . .«
Daheim erwartet uns ein gedeckter Tisch bei warmem Lampenlicht. Dieser Anblick tut mir wohl und löst meine Zunge.
»Mélie, ich hab' meine Tante gesehen! Mélie, ich hab' meinen Vetter gesehen! Er ist nicht übel, schön frisiert, den Scheitel an der Seite, und heißt Marcel.«
»Nicht so schnell, mein Schatz, nicht so schnell! Erst komm essen! Aber ich bin heilfroh, daß du endlich einen Liebhaber kriegst!«
»Gurke! Dummer Besen! Bist du aber vernagelt! Das ist doch kein Liebhaber für mich! Ich kenn' ihn nicht einmal! Du gehst

mir auf die Nerven, wart nur, ich sperr' mich in mein Zimmer ein!«

Gesagt, getan. Hat man Worte! Als ob diese Zierpuppe von Marcel jemals mein Liebhaber werden könnte! Nur deshalb gefällt er mir so sehr, nur deshalb mache ich so wenig Hehl daraus, weil er mich kaum männlicher dünkt als Luce . . .

Heute kann ich lange nicht einschlafen. Ich habe neue Menschen kennengelernt, einen Blick in die »gute Gesellschaft« geworfen, mit anderen Wesen gesprochen als Mélie und Fanchette. Das versetzt mich in einen Zustand angenehmer, ein wenig fiebriger Erregung, und die Gedanken tanzen lange um mich her. Werde ich dieser charmanten Tante, die aussieht wie einem Gemälde von Winterhalter entstiegen, auch Rede und Antwort stehen können? Wird sie mich nicht für ein Gänschen halten? Gott, sechzehn Jahre Montigny, davon zehn in der Dorfschule, erziehen nicht gerade zur Schlagfertigkeit. Der Wortschatz, den man dort erwirbt, genügt allenfalls, um Anaïs zu schmähen und Luce abzuküssen. Marcel, dieses hübsche Mädchen, weiß sicher nicht, was Scheiße ist, und wird mich auslachen, wenn ich meine Banane mit den Zähnen schäle. Nein, das darf ich nächsten Donnerstag nicht tun. Und was soll ich anziehen? Ich habe kein passendes Kleid und werde wohl oder übel die Preisverteilungstoilette hernehmen müssen, die ihn kaum begeistern wird.

Beim Erwachen stelle ich fest, daß sich meine fassungslose Bewunderung für den Kleinen mit den messerscharfen Bügelfalten über Nacht in dumpfen Groll verwandelt hat. Am liebsten würde ich ihn ohrfeigen . . . dennoch, Anaïs wäre imstande, ihn zu vergewaltigen! Der zierliche Marcel? vergewaltigt von der langen, gelben, derben Anaïs – dieses Bild ist so erheiternd, daß ich Papas Klause lachend betrete.

Schau, schau: Papa hat Besuch. Ein verständig aussehender bärtiger junger Mann spricht mit meinem Vater, ein »Mensch erster Güte«, wie ich später erfahre. Er heißt Maria und hat die unterirdischen Grotten von X. entdeckt. Papa ist ihm an irgendeinem langweiligen Ort (der Geographiegesellschaft oder so etwas Ähnlichem) begegnet und hat sich sofort für seine Grotten begeistert, wo man vielleicht versteinerte Schnecken . . .

»Das ist Claudine!« sagt er, auf mich zeigend. Ebenso hätte er sagen können: »Das ist Leo XIII., der Papst, Sie wissen ja!« Monsieur Maria verneigt sich, als wüßte er genau Bescheid.

Wahrscheinlich riecht er nach Schnecken, dieser Höhlenschnüffler.
Nach dem Mittagessen stelle ich meine Selbständigkeit unter Beweis:
»Papa, ich gehe aus.«
Diese Mitteilung stößt auf unerwarteten Widerstand.
»Du gehst aus? Mit Mélie, nehme ich an?«
»Nein, Mélie hat zu flicken.«
»Was! Du willst allein ausgehen?«
Meine Augen werden groß wie Wagenräder.
»Natürlich! Warum denn nicht?«
»Weil – weil die jungen Mädchen in Paris . . .«
»Aber Papa! Sei doch logisch! In Montigny bin ich den ganzen lieben Tag im Wald herumgelaufen! Das war, bei Gott, gefährlicher als ein Spaziergang in einer zivilisierten Pariser Straße!«
»Nicht ganz unrichtig. Trotzdem könnte ich mir in Paris Gefahren anderer Art denken. Du brauchst nur die Zeitungen zu lesen.«
»Pfui, mein Vater! Sie verkennen Ihre Tochter!« (Diese superkluge Anspielung scheint Papa nicht zu verstehen. Kein Wunder: Molière befaßt sich nur selten mit Schnecken.) »Außerdem lese ich niemals die Lokalchronik. Ich gehe in den Louvre, ins große Warenhaus. Es fehlt an allen Ecken und Enden, und ich will bei Tante Coeurs Abendessen hübsch aussehen! Feine Strümpfe, weiße Schuhe – gib mir Geld, Papa! Ich hab' nur mehr hundertsechs Sous!«
Also, ich muß sagen, ein einsamer Spaziergang in Paris ist wirklich nicht das schlimmste. Ich hatte dabei Gelegenheit, einige interessante Beobachtungen anzustellen: 1. ist es viel heißer als in Montigny; 2. kommt man mit schwarzen Nasenlöchern nach Hause; 3. fällt man auf, wenn man allein vor einem Zeitungskiosk steht; 4. fällt man auf, wenn man sich nicht anflegeln läßt.
Vermelden wir den Zwischenfall, auf dem Feststellung Nr. 4 beruht: ein »besserer Herr« geht mir nach, Rue des Saints-Pères. Frohlocken Claudines. Man denke! Gefolgt von besserem Herrn, wie auf den Bildern Albert Guillaumes! Zweite Viertelstunde: die Schritte kommen näher, ich beschleunige die meinen, er desgleichen, wahrt jedoch Distanz. Dritte Viertelstunde: der Herr überholt mich. Im Vorbeigehen zwickt er meinen Hintern, mit geistesabwesender Miene. Mit einem Satz bin ich neben ihm, hebe meinen Schirm und lasse ihn mit ländlichem Elan auf seinen Kopf niedersausen. Hut des besseren Herrn in der Gosse, gren-

zenlose Freude der Passanten, Flucht Claudines, von ihrem übergroßen Erfolg ein wenig verwirrt.

Tante Coeur ist die Liebenswürdigkeit in Person: mit ein paar freundlichen Zeilen hat sie mir ein goldenes Kettchen übersandt, das alle zehn Zentimeter von einer kleinen Perle durchbrochen ist. Das Schmuckstück findet großen Anklang bei Fanchette: sie hat bereits zwei Glieder plattgedrückt und beißt mit ihren spitzen Zähnen in die Perlen wie ein alter Edelsteinmakler.

Donnerstag abend. Ich mache Toilette für das Diner und denke dabei an meinen Halsausschnitt. Zugegeben, er ist ganz, ganz schmal: aber wenn ich zu mager wirke?
Nackt in meinem Bottich stelle ich fest, daß ich ein wenig zugenommen habe. Aber nicht genug, nein, lange nicht genug! Ein Glück, daß sich mein Hals nicht verändert hat, das ist meine Rettung! Und diese zwei kleinen Salzfässer – ach was, kann man nichts machen! Ich trödle im heißen Wasser, zähle meine Rippen, vergleiche die Maße meiner Hand- und Fußgelenke, zwicke meine rechte Wade, weil es einen dabei im linken Schulterblatt so sonderbar sticht, und freue mich jedesmal von neuem, wie leicht ich es zuwege bringe, die Füße auf die Schultern zu legen. Wie sagte doch die lange Anaïs, dieser Schmierfink: »Das muß ein Mordsspaß sein, Zehennägel zu beißen!«
Ach, warum habe ich nur so wenig Busen! Die Wettbewerbe kommen mir in den Sinn, die wir, die vier Großen, bei unseren seltenen Donnerstagsspaziergängen abzuhalten pflegten: wir ließen uns im Kreis nieder, auf einer Waldlichtung oder in einem Hohlweg, und öffneten unsere Blusen. Die unverschämte Anaïs zeigte zwei Zentimeter zitronengelber Haut, streckte den Magen vor und behauptete: »Sie sind seit vorigem Monat viel größer geworden!« Daß ich nicht lache! Die Sahara! Luce, weiß und rosig in ihrem groben Internatshemd, entblößte eine sanfte Hügellandschaft mit zwei kleinen zartrosa Tupfen, die an die Zitzen Fanchettes erinnerten. Marie Belhomme – so gut wie nichts. Und Claudine? Gewölbter Brustkorb, und gerade soviel Busen wie ein wohlgenährter Junge . . . Gott, mit vierzehn Jahren . . . Nach Schluß der Vorführung knöpften wir unsere Blusen wieder zu, eine jede mit der geheimen Überzeugung, viel »mehr« zu haben als die drei andern . . .
Mein weißes Musselinkleid, von Mélie auf Hochglanz hergerichtet, wirkt noch recht ordentlich. Zwar wallt mein armes

schönes Haar nicht mehr darauf nieder, sieht aber heute abend so hübsch aus, daß ich der verlorenen Pracht weniger schmerzlich nachtrauere als sonst. Tausend Ferkel (würde Papa sagen), daß ich nur ja die Goldkette nicht vergesse!
»Mélie! Ist Papa schon beim Anziehen?«
»Und wie! Zwei steife Kragen hat er mir schon ruiniert! Geh und bind ihm die Krawatte um!«
Eilends komme ich dieser Aufforderung nach. Tatsächlich! Mein edler Vater steckt bereits in einem altmodischen Frack. Bei näherer Betrachtung ist der Frack sogar überaus altmodisch. Aber das macht nichts. Papa wirkt in jedem Aufzug imposant. »Beeil dich, Papa! Es ist schon halb acht! Mélie, vergiß nicht, Fanchette zu füttern! Meine rote Pelerine, und vorwärts!«

In Tante Coeurs weißem Salon mit den unzähligen Glühbirnen werde ich eines Tages noch epileptisch werden. Papa teilt meinen Abscheu vor der Lieblingsfarbe seiner Schwester Wilhelmine und steht nicht an, seiner Meinung Ausdruck zu verleihen.
»Ob du's glaubst oder nicht: bevor ich hier wohne, lass' ich mich lieber öffentlich stäupen!«
Marcel tritt ein, schlank und schwerelos in seinem Smoking, und alles strahlt in erhöhtem Glanz. Wie hübsch er ist! Das Haar ist silberblond wie Mondenschein, und die Haut, durchsichtig und zart, erinnert an samtige Blütenkelche. Er begrüßt uns höflich und mustert mich dabei, um die hellen blauen Augen rasch wieder abzuwenden.
Tante Coeur – ein Bild atemberaubenden Prunks – folgt ihm auf dem Fuß. Teufel, Teufel! Zählt dieses taubengraue, mit schwarzer Chantillyspitze besetzte Seidenkleid drei oder dreißig Jahre? Dreißig, höchstwahrscheinlich. Allerdings dürfte sich ein kaiserlicher Leibgardist im Jahr 1867 auf die Krinoline gesetzt haben. Die breiten Haarbänder fallen dekorativ in die Stirne, grau und glatt, und der lichtblaue, von schlaffen, zerknitterten Brauen beschattete Blick à la Gräfin von Téba ist so wohlstudiert, daß sich die Wirkung schon ganz von selbst einstellt. Tante Coeur rauscht über das Parkett, trägt tief eingesetzte Ärmel und zeigt sich voll . . . Verbindlichkeit. Ja, Verbindlichkeit ist ein Wort, das ihr ebensogut ansteht wie ihre Frisur.
Wir sind die einzigen Gäste. Aber alle Achtung! Man macht Toilette bei Tante Coeur, das muß ich sagen! In Montigny behielt ich zum Essen die Schulschürze an, und auch Papa wäre es nie eingefallen, das unnennbare Kleidungsstück (eine Mischung aus

Pelerine, Überzieher und Gehrock), in dem er seit frühestem Morgen an seinen Schnecken herumarbeitete, mit einem eleganteren zu vertauschen. Wenn man sich schon im »engsten Familienkreis« so schamlos dekolletiert, was soll ich dann zu einem Galadiner anziehen? Vielleicht mein rosabebändertes Unterkleid?

(Claudine, Alte, Schluß mit den Abschweifungen! Du wirst jetzt gefälligst versuchen, zivilisiert zu essen! Und daß es dir ja nicht einfällt, Gerichte, die du nicht magst, mit den Worten »Danke, mir graust schon!« zurückzuweisen!)

Selbstverständlich setze ich mich neben Marcel. O Gott, o Gott! Das Speisezimmer ist ebenfalls weiß, weiß und gelb, genau genommen. Aber es kommt auf eins heraus. Kristall, Blumen und elektrisches Licht funkeln prasselnd durcheinander. Es ist zum Ohrenschmerzenkriegen.

Marcel, von Tante Coeur gerührt betrachtet, spielt die höhere Tochter und erkundigt sich, ob ich mich in Paris gut unterhalte. Ein kratzbürstiges »Nein« ist seine ganze Ausbeute. Da mich aber der Genuß einer Trüffelpastete, die sogar eine untröstliche Witwe aufheitern würde, allmählich selbst genießbarer macht, geruhe ich hinzuzufügen:

»Sie dürfen mich nicht mißverstehen: ich bin sicher, daß ich mich später einmal gut unterhalten werde! Aber bis jetzt ist es mir noch nicht gelungen, mich an das Fehlen grüner Blätter zu gewöhnen. Die Pariser Zinshäuser zeichnen sich nicht gerade durch einen Überfluß an Stecken aus, am wenigsten im dritten Stock.«

»An . . . was?«

»An Stecken. Das ist ein fresnisches Wort«, erkläre ich, nicht ohne Stolz.

»Ah! Ein Wort aus Montigny? Nicht übel!« Und er wiederholt: »Grrrüne Stecken!«

»Ich verbiete Ihnen, mich zum besten zu halten! Außerdem, wenn Sie meinen, daß Ihr Pariser ›r‹ eleganter ist . . . Sie gurgeln ja damit, als ob es Mundwasser wäre!«

»Pfui! Wie unappetitlich! Sind Ihre Freundinnen alle so wie Sie?«

»Ich habe keine Freundinnen. Ich bin überhaupt auf Freundinnen nicht erpicht. Luce hatte eine weiche Haut, aber das genügt nicht.«

»Luce hatte eine weiche Haut . . . was für ein seltsames Werturteil!«

»Warum seltsam? Vom psychischen Standpunkt ist Luce so gut wie nicht vorhanden. Folglich betrachte ich sie vom physischen. Und dazu ist zu bemerken, daß sie grüne Augen hat und eine weiche Haut.«
»Ihr mochtet einander wohl sehr gut leiden?«
(O hübsches, lasterhaftes Gesicht! Was würde man diesem Jungen nicht alles erzählen, bloß um des Vergnügens willen, seine Augen aufleuchten zu sehen. Wart nur, kleiner Schmutzfink!)
»Nein, ich mochte sie nicht über die Maßen. Sie mich schon. Als ich wegfuhr, hat sie geweint.«
»Ja, aber – was zogen Sie ihr vor?« fragt Marcel, durch meine Ruhe kühn gemacht. Wahrscheinlich hält er mich für ein Gänschen und möchte mich einem Kreuzverhör unterziehen. Da jedoch die Erwachsenen angesichts eines tellerwechselnden Bedienten, der aussieht wie ein verkappter Pfarrer, ihr Gespräch abbrechen, schweigen auch wir, bereits eine Spur vertrauter.
Tante Coeur läßt ihren müden blauen Blick von Marcel zu mir schweifen und wendet sich an Papa: »Was sagen Sie, Claude, wie die beiden Kinder einander zur Geltung bringen! Der matte Teint Ihrer Tochter, der Bronzeschimmer ihres Haars, die bodenlosen Augen, kurzum, die ganze Bräune eines im Grund nicht dunklen Mädchens läßt meinen kleinen Cherub noch blonder erscheinen, nicht wahr?«
»Jawohl«, erwidert Papa mit Überzeugung. »Er ist das Mädel von den beiden.«
Wir schlagen die Augen nieder, der Cherub und ich, wie Kinder, die vor Stolz und Lachlust beinahe platzen. Das Diner vergeht ohne weitere Vertraulichkeiten. Außerdem macht mich ein köstliches Mandarineneis für alles andere unempfänglich.
Am Arme Marcels kehre ich in den Salon zurück. Gähnende Langeweile. Man weiß mit sich nichts anzufangen. Tante Coeur, die anscheinend die Absicht hat, Papa düstere Enthüllungen zu machen, räumt uns aus dem Weg: »Marcel, mein Herzchen, zeige Claudine die Wohnung! Sieh zu, daß sie sich heimisch fühlt, und sei nett und artig . . .«
»Kommen Sie«, sagte das Herzchen, »ich führe Sie in mein Zimmer.«
Wetten, daß es weiß ist? Na freilich! Weiß und hellgrün. Die Tapete zeigt zartes Schilf auf weißem Grund.
So viel makellose Weiße erweckt in mir das Bedürfnis, Tintenfässer darüber auszugießen, die Wände mit Zeichenkohle, die Bilder mit Kleister zu beschmieren oder mit dem Blut eines

frischverletzten Fingers langsam nachzuzeichnen. Gott, wie pervers würde ich in einer weißen Wohnung!
Auf dem Kaminsims steht eine gerahmte Photographie. Ich steuere geradewegs darauf zu. Marcel schaltet dienstbeflissen das elektrische Licht ein.
»Das ist Charlie, mein bester Freund . . . fast ein Bruder. Er ist hübsch, nicht wahr?«
Viel zu hübsch sogar. Ich sehe dunkle Augen, von geschwungenen Wimpern beschattet, die Andeutung eines schwarzen Schnurrbarts über zarten Lippen, einen Seitenscheitel wie den Marcels.
»Und ob!« sage ich ehrlich. »Fast so schön wie Sie!«
»O nein!« protestiert mein Vetter mit edlem Feuer, »er ist viel, viel hübscher! Der Gegensatz zwischen dem weißen Teint und den kohlschwarzen Haaren kommt auf diesem Photo überhaupt nicht zur Geltung . . . Und er ist so geistreich, so liebenswert . . .« Undsoweiter undsoweiter. Sieh da! Die Porzellanfigur wird lebendig! Ohne mit der Wimper zu zucken, lausche ich den Lobeshymnen auf Charlie, den Herrlichen. Endlich stockt Marcel, ein wenig verwirrt, und ich bemerke ebenso überzeugt wie unbefangen:

»Ich verstehe: Sie sind seine Luce.«

Er prallt zurück. Armer Marcel! Seine rosige Haut ist der getreue Spiegel seiner Gefühlsregungen, und ich kann beim hellen Schein der Lampe sehen, wie sich die Züge verhärten, die Wangen unmerklich verfärben.
»Seine Luce? Claudine, was wollen Sie damit sagen?«
Nicht umsonst habe ich zwei Gläser Champagner getrunken! Ich erwidere kühn:
»Gott, ja, seine Luce, sein Liebling, sein Herzchen! Man braucht Sie ja nur anzuschauen! Sehen Sie vielleicht aus wie ein Mann? Jetzt weiß ich auch, warum Sie mir so gut gefallen!«
Marcel steht regungslos und betrachtet mich mit eisiger Miene. Ich trete ein wenig näher, lächle ihn an und füge hinzu:
»Glauben Sie mir, Marcel, ich finde Sie noch genauso hübsch wie früher! Sehe ich aus wie jemand, der Ihnen schaden möchte? Ich halte Sie zwar gern ein wenig zum besten, bin aber nicht gemein, und es gibt viele Dinge, die ich schweigend anzusehen – und anzuhören verstehe. Nie werde ich die kleine Romancousine sein, deren Vetter sich verpflichtet fühlen muß, ihr den Hof zu ma-

chen. Bedenken Sie überdies«, füge ich hinzu, »daß Sie der Enkel meiner Tante, also sozusagen mein Neffe sind! Marcel, das wäre beinahe Blutschande!«
Mein Neffe zwingt sich zu einem Lachen.
»Meine liebe Claudine, ich glaube in der Tat, daß Sie nicht zu jenen Cousinen gehören, die in ehrbaren Romanen vorkommen. Aber ich fürchte, Sie haben aus Montigny einen Hang zu etwas ... gewagten Scherzen mitgebracht. Wenn uns jemand zugehört hätte ... Großmutter, zum Beispiel ... oder Ihr Vater ...«
»Ich habe nur Gleiches mit Gleichem vergolten«, erwidere ich sanft, »ohne es für angebracht zu halten, es im Beisein der Erwachsenen zu tun wie Sie, als Sie mich mit großer Beharrlichkeit nach Luce ausfragten.«
»Sie hatten auch mehr zu verlieren!«
»Meinen Sie? Ich glaube nicht. Diese kleinen Scherze heißen bei Mädchen ›Pensionatsspiele‹. Wenn es sich aber um siebzehnjährige Burschen handelt, so spricht man schon fast von einer Krankheit ...«
Er wehrt ab, mit knapper, heftiger Gebärde.
»Sie lesen zuviel! Außerdem haben junge Mädchen – selbst die aus Montigny – zuviel Phantasie, um das, was sie lesen, auch richtig zu verstehen.«
Ich war ungeschickt. Der Hase läuft in falscher Richtung.
»Hab' ich Sie erzürnt, Marcel? Das wollte ich nicht. Ich wollte Ihnen nur zeigen, daß ich keine Gans bin, sondern so manches zu verstehen und – wie soll ich's nur sagen? – zu würdigen weiß. Sie wollen doch nicht im Ernst, daß ich Sie für einen jener grobschlächtigen, plattfüßigen Studenten halte, die eines Tages die strammsten Unteroffiziere abgeben? Schauen Sie doch in den Spiegel! Gleichen Sie nicht, Gott sei Dank, der hübschesten meiner Schulkameradinnen? Geben Sie mir Ihre Hand ...«
Sieh einer das verpatzte Mädchen! Nur die allergröbsten Komplimente vermochten ihm ein flüchtiges Lächeln zu entlocken. Marcel streckt mir seine weiche, gepflegte Pfote entgegen, ohne Groll.
»Claudine, böse Claudine, gehen wir schnell zurück, durch Großmutters Schlafzimmer. Ich bin nicht mehr böse, nur etwas bestürzt. Lassen Sie mich nachdenken! Im großen und ganzen scheinen Sie gar kein so übler Junge ...«
Seine Ironie verfängt nicht. Außerdem genügt es mir völlig, ihn schmollen und wieder lächeln zu sehen: beides steht ihm reizend an. Der Freund mit den geschwungenen Brauen ist nicht zu be-

dauern, und ich wünsche den beiden, recht oft miteinander zu zanken.

Wir vollenden unseren Rundgang, mehr oder minder unbefangen. Tante Coeurs Zimmer paßt zu dessen Bewohnerin (endlich einmal eine Gelegenheit, das Wort »adäquat« anzubringen!) und scheint den Erinnerungen an ihre Rosenzeit – sämtlichen Möbelstücken ihres Jungmädchenzimmers – als Zufluchts- oder Verbannungsort zu dienen. Ich bemerke ein reichverziertes Bett aus Palisanderholz, rote Damastfauteuils, die aussehen wie die Thronsessel Ihrer Kaiserlichen Majestäten, einen durch Eichenschnitzereien verschönten Gobelinbetstuhl, die aufdringliche Kopie eines Bouleschreibtisches und eine Unzahl zierlicher Konsolen. Seidene Vorhänge plätschern vom Betthimmel herab, und der Kamin, eine wüste Anhäufung von Blumen, Putten, Füllhörnern und Muscheln, erregt meine uneingeschränkte Bewunderung. Marcel empfindet für das Zimmer seiner Großmutter abgrundtiefe Verachtung, weshalb sich unverzüglich eine hitzige Diskussion entspinnt, über moderne Wohnungseinrichtung im allgemeinen und Wände von der Farbe geschlagenen Eiklars im besonderen. Das ästhetische Wortgeplänkel hat sein Gutes: wir langen gelassen im Wohnzimmer an, wo Papa, von seiner Schwester einer lauen, unversieglichen Dusche guter Ratschläge ausgesetzt, gähnt wie ein gefangener Löwe.

»Großmutter«, ruft Marcel, »Claudine ist unbezahlbar! Wissen Sie, welches Zimmer ihr am besten gefällt? Ihres!«

»Kleines Mädchen«, sagt meine Tante mit zärtlich-mattem Lächeln, »mein Zimmer ist sehr häßlich . . .«

»Aber es paßt zu Ihnen, Tante! Finden Sie denn, daß Ihre Frisur in dieses Wohnzimmer gehört? Gott sei Dank nicht, und das wissen Sie recht gut, sonst hätten Sie nicht ein Stück Ihres wahren Rahmens beibehalten!«

Das ist zwar nicht gerade ein Kompliment, aber sie erhebt sich, kommt auf mich zu und gibt mir einen sehr lieben Kuß. Papa fährt in die Höhe und zieht die Uhr:

»Tausend Ferkel! Verzeih, Wilhelmine, aber es ist fünf vor zehn, und dieses Kind geht seit seiner Krankheit zum erstenmal aus! Junger Mann, bestell uns einen Wagen!«

Marcel entschwebt – wie geschmeidig er sich im Türrahmen dreht! – und kommt sogleich wieder zurück, meine rote Pelerine über dem Arm. Er legt sie geschickt um meine Schultern.

»Adieu, Tante.«

»Adieu, liebe Kleine! Ich empfange sonntags. Es wäre reizend

von Ihnen, wenn Sie um fünf Uhr kämen, um gemeinsam mit Ihrem Freund Marcel den Tee zu reichen!«
Ich stelle alle Stacheln auf.
»Ich weiß nicht, Tante . . . ich habe noch nie . . .«
»Doch, doch! Sie müssen ebenso wohlerzogen werden wie hübsch! Adieu, Claude! Verkriechen Sie sich nicht allzu tief in Ihre Höhle! Denken Sie an Ihre alte Schwester!«
Mein »Neffe« geleitet uns zum Ausgang, küßt mein Handgelenk – schon etwas weniger flüchtig – und begleitet sein »Auf Wiedersehen am Sonntag« mit feinem Lächeln und einer neckischen, darum nicht minder reizenden Grimasse.
Zu denken, daß ich mich mit dem Jungen um ein Haar zerstritten hätte! Claudine! Alte! Wirst du dir denn niemals abgewöhnen, deine Nase in Dinge zu stecken, die dich nichts angehen, nie das geheime, erbärmliche Bedürfnis besiegen, deine Pfiffigkeit zu zeigen und zu beweisen, daß du über Dinge Bescheid weißt, die dir, genau genommen, unbekannt sein sollten? Du liebst es, deine Umwelt in Unruhe und Staunen zu versetzen, und freust dich, wenn es dir gelingt, allzu beschauliche Mitbürger aus ihrem Halbschlaf zu reißen. Aber wart nur! Eines Tages wird dir das übel bekommen!
Hier, in meinem Himmelbett, fühle ich mich bei weitem wohler als in Tante Coeurs Salon. Sachte streichle ich Fanchette, die sich niedergelegt hat, ohne auf mich zu warten, vertrauensvoll, den Bauch nach oben. Plötzlich halte ich inne. Fanchette, Fanchette! Ich kenne diesen lächelnden Schlummer, diese selig durchschnurrten Stunden . . . Ich weiß auch die sanfte Rundung der Lenden zu deuten und die außerordentliche Gepflegtheit deines Bauchs, dem rosige Zitzchen entsprießen! Fanchette, du bist gestrauchelt! Aber mit wem? Ich zerbreche mir den Kopf. Umsonst. Eine Katze, die ihre vier Wände nicht verläßt, ein Hausmeisterkater, den man als unvollständig bezeichnen muß . . . wer nur? Wer?
Wer auch immer – ich bin sehr froh. Kätzchen im Anzug! Vor dieser fröhlichen Aussicht verblaßt selbst der Glanz Marcels. Ich befrage Mélie nach den Hintergründen dieser verdächtigen Schwangerschaft. Sie gesteht:
»Weißt du, während du krank warst, da hat die Arme dringend müssen! Drei Tage lang war sie außer Rand und Band! Da habe ich in der Nachbarschaft herumgefragt und beim Dienstmädchen vom zweiten Stock einen Mann für sie ausgeborgt, einen großen graugestreiften Kater – ein Prachtstück! Ich habe ihm ei-

nen Kübel Milch hingestellt, da hat er sich gleich wie zu Hause gefühlt, und unsere arme Schönheit hat sich nicht bitten lassen! Sie waren sofort ein Herz und eine Seele!«
Wie muß sie sich danach gesehnt haben, jemanden zu verkuppeln, diese Mélie, wenn auch nur die Katze! Aber sie hat wohl daran getan.

Unser Haus wird mit der Zeit zum Treffpunkt der erstaunlichsten Wissenschaftler. Besonders Monsieur Maria, der schüchterne Höhlenmensch, stellt sich des öfteren ein, mitsamt seinem Bart. Wenn ich ihm in der »Bibliothek« begegne, begrüßt er mich verstörten Blicks und fragt stotternd, wie es mir gehe. »Schlecht, Monsieur Maria, sehr schlecht!« erwidere ich düster. Ferner habe ich eine Anzahl dicker, ordensgeschmückter Herren kennengelernt, die ihr Leben der Fossilienerforschung geweiht haben und sich fast alle durch nachlässige Kleidung auszeichnen . . . nein, Papas Freunde sind wirklich nicht aufregend!

Heute nachmittag ist Marcel bei mir erschienen, »vierspännig«, sofern man Mélies Behauptungen Glauben schenken darf, um mir seine Aufwartung zu machen. Ich empfange ihn mit überschwenglicher Freundlichkeit und führe ihn in den Salon, dessen Ausstattung ihn sehr erheitert. Vor allem die Anordnung der Möbel und den großen Vorhang, der eine Art spanischer Wand darstellt, findet er komisch. »Kommen Sie, lieber Neffe! Ich zeige Ihnen mein Zimmer!«
Das Himmelbett und die kleinen, schlecht zueinanderpassenden Möbel erregen bei Marcel dieselbe verächtliche Belustigung wie Tante Coeurs Schlafgemach. Fanchette hingegen interessiert ihn sehr.
»Wie weiß sie ist!«
»Ich bürste sie ja alle Tage!«
»Und wie dick!«
»Kunststück! Sie ist trächtig!«
»Ach . . . sie ist –«
»Ja, diese verrückte Mélie hat ihr einen Kater gebracht. Während ich krank war, geriet Fanchette außer Rand und Band. Wie Sie sehen, trägt die Zusammenkunft Früchte.«
Es stört ihn sichtlich, daß ich über diese Dinge so freimütig spreche, und er betrachtet mich mit scheinheilig-schockierter Miene. Ich kann mich des Lachens nicht erwehren.

»Warum schauen Sie mich so an? Weil ich nicht so rede, wie es sich geziemt? Lassen Sie sich sagen, junger Mann, daß es auf dem Land zur Tagesordnung gehört, den Hochzeitszeremonien der Kühe, Hunde, Ziegen und Katzen beizuwohnen, die alle miteinander recht kurzen Prozeß machen! Dort unten ist da nichts dabei.«
»Oh! Nichts dabei! Ich habe ›Erde‹ gelesen, von Zola, und recht gut verstanden, was es damit für eine Bewandtnis hat! Manche Bauern betrachten diese Dinge durchaus nicht ausschließlich vom Standpunkt des Züchters!«
»Mein lieber Marcel, Ihr geliebter Zola versteht vom Landleben überhaupt nichts! Im übrigen liebe ich seine Bücher nicht besonders ...«
Marcel wandert im Zimmer umher und späht in alle Winkel. Wie klein seine Füße sind! Jetzt hat er auf meinem Schreibtisch die »Doppelte Geliebte« entdeckt und droht mit zartem Finger:
»Claudine, Claudine? Das werde ich meinem Onkel sagen!«
»Mein lieber Freund, wenn Sie wüßten, wie egal ihm das ist!«
»Was für ein bequemer Papa! Ich wollte, Großmutter wäre auch so entgegenkommend! Das hindert mich natürlich nicht, zu lesen, was ich will«, erwidert er meinem fragend vorgereckten Kinn, »aber um das zu erreichen, mußte ich behaupten, des Nachts Angst zu haben! Sonst könnte ich in meinem Zimmer kein Licht brennen!«
Ich breche in Gelächter aus. »Angst! Sie haben gesagt, daß Sie Angst haben? Und Sie haben sich nicht geschämt?«
»Warum sollte ich? Großmutter hat mich seit jeher erzogen, als ob ich ein kleines Mädchen wäre!«
Dieses Wort ruft uns die vorgestrige Szene in Erinnerung. Wir erröten in schöner Eintracht (er heftiger als ich, er ist ja so weiß!) und denken so offensichtlich an ein- und dasselbe, daß er fragt:
»Haben Sie keine Photographie von Luce?«
»Nein. Nicht eine.«
»Das glaube ich nicht.«
»Ehrenwort! Überdies würde sie Ihnen wahrscheinlich nicht gefallen. Aber ich bilde mir auf Luce wirklich nichts ein! Da, lesen Sie: das ist der einzige Brief, den sie mir geschrieben hat.«
Gierig stürzt sich der kleine skandalsüchtige Pariser auf das arme Bleistiftgekritzel und erklärt begeistert:
»Das ist ja ein Drama! Freiheitsberaubung! Sollte man nicht die Gerichte alarmieren?«
»Was fällt Ihnen ein! Überhaupt – was macht es Ihnen aus?«

»Was es mir ausmacht? Claudine! Wie können Sie so herzlos sein! Lesen Sie den Brief noch einmal!«
Ich folge seiner Aufforderung und stütze mich dabei auf seine schwache Schulter. Meine Locken kitzeln sein Ohr. Er lächelt, doch der leichte Druck meiner Hand bleibt unverändert. Ich sage lediglich:
»Marcel, sind Sie mir noch böse?«
»Nein, nein!« erwidert er ungestüm. »Aber ich flehe Sie an, erzählen Sie mir alles über Luce! Oh, ich werde so nett sein, wenn Sie es tun! Ich werde Fanchette ein Halsband kaufen!«
»Pah! Sie würde es auffressen! Mein armer Freund, da gibt's nichts zu erzählen! Außerdem bekommen Sie vertrauliche Mitteilungen von mir auf dem Tauschweg. Wie du mir, so ich dir.«
Er schmollt wie ein Backfisch, mit vorgeneigter Stirne und geschürzten Lippen.
»Sagen Sie, Marcel, schauen Sie öfters so drein, wenn Sie mit Ihrem ... Ihrem Freund beisammen sind? Wie hieß er doch gleich?«
»Charlie«, erwidert mein »Neffe« nach kurzem Zögern.
»Wie alt ist er? Los, vorwärts, muß man Ihnen denn alles aus der Nase ziehen?«
»Achtzehn. Aber er ist sehr ernst, sehr reif für sein Alter ... Sie bilden sich Dinge ein, die wirklich nicht stimmen ...«
»Oh! Passen Sie auf, Sie gehen mir langsam auf die Nerven! Wir werden doch nicht wieder davon anfangen! Lieben Sie ihn, soviel Sie wollen, aber seien Sie mein Kamerad, ein für allemal, und ich erzähle Ihnen alles über Luce. Abgemacht?«
Sacht ergreift er meine Hände, mit der ihm eigenen entwaffnenden Anmut.
»Claudine, Sie sind ein Schatz! Ich wünsche mir schon so lange, echte Mädchengeständnisse zu hören! Hier in Paris sind die jungen Dinger entweder Gänse oder Frauen. Claudine, meine liebe Freundin Claudine, nicht wahr, ich darf Ihr Vertrauter sein?«
Ist's möglich? Dieser Kleine, der meine Hände hält, der Augen, Mund, ja alle Züge sprechen läßt um einiger Mädchengeheimnisse willen – ebenso bettelt er wohl um Versöhnung oder Küsse –, dieser erregte Kleine soll jenes Marmorbild eines perfekten Neffen sein, das ich bei meinem ersten Besuch im Faubourg Saint-Honoré bestaunen durfte? Was ist, wenn ich Schandtaten erfinde, die ich nicht begangen habe? Wird er sie nicht mit der Schilderung anderer aufwiegen, die er zweifellos verübt hat? Was ich da tue, ist eigentlich gemein. Aber was wol-

len Sie? Ich kann mich nicht an den Gedanken gewöhnen, daß es ein Junge ist, mit dem ich mein Spiel treibe. Hätte er mich um die Mitte gefaßt und geküßt, wäre ich ihm ins Gesicht gesprungen und jede weitere Zusammenkunft hätte sich erübrigt. So aber . . . Mit Marcel hat es keinerlei Gefahr. Das ist an allem schuld.

Mein »Neffe« läßt mir keine Zeit zu langen Überlegungen. Ohne meine Hände loszulassen, drückt er mich in meinen Fauteuil und setzt sich auf einen Polster zu meinen Füßen, nicht ohne vorher seine Hose sorglich in die Höhe gezogen zu haben.

»So! Jetzt wird's gemütlich. Pfui über den düsteren Hof. Ich lasse die Jalousien herunter, ja? Und jetzt erzählen Sie mir, wie ›es‹ begann!«

Der hohe Spiegel wirft unser Bild zurück. Wir sind nicht übel, das muß ich sagen. Es gibt häßlichere Leute. Doch was für Lügen soll ich ihm auftischen, diesem gierigen blonden Cherub, dessen Augen in atemloser Erwartung so nahe den meinen erglänzen, daß ich jeden Strahl der beiden Sterne einzeln leuchten sehe: schieferblaue Fäden auf vergißmeinnichtfarbenem Grund. Denk an deine Schulzeit, Alte! Eine Lüge weniger oder mehr – was hat das schon zu bedeuten!

»Ich weiß nicht, wie es begonnen hat. Ich weiß nicht, ob diese . . . Dinge überhaupt je beginnen . . . es ist . . . eine langsame, fast unmerkliche Veränderung des täglichen Lebens, eine . . .«

»Durchsetzung . . .«

»Danke, Monsieur! Man sieht, Sie kennen sich aus!«

»Claudine, Claudine! Keine Gemeinplätze! Gemeinplätze sind farblos! Halten Sie Ihr Versprechen und erzählen Sie! Vor allem möchte ich eine Beschreibung der kleinen Luce, als kurze, präzise Exposition.«

»Bitte sehr. Luce ist klein, brünett, rosig und weiß, mit scheuen grünen Augen und aufgebogenen Wimpern – wie die Ihren –, etwas zu kleiner Nase und einem Gesicht, das etwas Asiatisches an sich hat . . . Sagte ich Ihnen nicht, dieser Typ würde Sie nicht begeistern? Warten Sie: zarte Knöchel, Füße und Hände. Beim Sprechen denselben Akzent wie ich, den richtigen, fresnischen, nur etwas gedehnter. Verspielt, vernascht, verlogen. Unzufrieden, solange sie nicht ihre täglichen Flaschen bekommen hatte.«

»Ihre ›Flaschen‹? Meinen Sie am Ende Ohrfeigen?«

»Genau. Aber Sie dürfen mich nicht unterbrechen. ›Ruhe dort drüben, oder es gibt doppelte Hausaufgaben!‹ pflegte die Frau

Direktor zu sagen, wenn ihre geliebte Aimée mit den Kleinen nicht zurechtkam.«
»Wer ist Aimée?«
»Die Luce der Frau Direktor.«
»Aha. Weiter.«
»Bitte sehr. Eines Morgens waren wir zum Holzhacken dran –«
»Was?«
»Ich wiederhole: eines Morgens waren wir zum Holz –«
»Sie haben Holz gehackt? Im Pensionat?«
»Das war kein Pensionat, sondern eine Schule. Alle kamen zum Holzhacken dran, eine nach der andern. Sie haben keine Ahnung, wie kalt es manchmal sein kann, um halb acht in der Früh, oder wie Schiefer schmerzen, wenn es friert! Ich hatte die Taschen immer mit heißen Kastanien vollgestopft, um mir die Hände zu wärmen. Die aß ich dann während des Unterrichts. Wer Holz spalten mußte, kam so früh wie möglich, um die Eiszapfen abzulutschen, die von der Pumpe hingen, neben dem Schuppen. Ich brachte außerdem noch rohe unaufgeschnittene Kastanien mit, und steckte sie in den Ofen, um Mademoiselle zu ärgern.«
Marcel ist fassungslos.
»Hat man schon jemals eine solche Schule gesehen! Aber Luce? Luce?«
»Wenn Luce ›holzen‹ mußte, raunzte sie noch mehr als sonst und kam zu mir, um sich trösten zu lassen. ›Claudine, Claudine, mir ist kalt, mein Daumen ist aufgesprungen, küß mich, Claudine, meine Claudine!‹ Das sagte sie natürlich nicht so, sondern in fresnischem Dialekt. Aber den würden Sie sowieso nicht verstehen. Dann kroch sie unter meinen Mantel und küßte mich ab.«
»Wie? Wie?« fragt mein Zuhörer atemlos, mit halbgeöffnetem Mund und allzu rosigen Wangen. »Wohin hat sie Sie geküßt?«
»Auf die Wangen, natürlich, auf den Hals«, erwidere ich, jäh verdummt.
»Ach, scheren Sie sich zum Teufel! Sie sind auch nur eine Frau wie alle andern!«
»Luce war durchaus nicht dieser Ansicht«, sage ich sanft und lege die Hände auf die Schultern meines unwillig zappelnden Neffen.
»Nur Geduld, die Schandtaten kommen gleich!«
»Einen Augenblick, Claudine! Störte es Sie nicht, daß Luce Dialekt sprach?«
»Dialekt? Sie hätten sich zu diesem Dialekt gratuliert, Sie Pariser

Schöngeist, zu diesem frischen Mündchen, dieser schleppenden, singenden Stimme! Auch die rote Kapuze hätte Ihnen kaum mißfallen! Sie verdeckte Stirn und Ohren und ließ nichts sehen als ein rosa Schnäuzchen und zwei Pfirsichwangen, die nicht einmal die bitterste Kälte zu verfärben vermochte! Störender Dialekt! Daß ich nicht lache!«

»Welch edles Feuer! Man sieht, Sie haben das gute Mädchen noch lange nicht vergessen!«

»Lassen Sie mich weitererzählen. Eines Morgens überreicht mir Luce einen Brief.«

»Endlich! Her damit!«

»Ich habe ihn nicht mehr. Ich habe ihn ihr zurückgegeben, in tausend Fetzen gerissen!«

»Das ist nicht wahr!«

»Was unterstehen Sie sich, junger Mann? Ich werde Sie sofort auf das Vorhandensein einer Türe aufmerksam machen!«

»Verzeihung! Ich wollte sagen: das ist nicht wahrscheinlich.«

»Geliebtes Einfaltspinselchen! Jawohl, ich habe ihr den Brief zurückgegeben, weil sie mir darin Dinge vorschlug, die ... die sich nicht schickten.«

»Claudine, spannen Sie mich nicht auf die Folter!«

»Der Brief lautete etwa so: ›Meine geliebte Claudine, wenn du meine Herzensfreundin sein willst, bliebe mir auf dieser Welt nichts mehr zu wünschen übrig! Wir wären ebenso glücklich wie meine Schwester Aimée mit ihrer Frau Direktor, und ich würde dir mein Leben lang dankbar sein. Ich liebe dich so sehr, ich finde dich so hübsch, deine Haut ist zarter als der gelbe Blütenstaub der Lilien, und ich lasse mich von dir sogar gern kratzen, weil du kleine kalte Nägel hast, usw. usw. ...‹«

»Oh! Soviel Naivität und Demut! Haben Sie nicht gemerkt, wie reizend das ist?«

Mein Pseudoneffe ist ja in einem schönen Zustand! Zwar schien er mir seit jeher leicht beeindruckbar, doch der Grad dieser Eigenschaft übertrifft meine kühnsten Erwartungen. Marcel würdigt mich keines Blicks. Seine Wimpern flattern, auf den Wangen brennen rote Flecken, das hübsche Näschen ist ganz blaß. So heftig erregt habe ich bisher nur Luce gesehen, doch um wieviel besser wirkt Marcel! Unversehens frage ich mich: Wenn er jetzt die Augen aufschlüge und den Arm um mich legte, jetzt, in diesem Augenblick, was würde ich tun? Es ist, als krieche eine kleine Raupe über meinen Rücken. Marcel hebt die Wimpern, neigt sich näher zu mir und flüstert, leidenschaftlich erregt:

»Weiter, Claudine, weiter!« Ah, Claudine, meine Teure! Nicht du bist es, die ihn erregt, sondern deine Geschichte, und die Einzelheiten, die er sich erhofft! Ich beiße die Zähne zusammen. Die Türe geht auf, Mélie tritt ein, leise und diskret, mein Lämpchen in der Hand. Soviel ich weiß, gründet sie große Erwartungen auf Marcel und hofft, daß er sich als der Liebhaber entpuppen werde, der mir ihrer Meinung nach äußerst nottut. Sie läßt die Jalousien vollends herunter, zieht die Vorhänge vor und taucht uns in warmes Halbdunkel. Aber Marcel springt auf.
»Claudine! Wie spät ist es?«
»Halb sechs.«
»Gott, wird mich meine Großmutter wieder anöden! Ich muß gehen. Ich hatte versprochen, um fünf daheim zu sein!«
»Ich dachte, Tante Coeur tanzt nach Ihrer Pfeife?«
»Ja und nein. Sie ist sehr nett, aber sie liebt mich zu sehr. Wenn ich eine halbe Stunde zu spät nach Hause komme, finde ich sie in Tränen aufgelöst! Sagen Sie selber, ob das zum Lachen ist! ›Gib acht, paß auf, ich sterbe vor Angst, wenn du nicht da bist!‹ Das höre ich ununterbrochen! ›Geh nicht durch die Rue Cardinet, dort treibt sich Gelichter herum, und nicht über den Etoile, besonders wenn es dämmert, die vielen Wagen . . .‹ Ah!« Er schüttelt sich vor Ärger. »Sie Glückliche! Sie wissen nicht, was es heißt, auf Rosen gebettet zu sein!« Dann setzt er flüsternd hinzu:
»Claudine, nicht wahr, Sie heben ihn mir auf, den Rest der Geschichte? Ich darf Ihnen vertrauen, ja?«
»So wie ich Ihnen«, erwidere ich mit ernster Miene.
»Pfui, Sie Garstige! Geben Sie mir Ihre kleine Hand« – er küßt sie – »und machen Sie Ihrem ›Neffen‹ keinen Kummer mehr! Er hat Sie wirklich gern! Adieu, Claudine, auf bald, Claudine!«
Von der Türschwelle schickt er mir noch einen spielerischen Kuß, auf luftigen Fingerspitzen. Dann enteilt er, fast unhörbaren Schritts. Was für ein gelungener Nachmittag! Mir ist noch jetzt ganz heiß. Und verwirrt bin ich auch . . . hopp, Fanchette! Ein wenig Gymnastik! Ein Tänzchen kann der Nachkommenschaft nicht schaden!

Meine Fröhlichkeit war von kurzer Dauer: ich habe einen jähen Rückfall von Schul- und Heimweh erlitten. Und wer ist daran schuld? Bérillon. Dieser Esel von einem Bérillon. Dieser Idiot von einem Bérillon. Hören Sie zu: beim Abstauben der Schulbücher, die ich pietätvoll aus Montigny mitgebracht hatte, fiel mir folgendes Büchlein in die Hände: »Die gute Landwirtin«, Leitfaden zur Erwerbung grundlegender land- und hauswirtschaftlicher Kenntnisse, von Louis-Eugène Bérillon. Für Mädchenoberschulen.« Dieses unbezahlbare Werk war für uns Große eine Quelle reiner Freuden (selbst in Montigny gab es deren nur eine beschränkte Anzahl), und die lange Anaïs und ich wurden nicht müde, einzelne Stellen mit lauter Stimme zu rezitieren. An Regentagen, wenn man weder Katz und Maus noch Drittabschlagen spielen konnte, pflegten wir unter dem neuen Vordach des Schulhofs zu stehen und einander Fragen aus der »Guten Landwirtin« vorzulegen.

»Anaïs, referieren Sie mir über die ›Gute Landwirtin‹ und ihr Geschick bei der Jauchenverwertung.«

Den kleinen Finger in die Luft gestreckt, die blutleeren Lippen vornehm geschürzt, deklamierte Anaïs mit einem Ernst, der mir Tränen der Heiterkeit entlockte:

»Die gute Landwirtin hat ihren Mann zum Bau eines Hüttchens bewogen oder selbiges im Nordwinkel des Gartens aus einigen Brettern nebst etwas Stroh oder Ginster selbst errichtet. Dieses Hüttchen dient als Abtritt, ähnelt jedoch unter seiner munteren Decke von Blumen, Blättern und Ranken weniger einem Abort denn einer reizenden Laubwiege.«

»Charmant! Welch zarte Poesie in Stil und Gedanken! Und wie tief bedaure ich, meine Schritte nicht zu jener duftenden Blütenlaube lenken zu können, um eine Minute träumend in ihrem Schatten zu sitzen! ... Vergessen wir jedoch das Praktische nicht. Fahren Sie fort, Anaïs.«

»Da der gesammelte Kot von fünf bis sechs Personen im Laufe eines Jahres eine zur Düngung eines Hektars Ackerboden genügende Menge ergibt und bei der Jauchenver-«

»Pst, pst, bleiben Sie mehr im allgemeinen!«

»– bei der Jauchenverwertung jegliche Verschwendung auf das sorgsamste vermieden werden muß, ist als Senkgrube tunlichst ein einfaches, mit gestampftem Ton bedecktes Erdloch, ein tiefes Tongefäß oder ein altes Weinfaß zu verwenden.«

»So leb denn wohl, du gutes Faß! Die Weinlese ist vorüber ... Mein Kind, Sie haben Ihre Sache gut gemacht und ich sage Ihnen wahrscheinlich nichts Neues, wenn ich Ihnen mitteile, daß es sich empfiehlt, die Jauche vor Verwendung *innigst* mit dem doppelten Quantum Erde zu vermengen und daß fünf Kilogramm genügen, um ein Ar zu düngen und zweihundert zu vergiften.

Zum Lohn für Ihren Fleiß gestatte ich Ihnen, fünfmal Herrn Doktor Dutertre zu küssen, unseren wackeren Distriktskandidaten.«
»Wirklich?« murmelte Anaïs träumerisch, »wenn's nur auf deine Erlaubnis ankäme ...«
O Bérillon! Wie hast du uns schmutzige kleine Mädchen belustigt! Dein Vorwort spielten wir mit verteilten Rollen. Marie Belhomme, unsere jugendliche Naive, streckte die Hebammenhände zum Himmel und beschwor das junge Mädchen vom Lande, zitternd vor zärtlicher Rührung:
»Unglückliches Kind! Wie groß ist doch dein Irrtum! Oh! Um deinet-, um deines Glückes willen, stoß ihn zurück, den schrecklichen Gedanken, deine alten Eltern zu verlassen, das Hüttchen, in dem du das Licht der Welt erblicktest. Oh, wüßtest du, mit welchem Preis jene, deren Glanz und Reichtum du beneidest, die Seide und Juwelen bezahlten, die an ihnen schimmern ...«
»Zehn Francs pro Nacht«, unterbrach Anaïs. »Ich glaube, soviel kostet's in Paris.«
Dieser bittersüße Bérillon war es, sein ausgefranster, mit Abziehbildern geschmückter Einband, der mir die Schule und meine kleinen Gefährtinnen allzu lebhaft in Erinnerung rief. Wenn Luce schriebe? Seit langem habe ich keine Nachricht mehr von ihr. Sollte sie Montigny verlassen haben?

Nichts tut sich, gar nichts. Ich gehe viel spazieren, besorge mir Kleider und Hüte. Eines Tages folgt mir ein Herr. Ich habe den unseligen Einfall, ihm die Zunge zu zeigen. Was sagt er? »Oh, geben Sie sie mir!« Das wird dich lehren, Claudine ...
Bei Tante Coeur den Tee servieren? Puah! So sagte die lange Anaïs, diese Meisterin im Simulieren akuter Übelkeit. Ein Glück, daß wenigstens Marcel da sein wird ... Aber trotzdem. Viel lieber täte ich etwas, etwas Ordentliches, ja, selbst etwas Unangenehmes.

Sonntagsvisite bei Tante Coeur, in meinem einfachen blauen Tuchkleid. Erstens ist es noch immer das A und O meiner eleganten Garderobe, zweitens wäre es unklug, mir jetzt, da mit meinem baldigen Erblühen zu rechnen ist, neue Kleider machen zu lassen. Sie würden platzen. (Was sagen Sie zu so viel entfesselter Fleischlichkeit?) Vorderhand jedoch zeigt die automatische Waage in Saint-Germain-des-Prés noch immer nicht mehr als die üblichen fünfzig Kilogramm.

Ich erscheine um halb fünf. Der Salon ist noch leer, bis auf Marcel, der lautlos umherschwirrt, ein wenig blaß, mit rosig umrandeten Augen. Er ordnet Blumen in verschiedene Vasen, trällert leise vor sich hin und wirkt noch hübscher als sonst, eine Tatsache, die ich auf sein müdes Aussehen zurückführe.

»Wie wär's mit einem gestickten Schürzchen, lieber ›Neffe‹?«

»Und Sie? Wollen Sie vielleicht meine Hose?«

»Danke, bin schon versorgt!«

»Claudine, warum tragen Sie keine Schneiderkostüme? Sie würden Ihnen herrlich stehen!«

»Weil es in Montigny keine Schneider gibt.«

»Aber dafür in Paris! Soll ich Sie hinbegleiten? Zu keinem der großen, seien Sie unbesorgt! Wir gehen miteinander, ja? Ich hantiere für mein Leben gern mit Stoffen!«

»Meinetwegen! Wer steht mir denn heute alles bevor? Lauter Leute, die mich anstieren werden? Ich glaube, ich gehe wieder.«

»Keine Angst, niemand wird Sie anst–, ich meine, niemand wird Sie über Gebühr betrachten, abgesehen von Madame Barmann, natürlich, dieser alten Ziege. Es kommen nur wenige Gäste. Vielleicht Charlie –«, er wendet den Blick ab, »aber das ist nicht sicher. Madame van Langendonck –«

»Eine Belgierin?«

»Nein, Zypriotin.«

»Dazu stammt man also aus Griechenland, um sich einen solchen Namen zuzulegen? Als ob ich Nausikaa hieße, wenn ich aus Antwerpen käme!«

»Kann ich vielleicht etwas dafür? . . . Dann kommen noch ein paar junge Leute aus dem Salon Barmann und eine alte Dame, die von Mama sehr geliebt und immer nur Madame Anélie gerufen wird, so daß kein Mensch mehr weiß, wie sie mit Zunamen heißt . . . wie Sie sehen, eine äußerst harmlose Gesellschaft.«

»Harmlos? Mir langt's!«

»Claudine! Und Luce?«

»Psst! Tante Coeur!«

Tatsächlich: Marcels Großmutter tritt ein, ganz raschelnde Seide.

»Sieh da, mein hübsches Nichtchen! Werden Sie abgeholt oder soll Marcel Sie nach Hause bringen?«

»Warum denn, Tante? Ich bin doch auch allein gekommen!«

Meine Antwort treibt ihr das Blut in die Wangen. Man merkt es trotz Schminke und Puder.
»Allein? Zu Fuß? Im Fiaker?«
»Nein, Tante, mit dem Pferdeautobus.«
»Mein Gott, mein Gott, wie unvorsichtig von Claude ...«
Wenn ich lache, ist alles verloren. Marcel, dieser Elende, betrachtet mich verstohlen, scheint drauf und dran, an seiner eigenen Zunge zu ersticken, und macht sich an den Lichtschaltern zu schaffen. Tante Coeur unterdrückt ihre Befürchtungen mit einem tiefen Seufzer.
»Diese Woche werde ich nur wenige Gäste haben, liebe Kinder ...«
Trrrr – einer ist jedenfalls schon da. Nein, »eine«. Mit zwei Sprüngen verschanze ich mich hinter dem Teetisch, während Marcel sich vor Lachen schüttelt. Eine bucklige Kugel, von einem Heiligenschein plattgedrückter gelber Wattelöckchen umflossen, kommt auf Tante Coeur zugerollt: Madame Barmann. In einen verspäteten Zobel verpackt, schwitzt sie ausgiebig und wirkt unter ihrem Frühjahrshut – einem zerzausten Käuzchen – selbst wie ein Nachtvogel. Allerdings fehlt es ihrer Hakennase, die durch einen Ausschlag marmoriert erscheint, nicht an Autorität, und ihre grauen Kugelaugen flitzen mit fürchterlicher Behendigkeit hin und her.
»Ich bin hin!« klagt sie mit harter Stimme. »Elf Kilometer zu Fuß, denken Sie nur! Aber dafür habe ich prachtvolle Möbel aufgestöbert, bei zwei alten Jungfern in Montrouge. Eine Weltreise! Huysmans hätte seine Freude an diesen malerischen windschiefen alten Häusern! ... Ich suche momentan überall herum, müssen Sie wissen, um das neue Haus unseres illustren Freunds Gréveuille einzurichten ... Sein Vertrauen ist wahrhaft kindlich ... In drei Wochen findet bei mir die Generalprobe für unsere Wohltätigkeitsveranstaltung statt ... Selbstverständlich hoffe ich, meine Liebe, daß Sie uns dieses Kind nicht vorenthalten werden ...«
Sie betrachtet Marcel, läßt den Blick zu mir schweifen und verstummt.
Tante Coeur beeilt sich, mich der Dame vorzustellen.
»Meine Nichte Claudine. Sie ist erst seit kurzem in Paris«, setzt sie hinzu und bedeutet mir, näherzukommen, denn, wahrhaftig, ich lege keine übertriebene Eile an den Tag.
Die Innenarchitektin des »illustren Freundes« mustert mich aus der Nähe mit solcher Frechheit, daß ich schon fürchte, meine

Faust urplötzlich auf ihrer Nase landen zu sehen. Aber sie wendet sich gerade noch rechtzeitig Tante Coeur zu und sagt mit rauhem Ton:
»Reizend. Vielleicht bringen Sie mir die Kleine einmal an einem Mittwoch? Mittwoch geht es im großen und ganzen recht harmlos zu.«
Tante Coeur dankt an meiner Statt. Ich vermag kein Wort hervorzubringen, bereite dem unverschämten Käuzchen eine Tasse Tee, mit fest zusammengebissenen Zähnen, und zittere dabei so heftig, daß Marcels Freude keine Grenzen kennt und er sich nicht enthalten kann, mir mit spottfunkelnden Augen zuzuflüstern:
»Claudine, Claudine, wie soll das enden, wenn Sie sich den Leuten so an den Hals werfen! Wollen Sie nicht versuchen, diese hemmungslosen Sympathiekundgebungen ein wenig einzuschränken?«
»Ruhe!« erwidere ich leise, kochend vor Wut. »Ich kann's nicht vertragen, angestiert zu werden!«
Dennoch bleibt mir nichts übrig, als Madame Barmann ihren Tee hinzutragen, gefolgt vom brötchenbalancierenden Marcel, der mich an liebenswürdiger Mädchenhaftigkeit bei weitem übertrifft.
Trrrrrr . . . wieder eine Dame, aber was für eine, diesmal! Sie ist bezaubernd. Mandelförmige Augen, langes, in die Stirne fallendes Haar.
»Madame van Langendonck«, belehrt mich Marcel mit leiser Stimme, »die Zypriotin . . .«
»Wie dem Namen zu entnehmen, ganz richtig.«
»Gefällt sie Ihnen?«
»Und ob! Sie sieht aus wie eine verliebte Gazelle.«
Oh, das hübsche Geschöpf! Loses, flatterndes Haar, ein riesiger schwankender, federnbesteckter Hut, kurzsichtige, verzückt blickende Augen, eine brillantblitzende rechte Hand, die es liebt, vage, allumfassende Gesten zu beschreiben. Sie ist die Zustimmung in Person und sagt sowohl zu Tante Coeur als auch zu Madame Barmann ununterbrochen: »Ja«, »Sie haben ganz recht« und »Das habe ich mir auch schon oft gedacht«. Unverträglich scheint sie nicht zu sein, die hübsche Zypriotin. Allerdings geht es bei ihrem Ja-ismus nicht ohne kleinere Widersprüche ab. So hören wir zum Beispiel Schlag auf Schlag: »Gestern um fünf war ich beim Rennen« und »Gestern um fünf habe ich einer sooo interessanten Dichterlesung beigewohnt!« Diese kleinen Entglei-

sungen scheinen jedoch niemanden zu stören, sie selbst am allerwenigsten.

Tante Coeur ruft mich herbei:
»Claudine!«
Willig folge ich der Aufforderung und lächle der Zypriotin entgegen, die mir das schöne Gesicht voll zuwendet. O weh! Ein Gewitter unmäßiger Komplimente entlädt sich über mein unschuldiges Haupt.
»Nein, wie reizend! Wie apart! Die entzückende Figur! Wie alt ist die junge Dame? Siebzehn? Ich hätte sie für mindestens achtzehn gehalten!«
»Wo denken Sie hin!« widerspricht das Käuzchen. »Sie wirkt viel jünger!«
»Nicht wahr? Wie knappe fünfzehn!«
Undsoweiter undsoweiter ... Eben muß ich feststellen, daß Marcels scheinheilige Miene unerträglich zu werden beginnt, da ... trrrrrr! hält der nächste Gast seinen Einzug. Diesmal ist es ein Herr, ein großer schlanker Herr, ein Gentleman. Weitere Kennzeichen: dunkler Teint, reiches kastanienbraunes Haar, das an den Schläfen zu ergrauen beginnt, junge Augen mit müden Lidern, ein gepflegter Schnurrbart, dessen Blond ins Silbrige spielt. Er tut, als sei er hier daheim, neigt sich über Tante Coeurs Hand und bemerkt mit spöttischem Ton, mit einem Blick in die Grelle des grausamen Lusters:
»Welche Wohltat für die Augen, dieses sanfte Halbdunkel der modernen Appartements!«
Belustigt wende ich mich zu Marcel. Er verzieht keine Miene und betrachtet den Herrn ohne jegliches Wohlwollen.
»Wer ist das?«
»Mein Vater«, erwidert er eisig und geht auf ihn zu. Der Herr schüttelt ihm die Hand, freundlich und zerstreut, als ziehe er seinen Jagdhund am Ohr.
Sein Vater? Dieser Scherz ist nicht nach meinem Geschmack und mein Gesichtsausdruck wohl dementsprechend einfältig. Ein Vater, mit dem es Streit gegeben hat. Das sieht man auf den ersten Blick. Der Sohn ähnelt ihm kaum. Vielleicht die gerade, verbohrte Brauenlinie? Nein, auch das steht nicht fest. Marcels Züge sind so verfeinert ... Der junge Mann begegnet seinem Erzeuger mit eigentümlicher Miene, einem Gemisch aus Demut und Feindseligkeit. Daß er einen Papa besitzt, hängt er nicht an die große Glocke, das muß man sagen! Dabei braucht er sich des sei-

nigen wahrhaftig nicht zu schämen, ganz im Gegenteil! Wie dem auch sei – die Stimme des Blutes scheint sich bei keinem von beiden sonderlich laut bemerkbar zu machen.

»Wie geht's, Kleiner? Arbeitest du ordentlich?«

»Ja, Vater.«

»Du siehst etwas angegriffen aus.«

»Oh! Nein, Vater.«

»Du hättest mich heute zum Rennen begleiten sollen. Das wäre dir gut bekommen.«

»Ich mußte doch den Tee servieren, Vater.«

»Natürlich! Du mußtest den Tee servieren. Das verhüte Gott, daß ich trachten wollte, dich solch heiligen Pflichten zu entziehen!«

Das Käuzchen und die zypriotische Gazelle sind in eifriges Geplapper vertieft, die eine durchdringend-rechthaberisch, die andere mit einer Geschmeidigkeit, an der sich sämtliche Spitzen abschleifen. Tante Coeur nützt die Gelegenheit, um furchtsam und weniger salbungsvoll als sonst folgende kühne Frage zu stellen:

»Renaud, halten Sie den Rennplatz allen Ernstes für ein Milieu, das diesem Kinde angemessen ist?«

»Aber, Madame! Marcel könnte dort eine Menge ehrenwerter Leute kennenlernen!« Und mit einem Seitenblick auf Madame Barmann fügt er leise hinzu: »Und noch viel mehr Juden!«

Bravo, bravo! In mir siedet unterdrückte Freude. Wenn das so weitergeht, wird das englische Porzellan, mit dem ich so ehrfurchtsvoll hantiere, bald den Teppich besäen. Tante Coeur errötet fast unmerklich, gesenkten Blicks. Höflich ist er ja gerade nicht, der liebe Herr, aber ich unterhalte mich glänzend. Marcel, scheinbar beschäftigt, die gestickten Blätter des Plüschvorhangs nachzuzählen, schaut drein wie ein Backfisch, der vergeblich darauf wartet, zum Tanz aufgefordert zu werden.

»Wahrscheinlich haben Sie auch gewettet?« fragt Tante Coeur schmerzlich, mit angstvoller Miene.

Der Herr nickt melancholisch.

»Sogar verloren. Deshalb gab ich dem Fiaker, der mich herbrachte, zwanzig Francs.«

»Warum?« fragt Marcel mit hochgezogenen Brauen.

»Um den Verlust aufzurunden.«

»Hpp ...« Das ist diese Gans von Claudine, die das Lachen nicht verbeißen kann. Mein Cousin (Augenblick: als Vater meines Neffen ist er eigentlich mein Cousin – oder nicht? Ich kenne

mich überhaupt nicht mehr aus ...) Wie gesagt, mein Cousin wendet den Kopf in die Richtung dieses unziemlichen Gelächters.
»Renaud, kennen Sie meine kleine Nichte Claudine, die Tochter meines Bruders Claude? Sie ist erst seit kurzer Zeit in Paris und hat sich mit Marcel schon bestens angefreundet.«
»Marcel ist nicht zu bedauern«, erklärt der Herr, dem ich die Hand entgegengestreckt habe. Sein Blick – ein Kennerblick – währt nur einen Herzschlag, läuft blitzartig von meinen Augen zu meinem Mund, hinauf zu den Haaren, wo er sich den Bruchteil einer Sekunde zu verfangen scheint, und hinunter zu meinen Händen. Marcel steuert auf den Teetisch zu, ich schicke mich an, ihm zu folgen.
»Claudes Tochter ...«, sinnt mein Cousin. »Eine Sekunde! Familiengeschichte war immer meine schwache Seite ...
Ja, aber ... dann ist Mademoiselle Marcels Tante? Was für eine Lustspielsituation, nicht wahr, liebe ... Cousine?«
»Jawohl, Onkel«, erwidere ich ohne zu zögern.
»Danke sehr! Das heißt, daß ich in Hinkunft zwei Babys in den Zirkus führen kann, sofern Ihr Herr Vater es mir gestattet! Sie sind ... wie alt? Fünfzehn? Sechzehn?«
»Siebzehn vorbei!« verbessere ich gekränkt.
»Siebzehn! Ja, die Augen ... Das bist du nicht gewöhnt, was, Marcel? Eine kleine Freundin?«
»Oh«, sage ich lachend, »für ihn bin ich viel zu burschikos!«
Mein Vetter, der Onkel, der uns zum Tisch folgt, wirft mir einen raschen Blick zu. Aber sehe ich nicht aus wie das bravste aller kleinen Mädchen?
»Zu burschikos?« wiederholt er ernsthaft, aber ich merke genau, daß er mich aufzieht, »zu burschikos? Nun, dieser Meinung bin ich nicht, ganz im Gegenteil!«
Marcel läßt seinen Zorn an einem vergoldeten Löffelchen aus: der Stiel ist schon ganz verbogen. Dann zuckt er die wohlgeformten Schultern und verläßt das Speisezimmer, lautlosen, zierlichen Schritts, nicht ohne sachte die Türe zu schließen. Auch die Barmann macht sich aus dem Staub, wirft mir im Vorübergehen ein überaus lächerliches »Adieu, Kleine!« zu und rennt beinahe eine alte Dame über den Haufen, die genau so aussieht, wie man sich eine alte Dame vorstellt, sich in zwei Raten niedersetzt und keinen Tee will. Juchhu!
Der Onkelcousin, der das Käuzchen zur Türe begleitet hat, tritt an den Teetisch, möchte Tee, verlangt Obers, nein, mehr, zwei

Stück Zucker, ein Brötchen, nein, nicht das oberste, das ist bestimmt schon trocken, und was nicht noch alles? Aber mein Gaumen versteht den seinen und ich werde nicht ungeduldig. Er gefällt mir, dieser Onkelcousin, und ich wüßte für mein Leben gern, was zwischen ihm und seinem Sohn eigentlich vorgeht. Auch er scheint daran zu denken, denn während er sich angelegentlich mit seinem Brötchen beschäftigt, stellt er mir halblaute Fragen:
»Hat Ihnen mein Sohn von mir erzählt?«
O Schreck! Was soll ich tun? Was erwidern? Um Zeit zu gewinnen, lasse ich meinen Löffel fallen, als sei er ein Federstiel und ich noch in der Schule, und antworte nach reiflicher Überlegung:
»Nein, zumindest erinnere ich mich nicht daran.«
Ich weiß, diese Antwort ist nicht überaus geistreich, aber was wollen Sie! Außerdem scheint sie ihn nicht zu erstaunen. Er ißt. Er ißt sogar sehr ordentlich. Ein junger Vater. Seine Nase belustigt mich: nicht zu groß, ein wenig gekrümmt, mit sehr beweglichen Nasenflügeln. Unter tiefschwarzen Brauen leuchten graublaue Augen hervor und die Ohren sind für einen Mann nicht einmal so übel. Das an den Schläfen angegraute Haar ist dicht und kraus und erinnert mich an einen prachtvollen Hund in Montigny, dessen Pelz von gleicher Farbe war. O Schreck: er blickt jäh auf und überrascht mich dabei, ihn zu betrachten.
»Sie finden mich häßlich?«
»Nein, Onkel, ganz und gar nicht.«
»Nicht so schön wie Marcel, was?«
»Ah! Das nicht! Es gibt keinen Jungen, der so hübsch wäre wie er! Und nur wenige Frauen.«
»Sehr richtig. Sie schmeicheln meinem Vaterstolz . . . Mein Sohn ist nicht sehr zutunlich, wie?«
»Ganz im Gegenteil! Vorgestern hat er mich sogar besucht, ganz allein, und wir haben ausgiebig miteinander geplaudert. An guter Erziehung hat er mir viel voraus!«
»Auch mir! Aber daß Marcel Sie besucht hat, erstaunt mich, erstaunt mich über die Maßen! Sie haben eine Eroberung gemacht! Würden Sie mich Ihrem Vater vorstellen, liebe Cousine? Die Familie geht mir über alles, müssen Sie wissen, nur in ihrem Schoße fühle ich mich glücklich und zufrieden –«
»Oder auf dem Rennplatz –«
»Hört, hört! Sie sind ja tatsächlich schlecht erzogen! Wann treffe ich Ihren Herrn Vater am besten an?«

»Jeden Vormittag. Nachmittag geht er in Bibliotheken, um Staub aufzuwirbeln und mit Ordensbesitzern zu verhandeln, aber nicht alle Tage. Wenn Sie allen Ernstes kommen wollen, kann ich ihm außerdem sagen, er soll zu Hause bleiben. In kleinen Dingen gehorcht er mir noch ganz gut.«
»In kleinen Dingen? Es gibt keine andern! Sie nehmen den ganzen Platz ein und verdrängen die großen. Aber jetzt erzählen Sie einmal: was haben Sie in Paris schon alles gesehen?«
»Den Luxembourg und die großen Kaufhäuser.«
»Das sollte eigentlich genügen! Wie wär's, wenn ich Sie und Marcel nächsten Sonntag ins Konzert führte? Ich glaube, die Konzerte sind heuer ›fein‹ genug, daß mein Sohn es wagen könnte, dort in Erscheinung zu treten.«
»Ins Symphoniekonzert? Oh! Gern, danke! Ich wollte immer schon hingehen, obwohl ich fast nichts davon verstehe ... Ich hatte so selten Gelegenheit, gute Orchester zu hören!«
»Schön, das wäre also abgemacht. Was noch? Sie dürften ein leicht zu erheiterndes kleines Mädchen sein! Ich habe mir immer schon eine Tochter gewünscht – aber leider! Ich hätte sie sogar recht gut erzogen, auf meine Weise ... Was mögen Sie gern?«
Ich blühe auf.
»Eine Menge Dinge! Angefaulte Bananen, Schokoladebonbons, junge Lindentriebe, Obstbaumharz, aufgeschnittene Artischokkenstengel, funkelnagelneue Bücher, Taschenmesser mit vielen Klingen –«
Ich breche in Gelächter aus: mein Vetter, der Onkel, hat ein Büchlein hervorgezogen und notiert mit unbewegter Miene:
»Eine Sekunde, liebes Kind! Schokoladebonbons, faule Bananen – o Graus! – und Artischockenstengel sind eine Kleinigkeit. Was aber die Lindentriebe und das Obstbaumharz betrifft, so gibt es in Paris meines Wissens kein Depot. Kann man sich vielleicht direkt an den Erzeuger wenden?«
Ich bin entzückt. Endlich einmal jemand, der mit Kindern umzugehen versteht. Warum es wohl mit dem eigenen nicht klappt? Wie gerufen, erscheint Marcel, das hübsche Gesicht übertrieben glatt und gleichgültig. Der Onkelcousin steht auf, die weiße Greisin steht auf, die hübsche Madame van Langendonck steht auf: allgemeiner Aufbruch. Nach Abzug der beiden Damen erkundigt sich meine Tante:
»Wer wird Sie nach Hause bringen, Kleines? Soll vielleicht meine Kammerfrau –«
»Oder ich, Großmutter?« bietet Marcel sich freundlich an.

»Du . . . ja, aber nimm einen Fiaker, mein Liebling.«
»Wie! Sie lassen ihn zu dieser Stunde noch ausfahren?« fragt mein Vetter, der Onkel, so spöttisch, daß Tante Coeur den Hohn seiner Worte nicht zu überhören vermag.
»Mein Freund, ich bin für das Kind verantwortlich. Wer kümmert sich also um Claudine?«
Ja, wer? Ich höre es nicht mehr, da ich hinausgehe, um Hut und Mantel zu holen: als ich zurückkomme, ist der Onkelcousin verschwunden und Tante Coeurs leicht angespannter Gesichtsausdruck wieder dem hoheitsvollen Lächeln einer Dame gewichen, die gewohnt war, in den Tuilerien zu hausen. Adieu, auf Wiedersehen! Nach der abgestandenen Luft des Salons wirkt die Straße doppelt kalt und erfrischend.
Ecke Rue Jouffroy besteigen wir einen Fiaker mit Gummirädern, die jedesmal aufs neue meine kindliche Begeisterung erwecken. Ich gestehe Marcel mein Entzücken, werde belächelt und schreite unverzüglich zum Angriff:
»Ihr Vater ist sehr nett.«
»Ja.«
»Dämpfen Sie Ihre Zärtlichkeit, o leidenschaftlichster aller Söhne!«
»Was wollen Sie? Bilden Sie sich etwa ein, ich werde Papa ausgerechnet heute entdecken? Schließlich kenne ich ihn seit siebzehn Jahren!«
Ich hülle mich in Schweigen, diskret und verletzt.
»Schmollen Sie nicht, Claudine! Man kann diese Dinge nicht erklären, dazu sind sie viel zu kompliziert.«
»Da haben Sie recht, mein Freund, außerdem geht es mich nichts an. Wenn Sie sich auf Ihren Vater nichts einbilden, werden Sie wohl Ihre Gründe haben.«
»Zweifellos. Er hat Mama sehr unglücklich gemacht.«
»Lange?«
»Ja . . . achtzehn Monate.«
»Hat er sie geschlagen?«
»Was fällt Ihnen ein! Er war nie daheim.«
»Und Sie? Hat er Sie auch unglücklich gemacht?«
»Gott – das kann man nicht sagen. Aber –«, erklärt mein »Neffe« mit dumpfem Zorn, »Sie wissen nicht, wie verletzend er sein kann! Unsere beiden Charaktere harmonieren nicht!«
Der enttäuscht-geschraubte Tonfall seiner letzten Worte erregt meine grenzenlose Heiterkeit. Ich lache lautlos in mich hinein.
»Claudine! Letztens sind wir bei Luces Brief stehengeblieben.

Wo bleibt die Fortsetzung? Ich will sie unbedingt hören! Ihre Geschichte ist bei Gott interessanter als alle alten Familienstreitereien!«

Ah! Ich finde meinen Marcel wieder, meinen hübschen kleinen Marcel!

Im Schein der vorübergleitenden Gaslaternen leuchtet sein Gesichtchen auf, um sogleich wieder zu verschwinden, erglänzt von neuem und versinkt wieder im Dunkel. Alle drei Sekunden vermag ich das Grübchen seines feinen eigensinnigen Kinns zu unterscheiden. Der Nachmittag bei Tante Coeur, die neuen Gesichter und der starke Tee haben mich in einen Zustand schwingender Erregung versetzt, und ich lege meine kalten Hände skrupellos in die fiebrig-heißen meines »Neffen«. Bisher habe ich die Wahrheit gesagt. Heute gilt es zu lügen, und zwar in großem Stil. Also gut. Frisch gelogen!

»Ich habe Luce ihren Brief zurückgegeben. Faschiert.«

»Zerrissen.«

»Jawohl. In tausend kleine Stücke.«

»Was hat sie gesagt?«

»Sie hat sich nicht entblödet, laut zu heulen.«

»Und . . . das war Ihr letztes Wort?«

Claudine verharrt in zweideutigem, ein wenig beschämtem Schweigen. Marcel neigt seinen hübschen Kopf begierig näher.

»Nein . . . sie hat alles getan, um mich herumzukriegen! Wenn ich ›wassern‹ mußte – wir waren jeweils zum Wassertragen eingeteilt –, lauerte sie mir im Schlafsaal auf und wartete, bis die anderen fort waren, um ungestört mit mir sprechen zu können. Dann drohte sie, laut zu weinen, wenn ich nicht nett zu ihr wäre, und plagte mich so lange, bis ich mich auf ihr Bett setzte und sie auf den Schoß nahm. Dann verschränkte sie die kleinen Hände hinter meinem Hals, verbarg das Gesicht an meiner Schulter und zeigte auf den gegenüberliegenden Schlafsaal der Jungen, denen man allabendlich beim Ausziehen zuschauen konnte.«

»Beim Aus –«

»Jawohl, und sie winkten herüber. Luce kicherte in meinen Hals und hämmerte mit den Fersen an meine Beine. Ich sagte zwar: ›Steh auf, Mademoiselle kommt –‹, aber sie kümmerte sich nicht darum, sondern warf sich plötzlich auf mich und küßte mich wahnsinnig –«

»Wahnsinnig«, wiederholt Marcel und seine Hände erkalten in den meinen.

»Ich sprang so unvermittelt auf, daß sie beinahe auf den Boden

fiel und leise jammerte: ›Böse, böse Claudine! Du hast kein Herz!‹«
»Und was war dann?«
»Dann prügelte ich sie, bis sie Ohrensausen hatte und die Arme voll blauer Flecken. Meine Prügel sind nicht ohne, müssen Sie wissen! Luce ließ sich leidenschaftlich gern hauen. Meist verbarg sie dabei das Gesicht in den Händen und seufzte tief« (die Brükken, Marcel, die Brücken! Wir sind fast am Ziel!)« – tief und lange, so wie Sie jetzt.«
»Claudine«, fleht eine sanfte, erstickte Stimme, »mehr wollen Sie mir nicht sagen? Ich – ich habe solche Geschichten so gern!«
»Das merke ich! Aber Sie kennen die Bedingungen?«
»Psst! Ja, ich kenne die Bedingungen. Wie du mir, so ich dir ... Aber«, unterbricht er sich plötzlich und schiebt sein Antlitz so dicht vor das meine, daß ich seine übergroßen Augen und sein trockenes rosiges Mündchen aus allernächster Nähe bewundern kann, »die Geschichte einer leidenschaftlichen, keuschen Freundschaft, einer reinen Herzensangelegenheit, ist viel schwerer in Worte zu kleiden, und ich fürchte, dabei ebenso knapp wie ungeschickt zu Werke zu gehen ...«
»Sehen Sie sich vor! Sie wollen mich anlügen! Ich verstumme.«
»Oh, ich werde Sie schon zum Reden bringen ... Wir sind da.«
Das Haustor steht offen. Er greift wieder nach meinen Händen, umschließt sie mit feuchten Fingern, drückt sie ein wenig zu fest und küßt sie alle beide.
»Ich lasse mich meinem Onkel empfehlen, Claudine – und Fanschette! O unerwartete Claudine! Hätte ich jemals gedacht, daß mir aus Montigny einst so viel Freude erwüchse?«
Schön gesagt!
Bei Tisch flaut meine Erregung ein wenig ab. Ich erzähle meinem geistesabwesenden Vater von Tante Coeur, schildere meinen Besuch sowie meinen Vetter, den Onkel. Fanchette, die Allerliebste, beschnuppert meinen Rocksaum: sie will wissen, woher ich komme. Fröhlich trägt sie ihren hübschen runden Bauch spazieren, der sie nicht daran hindert, den Faltern nachzuspringen, die das Licht umschwirren. Ich sage ihr zwar wieder und wieder:
»Fanchette, in deinem Zustand verhält man sich ruhig!«, aber es ist, als spräche ich in den Wind.
Plötzlich stößt Papa einen lauten Schrei aus, ein Stück Käse in der Hand. Sicher ist ihm der Heilige Geist erschienen.
»Was ist los, Papa? Eine neue Schnecke?«

»Jetzt weiß ich endlich, wer das ist! Ich hatte die Zusammenhänge vergessen. Wenn man sich sein Lebtag mit ernsten Dingen beschäftigt, entfallen einem derartige Lappalien völlig! Marcel, Renaud, die arme Ida – sechsunddreißig Ferkel! Also, paß auf: Wilhelmines Tochter hat sich in jungen Jahren mit diesem Renaud verheiratet, der damals ebenfalls zu den Jüngeren zählte. Soviel ich weiß, ist sie ihm bald nach der Hochzeit auf die Nerven gegangen. Wundert mich nicht im geringsten. Denk nur, eine Tochter Wilhelmines! Sie bekam einen Sohn, Marcel. Nach der Geburt des Kindes stritten die beiden noch mehr. Sie war eine wehleidige Puritanerin. Eines Tages sagte sie: ›Ich gehe zu meiner Mutter zurück!‹ Darauf er: ›Ich hole einen Fiaker.‹ Bald danach starb sie, an irgend etwas Schnellem. Das ist alles.«

Am Abend vor dem Schlafengehen sage ich zu Mélie, die eben die Fensterläden schließt:

»Mélie, jetzt hab' ich einen Onkel! Das heißt, einen Neffen und einen Cousin. Verstehst du?«

»Und einen Hieb obendrein! Genau wie die Katze! Seitdem sie voll ist, ist es mit ihr nicht mehr auszuhalten. Alle Kasten und Laden bringt sie mir durcheinander.«

»Wir müssen einen Korb herrichten! Wann ist der große Tag? Bald?«

»Frühestens in zwei Wochen.«

»Ich habe aber ihre Strohkiste nicht mitgenommen!«

»Das ist wieder einmal gescheit! Aber mach dir nichts draus, ich kaufe einen Hundekorb mit einem Polster.«

»Den wird sie nicht mögen. Das ist viel zu pariserisch für sie!«

»Und der Kater von unten? War der vielleicht zu pariserisch für sie?«

Tante Wilhelmine ist zu Besuch gekommen und ich war nicht da! Sie hat mit Papa geplaudert, berichtet Mélie, und sich maßlos aufgeregt, als sie erfuhr, daß ich allein spazierengegangen sei. (Wahrscheinlich weiß sie recht gut, daß sich in unserem Viertel vornehmlich Studenten der Kunstakademie herumtreiben.)

Jawohl, ich war aus: ich wollte Blätter sehen.

Ach, die grünen Blätter! Sie haben es hier sehr eilig. Nicht so in Montigny. Oh, ich weiß genau, wie es jetzt bei uns aussieht: betrachtet man die Hecken von ferne, so ist es, als decke ein lichtgrüner, aus zarten Blättchen geklöppelter Schleier lose die braunen Zweige. Und erst die jungen Triebe! Im Luxembourg habe

ich sie gekostet. Sie sind hart und saftlos, schmecken nach Ruß und Staub. Und wann, wann werde ich wieder den feuchten Duft modernder Blätter, schilfumschlossener Weiher atmen, wann den bitteren, rauchigen Geschmack des Winds, der aus Wäldern kommt, in deren Schatten Kohlenmeiler glühen? Bei uns öffnen sich jetzt die ersten Veilchen, ich sehe sie vor mir: eng aneinandergedrängt lehnen sie an der westlichen Gartenmauer, häßlich, verhutzelt und schwach – aber die duften, duften, daß einem Hören und Sehen vergeht.
Oh, ich bin traurig! Dieser Pariser Frühling macht mich noch verrückt mit seiner Schlaffheit, seiner Schwüle. Ein Tier des Waldes, gewohnt, auf freier Wildbahn umherzustreifen, und plötzlich in einen Zoo verbannt, kann kaum unglücklicher sein als ich. Auf den Straßen werden Wagenladungen von Primeln, Gänseblümchen und Himmelsschlüsseln feilgeboten. Doch die Primelkugeln, die ich aus alter Gewohnheit verfertige, erfreuen lediglich Fanchette: die Gute rollt sie auf die zierlichste Weise vor sich her, mit löffelförmiger Pfote. Claudine, mit dir geht's bergab . . . dafür bergauf mit deinem Körper. Letzteres stelle ich selbstgefällig fest, sooft ich in meinem Zuber hocke, in heißem Wasser bis zum Kinn. Von Kopf bis Fuß ist alles straff und geschmeidig, langgestreckt und fest, nicht fett, doch sehnig genug, um nicht mager zu wirken. Pflegen wir unsere Biegsamkeit, auch in Ermangelung geeigneter Kletterbäume. Auf dem rechten Fuß im Zuber stehend, gilt es, das linke Bein möglichst hoch zu heben und mich gleichzeitig nach rückwärts zu neigen, so tief es geht, den rechten Arm waagrecht weggestreckt, den linken unter den Nacken gelegt. Ich weiß, das klingt sehr einfach, aber probieren Sie's nur einmal! Bums! Da liege ich. Ich hatte es unterlassen, mich abzutrocknen, und mein Hinterteil zeichnet einen nassen Kreis auf den Boden. (Fanchette, die auf meinem Bett sitzt, betrachtet mich mißbilligend. Die kalte Verachtung, die aus ihren Blicken spricht, gilt sowohl meiner Ungeschicklichkeit als auch meiner unbegreiflichen Vorliebe für Sitzbäder.) Dafür brilliere ich in anderen Gelenkigkeitsübungen, verstehe mich prächtig darauf, die Füße hinter dem Nacken zu verschränken oder die große Brücke zu machen, bis meine Haare den Boden kehren. Mélie bewundert mich, verabsäumt es jedoch nicht, mich auf die Gefahren übermäßiger Gymnastik aufmerksam zu machen:
»Du wirst dir noch den Schädel einschlagen!«
So sehen die Unterhaltungen aus, denen ich im engsten Familienkreis zu huldigen pflege. Meist sind sie von Unlust und Ner-

vosität gefolgt. Dann habe ich zu heiße oder zu kalte Hände, müde, glitzernde Augen, Stacheln am ganzen Körper und ein Gesicht wie eine gereizte Katze. Das soll nicht heißen, daß es häßlich sei, nein, das ist es ganz und gar nicht. Fast gefällst du mir selbst, schmales Oval mit dem goldbraunen Lockenhelm – doch mir fehlt etwas, mir fehlt etwas . . . Was? Das werde ich nur zu bald erfahren. Der bloße Gedanke daran demütigt mich . . . Einzige Auswirkung meines jammervollen Zustands: eine jähe Begeisterung Claudines für Francis Jammer, diesen läppisch-bizarren Dichter, der wie kein zweiter die Tiere versteht, die Wälder, die duftenden, altmodischen Gärten und die bedeutungsvolle Schwere der dummen kleinen Dinge des täglichen Lebens.

Heute vormittag stattete mein Vetter, der Onkel, meinem Erzeuger einen Besuch ab, und Papa, anfänglich wütend über die Störung, wurde binnen weniger Minuten lammfromm: Renaud besitzt die entwaffnende Gabe, zu gefallen. Bei Tageslicht sind seine weißen Haare zahlreicher als in meiner Erinnerung, dafür die Züge um vieles jünger. Die Augen spielen in ein gewisses Schiefergrau, dem ich bisher noch an niemandem begegnet bin. Er verwickelt Papa in ein Gespräch über Malakologie, und mein edler Vater läßt sich die Gelegenheit nicht entgehen, eine wahre Sturzflut von Erklärungen loszulassen. Kurz entschlossen, schwimme ich gegen den Strom.
»Papa, ich möchte meinem Onkel Fanchette vorstellen.«
Und ich entführe ihn in mein Zimmer, wo ich entzückt feststellen kann, daß mein Himmelbett, der schäbige Perserteppich und mein alter häßlicher Schreibtisch seinen uneingeschränkten Beifall finden. Geschickt streichelt er den empfindlichen Bauch Fanchettes und plaudert mit ihr in fließender Katzensprache. Nein, der Onkel ist in Ordnung, da kann Marcel sagen, was er will!
»Meine liebe Kleine, eine weiße Katze und ein Ohrenstuhl gehören zum wichtigsten Mobiliar eines Jungmädchenzimmers! Fehlt nur das gute Buch . . . nein, da ist es schon. Teufel, Sie lesen André Tourette? Ausgerechnet André Tourette?«
»Oh, das ist noch gar nichts! Ich lese alles!«
»Alles? Das ist nicht viel! Versuchen Sie nicht, mich zu verblüffen! Ich finde das lächerlich.«
»Lächerlich!« wiederhole ich zornerstickt. »Schließlich bin ich alt genug, um zu lesen, was mir paßt!«

»Daß ich nicht lache! Nichts gegen Ihren Herrn Papa, diesen Vater besonderer Art, den ich übrigens charmant finde, aber ... nur, ich meine, es gibt Bildungslücken, auf die eine junge Dame nicht verzichten sollte ... Mein liebes Kleines«, fügt er hinzu, da er mich den Tränen nahe sieht, »ich wollte Sie nicht kränken! Weiß der Himmel, was in mich gefahren ist, den Moralprediger zu spielen! Ich bin ja onkelhafter als zulässig! Was nicht hindert, daß Sie die hübscheste, reizendste aller Nichten sind – von der Bibliomanie abgesehen! Und jetzt geben Sie mir Ihr Händchen als Friedenspfand!«
Ich tue wie mir geheißen. Aber wie schmerzlich, diesem Mann plötzlich zu grollen – ich war so fest entschlossen, ihn großartig zu finden!
Er küßt meine Hand – schon der zweite Mann, Claudine, der deine Hand küßt! Ich stelle Unterschiede fest: Marcels Handkuß ist ein rasches Streifen, so leicht, so flüchtig, daß ich nicht weiß, was meine Haut berührt: Lippen, Finger, eine Wange? Der Vater hingegen läßt sich Zeit. Ich fühle die Form seines Mundes.
Er ist fort. Sonntag wird er mich ins Konzert führen. Er ist fort ...
Was sagen Sie? Ist das nicht der Gipfel? Ein Onkel, der mir so fein vorkam, so modern! Ich nörgle doch auch nicht an ihm herum, weil er beim Pferderennen sein Geld verspielt! Allerdings könnte er mir zur Antwort geben, daß er weder Claudine heißt noch siebzehn Jahre alt ist ...
Noch immer keine Nachricht von Luce.

Claudine spielt die Dame. Claudine bestellt Kleider über Kleider, plagt sowohl die alte verzopfte Madame Poullanx als auch Madame Abraham Levi, die Modistin. In Paris gibt es nur jüdische Putzmacherinnen, behauptet mein Onkel. Madame Levi, wenngleich am linken Seineufer beheimatet, verfügt über bemerkenswerten Geschmack. Außerdem macht es ihr Spaß, meinem spitzen, haarumwölkten Gesichtchen Hüte anzupassen. Vor der Anprobe bürstet sie meine Locken aus Leibeskräften zurück, kämmt sie an den Seiten duftig auf, tritt zwei Schritte zurück und erklärt begeistert: »Die ganze Polaire!«
Polaire? Polaire? Ich schaue lieber aus wie Claudine. Da die Pariserinnen ihre Häupter ab Februar mit Grünzeug zu beladen pflegen, wähle ich zwei Sommerhüte: einen großen schwarzen aus Federn und Roßhaar (»Sie aufschneiderisches Baby!« sagt Madame Levi und legt ihren braunen Schnurrbart in liebenswür-

dige Falten) und einen roten, mit schwarzem Samt garniert. Die beiden müssen zu allem passen. Mein Schönheitsideal ist nicht das der langen Anaïs, die erst zufrieden war, wenn ihr Kopf unter drei Kilo Rosen schwankte.
Außerdem laboriere ich an einem zweiten blauen Kleid. Ich liebe Blau. Nicht um seiner selbst willen, sondern aus einem andern Grund: es bringt das Tabakbraun meiner Augen am besten zur Geltung.
Kein Marcel. Würde mich nicht wundern, wenn er grollte. »Grollen« ist zwar ein großes Wort, aber ich möchte wetten, er nährt eine Art dumpfen Zorns. Zu allem Überfluß regnet es in Strömen. Ich tröste mich mit alten und neuen Büchern, mit zerlesenen Romanen von Balzac, zwischen deren Blättern sich Krumen längstverzehrter Jausenbrote finden. Ein Kuchenbrösel aus Montigny, riech, Fanchette! Das herzlose Tier zeigt sich völlig desinteressiert. Es lauscht dem Tellergeklapper, das aus der Küche dringt.
Papa geht vorüber, die Krawatte zu einem Strick gedreht, und streicht mir zerstreut übers Haar. Kann dieser Mensch nicht von Glück reden, bei den Schnecken die Erfüllung, den stets aufs neue erregenden Sinn seines Lebens gefunden zu haben? Was soll ich tun? Wer wird meine Schnecke sein?

Ein Brief von Claire. Jetzt schlägt's dreizehn!
»Meine Liebe, ich berichte Dir heute von einem großen Glück. Ich werde in einem Monat heiraten, meinen Allerliebsten, dessen Bild ich Dir gesendet habe. Er ist reicher als ich – das ist allerdings nicht schwer. Ich bin so glücklich! Er hat eine Stelle als Betriebsleiter in Mexiko (!!!) und ich werde ihn begleiten. Siehst Du, das Leben ist wirklich wie in den Romanen. Und dabei hast Du mich immer ausgelacht, wenn ich das sagte. Kannst Du nicht zu meiner Hochzeit kommen? Usw. usw.«

Es folgen Wiederholungen und das Geschnatter eines kleinen, vor Glück halb wahnsinnigen Mädchens. Oh, es verdient sein Glück, dieses sanfte vertrauensvolle Kind! Einfalt und Zuversicht haben es dank einem wundersamen Zufall besser vor Schaden bewahrt, als die wissendste List es jemals vermocht hätte. Zwar nicht Claires alleiniges Verdienst – aber wie dem auch sei, es ist gut so! Ich schreibe ihr unverzüglich, alles, was mir an lieben, zärtlichen Worten nur beifällt, verschließe den Brief, setze mich an den Kamin, starre in mein kleines Holzfeuer – kaum be-

ginnt es zu regnen, wird mir kalt – und warte, daß es Abend und Essenzeit werde, schandbar traurig und niedergeschlagen.
Sie heiratet, mit siebzehn Jahren! Und ich? . . . Oh, gäbe man mir Montigny zurück, meine hemmungslose, fürwitzige Ausgelassenheit, meine verratene Liebe zu Mademoiselles kleiner Aimée, mein wollüstig-gemeines Interesse an Luce . . . hier fehlt mir alles und jedes, selbst die Lust, Unheil zu stiften.
Wer Claudine jetzt vor dem Kamin hocken sähe, im Türkensitz, nur mit einem Schlafrock bekleidet, scheinbar eifrig damit beschäftigt, über dem Feuer mit Hilfe einer Pinzette eine Tafel duftender Schokolade zu rösten, würde ihre trüben Gedanken kaum erraten. Kaum erweicht sich die Mitte – der Schokolade, meine ich –, kaum wird sie schwarz, kaum beginnt sie zu brutzeln und Blasen zu werfen, nehme ich sie vom Feuer und schneide mit einem Messerchen hauchdünne Scheiben ab. O erlesener Geschmack, Mittelding aus Vanillecreme und gebrannten Mandeln! O wehmütiges Knabbern an der warmen Schokolade, während ich meine Zehennägel rosa färbe – mit einem weichen, in Papas rote Tinte getauchten Leinwandfleckchen.
Die aufgehende Sonne zeigt mir meine gestrige Verzweiflung in ihrer ganzen Lächerlichkeit, um so mehr, als sich um halb sechs Marcel einstellt, höchstpersönlich, gut gelaunt und schon wie . . . wie nur Marcel es imstande ist. Seine stahlblaue Seidenkrawatte läßt das Rot seiner Lippen dem unnatürlichen Rosa eines Puppenmündchens ähneln, und die kleine Kerbe zwischen Nase und Oberlippe, von fast unmerklichem Flaum silbrig überglänzt, ist auch nicht übel. Wetten, daß sich Seidenvelours zu 15,90 Francs der Meter nicht weicher anfühlt?
»Wie freu' ich mich, Sie zu sehen, lieber Neffe! Darf ich mein Schürzchen anbehalten?«
»Selbstredend? Es ist ganz reizend, Ihr Schürzchen, und erinnert mich an . . . wie heißt das Loch . . . ach ja, Montigny.«
»Ich brauche kein Schürzchen, um an Montigny zu denken . . . Wenn Sie wüßten, wie mir manchmal zumute ist . . .«
»Aber Claudine! Kein weinerliches Heimweh, wenn ich bitten darf! Das paßt nicht zu Ihnen!«
Ich bin heute nicht zum Scherzen aufgelegt. Der Spott tut mir weh, und der Blick, den ich meinem Neffen zuwerfe, ist alles andere als freundlich. Marcel ändert unverzüglich den Ton und sagt schmeichelnd:
»Warten Sie! Gegen Heimweh habe ich ein probates Mittel: ich blase, und es ist weg!«

Mit der ihm eigenen mädchenhaften Anmut, die ihren Zauber angeborener Grazie und einer erstaunlichen Präzision der Bewegungen verdankt, umfaßt er meine Taille und bläst zart über meine halbgeschlossenen Lider, länger als unbedingt nötig. Schließlich stellt er fest:
»Sie riechen nach Zimt, Claudine!«
»Wieso gerade nach Zimt?« frage ich träge, auf seinen Arm gestützt, ein wenig benommen von seinem leichten Atem.
»Ich weiß nicht. Jedenfalls ist es ein warmer, süßer Duft. Er schmeckt nach exotischen Süßigkeiten.«
»Nach orientalischem Basar, nicht wahr?«
»Nein. Eher nach Wiener Bäckereien. Nach etwas Gutem. Und ich? Wonach rieche ich?« Seine samtene Wange ist dicht vor meinem Mund.
Ich schnuppere gewissenhaft und antworte:
»Nach frischgeschnittenem Heu.« Die Wange bleibt mir unverändert nahe und ich küsse sie ganz zart, wie von ungefähr. Doch ebensogut könnte ich einen Blumenstrauß küssen, oder einen reifen Pfirsich. Es gibt Düfte, die man am besten mit dem Mund atmet.
Das hat, scheint's, auch Marcel verstanden. Er erwidert meinen Kuß nicht, sondern macht einen Schritt zurück und protestiert lachend, mit gespielter Entrüstung:
»Nach Heu? Das ist ein recht simpler Geruch . . . Sie kommen doch morgen ins Konzert, nicht wahr?«
»Natürlich. Ihr Vater hat Papa neulich einen Besuch abgestattet. Wußten Sie das nicht?«
»Nein«, sagt Marcel gleichgültig. »Ich sehe meinen Vater nur ab und zu . . . er ist so beschäftigt! Im übrigen muß ich jetzt laufen, ich habe keine Zeit mehr. Wissen Sie überhaupt, Sie undankbare Kleine, wen ich Ihretwegen warten lasse? Charlie!«
Und er enteilt unter schalkhaftem Gelächter.
Daß ich den Wert dieser Bevorzugung anerkenne, versteht sich von selbst.

»Papa, ich geh' ins Konzert! Beeil dich doch ein bißchen! Ich weiß, ich weiß, kalte Spiegeleier sind ein Göttermahl, aber deshalb könntest du dich trotzdem tummeln!«
»Primitive Kreatur!« schmäht Papa. »Ihr Frauen seid doch alle gleich: störrisch und dumm wie die Maultiere! Ich schwebe in höheren Regionen.«

»Gib acht, daß du mit deinem Flügel nicht die Karaffe umwirfst. Mein Kleid ist hübsch, nicht wahr?«
»Hm – ja – ist das der Mantel von vorigem Jahr?«
»Was fällt dir ein? Du hast es vorgestern bezahlt.«
»Ja. Dieses Haus ist ein Abgrund. Wie geht's deiner Tante?«
»Aber sie war doch erst hier? Hast du sie nicht gesehen?«
»Nein, ja, ich weiß nicht mehr. Sie geht mir auf die Nerven. Da ist ihr Sohn aus anderem Holz! Sehr intelligent, mit eigenen Ansichten über eine Menge Dinge. Sogar in Malakologie ist seine Unwissenheit nicht allzu skandalös.«
»Wer? Marcel?«
»Woher! Nicht diese Mißgeburt, nein, Dingsda, Wilhelmines Schwiegersohn, natürlich.«
Mißgeburt, Mißgeburt! Oh, Papa! Zu so einer Mißgeburt könntest du dir gratulieren! Was nicht heißen soll, daß Marcels Vater mir mißfiele, ganz im Gegenteil. Er zieht mich an, wärmt mich von innen her, aber trotzdem ...

Es läutet. Mélie eilt mit Weile. Marcel und mein Vetter, der Onkel, erscheinen auf der Schwelle, geschniegelt und gestriegelt, besonders mein Neffe, der sich in enganliegenden Kleidern gefällt, die für meinen Geschmack viel zu neu sind. Neben seinem Vater verblaßt er ein wenig.
»Guten Tag, Monsieur! Wie hübsch Ihre Kleine ist! Der große schwarze Hut steht ihr entzückend!«
»Nicht übel, nicht übel«, erwidert Papa nachlässig und verhehlt seine Bewunderung, so gut er kann.
Marcel mustert mich wie gewöhnlich.
»Warum Blankleder? Nehmen Sie Sämisch! Das paßt besser zum Blau.«
Er hat recht. Ich ziehe andere Handschuhe an.
Wir fahren zum Châtelet, in einem geschlossenen Fiaker, Marcel auf dem Folterklappsitz. Ich zittere innerlich vor Aufregung, scheine brav und wohlerzogen und spreche kein Wort. Was die Unterhaltung zwischen Onkel Renaud und seinem Sohn betrifft, so läuft sie keinerlei Gefahr, hitzig zu werden.
»Wollen Sie das Programm sehen? Leider ist es keine Premiere ...«
»Für mich schon.«
Die wasserspeienden Sphinxe des Palmenbrunnens erinnern mich an unser unappetitliches Lieblingsspiel in Montigny: dort taten wir es ihnen nach, in Reih und Glied aufgestellt, mit was-

sergeblähten Wangen, und wer am weitesten spuckte, durfte den Siegespreis einheimsen: Glaskugeln oder Haselnüsse.
Wir passieren die Sperre, ersteigen die Treppe. Mein Vetter, der Onkel, nickt hier jemandem zu, schüttelt dort eine Hand – er scheint oft herzukommen.
Der Saal ist schlecht erleuchtet. Es stinkt nach Pferdemist. Wieso Pferdemist? Ich frage Marcel. »Weil man hier ›Michael Strogoff‹ spielt, jeden Abend.« Onkel Renaud installiert uns in bequemen Fauteuils, erste Reihe, erster Rang. Ich hasse es, in der Auslage zu sitzen, und blicke wild um mich. Doch mein Unwille ist fehl am Platz: erstens ist der Übergang vom Tages- zum Lampenlicht zu jäh, als daß man gut sähe, und zweitens brauche ich heute keinen Blick zu scheuen. Denken wir nicht mehr daran. Die vielen, vielen Damen! Und wie lärmend sie sind! Sessel werden gerückt, Logentüren zugeschlagen ... Fast glaube ich mich in der Kirche in Montigny, wo niemand je auf Abbé Millets Worte achtete, er mochte stehen, wo er wollte: auf der Kanzel oder beim Altar.
Der Saal ist ebenso groß wie häßlich. Die Lampen verschwinden in einem Hof rötlichen Staubs. Es stinkt nach Pferdemist, mein Wort darauf. Und die vielen Köpfe da unten – schwarze Männer-, blumenbeladene Frauenhäupter –, würden sie die Münder aufsperren, wenn ich Brot hinunterwürfe? Wann wird es denn endlich anfangen?
Mein Vetter, der Onkel, meiner Erregung und Blässe gewahr, greift nach meiner Hand und behält sie schützend in der seinen.
Ein bärtiger Herr mit hängenden Schultern betritt das Podium. Lauter Beifall (schon jetzt?) beendet das lästige Tosen schwatzender Stimmen und stimmender Instrumente. Colonne höchstpersönlich! Er klopft auf das Pult, mustert seine Untergebenen mit prüfendem Blick, und hebt den Arm.
Schon bei den ersten Tönen der »Verdammnis« fühle ich, wie meine Nervosität klumpengleich aus der Magengegend in die Kehle steigt, steckenbleibt und mich zu ersticken droht. Ein Orchester zu hören, ist mir seltenes Erlebnis. Die Streicher spielen auf meinen Nerven. Daß ich nur ja nicht zu weinen beginne, es wäre zu lächerlich. Mit größter Anstrengung dränge ich die dummen Tränen zurück und entziehe meinem Onkel sachte meine Hand, um mich besser zu bemeistern.
»Dort oben«, erklärt er mir flüsternd, »thront die Creme der Gesellschaft: Neutöner, schriftstellernde Genies von morgen, zuweilen auch harm- und geldlose Jungen, die wirklich nur her-

kommen, um Musik zu hören. Dort oben amtiert auch der klassische Unzufriedene: er pfeift, stößt wirre Schmähungen aus, wird abgeführt und durch eine andere Türe wieder hereingebeten. Colonne hat versucht, gegen mäßiges Entgelt einen ständigen Stänkerer zu engagieren, ließ den Plan jedoch wieder fallen: ›den Mann, der protestiert‹, muß von heiligem Eifer beseelt sein.«

Jetzt reizt mich Mephistos Flohlied fast zum Lachen, diese Ballade, deren burleske Prosodik sicher nicht unbeabsichtigt ist. Ja, ich kann mir nicht helfen: dieser Bariton, der sich so wacker bemüht, das, was er singt, nicht zu spielen, ist aber auch zu komisch! Er hütet sich krampfhaft davor, teuflisch zu wirken, unterliegt aber im Kampf mit der Tradition: schon wankt die Hahnenfeder von seinem Haupt, schon krümmen sich die Brauen in bester diabolischer Manier.

Ich bin ganz Ohr, ganz freudig-angespanntes Lauschen. Der Orchesterklang ist mir ungewohnt und ich habe Mühe, die einzelnen Instrumente zu unterscheiden.

»Was singt da so, Herr Onkel? Bei den Bläsern, meine ich?«

»Eine Flöte, wenn ich nicht irre. Aber wenn Sie wollen, fragen wir in der Pause Maugis.«

Die Pause kommt viel zu bald für meinen Geschmack. Ich hasse es, eine Freude rationiert und vorgeschnitten zu bekommen, in säuberlichen, unerwünschten Raten. Wohin laufen die Leute? Warum haben sie es plötzlich so eilig? Aha. Sie eilen ins Foyer. Ich trete neben Marcel, doch Onkel Renaud macht einen Strich durch die Rechnung und schiebt seinen Arm unter den meinen, mit souveräner Selbstverständlichkeit:

»Nur Mut, kleines Mädchen! Erholen Sie sich! Zwar beschränkt man sich heute darauf, Faust zu verdammen, ohne Rücksicht auf unsere Neutöner, aber das soll mich nicht hindern, Ihnen ein paar bekannte Gesichter zu zeigen, wenn auch nur, um Ihre Illusionen zu Boden flattern zu sehen wie welke Blütenkränze!«

»Hört, hört! Ist diese plötzliche Beredsamkeit dem wundertätigen Einfluß der Musik zuzuschreiben?«

»Jawohl. Hinter meiner Denkerstirn verbirgt sich eine romantische Seele.«

Seine schiefergrauen Augen lächeln mir zu, träge und nachsichtig, und ich fühle, wie meine Erregung unter der wohltätigen, vertrauenerzwingenden Kraft dieses lässigen Blicks langsam abklingt. Von Marcel, dem Salonlöwenjungen, ist keine Hilfe zu erwarten: eben steuert er auf die alte Barmann zu, die, von mehreren Herren umgeben, mit durchdringender Stimme Meinungen und Urteile abgibt.

»Fort, fort!« fleht mein Onkel entsetzt. »Sonst zitiert sie uns noch den neuesten Ausspruch ihres ›illustren Freundes‹.«

»Welchen meinen Sie? Den, von dem sie schon vorigen Sonntag sprach?«

»Genau. Er ist momentan ziemlich in Mode, heißt Gréveuille und wird von Madame Barmann logiert, subventioniert und verköstigt. Vorigen Winter, als ich noch die üble Gewohnheit hatte, dann und wann bei ihnen zu soupieren, verließ ich das gastfreundliche Haus einst bei folgender delikater Szene: der große Mann saß vor dem Kamin Louis XIII und steckte dem Feuer seine offenen Stiefeletten entgegen . . .«

»Warum offen?« frage ich unschuldig.

»Teufel, weil er eben . . . Claudine, Sie sind unausstehlich! Aber es ist meine Schuld: ich bin den Umgang kleiner Mädchen nicht gewohnt. Meine Onkelwürde ist noch allzu frisch. In Zukunft werde ich mich in acht nehmen, mein Wort darauf.«

»Schade. So ist es viel lustiger.«

»Psst, kleines Scheusal! Wissen Sie, wer Maugis ist, Sie Kennerin *aller* Bücher? Er steht dort drüben.«

»Maugis? Ja. Musikkritiker. Seine Artikel, die ich nicht immer verstehe, sind ein Gemisch aus Kalauern, Anzüglichkeiten, Schwulst und Schmockerei . . .«

»Schwulst und Schmockerei . . . Was für eine Nichte hast du mir da beschert, guter Gott! Aber wissen Sie, daß Ihr Urteil nicht einmal so schlecht ist? Mir scheint, ich werde richtigen Spaß daran haben, Sie auszuführen, mein Kleines!«

»Heißen Dank! Wenn ich nicht gänzlich auf den Kopf gefallen bin, so habe ich Ihre heutige Einladung als pure Höflichkeitsbezeigung zu betrachten?«

Wir nähern uns besagtem Maugis. Er ist in gehobener Stimmung, redet wie ein Wasserfall, scheint an seiner seltsam kehligen Stimme mitunter selbst zu ersticken und dürfte sich gerade in einer Periode lyrischen Überschwangs befinden. Ich trete näher. Sicher läßt er seiner Begeisterung freien Lauf. Pardauz! (So sagen wir in Montigny, wenn ein Kind niederfällt . . .) Was muß ich hören?

»Haben Sie dieses Schwein von einem Trompeter grunzen gehört, mitten im taufrischen Rosengarten? Wenn Faust bei diesem Krawall schlafen kann, muß er ›Fruchtbarkeit‹ gelesen haben, bevor er ins Bett gekrochen ist. Ein Misthaufen, sage ich! Ein

Misthaufen, kein Orchester! Da sitzt eine Laus von einem Flötisten und ist im syphilitischen Ballett nicht einmal imstande, seine Unglücksnote im Takt mit den Harfen zu blasen! Wenn ich den einmal erwische, müßte er mir sein Instrument verschlingen, aber mit dem –«

»Teurer Freund«, unterbricht mein Onkel mit honigsüßer Stimme, dem galvanischen Rücken zugewendet, »wenn Sie so weiterschimpfen, werden Sie noch jegliche Zucht der Sprache einbüßen!«

Eine rasche Wendung der starken Schultern, und Maugis kehrt uns eine platte Nase zu, blaue, von schlaffen Lidern überdachte Augen und einen martialischen Schnurrbart, der einen Kindermund umrahmt . . . Gebläht von heiligem Zorn, wirkt er mit seinem hochroten Hals und den hellen Augenluken wie ein batrachischer Ochse. (Nein, ich habe nicht umsonst Naturgeschichte gelernt!) Er lächelt freundlich, grüßt, zeigt einen rosa Schädel übertriebenen Ausmaßes und gibt mir Gelegenheit festzustellen, daß die ganze untere Gesichtshälfte – vielfaches Kinn, kindliche Lippen – die Energie der hohen Stirn und des stumpfen, eigenwilligen Näschens dauernd Lügen straft. Ich werde vorgestellt.

»Guter Greis«, fragt Maugis, »warum bringen Sie Mademoiselle an diesen zweifelhaften Ort? Es spielt sich so hübsch in den Tuilerien, mit einem netten Reifen . . .«

Ich schweige verletzt, zum Gaudium der beiden Männer. Der Kritiker wendet sich an meinen Onkel:

»Ist Ihr Marcel auch hier?«

»Ja. Mit seiner Tante.«

Maugis fährt in die Höhe. »Was? Er rennt jetzt in aller Öffentlichkeit mit seiner –«

»Claudine«, unterbricht mein Onkel achselzuckend, »Claudine, die Sie hier sehen, ist seine Tante. Wir sind eine verzwickte Familie.«

»Ah! Sie sind also Marcels Tante, Mademoiselle? Die reinste Schicksalsfügung!«

»Wenn Sie sich einbilden geistreich zu sein –«, knurrt mein Onkel, auf der Schneide zwischen Ärger und Lachlust.

»Man tut, was man kann.«

Da ist ein Unterton, der mir entgeht. Was hat das zu bedeuten? Madame van Langendonck schwebt vorüber, die hübsche Zypriotin, von sechs Herren gefolgt, die alle gleichermaßen in sie verliebt scheinen und vom Gegenstand ihrer Bewunderung auf

die unparteiischeste Weise mit schmelzenden Blicken bedacht werden, aus großen, entzückt aufgerissenen Gazellenaugen.
»Ein reizendes Geschöpf, nicht wahr, Herr Onkel?«
»Zweifelsohne. Eine jener Frauen, die zu jedem Empfang gehören: als Lockvogel und Aufputz.«
»Außerdem betrachten sie die Männer offenen Mundes«, fügt Maugis hinzu, »so daß man inzwischen die besten Sandwiches essen kann.«
»Wen begrüßen Sie da, Herr Onkel?«
»Ein Trio ersten Ranges.«
»Von César Franck?« unterbricht Maugis.
Mein Onkel läßt sich nicht beirren:
»Drei unzertrennliche Freunde, die man nur gemeinsam einlädt, und das mit Recht: es wäre schade, auf einen von ihnen zu verzichten. Sie sind zartfühlend, reinlich, hübsch, und – o Wunder! – durch und durch ehrenwert. Der eine komponiert reizende originelle Lieder, der zweite, der sich eben mit der Prinzessin von C. unterhält, singt sie mit höchstem Kunstverständnis, und der dritte lauscht seinen Freunden, während er selbst beachtliche Aquarelle verfertigt.«
»Wäre ich eine Frau«, schließt Maugis, »würde ich sie alle drei heiraten wollen!«
»Wie heißen sie?«
»Baville, Bréda und della Sugès. Man nennt sie fast immer in einem Atem.«
Mein Onkel tauscht Grüße mit dem Trio, das man nicht ungern betrachtet: Baville, ein verspäteter Valois, schlank und rassig wie ein heraldisches Windspiel, scheint aus Versehen in unser Jahrhundert geraten. Bréda, ein Tenor, ist ein schöner, kräftiger Junge mit blauen, dunkel umschatteten Augen und reizvollem Frauenmund, und della Sugès, hochgewachsen und lässig, mit mattem, orientalisch angehauchtem Teint und scharfrückiger Nase, beobachtet die Menge mit dem unbeteiligten Ernst eines braven Kindes.
»Führen Sie doch Claudine einige stadtbekannte Musterstücke vor, Maugis! Schließlich sind Sie Spezialist auf diesem Gebiet . . .«
»Das Tout-Paris, ganz richtig! Das geeignete Schauspiel für ein unschuldiges Mädchen! Also aufgepaßt, lieber ›Backfisch‹! Hier sehen Sie vor allem – Ehre, wem Ehre gebührt! – Herrn Doktor X., den eleganten Sterilisierer, dem unzählige Damen, die in ihrer Verstocktheit, will sagen Vereierstocktheit, zur Hebung der Be-

völkerungszahl unserer teuren Heimat nie – oh, ganz gewiß nie! – das geringste mehr beitragen werden, zu ewigem Dank verpflichtet sind ...«
Mein Herr Onkel macht eine jähe unwillige Bewegung. Sein Ärger ist unbegründet. Die gewollt rasante Zungenfertigkeit meines fetten Cicerones macht mir den Großteil seiner Witze unverständlich und sie verfangen sich in seinem Schnurrbart, zu meinem Leidwesen, bürgt doch das wachsende Unbehagen meines Onkels für ihr schweres Kaliber.
Maugis verlangsamt das Tempo und zeigt mir weitere Leuchten der Pariser Gesellschaft:
»Betrachten Sie, o beneidenswerte Tante des nicht minder glücklichen Marcel, einige Kritiker, um die uns selbst Sainte-Anne beneiden würde: dieser Bart, zum Beispiel, der leider durch keinen Tisch wächst, gehört einem Herrn namens Bellaigue. Oh, hätte er doch lieber daran gekaut, anstatt die *Revue des Deux Mondes* mit antiwagnerianischen Blasphemien vollzuschmieren ... Doch es wird ihm vergeben werden, denn er hat viel geliebt – vor allem den Parsifal ... Sehen Sie das häßliche Männchen dort drüben? Auch ein Kritiker – und was für einer! Bei seinen Mitbrüdern nicht allzu beliebt. Wenn er nicht gerade komponiert, entfesselt er in seiner Zeitung das häßlichste Spektakel ...«
»Und wenn er komponiert?«
»Noch häßlicheres.«
»Zeigen Sie mir noch ein paar Kritiker, ja?«
»Die Luft in Ihrem Dorf scheint ja geschmackverderbend zu wirken, o ferne Prinzessin! Nein, ich werde Ihnen keine Kritiker mehr zeigen, aus dem einfachen Grund, daß die beiden Zweifüßler, die ich so frei war, Ihnen vorzuführen, hierorts als einzige Repräsentanten der französischen Musikschriftstellerei zu betrachten sind.«
»Und was ist mit den übrigen?«
»Die übrigen, deren Anzahl sich auf die stattliche Ziffer neunhundertdreiundvierzigeinhalb beläuft (es ist ein Einbeiniger darunter), verirren sich niemals in einen Konzertsaal – wozu auch! –, sondern sind klug genug, ihre Karten den Hausierern, ihr Urteil und ihre ›Dienste‹ dagegen dem Meistbietenden zu verkaufen. Aber genug davon. Betrachten wir lieber Madame Roger-Miclos, die Frau mit dem Kameenprofil, Blowitz, den Mann mit dem Gorillagesicht, Diémer, der in seinem Mund eine halbtonlose Klaviatur versteckt, und den Rechtsanwalt Dutasby,

der seit dem Tag seiner Entwöhnung kein einziges Colonnekonzert versäumt hat.«
»Und wer ist diese schöne Person, die in ihrem Kleid herumwogt?«
»Dalila, Messalina, die zukünftige Omphale, der Anteil Österreichs.«
»Wie bitte?«
»Ja, haben Sie das nicht bei Papa Hugo gelesen?«
Ich schüttle den Kopf, aber Maugis ist nicht aufzuhalten:
»Die eleganten Damen, die Sie hier bemerken, sind völlig uninteressant. Sie entstammen Hochadels-, Hochfinanz- und Hochstaplerkreisen, mieten Logen aus Snobismus, gehen ins Konzert, weil's zum guten Ton gehört, können keinen richtigen von einem falschen unterscheiden und überschnattern das Orchester, angefangen von der Marquise de Saint-Fiel, die herkommt, um neue Künstler aufzugabeln, die sie dann bei sich daheim agieren läßt, bis zu der kleinen Suzanne de Lizery, genannt das Greuze-Modell oder ›Drei Kreuzchen‹ –«
»Warum?«
»Weil sie nicht rechtschreiben kann.«
Maugis entfernt sich – wahrscheinlich hält er meine Verblüffung für nicht mehr steigerungsfähig – und folgt dem Wink eines Kollegen, der ihn zum Büfett ruft. Tatsächlich ist einem Schlund, der eben so viel Beredsamkeit von sich gegeben hat, das Anrecht auf Bier nicht abzusprechen.
Ich bemerke Marcel. Er lehnt an einem Pfeiler des Foyers und spricht leise und schnell mit einem sehr jungen Menschen, von dem ich nichts auszunehmen vermag als einen braunen Nacken und dunkles seidiges Haar. Sachte führe ich meinen Onkel näher und erkenne die wasserklaren Augen und das bleiche Gesicht einer gewissen Photographie, die im Zimmer meines »Neffen« über dem Kamin hängt.
»Herr Onkel, wissen Sie, wie der junge Mann heißt, mit dem Marcel eben plaudert? Dort hinter dem Pfeiler.«
Er fährt herum und flucht in seinen Schnurrbart.
»Charlie Gonzalès – ein Hochstapler, unter anderem.«
»Unter anderem?«
»Ich will sagen – er gehört nicht zu der Art von Leuten, deren Umgang mir für Marcel wünschenswert erscheint. Der Junge ist von einer Auffälligkeit . . .«
Ein Glockenzeichen ruft uns in den Saal zurück. Marcel gesellt sich erst später zu uns. Mademoiselle Pregis packende Klage läßt

mich so manches vergessen und das Orchester, in dessen dumpfem Pochen das Herz der verratenen Margarete zu schlagen scheint, benimmt mir den Atem. Die Anrufung der Natur muß wiederholt werden, und Monsieur Engel, unbeirrt und gebieterisch, vermag dieses Publikum, das nicht zuhört, schließlich doch in seinen Bann zu zwingen. »Die Leute haben die ›Verdammnis‹ erst siebenundsiebzigmal gehört!« erklärt mein Onkel. Marcel, der zu meiner Linken sitzt, preßt die Lippen störrisch zusammen. In Gegenwart seines Vaters scheint er mir stets zu grollen. Faust eilt dem Abgrund zu, inmitten ermüdenden Tumults, und wir dem Ausgang, wenig später.

Draußen ist es noch Tag. Die Sonne steht tief und blendet.

»Wollt ihr etwas essen, liebe Kinder?«

»Danke, Papa. Ich möchte um die Erlaubnis bitten, mich zurückziehen zu dürfen. Ich treffe noch einige Freunde.«

»Freunde? Diesen Charlie Gonzalès, nehme ich an.«

»Charlie und andere«, erwidert Marcel kurz.

»Geh nur, geh!« Dann neigt sich mein Onkel zu seinem Sohn und fügt leise hinzu: »Aber eines merk dir: wenn mir einmal die Geduld reißt, hast du nichts zu lachen! Ein zweitesmal gibt's keine ›Affäre Boileau-Gymnasium‹, verstanden?«

Was für eine Affäre? Ich sterbe vor Begier, Näheres darüber zu erfahren. Doch Marcel verneigt sich wortlos und enteilt, die Augen schwarz vor unterdrückter Wut.

»Sind Sie hungrig, Kleines?« fragt mein Onkel noch einmal. Sein müdes Gesicht scheint plötzlich älter geworden.

»Danke, nein. Ich möchte nach Hause. Wenn Sie so gut sind, mich in einen Fiaker zu setzen –«

»Ich werde mich sogar mit Ihnen hineinsetzen! Ich bringe Sie heim.«

Ich bitte um die Gunst, in einen »Gummiradler« einsteigen zu dürfen. Das Dahinrollen auf weichen, elastischen Rädern ist mir eine ewigneue Freude.

Wir sprechen kein Wort. Der Herr Onkel starrt vor sich hin, verärgert und müde.

»Ich habe Sorgen«, sagt er nach einiger Zeit, als Antwort auf meine ungestellte Frage. »Erzählen Sie mir etwas, kleines Mädchen! Zerstreuen Sie den alten Herrn.«

»Ich wollte Sie fragen, Onkel, woher Sie die ganzen Leute kennen . . . Maugis – und die andern . . .«

»Ich habe mich seit fünfzehn bis zwanzig Jahren so gut wie überall herumgetrieben. Außerdem ist es im Zeitungsmilieu ein leichtes, Beziehungen anzuknüpfen. In Paris wird man rasch miteinander bekannt . . .«

»Ich wollte Sie auch noch etwas anderes fragen – wenn es indiskret ist, so antworten Sie mir ruhig, was Ihnen gerade einfällt – und zwar, was Sie eigentlich treiben, ob – ob Sie einen Beruf haben undsoweiter – Gott, es interessiert mich eben!«

»Ob ich einen Beruf habe? Leider ja! Ich bin der ›Macher‹ auswärtiger Politik in der *Revue diplomatique.*«

»In der *Revue diplomatique* . . . Aber das ist doch entsetzlich langweilig! Ich meine« (Gott, was für ein Schnitzer! Ich spüre, wie mir das Blut in die Wangen steigt), »– ich meine, das sind sehr ernste Artikel –«

»Sagen Sie nichts! Beschönigen Sie nichts! Sie ahnen nicht, wie dankbar ich Ihnen bin! Dieses erlösende Wort wird Ihnen einst im Himmel angerechnet werden! Ihre Tante Wilhelmine – und nicht nur sie! – hält mich nämlich seit jeher für ein verächtliches Individuum, dessen einziger Lebenszweck darin besteht, sich und seine Freunde zu amüsieren. Ein schmählicher Verdacht, für den ich mich seit zehn Jahren räche, indem ich meine Zeitgenossen auf das gründlichste anöde. Meine Artikel beruhen auf Tatsachen, sind einfallslos, pessimistisch und fad – kurzum, langweilig im besten Sinn. Sie heben meine Selbstachtung, Claudine, und entsühnen mich. Vor kurzem erst entflossen meiner Feder vierundzwanzig Artikel über die Emser Depesche und gegenwärtig interessiere ich mich dreimal pro Woche für die russische Politik in der Mandschurei.«

»Ich bin sprachlos.«

»Warum ich Ihnen das alles erzähle, gehört allerdings auf ein anderes Blatt: ich glaube, daß sich unter Ihrem verrückten Ehrgeiz, die Erwachsene zu spielen, das heiße, begeisterungsfähige Herz einer kleinen Einzelgängerin verbirgt. Wie Sie bemerkt haben werden, sind meine Beziehungen zum guten Marcel nicht gerade überschwenglich zu nennen. Ich leide unter einem Überschuß an Vatergefühlen. Daher darf es Sie nicht wundern, wenn Ihr Onkel zuweilen den Mund aufmacht.«

Der Gute! Ich bin den Tränen nahe. Die Erregung, die Musik – noch etwas anderes. So ein Vater täte mir not! Oh, ich will dem meinen nichts Übles nachsagen, schließlich kann er nichts dafür, ein wenig – eigen zu sein, aber diesen hier hätte ich geliebt, das fühle ich genau! Verlegen wie stets, wenn es zu zeigen gilt, was Gutes in mir stecken mag, sage ich schüchtern: »Ich wäre vielleicht gar kein so schlechter Abfallkübel, wissen Sie . . .«

Er nickt, legt die Arme um meine Schultern und lacht, um nicht gerührt zu werden. »Ich wollte, man spielte Ihnen übel mit . . . Dann kämen Sie zu mir, um sich auszuweinen!«
Mein Kopf ruht an seiner Schulter, die Gummiräder schnurren über das holprige Straßenpflaster – wir fahren längs der Seine dahin – und die Pferdeschellen erinnern mich romantischerweise an nächtliche Postkutschenfahrten.
»Was taten Sie um diese Zeit in Montigny, Claudine?«
Ich zucke zusammen. Wie ferne lag mir Montigny!
»Um diese Zeit . . . Um diese Zeit klatschte Mademoiselle in die Hände und der Nachmittagsunterricht begann. Meistens bestand er darin, daß wir uns anderthalb Stunden über den Büchern die Augen ruinierten, im Dämmerschein, oder, was noch schlimmer war, beim trüben Licht zweier viel zu hoch angebrachter Petroleumlampen. Anaïs kaute Kreide, Bleistiftminen oder Tannenzapfen, Luce bettelte mich um Pfefferminzpastillen an, mit schmalen, schmeichlerischen Katzenaugen, und es stank nach flüchtigem Reinemachen, bespritztem Staub und ungewaschenen Kindern . . .«
»Ungewaschenen Kindern? Teufel, Teufel! Gab es denn, von Ihnen abgesehen, keinerlei Ausnahmen dieser allgemeinen Hydrophobie?«
»Doch! Anaïs und Luce schienen mir immer ziemlich sauber. Die übrigen kannte ich nur oberflächlich, und glattgekämmtes Haar, gerade Strumpfnähte und weiße Blusen sind noch lange kein Beweis für Reinlichkeit, wissen Sie!«
»Und ob ich das weiß! Leider kann ich Ihnen nicht sagen, bis zu welchem Punkt!«
»Die Ansichten meiner Mitschülerinnen über Sauber- und Unsauberkeit unterschieden sich wesentlich von den meinen! Célénie Nauphely, zum Beispiel . . .«
»Ja? Was tat Célénie Nauphely? Ich bin ganz Ohr!«
»Bitte sehr: Célénie Nauphely, eine stattliche Vierzehnjährige, erhob sich Punkt halb vier, eine halbe Stunde vor Schluß des Unterrichts, und sagte mit wichtiger Miene: ›Mademoiselle, bitte, ich muß nach Hause, meine Schwester absaugen‹.«
»Was??«
»Célénies Schwester, die gerade ein Kind entwöhnte, hatte so viel Milch, daß ihre Brüste schmerzten. Darum sog Célénie daran, zweimal täglich, um ihr Erleichterung zu verschaffen. Sie behauptete zwar, die Milch auszuspucken, schluckte aber aus Versehen sicher hie und da einen Mundvoll. Meine Mitschüle-

rinnen bestaunten den seltsamen Säugling mit einer Art neidischer Bewunderung. Mir verschlug es den Appetit. Als ich zum erstenmal davon hörte, war ich außerstande, zu essen. Ihnen macht das wohl gar nichts aus?«
»Hm – sprechen wir von etwas anderem, ja? Sonst fürchte ich, daß es mir binnen kurzem sehr wohl etwas ausmachen wird! Aber ich muß sagen, Claudine, ich verdanke Ihnen einen ebenso ungewohnten wie interessanten Ausblick auf das Brauchtum, das in gewissen Teilen unseres Landes noch zu herrschen scheint.«
»Und Heloîse Basseline? Eines Tages überrascht sie Claire, meine Kommunionsschwester, dabei, ein Fußbad zu nehmen. ›Bist du verrückt? Heute ist doch nicht Samstag!‹ ›Ich wasche meine Füße jeden Abend!‹ erwidert Claire. Worauf Heloîse Basseline achselzuckend fortgeht und sagt:
›Meine Liebe, mit sechzehn hast du schon Schrullen wie eine alte Jungfer!‹«
»Mein Gott!«
»Oh, ich könnte Ihnen noch ganz andere Dinge erzählen, aber die Schicklichkeit –«
»Pah! Ein alter Onkel!«
»Nein, ich möchte lieber nicht . . . A propos: mein Kommunionsschwesterchen heiratet.«
»Die Fußwäscherin? Mit siebzehn? Ist sie wahnsinnig?«
»Wie kommen Sie darauf?« gebe ich störrisch zurück. »Mit siebzehn ist man kein Kind mehr! Ich könnte mich ebensogut verheiraten!«
»Und mit wem, wenn ich fragen darf?«
Er hat mich überrumpelt. Ich erwidere lachend: »Das ist eine andere Sache. Der Auserwählte läßt auf sich warten. Das Gedränge ist noch nicht lebensgefährlich. Anscheinend hat sich meine Schönheit noch nicht herumgesprochen.«
Onkel Renaud lehnt sich seufzend zurück: »Sie sind leider nicht häßlich genug, um lange allein zu bleiben! Ich sehe schon, wie es kommen wird: irgendein Herr wird sich in diese schlanke Gestalt verlieben, in das Geheimnis dieser Mandelaugen, mich um meine Nichte bringen und Sie um Ihren gesunden Menschenverstand!«
»Wollen Sie damit sagen, daß ich ledig bleiben soll?«
»Wo denken Sie hin! Wie könnte ich von Ihnen einen solchen Beweis nichtenhafter Aufopferung fordern! Ich bitte Sie nur eines: heiraten Sie nicht den ersten besten!«

»Sie können mir ja selbst einen unschädlichen Gatten aussuchen!«
»Sollte mir einfallen!«
»Warum nicht? Sie sind doch sonst so nett zu mir!«
»Weil ich nicht zusehen mag, wie man vor meiner Nase die besten Kuchen verspeist! Steigen Sie aus, Kleines, wir sind am Ziel.«
Seine letzten Worte sind besser als jedes Kompliment. Ich werde sie nicht so bald vergessen.
Mélie öffnet, Hand am Busen. Wir finden Papa in der Bibliothek, in ernsten Unterhaltungen mit Monsieur Maria. Dieser bärtige Gelehrte, dessen Vorhandensein ich leicht vergesse, verbringt bei uns seit neuestem täglich eine Stunde.
Kaum ist der Onkel fort, macht mir Papa eine feierliche Mitteilung:
»Mein Kind, ich habe eine gute Nachricht für dich!«
O Gott! Welch teuflischen Plan hat mein Erzeuger wieder ausgeheckt?
»Monsieur Maria wird mich von nun an bei meinen wissenschaftlichen Arbeiten als Sekretär unterstützen.«
O Wonne! Das ist alles. Erleichtert strecke ich Monsieur Maria die Hand entgegen.
»Das freut mich außerordentlich, Monsieur! Sicher ist Ihre Mitarbeit für Papa von unschätzbarem Wert!«
Von diesem Satz – dem längsten, den der schüchterne Wissenschaftler je von mir vernommen hat – verkriecht er sich in seinen Haar-, Bart- und Brauenwald, ohne seine Verwirrung verbergen zu können. Ich verdächtige den wackeren jungen Mann, eine kleine Schwäche für mich zu nähren, gratis und franko. Soll er nur! Wenigstens einer, der es mir gegenüber nicht an Hochachtung fehlen lassen wird.

Neuerlicher Brief Claires. Sie weiß sich vor Glück kaum zu fassen und bemerkt zwischendurch, um den Eindruck zu erwecken, als denke sie an mich: »Sicher hast du's sehr lustig in Paris.« Lustig? Pah! Ich langweile mich zwar nicht gerade, bin deshalb aber beileibe nicht glücklich! Vielleicht denken Sie jetzt, ich sei in Marcel verliebt? Weit gefehlt! Er weckt lediglich mein Mißtrauen, mein Interesse, eine Art verachtungsvoller Zärtlichkeit und den Wunsch, ihn zu betasten. Wenn es nach mir ginge, würde ich ihn dauernd kämmen, streicheln, an den Ohren ziehen, seine Fingernägel – wie die Luces – ein wenig loslösen und mich Aug' in Auge mit ihm aufstellen wie seinerzeit mir ihr, um die blauen Speichen seiner Iris fremd und phantastisch flimmern zu sehen. Und doch, wenn man es recht bedenkt, gleicht er seinem Vater, aber in reduziertem – stark reduziertem! – Maßstab.

Seit neuestem bin ich glückliche Besitzerin eines Schneiderkostüms, nach zwei Anproben in Begleitung Marcels, die meine Lachlust auf eine harte Probe stellten. Dennoch wahrte ich mein »Gesicht« wie eine richtige Dame. Mein Neffe war in großer Form. Schauplatz der Szene: eine kleine Glaskabine im Modehaus *New Britannia*. Marcel, drei Schritte von mir entfernt auf einem Sessel thronend, tyrannisierte Monsieur Rey, den Zuschneider, und Léonie, das Probierfräulein, mit einer Gemütsruhe, der ich meine Bewunderung nicht versagen konnte. »Den Hüftabnäher etwas mehr nach rückwärts, finden Sie nicht, Mademoiselle? Und den Rock nicht zu lang! Knappe Bodenlänge, das genügt vollkommen, um so mehr, als die junge Dame ohnedies noch nicht imstande ist, in Schleppkleidern zu gehen.« (Giftiger Blick Claudines) ». . . Ja, der Ärmel fällt gut. Aufs Gilet zwei Daumentäschchen! So halten Sie doch still, Claudine, um alles in der Welt! Fanchette würde ruhiger stehen als Sie!«

Mademoiselle Léonie, verdattert und verstört, wußte nicht, was sie von der Sache halten solle. Auf dem Teppich knieend, schoß sie verstohlene Blicke zu uns herauf und fragte sich sichtlich: »Ihr Bruder kann's nicht sein, sonst würde er sie duzen . . . schaut er aber wie ihr Liebhaber aus?«

Als wir nach dem letzten »Danke sehr!« gemeinsam fortgingen, Claudine in weißer Hemdbluse mit großem Kragen und einem koketten Strohhut, der das kurze, ungebärdige Haar kaum zu bändigen vermochte, sagte Marcel mit beredtem Seitenblick: »Wissen Sie, wie Sie aussehen, Claudine? Ich schon! Aber ich behalte es lieber für mich.«

»Warum? Nach dieser netten Einleitung können Sie ohne weiteres offen sprechen!«

»Und der Respekt? Der Familiensinn? Sie verkennen mich, meine Liebe! Aber trotzdem – dieser gestärkte Kragen, das kurze Haar und der platte Rock – hm, hm! Papa wäre wahrscheinlich nicht begeistert.«

»Sie meinen, es würde ihm nicht gefallen?«

»Ach was! Er wird sich daran gewöhnen. Papa ist kein Heiliger, obwohl er sich dauernd zum Schützer der bedrohten Moral aufwirft.«

»Nein, Heiliger ist er Gott sei Dank keiner. Aber er hat Sinn für Schönheit.«
»Ich vielleicht nicht?« fragt Marcel gereizt.
»Sie? Für Sie hat eher die Schönheit Sinn, und zwar einen ganz speziellen.«
Er lacht lautlos. Wir biegen in die Rue Jacob ein und erklimmen die düstere Treppe zu meiner Wohnung. Mein Neffe hat die Freundlichkeit, meine Einladung zur Jause anzunehmen. Ich führe ihn in mein Heiligtum, biete ihm Platz an und belade unsere Knie mit orientalischen Süßigkeiten, überreifen Bananen, Salzbäckerei und kalten Getränken. Von der Hitze, die draußen herrscht, ist in meinem dämmrig-kühlen Zimmer nichts zu spüren. Kurz entschlossen stelle ich eine Frage, die mir schon seit Tagen auf der Seele brennt:
»Marcel, was ist das, die ›Affäre Boileau-Gymnasium‹?«
Mein Neffe, eben noch friedlich auf die Lehne des Gobelinfauteuils gestützt und emsig damit beschäftigt, an einem Salzkeks zu knabbern, das er mit graziösem Griff in seinen schlanken Fingern hält, fährt mit der Behendigkeit eines Salamanders herum und mustert mich von Kopf bis Fuß. Mit seinen flammenden Wangen, den zornig gerunzelten Brauen, dem halboffenen überraschten Mündchen wirkt er wie ein erzürnter kleiner Gott, nicht mächtig zwar, doch atemberaubend schön.
»Das haben Sie gehört? Alle Achtung. Sie haben scharfe Ohren! Ich könnte natürlich erwidern, daß . . . daß Sie das nichts angeht . . .«
»Gewiß. Aber Sie werden Ihrer artigen kleinen Freundin keine so häßliche Antwort geben!«
»Die ›Affäre Boileau-Gymnasium‹! Eine Schurkerei, sonst gar nichts! Eine Schurkerei, die ich mein Lebtag nicht vergessen werde! Mein Vater, den Sie so charmant finden – wenn Sie wüßten, was er mir damals angetan hat, würden Sie ihn mit anderen Augen betrachten!«
Sieh da! Der Kleine wird ja ganz rabiat! Ich siede vor Neugier.
»Erzählen Sie! Bitte!«
»Meinetwegen. Sie wissen ja, Charlie?«
»Und ob!«
»Als ich ins Boileau-Gymnasium eintrat, als Externer, war Charlie im letzten Studienjahr. Alle diese verwahrlosten Jungen mit roten Handgelenken und schmutzigen Kragen – Sie können sich nicht vorstellen, Claudine, wie abstoßend ich sie fand. Er allein . . . Bei ihm hatte ich das Gefühl, als gliche er mir wie ein

älterer Bruder. Er blickte mich lange an, wortlos, und dann gingen wir aufeinander zu, ohne offensichtlichen Grund – aber den möchte ich sehen, der der Kraft dieser Augen widerstünde ... Ich war von ihm besessen, wagte aber nicht, es ihm zu gestehen. Doch ihm«, flüstert Marcel mit niedergeschlagenen Augen, »ging es mit mir ebenso, wenigstens muß ich es glauben, denn er –«

»– gestand es Ihnen?«

»Nein, er schrieb es mir. Ach! Aber warten Sie. Ich antwortete ihm, und wie dankbar! Von da an begegneten wir einander außerhalb der Schule, bei Großmutter, und an anderen Orten ... er hat mich tausend Dinge kennen und lieben gelehrt ...«

»Tausend!«

»Oh!« protestiert Marcel mit ausgestreckter Hand, »glauben Sie nur ja nicht, daß es sich um ›Lucereien‹ handelt. Ich spreche von Gedankenaustausch, kleinen Erinnerungen, mit Randbemerkungen versehenen Büchern ...«

»Das reinste Pensionatsidyll!«

»Wenn Sie wollen ... Doch vor allem war da unsere herrliche, nahezu tägliche Korrespondenz, bis zu dem Tag, da ...«

»Aha! Das habe ich gefürchtet!«

»... da Papa mir einen Brief stahl.«

»Ist ›stahl‹ nicht ein wenig übertrieben?«

»Gott, er behauptet, den Brief auf dem Boden gefunden zu haben. Ein Bessergesinnter hätte wahrscheinlich erraten, was diese schriftlichen Zärtlichkeiten an ... reiner Literatur enthielten. Er nicht! Seine Wut kannte keine Grenzen, und er hat mich – wenn ich daran denke, glaube ich, daß es keine Gemeinheit gibt, die ich ihm nicht antun könnte! – geohrfeigt, Claudine, geohrfeigt! Dann ging er ins Gymnasium, um einen ›Stunk‹ zu machen, wie er sich auszudrücken beliebte.«

»Und man legte Ihnen nahe – auszutreten?«

»Wenn es nur das gewesen wäre! Nein, Charlie hat man hinausgeworfen, Charlie! Nicht mich! Man hat es gewagt! Wahrscheinlich aus Angst, Papa würde den ›Stunk‹ auf seine dreckigen Zeitungen ausdehnen. Imstande wär' er's ja!«

Ich lausche, gierig und bewundernd. Marcels gerötete Wangen, seine blauen Augen, die im Zorn fast schwarz scheinen, sein bebender Mund, dessen herabgezogene Winkel darauf hinzudeuten scheinen, daß er am liebsten zu weinen begänne – welches Mädchen käme ihm an Schönheit gleich?

»Den Brief hat Ihr Vater natürlich behalten?«

Er lacht hämisch.
»Das hätte ihm so gepaßt! Nein, nein, ich bin auch nicht ganz auf den Kopf gefallen! Ich habe ihn mir wieder geholt, mit einem Nachschlüssel zu seiner Schreibtischlade.«
»Oh, zeigen Sie ihn mir! Bitte, bitte!«
Seine Hand fährt instinktiv an die Brusttasche und er erwidert:
»Das kann ich leider nicht, da ich ihn nicht bei mir habe.«
»So? Ich hingegen bin überzeugt, daß Sie ihn sehr wohl bei sich haben, Marcel, mein hübscher Marcel, so lohnen Sie das schrankenlose Vertrauen Ihrer Freundin Claudine?«
Ich befühle ihn mit schmeichelnden Händen und blicke so schelmisch ich kann.
»Neugieriges Frettchen! Sie werden ihn mir doch nicht gewaltsam wegnehmen? Hat man schon so etwas gesehen! Genug, Claudine, hören Sie auf, Sie brechen mir noch einen Nagel ab! Also gut, Sie kriegen Ihren Brief. Aber Sie werden ihn vergessen?«
»Beim Haupt der kleinen Luce!«
Er zieht ein dunkelgrünes Damenportefeuille hervor und entnimmt ihm ein sorgfältig gefaltetes, mit winzigen Schriftzügen bedecktes Blatt Büttenpapier.
Wohlan, erfreuen wir uns an Charlies Prosa:

»Mein Liebster,
ich werde die Novelle Auerbachs heraussuchen und Dir jene Stellen übersetzen, die sich auf die Liebesfreundschaft zweier Kinder bezieht. Ich beherrsche die deutsche Sprache ebenso wie die französische und werde daher mit der Übersetzung keinerlei Mühe haben. Fast bedauere ich's, denn gern – oh, wie gern! – hätte ich Anstrengungen und Mühe auf mich genommen, für Dich, meinen einzig, über alles Geliebten!
Ja, einzig, über alles geliebt: das bist Du. Wie töricht, daß Deine nimmermüde Eifersucht stets rege ist! Sage nicht nein, ich vermag zwischen den Zeilen Deiner Briefe ebensogut zu lesen wie auf dem Grunde Deiner Augen, und Deine gereizte Schlußbemerkung über diesen ›neuen Freund mit den zu schwarzen Lokken, dessen Geplauder während der Vier-Uhr-Pause mich wahrhaft hinzureißen schien‹, ist unmißverständlich.
Nun, besagten ›neuen Freund mit den zu schwarzen Locken‹ (warum zu schwarz?) kenne ich kaum. Er heißt Giuseppe Bocci, stammt aus Florenz und wurde von seinen Eltern bei dem bekannten Philosophieprofessor B. einquartiert, um der verderbli-

chen Atmosphäre gewisser Internate entzogen zu werden. Manche Eltern haben wirklich einen sechsten Sinn! Der Knabe erzählte mir von einer unterhaltlichen psychologischen Studie, die einer seiner Landsleute über die sogenannten *amicizie di collegio* angestellt hätte, welche dieser transalpine Kraft-Ebing angeblich als eine Art ›Mimikry des leidenschaftlichen Instinkts‹ bezeichnet. Wie Du siehst, legen diese Materialisten samt und sonders die trübste, empörendste Dummheit an den Tag, ob Italiener, Deutsche oder Franzosen.
Die Broschüre enthält noch einige weitere amüsante Beobachtungen. Deshalb bat ich Giuseppe, sie mir zu leihen. Für wen? Für Dich, natürlich, für Dich, der mir diesen Gedanken mit schwarzem Argwohn lohnt! Erkennst Du Deine Ungerechtigkeit? Dann küsse mich. Erkennst Du sie nicht? Dann küsse ich Dich.
Wenn ich an die Unzahl von Büchern denke, die über dieses schwierigste, anziehendste aller Probleme bereits geschrieben wurden . . .
Um mich in meiner Sexualreligion aufs neue zu bestärken, habe ich Shakespeares glühende Sonette an den Grafen Pembroke wieder gelesen, die nicht minder feurigen Gedichte Michelangelos an Cavalieri, habe bei Montaigne, Tennyson, Wagner, Walt Whitman und Carpenter Aufmunterung gesucht und gefunden . . .
Seltsam! Ich könnte schwören, einer Liste dieser ein wenig . . . eigentümlichen Autoren schon irgendwo begegnet zu sein!
Mein schlankes, geschmeidiges Kind, mein geliebtes blutvolles Tanagrastatuettchen, ich küsse Deine flatternden Lider. Du weißt, daß ich Dir, ohne zu zögern, eine elende, ungesunde Vergangenheit aufgeopfert habe, erniedrigende Neugierden, die ich heute verabscheue und nur mehr als ferne, schmerzliche Alpträume betrachten kann. Deine Zärtlichkeit allein bleibt, entzündet mich, läßt mich meiner selbst vergessen . . .
Teufel! Nur mehr eine Viertelstunde Zeit, um den ›Konzeptionalismus Abélards‹ zu studieren. Auf die Konzeption dieses Krüppels bin ich wirklich gespannt.

Mit Leib und Seele Dein Charlie«

Schluß, Punktum. Mir verschlägt's die Rede. Diese Jungengeschichten schüchtern mich ein, und ich kann gut verstehen, daß Marcels Vater bei der Lektüre dieses Schreibens nicht gerade entzückt war. Mein Neffe ist, gelinde gesagt, sehr lecker. Das weiß ich, das weiß ich nur zu gut! Aber der andere, dieser Charlie? Marcel küßt diesen phrasendreschenden Abschreiber mit dem schwarzen Bärtchen? Marcel ist bestimmt nicht häßlich, wenn man ihn küßt. Ich betrachte ihn verstohlen. Er scheint mein Vorhandensein völlig vergessen zu haben und denkt nicht daran, mich um meine Meinung zu befragen. Das Kinn in die Hand gestützt, spinnt er seine Gedanken und ähnelt in diesem Augenblick so auffallend seinem Vater, dem Onkel, daß ich mich eines jähen Unbehagens nicht erwehren kann. Ich reiche ihm das Blatt.

»Als Briefschreiberin kann Luce mit Ihrem Freund nicht konkurrieren, Marcel!«

»Kaum . . . Aber sind Sie nicht empört über die herzlose, himmelschreiende Dummheit, ein so einzigartiges Geschöpf wie Charlie aus der Schule zu weisen?«

»›Empört‹ ist vielleicht nicht der richtige Ausdruck . . . aber ich bin überrascht. Außerdem ließe sich über seine Einzigartigkeit streiten. Marcel gibt es auf dieser Welt bestimmt nur einen. Dagegen sollte es mich wundern, wenn sich unter Ihren Mitschülern keine anderen Charlies fänden.«

»Andere Charlies! Claudine! Sie werden ihn doch nicht mit diesen schmierigen Gymnasiasten vergleichen wollen, die . . . geben Sie mir zu trinken, ja? Und ein Stück Rahat . . . Mir wird heiß, wenn ich nur daran denke!«

Er zieht ein zierliches blaues Taschentuch hervor, trocknet seine Stirne, legt das Portefeuille neben sich auf das Korbtischchen, lehnt sich zurück, noch ein wenig fiebrig, und trinkt schlückchenweise den kalten Grog, den ich ihm dienstfertig überreicht habe. Dann beißt er in ein Stück Rosenrahat, beknabbert ein Salzkeks und schwelgt in Erinnerungen an seinen Charlie, während ich mich frage, von jäher, stechender Neugier gepackt, was für Briefe das sattgrüne Etui etwa noch enthalten mag. Ich kenne diese heftige, häßliche Gier: sie überfällt mich ab und zu (gottlob nur selten!) ebenso übermächtig wie der Drang zu stehlen. Wenn Marcel mich dabei ertappt, in seiner Korrespondenz zu wühlen, wird er mich mit Recht verachten. Dennoch werde ich nicht schamrot, im Gegensatz zu den ethischen Erfordernissen jeglichen Schulaufsatzes. Nach mir die Sintflut! Behutsam stelle ich einen Kuchenteller auf die verlockende Brieftasche. Wenn's wirkt, wirkt's.

Marcel erwacht.

»Großmutter findet Sie ein wenig ungestüm, Claudine!«

»Mit Recht. Aber was soll ich tun! Ich weiß nicht, worüber ich mit ihr sprechen soll. Ich kenne sie ja kaum!«
»Im übrigen ist es völlig gleichgültig. Gott, wie unförmig Fanchette geworden ist.«
»Ruhe! Meine Fanchette ist stets bewunderungswürdig! Im übrigen hat sie Ihren Vater ins Herz geschlossen.«
»Das wundert mich nicht . . . Er ist ja so sympathisch!«
Mit dieser liebenswürdigen Feststellung erhebt er sich, steckt das Schnupftuch in die linke Brusttasche – Achtung, jetzt wird's gefährlich – aber nein. Er denkt nicht an das Portefeuille. So geh doch, schnell, mach weiter! Die Liebesbriefe der langen Anaïs kommen mir in den Sinn. Holte ich sie nicht halbverbrannt aus dem Ofen, in einem ähnlichen Anfall niedrigster Neugier? Ich empfinde keinerlei Gewissensbisse. Außerdem hat dieses üble kleine Subjekt seinen Vater verhöhnt.
»Sie gehen? Schon?«
»Ich muß, wenn auch ungern, denn Sie sind die ideale Vertraute – und so wenig Frau!«
Kann man liebenswürdiger sein? Ich begleite ihn zum Ausgang und vergewissere mich, daß die Tür ordentlich versperrt ist. Sollte Marcel zurückkommen, müßte er läuten.
Her mit der Brieftasche! Sie riecht gut. Charlies Parfum nehme ich an.
In einer Seitentasche finde ich sein Porträt: Charlie als antike Büste mit bloßen Schultern, ein Band um die Stirne geschlungen. »28. Dezember.« Ich schlage im Kalender nach. »28. Dezember – Unschuldige Kinder.« O sinniger Zufall!
Ein Bündel blauer Kartenbriefe: verschobene oder festgesetzte Zusammenkünfte. Lange, anmaßende Schriftzüge, flüchtige Orthographie. Zwei Telegramme, gezeichnet: Jules. Jules? Anaïs würde vor Staunen den Mund aufreißen. Der Korrespondenz ist ein Damenphoto beigeschlossen. Wer das wohl sein mag? Das hübsche, schmalhüftige überschlanke Geschöpf in diskret dekolletiertem Spitzenkleid legt schelmisch den Finger an die Lippen und wirft eine Kußhand in die Gegend. Auch das Bild trägt die Unterschrift: Jules. Was? Das soll ein Mann sein? Teufel, Teufel! Eilends hole ich Papas ehrwürdige Lupe und unterziehe die Photographie einer aufmerksamen Untersuchung. »Jules« Handgelenke wirken vielleicht ein wenig stark, jedoch bei weitem nicht so grobschlächtig wie die Marie Belhommes, um nur ein einziges Beispiel zu nennen. Die Hüften haben nichts Männliches an sich. Die runden Schultern ebensowenig. Aber die

Halsmuskeln . . . die Halsmuskeln kommen mir verdächtig vor, besonders unter dem Ohr. Ein Ephebenhals, kein Zweifel.
Wie dem auch sei . . . Forschen wir weiter.
Ein Blatt Küchenpapier voll dunkler Auskünfte, in Küchenstil und Köchinnenorthographie:

»Gehn Sie nicht in die Rue Traversière. Dafür können Sie zu Léon mit mir gehen, da brauchen Sie keine Angst nicht haben. Ein feiner Raum in der Nähe des Cafés von was ich Ihnen erzehlt habe. Sie treffen dort interessante Leute, Kunstreiter vom Zirkus Metrano undsoweiter. Wegen Ernestine müssen Sie aufpassen. Ich glaube nicht, daß Victorine schon gelost hat. Das Hotel in der Rue Lafite ist sicher. Das hat Ihnen Großmutter wahrscheinlich schon erzehlt.«
Welch trübe Atmosphäre! Diesen Misthaufen hat Charlie seinem lieben Marcel »geopfert«? Und er wagt es, sich darauf etwas einzubilden? Dabei verblüfft mich am meisten die Tatsache, daß es meinen »Neffen« nicht anwidert, sich mit den Überresten einer Zuneigung zu begnügen, an der sich bereits »Kunstreiter undsoweiter« erfreuen durften. Hingegen verstehe ich sehr gut, daß Charlie, des allzu großen Entgegenkommens gewisser weiblicher Jules' müde – nein, dieses unwahrscheinliche Photo! –, die Unerfahrenheit und Frische eines Kindes begeisternd fand, das neben einer unverbrauchten Sensibilität einen ganzen Schatz köstlicher Skrupel mitbrachte . . .
Dieser Charlie widert mich an. Mein Vetter, der Onkel, hat recht daran getan, ihn aus dem Boileau-Gymnasium werfen zu lassen. So ein brünetter Junge hat sicher Haare auf der Brust . . .
»Mélie! Rasch! Lauf zu Tante Coeur – nimm einen Fiaker – und übergib Marcel dieses Päckchen, samt dem Brief, den ich gleich schreiben werde! Und laß es ja nicht bei der Hausmeisterin!«
»Einen Brief? Klar werd' ich ihn abgeben! Du bist ein hübsches Mädchen! Wird besorgt, nur keine Angst! Verlaß dich ganz auf mich!«
Ja, das kann ich. Ihr Diensteifer verzehnfacht sich bei dem Gedanken, daß ich endlich beschlossen habe, die schiefe Bahn zu betreten. Lassen wir sie bei ihrer Meinung. Da es ihr nun einmal solchen Spaß macht . . .
Marcel hat recht. Fanchette wird täglich unförmiger und sieht schon lächerlich aus. Sie hat sich mit ihrem Pariser Körbchen abgefunden, allerdings nicht, ehe ich einen Rest meines alten Schnürlsamtschlafrocks hineinlegte, einen Fetzen Stoff, den sie

kräftig walkt, zum Nägelpolieren benützt, dann wiederum als Bauchbinde, oder eifrig leckt, in Gedanken an die zu erwartende Nachkommenschaft. Ihre Zitzchen schwellen an, zartrosa und überempfindlich, und die sonst so besonnene Fanchette ist vor Zärtlichkeitsbedürfnis außer Rand und Band.
Frohlockend überbringt mir Mélie ein Briefchen Marcels, zum Dank für das zurückgestellte Portefeuille:

»Danke, Liebe, ich war nicht beunruhigt (das kann man wohl sagen!), wußte ich doch das Portefeuille in Ihren kleinen Händen, die ich zärtlich küsse, diskrete Claudine.«

»Diskrete Claudine.« Ironie? Oder Bitte, zu schweigen?
Papa arbeitet mit Monsieur Maria. Das heißt, er läßt den bedauernswerten jungen Mann sämtliche Bücher auf den Kopf stellen, bis zur Erschöpfung. Zwar hatte er selbst unter kräftigen Flüchen zwölf Regale an die Wand geschraubt, die für die größten Folianten bestimmt waren. Als jedoch Monsieur Maria die Bände einreihen wollte, sanft, ergeben und staubbedeckt, machte er die freudige Entdeckung, daß Papa sich um je einen Zentimeter geirrt hatte, so daß die Bücher nicht aufrecht stehen konnten. Resultat: sämtliche Regale mußten wieder heruntergenommen werden bis auf eines, und wie Sie sich denken können, fehlte es dabei weder an »Gottes Donner!« noch an etlichen Ferkeln. Was mich betrifft, so stand ich auf der Walstatt und bog mich vor Lachen. Monsieur Maria hingegen sagte mit göttlicher Geduld: »Oh, das macht nichts! Wir werden eben den Abstand zwischen den übrigen elf Brettern ein wenig vergrößern.«
Was kam heute, so wahr ich da stehe? Ein wunderschöner Sack Pralinen, samt einem Briefchen des Herrn Onkelvetters: »Meine liebe kleine Freundin, Sie werden kaum etwas dagegen haben, wenn sich Ihr alter Onkel heute durch beiliegenden Sack vertreten läßt. Ich muß acht bis zehn Tage geschäftlich verreisen und hoffe, daß wir nach meiner Rückkehr, wenn es Ihnen recht ist, weitere schlecht gelüftete Vergnügungsstätten gemeinsam durchforschen werden! Nehmen Sie sich Marcels an! Er gewinnt durch den Umgang mit Ihnen – allen Ernstes! Ich küsse onkelhaft Ihre kleinen Hände.«
So? Nun, allen Ernstes – lieber hätt' ich einen Onkel und keine Schokolade. Oder einen Onkel samt Schokolade. Seine Pralinen sind übrigens göttlich. Luce würde sich für die Hälfte verkaufen. Nur so weiter, Fanchette, wenn du lebensmüde bist! Das ge-

schickte Scheusal greift mit seinem Pfotenlöffel tief in den Pralinensack. Dennoch muß sich Franchette mit halben Bonbons bescheiden, denn erst hole ich mir die Creme heraus, mit dem dicken Ende einer funkelnagelneuen Feder.

Schon zwei Tage kein Marcel. Ich schäme mich ein wenig. Tante Wilhelmine so sehr zu vernachlässigen, und mache mich auf den Weg in die Avenue Wagram, mäßig begeistert, aber tipptopp angezogen. Der enge Kostümrock und die blaßblaue Bluse, die meiner Haut einen orangenfarbenen Schimmer verleiht, können sich überall sehen lassen.

Ehe Papa mich in Gnaden entläßt, hält er mir folgende feierliche Ansprache:

»Schärfe meiner Schwester ein, daß ich bis über beide Ohren in Arbeit stecke und keine freie Minute habe! Sonst kommt sie noch auf die Idee, mich in meinen eigenen vier Wänden anzuöden! Und wenn es jemand auf der Straße – *ungeachtet* deines zarten Alters – an Respekt fehlen lassen sollte, so hau ihn über die Birne!«

Bewaffnet mit diesen weisen Ratschlägen, entschlummere ich prompt im ebenso ehrenwerten wie übelriechenden Omnibus Panthéon-Courcelles und erwache erst eine dreiviertel Stunde später, an der Endstation. Teufel! Diese Dummheit passiert mir auch nicht zum erstenmal! Nach längerem Fußmarsch läute ich bei Tante Coeur. Das Stubenmädchen öffnet, betrachtet mißbilligend meine kurzen Haare und teilt mir mit, daß Madame eben ausgegangen sei. Juchhu! Leichtfüßig eile ich die Treppe hinunter, mit einem verächtlichen Seitenblick auf den Aufzug.

Der Park Monceau mit seinen frischen, vom Sprühregen der Gartenspritzen zart überschleierten Rasenflächen lockt mich an wie ein saftiger, leckerer Bissen. Er gefällt mir viel besser als der Luxembourg. Außerdem gibt es hier wenige Kinder. (Wie kann man nur Wiesen glattfegen, als ob es Parkette wären?) Welche Wohltat, grüne Bäume zu sehen! Die warm-feuchte Luft benimmt mir den Atem, macht mich müde und schlaff. Das Pariser Klima ist aber auch unerträglich. Diese Hitze! Freudig lausche ich dem Flüstern der Blätter. O süßes, langentbehrtes Rauschen!

Ich sinke auf eine Bank, werde aber bald wieder vertrieben: ein älterer Herr, dessen Schnurrbart aussieht, als lackiere er ihn täglich mit Hilfe eines Pinsels, setzt sich beharrlich auf meinen Rockzipfel und kann es nicht lassen, mich mit dem Ellbogen zu streifen, wie von ungefähr. Würdevoll steuere ich auf eine andere

Bank zu, nicht ohne ihn vorher als »alten Kracher« bezeichnet zu haben. Ein winziger Telegraphenbote – was hat der hier verloren? –, eifrig damit beschäftigt, mit einem flachen Kiesel Fußball zu spielen, hält inne, mustert mich von oben bis unten und ruft »Häßliche! Häßliche! Verkriech dich in mein Bett!« Einsam ist es hier gerade nicht. Oh, säße ich doch zu dieser Stunde im schattigen Wald von Fredonnes! Erschöpft lasse ich mich auf einen Sessel fallen, lehne das Haupt an einen Baumstamm und nicke ein, vom Rauschen des Wasserstrahls, der leise auf die breiten Rizinusblätter niedertrommelt, in leichten Schlaf gewiegt.

Die Hitze lähmt mich, macht mich schlapp und unzurechnungsfähig. Nicht übel, die kleine Frau, die da vorübergeht – wenn ihre Beine etwas länger wären! Überhaupt scheinen die meisten Pariserinnen den Hintern auf den Fersen zu haben. Wie kommt mein Onkel nur auf die absurde Idee, wegzufahren? Ausgerechnet jetzt, da ich beginne, ihn gernzuhaben? Mein Onkel . . . er hat junge Augen, trotz der beginnenden Krähenfüße, und beim Sprechen eine reizende Art, sich mir zuzuneigen. Sein Schnurrbart zeigt dieselbe kostbare Farbe wie das Haar alternder Blondinen. Er verreist geschäftlich. So? Geschäftlich oder aus anderen Gründen . . . Wie sagte doch Mélie, die Frau mit dem Kennerblick, als ich sie um ihre Meinung befragte:

»Dein Onkel, mein Herzblatt, ist ein schöner Mann. Der kennt sich aus!«

Wahrscheinlich gibt er sich mit Weibern ab, dieser Mann der Pflicht. Das hab' ich schon gern!

Die kleine Frau mit dem gutgeschnittenen Rock – hat einen Gang, einen Gang, den ich kenne. Und diese runde, von zartem, lichtüberglänztem Flaum silbrig umrandete Wange . . . das flüchtige hingetupfte Näschen, die hohen, ein wenig vorstehenden Backenknochen . . .

Ein Stich in der Herzgegend. Mit einem Satz bin ich neben der Kleinen und brülle: »Luce!«

Unglaublich, aber wahr: sie ist's. Schon ihre Feigheit beweist es zur Genüge. Bei meinem Ruf ist sie zurückgefahren, den Ellbogen schützend vor die Augen gelegt. Meine Erregung macht sich in hysterischem Gelächter Luft. Ich packe sie an beiden Armen. Ihr kleines Gesicht mit den schläfenwärts aufgebogenen Mandelaugen errötet bis zu den Ohren, um ebenso jäh wieder zu erblassen, und sie seufzt nach langem Schweigen:

»So ein Glück, daß du's bist!«

Ich halte sie noch immer fest und finde des Staunens kein Ende. Wie habe ich sie überhaupt erkannt? Diese winzige Kleine, die ich nie anders zu Gesicht bekam als in schwarzer Clothschürze, spitzen Holzschuhen oder hohen Schnürstiefeln, deren einzige Kopfbedeckung in einer roten Kapuze, deren Frisur wochentags aus Zöpfen, sonntags aus einem Knoten bestand, diese Luce trägt auf einmal ein schwarzes, weiß abgestepptes Schneiderkostüm, besser geschnitten als meines, ein lachsrosa Seidenblüschen, einen kurzen Bolero und eine rosenbesteckte Roßhaartoque, die bei Gott nicht der »billigen Abteilung« entstammt. Einige falsche Noten bemerke ich erst auf den zweiten Blick: das ungeschickte, zu platte Korsett, die glanzlosen, zu glatten Haare, die allzu engen Handschuhe. Luce hat Handschuhnummer 5½, zwängt sich aber sicher in »Fünfer«.
Wie soll ich mir diese Pracht erklären? Ja, wie?
Kein Zweifel: meine kleine Freundin ist auf einträgliche Abwege geraten.
Dennoch sieht sie entzückend aus, blühend und jung, obwohl sie weder Puder verwendet noch Lippenrot.
Wortlos starren wir einander an, eine gute Weile. Wir müssen überaus lächerlich wirken. Endlich bricht Luce das Schweigen und sagt:
»Oh! Du hast dein Haar abgeschnitten?«
»Ja. Du findest mich wohl häßlich, nicht wahr?«
»Nein«, erwidert sie zärtlich. »Du könntest nicht häßlich sein. Aber du bist gewachsen. Du bist elegant. Du hast mich nicht mehr gern, gelt? Du hast mich schon damals kaum mögen!«
Sie spricht in unverfälschtem fresnischem Akzent und ich lausche entzückt diesem Nachhall aus Montigny, ganz Ohr für ihre sanfte, schleppende Stimme. Seitdem ich sie betrachte, haben ihre grünen Augen an die zehn verschiedene Schattierungen angenommen.
»Als ob es darauf ankäme, kleine Gans! Was treibst du hier? Wie bist du hergekommen? Und wieso bist du so schön, zum Teufel? Dein Hut ist ein Gedicht, aber schieb ihn ein wenig nach vorne! Du bist doch nicht allein? Deine Schwester ist auch hier?«
»Meine Schwester?« sagt Luce mit bösem Lächeln. »Nein, die ist nicht hier, da kannst du Gift drauf nehmen! Ich habe alles liegen und stehen lassen. Eine lange Geschichte! Wenn du willst, erzähl' ich sie dir. Es war wie im Roman, weißt du!«
Ein Unterton unwägbaren Stolzes schwingt in ihrem Worten. Ich sterbe vor Neugier.

»So erzähl doch, Kleines! Ich hab' den ganzen Nachmittag Zeit.«
»Fein. Willst du zu mir kommen, Claudine?«
»Unter einer Bedingung: daß ich dort *niemanden* antreffe.«
»Nein, niemanden. Aber komm, komm schnell. Ich wohne Rue de Courcelles, drei Schritte von hier.«
In meinem Kopf geht es drunter und drüber. Ich folge ihr wortlos und beobachte sie verstohlen. Sie weiß ihren Rock noch nicht richtig zu raffen und geht mit vorgeneigtem Kopf wie jemand, der seinem Hut nicht recht traut. O Luce! Um wieviel rührender, um wieviel menschlicher schienst du mir, als du noch halblange Wollröcke, aufgelöste Zöpfe und grobe Holzschlapfen trugst, aus denen du, wann immer es anging, die feinen Füße herausstrecktest. Nicht, daß du häßlicher geworden wärest, ganz im Gegenteil. Ich stelle fest, daß weder die Frische ihres Teints noch der zweideutige Schimmer ihrer grünen Augen ihre Wirkung auf die Vorübergehenden verfehlen. Luce ist sich ihres Erfolgs bewußt und kokettiert mit sämtlichen Laffen, die uns über den Weg laufen, großzügig und unschuldsvoll. Wie seltsam, mein Gott, wie seltsam! Es ist, als gehe ich durch einen Traum.
»Du schaust meinen Sonnenschirm an?« fragt Luce. »Was sagst du dazu? Der Griff ist aus Kristall! Er hat fünfzig Francs gekostet, Alte, fünfzig Francs!«
»Wen?«
»Wart nur!«
Und Luce versichert mir in bestem Dialekt, daß sie nicht »von hinten anfangen« könne.
Wie schön sind doch diese Redewendungen, besonders als Kontrast zum eleganten Kostüm! Mit einemmal verstehe ich die jähen Heiterkeitsanfälle meines »Neffen« Marcel.
Wir betreten ein funkelnagelneues Haus, das unter der Last blendendweißer Erker und Karyatiden zusammenzubrechen droht, und entschweben in einem geräumigen Glasaufzug, den Luce mit furchtsamem Respekt handhabt.
Zu wem führt sie mich?
Sie läutet im zweiten Stockwerk (hat sie denn keinen eigenen Schlüssel?) und eilt an einem Stubenmädchen vorüber, das aussieht, als hätte es einen Besen verschluckt, und jene lächerliche englische Kammerjungferntracht trägt, die aus einem schwarzen Kleid und einem winzigen weißen Musselinschürzchen besteht. Letzteres erinnert mich an die Tracht gewisser Negerstämme, die

sich lediglich ein Fetzchen Stoff vor den Bauch hängen, an einem dünnen Faden.
Luce reißt eine der Vorzimmertüren auf. Ich folge ihr in einen weißen, mit dunkelgrünen Teppichen ausgelegten Gang. Sie öffnet eine zweite Türe, läßt mich eintreten, zieht sie hinter uns ins Schloß und wirft sich in meine Arme.
»Luce! Willst du Prügel?« Es fällt mir schwer, meine ehemalige Autorität zurückzugewinnen: Luce hält mich fest und gräbt ihr frisches Näschen in meinen Hals, unterhalb des rechten Ohres. Plötzlich hebt sie den Kopf, ohne den Druck ihrer Arme zu lokkern, und sagt mit einem unaussprechlichen Ausdruck seliger Sklaverei: »Oh! Ja! Hau mich ein bißchen!«
Doch ich verspüre keine Lust, sie zu schlagen, zumindest jetzt noch nicht. Wem würde es einfallen, ein Schneiderkostüm zu vierhundert Francs mit Faustschlägen zu traktieren oder dieses hübsche Rosenpaket durch ein Kopfstück plattzudrücken? Ihre kleinen Hände kratzen – das wäre das einzige. Aber sie hat die Handschuhe noch nicht abgelegt.
»Claudine! Du magst mich nicht mehr! Oh!«
»Ich kann dich doch nicht auf Kommando lieben! Zuerst muß ich wissen, mit wem ich es zu tun habe! Diese Bluse ist deinem Rücken schließlich nicht von selbst entsprossen, oder? Und diese Wohnung? ›Wo bin ich? Ist's ein Gaukelspiel?‹, wie die lange Anaïs zu krächzen pflegte.«
»Das ist mein Zimmer«, erklärt Luce salbungsvoll, tritt ein wenig zur Seite und überläßt mich meiner Bewunderung.
Zu protzig, das Zimmer, aber im großen und ganzen nicht dumm, und bestens tapeziert. Weißlackierte Möbel – o Gott! – neben Fauteuils und Paravents, die mit mandelfarbenem, kostbar sein sollendem Samt à la Utrecht bespannt sind, der dem Auge schmeichelt und jedem Teint zum Vorteil gereicht. Das Bett – oh, was für ein Bett! Ich kann mich nicht enthalten, seine Breite nachzumessen, mit ausgestreckten Armen. Ein Meter fünfzig, Madame, nein, mehr, das ist ja ein Bett für drei! Weitere Einzelheiten: cremefarbene Damastvorhänge vor beiden Fenstern, ein dreitüriger Spiegelkasten, ein kleiner, einfältig aussehender Dekkenluster, vor dem Kamin ein riesiges weißgoldenes Sofa mit roter Seidenbespannung – was nicht noch alles?
»Luce! Sind das die Früchte der Schande? Du weißt, welche ich meine! ›Jene trügerischen Früchte, deren Nachgeschmack bitterer Asche gleicht‹, sofern man unserer alten ›Sittlichkeit in Beispielen‹ Glauben schenken darf.«

»Das Beste hast du noch gar nicht gesehen«, sagt Luce, ohne meine Worte zu beachten und öffnet eine der kleinen, mit Stukkaturblumen gezierten Tapetentüren.
»Das Badezimmer.«
»Danke für die Mitteilung! Ich hätte es sonst für Mademoiselle Sergents Privatkapelle gehalten.«
Kacheln, Kacheln, wohin man schaut. Boden, Decke und Wände funkeln in tausendfachem Glanz. Was sehen meine Augen? Eine Wanne für ein Elefantenbaby und zwei kippbare Waschbecken, tief wie die Teiche von Barres. Auf dem Toilettentisch eine helle Schildpattgarnitur von astronomischem Wert. Luce stürzt zu einem bizarren Bänkchen, hebt den gepolsterten Deckel, zeigt auf das längliche Becken und erklärt ohne Umschweife:
»Es ist aus massivem Silber!«
»Pfui Teufel! An den Rändern muß man sich ja die Schenkel abfrieren! Ist vielleicht dein Wappen eingraviert? Du wirst mir jetzt alles erzählen, oder ich gehe.«
»Und das Licht ist elektrisch! Ich hab' immer Angst vor Funken, Unfällen – tödlichen, meine ich – (meine Schwester hat uns in Physik damit genügend fadisiert!) und zünde darum, *wann* ich allein bin, immer eine kleine Petroleumlampe an. Hast du schon meine Hemden gesehen? Ich habe sechs Seidenhemden, die andern sind Empire, mit rosa Bändern und gleichen Höschen –«
»Empire-Höschen? Ich hätte nie gedacht, daß sich jene Zeit durch einen übertriebenen Verbrauch an Höschen ausgezeichnet hätte . . .«
»Die Hemdenmacherin hat gesagt, sie sind Empire . . . Und dann . . .«
Sie wirbelt von einem Kasten zum andern, funkelnden Gesichts, und verwickelt sich in ihren langen Rock. Plötzlich faßt sie ihn mit beiden Händen, hebt ihn hoch, mitsamt einigen knisternden Unterröcken, und flüstert verzückt:
»Claudine! Ich hab' Seidenstrümpfe!«
Tatsächlich. Sie hat Seidenstrümpfe. Reine Seide bis hinauf. Auch ihre Beine erkenne ich wieder, die kleinen Weltwunder.
»Greif nur, wie weich!«
»Danke, ich kann's mir vorstellen. Wenn du aber jetzt nicht bald loslegst, geh' ich fort, das schwöre ich dir!«
»Also gut. Komm, setz dich in den ›Fautöl‹. Ich laß nur den Vorhang herunter, von wegen der Sonne.«
Ihre Redeweise ist unbezahlbar. Die dialektsprechende Luce in

Seidenbluse und elegantem Rock scheint einer Operette entstiegen.
»Trinken wir was? Ich hab' immer zwei Flaschen Kolawein im Badezimmer. Er sagt, das ist gut gegen Blutarmut.«
»Er! Es gibt einen ›Er‹! Endlich! Das Porträt des Verführers! Und etwas plötzlich, wenn ich bitten darf!«
Luce verläßt den Raum und kommt sogleich zurück, eine gerahmte Photographie in der Hand.
»Da«, sagt sie, mit mäßiger Begeisterung.
Abscheulich! Das Bild zeigt einen dicken, etwa sechzigjährigen Mann – vielleicht ist er auch etwas älter –, nahezu kahl, mit stumpfem Gesichtsausdruck, hängenden Doggenwangen und Kalbsaugen. Entsetzt betrachte ich meine kleine Freundin. Sie ist in den Anblick des Teppichs versunken und zeichnet mit der Fußspitze Muster auf den Boden.
»Du wirst jetzt gefälligst auspacken, Alte! Das ist ja noch interessanter, als ich dachte!«
Luce sitzt auf einem Polster zu meinen Füßen – die vorgezogenen Stores tauchen das Zimmer in goldenen Schein – und kreuzt die Hände auf meinen Knien. Ihre neue Frisur gefällt mir nicht. Außerdem sollte sie sich nicht ondulieren . . .
Ich nehme den Strohhut ab und schüttle meine Locken. Luce lächelt zu mir empor:
»Mit deinen kurzen Haaren siehst du aus wie ein Junge, Claudine, wie ein hübscher Junge, das kannst du mir glauben! Oder nein – wenn man dich recht anschaut –, hast du eigentlich ein Mädchengesicht . . . ein hübsches, sehr hübsches Mädchengesicht!«
»Keine Abschweifungen! Schieß los! Von A bis Z! Und schnell, wenn ich bitten darf! Sonst sieht mich Papa schon verloren oder zerschmettert!«
»Also hör zu. Wie du dich endlich entschlossen hast, mir zu schreiben, nach deiner Krankheit, hab' ich keine ruhige Minuten mehr gehabt! ›Sie‹ haben mich behandelt wie den letzten Fetzen! Ich war eine Gans, die Karikatur meiner Schwester, das und jenes, und sie beschimpften mich fortwährend.«
»Noch immer ein Herz und eine Seele, deine Schwester und die Frau Direktor?«
»Mehr denn je. Meine Schwester kehrt nicht einmal mehr ihr Zimmer aus. Mademoiselle hat eine Dienstmagd aufgenommen! Wenn es ihr gerade einfällt, sagt Aimée, sie ist krank, bleibt oben und Mademoiselle muß sie vertreten. Aber es kommt noch bes-

ser: eines Abends habe ich gehört, wie Mademoiselle ihr im Garten eine fürchterliche Szene machte wegen einem neuen Hilfslehrer. Sie war außer sich und schrie: ›Ich bring' dich noch um! So lang wirst du's treiben!‹ Und Aimée hat sich vor Lachen gebogen, sie von der Seite angeschaut und gesagt: ›Das würdest du nie tun! Es täte dir nachher viel zu leid!‹ Drauf ist die andere ganz klein geworden und hat sie angefleht, sie doch nicht mehr zu quälen. Aimée ist ihr um den Hals gefallen, und sie sind zusammen hinaufgegangen. Aber das war das wenigste. Daran war ich gewöhnt. Wenn sie mich nicht wie einen Hund behandelt hätte! Mademoiselle übrigens auch. Das erstemal, wie ich neue Schuhe und Strümpfe verlangt habe, hat sie mich hinausgeschmissen: ›Wenn deine Strümpfe Löcher haben, so stopf sie!‹ hat sie gesagt, jawohl! ›Solange die Beine in Ordnung sind, können die Strümpfe Löcher haben, soviel sie wollen! Das merkt kein Mensch!‹ Mit Kleidern genau dasselbe. Dieses Luder hat sich nicht geniert, mir eine alte Bluse anzuhängen, die unter den Armen ganz durchgeschwitzt war! Was sagst du dazu, Claudine! Ich habe tagelang darüber geweint, so miserabel beisammen zu sein! Viel lieber hätte ich mich prügeln lassen! Einmal habe ich nach Hause geschrieben, aber du weißt ja, meine Leute haben nie einen Groschen. ›Geh zu deiner Schwester!‹ hat mir meine Mutter geantwortet. ›Du kostest uns schon Geld genug! Vorigen Monat ist unsre Sau krepiert, außerdem habe ich für deine kleine Schwester Julie um 15 Francs Medizin kaufen müssen. Du weißt genau, daß bei uns nichts zu holen ist, und wenn du Hunger hast, beiß in deine Faust‹.«

»Weiter!«

»Einmal hab ich versucht, Aimée zu drohen. Aber sie hat mich bloß ausgelacht und gesagt: ›Wenn's dir hier nicht paßt, brauchst du nur heimzufahren! Dann bin ich dich wenigstens los! Zu Hause kannst du dann die Gänse hüten!‹ An diesem Tag hab' ich weder essen noch schlafen können. Am nächsten Tag, nach der Schule, wie ich in den Speisesaal gehe, sehe ich die Türe zu Aimées Zimmer offenstehen und ihre Geldbörse auf dem Kaminsims neben der Pendeluhr (denn sie hat eine Pendeluhr, dieses Biest!). Ich hab' geglaubt, mir bleibt das Herz stehen! Ich pack' das Portemonnaie, weiß aber nicht, wohin damit. Sie hätte mich todsicher durchsucht. Zum Glück hatte ich noch meinen Hut auf. Ich ziehe eine Jacke an, renne aufs Klo, werf' meine Schulschürze hinein – Gott sei Dank treffe ich keine Menschenseele, es waren schon alle beim Essen –, lauf' wie verrückt zum Bahn-

hof und erwische gerade noch im letzten Moment den 11.35-Zug nach Paris. Ich war halbtot.«
Luce hält inne, schöpft Atem und weidet sich am Effekt ihrer Erzählung. Ich bin sprachlos, das muß ich zugeben. Nie hätte ich dieser halben Portion solche Kühnheit zugetraut.
»Weiter, Kleines, weiter! Wieviel war im Portemonnaie?«
»23 Francs. In Paris angelangt, blieben mir genau neun Francs. Natürlich bin ich dritte gefahren. Aber wart nur, die Abfahrt von Montigny war eine Sache! Auf der Bahn kennt mich doch ein jeder! Der alte Racalin fragt: ›Wohin so eilig, kleine Gevatterin?‹ ›Nach Semantran‹, sage ich. ›Mama ist krank, man hat uns telegraphiert, und meine Schwester kann nicht weg.‹ ›Nein, wie traurig!‹ hat er gesagt.«
»Aber was hast du in Paris gemacht?«
»Ich bin ausgestiegen und hab' mich zur Madeleine durchgefragt.«
»Warum?«
»Wirst du gleich sehen. Weil mein Onkel (das ist der am Bild) Rue Tronchet wohnt, zwei Schritte von der Madeleine.«
»Der Bruder deiner Mutter?«
»Nein, ihr Schwager. Er hat in zweiter Ehe eine steinreiche Frau geheiratet. Aber jetzt ist er Witwer. Er verdient noch immer haufenweise Geld und hat von uns armen Schluckern nie was wissen wollen, klarerweise. Ich kannte seine Adresse, weil Mama uns jedes Neujahr gezwungen hat, ihm zu schreiben, alle fünf Geschwister, auf Blümchenpapier! Sie ist nämlich auf sein Geld aus und bildet sich ein, daß sie eines Tages erben wird. Er hat nie geantwortet. Ich bin auch nur zu ihm gegangen, um zu fragen, wo ich schlafen sollte.«
»Wo du schlafen . . . Luce, ich bewundere dich! Du bist tausendmal schlauer als deine Schwester – und als ich!«
»Oh! Schlau? – Ich weiß nicht. Jedenfalls läute ich bei ihm, halbtot vor Hunger. Ich hatte Aimées alte Bluse an und meinen Internatshut. Was finde ich? Eine Wohnung, die noch schöner ist als diese hier, und einen Kammerdiener, der mich anschnauzt: ›Was wünschen Sie?‹ Ich war nahe am Heulen, so schämte ich mich. ›Ich möchte meinen Onkel sprechen‹, sage ich. Weißt du, was er mir zur Antwort gibt, dieser Kerl? ›Monsieur hat mir strengstens verboten, Mitglieder seiner Familie vorzulassen!‹ Ich hab' geglaubt, ich bring' ihn um. Wie ich mich zum Gehen wende, renne ich in einen dicken Herrn, der eben nach Hause kommt. Das war er. ›Wie heißen Sie?‹ ›Luce.‹ ›Hat Ihre Mutter

Sie hergeschickt?‹ ›O nein, ich komme ganz von allein. Meine Schwester hat mich so gequält, daß ich von der Schule durchgebrannt bin –‹ ›Von der Schule? Wie alt bist du denn?‹ Und er nimmt mich beim Arm und führt mich ins Speisezimmer. ›Siebzehn werde ich, in vier Monaten.‹ ›Siebzehn? Man sieht sie Ihnen nicht an, ganz und gar nicht! Was für eine seltsame Geschichte! Setzen Sie sich, liebes Kind, und erzählen Sie mir alles.‹ Ich, natürlich, lasse mir das nicht zweimal sagen und erzähle ihm alles, wie es war, meinen ganzen Jammer mit Mademoiselle und Aimée, die durchlöcherten Strümpfe, die Schuhe, kurzum, alles. Er hört zu, schaut mich an, mit seinen großen blauen Augen, und rückt seinen Sessel näher. Am Ende war ich so müde, daß ich zu weinen anfing. Darauf nimmt er mich auf den Schoß, küßt mich ab und redet mir gut zu. ›Wie häßlich, ein kleines Mädchen so zu kränken! Deine Schwester ist deiner Mutter nachgeraten, dieses Biest! Nein, hat die Kleine aber hübsches Haar! Mit ihren Zöpfen würde man sie für vierzehn halten!‹ Und nach und nach greift er meine Schultern an, faßt mich um die Taille und bei den Hüften, küßt mich in einem fort und schnaubt wie ein Walroß. Mir grauste zwar ein bißchen, aber ich wollte ihn nicht verstimmen, verstehst du?«

»Sehr gut sogar. Was war dann?«

»Dann? Das kann ich dir nicht alles erzählen.«

»Verzeihung, Blümchen Rührmichnichtan. In der Schule warst du nicht halb so prüde!«

»Das war auch ganz was anderes . . . *Vorher* hat er mit mir genachtmahlt. Ich war halbtot vor Hunger. Gott, hab' ich gut gegessen, Claudine! Lauter feine Sachen! Und Champagner hab' ich getrunken, echten Champagner! Nachher wußte ich nicht mehr, was ich sagte. Er war krebsrot im Gesicht, hat sich aber nicht aus dem Konzept bringen lassen, sondern kurz und bündig gesagt: ›Meine kleine Luce, ich lasse dich vorderhand eine Woche bei mir wohnen, verständige deine Mutter – so daß sie den Mund hält – und ich bin bereit, dir eine hübsche kleine Zukunft zu sichern, unter der Bedingung: du tust, was ich will. Du scheinst keine Kostverächterin zu sein und es gern bequem zu haben. Ich auch. Wenn du schon mit Burschen herumgestreunt bist, ist nichts zu machen. Ich habe meine Ansichten, und an denen halte ich fest‹.«

»Und dann?«

»Dann hat er mich in sein Zimmer geführt, in ein schönes, rotes Schlafzimmer.«

»Und dann?« frage ich gierig.
»Dann . . . das hab ich vergessen! Ätsch!«
»Willst du ein Kopfstück, um dich zum Reden zu bringen?«
»Gott«, sagt Luce kopfschüttelnd, »das Ganze ist kein Spaß! Das kannst du mir glauben!«
»Tut es wirklich sehr weh?«
»Und wie! Es war fürchterlich heiß – sein Gesicht so dicht an meinem! – und seine haarigen Beine haben mich gekratzt – und geschnaubt hat er, sag' ich dir, geschnaubt! Schließlich hab' ich so laut geschrien, daß er mir gesagt hat, mit erstickter Stimme: ›Wenn du den Mund hältst, kriegst du morgen eine goldene Uhr.‹ Also hab ich mich bemüht, ruhig zu sein. Aber nachher hab' ich laut geheult, vor Nervosität, weißt du. Und er hat meine Hände geküßt und in einem fort gesagt:
›Schwör mir, daß dich kein anderer kriegen wird! Hab' ich ein Glück! Hab' ich ein Glück!‹
Aber ich war nicht sehr glücklich.«
»Du bist anspruchsvoll.«
»Weißt du, was das Ärgste war? Ich mußte die ganze Zeit an die Affäre in Ossaire denken, du erinnerst dich doch? Wir haben sie heimlich im ›Fresnischen Boten‹ verfolgt! Ich meine Petitrot, den Buchhändler von Ossaire, der eine seiner Angestellten vergewaltigt hat? Solche Erinnerungen kommen einem wirklich zur Unzeit!«
»Keine Literatur! Erzähl weiter!«
»Gott, da gibt's nicht mehr viel zu sagen. Am nächsten Morgen, wie ich den dicken Mann in meinem Bett finde, war ich zuerst ganz weg! Er ist so häßlich, wenn er schläft! Aber er war seither nie richtig grob zu mir, und manchmal haben wir sogar recht gute Augenblicke miteinander . . .«
Luces gesenkte Lider beschatten heuchlerische, wissende Augen. Ich würde die Kleine am liebsten ausfragen, tue es aber nicht. Meine Verlegenheit wäre allzu groß . . . Luce wirft mir einen Blick zu, von meinem Schweigen überrascht.
»Vorwärts, Luce! Weiter!«
»Ach so, ja . . . Zuerst haben mich meine Leute suchen lassen. Aber mein Onkel hat ihnen einen Brief geschickt. ›Mein Kleines, hat er mir gesagt, ›ich hab' deiner Mutter geschrieben, sie soll uns gefälligst in Ruhe lassen, sofern sie hofft, nach meinem Tod einen roten Heller zu bekommen! Was dich betrifft, so mach, was du willst. Du kriegst fünfundzwanzig Louis pro Monat, dein Futter und Geld für die Schneiderin. Schick ihnen was oder laß es blei-

ben – mir ist es egal. Von mir kriegen sie jedenfalls keinen Groschen‹.«
»Na, und? Hast du deinen Leuten Geld geschickt?«
»Ich?«
Ihr Gesicht verzerrt sich zu einer teuflischen Grimasse. »Sollte mir einfallen! Dafür haben sie mich viel zu sehr schikaniert! Von mir aus können sie krepieren, hörst du, krepieren! Vor meinen Augen! Ich würde deshalb keinen Tropfen weniger trinken! Oh, sie haben keine Zeit verloren! Kaum war ich hier, kam auch schon der erste Bettelbrief. Und wie höflich! Weißt du, was ich ihnen geantwortet hab', auf einem großen weißen Bogen? ›Ihr könnt mich . . .‹ Jawohl, das habe ich geschrieben, aber ohne Punkte!«
Sie tanzt auf und ab, entfesselt, glühend vor Bosheit. Kaum traue ich meinen Augen . . .
Das soll das schüchterne, verschreckte Mädchen sein, das ich in der Schule kennenlernte? Die arme Kleine, die von Aimée, der Favoritin, Prügel einstecken mußte? Die verspielte Luce, die mich im Schuppen zu küssen suchte? Ich glaube, ich gehe lieber. Diese junge Dame mit ihrem Onkel ist zu modern für mich. Sie würde ihre Familie tatsächlich krepieren lassen. Daran zweifle ich keinen Augenblick.
»Du würdest sie wirklich . . .«
»Ohne mit der Wimper zu zucken, meine Claudine! Aber das ist noch lange nicht alles! Wenn du wüßtest –«, sie lacht verschmitzt, »– ich bearbeite meinen Onkel, daß er sein Testament abändert, zu ihren Ungunsten! Es ist zum Totlachen!«
In der Tat. Es ist zum Totlachen.
»Du bist also wunschlos glücklich?«
Sie unterbricht ihren Walzer, zieht ein Schmollmündchen und erwidert:
»Wunschlos? Wunschlos? . . . Gott, die Sache hat ihre Haken! Ich muß mich in acht nehmen mit meinem Onkel . . . Er hat eine ganz gewisse Art . . . Manchmal sagt er: ›Wenn du nicht willst, sind wir geschiedene Leute!‹ Dann muß ich nachgeben.«
»Wenn du was nicht willst?«
»Ach, nichts, eine Menge Dinge«, erwidert sie mit großzügiger Gebärde. »Aber dann gibt er mir wieder Geld – ich verstecke es unter einem Stoß Hemden – und, oh, vor allem Bonbons, Bäckereien, kleine Schokoladenvögelchen, und – was das Beste ist – Champagner zum Nachtmahl!«
»Täglich? Du wirst eine rote Nase kriegen, meine Liebe!«

»Glaubst du? Schau mich doch an . . .«
Sie hat recht. Keine Blume ist frischer als ihre Haut, die mich an erstklassige, wasser- und schmutzabstoßende Gewebe erinnert.
»Empfängst du Gäste, gnädige Frau und Freundin? Lädst du zum Diner?«
Ihre Miene verdüstert sich.
»Hast du eine Ahnung! Ausgeschlossen, bei diesem eifersüchtigen Alten! Aber –«, sie dämpft die Stimme und lächelt wie jemand, der sich anschickt, ungeheure Enthüllungen zu machen, »– ich habe meinen Freund wiedergetroffen, Caïn Brunat, erinnerst du dich an ihn? Du hast ihn immer meinen kleinen Flirt genannt! Er studiert an der Kunstakademie! Er ist ein angehender Künstler und wird mein Porträt malen! Wenn du wüßtest, was meinem Onkel oft einfällt!« zwitschert sie weiter, ohne jeglichen Übergang, »manchmal muß ich auf allen vieren durchs Zimmer laufen, und er hinterdrein, auch auf allen vieren, ekelhaft mit seinem dicken Bauch. Dann stürzt er sich auf mich und schreit: ›Ich bin ein wildes Tier! Rette dich! Ich bin der Stier!‹«
»Wie alt ist er?«
»Neunundfünfzig behauptet er. Ich halte ihn für älter.«
Es saust in meinen Ohren. Ich fühle mich wie zerschlagen. Diese Luce ist aber auch zu schmutzig! Man muß sie diese Greuel erzählen sehen! Die zarten Hände ausgestreckt, die schlanke Taille mit rosa Seidenband umwunden, so steht sie da, die hübsche kleine Pensionatsschülerin, ein wenig vorgeneigt, die blaugeäderten Schläfen von weichen Löckchen umspielt.
»Luce, erzähl mir von Montigny, solange du in Schwung bist! Ich weiß überhaupt nichts mehr! Was macht die lange Anaïs?«
»Nichts Besonderes. Lehrerinnenausbildungsanstalt. Sie ›geht‹ mit einer vom dritten Jahrgang –«
»– der anscheinend vor gar nichts graust! Und Marie mit den Hebammenhänden? Erinnerst du dich, Luce, wie sie uns im Sommer gestand, keine Hosen zu tragen? ›Weil sich die Schenkel beim Gehen so schön reiben‹?«
»Klar! Sie ist Verkäuferin, die Arme. Sie hat immer Pech.«
»Jeder kann eben nicht dein Glück haben, kleine Hure!«
»So darfst du mich nicht nennen!« protestiert Luce entrüstet.
»Wie's beliebt, schüchterne Jungfrau: erzählen Sie mir von Dutertre.«
»Ach, der arme Doktor! Er hat mich in letzter Zeit dauernd belästigt.«
»Na und? Warum auch nicht?«

»Weil ihm meine Schwester und Mademoiselle ganz schön ihre Meinung gesagt haben. Und Aimée hat mir gedroht: Wenn dir das passiert, kratz' ich dir die Augen aus! Er hat Scherereien mit seiner Politik.«
»Um so besser! Was für Scherereien?«
»Paß auf: in einer der letzten Gemeinderatssitzungen hat man ihn angepöbelt, und zwar wegen der Bahnstation von Moustier. Er wollte sie zwei Kilometer außerhalb des Orts anlegen lassen, um Monsieur Corne einen Gefallen zu tun, du weißt ja, dem das schöne Schloß an der Straße gehört – weil er ihm dafür einen Haufen Geld versprochen hat.«
»So eine Frechheit!«
»Dutertre hat versucht, die Sache als vernünftig hinzustellen. Aber die andern sind ihm nicht auf den Leim gegangen. Und schließlich steht Doktor Fruitier auf, der lange, halbverrückte Alte, und beschimpft Dutertre, was das Zeug hält. Der schreit zurück, so laut er kann, Frechheiten, natürlich, worauf ihm Fruitier eine schmiert, vor allen Gemeinderäten!«
»Hahaha! Ich sehe ihn vor mir, den alten Fruitier! Seine weiße knochige Hand muß ganz schön geknallt haben ...«
»Das garantiere ich dir! Dutertre hat sich die Wange gerieben, herumgefuchtelt und wütend geschrien: ›Ich werde Ihnen meine Zeugen schicken!‹ Darauf Fruitier, sehr ruhig: ›Man schlägt sich nicht mit einem Dutertre. Warum, würde ich in den hiesigen Zeitungen nur ungern verbreiten. Aber wenn Sie mich dazu zwingen ...‹ Du kannst dir den Skandal nicht vorstellen! Die ganze Gegend ist kopfgestanden!«
»Kein Wunder! Mademoiselle ist wohl krank geworden?«
»Sie wäre vor Wut gestorben, aber meine Schwester hat sie getröstet! Aber geschimpft hat sie, sag' ich dir, geschimpft! ›Dreckiges Räuber- und Diebsnest‹, undsoweiter ... Du weißt ja, sie ist nicht aus Montigny.«
»Und Dutertre? Zeigt man jetzt mit dem Finger auf ihn?«
»Wo denkst du hin! Zwei Tage später war alles vergessen. Er hat nichts von seinem Ansehen eingebüßt! Der beste Beweis: bei einer anderen Sitzung ist die Rede auf die Schule gekommen. Es hieß, sie würde nicht ordentlich geleitet, undsoweiter. Mademoiselles Affäre mit Aimée hat sich nämlich herumgesprochen, mußt du wissen. Sicher haben ein paar Große geplaudert ... Kurz und gut, einer der Gemeinderäte beantragte die Versetzung von Mademoiselle Sergent. Worauf der gute Dutertre aufspringt und erklärt: ›Jeglichen Angriff auf die Frau Direktor betrachte ich als

persönliche Beleidigung.‹ Sonst nichts. Das genügte: die meisten sind ihm irgendwie verpflichtet, verstehst du, und die Sprache kam auf andere Dinge.«
»Ich weiß. Er hat die Leute in der Hand: er weiß zu viele Schweinereien über sie.«
»Trotzdem haben sich seine Gegner auf die Angelegenheit gestürzt, und am darauffolgenden Sonntag hat sogar der Pfarrer davon gesprochen, in der Predigt!«
»Was?? Der alte Abbé Millet? Auf der Kanzel? In Montigny muß ja der Teufel los sein!«
»Ja, ja! ›Schmach!‹ hat er geschrien, der Pfarrer, ›Schmach und Schande über den elenden Anschauungsunterricht in euren gottlosen Schulen!‹ Natürlich hat jeder kapiert, daß er von meiner Schwester spricht und von der Frau Direktor! Jö, haben wir gelacht!«
»Weiter, Luce, weiter! Du verjüngst mich!«
»Gott, sonst weiß ich nichts mehr. Liline hat vorigen Monat Zwillinge bekommen. Der junge Hémier ist aus Tonking zurückgekommen, wo er sich eine schöne Stelle erarbeitet hat. Er wurde mit allen Ehren empfangen, und die Gemeinde hat sogar Wein gespendet! Adèle Tricotot hält bei ihrem vierten Mann und Gabrielle Sandré, die mit dem Kindergebiß, wird nächstens in Paris heiraten. Léonie Mercant ist Hilfslehrerin in Paris, die mit der feinen Haut. Du erinnerst dich doch an sie, Claudine? Wir haben sie immer absichtlich zum Erröten gebracht. Alle kommen nach Paris, alle! Es wird schon eine Manie!«
»Eine Manie, die mich noch nicht erfaßt hat«, seufze ich. »Ich sehne mich nach Montigny zurück . . . Obwohl jetzt schon weniger, weil ich mich langsam in jemanden . . .«
Ich beiße mir in die Lippen. Habe ich schon zuviel gesagt? Nein. Luce war nie besonders scharfsinnig. Schon spricht sie weiter:
»Du sehnst dich zurück? Dann geht's dir nicht so wie mir! Manchmal träume ich in diesem großen Bett, daß ich in Montigny bin, daß mich meine Schwester mit Dezimalbrüchen, vierblättrigen Haarblütlern oder den Goldvorkommnissen in Spanien schikaniert. Dann wache ich auf und gratuliere mir dazu, hier zu sein –«
»Neben deinem guten Onkel, der schnarcht.«
»Er schnarcht wirklich. Woher weißt du das?«
»Luce, du bist entwaffnend! Erzähl weiter: was tut sich sonst noch in der Schule? Ich hab' schon so lange nichts mehr gehört!

Denkst du noch manchmal an die gemeine Anaïs? Oder an die Streiche, die wir der armen Marie Belhomme spielten?«
»Anaïs ist in der Lehrerinnenbildungsanstalt, das hab' ich dir schon gesagt. Der richtige Wolf im Schafspelz! Sie und ihr dritter Jahrgang – ›er‹ heißt Charretier – sind Aimée und Mademoiselle, in Grün. Du weißt ja, in der Anstalt bestehen die Schlafsäle aus zwei Reihen offener Kabinen. Dazwischen liegt ein Gang für die Aufsichtsperson. Und ob du's glaubst oder nicht – Anaïs bringt es fast jede Nacht fertig, zur Charretier zu schleichen, und ist noch nicht ein einziges Mal erwischt worden! Aber das wird noch ein schlechtes Ende nehmen! Wenigstens hoff' ich's.«
»Woher weißt du das?«
»Ein Mädel aus Semantran, wo ich her bin, ist gleichzeitig mit Anaïs eingetreten. Angeblich schaut die lange Latte aus wie ein Skelett und findet keine Uniformkragen, die eng genug sind! Denk nur, meine Claudine, dort wird um fünf Uhr aufgestanden! Da führ' ich doch ein anderes Leben! Bis zehn oder elf liege ich in meinem Bettchen und stehe erst auf, wenn ich meine Frühstücksschokolade getrunken habe! Verstehst du«, fügt sie mit der wichtigen Miene der klugen Bürgersfrau hinzu, »das hilft einem über so manches hinweg!«
Ich höre kaum zu. Meine Gedanken sind in Montigny. Luce kauert zu meinen Füßen wie ein Hündchen.
»Luce, welche Stilübung haben wir bis zum nächstenmal auf?«
»Bis zum nächstenmal?« wiederholt sie lachend. »Einen ›Brief an ein gleichaltriges Mädchen, um es in seinem Vorsatz zu bestärken, den Lehrberuf zu ergreifen‹.«
»Aber nein, Luce, du irrst dich! ›Blickt hinunter, nicht hinauf, und ihr werdet glücklich sein!‹ Das ist das Thema!«
»Aber wo! ›Die Undankbarkeit.‹ Jetzt weiß ich's! ›Erhärten Sie Ihre Beobachtungen durch eine selbsterdachte Anekdote‹.«
»Ist deine Karte fertig?«
»Noch nicht, Alte, ich bin noch nicht dazugekommen, sie zu schraffieren! Da wird's was setzen, denk nur: das Gebirge ohne Konturen, die adriatische Küste erst halbfertig . . .«
Ich trällere: »Wir segeln auf der Adria . . .«
»Mit allen unsern Netzen«, fährt Luce fort. Darauf beide zusammen, zweistimmig: »Legt an, legt an, und seht den reichen Fang!« Und schon singen wir aus voller Kehle:

»Schnell an Bord! Die Brandung dräut!
Laßt uns länger nicht verweilen!

Unser Kahn, am Strand vertäut,
zerrt schon schwankend an den Seilen.
Kommt, ihr Mädchen, kommt geschwind,
bringt die Netze, bringt die Angeln!
Morgen wird's, trotz Sturm und Wind,
uns gewiß an Fisch nicht mangeln!«

»Erinnerst du dich, Luce? Bei dieser Stelle sang Marie Belhomme regelmäßig eine Terz zu tief, und kein Mensch wußte, warum. Zehn Tage vorher begann sie schon zu zittern, aber es war hoffnungslos! Refrain!«

»Die Nacht, mild und lang,
verheißt guten Fang.
Über blaue Tiefe
gleiten unsre Schiffe.«

»Achtung, Luce, jetzt kommt die Rückkehr der Fischer!«

»Flundern, Schleien, Kabeljau,
Aale, schlank und silbergrau,
Fisch an Fisch im Netz sich drängt,
reich hat uns die See beschenkt!«

Unsere Ausgelassenheit kennt keine Grenzen, wir singen aus Leibeskräften, klopfen den Takt und überspringen keine einzige Strophe dieser haarsträubenden Romanze. Dann brechen wir in Gelächter aus wie zwei Kinder, die wir noch sind. Dennoch kann ich mich beim Auffrischen dieser alten Erinnerungen einer gewissen Schwermut nicht erwehren. Nicht so Luce. Außer Rand und Band, hüpft sie auf einem Bein, stößt Freudenschreie aus und betrachtet sich dabei wohlgefällig in ihrem dreitürigen Spiegelschrank . . .

»Luce, sehnst du dich nie nach der Schule zurück?«

»Nach der Schule? Bist du verrückt? Wenn ich bei Tisch daran denke, verlange ich ein zweites Glas Champagner und esse Eiscreme, bis ich Bauchweh bekomme! Als Belohnung für die Schulzeit, verstehst du, und um die verlorene Zeit wettzumachen! Und dabei bin ich die Schule noch immer nicht endgültig los!«

Ich folge ihrer mißmutigen Gebärde und bemerke eine kleine tintenbekleckerte Schulbank – sie könnte aus Montigny stammen, mein Wort darauf! –, halbverdeckt von einem zweiteiligen Paravent aus lackiertem, seidenbespanntem Holz. Ich stürze hin,

öffne das Pult und finde ein Dutzend Schulhefte, vollgemalt mit Luces gefälliger Handschrift.
»Deine alten Schulhefte, Luce? Wozu?«
»Leider nicht meine alten. Meine neuen! Und wenn du im Badezimmer nachschaust, wirst du meine große schwarze Schulschürze finden!«
»Was soll das heißen?«
»Daß mein Onkel die verrückte Idee hat – du kannst dir nicht vorstellen, meine Claudine«, jammert Luce und streckt die Arme klagend zum Himmel, »wie er mich manchmal schikaniert! Ich muß mir Zöpfe flechten, den alten Kittel anziehen, mich an dieses Pult setzen, und dann diktiert er mir eine Rechenaufgabe oder ein Aufsatzthema . . .«
»Nein!«
»O doch! Und nicht zum Spaß! Dann läßt er mich rechnen, schreiben, schwitzen – es ist zum aus der Haut fahren! Das erstemal hab' ich nicht wollen. Da ist er wütend geworden und hat in einem fort gesagt, mit funkelnden Augen und einer ganz seltsamen Stimme: ›Du verdienst Züchtigung, und sollst gezüchtigt werden!‹ Da hab ich es mit der Angst zu tun bekommen und mich an die Arbeit gemacht.«
»Deine Fortschritte interessieren ihn also?«
»Gott, es amüsiert ihn, bringt ihn in . . . Stimmung. Er erinnert mich an Dutertre. Der las auch immer unsere französischen Aufsätze und steckte uns dabei die Finger in den Halsausschnitt . . . Nur war Dutertre viel hübscher als mein Onkel, viel, viel hübscher, das muß ich schon sagen . . .«
Und die arme Luce, Schülerin auf Lebenszeit, seufzt kummervoll und tief.
Ich weiß mich nicht zu fassen. Dieses Pseudoschulkind im schwarzen Arbeitskittel dieses alten Magisters, der es über Dezimalbrüche ausfragt . . .
»Gestern, zum Beispiel«, fährt Luce fort, und ihr Gesicht verdüstert sich mehr und mehr, »hat er mich angefaucht wie Aimée in Montigny, weil ich ein paar englische Geschichtsdaten durcheinandergebracht habe. Was sagst du dazu, meine Claudine? Mir ist die Geduld gerissen und ich hab' geschrien: ›Englische Geschichte ist schon Oberstufe! Außerdem hängt mir das alles zum Hals heraus!‹ Mein Onkel hat mit keiner Wimper gezuckt, das Buch zugemacht und gesagt: ›Wenn die Schülerin Luce ihr Schmuckstück haben will, muß sie mir die Pulververschwörung aufsagen, und zwar fehlerlos!‹«

»Na, und? Hast du sie fehlerlos aufgesagt?«
»Klar! Die Brosche war es wert! Schau her: echte Topase! Und die Augen der kleinen Schlange sind aus Diamanten!«
»Das ist ja ein hochmoralisches Verfahren, Luce! Wenn du so weitermachst, kannst du noch zur Matura antreten!«
»Wart nur!« sagt sie wütend und ballt die kleine Faust, »das wird mir meine Familie büßen! Außerdem räche ich mich hinterher an meinem Onkel: ich laß ihn fasten! Vorigen Monat war ich vierzehn Tage arbeitsunfähig, Hahaha! Geschieht ihm ganz recht!«
»Dein Onkel muß ein Gesicht gemacht haben!«
»Gesicht? Du bist gut!« kichert Luce, wirft sich in ihren Fauteuil zurück und zeigt zwei Reihen kurzer weißer Zähnchen. Genau so lachte sie seinerzeit in der Schule, wenn Anaïs einen besonders derben Witz oder irgendeine Gemeinheit zum besten gab. Ich vermag ihre Heiterkeit nicht zu teilen, bin befremdet und schokkiert. Der fette Mann, auf dessen Kosten sie sich unterhält, scheint mir in diesem Kokottenluxus allzu nahe.
Sieh da! Das reizende Fältchen am Halsansatz bemerke ich zum erstenmal.
»Luce, du wirst dick!«
»Findest du? Ich glaube auch.« Sie kommt näher, kokett und schmeichlerisch. »Schon in Montigny war ich nie dunkel, aber jetzt bin ich noch weißer! Wenn ich nur richtige Brüste hätte! Aber mein Onkel ist mehr für platt. Jedenfalls sind sie runder als bei unseren Busenkonkurrenzen im Wald, erinnerst du dich, Claudine? Willst du sie sehen?«
Sie steht dicht vor mir, zärtlich und erregt, und öffnet behenden Griffs ihr Blüschen, dessen lachsrosa Tönung dem zarten, perlmutterfarbenen Brustansatz einen bläulichen Schimmer verleiht. Das spitzenbesetzte Hemd (Empire, wohlgemerkt!) ist mit rosa Bändern durchzogen.
Luces schwarzbewimperte Meeraugen blicken seltsam, lockend und gewährend.
»Claudine . . .«
»Was ist?«
»Nichts . . . ich bin so froh, dich wiederzusehen! Du bist noch hübscher als in Montigny – aber noch häßlicher zu deiner Luce!«
Ihre Arme umschlingen meinen Hals. Gott, hab' ich Kopfweh!
»Welches Parfum verwendest du?«
»Chypre. Was, ich riech' gut? Oh, küß mich doch! Du hast mich

erst ein einziges Mal geküßt . . . Du wolltest wissen, ob ich mich nicht nach der Schule zurücksehne? Doch, Claudine, ich sehne mich zurück, nach dem kleinen Schuppen, wo wir um halb acht Uhr früh Holz kleingemacht haben, wo ich dich küßte, wo du mich geprügelt hast! Wie viele Hiebe hab' ich von dir einstecken müssen, du Garstige! Aber sag, findest du mich nicht hübscher als damals? Ich bade jeden Morgen, wasch' mich mindestens ebensooft wie deine Fanchette! Oh, bleib noch, bleib! Ich tu alles, was du willst! Und dann –«, sie flüstert nahe an meinem Ohr, »weiß ich jetzt so viele Dinge –«

»Nein!«

Die Schmeichelkatze spricht noch, als ich sie an den Schultern zurückstoße, so brutal, daß sie gegen den schönen dreiteiligen Kasten taumelt und sich den Kopf anschlägt. Sie bleibt stehen, reibt sich die Stirne und blickt mich fragend an, ungewiß, ob sie weinen solle oder nicht. Ich gehe auf sie zu und versetze ihr eine schallende Ohrfeige, worauf sie in Tränen ausbricht, hochroten Gesichts.

»Was hab' ich dir denn getan?«

»Glaubst du, ich begnüge mich mit den Resten eines Alten?«

Blindlings setze ich meinen Strohhut auf, renne mir dabei die Hutnadel in den Kopf, werfe die Kostümjacke über den Arm, gehe zur Türe und bin im Vorzimmer, noch ehe Luce weiß, wie ihr geschieht. Halb von Sinnen, sucht sie mich zurückzuhalten.

»Du bist verrückt, Claudine!«

»Ganz und gar nicht, meine Liebe! Ich bin zu altmodisch für dich, das ist alles! Wir zwei – das würde nicht klappen! Mein Kompliment dem Herrn Onkel!«

Und ich eile die Stiege hinunter, schnell, nur schnell, um Luces Tränen zu entfliehen, ihrer offenen Bluse, ihrem weißen Brustansatz. Die Kleine weint laut, beugt sich über das Geländer und ruft mir nach:

»Komm wieder, meine Claudine! Komm wieder!«

Im Freien angelangt, fühle ich dumpfe Kopfschmerzen und jene seltsame Betäubung, die stumpfsinnigen Träumen folgt. Schon sechs Uhr! Die staubträchtige Luft der schmutzigsten aller Städte dünkt mich heute abend wohltuend und lind. Welch ein Erlebnis!

Ach, gäbe es doch ein Erwachen! Käme doch eine kleine Luce in plumpen Holzschuhen, mit widerspenstigem, unter roter

Kapuze fürwitzig hervorguckendem Haar, und sagte mit kindlichem Lachen:
»Wie dumm von dir, meine Claudine, solches Zeug zu träumen!«
Doch ich erwache nicht. Das ist es eben. Ich sehe nur die andere Luce vor mir, die aufgelöste, in Tränen gebadete. Zugegeben, sie ist weitaus hübscher als die Luce meiner Schulzeit, aber um wieviel weniger rührend! Noch höre ich, wie sie mich zurückruft, angstvoll und beschwörend in ihrem armen, durchschluchzten Dialekt.
Wenn ich es so recht bedenke – warum habe ich die Kleine eigentlich abgeschüttelt, als sie ihre wohlgeformten Arme um meinen Hals schlang? Ich bin wohl sehr spröde geworden in letzter Zeit, oder sehr tugendhaft, um die Wahrheit zu sagen! Schließlich ist es weder das erste Mal, daß mich die unverbesserliche Luce zu versuchen trachtet, noch, daß ich sie prügle. Aber eine Woge der Gefühle hat mich überrannt – Eifersucht, Zorn, Empörung darüber, daß diese Luce, die mich liebte, mich auf ihre Art noch immer anbetet, sich frischfröhlich einem alten Herrn in die Beine geworfen hat (nein, diese Augen eines halbgaren Kalbs?) – und Ekel. Jawohl, Ekel. Ich tue zwar so, als wäre mir nichts Menschliches fremd, schreie über alle Dächer: »Mir kann man nichts vormachen! Mir nicht! Ich lese alles! Ich verstehe alles! Obwohl ich erst siebzehn Jahre alt bin!« – doch es genügt, daß mich ein Herr in den Hintern zwickt, daß meine kleine Freundin tut, was ich zu lesen pflege, und schon bin ich entsetzt, schon schwinge ich den Regenschirm, schon fliehe ich das Laster mit theatralischer Gebärde. Claudine, Claudine! Im Grunde genommen bist du nichts als ein ganz gewöhnliches, anständiges Mädchen! Marcel würde sich totlachen, wüßte er das!
Mein Autobus schwankt einher, friedlich und vertrauenerwekkend. Hopp! Frisch aufgesprungen! Anhalten zu lassen, ist unter meiner Würde. Ein Sprung auf eine Omnibusplattform in vollem Galopp tröstet über so manches hinweg.
Hoffentlich wandelt Papa nicht ausgerechnet heute in der rauhen Wirklichkeit! Dann könnte er meine Abwesenheit ein wenig lang finden. Doch lügen, ihm erzählen, ich hätte den Nachmittag bei Tante Coeur verbracht – nein, das werde ich nicht.
Meine Besorgnis ist unbegründet. Papa schwebt in höheren Regionen. Bei meinem Eintritt wirft er mir einen wilden Blick zu, halbverdeckt von seinem Bart und unzähligen Papieren. Monsieur Maria schreibt lautlos an einem Tischchen, bemerkt mich

und zieht heimlich die Uhr. Er macht sich Sorgen um mich, er!
»Da bist du ja!« ruft Papa mit edler Entrüstung. »Und deine Familienpflichten? Seit einer guten Stunde bist du fort!«
Monsieur Maria betrachtet Papa mit schmerzlicher Miene. Er weiß genau, daß ich um zwei fortgegangen bin. Jetzt ist es halb sieben.
»Monsieur Maria, Sie haben Hasenaugen! Fassen Sie das nicht falsch auf, um Gottes willen! Die Hasen haben sehr schöne Augen, schwarz und feucht. Papa, ich habe Tante Coeur nicht angetroffen. Sie war ausgegangen. Dafür bin ich einer kleinen Freundin aus Montigny begegnet. Luce! Du erinnerst dich doch an Luce? Sie wohnt Rue de Courcelles.«
»Luce, natürlich! Deine Kommunionsschwester, die bald heiraten wird.«
»So ungefähr. Natürlich haben wir uns verplaudert.«
»Wirst du sie jetzt öfter besuchen?«
»Nein. Ihre Wohnung gefällt mir nicht.«
»Wie ist ihr Mann? Widerlich nehme ich an?«
»Keine Ahnung. Ich habe nur seine Photographie gesehen.«

Seit zwei Tagen bin ich nicht mehr ausgegangen, sondern in meinem Zimmer geblieben oder im Bücherwinkel, hinter halbgeschlossenen Fensterläden, die noch immer zuviel Licht, zuviel Hitze hereinlassen. Dieser drohende Sommer macht mir Angst. Ich weiß nicht, wohin. Sollte ich wieder krank werden?
Ich lausche den Gewittern und atme nachher die feuchte, elektrizitätsgeladene Luft in vollen Zügen. Ich kann machen, was ich will, mich anlügen, so frech ich mag – die Sache mit Luce hat mich mehr Nervenkraft gekostet, als ich wahrhaben will.
Zu allem Überfluß spricht Mélie, die seit langem darauf verzichtet hat, mich zu verstehen, von Montigny – ausgerechnet von Montigny! – und macht damit nur alles schlimmer. Sie hat die neuesten Lokalnachrichten bekommen.
»Die kleine Koenet hat entbunden.«
»Ah? Wie alt ist sie?«
»Dreizehneinhalb. Ein hübscher Bub, angeblich. Und der Nußbaum trägt heuer sehr gut!«
»Sei still, Mélie, ich werde sie nicht essen!«
»So schöne Nüsse, gelt?«
»Was gibt's noch?«
»Der große Rosenstrauch ist hin (dem neuen Mieter sein Diener

hat's mir geschrieben). Raupen. Sie bringen alle um. Müssen die blöd sein!«
»Was sollen sie denn damit machen? Marmelade?«
»Aber wo! Man nimmt einfach eine Raupe, trägt sie in einen andern Garten, nach Moustier, zum Beispiel, und alle andern rennen ihr nach.«
»Ein geniales Mittel! Warum hast du's nicht längst patentieren lassen, Mélie? Deine Erfindung?«
»Woher.« Mélie steckt eine verblichene blonde Haarsträhne unter ihre Haube zurück. »Das kennt ein jeder!«
Und sie geht, mit einem Seitenblick zärtlicher Verachtung.
Heiß ist es in diesem vermaledeiten Paris, heiß, nicht auszuhalten! Es darf nicht heiß sein! Ich will es nicht! Hier herrscht nicht die wohlige, von frischen Winden durchfächelte Hitze Montignys, die man mühelos zu atmen vermochte, sondern eine Schwüle, die mich jeder Kraft beraubt.
So manchen Nachmittag verbringe ich in meinem Zimmer, auf dem Bett ausgestreckt, und vieles, allzu vieles geht mir durch den Sinn: Marcel, der mich vernachlässigt, mein Onkel, der seinen Weibern nachrennt ... er hat mich enttäuscht. Warum war er so gut zu mir, so mitteilsam, ja fast zärtlich? Nur, um mich gleich darauf zu vergessen? Es hätte nur mehr weniger Tage, weniger Worte bedurft, und wir wären einander nahgekommen, oft zusammen ausgegangen. Mit ihm hätte ich selbst Paris gern kennengelernt. Oh, ich grolle diesem bösen, anziehenden Menschen, dem eine Claudine als Freundin wohl nicht genügt.
Die Maiglöckchen auf dem Kaminsims berauschen und betäuben mich. Was habe ich nur? Sehnsucht nach Luce, ja, aber nicht nur das. Mein Herz ist schwer von Heimweh und ich erinnere mich selbst an jenen lächerlich sentimentalen Kupferstich, der in Mademoiselles Bürosalon hing: »Mignon, sich nach ihrer Heimat sehnend.« Ich, die ich mich von so vielen Dingen geheilt, über so viele erhaben dünkte! Meine Gedanken schweifen nach Montigny zurück. Oh, was möchte ich nicht alles! Einen Arm voller hoher, taufrischer Halme an mich drücken, auf einem sonnendurchglühten Mäuerchen vor Erschöpfung einschlafen, aus Kressenblättern trinken, auf denen das Regenwasser in Quecksilberperlen rollt, am Bachrand Vergißmeinnicht pflücken, nur um des Vergnügens willen, sie dann auf einen Tisch dahinwelken zu sehen, säuberlich geschälten Weidenzweigen den süßen, klebrigen Saft aussaugen, auf Grashalmen flöten, Meiseneier stehlen, die duftenden Blätter wilder Johannisbeersträucher

streifen – und all das küssen! Oh, ich möchte einen schönen Baum küssen, einen Baum, der es mir zurückgäbe . . .! Gehen Sie spazieren, Claudine! Machen Sie Bewegung!
Ich kann nicht, ich will nicht, ich mag nicht! Viel lieber fiebere ich in meinen vier Wänden. Bilden Sie sich am Ende ein, Ihre Pariser Straßen riechen gut, bei dieser Hitze? Und wem soll ich mein Leid klagen? Marcel? Er würde mich zum Trost in die großen Kaufhäuser führen. Seinem Vater? Der verstünde mich besser . . . Aber ich würde es kaum wagen, mich rückhaltlos anzuvertrauen. Seine dunkelblauen Augen, diese schönen, unbequemen, vertrauenerweckenden Augen mit den dunklen, zerknitterten Lidern scheinen so vieles zu erraten; doch kaum sagt ihr Blick: »Sie dürfen mir alles erzählen«, beunruhigt mich das plötzliche Aufblitzen eines Lächelns unter dem silbrig schimmernden Schnurrbart. Und Papa? Papa arbeitet mit Monsieur Maria. (Schwitzen Sie nicht unter Ihrem Bart, Monsieur Maria? Bei dieser Hitze! Was machen Sie des Nachts? Flechten Sie ihn zu Zöpfchen?)
Schön schaust du aus, Claudine! Wenn ich an voriges Jahr denke . . . Dahin ist die unschuldige Freude am Herumtollen, am Klettern, dahin der Ehrgeiz, es Fanchette gleichzutun . . . Aber auch Fanchette hat das Tanzen aufgegeben. Ihr Bauch ist schon zu schwer. Mich schmerzt der Kopf. Bauch habe ich Gott sei Dank keinen.
Ich lese, lese, lese. Alles, was mir unter die Finger kommt. Es ist meine einzige Beschäftigung, das einzige Mittel, mir selbst und meiner Umgebung zu entfliehen. Ich habe keine Aufgaben mehr zu machen. Niemand verlangt von mir, in wohlgedrechselten Aufsätzen zu erläutern (mindestens zweimal im Jahr), warum Müßiggang aller Laster Anfang ist. Dafür lerne ich aus erster Hand, wie er deren einige verursacht.
Ich habe Tante Wilhelmine besucht, an ihrem Jour.
Der Omnibus fährt an Luces Wohnung vorüber . . . ich fürchtete, ihr zu begegnen. Sie würde vor einer Szene in aller Öffentlichkeit nicht zurückschrecken. Das fehlte mir gerade noch! Meinen Nerven ist ohnedies nicht zu trauen.
Eigentlich hatte Tante Wilhelmine ihren Jour abgesagt: sie leidet furchtbar unter der Hitze. Um so erstaunter war sie, mich zu sehen.
»Tante, mir geht's nicht gut«, sagte ich ohne Umschweife. »Ich möchte nach Montigny zurück. Paris macht mich fertig.«
»Mein liebes Kind, Sie sehen wirklich schlecht aus. Ihre Augen

glänzen fiebrig. Warum besuchen Sie mich nicht öfter? Von Ihrem Vater spreche ich nicht, er ist unheilbar.«
»Ich komme deshalb nicht öfter, weil ich schlecht gelaunt und reizbar bin. Ich würde Ihnen Kummer machen! Ich bin es sehr wohl imstande!«
»Ja, das Heimweh, nicht wahr? Eine richtige Krankheit! Wenn wenigstens Marcel hier wäre! Aber der kleine Heimlichtuer hat Ihnen wahrscheinlich nicht erzählt, daß er den heutigen Tag auf dem Land verbringt?«
»Recht hat er! Da sieht er wenigstens etwas Grünes! Aber Sie lassen ihn allein fort, Tante? Beunruhigt Sie das nicht?«
»O nein!« erwidert sie mit ihrem sanften, eintönigen Lächeln, »er ist nicht allein. Sein Freund Charlie hat ihn mitgenommen.«
»Ja, dann!« sage ich und erhebe mich plötzlich. »Dann ist er in guten Händen.«
Kein Zweifel, diese alte Dame ist ein wenig dumm. Auch an ihrer Brust werde ich mich nicht ausweinen. Behalten wir sie also weiter bei uns, diese Seufzer, diese »Klagen eines entwurzelten Baumes«. Ich zapple vor Urgeduld. Tante Wilhelmine hält mich zurück, leicht besorgt.
»Wie wär's, wenn Sie mit meinem Hausarzt sprächen, liebes Kind, einem scharfsinnigen alten Doktor, der mein ganzes Vertrauen besitzt?«
»Danke, nein. Er würde mir raten, mich zu zerstreuen, Besuche zu machen und gleichaltrige Freundinnen zu suchen . . . Freundinnen! Sie sind unwürdig!«
Nein, diese schmierige Luce . . .
»Adieu, Tante! Wenn Marcel mich besuchen kann, soll es mich freuen.«
Und ich füge hinzu, um meine Ungezogenheit ein wenig zu mildern:
»Er ist meine einzige gleichaltrige Freundin!«
Diesmal läßt mich Tante Coeur widerspruchslos ziehen. Sicher störe ich die Ruhe dieser blinden, zärtlichen Großmutter. Marcel ist viel leichter zu erziehen!
So, so! Sie schwärmen also hinaus, die beiden hübschen Jungen, suchen die Frische unter den Bäumen! Die Natur stimmt sie zärtlich und der Widerschein des leuchtenden Grüns läßt ihre Wangen rosiger, Marcels blaue Augen aquamarinfarben erscheinen, erhellt die schwarzen Augen seines Herzensfreundes . . . Gott, wär' das lustig, wenn sie sich erwischen ließen! Aber nein, sie sind gerieben, sie tun das nicht zum erstenmal, sie werden sich

nicht erwischen lassen. Ich sehe sie nach Paris zurückkommen, mit dem Abendzug, Arm in Arm, ernst und schwermütig. Sicher trennen sie sich mit sprechenden Blicken. Und ich? Ich werde sein wie jetzt – allein – allein –

Pfui über dich, Claudine! Schluß mit den Jeremiaden, mit der fixen Idee des Alleinseins, der panischen Angst vor der Einsamkeit!

Allein, ganz allein! Claire heiratet – ich bleibe allein.

Gott, meine Teure – du wolltest es ja! Bleib allein, samt deiner Tugend!

Ja, ich bin ein armes, trauriges, kleines Mädchen, das sich abends an den weichen Pelz Fanchettes flüchtet, um dort seine heißen Lippen, seine dunkel umschatteten Augen zu verbergen. Aber ich schwöre Ihnen – mein Zustand ist nicht die banale Nervosität eines Mädchens, das einen Mann braucht, kann's nicht sein. Mir fehlt viel, viel mehr als nur ein Mann . . .

Marcel ist erschienen, in einem grauen Anzug, dessen Farbe dazu angetan ist, Turteltauben noch zärtlicher zu stimmen. Dazu trägt er eine bizarre goldfarbene Krawatte aus Crêpe de Chine. Sie windet sich um den weißen Kragen, von dem nur mehr ein schmaler Strich zu sehen ist, kunstvoll drapiert und mit perlenbesetzten Krawattennadeln zurechtgesteckt wie ein Damenschleier. Ich beglückwünsche ihn zu dieser Kreation.

»Schöner Ausflug, Sonntag?«

»Ah! Großmutter hat Ihnen also erzählt? Diese Großmutter! Sie wird mich noch kompromittieren! Ja, herrlicher Ausflug! Ein Wetter!«

»Und ein Freund!«

»Ja«, sagt er versonnen. »Ein Freund, so strahlend wie das Wetter.«

»Also neuerliche Flitterwochen?«

»Warum ›neuerliche‹, Claudine?«

Er ist entspannt, zärtlich . . . sieht müde aus, aber unendlich reizvoll mit seinen bläulich umschatteten Veilchenaugen. Scheint er nicht jedes Geständnisses, jeder Hingabe fähig?

»Erzählen Sie!«

»Vom Ausflug? Da gibt's nichts zu erzählen! Mittagessen in einem Wirtshaus am Wasser, wie zwei . . .«

»Verliebte.«

Ohne zu protestieren fährt er fort:

»Wir haben Heurigen getrunken, pommes frites gegessen und dann – weiter sage ich nichts, nichts – das Schlendern über die schattigen Wiesen – ich weiß nicht, was Charlie an diesem Tag hatte, wirklich –«
»Er hatte Sie. Das ist alles.«
Marcel, von meiner Antwort überrascht, wirft mir einen schmachtenden Blick zu.
»Wie seltsam Sie aussehen, Claudine! Ihr Gesichtchen ist schmal und angespannt, reizend, nebenbei bemerkt. Ihre Augen sind größer als sonst. Sind Sie krank?«
»Nein, ja – ich habe Kummer. Kummer, den Sie nicht verstehen würden . . . Doch etwas anderes ist geschehen, das Sie verstehen könnten: ich habe Luce wiedergesehen.«
»Ah!« ruft er, »wo ist sie?«
»Hier. Sie ist nach Paris übergesiedelt.«
»Deshalb also . . . deshalb sehen Sie so müde aus, Claudine! Oh, Claudine! Was muß ich tun, damit Sie mir alles erzählen?«
»Nichts. Die Sache ist bald erzählt. Ich habe Luce zufällig getroffen. Jawohl zufällig. Sie hat mich nach Hause mitgenommen. Teppich, Stilmöbel, ein Kleid um dreißig Louis – da schauen Sie, was?« lache ich, angesichts seines halbgeöffneten Mündchens. Er sieht aus wie ein staunendes Baby. »Und dann . . . Gott, dann war sie wieder die alte, zärtliche, allzu zärtliche Luce, die mich umschlang und mit ihrem Parfum halb betäubte, die allzu vertrauensselige Luce, die mir alles erzählte . . . Marcel, mein lieber Freund, sie lebt hier in Paris, als Geliebte eines älteren Herrn.«
»Oh!« ruft er, ehrlich entrüstet, »wie schmerzlich für Sie!«
»Weniger als ich dachte. Aber ein bißchen schon . . .«
»Meine arme kleine Claudine!« sagt er und wirft seine Handschuhe auf mein Bett, »ich verstehe so gut . . .«
Zärtlich, brüderlich legt er den Arm um meine Schulter und drückt mit der andern mein widerstrebendes Haupt an seine Brust. Sind wir rührend oder lächerlich? Diese Frage kommt mir erst viel später. Er faßt mich um den Hals, wie Luce neulich, er duftet wie sie, nur feiner, und wenn ich aufblicke, sehe ich seine halbgeschlossenen, blondbewimperten Augen . . . Wie? Soll ich die Nervosität all der letzten Wochen an dieser Stelle in Schluchzen entladen? Nein! Er würde meine Tränen trocknen, voll heimlicher Angst, sie könnten am Ende sein wohlgeschnittenes Jackett befeuchten. Hopp, Claudine! Ein fester Biß in die eigene Zunge – wie oft hat dich dieses unfehlbare Mittel schon vor unerwünschten Tränen bewahrt . . .

»Mein kleiner Marcel, Sie sind lieb! Es tut gut, Sie zu sehen.«
»Sagen Sie nichts! Ich verstehe so gut! Gott! Wenn Charlie mir so etwas antäte ...«
Das Blut steigt ihm in die Wangen. Er trocknet seine Schläfen, erhitzt von selbstsüchtiger Erregung. Ich finde seine Worte so komisch, daß ich in Gelächter ausbreche.
»Gewiß, Sie sind nervös. Gehen wir aus, ja? Es hat geregnet, und die Temperatur ist durchaus erträglich.«
»Ja, gehen wir aus! Das wird mir guttun!«
»Sagen Sie mir noch eines: hat sie gedrängt? Gefleht?«
Er bedenkt keinen Augenblick, wie schmerzlich seine Beharrlichkeit wahrem Kummer wäre. Er sucht – was nur? Empfindungen spezieller Art.
»Ja, sie hat gedrängt. Ich bin davongelaufen, um sie nicht länger zu sehen – sie war in Tränen aufgelöst und unter der halb offenen Bluse schimmerte die weiße Haut hervor – nicht länger hören zu müssen, wie sie mir über die Stiege nachrief, wiederzukommen ...«
Mein »Neffe« atmet rascher. Der Pariser Frühsommer scheint entnervend zu wirken.
Ich verlasse Marcel einen Augenblick, setze meinen vielgeliebten Strohhut auf und komme zurück. Mein »Neffe« betrachtet den Hof, die Stirn an die Scheiben gedrückt.
»Wohin gehen wir?«
»Wohin Sie wollen, Claudine ... nirgends im besonderen ... kalten Tee mit Zitrone trinken, das wird uns erfrischen. Sagen Sie ... Sie werden sie nicht wiedersehen?«
»Niemals«, erwidere ich kurz angebunden.
Tiefer Seufzer meines Gefährten. Tolerantere Eifersucht wäre ihm wahrscheinlich willkommener, von wegen der Anekdoten.
»Wir müssen Papa sagen, daß wir ausgehen. Kommen Sie.«
Papa, glücklich und zufrieden, geht mit langen Schritten in seinem Zimmer auf und ab und diktiert Monsieur Maria endlose Sätze. Der Sekretär hebt den Kopf, betrachtet erst mich, dann meinen »Neffen« und wird sichtlich unwirsch. Mein edler Vater verachtet Marcel von der ganzen Höhe seiner breiten Schultern, die, nebenbei bemerkt, in einem taillierten Rock stecken, dessen Taschen durchgerissen sind. Marcel vergilt Gleiches mit Gleichem, zeigt sich aber äußerst ehrerbietig.
»Geht nur, Kinder. Bleibt nicht zu lange fort und hütet euch vor Zugluft! Jetzt bläst oft ein kalter Wind. Bring mir Kanzleipapier

mit, Claudine, das größte, das du auftreiben kannst, und ein Paar Socken.«
»Ich habe erst heute früh drei Dutzend Bogen Kanzleipapier gekauft«, sagt Monsieur Maria mit sanfter Stimme, ohne die Augen von mir abzuwenden.
»Ach so. Man kann allerdings nie genug Kanzleipapier kaufen –«
Wir gehen. Während wir das Vorzimmer durchqueren, höre ich, wie mein Vater eine Jagdfanfare schmettert:

»Könnt'st du mein Dingsda sehn,
so wär's um dich geschehn!
Wie eine Artischocke,
so rosig ist's und schön!«

»Mein Großonkel hat ja nette Gesänge auf Lager!« staunt Marcel.
»Das kann man wohl sagen. Er und Mélie verfügen über ein ziemlich reichhaltiges Repertoire. Was mich immer gewundert hat, ist dieses ›rosa wie eine Artischocke‹. Rosa Artischocken sind eine unbekannte Spezies – zumindest in Montigny.«
Raschen Schritts entfliehen wir der stinkenden Rue Jacob, der verpesteten Rue Bonaparte. Auf den Quais kann man wieder atmen. Aber der Maiduft mischt sich hier mit Asphalt- und Kreosotgeruch. O Gott!
»Wohin gehen wir?«
»Ich weiß noch nicht. Sie sind heute ganz besonders hübsch, Claudine! Ihre Marylandaugen haben etwas Unruhiges, Bittendes, das ich bisher noch nie bemerkte.«
»Danke.«
Auch ich bin mit meinem Äußeren zufrieden. Die Auslagenscheiben bestärken mich in dieser Ansicht, selbst die ganz schmalen, die mir beim Vorübergehen nur ein Auge, eine Wange entgegenspiegeln. O wetterwendische Claudine! Du, die du den Verlust deiner langen Haare so beweintest, hast heute morgen drei Zentimeter deiner kurzen abgeschnitten, um die Haartracht des »lockigen Hirten« – ein Ausdruck meines Onkels – beizubehalten. Tatsache ist, daß keine Frisur meinen übergroßen Augen und dem spitzen Kinn vorteilhafter anstünde.
Wir werden viel beachtet, Marcel nicht minder als ich. Im hellen Tageslicht ist er allerdings kein idealer Begleiter. Er lacht laut, kokettiert mit seinem eigenen Spiegelbild, knickt dabei in der

Hüfte ein und senkt die Lider, wenn ihn ein Mann betrachtet. Nein, sein Benehmen begeistert mich ganz und gar nicht.
»Claudinette, gehen wir auf den Boulevard Haussmann, Tee trinken? Wollen Sie? Haben Sie Lust, über die Boulevards zu gehen, rechts von der Avenue de l'Opéra? Das ist amüsanter.«
»Die Straßen von Paris haben mich zwar noch nie amüsiert, aber bitte . . . Sie sind eben, eben, nichts als eben – nie geht's hinauf, nie hinunter . . . Sagen Sie, wissen Sie zufällig, ob Ihr Vater schon zurück ist?«
»Er hat es mir nicht mitgeteilt, meine Teure. Papa geht sehr viel aus, Journalismus, Ehren- und Liebeshändel. Lassen Sie sich sagen, daß mein Vater den Frauen äußerst zugetan ist, und umgekehrt«, fügt er hinzu, etwas zu langsam und mit jenem säuerlichen Ton, den er immer annimmt, wenn er von meinem Vetter, dem Onkel, spricht. »Das überrascht Sie?«
»Durchaus nicht. Einer von zweien – das ist nicht zuviel für die Familie.«
»Sie sind nett, wenn man Sie ärgert, Claudine.«
»Mein kleiner Marcel – glauben Sie im Ernst, daß es mir etwas ausmacht?«
Ich muß zeigen, daß ich mich aufs Lügen verstehe, muß den Ärger, das Unbehagen verbergen, das mir seine Bemerkungen verursacht haben. Doch im stillen spiele ich mit dem Gedanken, meinem Vetter, dem Onkel, mein Vertrauen zu entziehen. Ich liebe es nicht, meine Geheimnisse jemandem anzuvertrauen, der sie am nächsten Tag bei seinen »Weibern« vergißt. Ist es nicht empörend, daran zu denken? Ich kann mir lebhaft vorstellen, wie dieser Onkel zu seinen »Weibern« redet: mit derselben verschleierten, verführerischen Stimme, die mir hundert zärtliche Liebenswürdigkeiten zu sagen wußte. Wenn seine Weiber Kummer haben, nimmt er sie dann vielleicht auch bei den Schultern? Streichelt er sie dann auch so wie mich vor drei Wochen?
Claudines unangebrachter Zorn äußert sich in einem Rempler in die Hüfte einer dicken Dame, die den Weg versperrt.
»Claudine! Was fällt Ihnen ein?«
»Ruhe!«
»Pfui, was für ein Charakter! – Verzeihen Sie, Claudine! Ich vergaß, daß Sie Kummer haben. Ich weiß, woran Sie denken . . .«
Er ist noch immer bei Luce. Dieser Irrtum gibt mir ein wenig von meiner guten Laune wieder und ich komme mir vor wie ein lockeres Frauenzimmer, das eine vom Liebhaber erfahrene Kränkung an der Brust des Gatten ausweint.

In Gedanken vertieft, die wir wohlweislich bei uns behalten, erreichen wir das Vaudeville-Theater. Plötzlich raunt eine Stimme hinter mir, die ich hörte, noch ehe sie zu sprechen begann:
»Sieh da, die Musterkinder!«
Ich fahre herum, wilden Blicks und widerspenstig. Mein Vetter, der Onkel, beginnt schallend zu lachen. Er steht vor mir, neben einem Herrn, den ich als den Konzert-Maugis wiedererkenne. Dem dicken, rosigen Maugis ist sichtlich heiß. Er trocknet seine Stirne und begrüßt mich mit einem übertriebenen Respekt, dessen unverhohlene Frozzelei nicht dazu angetan ist, mich zu besänftigen.
Ich betrachte Onkel Renaud, als sähe ich ihn zum erstenmal. Die kurze, leicht gekrümmte Nase kenne ich, auch den silbrig schimmernden Schnurrbart. Der Ausdruck der tiefen, müden Augen jedoch scheint mir neu. Und dieser Mund – noch nie habe ich bemerkt, wie klein er ist. Feine Nähte durchziehen die zerknitterten Schläfen bis zu den Augenwinkeln, doch das mißfällt mir ganz und gar nicht. Pfui, der elende Schürzenjäger, der geradewegs von seinen »Weibern« kommt! Ich mustere ihn so feindselig, daß sich der widerspenstige Maugis nicht enthalten kann, mit vorgerecktem Kinn zu sagen:
»Diesem Gesicht würde ich die Nachspeise entziehen – ohne weitere Formalitäten!«
Ich werfe ihm einen mörderischen Blick zu, worauf sich die blauen Kugelaugen und die gebogenen Brauen plötzlich einer so übertriebenen, öligen Ausdruckslosigkeit befleißigen, daß ich ihm ins Gesicht lache – ohne weitere Formalitäten.
»Diese alten Damen!« bemerkt der entsetzliche Onkel achselzuckend. »Für nichts und wieder nichts fangen sie zu lachen an ...« Ich spreche kein Wort, schaue ihn nicht an ...
»Marcel, was hat deine Freundin? Habt ihr euch gezankt?«
»Nein, Vater. Wir sind die besten Freunde. Aber«, fügt er mit diskret-informierter Miene hinzu, »ich glaube, Claudine hat diese Woche Kummer gehabt.«
»Machen Sie sich keine Sorgen!« beeilt sich Maugis einzuwerfen, »kaputte Puppen kann man ohne weiteres reparieren lassen! Ich weiß ein Geschäft, wo die Köpfe so geschickt angeklebt werden, daß kein Mensch etwas merkt! Berufen Sie sich auf mich, dann kriegen Sie fünf Prozent Rabatt.«
Nun ist es an meinem Onkel, mich zu betrachten, als sähe er mich zum erstenmal. Er winkt Marcel an seine Seite, ziemlich gebieterisch, und die beiden wechseln einige Worte. Mittlerweile

bleibe ich dem rundlichen Maugis überlassen, der mich nach Kräften unterhält, niemals vornehm, doch zuweilen lustig.
»Der Ephebe, dessen Tante Sie sich nennen, ist heute in großer Form!«
»Ja. Er erregt weit mehr Aufsehen als ich! Zum Glück bin ich nicht eifersüchtig!«
»Wie vernünftig!«
»Und was sagen Sie zu seiner Krawatte? Ist sie nicht ein Gedicht? Allerdings paßt sie eher für eine Frau.«
»Aber, aber! Sie werden ihm doch nicht vorwerfen, etwas Weibisches an sich zu haben?« tadelt Maugis versöhnlich.
»Und wie sein Anzug sitzt! Wie angegossen!«
Marcel wird doch seinem Vater nicht etwa von Luce erzählen? Er würde es nicht wagen – wird gut daran tun, es nicht zu wagen!
Kein Grund zur Besorgnis: mein Onkel würde anders blicken.
»Claudine«, sagt er und kommt näher, »eigentlich wollte ich euch beide nächsten Sonntag ins Theater führen, zu ›Blanchette‹. Aber was soll ich tun, wenn Sie schmollen? Allein gehen?«
»Nein. Ich komme mit.«
»Samt Ihrer schlechten Laune?«
Er schaut mir in die Augen, und ich – gebe nach.
»Nein, ich werde nett sein. Aber heute geht's mir schlecht.«
Er blickt mich noch immer an, sucht den Grund meiner üblen Laune zu erraten. Ich drehe und wende den Kopf wie Fanchette vor der lockenden Milchtasse, der sie dennoch fernbleibt.
»Dann also adieu, ihr lieben Kleinen! Wo geht ihr denn hin?«
»Kalten Tee trinken, Vater.«
»Immer noch besser als ins Kaffeehaus«, murmelt der zerstreute Maugis.
»Hören Sie, Claudine«, sagt mein Onkel unter vier Augen, »ich finde, Marcel gewinnt unendlich, seitdem er Ihr Freund ist, und ich glaube, kleines Mädchen, daß Sie ihm sehr heilsam sind! Dafür dankt Ihnen sein alter Vater!«
Ich lasse mir von den beiden Männern die Hand schütteln, und wir kehren ihnen den Rücken. Heilsam meinem »Neffen«? Daß ich nicht lache! Zur Moralpredigerin habe ich kein Talent! Marcel heilsam? Gott, wie dumm sind intelligente Männer!

Wir haben kalten Tee mit Zitrone getrunken, doch meinem Neffen war ich zu »düster«. Ich bin eben nicht so amüsant wie Char-

lie. Außerdem scheint es mir klar, daß ich Zerstreuungen anderer Art zu bieten habe. Tut mir leid!
Es ist Abend. Wir haben eben genachtmahlt. Ich lese, unaufmerksam, geistesabwesend. Papa raucht und trällert zügellose Liedchen, Mélie streicht in der Wohnung herum und wägt ihre Brüste. Die Katze, zu riesiger Größe aufgebläht, hat jede Nahrung verweigert und schnurrt ohne ersichtlichen Grund, mit allzu rosiger Nase und heißen Ohren.
Ich gehe spät zu Bett, bei weitgeöffnetem Fenster und geschlossenen Läden nach gewissenhafter Erfüllung des allabendlichen Zeremoniells: Bad in lauem Wasser, Entkleidungs- und Betrachtungsszene vor dem Spiegel, Geschmeidigkeitsübungen. Ich bin müde und erschöpft . . . Meine Fanchette liegt keuchend in ihrem Korb, auf der rechten Flanke, schauert zusammen und lauscht ihrem riesenhaften Bauch. Ich glaube, der große Augenblick ist nicht mehr fern.

Er ist sogar schon da! Kaum habe ich meine Lampe ausgeblasen, treibt mich ein verzweifeltes »Mooooh!« wieder aus den Federn. Ich entzünde das Licht von neuem und laufe bloßfüßig zu meiner armen Schönen, die keuchend atmet, die heißen Pfoten gebieterisch auf meine Hand gestemmt, und mich aus herrlich geweiteten Augen starr anblickt. Sie schnurrt wie ein durcheinandergeratenes Uhrwerk. Plötzlich krallen sich die Pfoten tief in meine Haut. Neuerliches gepeinigtes »Moooooh!« Soll ich Mélie rufen? Kaum suche ich mich zu erheben, springt auch Fanchette auf, wie von Sinnen. Ich kenne das: sie hat Angst. Also bleibe ich. Es ekelt mich zwar ein wenig, aber ich werde wegschauen. Ruhe vor dem Sturm, etwa zehn Minuten. Dann spitzt sich die Lage zu. Wütendem Knurren (frrrr, frrrrr) folgt entsetzliches Schreien (mooooh, moooooh), Fanchettes Augen treten aus den Höhlen, sie verfällt in fürchterliche Zuckungen, und . . . ich wende den Kopf ab. Neuerliches Schnurren und Bewegung im Körbchen lehren mich, daß es Nachkommenschaft gibt. Aber ich weiß nur zu gut, daß es das arme Tier niemals bei einer einzigen Auflage bewenden läßt. Das Schreien beginnt von neuem, eine verzweifelte Pfote gräbt sich in meine Hand, ich halte den Kopf hartnäckig abgewendet. Endlich, nach der dritten Wiederholung, tritt endgültig Ruhe ein. Fanchette ist leer. Ich laufe im Nachthemd in die Küche, Milch zu holen, und lasse mir absichtlich Zeit, um Fanchette Gelegenheit zu geben, allerlei in Ordnung zu bringen. Als ich mit dem Teller zurückkomme, strahlt

meine arme erschöpfte Schöne bereits als »glückliche Mutter«. Ich glaube, jetzt kann ich einen Seitenblick wagen ...
An Fanchettes milchweiß-rosigem Bauch saugen und wogen drei winzige Kätzchen, drei graue, schwarzgestreifte Schneckchen, drei appetitliche Blutegel. Der Korb ist peinlich sauber. Diese Fanchette versteht's, wie durch Zauberei zu entbinden! Noch getraue ich mich nicht, die glänzenden, von Kopf bis Schwanz geleckten Kleinen zu berühren, wenngleich mich die Mutter mit ihrer armen, brüchigen Stimme auch einlädt, sie zu bewundern, zu liebkosen ... Morgen werden wir eines auswählen, die beiden andern jedoch ertränken müssen. Wie immer wird Mélie die Vollstreckerin des grausen Werkes sein. Dann aber kann ich wochenlang zusehen, wie Fanchette, diese eigenwillige Mutter, ihren gestreiften Kleinen im Maul herumschleppt, mit den Pfoten in die Luft wirbelt und sich in unverbesserlicher Naivität darüber wundert, daß ihr der zwei Wochen alte Sohn nicht mit kühnem Sprung auf den Kaminsims folgt oder auf das oberste Bücherregal.

Träume, stumpfsinnig und verrückt, durchgeistern die verkürzte Nacht. Seit einiger Zeit träume ich viel ...
Mélie hat sämtliche locker sitzenden Tränen ihrer zärtlichen Seele vergossen, als sie den Auftrag erhielt, die beiden Kinder Fanchettes zu ersäufen. Es galt, eine Wahl zu treffen, die Geschlechter zu unterscheiden. Solange die Kätzchen so winzig sind, kenne ich mich nicht aus, und es scheint, daß diesbezüglich auch gescheitere Leute irren. Mélie hingegen ist unfehlbar. Ein Kätzchen in jeder Hand, wirft sie einen Kennerblick auf die richtige Stelle und erklärt: »Das ist der kleine Kater. Die andern zwei sind Katzen.«
Worauf ich Fanchette, die aufgeregt winselnd am Boden kauerte, den Auserwählten zurückgab. »Schnell, trag die beiden andern fort, damit sie nichts merkt.« Dennoch hat Fanchette festgestellt, daß etwas fehlt. Sie kann bis drei zählen, ist aber, unbeschadet ihrer sonstigen Qualitäten, eine recht mittelmäßige Mutter: nachdem sie ihr Kätzchen rüde um und um gewendet hat – wahrscheinlich, um nachzusehen, ob die zwei anderen nicht darunter stecken –, findet sie sich mit ihrem Schicksal ab und wird ihren Sohn dafür doppelt so oft lecken. Das ist alles.
Wie lange noch bis Sonntag? Vier Tage. Sonntag gehe ich ins Theater, mit Marcel und meinem Onkel. Das Theater ist mir einerlei. Mein Onkel nicht. Mein Onkel, mein Onkel! Wie dumm

von mir, ihn so zu nennen! »Mein Onkel!« Das erinnert mich an dieses Scheusal von kleiner Luce, der es gar nichts ausmacht, einen alten Herrn Onkel zu nennen, den sie ... Wer ist denn meiner? Niemand anders als der Witwer einer Cousine, die ich nie gesehen habe ... Cousin heißt das auf gut französisch, oder »Renaud« ... ja, das ist noch besser, verjüngt ihn, klingt gut ... Renaud!

Wie rasch er neulich meinen Widerstand brach! Feigheit war es bei mir, reine Feigheit, keine Höflichkeit! Gehorchen, gehorchen – nie gekannte (gekostete, wollte ich fast sagen) Demütigung. Gekostet, jawohl. Habe ich nicht aus purer Perversität nachgegeben? In Montigny hätte ich mich eher in Stücke reißen als zwingen lassen, die Klasse auszukehren, wenn es mir nicht paßte, und wenn ich zehnmal eingeteilt war. Wäre es aber Mademoiselle gegeben gewesen, mich mit graublauen Augen à la Renaud anzublicken, fest und unbeirrt, hätte ich vielleicht öfter gehorcht, so wie neulich, da eine niegefühlte, übermächtige Schlaffheit meine Glieder ergriff ...
Zum erstenmal entlockt mir der Gedanke an Luce ein Lächeln. Gutes Zeichen. Wie fern ist sie mir schon, die Kleine, die auf einem Bein tanzte, während sie davon sprach, ihre Mutter krepieren zu lassen. Gott, sie versteht's eben nicht besser, dieses kleine flaumige Tier.

Noch zwei Tage bis Sonntag. Marcel wird kommen. Nicht, daß mich dieser Gedanke über die Maßen begeisterte. Neben seinem Vater ist er nichts als ein rosiger, blonder Klotz – ein feindseliger, obendrein. Einzeln sind sie mir lieber, Renaud und er.
Meinem Seelenzustand – warum soll nicht auch ich einen Seelenzustand haben? – fehlt es an der nötigen Klarheit. Ich fühle mich wie jemand, dem in Bälde ein ungeheurer Rauchfang auf den Kopf fallen soll, und lebe in Erwartung des unvermeidlichen Aufpralls, unruhig und gespannt. Ob ich die Türe eines Schranks öffne, ob ich um eine Straßenecke biege, ob die Morgenpost einlangt, die mir nie etwas bringt – bei den unbedeutendsten Handlungen halte ich den Atem an und frage mich angstvoll: »Jetzt?«

Ich mag das Gesichtchen des kleinen Schneck ansehen, solange ich will – (»Schneck« wird das Kätzchen heißen, sowohl in Anbetracht seiner schönen Streifen, als auch, um Papa Freude zu machen) – dieses zarte, verschlossene Dreieck, das von feinen, an der Nase zusammenlaufenden Linien gezeichnet ist wie das Antlitz eines schwarz-gelben Stiefmütterchens –, die Augen werden sich erst in neun Tagen öffnen. Kann man nichts machen. Ich gebe der weißen Fanchette das Prachtkind zurück, nebst tausend Komplimenten, und schon wäscht sie es auf das sorgfältigste. Nein, ihre ganze Liebe zu mir täuscht nicht darüber hinweg, daß ich im Grunde nach parfümierter Seife stinke.

Ein Ereignis! Ein schwerwiegendes Ereignis! Der gefürchtete Rauchfang? Zweifellos. Wie kommt es aber, daß die unbestimmte Furcht der letzten Tage unverändert andauert? Ich habe noch immer einen »kleinen Magen«, wie's bei uns heißt.
Hören Sie:
Heute vormittag um Punkt zehn Uhr, als ich mich gerade hartnäckig mühte, Schneck an eine andere Zitze Fanchettes zu gewöhnen (er saugt immer an ein- und derselben, und ich fürchte für die Schönheit meines Lieblings, ungeachtet aller Versicherungen Mélies), betritt Papa mein Zimmer, hoch aufgerichtet und feierlich. Sie meinen, seine Feierlichkeit habe mich beunruhigt? Weit gefehlt. Was mir den Atem verschlug, war die Tatsache, Papa mein Zimmer betreten zu sehen. Das tut er sonst nur, wenn ich krank bin.
»Komm einen Augenblick zu mir.«
Ich folge ihm in die Bibliothek, mit der sanften Fügsamkeit der neugierigen Tochter. Dort finde ich Monsieur Maria um zehn Uhr vormittags, Handschuhe und einen neuen Gehrock? Das übersteigt mein Fassungsvermögen.
»Mein Kind«, beginnt mein edler Vater ebenso würde- wie salbungsvoll, »dieser wackere junge Mann möchte dich heiraten. Laß dir vor allem sagen, daß sein Vorschlag meine ganze Billigung besitzt.«
Ich lausche gespannt, jedoch so verdattert, daß ich in aller Aufrichtigkeit nur das einfältige Wort »Was?« hervorbringe.
Ich schwöre Ihnen, ich habe wirklich nicht verstanden! Papa hingegen verliert ein wenig von seiner Feierlichkeit, bewahrt jedoch seine ganze Würde.
»Alle Teufel! Ich rede deutlich genug, daß du auf Anhieb verstehen könntest! Monsieur Maria, dieser nette junge Mann, will dich heiraten, auch in einem Jahr, falls du dir jetzt noch zu jung vorkommen solltest. Ich vergesse langsam, wie alt du bist – nach all den Jahren(!) –, und habe ihm gesagt, daß du zirka vierzehn-

einhalb sein mußt, aber er behauptet, du wirst langsam achtzehn. Er muß es besser wissen. So. Und wenn du ihn nicht willst, so bist du verflucht anspruchsvoll, tausend Ferkel!«

Jetzt schlägt's dreizehn! Ich werfe einen Blick auf Monsieur Maria, der unter seinem Bart erbleicht und mich aus langbewimperten Tieraugen wortlos betrachtet. Ich bin aufgeregt und stürze zu ihm, ohne genau zu wissen, weshalb, einer plötzlichen Eingebung folgend.

»Wie! Was! Ist das wahr, Monsieur Maria? Sie wollen mich heiraten? Ohne Spaß?«

»Oh! Ohne Spaß!« stöhnt er leise.

»Mein Gott! Wie nett von Ihnen!«

Fröhlich schüttle ich seine beiden Hände. Er wird glutrot – Sonnenuntergang, durch Gestrüpp bewundert – und stammelt: »Sie – Sie sagen also ja, Mademoiselle?«

»Ich? Aber nie im Leben!«

Ah! Ich habe Taktgefühl wie ein Kilo Dynamit. Monsieur Maria schnappt nach Luft und vermeint wahnsinnig zu werden.

Papa hält es für angebracht, einzugreifen:

»Wirst du uns noch lange zum Narren halten? Was soll denn das heißen? Erst fällst du ihm um den Hals, dann schickst du ihn zum Teufel? Was sind das für Manieren?«

»Aber, Papa, ich will Monsieur Maria nicht heiraten, das ist sonnenklar! Ich finde es nett, oh! riesig nett von ihm, mich einer so – so ernstzunehmenden Aufmerksamkeit für würdig zu erachten, und dafür danke ich ihm. Aber heiraten will ich ihn nicht, nein, ganz und gar nicht!«

Monsieur Maria macht eine arme, bittende Gebärde und schweigt. Er dauert mich.

»Herr der Heerscharen!« brüllt Papa. »Warum willst du ihn nicht heiraten, zum Teufel?«

Warum? Ich zucke die Achseln, mit ausgestreckten Händen. Weiß ich's? Ebensogut könnte man mir vorschlagen, Rabastens zu heiraten, den schönen Hilfslehrer aus Montigny. Warum? Aus dem einzigen, stichhaltigen Grund der Welt – weil ich ihn nicht liebe.

Papa, außer sich, schleudert mir eine Serie von Flüchen an den Kopf, auf deren Aufzeichnung ich besser verzichte. Die Wände widerhallen. Ich warte das Ende ab und sage:

»Oh! Papa! Willst du mir Kummer machen?«

Das genügt. Der Unbeugsame lenkt ein:

»Kummer? Nein, zum Teufel. Außerdem kannst du dir's noch

überlegen, deine Meinung ändern. Nicht wahr, Sie, sie kann sich's noch überlegen? Das wär' mir sogar verdammt recht! Ich hätte Sie dann dauernd im Haus und wir würden was weiterbringen! Aber für heute ist es mehr als genug. Du willst also nicht? Dann mach, daß du weiterkommst! Wir haben zu arbeiten!«
Monsieur Maria weiß genau, daß ich es mir nicht überlegen werde. Er fingert an seiner Lederaktentasche, sucht seinen Federhalter, ohne ihn zu sehen. Ich trete näher:
»Sind Sie mir böse, Monsieur Maria?«
»Oh! Nein, Mademoiselle. Böse nicht . . .«
Eine jähe Heiserkeit hindert ihn daran, weiterzusprechen. Ich entferne mich auf Zehenspitzen. Im Salon angelangt, tanze ich die »Chieuvre«. Juchhe! Man hat um meine Hand angehalten! Man findet mich hübsch genug, ungeachtet meines kurzen Haars, um mich heiraten – hei-ra-ten! – zu wollen, und dieser junge Mann ist normal, klug und gesetzt, kein pathologischer Fall. Ergo können auch andere . . . Genug getanzt, denken wir weiter.
Mein Leben wird schwierig. Das Gegenteil zu behaupten, wäre kindisch. Der Rauchfang rückt in beängstigende Nähe. Bald wird er auf meinen brummenden Schädel herniedersausen, ich spüre es immer deutlicher, wohltätig oder furchtbar – aber fallen wird er. Nein, ich fühle nicht das geringste Bedürfnis, meinen Zustand jemandem anzuvertrauen, werde weder Claire, der glücklichen Claire, schreiben: »Teure Gespielin meiner Kinderzeit, er naht, der entscheidende Augenblick, ich fühl's, mein Herz und mein Leben werden gemeinsam erblühen«, noch werde ich mich an Papa wenden: »Oh, mein Vater, welch süße Last bedrückt und entzückt meine Seele? Erleuchte meine Unwissenheit . . .« Er würde ein Gesicht machen, mein armer Papa . . . Ich sehe ihn seinen dreifarbigen Bart raufen, höre sein verdattertes Gemurmel:
»Diese Gattung ist mir noch nie untergekommen!«
Schon recht, Claudine, schon recht! Gib nur an! Im Grund brauchst du dir nichts einzubilden! Du irrst in der großen Wohnung herum, vernachlässigst den guten alten Balzac, bleibst träumerisch-abwesenden Blicks vor dem Spiegel stehen und betrachtest das hochaufgeschossene schlanke Mädchen im dunkelblauen Sergerock und der gefältelten roten Seidenbluse, das dir daraus entgegenblickt, die Hände auf dem Rücken verschränkt – die hat kurzes, grobgelocktes Haar, mandelförmige Augen, ein schmales Gesicht mit matten Wangen, und findest Gefallen an

dieser jungen Dame, wenn du auch tust, als sei dir ihr Aussehen gleichgültig ... Zwar ist ihre Schönheit nicht von der Art, die den ersten besten entzückt, doch ... wir verstehen uns! Wer sie nicht bemerkt, ist dumm – oder kurzsichtig.

Oh, gelänge es mir doch morgen, schön zu sein, richtig schön ... Was soll ich anziehen? Meinen blauen Kostümrock, ja, das wird gehen, und die dunkelblaue Seidenbluse – dunkle Farben stehen mir am besten – mit zwei Teerosen am viereckigen Ausschnitt. Des Abends scheinen sie von derselben Tönung wie meine Haut. Soll ich Mélie vom Heiratsantrag erzählen?

Steht nicht dafür. Sie würde erwidern: »Mein Goldkind, mach's wie bei uns: bevor du einen nimmst, probier ihn aus. Das ist ehrlicher Handel, und keiner hat das Nachsehen.« Gott, die Jungfernschaft ist für sie von so geringem Wert! Ich kenne ihre Theorien: »Lügen, meine Liebe, nichts als Lügen! Arztmärchen, sonst gar nichts. Vorher, nachher – wenn du glaubst, daß *ihnen* nicht alles eins ist! Gehupft wie gesprungen.«

Bin ich nicht in guter Schule?

Aber es ist ein Verhängnis mit den anständigen Mädchen: sie sind's und bleiben's, ungeachtet sämtlicher Mélies der Welt!

Ich schlafe spät ein. Die Nacht ist schwül. Erinnerungen an Montigny spuken durch meine unruhigen Träume, Erinnerungen an rauschende Blätter, frische Morgenlüfte und wirbelnde Lerchen, deren Lied wir in der Schule nachzuahmen suchten, indem wir eine Handvoll Glaskugeln aneinander rieben ... Morgen, morgen ... wird man mich hübsch finden? Fanchette schnurrt leise, ihr gestreiftes Schneckchen zwischen den Pfoten. Wie oft hat mich das gleichförmige Schnurren meiner geliebten Schönen schon beruhigt und in den Schlaf gewiegt ...

»Guten Morgen, Goldkind.«

»– Morgen.«

»Du bist doch nicht krank?«

»Nein.«

»Was nicht in Ordnung?«

»Doch. Ich habe geträumt.«

»Ah! Das ist ernst. Was hat dir geträumt? Solange es nicht Kinder waren, oder die königliche Familie *(sic)*, so lange ist nichts verhackt. Wenn du wenigstens von einem Mann geträumt hättest!«

Ihre Prophezeiungen – dieselben, seitdem ich denken kann – reizen mich nicht mehr zum Lachen. Was ich geträumt habe, werde ich niemandem anvertrauen, nicht einmal diesem Heft. Es geschrieben zu sehen, wäre mir furchtbar.

Ich habe das Nachtmahl für sechs Uhr bestellt. Monsieur Maria entfernt sich eine Stunde früher, struppig, unauffällig, niedergeschlagen. Seit dem großen Ereignis weiche ich ihm nicht aus. Er stört mich in keiner Weise. Im Gegenteil, ich zeige mich liebenswürdiger denn je, gebe Banalitäten und Gemeinplätze zum besten:
»Schönes Wetter heute, nicht wahr, Monsieur Maria?«
»Finden Sie, Mademoiselle? Es ist schwül und der Himmel ist bedeckt –«
»Ach ja! Das habe ich nicht bemerkt. Seltsam – seit heute früh bilde ich mir ein, daß es schön ist.«
Beim Nachtmahl stochere ich appetitlos in meinem Fleisch herum, trödle jedoch über einem Marmeladesoufflé und frage Papa:
»Papa, habe ich eigentlich eine Mitgift?«
»Wozu willst du das wissen?«
»Papa, du bist wirklich einzig! Gestern hat man um meine Hand angehalten, morgen kann dasselbe passieren! Du weißt doch, der Anfang ist das schwerste! Mit den Heiratsanträgen ist das so wie mit dem Marmeladetopf und den Ameisen: kommt eine, kommen tausend!«
»Tausend! Tausend Ferkel! Zum Glück sind unsere Beziehungen nicht sehr ausgedehnt! Selbstverständlich hast du eine Mitgift, mein süßer Marmeladetopf! Bei deiner ersten Kommunion habe ich bei Meunier, dem Notar von Montigny, die hundertfünfzigtausend Francs hinterlegt, die dir deine Mutter hinterlassen hat, eine äußerst unangenehme Frau, nebenbei bemerkt. Bei ihm sind sie besser aufgehoben als bei mir, verstehst du? Bei mir kann man nie wissen, was passiert.«
Mein Vater hat zuweilen rührende Wendungen, um derentwillen man ihm einen Kuß geben könnte. Ich küsse ihn auch prompt. Dann gehe ich in mein Zimmer, unruhig, weil es schon spät ist, spitze die Ohren in Erwartung der Türglocke, klopfenden Herzens und mit einem seltsamen Gefühl in der Magengegend.
Halb acht! Er beeilt sich wirklich nicht! Wir werden den ersten Akt versäumen. Und wenn er nicht käme? Dreiviertel acht! Es ist empörend! Wenn er mir wenigstens ein Telegramm geschickt hätte oder seinen Marcel, dieser unstete Onkel . . .
Ein gebieterisches »trrrr« läßt mich in die Höhe fahren. Ein Blick in den Spiegel: die Blässe des Gesichts, das mir daraus entgegenschimmert, stört mich dermaßen, daß ich mich abwende. Seit einiger Zeit scheinen meine Augen mehr zu wissen als ich selbst.

Die Stimme, die ich aus dem Vorzimmer höre, läßt mich gezwungen lächeln. Es ist die meines Onkels – meines Vetters Renaud. Wo ist Marcel?
Mélie führt meinen Vetter herein, ohne anzuklopfen, sendet ihm den ergebenen Blick einer gehorsamen Hündin nach und verschwindet. Auch er ist blaß, sichtlich erregt, seine Augen glänzen. Im Lampenlicht scheint sein silbriger Schnurrbart heller ... wenn ich es wagte, würde ich versuchen, wie weich er ist ...
»Ganz allein, kleine Freundin? Warum sagen Sie nichts? He! Mademoiselle ist ausgegangen?«
Mademoiselle denkt, er komme vielleicht von einem seiner »Weiber«, und lacht unfroh.
»Nein. Mademoiselle wird ausgehen. Mit Ihnen, hoffe ich. Kommen Sie, verabschieden wir uns von Papa.«
Papa ist die Liebenswürdigkeit in Person. Mein Vetter, der Onkel, gefällt anscheinend nicht nur Frauen.
»Achten Sie gut auf die Kleine! Sie ist kränklich! Haben Sie den Haustorschlüssel?«
»Ja – meinen.«
»Dann verlangen Sie unsern von Mélie. Ich habe schon vier verloren. Seither hab ich's aufgegeben. Wo ist der Kleine?«
»Marcel? Er – er kommt direkt ins Theater glaube ich.«
Wortlos steigen wir die Treppe hinunter. Vor dem Haustor wartet zu meinem unbeschreiblichen Entzücken ein »Gummiradler«. Die schönste vierspännige Karosse könnte mich nicht mehr begeistern.
»Sitzen Sie bequem? Zieht es? Soll ich das Fenster zumachen? Oder nur halb? Es ist so heiß herinnen!«
Ich weiß nicht, ob es heiß ist – aber, guter Gott, ist mein Magen klein! Meine Nerven sind zum Zerreißen gespannt, eine Art Schüttelfrost läßt meine Zähne aneinanderschlagen. Endlich bringe ich mühsam hervor:
»Marcel – kommt also direkt ins Theater?«
Keine Antwort. Renaud – wie hübsch das klingt, »Renaud« – blickt starr vor sich hin, mit unzufriedener Miene. Plötzlich wendet er sich mir zu und ergreift meine Handgelenke. Dieser Mann mit den grauen Schläfen hat die Bewegungen eines Jünglings.
»Hören Sie zu. Ich habe vorhin gelogen, und das war nicht recht. Marcel kommt überhaupt nicht. Ich habe Ihren Vater angeschwindelt, und das wurmt mich.«
»Wieso kommt er nicht? Warum?«

»Sie sind enttäuscht, nicht wahr? Es ist meine Schuld. Seine auch. Ich weiß nicht, wie ich es Ihnen erklären soll ... es wird Ihnen so geringfügig erscheinen! Kurz und gut, er kommt zu mir, Rue de Bassano, reizend und bester Laune, weniger verschlossen, weniger feindselig als gewöhnlich. Aber mit einer Krawatte! Aus Crêpe de Chine, um den Hals gewickelt, drapiert wie eine Damenbluse, mit unzähligen Perlnadeln – mit einem Wort, unmöglich. Ich sage: ›Mein lieber Junge, du – du wirst die Güte haben, eine andere Krawatte umzubinden. Ich leihe dir eine von meinen.‹ Darauf bockt er, gibt scharfe, freche Antworten, wir wechseln Bemerkungen, die für Sie schwer verständlich wären, Claudine. Schließlich sagt er: ›Ich gehe mit dieser Krawatte oder gar nicht.‹ Daraufhin habe ich ihn hinausgeworfen. Sind Sie mir sehr böse?«
»Aber«, erwidere ich, ohne zu antworten, »Sie haben seine Krawatte schon gesehen! Neulich, als wir Sie mit Maugis auf dem Boulevard trafen! Da hatte er sie um.«
Er hebt die Brauen, äußerst überrascht.
»Wirklich? Sind Sie dessen sicher?«
»Ganz sicher. So eine Krawatte vergißt man nicht! Wieso haben Sie sie damals nicht bemerkt?«
Er lehnt sich zurück, wirft den Kopf in die Höhe und sagt halblaut selbstvergessen:
»Ich weiß nicht. Ich habe gesehen, daß Sie dunkel umschattete Augen hatten und die wilde Scheu eines verstörten Rehs ... Sie trugen eine blaue Seidenbluse, und eine kleine Locke streifte Ihre rechte Braue –«
Ich erwidere nichts. Ich ersticke ein wenig. Er bricht jäh ab, rückt den Hut tiefer in die Stirne, mit der knappen Bewegung eines Menschen, der eine Dummheit gesagt hat und es allzu spät bemerkt.
»Ich allein – das ist natürlich nicht sehr unterhaltend. Aber ich kann Sie noch nach Hause bringen, kleine Freundin!«
Wem gilt dieser kratzbürstige Ton? Ich lache leise, lege meine behandschuhte Hand auf seinen Arm und lasse sie liegen.
»Nein, bringen Sie mich nicht nach Hause. Ich bin sehr froh. Sie und Marcel passen ohnehin nicht zusammen und sind mir abwechselnd viel lieber als gleichzeitig! Aber warum haben Sie das Papa verheimlicht?«
Er faßt meine Hand und schiebt meinen Arm unter seinen.
»Ganz einfach: ich war bedrückt, niedergeschlagen. Ich hatte Angst, er würde mich Ihrer berauben, liebe kleine Belohnung,

die ich vielleicht nicht verdient – aber wahrhaftig nicht gestohlen habe!«

»Ihre Angst war unbegründet! Papa hätte mich ohne weiteres fortgehen lassen! Er tut alles, was ich will ...«

»Oh, ich weiß!« Er sagt es mit fast unmerklichem Ärger und zieht am verblaßten Gold seines Schnurrbarts. »Versprechen Sie mir wenigstens, keine unvernünftigeren Dinge von ihm zu verlangen als dies?«

»Ich lasse mich auf keine Versprechungen ein! Was ich zum Beispiel jetzt gern hätte ... hören Sie: gewähren Sie mir, worum ich Sie jetzt bitten werde?«

»Welche Bananenstaude gilt es leerzupflücken? Welch sagenhaften Artischockenstengel zu zerkleinern? Ein Wort, ein Wink – und die Schokoladebonbons regnen in Ihren Schoß! Der enge Fiaker behindert den edlen Schwung meiner Gesten, Claudine. Den meiner Gefühle vermag er nicht zu schmälern!«

Diese Literaten reden alle ein wenig verrückt, aber um wieviel hübscher drückt er sich aus als Maugis mit seinem ordinären groben Pariser Dialekt ...

»Schokoladebonbons sind immer willkommen. Aber – diesmal möchte ich etwas anderes. Kurz und gut – ich will Sie nicht mehr ›Onkel‹ nennen.«

Im rasch entgleitenden Licht einer Auslage sehe ich, wie er den Kopf senkt, mit gespielter Resignation.

»Wußt' ich's doch! Gleich wird sie mich ›Großvater‹ rufen. Die gefürchtete Stunde hat geschlagen ...«

»Nein, lachen Sie nicht. Ich habe darüber nachgedacht: schließlich sind Sie mein Cousin, und wenn Sie wollen, könnte ich Sie ... Renaud nennen. Das ist doch kein ungeheuerliches Ansinnen! Oder doch?«

Wir fahren durch eine spärlich erleuchtete Straße. Mein Begleiter neigt sich vor, um mich besser sehen zu können. Ich bemühe mich redlich, nicht mit den Wimpern zu klappern. Endlich sagt er:

»Das ist alles? Dann beginnen Sie aber sofort, um alles in der Welt! Sie verjüngen mich! Zwar nicht so sehr, wie ich es wünschte, aber immerhin um mindestens fünf Jahre! Schauen Sie meine Schläfen an: sind sie nicht eben erblondet?«

Ich neige mich näher, ziehe mich aber fast augenblicklich wieder zurück. Ihn aus solcher Nähe anzusehen, nein, dem ist mein Magen nicht gewachsen. Ich fühle, wie er noch kleiner wird ...

Wir schweigen. Von Zeit zu Zeit, wenn Laternen vorübergleiten,

werfe ich einen verstohlenen Blick auf sein Profil, die kurze Nase, die großen, aufmerksamen, weit geöffneten Augen. »Wo wohnen Sie – Renaud?«
»Rue de Bassano. Ich hab' es Ihnen gesagt.«
»Haben Sie's hübsch daheim?«
»Ja. Für mich.«
»Zeigen Sie mir's einmal?«
»Wo denken Sie hin!«
»Warum nicht?«
»Weil – weil meine Wohnung zu sehr an einen Stich aus dem achtzehnten Jahrhundert erinnert.«
»Pah! Was hat das schon zu bedeuten!«
»Lassen Sie mir den Glauben, Claudine, daß es noch sehr viel zu bedeuten hat . . . Wir sind am Ziel.«
Schade.
Vor »Blanchette« genieße ich pflichtschuldigst *Poil de Carotte.* Die knabenhafte Anmut und das intensive, verhaltene Spiel Suzanne Després' begeistern mich: ihre Augen sind grün wie die Luces. Die kurzgeschorene rote Perücke unterstreicht noch ihre schöne Farbe.
Jules Renards kompromißlose Klarheit reißt mich hin. Während ich zuhöre, unbeweglich, mit vorgestrecktem Kinn, spüre ich plötzlich, daß Renaud mich betrachtet. Behende drehe ich mich um: sein Blick ist auf die Bühne geheftet, seine Miene äußerst unschuldig. Das beweist gar nichts.
Während der Pause führt er mich spazieren und fragt:
»Sind Sie jetzt ruhiger, kleines Nervenbündel?«
Ich stelle alle Stacheln auf:
»Ich war nicht nervös.«
»Nicht nervös? Und diese kleine Hand, deren starre Kälte ich durch meinen Ärmel hindurch fühlte? Nicht nervös? Nein, vielleicht ich!«
»Sie . . . auch.«
Ich habe sehr leise gesprochen. Doch das leichte Zucken seines Arms beweist, daß er sehr wohl verstanden hat.
Während »Blanchette« über die Bretter geht, denke ich an die Klagen der kleinen Aimée. Wie fern sind sie mir schon! Damals, als wir anfingen, einander zu lieben, und sie begann, sich an das verhältnismäßig gute Leben in der Schule zu gewöhnen, vertraute sie mir – deutlicher als diese Blanchette – ihren entsetzten Widerwillen gegen das Vaterhaus an, diese ärmliche, baufällige Hütte voll schreiender, schmutziger Kinder. Und sie schilderte

ihre Leiden – erinnerte sie mich nicht stets an eine frierende Katze? – auf der Schwelle der stinkenden zweiten Klasse, im kalten Luftzug, während Mademoiselle Sergent uns umstrich, lautlos und eifersüchtig ...

Mein Nachbar, der meine Gedanken zu hören scheint, fragt leise:

»So ist es also in Montigny?«

»Ja. So, und schlimmer.«

Er dringt nicht weiter in mich. Wir schweigen, Ellbogen an Ellbogen, und ich lehne mich leicht an die gute, beruhigende Schulter. Einmal wende ich ihm mein Gesicht zu. Er senkt seinen Blick in meinen und ich lächle zu ihm hinauf, von ganzem Herzen. Ich habe diesen Mann fünfmal gesehen. Dennoch kenne ich ihn seit je.

Ehe der letzte Akt beginnt, stütze ich mich als erste auf und lasse einen kleinen Platz auf der Samtlehne des Fauteuils. Sein Ellbogen versteht und kommt zu meinem. Mein Magen wird größer.

Um dreiviertel zwölf verlassen wir das Theater. Der Himmel ist schwarz, der Wind frisch.

»Renaud, wenn Sie nichts dageben haben, würde ich gern über die Boulevards gehen, statt in einen Fiaker zu steigen. Haben Sie Zeit?«

»Das ganze Leben, wenn Sie wollen«, erwidert er lächelnd.

Er faßt mich fest am Arm und wir gehen in gleichem Schritt: Ich habe lange Beine. Im Licht der elektrischen Lampen kann ich uns sehen: Claudine hebt den Sternen ein erregtes, ungewöhnliches Gesicht entgegen, aus dem fast schwarze Augen glänzen. Der Wind zaust den Schnurrbart Renauds.

»Erzählen Sie mir von Montigny, Claudine. Und von Ihnen.«

Ich schüttle den Kopf. Ich fühle mich so wohl. Reden ist überflüssig. Heute abend habe ich Fanchettes Pfoten. Der Boden federt unter meinem Schritt.

Lichter, strahlende Helle, farbige Glasscheiben, Zecher an Terrassentischen.

»Was ist das?«

»Das Bierhaus Logre.«

»Oh! Ich bin so durstig!«

»Um so besser. Aber nicht hier ...«

»Doch! Hier! Hier funkelt's, hier glänzt's, hier ist's lustig!«

»Aber dieses Lokal steckt voller Literaten, Claudine, voller Kokotten, ist laut und lärmend ...«

»Um so besser! Ich will hier trinken!«
Er zieht an seinem Schnurrbart, macht eine Gebärde: »Schließlich und endlich – warum nicht?«, und führt mich in den großen Saal, der lange nicht so voll ist, wie er behauptete. Trotz der Jahreszeit kann man atmen, und die grüngekachelten Pfeiler erinnern mich an Badezimmer und frische Krüge.
»Durst! Durst!«
»Ja, ja, nur Geduld! Sie kriegen schon etwas! Was für ein streitbares Kind! Ihnen dürfte man wohl keinen Gatten verweigern . . .«
»Das will ich meinen«, sage ich ernst.

Wir sitzen an einem kleinen Tisch, im Schatten eines Pfeilers. Zu meiner Rechten versichert mir ein von einem lärmenden Fries nackter Bacchantinnen gekrönter Spiegel, daß ich keine Tintenflecken auf den Wangen habe, daß mein Hut ordentlich sitzt und meine Augen auf einen überroten Mund niederblicken. Färbt ihn der Durst? Oder das Fieber?
Renaud, der mir gegenübersitzt, hat unstete Hände und feuchte Schläfen.
Ein Tablett Krebse wird vorübergetragen, von einer Duftwolke gefolgt. Ich stöhne, leise und gierig.
»Krebse? Da, da! Wie viele?«
»Woher soll ich wissen, wie viele ich vertrage? Zuerst einmal ein Dutzend! Dann werden wir weitersehen!«
»Was trinken Sie? Bier?«
Ich rümpfe die Nase.
»Wein? Nein. Champagner? Asti, Moscato spumante?«
Ich erröte vor Naschhaftigkeit. »Oh! Ja!«
Während ich warte, die verkörperte Ungeduld, sehe ich mehrere schöne Damen eintreten, in leichten, paillettenbesetzten Abendmänteln. Sie sehen sehr hübsch aus: verrückte Hüte, zu goldenes Haar, blitzende Ringe . . . Mein großer Freund, den ich auf jede neu Eintretende aufmerksam mache, legt eine Gleichgültigkeit an den Tag, die mich empört. »Seine« sind wahrscheinlich schöner? Meine Miene verdüstert sich. Ich werde mürrisch. Renaud staunt und zitiert namhafte Schriftsteller.
»Der Wind springt um? Hilda, von wannen dein Gram?«
Ich gebe keine Antwort.
Der Asti wird gebracht. Um meinen Kummer zu verscheuchen und meinen Durst zu löschen, stürze ich ein großes Glas hinunter, in einem Zug. Der Weiberheld mir gegenüber behauptet, vor

Hunger zu sterben, entschuldigt sich und verschlingt ein blutiges Roastbeef.
Die süße, verräterische Glut des Astiweins prickelt heiß in meinen Ohren, brennt als neuerlicher Durst in meiner Kehle. Ich biete mein Glas und trinke langsam, die Augen vor Wonne halbgeschlossen. Mein Freund lacht:
»Sie trinken wie ein Säugling. Die Anmut der Tiere ist in Ihnen, Claudine!«
»Fanchette hat einen Sohn! Hab' ich Ihnen das schon erzählt?«
»Nein, das haben Sie nicht! Sie hätten ihn mir zeigen sollen! Ich wette, er ist schön wie ein Stern!«
»Noch viel schöner! Oh! Diese Krebse! Wenn Sie wüßten, Renaud –«, jedesmal, wenn ich seinen Namen nenne, heftet sich sein Blick voll auf mich, »– unten in Montigny sind sie ganz klein! Ich bin oft zur Furt gegangen und hab' Krebse gefangen, bloßfüßig im Wasser, ganz ohne Netz! Die hier sind herrlich gepfeffert!«
»Schwören Sie mir, daß Sie das alles auch vertragen?«
»Ja, ja . . . aber jetzt muß ich Ihnen etwas ganz anderes erzählen, etwas Ernstes: finden Sie mich heute abend nicht ungewöhnlich?«
Ich hebe ihm mein Gesicht entgegen – der Asti hat es leicht gerötet –, und er neigt sich vor, betrachtet mich aus solcher Nähe, daß ich die feinen Linien seiner bräunlichen Lider unterscheiden kann, wendet sich ab und erwidert: »Nicht mehr als sonst.«
»Hört, hört, wie galant! Mein Freund, vorgestern, Punkt elf Uhr, hat man um meine Hand angehalten!«
»Teuf – wer ist der Esel?«
Vom Erfolg meiner Mitteilung entzückt, lache ich in lauten, ansteigenden Tonleitern, um jäh zu verstummen, als ich merke, daß sich einige Gäste nach uns umwenden. Renaud ist nicht begeistert.
»Nein, wie witzig, mich zum Narren zu halten! Im übrigen habe ich kein Wort davon geglaubt!«
»Daran taten Sie sehr unrecht! Ich kann zwar zur Bekräftigung nicht spucken, gebe Ihnen aber mein Ehrenwort, daß man um meine Hand angehalten hat.«
»Wer?«
Diesem »Wer?« mangelt es hörbar an Wohlwollen.
»Ein sehr ehrenwerter junger Mann: Monsieur Maria, Papas Sekretär.«
»Sie haben ihn – natürlich abgewiesen?«

»Ich habe ihn – natürlich abgewiesen.«
Er füllt ein großes Glas mit dem Asti, den er nicht leiden kann, trinkt es leer und fährt sich mit der Hand durchs Haar.
Was mich betrifft – daheim trinke ich nur Wasser –, so mache ich die erstaunlichsten Feststellungen: leichte, duftige Girlanden entwachsen dem Tisch, verschleiern die Luster, entrücken und rücken näher, was uns umgibt, in sachtem, dauerndem Wechsel.
Eben versuche ich, meinen Empfindungen nachzuspüren – da ruft eine bekannte Stimme von der Türschwelle her:
»Kellner! Kellner! Herbei mit garniertem Sauerkraut, diesem Ursprung alles Sodbrennens, herbei mit jenem faden, salizylhaltigen Gesöff, das ihr euch nicht entblödet, Münchner Bier zu nennen! Vergib ihnen, flüssiger Samt, duftendes, überströmendes Rheintöchtergelock, denn sie wissen nicht, was sie trinken! Weia, waga, wagalaweia . . .«
Maugis hält seinen Einzug, der rasende Wagnerianer, lyrisch und schwitzend, mit offener Weste, den flachkrempigen Zylinder ins Genick geschoben, von drei Freunden dicht gefolgt. Renaud knurrt etwas in seinen Schnurrbart, mit einer Gebärde äußersten Unwillens.
Jetzt ist Maugis in unserer Nähe angelangt. Er bemerkt uns, unterbricht sein Rheingoldgegurgle, zögert, hebt die Hand und geht vorbei, ohne zu grüßen.
»Da haben wir's!« stößt Renaud hervor.
»Was denn?«
»Ach, es ist Ihre Schuld, Kleines, aber meine eigene vor allem! Sie sind hier nicht an Ihrem Platz, allein mit mir. Dieser Trottel von Maugis – jedermann hätte sich genauso benommen. Halten Sie es denn für wünschenswert, sich – ohne mich – in schlechtes Licht zu setzen?«
Sein sorgenvoll-unzufriedener Blick hat mich abgekühlt, seine letzten Worte geben mir die gute Laune wieder.
»Deshalb regen Sie sich auf? Deshalb? Darum das würdige, hochmoralische Brauengerunzel? Ja, glauben Sie denn, daß mir das etwas ausmacht? Durst! Durst!«
»Verstehen Sie denn nicht? Es gehört nicht zu meinen Gepflogenheiten, anständige junge Mädchen auszuführen! Hübsch, wie Sie sind, allein mit mir – was sollen die Leute denken?«
»Und wenn schon?«
Mein beschwipstes Lächeln, mein unsteter Blick bringen Renaud auf einen jähen Gedanken.

»Claudine! Sind Sie nicht ein wenig . . . fröhlich? Sie trinken ungewässerten Wein! Haben Sie das auch bedacht? Sind Sie das von zu Hause gewöhnt?«
»Daheim«, erwidere ich in liebenswürdig-beruhigendem Ton, »daheim trinke ich nur Mineralwasser.«
»Du meine Güte! Jetzt schauen wir schön aus! Was soll ich Ihrem Vater sagen?«
»Der macht heihei.«
»Claudine! Trinken Sie nicht weiter! Geben Sie mir sofort Ihr Glas!«
»Wollen Sie ein paar aufs Dach?«
Rasch bringe ich es in Sicherheit – nein, zuviel Vernunft ist nicht immer gut – und horche in mich hinein. Ich bin glücklich. Aber ohne kleinere Schwierigkeiten geht es dabei nicht ab. Die Luster haben einen Hof wie der Mond vor Schlechtwetter, der immer größer, immer trüber wird. »Der Mond säuft«, hieß es in Montigny. Hier steht vielleicht Regen bevor, wenn die Luster saufen . . . Nein, du bist es, die säuft, Claudine, du selber! Drei große Gläser Asti hast du hinuntergestürzt, kleine Gans! Aber gut war er! Meine Ohren machen psch, psch . . . Was ist mit den zwei dicken Herren am Nachbartisch? Gibt es sie wirklich? Sie kommen näher und näher, ohne sich zu rühren. Ich könnte schwören, wenn ich die Hand ausstrecke, greife ich sie an – nein, sie sind sehr weit weg. Überhaupt – wieso haften die einzelnen Dinge aneinander? Wo sind die Zwischenräume hingekommen? Die Luster kleben am Plafond, die Tische an der Wand, die dikken Herren an den glitzernden Abendmänteln der Damen vom Nachbartisch . . . Endlich kommt mir die Erleuchtung:
»Ich hab's! Alles ist wie beim japanischen Schattenspiel!«
Renaud hebt verzweifelt die Hand, dann trocknet er seine Stirne.
Im Spiegel zu meiner Rechten sehe ich Claudine – welch seltsame Claudine! Ihr Haar gleicht gesträubten Federn, ihr Mund ist feucht, aus den mandelförmigen Augen spricht verwirrtes Entzücken. Nein, das bin ich nicht, das ist die andere, die tolle Claudine, wie's bei uns heißt, in Montigny. Und ihr gegenüber der Herr mit dem silbern schimmernden Haar, der sie ansieht und zu essen vergißt. Oh, ich weiß! Nicht der Asti hat das kleine Mädchen berauscht, nicht die gepfefferten Krebse, sondern diese Gegenwart, dieser fast schwarze, blitzende Blick . . .
Mir selbst entrückt, sehe ich mich handeln, höre meine Stimme, die von weither zu kommen scheint, und die kluge Claudine –

ist es nicht, als stehe sie gefesselt hinter einer Glaswand? – lauscht dem Geschwätz der tollen Claudine und vermag nichts für sie. Nein, nichts. Sie will auch nichts tun. Der Rauchfang, dessen Zusammenbrechen ich fürchtete, ist heruntergefallen, unter gräßlichem Getöse, und sein Staub umschwebt die elektrischen Birnen. Sieh zu, kluge Claudine, sieh zu, aber rühr dich nicht! Die tolle Claudine folgt ihrer Straße mit der nachtwandlerischen Sicherheit Blinder oder Irrer . . .

Claudine sieht Renaud an, geblendet, mit bebenden Lidern. Er schweigt ergeben, mitgerissen, vom Strudel erfaßt, betrachtet sie eher kummervoll, scheint's, denn freudig. Sie bricht los:

»Oh, ich bin glücklich! Hier ist's schön! Ah! Und Sie wollten nicht herkommen! Aber wenn ich mir etwas in den Kopf setze . . . Nicht wahr, wir werden nie wieder fortgehen? Wenn Sie wüßten . . . Ich habe Ihnen gehorcht, ich, Claudine . . . früher habe ich niemals gehorcht, außer wenn es mir gerade so paßte . . . aber gehorchen wider Willen, während man's in den Knien spürt, süß und schmerzlich zugleich . . . oh! Darum also ließ Luce sich so gern prügeln, Sie wissen ja, Luce – Ich hab' sie so oft gehauen, ohne zu wissen, daß sie eigentlich recht hatte! Dann rollte sie den Kopf am Fensterbrett hin und her, dort, wo das Holz schon ganz abgebraucht war, weil wir während der Pause immer Muscheln aufschnitten – wissen Sie überhaupt, was für Muscheln ich meine? Einmal hab' ich selber welche finden wollen, im Teich von Barres, und habe Fieber gekriegt, mit zwölf Jahren – und meine schönen Haare . . . mit langen Haaren würd' ich Ihnen besser gefallen, nicht wahr? Meine Fingerspitzen schlafen ein . . . sie schlafen schon ganz fest . . . Riechen Sie? Absinth! Der dicke Herr dort drüben hat Absinth in seinen Champagner gegossen. In der Schule haben wir Gerstenzucker in Absinth getaucht und so lange daran gelutscht, bis es eine messerscharfe Spitze bekam. Die lange Anaïs war so gefräßig – und so geduldlos –, daß sie sie besser zuspitzen konnte als alle andern. Die Kleinen brachten ihren Gerstenzucker und baten: ›Mach' ihn mir schön spitzig!‹ Unappetitlich, nicht wahr? Ich hab' von Ihnen geträumt. Das war's, was ich Ihnen nicht sagen wollte . . . einen häßlichen, zu schönen Traum. Aber jetzt, wo ich ›woanders‹ bin, können Sie's ruhig erfahren . . .«

»Claudine!« fleht er leise.

Die tolle Claudine, ihm zugeneigt, legt die Hände aufs Tischtuch und sieht ihm voll ins Gesicht, hingerissen, rückhaltlosen Blicks. Eine Locke kitzelt ihre rechte Braue. Und sie spricht, sie, die

Schweigsame, Verschlossene, spricht, wie eine Brunnenschale überquillt, sieht ihn schnell atmen, erröten und erblassen, und findet das ganz natürlich. Doch, warum nur, warum scheint er nicht befreit, entzückt, wie sie? Halb unbewußt stellt sie sich die Frage und antwortet laut, mit einem tiefen Seufzer:
»Jetzt kann mir nichts mehr passieren.«
Renaud winkt den Ober herbei, mit der Heftigkeit eines Mannes, der sich sagt: »So kann das nicht weitergehen.«
Claudine phantasiert mit heißen Wangen und knabbert an ihren Teerosen.
»Wie dumm Sie sind!«
»Ja?«
»Ja. Sie haben gelogen. Sie haben Marcel absichtlich zu Hause gelassen!«
»Nein, Claudine.«
Dieses leise, sanfte »Nein« trifft sie hart, dämpft ihre Ausgelassenheit. Wie eine kleine Traumwandlerin läßt sie sich aufrichten und hinausführen. Das Parkett gibt nach wie sonnendurchglühter Asphalt. Renaud hat gerade noch Zeit, sie beim Ellbogen zu fassen, führt, trägt sie fast in den geschlossenen Fiaker und setzt sich neben sie. Der Wagen fährt. Claudine lehnt den summenden, gedankenleeren Kopf an die hilfreiche Schulter. Renaud fragt besorgt:
»Ist Ihnen nicht gut?«
Keine Antwort.
Endlich: »Doch. Aber halten Sie mich fest! Ich schwimme. Alles schwimmt, übrigens! Sie auch. Oder nicht?«
Er schlingt den Arm um ihre Hüfte, mit einem tiefen, angstvollen Seufzer. Sie lehnt den Kopf an seine Schulter, doch sein Hut stört sie. Mit unsicherer Hand nimmt sie ihn herunter, legt ihn auf ihren Schoß und neigt das Haupt von neuem der guten, hilfreichen Schulter zu, mit der Sicherheit eines Menschen, der nach langem, aufreibendem Marsch endlich das Ziel vor Augen sieht. Und die kluge Claudine sitzt dabei, beobachtet, nähert sich zuweilen – oh, kostbare Hilfe! Sie ist fast so toll wie die andere, diese kluge Claudine.
Ihr Gefährte, ihr geliebter Freund, kann sich nicht enthalten, diesen willenlosen Körper an sich zu drücken ... Doch schon hat er sich wieder gefaßt und rüttelt sie sacht:
»Claudine! Claudine! Denken Sie daran, daß wir beinahe zu Hause sind! Werden Sie allein über die Stiege kommen?«
»Über was für eine Stiege?«

»Die Ihrige, natürlich. Rue Jacob.«
»Sie wollen mich verlassen?«
Sie ist in die Höhe gefahren, schnell wie eine Blindschleiche, barhäuptig und zerrauft, mit fragender, entsetzter Miene.
»Aber, Kleines – kommen Sie zu sich! Wir sind heute abend verrückt! Und alles ist meine Schuld . . .«
»Sie wollen mich verlassen?« ruft sie, uneingedenk des Kutschers und seines aufmerksamen Rückens, »Sie wollen mich verlassen? Wohin soll ich denn gehen? Ihnen will ich folgen, Ihnen . . .« Ihre Augen röten sich, sie preßt die Lippen aufeinander, es fehlt wenig, und sie schrie.
»Oh! Ich weiß, warum! Sie gehen zu Ihren Weibern, zu denen, die Sie lieben! Marcel hat mir alles erzählt! Sie haben mindestens sechs! Aber die lieben Sie nicht, sind alt und häßlich und werden Sie verlassen! Und Sie werden mit allen schlafen, mit allen, und werden sie küssen! Sogar auf den Mund! Und ich? Was soll ich tun? Wer wird mich küssen? Oh, warum wollen Sie mich nicht wenigstens zur Tochter? Ich hätte Ihre Tochter sein sollen, Ihre Freundin, Ihre Frau . . . alles, alles!«
Sie wirft sich an seinen Hals, von Schluchzen geschüttelt. Renaud schließt sie in seine Arme, sein Mund plündert den lockigen Nacken, den warmen Hals, die salzigen Wangen.
»Dich verlassen, geliebter Duft?«
Sie ist jäh verstummt, hebt ihm ihr tränennasses Gesicht entgegen, betrachtet ihn mit gespannter Aufmerksamkeit. Er atmet schwer, jung und bleich unter dem Silberhaar. Claudine fühlt das Zittern seiner Arme. Er neigt sich über den heißen Mund des Mädchens, das sich biegt und bäumt, zu weigern oder zu gewähren – es weiß es selber nicht . . . Da kommt der Fiaker zum Stillstand, mit einem scharfen Ruck. Die beiden fahren auseinander, trunken, ernst und zitternd. »Adieu, Claudine.«
»Adieu . . .«
»Ich begleite Sie nicht über die Stiege. Lassen Sie mich Ihre Kerze anzünden. Haben Sie Ihren Wohnungsschlüssel?«
»Den Schlüssel? Ja.«
»Morgen kann ich Sie nicht besuchen. Morgen ist heute. Ich komme übermorgen. Um vier Uhr, ganz bestimmt.«
»Um vier.«
Folgsam läßt sich die tolle Claudine die Hand küssen – lange –, atmet, während er sich darüberneigt, den leichten Tabakduft, der ihn begleitet, erklimmt im Wachtraum die drei Stockwerke und kriecht in ihr Himmelbett, von der klugen Claudine endlich,

endlich eingeholt. Höchste Zeit! Doch die kluge Claudine verschwindet furchtsam, respektvoll und bewundernd vor der andern, der tollen, die bedenkenlos dem Ruf des Schicksals folgte, in unaufhaltsamem Sieges- oder Schreckenslauf.
Schmerzen. Schmerzen überall. Köstliche Schmerzen, als hätte es Küsse oder Schläge auf mich herniedergeregnet . . . Zitternde Knie, kalte Hände, steifer Nacken. Und das Herz? Es will's dem Ticktack meiner kleinen Uhr nachtun, beeilt sich – bleibt stehen und tickt weiter, mit lautem Pochen. Das also ist die wahre Liebe? Es muß wohl so sein, ist mir doch kein anderer Ort teurer als seine Schulter, dieser wohlige Platz, in dessen warmer Geborgenheit meine Lippen fast seinen Hals berührten, lächle ich doch vor Mitleid, wenn ich die zarten Wangen Marcels mit Renauds zerknitterten Schläfen vergleiche. Nein, Gott sei Dank, er ist nicht jung. Dank dem edlen, nicht ganz unverrückten Herrn, den ich Papa nenne, brauche ich einen Vater, doch mir fehlt auch ein Freund, und ein Geliebter – Gott, ein Geliebter! Dazu habe ich also so viel gelesen, dazu mein Wissen um die Liebe in alle Winde posaunt, daß sich jetzt, beim bloßen Gedanken an dieses Wort, meine Zähne zusammenpressen und meine Zehen verkrampfen . . . Doch was tun, in seiner Gegenwart, da ich nun einmal daran denke?
Er wird schon sehen. Er denkt wohl auch daran . . . Zu Hilfe! Ich verdurste.
Ich reiße das Fenster auf, trinke aus dem Krug. Jetzt geht's besser. Noch brennt die Kerze auf dem Kaminsims. Ich stehe vor meinem Spiegelbild, fassungslos, daß man »es« mir nicht deutlicher anmerkt. Endlich finde ich Schlaf, gegen vier Uhr. Der Himmel ist schon ganz hell.

»Hunger, mein Herz? Deine Schokolade wartet seit halb acht! Jetzt ist es neun, so wahr ich dastehe! Na, du schaust ja lieb aus!«
»Wieso? Was hab' ich denn?«
»Man hat mein Kind ausgewechselt!«
Mit dem sicheren Instinkt einer Kupplerin bewertet sie meine Müdigkeit, inspiziert die verdrückten Federn meines Hütchens – ich habe es achtlos auf den Sessel geworfen – und freut sich meiner Kopfschmerzen.
Sie geht mir auf die Nerven.
»Wie lange wirst du noch deine Brüste wägen wie Melonen? Welche ist reifer?«

Mit leisem Lachen geht Mélie in die Küche, eines ihrer unmöglichen Liedchen trällernd:

»Die Mädchen von Montigny
sind heiß wie Glut im Herd,
weshalb sie's auch nicht stört,
wenn man sie . . .«

Dieses Zitat mag genügen.
Oh, ich weiß, was mich geweckt hat: die Furcht, die ganze letzte Nacht nur geträumt zu haben!
So also geschehen große Dinge? Gesegnet seien Asti, Pfeffer und Krebse! Ohne sie hätte ich weniger Mut bewiesen. Aber keine Angst: der Abend wäre gekommen, da ich mein Herz nicht mehr zu halten vermocht hätte, wenn auch nicht gestern . . . Nicht wahr, er liebt mich, war blaß, hat den Kopf verloren wie Claudine . . . Ohne diesen elenden – rechtzeitigen – nein, elenden Randstein der Rue Jacob, gegen den das Fiakerrad prallte, hätte er – noch nie hat mich ein Mann auf den Mund geküßt. Der seine ist schmal und lebendig, die Unterlippe fest und rund. Oh, Claudine, Claudine! Wie kindlich wirst du, da du dich Frau werden fühlst: ich habe seinen Mund heraufbeschworen, die Verzweiflung seiner dunklen Augen, und ein köstlicher Schmerz ließ mich die Hände falten . . .
Auch andere Gedanken kommen, an die ich mich lieber nicht verliere.
»Es tut weh!« trällert die Stimme der kleinen Luce. Doch nein, nein, sie hat mit einem Schwein geschlafen. Das besagt gar nichts. Und dann – wenn auch! Daß er da sei, immer, zu jeder Stunde, daß ich meinen teuren Platz an seiner Schulter bereit finde, wann immer ich komme, daß seine großen Arme mich schützend umschließen – das ist's, was ich brauche, das . . . Die Freiheit lastet schwer auf mir, meine Unabhängigkeit wird mir zur Qual. Ich suche einen Herrn und Meister, seit langem schon, länger als ich ahne. Freie Frauen sind keine Frauen. Er weiß, was mir fremd ist, verachtet ein wenig, was ich weiß. »Mein dummes Kleines«, wird er sagen und mein Haar streicheln . . .
Mitgerissen von meinem Wachtraum, senke ich den Kopf und hebe mich auf die Fußspitzen, um der Hand meines Freundes entgegenzuwachsen, wie Fanchette, wenn sie sich auf die Hinterpfoten stellt, damit ich ihren kleinen flachen Kopf kratze. »Die Anmut der Tiere ist in Ihnen, Claudine . . .« Was? Schon Essenszeit? Ich stehe vor meinem runden Spiegel, mit straff zu-

rückgekämmtem Haar, und suche zu erraten, ob ihm wohl meine spitzen Ohren gefallen werden ...

Mein Hunger ist bald gestillt. Ein wenig Orangenmarmelade, ein paar frites. Dann überlasse ich Papa seinem Kaffee, in den er mit täglich erneuter Pedanterie sieben Stück Zucker und eine Prise Pfeifenasche fallen läßt, und gebe mich bei dem Gedanken, noch siebenundzwanzig Stunden warten zu müssen, wilder Verzweiflung hin. Lesen? Ich kann nicht, nein, ich kann nicht. Silberblondes Haar verdeckt die Zeilen. Ausgehen? Unmöglich. Die Straßen wimmeln von Männern, die nicht Renaud heißen. Sie würden mir auffordernde Blicke zuwerfen, diese Esel, ohne zu wissen ...

Ein Stoffknäuel, achtlos auf meinen Fauteuil geworfen, entlockt mir ein Lächeln. Eines meiner Hemdchen. Wie lange ist es her, daß ich es begann? Ich muß nähen. Claudine wird Hemden brauchen. Ob dieses hier Renaud gefallen wird? Es ist weiß und duftig, mit zarter Spitze und Schulterspangen aus weißem Band ... An Abenden besonderer Selbstbewunderung betrachte ich mich lange vor dem hohen Spiegel, ausgezogen bis aufs Hemd, eine kleine, kurzgelockte Madame Sans-Gêne. Renaud kann mich nicht häßlich finden! O mein Gott, wie nahe – wie allzu nahe! – wäre ich ihm, nur mit einem dünnen Hemd bekleidet ... Meine bebenden Hände nähen verkehrt, und von fernher kommt das Stimmchen der Favoritin, groteske Erinnerung an längstüberstandene Handarbeitsstunden in Montigny, da Mademoiselles kleine Aimée klagte: »Claudine, um alles in der Welt, achten Sie auf Ihren Schlingstich! Sie perlen ihn nicht genug! Nehmen Sie sich ein Beispiel an Anaïs!«

Es läutet. Mein Herzschlag stockt. Ich lausche atemlos, den Fingerhut in die Luft gestreckt. Er ist's! Er! Er hat's nicht ausgehalten. Schon will ich aufspringen und hinauslaufen, da klopft Mélie – und Marcel tritt ein.

Verblüffung nagelt mich an meinen Stuhl. Marcel? Den hatte ich vergessen! Seit mehreren Stunden ist er tot. Was! Marcel! Warum er? Warum nicht der andere?

Schweigend und geschmeidig küßt er meine Hand und setzt sich auf den kleinen Sessel. Ich sehe zu, keines Wortes fähig. Er ist bläßlich, sehr hübsch, puppenhaft wie immer. Ein Cousin aus Zucker.

Mein Schweigen scheint ihn zu verstimmen. Er drängt:

»Also? Also?«

»Was, also?«

»War's lustig, gestern abend? Wie hat ›man‹ meine Abwesenheit erklärt?«
»Er sagte, Sie trügen eine unmögliche Krawatte.« Das Sprechen kostet mich Mühe.
Wie dumm er ist, dieser Kleine! Sieht er denn nicht das Wunder? Es springt in die Augen, sollte ich meinen. Dennoch beeile ich mich nicht, ihn aufzuklären. Marcel bricht in schrilles Gelächter aus. Ich zucke zusammen.
»Eine unmögliche Krawatte! Ha, ha, ha! Ja, das war alles. Die reine Wahrheit! Was halten Sie davon? Sie kennen doch meine Crêpe-de-Chine-Krawatte! Ein Geschenk Charlies.«
»Ich finde«, erwidere ich durchaus wahrheitsgetreu, »Sie taten sehr gut daran, sie nicht zu wechseln! Ihre Krawatte ist bezaubernd!«
»Nicht wahr! Dieser perlenbesäte Faltenwurf ist ein reizender Einfall! Oh, ich war Ihres Geschmacks sicher, Claudinette! Was nicht hindert«, setzt er mit höflichem Seufzer hinzu, »daß mein liebenswürdiger Herr Vater mich um diesen Abend mit Ihnen betrogen hat! Ich hätte Sie im Fiaker nach Hause gebracht! Auf diesen Moment habe ich mich schon gefreut . . .«
Kommt er vom Mond, um Gottes willen? Soviel Verblendung erregt mein Mitleid. Sicher hat er gestern abend harte Worte zu hören bekommen, denn beim Gedanken daran verhärten sich seine Züge und die Lippen werden zu einem schmalen Strich.
»Erzählen Sie, Claudine! Mein teurer Vater war sicher geistreich und charmant wie immer? Hat Sie weder ›kleinen Schmutzfink‹ noch ›übles Subjekt‹ genannt, wie? Gott«, grollt er mit neu erwachendem Zorn, »so ein Lümmel, so ein . . .«
»Nein!«
Die Heftigkeit meines Ausrufs reißt mich von meinem Sitz. Regungslos blickt er mich an, erbleicht, versteht und erhebt sich seinerseits. Stille. Ich höre das Ticken meiner kleinen Uhr, das Schnurren Fanchettes, den Atem Marcels und das erregte Pochen meines Herzens. Das Schweigen währt gut zwei Minuten . . .
»Sie auch?« sagt er schließlich in hämischem Ton. »Ich wußte nicht, daß sich Papa auch mit jungen Mädchen abgibt! Für gewöhnlich befaßt er sich nämlich mit verheirateten Frauen – oder mit Huren.«
Ich vermag kein Wort hervorzubringen.
»Und . . . die Sache ist ganz frischen Datums? Von gestern abend vielleicht? Danken Sie mir, Claudine! Durch meine Krawatte ward Ihnen dies Glück!«

Sein Näschen, fast ebenso weiß wie seine Zähne, bebt kaum merklich. Ich schweige noch immer. Irgend etwas hindert mich, zu sprechen . . .

Hinter dem Sessel, der uns voneinander trennt, steht Marcel und höhnt. Ich betrachte ihn verstohlen, mit herabhängenden Armen, gesenkten Haupts. Der Spitzenbesatz meines Schürzchens zittert im Takt meines Herzens. Neuerliche, nicht endenwollende Stille. Dann sagt er langsam, mit seltsamer, schleppender Stimme: »Ich habe Sie immer schon für sehr intelligent gehalten, Claudine, aber was Sie heute tun, erhöht noch meine Achtung für Ihre . . . Geschicklichkeit.«

Verständnislos hebe ich den Kopf.

»Sie sind ein bemerkenswertes Mädchen, Claudine, das kann ich Ihnen nicht oft genug sagen! Ich gratuliere Ihnen! Ohne Hintergedanken! Sie haben ganze Arbeit geleistet.«

Ich verstehe noch immer nicht. Dennoch schiebe ich sachte den Sessel zur Seite. Ich habe das unbestimmte Gefühl, daß er mich in Kürze stören wird.

»Sie wissen genau, was ich meine! Papa hat zwar nicht wenig Geld verpulvert, aber er ist noch immer eine gute Partie . . .«

Rascher als eine Wespe, schlage ich alle meine Nägel in seine Wange. Schon seit einer Weile zielte ich auf seine Augen. Mit einem durchdringenden Schrei fährt er zurück, schlägt die Hände vors Gesicht, schwankt ein wenig und stürzt zu dem Spiegel, der über dem Kaminsims hängt. Das untere Augenlid ist zerfetzt und blutet, schon tröpfelt Blut auf den Rockaufschlag. In fürchterlicher Erregung höre ich mich selbst kurze, rauhe Schreie ausstoßen. Marcel dreht sich um, außer sich. Der Meinung, er wolle eine Waffe fassen, wühle ich fieberhaft in meinem Arbeitskörbchen. Wo ist meine Schere, um Gottes willen? Doch er denkt nicht im entferntesten an Vergeltung, sondern stößt mich zur Seite, läuft in mein Waschkabinett und taucht sein Taschentuch ins Wasser. Schon neigt er sich über meine Waschschüssel . . . diese Frechheit! Im Nu bin ich neben ihm, packe seinen Kopf bei beiden Ohren, stoße Marcel ins Zimmer zurück und schreie mit heiserer, fremder Stimme:

»Nicht hier! Laß dich bei Charlie verbinden!«

Er greift nach seinem Hut, das Taschentuch auf dem Auge, läßt seine Handschuhe liegen, ich reiße sämtliche Türen auf und höre ihn die Treppe hinunterstolpern. Dann kehre ich in mein Zimmer zurück und stehe lange Zeit unbeweglich, keines Gedankens fähig. Meine Beine scheinen aus Watte zu sein. Ich muß mich setzen. Diese Bewegung bringt meine Denkmaschine in Gang und ich verzweifle. Geld! Geld! Er wagt zu sagen, ich sei auf Geld aus! Aber wart nur! Diesen Krallenhieb wirst du nicht so bald vergessen! Das Hautfetzchen, das da herunterhing . . . Ich habe das Auge verfehlt, um einen knappen Zentimeter. Und er hat mich nicht einmal niedergeschlagen, dieser Feigling! Dieser Waschlappen! Pfui Teufel! Geld! Geld! Was soll ich damit? Ich habe Geld genug, für mich und für Fanchette! Renaud, geliebter Renaud – ich werde ihm alles sagen, werde mich an ihn schmiegen, und seine Zärtlichkeit wird mir so wohltun, daß ich weinen werde . . .

Die Eifersucht spricht aus dem Kleinen. Oh, über seine schmutzige Mädchenseele!

Aber plötzlich verstehe ich die wahre Ursache seines Zorns, und meine Schläfen hämmern: sein Geld ist's, Marcels Geld, das ich mir aneigne, wenn ich Renaud heirate. Darum zittert er: um sein Geld! Wie aber soll ich diesen gemeinen Jungen daran hindern, an Claudines Habsucht zu glauben? Er wird nicht der einzige sein. Er wird es überall herumschreien, und alle werden es wiederholen, daß sich die Kleine verkauft, daß sie dem armen Renaud, der eben die gefährliche Vierzigerklippe umschifft, des Geldes wegen den Kopf verdreht . . . Was tun, was tun? Mein Gott! Ich will Renaud! Ich pfeife auf Marcels Geld, aber ich will Renaud. Wenn ich Papa um Hilfe bäte? Ach Gott! Ich habe solche Kopfschmerzen! O teurer, süßer Platz an seiner Schulter – soll ich ihm entsagen? Nein! Eher sprenge ich alles in die Luft! Eher binde ich Marcel an, hier in meinem Zimmer, bringe ihn um und sage nachher der Polizei, ich hätte ihn aus Notwehr getötet. Ja, das ist die Lösung!

Ich kauere in meinem tiefen Fauteuil, zwei Finger in den Ohren, zwei Finger in den Augen, stundenlang, im Kampf mit Verzweiflung, Zärtlichkeit und wüsten Träumen. Endlich weckt mich das klägliche Miau Fanchettes: sie hat Hunger.

»Essen? Nein, ich esse nicht. Ich hab' Kopfweh. Mach mir Limonade, Mélie, kalte Limonade, ich sterbe vor Durst! Ich leg' mich nieder.«

Papa und Mélie, unruhig und angstvoll, streichen bis neun um mein Bett. Endlich halte ich es nicht mehr aus und flehe:

»Ach, laßt mich in Ruh! Ich bin so müde!«

Kaum ist die Lampe verlöscht, werde ich der Geräusche gewahr,

die aus dem Hof heraufdringen. Die Dienstmädchen knallen Türen zu und waschen das Geschirr . . .
Renaud! Ich brauche Renaud! Warum habe ich ihm nicht sofort telegraphiert? Jetzt ist es zu spät! Es wird niemals morgen werden! Renaud, Freund, geliebtes Leben, Mann, dem ich mich anvertraue wie einem teuren Vater, in dessen Nähe ich mich bald angstvoll-beklemmt fühle, als sei ich seine Geliebte, bald schamlos-wohlig, als hätte ich schon als Kind in seinen Armen geruht . . .
Stunden fiebrigen Träumens. Es pocht schmerzhaft in meinen Schläfen und mir ist, als rufe ich fortwährend einen Menschen, der zu weit weg ist, um hören zu können. Aber plötzlich klärt sich der Nebel meiner Gedanken, weicht kreisförmig zurück und umstrahlt – endlich, endlich! – *die Idee!* Sie kommt mit der Morgendämmerung, gleichzeitig mit dem Erwachen der Sperlinge, mit der flüchtigen Frische der ersten Sommertagsstunden. Entzückt von *ihr*, liege ich regungslos auf dem Rücken, mit weit offenen Augen. Wie einfach, mein Gott, wie einfach! Wieviel unnötiger Kummer! Ich werde schlecht aussehen, wenn Renaud kommt, mit dunkel umrandeten Augen und blassen Wangen! Und dabei lag die Lösung so nahe!
Marcel darf nicht denken: Claudine will mein Geld. Doch ich will nicht sagen: »Gehen Sie, Renaud, hören Sie auf, mich zu lieben.« Gott, nein, nicht das will ich ihm sagen! Aber ebensowenig will ich ihn heiraten, und darum habe ich beschlossen, – um mein empfindliches Gewissen zu beruhigen –, seine Geliebte zu werden.
Jetzt ist alles in Ordnung. Von neuem Lebensmut erfüllt, schlafe ich wie ein Stück Holz, auf dem Bauch, das Gesicht in den Armen vergraben. Die Tirade des klassischen Bettelgreises weckt mich, und ich erwache, staunend und erholt. Schon zehn Uhr!
»Mélie! Vier Sous für den Alten!«
Mélie hört nicht. Ich schlüpfe in meinen Schlafrock und laufe zum Wohnzimmerfenster, zerrauft wie eine Zichorie. »Alter, da sind zehn Sous! Behalten Sie den Rest!«
Der schöne weiße Bart! Sicher besitzt der gute Greis ein Haus und Ländereien, wie die meisten Pariser Bettler. Desto besser für ihn. Auf dem Rückweg in mein Zimmer begegne ich Monsieur Maria. Er bleibt stehen, geblendet von meinem morgendlichen Negligé.
»Glauben Sie nicht, Monsieur Maria, daß das Ende der Welt gekommen ist? Heute, meine ich?«

»Leider nein, Mademoiselle.«
»Ich schon. Sie werden sehen!«

Bis zum Kinn in lauwarmem Wasser, betreibe ich aufmerksam Selbststudien. Diesen Flaum an den Beinen kann man wirklich nicht als Haare bezeichnen – oder doch? Die Spitzen meiner Brüste sind nicht so rosig wie die Luces – doch dafür habe ich längere, schönere Beine, und Hüften mit kleinen Grübchen. Nein, Rubens bin ich keiner, aber ich habe für das Genre Helène Fourment nicht viel übrig. Renaud übrigens ebensowenig.
Der Name Renaud, in einem Augenblick ausgesprochen, da meine ganze Kleidung aus einem Buchenbottich besteht, erschreckt mich ein wenig. Elf Uhr. Noch fünf Stunden. Also gut. Bürsten wir, bürsten wir das Haar, die Zähne, die Nägel. Alles muß glänzen! Feine Strümpfe, ein neues Hemd, ein dazupassendes Höschen, mein rosa Korsett, meinen rotgestreiften Seidenunterrock, der bei jeder Bewegung knistert . . .
Ich bin fröhlich wie anno dazumal in der Schule, quecksilbrig und unbekümmert, lache aus vollem Hals – nein, ich will nicht an das denken, was heute noch alles geschehen kann . . . Gott, da ich mich nun einmal hingebe, mag er mich heute noch haben, wenn er will. All das gehört ihm . . . Doch ich hoffe, er wird Geduld haben, wird nicht so plötzlich . . . Nein, das würde ihm nicht gleichen. Ich zähle viel mehr auf ihn als auf mich. Habe ich nicht schon längst »das Ruder verloren«, wie es in Montigny heißt?

Dennoch: der Nachmittag will und will nicht vergehen. Renaud muß kommen. Das gibt's nicht, daß er fortbleibt. Ab drei spiele ich »Panther im Käfig«, horche auf jedes Geräusch . . .
Zwanzig Minuten vor vier: ein schwacher Glockenton. Nein, nein, ich irre nicht, er ist's. An den Bettpfosten gelehnt, höre ich auf, zu sein.
Die Türe öffnet und schließt sich wieder. Renaud ist da, barhäuptig, ein wenig abgemagert. Sein Schnurrbart zittert fast unmerklich, die Augen schimmern blau durch das Halbdunkel. Ich rühre mich nicht, spreche kein Wort. Er ist größer. Er ist blässer. Er ist dunkel, müde, prachtvoll. Noch dicht bei der Türe, sagt er mit leiser Stimme, ohne sich mir zu nähern: »Guten Tag, Claudine.«
Der Klang seiner Stimme zieht mich unwiderstehlich an. Ich

gehe auf ihn zu, strecke ihm beide Hände entgegen. Er küßt eine nach der andern und läßt sie wieder fallen.
»Sind Sie mir böse, kleine Freundin?«
Ich zucke die Achseln, keines Wortes fähig, und setze mich auf den Fauteuil. Er nimmt auf dem niedrigen Sessel Platz. Ich rücke rasch in seine Nähe, bereit, mich an ihn zu schmiegen. Böser! Er tut, als verstehe er nicht, und beginnt zu sprechen, leise und stokkend wie jemand, der sich fürchtet . . .
»Sie sagten mir gestern tausend Dinge, kleiner Hitzkopf, die Schlaf und Tageslicht wohl fortgeschwemmt haben . . . Wartet ein wenig, seht mich nicht zu oft an, geliebte Augen Claudines, die ich nie vergessen werde und die zu zärtlich blickten . . . Die ganze letzte, die halbe vorletzte Nacht habe ich gegen eine große, verrückte, lächerliche Hoffnung angekämpft . . . Ich habe vergessen«, setzt er mühsam fort, »daß ich vierzig Jahre alt bin, doch ich bedachte, daß Sie sich dessen erinnern würden, wenn nicht heute, so doch morgen, oder zumindest in kurzer Zeit . . . Meine Liebste mit den allzu zärtlichen Augen, mein kleiner, lockiger Hirt . . .« Seine Stimme wird immer leiser, es schnürt ihm den Hals zusammen, seine Augen werden feucht. »Versuchen Sie mich nicht länger! Ich bin nur ein armer, besiegter Mann. Sie haben mich überrannt, Claudine, nun ist es an Ihnen! Verteidigen Sie sich! Gott, es ist entsetzlich: Sie könnten meine Tochter sein . . .«
»Aber ich bin auch Ihre Tochter!« (Ich strecke ihm beide Arme entgegen.) »Fühlen Sie denn nicht, daß ich auch Ihre Tochter bin? Vom ersten Tag an war ich Ihr gehorsames, staunendes Kind – und mein Staunen wurde immer größer, als ich bald darauf merkte, wieviel mir in Ihnen wurde: ein Vater, ein Freund, ein Meister, ein Liebster – Oh, widersprechen Sie nicht! Lassen Sie mich auch das sagen: ein Liebster! Einen Liebhaber findet man alle Tage. Aber einem Menschen zu begegnen, der alles in sich vereint, der mich verwaist und verwitwet, freundlos und allein zurückließe, wenn er mich verließe – ist das nicht ein Wunder ohnegleichen? Dieses Wunder sind Sie – ich liebe Sie!«
Er schlägt die Augen nieder. Zu spät. Eine Träne rollt über seine Wange. Halb von Sinnen, werfe ich mich an seine Brust. »Haben Sie Kummer? Hab' ich Sie unwissentlich gekränkt?«
Die langersehnten Arme umschließen mich endlich, die feuchten blauschwarzen Augen strahlen auf mich nieder.
»O unverhofftes Mädchen! Lassen Sie mir keine Zeit, mich meines Tuns zu schämen! Ich kann nicht anders, als dich behalten,

kleiner Körper, der mir alle Schönheit der Welt bedeutet ... Kann ich mit Ihnen jemals altern?

Oh, wüßten Sie, geliebter kleiner Vogel, wie ausschließlich meine Zärtlichkeit ist, wie jung meine Eifersucht, und welch unerträglicher Gatte ich sein werde!«

Gatte? Ach ja, er weiß nicht ... Jäh in die Wirklichkeit zurückgerufen, löse ich mich aus seiner Umarmung, lasse meinen geliebten Platz an seiner Schulter und sage:

»Nein, nicht mein Gatte.«

Er sieht mich an, zärtlichen, trunkenen Blicks, mit ausgebreiteten Armen.

»Ich meine es ganz ernst. Ich wollte es Ihnen gleich sagen, aber ... Sie werfen mich im ersten Moment über den Haufen und dann – ich hatte Sie so sehr erwartet, daß ich kaum mehr wußte, was ich sagen sollte ... Setzen Sie sich hierher. Nein, fassen Sie mich nicht um die Mitte – noch am Arm – noch an der Hand ... Eigentlich dürften Sie mich kaum ansehen, Renaud.«

In meinen kleinen Fauteuil gekauert, schiebe ich mit ausgestreckten Armen seine suchenden Hände zurück, so gut es mir gelingt. Er setzt sich nahe, ganz nahe zu mir, auf den bretonischen Sessel.

»Marcel ist gestern gekommen. Gestern nachmittag, jawohl. Er wollte den Verlauf des gestrigen Abends hören ... Als ob sich das erzählen ließe, Renaud! Er hat mir seinerseits die Krawattengeschichte erzählt. Und dann sprach er von Ihnen, mit einem Ausdruck, den er besser bei sich behalten hätte.«

»Ah!« grollt Renaud. »Das bin ich gewohnt.«

»Dabei merkte er, daß ich Sie liebe. Und er beglückwünschte mich zu meiner Geschicklichkeit. Anscheinend sind Sie nicht ganz unbegütert, und wenn ich Ihre Frau werde, eigne ich mir Marcels Geld an ...«

Renaud ist aufgestanden. Das Beben seiner Nasenflügel verheißt nichts Gutes. Ich beeile mich, zu Ende zu kommen.

»Deshalb will ich Sie nicht heiraten ...«

Ein zitternder, fast unhörbarer Seufzer drängt mich, zu vollenden. –

»– aber ich will Ihre Geliebte sein.«

»Oh! Claudine!«

»Was, Claudine?«

Er betrachtet mich mit hängenden Armen. Aus seinen Augen spricht so viel Bewunderung, so viel Kummer, daß ich nicht weiß, was ich denken soll. Ich hatte Triumph erwartet, eine ra-

sende Umarmung, die sofortige, vielleicht allzu lebhafte Zustimmung ...
»Ist das nicht die beste Lösung? Meinen Sie, daß ich jemals, jemals den Anschein erwecken wolle, ich liebte Sie nicht mehr als alles andere? Ich habe selber Geld, jawohl, hundertfünfzigtausend Francs! Da staunen Sie, was? Ich pfeife auf Marcels Geld!«
»Claudine ...«
»Ich muß ihnen noch etwas gestehen«, sage ich schmeichelnd und trete einen Schritt näher. »Ich habe Marcel zerkratzt – ich – ich habe ihm ein ganzes Stück Haut herausgerissen und ihn hinausgeworfen.«
Bei dieser Erinnerung werde ich lebhaft, und meine kriegerischen Gesten entlocken ihm ein Lächeln. Aber worauf wartet er? Was will er noch? Versteht er denn nicht?
»Also – so meine ich das«, setze ich fort und kämpfe gegen aufkeimende Verlegenheit, »es wird nicht schwer sein. Sie wissen, wieviel Freiheit man mir läßt! Diese ganze Freiheit gebe ich Ihnen – gern würde ich Ihnen mein ganzes Leben schenken – aber Sie sind beschäftigt. Sie reisen. Wenn Sie Zeit haben, kommen Sie zu mir, oder ich komme zu Ihnen – zu Ihnen! Nicht wahr, für eine Claudine, die ganz Ihnen gehört, werden Sie Ihre Wohnung nicht mehr zu sehr ›Stich aus dem achtzehnten Jahrhundert‹ finden?«
Meine Beine zittern ein wenig. Ich setze mich. Er läßt sich auf die Knie fallen – sein Gesicht ist in gleicher Höhe mit meinem – und bringt mich zum Verstummen, indem er seinen Mund an den meinen legt, ganz, ganz leicht, den Bruchteil einer Sekunde. Doch kaum beginnt der Kuß, mich zu blenden, wendet er sich ab, schlingt den Arm um mich und sagt mit unsicherer Stimme:
»O Claudine, kleines, aus schlechten Büchern unterrichtetes Mädchen, gibt es auf Erden etwas Reineres als Sie? Nein, mein Leben, meine Liebste, ich werde diesen verschwenderischen Wahnwitz niemals dulden! Wenn ich Sie nehme, dann für immer, ehrlich, banal, gutbürgerlich: zur Frau!«
»Nein, ich heirate Sie nicht!«
Ich muß meinen ganzen Mut zusammennehmen, denn wenn er mich »mein Leben« und »meine Liebste« nennt, strömt mein ganzes Blut dem Herzen zu und meine Knochen werden weich.
»Ihre Geliebte, oder nichts.«
»Meine Frau, oder nichts.«
Endlich kommt mir die Seltsamkeit dieses Streits zu Bewußtsein und ich breche in krampfhaftes Gelächter aus. Und während ich

lache, offenen Munds, den Kopf nach rückwärts geworfen, sehe ich Renaud über mich geneigt, in so verzweifelter Begierde, daß ich erzittere und ihm tapfer die Arme entgegenstrecke, im Glauben, er nehme mich an . . .

Doch er schüttelt den Kopf und sagt mit erstickter Stimme: »Nein.«

Was soll ich tun? Ich falte die Hände. Ich flehe. Ich biete ihm meinen Mund, mit halbgeschlossenen Augen. Er wiederholt noch einmal, fast unhörbar: »Nein! Meine Frau, oder nichts.«

Ich springe auf, ratlos, am Ende meiner Weisheit.

Da geht Renaud mit großen Schritten auf die Wohnzimmertüre zu, als sei ihm plötzlich eine Erleuchtung gekommen. Schon faßt er die Klinke von Papas Arbeitszimmer, da errate ich seine Absicht. Der Elende! Er geht, um meine Hand anzuhalten!

Ich wage kein lautes Wort, falle ihm in den Arm und flehe: »Oh, bitte, bitte nicht, bitte nicht! Wenn Sie mich lieben, tun Sie es nicht! Alles, was Sie wollen! Wollen Sie Claudine auf der Stelle, heute noch? Nur bitten Sie Papa um nichts, warten Sie ein paar Tage. Bedenken Sie! Diese ekelhafte Geldgeschichte! Marcel ist giftig! Er wird überall herumschreien, ich hätte Sie gewaltsam verführt! Ich liebe Sie, ich liebe Sie!«

Renaud bedient sich aller Mittel, schließt mich in die Arme, küßt langsam meine Wangen, meine Augen, mein Haar, die Stelle unterm Ohr, wo es meinen ganzen Körper erzittern macht . . . Was vermag ich in seinen Armen?

Er küßt mich ein letztes Mal und öffnet lautlos die Türe. Ich habe gerade noch Zeit, zur Seite zu springen.

Papa, im Türkensitz inmitten seiner Papiere, mit zerrauftem Bart und kriegerischer Nase, beäugt uns voll Zorn. Wir kommen zur Unzeit.

»Was hast du hier verloren? Ah, Sie sind es, lieber Herr! Sehr erfreut Sie zu sehen!«

Renaud gewinnt seine Kaltblütigkeit zurück und wirkt fast feierlich, wenngleich barhaupt und ohne Handschuhe.

»Können Sie mir eine Minute widmen, Monsieur? Ich möchte etwas Ernstes mit Ihnen besprechen.«

»Niemals«, erklärt Papa kategorisch. »Nicht vor morgen. Das hier –«, fügt er hinzu, zu Monsieur Maria gewendet, der an seinem Tischchen schreibt – zu schnell übrigens, »– ist von größter Wichtigkeit.«

»Was ich Ihnen zu sagen habe, Monsieur, ist ebenfalls von größter Wichtigkeit.«

»Dann heraus damit.«
»Ich möchte – trachten Sie bitte, mich nicht über die Maßen lächerlich zu finden – ich möchte Claudine heiraten.«
»Soll dieser Zirkus wieder von vorne anfangen?« schimpft Papa mit dröhnender Stimme, zu seiner ganzen Größe aufgerichtet. »Gottes Blitz und tausend Ferkel, Hurenkinder samt und sonders! Wissen Sie denn nicht, daß dieses störrische Maultier nicht heiraten will? Sie wird Ihnen gleich sagen, daß sie Sie nicht liebt!«
Im Ungewitter findet Renaud seine ganze Kühnheit wieder. Gelassen wartet er das Ende der Tirade ab, mißt mich von oben bis unten und fragt mit halbgeschlossenen Augen: »Sie liebt mich nicht? Wagen Sie zu behaupten, Claudine, daß Sie mich nicht lieben?«
Meiner Treu! Ich wage es nicht. Und ich sage leise, aber von ganzem Herzen: »Doch, ich liebe Sie . . .«
Papa ist fassungslos und betrachtet seine Tochter wie eine vom Mars gefallene Schnecke.
»Ah, das ist stark! Und Sie? Sie lieben sie?«
Renaud wirft den Kopf zurück.
»Es hat den Anschein.«
»Ah, das ist unglaublich!« erhitzt sich Papa, unerreicht an Wirklichkeitsferne. »Mir soll's recht sein. Mein Typ wär' sie allerdings nicht. Ich bin mehr für solche Frauen –«
Und seine Hände deuten Ammenbrüste an . . .
Was soll ich sagen? Ich bin besiegt. Renaud hat geschwindelt. Ich stelle mich auf die Zehenspitzen und flüstere ihm ins Ohr: »Aber Marcels Geld will ich nicht!«
Renaud, strahlend jung mit seinen Silberschläfen, zieht mich ins Wohnzimmer, als gelte es, mich zu stehlen, und erwidert leichthin und schadenfroh:
»Ach was! Ihm bleibt noch die ganze Großmutter!«
Und wir kehren in mein Zimmer zurück, einer in des andern Arm, beflügelt und kindisch wie verliebte Romanhelden . . .

Claudine in der Ehe

Unsere Ehe bereitet mir Sorgen: irgend etwas stimmt nicht, das fühle ich genau.
Renaud ahnt noch nichts. Wie sollte er auch?
Seit sechs Wochen sind wir wieder hier, nach anderthalb Jahren rastlosen, fiebrig-faulen Herumzigeunerns. Montigny, Bayreuth und ein badisches Dorf, von dem ich zu Renauds unbeschreiblicher Erheiterung ursprünglich annahm, es hieße »Forellenfischerei« (erstens wird man vom Vorhandensein einer solchen durch Riesenlettern in Kenntnis gesetzt, zweitens kann ich nicht Deutsch), waren einige der vielen, vielen Stationen unserer Reise.

Ich sah auch das Mittelmeer: schutzsuchend an Renaud gedrängt, betrachtete ich ungnädig die graue Wasserfläche, die eine kraftlose Sonne matt beschien, ein kalter Wind mitleidslos aufrauhte. Nein, dieser Pseudosüden gefällt mir nicht: zu viele Hütchen, zu viele Sonnenschirme, zu viele Bekannte Renauds. Wir begegneten ihnen an allen Ecken und Enden, vielköpfigen Familien, die er mit Freikarten versorgt, alleinstehenden Damen, bei denen er zu dinieren pflegte. Renaud, dieser entsetzliche Mensch, hat die Gabe, sich überall beliebt zu machen, stürzt sich für Leute in Unkosten, die er kaum kennt – vorzugsweise für solche –, und erklärt mit sanfter Unverschämtheit: »Für seine Freunde braucht man sich nicht anzustrengen. Ihrer ist man sicher.«

Claudine hingegen, die verstörte Provinzlerin, vermochte dem vielgerühmten Winter an der Riviera, dem Knistern kostbarer Spitzenroben unter schweren Zobelkapes nichts, aber auch gar nichts abzugewinnen.

Und noch etwas ließ mich an den holperigen Straßen nur mäßiges Gefallen finden, forderte meinen überreizten Nerven das

Letzte ab: der Mißbrauch, den ich mit Renaud, Renaud mit mir getrieben.
Durchgerüttelt, aufgewühlt, in schmerzvoll-köstlichem Zustand körperlicher Trunkenheit und sinnverwirrenden Taumels flehte ich schließlich um Gnade, um Ruhe, um Heimkehr ins Nest. Hier bin ich nun. Was brauche ich mehr? Was fehlt mir noch?

Ich weiß es nicht. Doch ich will versuchen, das Kunterbunt dieser noch so nahen, schon so fernen Erinnerungen ein wenig zu ordnen . . .

Mein Hochzeitstag – welch bizarre Komödie! Drei Wochen Verlobung, die häufige Gegenwart des Mannes, der mir teurer ist als mein Leben, seine befremdlichen Blicke, seine noch befremdlicheren (wiewohl beherrschten!) Gesten, sein Mund, stets auf der Suche nach einem Stück Claudine – all das gab mir an jenem Donnerstag das Aussehen einer fiebernden Katze. Renauds Zurückhaltung, seine Selbstverleugnung während unserer Brautzeit wollten mir nicht einleuchten. Ein Wort, und ich wäre sein gewesen; das wußte er wohl. Dennoch ließ er uns in nervenaufreibender Sittsamkeit dahinschmachten, allzu genießerisch auf sein – und mein? – Glück bedacht. Wie oft warf ihm Claudine, entfesselt und hingerissen, nach einem kurzen, vor der . . . der moralischen Frist abgebrochenen Kuß zornige Blicke zu. »Heute oder in acht Tagen – wo ist der Unterschied? Sie erregen mich unnütz, ermüden mich furchtbar –« Umsonst. Mitleidslos für sich und mich, ließ er mich bis zum Tag unserer Lustspielhochzeit heil, ganz und unberührt, sehr gegen meinen Willen.
Bei den Hochzeitsvorbereitungen mitzuhelfen, weigerte ich mich entschieden, ehrlich empört über die Notwendigkeit, einen Herrn Magistrat und einen Herrn Pfarrer von meinem Entschluß, fürderhin mit Renaud zu leben, feierlich in Kenntnis zu setzen. Mein zukünftiger Gatte, geduldig und geschickt, unternahm daher alle nötigen Schritte selbst, unterstützt von Papa, der bei dieser Gelegenheit eine ebenso wilde wie unerwartete Hingabe an den Tag legte.
Mélie strahlte. Selig, dem glücklichen Ende einer Liebesgeschichte beizuwohnen, trällerte sie vor sich hin, daß der düstere Hof widerhallte. Fanchette hingegen – das Söhnchen (»schöner als ein Sohn Ptahs«) folgte ihr auf schwanken Beinen – beroch offene Schachteln, neue Stoffe und ellbogenlange Handschuhe

mit unverhohlenem Mißvergnügen und »machte Brot« aus meinem weißen Tüllschleier.
Am Vorabend unserer Hochzeit brachte mir Renaud den spitzen Rubin, den ich an zarter Goldkette um den Hals trage. Ich entsinne mich dessen so deutlich . . .
Bezaubert von seiner Tönung – sie erinnert an die kostbare Farbe hellen Rotweins – hielt ich den Stein gegen das Licht, die Linke auf Renauds Schulter gelegt. Er kniete vor mir und lachte: »Du schielst, Claudine! Du schielst wie Fanchette, wenn sie einer Mücke nachguckt!«
Ich gab keine Antwort. Statt dessen steckte ich den Rubin in den Mund (»Eigentlich müßte er auf der Zunge zergehen und nach Himbeeren schmecken.«) Renaud war von dieser Art der Juwelenbeurteilung ein wenig befremdet. Tags darauf brachte er mir Bonbons. Ich muß gestehen, sie waren mir nicht minder willkommen als der Schmuck.
Am nächsten Morgen erwachte ich in aller Herrgottsfrühe, verärgert und verstimmt, verwünschte Magistrat und Kirche, das zentnerschwere Schleppkleid, die brühheiße Frühstücksschokolade, kredenzt von einer Mélie, die seit Tagesanbruch in violettem Kaschmir steckte (»Ah, mein Goldkind, jetzt geht's los!«), Hochzeitsgäste und Zeugen: Maugis und Robert Parville für Renaud, Tante Coeur in Chantilly-Spitze, Marcel, von seinem Vater pardoniert (ich glaube, Renaud verzieh ihm aus purem Mutwillen), für mich ein ordensgeschmückter, nicht allzu sauberer Malakologe, dessen Name mir bis heute verborgen blieb, und – Monsieur Maria! Papa, munter und vergeßlich, fand diese seltsame Entwirrung meiner Liebesleiden durchaus passend.
Viel zu früh bereit und ein wenig gelblich in weißem Kleid und schief sitzendem Schleier – nein, kurzes Haar ist nicht immer von Vorteil! –, hockte Claudine vor dem Korb Fanchettes, die sich von ihrem gestreiften Söhnchen gerade den Bauch massieren ließ, und dachte: »Oh, diese leidige Hochzeit! Können wir denn nicht in Ruhe hierbleiben, hier, in diesem kleinen Zimmer, wo ich schlief und von ihm träumte, von ihm träumte, ohne zu schlafen, zu zweit, bei wohlversperrter Tür, essen und . . . Doch nein. Mein Himmelbett wäre zu schmal . . .«

Nicht einmal die Ankunft Renauds, noch seine Erregung, kaum merklich an der Fahrigkeit seiner sonst so gelassenen Gebärden, vermochten diese Gedanken zu verscheuchen.

Nun galt es, Papa in Gang zu bringen; zumindest versuchte dies Monsieur Maria, der sichtlich die Nerven verlor. Mein Erzeuger, seiner selbst und der Umstände würdig, hatte meine Hochzeit einfach vergessen, spazierte zehn Minuten vor zwölf im Schlafrock herum, gemächlich an seiner Pfeife schmauchend, und empfing den armen Maria mit den bemerkenswerten Worten:
»Vorwärts, Maria, machen Sie weiter! Sie sind verflucht spät dran! Dabei haben wir heute so ein schwieriges Kapitel! . . . Wieso rennen Sie denn im Frack herum? Sie schauen ja aus wie ein Kellner!«
»Aber, Monsieur! Monsieur! Die Hochzeit – Mademoiselle Claudine – wir warten nur mehr auf Sie –«
»Tausend Ferkel!« Papa warf einen Blick auf die Uhr, als könnte sie ihm das Datum verraten. »Tausend Ferkel! Heute heiratet sie? Sind Sie sicher? Dann gehen Sie einstweilen voraus. Man kann ja ohne mich anfangen!«

Robert Parville, verstört wie ein verlorener Pudel, da ausnahmsweise nicht im Kielwasser der kleinen Lizery; Maugis, mit spöttischer Würde übertüncht; Monsieur Maria, sehr blaß; eine gezierte Tante Coeur; ein verkrampfter Marcel; keine große Gesellschaft, nicht wahr? Dennoch schien mir, während ich in weißer Abgeschiedenheit dem Vibrieren meiner Nerven nachhorchte, als befänden sich mindestens fünfzig Personen in unserer engen Wohnung . . .
Was dann kam, dünkte mich einer jener verworrenen Träume, in denen man mit gefesselten Beinen die Hauptrolle spielt; ein lila Lichtstrahl auf meinem weißen Handschuh, vom bunten Spitzbogenfenster gefärbt; mein überlautes Lachen in der Sakristei, weil Papa unbedingt zweimal unterschreiben wollte (»Meine erste Unterschrift ist zu mager!«); die ganze Hochzeit ein Triumph des Unwirklichen, schattenhaft, doch von erstikkender Intensität. Selbst Renaud ist fern und wesenlos geworden . . .
Nach Hause zurückgekehrt, fragte er zärtlich, wie ich mich fühlte, geängstigt von meiner trüben, angespannten Miene.
Ich schüttelte den Kopf. »Kaum verheirateter als heute früh. Und Sie?«
Sein Schnurrbart zitterte leicht. Da errötete ich und zuckte die Achseln.
Man ließ mich allein: ich wollte mich des lächerlichen Kleides entledigen. Fanchette, meiner Allerliebsten, schien ich in rosa

Batistbluse und weißem Sergerock viel vertrauter. Ich soll dich also verlassen, Fanchette? Es ist das erste Mal . . . Doch es muß sein. Ich will dich nicht auf Reisen schleppen, mitsamt deiner Familie . . .
Es würgt mich in der Kehle, ich fühle eine undeutbare Beklemmung, die schmerzenden Rippen sind plötzlich zu eng . . . Oh, nimm mich rasch, geliebter Freund, befreie mich von dieser törichten Angst, die weder Scham ist noch Furcht . . .
Wie spät kommt doch die Nacht im Juli, wie schwer lastet der weiße Tag auf meinen Schläfen!
Bei Einbruch der Dunkelheit entführte mich mein Mann. Mein Mann! Das Pochen meines Herzens übertönte das weiche Rollen der Gummiräder und ich preßte die Zähne zusammen, so fest, daß sein Kuß sie nicht zu lösen vermochte.
Rue de Bassano. Im gedämpften Licht kleiner Lampen sah ich fast nichts von diesem Appartement, »das zu sehr an einen Stich aus dem achtzehnten Jahrhundert erinnert«. Und dabei war ich so neugierig gewesen . . .
Ein Duft nach hellem Tabak, Maiglöckchen und Juchten schwebte im Raum, derselbe, der den Kleidern meines Freundes anhaftet. Ich atmete ihn aus vollen Zügen, mich noch tiefer, noch rettungsloser zu berauschen.

Es ist, als sei mir dieser Augenblick für ewig geblieben. Ich bin wieder dort, unruhig, hilflos . . .
Wie! Jetzt also? Jetzt?
Ich denke an Luce, einen Herzschlag lang, nehme meinen Hut ab, ohne zu wissen, was ich tue. Endlich ergreife ich die Hand des Mannes, den ich liebe, blicke ihn an: so wird es mir leichter werden, meine Beklemmung zu meistern. Renaud läßt Hut und Handschuhe fallen, dehnt sich ein wenig und seufzt. Es klingt wie lautgewordenes Beben. Oh, ich liebe seine dunklen Augen, seine kühne Nase, sein entfärbtes Haar, das ein geschickter Wind zu kämmen verstand. Ich trete näher. Er weicht aus, der Harte, geht zur Seite, sieht mich an. Mein Mut schwindet. Ich falte die Hände:
»So beeilen Sie sich doch, um alles in der Welt!«
O Gott! Ich wußte nicht, daß diese Worte so erheiternd wären. Er setzt sich.
»Komm, Claudine.«
Er nimmt mich auf den Schoß, hört meinen fliegenden Atem. Seine Stimme wird weich.

»Du gehörst mir?«
»Seit langem. Sie wissen es ja.«
»Und fürchtest dich nicht?«
»Nein, ich fürchte mich nicht. Außerdem weiß ich alles.«
»Alles? Was, alles?«
Er bettet mich auf seine Knie, neigt sich über meinen Mund. Ich lasse mich trinken, willenlos. Am liebsten würde ich weinen. So scheint es mir zumindest.
»Du weißt alles, mein geliebtes kleines Mädchen, und fürchtest dich nicht?«
Ich schreie: »Nein!«, klammere mich aber dennoch verzweifelt an seinen Hals. Er versucht mit einer Hand, meine Bluse aufzuhaken. Ich fahre in die Höhe:
»Nein! Ich selber, ganz allein!«
Warum? Ich weiß es nicht. Wohl ein letztes Aufflackern des alten Ungestüms. Splitternackt ginge ich geradewegs in seine Arme – ausziehen soll er mich nicht.
Ich entkleide mich mit ungeschickter Hast, streue die Kleider um mich her, werfe die Schuhe in die Luft, ziehe den Unterrock mit den Zehen hinunter, streife das Korsett ab – all das, ohne Renaud anzublicken, der kein Wort spricht.
Jetzt bin ich nackt bis auf das Hemd, sage »So!« mit mutigem Gebaren und streiche aus alter Gewohnheit mit den Fingern über meine Taille, die Korsettspuren wegzumassieren.
Renaud sitzt regungslos, mit vorgerecktem Kopf, die Hände um die Armlehnen seines Sessels gekrampft. Er schaut mich an. Dieser Blick jagt mir panischen Schrecken ein. Fahr hin, Heldenmut! Außer sich, stürzt Claudine zum Bett – zum zugedeckten Bett! – und wirft sich der Länge nach darauf.
Er kommt zu mir, drückt mich an sich, so angespannt, daß ich das Beben seiner Muskeln fühle, küßt mich, angekleidet von Kopf bis Fuß – guter Gott, worauf wartet er? Warum zieht er sich nicht aus? –, hält mich, ohne daß mich sein Körper berührte, so lange mit Mund und Händen, bis sich meine zitternde Auflehnung in irres Gewähren wandelt, bis das beschämende Stöhnen der Lust, das ich aus Stolz so gern zurückgehalten hätte, meinen Lippen entfährt. Dann erst streift auch er die Kleider ab und lacht, unbarmherzig, Claudine zum Spott, die neben ihm liegt, gedemütigt und verblüfft. Doch er verlangt nichts, nichts, als mir so viel Zärtlichkeit zu geben, als es braucht, um mich endlich einzuschläfern, im Morgengrauen, auf zugedecktem Bett.

Später, viel später erst wußte ich ihm Dank für diese tätige Selbstverleugnung, diese stoisch geübte Geduld. Und ich lohnte seine Mühe, wissend, verlangend und gezähmt, erwartete das Verlöschen seiner Augen nicht minder begierig als er das Ersterben der meinen . . .

Im übrigen behielt ich bis auf den heutigen Tag eine gewisse Scheu vor den – wie sagt man nur? – »ehelichen Pflichten«. Renaud, dieser Gewaltige, erinnert mich an die lange Anaïs, zu deren Schrullen es zählte, ihre Riesenhände in viel zu enge Handschuhe zu zwängen. Abgesehen davon, ist alles gut. Etwas zu gut, sogar. Oh, es ist süß, allmählich zu erfahren, wie viele Ursachen es gibt, zu schreien, zu lachen, die Zehen zusammenzukrümmen und kurze dumpfe Laute auszustoßen.

Einen Liebesbeweis aber gibt es, den ich meinem Gatten noch heute versage: das Du. Ich sage »Sie« zu ihm, immer, jederzeit, ob ich flehe, ob ich gewähre, ob mich die köstliche Qual, zu warten, nur stoßweise sprechen läßt, mit rauher, fremder Stimme. Aber ist dieses »Sie« der rüden, duzfreudigen Claudine nicht eine Liebkosung einziger Art?

Er ist schön! Ich schwöre Ihnen, er ist schön! Seine Haut ist kühl und glatt, seine langen Arme entwachsen den Schultern mit weicher, fast fraulicher Rundung. Dort bette ich mein Haupt zur Ruhe, nachts und morgens, lange Zeit.

Und das graugoldene Haar, die schmalen Knie, die geliebte, geruhsam atmende Brust, von zwei schwarzbraunen Tupfen gezeichnet, dieser ganze weiße Körper, der mir so viele, so herrliche Entdeckungen bescherte . . .

Oft sage ich in aller Ehrlichkeit: »Wie schön Sie sind!« Dann preßt er mich an sich: »Ich bin alt, Claudine, alt!« und seine Augen verdüstert solch leidenschaftliches Bedauern, daß ich ihn verständnislos betrachte.

»Ah, Claudine! Wenn ich dich vor zehn Jahren gekannt hätte!«

»Dann säßen Sie heute im Gefängnis! Außerdem waren Sie damals nichts als ein junger Mann, ein übles Subjekt, den Frauen zum Kummer! Und ich –«

»Du hättest Luce nie kennengelernt!«

»Glauben Sie vielleicht, ich weine ihr nach?«

»Nein. Nicht jetzt. Nicht in diesem Augenblick . . . Nein, schließe deine Augen nicht, ich bitte dich, verbiete es dir . . . ihr Leuchten gehört mir . . .«

»Auch ich – mit allem, was ich bin!«

Mit allem? Nein. Da ist der Riß.

Ich bin dieser Erkenntnis ausgewichen, solange es ging, habe glühend gewünscht, daß Renauds Wille den meinen beugen, seine Hartnäckigkeit mein Aufbegehren niederzwingen möge, kurz, daß seine herrischen, sieggewohnten Blicke der Spiegel seiner Seele seien. Renauds Wille? Seine Ausdauer? Er ist geschmeidiger als eine Flamme, schwerelos brennend wie sie. Er hüllt mich ein, doch er beherrscht mich nicht. Ach, Claudine! So ist es dir denn beschieden, stets deiner mächtig zu bleiben?
Wußte er nicht meinen Leib zu unterjochen, diesen schmalen goldbraunen Körper, dessen straffe Haut des Drucks der Hände spottet, das Kindergesicht mit der Knabenfrisur . . . O zwingende Augen, eigensinnige Nase, hübsches Kinn, das er glattrasiert zur Schau stellt, eitel wie ein junges Mädchen – wie trügerisch seid ihr!
Ich zeige mich sanft, mache mich klein, neige seinem Mund einen gefügigen Nacken, verlange nichts und meide jeden Widerspruch, in der weisen Furcht, ihn sogleich nachgeben, seine Lippen ein allzu leicht erobertes »Ja« formen zu sehen . . . Ach, er ist nur beim Lieben zwingend.
(Was allerdings nicht zu verachten ist.)
Ich erzählte ihm von Luce, alles, in der unbestimmten Hoffnung, ihn die Stirne runzeln, zürnen zu sehen, erwartete, daß er mich mit wütenden Fragen bestürmen würde. Nichts dergleichen geschah. Er bestürmte mich zwar mit Fragen, war aber durchaus nicht wütend. Ich antwortete kurz angebunden, peinlich berührt beim Gedanken an seinen Sohn Marcel und dessen atemlose Verhöre über das gleiche Thema.
Doch ich vertraue meinem Gatten: er ist mir auch nicht Herr und Meister, so doch Verbündeter und Freund.
Papa, dem ich diese Gefühlsgemenge unterbreitete, erwiderte, voll Verachtung für die Klagen seiner nörgelnden, sezierenden, die Komplizierte spielenden Tochter:
»Der Mist sitzt nicht nur zu Pferd – er hält sich auch fest im Sattel!«

O du herrlichster der Väter! Weder deiner noch Fanchettes habe ich seit meiner Hochzeit gebührend gedacht. Und wer ist daran schuld? Renaud.
Seit sechs Monaten wirbelt er mich durch die Welt, berauscht mich mit Liebe, Bewegung, neuen Himmeln, neuen Städten. Seiner Claudine noch unkundig, lächelt er oft staunend, mich vor

einer Landschaft träumerischer zu sehen als vor einem Bild, im Grünen bewundernder als im Museum, von kostbaren Steinen minder entzückt als von Bäumen und Bächen. Er hatte mich vieles zu lehren, ich habe vieles gelernt.

Vor allem die Wollust, das grausame, düstere Wunder. Stellte mich Renaud besorgt zur Rede, meines plötzlichen Ernstes gewahr, so erwiderte ich mit abgewandtem Blick: »Ich weiß nicht«, errötete und suchte mich dem machtvollen Frager schweigend verständlich zu machen. Er weidet sich an meinem bloßen Anblick, durchforscht meine Züge nach der Bestätigung schändlicher Wonnen, die er mir bedachtsam zumißt ...

Meinem Gatten – und dies scheidet uns voneinander – bedeutet Wollust Begierde, Neugier, fröhliche Perversität, ausgelassenes Drängen. Der Genuß dünkt ihn freundlich, gnadenvoll, jederzeit erreichbar. Mich wirft er zu Boden, und eine geheimnisvolle Verzweiflung, die ich suche und fürchte, schlägt über mir zusammen. Wenn Renaud schon wieder lächelt, stoßweise atmend, wenn seine Arme mich wieder freigeben, bedecken meine Hände – wiewohl er mich daran zu hindern sucht – noch immer zwei verstörte Augen und einen beseligten Mund. Später erst bette ich mein Haupt an seiner guten Schulter und klage meinem Freund das allzu süße Leid, das mir mein Geliebter angetan.

Zuweilen suche ich mich davon zu überzeugen, daß mir die Liebe noch neu sei, während sie für Renaud schon alle Bitternis verloren habe. Doch es will mir nicht recht gelingen. Trotz der tiefen Zärtlichkeit, die uns verbindet, werden wir diesbezüglich wohl niemals einer Meinung sein.

Neulich im Restaurant lächelte er einer einsamen Dame zu; ihre schlanke Bräune, ihre schönen, schwarz nachgezeichneten Augen boten sich bereitwillig meinem Gatten.

»Kennen Sie sie?«

»Wen? Die Dame? Nein, Liebste. Aber sie hat ein hübsches Profil, findest du nicht?«

»Und deshalb schauen Sie sie an?«

»Natürlich, kleines Mädchen. Das stört dich doch nicht?«

»Nein. Aber ... daß sie Ihnen zulächelt, stört mich.«

»Oh, Claudine!« bittet Renaud, und sein dunkles Gesicht nähert sich dem meinen, »laß mir den Glauben, daß man deinen alten Mann noch ohne allzu großen Widerwillen betrachten kann! Ein wenig Selbstvertrauen hat er dringend nötig!« Er schüttelt sein lockeres Haar und fügt hinzu: »Wenn mich die Frauen einmal keines Blickes mehr würdigen, kann ich mich gleich –«

»Was macht Ihnen das aus, ob andere Frauen Sie ansehen oder nicht? Ich werde Sie immer lieben . . .«
»Psst, Claudine!« unterbricht er geschickt. »Der Himmel bewahre mich davor, dich zu einem Unikum entarten zu sehen!«
Also bitte! Wenn er von mir spricht, sagt er »die Frauen«. Meine ich vielleicht »die Männer«, wenn ich an ihn denke? Oh, ich weiß, Jahre gesellschaftlichen und – ehebrecherischen! – Lebens gehen an keinem Mann spurlos vorüber. Kein Wunder, daß Renaud Sorgen hat, von denen sich eine neunzehnjährige Ehefrau nichts träumen läßt . . .
Dennoch bemerke ich giftig: »Ihnen also verdankt Marcel seine kokette Mädchenseele?«
»Oh, Claudine«, erwidert er traurig, »du hast meine Fehler nicht gern? . . . Im übrigen wüßte ich nicht, wem er sie verdanken sollte, wenn nicht mir . . . Aber eins mußt du mir zugestehen: bei mir hält sich die Koketterie wenigstens in normaleren Bahnen!«
Wie bald hat sich seine Stirne entwölkt! Schon ist er wieder unbekümmert und glücklich! Hätte er seine schönen Brauen gerunzelt – sie gleichen den samtigen Innenfäden reifer Kastanienschalen – und scharf gesagt: »Still, Claudine, Marcel hat hier nichts zu suchen!«, fast glaube ich, daß mir eine große Freude aufgedämmert wäre, ein Vorbote jenes schüchternen Respekts, der mir für Renaud nicht kommen will noch kann.
Zu Recht oder Unrecht – ich habe nun einmal das Bedürfnis, was ich liebe, zu fürchten. Furcht war mir ebensolange fremd wie Liebe. Wie gern hätte ich beides zugleich entdeckt . . .
Erinnerungen an die letzten anderthalb Jahre flirren durch meinen Kopf wie Staubkörner durch einen dunklen, von einem einzigen Sonnenstrahl durchquerten Raum. Langsam durchschweben sie die Helle – ich lächle ihnen zu oder rümpfe die Nase –, leuchten auf und verschwinden im Dunkel.

Als wir vor drei Monaten nach Frankreich zurückkehrten, wollte ich mein teures Montigny wiedersehen. Doch da muß ich »vom Anfang anfangen«, wie Luce sagen würde.

Es ist nun anderthalb Jahre her, daß ich – um mit Mélie zu sprechen – »einen sehr feinen Herrn heiratete. Er ist zwar nicht mehr der Jüngste, aber noch gut in Form!« Diese Botschaft posaunte sie damals in alle vier Winde Montignys.
Auch Papa verschickte einige Heiratsanzeigen, auf gut Glück,

eine davon dem Tischler Danjeau (!), »weil er meine Bücherkisten verdammt gut zugenagelt hat«. Was mich betrifft, so sandte ich deren zwei, sorgfältigst beschriftet, an Mademoiselle Sergent und ihr kleines Biest Aimée. Dies trug mir zu meiner Überraschung folgenden Brief ein:
»Mein liebes Kind«, schrieb die Frau Direktor, »ich freue mich aufrichtig« (oder was beißt mich) »über eine Neigungsehe« (welch schönes Wort!), »die Ihnen gegen eine nicht ungefährliche Selbständigkeit sicheren Schutz bieten wird. Vergessen Sie nicht, daß die Schule Ihrer harrt, falls Sie, was ich von Herzen wünsche, einem Städtchen Ihren Besuch abzustatten gedenken, das Ihnen durch so viele Erinnerungen teuer sein muß.«
Vor der allumfassenden Versöhnlichkeit, die mich damals erfüllte, verpuffte die Schlußironie, und nichts blieb zurück als Heiterkeit, Freude und der Wunsch, Montigny wiederzusehen – o meine geliebten Wälder! – mit gesänftigtem, wehmütigem Blick.
Wir weilten in der Schweiz, von Deutschland kommend. Da bat ich Renaud um eine Nacht in Montigny, schlug ihm vor, im Herzen des Fresnois haltzumachen, bei Lange, dem mittelmäßigen Gastwirt auf dem Hauptplatz.
Er stimmte sogleich zu, wie stets.
Und so nahe ist mir dieser Tag, daß ich nur die Augen schließen muß, ihn aufs neue zu erleben . . .

Müde und unentschlossen windet sich der Personenzug durch grünes, welliges Land. Die Namen der wohlbekannten kleinen Bahnhöfe lassen mich erregt auffahren. Nur mehr zwei Stationen: Blégeau, Saint-Farcy, und dann . . . dann kommt Montigny! Bald werde ich den stumpfen Sarazenenturm wiedersehen . . .
Ich stehe kerzengerade im Abteil, atemlos, mit kribbeligen Waden, die Hände um die Plüschlehnen gekrampft. Renaud läßt mich nicht aus den Augen.
Er schiebt die Reisekappe tiefer in die Stirn und tritt zu mir ans Fenster:
»Nun, kleiner Vogel? Du zitterst in Erwartung des alten Nests? Antworte, Claudine . . . Ich bin eifersüchtig . . . Nur in meinen Armen will ich dich so erregt schweigen sehen . . .«
Ich lächle ihm zu, beruhigend, begütigend, und betrachte von neuem die waldigen Hügel, die in sachter, gleichmäßiger Bewegung nahen und weichen.

»Ah!«
Mit ausgestrecktem Finger zeige ich den Turm, seine rötlichen, efeuumhüllten Mauern, das Dorf, das den Hügel hinabkollert, als entglitte es ihm. So süß verwundet mich das Wiedersehen, so schmerzlich, daß ich mich an Renauds Schulter lehnen muß . . . Turm ohne Spitze, Bäume mit den runden Kronen, wie schwer fiel es mir, euch zu verlassen! Soll euer Bild nun mein Auge erfüllen, um aufs neue zu entschwinden?
Ich schlinge die Arme um meinen Gatten. Er sei fortan meine Kraft, meine Stütze, der Zweck meines Seins. An ihm, mich festzuhalten, zu entzücken . . . Ich wünsche, will es . . .

Das rosa Häuschen des Schrankenwärters gleitet vorüber, der Güterbahnhof – ich habe den Ablader erkannt! –, und schon stehen wir auf dem Bahnsteig, schon hat Renaud Koffer und Reisetasche im einzigen Gefährt verstaut, das weit und breit zu sehen ist.
Ich stehe noch immer regungslos, spreche kein Wort, zähle jeden Buckel, jedes Loch, jedes Merkmal des vertrauten Horizonts. Scheint er nicht verengt? Dort oben grünt der Wald von Fredonnes – daneben der Forst von Vallées – Wie! Dieses schmale sandgelbe Band soll der Weg nach Vrimes sein? Nimmermehr wird er mich zu Claire führen, meinem lieblichen Kommunionsschwesterchen! Oh! Man hat den Rabenwald abgeholzt, ohne meine Erlaubnis! Seine nackte Haut ist weithin sichtbar . . . Aber welche Freude, das blaue, nebelumwallte Caille-Gebirge wiederzufinden! An Sonnentagen von zartschimmernden Schleiern verhüllt, nähert es sich bei regnerischem Wetter, scharfgezeichnet und klar. Oh, ich kenne sein Zauberreich: versteinerte Muscheln, violette Disteln, harte, saftlose Blumen, orchideengleiche Libellen, orangegeflammt und leuchtend, winzige Schmetterlinge mit blauen Perlmutterflügeln . . . Auch das nachtdunkle Pfauenauge ist dort daheim . . .
»Claudine! Meinst du nicht, daß wir früher oder später in diesen Kübel klettern sollten?« fragt Renaud, über mein seliges Verstummen belustigt.
Ich steige ein. Es hat sich nichts geändert. Der alte Racalin, stockbesoffen wie eh und je, lenkt sein ächzendes Fahrzeug von einem Straßengraben zum andern, furchtlos und selbstbewußt.
Ich mustere die Hecken, spähe um jede Biegung, sprungbereit für den Fall, »mein« Land verunziert zu sehen, und schweige.

Später erst, viel später, als auf der abschüssigen Fläche die ersten verbeulten Häuser auftauchen, rufe ich aus:
»Bardin hat eine neue Heuschobertür! Jetzt können die Katzen nicht mehr hinein!«
»Tatsächlich!« bestätigt Renaud erschüttert. »Dieses Scheusal von Bardin hat eine neue Tür einhängen lassen!«
Meine Schweigsamkeit verkehrt sich in redseliges Frohlocken:
»Renaud! Renaud! Gleich kommen wir am Schloß vorbei! Sehen Sie das Gittertor? Es ist unbewohnt. Wir werden den Turm besteigen! Oh – die alte Sainte-Albe steht auf der Schwelle. Bestimmt hat sie mich erkannt! Sie wird es der ganzen Straße erzählen ... schnell, drehen Sie sich um! Sehen Sie die beiden Baumspitzen? Dort über dem Dach von Mutter Adolphe? Das sind die hohen Tannen in unserem Garten, meine Tannen ... Sie sind nicht gewachsen! Desto besser! Was ist das für ein Mädchen, das ich nicht kenne?«
Der schmerzliche Ton meiner letzten Frage erregt Renauds grenzenlose Heiterkeit. Er lacht schallend, zeigt alle seine weißen, viereckigen Zähne. Wenn es nur dabei bliebe! Aber wir werden bei Lange übernachten ... Wie leicht könnte meinem Gatten in dem düsteren Gasthof das Lachen vergehen ...
Unbegründete Sorge. Er findet das Zimmer erträglich, trotz der zeltähnlichen Bettvorhänge, trotz der winzigen Waschgelegenheit, trotz der groben grauen (gottlob sehr sauberen) Leintücher. Die Dürftigkeit des Rahmens, die allgegenwärtige Kindheit Claudines erregen und belustigen ihn. Er tritt hinter mich, will mich in die Arme schließen ... doch nein, nein! Wir dürfen nicht! Die Zeit verflöge allzu rasch.
»Renaud, mein Großer, es ist sechs Uhr! Kommen Sie, bitte, bitte! Ich möchte Mademoiselle noch vor dem Nachtmahl überraschen!«
»O Gott«, seufzt er widerstrebend, »da heiratet man einen lokalpatriotischen Wildfang, damit er einen dann mit einem Marktflecken betrügt, der ganze 1847 Einwohner zählt!«
Hastig bürste ich mein kurzes Haar – die Trockenheit macht es locker und duftig –, werfe einen unruhigen Blick in den Spiegel (wenn ich gealtert wäre? Anderthalb Jahre, immerhin ...), und schon stehen wir auf dem Marktplatz. Er ist so holprig, daß an Markttagen so manche Bude das Gleichgewicht verliert und zusammenbricht, unter großem Getöse.
Dank Gatten und kurzem Haar (fast könnte ich beim Gedanken an dic langen rostbraunen Locken, die einst auf meine Hüften

niederfielen, auf mich selbst eifersüchtig werden) erkennt mich niemand. Ich darf nach Herzenslust staunen.
»Oh, Renaud! Sehen Sie die Frau mit dem kleinen Kind auf dem Arm? Das ist Célénie Nauphely!«
»Die an ihrer Schwester saugte?«
»Genau! Jetzt saugt man an ihr! Pfui Teufel!«
»Warum ›pfui Teufel‹?«
»Ich weiß nicht. Gott, die kleine Chou verkauft noch immer dieselben Pfefferminzpastillen . . . Vielleicht war Luce ihre einzige Kundin . . .«
Die »Hauptstraße« (drei Meter breit) ist so abschüssig, daß Renaud fragt, wo es Bergstöcke zu kaufen gibt. Doch Claudine, den Strohhut schief in die Stirn gerückt, tänzelt voraus und zieht ihren Gatten am kleinen Finger hinter sich her. Bekannte Gesichter bestaunen die beiden Fremden. Sie schauen nicht gerade liebenswürdig drein. Oh, ich kenne sie alle, weiß, wie sie heißen, bemerke jede neue Runzel.
»Ich komme mir vor wie in einem Bild von Huard«, murmelt Renaud.
Er hat nicht unrecht. Das Bild ist sogar ziemlich grausam.
Nein, mein Gedächtnis hatte keinen Raum für die halsbrecherische Steile des Dorfes, die Holprigkeit der Straßen, den martialischen Jagdanzug Papa Sandrés. Auch das ölig-senile Lächeln des alten Lourd ist mir völlig neu.
Plötzlich bleibe ich stehen und lache:
»Madame Armand trägt noch immer Lockenwickler! Vor dem Schlafengehen dreht sie nämlich ihre Haare ein, vergißt, die Papilloten herauszunehmen, behält sie tagsüber oben, am Abend ist es dann wieder zu spät, und so geht das immer weiter! Ich habe sie noch nie ohne Lockenwickler gesehen! Schauen sie nicht aus wie Würmer? Und diese fette Stirn . . . Hier, Renaud, an dieser dreifachen Kreuzung bewunderte ich zehn Jahre einen Mann namens Hébert, den Bürgermeister von Montigny! Obzwar er kaum seinen Namen schreiben konnte, fehlte er bei keiner Gemeinderatssitzung – sein rotes, von weißem Hanf umrahmtes Gesicht hätte jedem Konventsmitglied zur Ehre gereicht – und hielt Reden, die bis auf den heutigen Tag unvergessen geblieben sind. Zum Beispiel: ›Soll man in der Rue des Fours-Banaux einen Rinnstein anlegen, oder nicht? Tatistequestion, wie die Engländer sagen‹. Wann immer es keine Sitzung ab, stand er an der Kreuzung, violett im Winter, rot im Sommer, und beobachtete . . . Was? Nichts. Das war seine ganze Tätigkeit. Daran

ist er schließlich auch gestorben . . . Achtung! Dieser Schuppen mit der großen Einfahrt trägt die bemerkenswerte Inschrift: ›Depot der Feuer- und Bürgerwehr‹. ›Wehr‹ ist gemeinsamer Nenner! Wäre Ihnen das eingefallen, Herr Diplomat?«
Das nachsichtige Lächeln meines Freundes erlahmt sichtlich. Sollte er mich ermüdend finden? Nein. Er fühlt nur Bedauern und Eifersucht, mich der Vergangenheit verfallen zu sehen.
Die Straße führt zu einem unebenen kleinen Platz. Dreißig Schritte weiter, hinter graugestrichenen Gittern, ragen die weißen, schiefergedeckten Schulwürfel in die Höhe. Fast spurlos sind drei Winter und vier Sommer über sie hinweggegangen.
»Ist das die Kaserne, Claudine?«
»Aber, Renaud! Das ist die Schule!«
»Arme Kinder!«
»Warum ›arme Kinder‹? Wir haben uns nicht gelangweilt, das können Sie mir glauben!«
»Du nicht, kleiner Teufel! Aber die andern! Gehen wir hinein? Darf man die Sträflinge jederzeit besuchen?«
»Leben Sie am Mond, Renaud? Wissen Sie nicht, daß jetzt Ferien sind?«
»Ferien? Und um dieses ausgestorbene Zuchthaus zu besichtigen, hast du mich hergeschleift? Mir scheint, heut wird jemand keinen Nachtisch kriegen . . .«
»Mir scheint, heut wird jemand kein Nachtleben führen . . .«
Ich verstumme: wie ehedem widerstrebt das schwere Gittertor dem Druck meiner Hand . . .
Von der Pumpe hängt das rostige Becherchen – dasselbe! – an seiner Eisenkette, die Wände jedoch, vor zwei Jahren so strahlend weiß, sind bis in Schulterhöhe zerkratzt, als hätten sich tausend rastlose Nägel hineingegraben. Zwischen den Abflußziegeln wächst dürftiges Feriengras.
Niemand in Sicht.
Gefolgt vom gefügigen Renaud, ersteige ich die sechs Stufen zum Haupteingang, öffne die Glastür und betrete den hallenden, fliesenbelegten Gang, der die Klasse der »Großen« mit den drei Zimmern der Kleinen verbindet.
Stinkende Frische schlägt mir entgegen, altvertrauter, freudig beklemmender Geruch nach Tinte, Kreidestaub, flüchtiger Sauberkeit, grauen, mit schmutzigen Schwämmen gewaschenen Tafeln. Erwarte ich nicht jetzt und jetzt, die kleine Luce um die Ecke biegen zu sehen, schattenhaft und still, in schwarzer

Schürze und leisen Strohschuhen, um sich an mich zu schmiegen, zärtlich, sanft und unerwünscht?
Ich zucke zusammen; meine Wangen beben: eine kleine Gestalt in schwarzer Schürze und leisen Strohschuhen erscheint auf der Schwelle der »großen« Klasse . . . Doch nein, es ist nicht Luce. Ein hübsches, unbekanntes, helläugiges Gesichtchen wendet sich mir fragend zu, gibt mir die Fassung wieder. Unbefangen nähere ich mich der Kleinen und frage in bestem fresnischen Dialekt:
»Wo ist Mmmzelle?«
»Ich weiß nicht, Mada . . . Mademoiselle. Oben, wahrscheinlich.«
»Gut, danke . . . Haben Sie denn keine Ferien?«
»Ich bin eine der Internen, die die Ferien in Montigny verleben.«
Alle Achtung, sie hat Lebensart, diese Interne, die ihre Ferien in Montigny verlebt! Vom abgewendeten Haupt baumelt ein kastanienbrauner Zopf. Sahen wir nicht eben noch ein reizendes Mädchen und zwei goldbraune Augen, schöner denn klug? Sie scheinen einem Reh zu gehören, das ein Automobil vorüberflitzen sieht . . .
Vom ersten Stock fällt wie ein Messer eine Stimme auf uns herab (Oh, ich kenne ihren schneidenden Klang!):
»Orange! Mit wem reden Sie?«
»Mit jemanden, Mmmzelle!« ruft die kleine Unschuld, setzt sich in Trab und klettert die Treppe hinauf, die zu Schlafsälen und Wohnungen führt.
Ich wende mich um, mit lachenden Augen. Renauds Interesse ist rege: seine Nasenflügel zittern unmerklich.
»Orange! Hast du gehört, Claudine? Man wird sie noch auspressen, mit diesem Namen! Ein Glück, daß ich ein Herr vorgerückten Alters bin . . .«
»Still, Sie Verführer Minderjähriger! Ich höre kommen!«
Kurzes Geflüster, ein knapper, beherrschter Schritt, und Mademoiselle Sergent erscheint, schwarz gekleidet, das rote Haar von der sinkenden Sonne in Brand gesteckt, so unverändert, daß ich Lust verspüre, sie zu beißen, zu umarmen, um der ganzen Vergangenheit willen, die mir aus ihrem schwarzen, durchdringenden Blick entgegensprüht.
Sie hält jäh inne, bleibt stehen – etwa zwei Sekunden lang. Das genügt. Sie hat alles gesehen. Daß ich Claudine bin, mit kurzem Haar, größeren Augen, schmälerem Gesicht, daß Renaud mein

Gatte und – zerspring nur! – noch immer ein schöner Mann ist.
»Claudine! Oh! Sie haben sich nicht verändert! Warum verständigten Sie mich nicht? Guten Tag, Monsieur! Dieses Kind hat mir kein Wort von Ihrem Besuch geschrieben! Verdient das nicht zweihundert Zeilen Strafarbeit? Ist sie noch immer so jung? Noch immer so fürchterlich? Sind Sie sicher, gut gewählt zu haben?«
»Nein, Mademoiselle, ganz und gar nicht. Aber ich hatte kaum Zeit, zu überlegen, und wollte eine Eheschließung *in extremis* vermeiden.«
Schon recht. Sie werden sich vertragen! Mademoiselle hat eine Vorliebe für stattliche Männer, wenngleich sie sich ihrer nur selten bedient.
Ich lasse die beiden plaudern – mögen sie zusehen, wie sie miteinander zurechtkommen –, gehe in die Klasse, streiche umher, suche das Pult, an dem Luce meine Nachbarin war, und entdecke zu guter Letzt unter Tintenklecksen, frischen und nachgedunkelten Narben die Reste einer eingeschnitzten Inschrift: ». . . uce und Claudi . . . 15. Februar 18. . .«
Habe ich die Lippen daraufgedrückt? Ich werde es nicht gestehen . . . Beim Darüberneigen streifte wohl mein Mund das rissige Holz . . . Wollte ich aber ehrlich sein, müßte ich zugeben, daß mir jetzt, jetzt erst klar wird, wie hart ich die unterwürfige Zärtlichkeit dieser armen Lucy verkannte. Ja, es bedurfte zweier Jahre, eines Gatten und der Rückkehr in diese Schule, um mich verstehen zu lassen, was ihre Demut, ihre Frische, ihre süße, hemmungslos dargebotene Perversität verdient hätten.
Die Stimme Mademoiselle Sergents reißt mich aus meinen Träumereien:
»Sie sind wohl übergeschnappt, Claudine? Eben sagt mir Ihr Mann, Sie hätten Ihre Koffer bei Lange gelassen?«
»Wo sonst? Hätte ich mein Nachthemd in die Gepäckaufbewahrung geben sollen?«
»Das ist einfach lächerlich! Oben steht eine Menge leerer Betten, ganz zu schweigen vom Zimmer Mademoiselle Lanthenays . . .«
»Wie?« rufe ich erstaunt, »sie ist nicht hier?«
»Aber, aber! Wo haben Sie Ihre Gedanken?« (Sie tritt nahe an mich heran und streicht mir sanft übers Haar, mit kaum verhehlter Ironie.) »Während der Ferien, Madame Claudine, weilen die Hilfslehrerinnen im Kreise ihrer Familien!«
Pardautz! Und ich hatte zu Renauds Erheiterung und Erbauung

so fest darauf gezählt, ihm das Paar Sergent-Lanthenay vorführen zu können, hatte gedacht, daß nicht einmal die Ferien diese ideale Ehe zu trennen vermochten ... Wenn Aimée, das kleine Biest, lange »im Kreise ihrer Familie weilt«, fress' ich einen Besen ... Nun verstehe ich auch den erstaunlich liebenswürdigen Empfang von seiten Mademoiselles: wir stören keinerlei Tête-à-tête. Schade!

»Danke, Mmmzelle! Ich werde mit Vergnügen in der Schule übernachten. Eine bessere Verjüngungskur kann ich mir kaum vorstellen. A propos: was ist das für eine grüne Orange, die uns da empfangen hat?«

»Ach, ein nichtsnutziges Ding, das bei der Prüfung durchgefallen ist. Dabei wurde ihr Schulgeldbefreiung gewährt! Sie ist fünfzehn. Eine unmögliche Geschichte! Zur Strafe verbringt sie die Ferien hier, was sie aber ziemlich kalt läßt. Im übrigen ist sie nicht die einzige: ich habe noch zwei andere hier, Pariserinnen, die bis Oktober den ländlichen Frieden genießen ... Aber das alles werden Sie früh genug zu Gesicht bekommen. Jetzt werde ich Sie einmal unterbringen ...«

Sie blickt mich von der Seite an und fragt unbefangen:

»Sie haben doch nichts dagegen, in Mademoiselle Aimées Zimmer zu übernachten?«

»Ich habe nichts dagegen, in Mademoiselle Aimées Zimmer zu übernachten!«

Renaud folgt, schnuppert, amüsiert sich. Angesichts der ungeschickten zweifarbigen Zeichnungen, die mit vier Reißnägeln an den Korridorwänden befestigt sind, blähen sich seine Nasenlöcher vor Freude, und sein ironischer Schnurrbart zittert kaum merklich.

Das Zimmer der Favoritin ... alle Achtung! Es hat sich wesentlich verändert. Ein weißes Bett für anderthalb Personen, rauschende Gardinen, eine Kamingarnitur (au weh!) aus Kupfer und Alabaster, die spiegelnde, aufdringliche Sauberkeit des ganzen Raums, der schwache Parfumduft, der in den Vorhangfalten nistet ... all das beschäftigt meine Phantasie.

»Hör einmal, mein Kleines«, sagt Renaud, kaum daß die Tür hinter uns ins Schloß fällt, »diese Hilfslehrerinnenzimmer sind gar nicht so übel! Fast versöhnen sie mich mit deinem Erziehungstempel.«

Ich breche in Gelächter aus:

»Sie glauben doch nicht im Ernst, daß das die offizielle Einrichtung ist?! Erinnern Sie sich doch! Habe ich Ihnen nicht des langen und breiten von Aimée erzählt, von der Rolle, die sie hier spielt? Sie ist die anerkannte Favoritin! Die andere Hilfslehrerin hat sich mit einem Weichholztisch zufriedenzugeben, einem Eisenbett, Breite: 90 cm, und einer Waschschüssel, in der ich kein Kind Fanchettes ertränken würde . . .«

»Oh! Soll das etwa heißen, daß in diesem Zimmer . . .«

»Gott, ja, in diesem Zimmer . . .«

»Claudine, du kannst dir kaum vorstellen, wie sehr mich diese anstößigen Bilder verfolgen . . .«

Doch, doch, ich kann's mir sehr gut vorstellen! Aber ich habe nun einmal beschlossen, blind und taub zu sein, und betrachte das skandalumwitterte Bett mit verächtlich geschürzten Lippen. Für »sie« ist es vielleicht breit genug. Für uns nicht! Ich werde viel auszustehen haben, heute nacht, werde Renaud kaum bändigen können, unter Hitze leiden und meine Beine zusammenpressen müssen. Dabei spreize ich sie am liebsten weit auseinander. Und diese müde Einbuchtung in der Mitte – pfui Teufel!

Die geliebte, vertraute Landschaft, vom offenen Fenster umrahmt, schenkt mir die gute Laune wieder. Wälder, Wiesen, kärgliche, abgeerntete Felder, Ziegeldächer, deren roter Schein den Abend tönt . . .

»Oh, Renaud! Sehen Sie das Dach dort drüben? Das ist eine Töpferwerkstatt. Braune, glänzendglasierte Töpfe entstehen dort, Henkelkrüge mit wegstehendem, obszönem Nabel –«

»Krügekenpiss? Warum nicht? Das stell' ich mir sehr hübsch vor . . .«

»Als Kind besuchte ich die Töpfer ab und zu. Sie schenkten mir kleine Schüsseln oder flache Feldflaschen, schnippten den Ton von den Fingern und sagten stolz: ›Wir liefern sogar nach Paris! An die »Auberge des Adrets«!‹«

»Wirklich, mein lockiger Hirt? Ich alter Mann habe aus diesen Krügen einige Male getrunken, ahnungslos, daß deine schlanken Finger über ihren gewölbten Bauch geglitten waren . . . Ich liebe dich . . .«

Frische Stimmen, trappelnde Füßchen. Wir fahren auseinander. Vor unserer Tür verlangsamen sich die Schritte, das Sprechen wird zum Geflüster. Es pocht schüchtern.

»Herein!«

Orange erscheint, hochroten Gesichts, geschwellt von ihrer eigenen Wichtigkeit.

»Die Koffer sind da. Racalin hat sie eben von Lange gebracht!«

Schwarze Schürzen drängen nach: ein etwa zehnjähriges Mädelchen, rothaarig, munter und possierlich, eine vierzehn- bis fünfzehnjährige Brünette mit mattem Teint und schwarzen, glänzenden Augen, die aussehen, als seien sie flüssig. Ich betrachte sie: verschreckt weicht sie zur Seite und gibt den Blick auf eine zweite Dunkelhaarige frei, die ihr zum Verwechseln ähnlich sieht: gleiches Alter, gleicher Teint, gleiche Augen . . . Wie lustig! Ich zupfe sie am Ärmel:

»Wie viele gibt's von eurer Sorte?«

»Zwei. Wir sind Schwestern.«

»Was Sie nicht sagen . . . Von hier seid ihr nicht, das merkt man auf den ersten Blick.«

»O nein! Wir sind aus Paris!«

Dieser Ton! Dieses kaum merkbare Lächeln verachtungsvoller Überlegenheit! Die Kleine ist zum Fressen!

Orange schleppt den schweren Koffer heran. Renaud reißt ihn ihr aus der Hand, äußerst dienstfertig.

»Wie alt sind Sie, Orange?«

»Fünfzehn Jahre und zehn Monate, Monsieur.«

»Sind Sie noch ledig?«

Allgemeines Gelächter. Die Kleinen schütteln sich wie die nassen Pudel. Auch Orange lacht, unschuldig und arglos. Da zeigen sich die beiden Schwestern (rot wie Blut, weiß wie Schnee, schwarz wie Ebenholz) schon wesentlich koketter. Und die kleine Zehnjährige im Gestrüpp ihres karottenfarbenen Haars? Wenn sie so weiterlacht, wird sie noch krank werden! Bravo! So ist's recht! Jetzt erkenne ich meine Schule wieder!

Renaud läßt nicht locker.

»Orange«, sagt er mit unbewegter Miene, »ich bin überzeugt, Sie mögen Bonbons!«

Orange betrachtet ihn aus ihren goldbraunen Augen, als wolle sie ihm ihre Seele schenken. »Oh! ja, Monsieur.«

»Also gut! Ich gehe welche kaufen. Laß nur, Liebste, ich finde schon hin!«

Ich bleibe zurück, in Gesellschaft der Kleinen. Sie horchen auf jedes Geräusch, ängstlich, im Zimmer der »Dame« ertappt zu werden. Diese Schüchternheit paßt mir ganz und gar nicht. Ich will sie zutraulich, ausgelassen.

»Wie heißt ihr Milchgesichter?«

»Hélène Jousserand, Madame.«

»Isabelle Jousserand, Madame.«

»Nennt mich nicht Madame! Ich bin Claudine. Wißt ihr nicht, wer Claudine ist?«

»O doch!« ruft Hélène, die jüngere (und hübschere). »Immer, wenn wir schlimm sind, sagt Mademoiselle . . .«
Ein Rippenstoß der Schwester läßt sie verstummen.
»Weiter, weiter! Hör nicht auf deine Schwester!«
»Sie sagt: ›Das ist ja zum Auswachsen! Als ob Claudine noch da wäre!‹ Oder: ›Das ist Claudines würdig!‹«
(Freudentanz Claudines.)
»Herrlich! Herrlich! Ich bin also die Vogelscheuche, das Ungeheuer, das Fabeltier! Bin ich auch so häßlich, wie ihr gehofft hattet?«
»O nein!« erwidert die kleine Hélène zögernd und zärtlich, senkt aber rasch ein doppeltes Wimperngitter über die sanften Augen . . .
Luces schmeichelnder Schatten spukt in diesen Räumen. Oder sollte es schon mehrere Beispiele geben . . . Ich muß die Kleinen zum Sprechen bringen!
»Du da, geh auf den Gang hinaus und schau nach, ob ich dort bin!«
Die kleine Rothaarige, von Neugier zerfressen, murrt und rührt sich nicht. Doch Hélène Jousserand ruft mit zorngeröteten Wangen:
»Hast du nicht gehört, Nana, was die Dame sagt? Wart nur, Alte, wenn du hierbleibst, erzähle ich Mademoiselle, daß deine Nachbarin dir Bonbons gibt, damit du ihre Briefe zu den Jungen hinüberträgst!«
Die Kleine saust davon. Ich lege die Arme um die Schultern der Schwestern und begutachte sie aus der Nähe. Hélène ist hübscher, Isabelle ernster, mit der Andeutung eines Schnurrbarts auf der Oberlippe. Er wird sich in späteren Jahren peinlich bemerkbar machen.
»Sagt einmal, Hélène und Isabelle – seit wann ist Mademoiselle Aimée fort?«
»Seit . . . zwölf Tagen«, erwidert Hélène.
»Seit dreizehn«, verbessert Isabelle.
»Versteht sie sich noch immer so gut mit Mademoiselle? Unter uns, natürlich!«
Isabelle errötet, Hélène lächelt.
»Gut. Das genügt. Zu meiner Zeit war es genauso, liebe Kinder. Diese . . . Freundschaft währt bereits drei Jahre!«
»Oh!« rufen sie wie aus einem Munde.
»Jawohl! Vor zwei Jahren bin ich aus der Schule ausgetreten, ein ganzes Jahr sah ich sie zusammen – ein Jahr, das ich nie vergessen

werde. – Ist die gemeine kleine Lanthenay noch immer so hübsch?«
»Ja«, sagt Isabelle.
»Aber Sie sind hübscher«, murmelt Hélène, immer zutraulicher werdend.
Ich grabe meine Nägel in ihren Nacken wie seinerzeit der kleinen Luce. Als Liebkosung. Sie zuckt mit keiner Wimper. Die Luft dieser wiedergefundenen Schule bringt mich noch um den Verstand.
Orange hört wohlwollend zu, offenen Mundes, mit hängenden Armen, doch ihre Seele weilt anderswo. Von Zeit zu Zeit neigt sie sich aus dem Fenster, nach den Bonbons Ausschau haltend.
Ich bohre weiter.
»Hélène, Isabelle, los, plaudert ein wenig! Wie heißen die Großen der ersten Klasse?«
»Liline . . . Mathilde . . .«
»Nein, wirklich? Doch ja . . . vor zwei Jahren . . . Ist Liline noch immer so schön? Ich nannte sie Gioconda . . . wegen ihrer meergrünen Augen, ihres schmalen, beredten Munds . . .«
»Oh«, unterbricht mich Hélène und zieht ein feuchtes Mäulchen, »so schön ist sie nun wieder nicht! Zumindest heuer –«
»Das ist nicht wahr!« fährt Isabelle – die Bärtige – dazwischen, »Liline ist die allerhübscheste!«
»Pah! Man weiß ja, warum du das behauptest! Und warum euch Mademoiselle auseinandergesetzt hat! Ihr ›lernt‹ ja so gern aus ein und demselben Buch . . .«
Aus den schönen Augen der älteren springen helle Tränen.
»Wollen Sie wohl Ihre Schwester in Ruhe lassen, kleines Biest! Als ob Sie selber aussähen wie eine Heilige! Das Kind folgt schließlich nur dem Beispiel Mademoiselles . . .«
Herrlich, herrlich! Die Schule hat Fortschritte gemacht! Zu meiner Zeit schrieb nur Luce mir Liebesbriefe; selbst Anaïs war über Burschen nicht hinausgekommen. Im übrigen sind die Kleinen reizend. Sollte sich Doktor Dutertre noch immer als Distriktskandidat betätigen, ist er wahrhaftig nicht zu bedauern.
Oh, wir sind des Ansehens wert. Rechts und links je eine Brünette, dazwischen Claudines erhitztes, lockenumspieltes Gesicht, abseits die frische Orange, unschuldig betrachtend . . . hereinspaziert, ihr älteren Herren! Was heißt »älter«? Ich kenne jüngere, die nicht anstehen würden . . . Renaud wird bald zurückkommen . . .
»Orange, schauen Sie doch zum Fenster hinaus! Wo bleibt der

Herr mit den Bonbons?« Und ich frage flüsternd meine hübsche Hélène, die sich vertrauensvoll an meine Schulter lehnt: »Heißt sie wirklich Orange?«
»Ja. Marie Orange. Aber wir nennen sie nur ›Orange‹.«
»Sie hat nicht gerade das Pulver erfunden, wie?«
»O nein! Aber sie macht keinen Lärm und widerspricht nie.«
Ich träume. Die Kleinen schauen mich an wie beruhigte Tiere, begutachten mit neugierigem Blick und leichter Pfote mein kurzes, lockeres Haar – »Naturwellen, nicht wahr?« – meinen weißen, handbreiten Sämischgürtel – »Siehst du! Und du behauptest, man trägt keine breiten Gürtel mehr!« –, die matte Goldschnalle, ein Geschenk Renauds (wie alles, was ich trage), meinen steifen weißen Kragen, die blaßblaue, in tiefe Falten gelegte Batistbluse . . . Die Zeit verrinnt. Ich denke daran, daß ich morgen abreise; daß alles nur ein kurzer Traum ist; daß ich, eifersüchtig auf eine Gegenwart, die mich schon vergessen dünkt, hier irgendeinem Ding, irgendeinem Menschen ein süßes, heimliches Erinnern einbrennen möchte . . . Ich ziehe Hélène enger an mich und sage mit fast unhörbarer Stimme:
»Wenn ich Ihre Mitschülerin wäre, kleine Hélène, würden Sie mich dann ebensosehr lieben wie Ihre Schwester die schöne Line?«
»Das weiß ich nicht . . .«
Aber ich weiß es . . .
Orange, die noch immer beim Fenster steht, bricht in lärmendes Frohlocken aus: »Säcke! Säcke! Er hat Säcke!«
Nach diesem Freudenausbruch vollzieht sich Renauds Einzug in heiliger Stille. Alles, was die dürftige Konditorei von Montigny zu bieten hatte, hat er gekauft: Cremeschokolade, gestreifte Karamellen, saure Zuckerln, die nach Apfelmost schmecken. Aber was auch immer . . . so viele Bonbons! Ich will auch welche!
Renaud bleibt auf der Schwelle stehen, betrachtet uns mit einem Lächeln . . . einem Lächeln, das ich kenne . . . und erbarmt sich endlich der zitternden Orange.
»Was haben Sie am liebsten, Orange?«
»Alles!« ruft die Gefragte berauscht.
»Oh!« entrüsten sich die beiden andern.
»Orange« – Renaud prickelt vor Vergnügen –, »ich schenke Ihnen den ganzen Sack, wenn Sie mir einen Kuß geben . . . Du gestattest doch, Claudine?«
»Aber bitte!«
Orange zögert ein paar Sekunden, hin- und hergerissen zwischen

Naschhaftigkeit und Ehrfurcht vor den guten Sitten, läßt ihren unschuldigen goldbraunen Blick flehend von ihren feindseligen Kameradinnen zu mir, zum Himmel, zu den Säcken wandern – mein Freund hält sie ihr mit ausgestrecktem Arm entgegen –, wirft sich schließlich an Renauds Hals, mit der ganzen, ein wenig einfältigen Anmut ihrer kleinen Person, wird puterrot, bekommt ihren Sack und verzieht sich damit in eine Ecke, um ihn in Ruhe zu öffnen.

Indessen plündere ich eine Schachtel Dragées, von den beiden Schwestern schweigend, aber gewandt unterstützt. Unfehlbar und unermüdlich pendelt Hélènes kleine Hand zwischen Mund und Schachtel hin und her . . . Wer hätte gedacht, daß dieser kleine Mund so tief sei!

Ein greller Glockenton verscheucht die kleinen Mädchen, reißt Renaud aus seiner Betrachtung, beendet das Idyll. Sie stieben davon wie kleine Kätzchen, ohne uns anzusehen, ohne ein Wort des Danks.

Nachtmahl im Speisesaal. Renaud unterhält sich glänzend. Ich langweile mich ein wenig. Die Stunde ist zwielichtig. Dämmerung lastet über den Wäldern, sinkt langsam nieder . . . Meine Gedanken schweifen ab . . . Renaud ist zufrieden. Wie gut verstand es auch die durchtriebene Frau Direktor, seine Neugier zu wecken! In weißgetünchtem Raum, an weißgedecktem Tisch, angesichts reizender Mädelchen in schwarzen Schulschürzen – verächtlich wie Kinder, die sich eben an Bonbons überessen haben, stochern sie in ihrem Gemüse herum –, erzählt Mademoiselle von mir. Jawohl, sie spricht von mir. Zuweilen senkt sie ihre Stimme, zum Verdruß der beiden Jousserand, die die Ohren spitzen. Auch ich höre zu, ein wenig müde zwar, aber lächelnd.

»Sie war ein wilder Junge, Monsieur, und lange Zeit wußte ich mir kaum zu helfen! Mit vierzehn weilte sie am liebsten zehn Meter über dem Boden, vornehmlich damit beschäftigt, die Beine herzuzeigen, bis zu den Augen! Sie war auch nicht frei von Grausamkeit, jener Grausamkeit der Kinder für die Erwachsenen (au weh!), aber sie hat sich nicht verändert: reizend war sie, reizend ist sie geblieben . . . Mich mochte sie nie! Trotzdem hatte ich meine Freude an ihrer Anmut, ihrer Geschmeidigkeit! Die Stiege zum Beispiel, die hier heraufführt, hat sie niemals benützt! Nur das Geländer! Denken Sie, Monsieur – welch ein Beispiel!«

Der perfid-mütterliche Ton dieser Lobeshymne unterhält mich über die Maßen und entzündet in Renauds Augen ein dunkles, gefährliches Licht, das ich wohl zu deuten weiß. Er betrachtet Orange und sieht Claudine, eine vierzehnjährige Claudine, die ihre Beine »bis zu den Augen« herzeigt (bis zu den Augen? Aber, Mademoiselle! Der Ton des Hauses hat sich seit meinem Fortgang beachtlich gesteigert!), betrachtet Hélène und sieht wiederum Claudine, eine freche, tintenbekleckerte Claudine, im Reitsitz auf dem Stiegengeländer ... Die Nacht wird heiß sein ... Und da Mademoiselle die arme Orange anschreit: »Wenn Sie noch einmal Salz mit den Fingern nehmen, lasse ich Sie fünf Seiten Blanchet abschreiben!«, bricht er in nervöses Lachen aus.

Die kleine, stille Hélène sucht meinen Blick, flieht ihn, sobald sie ihn gefunden hat. Sie ist entschieden hübscher als ihre Schwester Isabelle, deren Hauch von Schnurrbart dem Mund, sobald ihn das Tageslicht nicht mehr übersilbert, das Aussehen schlecht gewaschener Kinderlippen verleiht.

»Mademoiselle«, fragt Renaud plötzlich, »gestatten Sie morgen früh eine große Bonbonverteilung?«

Der kleinen Rothaarigen – während des Nachtmahls hat diese verkörperte Gefräßigkeit sämtliche Krumen aufgelesen und alle Schüsseln ausgeleckt – entfährt ein Stöhnen der Gier. Nein, die verächtlichen Blicke der drei Großen, die sich erst vorhin mit klebrigem Zeug vollgestopft haben ...

»Meinetwegen!« erwidert Mademoiselle. »Sie verdienen zwar alles andere als Bonbons, aber der Anlaß ist schließlich außergewöhnlich! So bedankt euch doch, kleine Gänse! Und jetzt marsch ins Bett! Es ist fast neun!«

»Oh, Mmmzelle, darf ich Renaud den Schlafsaal zeigen, bevor sich die Kinder niederlegen?«

»Selbst Kind!« erwidert die Frau Direktor und erhebt sich. »Jawohl, Sie dürfen! Und was euch anlangt, kleine Schlampsäcke, so wehe euch, wenn ich auch nur das geringste herumliegen sehe!«

Weiß-grau, weiß-blau, weiß-gelb sind Mauern, Vorhänge und Betten des Schlafsaals, die an zu eng gewickelte Säuglinge erinnern. Renaud holt tief Atem. Ein eigenartiger, alles durchsetzender Geruch liegt in der Luft, ein Geruch nach gesunden Kindern, Schlaf und Sumpfminze: ihre würzigen Blüten hängen von der Decke herab, zu duftendem Strauß gebunden. Renauds feine Nase kostet, sondert, überlegt. Indessen greift Mademoiselle aus alter Gewohnheit unter die Kopfpolster, auf der Suche nach angenagter Schokolade und verbotener Abendlektüre ...

Renauds heiße Finger spielen auf meiner Schulter eine unhörbare Melodie.
»Hast du auch hier geschlafen, Claudine?« fragt er sehr leise.
»Claudine?« kommt mir die Frau Direktor zuvor, die niemals schwerhörig war, »nein! Und mit gutem Grund! In welchem Zustand hätte ich am nächsten Morgen wohl Schlafsaal und Schläferinnen vorgefunden?«
»Und Schläferinnen!« hat sie gesagt! Schau, schau! Nein, ich kann diese pikanten Anspielungen nicht länger dulden, mein ganzes Sittlichkeitsempfinden empört sich bereits! Gehen wir schlafen.
»Haben Sie alles gesehen, Renaud?«
»Alles.«
»Also dann vorwärts, heia!«
Hinter uns wird geflüstert. Oh, ich ahne, was sie murmeln, die kleinen Braunhaarigen! »Wie? Sie wird mit diesem Herrn schlafen? In Mademoiselle Aimées Bett? So viele Männer hat es in seinem Leben noch nicht gesehen, Mademoiselle Aimées Bett!«
Gehen wir! Ich lächle der kleinen Hélène zu: sie flicht ihr Haar zu Zöpfen, das Kinn auf die Schulter geneigt. So gehen wir doch!

Ein enges, helles Zimmer; eine Lampe, die heiß anläuft; ein Fenster voll reiner, blauer Nacht; draußen, auf gefährlichem Sims, geht eine Katze spazieren – ein kleines lautloses Samtgespenst.
Mein Gatte glüht. Er hat mich den ganzen Abend gestreift, unter vielerlei verjüngter Gestalt . . . Die Erregung dehnt seinen Mund zu waagrechtem Lächeln . . .
Claudines kurzer Schlummer, sie liegt auf dem Bauch, die Hände auf dem Rücken gefaltet, »wie eine gefesselte Sklavin«, sagt Renaud . . .
Die Morgendämmerung: sie lockt mich ans Fenster, im Nachthemd; ja, ich will über dem Wald von Moustiers die Nebel wallen sehen, will den Amboß der Schmiede von Choucas läuten hören. Heute, wie ehedem, erklingt er in Gis-Dur . . .
Oh, von dieser Nacht ist mir alles, alles geblieben.

Tiefe Stille in der Schule. Es ist erst sechs Uhr. Renaud fühlt, daß ich nicht mehr neben ihm liege, erwacht, lauscht der silbernen Melodie des Schmieds und pfeift ein Motiv aus »Siegfried« . . .
Er ist des Morgens nicht häßlich – welch unschätzbarer Vorteil

für einen Mann! –, fährt sich zu allererst mit den Fingern durchs Haar, von rechts nach links, packt die Karaffe und stürzt ein großes Glas Wasser hinunter. Das werde ich nie begreifen! Wie kann man auf nüchternen Magen kalt trinken? Wie kann ihm das schmecken, wo es mir nicht schmeckt?

»Wann fahren wir, Claudine?«

»Ich weiß nicht. So schnell?«

»So schnell. Hier gehörst du mir nicht, betrügst mich mit jedem Geruch, jedem Geräusch, jedem wiedergefundenen Gesicht! Jeder Baum besitzt dich . . .«

(Ich winke lachend ab, weiß aber nichts zu erwidern. Renaud hat nicht ganz unrecht. Und da ich schließlich nicht mehr hier zu Hause bin . . .)

»Um zwei.«

Versöhnt betrachtet er das Zuckerwerk, das sich auf dem Nachttisch türmt.

»Was meinst du, Claudine – sollten wir nicht die Kleinen mit Bonbons wecken gehen?«

»Wenn Mademoiselle uns erwischt . . .«

»Du fürchtest die rächende Strafarbeit?«

»Nein – und überhaupt – soll sie uns erwischen! Desto größer der Spaß!«

»Oh, Claudine, geliebter Wildfang! Komm, laß dich atmen, aufgeschlagenes Schulheft . . .«

»Achtung, Renaud! Sie zerknittern meinen Umschlag! Wenn wir noch länger warten, erhebt sich Mademoiselle . . .«

Bonbonsbeladen schleichen wir zum Schlafsaal, Renaud blauweiß in seinem Pyjama, ich weiß und lang in weitem Nachthemd. Ehe ich die Türe aufstoße, lausche ich . . . Tiefe Stille. Sachte treten wir ein . . .

Wie könnt ihr nur schlafen, ihr elenden Kleinen! Das helle Tageslicht flutet herein, die Sonne vergoldet die weißen Vorhänge! Sogleich suche ich das Bett Hélènes: das hübsche Gesichtchen ist unsichtbar, im Polster vergraben. Man sieht nur den schwarzen, schlangengleichen Zopf. Neben ihr schläft die Schwester auf dem Rücken, stocksteif, mit ernster, gesammelter Miene, die langen Wimpern auf die Wangen gesenkt. Ein paar Schritte weiter schnarcht offenen Mundes Nana, umlodert von ihrem roten Haar. Sie sieht aus wie ein achtlos hingeworfener Hampelmann.

Renaud jedoch hat nur Augen für Orange, diese Orange, der sichtlich zu heiß ist: eingemummt in ihr langärmeliges Nacht-

hemd – rund und rührend zeichnet sich unter dem weißen Stoff der kleine Hintern ab –, schläft sie auf der Decke, mit glatt zurückgekämmtem Haar, geballten Fäusten, fest geschlossenem Mund, einer weißen und einer rosigen Wange.
Hübsch, hübsch! Die Belegschaft hat sich verschönt, das muß man ihr lassen! Zu meiner Zeit hätten die Internen sogar Dutertre zur Keuschheit bekehrt, diesen Dorf-Don-Juan . . .
Entzückt wie ich – und anderweitig auch – nähert sich Renaud dem Bett Oranges, seines erklärten Lieblings, und läßt ein Pistazienfondant auf ihre Samtwange fallen. Die Wange belebt sich, der reizende kleine Hintern gerät in Bewegung. Orange schlägt die Augen auf.
»Guten Morgen, Orange!«
Oranges goldbrauner, kugelrunder Blick spiegelt Staunen und Vertrauen. Sie setzt sich auf, versteht offensichtlich nicht, was um sie vorgeht, legt aber wie von selbst die Hand auf das grüne Bonbon.
»Ah!« macht sie, steckt es in den Mund und trompetet:
»Guten Morgen, Monsieur!«
Ihre helle Stimme, mein Lachen – und schon wogen auf dem Nachbarbett die Decken, die Schlange wird zum Zopf, und Hélène richtet sich auf, dunkler als ein braungefiedertes Vögelchen. Der Schlaf verläßt sie nur widerwillig. Sie betrachtet uns, knüpft Heute an Gestern, erinnert sich, und zarte Röte überzieht die ambrafarbenen Wangen. Reizend zerrauft, bändigt sie mit einer Handbewegung eine Locke, die ihr Näschen verhüllte, entdeckt Orange, die kauend im Bett sitzt, und ruft besorgt:
»Oh! Sie wird alle aufessen!«
Dieser kindliche, mit ausgestrecktem Finger hervorgestoßene Angstschrei entzückt mich über die Maßen. Ich hocke mich im Türkensitz auf Hélènes Bett. Sie zieht die Füße an sich und errötet heftig.
Ihre Schwester erwacht, rekelt sich, läßt einige unverständliche Laute hören und bringt mit züchtigen Händen ihr verschobenes Nachthemd in Ordnung. Und Nana, die karottenfarbene Kleine? Sie stöhnt vor Genäschigkeit und ringt die Hände beim Anblick Oranges, die sich mit Zuckerln vollstopft, unermüdlich und gewissenhaft . . .
»Renaud, das ist grausam! Ich gebe zu, daß Orange der Reiz nicht entbehrt, aber deshalb können Sie Hélène und den andern auch etwas geben!«
Renaud blickt auf, tritt einen Schritt näher und erklärt feierlich:

»Also gut! Aufgepaßt! Ich gebe kein einziges Bonbon mehr her, es sei denn« (atemlose Stille), »man kommt es holen!«
Die Mädchen werfen einander verstörte Blicke zu. Aber schon schwingen sich Nanas kurze Beine aus dem Bett, schon prüft sie, ob ihre Füße auch sauber sind, schon rafft sie ihr langes Nachthemd, um nicht zu stolpern, und tappt Renaud entgegen, in höchster Eile, rotbackig und zerrauft wie ein Kind auf einer vierfarbigen Weihnachtskarte, bemächtigt sich des Sacks, den Renaud ihr zuwirft, und kehrt in ihr Bett zurück, japsend wie ein zufriedenes Hündchen.
Jetzt hält auch Orange nicht länger an sich, wirft die verhüllenden Decken ab, einer runden, vom Tageslicht flüchtig vergoldeten Wade nicht achtend, eilt zu Renaud, der die begehrten Fondants hoch in die Luft hebt, und jammert:
»Oh, Monsieur! Zu klein! Zu klein!«
Soll heute fehlschlagen, was gestern wirkte? Kurz entschlossen wirft sich Orange an Renauds Hals und küßt ihn aus Leibeskräften. Keine Angst, es wirkt auch heute noch! Dieses Spiel beginnt mir zu mißfallen.
»Geh doch hin, Hélène«, raunt Isabelle giftig.
»Geh selber! Du bist älter. Und gieriger.«
»Das ist nicht wahr!«
»So? Bitte! Wie du willst! Ich gehe nicht hin! Soll Orange alles fressen! Hoffentlich wird ihr schlecht . . .«
Der Gedanke, daß Orange alle Bonbons essen könnte, jagt Isabelle aus dem Bett. Sie springt zu Boden. Ich halte Hélène zurück – durch die Decke hindurch habe ich ihren schlanken Knöchel gefaßt – und sage:
»Bleiben Sie, Hélène! Ich hole Ihnen welche!«
Isabelle kehrt siegreich zurück. Doch während sie hastig ins Bett steigt, kläfft die kleine Nana: »Isabelle hat Haare auf den Beinen! Isabelle hat Haare auf den Beinen! Eine ganze Menge!«
»Du unanständiges Ding!« schreit die Beschuldigte, vergräbt sich in ihre Decke, daß nur zwei zornfunkelnde Augen hervorblitzen, beschimpft und bedroht Nana, bis ihre Stimme versagt und sie in Tränen ausbricht.
»Also bitte, Renaud! Da haben Sie die Bescherung!«
Der garstige Junge lacht so sehr, daß der letzte Sack seinen Händen entgleitet und auf dem Boden zerplatzt.
»Worin soll ich sie auflesen?« frage ich meine kleine Hélène.
»Ich weiß nicht – ich habe nichts – ach ja, doch, meine Waschschüssel . . . . . . die dritte von links . . .«

Ich bringe ihr die emaillierte Schüssel, randvoll mit buntem Abfall.
»Renaud, schauen Sie doch hinaus! Ich glaube, es kommt jemand!«
Und ich setze mich wieder auf das Bett meiner kleinen Hélène. Sie knabbert, schleckt und betrachtet mich verstohlen. Wenn ich ihr zulächle, lächelt sie zurück, schüchtern und errötend, und ihr Lächeln, feucht, weiß, frisch und appetitlich, sieht aus, als könne man hineinbeißen.
»Worüber lachen Sie, Hélène?«
»Über Ihr Nachthemd. Wenn es nicht durchsichtig wäre, und aus Batist – oder Crépe de Chine? –, könnte es fast einer Internen gehören!«
»Aber ich bin doch eine Interne! Glauben Sie das nicht?«
»Oh! Nein . . . und das ist schade.«
(Schon recht! Ich rücke näher.)
»Gefalle ich Ihnen?«
»Ja . . . sehr«, murmelt sie.
Es klingt wie ein Seufzer.
»Wollen Sie mich küssen?« Sie fährt auf und sagt »Nein«, leise und entsetzt.
»Nein?« wiederhole ich flüsternd, dicht vor ihr, »nein? Ich kenne dieses ›nein‹, das ›ja‹ bedeutet . . . ich habe selbst so gesprochen, früher einmal . . .«
Flehenden Blicks deutet sie auf die Kameradinnen. Doch ich bin neugierig, grausam, gemein, will sie gerade von neuem quälen – da fliegt die Türe auf, und Renaud erscheint auf der Schwelle, gefolgt von Mademoiselle Sergent im Schlafrock – was sage ich! In prunkvollem Negligé, fix und fertig frisiert.
»Nun, Madame Claudine? Das Internat scheint Sie zu reizen?«
»Ich kann nicht leugnen, daß es eines gewissen Reizes heuer nicht entbehrt.«
»Nur heuer? Wie mir doch der Ehestand meine Claudine verändert hat! Vorwärts, vorwärts, meine Damen! Es ist schon fast acht! Um dreiviertel neun schaue ich unter die Betten, und wehe euch, wenn ich auch nur ein Stäubchen finde!«
Wir verlassen den Schlafsaal. Im Korridor wende ich mich an Mademoiselle Sergent:
»Ich hoffe, Sie verzeihen uns diesen morgendlichen Überfall, Mademoiselle?«
Sie erwidert leise, mit zweideutiger Freundlichkeit:

»Oh! In den Ferien! Im übrigen will ich es von seiten Ihres Gatten als rein . . . väterliches Wohlwollen betrachten.«
Dieses Wort werde ich ihr so bald nicht verzeihen.

Vor dem Mittagessen gingen wir spazieren. Oh, ich habe sie nicht vergessen, diese Wallfahrt zu »meinem« Haus, die Beklemmung, die mich stumm und regungslos verharren ließ, versunken in den Anblick des freitreppenartigen Stiegenaufgangs, des nachgedunkelten Eisengeländers, des abgenützten Kupferrings, an dem ich nach der Schule Sturm zu läuten pflegte. Erst als ich den Ring kraft meines Blicks in meinen Händen zu fühlen glaubte, vermochte ich die Augen abzuwenden.
Renauds Aufmerksamkeit galt den Fenstern meines ehemaligen Zimmers. Ich sah durch Tränen zu ihm auf und bat:
»Gehen wir . . . ich habe Kummer.«
Schweigend führte mich mein Gatte fort, mitleidend und verstehend. Ich drängte mich eng an ihn. Im Vorbeigehen drehte ich noch rasch den Fensterriegel, und dann . . . adieu . . .

Da habe ich nun die Bescherung: ich bedauere, nach Montigny gekommen zu sein! Was trieb mich denn her? Liebe, Heimweh, Stolz. Jawohl, auch Stolz. Ich wollte mit meinem Gatten prunken . . . Aber kann man diesen väterlichen Liebhaber, diesen wollüstigen Beschützer »Gatte« nennen? Ich wollte Mademoiselle eins auswischen, der bösen Frau Direktor samt ihrer abwesenden Aimée. Und jetzt? Mir geschieht ganz recht: jetzt bin ich klein und beklemmt, hin- und hergerissen zwischen zwei Heimstätten, und weiß nicht, wo ich hingehöre.
Meinetwegen schleppt sich das Mittagessen lustlos dahin. Mademoiselle sucht meine verstörte Miene zu deuten (ich auch). Die kleinen Mädchen, mit Süßigkeiten vollgestopft, stochern in den Speisen. Renaud lacht und fragt Orange:
»Sagen Sie immer ja, Orange? Zu allem?«
»Ja, Monsieur.«
»O runde, reife Orange! Fern sei es von mir, die Glücklichen zu bedauern, die Ihnen begegnen werden! In Ihnen schlummert eine schöne Zukunft . . . redliches Teilen, ungetrübte Freude . . .«
Ein rascher Blick auf Mademoiselle, einer eventuellen Verstimmung vorzubeugen. Doch die Frau Direktor zuckt lediglich die Achseln und erwidert:
»Oh!! Bei Orange macht das gar nichts aus. Sie versteht niemals!«

»Vielleicht mit Gesten? . . .«
»Bis zur Abfahrt wäre die Zeit zu kurz, Monsieur! Orange begreift frühestens bei der vierten Wiederholung!«
Mit einer Handbewegung unterdrücke ich die Ungeheuerlichkeit, die meinem garstigen Mann auf der Zunge schwebt, gespannt erwartet von meiner kleinen Hélène. (»Meine kleine Hélène!« Diesen Namen gab ich ihr sofort . . .)
Adieu, adieu! Während ich die Koffer schließe, lärmt, läutet und flucht unten bereits der alte Racalin. Adieu!
Wie liebte – wie liebe ich diese hallenden weißen Gänge, diese große weiße Kaserne mit den scharfen, aus rosa Ziegeln gefügten Ecken, den schmalen, bewaldeten Horizont, ja selbst die Abneigung, die Mademoiselle mir einflößte. Wie liebte ich ihre kleine Aimée – und Luce, Luce, die ahnungslose, die es nie erfahren wird.
Ich verharre auf dem Stiegenabsatz, die Hand an die kühle Mauer gelegt.
Unten verhandelt Renaud mit Orange. (Schon wieder!)
»Adieu, Orange!«
»Adieu, Monsieur!«
»Werden Sie mir schreiben, Orange?«
»Ich weiß ja nicht wie Sie heißen!«
»Lächerlicher Einwand! Ich heiße: ›Claudines Mann‹. Werden Sie mich wenigstens vermissen?«
»Ja, Monsieur.«
»Hauptsächlich wegen der Bonbons?«
»Ja, Monsieur.«
»Orange, Ihre verwerfliche Offenheit begeistert mich! Geben Sie mir einen Kuß!«

Hinter mir raschelt es sachte . . . Meine kleine Hélène ist da. Ich wende mich um. Sie ist hübsch in ihrer Schwarz-Weiße, das Schweigen steht ihr reizend an. Sie sagte mir wohl gern etwas – ich weiß, es ist zu schwierig – und betrachtet mich wortlos aus dunklen Augen. Und während sich unten Orange an Renauds Hals wirft, friedvoll und gehorsam, schlinge ich den Arm um dieses stille kleine Mädchen, das nach Heften und Bleistiften, Zedern- und Sandelholz duftet. Sie erbebt und gewährt, und auf ihren weichen Lippen scheide ich endgültig von meiner jungen Vergangenheit . . .
Meiner Vergangenheit? Nein, hier sollte ich wohl aufrichtig sein . . . Hélène, zitternde, schon leidenschaftliche Hélène, die

du ans Fenster liefst, mich abreisen zu sehen, nie wirst du erfahren, was dich mit kummervoller Überraschung erfüllen müßte: nicht dich küßte ich auf deinen ungeübten, fordernden Mund, sondern Luce, den Schatten meiner Luce.

Im Zuge werfe ich einen letzten Blick auf den Sarazenenturm – ein Gewitter braut sich zusammen und erdrückt ihn fast unter massigen Wolken – und warte, bis er hinter dem runden Rücken eines Hügels verschwunden ist. Dann erst, erleichtert wie nach schwerem Abschied, kehre ich zu meinem geliebten sorglosen Freund zurück, der mich bewundert (um nicht aus der Übung zu kommen), mich in die Arme nimmt und –

»Sagen Sie, Renaud – es ist anscheinend sehr angenehm, diese Orange zu küssen?«

Ich suche seinen Blick, ernst und forschend, ohne daß es mir gelänge, die schwarz-blaue Tiefe zu durchdringen, die mich stets an das unergründliche Dunkel eines Weihers gemahnt.

»Diese Orange? Liebste, solltest du mir die erfreuliche Ehre erweisen, eifersüchtig zu sein?«

»Oh, das ist keine Ehre! Es würde mir schwerfallen, die Eroberung Oranges als ›ehrenvoll‹ zu betrachten!«

»Mein hübsches, schlankes Kind, wenn du mir verboten hättest, Orange zu küssen, hätte ich keinerlei Verdienst gehabt, sie zu verlassen!«

Ja. Mein Wunsch ist ihm Befehl. Aber er hat meine Frage nicht beantwortet. Es ist anscheinend sehr angenehm, diese Orange zu küssen? Oh, er versteht es bestens, auszuweichen, sich niemals aus der Hand zu geben, mich in weiche, nachgiebige Zärtlichkeit zu hüllen.

Er liebt mich über alles. Das steht außer Frage. Ich liebe ihn, Gott sei's gedankt. Auch das ist sicher. Aber wer ist die Frau von uns beiden? Bin ich nicht männlicher als er, glaube ich nicht, einfacher, härter, düsterer, leidenschaftlicher zu sein?

Das Wort »aufrichtiger« vermeide ich absichtlich. Vor anderthalb Jahren hätte ich es noch gesagt. Damals wäre ich nicht so rasch der Versuchung erlegen, auf einem Stiegenabsatz diesen feuchten, kalten, einer gespaltenen Frucht gleichenden Kindermund zu küssen, unter dem Vorwand ewigen Abschieds von meiner schwarzbeschürzten Schul- und Kinderzeit . . . Ich hätte es dabei bewenden lassen, das Pult zu küssen, darüber Luce ihre eigensinnige Stirne neigte . . .

Seit anderthalb Jahren wächst in mir eine wohlige Verderbnis, durchdringt mich mehr und mehr. Ich danke sie Renaud. Wer das Leben mit ihm betrachtet, sieht Großes mählich kleiner, Ernstes heiter werden. Unnütze Nichtigkeiten – schädliche vor allem – gewinnen an Bedeutung, blähen sich zu ungeheurer Wichtigkeit auf. Wie sollte ich mich der unheilbaren, verführerischen Frivolität erwehren, die ihn fortreißt, und mich mit ihm? Aber das ist nicht alles: Renaud hat mir das Wesen der Wollust entdeckt, das Geheimnis, genießend zu spenden, und ich bediene mich seiner mit Leidenschaft, wie ein Kind einer tödlichen Waffe. Er lehrte mich auch die selten versagende Macht meines schlanken, geschmeidigen Körpers – schmale Hüften, kleine Brüste, eine Haut, die der glatten Oberfläche dunkler Tongefäße gleicht – meiner tabakbraunen Augen, die an flackernder Tiefe gewonnen haben, meines kurzen, lockeren, kastanienfarbenen Haars . . . All diese neuen Kräfte nütze ich halb unbewußt, wende sie gegen Renaud, so wie ich sie – ich will es nicht leugnen – an dieser reizenden Hélène erprobt hätte, wäre ich zwei Tage länger in der Schule geblieben . . .

Oh, lassen, Sie mich in Frieden! Sonst sage ich noch, Renaud ist schuld, daß ich die kleine Hélène küßte!

»Woran denkst du, kleine, schweigsame Claudine?«
Das fragte er – ich weiß es noch gut – in Heidelberg auf der Hotelterrasse. Ich hockte auf dem Boden, das Kinn auf die Fäuste gestützt, und ließ den Blick von der weit ausladenden Kurve des Neckars zu den verfälschten Ruinen des Schlosses schweifen, das zu unseren Füßen lag.
»An den Garten.«
»An welchen Garten?«
»An welchen Garten! An den Garten von Montigny, natürlich!«
Renaud wirft die Zigarette fort. (Er lebt göttergleich, von Wolken und Duft umgeben.)
»Seltsames kleines Mädchen . . . Vor dieser Landschaft?! Willst du etwa behaupten, der Garten von Montigny sei schöner als das hier?«
»Gott bewahre! Aber er gehört mir!«
Da wären wir wieder. Wie oft haben wir vergebens versucht, einander zu begreifen. Renaud bezichtigte mich der Faulheit, Engstirnigkeit, des sitzenden Vagabundierens und suchte seine Anschuldigungen durch zärtliche, ein wenig geringschätzige Küsse zu mildern. Ich erwiderte lächelnd, ein Koffer genüge, um

sein »Heim« einzuschließen. Wir haben beide recht, jeder auf seine Weise. Doch ich tadle ihn, anders zu denken als ich.
Er ist zu weit herumgekommen, ich nicht genug. Ich bin nur im Geist Nomade. Meinem Gatten folge ich fröhlich: kein Wunder. Ich bete ihn an. Aber ich liebe Fahrten, die ein Ende haben. Renaud liebt das Reisen um des Reisens willen, erwacht frohgemut unter fremdem Himmel und läßt sich von dem Gedanken, am gleichen Abend weiterfahren zu müssen, nicht aus der Ruhe bringen. Er sehnt sich nach den Bergen des Nachbarlandes, dem herben Wein eines andern, der trügerischen Annehmlichkeit jener Kurortkulisse, der Stille dieses einsamen Hügels, scheidet wieder und trennt sich leichten Herzens von Hügel, Blumen und Wein . . .
Ich folge ihm. Auch ich freue mich – ja, ich freue mich wirklich – des hübschen Städtchens, der Sonne hinter jenen Föhren, des rauschenden Bergwinds. Aber meinen Knöchel umschlingt ein Band, dessen anderes Ende in Montigny verankert ist, um den Stamm des alten Nußbaums geschlungen.

Ich glaube nicht, eine entmenschte Tochter zu sein. Dennoch muß ich gestehen, daß Fanchette mir auf unseren Reisen kaum weniger fehlte als Papa. Schmerzlich vermißte ich meinen edlen Vater nur in Deutschland, beim Anblick zahlreicher Wagner- und Wotan-Postkarten. Die germanischen Götter sind schön. Wie Papa schleudern sie harmlose Blitze. Wie Papa lieben sie wüste Bärte und große Gesten. Und ich stelle mir vor, daß ihr Wortschatz, wie der seine, sämtliche Flüche des Heldenzeitalters enthält.
Ich schrieb ihm selten, er antwortete kaum öfter, zärtlich und rüde, und der saftige Wirrwarr seines Briefstils, dessen melodische Schachtelsätze Chateaubriands Entzücken erregt hätten (ich schmeichle Papa ein wenig), strotzte von den fürchterlichsten Schimpfwörtern. Ich erfuhr unter anderem, daß nichts, aber auch schon gar nichts, in Ordnung sei, mit Ausnahme des treuen, schweigsamen, nimmermüden Monsieur Maria. »Vielleicht ist Deine Abwesenheit daran schuld, kleines Maultier«, schrieb mein lieber Herr Vater, »aber Paris erregt meinen Abscheu, besonders, seit X, dieser Auswurf der Menschheit, sich nicht entblödet hat, eine Abhandlung über ›Allgemeine Malakologie‹ zu veröffentlichen, die einfältig genug ist, den Steinlöwen vor dem Institut Brechreiz zu verursachen. Wie kann die ewige Gerechtigkeit solche Schufte nur des Lichts teilhaftig werden lassen!«

Auch von Mélie erhielt ich Briefe. Sie schilderte den Seelenzustand Fanchettes, ihre kläglich hervorgejammerte Verzweiflung, ihren untröstlichen Kummer. Leider hat Mélies Handschrift mehr mit Hieroglyphen denn mit Haar- und Schattenstrichen zu tun: das machte jede geregelte Korrespondenz unmöglich.
Fanchette sehnt sich nach mir! Dieser Gedanke verfolgte mich während der ganzen Reise, ließ mich zusammenzucken, sooft ich einen Kater um eine Ecke flitzen sah. Wohl zwanzigmal löste ich mich vom Arm des überraschten Renaud, lief auf eine Katze zu, die ernsthaft eine Türschwelle zierte, und redete sie an: »Liiiiebling!« Meistens senkte das mißbilligende Tier das Kinn auf sein gesträubtes Felljabot und zuckte mit keiner Wimper. Aber ich gab mich nicht geschlagen, versuchte es mit unzähligen, unverständlichen, hohen und tiefen Lauten in Dur und Moll, so lange, bis das grüne Eis der Augen zu Sanftmut schmolz, der schmale Strich der Lippen ein Lächeln ahnen ließ und der flache, zutrauliche Kopf sich am Türrahmen rieb, als unmißverständliche höfliche Begrüßung. Und schließlich drehte sich die Katze dreimal um die eigene Achse, was eindeutig so viel heißt wie: »Sie gefallen mir.«
Während dieser katzenfreundlichen Krisen zeigte sich Renaud niemals ungeduldig. Doch ich verdächtigte ihn eher der Nachsicht denn besonderen Verstehens und traue es dem Schurken ohne weiteres zu, Fanchette seit jeher nur aus Berechnung gestreichelt zu haben.
Wie gern durchstreife ich diese jüngste Vergangenheit!
Renaud lebt in der Zukunft. Dieser Mann, den verzweifelte Angst vor dem Altern in jeden Spiegel blicken läßt, auf selbstquälerischer Suche nach neuen Krähenfüßen, vermag sich mit dem Heute nicht zu begnügen, sondern drängt dem Morgen entgegen, ungeduldig und fieberhaft. Ich bin der Vergangenheit verhaftet, sei sie auch von gestern, blicke oft zurück, fast nie ohne leise Wehmut. Manchmal will es mir scheinen, als danke ich der Ehe (Teufel, nein! der Liebe!), eine Art zu empfinden, die meiner Jugend nicht angemessen ist, Renaud jedenfalls mit Staunen erfüllt. Doch er liebt mich. Und wenn meinem Geliebten das Verstehen schwerfällt, flüchte ich in die Arme meines väterlichen Freunds, eine vertrauende Tochter, die ihrem schützenden Adoptivvater hinter dem Rücken des Geliebten Sorgen und Nöte klagt. Ja, noch mehr: wagt es Renaud, der Geliebte, sich in die Angelegenheiten Renauds, des Vaters, einzumischen, wird er von Tochter Claudine übel empfangen und muß so lange war-

ten, enttäuscht und ungeduldig, bis eine erfrischte, neugeborene Geliebte leichten Schritts zu ihm kommt, ihm ihren schwachen Widerstand, ihr Schweigen und ihr Feuer zu schenken.

Auch, alles, was ich wie ungefähr hier niederschreibe, läßt mich den Riß nicht mit Händen greifen. Und dabei fühle ich ihn so deutlich, mehr, viel mehr, als mir lieb ist.

Wir sind daheim. Der Rummel ist überstanden, Renauds fieberhafte Tätigkeit – er wünschte so sehr, daß mir das neue Nest gefallen möge – endlich abgeklungen.
Auf seine Bitte traf ich meine Wahl zwischen zwei Appartements, die beide ihm gehören. (Zwei Appartements für einen einzigen Renaud?) »Wenn sie dir nicht gefallen, geliebtes Kind, suchen wir eine dritte Wohnung.« »Zeigen Sie mir die dritte!« hätte ich am liebsten gesagt, schwieg aber und machte mich gewissenhaft daran, von wohlbekanntem Übersiedlungsabscheu ergriffen, die zu Gebote stehenden Räume zu besehen, nein, zu beriechen. Diese sagten meiner empfindlichen Nase eher zu, also zogen wir ein. Die Einrichtung war fast vollständig: Renaud jedoch, auf Einzelheiten bedacht und an fraulicher Sorgfalt mir weit überlegen, setzte seinen Stolz darein, ein Interieur zusammenzustellen, das so bald nicht seinesgleichen finden sollte, und fragte mich wohl zwanzigmal nach meiner Meinung, ehrlich bestrebt, mir alles rechtzumachen, ohne dem eigenen Kunstsinn Opfer bringen zu müssen. Meine Antwort lautete fast jedesmal: »Das ist mir gleich.« Was jedoch das Bett betraf, diesen »Schlüssel zum Eheglück«, wie Papa sich auszudrücken beliebt, so erklärte ich klipp und klar:
»Ich möchte mein Himmelbett mit den bemalten Vorhängen.«
Mein armer Renaud streckte die Arme zum Himmel.
»Wehe! Wehe! Ein Himmelbett in einem Zimmer Louis XV? Im übrigen bedenk doch, Liebste, kleines Ungeheuer! Wir müßten es verlängern – was sag' ich! verbreitern lassen . . .«

Ja, ja, ich weiß. Aber was wollen Sie? Wie sollte ich Möbel lieben, die ich nicht – noch nicht kannte? Das große niedrige Bett ist mir teuer geworden, auch das Badezimmer und ein paar tiefe Korbfauteuils. Die übrige Einrichtung jedoch sieht mich noch immer mit scheelen Blicken an, wenn ich mich so ausdrücken darf. Der Spiegelschrank schielt, sobald ich vorübergehe, und der polierte,

auf elegant geschwungenen Füßen ruhende Wohnzimmertisch versucht des öfteren, mir ein Bein zu stellen. Ich bleibe ihm nichts schuldig.
Zwei Monate, Herrgott, zwei Monate sollten doch genügen, eine Wohnung zu zähmen? Und schon ersticke ich die Stimme der Vernunft, die mir zuzuraunen sucht: »Eine Wohnung vielleicht. Aber keine Claudine.«
Ob Fanchette wohl gern hier wohnte? Ich habe sie wiedergesehen, meine weiße Schöne, Rue Jacob, unvorbereitet auf meine plötzliche Heimkehr. Oh, wie bewegt war ich, wie beschämt, Fanchette zu meinen Füßen hingestreckt zu sehen, sprachlos vor seliger Erregung, während meine Hand auf ihrem warmen rosigen Bauch die atemlosen Schläge ihres treuen Katzenherzens vergebens zu zählen suchte. Ich drehte sie auf die Seite, ihr verblichenes Fell zu kämmen: bei dieser vertrauten Bewegung hob sie mir den Kopf entgegen, mit einem Blick stummen Vorwurfs, unwandelbarer Zärtlichkeit, freudig erduldeter Qual ...
O weißes Tierchen! Wie nahe bin ich dir, dich so gut zu verstehen ...

Auch meinen edlen Vater fand ich unverändert wieder, dreifarbig bebartet, hoch und breit, voll klangvoller Worte und sinnlosen Kampfeswillen. Wir lieben uns, ohne uns dessen recht bewußt zu sein, und was an echter Wiedersehensfreude darin steckte, habe ich aus seiner Begrüßung: »Wirst du mich vielleicht zu küssen geruhen, elendes Geschöpf!« sogleich herausgehört. Fast scheint mir, als sei er in den letzten zwei Jahren gewachsen. Zum Beweis: er gestand, sich in der Rue Jacob beengt zu fühlen, allerdings mit dem erläuternden Nachsatz: »Verstehst du, ich habe bei einer Auktion ein paar Bücher gekauft – etwa zweitausend – um einen Pappenstiel – und mußte sie zum Spediteur geben, tausend Ferkel! Dieses Loch ist so eng ... In Montigny könnte ich sie ins Eckzimmer stellen, du weißt ja, in das große, das ich nie benütze ...« Er wendet sich ab, streicht seinen Bart, doch unsere Blicke hatten Zeit, einander zu begegnen. Genug. Wir verstehen uns. Er ist imstande, nach Montigny zurückzufegen, genauso, wie er herkam: grundlos, überstürzt.

Die Feder will mir nicht gehorchen: Schmerzlichem weiche ich gern aus. Aber ist es wirklich ernst? Oh, wenn es doch nichts Ernstes wäre! So hören Sie:
Seit gestern ist alles fix und fertig bei Ren ... bei uns. Schluß mit

dem bedeutsamen Herumtappen des Tapezierers, der heillosen Zerstreuung des Vorhangspanners, der alle fünf Minuten eines seiner kleinen Messingdinger suchte. Renaud spaziert zufrieden durch die Wohnung, lächelt hier einer Stockuhr zu, malträtiert da einen Rahmen, der es wagt, nicht parallel zur Wand zu hängen, und läßt mich schließlich, nach äußerst geglücktem Kuß, im Salon zurück, wahrscheinlich, um seinen Artikel für die *Revue diplomatique* fertigzuschreiben, Europas Beziehungen zu Jacobsen zu klären und Abdul Hamid zu behandeln, wie er es verdient. Was waren seine letzten Worte? »Mein kleiner Tyrann, jetzt kannst du nach Gutdünken schalten und walten.«
Lange sitze ich müßig, eine leichte Beute sinnloser Träumerei. Endlich schlägt eine Stunde – ich weiß nicht, welche – jagt mich auf, der Gegenwart unbewußt, und wo finde ich mich wieder? Vor dem Vorzimmerspiegel, emsig damit beschäftigt, meinen Hut festzustecken, um ... nach Hause zu gehen!
Das ist alles. Stürzte nicht eben etwas zusammen?
Sie sagen nein?
Sie haben Glück.
Nach Hause zu gehen! Wohin? Bin ich nicht hier daheim? Nein, nein, nein. Das ist der Grund allen Elends.
Nach Hause zu gehen? Wohin? Zu Papa, der auf meinem Bett Papier zu schmutzigen Bergen türmt? Nach Montigny, wo weder die Schule ... noch das geliebte Haus ...
Nach Hause zu gehen! Habe ich denn keine Bleibe? Nein. Ich wohne bei einem Herrn, einem Herrn, den ich liebe, zugegeben, aber ich wohne bei einem Herrn. Oh, Claudine, dem Boden entrissene Pflanze, so lange waren deine Wurzeln? Was wird Renaud sagen? Nichts. Er ist machtlos.
Wohin also? Zu mir. In mich. In meinem Jammer wühlen, diesem unsagbaren, unsinnigen Kummer, mich hineinkauern wie in ein warmes, dunkles Loch ...
Ich setze mich wieder, den Hut auf dem Kopf, presse die Hände aneinander und wühle, wühle ...

Um mein Tagebuch ist es schlecht bestellt. Wie soll das weitergehen? Vor fünf Monaten schloß ich es in einem traurigen Augenblick, jetzt grolle ich ihm deshalb.
Im übrigen habe ich keine Zeit, es auf dem laufenden zu halten. Renaud prunkt mit mir, zeigt mich herum, mehr als mir lieb ist. Doch ich habe nicht das Herz, zu Hause zu bleiben. Schließlich ist er stolz auf mich, nicht wahr ...

Wer hätte geahnt, daß seine Heirat eine solch vielschichtige Menge Bekannter (fast hätte ich geschrieben: zweifelhafter Bekannter) in Wallung bringen würde? Aber kennt er die Leute wirklich? Nein. Er selbst ist bekannt, überaus, überall. Dabei ist er außerstande, die Hälfte der Erscheinungen, die er mir nach herzlichem Händedruck vorstellt, mit richtigen Namen zu versehen, Verzettelung, unverbesserliche Oberflächlichkeit. Nichts geht ihm wirklich nahe, an nichts fühlt er sich gebunden, an nichts, außer an mich. »Wer ist dieser Herr, Renaud?« »Der? Gott, der Name liegt mir auf der Zunge . . .« Also gut! Anscheinend bringt das der Beruf mit sich; anscheinend verschafft einem die Tatsache, für ernstzunehmende politische Zeitschriften tiefsinnige Artikel zu verfassen, unweigerlich ein Anrecht auf den Händedruck zahlloser Schmocke, geschminkter Damen von Halbwelt und Welt, indiskreter, zweitklassiger Schauspielerinnen und modellbehafteter Maler . . . Doch Renaud weiß in die drei Worte »Meine Frau, Claudine« so viel ehemännlich-väterlichen Stolz zu legen (dessen naive Zärtlichkeit aus dem Mund dieses abgebrühten Parisers mich seltsam bewegt), daß ich meine Stacheln einziehe, die Unmutsfalten zwischen meinen Brauen zu glätten suche und mich an anderen Dingen räche. Stellt mir zum Beispiel Renaud einen Herrn Durand vor, sage ich mit boshafter Freude:
»Vorgestern behaupteten Sie, er hieße Dupont!«
Über sein dunkles Gesicht und hellen Schnurrbart scheint sich Bestürzung auszugießen.
»Habe ich das? Wirklich? Schön schau' ich aus! Ich habe sie beide mit . . . Gott, mit dem andern verwechselt, diesem Esel, den ich duze, weil wir zusammen in die Volksschule gegangen sind.«
Mit wem auch immer – an derart oberflächliche Freundschaften vermag ich mich nicht zu gewöhnen.
Hier und dort, im Opernfoyer, bei Konzerten, vor allem aber bei Soireen, in den Augenblicken, da die Furcht vor der einsetzenden Musik die Gesichter verdüstert, erhasche ich Worte und Blicke, die mir nicht gerade Wohlwollen bezeigen. Man bemerkt mich also? Natürlich! Hier bin ich ja die Frau Renauds, so wie Renaud in Montigny nichts weiter ist als der Mann Claudines. Wie leise sprechen doch diese Pariser! Aber wer aus dem Fresnischen kommt, hört das Gras wachsen.
»Wie jung!« sagt man. Oder: »Zu dunkel . . . unsympathisch . . .« »Wieso zu dunkel? Sie hat doch hellbraunes Haar –«

»Das Haar hat sie sich auch nur abgeschnitten, um sich interessant zu machen! Aber Renaud hat Geschmack, das muß man ihm lassen.« »Woher kommt die Kleine?« »Vom Montmartre.« »Nein, sie muß slawischer Herkunft sein. Dieses spitze Kinn, die breiten Schläfen –« »Sie sieht aus, wie aus einem Roman von Pierre Louys, einem Homosexuellen, versteht sich.« »Wie alt ist er denn, Renaud, daß er sich für kleine Mädchen interessiert?« Renaud – Renaud – Es ist bezeichnend für ihn, nie anders genannt zu werden als beim Vornamen.

Gestern überraschte mich mein Gatte mit der Frage, ob ich »Jour« zu halten gedächte.
»Wozu, um Gottes willen?«
»Um zu plaudern, ›Rhabarber-Rhabarber‹ zu sagen, wie du dich auszudrücken beliebst.«
»Mit wem?«
»Mit den Damen der Gesellschaft.«
»Ich habe für die Damen der Gesellschaft nichts übrig.«
»Auch mit den Herren.«
»Führen Sie mich nicht in Versuchung. Nein, ich denke nicht daran, ›Jour‹ zu halten. Bilden Sie sich etwa ein, ich wüßte, wie man Gäste empfängt?«
»Ich habe einen Jour.«
»Ah ja? Nun, dann behalten Sie ihn! Ich werde Sie besuchen kommen! Glauben Sie mir, das ist ein Gebot der Vorsicht! Sonst kann es Ihnen passieren, daß ich Ihren reizenden Freundinnen nach einer Stunde sage: ›Packt euch nach Hause, ihr geht mir auf die Nerven!‹«
Renaud verzichtet darauf, seinen Willen durchzusetzen (er versucht es nie), küßt mich (er küßt mich immer) und verläßt lachend den Raum.
Diese Menschenscheu, diese wohlbekannte furchtsame Abneigung gegen die sogenannte gute Gesellschaft haben mir die höfliche Verachtung meines Stiefsohns Marcel eingetragen, des verzärtelten, den Frauen so gefühllos gegenüberstehenden Bürschchens. Dennoch sucht er beharrlich deren Gesellschaft, schwatzt, läßt seine Finger über Seidenstoffe gleiten, gießt Tee ein, ohne die kostbaren Kleider zu beflecken, und verleumdet mit wahrer Leidenschaft. Doch ich habe unrecht, ihn als »Bürschchen« zu bezeichnen. Mit zwanzig ist man kein Bürschchen mehr, ganz abgesehen davon, daß Marcel noch lange ein

Backfisch bleiben wird. Bei meiner Rückkehr fand ich ihn zwar noch immer anziehend, doch schon ein wenig verlebt, schmal und überschlank, mit geweiteten Augen, unstetem Blick und drei feinen Runzeln in den Augenwinkeln . . . Sollte er sie Charlie allein verdanken?
Renauds Zorn über den mißratenen Sohn war bald verraucht. »Schließlich und endlich ist er mein Kleiner, Claudine, und dann – wenn ich ihn besser erzogen hätte, vielleicht . . .« Ich habe Marcel aus Gleichgültigkeit verziehen (aus Gleichgültigkeit, Stolz, uneingestandenem – und uneingestehbarem – Interesse für die Verirrungen seines Gefühlslebens) und betrachte mit süßem, unfehlbarem Vergnügen die linke Wange dieses mißratenen Mädchens, die meine Kralle mit einer feinen weißen Narbe gezeichnet hat.
Aber Marcel ist erstaunlich. Ich war auf unstillbaren Groll gefaßt gewesen, auf offene Feindseligkeit. Nichts von alldem. Immer höflich, zeigt er sich oft ironisch, zuweilen verächtlich, manchmal neugierig. Das ist alles.
Es gibt für ihn nur eine einzige Beschäftigung: sich selbst. Oft überrasche ich ihn vor dem Spiegel, ernsthaft damit beschäftigt, die Stirnhaut so hoch wie möglich emporzuziehen, beide Zeigefinger auf die Brauen gepreßt. Die krankhafte Häufigkeit dieser Geste erregt meine Neugier. »Was tun Sie, Marcel?«
»Das lockert die Haut unterhalb der Augen«, erwidert er allen Ernstes. Er schreckt auch nicht davor zurück, die Schatten unter seinen Augen mittels blauen Bleistifts zu vertiefen, und trägt funkelnde Türkis-Manschettenknöpfe. Pfui Teufel! Mit vierzig wird er beklemmend wirken . . .
Ungeachtet unserer gegenseitigen Erfahrungen scheut er sich nicht, mich halb und halb in sein Liebesleben einzuweihen – unbewußter Trotz oder wachsende seelische Verkommenheit? – und verschönte erst gestern diese Räume durch die müde Anmut seiner zerbrechlichen Taille, seines schlaffen, fiebrig leuchtenden Gesichts.
»Sie sehen todmüde aus, Marcel.«
»Kunststück. Ich bin todmüde.«
Gereizter Ton ist bei uns an der Tagesordnung (eine Art Spiel) und hat nichts zu bedeuten.
»Noch immer Charlie?«
»Oh! Eine junge Ehefrau sollte gewisse . . . Verirrungen des Geistes zu ignorieren, zumindest zu vergessen wissen. Sie sagen doch ›Verirrungen‹ – oder nicht?«

»Gott ja. Allerdings würde ich kaum wagen, ›des Geistes‹ hinzuzufügen . . .«
»Danke. Ich weiß, worauf Sie hinauswollen. Aber unter uns gesagt: Meine Müdigkeit hat mit Charlie nicht das geringste zu tun . . . Charlie! Sie haben keine Ahnung, wie labil . . . wie unentschlossen . . .«
»Aber, aber!«
»Glauben Sie mir! Ich kenne ihn besser –«
»Was ich mir zugutehalte!«
»Wie Sie wollen – aber im Grund ist er feig –«
»Ganz im Grund, nicht wahr . . .«
»Unsere Freundschaft ist überlebt – jawohl, ich habe Schluß gemacht – es gab da einige Zwischenfälle – nicht sehr saubere Zwischenfälle –«
»Wie! Der schöne Charlie? Geldgeschichten? . . .«
»Nein! Viel schlimmer! Wissen Sie, was er bei mir vergessen hat? Einen ganzen Pack Weiberbriefe!«
Oh, die Gehässigkeit dieser Worte, der Abscheu, der aus ihnen spricht! Ich betrachte Marcel, in Gedanken versunken. Er ist ein armer Junge, ein verirrter, verwirrter Mensch – kann man ihn für seine Handlungen überhaupt zur Verantwortung ziehen? –, aber er hat recht. Man braucht sich nur in seine Lage zu versetzen (im Geist, natürlich!).

Es scheint mein Verhängnis, alle Wechselfälle des Lebens – Freuden, Leiden, unbedeutende Ereignisse – jäh über mich hereinbrechen zu sehen, ohne Vorbereitung, ohne Übergang. Das soll nicht etwa heißen, daß mir das Ungewöhnliche zur Gewohnheit würde (von meiner Hochzeit abgesehen). Aber die Zeit verrinnt mir ähnlich wie dem großen Zeiger gewisser Turmuhren, der neunundfünfzig Sekunden unbeweglich stillsteht, um in der sechzigsten mit krampfhaftem Satz zur nächsten überzuspringen. Ähnlich fassen die Minuten auch mich an, brüsk, unsanft . . . unangenehm? Nein, das habe ich nicht gesagt. Wenigstens nicht immer. Allein –
Hier ist der letzte Sprung: Besuch bei Papa, Mélie, Fanchette und Schneckchen. Letzterer, in prächtig gestreiftem Kleid, flirtet mit seiner Mutter und versetzt uns in die bösesten Tage der Atridengeschichte. Die übrige Zeit durchmißt er die Wohnung, rastlos, hochmütig, löwenhaft und wütend. Keine einzige der Tugenden seiner liebenswürdigen weißen Mutter scheint sich auf ihn vererbt zu haben.

Mélie stürzt mir entgegen, die Halbkugel ihres linken Busens in der Hand wie weiland Karl der Große den goldenen Reichsapfel.

»Fast hätte ich dir geschrieben, Herzenskind! Wenn du wüßtest! Bei uns geht's drunter und drüber! Gut steht dir dieser Hut –«

»Vorwärts, vorwärts! Was ist los! Hat Schneck vielleicht seinen – Spucknapf umgestoßen?«

Meine Ironie verletzt die Gute. Sie zieht sich schmollend zurück.

»Wenn du meinst – geh zu Monsieur! Der wird dir's schon zeigen!«

Neugierig betrete ich Papas Zimmer, ohne anzuklopfen. Mein Vater fährt herum: er ist damit beschäftigt, eine riesige Bücherkiste anzufüllen. Bei meinem Anblick erscheint auf seinem bewaldeten Gesicht erstmalig ein seltsamer Ausdruck: ein Gemisch aus harmloser Wut, Verwirrung, kindischem Ertapptsein.

»Du bist es, Eselchen?«

»Es scheint so. Was machst du denn, Papa?«

»Ich . . . ordne Papier.«

»Nettes Portefeuille! Aber . . . diese Kiste sollte ich doch kennen . . . die kommt aus Montigny . . .«

Papas Entschluß steht fest: er knöpft seinen taillierten Gehrock zu, setzt sich nieder, nimmt einen Anlauf, kreuzt die Arme auf der Brust (das heißt: auf seinem Bart) und erwidert:

»Jawohl. Das kommt nicht nur aus Montigny, sondern fährt auch wieder zurück. Kapiert?«

»Nein. Ganz und gar nicht.«

Er mustert mich aus halbgeschlossenen Augen – fast verdeckt das Gestrüpp seiner Wimpern den abwartenden Ausdruck seines Blicks – und entschließt sich endlich doch zur vollen Wahrheit:

»Ich verschwinde.«

Oh, ich hatte sehr wohl verstanden. Auf diese grundlose Flucht wartete ich schon seit langem. Warum ist er gekommen? Warum geht er wieder? Doch ich träume wohl. Papa ist eine Naturgewalt, steht im Dienste des Geschicks. Ohne es zu wollen, kam er her, damit ich Renaud begegnen möge. Seine Mission ist erfüllt – er geht wieder. O verantwortungsvoller Vater . . .

Mein Schweigen gibt dem Schrecklichen die Fassung wieder.

»Ich habe genug, verstehst du! Ich ruiniere mir in diesem Loch die Augen, habe nur mit Eseln, Idioten, Mondkälbern zu tun, kann nicht den kleinen Finger ausstrecken, ohne mich an der Wand zu stoßen, die Flügel meines Geistes zerbrechen an der

allgemeinen Unwissenheit – tausend Ferkel, räudig samt und sonders! Ich fahre heim! Wirst du mich besuchen kommen mit deinem Halunken von Mann?«
Dieser Renaud! Sogar Papa hat er bezaubert, der seiner nur selten, aber nie ohne eine gewisse Färbung rüder Zärtlichkeit erwähnt.
»Und ob! Ich komme bestimmt!«
»Gut. Aber das ist nicht alles. Ich habe mit dir noch Wichtiges zu besprechen: wohin mit der Katze? Sie hat sich an mich gewöhnt –«
(Gott, ja, die Katze! Er mag sie gern. Außerdem wird Mélie da sein. Nein, Fanchette, weder Renauds Kammerdiener noch seiner Köchin will ich dich anvertrauen, du Liebe, Weiße – ich schlafe jetzt an anderer Wärme als an der deinen . . . Ich beschließe:)
»Nimm sie mit. Später werden wir sehen. Vielleicht hole ich sie wieder zurück . . .«
Eines aber weiß ich: unter dem Vorwand der Kindesliebe werde ich das alte, erinnerungsumwobene Haus wiederfinden, wie ich es verließ, ganz zu schweigen von der teuren, zweideutigen Schule. Im Grunde segne ich den väterlichen Auszug.
»Nimm auch mein Zimmer mit, Papa! Dann kann ich dort schlafen, wenn wir dich besuchen kommen.«
Mit einer Handbewegung stürzt mich der Fels der Malakologie in den Abgrund seiner Verachtung.
»Pfui! Du gedenkst, in meinem unbefleckten Haus mit deinem Gatten zusammenzuleben, und errötest nicht einmal? Aber so treibt ihr's alle, ihr unsauberen Tiere! Was wißt ihr schon von der wiederbelebenden, kräfteweckenden Keuschheit?«
So hab' ich dich gern Papa! Ich küsse ihn, gehe und überlasse ihn seiner fieberhaften Tätigkeit. Er versenkt seine Schätze in die breite Kiste und trällert dabei eines seiner Lieblingsliedchen:

»Sie griff ihn an, die Kleine!
Versteh'n Sie, was ich meine?
Es ist bestimmt nicht schwer,
drum sag' ich auch nichts mehr!«

Soll das etwa die Hymne an die belebende Keuschheit sein?

»Allen Ernstes, Liebste: ich habe beschlossen, meinen Jour wiederaufzunehmen.«
Diese weltbewegende Mitteilung macht mir Renaud in unserem

Badezimmer, während ich mich entkleide. Wir kommen von der alten Barmann, wo wir den Abend verbracht und der Abwechslung halber einer hitzigen Meinungsverschiedenheit zwischen dem fetten Käuzchen und dem lärmenden Lümmel beigewohnt haben, der ihr Schicksal teilt. Sie sagt: »Sie sind gemein!« Er bleibt ihr nichts schuldig: »Sie plagen Ihre ganze Umgebung mit Ihren literarischen Prätentionen!«

Beide haben recht. Er brüllt, sie keift. Die Vorstellung geht pausenlos weiter. Kaum hat der Meister seinen Vorrat an Schimpfwörtern erschöpft, schleudert er die Serviette auf den Tisch, springt auf und verfügt sich geräuschvoll auf sein Zimmer. Allgemeines Seufzen der Erleichterung. Man wendet sich dem Essen zu. Beim Dessert angelangt, betraut die Gastgeberin Eugénie, die Kammerfrau, mit der Versöhnung des Dickwansts (welch geheimnisvolle Mittel . . .?), der endlich herabzukommen geruht, besänftigt zwar, doch ohne ein Wort der Entschuldigung. Gréveuille, dieses einzigartige Mitglied der Akademie, fürchtet Hiebe, tadelt seine verehrungswürdige Freundin, schmeichelt dem Gatten und nimmt eine zweite Portion Käse.

Und was ist mein Beitrag zu diesem herzerquickenden Milieu? Mein Lockenkopf, meine sanften, argwöhnischen Augen, ein zweideutiges Dekolleté – kräftiger Hals, leicht gewölbter Nakken, schmale Schulter und eine Einsilbigkeit, die schon mehr als ein Tischherr störend fand.

Man macht mir nicht den Hof. Erstens liegt meine Hochzeit noch in entmutigender Nähe, zweitens gehöre ich nicht zu den Frauen, die zum Flirten einladen.

Eines Donnerstags jedoch nahm mich ein junger, hübscher Literat höflich aufs Korn (er hatte schöne Augen, dieser Kleine, wiewohl sie leicht entzündet schienen – na, wenn auch!), verglich mich nacheinander mit Myrthokleia, einem jungen Hermes, einem Amor von Prud'hon, durchstöberte um meinetwillen sein Gedächtnis sowie sämtliche unbekannte Museen, zählte so viele Statuen berühmter Hermaphroditen auf, daß ich nicht umhin konnte, an Luce und Marcel zu denken, und beinahe die Lust an einem göttlichen Bohnengulasch verloren hätte, der Spezialität des Hauses, das in kleinen silberumrandeten Näpfen serviert wird. »Jedem sein Topf, nicht wahr, lieber Meister?« flüsterte Maugis Gréveuille zu, und der betagte Schmarotzer nickte mit schiefem Lächeln.

Mein kleiner Hofmacher, von seinen eigenen Zitaten berauscht, wich nicht von meiner Seite. Ich schmiegte mich in einen Fau-

teuil Louis XV und lauschte seinem literarischen Vortrag, ohne zuzuhören ... Er betrachtete mich aus schmelzenden, langbewimperten Augen und murmelte nur für uns beide:
»Ah! Sie träumen wie der junge Narziss – Bitternis und Lust erfüllen auch Ihre Seele ...«
»Sie irren, mein Herr«, unterbrach ich mit fester Stimme. »Nichts anderes erfüllt meine Seele als weiße Bohnen und Selchspeck.«
Er verstummte, niedergeschmettert.
Renaud grollte ein wenig, lachte aber noch mehr.

»Sie nehmen also Ihren Jour wieder auf, mein süßer Freund?« Renaud verstaut seinen langen Körper in einem Strohsessel, während ich mich entkleide, keusch und unbekümmert. Keusch? Sagen wir lieber: ohne Hintergedanken.
»Jawohl. Und was gedenkst du dabei zu tun, geliebtes Kind? Du warst sehr blaß und sehr hübsch bei der krummnasigen Barmann ...«
»Was ich bei Ihrem Jour zu tun gedenke? Sie besuchen natürlich!«
»Sonst nichts?« sagt er mit enttäuschter Miene.
»Sonst nichts. Was soll ich denn bei Ihrem Jour?«
»Claudine! Schließlich bist du meine Frau!«
»Als ob das meine Schuld wäre! Wenn Sie auf mich gehört hätten, wäre ich Ihre Geliebte und säße in aller Ruhe in meinem Winkel, weit weg von Ihren ganzen Bekannten, und Sie könnten Jour halten nach Herzenslust! Tun Sie doch, als wären Sie mein Liebhaber ...«
O Gott! Er nimmt mich beim Wort! Weil ich meinen malvenfarbenen Seidenunterrock leichten Fußes vom Boden aufhob, kommt Leben in meinen langen Gatten. Die doppelte Claudine – der hohe Spiegel wirft mein Bild zurück – hat's ihm angetan.
»Weg, Renaud! Ein Herr im Frack, ein Mädchen in Unterwäsche – pfui! Mehr wagt nicht einmal Marcel Prévost in seinen lockersten Kapiteln ...«
Ich weiß, ich weiß: Renaud liebt das Geflüster der Spiegel, ihr liederliches Licht ... Ich meide sie, verachte, was sie enthüllen, suche Dunkelheit, Stille, Betäubung ...
»Renaud, Schönster! Wir sprachen von Ihrem Jour ...«
»Zum Teufel mit ihm! Deine Nacht ist mir lieber!«

Papa ist fort. Wie er kam, so ging er, sinnlos, grundlos, mit Getöse. Jeglicher Art stürmischen Abschieds feind, zog ich es vor,

ihn nicht zum Zug zu begleiten. Ich kann mir alles bestens ausmalen: in eine Gewitterwolke gehüllt, wird er das »elende Pack« der Träger auf das gröblichste beleidigt, mit fürstlichen Trinkgeldern beschenkt und vergessen haben, den Fiaker zu bezahlen.
Mélie verläßt mich nur widerstrebend, allein die Erlaubnis, Fanchette mitzunehmen, hilft ihr über den Abschiedsschmerz hinweg. Arme Mélie! Ihr »Herzblatt« wird ihr ewig ein Rätsel bleiben. Wie! Ich habe den Mann meiner Wahl geheiratet. Ich schlafe mit ihm, sooft ich will – und öfter! –, wohne in einem hübschen Haus, habe einen Kammerdiener, einen Mietwagen – und bin trotzdem nicht fröhlicher? Für Mélie ist nur glücklich, wer es scheint.
Aber vielleicht hat sie nicht ganz unrecht?
In Gegenwart Renauds denke ich ausschließlich an ihn. Er ist aufreibender als eine launenhafte Frau. Das Leben, das in ihm siedet, äußert sich in Worten, Lächeln, Geträller, verliebten Forderungen; zärtlich wirft er mir vor, meine Koketterie niemals an ihm zu erproben, in seiner Gegenwart lesen zu können, in die Ferne zu starren . . . Kaum aber bin ich allein, empfinde ich die ganze Last einer unerlaubten, unnatürlichen Lage. Sollte mir der »Ehestand« nicht angemessen sein? Wie auch immer – ich täte gut, mich langsam daran zu gewöhnen. Außerdem geschieht Renaud ganz recht. Warum hat er mich geheiratet . . .

Mein Gatte hält Jour! Man erzähle es sich!
Man erzählt es sich.
Was hat Renaud dem lieben Gott angetan, so viele Freunde zu verdienen? Etwa vierzig Personen – Männer, Frauen und Marcel, von Ernest, dem Kammerdiener, feierlich hereingebeten – drängen sich im tabakduftenden lederbraunen Arbeitszimmer, füllen den langen schmalen Vorraum, dieses Exil zahlreicher Bilder und Skizzen verschiedenster Herkunft.
Beim ersten Glockenzeichen springe ich auf und eile, mich im trauten Badezimmer einzusperren. Man läutet . . . man läutet schon wieder! Bei jedem neuerlichen Klingeln zieht sich die Haut meines Rückens ein wenig zusammen und ich muß an Fanchette denken, die an Regentagen nachdenklich zusieht, wie aus der geborstenen Dachrinne dicke Tropfen zu Boden fallen, während über ihr Rückgrat ähnliche Wellen der Nervosität streichen . . . Ach Gott! Als ob es hier um Fanchette ginge! Schon

nähert sich Renaud meiner Zufluchtsstätte, durch die verriegelte Tür mit mir zu verhandeln.

»Claudine, mein kleines Mädchen, so geht das nicht weiter! Zuerst sage ich, du seist noch nicht zu Hause. Aber jetzt wird die Lage langsam kritisch! Maugis behauptet, ich verstecke dich in einem Kellergelaß, dessen genaue Lage Gott allein bekannt sei . . .«

Ich höre zu, betrachte mich im Spiegel und lache wider Willen.

»Die Leute werden denken, du fürchtest dich . . .«

Der Elende! Er sagt genau das Richtige . . . Ich streiche mein Haar in die Stirn, betaste die Schließe meines Rocks und öffne die Tür.

»Kann ich mich so Ihren Gästen zeigen?«

»Ja, ja! Du gefällst mir in Schwarz . . .«

»Kein Wunder! Ich gefalle Ihnen in jeder Farbe.«

»In Fleischfarbe ganz besonders . . . Komm schnell!«

Bei meinem Gatten wird heftig geraucht. Die Luft ist schwer von Tee- und Ingwerduft. Gott, was es alles gibt! Gansleber-, Kaviar- und Schinkenbrötchen, Erdbeeren, Liköre – wie wenig braucht es doch, den Geruch eines Arbeitszimmers in den eines Abendrestaurants zu verwandeln!

Ich nehme Platz und »mache Besuch«. Mein Gatte wartet mit Tee auf, als sei ich der jüngste Gast, und Madame von Langendonck, die hübsche Zypriotin mit dem unerfindlichen Namen, bietet mir Obers an. Famos!

Ich begegne bei . . . Renaud Gesichtern, die mir von Konzert- und Theaterbesuchen nicht ganz unbekannt sind, großen und kleinen Kritikern, teils mit ihren Frauen, teils mit ihren Freundinnen. Jawohl. Ich habe darauf bestanden, daß mein Gatte keinerlei Säuberung – häßliches Wort! – vornähme. Die Sache selbst wäre nicht minder häßlich gewesen. Und wie gesagt: ich bin nicht der Gastgeber.

Maugis, Schnaps in der einen, Weißwein in der andern Hand, verhört mit prächtig gespieltem Interesse den Autor eines frauenrechtlerischen Romans, der ihm in unversieglichem Redeschwall die Grundidee seines nächsten Buches auseinandersetzt. Der Kritiker trinkt ohne Unterlaß und fragt schließlich mit belegter Stimme, nicht ganz unberauscht:

»Und wie heißt das begnadete Werk?«

»Das steht noch nicht fest. Aber sonst sitzt alles –«

»Hoffentlich geht's Ihnen nicht bald ebenso!« sagt Maugis und entschwankt.

Mittlerweile angle ich mir aus dem vielköpfigen Ausländerhaufen einen spanischen Bildhauer heraus, der sich durch den Besitz schöner Pferdeaugen, klar gezeichneter Lippen und verhältnismäßig guter Kenntnisse unserer Sprache auszeichnet, und sich vornehmlich mit Malerei befaßt.
Besagtem jungen Mann gestehe ich ohne sichtbare Zeichen von Verwirrung, den Louvre noch niemals zur Gänze besichtigt zu haben und keinerlei zwingendes Bedürfnis zu verspüren, diesem Zustand schändlicher Unwissenheit ein Ende zu bereiten.
»Sie nicht kennen die Rubens?«
»Nein.«
»Sie nicht wollen sehen sie?«
»Nein.«
Er erhebt sich mit spanischer Grandezza, wirft sich in die Brust und schleudert mir folgende Schmähung ins Gesicht:
»Madame, Sie sind ein Schwein!«
Eine schöne Dame, die dem Opernensemble (und einem Freund Renauds) angehört, fährt in die Höhe und starrt uns an, auf einen Skandal erpicht. Nun, sie hofft umsonst. Ich habe diesen transpyrenäischen Ästheten, der über ein einziges abfälliges Wort verfügt, sehr wohl verstanden. Er kennt nur einen Ausdruck für Abscheu, wie nur einen für Liebe. Das ist nicht minder lächerlich.
Irgend jemand kommt herein, und Renaud ruft aus:
»Sieh da! Ich glaubte Sie in London! Alles glücklich verkauft?«
»Jawohl«, erwidert eine spröde Stimme mit kaum merklichem englischen Akzent. »Wir wohnen jetzt in Paris.«
Der Sprecher, ein blonder, vierschrötiger Hüne, trägt seinen kleinen Kopf – ziegelrote Wangen, blaue, undurchsichtige Augen – auffallend hoch. Er ist, wie gesagt, vierschrötig und gut angezogen, hält sich aber steif wie ein Mann, der seine ganze Energie darauf verwendet, gerade zu stehen und kraftvoll zu wirken.
Seine Frau . . . Man stellt uns einander vor, doch ich höre kaum ihren Namen, so sehr bin ich damit beschäftigt, sie zu betrachten. Oh, ich habe bald entdeckt, worin die Hauptursache ihres Charmes besteht: sämtliche Bewegungen – Drehen der Hüften, Neigen des Nackens, Emporschnellen des Arms, fast unmerkliches Schwanken des Oberkörpers beim Sitzen – beschreiben so kreisähnliche Bogen, daß sich das Bild ineinandergreifender Ringe, von ihren weichen Gebärden in die Luft gezeichnet, vor meinen Augen zu runden scheint wie die vollendet schönen Spiralen schimmernder Muscheln.

Die langbewimperten Augen ambragetönten, wandelbaren Graus flimmern dunkel und unergründlich im Licht der goldfarbenen, locker gewellten Haare. Ist's nicht fast, als spielten sie ins Grünliche? Ein einfaches schwarzes Kleid aus viel zu kostbarer Seide umschließt hauteng die runden, beweglichen Hüften, die schlanke, ungeschnürte Taille. Aus den Federn des Huts blitzt ein winziger Diamantstern.

Ein warmes Händchen entfährt dem Fuchsmuff, streckt sich mir entgegen; ihr Blick mustert mich von oben bis unten. Ich halte ihm stand und erwarte halb unbewußt, sie mit fremdländischem Akzent sprechen zu hören. Ich weiß nicht, warum – aber ich kann mir nicht helfen: ungeachtet des vornehmen Kleids, des Fehlen jeglichen Schmucks (sie trägt nicht einmal ein Tüchlein) finde ich die Dame ein wenig auffallend, ein wenig ausländisch – und zwar im schlechten Sinn. Ihre Augen sind nicht von hier . . . Achtung – sie macht den Mund auf – nun! Sie spricht ohne den leisesten Akzent. Wie dumm ist man doch manchmal, sich Dinge einzubilden . . . Ihr frischer Mund, schmal, wenn geschlossen, wird beim Sprechen zur lockenden Blume. Es regnet Liebenswürdigkeiten:

»Ich bin glücklich, Sie kennenzulernen! Schließlich konnte Ihr Gatte nur eine liebenswerte kleine Frau entdecken!«

»Danke in seinem Namen! Aber wollen Sie mir nicht lieber ein Kompliment machen, das nur mir schmeichelt?«

»Daran wird es Ihnen kaum fehlen! Begnügen Sie sich damit, niemandem zu gleichen!«

Sie bewegt sich kaum, beschränkt ihr Gebärdenspiel auf ein Mindestmaß. Dennoch scheint sie sich, um neben mir Platz zu nehmen, zweimal im eigenen Kleid umzudrehen.

Haben wir Feindseligkeiten eröffnet oder den Austausch von Koketterien? Eher letzteres. Trotz ihres plumpen Kompliments von vorhin fühle ich nicht die geringste Lust, sie zu kratzen. Sie ist entzückend. Ich betrachte sie aus der Nähe, zähle die vielfachen Bogen und Spiralen: gehorsam ringelt sich das Haar auf dem Nacken; das zarte Ohr zeigt komplizierte Windungen, und selbst die strahlenförmigen Wimpern und das zitternde, ihr rundes Hütchen lose deckende Federwerk scheint unsichtbarem Kreisen unterworfen.

Soll ich sie fragen, wie viele tanzende Derwische sie unter ihre Vorfahren zählt? Lieber nicht. Renaud würde mich schelten. Warum sie auch so rasch vor den Kopf stoßen, diese zutunliche Madame Lambrook?

»Hat Ihnen Renaud von uns erzählt?«
»Nie. Kennen Sie einander gut?«
»Und ob! Wir haben mindestens sechsmal miteinander zu Abend gegessen, Soireen nicht eingerechnet.«
Hält sie mich zum besten? Ist sie ironisch oder dumm? Wir werden sehen. Für den Augenblick lausche ich entzückt ihrer weichen, schmeichelnden Stimme, ihrer schleppenden Redeweise, in die sich ab und zu ein gurrendes, widerspenstiges R verirrt . . .
Ich lasse sie sprechen. Sie wendet den Blick nicht von mir ab, neigt sich mir nahe zu, kurzsichtig und ohne Scheu, vergleicht das Braun meiner Augen mit dem meines Haars – oh, ich weiß, die beiden passen zusammen.
Schweigsam ist sie gerade nicht. Nach einer Viertelstunde weiß ich, daß Indien, das aufreibende, gnadenlose Land, ihren Gatten – einen ehemaligen englischen Kolonialoffizier – zu einem Schatten seiner selbst machte. Dahin seine Kraft, dahin seine geistige Regsamkeit. Er ist nichts als eine schöne Hülle, das gibt sie sehr genau zu verstehen. Ferner erfahre ich, daß sie reich ist, »aber niemals genug«, wie sie leidenschaftlich feststellt, und daß sie ihrer Wiener Mutter das schöne Haar, die weiße Blumenhaut (ich zitiere) und den Namen Rézi verdankt.
»Rézi . . . Ihr Name riecht nach Himbeeren . . .«
»Hier schon. In Wien dagegen ist die Koseform ›Rézi‹, soviel ich weiß, etwa so vornehm wie ›Nana‹ oder ›Titine‹.«
»Das ist mir gleichgültig. Rézi . . . wie hübsch das klingt!«
»Es klingt hübsch, weil Sie es hübsch zu sagen verstehen.«
Ihre bloßen Finger streichen über meinen freien Nacken, so rasch, so leicht, daß ich auffahre, erregter, denn überrascht. Sehe ich nicht schon seit einer geraumen Weile, wie ihre regen Augen eine Kette von Blicken um meinen Hals legen?

»Rézi!«
Diesmal holt sie der Gatte. Er kommt, sich von mir zu verabschieden. Seine leblosen blauen Augen erfüllen mich mit Unbehagen. Eine schöne Hülle? Fast will mir scheinen, als berge sie Eifer- und Herrschsucht zu Genüge: Rézi erhebt sich beim ersten knappen Ruf, rasch und widerspruchslos. Dieser Lambrook spricht schleppend und abgehackt, »als ließe er sich je drei Worte vom Souffleur einsagen«, wie Maugis behauptet. Offensichtlich pflegt er seine Diktion, um jeglichen Akzent zu unterdrücken.
»Man wird sich oft sehen«, »Madame Claudine hat nicht ihresgleichen«, und so weiter und so weiter . . . Halte ich mein Ver-

sprechen, so werde ich diese blonde Rézi in ihrer Wohnung besuchen, zwei Schritte von hier. Avenue Kléber.
Rézi . . . ist's nicht, als verströme ihr ganzes Wesen Schwertlilien- und Farnkrautduft, einen ländlichen, einfach-ehrlichen Geruch, der mich entzückt und überrascht: ich kann an ihr nichts Ländliches, nichts Einfaches entdecken. Auch nichts Ehrliches. Dazu ist sie viel zu hübsch. Worüber sprach sie doch mit mir? Von ihrem Mann, ihren Reisen, ja sogar von mir . . . Und was behielt ich? Nichts als ihren Zauber.

»Nun, Claudine?«
Renaud, mein geliebter Großer, erschöpft und zufrieden, erfreut sich am Anblick des endlich leeren Salons: schmutzige Teller, angeknabberte, verschmähte Bäckereien, Zigarettenasche auf Sessellehnen und Leisten (aus welchem Stall kommen sie denn, die Herren Gäste?), Gläser, halb gefüllt mit scheußlichen Mixturen. Habe ich nicht einen wallend gelockten Sohn des Südens (einen Dichter, nebenbei bemerkt) dabei ertappt, ein Mischgetränk aus Orangeade, Schnaps, Cognac, Cherry und Anislikör zu bereiten? »Eine flüssige Jézabel!« rief die kleine Madame de Lizery (die Freundin Robert Parvilles), die mir unter anderem beibrachte, daß die kleinen Racine-Kennerinnen der Schauspielschule sämtliche »gräßliche Mischungen« Jézabels zu nennen pflegen.
»Nun, Claudine? Du sagst gar nichts zu meinem Jour?«
»Zu Ihrem Jour? Mein Armer! Ich denke, daß Sie ebenso tadelns- wie bedauernswert sind! Und daß man die Fenster aufmachen sollte! Wie ich sehe, ist noch eine Menge von dieser vertrauenerweckenden Haselnußbäckerei übrig – oder meinen Sie, daß sich jemand die Füße damit abgewischt hat, wie mein edler Vater sagen würde?«
Renaud wirft den Kopf zurück und preßt die Hände an die Schläfen. Aha. Gleich wird er Migräne haben.
»Dein edler Vater ist ein vorsichtiger Mann. Eifere ihm nach und hüte dich wohl, dieses verdächtige Backwerk anzurühren! Ich sah Suzanne de Lizerys Hände darübergleiten, tastende, fürwitzige Hände, die wer weiß woher kamen, mit Spuren von Müdigkeit um die dunkel umrandeten Nägel . . .«
»Pfui Teufel! Hören Sie auf, oder mir wird schlecht! Gehen wir ins Badezimmer.«
Mein Mann hat heute so viele Gäste empfangen, daß mir der Kopf schwirrt. Er – o junger Renaud mit dem Silberhaar! –

scheint lebhafter denn je, kann nicht ruhig stehen, lacht, plaudert, atmet »meinen Duft«, was, wie er behauptet, jegliche Migräne im Keim erstickt, und kreist um meinen Fauteuil.
»Wie lange werden Sie noch herumstreichen wie eine Weihe?«
»Eine Weihe? Was ist eine Weihe? Laß mich nachdenken ... Unter einer Weihe verstehe ich ein Tier, ein kleines braunes Tier mit einer Steckkontaktnase, das gern mit dem Huf stampft und bösartig knurrt. Erraten?«
Diese Beschreibung eines Raubvogels löst bei mir einen Anfall jugendlicher Heiterkeit aus. Mein Gatte bleibt vor mir stehen. Fast scheint's, als sei er beleidigt. Ich lache desto lauter. Plötzlich dunkeln seine Augen, werden brennend und schmal:
»So lustig ist das also, mein lockiger kleiner Hirt? Lach weiter, ich möchte auf den Grund deines Mundes sehen ...«
(Achtung! Ich bin in Gefahr, etwas heftig geliebt zu werden!)
»Kommt nicht in Frage! Nicht vor dem Nachtmahl!«
»Nachher also?«
»Ich weiß nicht ...«
»Dann vorher und nachher. Bewunderst du, wie ich alles zu vereinen weiß?«
Feige, schwache Claudine! Manche von Renauds Küssen sind wie die Zauberformel »Sesam ...« und lassen mich nichts anderes ersehnen als Nacht, Nacktheit und das stumme, vergebliche Ringen um noch einen, noch einen Augenblick am Rande der Lust.

»Renaud, was sind das für Leute?«
Es ist dunkel, das Licht verlöscht. Ich mache mir's im Bett bequem, suche meinen Stammplatz, Renauds weiches, rundes Schultergelenk. Er räumt seine langen Beine weg (ich belaste sie mit meinen kälteempfindlichen Füßen) und sucht mit zurückgebogenem Nacken den Mittelpunkt des Roßhaarklumpens, der ihm als Polster dient. O unwandelbare Vorbereitungen für die Nacht, eingeleitet und gefolgt von Zeremonien, die sich fast jeden Abend wiederholen ...
»Was für Leute, mein Eigen?«
»Diese Rézi ... diese Lambrook, meine ich.«
»Ah! Dacht' ich doch, daß dir die Frau gefallen würde ...«
»Wer sind die Leute?«
»Ein reizendes, aber ... schlecht zusammenpassendes Paar. An ihr schätze ich die Schultern, das weiße, milchblau durchäderte

Dekolleté, das sie in kleinem Kreis zur Schau stellt (bei Abendgesellschaften, zum Beispiel, und zwar gerade so viel, als man von einem jungen, auf das Wohl der Umwelt bedachten Geschöpf füglich erwarten darf), die einschmeichelnde Koketterie der Gesten (nicht der Worte), die Freude am provisorischen Wohnen; an ihm den gebrochenen Mann, der sich hinter Haltung und breiten Schultern versteckt. Oberst Lambrook ist in den Kolonien geblieben. Zurückgekommen ist nur sein Schatten. In Gedanken lebt er noch immer dort, verstummt, sobald von seinem geliebten Indien die Rede ist, und vermauert sich hinter unverschämtes Schweigen, um seine Bewegung zu verbergen. Welche Gewalt hält ihn dort zurück? Schönheit? Leid? Sadismus? Niemand weiß es. Und Seelen, so verschlossen, ihr Geheimnis vor aller Welt zu hüten, findet man selten, kleines Mädchen!«

(Wirklich, geliebter Renaud?)

»Als ich vor zwei Jahren zum erstenmal bei ihnen dinierte, in dem bizarren Basar, der ihnen damals als *home* diente, warteten sie mir einen bemerkenswerten Burgunder auf. Ich fragte, ob ich einen ähnlichen auftreiben könnte. ›Jawohl‹, erwiderte Lambrook. ›Er ist nicht teuer. Zwanzig Rupien, glaube ich.‹ Und dabei war er bereits seit zehn Jahren wieder in Europa!«

Ich sinne eine Weile, stumm an die Wärme meines Freundes geschmiegt.

»Liebt er seine Frau, Renaud?«

»Vielleicht ja, vielleicht nein. Er bezeigt ihr eine Mischung aus Höflichkeit und Brutalität, die mir nichts Gutes verheißt.«

»Betrügt sie ihn?«

»Woher soll ich das wissen, geliebtes Vögelchen?«

»Gott, sie hätte schließlich Ihre Geliebte sein können ...«

Der überzeugte Ton meiner Bemerkung erregt Renauds unangebrachte Heiterkeit. Er schüttelt sich vor Lachen.

»So halten Sie doch still! Mein Polster gerät in Aufruhr! Schließlich habe ich nichts Absonderliches gesagt. Die Annahme stellt weder für Sie noch für Madame Lambrook eine Zumutung dar! Hat sie Freundinnen, Ihres Wissens?«

»Das ist ja ein regelrechtes Verhör ... Noch nie habe ich dich an einer Unbekannten so interessiert gesehen!«

»Stimmt. Ich mache eben Fortschritte, trachte, mir Beziehungen zu schaffen ... Und da ich nun einmal einer hübschen Frau begegne, deren Stimme mir gefällt, deren Hand ich gern berühre, ziehe ich Erkundigungen ein und ...«

»Claudine«, unterbricht Renaud mit lächelndem Ernst, »findest du nicht, daß Rézi und Luce vom gleichen Schlag sind?«
Der Böse! Warum mit einem einzigen Satz alles verdüstern? Unwillig schnelle ich davon, im kalten, keuschen Osten des großen Betts Ruhe und Schlaf zu finden . . .

In meinem Tagebuch klafft eine große Lücke. Das Soll und Haben meiner Eindrücke ist nur unvollständig zu Papier gebracht. Sicher werde ich falsche Endsummen ziehen. Das Leben geht weiter. Es ist kalt. Renaud, ständig in Bewegung, steckt voll Tatendrang, schleift mich von Premiere zu Premiere und schreit dabei in alle Winde, das Theater zu hassen und von der unweigerlichen Gewöhnlichkeit der Stücke angewidert zu werden . . .
»Aber, Renaud«, staune ich, »warum gehen Sie hin?«
»Wegen – du wirst mich verachten, kleiner Richter – wegen der Leute! Um zu sehen, ob Annhine de Lys noch immer mit Miß Flossie ›geht‹, der Freundin Willys; ob die seltsame Polaire mit den verliebten Gazellenaugen nach wie vor den Wespentaillenrekord hält; um dabeizusein, wenn Mendès in einem Anfall dichterischer Eingebung um halb eins beim Souper eine sprühende Theaterkritik vom Stapel läßt; um den martialischen Federbusch zu bewundern, der Madame de Saint-Niketêtes überragt, dieses fette Frettchen . . .«
Nein, ich verachte ihn nicht um so großer Leichtfertigkeit willen. Und wenn ich es täte – was hülfe es! Ich liebe ihn. Außerdem weiß ich recht gut, daß kein Premierenpublikum das Stück beachtet. Ich hingegen höre zu, mit leidenschaftlicher Aufmerksamkeit. Oder ich sage: »Das widert mich an.« Renaud neidet mir Überzeugungen so einfacher, stark ausgeprägter Art. »Du bist jung, mein Mädchen . . .« Wirklich? Er dünkt mich jünger.
Er liebt mich, arbeitet, macht Besuche, schwatzt, läßt sich einladen, empfängt jeden Freitag um vier und findet dazwischen Zeit, mir ein Pelzcape zu kaufen. Selten genug – wenn wir allein sind – entspannt sich sein hübsches, müdes Gesicht. Dann drückt er mich an sich, seufzt und murmelt in tiefer Herzensnot: »Claudine, ich bin alt! Jede Minute gräbt sich als Falte in meine Züge . . . Wenn du wüßtest, wie das schmerzt!«
Wenn er wüßte, wie heiß ich den Mann liebe, der er ist, wie sehr ich hoffe, seine Torschlußpanik verebben zu sehen . . . Erst

dann, wenn er darauf verzichten wird, den Jüngling zu spielen, werden wir einander restlos verstehen, erst dann wird es mir gelingen, neben seinem stürmischen Mannesalter Ruhe und Frieden zu finden.

Eines Tages, in belustigtem Gedenken an den spanischen Bildhauer und sein empörtes »Sie sind ein Schwein, Madame!«, kam mich die Anwandlung an, den Louvre zu durchstreifen, um in Ruhe die vielgerühmten neuen Rubens-Gemälde zu bewundern. Gedacht, getan. Ich schmückte mich mit meinem neuen Pelzcape, setzte die dazupassende Toque auf (sie erinnert mich an ein kleines zusammengerolltes Tier) und machte mich auf den Weg, mutig, allein und jeden Ortssinns bar, um mich an jeder Ecke der Galerie von neuem zu verirren. Claudine, die im Wald Stunde und Richtung zu wittern vermag, ist in einer Zimmerflucht verloren.

Nun, ich habe die Rubens-Bilder gefunden. Sie widern mich an. Jawohl, sie widern mich an. Eine ganze halbe Stunde mühe ich mich redlich, mir selbst etwas vorzumachen. Umsonst. So viel Fleisch! So viel Fleisch! Diese gepuderte, aufgedunsene Maria de Medici, triefend von ihren eigenen Brüsten, dieser feiste Krieger, ihr Gatte, den ein ruhmvoller Zephyr entrückt – nein, nein, nein! Das werde ich nie verstehen! Wenn Renaud das wüßte! Und erst seine Freundinnen ... Ach, wenn schon. Sollte man mich zur Rede stellen, werde ich mit meiner Meinung nicht hinter dem Berg halten.

Betrübt tripple ich dem Ausgang zu – anders ließe sich der Wunsch, auf dem glatten Parkett Schlittschuh zu laufen, kaum bemeistern –, vorbei an Meisterwerken, die mich betrachten.

Ah! Endlich ein paar Italiener und Spanier, die etwas wert sind! Aber welche Frechheit, dieses lockende, spitze Gesichtchen von Leonardos Hand, das geneigten Halses lächelt, kokett wie Mademoiselle Moreno, »Johannes den Täufer« zu nennen ... Und wer ist das? Himmel, ist er schön! Du hättest mich straucheln gemacht, Knabe, den ich unversehens fand ... Ein Glück, daß du nur ein Stück Leinwand bist ... »Porträt eines Bildhauers« von Bronzino. Dichtes schwarzes Haar, eine Stirn, deren Wölbung oberhalb der Brauen ich für mein Leben gern berührte ... nur sie? Claudine, sei ehrlich: nicht auch den herrischen, schön geschwungenen Mund? Wie gern würde ich die Augen küssen, die einem herzlosen Pagen zu gehören schei-

nen ... Diese bloße weiße Hand formte also Statuen? Ich glaub' es gern ... Der Tönung des Gesichts nach zu schließen, schimmert die glatte Haut an Lenden und Kniekehlen grünlich gleich altem Elfenbein, doch warm, warm am ganzen Körper, selbst den Waden ... und die Handflächen ein wenig feucht ...
Wie ist mir denn? Was tue ich? Ich lasse den Blick umherschweifen, schlaftrunken, erhitzt. Was ich tue? Dumme Frage: ich betrüge Renaud!
Diesen ästhetischen Ehebruch muß ich Rézi erzählen. Ich höre schon ihr Lachen, dieses helle, bezeichnende Lachen, das jäh hervorbricht und nur langsam versiegt, schmelzend und schmachtend. Wir sind Freundinnen, Rézi und ich – zwei Wochen haben genügt. »Eine alte Freundschaft« würde Renaud sagen ...
Freundinnen, jawohl. Gute Freundinnen. Ich bin von ihr entzückt, sie ist von mir begeistert. Abgesehen davon, bezeigen wir einander keinerlei Vertrauen. Dazu wäre es auch zu früh, für mich jedenfalls. Claudines Seele verdient eine Rézi nicht. Ich schenke ihr meine Anwesenheit – oft genug! –, meinen kurzgelockten Kopf, den sie frisiert und umfrisiert, ebenso gern wie ergebnislos, mein Gesicht, das sie neidlos zu lieben scheint: sie umrahmt es mit ihren weichen Händen und sieht zu, wie »meine Augen tanzen«.
Gleichzeitig macht sie mit beharrlicher Koketterie die Honneurs ihrer eigenen Schönheit, ihrer unvergleichlichen Anmut, und ich finde mich seit einiger Zeit allmorgendlich um elf Uhr bei ihr ein, pünktlich, die Vorstellung nicht zu versäumen.
Die Lambrooks bewohnen eines jener modernen Appartements, deren Löwenanteil dem Hausmeister, dem Stiegenhaus und den Salons zufällt (recht ordentliche Täfelungen, eine gute Kopie des Jugendbildnisses Louis' XV), so daß sich die Privaträume mit Resten von Licht und Luft begnügen müssen. Rézi schläft in einem schwarzen Schlauch und macht in einer Rumpelkammer Toilette. Doch dieses unbequeme, stets überheizte »Ankleidezimmer«, der Schauplatz ihrer verwandlungskünstlerischen Umkleideszenen, gefällt mir. Meist sitze ich artig auf einem niedrigen Fauteuil, hinlänglich damit beschäftigt, Rézi zu bewundern.
Jetzt ist sie im Hemd. Ihr herrliches Haar, von der Grelle der Glühbirnen rosa überhaucht, im spärlichen Tageslicht grünlich schimmernd, scheint zu erglühen, sobald sie es »einspritzt«, ehe sie ans Frisieren schreitet. Winzige Fenster und gnadenlose

Lampen tauchen Rézi zu jeder Tageszeit in theatralisches Zwielicht.
Sie bürstet ihr Haar, und es ist, als teile sie wallende Nebelmassen. Eins, zwei, drei: ein Wink mit dem Zauberkamm, und schon fügt sich das ungebärdige Gold auf dem weißen Nacken zu glatten, glänzenden Kreisen, Spiralen und Schnecken. Wie hält das alles? Staunend reiße ich die Augen auf, bereit: »Weiter!« zu rufen. Doch Rézi kommt meinem Wunsch zuvor. Hokuspokus: aus der Hübschen im Hemd ist eine Dame der Gesellschaft geworden, in eng anliegendem dunklen Kleid, behandschuht und behütet, auf dem Sprung, auszugehen. Willfährigen Vögeln gleich sind das flache Korsett, das freche Höschen, der weiche, lautlose Unterrock auf sie niedergeflattert. Dann erst blickt sie mich triumphierend an und lacht.
Nicht weniger reizvoll ist das Entkleiden: gleichzeitig fallen alle Hüllen, wie von unsichtbaren Fäden zusammengehalten, und der reizenden Schülerin Fregolis bleibt nichts als Hemd . . . und Hut. Er stört mich, dieser Hut, und ich bestaune ihn. Steckt sie ihn doch im Haar fest, ehe sie ins Korsett schlüpft, nimmt sie ihn doch ab, nachdem sie die Strümpfe ausgezogen hat.
»Ich bade mit Hut«, erzählt sie mir.
»Warum? Warum dieser Kult der Kopfbedeckung?«
»Ich weiß nicht . . . Schamgefühl, glaube ich. Wenn ich mitten in der Nacht aus einer Feuersbrunst fliehen müßte, würde ich ohne weiteres nackt hinauslaufen. Aber nicht ohne Hut.«
»Was Sie nicht sagen! Die Feuerwehrleute würden sich freuen!«
Rézi ist hübscher, als ich zuerst gedacht hatte, kleiner auch, von harmonischen Puppenmaßen. Nur selten belebt ein rosenfarbener Schimmer die Weiße ihrer Haut. Ihre Gedanken verbergen sich hinter ihrer Kurzsichtigkeit, dem wandelbaren Grau der Augen, den flatternden Lidern. Im Grunde kenne ich sie nicht, ungeachtet jener Versicherung, die ihr bei unserem vierten Zusammentreffen entfuhr:
»Drei Dinge liebe ich bis zum Wahnsinn, Claudine: Paris, Reisen und – Sie.«
Rézi, die gebürtige Pariserin, empfindet für ihre Heimatstadt die Bewunderung der Ausländer, liebt die kalten, ungewissen Gerüche, die Straße, die Theater, die blaue, vom Schein der Gaslaternen gerötete Dämmerstunde.
»Nirgends, Claudine, nirgends sind die Frauen so schön wie in Paris!« (Lassen wir Montigny aus dem Spiel, Liebste . . .) »Nur in Paris kann man jenen ergreifenden Gesichtern begegnen, die

noch der Abglanz entschwundener Schönheit verklärt, jenen schmalnasigen, jungäugigen Vierzigjährigen, die sich mit wütender Verbissenheit schnüren und schminken und die Blicke der Vorübergehenden mit Bitterkeit und Freude auf sich ruhen sehen . . .«

So spricht kein Gänschen. An diesem Tag drückte ich die schmalen, spitz zulaufenden Finger, die das Wortgeranke in die Luft gezeichnet hatten, als wolle ich ihr dafür Dank sagen, hübsch zu denken. Was aber ließ sie vierundzwanzig Stunden später in wohliger Bewunderung erzittern, vor dem Schaufenster eines Modesalons der Innenstadt?

Eine mehr als gewöhnliche Kombination safran- und rosenfarbener Seiden.

Täglich, wenn ich knapp vor zwölf den mühevollen, regelmäßig verspäteten Entschluß fasse, den bequemen, niedrigen Fauteuil zu verlassen, der mich nur widerwillig freizugeben scheint, um nach Hause zu gehen, wo mich mein Mann erwartet, mein Mittagessen, die Kußfreudigkeit Renauds und sein heißer, nur mit halbrohem Fleisch zu stillender Hunger (nein, er nährt sich nicht von Geflügel und Bananen), öffnet sich lautlos die Türe des Ankleidezimmers und Lambrook erscheint, der hohle Koloß. Erst gestern . . .

»Wie sind Sie hereingekommen?« ruft ihm Rézi ärgerlich entgegen.

»Über die Champs-Elysées«, erwidert dieser unerschütterliche Mensch, küßt mir die Hand – ohne Hast –, wirft einen prüfenden Blick auf mein offenes Jäckchen, mustert Rézi im Korsett und sagt schließlich zu seiner Frau: »Wieviel Zeit vertrödeln Sie doch bei der Toilette, meine Liebe!«

Das der phantastisch schnellen Rézi? Ich breche in Gelächter aus. Lambrook zuckt mit keiner Wimper. Das Terrakottagesicht wird fast unmerklich dunkler. Er erkundigt sich nach Renaud, gibt dem Wunsch Ausdruck, uns bald bei Tisch zu begrüßen und geht.

»Was hat er, Rézi?«

»Nichts. Aber bitte, Claudine, lachen Sie nicht, wenn er mit mir spricht . . . er glaubt sonst, Sie verspotten ihn.«

»Wirklich? Soll er. Das ist mir gleich.«

»Aber mir nicht. Er macht mir eine Szene . . . Seine Eifersucht ist unerträglich . . .«

»Er ist eifersüchtig? Auf mich? Auf was hinauf? Gott, ist dieser Mensch lächerlich . . .«
»Wenn es nach ihm ginge, dürfte ich überhaupt keine Freundinnen haben . . .«

Sollte er wissen, warum?
Nichts berechtigt mich zu dieser Annahme. Zuweilen betrachtet mich Rézi lange, starren, kurzsichtigen Blicks – Wimpern und Brauen verlaufen fast parallel und lassen die Augen noch länger erscheinen –, der schmale Mund öffnet sich ein wenig, wird kindlich und lockend, ein leichter Schauer läßt ihre Schultern erbeben, sie lacht ängstlich, ruft: »Jemand ist über mein Grab gegangen!« und küßt mich. Aber das ist alles. Es wäre eitel von mir, annehmen zu wollen . . .
Ich ermutige sie zu nichts. Ich lasse die Zeit verstreichen, betrachte diese schillernde Rézi in allen Schattierungen, harre der Dinge, die da kommen werden, und warte, warte . . . der Trägheit folgend, nicht dem Gewissen.

Heute vormittag war ich bei Rézi. Das hindert die Ungeduldige nicht, gegen fünf zu mir zu kommen. Sie nimmt Platz, nicht ohne sich, wie Fanchette, vorher zweimal um die eigene Achse gedreht zu haben. Ihr dunkelblaues Schneiderkostüm verleiht dem Gold ihrer Haare einen rötlichen Schimmer, ein Vogelhut ziert ihren Kopf, dessen graue, verworrene Möwenschlacht so erbittert scheint, daß es mich nicht wundern würde, aus den ineinander verhakten Schnäbeln lautes Gekreisch zu vernehmen.
Sie macht sich's bequem wie jemand, der Zuflucht sucht, und – seufzt.
»Was gibt's, Rézi?«
»Nichts. Ich langweile mich daheim. Alle diese Leute, die zu mir kommen – immer dasselbe! Ein Flirt, zwei Flirts, drei Flirts – ich habe genug! Oh, über die Eintönigkeit dieser Männer! Den dritten hätte ich um ein Haar geprügelt!«
»Warum ausgerechnet den dritten?«
»Weil es dieser Elende eine halbe Stunde nach dem zweiten für nötig fand, mir seine Liebe zu gestehen, und zwar haargenau mit denselben Worten, die schon der zweite gebraucht hatte – und der wiederum wiederholte den ersten. Gott, diese Männer sind alle gleich!«
»Halten Sie sich an einen einzigen. Das ist abwechslungsreicher.«

»Und ermüdender.«

»Und – Ihr Mann? Der zuckt mit keiner Wimper?«

»Warum sollte er?«

Hält sie mich für eine Gans? Was meint sie? Und die Vorsichtsmaßregeln von neulich? Diese Winke, die so vieles andeuteten, mehr noch verschwiegen? Rézi betrachtet mich klaren Blicks. Wie oft schon bewunderte ich den Opalschimmer dieser Augen, die grauen Perlen gleichen.

»Aber, Rézi! Nehmen Sie doch Vernunft an! Vorgestern durfte ich nicht einmal über ihn lachen, und heute –«

»Ah!« erwidert sie, während ihre Hand mit anmutiger Bewegung eine Traum-Mayonnaise zu rühren scheint, »Claudine, das ist doch nicht dasselbe – diese Männer, die mich hofieren – und Sie!«

»Das will ich hoffen! Aber wenn auch mein Bestreben, Ihnen zu gefallen, ganz anderen Quellen entspringt« (ihr Blick sprüht zu mir, um sich sogleich wieder abzuwenden), »so sagen Sie mir wenigstens, Rézi, warum Sie mich nicht ungern sehen.«

Beruhigt legt sie ihren Muff zur Seite, um das, was sie mir zu sagen hat, mit Händen, Hals, ja dem ganzen Oberkörper bequemer skandieren zu können, lehnt sich in den tiefen Fauteuil zurück, lächelt mir zu und beginnt, zärtlich und geheimnisvoll:

»Warum Sie mir gefallen, Claudine? Ich könnte mich darauf beschränken, Ihnen zu antworten: ›Weil ich Sie hübsch finde.‹ Das würde mir genügen, nicht aber Ihrem Stolz. Warum ich Sie liebe? Weil Sie eine fleischgewordene Bronzefigur sind, deren Haare und Augen allein, von gleichem Metall, Ihr wahres Wesen erahnen lassen; weil sich Ihre herrischen Gesten mit sanfter Stimme paaren; weil sich Ihre Wildheit um meinetwillen sänftigt; weil Sie erröten, als griffe eine freche Hand unter Ihre Röcke, wenn Sie sehen, daß Ihnen, verraten oder erfühlt, einer Ihrer geheimsten Gedanken entschlüpft . . .«

Ich habe sie unterbrochen – mit herrischer Gebärde, es ist wahr –, erzürnt und verwirrt, mich schon so sehr aus der Hand gegeben zu haben . . . Soll ich böse werden? Mit ihr brechen? Rézi macht jeden feindseligen Entschluß im voraus zunichte, neigt sich mir zu, fordernd und ungestüm, und küßt mich nahe dem Ohr. Pelzwerk benimmt mir den Atem, Flügelchen streifen mein Gesicht. Ich habe kaum Zeit, Rézis Parfum zu kosten, diesen trügerisch-simplen Geruch, als die Türe aufgeht und . . . Renaud eintritt.

Ich lehne mich zurück, steif, unangenehm berührt. Wovon? We-

der von meiner Haltung noch von Rézis flüchtigem Kuß, sondern vom scharfen Blick Renauds, von der belustigten, ja beinahe ermutigenden Nachsicht, die ich darin zu lesen vermag. Er küßt die Hand meiner Freundin und sagt:
»Laßt euch nur nicht stören!«
»Aber Sie stören uns nicht, im Gegenteil!« ruft Rézi. »Helfen Sie mir lieber, Claudine zu versöhnen, die mir ein aufrichtiges Kompliment übelnimmt!«
»Ich zweifle nicht an seiner Aufrichtigkeit. Aber wußten Sie es auch überzeugend vorzubringen? Meine Claudine ist ein leidenschaftliches, ernsthaftes Mädchen, das in gewissen Dingen keinen Spaß versteht« (Renaud gehört einer Generation an, die noch Musset zu lesen pflegt. Daher trällert er die Serenade des Don Juan), »und Äußerungen, die von einem gewissen Lächeln begleitet sind, nicht ernst zu nehmen geruht.«
»Renaud, um alles in der Welt! Keine ›Enthüllungen aus dem Eheleben‹!«
Ohne zu wollen, habe ich die Stimme erhoben, verärgert und ungeduldig. Rézi schenkt mir ihr entwaffnendstes Lächeln.
»Oh! Doch, Claudine, doch! Lassen Sie ihn erzählen! Es interessiert mich so sehr! Außerdem ist es Freundespflicht, meine armen Ohren ein wenig aufzuheitern! Sie wissen kaum mehr, was . . . Lieben eigentlich heißt.«
Hm! Diese geräuschvolle Klage der darbenden Gattin scheint zu der Flirtmüdigkeit von vorhin schlecht zu passen. Doch Renaud weiß nichts davon. Großzügig und mitleidsvoll betrachtet er Rézi von Knöchel bis Knoten und ruft aus, während ich mich des Lachens nicht erwehren kann: »Armes Kind! Noch so jung, und schon all dessen beraubt, was das Leben verschönt und verklärt! Kommen Sie zu mir! Der Trost harrt Ihrer auf dem Kanapee meines Kabinetts, billiger als beim Spezialisten.«
»Billiger? Ich fürchte die Spezialpreise . . .«
»Sind Sie denn Spezialistin? Außerdem ist man ehrenwert, oder man ist es nicht . . .«
»Und Sie sind es nicht. Nein, danke, Sie Wohltäter der Menschheit! So weit bin ich noch nicht . . .«
»Wie weit denn?«
»Außenblicklich halte ich bei den Tröstungen . . .«
»Bei welchen? Es gibt Tröstungen mehrerer Arten, zweier zumindest . . .«
Sie errötet, stellt sich kurzsichtiger, als sie ist, und wendet sich flehend an mich, lautlos und geschmeidig:

»Claudine! Helfen Sie mir!«
»Jawohl, ich werde Ihnen gleich helfen – wenn Sie es wagen, sich von Renaud trösten zu lassen!«
»Nein, wirklich? Eifersüchtig?«
Grausamer Übermut prickelt aus ihren Zügen, läßt sie noch schöner, noch reizvoller erscheinen. Sie sitzt auf der Sesselkante in gestraffter, erwartungsvoller Haltung und sieht aus, als wolle sie jetzt und jetzt davonschnellen. Blaßgoldener Flaum, heller als ihre Haare, flimmert auf der nahen Wange, und die durchsichtigen Wimpern flattern unaufhörlich wie die Schleierflügel einer Wespe. So viel Schönheit nimmt mich gefangen, und ich erwidere wahrhaft:
»Eifersüchtig? O nein, Rézi! Dafür sind Sie viel zu hübsch! Die Demütigung, mich mit einer häßlichen Frau zu betrügen, würde ich Renaud niemals verzeihen!«
Mein Gatte liebkost mich mit einem jener klugen Blicke, die mich unweigerlich zurückholen, wie weit mich Ungebärdigkeit, Fernweh oder Einsamkeitsbedürfnis auch entführt haben mögen ... Wie dankbar bin ich ihm, mir schweigend so viel Zärtlichkeit zu schenken, über Rézis Kopf hinweg ...
Rézi-die-Blonde hingegen (hat sie mich verstanden?) rückt näher, verschränkt die Hände in ihrem Muff, rekelt sich, zieht ein Schmollmündchen, räuspert sich und murmelt:
»Verzeihung – aber Ihre verzwickte Psychologie ist mir zu hoch. Dabei bekomme ich Hunger ...«
»Oh! Und ich lasse Sie fasten, Arme!«
Ich springe auf und eile zur Klingel.
Brennend heiße Tassen, geröstete Brotschnitten, von Butter langsam durchsetzt, verströmen Frieden und Freundschaft. Ich verachte den Tee der feinen Leute: ein Körbchen zwischen den Knien, tue ich mich an weichen Quitten und mostigen Mispeln gütlich, Winterfrüchten, die köstlich nach Keller und Moder duften ...
Mélie hat sie mir geschickt.
Ein halbverbranntes Stück Toast, schwarz und rauchend, erfüllt den Raum mit Kohlenduft. Das genügt. Ich glaube mich in Montigny, am offenen Kamin, vermeine zu sehen – nein, sehe, wie Mélie ein Scheit ins Feuer wirft, wie Fanchette, entrüstet über die plötzliche Kühnheit der Flammen und das Geknatter des feuchten Holzes, ihren Platz auf den heißen Backsteinen verläßt und hoheitsvoll zur Seite weicht –
»Fanchette!«

Ich habe laut geträumt, zur grenzenlosen Heiterkeit Renauds, zu Rézis unverhohlenem Staunen. Ich erröte und lache mit, so gut es geht.

Kraftlos schleppt sich der Winter dahin, schmutzig und lau. Der Jänner geht dem Ende zu. Wie träge, wie hastig verrinnen die Tage! Hektischer Betriebsamkeit folgen Stunden völliger Ruhe. Premieren, Diners, Matineen und Konzerte in wirbelnder Folge, oft zwei an einem Tag, bis ein Uhr nachts. Renaud paradiert, ich wanke.

Wir erwachen spät morgens. Das Bett verschwindet unter der Last zahlreicher Zeitungen. Renaud teilt seine Aufmerksamkeit zwischen dem »Verhalten Englands« und dem Claudines, die auf dem Bauch liegt, in mürrische Träume verloren. Mein gesundes Schlafbedürfnis vermag sich mit diesem überhitzten Leben nicht abzufinden. Rasches Mittagessen: blutiges Fleisch für meinen Gatten, für mich gezuckerte Scheußlichkeiten aller Art. Das Nachmittagsprogramm ist Änderungen unterworfen. Um Punkt fünf jedoch – Rézi. Das steht fest. Entweder sie besucht mich, oder ich gehe zu ihr. Ich werde ihr teurer und teurer, ohne das sie es zu verbergen sucht. Und ich? Ich gewinne sie lieber und lieber – was hilft's, leugnen zu wollen – und tue mein Bestes, mir nichts anmerken zu lassen.

Fast jeden Abend, gegen sieben Uhr, wenn es gilt, den Teesalon oder die Bar zu verlassen, wo sich Rézi mit einem Cocktail erwärmt, während ich an versalzenen Frites knabbere, packt mich stummer Zorn bei dem Gedanken, daß ich heimgehen muß, mich umzukleiden, daß Renaud mich erwartet, höchstwahrscheinlich schon damit beschäftigt, die Perlmanschettenknöpfe am Frackhemd festzustecken.

Dank meiner kurzen, aufreizend einfachen Frisur beunruhige ich Männer und Frauen – ich gestehe es mit ehrender Bescheidenheit – in gleicher Weise. Erstere sagen angesichts einer kalten Schulter und des Mangels an Locken: »Claudine ist für Frauen.« O männliche Einfalt! Wenn ich nicht für Männer »bin«, muß ich Frauen lieben, das gibt die Vernunft, nicht wahr?

Interessant ist, daß manche Frauen diese Ansicht zu teilen scheinen, wohl in Anbetracht meines Herrenschnitts und der Kühle, die ich ihren Männern und Liebhabern bezeige. Ich habe so manchen Blick überrascht, hübsch, neugierig, verschämt und flüchtig, so manch plötzliches Erröten, wenn ich die Anmut einer nackten Schulter, eines vollkommenen Halses länger betrachtete als üblich, habe auch dem Anprall unverhüllter Begierden standgehalten. Doch diese Salonprofessionellen (noch sehe ich die vierschrötige Frau in den Wechseljahren, das vertrocknete, dunkelhäutige Mädchen mit der schiefen Hüfte, die monokelbehaftete Jüdin, die ihre Raubvogelnase in Halsausschnitte steckte, als wollte sie damit einen verlorenen Ring herausfischen), all diese Verführerinnen mußten unverrichteterdinge wieder abziehen, empört über Claudines offensichtlichen Mangel an Neugier. Mußte das den kaum angedeuteten Ruf nicht ins Wanken bringen? Keine Angst: vorgestern konnte ich auf den Lippen einer meiner »Freundinnen« (einer jungen literaturbeflissenen Dame, der ich wohl an die fünfmal begegnet bin) bei dem Wort »Rézi« ein böses Lächeln entdecken. Ich wußte es wohl zu deuten. Und ich habe das Gefühl, daß Rézis Gatte leicht unangenehm werden könnte, sollte das Getuschel je bis an sein gargekochtes Ohr dringen.

Eines Tages hätte ich diesen unsympathischen Patron beinahe gezähmt:

»Jour« bei Renaud. Gegen meinen Willen, die Nerven zum Zerreißen gespannt, lauschte ich dem Gekrächze einiger kahler junger Herren, die sich mit lärmender Lebhaftigkeit über Literatur unterhielten. »Sein letzter Roman? Verlassen Sie sich doch nicht auf die Reklame! Er hat im ganzen sechs Auflagen verkauft!« »Nein, acht!« »Sechs, sage ich Ihnen! ›Auflagen‹ zu 200 Stück, inklusive Belegexemplare! Sevin hat es mir selbst gesagt!« »Lächerlich! Der Verleger druckt, was er will! Und mit der Verrechnung hält er's ebenso! Wer kann ihm was nachweisen?« »Von meiner ›Zergliederten Seele‹ hat Floury allein zwanzig Stück pro Tag verkauft! Und wieviel, glauben Sie, hat mir das Buch eingebracht? Dreißig Louis, alles in allem! Was sagen Sie jetzt? Und da hat sich der Verleger nicht entblödet, mir einen elenden Vorschuß von 150 Francs abziehen zu wollen!« »Wenn man bedenkt, daß wir an den Belegexemplaren nichts verdienen – es ist empörend! Aber ich verlange kaltlächelnd zusätzliche Bände, behaupte, sie für die Presse zu brauchen, und verkaufe sie bei Gougy.« »Ich auch!« »Ich auch! Klar! Soll man sich die Haut über die Ohren ziehen lassen?« »Glauben Sie mir, mein Lieber, mit 40 Prozent im Groß- und 12–14 Prozent im Detailhandel könnte uns der Verleger pro verkauftem Exemplar leicht zwanzig Sous zahlen und trotzdem nicht arm werden!« »Er könnte sogar dreißig springen lassen, ohne bankrott zu gehen!« »Was für ein Pack, diese Verleger! Oh!«

Sie schrien durcheinander, mit der Selbstsicherheit, die nur willentliche Taubheit verleiht. Ich sah sie an und murmelte in Gedanken an Kipling und sein Affenvolk: »Bandar-log!«
Lambrook stand neben mir. Er hörte das indische Wort und wußte es sogleich zu deuten. Ein krampfhaftes Zittern durchlief seine Kinnladen, seine hellen, frischgewaschenen Augen blickten in die meinen: da erklang am anderen Ende des Salons Rézis Lachen, ein Lachen, dessen laute, unechte Fröhlichkeit den Gatten aufhorchen ließ. Er erhob sich wie von ungefähr und schlenderte hinüber, nachzusehen, mit wem seine Frau sich so hörbar amüsierte.
Kaum war der wachsamste aller Ehemänner verschwunden, als sich ein viel zu erfolgreicher Schriftsteller neben mir niederließ (Spezialität: Zergliederung des weiblichen Seelenlebens), um mir mit Haltung und Ausdruck eines am Rand der Ekstase keuchenden Menschen (beides zu Nutz und Frommen zahlreichen Publikums sorgfältig einstudiert) zuzuraunen:
»Welch schlechtes Wetter!«
Mit den Sitten und Gebräuchen dieses »Bourget des kleinen Mannes« (der Spitzname stammt von Renaud) bestens vertraut, hütete ich mich wohl, die gut vorbereitete und durchaus nicht kunstlos vorgetragene Improvisation über den kältearmen, zerrinnenden Winter, die köstliche Beklemmung früh einbrechender Dämmerstunden und den trügerischen, in diesem beunruhigenden Dezember verborgenen Frühling zu unterbrechen. Wahrer Frühling jedoch – matte Haut, blühende Brüste – pocht unter schweren Pelzen (guter Übergang) . . . Von da bis zu dem Wunsch, diese schweren Pelze auf den weichen Teppich einer wohl ausgestatteten Junggesellenwohnung gleiten zu sehen, ist nur ein Schritt. Der Meister ist in voller Fahrt – kein Zweifel, er wird ihn wagen. Ich hauche, sanft und verträumt, als sei ich schon gewonnen:
»Ja . . . draußen herrscht die gefährlich-berauschende Schwüle eines Glashauses . . .«, und schließe unversehens, mit übertrieben fresnischem Akzent, um ihn vollends aus der Fassung zu bringen: »Jawohl, das Korn wird bald herauskommen, auch der Haaafer!«
Sicher zweifelt er an meinem Verstand. Juhu! Aber beleidigt habe ich ihn, so viel steht fest. Wieder einer, der überall herumschreien wird, von der Höhe seines stattlichen Bauchs: »Claudine? Die ist für Frauen!« um im Geiste hinzuzusetzen ». . . sonst wäre sie für mich.«

Für Frauen? Daß ich nicht lache! Kommt doch einmal zu uns, ihr Esel, eines Vormittags zum Beispiel, so gegen zehn! Dann werdet ihr schon sehen, ob ich »für Frauen« bin!

Ein Brief Papas flattert ins Haus, prahlerisch und bekümmert. Trotz des Fehlens einer wichtigen Schraube in seinem nimmermüden Gelehrtenhirn wird sich Papa meiner Abwesenheit verärgert bewußt. In Paris vermißte er mich nie. Aber dort in Montigny scheint ihm das alte Haus zu groß, zu leer, bar jeglicher Claudine. Kein stilles Mädchen, ein Buch zwischen den Knien, kauert im tiefen, zerrissenen Fauteuil. Niemand wiegt sich im Wipfel des hohen Nußbaums und knackt Nüsse wie ein zünftiges Eichhörnchen. Niemand liegt der Länge nach auf der schmalen Gartenmauer, auf der Jagd nach Nachbars Pflaumen oder den Dahlien der alten Adolphe . . . Natürlich erwähnt Papa das alles nicht so wörtlich. Das stünde weder mit seiner Würde in Einklang noch mit dem Adel seines Stils, der sich zu gewissen Kindereien nicht hergibt. Aber er denkt daran. Ich auch.
Zitternd, von Heimweh und Erinnern durchdrungen, laufe ich zu Renaud, mich an seiner Brust zu verstecken, an seiner beruhigenden Schulter ein wenig auszuruhen. Mein geliebter Großer, den ich an löblicher Arbeit hindere (ohne daß er je widerspräche), versteht zwar die Ursachen meiner plötzlichen Seelenzustände, die er meine »Zusammenbrüche« nennt, nicht immer, versagt mir aber weder seine Arme noch seinen Schutz. Er ist großzügig und fragt nie zuviel. Seine Wärme löst und verscheucht die fresnische Fata Morgana, und da er, von meiner Nähe rasch erregt, die Arme enger um mich schlingt und seinen golddurchwirkten, ewig Tabak-und Maiglöckchenduft verströmenden Schnurrbart über mich neigt, lache ich ihn an:
»Sie riechen wie eine rauchende Blondine!«
Er erwidert neckend:
»Und Rézi? Wonach riecht sie?«
Ich horche in mich hinein und erkläre schließlich:
»Nach Lüge.«
»Nach Lüge! Willst du damit behaupten, daß ihre Liebe zu dir geheuchelt sei?«
»Nein, mein Großer. Ich habe mich schlecht ausgedrückt. Ich wollte viel weniger zu verstehen geben, als ich aussprach: Rézi lügt nicht. Sie verbirgt ihre Gedanken, hortet sie. Nie würde sie ihre Umwelt mit weitschweifigen, bis ins kleinste ausgearbeiteten Berichten erfreuen, wie z. B. die hübsche von Langendonck,

die einen Satz mit ›Eben komme ich aus den Galeries Lafayette‹, beginnt, um mit der Mitteilung zu enden, vor fünf Minuten in Saint-Pierre de Montrouge gewesen zu sein. Rézi ist zurückhaltend, und dafür weiß ich ihr Dank. Doch ich fühle, daß sie mir vieles verbirgt, daß sie, wie Fanchette, tausend kleine Greuel mit leisen Pfoten säuberlich verscharrt – Greuel ohne Bedeutung, werden Sie sagen – vollkommen jedoch in ihrer Winzigkeit.«
»Was, zum Beispiel?«
Ich zucke die Achseln.
»Beweise habe ich freilich keine. Ich spreche rein gefühlsmäßig. Aber Rézis Stubenmädchen hat zum Beispiel die seltsame Gewohnheit, ihr des Morgens zuweilen ein zerknittertes Stück Papier zu überreichen: ›Das vergaß Madame in der Tasche des gestrigen Kleides . . .‹ Zufällig warf ich einmal einen Blick auf den zerknüllten Inhalt des ›gestrigen Kleids‹: ich könnte schwören, daß er aus einem ungeöffneten Kuvert bestand. Was halten Sie von diesem Postsystem? Selbst der eifersüchtige Lambrook könnte nichts weiteres darin sehen als . . . altes Papier.«
»Großartig!« träumt Renaud mit lauter Stimme.
»Verstehen Sie jetzt, mein Großer? Diese gleisnerische, weißgoldene Rézi mit den wasserklaren Unschuldsaugen kommt her und betäubt mich mit ihrem seltsam-würzigen Waldduft – es ist, als ginge sie in einer Wolke von Heidekraut und Schwertlilien . . .«
»He! Claudine!«
»Was haben Sie?«
»Was *ich* habe? Was du hast, möchte ich wissen! Ich träume wohl! Meine verschlossene, hochmütige Claudine nimmt an jemand anderem Anteil – ja, das Interesse für diese Rézi treibt sie sogar dazu, nachzudenken, Folgerungen zu ziehen . . . Mein Fräulein, mir scheint fast« (er schilt zum Spaß, die Arme auf der Brust gekreuzt wie Papa), »wir sind verliebt!«
Ich schlage die Augen nieder und weiche zurück, so widerspenstig, daß er sogleich auffährt:
»Schon wieder böse? Du nimmst aber auch alles tragisch!«
»Und Sie nehmen nichts ernst!«
»Doch, eines: dich!«
Er wartet. Ich rühre mich nicht.
»So komm doch her, mein Dummes! Oh, wieviel Mühe kostet mich dieses Kind! Claudine«, fragt er, als ich wieder auf seinem Schoß sitze, schweigend und noch ein wenig verkampft, »erkläre mir eines.«

»Was?«

»Wenn es gilt, einen deiner geheimsten Gedanken zu verraten, selbst deinem alten Ehepapa, so bäumst du dich auf, scheu, bokkig und nicht minder entrüstet, als wenn man von dir verlangte, einer Versammlung prominenter Pariser deinen Hintern zu zeigen. Warum?«

»Weil ich meinen Hintern kenne, o einfache Seele – er zeichnet sich durch Straffheit und gefällige Tönung aus und fühlt sich durchaus nicht unangenehm an – nicht aber meine Gedanken, mein Großer! Ihrer Klarheit, ihres Werts bin ich viel weniger gewiß. Und da rettet mich mein Schamgefühl, klüger als ich, und hilft mir, Dinge zu verbergen, deren Häßlichkeit und Schwäche ich kenne ...«

Der heutige Morgen läßt sich schlecht an: Renaud ist wütend, beherrscht von düsterem, traurigem Zorn. Wortlos sehe ich zu, wie er Briefe zerknüllt und ins Feuer wirft, eine ganze Ecke seines papierbeladenen Schreibtischs leerfegt und ein gutes Dutzend Broschüren ins knisternde Koksfeuer schleudert. Schließlich entlädt sich das Ungewitter über das Haupt des saumseligen Ernest, der es wagte, nicht rasch genug herbeizueilen. Hinauswurf scheint das mindeste, was ihn bedroht. Nur so weiter!

Ich sitze mit gefalteten Händen, schaue und schweige. Renauds Blick schweift zu mir und sänftigt sich:

»Da bist du ja, Kleines. Ich hatte dich nicht gesehen. Wo warst du?«

»Bei Rézi.«

»Das hätte ich mir denken können! ... Aber verzeih, Liebste, wenn ich es an der nötigen Aufmerksamkeit fehlen lasse ... ich bin verdrossen.«

»Was Sie nicht sagen!«

»Lach mich nicht aus ... Komm her. Tu mir gut! Beruhige mich! Ich habe Nachrichten von Marcel, abscheulich bis zum Ekel ...«

»Ah?«

Der letzte Besuch meines Stiefsohns kommt mir in den Sinn. Marcel übertreibt. Von unbegreiflicher Prahlsucht getrieben, erzählte er mir ungefragt tausend Abenteuer, darunter die Geschichte einer Begegnung in der Rue de la Pompe, zur Stunde, da das Janson-Gymnasium einen Schwarm blaubemützter Knaben freigibt ...

Das letztemal wurde der Bericht seiner Irrfahrten durch Rézi unterbrochen, die an Marcel ihre schärfsten Waffen erprobte – Blicke, Gebärden, ausgeklügelte Drehungen –, um sich nach einer guten Dreiviertelstunde erfolgloser Anstrengungen mir zuzuwenden, mit einer allerliebsten Geste der Entmutigung, die so offensichtlich besagte »Uff! Ich habe genug!«, daß ich mich des Lachens nicht erwehren konnte. Marcel hingegen (dieser Verrückte ist beileibe nicht dumm) antwortete mit seinem verächtlichsten Lächeln.
Seine Geringschätzung währte allerdings nicht lange: kaum merkte er, daß die wählerische Rézi sämtliche Pfeile der Verführung – dieselben! – neuerlich hervorholte, um sie auf mich abzuschießen, wich seine verachtungsvolle Gleichgültigkeit unverhohlenem Staunen, und er empfahl sich eilig, mit unangebrachter, übertriebener Diskretion.
Welche neue Schandtat hat er wohl begangen? Ich bette das Haupt auf die Knie Renauds und warte.
»Immer dasselbe, mein Armes! Mein reizender Herr Sohn bombardiert einen Jungen aus guter Familie mit neo-griechischer Literatur . . . Du schweigst, kleines Mädchen? Gott ja, du hast recht, schließlich sollte ich mich langsam daran gewöhnen . . . Aber diese Geschichten widern mich dermaßen an . . .«
»Warum?«
Diese Frage, in sanftestem Ton gestellt, läßt Renaud in die Höhe fahren.
»Warum? Was soll das heißen?«
»Lassen Sie mich ausreden, mein Lieber! Warum – wollte ich fragen – entlockt Ihnen der Gedanke, daß Luce mir eine allzu zärtliche Freundin war, nur ein erheitertes, durchaus nicht mißbilligendes Lächeln? Wieso scheint es fast, als hofften – jawohl, hofften Sie! –, daß Rézi eine glücklichere Luce werden könnte?«
Oh, das verdutzte Gesicht meines Gatten! Fassungslose Überraschung, verletztes Schamgefühl und ein seltsames kleines Lächeln, halb spitzbübisch, halb schuldbewußt, gleiten darüber hin wie Wolkenschatten über eine Wiese . . . Endlich ruft er triumphierend:
»Das ist nicht dasselbe!«
»Gott sei Dank nicht, zumindest nicht genau . . .«
»Nein, das ist etwas ganz anderes! Ihr dürft euch alles erlauben, ihr Frauen! Bei euch ist es reizend, belanglos . . .«
»Belanglos? Das finde ich nicht . . .«

»Doch, doch! Für euch hübsche Tierchen ist das nichts als ein ... Trost, eine Art erholungspendender Zerstreuung ...«
»Ah?«
»Eine Entschädigung ... Die verständliche Suche nach einem vollkommeneren Partner, einer Schönheit, die der euren besser entspricht, euch das eigene Denken und Fühlen, die eigene Macht und Ohnmacht spiegelgleich entgegenhält ... Wenn ich es wagte (doch ich wage es nicht), würde ich sagen, daß manche Frauen der Frau bedürfen, um die Lust am Mann nicht zu verlieren ...«

(So? Tut mir leid! Das ist mir zu hoch. Wie schmerzlich, einander so sehr zu lieben und dennoch so wenig zu verstehen! Ich kann mir nicht helfen: was mein Gatte eben sagte, dünkt mich im besten Fall eine jener selbstgefälligen Widersinnigkeiten, die lediglich dazu dienen, seine krasse Leichtfertigkeit zu übertünchen ...)

Rézi ist mein Schatten geworden. Sie weicht nicht von meiner Seite, umgarnt mich mit anmutigen Gebärden, deren Kreisen sich ins Nichts verliert, bestürmt mich mit Worten, Blicken und Gedanken, deren gefährliches Knistern ich zu hören vermeine. Nein, es würde mich nicht wundern, ihre Wünsche den schlanken Fingern funkengleich entsprühen zu sehen ...
Um meine Ruhe ist es schlecht bestellt: ich fühle mich unterlegen. Ihr Wille ist ruhiger, hartnäckiger, folgerichtiger als der meine, der nur vorwärtsspringt, um wieder zu erschlaffen.
Sie reicht mir ihre Schönheit wie einen betäubend duftenden Strauß, erhöht sie vor meinen Augen, führt sie von fast gänzlicher Hüllenlosigkeit über sämtliche Stufen koketten Putzes zu neuen, strahlenden Siegen, erregt, erzürnt mich mit sanfter Ausdauer.
»Was wollen Sie von mir?« Das fragte ich am liebsten. Doch ich wage es nicht. Ich fürchte die Antwort. Und darum verharre ich in feigem Schweigen, um sündenlos in ihrer Nähe weilen zu können. Seit drei Monaten ist sie meine geliebte Gewohnheit.
Was sollte mich auch beunruhigen? Nichts, außer der beharrlichen Sprache der leuchtenden grauen Augen und so manchem jähen Ausruf wie »Ich liebe Sie!«, der ihr zuweilen entfährt, ungestüm wie ein Kinderschrei.
Was liebt sie denn an mir, im Grunde genommen? An der Wahr-

haftigkeit ihres Gefühls – ihrer Begierde zumindest, für ihre Zärtlichkeit vermöchte ich nicht zu bürgen – besteht kein Zweifel. Doch ich fürchte, jawohl, schon fürchte ich! – daß diese Begierde ihre einzige Triebkraft sei.
Gestern abend litt ich unter Migräne und die Dämmerung lastete schwer auf mir. Ich gestattete Rézi, die Hände auf meine Augen zu legen, und vermeinte durch die geschlossenen Lider die anmutige Ranke ihres geneigten Körpers zu sehen, dessen Schlankheit ein bleigraues, die Farbe ihrer Augen verfälschendes Kleid eng umspannte.
Gefährliche Stille sank auf uns nieder. Rézi wagte weder, sich zu rühren, noch, mich zu küssen, und stammelte nur nach einer kurzen Weile: »Oh, meine Liebste . . . meine Liebste . . .« Dann schwieg sie von neuem.
Die Pendeluhr schlug sieben. Ich fuhr in die Höhe, schüttelte mich und lief zum Schalter, Licht zu machen. Die jähe Helle traf eine bleiche, köstliche Rézi, deren Lächeln an der unüberwindlichen Mauer meines finsteren Gesichts zerschellte. Hart und verschlossen blickte ich sie an wie an meinen bösesten Tagen.
Sie ließ sich nicht aus der Fassung bringen. Gefügig griff sie nach ihren Handschuhen, unterdrückte einen kleinen Seufzer, rückte den unvermeidlichen Hut zurecht, flüsterte mir »Adieu, auf morgen!« zu – sehr, sehr nahe – und ließ mich allein vor dem Spiegel, ihrer leichtfüßigen Flucht nachzuhorchen . . .
Mach dir nichts vor, Claudine! Solltest du sie wirklich verkennen, den Grund dieser Meditation vor dem Spiegel, die wahre Beschaffenheit der aufkeimenden Gewissensbisse, die sich in deinen Zügen zu malen schienen? Unruhe war es, nichts weiter, Furcht, dieses tabakäugige Antlitz, das deine Freundin liebt, verändert, gealtert, entzaubert zu finden . . .

»Woran denkst du, geliebtes kleines Mädchen?«
Das geliebte kleine Mädchen, in ein rosa Nachthemd eingemummt, hockt im breiten Ehebett, schnitzelt mit Hilfe eines reizenden, mit Elfenbeingriff versehenen Scherchens an den Zehennägeln seines rechten Fußes, geschickt und gedankenverloren, und schweigt.
»Woran denkst du, geliebtes kleines Mädchen?«
Ich hebe mein zerrauftes Haupt und betrachte Renaud, als sähe ich ihn zum erstenmal. Er knüpft bereits seine Krawatte, angekleidet von Kopf bis Fuß.

»Woran du denkst, möchte ich wissen? Seitdem du wach bist, hast du kein Wort mit mir gesprochen, hast dir selbst meine Zärtlichkeit beweisen lassen, ohne darauf zu achten ...«

Stummer Widerspruch Claudines: ich hebe die Hand.

»Zugegeben, ich übertreibe. Aber du warst zerstreut, Claudine ...«

»Sie setzen mich in Erstaunen!«

»Das zu behaupten, ist an mir! Du hast bei diesen Spielen sonst größere Aufmerksamkeit bewiesen ...«

»Das sind keine Spiele.«

»Nenn es Alpträume, wenn du willst. Die Bemerkung bleibt bestehen. Wo irrst du herum, mein Vögelchen?«

»Ich möchte aufs Land fahren«, erwiderte ich nach reiflicher Überlegung.

»Claudine!« seufzt Renaud, »Sieh doch!« Er hebt den Vorhang. Eine Sintflut entströmt den Dachrinnen, badet die Scheiben.

»Der Morgentau hat dich wohl in Stimmung gebracht? Denk nur an die Ströme schmutzigen Wassers, den aufgeweichten Boden, den vollgesogenen Rocksaum, der an den Knöcheln klebt; denk an die eisigen Tropfen, die sich an den Ohrläppchen festsetzen ...«

»Das tue ich. Was wissen Sie von der Schönheit des Landregens! Die Holzschuhe lösen sich klatschend und widerwillig aus ihrem nassen Abdruck, und unter der rauhen, mit Wasserperlen besetzten Wollkapuze lacht man sich ins Fäustchen, wohlgeborgen und fröhlich ... Zugegeben, die Kälte sticht, aber man wärmt seine Schenkel mit zwei Taschen heißer Kastanien, zieht feste Strickhandschuhe an –«

»Verschone mich! Nicht weiter! Beim Gedanken an Wollhandschuhe knirschen meine Zähne ganz von selbst! Wenn du dein Montigny unbedingt wiedersehen willst, wenn es dir tatsächlich so sehr am Herzen liegt, wenn es ein ›letzter Wille‹ ist – nun« (er seufzt), »so werden wir in Gottes Namen hinfahren.«

Nein, das werden wir nicht. Ich sagte wohl, was ich dachte, glaubte zumindest, zu denken, was ich sagte. Aber heute plagt mich kein Heimweh: mein Schweigen ist anderer Art.

Warum also bin ich so still? Weil – weil die Feindseligkeiten eröffnet sind. Rézis verliebte Verräterei hat mich überrumpelt. Ich weiß nicht, was ich tun soll, stehe ratlos da, ohne jeglichen Verteidigungsplan.

Gestern wie täglich erschien ich Punkt fünf bei Rézi. (Zu meiner Freude, zu meiner Wut gehört ihr nun einmal ein gut Teil meines Lebens, ohne daß ich etwas dagegen zu tun vermöchte.) Ich finde sie vor einem Höllenfeuer. Der Schein der Flammen umglüht und umleuchtet sie, gelöste Flechten umzeichnen das Haupt mit rosenfarbenem Licht, die Umrisse der Gestalt scheinen vom Kupfer- und Kirschrot des glühenden Metalls zerfressen und aufgelöst. Sie lächelt mir zu, ohne sich zu erheben, und streckt mir die Arme entgegen, so zärtlich, daß ich erschrecke und es bei einem einzigen, kurzen Kuß bewenden lasse.
»Ganz allein, Rézi?«
»Nein. Sie waren bei mir.«
»Ich? Und wer noch?«
»Niemand. Nur Sie. Sie und ich. Das genügt mir. Ihnen nicht.« Sie seufzt.
»Sie irren, Liebste.«
Sie schüttelt den Kopf, und die weiche Bewegung durchläuft den ganzen Körper, um in den kleinen Füßen zu verzittern, die der niedrige Hocker fast verbirgt. Das süße, verträumte Gesicht, dessen Mundwinkel im grellen Feuerschein nur zwei Schattenflecke sind, ist mir voll zugewandt, aufmerksam und ernst.
Wie! So steht es also mit uns? Und mehr weiß ich nicht zu sagen? Lasse mich überrennen, siegend besiegt, ohne die Dinge vorher beim Namen zu nennen, klar, und deutlich, wie es erwachsenen Menschen geziemt? Rézi ist keine Luce, deren Zärtlichkeitsbedürfnis für die nächsten vierundzwanzig Stunden mit einer Tracht Prügel gestillt werden kann. Ich bin an allem schuld, nur ich . . .
Sie blickt schmerzlich zu mir empor und sagt mit halblauter Stimme: »O Claudine! Warum mißtrauen Sie mir? Setze ich mich dicht neben Sie, erwartet mich unter Ihrem Kleid ein stolzer, lebloser Fuß, der ebensogut einem Fauteuil gehören könnte, und mich in die Schranken weist. Wenn Sie wüßten, wie tief mich diese Abwehr verletzt! Wie unrecht Sie mir tun! Hat sich mein Mund auf Ihrem Antlitz je eines dieser freiwilligen Irrtümer schuldig gemacht, deren man nachher die Eile, die Dunkelheit bezichtigt? Sie behandeln mich wie eine . . . Kranke, eine . . . Professionelle, deren Hände und Haltung der Überwachung bedürfen . . .«
Sie verstummt, wartet ab. Ich schweige. Sie spricht weiter, drängender, zärtlicher:
»Liebste, geliebteste Claudine, ausgerechnet Sie, die Feinner-

vige, Kluge, ausgerechnet Sie wollen der Zärtlichkeit so lächerliche Schranken setzen?«
»Lächerliche –«
»Jawohl, ein anderes Wort gibt es nicht. ›Meine Freundin darf mich nur hier und dort küssen, Meine Geliebte überall‹.«
»Rézi –«
Sie fällt mir ins Wort:
»Oh, fürchten Sie nichts! Ich habe verallgemeinert. Zwischen uns ist nichts davon. Aber ich wäre so glücklich, Liebste, so glücklich, wenn Sie endlich aufhören wollten, Ihre ganze Vorsicht gegen mich zu wappnen! Ich verdiene es nicht um Sie, und es bekümmert mich.« Und sie fügt in flehendem Ton hinzu, dicht vor mir stehend (wie ist sie nur nähergekommen? Ich habe keine Bewegung bemerkt): »Sprechen Sie offen: was stört Sie an meiner Zärtlichkeit? Was erregt Ihren Argwohn?«
»Ihre Gedanken«, erwidere ich leise.
Sie steht so nahe, daß die Wärme ihrer Haut auf meine Wange zurückstrahlt, und murmelt:
»Verzeihen Sie einer Liebe, deren Gewalt sich nicht verhehlen läßt . . .«
Sie scheint fügsam. Hat sie's aufgegeben? Ich droßle meinen fliegenden Atem – nein, sie darf meine Erregung nicht ahnen –, der mir ihren Geruch zuträgt, den Duft nach erhitzter Seide, Lilien und etwas Süßem, Scharfem: sie hat den Arm gehoben, die Goldlast zu glätten, die auf ihrem Nacken ruht . . . Wer rettet mich vor dem Taumel, der mich bedroht? Wie soll ich mir helfen? Durch plumpe Ablenkungsmanöver? Nein, dagegen wehrt sich mein Stolz. Rézi seufzt, dehnt sich, wiegend-wogend wie eine Rheintochter, scheint plötzlich zu erwachen – und ich sehe ihren Gatten im Türrahmen stehen. Er ist nach seiner üblichen Art eingetreten: indiskret und leise.
»Wie! Noch kein Licht, meine Liebe?«
Er reicht mir die Hand.
»Oh, läuten Sie nicht!« bitte ich, ohne Rézis Antwort abzuwarten. »Die Dämmerung ist mir die liebste Stunde –«
»So zwielichtig, nicht wahr?« sagt dieser unerträgliche Mensch mit leiser Stimme.
Rézi, in hartnäckiges Schweigen versunken, verfolgt ihren Gatten mit Blicken schwarzen Grolls. Er geht auf und ab, langsam und unerbittlich, überschreitet die Schwelle des Salons, dessen Türe offensteht, versinkt im Dunkel des Nebenzimmers, ohne seinen Spaziergang zu unterbrechen, kommt wieder zurück, in

gleichem, regelmäßigem Schritt, bis das Kaminfeuer sein hartes Gesicht, seine glanzlosen Augen von unten her beleuchtet. In meiner nächsten Nähe angelangt, macht er kehrt und entfernt sich von neuem.
Ich bleibe sitzen, ratlos, unentschlossen.
Plötzlich wandelt sich Rézis Blick, wird teuflisch: ein lautloser, wohlberechneter Schwung der Hüfte, und schon knechten mich zwei unsagbar weiche Lippen, schon zwingt ein Arm meinen Nacken. Wie Sterne stehen ihre weit offenen Augen über den meinen, horchen dem Schritt nach, der sich wieder entfernt, während ihre Hand dem gespenstischen Militärmarsch des Gatten lautlos den Takt schlägt und ihr zitternder Mund das Pochen meines Herzens zu zählen scheint. Eins, zwei, drei, vier, fünf – wie entzweigeschnitten, zerfällt die Umarmung. Lambrook dreht sich um. Rézi sitzt unbeweglich zu meinen Füßen, versunken in den Anblick des Feuers, als lese sie in den Flammen.
Staunen, Entrüstung, Entsetzen über die Gefahr, der sie sich wissentlich aussetzte, erpressen mir einen stammelnden Seufzer, einen leisen Schrei . . .
»Wie sagten Sie, Madame?«
»So werfen Sie mich doch hinaus, Monsieur! Es ist entsetzlich spät . . . Renaud hat sicher schon die Abgängigkeitsanzeige erstattet!«
Er lächelt.
»Wollen Sie mir die schmeichelhafte Gewißheit rauben, daß er Sie zuallererst hier suchen wird?«
Dieser Mensch ist unerträglich.
»Adieu . . . Rézi.«
»Auf morgen, Liebste?«
»Auf morgen.«
Darum ist Claudine heute so einsilbig, darum feilt sie ihre Zehennägel, bedachtsam, stumm und gedankenverloren.
Feige, feige Rézi! Meine Verschwiegenheit so gemein zu mißbrauchen! Die Präzision ihrer Bewegung, die unvergeßliche Süße des gefährlichen Kusses – all dieses Gestern schlägt mit drückender Schwere über mir zusammen. Und Renaud glaubt mich traurig . . . So wird er denn niemals verstehen, daß mir Begierde, Wollust, bewußte Nähe brennenden Bedauerns stets grau erscheinen, düster und drohend?
Falsche, lügnerische Rézi! Noch höre ich deine demütig-überzeugende Stimme, dein Klagen über unverdienten Verdacht, zwei Minuten, ehe mich dein Kuß überfiel! Lügnerin!

Doch im Grunde meines Herzens, das weiß ich genau, spricht die Jäheit ihres Angriffs zu ihren Gunsten. Dieselbe Rézi, die mich beschuldigte, wenn nicht ihre Begierde, so ihre Zurückhaltung zu mißdeuten, stand nicht an, meinen Zorn in Kauf zu nehmen und die brutale Eifersucht dieses hohlen Ungetüms ...
Was liebt sie mehr? Die Gefahr oder mich?
Vielleicht mich? Noch sehe ich das triebhafte Zucken der Hüften, die Gebärde unstillbaren Dursts, die sie meinem Mund entgegenwarf ... Nein, heute werde ich sie nicht besuchen ...
»Sie gehen aus, Renaud? Nehmen Sie mich mit?«
»Mit Vergnügen, meine Schöne! Rézi ist wohl beschäftigt?«
»Ach was, Rézi! Ich will mit Ihnen ausgehen!«
»Schon zerstritten?«
Ausweichende Geste Claudines. Er fragt nicht weiter. Wir gehen.
Entgegenkommend wie eine liebende Frau erledigt Renaud sämtliche Wege in wahrem Höllentempo, steigt schon eine halbe Stunde später zu mir in den Wagen – einen ausgedienten, aber gutgefederten Fiaker – und führt mich zu Pépette, wo wir Tee trinken, Bischofsbrot essen, Salat- und Heringsandwiches knabbern. Das Lokal ist gut geheizt, gemütlich, und wir sitzen bequem, sagen Dummheiten, als seien wir ein frischgebackenes Ehepaar, bis mich Appetit und Fröhlichkeit verlassen, wie durch Zauberei: ein angebissenes Brötchen hat genügt, mir einen fernen, vergessen geglaubten Vorfall in Erinnerung zu rufen ...
Knappe zwei Monate mag es her sein, daß ich eines Tages bei Rézi, zerstreut oder angegessen, ein Stück Kuchen liegenließ, in das meine Zähne ihre runde Spur gegraben hatten. Ins Gespräch vertieft, entging mir, daß sich Rézis leise, geschickte Hand des schartigen Leckerbissens versichert hatte. Aber plötzlich sah ich sie gierig hineinbeißen, merkte, wie sie mit den Zähnen den Halbmond vergrößerte, den die meinen herausgestanzt hatten. Sie sah sich entdeckt, errötete und sagte: »Wie gefräßig ich bin, nicht wahr?«, im Glauben, durch diese Bemerkung alles zu retten. Warum muß mich diese Erinnerung ausgerechnet jetzt überfallen? Ausgerechnet hier? Rézi! Wenn sie über mein Nichtkommen Schmerz empfände? Wirklichen Schmerz?
»Claudine! He! Claudine!«
»Was ist?«
»Aber, Liebste! Bist du krank? Armes Vögelchen! Warte: nur mehr kurze Zeit, und wir sausen nach Montigny, mit dem ersten warmen Wind, besuchen deinen edlen Vater, Fanchette und Mé-

lie . . . Ich kann dich nicht so verfallen sehen, geliebtes Kind . . .«
Ein suchendes, ungewisses Lächeln dankt meinem Freund, vermag ihn aber nicht zu beruhigen. Wir kehren nach Hause zurück, zu Fuß, durch jenen frischen Dunst, der kaum versiegtem Regen folgt, über fettes, öliges Pflaster, das Menschen und Pferde ausgleiten läßt mit der unbeholfenen Bewegung Trunkener.
Daheim erwartet mich ein Rohrpostbrief.
»Claudine, um alles in der Welt, vergessen Sie! Kommen Sie! Lassen Sie mich erklären, was zu erklären ist . . . Es war Spiel, nichts weiter, ein Schabernack, der unbezwingliche Wunsch, dem Mann, der in unserer nächsten Nähe auf und ab ging, dessen gedämpfter Schritt mich zur Verzweiflung trieb, einen Streich zu spielen . . .«
Wie? Sehe ich recht? Sie wollte nichts anderes, als »dem, der auf und ab ging«, einen Streich spielen? Einen Streich, unter dem beinahe ich gefallen wäre? Oh, ich Esel! Einen Streich? Sie wird schon sehen, ob man mir ungestraft derartige Streiche spielt!
Wut und Zorn nisten sich in mir fest, wogen wie säugende Kätzchen. Ich schmiede wilde Pläne, verwerfe sie wieder . . . Nein, ich will nicht wissen, wieviel Eifersucht, wieviel Enttäuschung in diesem Rasen steckt . . . Renaud überrascht mich, den Rohrpostbrief in der Hand.
»Sieh da! Man drängt? Man droht? Allright! Merk dir, Claudine: der andere muß drängen. Dann läuft die Sache richtig.«
»Sie sind wohl Hellseher!«
Mein Ton ist alles andere denn freundlich. Renaud wittert Sturm, wird sogleich unruhig:
»Komm, Claudine! Was hat's gegeben? Nichts, was du mir erzählen könntest? Ich frage ja nicht nach Einzelheiten . . .«
»Aber nein! Ihre Phantasie ist zu lebhaft . . . Wir haben uns gezankt, das ist alles.«
»Soll ich die Sache in Ordnung bringen?«
Mein armer Großer! Angesichts so armer Güte, so großen Unverstands löst sich meine Verkrampfung. Doch das Lachen, mit dem ich mich in seine Arme werfe, gleicht eher einem Schluchzen.
»Nein, nein! Seien Sie unbesorgt! Morgen werde ich hingehen.«
Ein Schabernack!

Ein Rest von Vernunft hemmt meine Hand, ehe ich die Glocke ziehe. Diese Einsicht kenne ich nur zu gut: es ist die meine. Sie dient lediglich dazu, mir knapp vor der unvermeidlichen Entgleisung das hellsichtige Vergnügen zu bereiten, den Fehler in seiner ganzen Ungeheuerlichkeit zu erkennen. Und schon stürze ich mich hinein, wohlbepackt mit der beruhigenden Last voller Zurechnungsfähigkeit.
»Ist Madame zugegen?«
»Madame ist zwar krank, für Madame jedoch sicherlich zu sprechen.«
Krank! Daß ich nicht lache! So krank kann sie gar nicht sein, daß ich die Worte zurückhielte, die mir auf der Zunge schweben ... Und wenn's ihr auch wehtut ... soll es nur! »Ein Spiel«! Vorwärts, spielen wir!
Eine schneeweiße Rézi empfängt mich: weiß die Wangen, weiß das fließende Crêpe-de-Chine-Gewand. Malvenfarbene Schatten vertiefen das Blau ihrer Augen.
Darauf war ich nicht gefaßt. Ihre Anmut, der Blick, den sie mir zuwirft, bewegen mich seltsam, sprechen zu ihren Gunsten. Ich bleibe stehen:
»Sollten Sie wirklich krank sein, Rézi?«
»Jetzt nicht mehr.«
Ich zucke die Achseln, wegwerfend, unaufrichtig. Aber halt: die Ironie meines Lächelns bringt sie außer sich.
»Sie können lachen? So gehen Sie doch wieder, wenn Sie lachen wollen!«
Solch jähe Heftigkeit raubt mir die Fassung. Ich suche meinen Vorteil wahrzunehmen: »Ah? Ich dachte, Sie fänden Geschmack an Spielen ... liebenswürdigen Streichen ...«
»Oh! Das haben Sie geglaubt? Es ist nicht wahr! Der ganze Brief war erlogen, von A bis Z, aus purer Feigheit ... ich wollte Sie wiedersehen, ich kann ohne Sie nicht mehr leben, aber –«, ihre Glut löst sich in aufkeimenden Tränen, »aber – es war kein Scherz, Claudine!«
Sie wartet, bangt vor meinen Worten, fürchtet mein Schweigen. Oh, sie ahnt nicht, daß alles in mir brodelt ... Die Freude schlägt über mir zusammen, das Glück, geliebt zu werden, es zu wissen und zu hören, die geizige Befriedigung, ein verloren geglaubtes Gut wiederzuerhalten, der siegreiche Stolz, mehr zu sein als ein erregendes Spielzeug ... In diesem Strudel versinkt meine Frauenwürde, ich fühle es wohl ... aber sie liebt mich ... ich kann sie noch länger leiden lassen ...

»Liebste Rézi –«

»Oh, Claudine!«

Sie glaubt sich erhört, springt auf, streckt mir bebend die Arme entgegen. Der gleiche goldene Schein strahlt aus Augen und Haar ... O Gott, warum muß der Anblick dessen, was ich liebe – Schönheit meiner Freundin, Zauber der fresnischen Wälder, Begierde Renauds –, in mir immer denselben brennenden Durst nach Küssen, Zärtlichkeit, bedingungsloser Besitznahme wekken? Habe ich nur eine einzige Art, zu empfinden?

»Liebste Rézi ... Soll ich aus Ihrem Fieber, Ihrer Erregung schließen, daß man Ihnen zum erstenmal widersteht? Allerdings begreife ich bei Ihrem Anblick nur zu gut, daß es Ihnen an entzückten, willfährigen Freundinnen nie fehlte ...«

Ihre lockende Bewegung zerstiebt ins Nichts. Rézi hatte mir die Arme entgegengestreckt, aus engem, endlosem Kleid, dessen Schleppe sie umschmeichelt und im Schatten verschwindet wie das flüchtige Zaubergewand Melusines. Jetzt steht sie unbeweglich, mit herabhängenden Händen, den Blick unverwandt auf mich gerichtet, sucht ihre Waffen zusammen – ich sehe es genau –, rüstet sich, fieberhaft, zornbebend, zum Äußersten entschlossen, und schreitet schließlich zum Angriff.

»Zum erstenmal? O nein! Glauben Sie, ich hätte in acht Jahren ›Eheleben‹ mit diesem hohlen Stein nicht alles versucht, hätte in meinem verzweifelten Sehnen nach Liebe nicht nach dem Schönsten, Süßesten dieser Welt gestrebt – einer liebenden Frau? Vielleicht gilt Ihnen die Neuheit, die Ungeschicklichkeit eines ersten – Fehltritts mehr? Oh, Claudine! Es gibt Besseres ... die Suche, die Wahl ...« Und sie endet, verletzt: »Ich habe Sie gewählt ... Sie haben mich geduldet. Das ist alles ...«

Eine allerletzte Vorsicht nagelt mich fest. Aber noch etwas läßt mich regungslos verharren: das Bedürfnis, sie zu bewundern. Alle Pfeile ihrer Anmut, ihrer Stimme stehen im Dienste der Leidenschaft. Sie sagte wahrheitsgetreu: »Du bist nicht die erste«, weil hier die Wahrheit tiefer trifft als die Lüge. Selbst ihre Aufrichtigkeit ist Berechnung, ich fühle es genau, aber sie liebt mich!

Ich träume von ihr, die mir gegenübersteht, berausche mich an ihrem Anblick. Sie wendet den Hals, und das Bild der wohlbekannten Rézi ersteht vor meinen Augen, der halbnackten Verwandlungskünstlerin ... Ich schauere zusammen. Es wäre ein Gebot der Vorsicht, sie nur mehr angekleidet zu sehen ...

Mein Schweigen zerrt an ihren Nerven. Sie wird unruhig, sucht

mit ihrem Blick das Dämmerlicht zu durchforschen, um in meinen Zügen zu lesen.
»Rézi –«, das Sprechen kostet mich Mühe –, »bitte – lassen wir all das heute ruhen, ja? Lassen wir eine Nacht vergehen, den Morgen kommen, diesen Morgen, der so vieles in anderem Licht erscheinen läßt! Ich bin nicht böse, Rézi – ich wäre auch gestern gekommen, hätte gelacht oder gescholten, wenn ich Sie weniger liebte –«
Ihr hübsches Kinn, von senkrechter Kerbe fast unmerklich geteilt, reckt sich mir entgegen, mit der jähen Bewegung eines lauernden Tiers.
»Lassen Sie mich denken, Rézi, zur Besinnung kommen, ohne mich mit Ihrem ganzen Wesen einzuhüllen, ohne ein solches Netz von Blicken, hartnäckigen Gedanken und ungreifbaren Gebärden über mich zu werfen, die sich nähern, ohne zu berühren . . . Setzen Sie sich hierher, nahe zu mir – legen Sie den Kopf auf meinen Schoß – aber kein Wort – keine Bewegung – wenn Sie sich rühren, gehe ich . . .«
Seufzend tut sie, wie ihr geheißen, bettet das Haupt auf meine Knie und umfaßt meine Taille. Meine Finger – ich vermag ihr Zittern kaum zu meistern – legen ihr Haar in goldene Ringe, deren Glanz allein den Raum erhellt . . . Sie bewegt sich nicht. Doch Duft entsteigt ihrem Nacken, den fiebrigen Wangen entströmt Hitze, an meinen Knien fühle ich die Form ihrer Brüste . . . Oh! Keine Bewegung! Wenn sie mein Gesicht sähe, den Aufruhr meines ganzen Seins . . .
Aber sie wagte keine Bewegung, und noch einmal, noch ein einziges Mal konnte ich sie verlassen, ohne daß es ihr gelungen wäre, mir das Geständnis einer Leidenschaft zu entreißen, die der ihren so ähnlich ist . . .
Die kalte, frische Abendluft beruhigte, so gut es ging, das Toben meiner erregten Sinne. Doch halt – sind nicht dies die Augenblicke, da man berechtigter Selbstachtung Trost und Stärkung abgewinnt? Ja? Nun, meine Selbstachtung ist zwar noch intakt, aber gerade das läßt mich an meinem Verstand zweifeln. Ich komme mir vor wie eine Gans.

Jour bei Renaud. »Nein, wie liebenswürdig Renauds kleine Frau auf einmal wird! Ihre Umfangsformen bessern sich zusehends!« So ähnlich dürften nachher wohl die Stiegenhausgespräche der staunenden Habitués gelautet haben.

Nun, ihr guten Leute, ich muß euch enttäuschen: von Besserung keine Spur. Ich suche Zerstreuung, das ist alles. Nicht euch gilt diese prickelnde Liebenswürdigkeit, diese Fahrigkeit tassenzerschmetternder Hände! Nicht Ihnen dieser lächelnde Diensteifer einer jungen Hebe, betagter Freund griechischer Dichter und russischer Schnäpse! Nicht Ihnen, selbstgefälliger, sozialistisch angehauchter Romancier, das Lächeln über Ihren Vorschlag, ins Haus zu kommen wie die Maniküre, um mir Pierre Leroux vorzulesen; nicht Ihnen, spanischer Bildhauer, die ernste Miene, mit der ich Ihren leidenschaftlichen hispano-französischen Schmähungen zeitgenössischer Kunst lauschte. Meine gespannte Aufmerksamkeit nahm nicht nur Ihre ästhetischen Axiome zur Kenntnis (»Alle Leute mit Talent sein tot die letzte zweihundert Jahr«), sondern auch Rézi, eine Rézi in weißem, eng anliegendem Tuchkleid (ihr Crêpe-de-Chine-Schlafrock hat dieselbe Farbe . . .), die laut und ausgelassen lachte. Verzweifelten Sie nicht an meiner Bekehrung, spanischer Bildhauer, als ich sagte: »Ich habe die Rubens-Bilder gesehen. Na, und? Ein Dreck!« Wie unzulänglich dünkte Sie doch das Wort »Schwein«, wie sehnlich wünschten Sie meinen Tod!

Dessen ungeachtet lebe ich weiter, in beklemmender Hellsichtigkeit. Die Gewalt meiner Anziehungskraft für Rézi, das Gefühl, mich lächerlich zu machen, die Eitelkeit meines Widerstands – alles drängt mich, ein Ende zu machen, ihren Zauber auszuschöpfen, bis er versiegt. Dennoch kämpfe ich, widerstrebe, leiste aktive und passive Resistenz – o trauriges Wortspiel! Ich verharre in meiner Halsstarrigkeit, eigensinnig, bockbeinig, und verachte mich selbst.

Wiederum hat sie der schwatzende Schwall fortgetragen, Männer, die unsere Wohnung als Freistatt des Saufens und Rauchens zu betrachten scheinen, Damen, erhitzt, ja, fast ein wenig berauscht von der Glut überhitzter Öfen und beharrlicher Herren; wiederum ließ ich sie gehen, vom wachsamen Gatten dicht gefolgt, ohne ihr zugeraunt zu haben: »Ich liebe dich! Auf morgen . . .« Ja, sie ging, die Böse, stolz und selbstsicher, drohend und verliebt, als sei sie meiner gewiß, meiner besseren Einsicht spottend . . .

Endlich allein! Wir sehen einander an, müde und abgestumpft, zwei Sieger auf dem Schlachtfeld. Renaud dehnt sich, öffnet ein Fenster und stützt sich auf das Fensterbrett. Ich trete neben ihn. Es verlangt mich danach, den erfrischenden Abendnebel zu trinken, den reinen, vom labenden Hauch des eben versiegten Platz-

regens durchwehten Wind. Sogleich umschlingt mich ein starker, vertrauter Arm, gibt mir das Gefühl wohliger Geborgenheit und weist meinen Gedanken, die irrlichtgleich durcheinanderspuken oder dahinsegeln wie Wolkenfetzen, düster und grau, eine neue, freundlichere Richtung.
Oh, wäre dieser Renaud, der mich um Haupteslänge überragt, noch kräftiger, noch größer! Wäre er ein Riese, in dessen Ärmel ich Zuflucht suchen könnte . . . Wie gern säße ich in der Beuge seines Arms, als wohlgeborgene Tochter oder Gattin, wie gern ließe ich mich, gemütlich im Schatten seines Ohres kauernd, über Wege und Stege, Wälder und Felder tragen, während seine Haare im Sturm ächzen würden wie windgepeitschte Föhren . . .
Renaud – der wirkliche! – macht eine Bewegung. Verscheucht, verängstigt flieht mein Märchen . . .
»Claudine«, fragt seine Stimme, voll und samten wie sein Blick, »zwischen euch scheint ja alles wieder in bester Ordnung?«
»In bester Ordnung . . . ja und nein. Ich lasse mich bitten . . .«
»Schon recht, schon recht!« trällert er, zu mir gewendet. »Ist sie noch immer verrückt nach dir?«
»Ja. Aber ich lasse sie schmachten . . . nach . . . nach meiner Verzeihung. ›Je größer der Schmerz‹ . . .«
»Desto größer die Freude«, singt Renaud mit wohllautendem Bariton. Kein Zweifel, er hat heute seinen musikalischen Tag. «Sie war sehr hübsch vorhin, deine Freundin.«
»Ich habe sie noch nie anders gesehen.«
»Stimmt. Hat sie ein nettes Becken?«
Ich fahre in die Höhe.
»Ein nettes Becken? Woher soll ich das wissen? Glauben Sie, sie empfängt mich in der Badewanne?«
»Gott, ja, das hatte ich eigentlich gedacht.«
Ich zucke die Achseln.
»Renaud, solche Fallen sind Ihrer unwürdig! So viel Loyalität, so viel Liebe können Sie mir wohl zutrauen, um nicht daran zu zweifeln, daß ich – sollte es wirklich dazu kommen – klipp und klar gestehen werde, Rézi weiter gefolgt zu sein, als ich erwartet hätte . . .«
Sein Arm, der noch immer meine Schulter umschlingt, dreht mich sachte zum Licht: »Das heißt also, Claudine . . . das heißt . . .«
Ich durchforsche das Gesicht, das mir aufmerksam zugeneigt ist, und vermag nichts herauszulesen als liebevolle Neugier. Kein Schimmer von Beunruhigung!

». . . daß du ihn näherrücken siehst, den Schicksalstag?«
»Das will ich nicht sagen«, erwidere ich abgewandten Blicks. »Zumindest nicht heute.«
Ich weiche aus, entschlüpfe, zitternd und unstet wie jene rostbraunen flirrenden Falter, deren winzige, phosphoreszierend blaue Augen nachts von Sternblumen und Rosenlorbeerbüschen herableuchten. Fängt man einen, so erstickt und erstirbt der samtene Körper in der hohlen Hand, und man zögert lange, ehe man den kleinen Born wehmütiger Wärme den Fingern entgleiten läßt . . .
Heute abend bin ich nicht mehr mein eigen. Wohl werde ich, wenn mein Gatte will – und er wird wollen –, jene Claudine sein, die ihn stets aufs neue erregt und erschreckt, sich der Liebe entgegenwirft, als sei es das letztemal, um sich dann, zitternd und entkräftet, an seinen Arm zu klammern, schutzsuchend vor selbstbereiteten Gefahren . . .
»Renaud, halten Sie Rézi für lasterhaft?«
Es mag zwei Uhr morgens sein. An Renauds Flanke gedrückt, ruhe ich, von tiefer Nacht umgeben. Er ist seiner Sinne noch nicht mächtig, berauscht, bereit, mich aufs neue in den Strudel hinabzureißen, der mich eben erst freigab. Mein Kopf liegt auf seiner Brust, an meiner Wange hastet sein Herz, unstet und fieberhaft. Langsam gewinne ich das Bewußtsein zurück, zerbrochen und zermalmt, genieße das mähliche Gesunden, das sachte Auftauchen aus glühenden Minuten . . . doch mit der Klarheit kehrt auch mein ständiger Begleiter wieder . . . der Gedanke an Rézi. Ob sie nun, mit ausgestreckten Armen, weiß und endlos in engem, fließendem Gewand, mein Dunkel erhellt, das mir die Müdigkeit mit tausend tanzenden Farbkreisen durchflimmert, ob sie an ihrem Putztisch sitzt, mit hocherhobenen Armen und abgewandtem Gesicht, mir einen Nacken zu zeigen, dessen Weiße bruchlos in das blasse Gold des schimmernden Haaransatzes übergeht, immer, überall verfolgt mich Rézis Bild. Nun, da ich sie nicht vor Augen habe, bin ich ihrer Liebe nicht länger gewiß. Mein Vertrauen zu ihr erlischt mit dem Gefühl quälender Erregung, das ich in ihrer Gegenwart empfinde . . .
»Halten Sie sie für lasterhaft, Renaud?«
»Ich habe dir schon gesagt, mein närrisches kleines Mädchen, daß Madame Lambrook meines Wissens keine Liebhaber hat –«
»Das meine ich nicht. Liebhaber zu haben bedeutet noch lange nicht, lasterhaft zu sein.«

»Ah? Das ist ja interessant! Was verstehst du unter ›Laster‹, wenn ich fragen darf? Homosexualität?«
»Ja und nein Das hängt davon ab, wie man sie betreibt. Aber das meine ich nicht.«
»Ich sehe deiner Definition mit Spannung entgegen und zweifle nicht daran, daß sie sich durch Originalität auszeichnen wird!«
»Da muß ich Sie leider enttäuschen! Die Sache ist ganz alltäglich, ganz gemeinverständlich. Gesetzt den Fall, ich nehme einen Liebhaber –«
»Ich protestiere –«
»Gesetzt den Fall, sage ich –«
»Ein Fall, der dir gleich eine Tracht Prügel eintragen wird –«
»– ich nehme einen Liebhaber, ohne Liebe, lediglich weil ich weiß, daß es von Übel ist; das finde ich lasterhaft. Wenn ich aber einen Liebhaber nehme –«
»Das macht zwei –«
»– weil ich ihn liebe, oder vielleicht nur, weil ich ihn begehre – so halten Sie doch still, Renaud –, so handle ich in gutem Glauben und betrachte mich als anständigstes Wesen unter der Sonne. Zusammenfassend möchte ich daher sagen: Unter Laster verstehe ich das freudlos verübte Böse.«
»Vielleicht reden wir von etwas anderem, ja? Diese ganzen Liebhaber, die du dir da zugelegt hast ... ich muß dich reinigen ...«
»Meinetwegen ...«

Aber dennoch: hätte ich »Freundin« gesagt statt »Liebhaber«, wäre meinem Gatten diese kleine Überlegung recht annehmbar erschienen. Für Renaud ist der Ehebruch eine Frage des Geschlechts.

Ich kenne mich nicht aus. Wo ist die bleiche, leidenschaftliche Freundin geblieben, die mich bebend beschwor, mit tränennassen Wangen ... Die jetzige Rézi ist ganz Vorsicht, ganz Behutsamkeit, wiewohl mir zuweilen scheinen will, als sei ihr offensichtliches Bestreben, mein Mißtrauen einzuschläfern, nicht frei von List und Berechnung ...
Ein Blick, ein einziger feiner Blick gefährlicher Schelmerei, zärtlicher Herausforderung genügte, mir das Rätsel zu lösen. Ich weiß, daß ich sie ... liebe – noch nie empfand ich diePlumpheit dieses unabstufbaren Wortes so schmerzlich –, sie hat entdeckt,

in welche Verwirrung ich gerate, sobald ich mit ihr allein bin. Wie, weiß ich nicht. Vielleicht bei einem der kurzen Begrüßungs- und Abschiedsküsse (sie plötzlich nicht mehr zu küssen, wage ich nicht), da ich ihr Erschauern mehr als einmal im eigenen Körper verzittern fühlte . . . Nun ist sie ihrer Sache gewiß und wartet. Zugegeben, die Taktik ist weder neu noch originell, die Falle plump, alt wie die Liebe selbst. Dennoch zittere ich davor, offenen Auges hineinzustolpern. O berechnende Rézi, zuversichtlich und wissend: deiner Begierde vermochte ich zu trotzen. Aber der meinen?

»Der Rausch, zu lieben, zu begehren, zu vergessen, was man einst liebte, neu zu begehren, neu zu lieben, jünger zu werden in gleichem Maße, als das Gefühl erstarkt – ist das nicht der Sinn des Lebens?«
Nein, nicht Rézi spricht so, noch ich – sondern Marcel! Eine neue Leidenschaft gibt seiner matten Schönheit frischen Glanz, läßt ihn auf die blumigsten Redewendungen verfallen und sein irregeleitetes Gefühlsleben zuweilen wahrer Seelengröße ähneln.
In einen tiefen Lehnstuhl geschmiegt, sitzt er mir gegenüber, mit niedergeschlagenen Augen und zusammengepreßten Knien, spricht wie ein Mensch im Fieber und streicht dabei über seine dunklen, durch einen Kreidestrich verlängerten Brauen, mit der krampfhaften Häufigkeit, die das Gebärdenspiel Irrer kennzeichnet.
Er liebt mich nicht sonderlich, das ist mir bekannt. Dennoch bin ich seine Vertraute – vielleicht, weil ich ihn um seiner eigenartigen Liebschaften willen nie verhöhne.
Heute lausche ich ernsthafter denn sonst, nicht ohne eine gewisse Verwirrung.
»Der Rausch, zu lieben, zu begehren, zu vergessen, was man liebte –«
»Warum vergessen, Marcel?«
Er schiebt den Unterkiefer vor, suchend, unschlüssig.
»Warum? Ich weiß nicht. Ich vergesse ganz von selbst. Vor dem Heute wird das Gestern blaß und nebelhaft.«
»Ich beschlösse das Gestern und seine getrockneten Blumen lieber im duftenden Schrein meiner Erinnerung«, erwidere ich und merke zu meinem Erstaunen, daß ich fast unwissentlich in die geschraubte, metaphergespickte Redeweise meines Stiefsohns verfallen bin.

Marcel winkt ab.
»Das sei Ihnen unbenommen. Aber erzählen Sie mir lieber von Ihrem Heute und dessen sinnlich-wienerischem Charme.«
Ich runzle die Brauen, senke drohend das Haupt und frage scharf:
»Klatschgeschichten? Schon?«
»Nein. Sechster Sinn. Sie wissen ja – Übung . . .! Aber eins muß ich sagen: Sie haben eine Vorliebe für Blondinen!«
»Von wannen die Mehrzahl?«
»Ach, tun Sie nicht so! Augenblick ist Rézi zwar die große Mode, aber ich erinnere mich einer Zeit, da ich Ihnen durchaus nicht mißfiel!«
Diese Frechheit! Doch er irrt. Seine Koketterie geht mit ihm durch. Vor einem Jahr hätte ich ihn geohrfeigt. Heute weiß ich nicht mehr, ob ich besser bin als er. Gleichviel! Ich neige mich nahe zu ihm, hefte den Blick forschend auf seine schlaffen Lider, seine zarten Schläfen, deren spätere Runzeln und Falten man jetzt schon vorausahnen kann, und erkläre nach eingehender Betrachtung, nicht ohne giftiges Vergnügen:
»Sie, Marcel, werden mit dreißig aussehen wie ein altes Weib!«
Er hat's gemerkt! Man merkt es also? Zwar gehe ich nicht fehl, wenn ich Marcel auf diesem Gebiet einen besonders stark entwickelten Spezial-Instinkt zuerkenne – aber das vermag mich nicht zu beruhigen. Und eine leidenschaftliche, fatalistische Stimme raunt mir zu: »Wenn es schon danach aussieht – dann wenigstens mit Recht!«
Doch das ist leicht gesagt. Rézi macht mir zwar weiterhin den Hof, umstrickt mich mit ihrer Anmut, ihren Blicken, ihrer bloßen Gegenwart, verhält sich aber völlig passiv. Sie schärft ihre Schönheit vor meinen Augen wie eine tödliche Waffe, höhnt mich mit ihrer Anmut und legt bei all diesen Spielen eine lausbübische Kühnheit an den Tag, deren Loyalität ich anerkennen muß.
»Was sagen Sie zu meinem neuen Lack, Claudine?« Sie zeigt ihre Fingernägel: »Sehen Sie nicht aus wie Spiegelchen?«
Der schlanke Fuß entfährt dem Pantoffel, keck und bloß – an den weißen Zehen schimmert das köstlich-künstliche Rosa der schöngeformten Nägel – und verschwindet gerade in dem Augenblick, da ich ihn vielleicht ergriffen und geküßt hätte.
Oder die Versuchung des Haars: lässig betraut mich Rézi mit der Aufgabe, sie zu frisieren. Ich mache meine Sache ausgezeichnet, besonders zu Beginn, glätte den duftigen Goldstoff, der sich an

mein Kleid heftet, schimmernd und elektrizitätsgeladen, strähle ihn mit dem Schildpattkamm, daß er knistert wie brennendes Heidekraut, und lasse die gelöste Garbe feig im Stich, benommen und berauscht von ihrem Zauberduft. Dann ist Rézi ungeduldig – oder gibt vor, es zu sein.

Galadiner bei Lambrooks. Fünfzehn Personen, samt und sonders mit der anstrengenden Zerlegung eines Hummers à l'américaine beschäftigt. Benützte die Unbesonnene nicht diese Gelegenheit, mir in aller Öffentlichkeit einen Kuß zuzulächeln, einen stummen, vollkommenen Kuß . . . geschlossene, dann halbgeöffnete Lippen . . . herrischer, dann verschleierter Blick aus graugrünen Augen . . .

Ich zitterte, daß man sie sehen könnte – mehr aber, sie gesehen zu haben.

Zuweilen gerät sie bei diesem aufreibenden Spiel selbst in Verlegenheit, wie heute morgen, zum Beispiel:

Nur mit Korsett und wogendem Unterrock bekleidet, drehte und wendete sie sich vor dem Spiegel, eifrig bemüht, die Bewegungen jener pseudospanischen Montmartre-Tänzerinnen nachzuahmen, deren geschmeidiger Nacken das Kreuz zu berühren vermag.

»Können Sie das, Claudine?«

»Ja. Und besser als Sie.«

»Das bezweifle ich nicht, Liebste. Sie sind biegsam und hart wie eine Damaszenerklinge . . . Oh!«

»Was haben Sie?«

»Kann's jetzt schon Mücken geben? Bitte, bitte, sehen Sie nach! Meine arme weiße Haut . . . Und dabei wollte ich mich dekolletieren!«

Sie verrenkt den Hals, auf der Suche nach einem (imaginären?) Mückenstich. Ich trete näher.

»Da . . . da . . . gerade über dem Schulterblatt . . . höher, ja . . . Etwas hat mich gestochen . . . Was sehen Sie?«

Was ich sehe? Einen vollendet schönen Schulterbogen, Rézis Profil, ängstlich-besorgt, eine junge, entblößte Brust, deren auseinanderstehende Rundung gut auf einen der vorwitzigen, frivolen Kupferstiche des vorigen Jahrhunderts passen würde – all das sehe ich aus nächster Nähe – ich brauche nur die Hand auszustrecken – abgestumpft und stumm, fühllos für den verzehrenden Blick, den meine Freundin auf mich heftet. Endlich erreicht mich sein stummes Rufen; ich sehe sie an, wende mich aber sogleich wieder der einzigartigen Weiße dieser makellosen Haut

zu, deren schimmernde Glätte nur an den Brustspitzen in Rosa übergeht, dasselbe künstlich-helle Rosa, das von ihren Zehennägeln leuchtet . . .
Sieghaft sieht sie meinen Blick abirren: nun aber, da er sein Ziel gefunden hat, durchdringend und unbeirrt, gerät sie außer Fassung, ihre Wimpern schlagen wie Wespenflügel, die unsteten Augen erblauen, und sie murmelt, nicht minder verwirrt als ich: »Genug . . . danke . . .«

»Danke . . .« Dieses gehauchte Wort, das der Wollust Kinderei gesellt, beschleunigt meinen Untergang mehr als die zärtlichste Liebkosung.

»Wieso kommst du erst jetzt, kleines Mädchen? Ausgerechnet heute, wo wir endlich einmal allein sind! Komm schnell, du bist sehr hüsch, geh nicht erst in dein Zimmer, unter dem Vorwand, dich kämmen zu müssen . . . sonst haben wir um Mitternacht noch nicht gegessen . . . Vorwärts, setz dich, mein schönes Kind! Ich habe deine Leibspeise bestellt, die miserablen Eierfrüchte mit Parmesan, die dich unbegreiflicherweise so sehr begeistern . . .«
»Ja.«
Ich höre, verstehe aber nicht. Renaud nimmt mir den Hut ab. Ich presse die Fäuste an die glühenden Wangen und lasse mich in den Ledersessel fallen, meinem Gatten gegenüber, im warmen, gedämpften Licht der Tischlampe.
»Keine Suppe?«
Ich rümpfe die Nase.
»Dann unterhalt mich bis zum nächsten Gang . . . Woher kommst du denn, mit dieser schlafwandlerischen Miene und den mühlradgroßen Augen? Von Rézi, natürlich!«
»Ja . . .«
»Nicht wahr, Claudine – ich bin kein allzu eifersüchtiger Gatte?«

O Gott! Nicht eifersüchtig genug! Das sollte ich eigentlich erwidern, aber mir fehlt der Mut. Aus dem dunklen, vom lichten Schnurrbart erhellten Gesicht, das ein weiches Lächeln sänftigt und verschönt, leuchtet mir so viel väterliche Zärtlichkeit entgegen, daß ich den Vorwurf nicht auszusprechen vermag, der mir auf der Zunge schwebt.
Meine rastlosen Hände zu beschäftigen, breche ich Brot zu

Goldkrumen; doch kaum führe ich sie zum Mund, versagt meine Hand. Der Duft, der ihr anhaftet, läßt mich erbleichen.
»Bist du krank, Kleines?« fragt Renaud, zärtlich besorgt, und wirft schon die Serviette auf den Tisch ...
»Nein, nein! Nur müde ... und durstig ... sehr durstig ...«
Er läutet und verlangt den prickelnden Wein, den ich liebe, jenen Asti, den ich niemals trinke, ohne zu lächeln ... Doch heute bin ich berauscht, noch ehe ich das Glas an die Lippen führe ...
Ja, ja ja! Ich war bei Rézi, ich komme von ihr. Am liebsten würde ich mich dehnen und strecken, bis die Arme aus den Gelenken sprängen, den schmerzhaften Druck zu lindern, der meinen Nacken steift.
Wie täglich, ging ich um fünf zu ihr. Zu dieser Stunde erwartet sie mich unweigerlich, erscheine ich unfehlbar, in täglich neuem, stummem Einverständnis.
Ich gehe zu Fuß, eiligen Schritts, sehe die Tage länger werden, den sauberen, vom launenhaften Märzregen gewaschenen Gehsteig, die kleinen, mit Primeln aus Nizza beladenen Blumenkarren, deren fürwitziger Frühlingshauch die Luft durchzieht, berauschend und frivol.
Auf diesem kurzen Weg verfolge ich jetzt die wechselnde Zeit, ich, dieselbe Claudine, die dem ersten grünen Tisch entgegenfieberte, dem Licht der weißen, blaugeäderten Anemonen, der pelzigen, honigduftenden Palmkätzchen. Du bist gefangen, Tier des Waldes, und deine Falle ist dir teuer.
Heute wie täglich erwartet mich Rézi in ihrem weiß-grünen Zimmer (crèmefarbenes Bett, tiefe Fauteuils – spätes Louis XV –, deren mandelfarbene Damastbespannung weiße Bouquets und kleine Maschen zieren). Die sanfte Tönung des Raums läßt Haar und Teint meiner Freundin besonders hell erstrahlen.
Heute jedoch ... »Wie dunkel, Rézi! Und kein Licht im Vorzimmer! Sprechen Sie, damit ich Sie wenigstens höre!«
»Ja, lustig, nicht wahr?« Ihre Stimme, leise und schmollend, kommt aus einem jener tiefen, zweideutigen Sessel, die für zwei Personen zu schmal, für eine zu breit sind ...
»Stromstörung! Angeblich ist vor morgen früh an Reparatur nicht zu denken! Das Stubenmädchen wollte schon Kerzen in meine Toilettenflakons stecken ...«
»Nun ... Das wäre doch gar nicht so übel?!«
»Besten Dank! Sie ergreifen immer Partei gegen mich! Kerzen! Wie in einer Aufbahrungshalle! Und statt mich zu trösten, Lieb-

ste, lachen Sie sich eins, ich höre es ganz deutlich! Kommen Sie zu mir in den großen Fauteuil, Claudine, Liebste . . .«
Ohne zu zögern, setze ich mich neben sie, schlinge den Arm um ihre Mitte, fühle ihren warmen Körper durch das weite, fließende Gewand. Ihr Duft steigt mir entgegen . . .
»Sie gleichen der Tabakblüte, Rézi, die ihren Wohlgeruch erst bei Nacht verströmt . . . Kaum wird es dunkel, atmet man nichts anderes mehr . . . Ihr Duft beschämt die Rosen . . .«
»Wirklich? Ich dufte erst im Dunkeln?«
Ihr Kopf sinkt auf meine Schulter; ich halte ihre lebendige Wärme, halte sie wie einen gefangenen Vogel, höre mich mit fremder, tonloser Stimme fragen:
»Wo ist Ihr Mann? Wird er plötzlich aus dem Dunkel tauchen wie ein anglo-indischer Satan?«
»Nein«, erwidert sie kaum hörbar. »Er führt Landsleute spazieren.«
»Inder?«
»Engländer.«
Wir wissen kaum, was wir sagen. Nacht hüllt uns ein. Ich wage weder den Griff meiner Arme zu lockern, noch will ich es.
»Ich liebe Sie, Claudine –«
»Warum es aussprechen . . .«
»Warum es verschweigen? Um Ihretwillen verzichte ich auf alles, selbst auf flüchtige Liebschaften, diesen einzigen Trost meines jämmerlichen Daseins . . . Bin ich nicht, Ihnen zu Gefallen, passiv bis zur Selbstaufgabe, fügsam unter Qualen . . .«
»Unter Qualen . . . oh, Rézi . . .«
»Ich übertreibe nicht. Ohne Hoffnung lieben und begehren, ist qualvoll. Das wissen Sie.«
(Ja, ich weiß es . . . und wie gut! Ist's nicht diese sinnlose Pein, an der ich mich weide?)
Mit fast unmerklicher Bewegung hat sie sich mir genähert, schmiegt sich eng an mich, von Knie bis Schulter. Ich habe ihr Näherkommen kaum gefühlt. Es ist, als hätte sie sich in ihrem Kleid gedreht.
»Sprechen Sie nicht weiter, Rézi . . . Meine Glieder sind schwer von Müdigkeit und Behagen . . . Ich kann mich kaum rühren . . . Zwingen Sie mich nicht, aufzustehen . . . Denken Sie, es sei Nacht . . . Vielleicht reisen wir . . . Fühlen Sie den Wind in Ihrem Haar . . .? Neigen Sie sich . . . dieser Zweig könnte Ihre Stirn besprengen . . . Drücken Sie sich an mich, Achtung . . . in den tiefen Furchen steht das Wasser, spritzt hoch auf . . .«

Ihr ganzer geschmeidiger Körper folgt meinem Spiel mit verräterischer Willfährigkeit, und ihr Haupt, das noch immer an meiner Schulter ruht, liebkost mich mit weichen, duftenden Flechten. Sie streifen mein Gesicht wie die Zweige, die mein unruhvoller, nach Zerstreuung suchender Geist erfand ...
»Ich fahre«, murmelt sie.
»Ja ... aber kommen wir ans Ziel?«
Ihre kleinen kraftvollen Hände ergreifen meine freie Linke und drücken sie:
»Ja, Claudine ...«
»Wohin?«
»Neigen Sie sich zu mir ... ich will es Ihnen sagen, ganz leise ...«

Ich gehorche – oh, wie vertrauensselig – und finde ihren Mund. Ich lausche ihm, lausche ihm lange, lange Zeit ... sie hat nicht gelogen, wir sind am Ziel. Meine Hast gleich der ihren, zwingt und besiegt sie. Meines innersten Wesens plötzlich gewahr, entwinde ich mich Rézis zärtlichen Händen. Sie versteht, bebt, kämpft einen kurzen Augenblick und verharrt regungslos, mit herabhängenden Armen ...
Ein Haustor fällt ins Schloß. Das dumpfe Geräusch läßt mich auffahren. Kaum erkenne ich Rézi, die vor mir sitzt – ein nebelhafter weißer Fleck –, die heißen Lippen an mein Handgelenk gedrückt. Ich schlinge den Arm um ihre Mitte, richte sie auf, presse sie an mich, neige und beuge sie, küsse ihre Augen, ihr wirres Haar, ihren feuchten Nacken ...
»Morgen ...«
»Morgen ... ich liebe dich ...«

... Ich entfliehe; es saust in meinen Ohren. Noch glauben meine Finger die störende Rauheit der Klöppelspitzen, die Glätte eines gelösten Bands zu spüren, noch fühlen sie die samtene Weichheit einer Haut, die auf der ganzen Welt nicht ihresgleichen hat. Die kalte Abendluft tut weh: sie zerreißt den Duftschleier, mit dem Rézi mich einhüllte ...

»Claudine, wenn dich selbst Melanzani mit Parmesan gleichgültig finden, weiß ich, woran ich mich zu halten habe ...«
Ich fahre auf, komme zurück, von weit, weit her. Renaud hat recht. Ich esse nichts. Aber ich bin so durstig.
»Willst du mir wirklich nichts sagen, Liebste?«

Dieser Mann ist einzig in seiner Art! Seine Beharrlichkeit quält mich.
»Renaud ... seien Sie nicht lästig ... ich bin müde, nervös, verlegen ... Lassen Sie die Nacht vorübergehen und bilden Sie sich nicht weiß Gott was alles sein ...«
Er schweigt. Sein Blick jedoch wendet sich kaum vom Zifferblatt der Pendeluhr, und er erhebt sich Punkt halb elf unter dem fadenscheinigen Vorwand ebenso plötzlichen wie unglaubwürdigen Schlafbedürfnisses. Wir liegen in unserem geräumigen Bett und schon sucht er in meinen Haaren, auf meinen Händen und meinem Mund die Wahrheit, die ich ihm verschweige ...

»Morgen!« flehte Rézi.
»Morgen ...«, gewährte ich. O Gott: dieses Morgen will nicht kommen. Am frühen Nachmittag schon lief ich zu ihr, eines längeren, bewußteren Glücks bewußt. Es sollte mir Rézi im Tageslicht zeigen, eine bezaubernde, besiegte Rézi.
Ich hatte die Rechnung ohne ihren Mann gemacht. Zweimal störte uns dieser Elende, zweimal ließ sein jäher Eintritt unsere gierigen, ängstlichen Hände auseinanderfahren, zweimal blickten wir uns an, sie den Tränen nahe, ich so wütend, daß ich beim drittenmal meine ganze Energie aufbieten mußte, diesem höflich-steifen, argwöhnischen Mann nicht mein Orangeadeglas an den Kopf zu werfen ... Nein, dieses zitternde »Adieu!«, diese verstohlenen Küsse, diese heimlichen Berührungen bebender Finger genügen uns jetzt nicht mehr ...
Was tun?
Ratlos gehe ich nach Hause, schmiede unmögliche Pläne, verwerfe sie sogleich. Nichts. Keine Lösung.
Wieder gehe ich zu Rézi, ihr meine Ohnmacht zu gestehen, sie zu sehen, zu atmen.
Sie eilt mir entgegen, bebend, erwartungsvoll. Oh, ich weiß nur zu gut, wie ihr zumute ist.
»Nun, Liebste?«
»Nichts. Ich habe nichts gefunden. Sind Sie mir böse?«
Ihr Blick zeichnet den Bogen meines Mundes nach, zärtlich und liebkosend, ihre zitternden Lippen öffnen sich ... Die Gewalt des Verlangens, das aus ihren Zügen spricht, läßt mich erbeben. Soll ich sie hier packen, hier, in diesem nichtssagenden gutbürgerlichen Salon, und mit meinen Küssen ersticken?
Sie errät meine Gedanken, weicht einen Schritt zurück, zeigt auf die Türe und flüstert ein hastiges »Nein!«

»Wo denn, Rézi? Bei mir?«
»Wenn Sie wollen ...«
Ich lächle, um gleich darauf den Kopf zu schütteln. »Nein! Es läutet fortwährend ... Renaud kann jeden Augenblick hereinkommen ... Türen werden zugeschlagen ... Oh! Nein!«
Sie ringt die weißen Hände, in verzweifelter Ungeduld.
»Nie wieder, also? Nie wieder? Glauben Sie, ich kann einen Monat von der Erinnerung an gestern leben?« Und sie fügt hinzu, abgewandten Blicks: »Ich dürste nach Ihnen, Claudine ... Wenn Sie diesen Durst nicht stillen können, Tag für Tag, wäre es besser, Sie hätten niemals ...«
Zärtlich schmollend, läßt sie sich in den großen Fauteuil sinken – denselben! –, und wenn sie heute auch kein Hausgewand trägt (ein enges Wollkleid, blond wie ihr Haar, umspannt die zarten Glieder), so erkenne ich dennoch, deutlicher als mir lieb ist, die sanften Rundungen der Hüften, die fliehende Linie der schlanken, von kaum fühlbarem Flaum übersilberten Beine ...
»Oh, Rézi!«
»Was?«
»Wenn wir im Wagen ...«
»Im Wagen! Gerüttel und Gerumpel, Gliederschmerzen, unliebsame Überraschungen – ein neugieriges Gesicht an den Scheiben – ein Pferd stürzt, ein diensteifriger Polizist reißt den Wagenschlag auf, der Kutscher klopft mit dem Peitschenstiel ans Fenster: ›Madame, die Straße ist gesperrt, sollen wir umkehren?‹ Nein, Claudine! Der Wagen ist keine Lösung!«
»Dann machen Sie einen besseren Vorschlag, Liebste! Suchen Sie uns ein Nest! Bis jetzt haben Sie nur Einwände gefunden!«
Das blonde Haupt schnellt empor – nur an Schlangen, von vorwitziger Hand berührt, sah ich bisher eine ähnliche Jäheit der Bewegung –, und ihr Blick, von Vorwurf und Tränen schwer, trifft mich wie ein Pfeil.
»Das ist Ihre Liebe? Sie würden sich mehr Mühe geben, liebten Sie mich, wie ich Sie liebe!«
Ich zucke die Achseln.
»Sie sehen ja überall Hindernisse! Der bloße Gedanke an den Wagen lähmt Sie, Ihr Salon ist voll ehelicher Fallstricke ... Sollen wir vielleicht die Samstagzeitung nach einem Stundenhotel absuchen?«
»Sofort«, seufzt sie treuherzig, »aber diese Lokalitäten werden von der Polizei überwacht, das ... hat man mir erzählt.«

»Die Polizei ist mir egal.«
»Ihnen schon, das glaub' ich gern . . . Mit einem Mann wie dem Ihren . . . Claudine«, unterbricht sie sich plötzlich mit veränderter Stimme, spricht langsam, überlegend: »Renaud ist der einzige, der uns helfen kann . . .«
Ich sehe sie an, in sprachloser Betroffenheit.
»Ja, Claudine . . . von ihm hängt alles ab! Von ihm und von Ihnen . . .«
Sie streckt mir die Arme entgegen, lockt mit der ganzen Zärtlichkeit ihres hübschen, unerforschlichen Gesichts.
»Unsere Ruhe . . . unser Glück . . . nennen Sie's wie Sie wollen, Liebste! Aber verstehen Sie, daß ich nicht länger warten kann, jetzt, da ich Ihre ganze Macht gefühlt habe, da ich Ihrer bin mit Haut und Haar, meiner ganzen Leidenschaft, meiner ganzen Angst!«
Ich gleite in ihre Arme, suche ihren Mund, bereit, mich mit den störenden Kleidern abzufinden, unser Glück durch Übereilung zu zerstören . . .
Sie entringt sich meinen Händen. »Pssst! Draußen geht jemand . . .«
Wie feige sie ist! Werden ihre weißen Wangen nicht noch bleicher? Sie lauscht vorgeneigten Haupts, mit schreckgeweiteten Pupillen . . . Oh, daß doch diesem verdammten Lambrook der legendäre Ziegelstein auf den Kopf fiele!
»Rézi, meine Goldene, warum glauben Sie, daß Renaud . . .«
»Oh! Weil er ein kluger Mann ist und Sie obendrein anbetet. Sie müßten ihm alles . . . fast alles sagen, und ich bin sicher, daß uns seine zärtliche Geschicklichkeit eine sichere Zuflucht fände . . .«
»Seine Eifersucht fürchten Sie nicht?«
»Nein . . .«
Sieh da . . . dieses wissende Lächeln . . . Warum hemmt sie das blinde Vertrauen, das ihr aus meiner Begierde erwächst, mit einer einzigen zweideutigen Gebärde, einem winzigen Zucken der Mundwinkel? Wie ein Schatten gleitet das Mißtrauen über mich hinweg . . . Doch was verlange ich denn? Gäbe sie mir nur ihre Sinnlichkeit, die zwiefache Süße ihrer Haut und ihrer Stimme, das Gold ihres Haars und die Fessel ihres Mundes – ich wäre überreich beschenkt. Wenn sich auch alles in mir aufbäumt – ich werde Renauds Hilfe erbitten (jetzt noch nicht, zuerst will ich mich selbst umsehen), werde die wilde Scheu niederzwingen, die mir den bloßen Gedanken daran verhaßt macht, werde auf den

zärtlichen Stolz verzichten, den sicheren Hafen unserer Leidenschaft allein ausfindig zu machen . . .

Szenen, Streit, wütende Tränen, zärtliche Versöhnungen, knisternde, spannungsgeladene Stunden, da die Berührung unserer Hände allein uns den Verstand zu rauben droht – das ist die Bilanz der vorigen Woche. Renaud weiß noch nichts – ich bringe es nicht über mich. Und Rézi grollt. Ich habe meinem geliebten Großen nicht einmal gestanden, daß unsere Liebe Formen annimmt, die sich nicht mehr beschreiben lassen . . . Doch er weiß alles, ahnt es in großen Zügen, und diese Gewißheit äußert sich in einer fieberhaften Betriebsamkeit seltsamster Art: welch bizarre, kupplerische Liebe treibt ihn dazu, mich zu Rézi zu schikken, um ihretwillen auf meine Kleidung zu achten, mich zu schmücken, ihr zu gefallen? Wenn ich um vier Uhr mit ungeduldiger Gebärde das Buch weglege, hinter dem sich meine Erwartung verbarg, springt Renaud auf: »Du gehst zu ihr?« »Ja.« Dann lockert er mein Haar mit geschickten Fingern, neigt sich mir zu, meine Seidenmasche neu zu knüpfen, prüft den Sitz meines steifen Krägelchens, tritt hinter mich, darauf zu achten, daß ich den Pelzturban so aufsetze, wie er mich am besten kleidet, hält meine Pelzjacke bereit und legt schließlich – er! – einen Strauß dunkelroter Rosen in meine verdutzten Hände, die Blumen, die meine Freundin liebt. Ich muß gestehen, mir wäre dieser Gedanke nie gekommen.
Zum Schluß ein langer, zärtlicher Kuß:
»Geh nur, mein kleines Mädchen! Mach keine Dummheiten! Sei stolz, sei nicht unterwürfig, laß dich begehren . . .«
»Laß dich begehren . . .« Man begehrt mich, begehrt mich nur zu sehr . . . doch das ist, weiß Gott, kein Erfolg meiner Taktik!

Kommt Rézi zu mir, wächst meine wütende Erregung ins Ungemessene. Wie! Ich habe sie hier, in meinem Zimmer – unserem Zimmer, genauer gesagt, ich teile es ja mit Renaud –, brauchte nur den Schlüssel im Schloß zu drehen, und wir wären allein . . . Doch ich will nicht. Ich fürchte das leise Klopfen des Stubenmädchens (eines schattenhaften Wesens, das mit weichen Händen schlampig näht), ihre geheimnisvolle Stimme durch die verschlossene Tür: »Madames Bluse . . . wegen die Ärmel . . .«, scheue die Durchtriebenheit Ernests, dieses Kammerdieners mit dem Gesicht eines gestrauchelten Priesters. Diese Leute gehören

nicht mir, sind mir feindlich gesinnt, ich bediene mich ihrer mit Maß und Widerwillen. Doch am meisten fürchte ich – wenn ich schon die Wahrheit sagen muß – die Neugier Renauds.
Und darum sehe ich tatenlos zu – wir sitzen in meinem Zimmer –, wie Rézi das ganze Knäuel ihrer Verführungskünste abspult, ihre ganze Palette vorwurfsvoller Mienen an mir versucht.
»Noch immer nichts gefunden, Claudine?«
»Nein.«
»Haben Sie mit Renaud gesprochen?«
»Nein.«
Sie schlägt die Augen nieder:
»Wie grausam ...«
Dieses kaum gehauchte Wort erschüttert meinen Starrsinn. Ich fühle mich weich werden; da ertönt vorsichtiges Klopfen, ich antworte mit einem »Herein«, das an Grobheit nichts zu wünschen übrig läßt, und Renaud tritt ein, gewandt und liebenswürdig.
Nein, ich habe nichts übrig für die bittende Anmut, deren sich Rézi ihm gegenüber befleißigt, noch für seine Art, das, was wir ihm verbergen, aus ihrem Kleid, ihrem Haar, ihrem ganzen Wesen schnuppern zu wollen, als könnte er an ihr die duftende Spur meiner Zärtlichkeiten entdecken ...
Auch heute, vor meinen Augen, küßt er ihre Hände, nur um nachher sagen zu können: »Seit wann haben Sie sich zu Claudines Parfum bekehrt, diesem süßen, dunklen Chypre?«
»Ich?« sagt sie unschuldsvoll, »Sie irren!«
»Ah? Ich dachte ...«
Sein Blick schweift zu mir, wissend und schmeichelnd. Meine ganze Seele bäumt sich auf ... Soll ich mich an seinen Schnurrbart hängen, bis er schreit und mich endlich prügelt? Nein. Ich halte mich zurück, bewahre die verkrampft-korrekte Ruhe des Ehemanns, der zusehen muß, wie man seine Frau bei unschuldigen Spielchen küßt. Außerdem wendet er sich zum Gehen, mit der beleidigt-diskreten Miene eines Chambre-séparée-Kellners.
Ich halte ihn zurück:
»Bleiben Sie doch, Renaud ...«
»Kommt nicht in Frage ...«
»Warum?«
»Weil ich den Wert eines Tête-à-têtes mit dir, mein kleiner Hirt, nur allzugut kenne ...«
Eine gemeine Furcht gießt ihr Gift durch meine Adern: wie, wenn sich Rézi, die wankelmütige Lügnerin, plötzlich in Renaud

verliebte? Gerade heute ist er schön und verführerisch, mit kleinen Füßen und breiten Schultern, in einer langen, gutgeschnittenen Jacke, die ihm bestens steht . . . Rézi! Da sitzt dieser Gegenstand meiner Qual, pelzumhüllt, blond wie der Hafer, ein vorwitziges Fliederhütchen auf dem Kopf . . . Ich fühle Grausamkeit in mir erwachen, erkenne sie wohl: es ist dieselbe, die mich Luce einst kratzen und prügeln ließ . . .
Rézi sieht mich schweigend an, legt all ihre Worte in ihren Blick . . . Ich werde nachgeben . . . gebe nach . . .
»Renaud, Großer, gehen Sie vor dem Nachtmahl aus?«
»Nein, kleines Mädchen. Warum?«
»Ich würde gern mit Ihnen sprechen . . . Sie um etwas bitten . . .«
Rézi schnellt in die Höhe, in fröhlichem Ungestüm, rückt ihr Hütchen zurecht . . . sie hat verstanden.
»Ich laufe . . . nein, ich kann nicht bleiben . . . Aber morgen sehen wir uns ausgiebig, nicht wahr, Claudine? Oh, Renaud! Wie sehr muß man Sie um dieses Kind beneiden!«
Sie geht, umflüstert von ihrem Kleid, zu Renauds fassungslosem Staunen.
»Ist sie verrückt geworden? Was habt ihr denn, ihr beiden?«
Er nimmt mich auf den Schoß. Vielleicht geht's jetzt besser . . .
»Ja . . . also . . . Rézis Mann ist sehr lästig . . .«
»Das glaub' ich! Besonders für sie!«
»Auch für mich!«
»Das sollte mich wundern. Hat er sich am Ende irgend etwas erlaubt?«
»Nein, nein . . . Bleiben Sie ganz ruhig, halten Sie mich fest . . . Nur . . . dieser elende Lambrook läßt uns keine Minute in Frieden . . .«
»Ah . . . Aha . . .«
(Oh! Mein Gatte ist nicht schwer von Begriff, das weiß ich sehr gut!)
»Mein armes Verliebtes! Man plagt euch also, dich und deine Rézi? Was soll ich tun? Du weißt genau, dein alter Mann liebt dich viel zu sehr, als daß er dich um ein wenig Freude brächte . . . Im übrigen ist sie reizend, deine blonde Freundin . . . Und sie liebt dich so sehr . . .«
»Glauben Sie wirklich?«
»Aber sicher! Und eure Schönheit ergänzt sich . . . nicht fürchtet deine Bräune der Weiße hellen Schein . . . was, wenn ich nicht irre, fast von Racine sein könnte . . .«

Seine Arme zittern leicht . . . Ich weiß, woran er denkt. Dennoch löst sich meine Verkrampfung beim Klang seiner Stimme, die so viel echte Zärtlichkeit verströmt . . .
»Was willst du, geliebtes Vögelchen? Soll ich morgen nachmittag das Weite suchen?«
»Nein . . . Oh, nein . . .«
Und ich füge hinzu, nach verlegener Stille:
»Wenn wir . . . woanders . . .«
Er stellt mich zu Boden, erhebt sich schwungvoll und geht mit großen, jugendlichen Schritten auf und ab.
»Woanders . . . laß mich nachdenken . . . Nein, das ist nicht genug . . . Ah! Ich weiß schon das Richtige . . .«
Er kommt zu mir zurück, nimmt mich in die Arme, sucht meine Lippen. Doch ich wende mich ab, in kalter, steifer Verlegenheit.
»Meine Süße, du kriegst deine Rézi, Rézi bekommt ihre Claudine . . . Kümmere dich um nichts . . . ein, zwei Tage Geduld, das ist alles! Das ist doch nicht zuviel verlangt, oder? Komm, küß deinen Großen, der euer Liebesnest bewachen wird, taub und blind . . .!«
Vorfreude, Gewißheit, strahlendes Glück der weißen, duftumspielten Rézi, Erleichterung, des bösen Geheimnisses ledig zu sein . . . All das bewahrte mich nicht vor einem anderen, tieferen Schmerz: O Renaud, Geliebter, wie sehr hätte ich Sie geliebt um eines kurzen, grollenden Nein!

Nacht der Erwartung. Ich hatte gehofft, daß sie glücklich sein würde, durchpulst von süßer Erregung, seligen Wachträumen, die mir eine köstliche, goldbestäubte Rézi zeigen sollte . . . Statt dessen gemahnt sie mich an eine andere Nacht, die letzte in meinem engen Jungmädchenzimmer in der Rue Jacob, die von jugendlicherer, kraftvollerer Erwartung erfüllt war . . . Nun, ähnlich wie ich heute, mag Renaud vor zwei Jahren gefühlt haben . . . Und wenn Rézi enttäuscht wäre? Wenn sie mich nicht schön genug fände? Feurig genug ja, dessen bin ich sicher . . . O ja . . . Der langen Schlaflosigkeit müde, störe ich mit schmalem, kaltem Fuß meines Freundes leichten Schlummer, meinen aufgepeitschten Körper in seinen Arm zu schmiegen und endlich, endlich einzuschlafen.
Wilde Träume hetzen einander, verschlingen sich zu unentwirrbarem Wust. Zuweilen erscheint eine junge, geschmeidige Gestalt wie das Antlitz des Mondes unter vorübereilenden Wolkenfetzen . . . Doch rufe ich »Rézi«, wendet sie sich und zeigt

mir die sanfte, gewölbte Stirn, die samtenen Lider, den weichen, runden Mund der kleinen Hélène (rot wie Blut, weiß wie Schnee, schwarz wie Ebenholz ...) Was hat dieses kaum gesehene, fast vergessene Mädelchen in meinen Träumen zu suchen?

Renaud hat nicht zuviel versprochen. Laut, lebhaft und zärtlich erschien er gestern beim Nachtmahl, küßte mich und verkündete:
»Verständige Rézi! Die junge Hexe wasche sich für den morgigen Sabbat!«
»Morgen? Wo?«
»Ah! Das ist es eben! Rendezvous hier. Ich führe euch hin. Es ist nicht ratsam, daß man euch allein hinaufgehen sieht ...«
Dieses Arrangement dämpft meine Freude merklich. Kann er mir nicht die Adresse geben, den Schlüssel, die Freiheit ...
Rézi erscheint früher als gewöhnlich, rosig und erregt.
»Wollen Sie mit mir kommen?« frage ich mit gezwungener Fröhlichkeit. »Renaud hat uns ein ... ein ... buen retiro gefunden ...«
Ihre Augen tanzen, werden zu Gold.
»Ah ... er weiß also, daß ...«
»Was denn sonst? Wäre es anders möglich gewesen? Sie selbst haben doch vorgeschlagen, ihn einzuweihen, mit einer Hartnäkkigkeit, für die ich Ihnen jetzt danken muß ...«
»Ja ... ja ...«
Ein zärtlich-verschlagener Blick ihrer grauen Augen sucht den meinen, plötzlich beunruhigt, während ihre Hand die durcheinandergeratenen Goldfäden des Nackens zu ordnen sucht, mit kreisender, wohl zwanzigmal begonnener Bewegung ...
»Ich habe Angst, daß Sie mich heute ... dafür nicht genügend lieben, Claudine ...«
Sie steht zu nahe vor mir. Ihr Atem erreicht mich. Das genügt: ich presse die Zähne zusammen, fühle, wie das Blut in meine Ohren steigt ...
»Ich liebe Sie immer genug ... und zu sehr ... und zum Wahnsinn, Rézi ... Und ich hätte gewünscht, daß niemand auf der ganzen Welt die Macht haben sollte, uns einen Nachmittag der Einsamkeit und der Hingabe zu gestatten oder zu verbieten ... Aber wenn ich hinter wohlversperrter Tür einen Augenblick lang glauben darf, daß Sie mir gehören, mir, der ersten, mir, der einzigen, so werde ich nichts bereuen ...«

Sie träumt beim Klang meiner Stimme, vielleicht ohne zuzuhören. Renaud tritt ein. Wir erzittern beide, und Rézis Selbstsicherheit schwindet. Doch Renaud beruhigt sie mit spitzbübisch-verschwörerischem Lächeln, zieht ein Schlüsselchen aus der Westentasche und sagt:
»Wem soll ich ihn geben?«
»Mir!« sage ich gebieterisch und strecke die Hand aus.
»Mir!« schmeichelt Rézi.
»Das muß ich mir gut überlegen«, trällert Renaud. »Zwei Mädchen und ein Schlüssel . . . Was werden die wohl tun?«
Dieser Scherz à la Maugis, vor allem aber das durchdringende Gelächter Rézis, bringt mich an den Rand eines Wutausbruchs. Renaud erhebt sich. Ahnt er etwas?
»Kommt, Kinder: der Wagen wartet.«
Wir steigen ein. Renaud sitzt uns gegenüber, auf dem grausamen Klappsitz, und versucht kaum, seine prickelnde Anteilnahme an dieser Eskapade zu verbergen. Gleiten seine Blicke über Rézi, erbleicht seine Nase und sein Schnurrbart zittert fast unmerklich. Meine Freundin kennt sich nicht aus, versucht, eine Unterhaltung in Gang zu bringen, verstummt und merkt fragenden Blicks meine düstere, wütende Ungeduld . . .
Oh, ich halte es kaum mehr aus. Ich will endlich, endlich kosten, was mir das atemlose Flehen meiner Freundin in der Hitze der letzten Tage verhieß, will diese verhaßte Fahrt zu dritt endlich beendet sehen . . .
Der Wagen bleibt stehen. Rue Goethe? So nahe unserem Heim? Ich hätte geschworen, seit einer halben Stunde zu fahren . . . Nr. 59. Das Treppenhaus ist nicht übel. Stallungen im Hof. Zweiter Stock. Renaud öffnet eine wohlgeölte Türe. Schon im Vorzimmer schlägt uns die matte, schwere Luft stoffbespannter Räume entgegen.
Ich inspiziere den kleinen Salon, ohne übertriebene Sympathie. Die kluge Rézi hingegen (nein, ich will diese Bewegung nicht der Erfahrung zuschreiben!) läuft zum Fenster und besieht die Umgebung, ohne die weißen Tüllvorhänge zu heben. Offensichtlich befriedigt, gesellt sie sich zu mir, den winzigen Salon näher in Augenschein zu nehmen. Hier sammelte der pedantische Geschmack eines Liebhabers spanischen Louis-XIII-Stils vergoldete Skulpturen, schwere, reichverzierte Bilderrahmen, stikkige Samtkissen, sterbende Erlöser, unbequeme Betstühle und eine riesige Glas-Sänfte, auf deren Seitenwänden ein goldgeschnitzter Herbst prangt, mit allem Drum und Dran, Äpfeln,

Birnen und Trauben ... Diese lästerliche Frömmigkeit gefällt mir. Meine Züge heitern sich auf. Ein Durchgang, von einer gerafften Portiere halb verdeckt, gestattet einen Blick auf ein helles Schlafzimmer mit Messingbett und einer hübschen geblümten Chaiselongue ...

Im großen und ganzen ist der erste Eindruck nicht übel.

»Reizend, Renaud«, erklärt Rézi. »Wer wohnt hier?«

»Sie, o Circe! Hier ist der Lichtschalter. Hier Tee, Zitrone, Sandwiches, dunkle Trauben ... hier mein Herz, das allen beiden schlägt ...«

Wie wohl fühlt er sich doch! Wie gern spielt er seine anrüchige Rolle! Seine geschickten Frauenhände rücken die Tassen zurecht, seine blauschwarzen Augen lächeln uns zu. Ich sehe, wie er Rézi eine Traube reicht, die sie kokett beknabbert. Doch warum staune ich über ihn? Hab' ich nicht längst verlernt, über mich selbst zu staunen?

Ich fühle sie an meinem Herzen, an meinem Körper. Ihre kühlen Knie berühren die meinen, die kleinen Nägel ihrer Zehen ritzen mich köstlich. Ihr zerdrücktes Hemd ist nur ein Stück Stoff. Mein gebeugter Arm trägt ihren kostbaren Nacken, ihr Gesicht badet im Meer ihres Haars. Es dämmert. Rézi spricht, und von Zeit zu Zeit gleitet ein Lichtschimmer über ihre weißen Zähne, hell und flink wie ein Silberfisch. Sie redet im fröhlichen Fieber, den nackten Arm emporgestreckt, und zeichnet mit dem Zeigefinger ihre Worte in die Luft. Ich betrachte diesen weißen, geschmeidigen Arm, der meiner süßen Erschlaffung, meiner köstlichen Traurigkeit den Takt zu schlagen scheint ...

Oh, wäre sie doch stumm wie ich, traurig und befangen angesichts der fliehenden Zeit, ließe sie mich zumindest meinem Erinnern ... Sie ist jetzt entzückend hübsch. Vorhin war sie leidenschaftlich schön ...

Bei der ersten Liebkosung wie verwundet, wandte sie mir ein zauberhaftes Tiergesicht zu – tiefe Brauen, mörderische Lippen und einen flehend-rasenden Ausdruck, der zu irrem Gewähren, murmelndem Fordern, einer Art Liebeszorn wurde ... Sie sprach kaum, stieß nur hin und wieder kindliche »Danke«! und langgezogene, mehr geseufzte denn gesprochene »Ah!« der Befriedigung hervor, wie ein durstiges kleines Mädchen, das in einem Zug getrunken hatte ...

Jetzt spricht sie, und ihre geliebte Stimme stört die erlesene

Stunde . . . Sie plaudert ihre Freude wie Renaud . . . Können sie nicht schweigend genießen? In mir ist's düster, düster wie dieses fremde Zimmer . . . Nein, nach der Liebe bin ich keine gute Gefährtin . . .
Mit erneuter Gewalt umschlinge ich den warmen Körper, der sich dem meinen anpaßt, der bebt, wenn ich bebe, diesen schlanken, geliebten Körper, dessen fliehende Zartheit so rundlich ist, daß ich nirgends dem Widerstand festen Gerüsts begegne . . .
»Ah, Claudine, Sie erdrücken mich noch . . . Ja, seine sexuelle Kälte, seine unerträgliche Eifersucht können alles, alles entschuldigen . . .«
Sie spricht von ihrem Mann? Ich höre nicht zu . . . Und warum entschuldigt sie sich? Das Wort ist verfehlt, hat schlechten Beigeschmack . . . Mit einem Kuß hemme ich den Strom der süßen Worte . . . für kurze Zeit . . .
»Sie, Claudine – ich schwöre es Ihnen –, haben mich die Qual des Wartens durchleiden lassen wie niemand sonst . . . Bedenken Sie, Liebste . . . so viele verlorene Wochen . . . Bald ist es Frühling . . . Jeder Tag bringt uns dem Sommer näher, dem trennenden Landaufenthalt . . .«
»Ich verbiete dir, wegzufahren!«
»Ach ja, verbiete mir etwas!« fleht sie mit grenzenloser Zärtlichkeit, dicht an mich geschmiegt. »Schilt mich, aber verlaß mich nicht . . . Ich will niemanden sehen außer dir und Renaud.«
»Ah! Renaud findet Gnade?«
»Ja. Er ist gut, er hat eine Frauenseele, er versteht und schützt unsere Einsamkeit . . . Claudine . . . vor Renaud schäme ich mich nicht einmal . . . ist das nicht seltsam?«
Seltsam, in der Tat. Ich beneide Rézi. Ich schäme mich, bin verlegen, obzwar – verlegen ist nicht das richtige Wort. Ich bin eher . . . eher skandalisiert. Ja. Mein Gatte skandalisiert mich.
»Aber wie auch immer, Liebste . . .«, sagt sie abschließend, auf den Ellbogen gestützt, »was wir drei da erleben, ist kein alltägliches kleines Abenteuer . . .!«
»Kein alltägliches kleines Abenteuer . . .« Schwätzerin! Errät sie nicht, warum ich ihren Mund ein wenig grausam küsse? Ich möchte ihre spitze Zunge mit meinen Zähnen abschneiden. Oh, wie schön wäre es, eine stumme Rézi zu lieben, fügsam und vollendet in kostbarer, von Blicken und Gebärden allein erhellter Stille . . .
Ich versinke in meinem Kuß. Der Atem meiner Freundin fächelt

meine Nasenlöcher . . . Es wird Nacht. Ich halte Rézis Haupt in beiden Händen wie eine Frucht, zerknittere ihr Haar, das so fein ist, daß ich die Tönung der Goldfäden an der Berührung zu erraten vermeine . . .

»Claudine, es ist mindestens sieben!«

Sie springt aus dem Bett, läuft zum Lichtschalter und überschwemmt uns mit Helle.

Ich schmiege mich in die lauen Laken, fröstelnd und einsam, Rézis Wärme zu bewahren, ihren blonden Duft in mich aufzunehmen. Ich habe Zeit. Mein Gatte erwartet mich ohne Unruhe . . . im Gegenteil!

Sie dreht sich ein paarmal um die eigene Achse, geblendet, sucht ihre Kleidungsstücke zusammen, die verstreut auf dem Boden liegen, bückt sich nach einer verlorenen Schildpattnadel, richtet sich wieder auf und verliert dabei das Hemd. Unbeirrt steckt sie ihr Haar zurecht, mit jener anmutigen Behendigkeit, die mich entzückt und erheitert. So helles Gold schäumt in den Höhlen der erhobenen Arme, am Schoß der jugendlichen Gestalt, daß meine Rézi nicht minder nackt wirkt als eine Statue. Doch welche Statue würde es wagen, einen zerbrechlich-zarten Oberkörper mit solch biegsamer Taille, solch fraulichen Hüften zu paaren?

Ernsthaft und wohlfrisiert wie eine Dame der guten Gesellschaft steckt Rézi ihren Frühlingshut fest und betrachtet sich einen Augenblick im Spiegel, lediglich mit einem Fliederbouquet bekleidet. Mein Lachen beflügelt ihre Hast. Schon flattern Hemd, Korsett, durchscheinendes Höschen und morgenrotfarbener Unterrock auf sie nieder, zweifellos von drei Zauberworten herbeigerufen, und eine Minute später steht eine mondäne Rézi vor mir, in Fischotterpelz und elfenbeinfarbenen Sämischhandschuhen, stolz auf ihre taschenspielerische Geschicklichkeit.

»Seitdem das Gold Ihres Körpers dem Licht nicht mehr die Helle streitig macht, ist das Zimmer dunkel, meine Blonde . . . Helfen Sie mir, ich möchte aufstehen . . . Diese Tücher lasten schwer auf mir und ich bin kraftlos . . .«

Kerzengerade aufgerichtet, zerre ich an meinen feuchten Händen, die schmerzende Steife meines Nackens zu lockern, und betrachte mich in dem großen, gut beleuchteten Spiegel, meiner geschmeidigen Größe, meiner knabenhaften, schärfer ausgeprägten Anmut wohlbewußt . . .

Ein schmeichelnder Nacken gleitet unter meinem erhobenen Arm hindurch.

Ich wende den Blick ab. Nein, ich will es nicht sehen, das doppelte, nackt-angezogene Spiegelbild . . .
Ich beeile mich beim Anziehen, von meiner Freundin unterstützt. Sie riecht nach Pelz und Liebe . . .
»Rézi, mein Schatz, versuchen Sie nicht, mir Ihre Schnelligkeit beizubringen! Mit Ihren Feenhänden kann ich's nicht aufnehmen, und es wird immer so wirken, als täte ich alles mit den Füßen! Oh – wir haben nichts gegessen . . .«
»Wir hatten keine Zeit«, sagt Rézi und lächelt mir zu.
»Wenigstens ein paar Trauben? Ich bin so durstig . . .«
»Ja, Trauben . . . Nimm . . .«
Ich trinke sie von ihren Lippen, taumle vor Erschöpfung und Verlangen. Sie entschlüpft meinen Armen.
Das Licht verlöscht. Durch die halb geöffnete Türe dringt die kalte, hallende Kälte des Stiegenhauses. Eine wohlig-warme Rézi reicht mir zum letztenmal ihre Muskateller-Lippen . . . dann die Straße, die anrempelnde Eile der Passanten und, als Folge des hastigen Ankleidens, Schüttelfrost, Kopfschmerz und leichte Übelkeit, als sei ich mitten in der Nacht aufgestanden . . .

»Mein geliebtes Kind, komm, lach mit mir!«
Mit diesen Worten betritt Renaud das Badezimmer, wo ich mit der allmorgendlichen gewissenhaften Striegelung meines kurzen Haars beschäftigt bin, und läßt sich lachend in einen Korbfauteuil fallen.
»Paß auf: eine vertrauenswürdige Person, die sich bereit erklärt hat, für fünfzig Centimes pro Stunde über die Häuslichkeit der Rue Goethe zu wachen, hat mir heute morgen einen Fundgegenstand überreicht (Fundstelle: der Wust der Bettdecken), fein säuberlich in ein Fragment des *Petit Parisien* gewickelt, mit folgenden Worten: ›Monsieurs Kinnbinde . . .‹«
»!!!«
»Du denkst natürlich schon wieder an Unanständigkeiten! Schau her!«
Was er mir zwischen zwei Fingern entgegenhält, ist ein schmales, gefälteltes, mit Mechelner Spitzen besetztes Stück Stoff – ein Träger von Rézis Hemd! Ich habe ihn gestohlen – ich werde ihn behalten.
»Im übrigen verdächtige ich diese Hausmeisterin, unsere beliebtesten Schwankdichter mit Einfällen zu versorgen . . . Gestern abend, gegen sechs Uhr, von der langen Abwesenheit mei-

ner Liebsten ein wenig beunruhigt, erkundigte ich mich nach euch – sehr diskret, versteht sich. Und weißt du, was sie zur Antwort gab, mit respektvoll-tadelnder Stimme? ›Seit fast zwei Stunden warten die beiden Damen auf Monsieur‹!«

»Das heißt?«

»Das heißt, daß ich nicht hinaufging. Gib mir einen Kuß, Claudine, zur Belohnung!«

»Claudines Tagebuch« – verdient es diese Bezeichnung noch? Ich spreche nur von Rézi, vermag von nichts anderem zu sprechen . . . Wo ist sie hin, die flinke Claudine von einst? Sie schwimmt in Rézis Kielwasser, feig, willenlos und traurig. Unsere Zusammenkünfte Rue Goethe – alle drei, vier Tage – sind die einzigen Stützpunkte der träge verrinnenden Zeit. Im übrigen folge ich Renaud durch die Ausübung seiner »gesellschaftlichen Pflichten«: Premieren, Diners, literarische Zirkel. Zuweilen nehme ich meine Freundin, durch Lambrook erschwert, ins Theater mit, im feig befriedigenden Bewußtsein, daß sie mich während dieser drei Stunden zumindest nicht betrügen wird. Ich leide Qualen der Eifersucht, und liebe sie nicht . . .

Nein, ich liebe sie nicht. Aber ich vermag mein Verlangen nach ihr nicht zu meistern. Ich versuche es auch gar nicht. Ist sie aus meinen Augen, kann ich sie mir kalten Bluts von einem Auto überfahren, von der Untergrundbahn zermalmt denken . . . Kaum sage ich mir aber: jetzt reicht sie ihre Lippen einem Mann, oder einer Freundin, mit demselben Flattern der Wimpern, demselben durstigen Zurückwerfen des Kopfs – so schlägt mein Herz schneller und es saust in meinen Ohren . . .

Was hilft's, daß ich sie nicht liebe! Ich leide darum nicht minder. Vollends unerträglich ist mir die Gegenwart Renauds, der so gern den Dritten spielt. Mit dem – sicherlich begründeten – Argument, daß es von Übel wäre, wenn man uns das kleine Appartement allein betreten sähe, verweigert er mir nach wie vor den Schlüssel. Und jedesmal kostet es mich die furchtbare, demütigende Mühe, sagen zu müssen: »Renaud – wir gehen morgen ›hin‹« . . .

Er ist ganz Diensteifer, ganz Zuvorkommenheit, über die »nicht alltägliche« Situation anscheinend nicht minder erfreut als Rézi. Dieses wohlausgeprägte Bedürfnis beider, sich »modern« und lasterhaft zu zeigen, ist mir unverständlich. Wohl tue ich dasselbe wie Rézi – und mehr! –, aber deshalb fühle ich mich nicht verderbt . . .

Augenblicklich sind wir »dort«, alle drei. Renaud säumt, gießt

Tee ein, setzt sich, raucht, plaudert, steht auf, einen Bilderrahmen zurechtzurücken oder im Samt des Betstuhls eine Motte zu fangen ... Mit einem Wort, er gibt unmißverständlich zu verstehen, daheim zu sein. Und da er endlich gehen will, unter dem fadenscheinigen Vorwand plötzlicher Eile und zahlreichen Entschuldigungen, protestiert Rézi. »So bleiben Sie doch noch eine Minute!«

Ich sage kein Wort.

Sie plaudern über meinen Kopf hinweg. Schweigend höre ich Klatsch, mißgünstige Bemerkungen, Witze am Rand des Anstößigen, kaum verhüllte Anspielungen auf das anschließende Tête-à-tête ... Sie lacht, schenkt diesem weitschweifigen Unsinn ihren sanften, kurzsichtigen Blick, die wirbelnde Anmut ihres Nackens und ihrer Taille ... Oh, wenn Sie mir nur glauben wollten, daß mich diese Gespräche verwirren und entrüsten, daß ich nicht minder schamhaft, nicht minder empört bin als ein wohlerzogenes Mädchen beim Anblick obszöner Bilder ... Meine Wollust hat mit Schmusen nichts gemein ...

Später, in dem hellen Zimmer, dessen Duft von Rézis Schwertlilienduft, Claudines starkem, süßem Chypre erfüllt ist, in dem großen, von zwei Frauenkörpern durchdufteten Bett, nehme ich stumme Rache für so viele heimliche, blutende Wunden ... Rézi schmiegt sich an mich in, gottlob, vertrauter Pose, überschüttet mich mit Fragen, will dieses wissen und jenes, ist über die Kürze meiner Antworten ungehalten, forscht weiter und glaubt mir nicht, wenn ich ihr zu versichern suche, daß dies mein erster derartiger »Wahnsinn sei« ...

»Aber Luce?«

»Luce liebte mich.«

»Und ... nichts?«

»Nichts. Sie finden mich wohl lächerlich?«

»Ganz und gar nicht, meine Claudine ...«

Ihre Wange ruht an meiner Brust. Sie scheint in sich hineinzuhorchen. In den grauen Augen spiegeln sich Erinnerungen ... Wenn sie spricht, werde ich sie prügeln wollen, das fühle ich genau ... Dennoch wünschte ich, daß sie spräche ...

»Du hast deine Hochzeit nicht abgewartet, Rézi?«

»Oh, doch!« ruft sie, setzt sich auf und erliegt dem Wunsch, von sich zu erzählen. »Meine ersten Erfahrungen waren lächerlich ... mehr als mittelmäßig ... Meine Gesangsprofessorin, eine gefärbte Blondine mit wassergrünen Augen und Pferdeknochen ... Sie lehrte mich singen und obendrein die ganze Skala der Perversität ... Ich war sehr jung, frisch verheiratet, ängstlich und nur mäßig begeistert ... Nach einem Monat, ja, genau einem Monat, brach ich die Stunden ab, schwer enttäuscht: ich hatte durch den Türspalt beobachtet, wie die englische Musikmeisterin die Köchin in dieselben Künste einzuweihen suchte ...«

Rézi gerät in Bewegung, wogt hin und her, schüttelt das Seidenhaar und belacht ihre eigenen Erinnerungen. Sie hockt im Bett, leicht zurückgeneigt, einen Fuß in der Hand, mit herabgleitendem Hemd, und scheint sich königlich zu unterhalten.

»Weiter, Rézi! Wer kam dann?«

»Dann ... kam ...«

Sie zögert, wirft mir einen schnellen Blick zu, macht den Mund wieder auf und entschließt sich:

»Ein junges Mädchen.«

Ich möchte schwören, daß sie jemanden ausgelassen hat.

»Ein junges Mädchen? Wirklich? Sehr interessant!«

Am liebsten würde ich sie beißen.

»Interessant – ja, das schon –, aber ich habe gelitten. Oh! Nie wieder ein junges Mädchen!«

Halbnackt, gedankenvoll, die Mundwinkel herabgezogen, gleicht sie einem verliebten Kind. Welch zierlichen roten Bogen könnten doch meine Zähne in diese weiße Schulter zeichnen, die im ungewissen Licht erglänzt wie zartes Perlmutter ...

»Haben Sie sie ... geliebt?«

»Ja ... Aber jetzt liebe ich nur Sie, Liebste!«

Wahrhafte Zärtlichkeit? Instinktive Furcht? Sie schlingt die weißen Arme um mich, überflutet mich mit ihrem Haar. Doch ich will das Ende der Geschichte ...

»Und sie? Liebte sie Sie?«

»Woher soll ich das wissen? Nichts, meine geliebte Claudine, nichts gleicht der Grausamkeit junger Mädchen, nichts ihrem kalten, berechnenden Fordern! (Ich meine die anständigen. Die andern zählen nicht.) Sie kennen kein Mitleid, keine Gerechtigkeit, haben keinen Sinn für die Leiden anderer ... Die, von der ich spreche, war schwieriger und genußsüchtiger als eine junge Witwe ... Dennoch zögerte sie nicht, mich wochenlang hinzuhalten, mich nur im Kreise ihrer Familie zu empfangen ... Sie betrachtete meinen Kummer mit hübschem, unschuldsvollem Gesicht und mitleidslosen Augen und verriet mir erst viel später den Grund meiner Bestrafung: fünf Minuten Verspätung beim Rendezvous, eine allzu fröhliche Unterhaltung mit einem

Freund . . . oh, sie schreckte vor nichts zurück: böse Worte, laute, beißende Anspielungen in aller Öffentlichkeit, mit dem brutalen Mut derer, die der erste Fehltritt noch nicht erschreckt und gesänftigt hat . . .!«

Beklommen fühle ich mein Herz rascher schlagen. Am liebsten vernichtete ich die Sprecherin, weiß jedoch die leidenschaftliche Wahrhaftigkeit ihres Geständnisses zu würdigen. Um wieviel lieber sehe ich das Wetterleuchten dieses wandlungsfähigen, vom Widerschein schmerzlicher Erinnerungen getrübten Blicks als das kindlich-provozierende Lächeln, mit dem sie Renaud betrachtet, und nicht nur ihn . . . jeden Mann . . . jede Frau . . . und den Hausmeister . . .
Wie sehr habe ich mich verändert, o mein Gott! Vielleicht nicht umwälzend – zumindest hoffe ich es –, aber dennoch: ich bin verwandelt. Der Frühling ist da, der Pariser Frühling. Ein wenig brustkrank zwar, ein wenig verwässert, rasch verflogen, aber trotzdem der Frühling, so viel steht fest. Ich sehe, daß er da ist, sehe es an Rézis Hüten. Veilchen, Flieder und Rosen erblühen nacheinander auf ihrem reizenden Köpfchen, erschließen ihre Kelche dem Licht ihres goldenen Haars. Auch meine Hüte haben sich verändert. Erzürnt, auf meinem kurzgelockten Haupt gewisse lächerliche »Damenhüte« zu bemerken, begleitete mich Rézi zur Modistin, unbeirrt und gebieterisch, und wählte für mich, was ihr gefiel. Sie befahl mich auch zu Gauthé, mich in eine Fischbeinrüstung einnähen zu lassen, die meine Taille schlanker erscheinen läßt und, seltsam genug, dem Rhythmus meines Gangs gehorcht . . . Emsig suchte sie aus einem Berg von Stoffen das Blau heraus, das meinen braunen Augen am besten ansteht, das kräftige Rosa, das meinen Wangen diesen besonderen, seltsam-bernsteinfarbenen Schimmer verleiht. Sie kleidet, beschäftigt, verfolgt mich . . . Ich bin an sie gewöhnt, sie ist mir unentbehrlich. Wohl widerstehe ich nur mit Mühe dem Wunsch, sie zu prügeln – aber dennoch fürchte ich, ihr zu mißfallen, werfe auf der Schwelle den Narzissenstrauß fort, den ich an irgendeiner Straßenecke erstanden habe . . . Ihr überstarker, sonniger Geruch ist mir süß. Rézi liebt ihn nicht.

Ach, wie weit bin ich davon entfernt, glücklich zu sein! Aber was soll ich tun? Wie sie lindern, die Not, die mich bedrückt? Rézi,

Renaud – beide sind mir unentbehrlich. Ich denke nicht daran, zu wählen. Aber wie gern schiede ich sie voneinander, wie glücklich wäre ich, wenn sie einander nicht kennten . . .
Habe ich die Lösung gefunden? Wir werden sehen. Versuchen kostet nichts . . .
Marcel ist da. Mein Stiefsohn findet mich bizarr, mißgelaunt und angriffslustig. Kein Wunder. Seit einer Woche verweigere ich ein Rendezvous, das Rézi flehentlich ersehnt, eine frische, drängende, vom Frühling gedrängte Rézi . . . Aber ich vermag Renauds Dabeisein nicht mehr zu ertragen. Wieso fühlt er es nicht? Das letztemal, Rue Goethe, zerschellte die zärtlich-muntere Laune meines Gatten an solch brutaler Wildheit meinerseits, daß Rézi beunruhigt aufsprang, ihn mit einer Gebärde fortzuschikken – ich weiß nicht, welcher. Er ging sogleich. Dieses Einverständnis, an dem ich kein Teil habe, erhöhte noch meine Verzweiflung. Ich lehnte mich auf, trotzte, und zum erstenmal ging Rézi, ohne sich ihres Huts entledigt zu haben, den sie erst nach ihrem Hemd abzunehmen pflegt . . .
Marcel bespöttelt meine Kratzbürstigkeit. Seit langem weiß er um das Geheimnis meiner Sorgen und Freuden, legt mit einer Sicherheit, die ich bewundern würde, kennte ich nicht meinen Stiefsohn, unfehlbar den Finger auf die kranke Stelle, rührt mit gemeinem Behagen in meiner Wunde.
»Sind Sie eine eifersüchtige Freundin?«
»Und Sie?«
»Ich? . . . Ja und nein. Überwachen Sie sie?«
»Was geht das Sie an? Und überhaupt – warum sollte ich sie überwachen?«
Er wirft den Kopf zurück – das feingezeichnete Gesicht ist geschminkt –, fingert lange an seiner changierenden, in matten Farben gehaltenen Seidenkrawatte, betrachtet mich verstohlen und sagt:
»Ich weiß nicht. Ich kenne sie kaum. Aber auf den ersten Blick macht sie den Eindruck einer Frau, die man überwachen muß.«
Ich lächle mitleidlos:
»Tatsächlich? Ich verlasse mich ganz auf Ihre Erfahrung mit Frauen . . .«
»Reizend«, sagt er ungerührt, »Sie haben heute anscheinend Ihren liebenswürdigen Tag . . . Abgesehen davon, haben Sie recht. Ich sah Sie neulich im Vaudeville, bei der Premiere – alle drei –, und Madame Lambrook erschien mir ganz entzückend, ein Kompliment, das sich allerdings nicht auf ihren Hut erstreckt.

Aber welche Anmut! Und wie sehr sie Sie liebt – Sie und meinen Vater!«

Der Hieb sitzt. Ich lasse mir nichts anmerken. Marcel erhebt sich enttäuscht.

»Adieu. Sie könnten einen Lustspieldichter um seine gute Laune bringen . . . wenn sie nicht alle so düster wären!«

»Wessen Gesellschaft ziehen Sie der meinen vor?«

»Meine eigene. Ich verlebe Flitterwochen mit meiner kleinen Wohnung.«

»Sie haben eine kleine . . .«

»Ja. Wußten Sie das nicht?«

»Gott, nein . . . Ihre Freunde sind so diskret . . .«

»Das bringt der Beruf mit sich. Jawohl, ich habe ein Appartement, den Traum jeder Halbweltdame! Klein, klein, klein! Aber mein! Platz genug für zwei – wenn sie zusammenrücken.«

»Und sie rücken zusammen, nicht wahr?«

»Das sagen Sie. Wollen Sie's besichtigen kommen? Ohne meinen teuren Vater, womöglich, und mitsamt Ihrer Freundin, wenn's ihr Spaß macht . . . Was ist?«

Ich habe sein Handgelenk ergriffen, jäh und unversehens, einer plötzlichen Eingebung gehorchend.

»Gehen Sie nachmittags nie fort?«

»Nachmittags – doch. Donnerstag und Samstag.« Und er setzt hinzu, mit dem reizend-verschämten Lächeln eines jungen Mädchens: »Aber glauben Sie nicht, daß ich Ihnen verraten werde, wohin . . .«

»Behalten Sie's ruhig bei sich . . . Ich meine etwas ganz anderes . . . Sagen Sie, Marcel, kann man Ihren kleinen Ruhetempel auch während Ihrer Abwesenheit besichtigen?«

»Meinen Lusttempel, meinen Sie?«

Er blickt mich an, aus grau-blau flimmernden lasterhaften Augen. Oh, er versteht genau.

»Unter Umständen . . . Ist sie verschwiegen, die hübsche Madame Lambrook?«

»Welche Frage!«

»Also gut. Ich gebe Ihnen den Schlüssel. Achtung auf meine Nippsachen, sie sind mir sehr ans Herz gewachsen! Eine elektrische Platte zum Teekochen steht im grünen Kasten links von der Eingangstür. Im übrigen können Sie sich nicht verlaufen: die Wohnung besteht nur aus einem Arbeitsraum (!) und einem Salon mit Badezimmer. Keks, Château-Yquem, Arrak und Ginger Brandy ebenfalls im grünen Kasten. Nächsten Donnerstag?«

»Nächsten Donnerstag. Danke, Marcel.«
Er ist ein kleiner Schuft, aber am liebsten fiele ich ihm um den Hals. Lärmende Freude Claudines. Die Hände auf dem Rücken verschränkt, laufe ich von Fenster zu Fenster, aus Leibeskräften pfeifend. Er gibt den Schlüssel her! Er schon!

Das Schlüsselchen eines dosischen Schlosses wölbt mein Portemonnaie. Ich gebe es nicht aus der Hand.
In der seligen Hoffnung, einer »Lösung« näherzukommen, entführe ich Rézi. Ja, ich will sie heimlich treffen, will meinen geliebten Renaud von einer Sache fernhalten, die ihn nichts angeht ... Ich liebe ihn viel zu sehr, als daß ich ihn in diese zwielichtige Affäre verwickelt sehen könnte ...
Rézi begleitet mich gefügig, in heiterer Erwartung, glücklich, meine Kälte nach einer Woche mürrischen Grolls endlich schmelzen zu sehen ...
Es ist heiß. Im Fiaker öffnet sie die knapp geschnittene dunkelblaue Kostümjacke, seufzt und atmet tief ein. Verstohlen betrachte ich ihr klares Profil, die Kindernase, die lichtdurchsiebten Wimpern, die samtenen Brauen ... Sie hält meine Hand, wartet geduldig und neigt sich zuweilen aus dem Wagen, einem Blumenwägelchen nachzublicken, das uns seinen feuchten Duft entgegenschickt, einer Auslage oder einer gutangezogenen Frau ... Sie ist so zärtlich heute, so süß ... Scheint es nicht, als liebe sie nur mich, als sei ich ihre einzige Hoffnung?
Chaussée d'Antin. Ein großer Hof, eine kleine Türe, eine winzige gepflegte Stiege, Treppenabsätze, geräumig genug, daß man auf einem Bein stehen kann. In einem Zug erklimme ich die drei Stockwerke und bleibe stehen: Marcels Geruch liegt in der Luft: Sandelholz und Heu, ein Hauch Äther. Ich öffne.
»Warten Sie, Rézi! Für zwei ist die Türe zu schmal!«
Allen Ernstes! Nein, wie mich diese Puppenwohnung erheitert! Hinter der Andeutung eines Vorzimmers beginnt ein Stückchen Arbeitsraum. Der Schlafzimmer-Salon allein erreicht halbwegs normale Größe. Schritt für Schritt gehen wir auf Entdeckungsreisen, zögernd wie Katzen nach einer Übersiedlung, bleiben bei jedem Möbelstück, jedem Bilderrahmen stehen ... Zuviel Duft, zu viele Düfte ...
»Claudine! Auf dem Kaminsims steht ein Aquarium ...«
»Ja ... mit dreischwänzigen Fischen ...«
»Oh! Der eine hat frischplissierte Flossen! Und was ist das? Ein Weihrauchbrenner?«

»Nein, ein Tintenfaß ... oder eine Kaffeetasse ... oder etwas anderes ...«
»Sehen Sie nur, Liebste: der schöne alte Stoff! Das gäbe herrliche Revers für eine Übergangsjacke ... Und diese reizende Göttin mit den gekreuzten Armen ...«
»Das ist ein kleiner Gott ...«
»Aber nein, Claudine –«
»Was auch immer – wir werden es nie erfahren! Von wegen der Draperie. Au weh! Setzen Sie sich ja nicht auf die Lehne dieses grünen Fauteuils, Rézi!«
»Was für eine verrückte Idee, sie mit Holzlanzen zu spicken!«
Rézi verschwindet und ruft:
»Oh! Schauen Sie, mein kleiner Hirt!«
Was fällt ihr ein, mich »kleiner Hirt« zu nennen? Das ist ein Wort Renauds. Es aus ihrem Mund zu hören, verletzt mich sowohl um ihret-, als um seinetwillen, vor allem um seinetwillen.
»Was?«
»Sein Porträt!«
Ich folge ihr in das Schlaf(etc.)-Zimmer. Tatsächlich. Marcel als byzantinische Dame. Das Bild ist nicht uninteressant, die Zeichnung lässig hingeworfen, die Farbgebung kühn. Rotgoldene Haarschnecken bedecken die Ohren, auf der Stirn lasten Juwelen, und sie ... nein, er ... ach was! Ich kenne mich nicht mehr aus – Marcel, mit einem Wort, hält mit starrer, wohlausgeklügelter Geste die Schleppe seines steifen, durchscheinenden, perlenbesäten Schleiergewandes, das senkrecht auf ihn niederfällt wie ein Regenguß und die Aussicht auf fliehende Hüfte, Wade und Knie gestattet – alles rosenfarben. Es ist Marcel, soviel steht fest. Das schmale Gesicht, die verächtlich blickenden Augen, deren Blau im Widerschein des rötlichen Haars noch dunkler scheint, all das ist nicht zu verkennen.
Träumerisch an Rézi gelehnt, die an meiner Schulter nistet, kommt mir der verdächtige dunkle Junge wieder in den Sinn, das spannunggeladene Porträt des Bronzino, dem ich auf den ersten Blick verfiel ...
»Was dieses Kind für hübsche Arme hat!« seufzt Rézi. »Schade, daß er gewisse Neigungen ...«
»Schade für wen?« unterbreche ich, argwöhnisch.
»Für seine Familie, natürlich!«
»Wo ... schläft er denn?«
»Er schläft überhaupt nicht. Er sitzt. Schlafen ist vulgär.«
Nun, gar so vulgär scheint es doch nicht zu sein: hinter einem

rosa Seidenvorhang, in einer Art Alkoven, findet sich ein einladender Diwan, mit dem Stoff des Vorhangs bespannt. Graugrüne Platanenblätter werfen ihren fünfzackigen Schatten auf das schimmernde Hellrot . . .
Spielerisch drücke ich einen Knopf: ein umgestülpter Blumenkelch verströmt sanftes Licht auf diesen Altar . . . Ach, du Pflänzchen!
Rézis schlanker Zeigefinger weist auf die Polster, die den Diwan besäen:
»Keine Frau kann hier je ihren Kopf hergelegt haben – noch den Rest.«
Ihr boshafter Scharfblick erregt meine Heiterkeit. Sämtliche Polster, die in wohlabgestimmten Farben den Diwan zieren, sind aus Brokat, mit schwerer Gold- und Paillettenstickerei bedeckt: für Frauenhaare eine wahre Falle.
»Wir werden sie wegnehmen, Rézi!«
»Nehmen wir sie weg, Claudine . . .«

Vielleicht wird dieser Nachmittag einst die schönste Erinnerung unserer Zärtlichkeit sein. Ich bin gelöst und hingegeben, weniger aufsässig, weicher. Sie schenkt mir ihre sanfte Fügsamkeit, ihre stets neu entfachte Glut. Aus dem Blütenkelch fließt opales Licht auf uns nieder . . . Wir ruhen.
Ein wenig später wachen wir auf: im unteren Stockwerk verbünden sich ein verstimmtes Klavier und ein stark beschädigter Fisteltenor:
»Einst – lebte – in der Nor-man-die . . .«
Rhythmisches Empfinden zu besitzen, ist mitunter störend. Aber man gewöhnt sich an alles! Nach einer Weile lausche ich bereits mit Begeisterung . . .
»Einst – lebte – in der Nor –«
Wer mir vorausgesagt hätte, daß mich ein Sechs-Achtel-Takt aus »Robert der Teufel« eines Tages zu Tränen rühren würde . . . Doch dazu bedarf es wohl des Zusammentreffens gewisser Umstände.
Es ist sechs Uhr, Rézi schlummert, die Arme um meinen Hals geschlungen, friedlich und gelöst. Plötzlich schrillt die Glocke. Mit einem erstickten Schrei gräbt Rézi die Nägel in meinen Nakken. Ich stütze mich auf den Ellbogen und lausche.
»Liebste, fürchte dich nicht – so hab doch keine Angst . . . Das ist jemand, der sich irrt . . . ein Freund Marcels . . . er kann sie

schließlich nicht alle von seiner Abwesenheit verständigt haben . . .«
Sie beruhigt sich ein wenig, zieht die Hände von ihrem weißen Gesicht, streckt und dehnt sich und bietet einen reizenden Anblick schäferstündlicher Unordnung . . . Doch wiederum: trrrrr . . .
Sie springt aus dem Bett und beginnt sich anzukleiden, mit der üblichen präzisen Hast. Nicht einmal die Furcht vermag ihre Fingerfertigkeit zu schmälern. Und es läutet, läutet, mit hartnäkkiger Beharrlichkeit, hinterhältig, heimtückisch, intelligent. Wer auch immer läuten mag – er spielt mit der Glocke wie auf einem bösartigen Instrument . . . Ich beiße die Zähne zusammen . . .
Meine arme Freundin, fix und fertig, hält sich die Ohren zu. Ihre Mundwinkel zittern bei jedem neuen Glockenton. Ich habe Mitleid.
»So nehmen Sie doch Vernunft an, Rézi! Das ist sicher ein Freund Marcels . . .«
»Ein Freund Marcels! So hören Sie denn nicht die Absicht, die Gemeinheit dieser verteufelten Läuterei? . . . Nein, das ist jemand, der weiß, daß wir hier sind . . . Wenn mein Mann . . .«
»Tapfer sind Sie gerade nicht . . .«
»Tapfer! Sie haben leicht reden! Mit einem Mann wie dem Ihren ist es keine Kunst, tapfer zu sein!«
Ich erwidere nichts – wozu auch? –, hake mein Korsett zu, schleiche zur Tür und lausche. Nichts als diese verdammte Glocke!
Ein letzter langer Triller – eine Art Rufzeichen – und ich höre das Enteilen leichter Füße . . .
»Rézi! Er ist fort . . .«
»Endlich! Aber bleiben wir noch. Vielleicht belauert man uns . . . Oh, keine zehn Rösser brächten mich hierher zurück!«
O trauriges Ende dieser Liebesstunde ohne Morgen! Meine verängstigte Schöne eilt plötzlich so sehr, mich zu verlassen, sich aus diesem Haus, diesem Viertel zu entfernen, daß ich nicht einmal um die Erlaubnis zu bitten wage, sie heimzubegleiten . . . Sie geht. Ich bleibe, verlösche den Blütenkelch, hebe die bestickten Polster auf. Marcel blickt auf mich herab, mit verächtlichem Kinn und schmalen, geschminkten Lippen . . .

Heute sitzt mir das Original des kompromittierenden byzantinischen Porträts gegenüber, in engem, schwarzem Anzug, mit

etwas zu kurzer Jacke. Marcel prickelt vor Neugier, wie einst, da seine Gedanken um Luce kreisten.
»Nun, wie war's gestern?«
»Dankenswert. Sie haben einen reizenden kleinen Tempel! Er ist Ihrer würdig . . .«
Er verneigt sich.
»Ihrer auch.«
»Zu gütig. Vor allem Ihr Porträt hat mich . . . interessiert. Es freut mich, in Ihnen eine Schwesterseele Konstantins zu wissen.«
»Das ist augenblicklich Mode . . . Aber genäschig sind Sie beide nicht! Mein Château-Yquem, ein Geschenk Großmutters, hat Sie nicht gereizt?«
»Nein. Die Neugier überwog alle anderen Instinkte.«
»Oh, die Neugier . . .«, zweifelt er und lächelt wie die byzantinische Dame. »Im übrigen muß ich Sie zu Ihren hausfraulichen Talenten beglückwünschen . . . Ich fand alles in bester Ordnung! Man hat Sie doch nicht gestört?«
Dieses blitzartige Lächeln . . . dieser rasche Seitenblick . . . Ah, kleine Kanaille, du hast geläutet – oder läuten lassen! – Das hätte ich ahnen müssen. Aber du wirst dich wundern, du Früchtchen!
»Gestört? Aber ganz und gar nicht! Es herrschte durchweg die Ruhe eines gepflegten Hauses! Einmal läutete es – aber auch das weiß ich nicht bestimmt. In diesem Augenblick war ich nämlich in die Betrachtung Ihrer . . . Ihrer kleinen Hermaphroditengöttin versunken . . .«
Das wird ihn lehren! Doch Marcels schauspielerisches Talent gibt dem meinen nichts nach: er empfiehlt sich mit der freundlichen Miene des zufriedenen Gastgebers.

Post aus Montigny! Ich muß mir den Brief laut vorlesen, anders ist Mélies Orthographie nicht zu deuten. Schließlich komme ich zu folgendem Ergebnis:
»Wann kommst Du endlich, mein Goldkind? Der große Rosenstock will blühen und der kleinen Trauerweide geht's gut. Monsieur wie immer.«
Daß Monsieur wie immer ist, Mélie, bezweifle ich nicht! Daß es der Trauerweide »gut geht«, freut mich. Und daß der große Rosenstock blühen will, freut mich ganz besonders. Er ist so schön, schmückt die ganze Mauer, blüht hastig, großzügig, rastlos, um im Herbst erschöpft abzusterben, nach so manchem kurzen

Aufleben, letzten Zuckungen der Farbe und des Dufts. Er ist eines jener reinrassigen Geschöpfe, die an den eigenen Mühen verbluten ... »Der Rosenstock will blühen ...« Bei dieser Nachricht fühle ich die Wurzeln, die mich mit Montigny verbinden. Sie regen sich leise, von neuen Säften durchströmt ... Er will blühen ... Eine Mutter, der man mitteilt: »Ihr Sohn ist Klassenerster!«, kann kaum anders empfinden als ich bei dieser Nachricht.

Meine Pflanzenfamilie ruft mich. Mein Ahne, der Nußbaum, altert wartend. Vom wilden Wein wird es bald Sterne schneien ...

Doch ich kann nicht fort. Was sollte aus Rézi werden?

Renaud will ich sie nicht überlassen. Mein armer Großer liebt so gern ... und sie ist so liebenswürdig!

Und wenn ich ihn mitnähme? Dann bliebe Rézi allein zurück, allein in diesem trockenen, brennenden Pariser Sommer, allein mit ihren Launen, ihrem Hang zur Intrige ... Sie würde mich betrügen, das steht fest ...

O Gott! So sind zwischen Liebesstunde und Liebesstunde, Küssen und Schmollen wirklich vier Monate verstrichen? Was tat ich während dieser Zeit? Nichts, Ich wartete. Verlasse ich Rézi, warte ich auf den Tag, der sie mir zurückgeben soll; bin ich bei ihr, warte ich, daß die Lust sie mir schöner und wahrhafter zeige. Ist Renaud zugegen, warte ich, daß er gehe, ist er fort, warte ich, daß Rézi gehe, um ohne Bitternis, ohne Eifersucht mit meinem Großen sprechen zu können, den ich seit meinen Qualen um Rézi noch tiefer, noch inniger zu lieben glaube.

Das war vorauszusehen! Ich bin krank! Drei verlorene Wochen. Beim bloßen Gedanken daran könnte ich rasend werden. Influenza, Grippe, Überanstrengung ... der Arzt mag es nennen wie er will. Jedenfalls hatte ich hohes Fieber und arge Kopfschmerzen. Doch im Grund bin ich aus festem Stoff!

Geliebter großer Renaud, wie süß war mir Ihre Sanftmut! Wie wohl tat Ihre leise Stimme, Ihre ruhige, gleichmäßige Redeweise ...

Auch Rézi pflegte mich. Die Furcht, ihr häßlich zu erscheinen, ließ mich das brennende Gesicht in den Händen bergen. Sie weilte an meinem Krankenbett, in gesticktem Kleid mit Samtgürtel und hellem Strohhut, eine reizende Circe, deren kokettes Mienen- und Gebärdenspiel, auf Renaud gemünzt, mich mehr als einmal empörten. Nein, so benimmt man sich nicht in einem

Krankenzimmer . . . »Hinaus!« schrie ich ihr zu. Sie floh entsetzt, der Meinung, ich spräche im Fieber. Ich glaubte auch zu bemerken, daß Renaud bei ihrem Eintritt lächelte, als wehte ein frischer Windhauch ins Zimmer . . . Über meinen Kopf hinweg plaudern sie über Dinge, die ich nicht gesehen habe, und ihre Unterhaltung, der ich nur mit Mühe zu folgen vermag, dünkt mich demütigend und schmerzlich wie eine Geheimsprache . . . Ja, ich grollte meiner Freundin, ihrer frischen Schönheit, ihrer matten, fleckenlos weißen Wangen wegen . . . Daran vermochten auch die dunkelroten langstieligen Rosen nichts zu ändern, die sie sachte auf mein Ruhebett niederlegte. Kaum war sie fort, nahm ich das Spiegelchen aus seinem Versteck unter dem Polster, meine Blässe zu betrachten, und ihrer zu gedenken, in dumpfem, eifersüchtigem Zorn . . .

»Ist es wahr, Renaud, daß sich die Bäume auf den Boulevards schon verfärben?«
»Ja, kleines Mädchen. Willst du nach Montigny? Dort siehst du grünere!«
»Nein . . . Dort sind sie zu grün . . . Renaud, ich fühle mich heute so wohl! Ich möchte ausgehen! Ich habe ein ganzes Kotelett gegessen, ein Glas Asti getrunken und Trauben genascht . . . Gehen Sie fort?«
Er steht am Fenster seines »Arbeitstempels« und betrachtet mich unschlüssig.
»Ich ginge so gern mit einem schönen Gatten spazieren! Dieser graue Anzug steht Ihnen gut . . . Die Piqué-Weste unterstreicht Ihre ›Elegance Second Empire‹, die mir so gut gefällt . . . sind Sie mir zuliebe so jung?«
Er errötet fast unmerklich unter der dunklen Haut und streicht seinen Silberschnurrbart.
»Du weißt, daß es mir Kummer macht, wenn du von meinem Alter sprichst . . .«
»Wer spricht von Ihrem Alter? Im Gegenteil, ich fürchte stark, daß Ihre Jugend Ihnen treu bleiben wird bis ans Ende Ihrer Tage, wie eine angeborene Krankheit! Nehmen Sie mich mit, Renaud! Ich fühle erstaunliche Kräfte . . .«
Meine Beredsamkeit ist umsonst.
»Nein, Claudine! ›Nicht vor Sonntag‹ hat der Quacksalber gesagt. Heute ist Freitag! Noch zwei Tage Geduld, geliebtes Vögelchen. Da kommt übrigens jemand, der es verstehen wird, dich zurückzuhalten . . .«

Er benützt das Eintreten Rézis, um sich aus dem Staub zu machen. Ist das mein Großer, der mir stets zu gefallen suchte, gegen alle Vernunft? Der Arzt ist ein Esel!
»Warum so mürrisch, Claudine?«
Vor so viel Schönheit erhellt sich meine Miene. Rézi ist bildhübsch, in einem Kleid, dessen duftige Bläue locker und schaumig wirkt ...
»Im Wasser Ihres Kleids haben Elfen ihre Schleier geschwemmt, Rézi ...«
Sie lächelt und setzt sich auf mein Bett. Ich ruhe an ihrer Hüfte und blicke zu ihr empor: ein langes Grübchen, einem Rufzeichen ähnlich, teilt das eigenwillige Kinn, und dieselbe einfache, regelmäßige Arabeske, die ich schon an Fanchette bewunderte, zeichnet die kleinen Nasenlöcher.
Ich seufze.
»Warum ich mürrisch bin? Weil ich fortgehen möchte und dieser Esel von Doktor es verboten hat. Bleiben Sie wenigstens bei mir! Schenken Sie mir Ihre Frische ... Was ist das? Ein Hut? Eine Krone? Nie noch fand ich Sie so unwiderstehlich wienerisch, Liebste ... Ihr Haar schäumt wie helles Bier ... Bleiben Sie, erzählen Sie mir von draußen ... von den spärlichen Bäumen und den noch spärlicheren Resten Ihrer Zärtlichkeit für Claudine ...«
Sie steht jetzt vor mir, macht keine Miene, noch einmal Platz zu nehmen, umgarnt mich mit leiser, verführerischer Stimme und läßt dabei den Blick von Tür zu Fenster wandern, als suche sie einen Ausgang.
»Oh! Wie schade! Ich wäre so gern den ganzen Nachmittag bei Ihnen geblieben, meine Schöne, um so mehr, da Sie allein sind ... Es ist so lange her, liebste Claudine, daß Ihr Mund den meinen berührte ...«
Sie neigt sich mir zu, bietet mir die feuchten kleinen Zähne ... Ich wende mich ab.
»Nein. Ich bin fiebrig. Packen Sie sich – gehen Sie spazieren, will ich sagen.«
»Ich denke nicht daran, spazierenzugehen, meine Claudine! Aber morgen ist mein Hochzeitstag ... das ist kein Grund, zu lachen ... und da muß ich für meinen Gatten ein Geschenk besorgen –«
»Na, und?«
»Ausgerechnet heuer vergaß ich diese heilige Pflicht ... Da nun aber Mr. Lambrook heute abend unter seiner kunstvoll gefalte-

ten Serviette unbedingt etwas finden muß – ein Zigarrenetui, Manschettenknöpfe, eine Bombe, was auch immer –, eile ich, ein Geschenk zu erstehen! Sonst erwarten mich drei Wochen eisigen Schweigens und unverletzlicher Würde ... O Gott!« endet sie mit geballten Fäusten, »was treibt er denn hier? Im Transvaal braucht man Leute ...«

Ihre übertrieben-spöttische Gesprächigkeit erregt mein Mißtrauen.

»Warum vertrauen Sie diese Mission nicht dem unfehlbaren Geschmack eines Kammerdieners an?«

»Weil das gesamte Personal, mit Ausnahme meiner ›Vertrauten‹, meinem Gatten verkauft ist! Glauben Sie, daran hätte ich nicht schon gedacht?«

Aha. Sie ist darauf versessen, auszugehen.

»Dann Gott befohlen, tugendhafte Göttin! Feiern Sie Ihren heiligen Lambrook ...«

Schon senkt sie das weiße Schleierchen ...

»Wenn ich vor sechs zurückkommen sollte – wollen Sie mich dann noch?«

Sie neigt sich über mich, bezaubernd hübsch. Ihr Rock, einer lebhaften Drehung gehorchend, umschmiegt den schlanken Körper als luftige Spirale und gibt jedes seiner Geheimnisse preis ... Platonische Bewunderung erfüllt mich ganz und gar. Sollte sie meiner Schwäche zuzuschreiben sein? Ich fühle nicht mehr den stürmischen Flügelschlag der Begierde von einst ... Und dann ... weigerte sie sich nicht, mir Sankt Lambrook aufzuopfern?

»Das hängt ganz von den Umständen ab ... Kommen Sie getrost her, man wird Sie nach Verdienst behandeln ... Nein, sag' ich, ich bin fiebrig ...!«

Sie geht. Ich bin allein, rekle mich, lese drei Seiten, gehe auf und ab, beginne ein Schreiben an Papa, setze mich an meinen Toilettentisch, meine Nägel zu polieren, und werfe bei dieser gewissenhaftigen Tätigkeit hin und wieder einen Blick in den ovalen Spiegel, als könne er mir die Zeit verraten. Im übrigen sehe ich gar nicht so schlecht aus ... Die Locken sind länger geworden, das ist nicht übel! Und dieser weiße Kragen, diese rotweißgestreifte Musselinbluse ... sind sie nicht wie geschaffen für einen kleinen Spaziergang? Schon lese ich im Spiegel, was meine Augen beschlossen haben, setze den schwarzbebänderten Strohhut auf, werfe eine Jacke über den Arm, daß Renaud mich nicht des Leichtsinns beschuldige, und stehe auf der Straße.

Gott, welche Hitze! Kein Wunder, daß der Rosenstock blühen will ... O Paris, du häßliche Steinwüste! Ich fühle mich ganz leicht, habe abgenommen ... Die frische Luft berauscht mich ein wenig. Doch beim Gehen gewöhnt man sich daran. Meine Gedanken sind kaum beachtlicher als die eines Schoßhundes, der nach vierzehn Regentagen erstmalig auf die Straße geführt wird. Unabsichtlich, automatisch gehe ich Richtung Rue Goethe ... Weit ist's mit dir gekommen, Claudine! Bei Nr. 59 angelangt, lächle ich den weißen Tüllvorhängen zu, die die Fenster des zweiten Stocks verschleiern ...
Ist's möglich? Der Vorhang hat sich bewegt ... Ich bleibe stehen, festgenagelt, steif wie eine Puppe. Wer ist »bei uns«? Eines der Hoffenster wird wohl offenstehen, der Luftzug bauscht den Vorhang ... Doch während sich meine Logik um eine Erklärung müht, hat das Tier in mir, von Argwohn gestochen, die Wahrheit erahnt, ohne sie zu verstehen.
Zornblind überquere ich die Fahrbahn, stürme die zwei Stockwerke hinauf wie im Alptraum, über Wattestufen, die unter meinen Füßen zurückweichen, um mir gleich darauf entgegenzuwachsen ... Gleich werde ich mich an den Kupfergriff hängen und Sturm läuten ... Doch nein, sie kämen wohl nicht ...
Ich warte eine Minute, die Hand ans Herz gepreßt. Diese arme, abgeschmackte Geste ruft mir einen Ausspruch meiner Kommunionsschwester Claire ins Gedächtnis, einen kindlichen Ausspruch, dessen plötzliches Aufblitzen mich grausam dünkt: »Das Leben ist so wie in den Büchern, nicht wahr?«
Ich läute, ängstlich, zitternd, betroffen über diesen Glockenton, der nie für uns erklang ... Und während zweier langer Sekunden bete ich, von feiger Angst gepackt: »Oh ... wenn doch niemand käme!«
Der Schritt, der sich nähert, bringt mir meine ganze Kühnheit wieder, in einer Flut von Zorn. Renauds Stimme fragt ärgerlich: »Wer ist da?«
Mein Atem stockt. Ich lehne mich an die kühle Wand – Marmorimitation – und wünsche den Tod herbei ... Aber nicht lange. Los, nimm dich zusammen! Du bist Claudine, zum Teufel! Claudine! Ich streife die Furcht ab wie einen Mantel und sage: »Machen Sie auf, Renaud, oder ich schreie.« Und ich schaue dem, der öffnet – völlig angekleidet – starr in die Augen. Er weicht erstaunt zurück und spricht nur ein einziges Wort, im gemäßigten Tonfall des pechverfolgten Spielers: »Teufel!«
Das Bewußtsein, das Recht auf meiner Seite zu haben, macht

meine Bewegungen steif und abgemessen. Ich bin Claudine! Und ich sage:
»Ich sah jemanden am Fenster stehen. Also kam ich herauf, euch guten Tag zu sagen.«
»Das hab' ich fein gemacht!« murmelt er.
Er versucht nicht, mich zurückzuhalten, sondern tritt zur Seite, läßt mich eintreten und folgt.
Raschen Schritts durchquere ich den kleinen Salon, hebe den geblümten Vorhang ... Ah! Ich wußte es ja! Rézi ist da, kein Zweifel, sie ist da! Sie zieht sich gerade an ... Da steht sie, wie für mich, in Höschen und Korsett, den Spitzenunterrock über dem Arm, den Hut auf dem Kopf ... Oh, nie werde ich dieses blonde Antlitz vergessen, das unter meinen Blicken zu schwinden und zu sterben droht ... Fast beneide ich sie um ihre Furcht ... Sie blickt auf meine Hände, ihr feingezeichneter Mund wird blutleer und trocken. Ohne den Blick von mir zu wenden, greift sie mit zitternder Hand nach ihrem Kleid. Ich komme näher. Sie schwankt und bedeckt das Gesicht mit beiden Ellbogen. Diese Bewegung, die das schimmernde, so oft geatmete Gold ihrer Achselhöhlen freigibt, entfesselt in mir Stürme der Leidenschaft ... Ich werde diese Karaffe nehmen ... oder diesen Sessel ... Die Möbel zittern vor meinen Augen wie heiße Luft über einer Sommerwiese ...
Renaud streift meine Schulter. Er ist unsicher, blaß, hauptsächlich verärgert. Ich sage mühsam: »Was ... macht ihr hier?«
Er kann sich eines leisen, ein wenig schiefen Lächelns nicht erwehren.
»Du siehst ja ... wir warten auf dich.«
Entweder ich träume ... oder er ist verrückt geworden ... Ich wende mich wieder zu ihr, ihr, die das Abschweifen meines Blicks benützte, um ihr Kleid überzustreifen, das blaue Kleid, in dem die Elfen ihre Schleier schwemmten ... Ihr wenigstens ist nicht zum Lächeln zumute.
»Das Leben ist wie in den Büchern, nicht wahr?« O nein, sanfte Claire. Im Roman gibt diejenige, die sich zu rächen kommt, mindestens zwei Schüsse ab. Oder sie geht, mit einem niederschmetternden Wort, schlägt die Türe zu und straft die Schuldigen mit ihrer Verachtung ... Mir fällt nichts ein. Ich weiß nicht, was ich tun soll ... das ist die Wahrheit. Die Rolle der betrogenen Gattin lernt man nicht auf eins, zwei, drei, binnen fünf Minuten ...
Ich stehe noch immer im Türrahmen, versperre den Weg. Rézi

sieht aus, als wolle sie jeden Augenblick in Ohnmacht fallen. Gibt es so etwas wirklich? Renaud hat keine Angst. Wie ich, verfolgt er die verschiedenen Phasen des Entsetzens, die sich auf Rézis Gesicht spiegeln, jedoch mit mehr Interesse denn Erregung. Vielleicht versteht er jetzt, daß es besser gewesen wäre, diese Stunde hätte uns nicht vereint . . .

»Claudine . . .«

Mit einer jähen Bewegung schneide ich ihm das Wort ab. Außerdem scheint er nicht darauf erpicht, weiterzusprechen. Er zuckt die Achseln, mit fatalistischer Resignation.

Doch mein Zorn gilt nicht ihm. Langsam gehe ich auf Rézi zu, sehe mich auf sie zugehen. Mir selbst entrückt, beobachte ich meine Bewegungen, und dieses Doppelspiel verwirrt meine Absichten. Werde ich sie schlagen? Oder mich darauf beschränken, ihre schändliche Furcht bis zum Wahnsinn zu steigern?

Sie weicht zurück, umgeht das Tischchen, auf dem noch die Teetassen stehen, schiebt sich die Wand entlang . . . sie wird mir entkommen. Nein, ich will nicht . . .

Sie berührt schon den Vorhang, tastend, ohne den Blick von mir zu wenden, und flieht, langsam, rückwärts schreitend. Instinktiv bücke ich mich, einen Stein aufzuheben . . . doch es gibt keine Steine . . . Sie ist verschwunden.

Ich lasse die Arme sinken. Mit einem Schlag ist meine ganze Kraft dahin.

Wir sind allein, stehen einander gegenüber, sehen uns an. Renaud wirkt kaum anders als sonst, hübsch und verführerisch, ein wenig bedrückt zwar, doch nicht übermäßig. Seine Augen sind schön und traurig. Guter Gott! Gleich wird er sagen »Claudine . . .«, und wenn ich meinem Zorn Luft mache, wenn ich die Kraft, die mich jetzt aufrechterhält, in Tadel und Tränen vergeude, werde ich diesen Raum an seinem Arm verlassen, klagend und verzeihend . . . Nein, ich will nicht! Ich bin – ich bin Claudine, zum Teufel! Außerdem würde ich ihm meine Vergebung nie verzeihen . . .

Ich habe zu lange gewartet. Er kommt näher, sagt »Claudine . . .«

Mit zwei Sätzen bin ich an ihm vorbei, stürze zur Türe und flüchte wie Rézi, ohne zu überlegen, dem Trieb gehorchend. Doch nicht meinen Gatten fliehe ich, sondern mich selbst.

Ich tat gut daran, fortzulaufen. Die frische Luft, ein Blick auf den verräterischen Vorhang, und Wut und Stolz erhalten neue Nahrung. Außerdem weiß ich jetzt, wohin.

Ein Fiaker führt mich nach Hause. Eine knappe Viertelstunde später ist meine Reisetasche gepackt, ich werfe den Wohnungsschlüssel auf den Tisch und gehe. Geld habe ich – nicht sehr viel, aber genügend.
»Kutscher – zum Südbahnhof.«
Bevor ich den Zug besteige, schicke ich ein Telegramm an Papa und eine Depesche an Renaud: »Sendet Wäsche und Kleider Montigny, für Aufenthalt unbestimmter Dauer.«

Graue, ehemals blaue Kornblumen an verblichener Tapete ... bunte Phantasiefrüchte am Bettvorhang ... oh, ich erkenne dich, fürchterlicher, augenbewehrter Apfel ... wie oft sah ich euch im Traum, während meiner Pariser Zeit, doch niemals so deutlich ...
Ich erwache: der Schrei der Pumpe drang in meinen leichten Schlummer. Ich richte mich auf, setze mich an den Rand meines schmalen Himmelbetts und erwidere das erste Lächeln meines Kinderzimmers mit einem Strom heller Tränen. Sie gleichen dem Sonnenstrahl, der Goldmünzen auf die Scheiben regnen läßt, und tun meinen Augen wohl wie die Blumen der blassen Wand. So ist es also wahr: ich bin hier, in diesem Zimmer! Kein anderer Gedanke hat in meinem Herzen Raum, bis ich endlich meine Augen trockne, mit einem kleinen Taschentuch, das nicht aus Montigny stammt ...
Die Traurigkeit läßt meine Tränen rasch versiegen. Man hat mich verwundet. Heilsam verwundet? Fast glaube ich es, kann ich doch in Montigny, in diesem alten Haus, nie vollends elend sein ... Oh! mein kleiner tintenbekleckerter Schreibtisch ... Er birgt meine Schulhefte. »Mathematik«, »Orthographie« – ja, ja, zur Zeit Mademoiselles hieß es weder »Rechnen« noch »Rechtschreiben« ... Mathematik und Orthographie, das wirkte eleganter, mehr »Oberstufe« ...
Harte Nägel kratzen an der Türe, ringen mit dem Schloß. Ein verzweifelt-gebieterisches »Miau!« zwingt mich, zu öffnen ... O schönster Schatz! Verzeih! Mein Kopf ist so wirr, Fanchette, daß ich dich eine Sekunde lang vergaß! Komm in meine Arme, komm in mein Bett, leg dein feuchtes Näschen an mein Kinn, laß mich deine kalten Zähne fühlen ... Die Wiedersehensfreude ist zu groß: Fanchette, außer sich, »macht Brot« auf meinem nackten Arm, mit gezückten Krallen. Wie alt bist du jetzt? Fünf Jahre? Sechs? Ich weiß es nicht mehr. Dein Schnee ist so

frisch . . . Du wirst jung sterben . . . wie Renaud. Da wären wir wieder. Der Gedanke an Renaud verdirbt mir alles . . . Oh, bleib an meiner Wange, daß ich, deinem wilden, seligen Schnurren zu lauschen, mich selbst vergessen kann . . .

Was dachtest du wohl bei meiner plötzlichen Ankunft? Kein Gepäck . . . Selbst Papa argwöhnte etwas:

»Wo hast du deinen Halunken von Mann gelassen? Wann kommt er?«

»Sobald er kann, Papa.«

Bleich und geistesabwesend, weilte ich noch in der Rue Goethe, zwischen diesen beiden Wesen, die mir Schmerz zufügten. Es war schon zehn Uhr abends . . . gleichviel! Ich wollte nichts essen, wünschte nur ein Bett, ein warmes, einsames Loch, allein weinen, träumen, hassen zu können . . . Doch das Dunkel meines alten Zimmers birgt viele gütige Geister: sie brachten mir schwarzen, wohltätigen Schlaf.

Holzschuhe schlurfen näher. Mélie tritt ein, ohne anzuklopfen (Gott, man trennt sich nicht so leicht von alten Gewohnheiten!), in einer Hand ein glanzloses Tablett – dasselbe! –, in der anderen ihre linke Brust. Sie ist verblüht, verschlampt, zu jedem anrüchigen Dienst bereit, doch ihr Anblick allein tut meiner Seele wohl. Und was bringt die häßliche Dienstmagd auf ihrem abgeschlagenen Tablett? »Den Trank aus der Quelle ewiger Jugend« . . .? Nein, Schokolade. Ich sterbe vor Hunger.

»Mélie!«

»Was, mein Goldkind?«

»Hast du mich wenigstens gern?«

Sie stellt das Tablett nieder, überlegt, hebt die schlaffen Schultern und erwidert: »Wahrscheinlich.«

Sie spricht wahr. Ich fühle, daß sie die Wahrheit sagt. Sie bleibt stehen, sieht zu, wie ich esse. Desgleichen Fanchette, zu meinen Füßen sitzend. Beide bewundern mich rückhaltlos. Dessenungeachtet schüttelt Mélie mißbilligend den Kopf, wägt ihre linke Brust und sagt tadelnd:

»Du schaust schlecht aus. Was ist los?«

»Gar nichts. Ich hatte Grippe. Das hab' ich ja Papa geschrieben. Wo ist er denn überhaupt?«

»In seinem Loch natürlich. Du siehst ihn dann ohnehin.«

(Oh, daß ich den herrlichen Dialekt wiedergeben könnte, der jedem mit fresnischen Gewohnheiten Unvertrauten ein ewiges Rätsel bleiben muß!)

»Willst du ein Faß?«

»Ein Faß? Wozu?«
»Um deinen Herrn Hintern zu waschen, und den Rest.«
»Und ob! Ein großes auch noch dazu!«
Sie geht, dreht sich auf der Türschwelle um und fragt wie aus der Pistole geschossen:
»Wann kommt er?«
»Wer?«
»Monsieur Renaud natürlich.«
»Woher soll ich das wissen? Er wird's dir schreiben! Vorwärts, mach weiter!«
Ich neige mich aus dem Fenster, in Erwartung des Fasses, und sehe nichts als Dächer, rote Dächer in wilder Flucht. Der Abhang ist so steil, daß dem ersten Stock eines jeden Hauses das Erdgeschoß des vorherigen entspricht . . . Kein Zweifel, seit meinem letzten Besuch ist der Abhang noch steiler geworden. Ich bemerke einen Zipfel der Rue des Soeurs, die gerade – krummenwegs, meine ich – zur Schule führt. Soll ich Mademoiselle besuchen? Nein, ich bin nicht hübsch genug. Außerdem würde ich vielleicht der kleinen Hélène begegnen, dieser Rézi von morgen . . . Nein, nein, keine Freundinnen mehr, keine Frauen! Ich schüttle meine Hand, mit gespreizten Fingern, empfinde denselben Widerwillen, mit dem man ein langes Frauenhaar wegwirft, das unter dem Fingernagel haftet . . .
Auf bloßen Füßen tappe ich in den Salon. Liebe, alte Fauteuils! Ist's nicht, als lächelten mir eure Risse zu? Hier ist alles wie ehedem. Zwei Jahre Exil in Paris vermochten euren runden Rücken, euren hübschen, geschwungenen Füßen, die ein Rest weißer Farbe ziert, nichts anzuhaben . . . Was für ein Trampel, diese Mélie! Die blaue Vase, die ich fünfzehn Jahre lang links vom grünen Krug stehen sah, steht plötzlich rechts! Rasch stelle ich die alte Ordnung wieder her, vervollständige den Hintergrund, vor dem die meisten Jahre meines Lebens abrollten, und vermisse nichts, nichts als meine Freude von ehedem, meine fröhliche, stachellose Einsamkeit . . .
Dort, jenseits der herabgelassenen Jalousien, wartet der Garten. Nein, Garten, dich besuche ich noch nicht . . . Das bloße Murmeln deiner Blätter wühlt mich auf, ich weiß es genau . . . Zu lange schon habe ich nichts Grünes gekostet. Papa glaubt, ich schlafe. Oder hat er meine Ankunft vergessen? Wie dem auch sei – in seine Höhle zu gehen, ihm einige Flüche zu entlocken, dazu ist auch später Zeit. Fanchette folgt mir auf dem Fuß. Fürchtet sie, ich könnte neuerlich entfliehen? Keine Angst, Fanchette!

Weißt du nicht, daß ich schrieb: »Kleider und Wäsche für Aufenthalt unbestimmter Dauer . . .«? »Unbestimmte Dauer« – was heißt das eigentlich? Ich weiß es nicht. Doch ich glaube für lange, lange hierzusein . . . Oh, wie wohl tut neue Umgebung altem Schmerz!
Mein kurzer Morgen verrinnt im verzauberten Garten. Er ist größer geworden. Der wesenlose Mieter hat nichts angerührt, nicht einmal das Gras auf den Wegen.
Der riesige Nußbaum trägt tausend und abertausend Nüsse. Ich pflücke eines seiner Blätter, atme seinen bittersüßen Verwesungsduft und meine Augen fallen zu. Ich lehne an dem guten Stamm, fasse diesen mächtigen Baum, unseres Gartens Schutz und Fluch – in der Kälte seines Schattens sterben die Rosen. Was tut's? Nichts ist schöner als ein Baum – als dieser Baum. Und rückwärts, vor der Mauer Mutter Adolphes, stehen die beiden Tannenbrüder und nicken mir zu, ernst und kerzengerade in ihrem dunklen, unverwüstlichen Kleid . . .
Am Dach ranken sich die Glyzinien empor. Ihre hübschen Trauben sind blütenleer . . . desto besser! Ich kann ihnen kaum verzeihen, Rézis Haar geschmückt zu haben . . .
Regungslos an den Nußbaum gelehnt, horche ich in mich hinein, fühle mich endlich, endlich wieder Pflanze werden . . . In der Ferne verblaut das Caillesgebirge. Morgen wird's schön sein . . . Über Moustiers ist der Himmel ganz klar . . .
»Ein Brief, mein Herzblatt!«
Ein Brief . . . Schon . . . Wie kurz war die Atempause! Konnte er mir nicht Zeit lassen? Noch einige Tage warmer Sonne, animalischen Daseins? Ich fühle mich machtlos und klein in Erwartung der Pein, die über mich hereinbrechen wird . . . Oh, könnte ich die Vergangenheit mit einer Handbewegung fortschieben und neu beginnen, ganz neu . . .

»Mein geliebtes Kind . . .«
Mehr hätte er nicht schreiben müssen. Ich weiß, was er mir zu sagen hat. Ja, ich war sein Kind. Warum hat er mich betrogen?
»Mein geliebtes Kind, Dein Kummer raubt mir die Ruhe, läßt mich keinen Trost finden. Du tatest, was Du tun mußtest, und ich bin nichts als ein unglücklicher Mann, der Dich verzweifelt liebt. Du weißt, Claudine, daß mich nur dumme Neugier *dazu* getrieben hat – aber das ist es nicht, wessen ich mich schuldig fühle. Das sage ich Dir auf die Gefahr, Deinen Schmerz zu ver-

größern. Aber ich habe Dir Böses getan, und dieser Gedanke verfolgt mich Tag und Nacht.
Das Verlangte werde ich Dir senden. Ich vertraue Dich dem Land an, das Du liebst. Bedenke aber, daß Du meine einzige Freude, meine ganze Zärtlichkeit bist. ›Meine Jugend‹, wie Du sie nanntest, als Du mir noch zulachtest, diese traurige Jugend eines alten Mannes ist mit Dir entschwunden . . .«

Oh, wie weh das tut . . . Ich sitze auf dem Boden, das Haupt an die rissige Rinde des alten Nußbaums gelehnt, und schluchze . . . Wie schmerzt mich mein Leid . . . wie schmerzt mich das seine . . . Ich, die nicht wußte, was »Liebeskummer« ist – jetzt habe ich deren zwei . . . Sein Schmerz brennt noch heißer als der meine . . . O Renaud! Renaud!
Meine Glieder werden schwer. Ich erstarre in meinem Kummer. Brennenden Blicks verfolge ich den Flug einer Wespe, die Kreise eines Vogels, eines Goldkäfers verschlungene Spur. Wie blau ist dieser Eisenhut, wie satt und kräftig seine Farbe . . Und was verströmt diesen Honigduft, diesen Hauch orientalischer Süßigkeiten, überzuckerter Rosenmarmelade? Es ist der Rosenstrauch, der mir seine Düfte sendet . . . Ihm zu Ehren stehe ich auf.
So viele Rosen! Am liebsten sagte ich: »Ruhe aus! Du hast genug geblüht, genug gearbeitet, deine Kräfte, deine Düfte sind erschöpft . . .«
Doch das wäre in den Wind gesprochen. Er will wohl den Rosenrekord brechen. Er ist tüchtig, schnell, gibt, was er hat. Hübsche, zierliche Röschen, deren Blütenblätter eine dunkelrote Linie nachzeichnet, sind seine zahllosen Töchter. Ihresgleichen findet man auf manchen Heiligenbildern. Jede für sich wirkt fast ein wenig einfältig . . . doch wer könnte dem murmelnden Bienenschleier feind sein, den sie über diese Mauer breiteten?

»Elendes Vieh! Aus der Hölle gespieenes Ferkel! Wart, gleich zieh' ich dir das Fell ab!«
Kein Zweifel. Papa tritt in Erscheinung. Glücklich, ihn zu sehen, mich an seiner Narrheit zu erheitern, laufe ich ihm entgegen. Er neigt sich aus dem Bibliotheksfenster im ersten Stock. Sein Bart, etwas weißer geworden, wallt noch immer auf seine breite Brust, ein dreifarbener Strom. Seine Nüstern speien Feuer, seine Gebärden schrecken den Erdkreis.
»Was ist los, Papa?«
»Dieses Schwein von einer Katze hat mit seinen dreckigen Pfoten

mein herrliches Aquarell verdorben! Es ist hin! Vollkommen hin! Man sollte sie aus dem Fenster werfen!«
(Sieh da, er verbricht Aquarelle? Ich zittere ein wenig für meine Liiiiebste . . .)
»Oh! Papa! Hast du ihr weh getan?«
»Natürlich nicht! Aber ich hätte ihr weh tun können – und sollen, verstehst du, elendes Geschöpf?«
Ich atme auf. Unser letztes Zusammentreffen liegt so weit zurück, daß ich die Harmlosigkeit seiner Blitze beinahe vergessen hätte . . .
»Und du, kleine Dine? Geht's dir gut?«
Der zärtliche Ton seiner Stimme, der längstvergessene Name meiner frühesten Kindheit erschließen verschüttete Quellen . . . Freudig lausche ich dem silbernen Rieseln heller, flüchtiger Erinnerungen . . . Ach Gott! Er donnert schon wieder:
»Wird's bald, Ziege? Ich spreche mit dir, will mir scheinen!«
»Ja, liebster Papa. Es geht mir gut. Und dir? Arbeitest du viel?«
»Das Gegenteil für möglich zu halten, ist eine Beleidigung! Da, lies: das ist vorige Woche erschienen . . . zum großen Verdruß meiner Esel von Kollegen . . . Der Erdkreis erbebte!«
Er wirft mir ein Exemplar der »Wissenschaftlichen Rundschau« herunter, die seinen kostbaren Beitrag abdruckte.
O Malakologie! Du spendest deinen Getreuen Glück und Vergessen . . . Was bedeuten ihnen schon die Welt und ihre Schmerzen . . . Ich durchblättere das Heftchen, dessen freundliches Rosa mir gefällt, und stoße auf die wahre Schnecke, ein Wort, das sich auf seinen fünfundfünfzig Buchstaben schleimig dahinwälzt: Tetramethyl-monophenil-sulfo-tripara-amido-triphenyl-Methan . . . O weh! Renauds Gelächter klingt an mein Ohr . . .
»Darf ich das Heft behalten, Papa? Brauchst du es nicht?«
»Nein«, erwidert er von der olympischen Höhe des zweiten Stocks. »Ich habe bei Gauthier-Villars zehntausend Exemplare bestellt.«
»Ein Gebot der Vorsicht. Wann wird gegessen?«
»Woher soll ich das wissen? Wende dich an das Dienerpack! Ich bestehe nur aus Hirn! Essen? Pah!«
Und er schmettert sein Fenster zu, das die aufgehende Sonne vergoldet.
Ich kenne diesen Mann, der nur aus Hirn besteht: zu Mittag wird er ein ordentliches Beefsteak denken.
Schritt für Schritt, Stück für Stück suche ich meine Kindheit zu-

sammen, die in allen Ecken und Enden des alten Hauses nistet, blicke durch die glyzinienumwundenen Gitterstäbe, um zu sehen, wie sich das Caillesgebirge sachte verändert, von Weiß in Violett übergeht. Euch, dichte Wälder, deren undurchdringliches Grün gegen Abend erblaut, will ich erst morgen lieben ... Heute pflege ich meine Wunden, hege sie im Schutz des Hauses. Allzu helles Licht, allzu frischer Wind, grüne, rosenbesteckte Dornen könnten den leichten Schleier der Gesundung zerreißen, der sich auf meinen Kummer senkt.

Im rötlichen Schein des Abends entschlummert der barmherzige Garten. Ich höre zu. Über meinen Kopf hinweg führt der schwarze Zickzackflug einer Fledermaus. Ein voreiliger, verschwenderischer Birnbaum wirft Frucht um Frucht zu Boden. Den runden Birnen, reif und mostig, folgen hartnäckige Wespen ... fünf, sechs, zehn an einem einzigen kleinen Loch ... Noch im Fallen essen sie weiter, mit den hellen Flügeln schlagend. So flatterten an meinen Lippen Rézis goldene Wimpern ...

Die Erinnerung an die Verräterin läßt mich nicht erzittern. Nichts von dem schmerzhaften Stich, den ich gefürchtet hatte. Ach, Rézi! Ich wußte wohl, warum ich dich nicht liebte ... Hingegen vermag ich nicht ohne grausames Erschrecken, nicht, ohne verzweifelt die Hände zusammenzupressen, Renauds hohe Gestalt heraufzubeschwören in dem Augenblick, da er traurigen Blicks darauf wartete, mich das Unwiderlegbare entdecken zu sehen ...

»Ein Telegramm für dich, Goldkind!«

Nein, das ist zuviel! Ich fahre herum, drohend, bereit, das kleine Stück Papier zu zerreißen.

»Mit bezahlter Rückantwort.«

Ich lese: »Sofortige Nachricht über Gesundheit erbeten.« Mehr wagt er nicht zu schreiben. Er dachte wohl an Papa, Mélie, an Mademoiselle Mathieu, das Postfräulein. Auch ich denke an all diese Leute, denn ich antworte:

»Ausgezeichnete Reise. Vater gesund.«

Ich habe im Schlaf geweint. Des Traums erinnere ich mich nicht. Dennoch bedrückt er mich noch im Erwachen und ich höre mich lange zitternde Seufzer ausstoßen ... Der Tag bricht an. Es ist erst drei Uhr. Die Hühner schlafen noch. Nur die Spatzen schreien, und ihr Gezwitscher klingt, als reibe man Kieselsteine aneinander. Es wird schön ... Die Dämmerung ist blau.

Früher, als ich noch ein kleines Mädchen war, stand ich vor der Sonne auf, im Wald von Fredonnes den nächtlichen Geschmack der kalten Quelle zu kosten, die letzten Schleier der Nacht zu erhaschen, ehe sie im dichten Unterholz zur Ruhe geht ...
Ich springe aus dem Bett. Die schlafende Fanchette, des warmen Nests meiner gespreizten Knie grausam beraubt, schlägt einen Purzelbaum, ohne aufzuwachen. Kaum, daß sie leise stöhnt. Und schon drückt sie die weiße Pfote fester auf die geschlossenen Augen. Nein, für feuchte Morgendämmerung hat sie nichts übrig. Sie liebt nur die hellen Nächte, da sie, kerzengerade aufgerichtet wie eine ägyptische Gottheit, schweigend zusehen kann, wie der weiße Mond über den Himmel rollt.
Das hastige Ankleiden, das graue Dämmerlicht erinnern mich an so manchen kalten Winter. Wie oft stand ich fröstelnd auf, ein mageres kleines Ding, um durch Schnee und Kälte zur Schule zu stapfen. Oh, ich war tapfer unter meiner roten Kapuze, grub meine Zähne in die Schale gekochter Kastanien, glitt mit spitzen Holzschuhen über vereiste Wege ...
Ich verlasse das Haus an der Hinterfront, nicht ohne vorher mit einem Stück Kohle an die Küchentüre geschrieben zu haben: »Claudine geht spazieren und kommt erst mittags zurück«, durchquere den Garten und klettere über das Gitter ... Vorher aber lächle ich dem Haus zu, meinem Haus – es gibt keines, das wahrhafter mir gehörte als dieser geräumige Steinbau mit den verblichenen, Tag und Nacht offenstehenden Läden argloser Fenster ... Das bläuliche Schieferdach schmückt helles Moos. Auf der Wetterfahne erwarten zwei Schwalben die Sonne, ihr weißes Jabot von den ersten spitzen Strahlen kraulen zu lassen.

Mein ungewohntes Auftauchen in der stillen Straße beunruhigt einige im Dienste der Müllabfuhr stehende Hunde, verscheucht ein paar Katzen. Sie entfernen sich lautlos, grau und rund, um mir von der Höhe eines sicheren Dachfirsts gehässigen Blicks nachzuschauen ... Kaum wird mein Schritt verklungen sein, werden sie wieder herunterkommen ...
Diese Pariser Schuhe taugen nicht für Montigny. Ich brauche neue, grobe, genagelte.
Die köstliche Kälte der blauen Stunde prickelt auf meiner Haut, sticht meine Ohren. Dort oben wallen schon leichte Nebel, bläuliche Schleier, während leuchtendes Orange die eben noch grauen Dächer umrandet. Fast laufe ich dem Licht entgegen, bis zu der Porte Saint-Jean, auf halber Höhe des Hügels. Dort, wo

ein einsames Haus die ersten Felder bewacht, heiter und kümmerlich, bleibe ich stehen, mit einem tiefen Seufzer.
Winkt das Ende meiner Leiden? Wird der Nachhall des Schlags, der mich betäubte, endlich verklingen? Hier, in der engen Wiege dieses Tals, habe ich während sechzehn langer Jahre meine einsamen Kinderträume zur Ruhe gebettet. Ist's nicht, als sähe ich sie schlummern unter ihrer Decke weichen milchweißen Nebels? Ein Fensterladen wird aufgestoßen. Sein Klappern verjagt mich von dem Steinhaufen, auf dem ich sinnend saß, den Mund ganz kalt vom Morgenwind ... Nein, nach den Leuten von Montigny verlangt es mich nicht. Ich muß weiter, will das Nebeltal durchqueren, den gelben Sandpfad emporklimmen, bis zu den Wäldern, deren Wipfel schon die rote Glut umglost ... Vorwärts! Und ich gehe, gehe, rastlos und eilig, den Blick auf die heckengesäumten Wege geheftet, als hoffe ich, das heilende Kraut zu finden ...

Um halb eins komme ich nach Hause, aufgelöst und abgerissen, als hätten mich Wilddiebe durch den Wald gehetzt ... Mélie greint bei meinem Anblick. Lächelnd betrachte ich mein müdes, von der hellroten Spur spitzer Dornen gezeichnetes Gesicht, mein klettenverfilztes Haar, meinen feuchten Rock, den die Waldhirse mit grünen samtenen Kugeln bestickte. Meine Batistbluse ist unter dem Ärmel zerrissen und sendet mir den warmen, feuchten Duft, der Renaud stets aufs neue erregte – Renaud – nein, ich will nicht mehr an ihn denken!
Wie schön sind die Wälder! Wie sanft ihr Licht! Wie kühl der Tau in grasigen Mulden. Wiesen und Unterholz sind verwaist, die Frühlingsblumen längst verblüht. Dahin das reizende Völkchen der Anemonen und Vergißmeinnicht, der Gänseblümchen und der Narzissen. Maiglöckchen und Glockenblumen sind verstummt. Doch ich durfte meine bloßen Hände, meine erschauernden Beine in tiefem Gras baden, meinen Kummer an den Samt trockenen Mooses betten, meine traumlose Ruhe vom Brand der aufgehenden Sonne bescheinen lassen ... Strahlendurchbohrt, winddurchweht, tönend vom Lied unzähliger Grillen und Vögel komme ich heim, fühle mich wie ein Gartensaal, dessen Fenster und Türen Tag und Nacht offenstehen ...
»Das schöne Kleid!« schimpft Mélie.
»Ach was! Ich kauf' mir ein neues! Oh, Mélie! Ich bin halbtot vor Hunger! Wenn ich nicht etwas essen müßte, wäre ich überhaupt nicht heimgekommen ...«

»Ja, ja . . . Monsieur verrenkt sich schon den Hals nach dir . . . Du bist noch immer die gleiche!«
Genug geschaut, genug geliebt, genug getollt! Den Nachmittag verbringe ich im Garten. Er spendet mir warme Marillen, herbe Pfirsiche, die ich genießerisch auf der Zunge zergehen lasse, unter der großen Tanne im Gras liegend, einen alten Balzac zwischen den Ellbogen.
O Gott! Dieses schwerelose Glücksgefühl, diese wohlige Mattigkeit – sollte ich meine fröhliche Einsamkeit von ehedem wiedergefunden haben?
Nein. So einfach ist die Sache nicht. Mélie hat unrecht. Ich bin nicht mehr die alte. Mit dem schwindenden Tageslicht kehrt meine Unrast zurück, die trübe, rastlose Beklemmung, die mich von Raum zu Raum, von Sessel zu Sessel, von Buch zu Buch treibt, so wie man sich in fieberheißem Bett hin und her wälzt, auf verzweifelter Suche nach neuen, kühleren Regionen . . . Ich gehe in die Küche, zögere lange – helfe Mélie, eine Mayonnaise zu rühren, die nicht »fangen« will – und frage schließlich wie von ungefähr:
»Keine Post für mich?«
»Nein, mein Goldkind. Monsieurs Zeitungen. Sonst nichts.«

Ich erwache nach anstrengender Nacht. So überreizt war ich, so übermüdet, daß ich im Schlaf das Sausen meiner Ohren, das krampfhafte Zucken meiner Waden zu fühlen vermeinte. Außerdem plagten mich verworrene Träume, beherrscht vom entnervenden Gefühl des Wartens. Ich kann mich nicht zum Aufstehen entschließen, trödle im Bett herum, in Gesellschaft Fanchettes und meiner Morgenschokolade, die langsam auskühlt.
Fanchette zweifelt nicht im mindesten daran, daß ich nur ihretwegen zurückgekommen bin, und freut sich vollendeten Glücks. Allzu vollendeten Glücks, vielleicht: ich quäle sie nicht genügend. Wo ist meine lästige Beharrlichkeit geblieben, sie auf die Hinterpfoten zu stellen, am Schwanz aufzuhängen, an je zwei Pfoten hin und her zu schwingen und zu rufen: »Wer kauft weißen Hasen? Fetten weißen Hasen zu vier Kilo?« All das fehlt ihr. Ich bin nur zärtlich, streichle, ohne zu zwicken, beiße sie nicht mehr in die Ohren . . . Gott, Fanchette, man kann nicht alles haben! Schau mich an, zum Beispiel . . .
Wer kommt da die Stufen herauf? Sicher der Briefträger . . . Hoffentlich hat er keinen Brief von Renaud.

Mélie hätte ihn mir schon gebracht ... Tiefe Stille. Ich lausche, leicht vorgeneigt, jeden Muskel gespannt ... Mélie kommt nicht. Er hat nicht geschrieben ... Desto besser ... Möge er vergessen, mich vergessen lassen ...
Was soll dieser Seufzer bedeuten? Wohl ein Seufzer der Erleichterung ... Für eine erleichterte Claudine zittere ich etwas zu heftig ... Warum hat er nicht geschrieben? Weil ich nicht antworte ... Weil er mich noch mehr zu erzürnen fürchtet ... Oder er hat geschrieben und seinen Brief zerrissen ... Er hat den Posttag versäumt ... Er ist krank ...! Mit einem Sprung bin ich aus dem Bett, stehe aufrecht inmitten des Zimmers. Die Katze zwinkert, zerrauft, jäh aus dem Schlaf gerissen. Diese Bewegung führt mich in die Wirklichkeit zurück, und ich schäme mich meiner selbst ...
Mélie ist so faul ... Sicher hat sie den Brief auf den Küchentisch gelegt, neben die Butter, die man bei uns in Montigny in Rübenblätter einzuwickeln pflegt ... Der Brief wird Fettflecke bekommen ... Ich reiße an einer Schnur, was den Spektakel einer Klosterglocke entfesselt.
»Willst du heißes Wasser, Kleine?«
»Klar ... Sag einmal, Mélie – hat der Briefträger keinen Brief für mich gebracht?«
»Nein, mein Goldkind.«
Echte Zärtlichkeit, gutmütiger, leicht anrüchiger Schalk lassen ihre verwaschenen blauen Augen schmal werden:
»Dir fehlt dein Mann! Was, du junge Ehefrau? Das juckt!« Und sie geht, lautlos in sich hineinlachend, indessen ich meinem Spiegel den Rücken kehre. Nein, ich kann den Ausdruck meines Gesichts nicht länger ertragen ...

Endlich habe ich mich wieder in der Hand. Ich beschließe, einen Ausflug auf den Dachboden zu unternehmen, in Gesellschaft Fanchettes. Wie oft war er meine Zuflucht während hartnäckiger Regengüsse ... Er ist düster und geräumig. Von den Holzstangen des Trockenbodens hängt die Wäsche. Ein Haufen halbvermoderter Bücher nimmt eine ganze Ecke ein. Ein alter geborstener Sessel, dem ein Bein fehlt, harrt gähnend des Hinterteils eines müden Gespensts ... Ein großer Weidenkorb birgt Tapetenreste aus der Zeit der Restauration: zwetschgenblaue Streifen auf gallgelbem Grund, Leisten, an denen sich komplizierte Flora hochrankt, umschwirrt von gurkengrünen Phantasievögeln ... Dazwischen die Reste einer alten Kräutersammlung, deren zarte

Pflanzenskelette ich lange zu bewundern pflegte, ehe ich sie wegwarf . . . Es sind noch immer einige da. Ich atme den süßlichen Pflanzenstaub. Er riecht nach Apotheke, verschimmeltem Papier, abgestorbenem Grün, alten Lindenblüten, die, auf einem Tuch ausgebreitet, langsam vertrocknen . . . Öffne ich die Dachluke, umrahmt das viereckige Fensterchen noch immer dasselbe kleine Bild, vollendet in seiner friedlichen Ferne: links Wald, rechts Wiese, dazwischen ein rotes Dach. O hübsches, sorgfältig komponiertes Gemälde, ein wenig einfältig zwar, allein wie reizend!

Es läutet . . . Türen fallen zu, undeutliches Stimmengewirr, etwas Schweres wird über den Boden geschleift . . . Arme, wunde Claudine, wie wenig braucht es, deine Seele in Aufruhr zu bringen . . . Ich halte es nicht mehr aus. Lieber gehe ich in die Küche.

»Wo steckst du denn, Kleine? Ich hab' dich überall gesucht . . . Wahrscheinlich bist du wieder im Wald herumgerannt . . . Racalin war da, mit deinem Koffer . . . Monsieur Renaud hat ihn aus Paris geschickt, expreß . . . Er steht in deinem Zimmer . . .«

Beim Anblick des großen Pergamentkoffers verschlechtert sich meine Laune, als sähe ich Möbelstücke aus unserer Pariser Wohnung . . . An einer seiner Seitenwände klebt noch ein riesiges rotes Schild mit weißen Buchstaben: *Hotel des Bergues.*

Es stammt aus den Tagen unserer Hochzeitsreise . . . Ich hatte gebeten, man möge dieses Schild nicht herunternehmen. Es machte den Koffer von weitem kenntlich. Hotel des Bergues . . . Es regnete ununterbrochen. Wir sind nicht ausgegangen . . .

Mit einer jähen Bewegung hebe ich den Deckel, als wollte ich die teure, brennende Erinnerung zu Boden schleudern, die mir ihr Hoffnungsantlitz entgegenhebt . . .

Nun, es sieht nicht so aus, als hätte das Stubenmädchen etwas vergessen. Das Stubenmädchen . . . Nein, hier sehe ich die Spur anderer Hände . . . Unter den leichten Hemden, auf feinem, frischem, mit neuen Bändern umwundenem Wäschebett, liegt ein kleines grünes Futteral: der Rubin, den Renaud mir gab, leuchtet mir daraus entgegen, rot wie helles Blut, wie schwerer, süßer Wein . . . Ich wage kaum, ihn zu berühren . . . Nein, schlafe noch ein wenig in deinem grünen Sarg . . .

Auf des Koffers Grund liegen meine Kleider, schlotternd, mit mutlosen Ärmeln, drei einfache Kleider, die ich hier tragen kann. Werde ich aber auch dieses alte dunkelrote Kästchen behalten, ein Geschenk Renauds wie der Rubin, wie alles, was ich besitze?

Er hat es mit Bonbons gefüllt, übersüßen Fondants, weicher Schokolade ... Renaud, grausamer Renaud, Sie wissen nicht, wie bitter Fondants schmecken, von heißen Tränen benetzt ...
Ich fürchte jede neue Entdeckung, zögere, diesen Koffer auszuräumen, in dem sich die Vergangenheit verbirgt, die flehende, zärtliche Sorge dessen, der mich verriet ... Alles atmet seine Gegenwart ... Seine Hände haben diese Wäschestücke geglättet, diese Bänder geknüpft ...
Langsam leere ich den Reliquienschrein, tränenblind ...
Oh, hätte ich noch länger gewartet! Am tiefsten Grund, in einem meiner Lederpantöffelchen, steckt ein weißer zusammengerollter Brief. Ich weiß, ich werde ihn lesen ... doch wie kalt ist dieses Papier! Wie unangenehm knistert es in meiner zitternden Hand ... Ich muß den Brief lesen, sei es auch nur, dieses quälende Geräusch verstummen zu machen ...

»Mein armes geliebtes Kind, ich sende Dir alles, was mir von Dir verblieb, alles, dem noch ein wenig Deines Dufts, Deiner Gegenwart anhaftete. Meine Liebste, die Du an die Seele der Dinge glaubst, ich hoffe, diese werden Dir von mir erzählen, ohne Deinen Zorn zu wecken ... Wirst Du mir vergeben, Claudine? Ich lebe in verzweifelter Einsamkeit. Gib mir – nicht jetzt, später, wenn Du es vermagst – nicht meine Frau zurück, aber das liebe kleine Mädchen, das Du mitgenommen hast ... Mein Herz zerspringt bei dem Gedanken, daß Dein blasses, beseeltes Gesicht Deinem Vater zulächelt, während mir nichts bleibt als Marcels grausame Züge. Vergiß nicht, Liebste, wenn sich Dein Kummer sänftigt, daß mir eine Zeile von Deiner Hand teuer und gesegnet sein wird wie ein Versprechen ...«

»Wohin gehst du? Es ist serviert?«
»Na und? Ich esse nicht hier. Sag Papa ... was du willst ... daß ich einen Ausflug mache, bis zum Caillesgebirge ... Vor Abend bin ich nicht zurück.«
Mit fiebrigen Fingern fülle ich ein Körbchen: der Anschnitt eines Brotlaibs, frische Äpfel, ein Hühnerschenkel, von der Schüssel stibitzt. Hier essen? Nein! Um in meiner wirren Seele lesen zu können, brauche ich den sonngefleckten Waldesschatten, seine stille, ratspendende Schönheit.
Die Sonne brennt. Dennoch folge ich, ohne stehenzubleiben, dem schmalen Weg nach Vrimes, der eher einem engen, sandigen Flußbett gleicht. Meine Schritte verscheuchen smaragdene Ei-

dechsen. (Sie sind so furchtsam, daß es mir nie gelang, auch nur eine einzige zu fangen.) Eine Wolke braun-gelber Schmetterlinge schwebt mir voran. Ein Pfauenauge fliegt im Zickzack vorüber, streift die Hecke und steigt nur wenig in die Höhe, als hätte es Mühe, den schweren Samt seiner Flügel zu heben . . . Ab und zu gräbt sich eine schmale, wellige Spur in den Sand des Wegs: hier kam eine Blindschleiche vorüber, glänzend und schieferfarben. Vielleicht ragten aus ihrem kleinen flachen Schildkrötenmund die grünen zuckenden Beine eines Froschs . . .
Ich wende mich oft nach dem efeuumhüllten Sarazenenturm, dem verfallenden Schloß, sie langsam entschwinden zu sehen. Mein Ziel ist ein kleines Jagdhüterhäuschen, das seit über hundert Jahren Fenster, Türen, Fußboden und Namen eingebüßt hat . . . Es heißt: »Das-kleine-Haus-wo-so-viele-Unanständigkeiten-an-den-Wänden-stehen!« Ja, so ist das. Und wahr ist nicht minder, daß man nirgendwo anders so viele Obszönitäten finden kann wie dort – oben, unten, übereinander, links und rechts, mit Kohle gezeichnet, eingeritzt, erläutert durch eingekerbte oder Kreide-Skizzen – so viele naive Zoten. Das sechseckige Häuschen, dieses Sonntagsausflugsziel frecher Burschen und pfiffiger Mädchen, interessiert mich nicht. Ich suche den Wald, den es einst hütete, dieses dichte, stille, von keinem Ausflügler entweihte Gehölz, dessen versteckten Morästen Farne entsprießen, formschön und leuchtend wie naturgewordene Raketen . . .

Der Hunger macht sich bemerkbar; ich esse wie ein Holzfäller, gierig und gedankenlos, mein Körbchen zwischen den Knien. Wir herrlich, sich als Tier zu fühlen, nichts anderem zugänglich als dem Wohlgeschmack krachenden Brots, mehliger Äpfel! Die sanfte Landschaft zu meinen Füßen weckt in mir eine Sinnlichkeit, die der Lust des Hungers gleicht, den ich genießend stille: die dunklen Wälder duften nach Äpfeln, das frische Brot dünkt mich nicht minder fröhlich als das rote Ziegeldach, das dort hervorleuchtet . . .
Ich strecke mich ins Gras und kreuze die Arme auf der Brust, in Erwartung seliger Erschlaffung.
Die Felder liegen verlassen. Warum auch nicht? Die Arbeit ist getan. Das Gras wächst, das morsche Holz fällt ab, das Wild läuft in die Schlinge. Die kleinen Mädchen haben Schulferien und führen längs der Hügel ihre Schafe auf die Weide. Jetzt, am frühen Nachmittag, hält alles Siesta wie ich. Ein blühender Brom-

beerstrauch verströmt trügerischen Erdbeergeruch. Das niedrige Gezweig einer knorrigen Eiche schützt mich wie das Vordach eines Hauses . . .
Ich wälze mich weiter, auf der Suche nach einem frischen Grasbett. Da verscheucht das Knistern eines Blatts Papier den nahenden Schlummer. Renauds Brief pocht an meinem Herzen, sein zärtlicher, flehender Brief . . .
»Mein armes geliebtes Kind« . . . »Das liebe kleine Mädchen, das du mitgenommen hast« . . . »Dein blasses, beseeltes Gesicht . . .«
Vielleicht zum erstenmal schrieb er, ohne seine Worte zu wägen, ohne literarische Hintergedanken, er, der eine Wortwiederholung auf zwei Zeilen Entfernung ebensowenig zu ertragen vermag wie Tintenflecke an seinen Fingern . . .
Wie eine Braut trage ich seinen Brief an meinem Herzen. Der heutige und der vorgestrige sind die einzigen Liebesbriefe, die ich jemals erhielt: während unserer kurzen Verlobungszeit war Renaud stets um mich. Nachher folgte ich ihm fröhlich, gehorsam oder gleichgültig, wo immer ihn seine mondäne oder weltenbummlerische Laune auch hintrieb . . .
Was habe ich für ihn und mich jemals geleistet? Was getan, in diesen zwei Ehejahren? Ich freute mich seiner Liebe, war über seine Leichtfertigkeit betrübt, über seine Art zu denken und zu handeln zuweilen ehrlich empört. Und all das, ohne ein Wort zu sagen, jede Aussprache ängstlich vermeidend . . . Mehr als einmal grollte ich Renaud um meines eigenen Schweigens willen . . .
Ich habe meinen Stolz dareingesetzt – meinen Stolz und meinen Hochmut! –, stumm zu leiden, ohne nach Linderung zu suchen, tadelte im stillen, mit selbstsüchtiger Überheblichkeit. Und dennoch – was hätte er nicht für mich getan? Konnte ich von seiner gewährenden Liebe nicht alles verlangen, alles fordern? Er liebte mich genug, mich zu leiten, wenn ich ihn zuerst geleitet hätte . . .
Ich muß neu beginnen, noch ist es nicht zu spät. »Mein geliebter Großer«, werde ich sagen, »ich befehle Ihnen, mich zu beherrschen!« Und auch andere Dinge werde ich ihm sagen, viele andere Dinge . . .

Die Zeit verrinnt. Die Sonne wendet sich zum Gehen. Den Wäldern entschweben zarte Schmetterlinge, deren schwanker Flug erst bei einbrechender Nacht an Sicherheit gewinnen wird . . .

Ein geselliges Käuzchen, furchtsam und geblendet, erscheint zu früh am Waldesrand, zwinkert und verschwindet wieder. Tausend kleine Geräusche erwachen im abendlichen Gehölz, Pfoten scharren, Vögel schreien leise ... Ich höre es kaum, lausche zerstreut, beobachte, ohne zu sehen, zärtlichen, abwesenden Blicks ... Plötzlich stehe ich auf, dehne die steifgewordenen Arme, reibe meine schmerzenden Waden und eile zurück, zurück nach Montigny, getrieben vom Gedanken an die schwindende Zeit. Die Poststunde naht ... Ich will Renaud schreiben! Mein Entschluß steht fest – wie leicht fiel es mir doch, ihn zu fassen!

»Liebster Renaud, ich weiß nicht, wie ich beginnen soll – es ist das erstemal, daß ich Ihnen schreibe. Ich habe das Gefühl, als könnte ich Ihnen, ehe die Abendpost weggeht, nicht einmal einen kleinen Teil all dessen sagen, was ich Ihnen sagen möchte ...

Zwei Dinge vor allen: daß Sie mir verzeihen mögen, fortgegangen zu sein. Und daß ich Ihnen danke, mich nicht gehindert zu haben. Ich habe vier Tage gebraucht, vier Tage einsamen Kummers, um zu verstehen, was Sie mir in wenigen Augenblicken klargemacht hätten ... Dennoch halte ich diese vier Tage nicht für verloren.

Sie haben mir Ihre ganze Zärtlichkeit geschrieben, Liebster, ohne Rézi zu erwähnen, ohne mir zu sagen: ›Ich tat mit ihr kaum anderes als du ...‹, obwohl es sehr überzeugend geklungen hätte ... Aber Sie wußten, daß es nicht dasselbe war ... und ich danke Ihnen, es verschwiegen zu haben.

Renaud, ich möchte Ihnen niemals, niemals wieder Kummer bereiten, doch Sie müssen mir helfen. Ja, ich bin Ihr Kind – nicht nur Ihr Kind –, bin eine verzogene Tochter, der Sie manchmal weigern müssen, was sie verlangt. Ich begehrte Rézi. Sie gaben sie mir wie ein Bonbon ... Sie müssen mich lehren, daß es schädliche Gelüste gibt und daß man sich, wenn man ihnen nachgibt, vor Leckereien schlechter Qualität zu hüten hat ... Fürchten Sie nicht, Liebster, Ihre Claudine durch Tadel zu kränken ... Ich bin gern von Ihnen abhängig, liebe es, meinen geliebten Freund ein wenig zu fürchten.

Und eines noch will ich Ihnen sagen: Ich komme nicht nach Paris zurück. Sie haben mich dem Land vertraut, das ich liebe: kommen Sie denn, mich hier zurückzunehmen, zu lieben, zu behalten. Müssen Sie mich zuweilen verlassen, aus Laune oder Notwendigkeit, werde ich Sie hier erwarten, treu und ohne Mißtrauen. Fürchten Sie nicht, sich zu langweilen: es gibt hier im Fresnischen Schönheit und Trauer genug, man muß sie nur zu finden wissen. Und ich werde bei Ihnen sein, schöner, zärtlicher, aufrechter als in Paris.

Kommen Sie: ich kann ohne Sie nicht sein. Ich liebe Sie, ich liebe Sie, es ist das erstemal, daß ich es Ihnen schreibe. Kommen Sie! Bedenken Sie, geliebter Gatte: seit vier langen Tagen warte ich, daß Sie für mich nicht mehr zu jung seien . . .«

Claudine geht . . .

Er ist fort! Er ist fort! Ständig wiederhole ich diese Worte, horche ihrem Klang nach, schreibe sie nieder, um zu sehen, ob sie wahr sind, ob sie schmerzen. Solange er noch hier war, fühlte ich nicht, daß er scheiden würde. Seine Bewegungen waren knapp und durchdacht, seine Befehle unwiderruflich. »Annie, vergessen Sie nicht . . . Gott, wie verloren Sie dreinschauen! Ihr Kummer schmerzt mich mehr als meine Abreise!«

Wirkte ich tatsächlich so verloren? Ich weiß es nicht. Schmerz empfand ich keinen: er war ja noch da.

Er bedauerte mich, und ich erbebte, ängstlich geduckt: hat er recht? Werde ich wirklich so sehr leiden müssen? Das wäre entsetzlich.

Nun, er hat sich nicht getäuscht. Jetzt ist er fort, und ich wage keine Bewegung, getraue mich kaum zu atmen, zu leben. Ein Gatte – dieser Gatte! – sollte seine Frau nicht verlassen . . .

Noch zählte ich keine dreizehn Jahre, war er schon Herr und Meister meines Lebens. Welch schöner Meister! Ein rotblonder Junge, weißer als ein Ei, mit leuchtend blauen Augen. Damals lebte ich auf dem Land, bei Großmutter Lajarrisse – meiner gesamten Familie –, und zählte die Tage bis zu den großen Ferien, bis zu dem Morgen, da Großmutter meine grau-weiße klösterliche Kammer betrat (in diesem Land der brennenden Sommer kalkt man die Wände: so bleiben sie frisch und kühl im grünen Schatten der Jalousien) und sagte: »Alain ist da . . . Die Fenster seines Zimmers stehen offen. Die Köchin hat's gesehen, auf dem Heimweg vom Markt.« Ruhig überbrachte sie mir diese Nachricht, ohne zu ahnen, daß ich mich bei ihren Worten unter meiner Decke krümmte und die Knie bis ans Kinn zog . . .

O Alain! Als Zwölfjährige liebte ich ihn wie heute, mit verschreckter, verworrener Liebe, ohne Koketterie, ohne List. Alljährlich lebten wir fast vier Monate Seite an Seite (Alain besuchte eine jener Schulen in der Normandie, deren Zöglinge nach englischem Vorbild lange Ferien genossen). Weiß-golden kam er an, fünf oder sechs Sommerprossen unterhalb der blauen Augen, und stieß die Gartentüre auf, als pflanzte er ein Banner auf eine Zitadelle. Ich erwartete ihn in meinem Alltagskleidchen – aus Furcht, er könne es bemerken, wagte ich nicht, mich für ihn zu schmücken – und ließ mich fortführen. Wir lasen, spielten. Er fragte nie nach meiner Meinung, spottete oft, verfügte in einem Ton, der keinen Widerspruch duldete: »Wir tun jetzt das und jenes, geben Sie acht, daß die Leiter nicht umfällt, halten Sie die Schürze auf, ich werde die Äpfel hineinwerfen . . .« Er schlang den Arm um meine Schulter und blickte angriffslustig in die Runde, als wollte er sagen: »Versucht nur, sie mir zu nehmen!« Er war sechzehn, ich zwölf.

Mitunter legte ich meine gebräunte Hand auf seinen weißen Arm – noch gestern tat ich es, in stiller Demut, und seufzte: »Wie schwarz ich bin!« Dann entblößte ein stolzes Lächeln seine viereckigen Zähne, und er antwortete: »Sed formosa, liebste Annie!«

Da ist ein Photo aus jener Zeit. Es zeigt mich dunkel, schmal und flächenhaft wie heute, mit kleinem, von der Last schwarzen Haars nach rückwärts gezogenem Haupt, einem Klagemündchen, das zu jammern scheint: »Ich werd's nie wieder tun!«, und lichten blauen Augen, die durch das kerzengerade Gitterwerk langer, niedergeschlagener Wimpern schimmern. So wasserklar scheinen sie, so lächerlich hell im Vergleich zu meiner Gesichtsfarbe, die einem Berbermädchen eher anstünde, daß ich ihnen im Spiegel nur ungern begegne. Aber schließlich wußten sie Alain zu gefallen . . .

Wir wuchsen heran, wie es sich gehört, ohne Küsse, ohne häßliche Gebärden. Oh! Es ist nicht meine Schuld. Ich hätte »ja« gesagt, wiewohl schweigend. Oft, wenn er mir nahe war und die Abenddämmerung herniedersank, fand ich den Jasminduft zu schwer, zu drückend, atmete mühsam aus beklemmter Brust . . . »Der Jasmin, der Abend, dieser Flaum meiner Haut, den meine Lippen zärtlich streifen, all das bist du . . .« Niemals hätte ich so zu sprechen vermocht . . . Also senkte ich schweigend die Wimpern über meine allzu hellen Augen, eine Haltung, die ihm so vertraut war, daß er nie, nie das geringste ahnte . . . Er ist ebenso aufrecht wie schön.

Als er vierundzwanzig Jahre zählte, erklärte er: »Jetzt werden wir heiraten.« Im gleichen Tonfall hatte er elf Jahre früher gesagt: »Jetzt spielen wir Indianer.«

Er wußte stets, was mir frommte, handelte an meiner Statt. Ohne ihn komme ich mir vor wie ein mechanisches Spielzeug, dessen Schlüssel in Verlust geraten ist . . . Wie soll ich nun Recht von Unrecht unterscheiden?
Arme kleine Annie, schwaches, selbstsüchtiges Wesen! Du denkst an ihn und bedauerst dich selbst.
Ich flehte ihn an, hierzubleiben . . . oh, in wenigen Worten. Seine stets gezügelte Zuneigung ist jedem Gefühlsausbruch feind. »Vielleicht ist diese Erbschaft gar nicht so bedeutend . . . Haben wir nicht Geld genug? . . . Heißt es nicht, weit in die Ferne schweifen, eines unsicheren Gewinns wegen? Sie könnten doch jemand andern beauftragen, Alain . . .« Er zog erstaunt die Brauen in die Höhe: mein linkischer Satz blieb unvollendet. Ich faßte neuen Mut: »Oder aber – Sie nehmen mich mit.«
Ein mitleidiges Lächeln raubte mir die letzte Hoffnung:
»Sie mitnehmen, armes Kind! Zart, wie Sie sind, und so . . . so unbegabt zum Reisen, bei aller Liebe sei es gesagt! Wie wollen Sie die Seereise überstehen? Bis Buenos Aires ist es weit! Denken Sie an Ihre Gesundheit, bedenken Sie – dies Argument wird Sie überzeugen, ich weiß es . . . – an die Ungelegenheiten, die Sie mir bereiten könnten!«
Ich senkte die Lider – das ist meine Art, die Welt zu fliehen – und verfluchte im stillen meinen Onkel Etchevarray, diesen Narren, der vor fünfzehn Jahren von der Bildfläche verschwand. Fällt es diesem widerwärtigen Sonderling nicht bei, in einem Land, das niemand kennt, reich zu sterben und Estancias zu hinterlassen, auf denen Stiere gezüchtet werden, »Stiere, die einen Verkaufspreis von 6000 Piastern erzielen, Annie!« Ich habe schon vergessen, wieviel Francs das sind . . .

Der Tag seiner Abreise ist noch nicht verdämmert, und schon neige ich mich über das schöne Heft, das er mir schenkte, darin das »Tagebuch seiner Reise« zu führen, und überfliege den »Plan«, den seine entschlossene Fürsorge entwarf:
»Juni. – Besuche bei Madame X., Madame Z., Madame T. (wichtig!).
Ein einziger Besuch bei Renaud und Claudine. Die Bohème-Atmosphäre dieses Hauses ist für eine junge Frau, deren Gatte verreist ist, nicht geeignet.
Tapeziererrechnung begleichen lassen (große Fauteuils im Salon und kanneliertes Bett). Nicht handeln. Die Firma arbeitet auch für unsere Freunde G. Man könnte klatschen.

Annies Sommergarderobe bestellen. Keine Schneiderkostüme, bitte. Lichte, einfache Kleider. Meine liebste Annie möge sich nicht einreden, daß Rot und Orange ihren Teint heller erscheinen lassen.
Jeden Samstag die Bücher der Dienstboten überprüfen. Jules soll nicht vergessen, in meinem Rauchzimmer die Wandbespannung abzunehmen, durchzulüften und nach dem Klopfen in Pfeffer und Tabak zu rollen. Jules ist ein brauchbarer, aber bequemer Diener, der seinen Dienst nachlässig versehen wird, wenn Annie nicht persönlich nach dem Rechten sieht.
Annie wird in den Avenuen spazierengehen und nicht zu viele naturalistische – und andere – Romane lesen.
Die Zeitung ›Gesellschaft‹ benachrichtigen, daß wir am 1. Juli aufs Land fahren. Während der fünf Tage bis zur Abfahrt nach Arriège einen Fiaker mieten.
Meine liebste Annie wird gut daran tun, oft meine Schwester Marthe zu Rate zu ziehen und mit ihr auszugehen. Unter Marthes ein wenig freizügigem Benehmen verbergen sich sowohl klarer Verstand als auch ein stark ausgeprägter Sinn fürs Praktische.«

Er hat an alles gedacht! Und ich? Schäme ich mich nicht – wenigstens einen Herzschlag lang – meiner Unfähigkeit? Doch nein. Im Grund halte ich mich nicht für unfähig. Eher für träge. Alains tätige Wachsamkeit schließt alles ein, befreit mich von jeglicher materieller Sorge. Ich stamme aus dem Süden, dem Land der wohlig-stummen Untätigkeit. Dennoch versuchte ich während unseres ersten Ehejahres, mich zu ändern, trachtete, rege und betriebsam zu werden. Wie rasch dämpfte Alain meinen löblichen Eifer: »Lassen Sie das, Annie? Das verstehen Sie doch nicht . . .«
Ich verstehe nichts – außer gehorchen. Das hat er mich gelehrt, das kann, das tue ich mit freudigem Eifer. Gehorchen ist der Sinn meines Lebens.
Alles bestimmt mich dazu: mein biegsamer Hals, meine hängenden Arme, meine überschlanke, nachgiebige Taille, meine Lider, die sich wie von selbst zustimmend über die Augen senken, sogar mein Teint, der einer kleinen Sklavin wohl anstünde. »Kleine Sklavin.« Alain nennt mich zuweilen so, ohne Bosheit natürlich, doch mit kaum merklicher Verachtung für meine braune Haut. Er ist so weiß!

Ja, liebster Stundenplan, der du mich noch während seiner Abwesenheit leitest und belehrst, der du mir sagst, was ich bis zu seinem ersten Brief tun soll, ja, ich werde die Zeitung »Gesellschaft« anrufen, ich werde die Bücher der Dienstboten überprüfen, werde Besuche machen und oft mit Marthe zusammenkommen.

Marthe ist meine Schwägerin, die Schwester Alains. Obzwar mein Gatte ihre Heirat mit einem Romanschriftsteller (der durchaus nicht unbekannt ist) mißbilligt, kann er nicht umhin, ihr eine Art scharfer, sprunghafter Intelligenz, eine instinktive Hellsichtigkeit zuzuerkennen. »Marthe ist geschickt«, sagt er oft, ein Kompliment, dessen wahren Wert ich nicht zu bestimmen vermag.

Jedenfalls bedient sie sich ihres Bruders mit unfehlbarem Geschick, und ich glaube fast, Alain ist sich dessen nicht bewußt. Wie klug verfälscht sie das gewagte Wort, das ihr eben entschlüpfte, wie meisterlich versteht sie es, gefährlichen Gesprächen die harmlosesten Wendungen zu geben! Habe ich meinen Herrn und Meister erzürnt, bleibe ich traurig in meinem Winkel und wage nicht, Vergebung zu erflehen. Nicht so Marthe: sie lacht ihm ins Gesicht, bewundert überlaut seine letzte Bemerkung, macht einen besonders langweiligen Menschen mit ein paar treffenden Worten rettungslos lächerlich, und auf Alains drohender Stirn glätten sich die Unmutsfalten wie durch Zauber.

Ja, Marthe ist geschickt, auch mit den Händen. Wie oft, während wir plaudern, bestaune ich einen reizenden Hut, ein duftiges Spitzenjabot, die unter ihren Fingern wie von ungefähr erblühen. Marthes Geschmack würde jeder »Ersten« eines großen Modehauses Ehre machen . . .

Dabei hat sie beileibe nichts von der Midinette. Marthe ist klein und mollig, schlank, wiewohl geschnürt, sehr beweglich, sehr possierlich, hält sich gerade, trägt den Kopf hoch – ein rotgolden flammendes Haupt (Alains Haare), das der Schein zwingender grauer Augen noch zusätzlich erhellt. Marthe liebt es, ihr Gesicht, das einer Volksaufwieglerin aus dem Jahr 1789 bestens anstünde, auf »Marie Antoinette« herzurichten. Mit Erfolg. Reispuder, Lippenrot, raschelnde Kleider aus blütenbesäter Seide mit spitz angesetztem Oberteil, sehr hohe Stöckel – das sind ihre Requisiten. Claudine (die amüsante Claudine, die ich nicht allzu oft besuchen soll) nennt sie »Barrikadenmarquise«. Diese umstürzlerische Preziöse wußte den Mann zu unterjochen – auch daran erkenne ich das Blut Alains –, den sie nach kurzem Kampf gewann: Léon ist in gewissem Sinne Marthes Annie. In Gedanken nenne ich ihn immer »den armen Léon«. Er ist dunkelhaarig, hübsch, hat regelmäßige Züge, einen kleinen Spitzbart, Mandelaugen, weiches, glattes Haar. Der typische, friedfertige Durchschnittsfranzose. Wohl wünschte man seine Züge schärfer, sein Kinn eckiger, den Schwung der Brauen weniger sanft, den Blick der schwarzen Augen herrischer. Léon wirkt – es ist zwar häßlich, das niederzuschreiben – unmännlich. Zumindest behauptet das Claudine, diese Giftzunge, die ihn eines Tages »Darf's-ein-wenig-mehr-sein-Madame?« taufte. Der Spitzname ist dem armen Léon geblieben, den Marthe als Zinshaus zu betrachten scheint: sie sperrt ihn täglich drei bis vier Stunden in sein Arbeitszimmer. Auf diese Weise, hat sie mir vertraut, liefert er einen Durchschnitt von ein zweidrittel Roman pro Jahr, »das Existenzminimum«.

Ich werde nie begreifen, daß es Frauen gibt, die über genügend Energie, Unternehmungsgeist, täglich aufs neue bewiesene Willenskraft und – Grausamkeit – verfügen, ihr Budget auf dem krummen Rücken eines Mannes auszulasten, der schreibt, schreibt und dabei nicht zugrunde geht . . . Manchmal tadle ich Marthe, um sie gleich darauf entsetzt zu bewundern.

Angesichts ihrer männlichen Autorität, die sich den fügsamen Léon zu unterwerfen wußte, sagte ich einmal an einem Tag besonderer Kühnheit:

»Marthe – du und dein Mann, ihr seid ein widernatürliches Paar.«

Erst blickte sie mich verblüfft an, dann lachte sie sich halbtot:

»Nein, diese Annie hat Einfälle! Du solltest nie ohne Konversationslexikon ausgehen, mein Kind! Ein Glück, daß dich niemand gehört hat! Bei den jetzigen Gepflogenheiten . . .«

Aber Alain ist dennoch fort. Mein Selbstgeschwätz vermag mich nicht länger darüber hinwegzutäuschen . . . Was tun? Die Last, allein zu leben, drückt mich nieder . . . Soll ich aufs Land fahren, nach Casamène? Dort steht das alte ererbte Haus, das einst Großmutter Lajarrisse gehörte. Dort könnte ich allein sein bis zu seiner Rückkehr, niemanden hören, niemanden sehen . . .

Marthe tritt ein, mit steifen, knisternden Röcken, weiten, gezogenen Ärmeln, und fegt meine schönen, lächerlichen Pläne zur Türe hinaus. Rasch verstecke ich mein Heft.

»Ganz allein? Ich geh' zum Schneider. Kommst du mit? Ganz

allein in diesem düsteren Zimmer! Die untröstliche Witwe, wie?« Der unzeitige Scherz – vor allem aber ihre große, trotz Rouge, Trianonhütchen und langstieligem Sonnenschirm deutlich ausgeprägte Ähnlichkeit mit ihrem Bruder – erpressen mir neuerliche Tränen.

»Da haben wir die Bescherung! Annie, du bist die letzte der – Gattinnen! Er kommt zurück, sag' ich dir! Und ich simple, unwürdige Seele bildete mir ein, seine Abwesenheit würde dir (während der ersten Wochen zumindest) ein Gefühl der Ferien, der Freiheit geben . . .«

»Der Freiheit . . . Oh, Marthe!«

»Was, oh, Marthe?« Sie spaziert durch mein Zimmer, an dem Alains Abreise nicht das geringste geändert hat, und sagt: »Aber es ist wirklich leer hier . . .«

Ich trockne meine Augen, ein Unterfangen, das meiner langen, dichten Wimpern wegen immer gewisse Zeit in Anspruch nimmt. Marthe behauptet lachend, ich hätte »Haare an den Augen.«

Meine Schwägerin zeigt mir den Rücken, die Arme auf den Kaminsims gestützt. Sie trägt – ein wenig früh für die Jahreszeit, finde ich – ein blaßbraunes, mit altmodischen Röschen geziertes Florkleid: gezogener Rock und gekreuztes Halstuch à la Madame Vigée-Lebrun, dazu eine goldrote, nackenfreie Frisur, frei nach Helleu. Der Unterschied ist kraß, entbehrt jedoch nicht eines gewissen Reizes. Selbstverständlich werde ich diese Bemerkungen bei mir behalten. Welche übrigens nicht?

»Was betrachtest du so aufmerksam, Marthe?«

»Das Porträt meines Herrn Bruders.«

»Alains Bild?«

»Den Namen hast du ausgesprochen.«

»Und wie findest du ihn?«

Sie antwortet nicht sogleich. Endlich bricht sie in Gelächter aus und dreht sich um:

»Kaum zu glauben! Er sieht aus wie ein Hahn!«

»Wie ein Hahn?«

»Jawohl, wie ein Hahn. Überzeug dich selbst.«

Diese ungeheuerliche Behauptung läßt mich erstarren. Mechanisch greife ich nach der rotbraun getönten Photographie, die mir gefällt. Sie zeigt meinen Mann in sommerlichem Garten, barhäuptig, das rotblonde Haar kurz geschoren, mit kühnem Blick, gespannten Sehnen. Er sieht aus wie ein schöner, gesunder junger Mensch mit scharfem Auge und raschem Verstand. Er

sieht aber auch aus wie ein Hahn. Marthe hat recht. Jawohl, wie ein roter, eitler Hahn, gespornt und kammbewehrt . . . Verzweifelt, als verließe er mich zum zweitenmal, breche ich in neuerliche Tränen aus. Meine Schwägerin ringt die Hände:
»Also weißt du, wenn man nicht einmal mehr von ihm reden darf – du wirst mit der Zeit ein pathologischer Fall, meine Liebe! Hübsch wirst du aussehen beim Schneider, mit diesen verweinten Augen! Habe ich dich gekränkt?«
»Nein, nein . . . ich bin selber schuld . . . Laß nur, das geht vorbei . . .«
Ich kann ihr doch nicht gestehen, daß ich niedergeschmettert bin, weil Alain einem Hahn ähnelt, vor allem aber, weil ich es bemerkt habe . . . Einem Hahn! Als ob es nötig gewesen wäre, mich ausgerechnet darauf hinzuweisen . . .

»Madame hat nicht gut geschlafen?«
»Nein, Léonie . . .«
»Madame hat Ringe unter den Augen. Madame sollte ein Glas Cognac trinken.«
»Danke, nein. Kakao ist mir lieber.«
Léonie kennt für sämtliche Übel nur ein einziges Heilmittel: ein Glas Cognac, dessen segensreiche Wirkungen sie, wie ich annehme, täglich erprobt. Sie ist groß und eckig, macht keine Bewegung zuwenig, keine zuviel, schließt die Türen mit Nachdruck, pfeift, wenn sie im Wäschezimmer näht, Wachfanfaren wie ein jüngst demobilisierter Kutscher – mit einem Wort, sie schüchtert mich ein. Abgesehen davon ist sie mir treu ergeben und bedient mich seit vier Jahren – seit meiner Hochzeit – mit zärtlicher Verachtung.
Ich bin allein, allein, sage mir, daß seit Alains Abreise ein Tag und eine Nacht vergangen sind, raffe meinen ganzen Mut zusammen – allein –, um den Speisezettel zusammenzustellen, die Zeitung »Gesellschaft« anzurufen, die Ausgabenbücher durchzublättern . . . Ein Gymnasiast mit ungemachten Aufgaben erwacht am Tage des Schulbeginns kaum unmutiger als ich . . .
Meine Schwägerin mußte gestern allein zur Anprobe gehen. Ich konnte ihr den Hahn nicht verzeihen, schützte Müdigkeit vor, Migräne, die entzündete Röte meiner Augen . . .
Dafür will ich mich heute aus meiner Erstarrung reißen und Marthe besuchen – schließlich hat es Alain befohlen –, obwohl ich weiß, daß sie »Jour« hält, obwohl ich das Durchqueren ihres

endlosen, von Frauengeplapper widerhallenden Salons jedesmal wie einen Spießrutenlauf empfinde ... Wie wird mir erst heute zumute sein, schutzlos und allein ... Wenn ich mich krankmelden ließe, wie Claudine sagt? O nein! Ich will meinem Gatten nicht ungehorsam sein.

»Welches Kleid braucht Madame?«

Ja, welches Kleid! Alain würde keinen Augenblick zögern. Ein Blick auf das Wetter, meinen Teint, die Liste der angesagten Gäste – und sein unfehlbarer Geschmack entspräche allem ...

»Mein graues Crêpe-de-chine-Kleid, Léonie, und den Hut mit den Schmetterlingen.«

Die Schmetterlinge erheitern mich: sie sind grau, aschfarben beflügelt, mit rosa Halbmonden besät.

Entstellt mich mein Kummer? Nein, nicht allzusehr ... Der schmetterlingbesetzte Hut sitzt untadelig auf dem reichen, glatten Haar – ich trage es rechtsgescheitelt, tief im Nacken zu schwerem Knoten gerafft –, die Augen, von kaum versiegten Tränen geklärt, blicken noch heller, noch forschender als gewöhnlich. Schon recht! Sie soll nur fluchen, Valentine Chessenet, diese Unentwegte des »Jours« meiner Schwägerin, die mich haßt, fände sie doch gern meinen Gatten (ich fühle das) ganz und gar nach ihrem Geschmack. Valentine Chessenet sieht aus, als hätte man sie mit Haut und Haar in Bleiche getaucht. Wimpern, Teint, Locken – alles von ein und demselben rosa angehauchten Blond. Sie schminkt sich rosa und schwärzt ihre Brauen mit Tusche – das hat mir Marthe erzählt –, ohne daß es ihr gelänge, ihre Blutleere zu beleben.

Sicher ist sie in Marthes Salon bereits auf Posten, mit dem Rükken zum Licht, ihren Tränensäcken das barmherzige Halbdunkel zustatten kommen zu lassen, in vorsichtiger Entfernung von Rose-Chou, deren strahlende, dumm-gesunde Frische sie fürchtet; sicher wird sie mir, über zahlreiche wohlfrisierte Köpfe hinweg, spitzfindige Gemeinheiten zurufen, deren Beantwortung meine Fähigkeiten übersteigt, andere Harpyien werden mein schüchternes Schweigen belachen, man wird mich wieder »schwarzes Gänschen« nennen. O Alain, herrischer Alain, Ihretwegen, nur Ihretwegen nehme ich so viele schmerzhafte Nadelstiche in Kauf ...

Schon im Vorzimmer, wo mir wie aus riesenhaftem Vogelbauer vielstimmiges Geschnatter entgegenschlägt, nur dann und wann vom Klirren kleiner Löffel wie von Schnabelhieben unterbrochen, fühle ich meine Hände erkalten.

Sie ist da, die Chessenet! Aber nicht nur sie. Alle sind da, alle, und alle plappern, außer Candeur, der kindhaften Dichterin. Ihre Seele, der Stille zugetan, erblüht nur in schönen Versen. Candeur schweigt, läßt ihre schimmernden Augen langsam umherwandern und beißt mit wollüstig-schuldiger Miene in ihre Unterlippe, als sei es die einer andern.

Auch Miß Flossie ist gekommen, Miß Flossie, die eine Tasse Tee mit langgezogenem »Nein« zurückweist, das in kehliges Röcheln übergeht und klingt, als gewähre sie damit ihr ganzes Selbst. Alain will nicht (warum?), daß ich diese Amerikanerin näher kennenlerne. Sie ist geschmeidig und anschmiegsam wie eine Schärpe, Goldhaar umglänzt ein leuchtendes Gesicht, meerblaue Augen und herrische Zähne. Miß Flossie lächelt mir zu, ruhig und ohne die mindeste Verlegenheit, Aug' in Auge. Plötzlich durchläuft ein seltsames Zittern ihr linkes Lid, verwirrend wie ein Lockruf, und ich wende den Blick ab. Da lächelt Miß Flossie noch einmal, ein wenig verkrampft jetzt, und ein rothaariges schlankes Kind, das in ihrem Schatten nistet, besieht mich aus haßtiefen, unverständlichen Augen ...

Maugis, ein bekannter Musikkritiker, betrachtet die beiden Amerikanerinnen aus nächster Nähe, mit einer Unverschämtheit, die Ohrfeigen verdiente, füllt sein Weinglas mit Whisky und murmelt fast unhörbar, während in seinen hervorstehenden Augen ein seltsames Licht aufblitzt:

»Schon wieder so eine Sappho –«

Was meint er? Ich wage kaum, die vielen Gesichter zu betrachten, die plötzlich zu Mißgunst erstarren: mein Kleid ist hübsch, ich weiß. Wie gern liefe ich auf und davon! Ich suche Zuflucht bei Marthe. Sie wärmt mich mit kleiner, fester Hand, mit der Kühnheit ihrer stolzen Augen. Oh, wie beneide ich sie um ihren Mut: sie ist schlagfertig, verschwenderisch – mehr braucht es nicht, verleumdet zu werden. Man klatscht über Marthe ohne Nachsicht. Sie weiß es, geht den Anspielungen entgegen, packt die perfiden Freundinnen, wenn sie es am wenigsten erwarten, schüttelt sie mit dem Feuer und der Hartnäckigkeit eines guten Jagdhunds.

Heute gäbe ich ihr von Herzen einen Kuß! Madame Chessenet ruft bei meinem Eintritt: »Ah, da ist sie ja, die Witwe des Weltumseglers!«

»Necken Sie die Arme nicht zu sehr«, erwidert Marthe. »Schließlich und endlich – wenn ein Gatte fortfährt, läßt er eine Lücke.«

»Frrreilich, frrreilich«, bestätigt hinter mir eine schmerzdurchbebte Stimme, »eine grrroße, schmerrrzhafte Lücke . . .«
Allgemeines Gelächter. Verwirrt drehe ich mich um, und meine Verlegenheit wächst: ich erkenne in der Sprecherin Claudine, die Frau Renauds. »Nur ein Besuch bei Renaud und Claudine –« Die Umsicht, die Alain den beiden bezeigt, macht mich in ihrer Gegenwart schuldbewußt und dumm. Dabei finde ich diesen Mann und diese Frau, die sich, vereint wie Liebende, niemals verlassen, nett und beneidenswert.
Eines Tages gestand ich Alain, daß ich Claudine und Renaud nicht zu tadeln vermochte, weil sie sich als verheiratetes Liebespaar gebärdeten. Er fragte scharf: »Woher haben Sie die Kenntnis, meine Liebe, daß der Liebhaber der Geliebten öfter und glücklicher begegnet als der Gatte der Gattin?«
»Ich weiß es nicht«, erwiderte ich aufrichtig . . .
Seit dieser Zeit tauschen wir mit diesem »Bohemepaar« nur seltene Höflichkeitsbesuche. Das stört weder Claudine, die nichts stört, noch Renaud, den außer seiner Frau alles gleichgültig läßt. Und Alain hegt einen wahren Abscheu vor jeder Art unnötiger Entfremdung.
Claudine tut, als wüßte sie nicht, die allgemeine Heiterkeit entfesselt zu haben, ißt ein Hummersandwich und erklärt nachher mit ruhiger Stimme und niedergeschlagenen Augen: »Das war das sechste.«
»Ja«, sagte Marthe fröhlich. »Sie sind eine kostspielige Bekanntschaft! Madame Beulés Seele ist auf Sie übergegangen!«
»Nur ihr Magen«, verbesserte Claudine. »Das war das Beste, was sie zu bieten hatte.«
»Sehen Sie sich vor, meine Liebe«, träufelt Madame Chessenet mit honigsüßer Stimme. »Wenn Sie so weitermachen, werden Sie dick! Neulich erst glaubte ich an Ihren Armen eine hübsche, aber gefährliche Rundung zu bemerken!«
»Pah!« erwiderte Claudine mit vollem Mund, »ich wünsche Ihnen Schenkel wie meine Arme, das würde eine Menge Leute freuen!«
Madame Chessenet, die zu ihrem Leidwesen mager ist, schluckt diese Frechheit mühsam, die Halsmuskeln so gespannt, daß ich schon einen Skandal befürchte. Doch sie beschränkt sich darauf, die Unverschämte mit dem kurzen Haar von oben bis unten zu messen, in stummer Wut, und steht auf. Auch ich erhebe mich, nehme aber wieder Platz. Nein, gemeinsam mit dieser gebleichten Schlange will ich den Raum nicht verlassen.

Claudine fällt über einen Pralinenteller her und bietet mir Konfekt an. (Wenn Alain uns sähe!) Ich bediene mich und flüstere ihr zu: »Diese Chessenet wird Ihnen alle möglichen Scheußlichkeiten andichten!«
»Das sollte mich wundern. Alles, was ihr eingefallen ist, hat sie schon zum besten gegeben. Fehlt nur mehr der Kindesmord – und auch dafür getraue ich mich nicht zu garantieren.«
»Sie kann Sie wohl nicht leiden?« frage ich schüchtern.
»Oh, doch. Aber sie verbirgt ihre Gefühle.«
»Und das macht Ihnen gar nichts aus?«
»Gar nichts.«
»Wieso?«
»Wieso? Ich weiß nicht, wieso. Weil –«
Sie verstummt: ihr Mann kommt auf sie zu. Lächelnd deutet er auf die Türe, mit kaum merkbarer Bewegung. Claudine erhebt sich, geschmeidig und leise wie eine Katze. Ich werde nicht erfahren, wieso. Oder sollte der volle, warme Blick, den sie ihrem Gatten zuwirft, die Antwort sein?
Auch ich will gehen. Es leidet mich nicht länger inmitten dieser Männer und Frauen. Vor Verlegenheit glaube ich in Ohnmacht zu sinken, Claudine gewahrt meine Not, kommt zu mir zurück, ihre kleine kräftige Hand greift nach meiner Linken und hält sie fest, während meine Schwägerin fragt:
»Noch keine Nachricht von Alain?«
»Nein. Vielleicht ist inzwischen ein Telegramm gekommen.«
»Das walte Gott, liebe Annie! Ich wünsche es dir von Herzen! Adieu!«
»Wohin fahren Sie im Sommer?« fragt Claudine sehr leise.
»Nach Arriège. Mit Marthe und Léon.«
»Nun, wenn Sie mit Marthe verreisen – darf Alain ganz ruhig sein.«
»Glauben Sie denn, daß ich selbst ohne Marthe . . .« Ich fühle mich erröten. Claudine zuckt die Achseln, strebt ihrem Mann zu, der sie ohne Ungeduld neben der Türe erwartet, und erwidert:
»Gott, nein! Dazu hat er Sie zu gut dressiert!«

Ein Rohrpostbrief von Marthe. Er verwirrt mich nicht wenig: »Keine Zeit, zu dir zu kommen. Rendezvous bei Renaud-Claudine, um vier. Anschließend Anprobe bei Taylor.«
Die gewagteste Zeichnung würde ich kaum verwirrter betrachten als diesen Streifen blauen Papiers. Bei Claudine! Marthe

schaltet und waltet, als sei es die einfachste Sache der Welt, Claudine zu besuchen ... Mein Stundenplan sagt ... Was sagt er nicht alles? Soll ich diese von Marthe arrangierte Zusammenkunft als offiziellen Besuch bei Renaud und Claudine betrachten? Ja ... Nein ... Ich schwanke, suche nach einem Kompromiß, fürchte, meine Schwägerin zu verstimmen, scheue Alain und mein Gewissen. Mein Gewissen? Hilflos und schwach, weiß es mir weder zu raten noch zu helfen und unterliegt schließlich dem stärksten Einfluß – der Versuchung, Claudine wiederzusehen, diese Frau, die man mir verwehrt wie ein zu freies, zu aufrichtiges Buch ...

»Rue de Bassano, Charles.«

Ich trage ein einfaches dunkles Ensemble, einen Hut mit grauem Schleier und unauffällige Sämischhandschuhe, ängstlich darauf bedacht, meine »Maßnahme« jeglichen »offiziellen Charakters« zu entkleiden. Oh, ich weiß mich dieser Worte zu bedienen, belehrt durch die Erfahrung Alains, daß eine Maßnahme offiziellen oder inoffiziellen Charakter zu tragen habe. Spreche ich diese Worte in Gedanken aus, so sehe ich dabei eine kleine Zeichnung, naiv und absonderlich wie einen Rebus: die Maßnahme, ein Persönchen mit feinen, fadenförmigen Gliedern, schlüpft eben in ein Prunkgewand, dessen Kragen auf das zierlichste mit den Worten »offiziellercharakteroffiziellercharakteroffi ...« bestickt ist ... Wie dumm von mir, das alles aufzuschreiben! Diese kleine Abschweifung soll die letzte sein ... Sonst entfiele dieses Heft meinen Händen, wollte ich jemals darin blättern ...

Vor Claudines Wohnung angelangt, werfe ich einen Blick auf die Uhr: vier Uhr zehn. Marthe ist sicher schon da, sitzt in diesem seltsamen Salon, den ich, von Schüchternheit überwältigt, bei meinem ersten Besuch kaum bemerkte, und knabbert Süßigkeiten.

»Ist Madame Léon Payet schon hier?«

Eine alte, feindselige Dienstmagd betrachtet mich zerstreut, vornehmlich damit beschäftigt, die Flucht eines ungebärdigen schwarzen Katers zu verhindern.

»Gleich wird dich der Hintern brennen, Limaçon ... Wart nur ... Madame Léon – wer? Stock tiefer.«

»Nein ... ich meine ... Ist Madame Claudine zugegen?«

»Madame Claudine? Mit scheint, Sie wissen nicht, was Sie wollen. Claudine wohnt hier. Aber sie ist nicht da.«

»Lügnerin! Lügnerin!« ruft eine fröhliche Lausbubenstimme. »Und ob ich da bin! Du schwindelst, was, Mélie?!«

»Fällt mir nicht ein«, erwidert Mélie ungerührt. »Aber das nächste Mal machst du selber auf! Das hast du dann davon!«
Sie entfernt sich würdevoll, den Kater auf den Fersen. Ich stehe wartend auf der Schwelle. Wird niemand aus dem Dunkel treten, mich einzulassen? Bin ich im Haus der Hexe? Knusper knusper knäuschen . . .
»Kommen Sie herein! Ich bin im Salon, aber ich kann mich nicht rühren!«
Ein hoher Schatten baut sich vor mir auf, verdunkelt das Fenster: Renaud erbarmt sich meiner.
»Treten Sie ein, Madame! Die Kleine ist so beschäftigt, daß sie Sie erst später begrüßen wird!«
Die Kleine? Fast scheint sie im Kamin zu kauern, wo trotz der vorgeschrittenen Jahreszeit ein helles Feuer prasselt. Verblüfft nähere ich mich den Flammen. Claudine hält ein unkenntliches Etwas über die Glut. Wiederum gemahnt sie mich an die Märchenhexen, die meine gläubige Kindheit mit Wonne und Grauen erfüllten . . . Fürchtete, wünschte ich nicht, im hellen, Claudines Locken vergoldenden Schein Salamander verzucken zu sehen, seltsame Tiere, deren Blut, mit Wein vermischt, vor Sehnsucht sterben macht . . .
Sie steht auf und begrüßt mich sehr ruhig:
»Guten Tag, Annie.«
»Guten Tag, Mad . . . Claudine.«
Es kostet mich Mühe, ihren Namen auszusprechen. Aber wie sollte man es fertigbringen, diese kleine Frau, die jedermann beim Vornamen nennt, »Madame« anzusprechen!
»Ich konnte nicht auslassen, verstehen Sie? Es war fast fertig!«
Jetzt erst bemerkte ich in ihrer Hand einen kleinen viereckigen Rost aus Silberdraht und darauf eine Rippe Schokolade, die schwarze, duftende Blasen wirft.
»Das ist noch immer nicht das Ideale, Renaud! Diese Stümper haben mir den Stiel zu kurz gemacht! Ich habe eine Blase auf der Hand! Da!«
»Schnell, laß sehen.«
Ihr Gatte beugt sich nieder, küßt die feine, heiße Hand, liebkost sie mit Lippen und Fingern, wie ein Verliebter . . . Sie scheinen mich vergessen zu haben. Soll ich gehen? Oh, mir ist nicht zum Lachen zumute . . .
»Geheilt, geheilt!« ruft Claudine händeklatschend. »Jetzt werden wir Grillade essen, Annie, wir beide ganz allein! Mein Gro-

ßer, mein Schöner, ich spiele Salon. Schauen Sie doch in Ihr Arbeitszimmer, ob ich dort bin.«
»Ich störe dich also?« fragt dieser weißhaarige Mann mit den jungen Augen, der noch immer dicht neben ihr steht ...
Claudine stellt sich auf die Zehenspitzen, hebt mit beiden Händen Renauds langen Schnurrbart und küßt ihren Gatten auf den Mund, laut und vernehmbar. Oh! Ich gehe lieber ...
»Halt, Annie! Hiergeblieben! Wohin laufen Sie?«
Eine herrische Hand bemächtigt sich meines Arms. Claudines widerspruchsvolles Gesicht – mokanter Mund und träumerische Augen – ist mir voll zugewandt, fragend und streng.
Ich erröte, als fühlte ich mich schuldbewußt, den Kuß gesehen zu haben, und stottere:
»Ich wollte nur ... da Marthe noch nicht hier ist ...«
»Marthe? Hätte sie kommen sollen?«
»Ja ... Wußten Sie das nicht? Sie hat mich herbestellt ... Sonst wäre ich niemals ...«
»Was soll das heißen, Sie unhöfliches Kind! Renaud! Haben Sie gewußt, daß Marthe kommen sollte?«
»Ja, Liebste.«
»Und Sie haben mir kein Wort gesagt?«
»Verzeihung, kleines Mädchen! Ich habe dir, wie üblich, deine ganze Post vorgelesen, aber anstatt zuzuhören, hast du mit Fanchette gespielt ... noch dazu im Bett ...«
»Das ist eine unverschämte Lüge! Gestehen Sie lieber, daß Sie mich gekitzelt haben ... die untersten Rippen entlang ... Hiergeblieben, Annie!« Sie zeigt auf das Sofa. »Adieu, Großer!«
Renaud schließt sacht die Türe.
Ich setze mich an den äußersten Rand des Diwans, zögernd, verkrampft. Claudine macht es sich im Türkensitz bequem und versteckt die Füße unter ihr orangefarbenes Tuchkleid. Eine weiche Seidenbluse, deren Weiße durch japanische Stickereien von der Farbe des Rocks besonders zur Geltung kommt, erhellt ihr mattes Gesicht. Woran sie wohl denken mag, plötzlich so ernst und gedankenverloren? Mit ihrer gestickten Bluse, ihrem kurzen Haar sieht sie aus wie ein kleiner Schiffer vom Bosporus ...
»Er ist schön, nicht wahr?«
»Wer?«
»Renaud, natürlich! Vielleicht hat er mir wirklich Marthes Brief vorgelesen ... Ich hab' es wohl überhört.«
»Er liest Ihre Briefe?«
Sie nickt, sehr beschäftigt: die Schokolade klebt am Silberrost

und scheint in großer Gefahr, abzubröckeln. Claudines Zerstreutheit macht mich kühn:
»Er liest sie – vor Ihnen? Zuerst, meine ich?«
Mein Gegenüber wirft mir einen maliziösen Blick zu. »Jawohl, Sanftäugige! Ich darf Sie doch ›Sanftäugige‹ nennen, oder nicht?«
»Oh! Aber mir wäre das nicht recht –«
»Wegen Ihrer Flirts?«
»Ich habe keine Flirts, Claudine.«
Aus meinen Worten glüht solch edles Feuer, solch empörte Wahrhaftigkeit, daß sich Claudine kaum zu halten weiß:
»Hereingefallen! Hereingefallen! O reine Seele! Nun, Annie, ich hatte Flirts, und Renaud las mir ihre Briefe vor.«
»Und ... was sagte er?«
»Nichts – das heißt, nicht viel. Manchmal seufzte er: ›Kaum zu glauben, Claudine, wie viele Leute überzeugt sind, anders zu sein als die übrigen – und das unwiderstehliche Bedürfnis empfinden, dieser Erkenntnis schriftlich Ausdruck zu verleihen ...‹ Sonst nichts.«
»Sonst nichts ...«
Fast unbewußt wiederhole ich ihre Worte, im gleichen Ton, um schließlich zu fragen:
»Dann ... dann war es Ihnen also gleich, Claudine?«
»Was? Ja, alles. Alles ist mir gleich, ein einziges Wesen ausgenommen.« (Sie besinnt sich und fährt fort:) »Doch, nein! Vieles hat für mich Bedeutung, der heiße, klare Himmel, das Nachgeben praller Pölster, die meiner Trägheit weichen, der stets erneute Überfluß an süßen Marillen und mehligen Kastanien, mein wackeres Hausdach in Montigny, das nicht einmal an Sturmtagen seine moosbestickten Dachschiefer verstreut ...« (Ihre schleppende, singende Stimme stürzt jäh ab, wird knapp und ironisch.) »Sie sehen, Annie, wie Sie, wie alle interessiere ich mich für die Umwelt, für das – um mich ebenso schmucklos auszudrücken wie Ihr mondäner Dichterschwager – ›was die alles verschlingende, ungleichen Laufs verströmende Zeit entführt!‹«
Ich schüttle den Kopf, nichts weniger als überzeugt, und nehme, Claudine zu Gefallen, von der gebratenen Schokolade, die nach Rauch und Pralinen schmeckt.
»Göttlich, nicht wahr? Der Schokoladerost – dieses geniale Instrument, das ungeachtet meiner Angaben mit zu kurzem Stiel angefertigt wurde – ist meine Erfindung, müssen Sie wissen! Au-

ßerdem habe ich den Anti-Floh-Kamm erfunden, für Fanchette, den lochlosen Ofen, um im Winter Maroni zu braten, den Ananas-Absinth und die Spinat-Torte (Mélie behauptet zwar, sie sei's gewesen, aber das ist eine Lüge), sowie den Küchensalon, in dem zuweilen Sie augenblicklich die Ehre haben.«

Claudines Temperament läßt mich in jäher Folge Heiterkeit und Unruhe, Bewunderung und Unbehagen empfinden. Ihre rehbraunen Mandelaugen, so schmal und langgestreckt, daß sie die Schläfen zu berühren scheinen, verkünden mit demselben Feuer, demselben klaren, offenen Blick ihre Liebe zu Renaud wie ihre Freude an Marillen oder ihre Ansprüche auf die Urheberschaft des Schokoladerosts.

Ihr Küchensalon vertieft noch das Gefühl der Unruhe. Wen habe ich vor mir? Eine überzeugte Irre? Eine Gauklerin?

Der Salon erinnert mich an die düsteren, raucherfüllten Gaststuben holländischer Schenken. Aber in welcher Gaststube – selbst in Holland – würde diese rührende, köstlich-primitive Gottesmutter von der Wand herablächeln? Vierzehntes, fünfzehntes Jahrhundert? Ich weiß es nicht. Kindlich, zart und reizend in rosa Gewand und blauem Mantel liegt sie auf den Knien, schüchtern betend.

»Schön, nicht wahr?« sagt Claudine. »Aber wissen Sie, was mir daran am besten gefällt? Der perverse – jawohl, perverse – Gegensatz zwischen zartrosa Kleid und ödem Hintergrund, der so verloren aussieht wie Sie, Annie, an jenem Tag, da Ihr Monsieur Alain sein Schiff bestieg. Sie denken nicht mehr an den Weltumsegler, oder?«

»Ich denke nicht mehr an ihn?!«

»Gott, weniger, meine ich! Oh, Sie brauchen nicht zu erröten ... Ein so korrekter Gentleman! Beachten Sie lieber die reizend-zerknirschte Miene dieser Jungfrau: sieht sie nicht ihr Jesuskind an, als wolle sie sagen: ›Weiß Gott, wie das passiert ist ...‹ Renaud glaubt, es ist von Masolino.«

»Was?«

»Nicht das Kind. Das Bild! Die Fach-leu-te tippen auf Filippo Lippi.«

»Und Sie?«

»Ich? Ich weiß nicht. Außerdem ist es mir egal.«

Ich frage nicht weiter. Diese eigenwillige Art der Kunstkritik bringt mich ein wenig aus der Fassung.

Eine Claudine aus Marmor, die Lider züchtig gesenkt, steht in einem Winkel und lächelt wie ein heiliger Sebastian, der seine

Qual genösse. Ein breiter, mit dunklem Bärenfell bespannter Diwan – meine bloße Hand fährt liebkosend darüber hin – weicht in eine Art schützenden Alkovens zurück. Verblüfft betrachte ich das übrige Mobiliar: fünf oder sechs dunkle, glänzende Eichentische – sie scheinen aus einer Landschenke zu stammen und sehen aus wie glattpoliert von den aufgestützten Ellbogen zahlreicher Generationen trauriger Biertrinker –, ebenso viele plumpe Holzbänke, ein geräumiger, auf vier Kupfersäulen ruhender Kamin. Über sämtlichen Möbeln ebenso wie dem flauschigen, erdhellen Teppich, die typische Ein-Tags-Unordnung verstreuter Bücher, halbaufgeschnittener Zeitschriften ... Staunend blicke ich um mich, besehe alles und fühle dabei eine seltsame Traurigkeit in mir aufkeimen, jene Schwermut vielleicht, die man auf einer Seereise empfindet, wenn man durch grünliche Scheiben lange Zeit in die Abenddämmerung hinausblickt, auf das bewegte Meer, das unter leichtem aschengleichem Regen seinen durchsichtigen Schaum versprüht ... Claudine ist meinen Gedanken gefolgt: da ich zu ihr zurückkehre, betrachten mich aus fremdem Gesicht meine eigenen Augen ...

»Wohnen Sie gern hier, Claudine?«

»Ja. Ich hasse fröhliche Wohnungen. Hier kann ich reisen. Sehen Sie diese düsteren Wände? Sie haben die Farbe des Tageslichts, gebrochen durch eine grüne Flasche ... Und diese glattgescheuerten Bänke ... Sicher trugen sie die Hintern unzähliger armer Teufel, die traurig tranken, um sich zu besaufen ... Na? Mir scheint, Marthe läßt Sie sitzen!«

Wie jäh, wie böse, hätte ich fast gesagt, zerriß sie den Faden ihrer schwermütigen Träumerei! Ich folgte ihr so gern, befreit, für diese eine Stunde zumindest, von der Sorge um den, der in der Ferne schifft ...

Die Sprunghaftigkeit dieser Claudine, die Kinderei mit Wildheit paart, ermüdet mich, vermag sich doch diese junge Barbarin in blitzschneller Folge für süße Marillen, verzweifelte Säufer und Marthe zu interessieren, das raschelnde, herrische Wesen.

»Marthe ... ja. Sie sollte schon längst hier sein.«

»Kann man wohl sagen! Sicher hat Maugis schwerwiegende Argumente, sie zurückzuhalten.«

»Maugis? War sie mit ihm verabredet?«

Claudine runzelt die Brauen, neigt den Kopf wie ein neugieriger Vogel, schaut mir tief in die Augen, beginnt zu lachen, springt auf und sagt mit der übersprudelnden Lebhaftigkeit eines Back-

fischs: »Ich weiß nicht, habe nichts gehört, nicht gesehen! Langweilen Sie sich auch nicht? Das ist meine größte Angst . . . Sie kennen den Schokoladerost, den Küchensalon, Renaud, mein Marmorporträt, alles, mit einem Wort . . . Bleibt noch Fanchette. Ich rufe sie, ja?«
Man hat niemals Zeit, Claudine zu antworten. Sie öffnet eine Türe, beugt sich hinaus und zwitschert geheimnisvolle Lockrufe:
»Meine Süße, meine Schöne, meine Weiße, wrrruuuu, wrrrauuuu, wrrruuu . . .«
Die Katze erscheint, langsam, schlafwandlerisch wie ein bezaubertes Raubtier. Sie ist weiß und schön und heftet zwei grüne, gehorsame Augen auf Claudine.
»Meine Schöne, meine Süße, schon wieder hast du auf Renauds Lackschuhe Pipi gemacht, aber hab keine Angst, er wird es nie erfahren! Ich sage ihm, das Leder ist nichts wert, und er wird so tun, als glaubte er mir. Komm her und laß dir vorlesen: wunderschöne Sachen von Lucie Delarue-Mardrus.«
Claudine packt die Katze an der Nackenhaut, hebt sie hoch in die Luft und schreit:
»Hier, meine Herrschaften, die ertrunkene Katze an einem Haken . . .« (Sie spreizt die Finger: Fanchette fällt auf weiche, unfehlbare Pfoten, bleibt ruhig sitzen und wartet . . .) »Seitdem meine Schöne in Paris wohnt, lese ich ihr Verse vor, Annie! Die Katzengedichte von Baudelaire kann sie schon auswendig. Jetzt lernt sie die Serie ›Für die Katze‹ von Lucie Delarus-Mardrus.«
Soviel wirbelnde Kinderei entlockt mir ein Lächeln.
»Und Sie glauben im Ernst, daß sie versteht?«
Claudine straft mich mit verächtlichem Blick.
»Sind Sie dumm, Annie! Verzeihung! Ich wollte sagen: Ich bin dessen gewiß! Setz dich, Fanchette! Und Sie, kleine Ungläubige, werden höflichst eingeladen, einer einmaligen, nie dagewesenen Vorführung beizuwohnen!«

Die Katze scheint zu schlafen. Gedämpftes Schnurren läßt ihr weißes Fell erzittern, leise Begleitmusik zu Claudines sonderbarer Stimme, die bald ernst klingt, bald sandig von übertrieben ausgesprochenen »R«, bald so verhalten, so süß, daß ich erschauere . . . Sie verstummt. Fanchette schlägt die asiatischen Augen auf. Die beiden betrachten einander mit feierlicher Miene, und Claudine wendet sich mir zu, seufzend, mit erhobenem Zeigefinger.

»Samtener Despot . . . Diese Wendung ist unbezahlbar! Na, wie gefällt Ihnen das Gedicht? Schön, nicht wahr? Für den Ruhm, ›samtener Despot‹ gefunden zu haben, gäbe ich zehn Jahre vom Leben der Chessenet!«
Das Wort stört wie ein billiges Stück in einer kostbaren Sammlung.
»Sie haben für die – Madame Chessenet nichts übrig, Claudine?«
Mehr liegend als sitzend, den Blick auf den Plafond geheftet, hebt Claudine eine träge Hand.
»Mir egal . . . die Chessenet? . . . Keine Frau . . . eine gelbe Rübe . . . genauso egal, wie Rose-Chou . . .«
»Ah! Rose-Chou –«
»Rose oder Chou? Diese mollige Kleine hat Wangen wie ein Amourettenpopo –«
»Oh!«
»Was, oh? ›Popo‹ ist ein sehr hübsches Wort. Im übrigen hat auch die Rose-Chou – ach was.«
»Und . . . Marthe?«
Eine Art indiskreter Neugier drängt mich dazu, Claudine auszufragen, als könne ich ihr auf diese Weise das Geheimnis, das Rezept eines Glücks entlocken, das sie von allem loslöst, über Klatschgeschichten, läppische Streitereien, ja, selbst jenseits des »guten Tons« stellt. Doch es fehlt mir am nötigen Geschick. Claudine wirft sich mit jäher Bewegung auf den Bauch, vergräbt die Nase im Silberfell ihrer Katze und lacht mich aus.
»Marthe? Ich glaube, daß sie ihr Rendezvous verpaßt hat . . . das mit uns, meine ich. Aber was soll das, Annie? Ein Verhör?«
Ich schweige beschämt, um wenig später dem Impuls rückhaltloser Offenheit zu gehorchen:
»Verzeihung, Claudine! Ich habe laviert, gezögert, Sie zu fragen, was Sie von Alain halten . . . Seitdem er fort ist, weiß ich kaum mehr, wie ich leben soll . . . Niemand spricht mir von ihm – zumindest nicht so, wie ich es wünsche. Ist es Sitte in Paris, die Scheidenden so bald zu vergessen?«
Ich sprach, wie ich dachte. Meine Bewegung überrascht mich selbst. Aus den Zügen Claudines spricht Mißtrauen. Sie stützt das matte, vom Schein der weißen Bluse erhellte Oval auf zwei kleine Fäuste und erwidert:
»Sitte? Ich weiß nicht. Das hängt wohl davon ab, wer scheidet. Monsieur Samzun – Alain, wie Sie ihn nennen – machte auf mich stets den Eindruck eines . . . untadeligen Gatten. Er strebt da-

nach, distinguiert zu erscheinen, und wirkt korrekt. Immerhin etwas. Er liebt es, unwiderrufliche Sentenzen von sich zu geben und Gesten zu machen, die . . .«

»Despotisch sind, nicht wahr?« vervollständige ich mit zagem Lächeln.

»Ja. Nur hat er kein Recht, despotisch zu sein. Er ist keine Katze – ah, nein! –, sondern ein Snob bis in die Knochen, und hat obendrein ein Lineal verschluckt . . . Gott, bin ich dumm! Wollen Sie sofort zu weinen aufhören? Als ob meine Worte die geringste Bedeutung hätten! Wissen Sie denn nicht, Sie geprügeltes Kind, daß Claudine dort, wo sich bei anderen Leuten der Verstand befindet, nur ein großes Loch aufzuweisen hat? So, jetzt will sie gehen! Geben Sie mir vorher einen Kuß, Annie, zum Zeichen, daß Sie mir nicht böse sind! Mit Ihrem Hängekleidchen, der Schleife im Haar, den hellen Tränen an den Wimpern sehen Sie aus wie ein Mädchen, das man zum Traualtar schleppt . . .«

Ich lächle ihr zuliebe, ihr dafür zu danken, daß sie durch das bequeme, wohlbekannte Kleid der Heuchelei ihre wahrhafte, ungebärdige Seele hindurchschimmern läßt . . .

»Adieu, Claudine. Ich bin nicht böse.«

»Das hoff' ich! Geben Sie mir einen Kuß?«

»Oh! Ja.«

Sie neigt sich mir zu, lang und biegsam, legt beide Hände auf meine Schultern:

»Mund her! Was sage ich da? Alte Gewohnheit . . . Wange her. So. Auf bald. Wir sehen uns in Arriège, nicht wahr? Dort geht's hinaus. Grüßen Sie Marthe, das lockere Frauenzimmer! Nein, Ihre Augen sind nicht rot. Adieu, adieu . . . kleine Schmetterlingspuppe!«

Schritt für Schritt steige ich die Treppe hinunter, unschlüssig, verwirrt. Was hat sie gesagt? Ein Lineal . . . Ich glaube, die Metapher, das Bild dieses Lineals, hat mich mehr erschüttert als Claudines Urteil . . . Sie hat gelästert, diese Frau, die keine Schranken kennt, und ich habe zugehört, sprachlos und verblüfft . . .

»Liebster Alain, ich habe versprochen, tapfer zu sein. Darum will ich Ihnen nur meinen Mut zeigen. Verzeihen Sie, daß ich Ihnen das übrige verberge – Sie erraten es sicher nur zu gut. Ich weiß, Sie legen großen Wert darauf, unser Haus in der gewohnten Ordnung zu wissen. Also tue ich mein möglichstes, meine

Pflichten in Ihrer Abwesenheit ebenso aufmerksam zu erfüllen, als seien Sie hier. Die Bücher der Dienstboten werden regelmäßig überprüft, und mit Léonie – zumindest mit ihren Absichten – bin ich sehr zufrieden.
Ihre Schwester ist reizend wie immer. Ich wollte, der Umgang mit ihr gäbe mir etwas von ihrer Unerschrockenheit, ihrer bewundernswerten, stets angespannten Willenskraft. Ein kühner Wunsch, das weiß ich wohl, den Sie kaum teilen: Ihre besonnene Entschlossenheit genügt für uns beide.
Ich weiß nicht, wo dieser Brief Sie erreichen wird, und diese Ungewißheit steigert noch meine Unbeholfenheit. Ein Briefwechsel zwischen uns beiden ist mir eine neue, seit allzu langer Zeit vergessen geglaubte Gewohnheit, die ich am liebsten nie wieder aufgenommen hätte ... Und dennoch, das fühle ich genau, wird sie in den Augenblicken größter Niedergeschlagenheit meine letzte Rettung sein.
Nun noch wenige Worte, um Ihnen zu sagen – ungeschickt, sicherlich, und in einer Weise, die das, was ich fühle, nicht annähernd wiedergibt –, daß ich Ihnen von ganzem Herzen ergeben bin.
Ihre kleine Sklavin

ANNIE«

Warum schrieb ich diesen Brief so verkrampft, warum verbarg ich meinen Kummer, mein wahres Ich? Mangelte es mir an Selbstvertrauen – wie stets – oder fehlte mir – zum erstenmal – der Glaube an ihn?
Welche Annie liebt mein Gatte? Die stille, flockengleiche, die er kennt und zum Schweigen erzogen hat, die gewohnt ist, ihre Gedanken unter Worten zu verbergen wie ihre Augen unter Wimpern ... Oder die ratlose, unruhige, die sich in ihrer Verlassenheit den tollsten Hirngespinsten preisgegeben fühlt, die Annie, die er nicht kennt?
Die er nicht kennt ...
Gedanken einer Betrügerin. Nein, hehlen ist nicht besser als lügen. Habe ich das Recht, zwei verschiedene Annies in mir zu verbergen? Wenn aber die eine nur die Hälfte der andern wäre? Gott, wie ermüdend!
Meinen Gatten kennt zur Gänze, wer ihn eine Stunde sah. Seine Seele ist klar wie sein Gesicht. Er verabscheut alles Unlogische und meidet, was sich nicht schickt. Hätte er wohl an jenem fer-

nen Abend unserer Verlobung um mich geworben, wäre ich ihm in die Arme gefallen und hätte gesagt: »Küssen Sie mich, Alain – in dieser Stunde bedarf ich Ihrer Zärtlichkeit . . .«
O Gott! Soviel Unvernunft . . . Alains Fernsein erklärt alles. Wie viele Torheiten werde ich zu verschweigen haben . . . Eines jedoch steht fest: nicht die »Geschichte seiner Reise« wird dieses Heft enthalten, sondern das Tagebuch eines hilflosen, verwirrten Geschöpfs . . .
»Ein Telegramm!«
Léonie macht mir Angst. Diese brüsken Soldatenmanieren . . . Mit zitternden Fingern öffne ich die Depesche.

»Reise bestens verlaufen. Gehen heute an Bord. Brief folgt. Liebevolles Gedenken.

SAMZUN«

Das ist alles? Ein Telegramm ist kein Brief, und dieses sollte mich in jeder Hinsicht beruhigen. Fühlte ich mich ruhiger, weniger aus dem Gleichgewicht, würde es mir vielleicht genügen. Aber so . . .
»Liebevolles Gedenken« – ich weiß nicht, ich hätte mir etwas anderes gewünscht. Und dann – warum unterschreibt er »Samzun«? Zeichne ich vielleicht meine Briefe »Larjarrisse«? Annie, Annie – was ist in dich gefahren? Was fällt dir ein, dich Alain – einem Mann wie Alain! – vergleichen zu wollen?
Mir selbst zu entfliehen, gehe ich zu Marthe und treffe – Léon. Wie täglich zu dieser Stunde sitzt er in seinem Arbeitszimmer, das Marthe die »Folterkammer« nennt. (Bücher hinter vergoldeten Gittern, ein schöner Schreibtisch Louis XVI, den dieser musterhafteste aller Schriftsteller nie mit dem geringsten Klecks befleckte – oh, er arbeitet achtsam, die Hand auf Löschpapier gelegt –, das Gefängnis scheint mir durchaus erträglich.)
Bei meinem Eintritt steht er auf und preßt die Hände an die Schläfen.
»Was für eine Hitze, Annie! Ich bringe nichts weiter! Das Wetter ist auch so lau heute, so traurig, trotz der Sonne. Ein schlechter, verlorener Tag!«
»Nicht wahr!« stimme ich rasch bei, fast dankbar. Léon betrachtet mich aus sanften Tieraugen, verständnislos.
»Ich weiß nicht, wie ich meine sechzig Zeilen fertigbringen soll . . .«

»Man wird Sie schelten, Léon!«
Er zuckt die Achseln, mit einer müden Bewegung, die wohl besagt: »Daran bin ich gewöhnt.«
»Geht der Roman gut vorwärts?«
Er zupft an seinem Spitzbart und erwidert mit diskreter Eitelkeit (sie dünkt mich vom gleichen Schlag wie sein farbloses Talent):
»Danke, ganz gut – wie die andern.«
»Wie lösen sich die Konflikte?«
Léon schätzt in mir die gefällige Zuhörerin, das leicht wachzurufende Interesse. Wenigstens eine, die an seinen Ehebruchs-, Selbstmord- und Bankerottgeschichten – sie spielen samt und sonders in allerhöchsten Kreisen – echtes, wenn auch geringes Gefallen findet . . .
»Bis jetzt noch gar nicht!« seufzt mein armer Schwager. »Der Mann hat seiner Frau zwar verziehen, aber sie hat nun einmal die Freiheit gekostet und zerrt an ihren Zügeln. Bleibt sie, ist es literarischer. Läßt sie ihn zum zweitenmal hocken, steigt die Auflagenziffer . . . sagt Marthe.«
Léon verwendet zuweilen Ausdrücke – Überbleibsel aus seiner Journalistenzeit –, die mich unangenehm berühren. Ich rekapituliere:
»Sie will ihn also verlassen?«
»Kann man wohl sagen.«
»Dann soll sie doch gehen!«
»Warum?«
»Nun, wenn sie schon ›die Freiheit gekostet hat‹ . . .«
Léon lacht ohne Überzeugung und zählt seine Blätter.
»Komisch, daß Sie das sagen – ausgerechnet Sie!« Er greift wieder zur Feder und fügt hinzu: »Marthe erwartet Sie im ›Fritz‹ – Sie sind mir doch nicht böse, wenn ich Sie fortschicke, mein Kind? Ich muß im Oktober abliefern, also . . .«
Er zeigt auf das schmale Bündel beschriebener Blätter.
»Arbeiten Sie nur, mein armer Léon!«

»Place Vendôme, Charles!«
Die Fünf-Uhr-Tees bei »Fritz« sind Marthes neueste Leidenschaft. Um wieviel lieber ist mir doch mein kleiner englischer Teesalon Rue d'Indy, dieser niedrige, von Kuchen und Ingwer durchduftete Raum, um wieviel lieber sein Publikum: alte Engländerinnen mit vielreihigen falschen Perlenschnüren, Halbweltdamen bei diskretem Rendezvous . . .

Marthe hingegen schätzt den langen weißen Salon des »Fritz«, durchmißt ihn mit kurzsichtig-suchendem Blick, als fahnde sie nach jemand ganz Bestimmten, obwohl ihre drohenden grauen Augen die Versammelten schon auf der Schwelle gezählt und gewertet haben. Da wird keiner übersehen, keines der Gesichter, die sie sucht und beobachtet, keiner der Hüte, die sie daheim mit unfehlbarer Hand kopieren wird . . .
Wie häßlich von mir . . . Ist's nicht fast, als dächte ich schlecht von Marthe, meiner Schwägerin, in deren Gesellschaft ich seit Alains Abschied Wärme und Zerstreuung finde? Oh, ich weiß, warum ich mißgestimmt bin: es ist mir jedesmal erneute Qual, unter den gnadenlosen Blicken dieser essenden, trinkenden Meute, die hauptsächlich darauf versessen ist, den lieben Nächsten zu verschlingen, die grellweiße, endlose Galerie des »Fritz« zu durchqueren . . .
Heute geht es mir nicht besser als sonst: mit dem Mut der Memme stürze ich mich in den Kampf, durcheile den langen, rechtwinkeligen Raum, von Zwangsvorstellungen gepeinigt: »Gleich werde ich stolpern – meinen Knöchel verstauchen – mein Rock schließt schlecht – mein Knoten geht auf –« Kein Wunder, daß ich an Marthe vorbeilaufe, ohne sie zu sehen.
Sie fängt mich mit dem gebogenen Ende ihres Sonnenschirms und lacht so laut, daß ich meine, vor Verwirrung zu sterben.
»Wem rennst du nach, Annie? Du wirkst wie eine Frau bei ihrem ersten Rendezvous! Da, setz dich, gib mir deinen Sonnenschirm, zieh deine Handschuhe aus! So! Wieder einmal gerettet! Für eine Märtyrerin ist dein Gesicht gar nicht so übel. Furcht steht dir, das muß man sagen. Wem wolltest du entfliehen?«
»Allen.«
Marthe betrachtet mich mit einer Mischung aus Verachtung und Mitleid und sagt seufzend:
»Aus dir werde ich nie etwas machen! Wie gefällt dir mein neuer Hut?«
»Sehr gut.«
Ich antworte vertrauensvoll, meiner Sache gewiß. In Wirklichkeit hatte ich ihrem Hut keinen Blick gegönnt, hinlänglich damit beschäftigt, meine Fassung wiederzugewinnen. Nun hole ich das Versäumte nach. Wie! Diese helle, das Gesicht in weichen Falten umrahmende Musselinhaube à la Charlotte Corday soll ein Hut sein? Was auch immer – geglückt ist das Gebilde jedenfalls! Kopfbedeckung, Batistkleid und unvermeidliches Fichu bilden ein hübsches Ensemble 1793. Immer noch Marie Antoinette,

aber schon im Temple. Nie würde ich wagen, derartig verkleidet auf die Straße zu gehen . . .
Marthe weiß, daß ihr das Häubchen steht, fühlt sich wohl, schnellt ihre treffsicheren Blicke, denen wenige Männer gewachsen sind, kühn nach allen Seiten, knabbert fröhlich an ihrem Backwerk, schaut, spricht, verwirrt und beruhigt mich.
»Warst du bei mir daheim?«
»Ja.«
»Hast du Léon gesehen?«
»Ja.«
»Arbeitet er?«
»Ja.«
»Er muß bis Oktober fertig sein, da gibt's nichts . . . Ich habe einen Haufen Rechnungen . . . Nachricht von Alain?«
»Ein Telegramm. Brief folgt.«
»Du weißt, daß wir in fünf Tagen wegfahren?«
»Wie du willst, Marthe.«
»Wie du willst! Gott, bist du ermüdend, armes Kind! Da, schau hin: Rose-Chou! Ihr Hut ist verpatzt.«
Das Kapitel »Hut« nimmt im Leben meiner Schwägerin beachtlichen Raum ein. Im übrigen hat sie recht: Rose-Chous Hut (die Trägerin ist ein hübsches, frisches, vielleicht ein wenig zu üppiges Geschöpf, das, wie Claudine behauptet, nicht gerade das Pulver erfunden hat) ist verpatzt.
Marthe zappelt vor Vergnügen.
»Sie will uns wohl weismachen, daß sie sich für neue Hüte ruiniert! Dabei hat mir ihre beste Freundin erzählt – die Chessenet –, daß sie alle eleganten Hüte ihrer Stiefmutter auftrennt, um sie für sich umzuarbeiten!«
»Glaubst du wirklich?«
»Gott, man muß immer das Schlechteste annehmen. Zu Berichtigungen ist später Zeit . . . Ah, sieh da! Renaud und Claudine. Wir werden sie herrufen. Maugis ist auch dabei.«
»Aber, Marthe . . . Ich soll mit Renaud und Claudine nicht allzuviel verkehren . . . Alain –«
»Ich weiß.«
»Ich möchte also nicht –«
»Laß doch . . . Erstens ist dein Mann nicht da, zweitens lade ich dich ein! Dein Gewissen kann also ganz ruhig sein.«
Hat sie nicht recht? Schließlich und endlich, wenn sie mich einlädt – O Stundenplan! Ich werde vieles abzubitten haben . . .
Claudine hat uns gesehen, bleibt stehen und begrüßt Marthe auf

drei Meter Entfernung mit einem klangvollen: »Guten Tag, Goldhelm!« Alles dreht sich um.
Renaud folgt seiner Frau, voll Nachsicht für ihre Narreteien, Maugis beendet den Zug. Ich liebe Maugis nicht sonderlich, ertrage aber die Unverschämtheit dieses lächelnden Saufbolds zuweilen mit Erheiterung. Allerdings werde ich mich hüten, diese Belustigung Alain gegenüber zu erwähnen: mein Gatte empfindet für diesen ungeschlachten, verwahrlosten Menschen, der am liebsten flachkrempige Zylinder trägt, den Abscheu des Ehrenmanns.
Marthe flattert herum wie eine weiße Henne.
»Tee, Claudine?«
»Pfui Teufel! Nein. Mir graust vor Tee!«
»Schokolade?«
»Nein . . . ich möchte Wein um zwölf Sous den Liter.«
»Was?« frage ich entgeistert.
»Pst, Claudine«, schilt Renaud mit sanfter Stimme und lächelt unter seinem silbernen Schnurrbart, »Madame Samzun wird entrüstet sein!«
»Warum?« staunt Claudine. »Wein um zwölf Sous pro Liter ist nichts Unappetitliches . . .«
»Nicht hier, kleines Mädchen, nicht hier! Wir werden Wein trinken gehen, wir beide ganz allein, am Schanktisch der lausigen, aber gemütlichen Gastwirtschaft Avenue Trudaine. Bist du jetzt zufrieden –«, seine Stimme fällt, »– geliebtes Vögelchen?«
»Ja! Ja!« ruft die Unverbesserliche und betrachtet ihren Gatten mit solch kindlicher Begeisterung, solch verliebter Bewunderung, daß es mich in der Kehle würgt und ich fürchten muß, jetzt und jetzt in Tränen auszubrechen. Wäre es mir je einmal beigefallen, Alain um Wein zu zwölf Sous zu bitten, hätte er mir – Brom gegeben und die Erlaubnis, schleunigst zu Bett zu gehen . . .
Maugis neigt mir seinen ehemals braunen, vom Alkohol zahlreicher Großstädte verfärbten Schnurrbart zu:
»Dieser lauwarme Tee, diese brechreizenden Törtchen scheinen Ihr Mißfallen zu erregen, Madame . . . Im ›Fritz‹ werden Sie kaum das Richtige finden, denn die Flüssigkeiten, die man hier auszuschenken beliebt, würden selbst den Stammkunden der kleinsten Armeekantine Bauchgrimmen verursachen . . . Abgesehen davon, kann ich den von Madame Claudine gepriesenen Weißwein zu sechzig Centimes nur belächeln. Wissen Sie, was Sie brauchen würden? Einen hübschen Grünen!«

»Einen hübschen was?«
»Einen Blauen, wenn Ihnen diese Farbe besser gefällt: einen Kinder-Pernod! Wissen Sie nicht, daß ich Vorsitzender der frauenrechtlerischen Vereinigung ›Absinth für Alle‹ bin? Der Zustrom ist ungeheuer!«
»So etwas habe ich noch nie getrunken«, sage ich mit schlecht verhehltem Abscheu.
»Oh!« ruft Claudine, »es gibt so viele Dinge, tugendhafte Annie, die Sie noch nie gekostet haben . . .«
Die Bedeutung, die aus ihren Worten klingt, macht mich verwirrt und verlegen. Claudine läßt ihren spöttisch-belustigten Blick zu Marthe schweifen.
»Vom ›unbeschwerten, gelockerten Leben der Badeorte‹, wie es in Léons neuestem Roman so schön heißt, versprechen wir uns viel für Annies Bildung!« lacht meine Schwägerin.
»Ein Liebesdrama?« fragt Maugis und fährt fort, ohne die Antwort abzuwarten: »Ein kraftvolles, ein unvergängliches Werk, Madame! Schildert es doch mit galliger Feder und feuriger Schrift die Qualen ebenso verbotener wie aristokratischer Leidenschaften.«
Marthe kichert? Wie? Alle vier verspotten den Unglücklichen, der daheim über seinem Pensum brütet? Ich bin betreten, entrüstet, belustigt, ob ich will oder nicht, studiere den Grund meiner Teetasse und hebe schließlich die Lider, einen verstohlenen Blick auf Claudine zu werfen, die mich betrachtet und ihrem Gatten zuraunt, als spräche sie zu sich selbst:
»Was für herrliche Augen sie hat, nicht wahr, Großer? Wie wilde Kresse, auf braunem Sand erblüht –«
»Ja«, vervollständigt Renaud. »Wenn Annie die Augen aufschlägt, glaubt man, sie zieht sich aus.«
Nun betrachten mich alle vier, mit seltsam geistesabwesender Miene. Ich könnte schreien, leide Qualen entsetzlicher Freude. Es ist, als fielen mir plötzlich die Kleider vom Leib.
Marthe, energisch wie immer, bricht als erste das lastende Schweigen:
»Wann kommt ihr, Renaud und Claudine?«
»Wohin, meine Liebe?«
»Nach Arriège, versteht sich! Seit neuestem – dem Himmel sei's geklagt! – schlummert ja in jedem Pariser, der auf sich hält, ein Mensch mit Arterienverkalkung . . .«
»Meiner leidet an Schlaflosigkeit«, verkündet Maugis salbungsvoll. »Kaum wacht er auf, dusche ich ihn mit Whisky. Aber Ihre

Kuren, Frau Marthe, sind ein Witz und haben wohl mehr mit der Mode zu schaffen als mit Ihrer Gesundheit!«
»Weit gefehlt, Sie Frechling! Ich fahre allen Ernstes nach Arriège! Dank vier Wochen Kur kann ich im Winter Trüffeln essen, Burgunder trinken und erst um drei schlafen gehen! Apropos: nächsten Dienstag pilgern wir alle zu Madame Lalcade, nicht wahr? Das wird lustiger sein als Arriège!«
»Ja!« erwidert Claudine. »Es wird nur so wimmeln von Herzögen und Fürsten. Sie gingen auf Händen hin, was, Marthe?«
»Ich könnte es!« antwortet meine Schwägerin ein wenig verschnupft. »Meine Dessous brauchen das Tageslicht nicht zu scheuen . . .«
»Außerdem«, schnurrt Maugis in seinen Bart, »trägt sie geschlossene Höschen.«
Ich hab's gehört. Wir haben's alle gehört.
Frostige Stille.
»Und Sie, gedankenvolles Wesen?« fragt Claudine. »Arriègieren Sie?«
Das gedankenvolle Wesen bin ich . . . Ich fahre auf. Oh, ich komme von weit her . . .
»Ich? Ich begleite Marthe und Léon –«
»Und ich meinen Gatten, damit er keinen anderen Schürzen nachjagt (ich mein's nicht ernst, Schönster!). Wir werden uns also wiedersehen, was für ein Glück! Ihr werdet Wasser trinken, das nach faulen Eiern riecht, und ich werde Gelegenheit haben, aus euren Grimassen Rückschlüsse auf eure Seelenstärke zu ziehen! Besonders Sie werden freudig dreinschauen, Maugis, altes Faß!« Alles lacht. Ich denke entsetzt an Alain. Was würde er sagen, käme er plötzlich zur Türe herein und fände mich in so unkorrekter Gesellschaft! Denn schließlich und endlich – Marthes Gegenwart entschuldigt nicht alles, und mit Claudine, dieser Närrin, die ihre Bekannten »altes Faß« tituliert, scheint mir jeder nähere Verkehr unmöglich.
»Ich werde nicht zu Madame Lalcade gehen, Alain.«
»Doch, Annie.«
»Ich werde so traurig, so einsam sein . . .«
»So traurig – meine Bescheidenheit verbietet mir, das Thema zur Diskussion zu stellen! So allein? Sie werden nicht allein sein. Marthe und Léon werden Sie begleiten.«
»Wie Sie wollen.«
»Verstehen Sie doch, liebes Kind, und sehen Sie nicht in allem, was ich Ihnen als nützlich anempfehle, eine Zwangsarbeit! Die

Soirée bei Madame Lalcade gilt als ... künstlerisches Ereignis, und Ihre Abwesenheit würde gewisse Leute nur freuen ... Sie dürfen dieses gastfreundliche Haus – das einzige vielleicht, wo die Leute der Gesellschaft gefahrlos zahlreichen interessanten Künstlern begegnen können – nicht vernachlässigen! Wenn Sie es nur besser verstünden, sich ins rechte Licht zu setzen, könnte es Ihnen vielleicht gelingen, der Gräfin Greffulhe vorgestellt zu werden ...«

»Ah?«

»Aber ich zähle nicht darauf, daß Sie sich bemerkbar machen, am allerwenigsten in meiner Abwesenheit ... Nun ja.«

»Wie soll ich mich anziehen?«

»Ihr weißes Kleid mit dem gefächelten Gürtel scheint mir angezeigt, Annie. Einfachheit – das ist an diesem Abend das allerwichtigste. Sie werden zu viele Coiffuren à la Gismonda, zu viele Roben von Laparcierie bemerken. Nichts darf zu Verwechslungen Anlaß geben ... Bleiben Sie, wie Sie sind – zurückhaltend, einfach, nichts weniger, nichts mehr. Ist das nicht ein schönes Kompliment?«

Ein sehr schönes, in der Tat. Ich weiß seinen Wert zu schätzen. Seither sind fast zwei Wochen verstrichen; aber noch höre ich die Worte Alains, seine klare, sichere Stimme, die niemals zögert ... Ich werde also heute mein weißes Kleid anziehen, werde zu Madame Lalcade gehen, werde den wehmütig-frivolen Melodien Faurés lauschen, den Pantomimen zusehen ... Marthe kommt mir in den Sinn, ihre grenzenlose Freude darüber, im letzten Augenblick für eine hübsche, verschnupfte kleine Marquise einspringen zu dürfen ... Binnen achtundvierzig Stunden hat meine Schwägerin ein Kostüm aus changierender Seide verfertigt, ein Fischbeinkorsett anprobiert, alte Stiche zu Rate gezogen, mehrere Friseure aufgesucht und eine Gavotte geprobt ...

»So viele Leute, Léon!«

»Ja. Die Woronzoffs sind da und die Gurkaus ... Ich habe ihre Equipagen gesehen ... Würden Sie mir meine Handschuhe zuknöpfen, Annie?«

»Ihre Handschuhe sind zu eng, Léon –«

»Sie irren, Annie. Nicht zu eng, sondern neu. Die Handschuhmacherin sagt immer: ›Monsieurs Hand schmilzt förmlich ...«

Ich kann seine kindische Eitelkeit nicht einmal belächeln. Was Hände und Füße betrifft, ist mein armer Schwager kokett wie eine Frau: er erträgt lieber tausend kleine Foltern, ehe er seinen gequälten Fingern eine weitere Viertelnummer zugesteht ...

Vor dem Glashaus, das als Garderobe dient, staut sich die Menge. Der Strom lichtbemäntelter Gestalten zieht sich bis in den Garten. Schon fürchte, schon hoffe ich, keinen Einlaß mehr zu finden, als mir Léon mit beharrlich sanftem Ellbogen eine schmale Gasse bahnt. Ich werde eintreten, das sehe ich schon – auf Kosten meines Kleids. Ein Spiegel, Gott sei Dank, denn ich könnte schwören, mein Knoten geht auf ...

Von zwei stattlichen Damen flankiert, gelingt es mir endlich, ein Stückchen Annie zu erspähen, ihre schlanke, afrikanische Bräune, die sanften Augen, deren Helle an das lichte Blau kleiner Gasflammen erinnert. Die Demut meines Blicks dünkt mich beinahe verdächtig ...

»Keine Angst, geprügeltes Kind! Sehr in Form, heute abend!«

Der Spiegel zeigt mir, dicht an meiner Seite, die energiegeladene Gestalt Claudines, ihr gelbes, spitz ausgeschnittenes Kleid. Es wogt wie eine Flamme ...

Ich drehe mich um und frage, reichlich einfältig:

»Haben Sie vielleicht Léon gesehen? Ich habe ihn verloren ...«

Der gelbe Kobold lacht schallend:

»Ich habe ihn nicht bei mir, mein Wort darauf! Brauchen Sie ihn wirklich so notwendig?«

»Es ist nur ... weil Marthe mitspielt ... und ich habe niemand außer ihm ...«

»Vielleicht ist er gestorben«, sagt Claudine mit Grabesstimme. »Aber wenn auch: ich bin als Gardedame ebensogut zu gebrauchen! Wir werden Platz nehmen, die fetten Schultern der alten Damen betrachten, daraufklopfen, falls sie während des Konzerts den Mund aufmachen, und so bald wie möglich zum Büffett stürzen, um sämtliche Erdbeeren aufzuessen!«

Das verlockende Programm (oder Claudines unwiderstehliche Vitalität?) gibt den Ausschlag: ich senke das Haupt wie ein Widder und halte meinen Einzug in Madames Lalcades Atelier, das heute als Theatersaal dient und unter Blumen fast verschwindet ...

»Sie hat alle ihre Modelle eingeladen!« flüstert mir meine Gefährtin zu.

Wie das glänzt und funkelt! Die Damen sitzen eng aneinandergedrängt. Nur ihre Köpfe wenden und neigen sich bei jedem neuen Eintritt wie ein Mohnblumenfeld im Wind ...

»Die vielen Leute! Wie sollen wir uns da jemals niedersetzen, Claudine?!«

»Wie? Das werden Sie gleich sehen!«

Claudines lächelnde Skrupellosigkeit kennt keinen Mißerfolg. Sie kapert einen halben Sessel, wiegt die Hüften bis zu seiner völligen Eroberung und installiert mich neben sich, Gott weiß, wie.

Oh! Der hübsche bemalte Vorhang! Oh! Alles, was man nicht sieht! Oh! Valentine Chessenet, rot von Kopf bis Fuß, einschließlich ihrer Hasenaugen! Marthe spielt mit? Oh, Annie! Madame Lalcade begrüßt uns über dreiundfünfzig Damen hinweg. Guten Abend, Madame! Guten Abend, Madame! Danke, danke, wir sitzen sehr gut! Drei Viertel unserer Hintern haben's bequem!

»Man hört Sie, Claudine!«

»Soll man!« erwidert die gefährliche Kleine. »Ich sage nichts Häßliches, mein Herz ist rein, ich wasche mich jeden Tag. Guten Abend, Fettwanst!« (Das gilt Maugis.) »Er kommt, um Marthe halbnackt zu sehen. Vielleicht auch wegen der Musik. Oh! Rose-Chou ist heute ein wahres Götterbild! Ich wette, Annie, daß Sie auf drei Schritte Entfernung nicht sagen können, wo ihre Haut anfängt und wo die rosa Seide ihres Kleids . . . Welch ein Überfluß an frischem, gesundem Fleisch! Es ist mindestens hunderttausend Francs wert, das Pfund zu fünf Sous! Nein, zerbrechen Sie sich nicht den Kopf, wieviel Kilo das ausmacht . . . Dort steht Renaud. Bei der Türe.«

Sie ahnt es nicht – doch kaum erwähnt sie ihren Gatten, sänftigt sich ihre Stimme.

»Ich sehe ihn nicht.«

»Ich auch nicht. Nur eine Schnurrbartspitze . . . Aber ich weiß, es ist seine.«

Ja, du weißt, daß er es ist, feuriges kleines Tier, witterst den Gefährten durch Atem, Wärme, Gerüche so vieler Menschen hindurch . . . Oh, wie traurig – stets aufs neue – macht mich doch ihre Liebe!

Unversehens verlöscht das Licht. Das wilde Geplapper verstummt, nach jenem lauten, vulgären »Ah!« der Überraschung, mit dem die Menge am 14. Juli die erste Rakete begrüßt . . . Noch ist die Bühne verhängt, allein schon tropfen die Harfen leise Töne, schon näseln müde Mandolinen: »Herbei, herbei, ihr Nymphen«, schon teilt sich der Vorhang . . .

»Fein! Fein!« murmelt Claudine überwältigt.

Vornehm-grauer Parkhintergrund. Davor ruhen, schäkern und schmachten Amynthas, Tircis und Klytander, Cydalise und der Abbé, die jugendliche Naive und der Lebemann, als seien sie

eben dem Schiff entstiegen, das sie aus Kythera brachte. Kaum schwankt die Schaukel unter der leichten Last der Hirtin im Reifrock, der die Liebe eines violetten Schäfers gilt. Eine Schöne wendet Notenblätter und neigt sich dem Buhlen zu nahe, dessen rastlose Finger auf imaginärem Instrument einschmeichelnde Weisen spielen. Wissende Träumer, liebliche, sich selbst belächelnde Musik ... Allzu rasch zerstiebt der Zauber vor den fröhlichen Klängen der Gavotte.
»Schade!« seufzt Claudine.

Steife Paare in schimmernder Seide ziehen vorüber, drehen sich, grüßen. Als letzte Marquise, in gleißendem Silber, am Arm eines himmelblauen Marquis, erscheint Marthe, von einem Raunen der Bewunderung begrüßt. Ich erkenne sie kaum.
Der Wille, schön zu sein, verklärt ihre Züge. Da und dort leuchtet das rote Haar hervor, schlecht verlöschtes Feuer unter der Asche weißen Puders, die blitzenden Augen wirken im Widerschein der Schminke heller, die Brüste, entblößt bis zum Exzeß, gleichen reifen Äpfeln. Ernsthaft pirouettiert sie auf gefährlich hohen, bleistiftdünnen Stöckeln, versinkt in Knicksen, hebt das gepuderte Händchen und schleudert – o anarchistische Ninon! – ihre gefährlichsten Blicke ins Publikum. Weder wahrhaft schön noch anmutig, überstrahlt Marthe die hübschesten Mädchen an ihrer Seite.
Sie *wollte* die Schönste sein ... Nähme ich mir etwas Derartiges vor ... arme Annie! Die prunkvoll-traurige Musik höhnt, beklemmt dich bis zu Tränen. Und dennoch versagst du dir jegliche Rührung in Gedanken an das grausame, sprungbereite Licht, an Claudines wissenden Blick ...

»Meine liebste Annie,
Ihr Brief erreichte mich knapp vor der Einschiffung. Sie dürfen daher für die Kürze meiner Antwort nur die Hast der Abreise verantwortlich machen. Ich freue mich, Sie so tapfer und alldem verbunden zu wissen, was das Leben einer makellosen Frau unserer Kreise ausmacht: Ihrem Gatten, Ihrer Familie, Ihrer schönen, wohlgeordneten Häuslichkeit.
Ja, Annie, ich glaube Ihnen aus der Ferne jenes Lob zollen zu sollen, zu müssen, das ich in Ihrer Nähe unausgesprochen lasse. Danken Sie mir nicht, bewundere ich doch in gewissem Sinne mein eigenes Werk: ein liebenswertes Kind, nach und nach und

ohne allzu große Mühe zur untadeligen Gattin, zur vollkommenen Hausfrau geformt.
Das Wetter ist herrlich. Wir können mit einer ausgezeichneten Überfahrt rechnen. Sie dürfen daher hoffen, daß sich bis Buenos Aires keinerlei unvorhergesehene Zwischenfälle ereignen werden. Meine Gesundheit kennen Sie, wissen, daß ich Hitze zu ertragen weiß. Seien Sie daher nicht besorgt, wenn meine Briefe selten und unregelmäßig eintreffen sollten. Auch ich werde mich dazu zwingen, Ihre Briefe – und soviel sie mir auch bedeuten – nicht allzu ungeduldig zu erwarten.
Ich küsse Sie, meine liebste Annie, mit meiner ganzen unerschütterlichen Zuneigung. Ich weiß, Sie werden meine feierliche Ausdrucksweise nicht belächeln: dem Gefühl, das mich an Sie bindet, ist jede Frivolität fremd.

Ihr Alain SAMZUN«

Mühsam las ich seinen Brief, den Zeigefinger an die hämmernde Schläfe gepreßt: ich leide unter jener fürchterlichen Migräne, die mich – beinahe schon regelmäßig – zur Verzweiflung treibt, lausche mit zusammengebissenen Zähnen und geschlossenen Augen dem unbarmherzigen Hammer, der in meinem armen Hirn wütet ... Bei jedem Schlag erzittern meine Lider. Das Tageslicht schmerzt. Im Dunkel glaube ich zu ersticken.
Früher, als ich noch bei Großmutter wohnte, atmete ich in solchen Augenblicken Äther bis zu völliger Fühllosigkeit. Doch in den ersten Monaten unserer Ehe fand mich Alain eines Tages auf meinem Bett, halb bewußtlos, die Ätherflasche in der Hand. Er verbot mir auf das strengste, dieses Mittel jemals wieder anzuwenden. Sehr ernst, sehr klar sprach er über die Gefahren des Äthers, seinen Abscheu für solche »Hausmittel hysterischer Weiber«, die Harmlosigkeit der Migräne. »Alle Frauen haben dann und wann Kopfschmerzen.« Seither leide ich mit größtmöglicher Geduld und beschränke mich – ohne Erfolg – auf heiße Kompressen und Hydrotherapie.
Heute jedoch peinigt mich solch schneidender Schmerz, daß ich am liebsten in Tränen ausbräche, daß es mich beim Anblick gewisser weißer Gegenstände – Papier, lackierter Tisch, Laken des aufgeschlagenen Betts, auf dem ich mich ausstreckte – in der Kehle würgt, während sich jene fürchterliche Übelkeit meiner bemächtigt, die ich von weitem erkenne ... Alains Brief – sehnlichst erwartet – dünkt mich farblos und kalt ... Wie schlimm

muß es um mich stehen! Ich werde ihn noch einmal lesen, wenn mir besser ist ...

Léonie tritt ein, auffällig bemüht, leise zu sein: sie öffnet die Türe behutsam und schließt sie mit einem Knall. Die Absicht zumindest ist lobenswert.

»Madame hat noch immer Schmerzen?«

»Ja, Léonie ...«

»Warum nimmt Madame nicht –«

»Ein Glas Cognac? Nein, danke.«

»Nein, Madame – ein wenig Äther.«

»Monsieur hat's verboten, Léonie. Äther hilft mir nicht.«

»Monsieur hat Madame eingeredet, daß es Madame schaden könnte. Aber die Schmerzen einer Frau kann kein Mann beurteilen! Wenn ich Kopfweh habe, nehme ich immer Äther.«

»Ah ... Sie haben welchen?«

»Eine ganz neue Flasche. Ich bringe sie sofort.«

Der starke, göttliche Geruch löst meine Verkrampfung. Ich strecke mich auf mein Bett, presse die Flasche ans Gesicht, weine Tränen der Schwäche und des Behagens. Langsam entfernt sich der böse Schmied ... Nur ein diskreter Finger klopft noch an meine Schläfe, weich, kaum hörbar. Ich atme tief, so tief, daß meine Kehle süß schmeckt ... Meine Handgelenke werden schwer.

Träume flirren vorbei, durchquert von einem hellen Strich: dem Lichtstreifen, der meine halbgeschlossenen Lider durchdringt. Ich sehe Alain in Tennisdreß, einem weißen, von seinem Körper rosig getönten Trikot, das er vor acht Jahren zu tragen pflegte ... Ich selbst bin die junge Annie von damals, mit schwerem, in weicher Locke endendem Zopf. Ich berühre das rosenfarbene Trikot: es erregt mich, als sei es lebendige Haut. Ich sage mir verworren, daß Alain ein kleiner Junge, daß alles unwichtig, unwichtig, unwichtig ist ... Er läßt es bebend geschehen, senkt lange schwarze Wimpern auf glühende Wangen ... Annies Wimpern ... Wie samten fühlt sich seine Haut an ... Unwichtig, unwichtig, unwichtig ...

Ein Tennisball trifft meine Schläfe, hart, schmerzhaft. Ich fange ihn im Flug: er ist weiß und warm. Eine Stimme näselt dicht an meinem Ohr: »Das ist ein Hahnenei.« Ich bin nicht überrascht. Alain ist ja ein Hahn, ein roter Hahn, einer von jenen Hähnen, die man auf dem Grund mancher Fayenceteller findet. Mit hochmütigem Fuß kratzt er das Porzellan – es kreischt zum Wahnsinnigwerden – und kräht: »Ich, ich ich ...« Was sagt er? Ich verstehe es nicht ... Der graublaue Lichtstrahl schneidet ihn entzwei wie eine Ordensschärpe den Staatspräsidenten, dann wird es Nacht ... Köstlicher Tod, langsamer Fall, beflügelt von schweren Schwingen ...

Eine böse Tat, Annie, eine böse Tat! Anders kann man's nicht nennen! Du hast Alain bewußt zuwidergehandelt. Er hat recht, dir diesen Äther zu verbieten, der dich unzurechnungsfähig macht ... Zwei Stunden später sitze ich an meinem Frisiertisch, allein mit meinem Spiegelbild, glätte und ordne mein aufgelöstes Haar und tadle mich in aller Demut. Mein Kopf ist leicht, leer und licht. Nur die umschatteten Augen, der farblose Mund, die Appetitlosigkeit ungeachtet zwölfstundigen Fastens zeugen von meinen Ausschweifungen, den Nachwirkungen des geliebten Gifts. Pfui Teufel! Kalter, abgestandener Äthergeruch nistet in den Vorhängen. Ich brauche Luft, Licht, Vergessen ... wenn es möglich ist ...

Das Fenster – mein Schlafzimmer liegt im zweiten Stock – öffnet sich auf einen engen, traurigen Hof. Ein stämmiger Stallknecht in kariertem Hemd striegelt Alains Pferd. Auf dem Pflaster sitzt ein schwarzer Bulli. Beim Geräusch des Fensterriegels hebt er die viereckige Schnauze ... Bist du's, armer Toby! Du, der Geschmähte, Verbannte! Er springt auf, klein und dunkel, und wedelt mit dem Rest seines gestutzten Schweifs.

»Toby! Toby!«

Er springt in die Luft, pfeift, stöhnt. Ich beuge mich zum Fenster hinaus: »Charles, schicken Sie mir bitte Toby über die Hinterstiege.«

Toby versteht früher als er und schnellt der Türe zu. Eine Minute später windet er sich zu meinen Füßen, irr vor Zärtlichkeit und Demut, Augen und Zunge weit hervorquellend ...

Ein Jahr mag es her sein, daß ich ihn einem Stallknecht Jacques Delavalises abkaufte, weil er mir so gut gefiel: ein schöner, kleiner, acht Monate alter Bulli, ungestutzt, nasenlos, mit Ohren wie Flügelhörner und klaren, scheuen Augen. Furchtsam und stolz brachte ich ihn nach Hause. Alain betrachtete den Hund mit Kennerblick, ohne Mißbilligung.

»Hundert Francs, sagen Sie? Das ist nicht teuer. Der Kutscher wird froh sein. Die Rattenplage im Stall wird immer ärger.«

»Im Stall? Aber ich habe ihn nicht für den Stall gekauft ... Er ist hübsch, Alain, ich möchte ihn gern behalten ...«

Achselzuckend:

»Behalten? Einen Stallhund in einem Salon Louis XV., nicht

wahr? Oder auf den Spitzen Ihres Betts? Wenn Sie sich einen Hund wünschen, liebes Kind, werde ich Ihnen einen seidigen kleinen Pekinesen kaufen, oder einen großen Windhund ... Die Windhunde passen zu jedem Stil.«

Er läutete, wies auf meinen armen schwarzen Toby, der fröhlich an einer Fauteuilquaste kaute, und bedeutete Jules:

»Bringen Sie diesen Hund dem Kutscher. Charles soll ihm ein Halsband kaufen, ihn sauberhalten und mir sagen, ob er Ratten jagt. Der Hund heißt Toby.«

Seither bemerkte ich Toby nur mehr durchs Fenster, sah, wie er litt und an mich dachte: wir hatten uns auf den ersten Blick geliebt.

Eines Tages behielt ich ein paar Taubenknöchelchen zurück und trug sie ihm in den Hof hinunter, furchtsam und verstohlen, kam traurig wieder herauf und glaubte meinen Kummer zu verscheuchen, indem ich Alain meine Schwäche gestand. Er schalt mich kaum.

»Sie sind ein großes Kind, Annie! Wenn Sie wollen, werde ich Charles anweisen, den Bulli unter dem Sitz mitzunehmen, wenn Sie ausfahren. Daß ich Toby jedoch niemals in der Wohnung begegne, nicht wahr? Das möchte ich mir ausgebeten haben.«

Wollte ich mich heute jeglicher Sorge – jeglicher Gewissensbisse, um ehrlich zu sein – entladen, würde es mir nicht mehr genügen, Alain Tobys Gegenwart in meinem Schlafzimmer zu gestehen ... Was mich noch vor einer Woche zittern gemacht hätte, dünkt mich heute, nach meinem köstlich-schuldigen Ätherrausch, eine Lappalie.

Schlaf auf dem grauen Rosenteppich, schwarzer Toby, schlaf keuchend, mit überglücklichem Hundeherzen: du kehrst nicht in den Stall zurück.

Arriège. Orangenblüten- und Schwefelgeruch strömt durch mein offenes Fenster. »Der typische Arriègeduft«, erklärt freundlicherweise der Hoteldiener, der mein Gepäck heraufbefördert. Dacht ich's doch. Marthe schwört, daß man sich binnen achtundvierzig Stunden daran gewöhnt. An den Duft der Orangenbäume – vor dem Hotel steht eine ganze Allee in Blüte – gewiß. Aber an den Schwefelgestank, der sich als klebriger Dunst an die Haut heftet – pfui Teufel!

Ich stütze mich aufs Fensterbrett, schon niedergeschlagen, während Léonie, die in ihrer Reisepelerine aussieht wie ein Gendarm in Zivil, den Deckel meines großen Strohkoffers zurückschlägt

und die Silberflakons meines Toilettennecessaires aufstellt wie zur Parade.
Was soll ich hier? In Paris, meinem gelben Zimmer, beim Bildnis Alains fühlte ich mich minder allein, minder verlassen als in diesen kahlen, rosagekalkten Mauern ... Argwöhnisch inspiziere ich die müde Matratze des Kupferbetts. Der Waschtisch ist zu klein. Den Schreibtisch werde ich als Coiffeuse, das Falttischchen als Schreibpult verwenden ... Einige charakterlose Fauteuils. Ein paar Schleiflacksessel. Wie viele Tage muß ich in dieser Umgebung verbringen? Das kommt darauf an ... hat Marthe gesagt.
Worauf? Diese Frage wagte ich nicht zu stellen.
Jenseits des fliesenbelegten Gangs spricht meine Schwägerin. Ich höre ihre durchdringende Stimme, dann und wann unterbrochen von dumpfen, unverständlichen Worten Léons. Meine Glieder werden schwer, ich gebe meiner Müdigkeit nach, verkrieche mich in mich selbst, tiefer und tiefer, entfliehe Arriège, Marthe, Alain, der lästigen Zukunft, der verrinnenden Zeit ...
»Gehen wir, Annie?«
»Marthe! Du hast mich erschreckt ... Ich bin noch nicht fertig«
»Was treibst du denn, guter Gott? Weder gewaschen, noch frisiert?! Um alles in der Welt, fang nicht an, das Zentnergewicht zu spielen!«
Meine Schwägerin, blühend, rosig und geschminkt, ist herausstaffiert, als ginge sie zum Fünf-Uhr-Tee bei »Fritz« – die elfstündige Bahnfahrt ist ihr nicht anzumerken –, und erklärt, sie wolle in den Park, zum Kurkonzert.

»Ich werd' mich beeilen. Und Léon?«
»Wäscht seinen Götterleib. Los, Annie, mach weiter! Worauf wartest du?«
Ich zaudere, in Korsett und Unterrock, zögere, mich vor Marthe vollends zu entkleiden. Sie betrachtet mich, als sei ich ein kurioses Tier.
»O Annie, heilige Annie, albernstes aller Geschöpfe! Keine Angst, ich dreh' mich um. Du kannst deine Reize furchtlos striegeln.«
Sie geht zum Fenster. Aber selbst das Zimmer setzt mich in Verlegenheit. Ich sehe mich im Spiegel, braun und lang wie eine Dattel ... Marthe fährt herum, schamlos, jäh: mit einem Aufschrei presse ich die Hände an meine nassen Hüften, winde mich,

flehe ... Sie scheint nicht zu hören, zückt ihr Lorgnon und betrachtet mich neugierig:
»Komisches Geschöpf! Du stammst nicht von hier ... schaust aus wie eine ägyptische Mosaikfigur ... oder eine stehende Schlange ... oder ein schlanker Tonkrug ... Toll! Annie, du wirst mir nie den Gedanken austreiben, daß sich deine Mutter mit einem ägyptischen Eseltreiber vergessen hat.«
»Marthe, um alles in der Welt! Du weißt, wie sehr mir derartige Scherze mißfallen ...«
»Jawohl. Nimm dein Hemd, dumme Gans! Sich in deinem Alter aufzuführen wie eine Pensionatsschülerin! Ich ginge splitternackt auf die Straße, wenn's modern wäre. Daß man sein Bestes auch immer verstecken muß!«
»Wirklich? Madame Chessenet würde dir kaum beipflichten ...«
»Wer weiß. (Du magst sie nicht? Das amüsiert mich.) Sie trägt sicher einen Busen letzter Schrei: die Zipfel bis zu den Knien.«
Marthes Geschwätz reißt mich aus meiner Trägheit, verscheucht mein dummes Schamgefühl. Außerdem hat sie die Gabe, sich fast alles vergeben zu lassen ...
Sie beugt sich aus dem Fenster und berichtet, was sich unten abspielt. Inzwischen knüpfe ich meinen weißen Tüllschal.
»Léon sucht uns wie ein verlorener Pudel. Er glaubt, wir sind beim Kurkonzert ... Gott sei Dank.«
»Warum?«
»Warum? Weil er mich langweilt, meine Teure. Ferner sehe ich eine reizende Dame, ganz in Spitzen, und mit einem Gesicht wie ein alter Apfel ... Ferner die idiotischen Rücken einiger Herren, deren Panamahüte aussehen wie sitzengebliebene Windbäckerei ... Ferner – Ah!«
»Was ist?«
Marthe hustet hörbar. »So ein Zufall! Jawohl, jawohl, wir sind's! Nur herauf!«
»Bist du verrückt, Marthe? Alle Leute schauen dich an ... Mit wem sprichst du?«
»Mit der kleinen van Langendonck.«
»Calliope?«
»Höchstpersönlich.«
»Sie ist hier?«
»Wahrscheinlich! Sonst würde ich kaum mit ihr sprechen!«
Ich runzle die Stirn. Wieder eine Bekanntschaft, die Alain gern gelöst sähe und in weitem Abstand hält. Nicht, daß diese kleine

Zypriotin – die Witwe eines Belgiers – ebensoviel von sich reden machte wie zum Beispiel eine Chessenet. Allein, mein Gatte macht ihr eine gewisse übertriebene, aufdringlich-sinnliche Schönheit zum Vorwurf, die er nicht »comme il faut« findet. Ich wußte nicht, daß Abstufungen der Schicklichkeit auch für die Schönheit zuträfen . . . Alain jedoch ist davon überzeugt.
Calliope, genannt »die Göttin mit den Samtaugen«, von elegantem Stoffgeraschel angekündigt, hält einen theatralischen Einzug, überschüttet Marthe mit Küssen, Komplimenten, wogenden Spitzen, Blicken, die zwischen den blitzenden, lanzengleich bewehrten Lidern hindurchfunkeln wie kostbare Steine – und stürzt sich auf mich. Beschämt, ihre Zärtlichkeitsbezeigungen nicht erwidern zu können, biete ich ihr einen Fauteuil an. Marthe spickt sie mit Fragen: »Calliope, welchen glücklichen Herzbuben haben Sie heuer im Gepäck?«
»Was ist ein Herzbube . . . Ah so . . . Kein Bube . . . Ich ganz allein.«
Sie wiederholt oft, was man sie fragt, mit einer verspielten Art, die Worte zu übersetzen und sich dabei selbst zuzuhören. Koketterie? List? Will sie Zeit gewinnen, sich eine Antwort zurechtzulegen?
Ich entsinne mich, daß sie vorigen Winter Griechisch, Italienisch, Französisch und Englisch durcheinandermischte, mit einer Naivität, die zu vollendet war, um echt zu wirken. Claudine, deren Erheiterung über Calliope keine Grenzen kennt, bezeichnet ihre Redeweise als »Babelismus«. Ich bin sicher, daß ihr perfektes Kauderwelsch vielen als zusätzlicher Reiz erscheint.
»Allein? Erzählen Sie das wem andern!«
»Doch, wirklich! Man muß zwei Monate in anno Kur machen, zum Schönbleiben.«
»Bis jetzt scheint's zu wirken, nicht wahr, Annie?«
»Oh! Ja. Sie sehen bezaubernd aus, Calliope. Das Wasser von Arriège tut Ihnen gut, nicht wahr?«
»Wasser? Ich trinken never – niemals –«
»Warum sind Sie dann –«
»Weil die Seehöhe hier ist ausgezeichnet und weil ich Leute treffe, die ich kenne, und weil ich kann sparsame Kleider anziehen.«
»Bewundernswerte Frau! Der Schwefel ist aber gut für die Haut –«
»Nein, nein, Schwefel ist kakon, schlecht für Haut. Ich pflege Haut mit türkische Spezialrezept.«

»Rasch, her damit! Ich sterbe vor Ungeduld, und Annie ist schon ganz Ohr!«
Calliope, die ihre »Artikel« auf der Insel Zypern zurückgelassen hat, streckt mit Professorengeste zwei edelsteinfunkelnde Hände aus:
»Sie müssen nehmen . . . alte Gewürznelken, und geben in avgothiki – Eierbecher . . . und Sie drücken darauf ganze Zitrone. Am nächsten Tag sie ist Teig . . .«
»Wer, sie?«
»Nelken und Zitrone. Sie streichen das auf Gesicht und sind weißer, weißer als . . .«
»Schon gut, Calliope, schon gut! Geben Sie sich keine Mühe!«
»Ich kann ancora geben Rezept für Fleckwegputzen!«
»Danke, danke! Nicht alles an einem Tag! Seit wann sind Sie hier?«
»Seit . . . ein, due, three . . . sieben Tage! Ich bin so glücklich, Sie zu sehen. Ich werde Sie nicht mehr verlassen! Wie Sie mich da haben plötzlich gerufen durch die window – Fenster, ich habe gekriegt spavento und lassen fallen meine Schirm!«
Ich bin entwaffnet. Dieses Kauderwelsch brächte selbst Alain zum Lachen . . . Nun, kann mir diese leichtfertige junge Dame die trägen Stunden meiner »Saison« verkürzen, werde ich sie mit Vergnügen treffen, sooft sie will – hier in Arriège.
Warum schleppte mich Marthe zu diesem Kurkonzert? Quälende Migräne und das fast körperliche Gefühl, auf meiner Haut die Spuren unzähliger Blicke zu tragen, sind mein Lohn. Die Herren Kurgäste haben uns mit Kannibalenblick gemustert und verschlungen . . . Oh, ich ahne bereits die Klatschgeschichten, die diese untätigen, von krankhafter Langeweile gezeichneten Schnüffler im Umlauf setzen werden. Zum Glück bemerkte ich nur wenige bekannte Gesichter. Renaud und Claudine kommen in drei Tagen. Ihr Appartement ist reserviert.
Wie düster dünkt mich mein Zimmer, wie grau und traurig! Grelles elektrisches Licht fällt auf das leere, tote Bett . . . Ich bin allein, allein, allein, so allein, daß ich am liebsten zu weinen begänne, daß ich Léonie zurückhalte, mit dem Ersuchen, mein Haar zu lösen . . . Wenigstens eine vertraute Gegenwart! . . . Komm, schwarzer Toby, kleiner warmer Hund, der du alles an mir liebst, selbst meinen Schatten, komm, schlaf zu meinen Füßen, fiebrig von der langen Reise, durchbebt von bösen, leicht deutbaren Träumen . . . Bangst du, daß man uns aufs neue voneinander trennt?

Fürchte nichts, Toby! Der strenge Herr schläft auf dem farblosen Wasser. Oh, die Stunden seiner Ruhe sind ebenso wohlgeregelt wie die seines Tagewerks ... Er zieht seine Präzisionsuhr auf. Dann streckt er seinen großen weißen Körper auf die Laken, kalt von der eisigen Dusche ... Denkt er an Annie? Wird er des Nachts erwachen, in tiefem, von seinen geweiteten Pupillen mit goldenen Halbmonden und Kränzen roter Rosen bevölkertem Dunkel? Wie, wenn er mich jetzt riefe, in diesem Augenblick, wenn er seine stille fügsame Annie suchte, den Rosen- und Nelkenduft ihres Körpers, mit dem qualvoll-verlangenden Lächeln eines Alain, den ich nur im Traum sah und besaß ...
Doch nein. Ich empfände es, über Ferne und Meer.
Schlafenszeit, kleiner schwarzer Hund. Marthe spielt Bakkarat.

»Mein lieber Alain!
Mit der Zeit gewöhne ich mich an das Leben im Hotel, dank einer Willensanstrengung, die Sie mir, wie ich hoffe, zugutehalten werden! Was mich betrifft, so schreibe ich jeden neuen Sieg über meine Schlaffheit Ihnen zu.
Wäre ich ein richtiger Kurgast, verginge mir die Zeit viel schneller. Marthe zum Beispiel, wacker wie stets, unterwirft sich einer sehr anstrengenden Behandlung; Duschen und Massage. Léon macht eine Trinkkur. Ich sehe zu.
Wir haben Madame Van Langendonck getroffen. Sie ist allein. Glauben Sie mir, liebster Alain, daß ich diese Begegnung nicht suchte. Marthe empfing Madame Van Langendonck sehr freundlich und versichert, daß derartige Kurortbekanntschaften in Paris ohne Schwierigkeiten wieder abgebrochen werden können. Ich hoffe, Sie somit über die Oberflächlichkeit unserer Beziehungen zu Madame Van Langendonck beruhigt zu haben ... Außerdem wohnt sie im Hotel du Casino, während wir im Grand Hotel abgestiegen sind.

Claudine und Renaud werden in einigen Tagen eintreffen. Ich halte es für unmöglich, ihnen auszuweichen. Außerdem finden Sie ja den Gatten akzeptabel, sofern ich mich nicht irre: er hat die ganze Welt bereist. Was seine Frau betrifft, so werden wir uns bemühen, das Richtige zu tun. Das heißt, ich verlasse mich voll und ganz auf Marthe, die Ihnen in solchen Dingen ein feines Unterscheidungsvermögen verdankt.
Sie haben mir verboten, liebster Alain, Sie mit meiner ebenso gutgemeinten wie unerwünschten Fürsorge zu behelligen. Daher

will ich Ihnen unser Leben schildern: wir stehen um dreiviertel sieben auf und sitzen bereits um sieben in der Milchtrinkhalle, vor einem Glas schäumender, kuhwarmer Milch. Wir trinken sie langsam, in kleinen Schlucken und sehen zu, wie der Morgennebel verdampft.

Warum wir so zeitig frühstücken? Weil um zehn bereits die erste Dusche angesetzt ist. Man trinkt Milch, ohne vorher Toilette zu machen – eine Gepflogenheit, die sich nicht bei allen Frauen gut auswirkt. Marthe jedoch besteht diese Probe auf bewundernswerte Weise: sie erscheint in rüschenbesetzten Häubchen und duftig-weißen Batist- und Musselinkleidern, die ihr reizend stehen.

Ihre Annie zeigt sich weniger einfallsreich: meistens kommt sie in einfachem Rock und weicher Seidenbluse und die Abwesenheit jeglichen Korsetts läßt ihre Taille kaum minder schlank erscheinen. Mein Zopf, den ich erst später löse, wird aufgesteckt, ein hoher, glockenförmiger Strohhut darübergestülpt . . . ein Aufzug, wie Sie sehen, den man kaum sensationell nennen kann . . .

Zwei Tassen Milch, zwei Stück Gebäck. Dann ein Spaziergang durch den Park, Rückkehr ins Hotel zu Post und Toilette. Um zehn Uhr – Dusche. Marthe verschwindet. Ich bleibe bis zu Mittag mir selbst überlassen, gehe spazieren, lese, schreibe Ihnen, suche mir Ihr Leben zu vergegenwärtigen, Ihre Kabine, den Salzgeruch des Meers, das Stampfen des Schiffs . . .

Adieu, liebster Alain, achten Sie gut auf sich und Ihre Liebe zu

ANNIE«

Mehr weiß ich nicht zu sagen? Wohl an die zwanzigmal stockte meine Feder, gehemmt von einer gewissen Unbeholfenheit . . . Welch böser Dämon unterschiebt mir dieses Wort anstelle des richtigen, das »Ehrlichkeit« hieße?

Aber durfte ich die Wahrheit schreiben? Selbst aus der Ferne scheue ich den Zorn meines Gatten. Erführe er, daß ich Seite an Seite mit Calliope lebe, mit Maugis, der vor acht Tagen ankam und uns seither kaum verließ . . .

Für morgen ist Claudine angesagt, samt Gatten . . .

Feige tröste ich mich mit dem Gedanken, daß mir ein einziges Geständnis bei Alains Rückkehr nur eine einzige Strafpredigt eintragen wird. Und warum sollte ich sie fürchten? Hat doch mein Gatte Calliope nicht gesehen, noch das »galante Negligé«, in dem sie zur Morgenmilch erscheint . . . Es besteht aus Fransen, Rüschen und zahlreichen Capes, die erstaunliche Durchblicke auf die weiche, goldbraune Haut gestatten, verzichtet selten auf die gewagte Mantilla, das ungekämmte Haar zu verdecken, und macht seinem Namen solche Ehre, daß ich den Blick abwende, wenn ich mit ihr spreche. Gestern hingegen erschien sie in bodenlangem silbergrauen Morgenrock, eingemummt von Kopf bis Fuß, so prüde und »comme il faut«, daß ich staunte. Panamahüte und karierte Sportmützen in unserer näheren Umgebung äugten bedauernd nach einem Zipfel der schimmernden Bernsteinhaut.

Ich beglückwünschte sie zu ihrem korrektem Aufzug. Sie brach in lärmendes Gelächter aus und rief:

»Was soll ich denn tun? Ich habe darunter kein Hemd an!«

Ich glaubte in den Erdboden zu versinken. Panamahüte und Schirmmützen neigten sich ihr wieder zu, mit der automatenhaften Bewegung grüßender Marionetten . . .

Zum Glück ist Calliope allein. Allein? Hm! Zuweilen, wenn ich an ihrer Seite gehe, begegnen wir distinguierten Herren, die sich mit solch übertriebener Diskretion, solch vollendeter Gleichgültigkeit abwenden . . . Calliope schreitet achtlos an ihnen vorüber, schlank und steif in knapp sitzendem Kleid, mit einem Augenaufschlag, der an das blitzschnelle Entfalten eines Fächers gemahnt. Oh, sie versuchte vergebens, ihn mir beizubringen.

Um zehn, wenn alles zur Dusche geht, unterhalten wir uns miteinander in der verödeten Milchtrinkhalle. Manchmal gesellt sich Léon zu uns. Er scheint recht niedergeschlagen zu sein, obwohl er seit neuestem kühne Krawatten und grellfarbene Westen trägt, die gut zu seinem matten Teint passen. Alle Viertelstunden steht er auf und geht, seine vier Glas Schwefelwasser zu trinken. Außerdem versucht er, der schönen Calliope Vorträge über Literatur zu halten. Umsonst. Zu meiner großen Überraschung quittiert sie seine Avancen mit unverhüllter Verachtung und einem hoheitsvollen kalten Blick aus ihren blauen Augen, der zu sagen scheint: »Was will der Sklave?«

Und dann ist da noch . . . Marthe. Selbst hier zögere ich. Dieser Maugis folgt ihr auf den Fersen. Sie erträgt seine Gegenwart, als sei sie sich dessen nicht bewußt. Ich kann's nicht glauben. Marthes funkelnde graue Augen sehen alles, hören alles, erraten die Gedanken hinter der Stirn, die sie durchbohrend betrachten. Wieso entreißt sie ihre weiche kleine Hand nicht den Lippen dieses Kerls, die ihr zweimal täglich über Gebühr »Guten Tag!« und »Auf Wiedersehen!« sagen?!

Maugis schwitzt Alkohol. Zugegeben, unter seinem Geblödel ist er intelligent, ja sogar gebildet; er ficht, sagt Alain, mit bedrohlich lockerem Handgelenk, das übermäßiger Absinthgenuß noch nicht zittern macht ... aber trotzdem! Pfui Teufel!
Sie amüsiert sich, will ich hoffen, kokettiert um des Vergnügens willen, zu sehen, wie die Fischaugen ihres Verehrers bei ihrem Anblick blutunterlaufen und zärtlich werden. Sie amüsiert sich ...
Eben habe ich Marthes Dusche beigewohnt – ich zittere noch jetzt – in einer abscheulichen, triefenden, von Wasser- und Schwefeldampf vernebelten Fichtenholzkabine. Die Behandlung – eine Kombination aus Massage und Dusche – dünkt mich namenlose Folter: eins, zwei, drei – und Marthe ist nackt. Ich zwinkere vor so viel Weiße, so viel Unbekümmertheit. Marthe ist weiß wie Alain, unten jedoch rosiger. Ohne Scheu, ohne den leisesten Schauer des Unbehagens wendet sie mir ihr keckes, von tiefen Grübchen gezeichnetes Hinterteil zu, bindet eine abscheuliche Gummihaube um die Schläfen – sie sieht damit aus wie ein Fischweib – und fährt herum:
Betroffen sehe ich die Veränderung dieses hübschen, seines wolkigen Haars beraubten Frauenkopfs: Augen, scharf bis zum Wahnsinn, kurze, festgefügte Kinnladen, der Brauenbogen gewöhnlich und brutal ... vergebens suche ich in dieser Megäre die Frau, die ich kenne. Ihr lachendes angsterregendes Gesicht schwebt über einem zierlichen, molligen Körper, der mich fast zu feminin dünkt: ein Überfluß barocker Ornamente ...
»Annie! Was ist los? Schläfst du im Stehen?«
»Nein! Aber ich habe genug! Diese Kabine ... diese Haube ...«
»Was sagen Sie zu meiner tapferen Schwägerin, Catherine? Sollen wir ihr eine ordentliche Dusche verpassen – aus dem großen Schlauch?«
Böses ahnend, betrachte ich das geschlechtslose Wesen in Wachsschürze und Holzschlapfen, dessen breites Lächeln blutrotes Zahnfleisch entblößt.
»Wenn sich Madame niederlegen will ... Die Viertelstunde hat schon angefangen.«
»Bin schon da.«
Mit einem Sprung steigt Marthe in eine Art offenen, schräg gestellten Sarg, den ich zuerst nicht gesehen hatte, streckt sich darin aus und legt die Hände auf die Brüste, sie vor dem allzu harten Aufprall zu schützen. Das Licht fällt auf die Adern ihrer Haut,

zeichnet die zarten Falten nach, läßt jäh das rote Gold aufleuchten, das auf ihr wogt. Ich erröte in meinem dunklen Winkel ... Nie hätte ich Marthe für so behaart gehalten ... Und da ich bedenke, daß auf Alains Körper derselbe Überfluß kupferroten Goldes schäumt, erröte ich noch mehr ... Marthe schließt die Augen und wartet mit zitternden Ellbogen. Das geschlechtslose Wesen packt zwei große Gummischläuche, die von der Decke herabhängen, und zielt auf Marthe ...

Durchdringende Schreie, lautes Flehen. Unter dem kalten Strahl – er ist dicker als mein Handgelenk –, der mit aller Gewalt auf sie niederstürzt und ihren Körper von Brust bis Fuß knetet, windet sich Marthe wie eine zerstückelte Raupe, schluchzt, knirscht, keift und seufzt, um gleich darauf vom heißen Strahl besänftigt und getröstet zu werden.

Das Mannweib duscht mit der einen, schlägt mit der anderen Hand, klatscht mit aller Kraft auf diesen zarten Körper, den alsbald brennende Röte überzieht.

Fünf Minuten dauert diese Marter. Dann wird meine Schwägerin in einen großen weißen Bademantel gewickelt und trockenfrottiert, und schon betrachtet mich eine keuchende Marthe, befreit vom gräßlichen Kopftuch, helle Tränen in den Augenwinkeln.

Mit erstickter Stimme frage ich, ob die Prozedur jeden Morgen dieselbe sei.

»Jawohl, mein Kleines! Jeden Morgen! Claudine sagte voriges Jahr: ›Das und das Erdbeben ... etwas Besseres für die Blutzirkulation hat man noch nicht erfunden!‹«

»Oh! Marthe! Wie furchtbar! Dieser Wasserstrahl, der dich so sehr schmerzt, daß du laut weinst und schluchzt ... Wie abscheulich!«

Halb angezogen, wendet sie sich mir zu – noch beben ihre Nasenflügel – mit seltsamem, fast unmerklichem Lächeln:

»So? Ich finde nicht.«

Die Mahlzeiten sind mir eine erneute Pein. Wir haben die Wahl zwischen zwei Restaurants, die beide der Casinogesellschaft gehören. (Die Hotels dieses Badeorts, der aus Casino, Kuranstalt und vier großen Gasthöfen besteht, führen keine Küche.) Die Ausspeisungsräume, die man zu festgesetzten Stunden aufsucht, wie Internatsschüler oder Zuchthäusler, genügen, um mir den Appetit zu verderben. Um die Mittagszeit brät man unter der heißen Gebirgssonne. Ich erwog bereits, mir das Essen im Zimmer servieren zu lassen, ließ diesen Gedanken aber wieder fallen: man brächte mir dann die Speisen lauwarm. Außerdem wäre es rücksichtslos gegen Marthe, der die Mahlzeiten Gelegenheit bieten, Leute auszurichten . . . Annie! Du sprichst schon genau wie sie . . .

Calliope ißt an unserem Tisch, Maugis desgleichen. Ich ertrage seine Gegenwart nur mit Mühe. Marthe nimmt sich seiner an, tut, als interessiere sie sich für seine kritischen Arbeiten, bettelt befehlend um einen Artikel über »Ein Herzensdrama«, die letzte Schöpfung meines Schwagers, in der Hoffnung, dadurch eine Verkaufssteigerung sowie die Weckung des Interesses lesehungriger Kurgäste zu erzielen . . .

Léon verschlingt zähe Kotelette mit dem Heißhunger eines blutarmen Menschen und läßt nicht von Calliope, die ihn nach wie vor zu seinen sechzig Zeilen jagt, mit der Verachtung einer Königstochter für einen Schreiberling. Ich muß gestehen, daß ich nunmehr diejenige bin, die ihre Gesellschaft sucht. Calliope erzählt ihre Lebensgeschichte mit verhinderter Zungenfertigkeit, fischt aus einer beliebigen Sprache das Wort, das ihr gerade fehlt, und ich lausche dem chaotischen Bericht ihrer Erlebnisse wie bunten, zauberischen Märchen.

Besonders während Marthes Dusche, der Stunde allgemeiner Vereinsamung, vergesse ich über ihren Erzählungen mich selbst und meinen Kummer. In einen Korbfauteuil geschmiegt, sitze ich ihr in der Milchtrinkhalle gegenüber und bewundere, während sie spricht, ihre raffiniert-aufgelöste Schönheit.

»Wie ich war klein«, sagt Calliope, »ich war sehr schön.«

»Warum ›war‹?«

»Weil ich jetzt bin weniger. Die Alte, die hat gewaschen Wäsche bei uns daheim, hat mir immer in Gesicht gespuckt.«

»Oh! Wie abscheulich! Und Ihre Eltern haben sie nicht hinausgeworfen?«

Der schöne blaue Blick Calliopes straft mich mit Verachtung:

»Hinausgeworfen? Bei uns die alten Weiber müssen spucken auf hübsche Kleine und sagen: Ftu! Ftu! So sie bleiben schön und sind geschützt gegen böse Blick. Ich bin auch kallista, weil meine Mutter an Tag von Taufe hat gestellt Essen auf den Tisch in die Nacht.«

»Ah?«

»Ja. Man stellt auf Tisch viele Essen und geht Bett. Dann kommen die Miren.«

»Wer?«

»Die Miren. Man sieht sie nicht, aber sie kommen zum Essen. Und man stellt jeden chair, nein, chiesa – Sessel – gut an die Wand, denn wenn sich eine von Miren anstößt die Ellbogen in Vorbeigehen, sie verflucht Kind.«
»Wie schön, diese alten Bräuche ... Diese ›Miren‹ sind also Feen?«
»Feen? Ich weiß nicht, was ist Feen. Sie sind Miren. Ah! Ich habe Kopfschmerzen.«
»Wollen Sie Aspirin? Ich habe welches in meinem Zimmer.«
Calliopes Händchen – die Fingernägel glänzen rosenfarben – streicht über die glatte Stirn.
»Nein, danke. Ich bin schuld. Ich habe nicht gemacht Kreuze.«
»Was für Kreuze?«
»So: auf Polster.«
Mit der flachen Hand zeichnet sie in rascher Folge eine Reihe kleiner Kreuzchen auf ihr Knie.
»Man macht kleine Kreuze und dann schnell, schnell, man legt Kopf auf die Stelle und böser Besuch kann nicht kommen in Schlaf, kein Kopfschmerz, nichts.«
»Sind Sie sicher?«
Calliope zuckt die Achseln und steht auf:
»Ganz sicher. Aber Franzosen – Volk ohne Religion.«
»Wohin so eilig, Calliope?«
»Maniküren. Heute ist devtera – Montag. Maniküren Montag: Gesundheit. Maniküren Dienstag: Geld.«
»Sie ziehen also dem Geld die Gesundheit vor? Wie recht Sie haben, Calliope!«
Sie bleibt stehen, dreht sich um, das Spitzengewoge an sich gepreßt, und ruft mir zu:
»Ich ziehe nicht vor ... Montag ich mache rechte Hand, Dienstag linke.«

Zwischen zwölf und fünf Uhr nachmittags stöhnen die Kurgäste unter unmenschlicher Hitze. Die meisten flüchten in den Salon des Casinos – er sieht aus wie die Halle eines modernseinwollenden Bahnhofs –, werfen sich in Schaukelstühle, flirten (die Unseligen), saugen Kaffee aus getürmten Eiswürfelchen oder dösen zu den Klängen eines Orchesters, das schlafend spielt. Ich verzichte meistens auf diese Belustigungen und ziehe mich zurück. Maugis' vulgäre Art stört mich, desgleichen der Lärm einer Schar Kinder und ihre falsche, effekthascherische Unbekümmertheit.

Sah ich nicht dreizehnjährige Mädchen, die sich, wiewohl bereits im Besitze fraulicher Hüften und Waden, auf die gemeinste Weise der sogenannten »Vorrechte der Kindheit« bedienten? Eine reizende kleine Blondine mit wissenden Augen reitet auf dem Schenkel ihres großen Cousins oder hockt auf einem Barstuhl, die Knie ans Kinn gezogen, zeigt, soviel sie kann, und lauert mit dem Blick einer kalten Katze auf die schändliche Erregung der Männer.

»Wie verspielt sie noch ist!« sagt ihre Mutter verzückt, eine dicke, rotnasige Köchin. Ich kann diesem unverschämten Ding nicht begegnen, ohne ein gewisses Unbehagen zu empfinden. Sie hat die Mode aufgebracht, Seifenblasen zu machen und mit weichem Schläger in die Luft zu werfen. Resultat: Herren jeden Alters blasen in Tonpfeifen, laufen und haschen nach den Blasen, um das Mädelchen zu streifen, zu betasten, seines Strohhalms zu berauben. Oh! Welch häßliches Tier schlummert doch in manchen Männern!

Zum Glück gibt es auch noch wirkliche Kinder, tolpatschige kleine Jungen mit zigarrenbraunen Waden und bärenhafter Anmut, hochaufgeschossene Mädchen mit großen, schmalen Füßen, eckig und scheu; ganz winzige, deren Arme aussehen wie hellrote, durch zarte Falten angebundene Würste . . . So wie dieser süße Vierjährige, zum Beispiel, der sich in seiner ersten langen Hose überaus unglücklich fühlte und seiner strengen, angeekelten Nurse zuflüsterte, hochroten Gesichts: »Riechen die Leute die Luft, die ich in meine Hose gemacht habe?«

Auf dem Heimweg gilt es dann, den gefährlichen Glutteppich zu überqueren, den die Sonne Tag für Tag zwischen Casino und Hotel ausbreitet. Oh, ich fürchte mich nicht, im Gegenteil. Ich liebe das sengende Behagen großer Hitze, hab' es gern, wenn mein Rücken prickelt, meine Ohren sausen . . . Wohliger Ohnmacht nahe, flüchte ich in die schwarze Kühle der Hotelhalle, der eine offene Kellertür säuerliche Luft beschert: es riecht nach alten Fässern und scharfem Essig, ehemaligem Wein . . .

Ich flüchte in mein stilles Zimmer. Schon atmet es den Duft meiner Gegenwart. Auch das Bett dünkt mich weniger feindlich. Ich werfe mich darauf, nackt bis aufs Hemd, und grüble, grüble . . . meistens bis fünf Uhr nachmittags.

Toby streift meine nackten Füße mit heißer Zunge und streckt alle viere von sich. Die abscheuliche Liebkosung läßt mich erbeben. Es ist, als sei ich beschimpft, beleidigt worden. Meine Gedanken irren ab . . . Ich bin halbnackt – das erinnert mich an

Marthes Dusche, läßt mich begreifen, was sie von dem mörderischen Strahl erwartet. Die Bilder jagen einander. Ich sehe die Weiße meines Gatten, sehe ihn, wie ihn der Traum mir zeigte – oh, ich muß mich von dieser Zwangsvorstellung befreien (befreien?) – laufe zum Kasten und suche zwischen Schachteln und Säckchen nach der letzten Photographie Alains.
Wie! Träume ich jetzt? Dieser gutaussehende Mann – kenne ich ihn überhaupt? Dieser harte Blick! Diese Pose! Er steht da wie ein Hahn, ein eingebildeter Hahn! Annie, nimm deine Gedanken zusammen! Du irrst dich. Oder hat der Photograph zuviel retuschiert?
Nein, nein. Dieser Mann ist mein Gatte, derzeit verreist. Ich zittere vor seinem Bild wie vor ihm selbst. Was hat er aus mir gemacht? Ein gebeugtes Wesen, seiner Kette kaum bewußt . . . Mit verzweifelter Hartnäckigkeit mühe ich mich, in unserer Vergangenheit junger Eheleute eine Erinnerung zu finden, eine einzige, die mich von neuem zu täuschen, mir den Gatten zurückzugeben vermöchte, den ich zu besitzen glaubte . . . Nichts, nichts. Ich finde nur meine Demut – die stumme Unterwürfigkeit eines geprügelten Kindes –, nur sein kaltes, güteloses Lächeln hoheitsvoller Herablassung . . . Träume ich? Spreche ich im Fieber? Oh, der Böse! Der Böse! Wann tat er mir das größte Leid? Als er fortfuhr – oder als er mich zum erstenmal ansprach?

Wir warten in Marthes Zimmer – es ist größer als meines – hinter geschlossenen Fensterläden. Calliope und Claudine sind zum Tee geladen. Claudine, erst gestern mit ihrem Gatten eingetroffen, wird ausnahmsweise allein erscheinen, da Marthe, »um sich zu erholen«, Männern den Zutritt strengstens untersagte. Nun, sie erholt sich offensichtlich, stampft mit dem Fuß auf, wogt in einem hellgrünen Musselinkleid umher, das die Weiße ihrer Haut unterstreicht und das duftige Haar glutrot überglänzt. Eine große blaßrote Rose, duftend und vulgär, steckt an ihrem tiefen Ausschnitt. Marthe kombiniert mit sicherem Griff Farben, deren gewagte Tönungen erstaunlich gut zusammenpassen . . .
Ich finde sie ein wenig zu erregt. Ihre Augen drohen, der Mund ist schmal. Sie setzt sich, kritzelt auf ein weißes Blatt und murmelt: »Hier zwei Louis pro Tag . . . 1500 Francs, zahlbar im Herbst, schulde ich Hunt . . . und dabei will dieser Esel noch nach Bayreuth . . . Gott, das Leben ist nicht einfach!«
»Sprichst du mit mir, Marthe?«

»Ja und nein. Ich sagte: das Leben ist nicht einfach.«
»Nicht einfach . . . Gott, ja . . . vielleicht.«
Sie zuckt die Achseln. »›Gott ja, vielleicht‹! Wenn du 500 Louis aus dem Boden stampfen müßtest –«
»500 Louis?«
»Gib dir keine Mühe, das sind 10000 Francs. Wenn du sie binnen drei Wochen auftreiben müßtest, sage ich, in . . . den Falten deines Kleides, was würdest du tun?«
»Ich . . . ich würde meiner Bank schreiben . . . und Alain.«
»Gott, wie simpel!«
Sie sagt das so kurz angebunden, so spöttisch, daß ich fürchte, sie verletzt zu haben.
»Wie du das sagst, Marthe . . . Hast du . . . brauchst du vielleicht Geld?«
Aus ihren harten grauen Augen spricht Mitleid.
»Armes Häschen! Du dauerst mich. Natürlich brauch' ich Geld! Immer, immer!«
»Aber . . . Marthe . . . ich dachte, ihr seid reich! Die Romane gehen gut, und deine Mitgift . . .«
»Ja, ja, aber der Mensch muß schließlich essen! Der Lungenbraten ist heuer kaum zu zahlen! Glaubst du vielleicht, daß eine Frau bei den heutigen Verhältnissen mit 30000 Francs Wirtschaftsgeld auskommen und dabei ordentlich leben kann? Da dürfte sie wirklich vor nichts zurückschrecken!«
Ich schweige eine Sekunde, um mir den Anschein zu geben, nachzurechnen, und sage schließlich:
»Gott – es ist vielleicht ein wenig knapp. Aber, Marthe . . . warum hast du dich nicht –«
»Was?«
»An mich gewendet? Ich habe Geld und wäre gern bereit –«
Sie küßt mich – der Kuß klingt wie ein Klaps – und zieht mich beim Ohr:
»Du bist ein lieber Kerl! Ich sag' nicht nein. Aber jetzt noch nicht. Laß nur, ich hab' noch ein paar Mittel auf Lager . . . Und dann . . . ich schlag mich ganz gern mit dem Geld herum, es amüsiert mich, aufzuwachen, eine Rechnung vorzufinden, die zum zehntenmal gemahnt wird, meine leeren Hände anzuschauen und mir zu sagen: ›Heute abend müssen 25 Louis da sein.‹«
Entgeistert mustere ich die kriegerische Amazone im heuschreckfarbenen Kleid: »Herumschlagen« . . . »raufen« . . . fürchterliche Worte, deren Klang das Bild gespannter Muskeln,

blutiger Siege heraufbeschwört ... Ich stehe vor ihr wie ein Krüppel, mit herabhängenden Armen, und denke meiner kaum versiegten Tränen beim Anblick der Photographie Alains ... Ist's nicht, als hätte er mein Leben zertreten? Dennoch mache ich mir Sorgen um Marthe:

»Was tust du eigentlich, Marthe?«

»Was meinst du?«

»Wenn du dringend Geld brauchst?«

Sie lächelt, wendet sich ab, läßt den Blick neuerlich zu mir schweifen und erwidert mit sanfter, geistesabwesender Miene: »Wenn ich Geld brauche ... Gott, ich pumpe Léons Verleger an ... beschwatze den Schneider, oder mach' ihm Angst ... Und außerdem gibt's unverhoffte Einkünfte.«

»Du meinst Geld, das du hergeliehen hattest?«

»So ungefähr ... Ah, da ist Claudine. Mit wem spricht sie denn?«

Marthe öffnet die Türe und neigt sich auf den Gang hinaus. Ich blicke ihr nach, mit quälenden Hintergedanken. Zum erstenmal in meinem Leben spiele ich die Unwissende, mime die Naivität einer Rose-Clou ... »Unverhoffte Einkünfte ...« Marthe beunruhigt mich.

Tatsächlich, Claudine spricht. Ich höre es ganz deutlich:

»Meine Schööööóne –« Was für eine Schöne? Und dieser zärtliche Ton?

Sie erscheint auf der Schwelle, ihre ruhige, raffinierte Fanchette an der Leine. Die Katze folgt ihr wiegenden Ganges, und ihre Smaragdaugen scheinen bei unserem Anblick nachzudunkeln ... Marthe klatscht vor Begeisterung, als säße sie im Theater: »Claudine, wie sie leibt und lebt! Woher stammt dieses köstliche Vieh? Aus dem Zirkus?«

»Keine Spur! Aus Montigny! Setz dich, Fanchette!«

Claudine nimmt eine Kappe ab, die jeder junge Mann tragen könnte, schüttelt ihre Locken, und wieder kommt mir zu Bewußtsein, wie hübsch ihr matter Teint ist, wie gut mir ihr versonnen-ungebärdiger Gesichtsausdruck gefällt ... Die Katze nimmt wohlerzogen Platz und legt den Schwanz auf die Vorderpfoten. Ich tat gut daran, Toby unter Léonies Obhut spazieren zu schicken ... Sie würde ihn sicher kratzen.

»Guten Tag, ferne Prinzessin!«

»Guten Tag, Claudine! Hatten Sie eine gute Reise?«

»Dank der Nachfrage. Eine sehr gute sogar. Renaud war charmant. Er hat während der ganzen Fahrt mit mir geflirtet. Ich

hatte keine Sekunde das Gefühl, verheiratet zu sein! Was sagen Sie! Ein Herr wollte mir Fanchette abkaufen! Ich habe ihn angeschaut, als hätte er meine Mutter vergewaltigt . . . Gott, ist es heiß hier! Werden viele Damen erwartet?«
»Nein, nein. Nur Calliope van Langendonck.«
Mit graziösem Schwung hebt Claudine das Bein über einen Sessel . . . einen sehr hohen Sessel.
»Fein! Ich liebe Calliope! Keine Gefahr, daß wir uns langweilen! Erstens ist sie hübsch, zweitens sehe ich in ihr die letzte Repräsentantin der ›antiken Seele‹.«
»Was fällt Ihnen ein!« protestiert Marthe. »Calliope? Die ist überall daheim, ärger als ein Croupier!«
»Das meine ich ja! Ich simples Wesen verstehe unter ›antike Seele‹ eine Verkörperung sämtlicher unterer Völker –«
»Der Maulwürfe?« scherze ich schüchtern.
»Nein, spitzfindiges kleines Luder! Die Ortsbezeichnung ›unten‹ bezieht sich lediglich auf die Landkarte! Ah, da ist sie ja! Nur herein, Calliope, Hebe, Aphrodite, Mnasidika . . . Um Ihretwillen hole ich mein ganzes Griechisch hervor!«
Calliope, so gut wie nackt in einem enganliegenden, kostbaren Kleid (schwarze Chantillyspitze auf hellem Crêpe-de-Chine-Grund), das mir deplaciert und überladen vorkommt, bricht auf der Schwelle zusammen:
»Ich bin tot . . . drei Stockwerke!«
»Schlecht für Haut!« ergänzt Claudine.
»Aber gut für schwangere Frau: Kind geht weg.«
Marthe (entsetzt): »Sind Sie schwanger, Calliope?«
Calliope (heiter): »Nein, niemals, never.«
Marthe (bitter): »Da können Sie von Glück reden! Ich auch nicht, apropos. Aber diese Vorkehrungsmaßnahmen gehen mir auf die Nerven! Was tun Sie dagegen?«
Calliope (keusch): »Ich bin Witwe.«
Claudine: »Das ist zwar ein nicht zu verachtendes Mittel, scheint mir aber auf die Dauer weder unerläßlich, noch genügend. Was haben Sie denn früher gemacht?«
Calliope: »Kreuze darüber. Vorher und nachher. Außerdem man muß husten. Nachher.«
Marthe (lachend): »Kreuze? Worüber? Über Sie selbst oder den Partner?«
Calliope: »Alle beide, dearest.«
Claudine: »Hahahaha! Und nachher wird gehustet? Ist das der griechische Ritus?«

Calliope: »Nein, poulaki mou! Man hustet so:« (hustet), »und weg ist es.«
Marthe (zweifelnd): »Diese Dinge kommen schneller, als sie gehen . . . Claudine, reichen Sie mir doch das Pfirsichkompott herüber . . .«
Claudine: »Ich bin zwar nicht neugierig, aber ich hätte gar zu gern sein Gesicht gesehen . . .«
Calliope: »Gesicht von wem?«
Claudine: »Von weiland Herrn van Langendonck, während Sie ›Kreuz darüber‹ gemacht haben –«
Calliope (unschuldsvoll): »Aber ich nicht habe gemacht über Gesicht –«
Claudine (bricht in Gelächter aus): »Herrlich! Herrlich! Diese Calliope ist unbezahlbar!«
Sie biegt sich vor Lachen, gluckst, droht zu ersticken. Auch Marthe hält sich die Hüften. Und ich? Obwohl ich mich um ihretwegen schäme, vermag ich das Lächeln nicht zu unterdrükken, das wie von selbst auf meinen Lippen erscheint . . . Zum Glück liegt der Raum in schützendem Dämmerlicht. Irrtum: es schützt mich nicht vor Claudines scharfem Blick. Er durchschaut die stumme Heiterkeit, die ich mir selbst zum Vorwurf mache.
»He, heilige Annie, bilden Sie sich nur ja nicht ein, ich sähe Sie nicht! Marsch in den Garten mit Ihrem Reifen! Oder tun Sie nicht so, als verstünden Sie! Oder nein« (ihre rüde Stimme wird süß und singend), »lächeln Sie weiter! Wenn Sie die Mundwinkel hochziehen und die Lider senken, sind Calliopes Geschichten weniger anrüchig, kleine Annie, als Ihr Lächeln . . .«
Marthe hält ihren aufgeklappten Fächer zwischen mich und Claudine: »Nur so weiter, Claudine, nur so weiter . . . Und zum Schluß nennen Sie meine Schwägerin noch ›Rézi‹ . . . Nein, danke. Nicht in meinem wohlanständigen Zimmer!«
Rézi? Was ist das? Ich werde kühn:
»Rézi? Ist das ein Wort aus einer fremden Sprache, Claudine?«
»Kann man wohl sagen!« erwidert sie. Calliope und Marthe tauschen wissende Blicke. Claudines Fröhlichkeit jedoch versiegt. Sie vernachlässigt ihren Eiskaffee und träumt vor sich hin, mit dunkelnden Pupillen. Sie gleichen den Augen ihrer weißen Katze, die einen Punkt im leeren Raum zu bedrohen scheint . . .

Was sagten sie noch alles? Ich weiß es nicht mehr. Ich wich tiefer und tiefer in den Schatten der Jalousien zurück. Die Gesprächsfetzen jedoch, die mir im Gedächtnis blieben, wage ich kaum zu denken, geschweige denn, niederzuschreiben. Calliope verzapft ihre Ungeheuerlichkeiten mit gut gespielter Naivität und exotischer Schamlosigkeit. Marthe nennt die Dinge kalt beim Namen, Claudine desgleichen, aber mit einer gewissen sinnlichen Wildheit, die mich weniger empört.

Lachend verhörten sie mich über Dinge, über Gesten, die ich nicht einmal in Gedanken zu nennen wage. Ich verstand kaum alle Fragen, stammelte, entzog meine Finger ihren schmeichelnden Händen. Endlich ließen sie mich in Frieden und Claudine murmelte, den Blick auf meine hellen Augen geheftet, die so leicht den Willen anderer spiegeln: »Diese Annie ist anschmiegsam wie ein junges Mädchen!« Dann gähnte sie herzhaft, griff nach der Leine ihrer Katze und brach auf: »Ich hab' meinen Großen schon zu lange nicht gesehen . . .«

Maugis läßt sich nicht abschütteln, beweihräuchert Marthe von früh bis spät. Seine Huldigungen schweben in Whiskywolken zu ihr empor. Diese Zusammenkünfte bei der Kurmusik zerren an meinen Nerven. Wir treffen dort Calliope, bemerken Herren, in deren Augen bei ihrem Anblick ein tierisches Licht aufglimmt, sehen Renaud und Claudine, verliebt und verhaßt. Jawohl, verhaßt. Diese unerträgliche Art, einander mit den Augen zuzulächeln, Knie an Knie dazusitzen wie ein jungverheiratetes Paar! Und dabei weiß ich Leute, die niemals die Aufmerksamkeit auf sich lenkten.

. . . Ein junges Paar, zum Beispiel: er rotblond, sie zu dunkel. Die beiden, seit vierzehn Tagen verheiratet, dinierten an einem Tischchen. Niemals sprach Begierde aus ihren Zügen, niemals verrieten ihre Hände ein Bedürfnis nach Zärtlichkeit, niemals begegneten sich ihre Füße unter dem weißen, bis zum Boden fallenden Tischtuch. Wohl senkte sie zuweilen die Lider über ihre wasserhellen Augen – diese Augen von der Farbe wilder Kresse –, wohl nahm sie die Gabel zur Hand, um sie im nächsten Moment wieder hinzulegen, wohl kühlte sie die heiße Hand an der beperlten Karaffe wie ein Fiebernder, der seine Krankheit kennt . . . Er hingegen aß mit gesundem Appetit und erklärte mit klarer, keinen Widerspruch duldender Stimme: »Sie irren, Annie! Dieses Beefsteak ist gerade richtig . . .« War er blind? Gleichgültig? Sah er nicht mein glosendes Fieber, die schweren Lider, die sich schützend über meine hellen Augen senkten? Erriet er nicht meine Herzensnot, ahnte er nicht, wie sehr ich die Stunde fürchtete und ersehnte, da meine Lust der seinen genügen

sollte ... Wie schmerzlich, wie schwer, das niederzuschreiben ... Bestürzt, gehorsam unterwarf ich mich der einfachen, robusten Liebkosung Alains, die mich zu bald verließ, in dem Augenblick, da ich am Abgrund des Todes zu schweben glaubte, tränenerstickt und verkrampft, rufend und wartend ... ich weiß nicht, worauf.
Heute weiß ich es. Einsamkeit, Langeweile, ein Nachmittag unerträglicher Migräne und seligen Ätherrausches machten aus mir eine wissende, reuegeplagte Sünderin. Ich lebe dicht am Rande der Versuchung, sehe sie wohl, kämpfe verzweifelt dagegen an, zu stürzen und zu straucheln ... Seit ich dieses Tagebuch führe, klärt sich mein eigenes Bild von Tag zu Tag mehr, wie eine geschwärzte Photograhie, die von kundiger Hand langsam gesäubert wird ...
Wieso ward es Licht? Weil Alain fortfuhr? Können ein paar Meilen Land und Wasser Wunder vollbringen? Oder trank ich den Zaubertrank, der Siegfried das Gedächtnis wiedergab? Aber der verspätete Trunk gab ihm auch die Liebe zurück. Und ich? O Gott! Woran soll ich mich halten?
Alles um mich her lebt, kämpft für ganz bestimmte Ziele: Marthe und Léon rackern, er für große Auflagen, sie für Luxus. Claudine liebt. Calliope läßt sich lieben. Maugis besäuft sich. Alain erfüllt sein Leben mit tausend anspruchsvollen Eitelkeiten: Ehrbarkeit, glänzende, korrekte Laufbahn, das Bedürfnis, in einem eleganten Haus zu wohnen, ein pralles Adreßbuch zu besitzen, Dienstbotenzeugnisse zu überfliegen, seine Frau zu dressieren, die er – wie sein englisches Halbblut – an allzu kurzem Zügel hält ... Sie alle leben, handeln, bewegen sich ... Nur ich stehe unbeweglich, mit leeren, hängenden Händen ...

Marthe platzt mitten in meine düstere Stimmung, unternehmend wie immer, jedoch minder fröhlich: ihr roter beweglicher Mund bildet beim Lachen zwei traurige Fältchen. Oder bin ich diejenige, die alles schwarz sieht?
Sie nimmt Platz, ohne mich anzusehen, und breitet die Falten ihres Spitzenrocks sorgsam um sich her. Sie trägt ein kleines weißes Ripskostüm à la Louis XVI. Vom weißen Hütchen nicken weiße Federn. Mir gefällt ihr Aufzug nicht sonderlich. Ich finde ihn zu gesucht, zu hochzeitlich, und mein elfenbeinfarbenes gezogenes Seidenkleid, dessen Ärmel sich flügelartig öffnen, ist mir im geheimen viel, viel lieber ...

»Gehen wir?« fragt Marthe, kurz angebunden.
»Wohin?«
»Wohin! Herrgott, tu nicht immer, als kämst du vom Mond! Zum Kurkonzert. Es ist fünf Uhr.«
»Ich –«
Mit herrischer Geste schneidet sie mir das Wort ab:
»Ja, ja, schon recht! Nimm deinen Hut.«
An jedem andern Tag hätte ich fast unbewußt gehorcht. Heute aber ist vieles anders:
»Nein, Marthe. Ich habe Kopfweh.«
Sie zuckt die Achseln. »Ich weiß, ich weiß! Die frische Luft wird dir gut tun.«
Ich beharre auf meiner Weigerung, schweigend, sanft. Sie beißt sich in die Lippen und runzelt die rotblonden, schwarz nachgezeichneten Brauen.
»Herrgott ... du mußt kommen! Ich brauch' dich! So. Jetzt weißt du's!«
»Du brauchst mich?«
»Ja. Ich will nicht ... mit Maugis allein bleiben.«
»Mit Maugis? Das soll wohl ein Witz sein? Kein Mensch zwingt dich dazu, mit Maugis allein zu sein! Claudine und Renaud werden dort sein, Calliope, Léon –«
Marthe gerät in Wallung, wird blaß, ihre Hände zittern.
»Um alles in der Welt, Annie – bring mich nicht in Wut.«
Ich bleibe sitzen, entgeistert, mißtrauisch. Sie wendet den Blick ab, schaut zum Fenster hinaus und sagt:
»Du mußt mitkommen ... ich brauche dich wirklich notwendig ... Léon ist nämlich eifersüchtig.«
Sie lügt. Ich fühle es ganz deutlich, sie spürt auch, daß ich es weiß, denn sie fährt herum und trifft mich mit ihrem Flammenblick:
»Also gut. Ich hab' geschwindelt. Dein Scharfblick in allen Ehren. Also: ich muß Maugis sprechen, unter vier Augen. Und dazu brauche ich dich. Die andern müssen glauben, du begleitest uns. Oh, nur ein paar Schritte. So wie die englische Gouvernante. Du nimmst ein Buch mit, eine Handarbeit, was du willst. Verstanden? Also: tust du mir diesen Gefallen, ja oder nein?«
Ich erröte an ihrer Statt. Maugis! Und sie hat auf mich gezählt, um ... oh! Nein.
Meiner ablehnenden Bewegung gewahr, stampft sie wütend auf.
»Dumme Gans! Glaubst du, ich werde auf einer Parkbank mit

ihm schlafen? Versteh doch endlich: alles geht schief, das Geld verkriecht sich an allen Ecken und Enden, und ich muß Maugis nicht nur einen Artikel über Léons nächsten Roman herauslokken, sondern zwei, drei, und zwar in den ausländischen Zeitungen, die uns London und Wien erschließen sollen! Dieser Saufbold ist geriebener als ein Affe, und wir messen uns jetzt seit über einem Monat . . . Aber er wird klein beigeben, er wird, oder ich . . . ich . . .«

Sie stammelt vor Wut, mit geballter Faust – ich glaube, ein ordinäres Weib, als Marquise verkleidet, vor mir zu sehen –, meistert ihren Zorn mit bewundernswerter Willenskraft und sagt kühl:

»So steht die Sache. Kommst du, oder kommst du nicht? In Paris wäre ich nicht gezwungen, dich um etwas Derartiges zu bitten. Da zieht sich eine kluge Frau allein aus der Affäre. Aber hier, in diesem Nest, wo der liebe Zimmernachbar deine schmutzigen Hemden und die Wasserkrüge nachzählt, die das Zimmermädchen am Morgen heraufbringt –«

»Sag einmal, Marthe – im Grunde genommen, tust du das also aus Liebe zu Léon?«

»Aus Liebe . . . was?«

»Ich meine: aus Liebe zu deinem Mann bist du freundlich zu diesem . . . Kerl, nicht wahr? Zu seinem Ruhm?«

Sie lacht auf, kurz und unangenehm, und pudert ihre glühenden Wangen.

»Zu seinem Ruhm, jawohl. Der Lorbeer als Kopfbedeckung ist nicht schlechter als so manche andere. Du brauchst deinen Hut nicht zu suchen. Er liegt auf dem Bett.«

Wie weit werden sie mich mitreißen? Oh, nicht einer der drei möchte ich gleichen! Marthe zu allem bereit, Calliope abgebrüht wie eine Haremsdame, Claudine schamlos nach der Art der Tiere, die sämtliche Instinkte besitzen, selbst die guten. O Gott! Da ich sie nun klar sehe – bewahre mich davor, ihnen ähnlich zu werden . . .

Ja, ich begleitete Marthe zum Kurkonzert. Maugis ging zwischen uns. In einer einsamen Allee sagte Marthe plötzlich: »Annie, dein Schuhband geht auf.« Gehorsam bückte ich mich, ein Seidenband festzuknüpfen, das durchaus nicht locker war, richtete mich wieder auf und ging langsam hinter den beiden her, gesenkten Blicks, ohne zu wagen, ihre Rücken anzusehen. Nichts drang an mein Ohr als hastiges Geflüster.

Endlich kam Marthe zurück, erregt und triumphierend, und

enthob mich meiner schändlichen Wache. Ich stieß einen Seufzer der Erleichterung aus. Sie nahm mich beim Arm und sagte, äußerst freundlich:

»So, das hätten wir. Danke, Kleines. Dank deiner Hilfsbereitschaft habe ich allerhand zuwege gebracht... Bedenk nur! Hätte ich mir mit Maugis im Park, in der Milchtrinkhalle oder im Kaffeehaus ein Rendezvous ausgemacht, wäre binnen fünf Minuten ein störender Dritter – oder noch schlimmer: eine störende Dritte – aufgetaucht! Und in meinem Zimmer konnte ich ihn nicht mehr empfangen. Das wird langsam gefährlich...«

»Du kriegst sie also, Marthe?«

»Was?«

»Die Artikel in den ausländischen Blättern?«

»Ach ja. Ja! Natürlich krieg' ich sie, und obendrein alles, was mein Herz begehrt.«

Sie schweigt einen Augenblick, schüttelt ihre weiten Ärmel, als bedürfe sie der Kühlung, und murmelt in sich hinein:

»Er ist reich, dieser Kerl!«

Ich betrachte sie überrascht:

»Reich? Was kann dir das ausmachen, Marthe?«

»Ich meine nur«, erklärt sie sehr rasch, »daß ich ihn beneide, zu seinem Vergnügen schreiben zu können und nicht schuften zu müssen wie dieser arme Léon, der dort drüben gerade ergebnislos Calliope belagert. Ich bin erstaunt, wie gut sich diese unbefestigte zypriotische Stadt verteidigt!«

Ich wage einen schüchternen Scherz:

»Vielleicht ist der Belagerer nicht sehr gut bewaffnet...«

Marthe bleibt jäh stehen, mitten in der Allee:

»Alle guten Geister! Annie sagt Anzüglichkeiten! Meine Liebe, ich wußte dich über Léon nicht so gut unterrichtet...«

Lachend gesellt sie sich zu ihren Freunden. Ich schütze Migräne vor. Ich will allein sein. Hier bin ich nun, in meinem Zimmer, den schwarzen Toby zu meinen Füßen, besorgt um mich selbst, gedemütigt bei dem Gedanken an den häßlichen Dienst, den ich meiner Schwägerin erwies...

Ah! Was würde Alain wohl sagen, wüßte er... Die Vorstellung, daß ihm so viel über mich, so viel über seine geliebte Schwester, verborgen ist, macht mich böse lächeln... Langsam beginnt mir dieses Arriège, der Schauplatz meiner traurigen Erleuchtung, Abscheu einzuflößen. Hier, in diesem Mikrokosmos, erscheint mir die Menschheit lächerlich verzerrt... Dahin die Belustigung der ersten Tage, all diese Leute agieren zu sehen. Zu viele

aufgeputzte Vogelscheuchen, zu viele bestialisch lüsterne Männer erscheinen morgens in der Milchtrinkhalle, zu viele Bakkarat-Gesichter. Oh, manche sehen schaurig aus; grün und langgezogen, die Augen blutunterlaufen, aschgrau vor Müdigkeit, sitzen sie auf den schwerfälligen Rümpfen von Männern, die die ganze Nacht am Spieltisch verbrachten. »Bei denen sind nicht nur die Arterien verkalkt«, behauptet Marthe.
Es gelüstet mich weder die Trinkhalle zu betreten, noch Marthes Dusche beizuwohnen, noch in der Hotelhalle »Leute auszurichten«, noch mit Claudine »Jeannettes Hochzeit« zu beklatschen, eine Operette, für die sich diese schamlose Debussy-Enthusiastin aus purem Sadismus begeistert. Ich kann die ewige Wiederkehr gleicher Handlungen, Gesten und Gesichter nicht länger ertragen. Ständig wandern meine Blicke zum Fenster, suchen den Spalt, der das Tal im Westen aufreißt, ein fehlendes Glied in der dunklen Bergkette, die uns umschließt. Dort, hinter einer schwebenden Wand glänzenden Perlmutterstaubs, glitzern ferne Bergspitzen. Sie sehen aus, als seien sie auf den hellen blaßblauen Himmel gemalt, der an die Farbe meiner Augen gemahnt. Das ist mein Fluchtweg . . . So scheint es mir zumindest. Dort, das weiß ich – oder wünsche ich es nur? – wäre mir ein anderes Leben beschieden, nicht das sinnlose Dasein der federlosen Puppe, die man Annie nennt . . .

Armer schwarzer Toby! Was soll ich mit dir machen? Wir fahren nach Bayreuth! Marthe hat es verfügt, mit einer Endgültigkeit, die mir jegliche Diskussion erspart. Ich werde dich mitnehmen. Das ist noch das einfachste. Versprach ich nicht, dich zu behalten? Ich brauche deine stumme, anbetende Gegenwart, suche neben meinem schmalen, langen Schatten den kurzen deiner viereckigen Gestalt. Du liebst mich genügend, meinen Schlummer zu achten, meine Traurigkeit und mein Schweigen. Ich liebe dich wie ein kleines Wach-Ungeheuer. Wenn ich sehe, wie du mich ernst begleitest – ein großer grüner Apfel, den du den ganzen Tag mit dir herumträgst wie eine Kostbarkeit, verrenkt dein Maul –, so erfaßt mich helle, jugendliche Fröhlichkeit. Oder ich schaue lachend zu, wie du mit hartnäckiger Pfote an der Teppichblume scharrst, beharrlich bemüht, sie zu entwurzeln . . . Du lebst arglos, von Geheimnissen umgeben. Da ist das Mysterium der bunten Blumen auf dem Stoff der Fauteuils, die Fopperei des Spiegels, in dem dich ein schwarzbehaartes Hundegespenst belauert, das dir so unbegreiflich ähnlich sieht, die Falle des Schaukelstuhls, der deinen Pfoten entschwindet. Du setzt wenigstens nicht deinen Ehrgeiz darein, das Unerforschliche zu durchdringen. Du seufzt, wütest, lächelst verlegen und kehrst zu deinem angebissenen Apfel zurück.

Noch vor zwei Monaten war ich wie du, sagte: »So ist es und nicht anders. Mein Herr und Meister weiß, was er tut.« Jetzt quäle ich mich ab und suche mir selbst zu entfliehen. Ja, ich fliehe mich. Versteh dieses Wort, wie es gemeint ist, kleiner Toby, der du noch einen Glauben hast, den ich verlor . . . Oh, es ist besser, viel, viel besser, diese Seiten vollzuschreiben, Claudines, Calliopes Geschwätz zuzuhören, als in mich selbst hinabzutauchen, in die gefährliche, unbekannte Tiefe . . .

Wir reden nur mehr von Bayreuth. Besonders Calliope jammert über unsere Abreise, unter beachtlichem Aufwand an »Allmächtiger Himmel!« und »poulaki mou«.

Claudine steht dem ganzen Wirbel gleichmütig gegenüber. Renaud ist da. Was kümmert sie der Rest? Léon, verbittert über seinen Mißerfolg, den er Calliope anscheinend nicht verzeihen kann, spricht etwas zuviel von seinem neuen Roman über »ein Bayreuth, von ganz besonderem Blickpunkt betrachtet«.

»Ein neues Thema!« bemerkt Maugis, der seit zehn Jahren drei großen Tageszeitungen Artikel über Bayreuth liefert, ohne mit der Wimper zu zucken.

»Das Thema ist neu, wenn man es zu verjüngen weiß«, belehrt ihn Léon. »Bayreuth, mit den Augen einer liebenden Frau gesehen, mit jenem verfeinerten Empfindungsvermögen, das nur gestillte – und verbotene! – Leidenschaft gewährt . . . Lachen Sie nur! Das ergibt unter Umständen einen ausgezeichneten Roman und zwanzig Auflagen.«

»Mindestens!« murmelt Maugis in einer Rauchwolke. »Außerdem stimme ich dem Gatten einer hübschen Frau grundsätzlich bei.«

Die hübsche Frau schlummert, in einen Schaukelstuhl geschmiegt. Marthe hat den leichten Schlaf der Katzen.

Zwei Uhr nachmittags: wir braten im Park. Die Hitze ist drükkend, die Zeit wie festgefahren. In den Tassen schmilzt der Eiskaffee. Calliope schmachtet leise, mit sanftem, verzweifeltem Gurren. Ich hingegen, in meinen Korbfauteuil gelehnt, genieße die brennende Sonne und bewege nicht einmal die Lider. In der Schule hieß ich »Salamander« . . .

Léon zieht häufig die Uhr. Er darf seine Pause nicht überschreiten ... Auf dem feinen Sand liegt Tobys Balg wie ein abgestreiftes Stück Fell.

»Nimmst du den Hund mit?« seufzt Marthe, kaum hörbar.

»Natürlich. Er ist so ein lieber Kerl!«

»Ich habe eine Abneigung gegen liebe Kerls – selbst auf Reisen.«

»Dann wirst du eben in ein anderes Coupé steigen.«

Nach dieser Antwort staune ich über mich selbst. Noch vorigen Monat hätte ich geantwortet: »Dann steige ich eben in ein anderes Coupé.«

Marthe schweigt eine Weile. Sie scheint zu schlafen. Plötzlich reißt sie die wachsamen Augen weit auf und sagt:

»Findet ihr nicht, daß Annie sich verändert hat?«

»Hm ...«, murmelt Maugis ausdruckslos.

»Finden Sie?« fragt Calliope entgegenkommend.

»Möglich«, zögert Léon.

»Es freut mich, feststellen zu können, daß ihr alle meiner Meinung seid!« spottet meine Schwägerin. »Es wird euch daher keinesfalls wundern, wenn ich euch mitteilte, daß Annie schneller geht, sich gerader hält, seltener zu Boden schaut und beinahe schon redet wie eine normale Person. Alain wird sich wundern!«

Ich erhebe mich, ein wenig verkrampft. »Du irrst, Marthe! Dein Tatendrang steckt mich an, das ist alles. Alain wird nicht halb so überrascht sein wie du. Er hat mir immer prophezeit, daß du einen ausgezeichneten Einfluß auf mich ausüben würdest ... Und jetzt bitte ich, mich zu entschuldigen. Ich gehe Briefe schreiben.«

»Ich begleite Sie!« sagte Calliope.

Tatsächlich folgt sie mir, ohne Ermunterung meinerseits, und schiebt ihren runden weißen Arm unter meinen schlanken braunen.

»Annie, ich habe eine große Bitte an Sie.«

Gott, welch verführerische Miene! Unter den lanzenscharfen Wimpern leuchten die lapislazulifarbenen Augen hervor, mit flehendstarrem Ausdruck. Der schön geschwungene Mund öffnet sich ein wenig, als wolle er geheimste Geständnisse preisgeben ... Bei Calliope muß man auf alles gefaßt sein.

»Was denn, meine Liebe? Sie wissen, ich werde tun, was in meiner Macht steht.«

Wir sitzen in meinem Zimmer. Mit der übertriebenen Mimik einer italienischen Schauspielerin ergreift sie meine Hände.

»Oh! Ja! Nicht wahr? Sie sind so rein! Das mich hat bewegt. I am ... verloren, wenn Sie weigern. Aber Sie werden nicht, nicht wahr?«
Sie zerknüllt ein Spitzentaschentuch und betupft ihre Augen. Sie sind trocken. Ich fühle mich nicht sehr wohl bei der Sache.
Jetzt ändert sich das Bild: Calliope, ganz Dame, spielt mit den hundert Glücksbringern, die an ihrem Armband baumeln (Claudine behauptet, sie klirre beim Gehen wie ein kleiner Hund), starrt auf den Teppich und murmelt vor sich hin.
»Das war Gebet an Mond«, erklärt sie dann. »Annie, helfen Sie mir! Ich brauche einen Brief.«
»Einen Brief?«
»Jawohl. Einen Brief. Epigraphion. Einen schönen Brief, den Sie werden diktieren.«
»An wen soll der Brief gerichtet sein?«
»An ... an ... eine Freund von Herzen.«
»Oh!«
Calliope streckt den Arm aus, mit tragischer Geste:
»Ich schwöre auf Kopf von tote Eltern, daß er nur ist Freund von Herz.«
Ich sage nichts. Ich wüßte gern ...
»Aber, meine Liebe, wozu brauchen Sie mich dabei?«
Sie ringt die Hände, mit heiterem Gesicht.
»Verstehen Sie doch! Ein Freund von Herzen, den ich liebe – oh! Ja, ich liebe ihn. Ehrenwort, Annie. Aber ... ich kenne ihn nicht gut.«
»Was?«
»Ja. Er will mich heiraten. Er schreibt Briefe, die sind passionnelles, und ich answer ... sehr selten ... weil ich nicht kann schreiben.«
»Was wollen Sie mir da weismachen?«
»Die Wahrheit! Ich schwöre! Ich spreche ... zwei, three, vier, five Sprachen. Genügt für Reisen. Aber ich kann nicht schreiben, besonders französisch. Ihre Sprache ist so ... schwer, so ... ich nicht finde Wort. Mein Freund glaubt, ich bin ... gebildet, einzigartig, unvergleichlich. Ich möchte so gern scheinen, wie er glaubt. Sonst ... wie sagen Sie, in Frankreich? Es ist alles aus. Aus und vorbei.«
Sie errötet, wird verlegen, zerknüllt ihr Taschentuch, das seinen Duft verströmt. Ich überlege und frage schließlich, sehr kühl:
»Sagen Sie, meine Liebe: an wen haben Sie sich denn bis jetzt gewendet? Ich werde doch kaum die erste sein.«

Sie zuckt die Achseln und sagt wütend:
»Ein Kleiner aus meine Land. Er war . . . verliebt in mich. Ich habe seine Briefe abgeschrieben . . . verkehrt, natürlich. Sie verstehen.«
Diese friedliche Sünderin, weit davon entfernt, meine Entrüstung zu wecken, erregt meine unbändige Heiterkeit. Ich kann nichts dafür, aber es ist mir nun einmal unmöglich, Calliope ernstzunehmen, weder im Guten noch im Bösen. Sie ist entwaffnend. Ich öffne meine Schreibmappe.
»Setzen Sie sich, Calliope. Wir werden's probieren. Obwohl . . . Sie können sich kaum vorstellen, wie eigenartig es für mich ist, einen Liebesbrief zu schreiben . . . Also. Was soll ich ihm sagen?«
»Alles!« schreit sie, dankbar und leidenschaftlich. »Daß ich ihn liebe! Daß er weit fort ist! Das mein Leben ohne Duft ist, daß ich Farbe verliere . . . Gott, alles, was man so sagt.«
. . . Daß ich ihn liebe . . . daß er weit fort ist . . . Dieses Thema glaube ich bereits behandelt zu haben . . . mit geringem Erfolg. Ich setze mich neben Calliope, den Kopf in die Hände gestützt, den Blick auf ihre edelsteinblitzenden Finger geheftet, und diktiere wie im Traum:
»Mein teurer Freund . . .«
»Zu kalt«, unterbricht Calliope. »Ich werde schreiben: ›Meine Seele auf dem Meer‹.«
»Wie Sie wollen . . . ›Meine Seele auf dem Meer . . .‹ Nein, so geht's nicht, Calliope. Geben Sie mir die Feder. Sie können den Brief nachher abschreiben und ändern, wie Sie wollen.«
Und ich schreibe, fiebrig, mit brennenden Wangen:
»Meine Seele auf dem Meer, Du ließest mich zurück wie ein herrenloses Haus, in dem noch ein einsames Licht brennt. Das Licht wird weiterleuchten, die Leute, die vorübergehen, werden denken, das Haus sei bewohnt . . . doch bald muß die Flamme verlöschen. Es sei denn, eine andere Hand gäbe ihr Kraft und Helligkeit . . .«
»Das ist schlecht«, tadelt Calliope, die über meine Schulter blickt. »Nicht gut: ›andere Hand‹. Schreiben Sie: ›selbe Hand‹.«
Aber ich schreibe überhaupt nichts mehr. Ich lege die Stirn auf den Tisch, in die Beuge meines Arms, und weine plötzlich, mit dem zusätzlichen Verdruß, meine Tränen nicht verbergen zu können . . . Das Spiel nimmt ein böses Ende. Die gute kleine Calliope versteht – zwar nicht zur Gänze, aber das macht nichts –, schlingt ihren Arm um mich, betäubt mich mit ihrem

Duft, ihren Mitleidskundgebungen, ihren verzweifelten Selbstanklagen.
»Liebste! Psychi mou! Ich bin sehr schlecht! Ich habe nicht gedacht, daß Sie sind allein. Geben Sie her. Ich mag nicht mehr. Außerdem – das genügt. Der Beginn ist sehr gut, ich kann ändern. Statt ›Haus‹ ich werde schreiben ›Palazzo‹. Für die Rest ich werde nachsehen in französische Roman.«
»Verzeihen Sie mir, kleine Freundin. Aber diese Schwüle macht meinen Nerven zu schaffen –«
»Ach, Nerven!« sagt Calliope bedeutsam, den Blick auf den Plafond geheftet. »Wenn es nur Nerven wären! Aber . . .«
Eine einfache zynische Geste vervollständigt ihren Satz und entlockt mir ein Lächeln, wider Willen. Sie lacht.
»Ja, nicht wahr? Addio, manythank, und pardon. Ich nehme Anfang von Brief. Viel Mut!«
Bereits auf dem Korridor angelangt, öffnet sie noch einmal die Türe und steckt ihr Köpfchen durch den Spalt wie eine schelmische Göttin:
»Ich werde abschreiben zweimal. Weil ich habe noch eine Freund.«

»Das Wasser von Arriège ist in Anbetracht seines hohen Salz- und Schwefelgehalts zur Behandlung chronischer Hauterkrankungen besonders zu empfehlen . . .«
Mit lauter Stimme rezitiert Claudine den farbenfrohen Prospekt, den die Kurverwaltung den Gästen gratis überreicht, um ihnen die Vorzüge Arrièges gebührend vor Augen zu führen. Zum letztenmal lauschen wir dem traurigen Orchester, das ununterbrochen fortissimo spielt, mit dem gleichförmig hackenden Rhythmus einer Militärkapelle. Zwischen dem Potpourri aus »Dragonerliebe« und einem Marsch von Armande de Polignac macht uns Claudine gegen unseren Willen und ungeachtet lauten Protests mit den Tugenden der Schwefelquelle vertraut. Ihre Diktion ist gepflegt, ihr Ton gelehrt, ihre Ruhe unerschütterlich.
Auf einem Korbfauteuil – Claudine verlangte ausdrücklich »Einen Fauteuil zu zwei Sous, wie für eine Person, keinen Eisensessel! Fanchette hat einen empfindlichen Hintern!« – schlummert ihre weiße Katze, das grüne Lederband um den Hals.
»Ich weiß ein schönes Spiel!« ruft sie plötzlich, inspiriert.
»Mir schwant Böses«, sagt ihr Gatte mit den zärtlichen Augen. Er raucht duftende ägyptische Zigaretten und schweigt meistens,

von allem losgelöst, als hätte er sein ganzes Leben in jene gelegt, die er sein »geliebtes Kind« nennt . . .
»Das Spiel ist sehr hübsch, ihr werdet schon sehen! Ich lese aus euren Gesichtern die Krankheiten, die ihr hier kurieren wollt, und wenn ich mich irre, gebe ich ein Pfand.«
»Her damit!« ruft Marthe. »Mir geht's glänzend.«
»Mir auch!« knurrt Maugis, hochroten Gesichts, den Panamahut bis auf den Schnurrbart gedrückt.
»Mir auch«, sagt Renaud, sehr leise.
»Und mir erst!« seufzt Léon, müde und bleich. Claudine, reizend in duftig-weißer, unter dem Kinn mit Tüllbändern zu großer Masche geknüpften Kapuze, droht uns mit spitzem Finger.
»Daß ich nicht lache! Auf einmal sind alle zum Spaß hergekommen wie ich!«
Sie greift wieder nach ihrem Büchlein und verteilt Diagnosen wie Blumensträuße:
»Sie, Marthe, haben ›unreinen Teint und Ausschlag‹. Sie, Renaud – die . . . Furunkulose. Hübsch, was? Könnte fast eine Blume sein. Annie verdächtige ich akuten Rotlaufs, Léon skrofulöser Anämie . . .«
»Zu gütig, das ist ja fast gar nichts!« unterbricht Renaud, dem Léons gezwungenes Lächeln nicht entgeht.
»Maugis . . . Maugis . . . Gott, ich finde nichts mehr. Was hat Maugis? Ah! ›Chronische Genitalienherpes‹.«
Brüllendes Gelächter. Marthe zeigt sämtliche Zähne und lacht Maugis unverschämt ins Gesicht. Er schiebt wütend den Panama in die Höhe, um die hemmungslose junge Frau besser beschimpfen zu können.
Eine Gruppe ehrenwerter Leute entfernt sich demonstrativ, unter dem Getöse umgeworfener Sessel. Renaud macht schwache Versuche, Ruhe und Ordnung wieder herzustellen.
»Kümmert euch nicht um die!« sagt Claudine und nimmt ihre Broschüre wieder zur Hand, »die gehen nur, weil sie neidisch sind! Was haben sie denn schon? Lächerliche Krankheiten, nicht der Rede wert: ›Chronische Metritis . . . Ohrenstechen . . . oder eine harmlose kleine Leukorrhöe . . .«
»Und Sie, kleines Biest?« bricht Maugis los. »Was haben Sie hier verloren, außer friedliche Staatsbürger zu behelligen?«
»Psssssst!« Sie neigt sich zu ihm, mit wichtiger, geheimnisvoller Miene. »Diskretion, Ehrensache: ich lasse Fanchette behandeln. Sie hat dasselbe Leiden wie Sie!«

Bayreuth.
Regen, Regen, nichts als Regen. Der Himmel wird zu Wasser, ein Himmel, wie ich ihn noch nirgends sah: er scheint aus Kohle zu bestehen. Stütze ich mich aufs Fensterbrett, hole ich mir schwarze Ellbogen, schwarze Hände. Ungreifbarer Staub schwärzt mein weißes Sergekleid. Wenn ich mit der flachen Hand zerstreut über meine Wange streiche, zeugt eine schwarze Spur von diesem unvorsichtigen Beginnen . . . Auf dem Saum meines Rocks trocknen kleine graue Kreise: Regentropfen. Léonie bürstet meine und Marthes Kleider mit unermüdlicher Sorgfalt, fröhlich wie ein gefühlvoller Gendarm: diese Gegend erinnert sie an Saint-Etienne, ihre Heimat.
Gegen Westen zu färbt ein gelber Schein den Himmel. Wird der Regen endlich versiegen? Werde ich Bayreuth anders sehen als durch feine, faltenlose Wasserschleier, durch das flimmernde Kristall meiner Tränen?
Denn nicht nur der Himmel verströmte sein Wasser – auch ich, vom ersten Augenblick der Ankunft. Nun, ich will – ein wenig beschämt – die Ursache meiner kindischen Verzweiflung nicht verbergen:
Als wir in Schnabelweide dem Nürnberg-Karlsbad-Expreß entstiegen, entführte der Zug mein Gepäck nach Österreich, mit durchaus undeutscher Eile und Zerstreutheit: nach fünfzehn Stunden Bahnfahrt langte ich in Bayreuth an, schmutzig, beschmiert mit dieser deutschen Kohle, die nach Jod und Schwefel riecht, ohne ein Handtuch, ohne Waschfleck, ohne Kamm, ohne . . . alles, was ich nicht zu missen vermag. Dieses Unglück raubte mir die Fassung, während Léon und Maugis zur »Auskunft« liefen, begann ich auf dem Bahnsteig zu weinen, dicke Tränen, die auf dem staubigen Boden zu grauen Kügelchen wurden.
»Ja, ja«, murmelte Claudine gleichmütig, »stille Wasser müssen zuweilen abfließen . . .«
O jämmerlicher Einzug in die »heilige Stadt«! Vergebens geriet Marthe vor steingewordenen Postkarten in Verzückung (was für ein Snob sie doch ist!), vergebens pries sie die Grals aus rotem Glas, die Vierfarbendrucke, die Statuetten, die Teller und Bierkrüge, samt und sonders mit dem Porträt des göttlichen Wagner geziert! Selbst Claudine, zerrauft, den Strohhut auf dem Ohr, entlockte mir kaum ein Lächeln, als sie mir auf dem Bahnhofsplatz eine dampfende Wurst unter die Nase hielt:
»Das hab' ich einem Briefträger abgekauft! Jawohl, Renaud! Ei-

nem Briefträger. Er trägt die heißen Würste in einer Ledertasche um den Hals und fischt sie mit einer Gabel heraus, wie Schlangen! Sie brauchen gar nicht so angeekelt dreinzuschauen, Marthe, es schmeckt herrlich! Ich werde Mélie eine schicken und ihr sagen, das heißt Wagnerwurst.«
Und sie tanzte davon, gefolgt von ihrem stillen Gatten, um in einer nahen, veilchenfarbenen Konditorei zu ihrer Wurst eine Portion Schlagobers zu bestellen . . .
Dank Léons tätigem, von Marthe angestacheltem Eifer, dank Maugis, der ebenso viele deutsche Dialekte beherrscht, als es Stämme in Israel gibt – mit einem einzigen, mir völlig unverständlichem Satz riß er die Bahnbediensteten aus ihrer lächelnden Lethargie –, erhielt ich meine Koffer wieder, im gleichen Augenblick, da mir Claudine, gerührt von meiner Not, eins ihrer Batisthemdchen sandte (es ist so kurz, daß ich bei seinem Anblick erröte) sowie ein duftiges, mit gelben Halbmonden besätes Seidenhöschen: »Nehmen Sie einstweilen das, Annie, wenn auch nur, um Ihre Tränen hineinzuwischen, und bedenken Sie, daß ich eine Art heiliger Martin bin . . . Und dabei ist durchaus nicht erwiesen, daß er seine Hose hergegeben hätte . . .«

Ich warte auf das Mittagessen, warte auf das Versiegen des Regens. Ich habe Zeit. Zwischen zwei fetten Wolken erscheint mattes, furchtsames Blau, um sogleich wieder zu verschwinden. Mein Fenster öffnet sich auf die Opernstraße; ich sehe einen Brettergehsteig, der stinkendes Wasser überdeckt. Auf der Stiege riecht es nach Kohl. Während des Tags verschwindet mein seltsames Sargbett unter einem Deckel aus Blütenstoff. Mein Betttuch ist an der Decke angeknöpft und die Matratze besteht aus drei Teilen, wie die Kanapees des Grand Siècle . . . Nein, nein, nein, ich fühle keinen heiligen Schauer und kann Marthe nur beneiden: kaum dem Zug entstiegen, wurde sie bereits von konventionellem Entzücken durchrieselt und sog in tiefen Atemzügen ein, was ihr Gatte, »die heilige Flamme all jener Völker« nannte, »gekommen, dem Menschen zu huldigen, der mehr war als ein Mensch«. Durch die dünnen Wände höre ich diese Kunstjüngerin in ihren Koffern wüten, höre, wie sie die winzigen Krüge heißen Wassers mit ärgerlichem Schwung in die Waschschüssel leert. Léons Stimme erreicht mich als dumpfes Murmeln. Marthe schweigt? Böses Zeichen. Es überrascht mich kaum, sie wenig später rufen zu hören, mit scharfer, zorniger Stimme, die einer . . . Marie Antoinette so schlecht ansteht:

»Lausiges Nest! Pfui Teufel!«
Ein einziger Trost sänftigt mein Gemüt, läßt mich vor diesem Fenster, diesem wackligen Mahagonitischchen ruhig, unbeweglich verharren: das Bewußtsein, fort zu sein, außer Reichweite. Seit wann ist Alain verreist? Seit einem Monat? Einem Jahr? Ich weiß es nicht. Manchmal suche ich sein fernes Bild, lausche, als könne ich den Klang seiner Stimme, das Geräusch seiner Schritte hören ... Erwarte oder fürchte ich ihn? Manchmal fahre ich herum, glaube, daß er da ist, vermeine, jetzt und jetzt seine starke Hand auf meiner Schulter zu fühlen, und sie weicht ihrem Druck ... Oh, ich weiß dieses Zeichen zu deuten: käme er jetzt zurück, wäre er von neuem mein Herr und Meister. Sanft ergäbe sich mein Hals dem wohlbekannten Joch, habe ich doch nie den schmerzenden, zu engen Ring abgestreift, den Alain am Tage unserer Hochzeit an meinen Finger steckte.

Wir sitzen beim Essen, Marthe, Léon und ich, in einer sogenannten Restauration. Für »Vergnügungsreisende« machen wir ziemlich saure Gesichter ... Was mich betrifft, so weiß ich recht gut, daß die ungewohnte Umgebung, die spärliche, flackernde Gasbeleuchtung, der Wind, der durch das schlecht schließende Plachendach hereinbläst, nicht dazu angetan sind, meine Laune zu heben. Wieso aber wirken Marthe und ihr Gatte so mürrisch und verloren? Marthe starrt in ihren Teller – Huhn mit Birnenkompott – und knabbert Brot. Léon macht Notizen. Worüber, guter Gott? Das Lokal ist wirklich nicht bemerkenswert ... Dieses Restaurant Baierlein, das seinen Publikumszuspruch einer geräumigen, mit gestreifter Plane überdachten Terrasse verdankt, erinnert mich nur zu sehr an die Restaurants von Arriège, inklusive Kompott. Dort gab es lediglich weniger Engländerinnen und keine kleinen mineralwassergefüllten Tonkrüge. Engländerinnen, wohin man schaut! Wer sagt, sie seien steif und zurückhaltend? Diese hier – sie kommen von »Parsifal«, erklärt Léon – schreien und schluchzen einander ihre Eindrücke zu, hochroten Gesichts, schiefsitzenden Huts, das herrliche Haar zu Stricken gedreht, recken die Arme zum Himmel und essen ununterbrochen. Ich starre sie an, ich, die ich weder Hunger habe noch weine, die ich die Hände fröstelnd in meine weiten Ärmel versenke und mich frage, mit der angeekelten Hoffnung des Säufers: »Werde ich nächsten Sonntag auch so sein?« Ehrlich gesagt – ich wünschte es.
Marthe schweigt und mißt die Gäste mit unverschämtem Blick.

Wahrscheinlich findet sie, daß es an Hüten mangelt. Mein Schwager macht noch immer Notizen! So viele Notizen! Man schaut ihn an. Auch ich schaue ihn an. Wie französisch er aussieht!

Mit englischem Schneider, schwedischem Schuster und amerikanischem Hutmacher verkörpert dieser hübsche Mann den französischen Typus par excellence in seiner ganzen farblosen Korrektheit. Kleine, weiche, allzu häufige Gebärden, wohlproportionierte Züge eines regelmäßigen, unpersönlichen Gesichts – braucht es wirklich nicht mehr, um den Durchschnittsfranzosen zu charakterisieren, den Mann, der sich weder durch gute noch durch schlechte Eigenschaften auszeichnet?

Marthe reißt mich aus meinen ethnologischen Betrachtungen.

»So schreit doch nicht alle durcheinander! Gott, ist es fad hier! Gibt's vielleicht ein *noch* amüsanteres Lokal?«

»Ja«, sagt Léon mit einem Blick in den Baedeker. »Das ›Berlin‹. Es ist eleganter, französischer, aber weniger ›bodenständig‹.«

»Ich pfeife auf die Bodenständigkeit! Schließlich komme ich wegen Wagner und nicht wegen Bayreuth. Morgen gehen wir ins ›Berlin‹, das steht einmal fest.«

»– und werden für eine Portion Forelle zehn Mark zahlen.«

»Na und? Schließlich ist Maugis da . . . für ein bis zwei Rechnungen . . .«

Ich entschließe mich, einzugreifen.

»Hör zu, Marthe – ich mag mich von Maugis nicht ausführen lassen – es ist mir unangenehm.«

»Wie du willst, meine Liebe! Dann gehst du einstweilen eben ins Duval –«

Léon legt verdrossen den Bleistift weg.

»Wie grob Sie sind, Marthe! Außerdem gibt's hier kein Bouillon Duval –«

Marthe, hochgradig nervös, lacht schrill:

»Dieser Léon . . . so schlagfertig wie er, ist nicht bald jemand! Komm, Annie, schau nicht drein wie eine Märtyrerin . . . Dieses fürchterliche Birnenhuhn ist an allem schuld . . . Kommt ihr? Ich gehe. Ich bin hin.«

Verdrießlich rafft sie ihren weiten, weichen Rock, fegt die Terrasse mit verachtungsvollem Blick und sagt:

»Wißt ihr, was wir brauchen, Kinder? Ein kleines Bayreuth in Paris . . . Um wieviel netter wird das sein! Und um wieviel besser besucht!«

Von meiner ersten Nacht will ich schweigen. Ich kauerte auf meiner harten Matratze, litt unter der Berührung der kratzenden Baumwoll-Laken, atmete voll Widerwillen den – imaginären? – Kohlgeruch, der durch Tür-, Fenster- und Mauerritzen drang, zerstäubte schließlich den Inhalt einer ganzen Flasche Nelkenwasser über mein Bett und verlor mich in tiefen, von lächerlich-wollüstigen Träumen bebilderten Schlaf. So etwa stelle ich mir ein karikiert illustriertes Buch übelster Sorte vor: liederliche Abenteuer in Kostümen Louis-Philippe.
Ich sah Alain in einem Nankinganzug, unternehmender denn je, und mich in Organdy, widerspenstiger, als ich es mir in meinen kühnsten Vorstellungen zugetraut hätte . . . Außerdem machte meine altväterische Leinenhose jegliches Gewähren unmöglich.

Der Zufall, wir kauften die Karten im letzten Moment, trennt mich von Marthe und Léon. Ich beglückwünsche mich im stillen.
Im gedämpften Licht der runden Lampen, die als zerrissene Kette den Saal umschließen, atme ich vorsichtig die seltsame Geruchsmischung nach überhitztem Gummi und Moder, die in der Luft liegt; die graue Häßlichkeit des Tempels stört mich nicht. All das – die niedrige Bühne, der schwarze Abgrund, aus dem die Musik emporsteigen wird – kenne ich aus unzähligen Beschreibungen, empfinde ich kaum als neu. Ich warte. Draußen tönt die zweite Fanfare. (Donners Ruf, glaube ich.) Ausländerinnen entledigen sich ihrer Hutnadeln, mit blasierter, familiärer Geste. Ich folge ihrem Beispiel. Wie sie werfe ich wie von ungefähr einen Blick auf die Fürstenloge, wo schwarze Schatten paradieren, kahle Stirnen schimmern . . . Uninteressant. Noch eine kleine Weile . . . Die letzte Polstertüre öffnet sich, ein Viereck blauen Tageslichts erglänzt und verschwindet, die letzte alte Lady hustet – dann steigt das tiefe Es aus dem Abgrund und grollt wie ein verborgenes Tier . . .
»Sehr schön!« erklärt Marthe. »Aber eine Pause hätte nicht geschadet!«
Ich bebe noch, verberge meine Erregung wie ein fleischliches Gelüste und sage schließlich: »Mir ist es nicht lang vorgekommen . . .«
Meine Schwägerin, die vergebens ein orangefarbenes Kleid ausführt, hat für diesen »Prolog-Zauber« nichts übrig:
»Die Pausen gehören dazu, meine Liebe! Frag die Habitués! Man

nimmt einen Imbiß, trifft Bekannte, tauscht seine Eindrücke aus . . . Und der erste Eindruck ist einzigartig, nicht wahr, Maugis?«
Der vulgäre Patron hebt kaum merklich die schweren Schultern:
»Einzigartig – jawohl, genau das wollte ich sagen . . . Abgesehen davon, entblöden sie sich nicht, einem hier, an der Quelle des hellen Biers, ein Gesöff vorzusetzen, das schmeckt wie destilliertes Bodenwachs! Nach Bayreuth zu kommen, um das zu trinken – ebensogut kann man sich kastrieren lassen.«
Vergebens suche ich an diesem ordinären, zügellosen Kerl das versöhnende Zeichen des Fanatismus. Maugis gehört zu jenen, die Wagner in Frankreich »lancierten«. Jahr für Jahr erneuerte er den Kampf mit hartnäckigen Berichten, seltsamen Mischungen aus lockerster Skepsis und zarter Trunkenboldpoesie. Ich weiß, daß Léon seinen schwungvollen, mit Wörtern der Umgangssprache gespickten Stil verachtet, weiß, daß Maugis ihn den »Poeten der guten Gesellschaft« nennt. Abgesehen davon, vertragen sie sich bestens, besonders seit zwei Monaten.
Hier, in diesem riesenhaften Theaterbüffet, fühle ich mich . . . allein, verloren, von allem losgelöst. Noch haust in mir der Dämon der Musik, noch höre ich die Klage der Rheintöchter, doch ihr Singen kämpft gegen betäubendes Gabel- und Tellergeklapper. Verstörte Kellner in schwarzen, fettversteiften Fräcken rennen mit beladenen Armen durch den Saal und der rosenfarbene Bierschaum ergießt sich in Fleischsäfte . . .
»Schon wieder ›gemischtes Kompott‹! knurrt Marthe unversöhnlich. »Der Loge war besonders schlecht, nicht wahr, Maugis?«
»Besonders?« wiederholt der Gefragte mit spöttischer Nachsicht, »kann ich nicht finden! Vor siebzehn Jahren habe ich ihn in derselben Rolle gehört. Heute war er entschieden besser.«

Marthe ist nicht bei der Sache. Blicke und Lorgnon zielen in den Hintergrund des Saals:
»Nein, so was! Wißt ihr, wer hier ist?«
»Nun?«
»Die Chessenet! Mit Leuten, die ich nicht kenne! Dort – seht ihr sie? Ganz rückwärts, an dem Tisch, der direkt an der Wand steht.«
Schmerzlich berührt, als ziehe mich die Vergangenheit zu Bo-

den, überschaue ich angstvoll das Schachbrett der Tische. Marthe hat recht. Dieser blaßblonde Knoten kann nur Valentine Chessenet gehören.

»Gott, wie lästig!« seufze ich niedergeschlagen.

Marthe senkt ihr Lorgnon, um mich besser betrachten zu können.

»Was kann dir das schon ausmachen? Fürchtest du etwa, daß sie sich deinen Alain zurückholt?«

Ich zucke zusammen – fast unmerklich.

»Zurückholt? Das bedeutet wohl, daß sie ihn schon einmal gehabt hätte, und meines Wüßtens –«

»Es heißt nicht ›Wüßtens‹, sondern›Weißtens‹!« belehrt mich Maugis, wohlwollend und salbungsvoll.

Marthe schweigt, preßt die Lippen zusammen und betrachtet mich verstohlen. Die Gabel zittert in meiner Hand. Léon beißt an seinem goldenen Crayon und wirft Reporterblicke um sich. Plötzlich packt mich das jähe, heftige Verlangen, diesen Weichling beim Nacken zu nehmen und sein hübsches willenloses Gesicht auf die Tischplatte zu schmettern . . . Doch die Wallung verfliegt und nichts bleibt zurück als mein Staunen über einen so lächerlichen Wutanfall. Die Musik scheint mir nicht gutzutun . . .

Der Anblick dieser Chessenet führt mich zu Alain zurück, einem Alain, den ich einen Herzschlag lang weiß und leblos sehe, wie einen Toten.

Die Geliebte meines Mannes. War sie die Geliebte meines Mannes? Seit zwei Stunden stelle ich mir diese Frage, ohne zu klarem Ergebnis zu gelangen. Ich vermag Madame Chessenet nicht anders heraufzubeschwören als in eleganter Abend- und Konzerttoilette, eines jener zu kleinen Hütchen auf dem Kopf, mit deren Hilfe sie sich ein besonderes Genre zu schaffen sucht . . . das Genre Chessenet! Wenn sie aber Alains Geliebte war, so mußte sie ihr enges Kleid abstreifen, ihren winzigen Hut herunternehmen, sorgsam und geschickt . . . Mein müder Kopf denkt nicht weiter. Außerdem kann ich mir Alain nicht vorstellen, einer Frau »den Hof machen«, wie es so schön heißt . . . Mir hat er niemals den Hof gemacht, zeigte sich niemals flehend, drängend, unruhig oder eifersüchtig. Er gab mir . . . einen Käfig, und ich war es lange, lange zufrieden.

Seine Geliebte! Wieso flößt mir diese Vorstellung keinen tiefen, verzweifelten Groll ein? Sollte ich meinen Gatten nicht mehr lieben?

Ich kann nicht mehr. Ich bin am Ende meiner Kräfte. Laß das, Annie. Denk daran, daß dich noch Wochen des Alleinseins und der Freiheit erwarten. Der Freiheit! Seltsames Wort . . . Es gibt Vögel, die sich frei dünken, weil sie neben dem Käfig umherhüpfen. Doch ihre Flügel sind gestutzt . . .

»Wie! Noch im Bett?«
Fix und fertig angezogen, betrete ich Marthes Zimmer, sie zu einem Spaziergang durch Bayreuth einzuladen. Sie liegt noch im Bett, mollig und weiß in ihrem roten Haar, gähnt, rekelt und dehnt sich . . . sie schläft mit allen ihren Ringen – und wirft mir unter gefurchten Brauen einen raschen stahlgrauen Blick zu:
»Du riechst nach Straße! Wohin gehst du?«
»Spazieren. Bist du krank?«
»Schlecht geschlafen – Migräne – müde.«
»Schade. Dann geh' ich eben allein.«
Mit einem Händedruck verabschiede ich mich vom armen Léon, der an seinem Mahagonitischchen front (es ist genauso häßlich wie meines), um bis zum Mittagessen seine sechzig Zeilen zu absolvieren.
Allein auf der Straße! Einkaufen werde ich nichts. Ich spreche zu schlecht deutsch . . . Aber umsehen will ich mich. Dieses modern ausgestattete Geschäft zum Beispiel ist eine Welt für sich . . . eine Wagnerwelt. Die Rheintöchter, drei fürchterliche Weiber, blumenbekränzt wie meine luxemburgische Köchin am Sonntag, umschlingen einander, dem Photographen zu Ehren. Eine schielt. Am Rand des hellen, mit Brandmalerei gezierten Rahmens wogen Algen . . . oder Regenwürmer? Das ganze kostet zehn Mark. Geschenkt.
Warum so viele Bilder von Siegfried Wagner? Und nur von ihm? Die übrigen Kinder von »Cosimas Verblichenem«, um mit Maugis zu sprechen, sind bei weitem nicht so häßlich wie dieser junge Mann mit der lächerlichen Nase und dem einfältigen Aussehen. Daß Siegfried dirigiert – schlecht noch dazu –, scheint mir keine zufriedenstellende Begründung. Es riecht noch immer nach Kohl. Die einzelnen Straßen unterscheiden sich kaum voneinander, und ich überlege gerade, am Beginn der Opernstraße angelangt, ob ich mich nach rechts oder links wenden soll, als hinter mir ein keckes Vogelstimmchen trällert:

> »Verlorenes Kind, von der Mutter verstoßen,
> stets findest du Zuflucht an heiligem Ort . . .«

»Claudine! Ja, ich weiß wirklich nicht, wohin! Ich bin nicht daran gewöhnt, allein auszugehen ...«
»Was man von mir nicht behaupten kann. Mit zwölf Jahren lief ich schon herum wie ein Häschen ... dem ich übrigens auch ähnlich sah, was die Weiße meines Hinterns betrifft.«
Das ... Hinterteil nimmt in Claudines Konversation wirklich übergroßen Raum ein ... Aber das ist vielleicht die einzige Einschränkung der Sympathie, die ich für sie empfinde.
Während ich neben diesem freien, ungezwungenen Geschöpf einhergehe, denke ich daran, daß Alain mir gestattete, zweifelhafte (nein, ganz eindeutige!) Frauen zu besuchen, wie zum Beispiel diese Chessenet oder Rose-Chou (sie erkundigt sich vorher, ob ihre Liebhaber auch aus vornehmer Familie sind), mir hingegen den Umgang mit Claudine verbot, diesem reizenden Wesen, das seinen Gatten anbetet und kein Geheimnis daraus macht. Hatte ich bei jenen nicht mehr zu verlieren als bei dieser?
»So allein, Claudine? Ohne Renaud? Ohne Fanchette?«
»Fanchette schläft. Außerdem bekäme sie von diesem Kohlenstaub schwarze Pfoten. Und mein Renaud arbeitet an seiner ›Diplomatischen Revue‹, wo er Delcassé mit den fürchterlichsten Schmähungen bedenkt ... Also ging ich, um ihn nicht zu stören. Abgesehen davon bin ich übernächtigt und brauche frische Luft. Ich habe zuwenig geschlafen.«
»Sie haben –«
»Zuwenig geschlafen, jawohl. Aber was fällt Ihnen ein, Annie? Ganz allein in einer fremden Stadt? Ohne Gouvernante? Wo haben Sie Ihre Schultasche gelassen? Und Ihre Zeichenmappe?«
Sie hänselt mich gutmütig, hübsch und possierlich in ihrem knappen Rock, ihrem schiefsitzenden Hut aus grobem Stroh, dem kurzen, weichgelockten Haar. Das dreieckige Gesichtchen steht dunkel über der weißen Seidenbluse, und ihre schönen, fast gelben Augen erleuchten sie ganz, wie helle Reisigfeuer ein dunkles Feld ...
»Marthe ruht sich aus«, erwidere ich endlich. »Sie ist müde.«
»Wovon? Sich von Maugis knutschen zu lassen? Oh! Was sage ich da!« unterbricht sie sich und legt scheinheilig die Hand auf den Mund, als wolle sie die unvorsichtige Äußerung zurücknehmen ...
»Glauben Sie? Glauben Sie, daß sie ... daß er ... wirklich tut, was Sie sagen?«
Meine Stimme zittert. Wie dumm von mir! Claudine zuckt die Achseln, stampft mit dem Fuß:

»Herrgott! Wenn Sie auch alles glauben, was ich sage . . . Marthe ist nicht anders als viele Frauen meiner Bekanntschaft: es macht ihr Spaß, vor allen Leuten ein bißchen vergewaltigt zu werden . . . Im Tête-à-tête ist das natürlich etwas anderes. Deshalb sind sie nicht weniger anständig . . .«

Dieses schöne Räsonnement vermag mich nicht zu überzeugen. »Vor allen Leuten« . . . das ist schon zu viel . . .

Gedankenvoll gehe ich neben Claudine. Wir begegnen Engländerinnen – schon wieder! – und Amerikanerinnen, die schon ab zehn Uhr morgens in Seide und Spitzen prunken . . . Meine Begleiterin fällt auf. Sie bemerkt es und erwidert die neugierigen Blicke furchtlos und gleichgültig. Ein einzigesmal dreht sie sich lebhaft um und zieht mich am Ärmel:

»Haben Sie diese hübsche Frau gesehen? Die Blonde, mit den kaffeebraunen Augen?«

»Nein. Ich habe nicht achtgegeben.«

»Diese Annie! Wohin gehen wir eigentlich?«

»Ich weiß nicht. Ich wollte mir nur die Stadt ansehen.«

»Die Stadt? Nicht der Mühe wert! Nur Postkarten. Der Rest – Hotels. Kommen Sie, ich kenne einen hübschen Park. Dort setzen wir uns auf den Boden.«

Willenlos vor so viel turbulenter Vitalität richte ich mich nach ihrem raschen, weit ausgreifenden Schritt. Wir überqueren eine häßliche Straße, gehen am »Schwarzen Roß« vorbei und gelangen schließlich auf einen großen, verlassenen Platz von provinzieller, wohltuender Traurigkeit, mit Statuen und Linden bestanden.

»Was ist das für ein Platz, Claudine?«

»Das? Ich weiß nicht. Der Platz der Markgräfin. Wenn ich nicht sicher bin, sage ich immer: ›der Markgräfin‹. Kommen Sie, Annie, wir sind da.«

In einem Winkel des großen Platzes öffnet sich eine Türe auf ein gepflegtes, blühendes Gärtchen, das sich bald zu einem kleinen, ein wenig vernachlässigten Park verbreitert. Dahinter könnte man fast ein hübsches verschlafenes Schloß vermuten, das in jede französische Provinz passen würde . . .

»Was ist das für ein Garten?«

»Der Garten der Markgräfin«, versichert Claudine mit Überzeugung. »Und hier sehen Sie die Bank der Markgräfin, den Soldaten der Markgräfin, die Kinderfrau der Markgräfin . . . Grün, nicht wahr? Das tut gut! Fast wie in Montigny . . . nur viel schäbiger, natürlich.«

Wir sitzen Seite an Seite, auf dem gesänftigten Stein einer alten Bank.
»Sie lieben Ihr Montigny wohl sehr, nicht wahr? Ist es schön dort?«
Claudines bernsteinfarbene Augen leuchten auf, ersterben, und sie streckt den Arm aus wie ein Kind:
»Schön? In Montigny bin ich glücklich wie der Strauch in der Hecke, wie der Salamander auf seiner sonnendurchwärmten Mauer, wie ... ich weiß nicht, wie. Es gibt Tage, da komme ich zwischen Morgen und Nacht überhaupt nicht nach Hause ... da kommen wir nicht nach Hause«, verbessert sie sich. »Ich habe Renaud die Schönheit dieser Gegend kennen und lieben gelehrt ... Er folgt mir.«
Wiederum läßt mich Claudines allgegenwärtige Zärtlichkeit für ihren Gatten tiefe Schwermut empfinden und ich sage, mit meinen Tränen kämpfend:
»Ja ... er folgt Ihnen immer, immer ...«
»Aber ... ich folge ihm ja auch!« sagt Claudine überrascht. »Wir folgen einander ... und sind doch so verschieden.«
Ich neige das Haupt und scharre im Sand, mit der Spitze meines Sonnenschirms.
»Sie lieben einander ...«
»Ja«, erwidert sie einfach. »Es ist wie eine Krankheit.« Sie träumt vor sich hin, heftet plötzlich den Blick auf mich und fragt unvermittelt:
»Und Sie?«
Ich fahre zusammen.
»Ich? Was?«
»Sie lieben Ihren Mann nicht?«
»Alain? Aber natürlich ...«
Ich weiche zurück, verwirrt, verlegen. Claudine rückt näher und sagt stürmisch:
»Natürlich? Gott, wenn Sie ihn ›natürlich‹ lieben, weiß man, woran man sich zu halten hat! Außerdem ...«
Ich hieße sie gerne schweigen, aber leichter stellte ich mich wohl einem scheuenden Pony in den Weg ...
»Außerdem habe ich Sie oft genug zusammen gesehen! Er wirkt wie ein Stock, Sie wie ein nasses Taschentuch. Er ist ungeschickt, dünkelhaft, brutal ...«
Ich hebe schützend den Arm, als erwarte ich einen Faustschlag ...
»Jawohl, brutal! Man hat dem Herrn zwar eine Frau gegeben,

aber leider keine Gebrauchsanweisung! Das merkt ein sieben Monate altes Kind! ›Annie, das tut man nicht . . . Annie, das ist nicht üblich . . . Annie, das schickt sich nicht . . .‹ Beim drittenmal hätte ich ihm geantwortet – ›Und wenn ich Ihnen Hörner aufsetze – sind Sie dann zufrieden?‹ «

Ich breche gleichzeitig in Tränen und Gelächter aus, so unwiderstehlich ist die komische Wut ihrer letzten Worte. Seltsames Geschöpf! Sie hat sich in Hitze geredet, nimmt den Hut ab und schüttelt ihr kurzes Haar.

Ich weiß nicht, wie ich meine Fassung wiedergewinnen soll, würde am liebsten weiterweinen . . . Das Lachen ist mir vergangen. Claudine wendet sich mir zu, mit einem strengen Gesicht, das sie ihrer Katze ähneln läßt:

»Kein Grund zum Lachen! Keiner zum Weinen! Sie sind ein kleiner Waschlappen, ein hübsches Tuch, ein Stück Seide. Sie haben nicht die geringste Entschuldigung: Sie lieben Ihren Mann nicht.«

»Ich liebe meinen Mann nicht?«

»Nein. Sie lieben niemanden.«

Ihr Gesichtsausdruck ändert sich, wird ernst.

»Sie haben keinen Geliebten. Eine Liebe – selbst eine verbotene – hätte Sie erblühen lassen, biegsamer, blütenleerer Zweig . . . Ihr Mann! Wenn Sie ihn geliebt hätten, im schönsten Sinn des Wortes – wenn Sie ihn geliebt hätten, wie ich liebe –«, sie drückt die schlanken Hände an die Brust, mit einer Gebärde unglaublicher Kraft, beispiellosen Stolzes –, »so wären Sie ihm gefolgt über Land und Meere, unter Küssen und Schlägen, sein Schatten, seine Seele . . .« Und sie fügt leiser hinzu: »Wenn man auf eine gewisse Weise liebt, wird selbst die Untreue belanglos . . .«

Sie spricht wie eine kleine Seherin. Ich wende mich ihr zu, lausche ihrer prophetischen Stimme mit leidenschaftlicher Verzweiflung, den Blick auf ihre Augen geheftet. Sie starrt in die Ferne. Dann lächelt sie mir zu, als sähe sie mich zum erstenmal.

»Annie, bei uns daheim wächst eine zarte, dünnstielige Pflanze, die sich unter der schweren Bürde unzähliger Körner zu Boden neigt. Sie hat einen hübschen Namen, den ich Ihnen gebe, sooft ich an Sie denke: ›Nickende Minze‹ . . . Sie zittert im Wind, fürchtet sich, richtet sich erst auf, wenn alle ihre Körner leer sind . . .«

Claudines zärtlicher Arm umschlingt meinen Hals.

»Nickende Minze, wie reizend Sie sind . . . und wie schade um Sie! Ich sah seit . . . seit langem keine Frau, die Ihnen gleich-

käme ... Seht mich an, Kressenblumen, helle Augen, dichter bewimpert als eine Quelle in schwarzem Gras, Annie mit dem Rosenduft ...«
Ich lehne den Kopf an ihre Schulter, schwach vor Kummer, schwer von einer Zärtlichkeit, die meine Glieder durchströmt, hebe ihr meine feuchten Lider entgegen. Sie neigt mir ihr Antlitz zu, blendet mich mit wilden, zwingenden Augen, so gebietend plötzlich, daß ich die meinen schließe – willenlos, unterjocht. Doch der zärtliche Arm gibt mich frei. Taumelnd öffne ich die Augen ... Claudine ist aufgesprungen. Sie streckt und dehnt sich, reibt ihre Schläfen mit unbarmherzigen Händen und murmelt:
»Das ist zu stark! Ein wenig mehr ... Wo ich Renaud so fest versprochen habe ...«
»Was?« frage ich, meiner Sinne noch nicht mächtig.
Claudine lacht mir ins Gesicht, ein kurzes, seltsames Lachen.
»Um elf daheim zu sein, Kleines! Vorwärts, tummeln Sie sich! Wir haben Eile!«

Die Pause nach dem ersten Akt »Parsifal« überliefert uns dem entzaubernden Tageslicht. Oh, nicht zum erstenmal ernüchtert mich ein langer Zwischenakt (das Entzücken Marthes und Léons) auf schmerzlich-unerwünschte Weise. Seit »Rheingold« waren wir allabendlich in der Oper; dreimal mußte ich für eine drohende, verratene Brünhilde meine aufgetakelte Schwägerin eintauschen, die Kleinkrämerei Léons, den unstillbaren Durst Maugis', den blaßrosa Nacken Valentine Chessenets, all diese »Ach!«, »Oh!«, »Kolossal!« und »Phantastisch!«, von aufdringlichen Enthusiasten vielsprachig hervorgestoßen ... Nein, nein, nein!
»Ich möchte ein Theater für mich allein!« gestehe ich Maugis.
»Hm!« erwidert er und vernachlässigt einen Augenblick seinen steifen Grog, »immer noch besser, als impotent zu sein. Sie sind ein Wesen in der Art Ludwigs von Bayern, an dem Sie übrigens sehen können, wohin solch ungesunde Neigungen führen: er ließ noch rasch einige Schlösser errichten, deren Stil bislang nur von Provinzzuckerbäckern gepflegt worden war, und starb. Ich hoffe, dieses traurige Resultat einschichtiger Gewohnheiten wird Ihnen zu denken geben!«
Ich fahre auf, verlasse den Saufbold, lehne das riesige Zitroneneis, das mir Claudine anbietet, dankend ab und gehe, mich an einen der Pfeiler zu lehnen, das Gesicht der sinkenden Sonne zu-

gewandt. Wolken hasten dem Osten zu. Ihr Schatten ist kalt ... Über Bayreuth lasten schwarze Schwaden. Plötzlich kommt Wind auf, trinkt den Rauch mit einem einzigen Atemzug. Eine Gruppe Französinnen – platte, hüftenzermalmende Korsetts, Kleider, vorne zu gerafft, rückwärts zu schleppend – schnattert durcheinander, unbelastet, unberührt von der göttlichen Musik, mit jener kalten Lebhaftigkeit, die sie eine Minute reizend, nach einer Viertelstunde unerträglich erscheinen läßt. Selbst ohne ihre Worte zu verstehen, fühlt man, daß sie einer schwachen, fahrigen Rasse angehören, errät ihren Hochmut, ihre Sprunghaftigkeit, sieht, wie sehr sie sich zum Beispiel von jener Engländerin unterscheiden, der ihr ganzer Spott gilt: sie sitzt auf einer Stufe und zeigt ihre großen, unvorteilhaft beschuhten Füße mit keuscher Gleichgültigkeit ... Jetzt komme ich an die Reihe. Ich höre, wie man von gut informierter Seite erklärt:
»Das ist eine junge Witwe, die jedes Jahr herkommt wegen eines gewissen Tenors ...« Solch rege, verleumderische Einbildungskraft entlockt mir ein Lächeln und ich gehe zu Marthe, die sich, weiß und veilchenfarben, auf ihren hohen Sonnenschirm stützt, ihre ganze Versailles-Anmut spielen läßt, Bekannte erkennt, Begrüßungsfloskeln austeilt und gleichzeitig mit der stillschweigenden Bestandsaufnahme sämtlicher Hüte beschäftigt ist ... Maugis, dieser widerwärtige Kerl, steht dicht neben ihr ... Schon wieder! Nein, da gehe ich lieber zu Claudine zurück! Aber Claudine, eine riesige Cremeschnitte in der bloßen Hand, redet eifrigst mit einem seltsamen kleinen Geschöpf. Dieses braune, von tanzenden Locken umrahmte Zigeunergesicht, dessen Augen und Lippen aussehen wie waagrechte Pinselstriche, sollte ich doch kennen? Ist das nicht ... Mademoiselle Polaire? Polaire in Bayreuth? Zu unwahrscheinlich, um wahr zu sein.
Beweglich, geschmeidig, eine Schleife im Haar (weiß die Polaires, schwarz die Claudines), scheinen die beiden Frauen einander auf den ersten Blick zu gleichen, zumindest nach Ansicht der gierigen Betrachter. Ich finde nicht. Claudines Locken sind knabenhafter, ungebärdiger, ihre Augen blicken dunkler, herausfordernder und dennoch gesänftigt. In Polaires Blick hingegen – den schönsten Berberaugen, die ich jemals sah – liegt der ganze Zauber von Tausendundeiner Nacht ...
Aber dennoch. Die beiden ähneln einander. Renaud streicht im Vorbeigehen über beide Köpfe, rasch, wie unabsichtlich, mit belustigter Zärtlichkeit. Er bemerkt meinen entgeisterten Blick und sagt lachend:

»Jawohl, Annie, Polaire! Unsere kleine Lily.«
»Ihre Tiger-Lily!« vervollständigt Maugis näselnd und mimt einen Cake-Walk mit übertriebenen Hüftschwüngen, die zu belachen ich mich schäme.

»She draws niggers like a crowd of flies,
She is my sweetest one, my baby Tiger Lily.«

Jetzt weiß ich mehr . . .
Neugierig trete ich näher, fast ohne zu wollen. Claudine bemerkt mich. Eine herrische Gebärde winkt mich herbei. Wie ungeschickt von mir . . . Verlegen stehe ich vor dieser kleinen Schauspielerin, die mich kaum beachtet, so eifrig ist sie damit beschäftigt, elegant auf einem Bein zu balancieren, ihre braune, rötlich schimmernde Mähne zurückzuwerfen und irgend etwas zu erklären, mit erstaunlicher Zungenfertigkeit und einer rauhen, kehligen Stimme von seltsamem Wohllaut.
»Wenn ich tragisches Theater spielen soll, muß ich mir den ganzen Klimbim von früher anschauen. Also hab' ich mir gedacht, ich fahr' nach Bayreuth, dort kann ich was lernen.«
»Ihre Pflicht und Schuldigkeit!« bestätigt Claudine. Aus ihren tabakbraunen Augen spricht helles Entzücken.
»Dabei wohne ich dort, wo sich die Füchse gute Nacht sagen, ganz am Ende der Stadt, in der Bambushütte . . .«
»In der Bambushütte . . . Was für ein eigenartiger Hotelname . . .«
Claudine, meines entgeisterten Staunens gewahr, erklärt mit Engelsgüte: »Der Bambus der Markgräfin.«
»Das macht aber nichts«, fährt Polaire fort, »ich bin froh, daß ich hergefahren bin. Obwohl unsere Dekorationen – Sie wissen ja, Claudine, die bei Madame Marchand – zehnmal so hübsch waren wie dieses Gelumpe! Und dann, wenn Sie mich fragen . . . auf ihren Wagner brauchen sie sich wirklich nichts einzubilden! Seine Musik ist –«
Was jetzt folgt – offensichtlich ein Ausdruck übelsten Argots – ist mir unverständlich.
»Das sagt Annie auch immer«, haucht Claudine, mit einem Blick auf mich.
»Ah! Madame ist derselben Meinung? Sehr erfreut, Sie kennengelernt zu haben . . . Was hab' ich gerade gesagt? Ah, ja. Jetzt schau' ich mir schon zum zweitenmal diesen Parsifal an – es ist kaum zu glauben! Haben diese Gauner nicht meine Frisur kopiert, die ich damals in Berlin getragen habe, im ›Wintergarten‹

bei meinem Chanson ›Der kleine Kohn‹! Schauen Sie sie nur an, diese Kundry! Das Band um die Stirn, die Blumen, der nachschleifende Schleier – haargenau dasselbe!«
Polaire schweigt triumphierend und holt Atem. Ihre abnormal schlanke Taille – sie könnte sich mit einem steifen Kragen gürten – schwankt über hohen, bleistiftdünnen Stöckeln.
»Sie sollten sich beschweren!« rät Claudine hitzig.
»Nie!« erwidert Polaire, bebend wie ein Reh. Ihre schönen Augen dunkeln. »Das ist unter meiner Würde. Ich bin nicht wie die andern. Mich beschweren? Bei diesen deutschen Klötzen? Kommt nicht in Frage. Nein, nein. Außerdem wär' kein Ende abzusehen! Da, gleich, in diesem Parsifal – wo der Dicke ins Wasser fällt und der zottige Kerl ihn anspritzt – da faltet er die Hände, haben Sie gesehen? – und richtet sich zu dreiviertel auf . . . genau meine Pose aus dem ›Zuhälterchanson‹! Ja, ich steh' was aus, das können Sie mir glauben! In meinem Korsett ist rechts schon das ganze Fischbein gebrochen!«
Forschend betrachte ich ihr bezauberndes Gesicht, dessen filmische Wandlungsfähigkeit übergangslos Entzücken, Auflehnung, afrikanische Wildheit und rätselvolle Melancholie ausdrückt – flüchtige Schatten, die Polaires jähes, ihren ganzen Körper schüttelndes Lachen verscheucht, während sie ihr spitzes Kinn hebt wie ein Hund, der den Mond anbellt. Dann bietet sie uns das brave, ernste »Adieu!« eines gut erzogenen Mädelchens und geht.
Ich blicke ihr nach, betrachte ihren federnden Gang, bewundere die Geschicklichkeit, mit der sie sich zwischen den Leuten hindurchschlängelt: eine Drehung der Hüfte, unerwartet und brüsk wie ihre Redeweise, Posen, die an die Haltung eines dressierten Tiers erinnern, das verstünde, auf den Hinterfüßen zu gehen . . .
»Zweiundvierzig Taille!« träumt Claudine. »Das ist eine Schuhnummer, kein Gürtelmaß!«
»Annie! . . . Annie – ich rede mit dir!«
Ich fahre auf:
»Ja . . . Ich höre . . .«
»Was sagte ich eben?«
Unter dem durchdringenden Blick meiner Schwägerin wende ich verwirrt den Kopf ab.
»Ich weiß nicht, Marthe.«
Sie zuckt die Achseln, deren Rosenfarbe durch die Spitzenbluse schimmert. Die weiße Bluse mit den tief eingesetzten Ärmeln ist

zwar hart an den Grenzen des Anstößigen, jedoch hochgeschlossen: ein Umstand, den Marthe offensichtlich als Berechtigung betrachtet, sich darin auf der Straße zu zeigen, ruhig, ja erfreut unter den Blicken der Männer . . . Ihre Gegenwart stört mich.
Mit einem Zerstäuber bewaffnet, ertränkt sie ihre rotblonde Haarfülle in einem Duftmeer. Ihr Haar ist schön . . . lebendig, ungebärdig wie sie selbst.
»Genug, Marthe, genug! Du riechst zu gut!«
»Man riecht nie zu gut! Außerdem soll man mir nicht nachsagen können, daß ich nach ›rotem Haar‹ rieche . . . So. Wie ich sehe, bist du von deiner Wolke herabgestiegen. Ich wiederhole: wir dinieren heute im ›Berlin‹, dem hochfeinen ›Berlin‹. Da staunst du, was? Maugis führt uns aus.«
»Schon wieder!«
Wider Willen entfährt mir die Bemerkung. Ein Blick, spitzer als ein Hornstoß, ist Marthes Antwort. Sie geht zum Angriff über, tapferer als ich:
»Was soll das heißen? Willst du vielleicht andeuten, daß wir auf seine Kosten leben? Schließlich ist es nur recht und billig, daß er sich revanchiert: vorgestern haben wir ihn eingeladen.«
»Und gestern?«
»Gestern? Das war etwas anderes. Wer wollte uns schließlich die historische Kneipe ›Sammet‹ zeigen? Außerdem war das Essen dort – hartes Fleisch und weicher Fisch – ein solcher Schlangenfraß, daß er uns eine Entschädigung schuldet!«
»Euch vielleicht. Mir nicht.«
»Er ist eben ein wohlerzogener Mensch, der keine Unterschiede macht.«
»Wohlerzogen? Es wäre mir lieber, er beschränkte sich darauf, erzogen zu sein.«
Marthe glättet ihr Nackenhaar mit kurzen, wütenden Bürstenstrichen.
»Reizend! Beste Ironie! Du machst dich, das kann man nicht leugnen. Sollten deine Fortschritte auf deinen Umgang mit Claudine zurückzuführen sein?«
Sie stellt diese Frage mit solcher Schärfe, daß ich zusammenschauere, als berühre sie mich mit den Spitzen ihrer Nägel . . .
»Ich habe beim Umgang mit Claudine nichts zu verlieren – was man von deinem mit Maugis nicht eben behaupten kann . . .«
Sie fährt herum und bietet mir die Stirn, behelmt mit flammend rotem Haar:

»Sieh da! Ratschläge? Du traust dich was! Jawohl, du traust dich was, deine Nase in Dinge zu stecken, die dich nichts angehen! Du willst mich erziehen? Dazu habe ich einen Mann, meine Liebe! Und im übrigen wundert es mich, daß du es wagst, Dinge zu bekritteln, die Léon durchaus korrekt findet . . .«
»Marthe, ich bitte dich –«
»Genug, ja? Ein für allemal. Verstanden? Monsieur Maugis ist im Grund ein ergebener Freund.«
»Marthe, hör auf, um alles in der Welt. Beleidige mich, wenn's dir Spaß macht, aber gib ›Monsieur Maugis‹ weder als korrekten, ergebenen Freund aus noch Léon als unumschränkt herrschenden Gatten . . . Für so dumm darfst du mich wirklich nicht halten . . .«
Auf diese Antwort war sie nicht gefaßt. Sie hält den Atem an, kämpft mit sich, schweigend und hart, und meistert ihre Wut endlich mit einer Willenskraft, die mir die Häufigkeit solcher Krisen beweist.
»Komm, Annie . . . übertreib nicht, bitte. Du weißt, was für Sorgen ich habe . . . Und dann glaube ich, du stichelst absichtlich . . .«
Sie lächelt – noch zittern ihre Mundwinkel – und fügt hinzu:
»Du kommst mit uns, ja?«
Ich zögere. Sie schlingt den Arm um meine Taille, zärtlich, geschickt. Oh, ich kenne diese Art: genauso ging sie zu Werk, wenn es galt, Alain aufzuheitern . . .
»Das bist du meinem Ruf schuldig, Annie! Denk doch: dann glauben die Leute, dir macht Maugis den Hof!«

Wir sind versöhnt. Aber unsere Freundschaft springt – das fühle ich ganz deutlich – wie eine Eisdecke unter den ersten Sonnenstrahlen. Ich bin sehr, sehr müde. Der kleine Streit bleibt nicht ohne Folgen: die gefürchtete Migräne – seit gestern schwebt sie drohend über mir – entlädt sich mit aller Macht über mein armes Haupt. Trotzdem bin ich mit mir zufrieden. Noch vor einem Monat hätte ich Marthe nicht die Hälfte meiner Gedanken gesagt . . .
Schweigend, schweren Haupts lehne ich im Fiaker, der uns zum »Fliegenden Holländer« führt, den Finger an die Schläfe gepreßt.
»Migräne, Annie?« fragt Léon mitleidig.
»Migräne«, bestätige ich seufzend.

Er schüttelt den Kopf und betrachtet mich aus seinen sanften Tieraugen. Auch ich habe seit einiger Zeit Mitleid mit ihm. Wenn Marthe schon die Hosen trägt, könnte er gleich . . . Claudine spräche den Satz zu Ende. Meine Schwägerin sitzt friedlich zu meiner Rechten und bemehlt ihre Wangen, um sie gegen die Hitze zu schützen.

»Maugis kommt nicht«, sagt mein Schwager. »Er bleibt im Hotel.«

»Ah?!« sagt Marthe gleichgültig.

Was soll diese schnelle, fast unmerkliche Bewegung der Lippen? Verbeißt sie ein Lächeln?

»Ist er krank?« frage ich. »Vielleicht zu viele Grogs, gestern abend?«

»Nein. Aber er bezeichnet den ›Fliegenden Holländer‹ als ›sentimentale Schweinerei‹, als ›deutsch-italienisches Geschere‹, und behauptet, sämtliche Mitwirkende hätten ›dreckige Füße‹. Ich bitte Sie, mir zu glauben, Annie, daß ich nur seine eigenen Ausdrücke wiedergebe. Außerdem erklärt er, beim bloßen Gedanken an Daland, Sentas Vater, Bauchschneiden zu bekommen.«

»Diese Art der Kritik erscheint mir ein wenig seltsam«, bemerke ich ohne Sympathie.

Marthe schaut zum Fenster hinaus und scheint nicht darauf erpicht, das Gespräch weiterzuführen. Unser Gefährt kommt nur schrittweise voran, eingekeilt in die Kette der Fiaker. Zu unserer Linken rollen die leeren Wagen zurück, in vollem Galopp, von Staubwolken verhüllt. Da ist auch schon das Ziegeltheater (Claudine hat recht, es sieht aus wie ein Gasometer), die festlich-hellgekleidete Menge rundum, das Spalier blöde grinsender Einheimischer . . . Dieser wohlbekannte Anblick läßt mich jene körperliche Ungeduld empfinden, die mich an manchen Tagen in Paris ergreift, wenn ich vom Fenster meines Schlafzimmers den kurzen, unerträglich bekannten Horizont betrachte. Aber damals hatte ich weniger anspruchsvolle Nerven, einen Herrn und Meister, der erfolgreich darauf bedacht war, jeden eigenen Willen in mir abzutöten, damals hatte ich Angst, zu denken, Angst, die Augen aufzuschlagen.

Nur mir selbst, nur diesen unnützen Blättern will ich meine Enttäuschung über Bayreuth gestehen: Wodurch unterscheidet sich eine Pause des »Parsifal« von einem Pariser Tee, einem »Jour« bei meiner Schwägerin Marthe oder dieser abscheulichen Valentine Chessenet? Dasselbe Geschwätz, derselbe Klatsch, dieselbe böswillige Verleumdung, dasselbe Geschnatter, dasselbe Inter-

esse für Toiletten und »Künstler«, dieselbe Gier, dieselbe Schamlosigkeit.
Wiederum führe ich am liebsten auf und davon. In Arriège betrachtete ich die Lichtbresche zwischen zwei Berggipfeln. Hier folgt mein Blick dem Rauch, der aus Fabrikschloten steigt, um sich mit ihm in der Ferne zu verlieren, dem Osten zu . . . Wie soll ich mich vor ewigem Gleichmaß, allzu Bekanntem retten, wie vor der Mittelmäßigkeit, der Gemeinheit, die ich ringsum bemerke? Vielleicht hätte ich wirklich – wie Claudine sagte – Alain begleiten sollen, gegen seinen Willen . . . Doch nein. In ihm, an seiner Seite, hätte ich nur wiedergefunden, was ich jetzt zu fliehen versuche . . . O Gott! Die Migräne ist eine trübe, hellsichtige Ratgeberin. Ich lausche ihr aufmerksamer als der Musik . . . Äther, Vergessen, Versinken in frischer Ohnmacht . . . das allein lockt mich. Eine Mark in die Hand des alten Logenschließers erkauft meine Freiheit, gestattet mir lautlose Flucht.
»Die Dame ist krank . . .«
Ich laufe, nehme einen Fiaker, bin daheim. Toby schläft, zärtlich an meine Pantoffeln geschmiegt, fährt auf und jault vor Glück, mich so bald wiederzusehen. Einer wenigstens, der mich liebt! Nein, auch ich liebe mich. Ich blicke in den Spiegel, schaue mich an, kritisch, aufmerksam. Fern von diesem weißen Mann, dessen schimmernde Haut mich so schwarz erscheinen ließ, finde ich mich hübscher, gebe Marthe recht, die mich einem schlanken Krug aus feinem Ton verglich, einem Krug, aus dem zwei blaue Blütensterne leuchten. »Wilde Kresse« . . . Sprach Claudine nicht, als träumte sie laut . . . »Seht mich an, Kressenblumen, helle Augen, dichter bewimpert als eine Quelle in schwarzem Gras . . .« Doch sie entzog mir ihren schutzspendenden Arm . . .
Endlich, endlich liege ich auf dem zugedeckten Bett, halb ausgezogen, die göttliche Flasche ans Gesicht gedrückt . . . Schon entschwebe ich . . . schon ist's, als berieselten köstlich-kühle Wassertröpfchen meinen ganzen Körper. Der Schmied verlangsamt seinen Hammerschlag . . . Nein, ich will nicht schlafen, ich fliehe die Bewußtlosigkeit, aus der man angeekelt erwacht. Heute verlange ich vom kleinen Äthergott, dem listigen Tröster mit zweideutig-sanftem Lächeln, nur das Schlagen weicher Flügel, nur das wiegende Schaukeln meines Betts . . .

Ein kurzes wütendes Bellen weckt mich auf: ich fahre in die Höhe, steif vor Kälte, taste nach meiner Uhr. Ach was! Man wird

mich nicht vermissen, beim Gasometer ... Die haben anderes im Kopf ... Meine Entrückung, mein jäher, berauschter Schlaf währten kaum eine Stunde ... Ich hätte geschworen, länger ...
»Sei still, Toby, sei still ... Jeder Lärm tut meinen Ohren weh ...«
Er verstummt wider Willen, legt die stumpfe Nase auf die Pfoten und bläht die hängenden Wangen, als belle er noch in sich hinein. Lieber kleiner Wächter, schwarzer Freund, ich werde dich überallhin mitnehmen ... Ich horche. Er desgleichen. Im Nebenraum – dem Zimmer Marthes – fällt eine Türe ins Schloß. Sicher kommt die gefällige Madame Meider, das Zimmer zu »arranschieren«, Silberdöschen zu öffnen und die französischen Zeitschriften zu glätten, die im Papierkorb liegen.
Als ich gestern das Vorzimmer durchquerte, bemerkte ich in der Küche vier kleine, schwarzbeschürzte Meider-Mädelchen, die mit schmutziger, aber sorgfältiger Hand ein zerdrücktes Exemplar der *Vie en Rose* glattstrichen. Nun, sie werden Französisch lernen, die vier kleinen Meider, und was anderes obendrein ...
Es ist nicht Madame Meider. Man spricht französisch. Marthe! Marthe kommt, nach mir zu sehen ... So viel hingebungsvolle Sorge hätte ich ihr nicht zugetraut. Marthe und eine Männerstimme ... Léon? Nein.
Halb angezogen, sitze ich auf meinem Bett, mit hängenden Beinen, und suche vergebens, zu verstehen. Noch rauscht der Äther in meinen Ohren, noch fühle ich seinen verlangsamten Flügelschlag ...
Mein Knoten löst sich auf. Eine Schildpattnadel gleitet auf meinen Nacken, kalt und sanft wie ein Schlänglein. Wie sehe ich aus! Die Bluse offen, der Rock hinaufgeschoben, daß man meine dunkle Haut, meine beschuhten Füße sieht ... Der grünliche Spiegel wirft mein Bild zurück: bleicher Mund, Augen, die aussehen wie kaltes Wasser, umrändert von dunklen Schatten, deren Blau an die Farbe von Mißhandlungen gemahnt, an ihre Spur auf zarter Haut ...
Wer spricht in Marthes Zimmer?
Das Murmeln, nur hin und wieder von schneidendem Lachen oder lautem Ausruf meiner Schwägerin unterbrochen, will nicht verstummen ... Eine seltsame Unterhaltung, so viel steht fest. Plötzlich ein Schrei. Eine Männerstimme flucht. Dann Marthe, ärgerlich: »Warum hast du deinen Fuß nicht aufgestützt?«
In höchster Verwirrung hake ich meine Bluse zu, mit zitternden Händen, streiche meinen Rock glatt, als hätte man mich über-

rascht, versuche wohl zehnmal vergebens, ein und denselben unnötigen Kamm in mein Haar zu stecken ... Wer ist nebenan, mein Gott? Marthe sagt ihrem Gatten immer »Sie« ...
Stille. Was soll ich tun? Und wenn »dieser Mann« Marthe ein Leid getan hätte? Oh! Ich wünschte, ich wünschte, er hätte ihr nur Leid zugefügt, wäre ein Dieb, ein Räuber, ein messerbewehrter Bandit, so häßlich, so abscheulich sind die Dinge, die ich hinter dieser Türe ahne! Ich will wissen, will sehen ...
Ich fasse den Riegel, öffne, stoße die Türe mit aller Kraft auf, den Arm vors Gesicht gelegt, als fürchte ich Prügel – und sehe, ohne zu verstehen, Marthes milchweißen Rücken, ihre bloßen, dem Hemd enttauchten Schultern. Sie ... sitzt auf dem Schoß Maugis', eines hochroten, zusammengesunkenen, ganz angezogenen Maugis, glaube ich ... springt mit einem Schrei auf und zeigt des abscheulichen Menschen wahren Zustand ...
Ich sehe Marthe an: in ihrer weiten, pludernden Batisthose, dem flammendroten Haar gemahnt sie mich unwiderstehlich an einen weiblichen Clown ... Doch welch tragischer Clown, weißer als das traditionelle Mehl, mit wutgeweiteten, mörderischen Augen ... Ich bringe keinen Laut hervor.
Maugis' Stimme bricht das Schweigen, spöttelnd in niedrigster Weise: »Was meinst du, Marthe? Jetzt, wo uns die Kleine erwischt hat, können wir die Volksbelustigung ebensogut beenden ... Was riskieren wir schon?«
Mit knapper Kopfbewegung weist sie ihm die Türe. Dann geht sie auf mich zu und stößt mich in mein Zimmer, so brutal, daß ich taumle.
»Was hast du hier zu suchen? Bist du uns gefolgt?«
»Nein!«
»Du lügst.«
Ich richte mich auf, nehme meinen ganzen Mut zusammen und blicke ihr in die Augen. »Ich lüge nicht. Ich hatte Migräne, bin nach Hause gegangen. Ich habe dem Billetteur Geld gegeben, damit er mich hinausläßt ...«
Marthe lacht mit geschlossenem Mund, als hätte sie den Schluckauf.
»Ach! Dem Türhüter eine Mark geben, das kannst du also auch schon? Mein Kompliment, Annie! Du bist reif für große Unternehmungen! Alain wird sich wundern ... Deine Migräne laß' ich mir noch gefallen ... Aber was hast du in meinem Zimmer verloren?«
Wie tapfer ist doch eine Frau! Diese hat ihr Element gefunden,

ihre wilde Barrikadenkühnheit. Ebenso würde sie einer Armee Trotz bieten, mit derselben Blässe, denselben durchbohrenden Blicken, die Fäuste in die Hüften gestützt ...

»Wirst du endlich den Mund aufmachen? Worauf wartest du noch? So geh doch zu Léon und sag ihm, daß er Hörner auf hat!«

»Du weißt sehr gut, Marthe, daß ich das nicht tun werde.«

Sie betrachtet mich einen Augenblick mit hochgezogenen Brauen.

»Seelengröße? Danke schön. Das verfängt bei mir nicht. Ein Manöver, um mich bis an mein Lebensende in der Hand zu haben? Das wird dir nicht gelingen! Lieber sag' ich's ihm selbst, diesem Idioten ...«

»Du verstehst mich nicht, Marthe«, erwidere ich mit einer Gebärde müder Ungeduld. »Was mich aufregt, ist nicht so sehr die ... die ... Sache an sich, sondern der Mensch, den du dir ausgesucht hast ... Oh! Marthe! Dieser Kerl ...«

Sie beißt sich in die Lippen, verletzt. Dann zuckt sie die Achseln, traurig und bitter.

»Ja, ja, du bist noch eine von diesen Gänsen, für die sich der Ehebruch – ein wohlklingendes Wort, nicht wahr, das dir gefällt! – unter Blumen verbergen, durch Schönheit, Leidenschaft und Weltvergessenheit der Liebenden veredeln muß ... Ah, meine Teure, behalte deine Illusionen! Ich behalte meine Sorgen ... und meinen Geschmack. Dieser Kerl, wie du ihn nennst, besitzt unter anderen Qualitäten eine hilfreiche Brieftasche, eine Art schmieriger Skrupellosigkeit, die mir gefällt, und den Takt, keinerlei Eifersucht zu kennen. Er stinkt nach Schnaps? Möglich. Immerhin – sein Geruch ist mir tausendmal lieber als der meines Gatten. Léon riecht nach kaltem Kalbfleisch.«

Sie läßt sich auf einen Sessel fallen, plötzlich erschöpft.

»Jedermann hat nicht das Glück, mit Alain zu schlafen, meine Liebe! Dieses Vorrecht genießt lediglich ein kleiner Personenkreis – den ich nur mäßig beneide.«

Was wird sie sagen? Sie wirft mir ein böses Lächeln zu und fährt fort:

»Außerdem muß mein reizender Herr Bruder – bei aller Liebe sei es gesagt – ein bemerkenswerter Liebhaber sein. Eins zwei drei, bis zum nächstenmal, Madame, nicht wahr?«

Ich wende den Kopf ab, Tränen in den Augen.

Marthe hakt ihr Kleid zu, steckt ihren Hut fest und spricht weiter, mit trockener, fiebriger Stimme:

»Darum ist mir auch rätselhaft, wieso Valentine Chessenet, die sich doch auf Männer versteht, so lange auf ihn versessen war . . .«
Oh, diesen Namen ahnte ich voraus. Doch auch ich bin tapfer, auf meine Weise. Regungslos erwarte ich das Ende. Meine Schwägerin zieht ihre Handtasche an, greift nach dem Sonnenschirm und öffnet die Türe:
»Anderthalb Jahre, meine Liebe, anderthalb Jahre Korrespondenz und regelmäßige Zusammenkünfte. Zweimal pro Woche. Das war geregelt wie eine Klavierstunde.«

Ich streichle meinen kleinen Hund, mit kalter Hand. Oh, ich wirke ganz gleichgültig. Marthe senkt das Schleierchen ihres rosenbesteckten Huts, leckt das Zuviel des Lippenrots von ihrem Mund und beäugt mich im Spiegel. Sie wird nichts bemerken.
»Ist es schon lange her, Marthe? Ich hörte zwar davon, aber nie etwas Konkretes.«
»Lange? Gott, ja, ziemlich lange. Seit vorigen Weihnachten ist es aus – sagt man. Acht Monate – schon längst nicht mehr aktuell! Adieu, große Seele!«
Sie schmettert die Türe ins Schloß. Sicher ist sie jetzt mit sich zufrieden, sicher denkt sie: »Soll Annie reden, wenn's ihr Spaß macht . . . ich rächte mich im voraus.«
Sie weiß nicht, daß ihr Dolch, den sie tötend glaubte, nur eine leere Hülle traf . . .
Ich fühle mich wie zerschlagen. Müdigkeit, brennende Schmach des Erlebten, Ungewißheit über meine Zukunft – all das vereint sich zu schwerem, drückendem Traum. Eines weiß ich genau: es wird mir unmöglich sein, Marthe täglich zu sehen, dicht neben ihr, an der Seite ihrer herausfordernden Hübschheit, das violett angelaufene Gesicht dieses widerwärtigen Menschen auftauchen zu sehen, der fast zur Gänze bekleidet war . . . Das also ist Ehebruch? Das, was sie taten, soll Liebe sein? Alains kurze, einförmige Liebkosung beschmutzte mich weniger als dies . . . Wenn ich zu wählen hätte . . . Aber ich will nicht wählen.
Ich will auch nicht hierbleiben, werde weder Tristan hören noch Claudine wiedersehen . . . Adieu, Claudine, die du mich fliehst . . . Seit jenem bewegten Augenblick, da sie meine Herzensnot erahnte, jener zwielichtigen Stunde, da ich mich so sehr versucht fühlte, sie zu lieben, meidet sie die Gelegenheit, unter vier Augen mit mir zu sprechen, lächelt sie mir von ferne zu wie ein Land, von dem man ungern scheidet . . .

Vorwärts, suchen wir einen anderen Weg ... Die Zeit verrinnt. Bald kommt der Herbst, bald wird Alain das Schiff besteigen, das ihn heimbringt – zum erstenmal denke ich daran – und meine kindliche Vorstellung zeigt ihn mir beladen mit prallen Säcken leuchtender Goldstücke, rötlich schimmernd wie sein Haar ...
Ein Satz seines letzten Briefs kommt mir in den Sinn:
»Ich habe festgestellt, meine liebe Annie, daß Sie dem Typ gewisser Frauen dieses Landes ähneln. Die hübschesten haben schwarzes Haar wie Sie, lang und schwer, schöne dichte Wimpern, braunen, gleichmäßigen Teint und denselben Hang zu Müßiggang und verträumtem Sinnen. Allerdings erklärt und entschuldigt das hiesige Klima ihre Neigungen. Vielleicht wäre zwischen uns vieles anders, lebten wir in diesem Land ...«
Wie! Dieser klare, selbstbewußte Geist sollte sich umwölken, sollte unseren ... Stundenplan aus einem Antrieb ändern, verbessern wollen?
Oh, keine Änderungen mehr! Genug der Enttäuschungen, der Überraschungen! Ich bin es müde, bin erschöpft, noch ehe ich mein Leben zum zweitenmal begann. Einen stillen, weißen Winkel, neue Menschen, hinter deren unbekannten Gesichtern ich alles vermuten darf – mehr verlange ich nicht.
Mühsam stehe ich auf, mache mich auf die Suche nach Léonie und finde sie schließlich in der Küche, umringt von vier entzückten kleinen Meiders, denen sie mit markigem Bariton ein Liedchen vorsingt:

»O schenke mir nur einen Blick,
du bist mein Traum, du bist mein Glück –«

»Léonie, bitte packen Sie. Ich fahre noch heute.«
Sie folgt mir entgeistert, sprachlos vor Staunen – die kleinen Meiders werden auf den Schluß des Liedes verzichten müssen –, und versenkt sich unwillig in meinen Koffer.
»Ist Madame Léons Koffer auch zu packen?«
»Nein. Ich reise allein, nur mit Ihnen und Toby.« Und ich füge verlegen hinzu: »Ich habe ein Telegramm bekommen.«
Léonies Rücken glaubt kein Wort.
»Sobald Sie fertiggepackt haben, fahren Sie mit dem Koffer zur Bahn. Ich komme mit dem Hund nach.«
Ich habe solche Angst, daß sie nach Hause kommen, blicke jeden Moment auf die Uhr. Gesegnet seien – heute zumindest – diese endlosen Vorstellungen. Sie ermöglichen meine Flucht.
Ich zahle meine Rechnung, ohne einen Blick darauf zu werfen,

und gebe ein Trinkgeld (ich kenne mich mit den hiesigen Gepflogenheiten nicht aus), das die vier kleinen schwarzbeschürzten Mädchen vor Freude in die Luft springen läßt. Man ist nicht stolz im Frankenland!
Endlich bin ich mit Toby allein. Zur Feier der Reise trägt er ein dachshaarbesetztes Lederhalsband. Sein kleines schwarzes Gesicht folgt jeder meiner Bewegungen. Er wartet und versteht. Die Stahlkette schleift hinter ihm her. Noch eine Viertelstunde. Schnell ein Briefchen an Marthe, in verschlossenem Kuvert: »Ich fahre nach Paris. Erkläre Léon, was du willst.«
Mein Herz ist schwer und ich empfinde den ganzen Jammer meiner Einsamkeit. Wie gern schiede ich mit zärtlicherem Abschied . . . Aber von wem? Ich glaube die Antwort gefunden zu haben:

»Meine liebe Claudine, ein unerwartetes Ereignis zwingt mich zu sofortiger Abreise. Es ist ein schmerzlicher, überstürzter Abschied. Glauben Sie nicht, daß Alain, Marthe oder mir etwas zugestoßen sei. Ich fahre weg, weil ich mich hier nicht wohlfühle, weil ich alles als drückende Last empfinde. Bayreuth ist zu nahe bei Arriège, Arriège zu nahe bei Paris. Dorthin kehre ich zurück.
Sie zeigten mir allzu deutlich, daß es dort, wo nicht die große Liebe herrscht, nur Mittelmäßigkeit gibt und Jammer. Wo mir Heilung werden wird, weiß ich nicht. Ich fahre weg, der Abwechslung wegen – und um zu warten.
Vielleicht hätten Sie mich zurückzuhalten vermocht, Claudine, Sie, die Sie Zärtlichkeit und Zuversicht ausstrahlen. Doch seit jener Stunde im Garten der Markgräfin scheinen Sie es nicht mehr zu wollen. Sicher haben Sie recht. Es ist nur billig, daß Sie die Flamme, die mich einen kurzen Augenblick erhellte, für Renaud bewahren, ungeschmälert und rein.
Aber schreiben Sie mir, Claudine – wenigstens einen einzigen Brief. Richten Sie mich auf, sagen Sie mir – selbst gegen Ihr besseres Wissen –, daß meinem Schmerz ein Kraut gewachsen ist . . . Denn ich denke an die Rückkehr Alains mit solch verworrener Furcht, daß mir nicht einmal die Hoffnung klar erscheint . . .
Adieu! Raten Sie mir. Und dulden Sie, daß ich in Gedanken noch einmal den Kopf an Ihre Schulter lehne wie in der Markgräfin Garten.

ANNIE.«

Elf Uhr vormittags. Ankunft in einem traurig-trockenen, hochsommerlichen Paris. Ich habe das Gefühl, vom Ende der Welt zurückzukommen, mit leerem Magen und schwerem Kopf, habe nur den einen Wunsch, zu schlafen, lasse Léonie mit den Zollbehörden kämpfen und fahre im Fiaker nach Hause.
Der Wagen hält vor dem kleinen Palais. Das Geräusch lockt den Portier auf die Schwelle, in Hemdsärmeln, ohne Livree, sowie seine Frau – meine Köchin –, deren gefleckte Wangen sich abwechselnd rot und blaß färben. Zerstreut lese ich aus ihren Gesichtern Überraschung, Verlegenheit, verletzte Würde korrekter, unkorrekt behandelter Diener . . .
»Madame! Aber wir haben Madames Depesche nicht erhalten . . .«
»Ich habe keine geschickt.«
»Ah! Das habe ich auch gesagt. Monsieur ist nicht mit Madame angekommen?«
»Offenbar nicht. Ich möchte so bald wie möglich essen, was auch immer – Eier, oder ein Kotelett. Léonie folgt mit dem Koffer.«
Langsam steige ich die Treppe hinauf, gefolgt vom Portier, der eilends einen grünen, mit mattgewordenen Messingknöpfen besetzten Rock überwirft, und betrachte, ein wenig verloren, dieses kleine Palais, auf dessen Kauf Alain bestand.
Ich legte keinen besonderen Wert darauf. Aber wann befragte er mich schon? Mir wollte ein kleines Palais – unterhalb eines gewissen Preises – gewöhnlicher und unbequemer scheinen als ein guteingerichtetes Appartement.
Aber was tut's? Gleichgültig blicke ich um mich wie eine Dame auf Reisen . . . Der Abdruck fünf schmutziger Finger ziert meine weiße Schlafzimmertüre. Die Glühbirne am Korridor ist gesprungen. Schon will ich anordnen, von alter Gewohnheit getrieben, daß man die Türe wasche, die Birne ersetze – da besinne ich mich, wende den Kopf ab und schweige.
Eine Welle schüchterner Sanftheit, uneingestandener Entmutigung schlägt mir entgegen, als ich mein weiß-gelbes Zimmer betrete. Meine Verkrampfung löst sich. Hier, auf diesem lackierten Schreibtisch, der den Staub kaum zeigt, schrieb ich die ersten Zeilen meines Tagebuchs . . . Dieses große, flache Bett, in das mein leichter Körper kaum seine Spur gräbt, war der Schauplatz unzähliger Migränen, Ängste und Niederlagen. Hier erlebte ich schattenhafte Liebe, unvollkommene Lust . . . Welche Träume werden mich in diesem Bett heimsuchen, nun, da ich meiner Angst, meiner schmerzlichen Bescheidung, des letzten Schattens

der Liebe ledig bin? Seltsam: ein schwaches Geschöpf wie ich, jeder Hilfe entgegendürstend, ist plötzlich allein – man weiß nicht, wieso – und welkt nicht vor sich hin, stirbt nicht ab wie eine gewaltsam geöffnete Knospe? Vielleicht stirbt man nicht ... so schnell ... Wie von selbst gehe ich zum Kamin, mich im Spiegel zu betrachten.

Oh, es hätte mich nicht erstaunt, im Kristall das Bild einer geschwächten, verminderten Annie zu sehen, mit noch schmäleren Schultern, noch biegsamerer Taille ... Mein Bild überrascht mich. Ich stütze die Ellbogen auf, es genauer zu besehen. Das dunkle Haar, verfilzt von einer Nachtfahrt, umrahmt mit scharfem Rand das schmale Oval des braunen Gesichts. Doch nicht nur die müde Falte an den Mundwinkeln verändert die Linie der Lippen: sie selbst dünken mich entschlossener, weniger flehend. Auch die Augen blicken gerader, tragen, ohne so oft nachzugeben, das seidige Dach der Wimpern. »Wilde Kressenblumen ...« Oh, meine hellen Augen, mein einziger wahrhafter Schmuck, niemals werde ich euch betrachten, ohne Claudines zu denken, die, euch zugeneigt, lachend sagte: »Ihre Augen sind so hell, Annie – man sieht bis auf die andere Seite!« Sie hatte recht ... hell waren sie, hell wie eine leere Flasche. Die Erinnerung an Claudine bewegt mich seltsam, die Neuheit meines Bilds berauscht mich ... Ich neige das Haupt und drücke die Lippen auf meine bloße Hand ...

»Soll ich Madames Koffer auspacken?«

Léonie, erhitzt und außer Atem, mißt dieses Zimmer, das man offensichtlich »ganz gründlich machen muß«, mit feindseligem Blick.

»Ich weiß noch nicht, Léonie ... Ich erwarte einen Brief ... Hängen Sie nur die Kleider auf und die Seidenunterröcke. Das übrige eilt nicht.«

»Bitte sehr, Madame. Hier ist übrigens ein Brief von Monsieur. Der Portier hätte ihn beinahe nach Deutschland geschickt.«

Mit jäher Bewegung greife ich nach dem unerwarteten Schreiben und gehe in Alains Arbeitszimmer, es ungestört zu lesen. Ich lasse die Jalousien herunter.

»Meine liebe Annie, ein sehr müder Gatte schreibt Ihnen heute. Seien Sie unbesorgt: ich sage nicht ›krank‹, sondern ›müde‹. Es hat schwere Kämpfe gekostet, die Werte, die in Stierbestand vorhanden waren, in Geld umzuwandeln. Ich deutete Ihnen diese Schwierigkeiten bereits an, werde sie Ihnen aber noch in allen Einzelheiten erläutern. Zu meiner Freude ist es mir gelungen,

mein Ziel auf ehrenhafte Weise zu erreichen und eine runde Summe nach Hause zu bringen. Sie werden mir eine Reise danken, Annie, die mir gestatten wird, unseren Lebensstil zu heben und Ihnen einen Pelz zu schenken, ebenso prächtig wie den von Madame – Sie wissen, wen ich meine? Meine Schwester nennt sie – allzu frei, allerdings – die ›Chessenet‹.
Die Sonne ist drückend, wie stets zu dieser Zeit. Im Hof sitzt ein junges Mädchen und näht – oder gibt vor, zu nähen. Zwischen ihrer reglosen, vorgeneigten Gestalt mit dem schweren Knoten und der Ihren, Annie, besteht eine seltsame Ähnlichkeit, die ich schon des öfteren festgestellt habe. Nur fehlt bei Ihnen die rote Blume im Haar und das gelbe Brusttuch. Aber wie dem auch sei – dieser Anblick läßt meine Gedanken zu Ihnen und zu meiner Rückkehr schweifen, die nur mehr eine Frage von Tagen ist . . .«

Von Tagen! Ach ja . . . es ist schon lange her . . . Von Tagen . . . Dachte ich nicht schon, er würde niemals wiederkehren? Er kommt, er verläßt das ferne Land, das braune Mädchen, das mir gleicht, das er vielleicht Annie nennt, in Gewitternächten . . . Er kommt zurück und ich habe mein Schicksal noch nicht entschieden, habe meinen Mut nicht zusammengerafft, weder gegen mich noch gegen ihn . . .
Der Brief flattert zu Boden. Ich lasse ihn liegen, gedankenverloren, blicke um mich. Nichts in diesem Arbeitszimmer, das auch als Rauchsalon dient, gemahnt an seinen Herrn. Nichts liegt herum, nichts fesselt das Auge. Das Fehlen der grünen Wandbespannung läßt die weiße Mauer leer und ungewohnt erscheinen. Nein, hier fühle ich mich nicht wohl. Ich werde wegfahren.
»Léonie!«
Der bewährte Gendarm eilt herbei, an jedem Zeigefinger einen Rock.
»Léonie, ich fahre morgen nach Casamène.«
»Nach Casamène? Oh! Nein!«
»Was heißt ›Nein‹?«
»Madame hat der Wirtschafterin nicht geschrieben. Das Haus ist zugesperrt, nicht geputzt, Vorräte sind keine da, dann brauche ich mindestens zwei Tage, um die Sachen in Ordnung zu bringen, die Madame braucht, die Alltagsröcke von Madame haben kaputtes Futter und das weiße Batistkleid, wo wir in Deutschland keine Putzerei gefunden haben, muß gereinigt werden, dem

Unterrock seine Spitze muß man auswechseln, und überhaupt –«

Ich halte mir die Ohren zu, von Léonies Grammatik beeindruckt.

»Hören Sie auf! Für all das haben Sie zwei Tage Zeit. Und schreiben Sie der Wirtschafterin, daß ich« (ich zögere eine Sekunde) »außer Ihnen niemanden mitbringe. Sie wird kochen.«

»Sehr wohl, Madame.«

Léonie entfernt sich würdigen Schritts. Wieder einmal habe ich sie beleidigt. Untergebene bedürfen so vieler Rücksichten. Alle Dienstboten, die jemals in diesem Haus gearbeitet haben, waren zart besaitete, mürrische Wesen, auf deren Gesichtern sich die Launen anderer widerspiegelten . . . in Abwesenheit Alains.

Morgen reise ich ab. Höchste Zeit: meine Geduld geht zur Neige. Der Hintergrund meines Ehelebens wird mir unerträglich, selbst der Salon Louis XV, in dem ich jeden Freitag dem Klingeln der ersten Besucherin entgegenzitterte, entsetzt und gelehrig. Ich übertreibe. Damals – seltsam, wie dieser Abschnitt meines Lebens in immer tiefere Ferne zurückzuweichen scheint – war ich gelehriger denn entsetzt, ja fast glücklich, eines furchtsamen, farblosen Glücks. Heute bin ich unstet, entmutigt, aber hartnäckiger. Ist mein Los darum besser? Welch schwierige Frage für solch müdes Hirn . . .

Nichts in diesem kleinen schmalen Palais, das einem Turm ähnelt, wird an mich erinnern, nichts bleibt von mir zurück. Großmutter Lajarrisses Möbel fanden vor Alains Augen keine Gnade – also blieben sie in Casamène. Einige Bücher, einige Porträts von Annie . . . das übrige gehört meinem Gatten. Den englischen Schreibtisch – ich schenkte ihn meinem Mann vor drei Jahren – behielt er in seinem Arbeitszimmer, aus Barmherzigkeit. Indiskret fasse ich den Kupfergriff der Lade, ziehe an. Sie widersteht. Kein Wunder. Ein ordnungsliebender Mann verschließt seine Laden, ehe er auf Reisen geht . . . Ich trete näher. Ein durchsichtiges, fast unsichtbares Gummiband überklebt den Spalt zwischen Lade und Tisch. Sieh da! Meines Gatten Vertrauen zu seinen Dienstboten scheint mir nicht beachtlich . . . Gilt aber solcherart verhehlte Vorsicht nur dem Kammerdiener? Marthes wutverzerrtes Gesicht taucht plötzlich vor mir auf: »Anderthalb Jahre, meine Liebe, anderthalb Jahre Korrespondenz und regelmäßige Zusammenkünfte . . .«

Der Stil Valentine Chessenets würde mich interessieren . . .

Nicht, daß mich etwa fürchterliche Eifersucht ergriffe, daß meine Hand wie im Fieber nach den Briefen zuckte ... O nein. Ich finde nur, wenn man einmal so weit ist wie ich, sind Skrupel ein lächerlicher Luxus.
Sämtliche Schlüsselchen meines Bundes scheitern an dem kleinen dosischen Schloß. Hilfe holen? Nein.
Ich blicke mich suchend um. Ah – dieses dünne Stahllineal auf dem Schreibtisch ... Ja, so wird's gehen ... mit Hebelwirkung.
Ich schiebe das Linieal in den Spalt ... oh, wie anstrengend. Mir wird heiß, mein Daumennagel bricht – ein kleiner, rosenfarbener Nagel, am Ende meiner braunen Hand sorgsam gehegt und gepflegt ... Gott, welch ein Lärm! Wenn die Dienstboten hereinkämen, im Glauben, Einbrecher seien am Werk ... Ich lausche, bebend vor Angst. Einbrecher sterben sicher oft an Herzschlag ...
Der helle Eschenholzrahmen springt. Noch ein wenig Mühe ... dann fällt die Lade des hübschen Tischchens zu Boden, aufgeschlitzt, gespalten, von einer Papierlawine gefolgt.
Ich stehe ratlos davor wie ein Kind, das eine Bonbonschachtel umgeworfen hat. Wo beginnen? Nun, es wird nicht mühsam sein: jedes einzelne der zahlreichen, sorgsam verschnürten Päckchen trägt eine Aufschrift: »Bezahlte Rechnungen«, »Wertpapiere«, »Prozeßakten Grundbesitz« (was für ein Grundbesitz?), »Schuldscheine Marthe« (Ah?), »Briefe Marthe«, »Briefe Annie« (drei im ganzen), »Briefe Andrée« (was für eine Andrée?), Briefe – Briefe – Briefe – Ah! »Briefe Valent ...«
Ich gehe zur Türe, drehe sachte den Schlüssel im Schloß, setze mich auf den Teppich und verteile das ziemlich dicke Bündel vor mir auf dem Boden.
»Mein roter Schatz«, »Mein süßer Weißer« (sie auch!), »Lieber Freund«, »Monsieur«, »Gemeiner Kerl«, »Meine kleine Kaffeekanne aus rotem Kupfer« ... Die Anreden sind abwechslungsreicher als der Inhalt. Dabei ist das Idyll vollkommen ... Man kann es chronologisch verfolgen, angefangen von dem Rohrpostbrief »Ich war dumm, mich so rasch zu verschenken«, bis zu »Bevor ich Dich hergebe, hol' ich Dich bei Deiner kleinen schwarzen Gans ...«

Jeder einzelne Brief trägt auf der Rückseite oder als Randbemerkung einen Vermerk in Alains steifer, eckiger Schrift: »Erhalten am ... beantwortet am ... mittels Brieftelegramms.«

Oh! Daran hätte ich ihn erkannt ... Mag sie ihn nennen, wie sie will »roter Schatz, weißes Täubchen, Teekanne ...«, nein, Kaffeekanne, ich weiß nicht mehr ... es bleibt immer derselbe Mann ...
Was tun, mit all den Briefen? Soll ich sie in versiegeltem, von meiner Hand beschriftetem Paket an Alain senden? So verfährt man in Romanen, meines Wissens ... Nein. Er würde glauben, ich sei eifersüchtig, liebe ihn noch. Oh, ich weiß, was ich tue: ich lasse die Papiere liegen, neben dem mißhandelten Schreibtisch, neben dem flachen Lineal und meinen Schlüsselchen ...
Diese Verwüstung verleiht dem seelenlosen Raum eine Note köstlicher Unordnung ... Nehmen wir noch Annies Briefe mit ... So, das ist bald getan. Alains Gesicht, wenn er wiederkommt ...

Ein blaues Kuvert lehnt an meiner Tasse auf dem Frühstückstablett.
Claudines Antwort. Mehr die bayerische Marke denn die runde, fette Schrift läßt mich den Absender erraten. Sie antwortet rasch. Sie hat Mitleid ... Ihre Schrift gleicht ihr, ist sinnlich, lebhaft, gerade, verschlingt sich zu kurzen, anmutigen Schlingen, droht mit dicken, despotischen T ...

»Meine sanfte Annie,
Nun werde ich wohl lange nicht mehr die einzigartigen Augen sehen, die Sie so gern hinter Ihren Wimpern verbergen wie einen Garten hinter schwarzem Gitter. Es will mir scheinen, als seien Sie auf eine weite Reise gegangen ... Und was fällt Ihnen ein, mich um die Route zu fragen? Ich bin weder das Reisebüro Cook noch Paul Bourget. Doch davon später. Hören Sie vor allem die wichtigsten Neuigkeiten: sie sind banal wie eine Zeitungsnotiz. Am Tage nach Ihrer Abreise vermißte ich das Ehepaar Léon bei Tristan. Daß Ihr Schwager fehlte, wunderte mich weiter nicht. Aber Marthe! Wieso versäumt Marthe die Pausen von ›Tristan‹, die zweitprächtigsten nach denen von ›Parsifal‹? Auf dem Rückweg vom Theater – wie gewöhnlich gehen wir zu Fuß nach Hause, ich am Arm meines Großen – beschließen wir, einen kleinen Umweg zu machen, um nach Marthe zu sehen. O Graus! Das ehrenwerte Etablissement Meider weit geöffnet, vier kleine Mädchen in rosa Schürzen rennen herum wie aufgescheuchte Ratten. Ich erspähe Marthes rotes, kerzengerad zu Berge stehendes Haar: sie schlägt uns die Tür vor der Nase zu. Renaud verhandelt mit einem Dienstmädchen, lauscht ihren gutbayeri-

schen, hin und wieder von ›Jo! Jo?‹ unterbrochenen Ergüssen und führt mich weg, so verblüfft, daß er fast dumm aussah ... Ich übertreibe.

Wissen Sie was, Annie? Léon hatte sich vergiftet wie eine sitzengelassene Modistin und solche Mengen Laudanum getrunken, daß er nun das fürchterlichste Bauchweh hatte ... Sicher glauben Sie jetzt, der Gedanke an Lianes Selbstmord verfolgte sein pariserisches Hirn? Weit gefehlt! Im Laufe einer heftigen Meinungsverschiedenheit hatte Marthe ihren Mann so oft ›Hahnrei‹ geschimpft (warum, verschweigt die Chronik), mit solcher Überzeugung, daß der Ärmste keinerlei Ursache sah, die ›Ausdehnung seines Unglücks‹, wie es im Reporterstil so schön heißt, zu bezweifeln.

Sofern man in diesem Fall von ›Ausdehnung‹ sprechen kann ...

Am nächsten Tag gehe ich rekognoszieren, allein: Marthe empfängt mich, eine Mustergattin, erzählt mir den Hergang des ›fatalen Irrtums‹ und springt zehnmal auf, an das Bett des Kranken zu eilen ...

Maugis war nicht da. Eine wichtige Depesche hatte ihn plötzlich nach Béziers abberufen.

Seltsam, Annie, wie viele Mitglieder der französischen Kolonie in Bayreuth fluchtartig das Weite suchen ... Aber fürchten Sie nichts, ängstliches Kind, dem Selbstmörder geht's gut. Marthe pflegt ihn wie ein Pferd, das zum Großen Rennen genannt ist. Bald wird er in der Lage sein, seine tägliche Arbeit wiederaufzunehmen, in Form von achtzig Zeilen pro Tag, um die versäumte Zeit hereinzubringen. Ihre Schwägerin, Annie, ist eine kluge Frau und weiß, daß die Position einer verheirateten Dame der einer geschiedenen, ja selbst einer erträgnisreichen Witwenschaft bei weitem vorzuziehen ist.

Die Neuigkeiten wüßten Sie jetzt. Also sprechen wir von Ihnen: von Ihnen, schwieriges Geschöpf, das so lange braucht, sich selbst zu erkennen, so leicht bereit ist, zu entfliehen, lautlos, mit schwarzem Hütchen, wie eine Schwalbe, die wärmeren Ländern zufliegt. Sie scheiden. Ihre Flucht – und Ihr Brief – treffen mich wie ein Tadel. Wie sehr vermisse ich Sie, Annie mit dem Rosenduft! Zürnen Sie mir nicht. Ich bin nur ein armes Tier, der Schönheit verfallen, der Schwäche und dem Vertrauen, kann nur schwer verstehen, warum ich einen Mund, der sich mir öffnet wie der Ihre, eine Seele, die sich der meinen zuneigt wie die Ihre, nicht mit einem Kuß noch mehr verschönen soll. Ich verstehe es nur mit Mühe, sage ich Ihnen, obgleich man es mir erklärte.

Vielleicht erzählte man Ihnen von mir, Annie, von einer Freundin, die ich zu einfach, zu bedingungslos liebte. Oh, sie war schön und verführerisch, diese Rézi, die zwischen mich und Renaud ihre nackte blonde Anmut schob, die sich den Luxus gönnen wollte, uns beide zu betrügen . . . Ihretwegen habe ich Renaud – und Claudine – versprochen, zu vergessen, daß es hübsche, schwache, lockende Geschöpfe gibt, die ein Wink meiner Hand knechten und verzaubern könnte . . .
Sie scheiden, und ich ahne Ihre Verwirrung.
Möge Ihr Mann noch lange fernbleiben, Annie, das hoffe ich für Sie und für ihn. Sie sind weder klarsichtig noch resigniert genug, ihm schon heute zu begegnen. Daß Sie niemanden lieben, Annie, ist ein Unglück – ein graues, ruhiges Unglück, ein Unglück gewöhnlicher Art. Doch bedenken Sie, daß Sie hoffnungslos lieben könnten, ohne Widerhall, oder lieben und man betröge Sie . . . Das ist das einzige Unglück, das Unglück, um dessentwillen man tötet, mordet, vernichtet . . . und mit Recht. Sollte ich jemals . . . Verzeihen Sie, Annie. Fast hätte ich vergessen, daß es hier um Sie geht, nicht um mich. Eine Liebende vermag ihre Selbstsucht nur schwer zu verbergen.
›Raten Sie mir!‹ flehen Sie. Wie einfach! Wie bequem! Ich fühle, daß Sie zu verschiedenen Dummheiten bereit sind, zu Dummheiten, die Sie sachte begehen werden, mit hartnäckiger Schlaffheit, mit dieser mädchenhaften Anmut, die allen Ihren Bewegungen so viel Unsicherheit und Reiz gibt, geschmeidige Annie.
Natürlich kann ich Ihnen nicht zurufen: ›Man lebt nicht mit einem Mann, den man nicht liebt – das ist Schweinerei‹ –, obgleich sich diese Behauptung von meiner wahren Meinung kaum unterscheidet . . . Aber ich kann Ihnen erzählen, was i c h tat:
Mit großem Kummer und kleinem Gepäck kehrte ich einst in meine Heimat zurück. Um zu sterben? Zu gesunden? Ich wußte es selbst nicht. Die göttliche Einsamkeit, die sänftigenden Bäume, die blaue, ratspendende Nacht, der Friede der wilden Tiere – all das brachte mich sachte zur Besinnung, ließ mich einen Plan verwerfen, dessen Verwirklichung ich zeit meines Lebens bereut hätte, führte mich langsam in das Land zurück, aus dem ich kam . . . ins Glück.
Versuchen Sie', Annie . . . Man kann nie wissen.
Adieu. Und schreiben Sie mir nur, wenn die Behandlung wirkt . . . Ich wäre zu betrübt, keine andere verschreiben zu können.
Ich küsse, von Kinn bis Stirne, Ihr schmales, schönes Gesicht

von der Form – beinahe auch der Farbe – einer reifen Nuß. Aus solcher Ferne verlieren Küsse ihr Gift, und ich darf unseren Traum aus der Markgräfin Garten eine kurze Weile weiterspinnen, ohne Furcht und Reue.

CLAUDINE«

Claudine hat mich getäuscht. Nein, ich bin nicht ungerecht: sie täuschte sich selbst. Die Landkur ist nicht unbefehlbar. Außerdem genest der Kranke schwer, dem es an Glauben fehlt. Zu Beginn dieses Tagebuchs (Toby! Wenn ich dich noch einmal erwische! Stolzen Ohrs, hervorquellenden Augs schleift er es über den Teppich wie den Leichnam eines Feindes . . .), zu Beginn dieses anfang- und endlosen Tagebuchs also, das mir so sehr ähnelt, schüchtern und verdreht, zögernd und aufbegehrend, finde ich die Worte: »Die Last der Einsamkeit«. O unwissende Annie! Wie leicht wiegt diese Last neben der Kette, die ich vier Jahre unermüdlich trug und für ein Leben wieder aufnehmen müßte. Aber ich will sie nicht aufnehmen. Nicht, daß sich die Freiheit so verlockend darböte. Dagegen spricht mein fieberhaftes Bedürfnis nach Ortsveränderung, meine bittere Empfindsamkeit, die mein Alleinsein allen Einsamkeiten des Himmels, der Felder, der herben grauen Felsen vergleicht, deren frische Wunden blutrot herüberleuchten . . . Sein Übel wählen . . . Manche sähen darin ihr Glücksideal.

Ja . . . Kaum angelangt, will ich wieder wegfahren. Dabei ist Casamène mein eigen . . . Doch nein. Zu lange lebte ich hier an der Seite Alains. Überall – in dem romantischen Wäldchen, dem Vorboten des »kleinen Forsts« (ein bescheidenes Unterholz, das seinen übertriebenen Namen mir verdankt), dem düsteren Schuppen, wo rostzerfressenes Werkzeug an Nürnberger Folterkammern gemahnt, in jedem Winkel des altmodischen Besitzes fände ich mühelos die Spuren, die Demütigungen unserer Kinderspiele. Dort, beim Hohlweg, trägt ein Kastanienbaum noch einen Wundengürtel, grausame Erinnerung an einen Eisendraht, den Alain vor zwölf Jahren um seine Rinde schloß. Dort war mein strenger Gefährte Schlangenauge, Häuptling eines Indianerstamms, und ich seine kleine gefügige Squaw, sorglich über das Tannenzapfenfeuer geneigt. Er genoß diesen Zeitvertreib, zeigte sich fast immer grollend und ernst, und seine Grausamkeit gehörte zum Spiel.

Nie liebte Alain Casamène, dessen wenige Hektar Grund mein

verspielter Großvater pittoresker denn nötig ausgestaltete: wir besitzen einen Hohlweg (einen natürlich-wilden, versteht sich), zwei Hügelchen, eine Schlucht, eine Grotte, einen Aussichtspunkt, eine lange Allee (von wegen der Perspektive), exotische Sträucher, eine gepflasterte Wagenzufahrt mit raffiniert angelegten Windungen, die dem Besucher den Eindruck vermitteln sollen, auf Großvaters Besitzungen unzählige Meilen zurückzulegen ... All das, wie Alain zu sagen pflegte, »lächerlich im höchsten Maß«. Möglich. Ich sehe darin vor allem Schwermut, herzbewegende Trauer des verlassenen Gartens und – im weißen Licht oktoberlicher Sommersonne – unheimliche Friedhofsfruchtbarkeit.

»Die sänftigenden Bäume ...« O Claudine, ich könnte schluchzen, fühlte ich mich nicht so verstört, so versteinert von der Einsamkeit ... Diese armen Bäume kennen keinen Frieden, noch vermögen sie ihn zu spenden. Schöne knorrige Eiche, Riese mit angeschmiedeten Füßen, wie lange schon streckst du die zitternden Zweige händegleich zum Himmel? Welches Ringen nach Freiheit beugte dich unter den Wind, um dich nachher aufzurichten, in schmerzhaften Stufen? Rund um dich, an den Boden gefesselt, stöhnen und flehen deine unförmigen Zwergenkinder ...

Andere Gefangene, diese Silberbirke zum Beispiel, finden sich in ihr Los. Auch diese schlanke Lärche ... Doch sie schluchzt und schwankt, verborgen in dichtem Borstenhaar, und ihre Klage dringt bis zu mir, durch Sturm und Regenschauer ... O Trauer gequälter, festgezwungener Pflanzen, ist's möglich, daß ihr haltsuchenden, unsicheren Seelen jemals Frieden und Vergessen gewährtet? Nicht hier, Claudine ... in dir allein glühten die Kraft, der Übermut glücklicher Tiere, die Freude, die gleichzeitig sehend und blind macht ...

Es regnet. Jetzt ist alles noch schlimmer. Früh entzünde ich meine Lampe, schließe mich ein, kaum beruhigt von den schweren geschlossenen Fensterflügeln, der lauten Unterhaltung Léonies mit der Köchin Töchterchen. Das Feuer prasselt – man muß schon Feuer machen! –, die Täfelung kracht. Wenn die Flamme schweigt, füllt das Summen der Stille mein Ohr. Eine Ratte trappelt über die Deckenbalken. Toby, mein kleiner schwarzer Wächter – mein einziger! –, hebt dem unnahbaren Feind sein wildes Haupt entgegen ... Bell nicht, Toby, um alles in der Welt! Wenn du bellst, wird die zerschmetterte Stille auf mein

Haupt splittern wie der Gipsbewurf eines baufälligen Hauses ...
Ich wage nicht mehr, zu Bett zu gehen, wache vor sterbendem Feuer, bis die Lampe verlöscht, lausche den samtenen Geräuschen der Nacht, dem Atem des Windes, der die Blätter über den Kies treibt, den Schritten unsichtbarer Tiere, berühre, um mir Mut zu machen, die breite Klinge eines Jagdmessers, dessen Kälte mich nur noch mehr erschreckt ...
Welch dumme Angst! Die Möbel sind mir freundlich gesinnt ... Sollten sie mich nicht mehr kennen? Doch. Aber sie wissen, daß ich sie verlassen werde, und versagen mir ihren Schutz. Altes, altmodisches Klavier, wie ermüdete ich dich mit meinen Tonleitern! »Härteren Anschlag, Annie! Härteren Anschlag!« Schon damals ... Dieser Ingenieur mit der Wespentaille ist mein Großvater. Er grub Brunnen auf Berggipfeln, begann eine Trüffelzucht, versuchte, den Meeresgrund zu erleuchten (mit Hilfe brennenden Trans in durchsichtigen, hermetisch abgeschlossenen Behältern!) kurz, er ruinierte Frau und Tochter, leichten Herzens und ohne Reue, vergöttert von den Seinen. Und diese schlanke Taille ... vorausgesetzt, das Porträt trügt nicht ... Jede Frau von heute könnte ihn beneiden. Eine schöne, verträumte Stirn, neugierige Kinderaugen, kleine, weißbehandschuhte Hände ... das ist alles, was ich von ihm weiß.
Über dem Klavier hängt eine schlechte Photographie meines Vaters – ich kannte ihn nur alt und blind –, eines distinguierten Herrn mit weißem Backenbart. Wieso bin ich die Tochter eines solchen ... Dutzendmenschen?
Von meiner Mutter nichts. Kein Bild, kein Brief. Großmutter Lajarrisse weigerte sich hartnäckig, mir von ihr zu erzählen, und empfahl lediglich: »Bete für sie, mein Kind. Bitte Gott um Gnade für die Verschwundenen, die Verbannten, die Toten ...« Als ob es jetzt an der Zeit wäre, meiner Mutter nachzuspüren. Bleibe sie für mich, was sie immer war: ein hübsches, trauriges Wesen, das fortging. Oder sich tötete? Mein Mitleid ist größer als mein Interesse.

Zwei Briefe auf einen Schlag! Grund zu doppelter Unruhe. Nein, Gott sei Dank: der eine ist von Claudine, der andere von Alain. Außerdem fühle ich mich heute morgen – dem Himmel sei's gedankt – stärker, frischer, beruhigt von der Morgenstunde (achtmal quakte die Kuckucksuhr in der Küche ihre zwei Unken-Noten), dem heißen, duftenden Tee in meiner blauen Tasse, Tobys

irr-entzücktem Appetit: er jault und springt in die Höhe, meines Zauderns müde. Die Luft ist leicht und beweglich, es ist, als atme sie festliche Abschiedsstimmung . . . Ja, Claudine, das ist meine Art, den ländlichen Frieden zu kosten, in Gedanken an die Schellen des Reisewagens . . . Schreibe man das Jahr 1830, wäre ich . . . eine Kreolin, nicht wahr? Damals waren sie sehr in Mode. Eine unglückliche Ehe, Entführung, ein unbequem-heikles Gewand, geschnürte Seidenschuhe, der Kiesel ungewohnt, eine Postkutsche, von dampfenden Pferden gezogen . . . Was noch alles? Die Achse bricht, Überraschungen, schicksalhafte Begegnung . . . Die ganze lächerlich-sentimentale Romantik unserer Großmütter.
Das Kuvert mit der französischen Marke enthält nur wenige Zeilen:

»Meine liebe kleine Annie, ich weiß nicht, ob ich Sie erreichen kann. Hoffentlich gelangt dieser Brief in Ihre Hände. Er soll Ihnen nur mitteilen, daß Marthe in Paris Ihre Flucht mit den Worten ›Meine Schwägerin braucht ländliche Ruhe, einer schwierigen Schwangerschaft wegen‹, erklärt. Vielleicht vereinfacht das alles? Im übrigen scheinen Marthe und Léon bei bester Gesundheit – und Eintracht.
Adieu. Ich wollte Sie beruhigen, warnen und . . . nach Ihnen fragen, denn ich kann mir nicht helfen, Annie: ich fürchte alles für Sie, alles – mich selbst ausgenommen. Ich sagte zwar: ›Schreiben Sie nur, wenn die Behandlung hilft . . .‹ Als ob mich die ›Behandlung‹ interessierte . . . Nein, Annie, ich will alles von Ihnen wissen, von Ihnen, auf die ich so wacker verzichtet habe . . . Ein Wort, ein Bild, eine Depesche, ein Zeichen . . . Lassen Sie das meine Belohnung sein, Annie, ob geheilt, krank oder ›verloren‹, wie es so schön heißt, ob – wie Marthe sagt – doch nein. Nicht das! Bleiben Sie die schmale, schlanke Amphore, die zwei liebende Arme leicht umschließen . . . Ihre

CLAUDINE«

Das ist alles? Jawohl, das ist alles. Selbst Claudines zärtliche Besorgnis vermag mir nicht zu genügen. Wer nichts sein eigen nennt wie ich, erhofft alles von anderen . . .

Müdigkeit und Mißstimmung verdüstern diese helle Stunde. Warum mußte man mich an diese Leute, an diese Zeit erinnern?

Nochmals überlese ich Claudines Brief. Ihre unzeitige Fürsorglichkeit beschwört verblaßte Bilder herauf, durch deren Nebelschleier ich das viereckige, mit Alains steifer, eckiger Schrift bedeckte Kuvert betrachte, ohne es zu sehen ... Dakar ... Dakar ... Wo las ich diesen Namen schon, schwarz in kleinem Kreis? Warum Dakar? Das letzte Mal schrieb er aus Buenos Aires ...

Plötzlich kommt mir die Erleuchtung und ich schreie auf. Dakar! Er ist auf der Heimreise, kommt zurück, nähert sich mit jedem Augenblick ... Morgen schon kann er hier sein ... Das also barg die Ruhe dieses Morgens! Meine ungeschickten Hände zerreißen Kuvert und Brief, die klare Schrift zittert vor meinen Augen ... Ich entziffere mit Mühe: »Meine liebste Annie ... endlich ... Heimkehr ... unsere Freunde X. getroffen, die sich auf Vergnügungsreise befinden ... halten mich zurück ... noch zehn Tage ... Haus in Ordnung vorfinden ... Annie glücklich ...«

Zehn Tage! Zehn Tage! Das Schicksal gönnt mir nicht mehr Zeit zur Überlegung. Das ist nicht viel. Es wird genügen.

»Léonie!«

»Madame?«

Sie hält drei neugeborene Kätzchen in der Schürze und entschuldigt sich lachend:

»Ich geh sie nämlich ertränken.«

»Dann beeilen Sie sich. Koffer und Necessaire müssen für den Fünf-Uhr-Zug gepackt sein. Wir fahren nach Paris.«

»Schon wieder!«

»Irgendwelche Einwände? Ich möchte Ihnen keine Minute länger einen Dienst aufzwingen, der Ihren Wünschen zuwiderläuft.«

»Das habe ich nicht gesagt, Madame ...«

»Beeilen Sie sich. Monsieur kündigt mir seine Rückkehr an.«

Sie geht in den ersten Stock und ich höre, wie sich ihre Wut über Laden und Kasten entlädt ...

So viele Schachteln! So viele Pakete! In der Luft schwebt eine Mischung der verschiedensten Gerüche: neues Leder verströmt seinen Duft, schwarzes Teerpapier, rauhe, noch nie getragene Wolle, ja selbst Asphalt macht sich bemerkbar, habe ich doch einen wasserdichten Mantel gekauft. Oh, ich wußte die Zeit seit meiner überstürzten Rückkehr wohl zu nützen. Schneider, Schuster und Hutmacher sahen nur mich ...

Ich bin ein wenig schwindlig und setze mich nieder, meine Schätze zu bewundern. O schöne große Schnürschuhe, flach und spitz zulaufend wie Boote, wie niedrig steht ihr auf euren englischen Absätzen! Auf diesen kleinen gelben Schiffen kann man sicher stundenlang gehen, ohne zu ermüden. Zumindest nehme ich es an. Meinem Gatten zu Willen trug ich stets die »feminineren« Absätze Louis XV. Da er sie vorzog, will ich sie nicht mehr. Auch dieses rostrote Wollkostüm, dieser Eichhörnchenpelz, dessen Rock sich so einfach, so ungekünstelt verengt, mißfiele ihm. Mir gefällt's. Seine Einfachheit läßt mich noch schlanker erscheinen, sein falbes Braun macht meine Augen noch blauer, erhellt sie bis ins Unnatürliche . . . Und diese abgesteppten Männerhandschuhe, dieser gerade, mit kühner Adlerfeder besteckte Filzhut . . . So viel Neuheit, so viel Auflehnung berauschen mich, ebenso wie die Kühnheit dieses Hotelzimmers . . . Das elegante Hotel befindet sich zwei Schritte von daheim. Man soll nicht sagen, ich verstecke mich.

Unter völligem Verzicht auf Glaubwürdigkeit sagte ich zu Léonie: »Das Haus bedarf dringender Reparaturen. Monsieur zieht zu mir ins Imperial-Voyage.« Seither erscheint sie jeden Morgen, meine Befehle entgegenzunehmen und zu klagen:

»Was sagen Madame! Der Architekt ist noch immer nicht gekommen wegen die Reparaturen, wo Madame geschrieben hat.«

»Nicht möglich, Léonie! Vielleicht schickte Monsieur besondere Instruktionen?«

Und ich entlasse sie, mit solch wohlwollendem Lächeln, daß sie nicht mehr weiß, was sie denken soll, und sich verschüchtert zurückzieht.

Müde warte ich auf meinen Tee und liebkose mit Blicken – anzufassen wage ich es noch nicht – das schönste Stück meiner neuen Spielsachen: einen kleinen schwarzen Revolver. Ich kaufte ihn heute nachmittag. Oh, er ist niedlich, niedlich, ähnelt Toby – weg von dieser Schachtel, Toby! Du wirst dir wehtun! –, hat zwei Sicherungen, sechs Schuß, einen Abzug, eine Menge Dinge. Ich kaufte ihn bei Alains Waffenhändler, der mir den Mechanismus sorgfältig erklärte und mich dabei mit verstohlenem Bedauern betrachtete, als dächte er: »Schon wieder eine! Wie schade! Und noch so jung! Aber schließlich muß ich meinen Kram losschlagen . . .«

Ich fühle mich wohl, genieße eine Ruhe, die ich seit langem ent-

behrte. Dieser kleine gelbe Salon samt Schlafzimmer Louis XV ist mit sicherem Geschmack möbliert. Hier gibt's keine schmutzigen Teppiche, keine Polsterungen, deren Ecken mein stets waches Mißtrauen erregen könnten. Das Licht spielt über glatte Möbel, über matte Täfelungen von gedämpftem Grau. Ein kleines Haustelefon stört diskret den Frieden gepflegter Häuslichkeit.
Im Empfangsraum thront ein alter Herr in einem Samtjackett. Wenn ich ausgehe, lächelt er mir zu wie seiner Tochter . . .
Des Nachts schlafe ich stundenlang auf den guten, harten viereckigen Matratzen.
Ich träume vor mich hin, stelle mir vor, daß ich eine ältliche Engländerin sei, friedlich und vertrocknet, die sich in dieser vornehmen Familienpension eingemietet hätte.
Es klopft.
»Herein!«
Es klopft von neuem.
»Herein, hab' ich gesagt!«
Das hübsche, zierliche Stubenmädchen steckt sein Mausgesicht herein.
»Der Tee, Marie?«
»Ja – und Besuch für Madame.«
»Besuch?«
Ich springe auf, in jeder Hand einen gelben Schuh. Das Mäuschen gerät in Verwirrung: »Ja, Madame. Eine Dame.«
Ich zittere, es saust in meinen Ohren.
»Sind Sie sicher, daß es . . . eine Dame ist?«
Marie bricht in Gelächter aus wie eine Lustspielsoubrette. Ich hab's verdient.
»Haben Sie gesagt, ich sei da? Ich lasse bitten.«
Ich stütze mich auf den Tisch und warte. Tausend Dummheiten wirbeln durch meinen Kopf . . . Diese Dame ist Marthe, und Alain folgt ihr auf dem Fuß . . . Sie holen mich zurück . . . Ich starre auf mein schwarzes Spielzeug, verstörten Blicks . . .
Schritte auf dem Teppich . . . Oh, mein Gott! Claudine! Wie ich mich freue!
Mit einem Schrei der Erlösung werfe ich mich an ihren Hals. Sie tritt erstaunt zurück.
»Annie . . . Wen erwarten Sie?«
Ich drücke ihre Hände, ziehe ihren Arm unter den meinen, dränge sie zum vergoldeten Rohrkanapee, mit fahrigen Gesten, dic sie sachte zurückschiebt. Sie scheint beunruhigt.

»Wen ich erwarte? Niemanden! Oh, ich bin so glücklich, so glücklich, daß Sie es sind!«
Ein plötzlicher Verdacht trübt meine Freude:
»Man hat Sie nicht etwa geschickt, Claudine? Sie kommen nicht von ...«
Claudine hebt die schöngezeichneten Brauen, um sie gleich darauf ärgerlich zu runzeln.
»Aber, Annie ... Wir reden ja, als spielten wir ein Gesellschaftsstück ... vor allem Sie! Was ist los? Was fürchten Sie?«
»Seien Sie nicht böse, Claudine. Es ist alles so kompliziert!«
»Meinen Sie? Meistens ist alles so einfach.«
Ich widerspreche nicht. Sie ist hübsch wie immer, auf ihre Weise, geheimnisvoll unter ihrem schwarzen, mit weißen und blauen Disteln besteckten Hut. Es ist, als bestehe ihr Gesicht nur aus Augen, Locken und spitzem, ironischem Kinn ...
»Ich will Ihnen alles sagen, Claudine ... Aber vor allem: woher wußten Sie, daß ich hier bin?«
Sie hebt den Finger: »Psst! Wieder einmal heißt es dem Zufall danken, Annie, dem Zufall mit großem Z, der mir dient, sofern ich ihm nicht gehorche ... Er führte mich in das Kaufhaus ›Louvre‹, einen seiner Tempel, dann unter die Arkaden des ›Théâtre-Français‹, in die Nähe eines bekannten Waffenhändlers, wo eine schlanke Kleine mit brennend-blauen Augen –«
»Ah! Deshalb, also ...«
Auch sie hatte Angst ... Auch sie glaubte ... Das ist lieb von ihr, lieb, aber ein wenig naiv. Ich lächle in mich hinein.
»Wie ... Sie glaubten wirklich? Nein, nein, Claudine, fürchten Sie nichts ... So etwas tut man nicht so mir nichts, dir nichts, für ein Ja, für ein Nein –«
»Sie irren. Gerade für ein Ja, für ein Nein ...«
Sie spöttelt, doch mein Herz will vor Dankbarkeit überfließen, nicht um ihrer Befürchtung willen, die mich ein wenig romanhaft dünkt, sondern weil ich in ihr, in ihr allein Mitleid, Anständigkeit und Zärtlichkeit, ja, einen Augenblick sogar Feuer fand ... alles, was das Leben mir versagte.
Sie spricht mit Härte, doch ihr Blick ist sanft. Unter dem Spott klingt die Besorgnis durch. Er weiß nicht recht, was er mir verschreiben soll, dieser unwissende kleine Arzt, dessen Intelligenz den Aberglauben streift, dessen Pfuscherei etwas Seherisches anhaftet ...
All das fühle ich, werde mich jedoch hüten, es auszusprechen. Es ist zu spät, meine Gewohnheiten zu ändern ...

»Häßlich haben Sie's hier gerade nicht«, stellt Claudine fest, mit einem Blick in die Runde. »Dieser Salon ist gar nicht übel ...«

»Nicht wahr! Auch das Schlafzimmer ... Schauen Sie! Gar nicht wie ein Hotel.«

»Nein, wirklich nicht. Eher wie ein hübsches ... verzeihen Sie mir den Ausdruck, Annie ... Liebesnest, ein vornehmes Stundenhotel ...«

»Ah? Ich weiß nicht.«

»Ich auch nicht, Annie«, erwidert sie lachend. »Aber man hat mir welche beschrieben.«

Claudines Enthüllung stimmt mich nachdenklich.

Ein Liebesnest – welch ironischer Zufall für eine Frau, die niemanden erwartet!

»Tee, Claudine?«

»Pfui Teufel, ist der stark! Geben Sie mir wenigstens viel Zukker ... Ah, da ist Toby! Toby, mein schöner, schwarzer Engel, vierschrötige Kröte, Denkerstirn, Wurst auf vier Pfoten, sentimentales Mördergesicht, mein Liebling, mein Alles!«

Nun ist sie wieder die alte Claudine, kauert auf dem Teppich – ohne Hut (er ist heruntergefallen) – und küßt den kleinen Hund, was das Zeug hält. Toby, der sonst alle Leute mit festen, ungleichmäßigen Zähnen bedroht, läßt sich von ihr herumdrehen wie ein Ball ...

»Fanchette ist wohlauf?«

»Danke, ja. Sie hat schon wieder drei Kinder gehabt, was sagen Sie! Macht heuer neun, alles in allem ... Nebenbei bemerkt, sind sie alle mißraten, grau, schlecht gemustert, zu licht oder zu dunkel. Aber was soll man machen! Es tut ihr gut!«

Sie hält ihre Teetasse mit beiden Händen wie ein kleines Mädchen. Ebenso hielt sie im Garten der Markgräfin mein schwindelndes Haupt, eine Minute, eine einzige Minute nur ...

»Claudine ...«

»Was?«

Ich bezwinge mich.

»Nichts.«

»Was, nichts?«

»Nichts, noch einmal. An Ihnen, mich auszufragen.«

Ihre Augen, eben noch die eines mutwilligen Gymnasiasten, blicken dunkel und durchbohrend: »Ich darf? Ohne Einschränkungen? Also gut: Ist Ihr Mann zurückgekommen?«

Ich sitze neben ihr, mit gekreuzten Händen, den Blick gesenkt wic im Beichtstuhl:

»Nein.«
»Kommt er bald?«
»In vier Tagen.«
»Was haben Sie beschlossen?«
»Nichts! Nichts!« gestehe ich ganz leise.
»Was soll denn dieser Wirrwarr?« Sie weist mit dem Kinn auf den Koffer, die Kleider, das Schachteldurcheinander. Ich gerate in Verwirrung.
»Kleinigkeiten für den Herbst.«
Sie mustert mich argwöhnisch. Ich kann nicht mehr. Mag sie mich tadeln – aber eine unwürdige Eskapade, eine lächerliche Entführung vermuten – nein, das soll sie nicht. Und ich beginne zu sprechen, schnell, schnell, stammle unzusammenhängend:
»Marthe hat mir gesagt – in Bayreuth –, daß Alain und Valentine Chessenet –«
»Das sieht ihr ähnlich!«
»Also bin ich nach Paris gefahren, habe . . . habe Alains Schreibtisch demoliert und die Briefe gefunden . . .«
»Ausgezeichnet!« Claudines Augen funkeln, sie dreht ihr Taschentuch zu einem Strick. Ich breche los, kühn geworden:
»Und dann habe ich alles liegen lassen, die Papiere, die Schlüssel, alles, alles . . . Er wird sie finden, wird wissen, daß ich es war . . . Nur . . . ich will nicht mehr . . . Verstehen Sie? Ich liebe ihn nicht genug, um bei ihm zu bleiben, ich will fort, fort, fort . . .«
Ich ersticke fast vor Tränen und hastigem Sprechen, hebe den Kopf, um Luft zu holen. Claudine küßt zart meine beiden Hände und fragt sehr sanft:
»Dann . . . wollen Sie also Scheidung?«
Ich starre sie an und frage verdutzt:
»Scheidung? Warum?«
»Warum?! Sie sind unglaublich! So denken Sie doch nach: wenn Sie nicht mehr mit ihm zusammenleben wollen?!«
»Das nicht. Aber muß man sich deshalb scheiden lassen?«
»Gott, es ist das sicherste Mittel . . . wenn auch nicht unbedingt das rascheste . . . Was für ein Kind!«
Mit ist nicht nach Lachen zumute. Und schon gerate ich wieder außer Fassung:
»Aber verstehen Sie doch! Ich will ihn nicht wiedersehen! Ich habe Angst!«
»Das ist tapfer gesagt. Angst wovor?«
»Vor ihm . . . Daß er mich zurückholt, mit mir spricht, habe Angst, ihn zu sehen . . . Er wird vielleicht sehr böse sein . . .«

Ich schauere zusammen.
»Armes Kleines!« murmelt Claudine ganz leise, abgewandten Blicks. Sie scheint heftig nachzudenken.
»Was raten Sie mir, Claudine?«
»Ich weiß nicht. Das ist sehr schwierig. Wir müßten Renaud fragen.«
»Nein!« rufe ich entsetzt. »Niemanden! Niemanden!«
»Sie sind sehr unvernünftig, Kleines! Lassen Sie mich nachdenken. Haben Sie die Briefe der Dame?« fragt sie plötzlich.
»Nein«, gestehe ich, ein wenig verwirrt. »Wozu hätte ich sie nehmen sollen? Sie gehören doch nicht mir!«
»Ein schöner Grund!« (Claudine zuckt die Achseln, verachtungsvoll.) »Mir fällt nichts ein. Haben Sie Geld?«
»Ja ... Fast 8000 Francs. Alain hat mir sehr viel dagelassen.«
»Das meine ich nicht ... Geld, das Ihnen gehört, natürlich! Ein eigenes Vermögen!«
»Ich habe 300000 Francs Mitgift und 50000 Francs flüssig, die mir Großmutter Lajarrisse vor drei Jahren hinterließ.«
»Gut, gut. Sie werden nicht sterben. Macht es Ihnen etwas aus, falls die Ehe aus Ihrem Verschulden geschieden wird?«
Ich erwidere mit einer hochmütigen Gebärde.
»Mir auch nicht«, lautet Claudines eigentümliche Antwort. »Ja, dann, mein liebes Kleines ... fahren Sie doch!«
Ich rühre mich nicht, spreche kein Wort.
»Mein Rezept entlockt Ihnen keine Entzückensschreie? Das kann ich verstehen, Annie. Aber meine Weisheit ist erschöpft.«
Ich blicke zu ihr empor – meine Augen schwimmen in neuerlichen Tränen –, zeige schweigend auf den Koffer, die Reisekleider, die hohen Schuhe, den Regenmantel, die ganze kindische Globetrotter-Ausrüstung, die ich in den letzten Tagen erstand. Sie lächelt. Vor ihre schönen, zwingenden Augen scheint sich ein Schleier zu senken.
»Ich sehe, ich sehe, sah's auf den ersten Blick. Wohin fahren Sie, Annie, die ich verlieren muß?«
»Ich weiß nicht.«
»Ist das auch wahr?«
»Ich schwöre es Ihnen!«
»Adieu, Annie.«
»Adieu ... Claudine.«
Ich flehe, dicht an sie gedrängt:
»Sagen Sie mir noch ...«
»Was, Liebste?«

»Daß Alain mir nicht wehtun kann, wenn er mich einholt ...«
»Er wird Sie nicht einholen. Wenigstens nicht sofort. Vorher haben Sie mit einer Menge unangenehmer Leute zu tun, werden eine Menge Papiere lesen müssen ... Dann kommt die Scheidung, alle Schuld auf Annie, und die Freiheit ...«
»Die Freiheit« – ich spreche fast unhörbar, wie sie –, »die Freiheit, Claudine – wiegt sie sehr schwer? Ist sie schwer zu handhaben? Oder wird das Gefühl des offenen Käfigs, der ganzen Welt, die mir gehört, ein herrliches sein?«
Sie schüttelt den lockigen Kopf und erwidert sehr leise:
»Nein, Annie. Nicht so bald. Niemals, vielleicht. Sie werden lange die Spur der Kette tragen. Vielleicht sind Sie auch eine der Schwachen, der von Anbeginn Gebeugten ... Aber es gibt Schlimmeres. Ich fürchte –«
»Was?«
Sie schenkt mir einen vollen Blick, und ich sehe Claudines Tränen, kleine, hängende Tropfen, sehe ihre Augen in ihrer ganzen Schönheit, die Goldaugen, die mir ihr Licht entzogen ...
»Ich fürchte die Begegnung. Denn Sie werden ihm begegnen, dem Mann, der Ihren Weg noch nicht kreuzte. Doch, doch«, erwidert sie meiner Gebärde wilder Auflehnung, »irgendwo erwartet er Sie. Das ist gerecht und unvermeidlich. Mögen Sie ihn zu erkennen wissen, Annie, meine liebe Annie ... Mögen Sie nicht irren ... Er hat Doppelgänger, vielfältige Schatten, Karikaturen ... Zwischen ihm und Ihnen sind alle jene, die Sie überwinden oder beiseiteschieben müssen ...«
»Claudine ... und wenn ich alt werde, ohne ihm zu begegnen?«
Sie hebt ihren schlanken Arm in einer Gebärde, die sie über sich selbst hinauswachsen läßt:
»Fahren Sie dennoch! Er erwartet Sie jenseits des Lebens!«
Ich schweige, voll Ehrfurcht vor solch bedingungslosem Glauben an die Liebe, ein wenig stolz, die einzige – fast die einzige – zu sein, die Claudine kennt, wie sie in Wahrheit ist – wild und verklärt wie eine junge Druidin.
Wie damals in Bayreuth bin ich auch jetzt bereit, ihr zu gehorchen, im Guten wie im Bösen. Ihre Augen sind voll auf mich gerichtet. Wie gern, o wie gern fände ich darin das Leuchten wieder, das mich im Garten der Markgräfin blendete ...
»Ja, Annie, warten Sie. Vielleicht gibt es keinen Mann, der ... all das verdiente ...«
Ihre Hand streicht liebkosend über meine Schulter, leicht, fast

unfühlbar. Ich neige mich ihr zu; sie liest auf meinem Antlitz meine Verwirrung, die Hingabe meiner selbst, die Worte, die mir auf der Zunge schweben, verschließt mir den Mund mit ihrer warmen Hand, drückt sie an die Lippen, küßt sie.
»Adieu, Annie.«
»Claudine – einen Augenblick. Nur einen Augenblick! Ich möchte ... Ich möchte, daß Sie mich von ferne lieben, Sie, die mich hätte lieben können, Sie, die Sie bleiben ...«
»Ich bleibe nicht, Annie. Ich bin schon fort. Fühlen Sie es nicht? Ich habe alles verlassen ... außer Renaud, für Renaud. Die Freunde trügen, die Bücher täuschen. Paris wird Claudine nicht wiedersehen ... Sie wird mit ihrem Freund altern, umgeben von den Ihren – den Bäumen. Er wird rascher altern als ich. Doch die Einsamkeit macht Wunder leicht, und wer weiß, vielleicht kann ich ein wenig meines Lebens geben, das seine zu verlängern ...«
Sie öffnet die Türe. Ich verliere meine einzige Freundin ... Welche Bewegung, welches Wort hielten sie zurück? Sollte ich nicht ...?
Doch schon deckt die weiße Türe ihre dunkle Schlankheit, schon höre ich auf dem Teppich den leichten Schritt, der mir vor kurzem ihr Kommen ankündigte ... Claudine geht.
Eben las ich Alains Telegramm. In sechsunddreißig Stunden ist er hier, und ich ... besteige heute abend den Expreß Paris-Karlsbad, denselben, der uns einst nach Bayreuth entführte. Von dort – weiß ich noch nicht. Alain spricht nicht Deutsch – ein zusätzliches kleines Hindernis.
Seit gestern überlegte ich so viel, daß mein Kopf ganz müde ist. Meine Kammerfrau wird sich nicht weniger wundern als mein Gatte. Oh, ich nehme sie nicht mit! Nur meine beiden schwarzen Freunde: Toby, den Hund, Toby, den Revolver. Bin ich nicht eine wohlbehütete Frau? Ich scheide entschlossen, ohne meine Spur zu verbergen, ohne sie mit Steinchen zu bestreuen ... Von kopfloser Flucht, überstürztem Entkommen kann keine Rede sein; vier Monate lang zerfaserte das Band langsam, fast unmerklich, bis es endlich riß. Wessen bedurfte es? Nichts als der Abwesenheit des zerstreuten Wärters: das Gefängnis erschien in seinem ganzen Schrecken, durch die Ritzen der Türe schimmerte Licht ...
Vor mir liegt nebelhafte Zukunft. Oh, ich will nichts wissen! Das Morgen bleibe unbekannt, warne mich nicht durch Vorahnungen. Claudine sagte schon zuviel. Ich will hoffen und fürchten,

daß es Länder gebe, wo alles neu ist, Städte, deren bloßer Name zu fesseln vermag, Himmel, in deren Licht sich Körper und Seele erneuern ... Sollte ein armseliges Geschöpf wie ich auf Erden kein Pseudo-Paradies finden können?

Aufrecht, rotgekleidet, stehe ich vor dem Spiegel, meinem Bild Adieu zu sagen. Adieu, Annie. Du bist schwach und schwankend, aber ich liebe dich. Ich habe ja nur dich ... Wie gern liebte ich jemand andern ...

Ich ergebe mich allem, was kommen mag. Mit trüber, flüchtiger Ahnung sehe ich diesen Neubeginn meines Lebens. Ich werde die Unbekannte sein, die eine Woche lang das Interesse des Speisesaals wachhält, der Gegenstand der plötzlichen Liebe des Gymnasiasten auf Ferien, des Gichtigen auf Kuraufenthalt ... Die einsam Essende, deren Blässe verleumderische Zungen dramatisch deuten ... Die Dame in Schwarz, die Dame in Blau, deren abweisende Schwermut den Landsmann zurückstößt und verletzt ...

Auch die werde ich sein, die ein Mann bedrängt, weil sie hübsch und allein ist, oder weil sie runde, schimmernde Perlen trägt ... Die, deren blutenden, beschimpften Leichnam man eines Morgens in einem Hotelbett findet ... Nein, Claudine, ich zittere nicht. Das alles ist Leben, verrinnende Zeit – das Wunder, das ich an jeder Wegbiegung erwarte, dem meine ganze Hoffnung gilt.

Inhaltsübersicht